역주해 논개 삼장사 시문 총집

譯註解 論介 三壯士 詩文 總集

하강진

※ 이 책은 2018년 대한민국 교육부와 한국연구재단의 지원을 받아 수행된 연구임
(NRF-2018S1A6A3A02043693).

〈진주성도〉(계명대학교 행소박물관 소장) 10~9폭

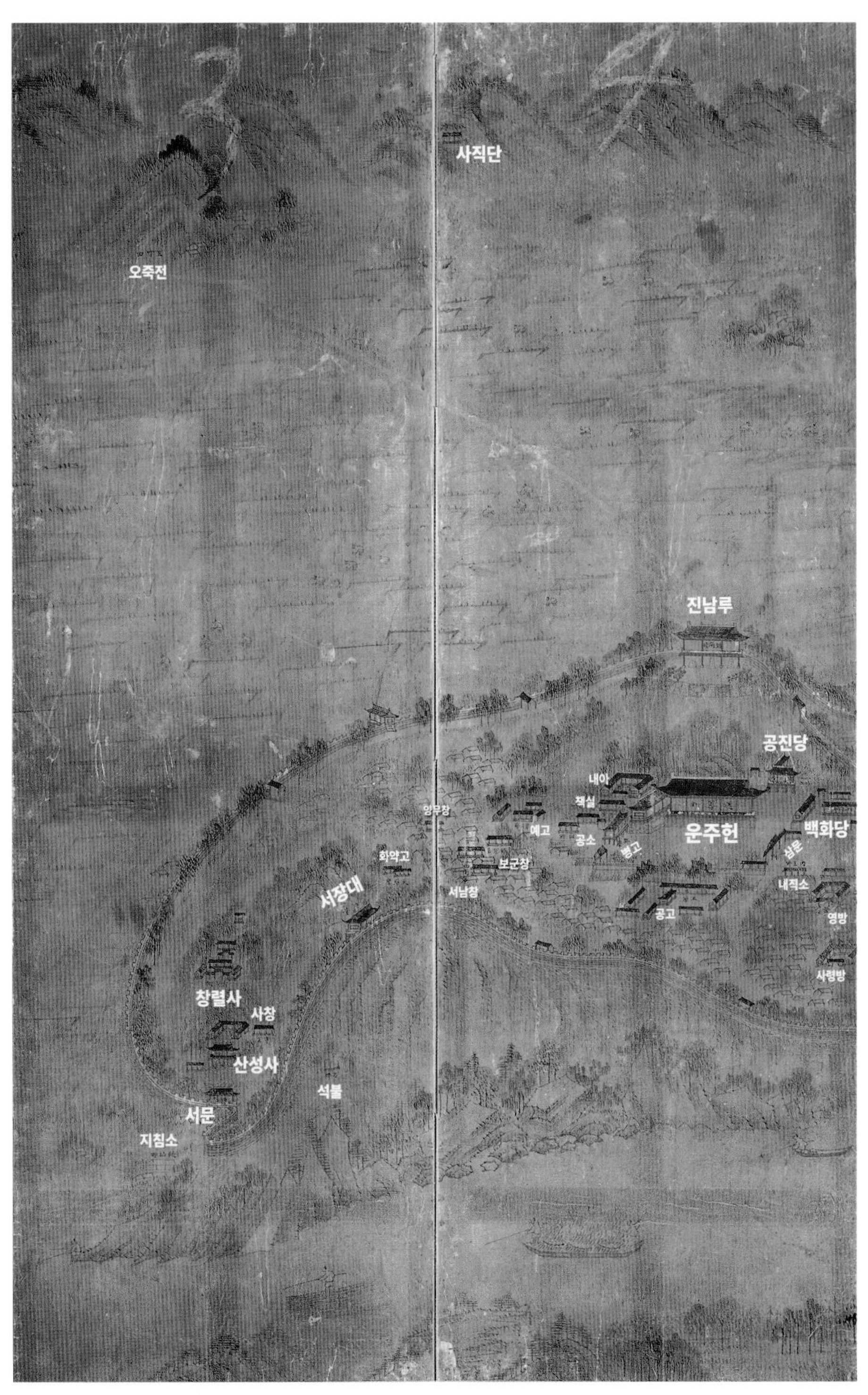

〈진주성도〉(계명대학교 행소박물관 소장) 8~7폭

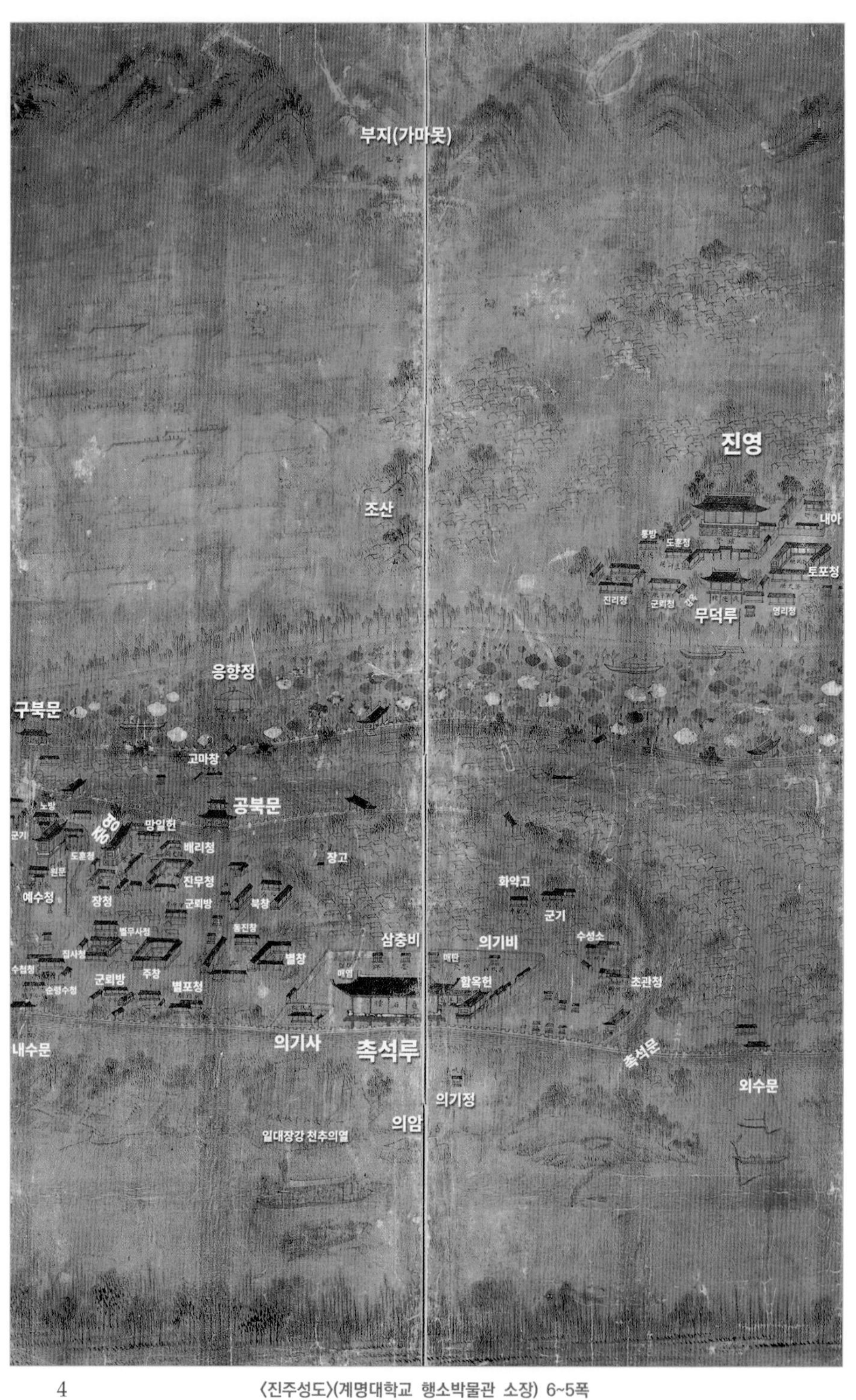

〈진주성도〉(계명대학교 행소박물관 소장) 6~5폭

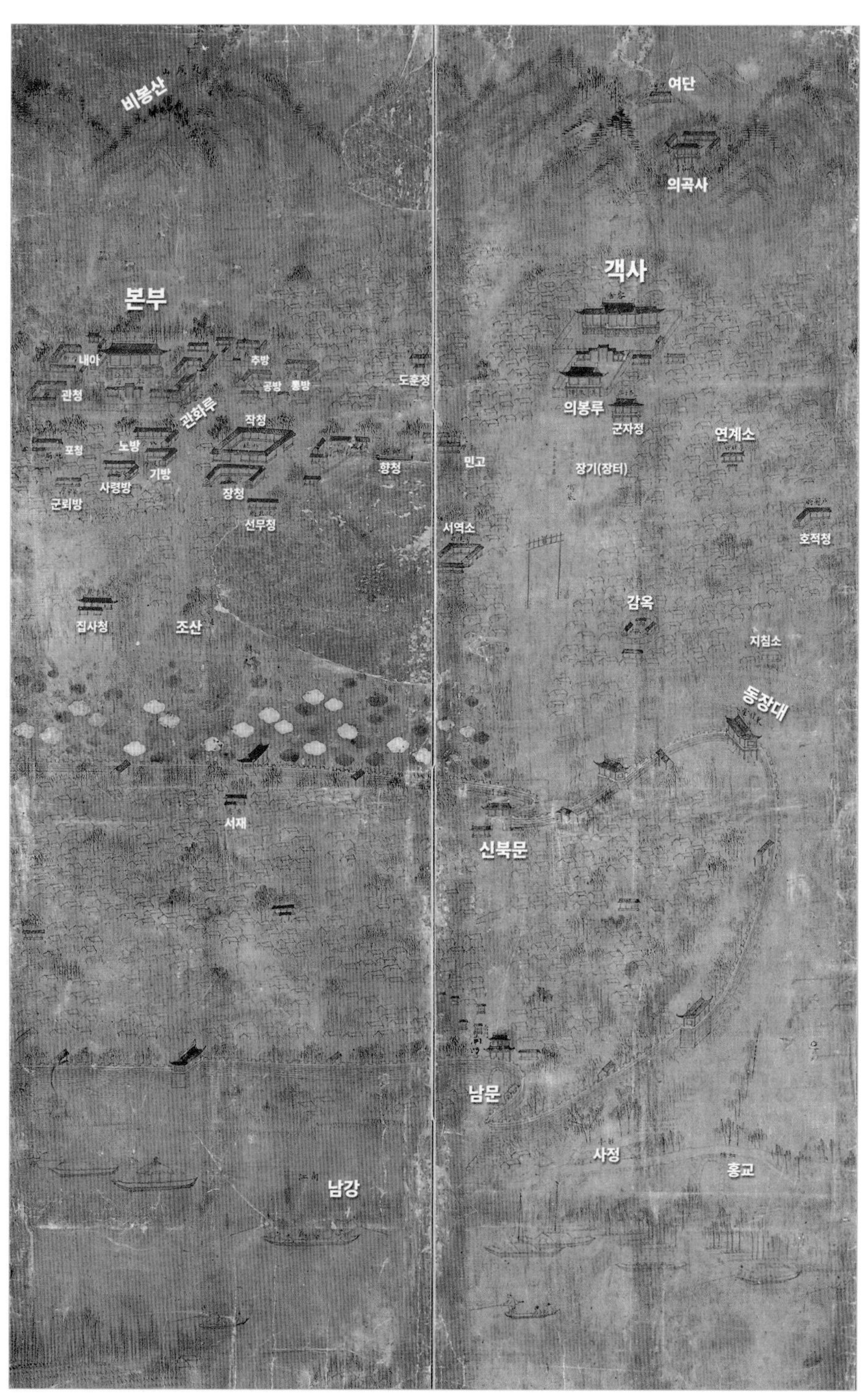

〈진주성도〉(계명대학교 행소박물관 소장) 4~3폭

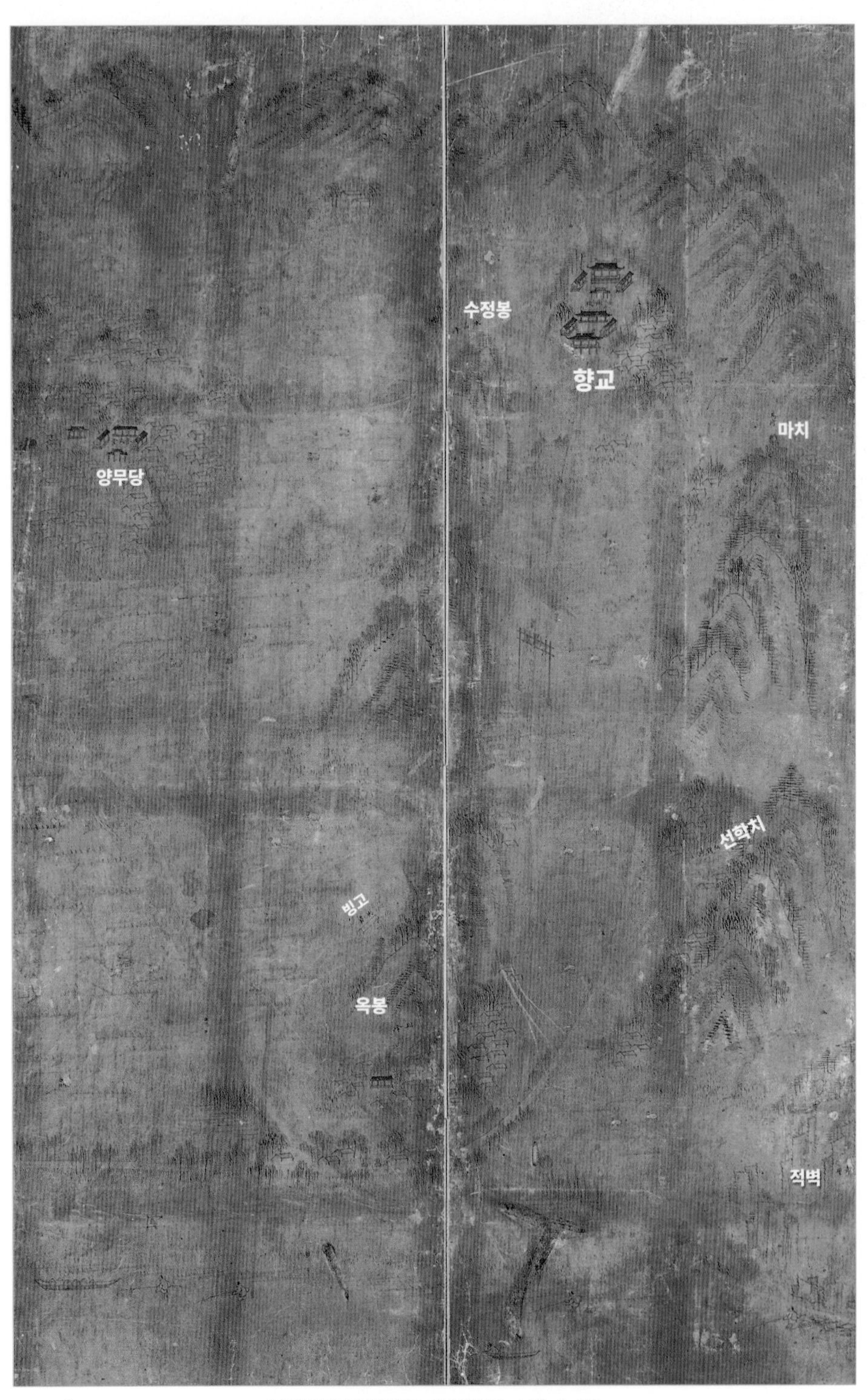

〈진주성도〉(계명대학교 행소박물관 소장) 2~1폭

수정봉에서 본 진주성(1918.2.8). 배다리와 진주신사가 보인다. ⓒ국립중앙박물관 유리건판

1914년 5월 16일 개통한 진주 남강 배다리. ⓒ하강진

의기정려각(내부는 의암사적비), '一帶長江 千秋義烈' 각자, 의암. ⓒ2009.2.25

늦겨울 저수위 때의 남강 절벽과 의암 ⓒ2009.2.25

의기정려각(의기논개지문)과 의암사적비 ©2023.3.22

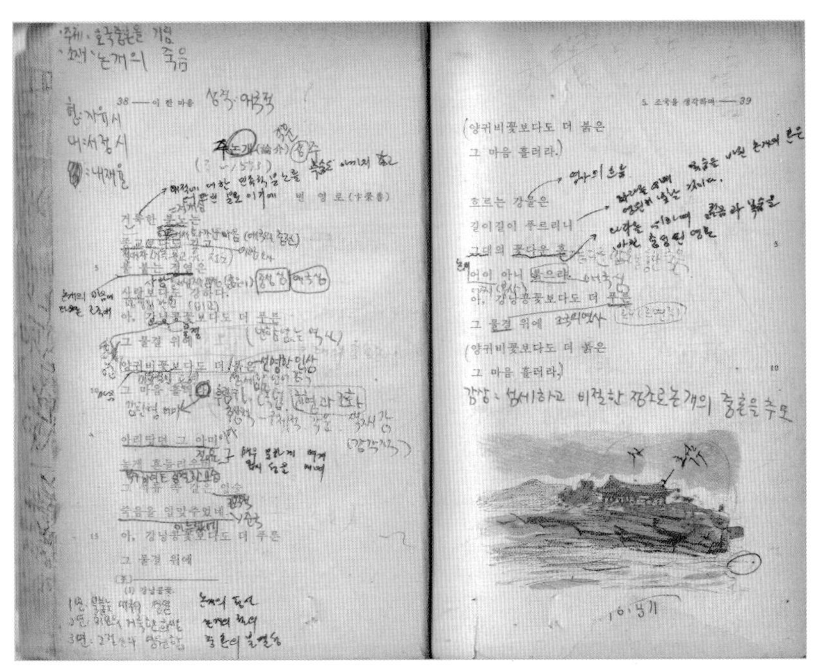

38 — 이 한 마음

논개(論介)

변 영 로(卞榮魯)

거룩한 분노는
종교보다도 깊고
불붙는 정열은
사랑보다도 강하다.
아, 강낭콩꽃보다도 더 푸른
그 물결 위에
양귀비꽃보다도 더 붉은
그 마음 흘러라.

아리땁던 그 아미
높게 흔들리우며
그 석류 속 같은 입술
죽음을 입맞추었네!
아, 강낭콩꽃보다도 더 푸른
그 물결 위에

5. 조국을 생각하며 — 39

(양귀비꽃보다도 더 붉은
그 마음 흘러라.)

흐르는 강물은
길이길이 푸르리니
그대의 꽃다운 혼
어이 아니 붉으랴.
아, 강낭콩꽃보다도 더 푸른
그 물결 위에
(양귀비꽃보다도 더 붉은
그 마음 흘러라.)

『중학 국어』 3-1에 수록된 「논개」. 저자가 논개를 문학적으로 처음 배우다. 1979.4. ©하강진

1955년 5월 이전의 의기사와 의랑논개의 비. 한국전쟁으로 촉석루가 불타 빈터에 휑뎅그렁하게 주춧돌만 남은 모습. ©정영철

촉석루 암문 아래 절벽에 새겨진 '山紅' ©2019.3.30

선학산에서 본 진주성. ©2013.1.27

임진대첩계사순의단 아래 광장의 진주목사 김시민 전성각적비(1619, 좌), 진주촉석정충단비(1686, 우). ©2013.11.3

서장대 성가퀴에서 내려다본 창렬사(左), 호국사(右) ©2023.3.22

제430주년 창렬사 제향. 전날 비가 내려 천막을 쳤다. ©2023.4.29

일러두기

1. 이 책은 제2차 진주성전투 430주년을 염두에 두고서, 순국 인물의 역대 시문을 최초로 한곳에 엮고 번역한 것이다.
2. 총집 범위는 한문으로 된 시나 산문을 원칙으로 하되, 논개 시문은 근대 이후 일화가 다양하게 생성된 사실을 고려해 국한혼용체로 표기된 작품도 수록했다.
3. 집성 총량을 보면, 전체 작가는 256명이고 작품은 283편이다. 이중 논개는 작가가 141명이고 작품은 143편이다. 또 삼장사는 작가가 115명이고 작품은 140편이다. 한시문을 동시에 남긴 이는 7명이다.
4. 수록 순서는 제영시의 경우 시대별로 배치했고, 산문은 장소성을 중심으로 구분해 실었다. 작가 출생 연도를 기준으로 하되, 맥락적 이해가 필요한 일부 작품은 선후를 바꾸었다. 그리고 창작 시기가 달라도 작가가 같으면 한 곳에 엮었다.
5. 작가 정보는 본관, 출생지, 인맥이나 사우 관계, 관력 등의 사회관계망을 담아 작품 해제 겸 인물지 성격을 갖도록 했다. 문집, 역사서, 읍지 등에서 필요한 내용을 추출했다. 가계는 부록의 목민관 정보와 연계했다.
6. 작품 정보는 출처 원전과 해당 페이지를 제목 옆에 밝힘으로써 텍스트의 정확성을 높였다. 작품 이해에 요긴한 창작 시기는 편집상 대부분 작가 정보에 제시했다.
7. 한글풀이는 직역을 원칙으로 하되, 내용 이해에 요구되는 핵심 전고나 용례는 각주로 제시했다. 각주는 작가별로 일련번호를 매겼다.
8. 부록 중 역대 진주목사와 경상우병사는 총 531명이다. 가계와 재직 시 활동 요점을 적었다. 그리고 용어편은 자주 등장하는 낱말을 간략히 풀이한 것으로, 각주 중복을 줄임은 물론 시문의 관습적 표현을 이해하는 데 도움을 줄 것이다. 인물편은 시문에 나오는 주요한 사람의 행적을 소개하되 작가나 목민관의 정보와 연계되도록 했다.

9. 의기사와 창렬사의 연혁은 저자의 『진주성 촉석루의 숨은 내력』(2014)에 있으므로 본문 속에서 필요에 따라 간략히 서술했다.

10. 〈진주성도〉(보물 제1600호, 340×111cm)는 계명대학교 행소박물관 소장본으로 시설이나 장소에 표기된 총 131개 한자 명칭에 한글을 덧붙였다.

11. 자료 수집과 원문 해석에 유용하게 이용한 전자 문헌은 다음과 같다.

한국고전종합DB	db.itkc.or.kr
한국역대문집총서DB	db.mkstudy.com
한국고전종합목록시스템	www.nl.go.kr
경상대학교 문천각 남명학고문헌시스템	nmh.gsnu.ac.kr
한국학중앙연구원 장서각	yoksa.aks.ac.kr
서울대학교 규장각 한국학연구원	kyudb.snu.ac.kr
한국사데이터베이스	db.history.go.kr
조선왕조실록	sillok.history.go.kr
승정원일기	sjw.history.go.kr
한국역사정보통합시스템	www.koreanhistory.or.kr
국립중앙도서관	www.dlibrary.go.kr
국립중앙박물관	www.nanet.go.kr
한국학자료센터	kostma.aks.ac.kr
한국국학진흥원 유교넷	book.ugyo.net
호남기록문화유산	memoryhonam.jnu.ac.kr
인제대학교 족보도서관	genealogy.inje.ac.kr
장서각 기록유산DB 왕실족보	jsg.aks.ac.kr

머리말

> "나는 詩人으로 그대의 愛人이 되얏노라
> 그대는 어데 잇너뇨 죽지 안한 그대가 이 세상
> 에는 업고나"
> —한용운, 「論介의 愛人이 되야셔 그의 廟에」

"촉석루 문학"에 뜻을 둔 지 어언 20여 년, 시리즈 세 번째로 『논개와 삼장사 시문 총집』을 이제 내놓는다. 앞서 촉석루를 제재로 지은 시문만을 한자리에 모은 『역주해 역대 촉석루 시문 대집성』(2019), 진주 문화콘텐츠의 핵심 요소를 다면적으로 고찰한 『진주성 촉석루의 숨은 내력』(2014)과 긴밀한 짝을 이루게 되었으니 맨 처음 계획한 취지를 살린 듯하다. 세 권을 합쳐 원고지로 10,000매가 넘는 분량이다.

고려 후기부터 명승 경관으로 으뜸이었던 촉석루는 임진왜란 때 논개(論介)와 삼장사(三壯士)가 비장한 순국을 결행하는 현장이 됨으로써 누정 자체의 공간적 특성이 변했다. 그 절의와 충렬에 내재한 상징성은 진주 땅에 문화적 기억(Cultural Memory)으로 강렬히 저장되었고, 또 구한말을 거쳐 일제강점기에는 외세의 폭력적 침탈에 저항하고 비양심적인 세력을 직간접으로 비판하는 심상 공간으로 인식되었다. 충의와 배반, 지조와 순응 등의 다양한 사회적 변주 속에 촉석루 문학의 갈래와 총량이 늘어났다.

촉석루는 논개와 삼장사로 더욱 명성을 얻었다. 논개라고 하면 대개 구비 설화나 현대 소설에서 묘사된 그녀의 출생지와 신분, 혹은 왜장 실체를 둘러싸고 벌이는 격렬한 논쟁이 먼저 떠오른다. 삼장사 경우에는 촉석루중삼장사 시의 작가 문제에 온통 관심이 집중되어 있다. 사실과 과장, 진실과 허구의 경계를 넘나드는 이 복잡한 실타래는 독자나 지역 사이에 한쪽이 양보할 수 없는 기대 지평과 긴밀히 맞물려 있어 그 향방을 결정하는 가닥을 잡기는 쉽지 않다.

촉석루 제영시문을 연구하는 과정에서 논개나 삼장사의 사적을 제재로 지은 작품이 대거 존재한다는 사실을 확인한 이상, 이를 단독 출판하는 것이 시급한 과제라 판단했다. 그러다 보니 자연스레 쟁점별로 활발하게 인용되는 시문과 읍지는 말할 것도 없이 여러 경로를 통해 입수한 새로운 문헌을 수록했고, 논개의 경우 근현대의 작품까지 두루 포함했다.

첨예한 논전일수록 정밀한 자료 분석이 관건이다. 논개는 근대 이전에 전승된 기록물과 근현대에 집중적으로 생성된 문헌을 비교하면서 역사적 사실에 접근해야 한다. 그리고 삼장사는 종래 기록물과 함께 지역 전통의 문화적 기억을 아울러 검토할 때 해결의 실마리를 찾을 수 있다. 이러한 판단은 시문 자료를 번역하고 분석하는 과정에서 도달한 결론이다.

서명(書名)의 '삼장사'는 진주성전투 때 순절한 인물들을 아우르는 범칭으로 썼다. 이는 김성일의 촉석루 시라 하여 차운한 것도 있지만 최경회 작으로 수용한 경우가 여럿 있고, 창렬사나 순국지사를 제재로 지은 작품이 다수 분포한다는 사실과 함께 적어도 진주 권역에서는 호남 출신의 장수들을 삼장사 범주로 인식하는 문화적 기억의 전통이 있기 때문이다.

이 책은 전체 4부와 부록으로 구성했다. 제1부는 작품 해제의 성격이다. 논개와 삼장사 논의의 현재를 짚어보고 진주시 문화 발전을 위해 몇 가지 제안하느라 분량이 길어졌다. 또 고려거란전쟁 때 기개를 과시한 진주인의 충절 정신이 면면히 내려오다가 임란 때 진주 의병과 조선 후기 진주농민항쟁으로 계승되어 소중한 지역 정체성이 되었다는 의견을 앞쪽에 개진했다.

제2~3부의 논개와 삼장사 시문은 본서의 중추로 촉석루 문학의 다양성, 장소 사랑과 결부한 창렬사나 의기사의 연혁, 문화적 기억 투쟁의 오랜 과정을 담고 있다. 한시는 절구, 율시, 배율, 장편시, 악부시, 과체시 등 형식이 다채롭다. 그리고 산문은 기문, 비명, 계사, 소장, 명찬, 입전, 논변, 제문, 야담, 기행문 등을 두루 실었다. 이 중 최경회의 논개 관계, 삼장사 시 창작을 최초로 언급한 1750년 권적의 최경회 행장은 주목할 만하다. 아울러 수록한 장수 지역의 시문은 논개의 공시적 이해에 참고될 것이다.

제4부의 읍지는 찬자의 성격을 가릴 것 없이 자기편 논리를 강화하거나 정보를 재생산하는 데에 신뢰 있는 정전의 권위를 갖는다. 논개와 최경회, 임란 사적이 진주나 장수의 읍지류에 들어앉은 모습을 확인할 수 있도록 원전과 함께 제시했다.

부록에서 본문 이해와 진주학(晉州學)의 기초가 되는 목민관을 심도 있게 분석했다. 진주목사는 조선 개국부터 갑오개혁까지 총 336명이다. 배설, 곽재우, 조필영이 재임해 실제 333명이다. 또 경상우병사는 진주와의 친연성이 강화된 임란 이후로 총 231명이 재직했고, 병영이 창원에서 진주성으로 이전된 1603년 8월부터 1635년 10월까지 총 23명의 우병사가 목사를 겸했다. 이중 조대곤, 이수일, 정기룡, 김태허, 류지신, 김응해, 정익, 김체건, 이필, 강만석이 재임했으니 실제 우병사는 221명이다. 중복을 제외하면 진주목사와 우병사는 모두 531명인데, 그들의 가계와 행적을 추적해 표로 완성하느라 작년 1월부터 8월 초까지 7개월 동안 꼬박 매달렸다.

자칭 "학자로서 죽지 않은 논개와 삼장사의 애인이 되겠다"라고 패러디해 보았지만 근정(斤正)할 부분도 있을 것이다. 뚝심으로 오기까지 한자학의 심오한 세계와 국내외 학문적 네트워크 장에 늘 초대해 주시는 경성대 한국한자연구소 하영삼 소장님, 고도 진주의 정서와 문화를 허심탄회하게 수시로 공유하는 정인태 동서대 명예교수님, 표지디자인을 멋지게 해주신 안병진 동서대 디자인대학장님, 그리고 40년 전에 출범한 동양한문학회를 4년째 애면글면 같이 꾸려나가고 있는 부산대 한문학과 권정원 교수, 이분들의 따듯한 마음이 더욱 고맙게 느껴진다.

경진출판 양정섭 대표님의 호의와 배려로 마침내 진주학 시리즈 세 권을 완성할 수 있었다. 만 십년을 함께한 집념의 여정이다. 고맙다는 말씀을 진심으로 전해드리고 싶다.

서문 초안을 쓰던 지난 연말에 문화재청에서 밀양 영남루와 삼척 죽서루를 국보로 지정했다는 소식을 접했다. 한국전쟁 때 소실된 촉석루를 원형 복원한 지도 어언 64년이 되었다. 고려 후기 창건 직후부터 절경의 문화경관으로 이름났고, 불굴의 민족사와 충의 정신이 생생히 살아있는 촉석루는 마땅히 국보로 환원되어야 한다. 물리적 실체보다 더 값진 것은 누각에 켜켜이 쌓인 오랜 역사의 숨결이다. 논개와 삼장사 시문을 집성한 이 책을 포함한 '진주학 시리즈'가 촉석루의 국보적 가치를 입증하는 데에 인문학 차원의 길잡이가 되기를 바란다.

2024년 1월 7일

한실인문학연구소 한운루(閑雲樓)에서

하강진 삼가 쓰다

차례

제2부 시문에 저장된 논개 기억

20세기

[별록] 장수 논개생장향비 제영

제2장 논개 사적 산문 234

제3부 시문에 저장된 충신 기억

제1장 충신 순국 제영 357

17세기

18세기

19세기

제2장 충신 사적 산문 451

제4부 읍지류에 저장된 논개·최경회

[부록]

제1부 진주 천년의 충절 역사

제1장 진주 충절 정신의 효시

: 하공진 장군의 위업과 진주성 경절사 깊이 읽기

진주(晉州)는 충절(忠節)의 도시이다. 진주인이라면 누구나 공감하는 바이다. 도시 이미지는 장구한 역사의 흐름 속에서 특별한 사건과 관련해 우뚝한 공적이 있는 인물을 전제로 성립된다. "충절=진주"라는 등식 관계를 성립시킨 효시는 누구인가. 다름 아닌 거란의 제2차 침입으로 풍전등화의 위기에 처한 나라를 구해낸 문하시랑 하공진(?~1011) 장군이다. 여기에다 거란의 제3차 침입 때 혁혁한 귀주대첩의 전공을 세운 은열공 강민첨(963~1021) 장군과 선초 국방의 기틀을 견고하게 다진 양정공 하경복(1377~1438) 장군도 진주 출신이다.

진주성에 경절사(擎節祠)가 있다. 이 사당은 하공진(河拱辰) 장군의 영정과 위패를 봉안하고 향례(享禮)를 받드는 사당이다. '擎節'은 경천대절(擎天大節)의 약자이다. '擎'은 떠받치다, 떠받들다 뜻이다. '擎天'은 어떤 사람의 꿈속에 남송의 충신 문천상(文天祥)이 무너지려는 하늘을 떠받쳤다는 고사와 관계 있다. 곧 '경절'은 공이 큰 절개로 백척간두의 고려를 지켜냈다는 뜻과 함께 공의 진충보국의 정신을 높이 떠받든다는 의미를 아울러 담고 있다. 경내 서쪽의 충의당(忠義堂)과 동쪽의 수덕재(修德齋)가 좌우로 옹위해 사당의 품격을 한층 높여준다. 그리고 사당 앞 산책로에는 고려 충절신 증시랑 하공진 사적비(高麗忠節臣贈侍郎河拱辰事蹟碑)가 세워져 있다.

경절사 외삼문의 이름은 경앙문(景仰門)이다. '경앙'은 인물의 덕망이나 기개를 사모하여 우러름을 뜻한다. 또 내삼문의 편액은 열일문(烈日門)이다. '열일'은 추상열일(秋霜烈日)에서 알 수 있듯이 두려운 위엄을 뜻한다. 그리고 내삼문 앞 좌측에는 비범한 문양의 기단에 세워진 직사각형의 비석이 있다. 바로 하공진 순국 어록비이다. 검은 석면에 단아한 예서체로 새겨진 두 줄의 백색 글귀가 예사롭지 않다.

나는 고려 사람이니	我是高麗人
두 마음이 있을 수 없다	不敢有二心

한마디로 가슴을 전율케 하는 경구(警句)로, 당시를 상상하면 절로 고개가 숙여질 수밖에 없다. 진주가 충절의 도시로 깊이 각인된 유래가 이 편언척자(片言隻字)에 있음을 짐작하게 한다. 그렇다면 거란 왕에게 강요된 '二心'을 조국 고려를 위해 목숨 바쳐 거부한 고려인 하공진 장군

하공진 장군의 순국어록비(좌), 경절사로 향하는 제관들. ©2023.1.6

의 기개는 과연 어떠했던가.

마침 총 32부작으로 작년 11월 11일에 첫 전파를 탄 KBS2 공영방송 50주년 특별기획 대하사극 “고려거란전쟁”이 다음달 25일이면 종영된다. ‘승리로 쟁취한 평화’를 캐치프레이즈로 내세운 이 주말 역사드라마에서 하공진 장군(이도국 분)의 대 활약상이 어떻게 그려질지가 매우 궁금하나 이 책 출간 뒤에나 알 수 있어 못내 아쉽다.

그러면 선초에 편찬된 『고려사』, 『고려사절요』 등의 객관적 사료에 입각하여 공의 벼슬 이력과 당대의 특징적 사건, 당시 활약상과 충절 정신의 진면목을 살펴보기로 한다.

1. 무너진 왕실 기강을 바로잡는 데 크게 기여하다

하공진 공은 『고려사』에 등장하는 최초의 진주인(晉州人)이다. 출생 연도는 미상이나 제6대 성종 13년(994) 8월에 이승건의 후임으로 압강도구당사(鴨江渡勾當使)에 임명되었다는 첫 기록(①)이 보인다. 이중 ‘渡’는 진도(津渡)로 개경 예성강 하류의 벽란도(碧瀾渡)처럼 인원, 물자, 선박 등이 오가는 교통 요지를 지칭한다. ‘勾當’은 임무를 담당하다 뜻이고, ‘勾當使’는 특수 목적으로 지방에 파견한 외직을 말한다. 성종은 993년 제1차 거란 전쟁을 치르면서 국경 방비의 중요성을 절감해 서둘러 이듬해 압강도(일명 압록도)를 설치하고 강 연안을 관장하는 관리를 둔 것이다. 여진족의 잠입이나 침탈을 방비하고 내부적으로 중앙정부의 지방

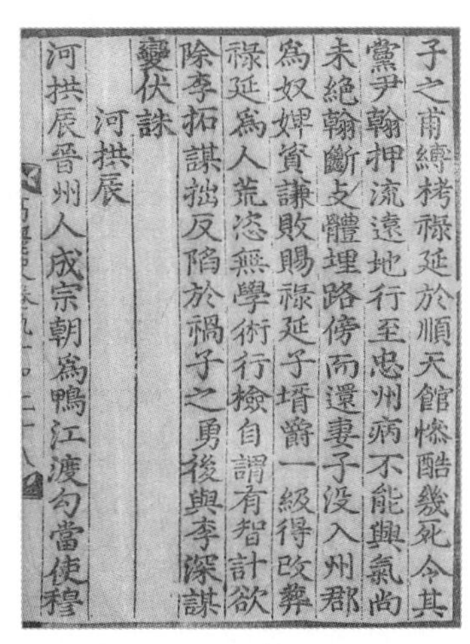
子之甫縛栲祿延於順天館慘酷幾死令其
黨尹翰押流遠地行至忠州病不能興氣尚
未絶翰斷支體埋路傍而還妻子沒入州郡
爲奴婢貲謙敗賜祿延子壻爵一級得改葬
祿延爲人荒恣無學術行檢自謂有智計欲
除李拓謀拙反陷於禍子之勇後與李深謀
變伏誅
河拱辰
河拱辰晉州人成宗朝爲鴨江渡勾當使穆

『고려사』 권94 「하공진전」①

세력 통제를 강화하려는 목적이 있었다. 공은 압록도에 머물며 낮에는 나가서 동쪽 물가를 감독하고 밤에는 들어와 내성에서 숙직했다고 사서에 기록되어 있다.[1] 육로와 하천이 교차하는 압록강 나루를 관리하고 경비하는 역할을 충실히 수행했음을 알 수 있다.

997년 성종을 이어 제7대 목종(980~1009)이 18세 나이로 등극하자 흔히 천추태후(千秋太后)라 칭하는 왕의 모후 헌애왕후 황보씨가 섭정을 시작했다. 태후는 제5대 경종(955~981)의 제3비로 성종의 여동생이었는데, 외척 김치양(金致陽)을 불러들여 국가 정사를 농단했다. 두 사람은 사통해 낳은 자식을 후사가 없는 목종(穆宗)의 후계자로 만들고자 모의했다. 걸림돌은 고려 왕실의 유일한 혈족으로 뒷날 현종이 된 대량원군(大良院君) 왕순(王詢)이었다. 그는 헌애왕후의 언니이자 경종의 제4비인 헌정왕후가 이복 숙부인 왕욱(王郁)과 사통해 낳은 아들로 혈통상 태조 왕건의 손자였으니 왕위 계승 1순위였다. 이에 태후와 김치양은 왕순을 숭경사(崇慶寺)로 출가시킨 것도 모자라 자객을 보내 살해까지 시도하였다.

권력 암투가 치열하게 진행되던 1009년 1월 목종이 병석에 눕게 되었다. 당시 공은 무관직인 중랑장(中郎將, 정5품)으로 있었는데, 위험에 처한 임금의 침전 주변을 줄곧 지켰다. 얼마 뒤에는 문관직인 상서좌사랑중(尙書左司郎中, 정5품)에 임명되었다. '상서'는 본부의 여섯 행정관청을 감독하는 상서도성(尙書都省)의 약칭이고, '좌사랑중'은 정5품 벼슬이다. 품계는 전과 차이 없지만 중앙 문관직으로 이동했으니, 목종에게 문무(文武) 자질을 인정받았다는 뜻이다.

임금은 사태가 급박해지자 신혈사(神穴寺, 현 서울 은평구 소재)에 옮겨 머물던 대량원군을 데려와 후계자로 삼고 서경에 있던 서북면 도순검사 강조(康兆)에게 입궐해 자신을 호위하라고 명했다. 하지만 목종의 구도와는 달리 정작 강조는 정변까지를 이미 염두에 두고 있었다. 이때 공은

1) 『고려사』 권10 「세가」 권10 〈선종 5년 9월〉 참조.

당시 개경으로 진군하던 강조에게 재빨리 가담했다. 그러나 강조는 김치양 일당을 제거하는 데 그치지 않고 위태로운 왕실을 바로잡는다는 명분을 내세워 2월 목종을 폐위하고 왕순을 제8대 임금 현종(顯宗)으로 옹립했다. 강제로 쫓겨난 목종은 여생을 보내기 위해 태후와 함께 충주로 향하다가 경기도 적성현(현 파주시 연천)에서 강조가 보낸 부하 자객에게 결국 피살되고 말았다.

목종의 가까운 신하였던 공이 강조의 신속한 임금 교체와 시해 과정에 어떤 역할을 했는지는 구체적으로 알 수 없다. 다만 무력을 이끌고 개경에 들어오는 강조에게 동조하고 힘을 보탠 것은 사실이다. 당시 천추태후와 김치양의 전횡으로 볼 때 고려 왕실은 사생아 김씨에게로 넘어갈 게 불 보듯 뻔했다. 역성(易姓) 조짐의 심각한 국면 속에서 어지러운 왕실의 기강을 바로잡고 왕위를 순조롭게 이양하는 데 강조의 세력 등장을 현실적 대안으로 판단한 것으로 보인다. 그것이 목종의 뜻이었고, 오직 종묘사직을 지키고자 한 공의 충심이기도 했다. 공은 정변 이후에도 벼슬이 여전히 상서좌사랑중에 머물렀고, 한때는 동서계(東西界) 외관직을 맡았다. 이러한 사실은 공이 시역(弑逆)의 핵심 참모는 아니었으나 최전선 국경 방비의 적합한 책임자로 신권력 집단이 중용하지 않을 수 없었음을 시사한다.

2. 외교 마찰의 수습책으로 먼 섬에 유배되다

강조의 정변에 따른 현종의 등극은 대제국 요나라를 건설해 동아시아 국제정세의 판도를 바꾼 거란(契丹)과 긴장 관계를 내포하고 있었다. 그런데 현종 1년(1010) 5월 6일 공에게 뜻하지 않은 위기가 닥쳤다. 공이 일찍이 북방의 여진족과 접경한 동서계를 방비하는 지휘관으로 있으면서 임의로 군사를 발동해 동계(東界)의 동여진 부락을 공격하다가 패한 적이 있다. 함경도 영흥의 화주방어랑중(和州防禦郎中) 류종(柳宗)은 공이 격퇴하지 못한 일을 한스럽게 생각하고 있던 차 마침 여진족 95명이 내조(來朝)하러 화주관(和州館)에 도착하자 그들을 모두 살해했다.

당시 거란의 치하에 있던 여진족이 억울함을 호소하자, 거란 왕은 강조가 임금을 시해하고 새 왕을 옹립한 대역죄를 묻겠다고 통보를 해 왔다. 사실 현종 등극 직후 사신을 보내 왕위 계승을 알린 사실이 있음에도 일 년이 훨씬 지난 시점에 늦게야 문제로 거론한 것은 송나라와 전쟁을 효과적으로 치르기 위해서는 그들의 배후, 곧 고려 북방이 평온한 상태로 유지되어야 했기 때문이다. 이참에 제1차 거란 전쟁 때 서희(徐熙)와의 담판으로 내어준 강동(江東) 6주를 회복함으로써 고려와 송의 우호 관계를 멀게 하려는 외교적 술책이 밑바탕에 깔려 있었다.

사실 발해의 옛 땅에 할거하던 여러 이민족은 고려 초기부터 늘 골칫거리였다. 태조는 〈훈요십조〉에서 거란을 금수의 나라라고 단언하고는 의복제도를 조금도 본받지 말라고 지시했다. 이민족과 접경한 변방의 안정이 무엇보다 숙원 과제였고, 그곳 지역민이나 책임자는 함부로 잠입해 들쑤셔대는 그들에게 강한 적개심을 갖고 있었다. 방어사 류종 또한 공의 한을 잊지 않고 절치부심하며 지내다가 기회를 잡아 몰아낸 것이다. 류종은 집단으로 조회를 온 여진족의 저의를 자세히 알 수 없었고, 언어와 풍속이 다른 저들이 언제 배반할 줄도 모를 바에야 화근을 미리 없애는 것이 마땅하다고 여겼을 것이다. 류종의 군사 행위는 포상을 마땅히 받을 만한 일이었다. 그러지 않았다면 직무 유기한 지휘관으로 책임을 면할 수 없다.

강조의 죄를 묻겠다는 통보에 고려 조정은 당황할 수밖에 없었다. 거란이 치죄 대상으로 강조를 지목한 사실로써 보아 류종의 사건은 어디까지나 부차적 사안에 불과했다. 그렇지만 조정은 거란과의 긴장을 유발한 류종에게 책임을 지우는 과정에서 공을 연좌해 먼 섬으로 유배를 함께 보냈다.2) 대외 관계의 수습 차원에서 임시방편으로 나온 안이기는 하나 내부 동요를 무마하려는 성격이 짙었다.

공의 동여진 축출 실패가 문제가 되었다면 진작에 문책했어야 했다. 하지만 그것과 관련된 기록은 어디에도 나타나지 않는다. 따라서 뒤늦게 공의 과거 일을 소환해 연좌해 원찬(遠竄)한 것은 합리성이 매우 떨어진다. 한편 공의 동여진 격퇴가 성공하지 못했더라도 전투 과정에서 획득한 군사 운용 지식과 이민족 행동 양태 정보는 후일 거란군을 이 땅에서 몰아내는 데 결정적인 밑거름이 되었다는 점에서 소중한 의미가 있다. 공은 외교 전략상의 희생양이 되었으나 나라를 위한 마음으로 유배를 담담히 받아들였다. 언젠가는 구국 충심을 알아줄 날이 있으리라 기대하면서.

3. 거란군을 세 치의 혀로 몰아낸 하공진 장군의 지략

거란의 엄포는 헛소리에 그치지 않았다. 1010년 7월에 거란의 사신과 대장군이 함께 찾아와 전왕의 죽음을 문책하고 돌아갔다. 8월 고려에서 사절단을 보내 경위를 설명하고, 9월에는 사신을 거듭 보내 분위기 전환을 시도했다. 그러나 요(遼)나라 성종(聖宗)은 쿠데타의 주동자 강조 등을 본국으로 압송하라는 요구만 고수해 외교 노력이 별다른 성과가 없었다. 그들은 애초부터 고려를 정복하려는 야욕이 있었기에 출병 시기만 엿보고 있었을 뿐이다.

이에 고려 조정은 전쟁을 대비해 10월 1일 대군단 편성을 완료했다. 거란이 침입 구실로 삼은 강조가 행영도통사를 맡았다. 휘하의 행영도병마사는 안소광, 좌군병마사는 최현민, 우군병마사는 이방, 중군병마사는 박충숙, 통군사는 최사위가 각각 임명되었다. 30만 병사를 통솔해

---

2) 『고려사』 권4 「세가」 권4 〈현종 원년 5월 6일〉(양 6월 20일)에 같은 기록이 있다.

평안도 통주(通州, 현 선천)에 진을 치고 거란군을 대비했다. 일주일 뒤 거란의 사신이 찾아와 전쟁을 선포하자 즉시 관리를 파견해 화해를 시도했으나 무효였다.

매서운 폭풍이 몰아치던 음력 11월 1일 거란 성종이 40만 대군을 거느리고 고려 침략에 나섰다. 거란군은 압록강 건너 흥화진을 포위 공격했고, 다음 달에는 강동 6주의 하나인 곽주(郭州)를 함락하고 청천강까지 진격한 뒤 서경에 이르렀다. 고려의 주력 삼군이 통주에 주둔하며 필사적으로 항전했다. 그러나 몇 차례 국지전에서 승리를 거둬 만용을 부리던 강조(康兆)는 24일의 전투 때 거란군에게 끌려가 나중에 살해된 뒤 살까지 발렸고, 사기가 떨어진 휘하 3만여 명의 병사가 전사했다. 승기를 잡은 거란 성종은 수도 개경을 향해 점점 진군했다.

한편 달을 넘긴 12월 19일 현종은 먼 섬에 유배가 있던 충신 하공진과 류종을 떠올리고는 이들을 소환해 관작을 회복시켰다.[3] 공이 정배된 지 7개월이 지난 시점이다. 거란이 침략해 국토를 마구 짓밟는 마당에 외교상 부득이 연좌시킨 공을 귀양지에 계속 놔둘 하등의 이유가 없었다.

공은 전란에 휩싸인 개경으로 급히 달려가 고려 조정과 운명을 함께 했다. 12월 27일 우리 군사들이 사방으로 흩어짐에 더욱 위협을 느낀 현종은 강감찬(姜邯贊)의 권유를 받아들여 남쪽으로 피난 가기로 했다. 현종은 새벽에 도성 개경을 다급히 탈출했고, 목종이 피살된 경기도 적성현에서 반란군에게 수모를 겪은 뒤 양주(楊州)에 가까스로 도착했다. 이 무렵 군사 20여 명을 거느리고 파천 일행 뒤를 따르던 공은 당시 패전해 달아나던 중군판관 고영기(高英起)를 데리고 양주 행재소에 합류해 임금을 보위했다. 전황은 더욱 불리하게 전개되고 있었다.

같은 달 29일 공은 현종에게 묘책을 건의했다. 강조가 거란군에게 잡혀갔으니 출병 명분이 사라진 만큼 화친을 청하면 그들이 회군할 것이라

---

3) 『고려사』 권4 「세가」 권4 〈현종 원년 12월 19일〉(양 1011년 1월 25일).

확언했다. 임금은 이내 점을 쳐서 길한 괘를 얻고는 이튿날 공에게 호부원외랑 고영기와 함께 표장(表狀)을 받들고 개경의 거란 진영에 가도록 했다(②).[4]

宗時除中郎將王寢疾拱辰與親從將軍庾
方中郎將卓思政等常直近殿門尋遷尚書
左司郎中及康兆擧兵至拱辰遂與思政奔
于兆拱辰嘗在東西界擅發兵入東女眞部
落見敗顯宗初坐流遠島尋召還復職未幾
王避契丹南幸拱辰追謁于道奏曰契丹本
以討賊爲名今已得康兆若遣使請和彼必
班師王筮得吉卦遂遣拱辰及高英起奉表
狀往契丹營拱辰行至昌化縣以表狀授郎

『고려사』 권94 「하공진전」②

將張旻別將丁悅先往契丹軍言曰國王固
願來觀第懼兵威又因內難出避江南遣陪
臣拱辰等陳告事由拱辰等亦惶懼不敢前
來請速收兵旻等未至契丹先鋒已至昌化
拱辰等具陳前意契丹問國王安在答曰今
向江南不知所在又問遠近答曰江南太遠
不知幾萬里追兵乃還明年拱辰與英起至
契丹營乞班師契丹主許之遂留拱辰等拱
辰既被留內圖還國外示忠勤契丹主甚加

『고려사』 권94 「하공진전」③

공은 먼저 낭장 장민(張旻)과 별장 정열(丁悅)에게 표문을 주어 거란군 선봉대의 군문 앞에 가서 고하게 하고, 거란군이 파주 적성을 거쳐 양주 창화현(昌化縣)에 이르자 앞서 말한 표문 내용을 상세히 설명했다. 그들이 국왕의 소재를 묻자, 공은 "지금 강남을 향하여 가셨으니 계신 곳을 알지 못한다.[今向江南, 不知所在]"라고 했다. 또다시 길이 먼가 가까운가를 묻자, 공은 "강남은 매우 멀어서 몇 만 리가 되는지도 알 수 없다.[江南太遠, 不知幾萬里]"(③)라고 답했다. 이에 임금을 추격하던 거란 병사가 되돌아갔다. 시의적절한 교섭에서 공의 승부수가 통한 것이다.

해를 넘겨 1011년 1월 3일에 공이 자청해서 고영기와 더불어 거란 진영으로 들어가 재차 철군을 청하니, 거란 왕은 현종 친조와 강동 6주 반환을 약속한 공의 말을 그대로 수락했다. 피비린내 나는 전란이 종식되는 순간이었다. 공이 고려군의 끊임없는 저항과 후방의 보급로 차단으로 승리를 확신할 수 없던 거란 왕의 심리 동요를

4) 『고려사』 권4 「세가」 권4 〈현종 원년 12월 30일〉(양 1011년 2월 5일).

파악했고, 봄철이 다가오기 전에 회군할 필요가 있던 유목 민족의 특성을 간파하고 있었기에 막후 협상을 성공적으로 이끌 수 있었다.

거란 성종은 철군의 명분을 얻고 최소한 수모를 피하는 실리를 택했다. 그 배경에는 공이 일찍이 압강도 구당사로서 변방 이민족을 차질 없이 통제한 실무 능력, 북방 동서계 지휘관으로서 여진족과 실전을 치른 경험 등으로 축적한 외교 수완이 빛을 발했다는 사실이다. 특히 임금의 행궁 장소를 특정하지 않고 수만 리 강남으로 과장해 대답함으로써 고려의 남북 길이를 제대로 알 턱이 없는 거란군의 추격 의지를 꺾었다. 세 치의 혀[三寸舌]로 열변을 토하고 능숙한 심리전을 이용해 나라를 구한 것이다.

하지만 거란 왕은 철군하는 담보로 공과 고영기를 억류했다. 이러한 불행한 소식을 들은 현종과 중신들은 협상이 실패한 것으로 인식해 절망 속에 광주(廣州)를 거쳐 16일 전라도 나주까지 피신했다. 거란군이 11일에 이미 본국으로 퇴각한 사실은 한밤의 행궁에 도착한 하공진의 장계를 받아보고서야 뒤늦게 인지하게 되었다. 현종은 그제야 마음을 놓고 개경으로 수레 방향을 돌려 2월 말에 환궁했다. 그리고 8월 15일 조정 주변에 남은 강조 일당을 유배 보냄으로써 정국 수습을 일단락했다.

공이 조정에 복귀해 종횡 활약하지 않았더라면 고려의 국운은 어찌 되었을까. 생각하면 눈앞이 캄캄해질 따름이다. 침략자의 말발굽이 흙먼지를 일으키자 고려 대군은 이들을 막아내는 데 힘에 부쳤고, 평소 저마다 충신이라 자부하던 이들은 살기 위해 도망가기 바빴으며, 거란의 무차별 양민 학살로 민심은 수습하지 못할 정도로 바닥난 상태였다. 강풍이 불어야 질긴 풀을 알 수 있듯이, 이때 공은 정치적 희생에 개의치 않고 어명을 받들어 맨몸으로 적진을 찾아가 외교 담판을 지었다. 만일 화친이 성사되지 않으면 목숨을 내놓아야 하는 절체절명의 순간이었으나 재치 있는 기지(機智)로 기세등등한 거란 왕을 설득해 누란지위의 민족을 살려냈다.

반면에 자신은 엄동설한에 회군하는 군사에 섞여 멀고 먼 이역 땅에 붙잡혀 가는 신세를 면하지 못했다. 오직 조국의 안위를 걱정하고 고향 산천을 그리워하면서 다시는 돌아올 수도 없을지도 모른다는 불안감에 휩싸였을 공을 생각하면 그저 가슴이 먹먹해질 따름이다.

4. 고려인의 기개를 떨친 하공진 장군의 비장한 최후

하공진 장군의 충의 정신과 인품에 탄복한 거란 성종(聖宗)은 공을 자신의 신하로 삼고 싶었을 것이다. 그렇지 않다면 관직이 정5품 좌사랑중(左司郎中)인 공을 화친 교섭 당사자라 하여 굳이 억류할 이유는 없었다. 고려를 강력히 통제하려면 고위직의 조정 대신을 인질로 데리고 가는 것이 더욱 실효가 있었을 테니까 말이다.

거란군은 의주에서 양규(楊規) 부대의 맹공으로 큰 타격을 입고 수도인 상경임황부(현 내몽고 파림좌기)에 도착했다. 공은 이곳에 억류당했지만 내심 환국을 도모하면서 겉으로는 충성과 근실함을 보여 거란 왕의 후한 대우를 받았다. 함께 간 고영기(高英起)와 은밀히 모의해, "고려가 이미 망했다.[本國, 今已喪亡]"(④)라는 거짓말로 거란 왕을 속이고 탈출을 감행했다.

고려 현종이 2월말 개경으로 돌아왔다는 첩보를 접한 거란 왕은 공을 연경(현 북경)에, 고영기를 중경(현 내몽자치구 영성현)에 격리해 서로 수만 리 떨어진 곳에 살게 했다. 또 좋은 집안의 딸을 공의 배필로 정해주었는데, 환심을 사기 위한 것이라기보다는 철저한 감시

寵遇拱辰與英起密謀奏曰本國今已喪亡
臣等願領兵點檢而來契丹主許之尋聞其
返國使英起居中京拱辰居燕京皆妻以良
家女拱辰多市駿馬列置東路以爲歸計人
告其謀契丹主鞫之拱辰具以實對且曰臣
於本國不敢有二心罪當萬死不願生事大
朝契丹主義而原之諭令改節效忠拱辰辭
益厲不遜遂殺之爭取心肝食之後王下敎
錄功加其子則忠祿資文宗六年制曰左司

『고려사』 권94 「하공진전」④

가 목적이었다.

이러한 회유책이 충의 정신이 투철한 공에게 통할 리가 만무했다. 오히려 공은 좋은 말을 많이 사서 고려로 가는 길에 차례로 배치해두었다. 공의 계책은 1011년 12월 예의주시하던 거란인에 의해 탄로 나고 말았다. 거란 왕의 직접 심문을 시작하니, 공은 본심을 구태여 숨기지 않고 사실대로 당당하게 진술했다. 그리고 "나는 우리나라에 대해 감히 두 마음이 있을 수 없소. 죄는 만 번 죽어도 마땅하나 살아서 대국 섬기기를 바라지 않겠소.[臣於本國, 不敢有二心. 罪當萬死, 不願生事大朝]"(④)라고 했다. 두 마음은 고려 현종을 버리고 거란 성종의 신하가 된다는 의미이다. 왕은 달갑지 않지만 의롭게 여기고 풀어주면서 절개를 바꾸어 충성을 바치라고 명령했다. 왕이 설득할수록 공의 언사는 더욱 거칠어져 불손했다. 협박조차 통하지 않자 격분한 왕은 마침내 공을 죽이고, 주변 병사들은 앞다퉈 공의 염통과 간을 꺼내 먹었다.[5]

이렇게 하공진 장군은 적국의 심장부에서 잔인하게 최후를 마쳤다. 아무도 보지 않은 곳에서 고려 신하임을 끝까지 주장하며 형틀에서 모진 고문을 당하다가 육신 한 점까지도 조국을 위해 바쳤다. 일편단심 충절 하나로 대정복자 군주에게 세 치의 혀로써 정면으로 맞섰던 그였다. 공의 태양처럼 빛나는 매서운 충심은 그들에게 큰 위압감을 주고도 남음이 있었다. 경절사 앞의 비석에 깊이 새겨진 두 글귀는 공의 비장한 순국을 후세에 길이 전할 만한 명언이다.

공의 순국은 대외항쟁에서 고려인의 기개와 불멸의 항거 정신을 상징한다. 제3차 거란 침입에 맞서 상원수 강감찬(姜邯贊)과 부원수 강민첨(姜民瞻) 장군이 이끈 고려군이 대승을 거둔 것도 공의 대활약이 없었다면 불가능한 일이었다.

---

5) 『고려사』 권4 「세가」 권4 〈현종 2년 12월〉에는 "是月, 契丹殺河拱辰"이라는 짧은 기사가 있다. 양력으로 환산하면 1012년 1월이다.

5. 고려 조정과 후대의 하공진 장군 선양

여요전쟁이 종식되고 조정은 안정을 되찾았다. 고려 종사를 지켜내는 데 공적이 있는 인물에게 거국적인 차원으로 포상했다. 1025년 현종은 교서를 내려 공의 공훈을 기록하게 하고 아들에게는 녹봉과 관등을 올려주었다.

제11대 문종(文宗)은 1052년 5월 교지를 내려 공신각에 모실 공의 초상화를 그리도록 하는 한편, 아들 칙충(則忠)에게는 5품직을 제수하도록 했다. 또 이윽고 8월에는 공에게 상서공부시랑(尙書工部侍郞, 정4품)을 추증했다(⑤).

제15대 숙종(肅宗)은 1095년 공의 자손들에게 벼슬을 주도록 했다. 이뿐만 아니라 제16대 예종(睿宗)은 『고려사절요』에서 보듯이 1110년 9월 천수전(天授殿)에 주요 대신들을 불러 놓고 연회를 베풀었는데, 광대[優人] 놀이를 통해 공신 하공진을 찬미했다. 그런 다음 그의 공훈을 추모해 현손인 위위시(衛尉寺) 주부(注簿, 종7품) 하준(河濬)을 통례문 합문지후(閤門祗候, 정7품)로 삼고 아울러 직접 시를 지어 하사했다.6)

郎中河拱辰在統和二十八年契丹兵入侵
臨敵忘身掉三寸舌能却大兵可圖形閣上
超授其子則忠五品職尋又錄其功贈尚書
工部侍郎
金殷傅
金殷傅水州安山縣人性勤儉成宗朝授甄
官丞穆宗時累遷御廚使顯宗初爲公州節
度使王避契丹南下次公州殷傅備禮郊迎
曰豈意聖上跋涉山川凌冒霜雪至於此極

『고려사』 권94 「하공진전」⑤

命實增惶恐今奉詔書因遼冊命祇去權字
以示正名況是御筆親製如此榮幸古未曾
有不任感愧庶効忠誠○門下侍郎平章事
李顗卒顗恬靜寡欲不事生産酷嗜浮屠說
自號金剛居士○閏八月癸卯王奉太后幸
南京遂幸三角山藏義寺及僧伽窟○九月
宴諸王宰樞于天授殿達曙乃罷各賜侑幣
王賦詩命儒臣和進賜物有差有優人因戲
稱美先代功臣河拱辰王追念其功以其玄
孫衛尉主簿濬爲閤門祇候仍製詩賜之○

『고려사절요』 권7 〈1110년 9월〉
'하공진 광대놀이' 기사.

---

6) 『고려사』 권13 「세가」 권13 〈예종 5년 9월 9일〉(양 10월 23일)에 같은 기록이 있다.

특히 예종대의 '하공진 놀이'는 국가 주도로 창작 공연된 연극인데, 하공진 장군을 선양하는 방식이 궁중 예악의 중요한 레퍼토리로 승화되었음을 보여준다. 이 시기는 윤관(尹瓘)이 북방 지역의 새로운 강자로 등장한 금(金)나라 여진족을 정벌하고 개척한 동북 9성을 반환한 직후였다. 고려는 여진과 일시적인 평화를 선택했지만 동아시아 정세 향방에서 여진의 외압은 늘 존재했다. 이때 궁중 문화양식으로 정착한 하공진 놀이에 대해 사계의 한 전문가는 "11세기 북방의 강력한 초원 세력에 맞서 고려라는 국가와 민족의 존립을 위해 순국한 하공진 일생에 대한 신성 의식"이라고 그 의미를 부여했다.

또 원나라 지배를 받던 1298년과 1308년에 충선왕(忠宣王)은 공의 업적을 잊지 않고 후손에게 벼슬을 허락했다. 외세의 압제에 맞서 민족자주를 염원할 때 상기한 인물이 다름 아닌 300년 전의 충절신 하공진 장군이었다. 그리고 문충공 하륜의 문집에 시기 미상이지만 공이 문하시랑동평장사(門下侍郞同平章事, 정2품)에 추증된 것으로 기록했는데, 이는 고려말까지 국가에서 극진히 예우할 정도로 장군의 위상이 대단했음을 알려준다.

이처럼 역대 고려 선왕들은 공의 공훈을 지속적으로 기억하고 다양한 의례를 거행했다. 이는 고려 전 역사에서 흔치 않은 현창 사례이다. 그만큼 공의 충의는 국난 극복의 상징으로서 숭모할 만한 가치가 있는 것으로 인식했다는 뜻이다. 공은 진정한 역사의 증인이자 고려인의 사표였던 셈이다.

조선에 들어서도 충신 하공진의 업적을 변함없이 높이 기려 『신증동국여지승람』 「진주목」 〈인물〉조의 첫머리에 올렸다. 당

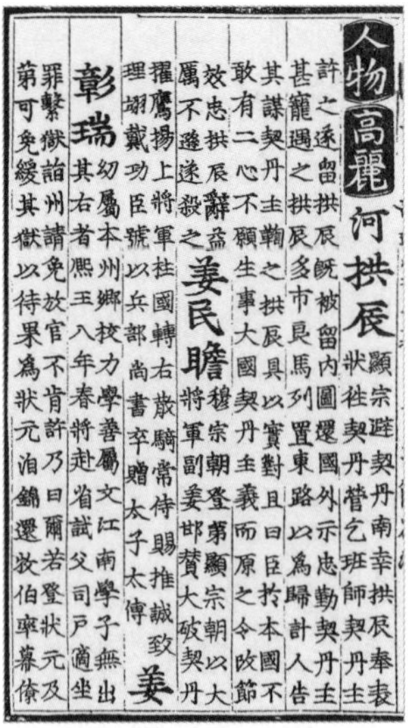
人物 高麗 河拱辰 顯宗避契丹南幸拱辰奉表
狀詣契丹營乞班師契丹主
許之遂留拱辰旣被留內圖還國外示忠勤契丹主
甚寵遇之拱辰多市良馬列置東路以爲歸計人告
其謀契丹主鞫之拱辰具以實對且曰臣於本國不
敢有二心不願生事大國契丹主義而原之令改節
效忠拱辰辭益 姜民瞻 穆宗朝登第顯宗朝以大
厲不遜遂殺之 將軍副姜邯贊大破契丹
擢鷹揚上將軍拄國轉右散騎常侍賜推誠致
理翊戴功臣號以兵部尚書卒贈太子太傅 姜
彰瑞 幼屬本州鄕校力學善屬文江南學子無出
其右者熈王八年春將赴省試父司戶適坐
罪繫獄詣州請免於官不肯許乃曰爾若登狀元及
第可免縲其獄以待果爲狀元洎鎖還牧伯率幕僚

『신증동국여지승람』 권30 「진주목」 〈인물〉조. 하공진, 강민첨

시 사관은 『고려사』 입전 기록을 요약해 실음으로써 공을 충의의 대표적 인물로 정착시켰다.

그리고 최초의 진주 읍지로 전해지는 부사(浮査) 성여신(1546~1632)의 『진양지』를 필두로 해서 현대에 이르기까지 공사(公私) 구분 없이 기록물마다 전통적인 사필(史筆) 방식을 지침으로 삼아 공의 충절 정신을 충실히 계승하고 있다.

6. 〈진주성도〉의 공진당 이름은 하공진에서 유래

공의 사당과 사적비가 진주성 내에 있는 이유는 그가 출생한 곳이 성이 위치한 공북리(拱北里)에서 출생했고, 또 공을 기리기 위해 이곳에 건립한 공진당(拱辰堂)이 조선 후기까지 엄연히 존재했기 때문이다. 경상우병영은 왜적을 효과적으로 방어하기 위해 1603년 창원에서 남강이 해자 역할을 하는 진주성으로 이전했다. 민관군이 다시는 왜적 총칼에 짓밟히지 않겠다는 각오를 굳게 다지는 상징적 인물이 필요했다.

진남루 아래의 운주헌과 공진당. 〈진주성도〉 부분. 계명대 행소박물관 소장.

이에 1662년 우병사 이수창(李壽昌)은 병영의 주된 집무 공간인 운주헌 동쪽 곁에 별당으로 공진당(拱辰堂)을 건립했다. 이곳이 공의 태지(胎地)로 구전되던 장소였음을 충분히 숙지하였을 터이다. '拱辰'은 뭇별이 북극성을 향하듯 임금을 향한 신하의 충성심을 뜻하는데, 절묘하게도 대외항쟁의 상징이요 민족 사표인 공의 휘자(諱字)와 일치한다. 경상우도의 군대 최고 통수권자인 그가 진주성을 견고히 수호하려는 의지를 천명하기 위해 하공진 장군의 빼어난 용맹과 충정을 호출해 당호로 명명한 것으로 짐작된다.

이 문화적 기억은 일제 강점 직전까지도 전승되었으니, 강재(剛齋) 안택중(安宅重)이 진양악부(晉陽樂府) 제하의 하나로 지은 「공진당」이다. 이 시는 1910년 3월 31일 『경남일보』 1면의 사조란에 게재되었다.

공진당은 공진의 마을이거니	拱辰堂是拱辰村
남번에서 북두성 바라보는 집으로 착각했네	錯認南藩倚斗軒
아침저녁으로 문루에서 취타 소리 울릴진대	晨夜門樓生吹打
돌아오지 않는 충신의 넋은 밝은 달이런가	忠臣不返月明魂

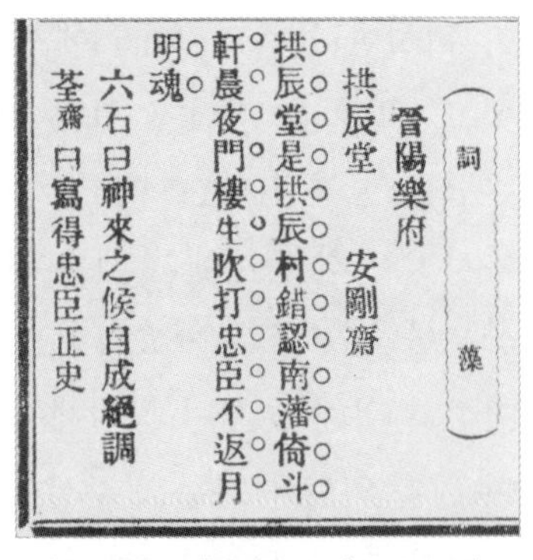
詞藻

晉陽樂府

拱辰堂　安剛齋

拱○辰○堂○是○拱○辰○村○錯○認○南○藩○倚○斗○軒○晨○夜○門○樓○生○吹○打○忠○臣○不○返○月○明○魂○

六石曰神來之候自成絕調

荃齋曰寫得忠臣正史

'공진당' 시, 『경남일보』 〈1910.3.31〉

시인은 남쪽 변방의 진주성에서 우병사의 별당으로 활용된 공진당의 존재에 각별한 의미를 부여하고 있다. 처음에 그는 '공진(拱辰)'을 진주성의 공북문(拱北門)처럼 신하가 임금에게 충성을 바치는 의미로 이해했다. 하지만 당호가 하공진이 생장한 마을에서 유래한 것임을 알고는 자신의 선입견이 잘못된 인식이라 정정했다. 그러고는 아침저녁으로 영남포정사 문루의 통금 소리를 들으면서 망국 일로를 걷고 있던 조선의 운명을 바꿔줄 진정한 구국 영웅을 떠올리고 있다. 곧 고려 충절신(忠節臣) 하공진의 영혼(英魂)을 남강 위 밝은 달로 치환해 우국의 심사를 달래었다. 같은 난에서 호가 전재(荃齋)인 비평가는 이 시에 대해 "충신의 정확한 역사를 묘사해낸 것[寫得忠臣正史]"이라 하여 공진당에 내포된 역사적 의의를 강조했다.

이로써 보건대 일제강점기 때 무도하게 없어진 공진당 옛터에 자리하고 있는 경절사(擎節祠)는 진주 시민, 나아가 우리 민족의 정기와 자주정신을 함양하는 데 더할 수 없는 사적지임이 틀림없다.

7. 경절사 장소성과 역사적 통찰

진주의 하씨 대종회에서는 공(公)이 결행한 나라 위한 희생과 대의정충(大義精忠)을 깊이 숭모하고 있다. 일찍이 수곡면 사곡리 낙수암(落水菴)에 경절사(擎節祠)를 지어 공의 위패를 봉안하고 순국일로 알려진 음력 12월 15일 제향을 드렸으니, 순조 4년 1804년이다. 그리고 대원군의 서원 철폐령으로 부득이 향사를 중지함에 따라 1869년부터 부조묘(不祧廟)로 자손 봉사(奉祀)했다.

광복 후 일제강점기 때 훼손된 민족정기를 부활하기 위해 공의 태지(胎地)로 알려진 현 진주성 충의당 자리에 사우(祠宇)를 재건하기로 하고 성력(誠力)을 모아 부지를 매입했다. 진주시와 문화재 당국의 공인을 받고 1958년 4월 충의당과 함께 사우를 창건했다. 그리고 당시 문충공 하륜(河崙)과 양정공 하경복(河敬復)을 종향하자는 문중 결의에 따라 경충사(景忠祠)라는 편액을 새로 걸었다. 또 1961년 사적비를 세웠고, 1987년에는 정홍거(鄭弘巨) 화백이 그린 영정을 봉안했다. 그리고 1992년 북장대 전망 확보 관계로 경충사와 충의당을 원래 위치에서 20미터 동편으로 이건하면서 사적지 성역화 계획에 의거해 경내를 확장했다. 이때 공의 위패만을 모시기로 하고 사우 명칭을 경절사(擎節祠)로 환원해 교체했다.

경절사를 건립한 이후 작금에 이르기까지 실로 많은 우여곡절이 있었다. 그때마다 문중에서 인력과 물자를 마련하기 위해 성심을 전심전력했다. 경절사가 비단 공(公)을 받드는 문중만의 제향 사우가 아니라 진주 지역의 충절을 상징하는 숭고한 역사 공간임을 누구보다도 잘 알고 있었기 때문이다. 각고의 역사(役事)는 문중 차원을 넘어 진주 시민들이 자랑스럽게 여기는 충절 정신을 앞장서 수호해야 한다는 역사적 사명감에서 비롯된 것이라 하겠다.

충절은 불의에 대한 항거이자 양심의 실천이다. 진주의 자긍심인 '충절의 고장' 이미지는 임진왜란 때 제1차 진주성전투를 대승으로 이끈 김시민 장군, 제2차 진주성전투에서 장렬히 순사한 충신지사와 6만여 명의 선열, 그리고 의기 논개가 있었기에 단단히 형성되었다. 창렬사에 배향되는 의병의 절반이 진주 출신이라는 사실이다. 이러한 진주 의병의 충의 정신이 1862년 진주농민항쟁으로 발현되어 탐학 관리들을 처단했고, 일제의 침탈 야욕이 팽배하던 때에는 신암 노응규 장군이 의병을 조직해 진주성을 공격함으로써 부패한 관리, 외세와 결탁한 배신자들에게 경종을 울렸다. 기미독립운동 때에는 어린 학생, 진주 기녀들까지 적극적으로 동참했으며, 1920년대에는 진주에서 형평운동을 일으켜 민족 역사의 올바른 발전 방향을 선도했다. 일본제국주의에 대한 저항은 바로 진주인들의 내면에 자리 잡은 구국 정신의 발로였다.

외침이 있거나 내부 모순이 극대화될 때 자발적 항거로 의연히 표출되었다. 통시적으로 고찰하면 고려(高麗) 때의 하공진과 강민첨 장군, 조선(朝鮮) 초기의 하경복 장군 등이 있음으로써 진주 '천년'의 충절 역사가 성립된다. 이는 '그때 저기'가 '지금 여기'와 지혜롭게 접목되어 견고한 고리를 이룬다면 진주의 정체성이 한층 심화될 수 있다는 뜻이다.

경절사와 여러 임란 사적이 공존하는 진주성(晉州城)은 국난 극복의 산 증거이다. 예나 지금이나 하공진 장군을 『진양지』나 『진주향교지』의 역대 인물조의 첫머리에 배치해 현양하는 것은 진주 천년사에서 구국의 상징적 존재로 인식하고 있기 때문이다. 역사 인물의 기억은 장소 사랑과 밀접한 관계가 있다. 향후 다양한 콘텐츠를 개발해 경절사가 진주성을 찾는 사람들에게 충의 정신을 되새기는 교육 현장이 되고, 늘 가까이에 있으면서 진주 시민들과 함께 호흡할 수 있기를 바란다.

진주의 충절은 대개 임진왜란과 병치해서 논의되기 마련이다. 1·2차 진주성전투의 강렬한 자취는 고도 진주의 정신문화 원천으로 자리 잡았다. 따라서 논개(論介)와 충신지사(忠臣志士)의 절의는 여러 갈래의 형식으로 셀 수 없이 창작된 시문(詩文)을 통해 표출되고 저장되었다. 역사의 올바른 진전과 미래의 방향성을 진지하게 모색한다면 그 문화적 기억들의 실체를 탐색하는 여정에 적극적으로 나서야 한다.

제2장 논개 삼장사 시문의 통시적 이해

이 장부터 제4장까지는 제3부에 수록한 논개 삼장사 시문의 해제 성격을 지닌다.

진주성전투에서 여성 영웅 논개가 탄생하고 삼장사를 위시한 여러 순국지사가 영예로운 이름을 남겼다. 새 생명을 얻은 이들의 의열과 충절은 자기 내면을 성찰하고 부패한 현실 세계와 비양심적인 사람들을 질타하는 표상이 되어 문학 주제로 깊숙이 들어앉았다. 특히 논개의 상징성은 작가에게 매력적인 소재가 되어 '지금, 여기에서' 끊임없이 시나 소설, 연극 등의 예술로 재해석되고 있다.

문화적 기억이 저장된 매체, 즉 세대 간 공유와 전승의 의미를 함축하고 있는 심상 공간을 주된 제재로 삼아 시문을 짓고 두루 향유했다. 고전 범주에 한해서 논개를 대상으로 작품을 남긴 이는 총 141명이고, 작품 수는 143편에 이른다. 중복 작가는 정식과 오횡묵 두 사람이니 실제 작가는 139명이다. 삼장사와 관련해서는 작가가 115명, 작품은 140편이 있다. 중복 작가는 정사호, 하우식, 오횡묵, 조장섭, 장지연, 김황이므로 실제 작가는 109명이다.

이렇게 작가와 작품이 총량 면에서 적지 않음에도 거의 주목받지 못하고 있다. 논개의 경우, 사적이나 한시 형식의 측면에서 천착한 성과가 있으나[1] 대부분 구비 설화를 중심으로 논개의 출생과 신분이 주된 관심사가 되었다. 삼장사 또한 촉석루 삼장사 시의 창작설에 모든 논의가 쏠려 있다고 해도 과언은 아니라 본다. 이런 현상은 특정한 연구 시각에 따른 것이겠지만 본서에 수록한 작품들이 미처 알려지지 않은 까닭도 있을 것이다. 그러면 작품과 작가의 실체를 일별하는 취지로 먼저 그 대략을 제시하면 다음과 같다.

1. 논개 사적과 시문의 개요

논개는 예나 지금이나 문화적 기억이 저장된 매체가 있음으로써 강렬한 인상을 준다. 촉석루와 더불어 의암, 의암사적비, 의기사가 한 공간에 존재해 창작 욕구를 유발했다. 본서에 수록한 논개 시의 작가는 104명이고, 작품은 100편이 넘는다. 17세기 이후부터 20세기 초반까지 출생한 작가의 한시를 모았다. 이중 변영로와 한용운의 시는 한글 형식이나 대중적으로 가장 널리 알려진 작품이라 특별히 포함했다.

논개 제영시는 제재 중심으로 의암, 의암사적비, 의기사, 개념화된 논개의 유형으로 분류할 수 있다. 첫째, 의암(義巖)을 제재로 한 시이다. 의암은 1629년 정대륭의 의암 글씨가 새겨짐으로써 작품 속에 들어앉기 시작했다. 그전에는 초암(峭巖)이나 위암(危巖)으로 불리던 바위를 지칭

1) 김철범의 「한시문을 통해 본 논개 사적의 문학적 연변」(『논개 사적 연구』, 경성대 향토문화연구소, 신지서원, 1996)에서 장소성의 의미에 대해 기본 윤곽을 그렸고, 정동주의 『논개』(한길사, 1998)와 김수업의 『논개』(지식산업사, 2001)에서 논개 일대기를 조명했으며, 만성 박치복의 「논개암」은 한국 악부시의 전통에서 언급된다.

하는 정도였다. 『어우야담』의 설화가 기원한 바위는 논개 기억을 저장하는 문학적 심상 공간이 되었다.

작가로는 배석휘(1653~1729)를 필두로 해서 정식, 심육, 윤봉오, 정상점, 하응명, 박래오, 조의양, 김상정, 홍화보, 김수민, 조진관, 최광삼, 민승룡, 김희순, 김양순, 최상원, 한철호, 서유영, 민재남, 하달홍, 박치복, 이조한, 이교문, 하룡표, 최원숙, 안승채, 정동철, 심의정, 김병린, 류원중, 안종창, 김제홍, 허만박, 임규, 한유, 이일, 김영학, 김재형, 하제훈, 이정기, 김호직, 하우식, 강수환, 김창숙, 조기종, 류잠, 이교우, 이종호, 박원종, 이린호, 김상준, 박석로, 민인식 등이 있다.

둘째, 의암사적비(義巖事蹟碑)는 의암 글씨가 새겨진 지 100년쯤 될 시점인 1722년에 경상우병사 최진한이 세웠다. 이 비석을 제목으로 시를 지은 이는 극히 적어 권제응, 이병연 두 사람을 들 수 있다. 비문의 내용이 『어우야담』의 논개 이야기를 그대로 인용했기 때문으로 짐작된다.

셋째, 의기사는 1740년 논개에게 의기(義妓)라는 정표가 내려짐에 따라 그 이듬해 촉석루 곁에 창건된 사당이다. 공무나 사적으로 유람하는 기회에 이 사당을 찾아 배례하면서 논개의 의열을 회고하는 시문을 지었다.

작가는 이지연(1777~1841)을 시작으로 김종락, 이학의, 오횡묵, 전극규, 김란, 이상규, 안익제, 김택영, 정은교, 안영호, 황현, 최현필, 조장섭, 산홍, 이일, 박희순, 류기춘, 김수웅, 이돈모, 김석규, 김상준, 김희연, 한상길, 한용운, 김규태, 문재봉, 최양섭, 심규섭 등이 있다.

넷째, 작품 제목에 장소성 대신 논개를 내세운 경우이다. 이규상, 노긍, 남주헌, 최림, 장석신, 이명세, 김상준 등이다. 노긍(1737~1790)은 진주 기녀, 즉 논개를 시제로 삼은 최초의 작가이다. 절세미인 논개의 결단은 잔약한 남자들이 부끄러움을 안고 죽게 할 만하다고 장편시로 극찬했다. 이중 이규상(1727~1799)이 장편서사시는 제목에 논개가 없으나 동아시아의 대표적인 여성 영웅의 한 사람으로 거시적으로 형상화한 점에서 음미해볼 가치가 있다.

다음으로 논개 사적 산문의 작가는 37명이고, 작품은 43편이다. 근현대 논개 화소가 집중적으로 부풀려지거나 만들어진 사실을 고려해 국한 혼용체의 글도 포함했다. 어우 류몽인(1559~1623), 오두인, 이명배, 정식, 최진한, 박태무, 류광익, 서유본, 성해응, 정약용, 심원열, 김경진, 정현석, 오횡묵 등이 있다. 그리고 근대 이후의 작가는 안승채(1855~1915), 장지연, 정인호, 최상의, 안택중, 이능화, 강효석, 차상찬, 김동환, 설창수, 신호성 등이다.

주지하다시피 논개를 최초로 기록화한 류몽인(柳夢寅)의 글은 서사 원형이 들어 있고, 오두인(吳斗寅)은 기문을 지어 의암의 장소성에 처음으로 의미를 부여했다. 이명배(李命培)의 글은 논개만을 소재로 한 작품은 아니나 지역에 논개가 수용되는 한 양상을 보여준다는 점에서 고찰할 만하다. 정식(鄭栻)은 의암사적비명을 지었고, 최진한(崔鎭漢)은 이를 비석에 새겨 논개 정표의 증거로 삼았으며, 박태무(朴泰茂)는 의기 정려가 내려짐에 따라 논개 인물전을 지었다. 서유본(徐有本)의 짧은 글은 논개를 장수 기녀로 규정한 최초 작품이고, 성해응(成海應)은 서유본의 관점을 승계했다.

서유영(徐有英)과 김경진(金敬鎭)은 논개를 야담의 주요 소재로 다루었고, 강효석(姜斅錫)은 이색적인 화소가 첨가된 최상의(崔相宜)의 논개 야담을 『대동기문』에 한문 구조에 더 가깝도록 바꿔 수록했다. 또 안택중(安宅重)은 출생 화소를 첨입한 논개 이야기를 한문으로 『중외일보』에 연재했는데, 이능화(李能和)를 이를 『조선해어화사』에 국한문 혼용체로 재수록했다. 그리고 장지연(張志淵)과 정인호(鄭寅琥)는 논개 일화를 애국계몽기의 교육자료로 채택했다. 특히 장지연은 1916년 인물전기를 『매일신보』에 연재하면서 논개의 신분을 처음으로 양갓집 딸로 설정해 뒷날 논개 신화화의 근거를 제공했다.

잡지에도 작가 주관적인 논개 이야기가 수록되었으니, 차상찬(車相瓚)

과 김동환(金東煥)의 글이다. 아울러 일본 동경에서 발간된 종합잡지 『한양』에 게재된 최용진(崔容鎭)의 역사 수필과 배호길(裵鎬吉)의 한글 기행문을 실었다. 이 두 편의 글은 구전으로 생성된 논개 화소의 다양성과 완결성에 가까운 서사 형태를 동시에 보여준다.

이외 1846년 장수현감 정주석(鄭冑錫)이 전라도 장수읍 내에 건립한 논개생장향비를 제재로 지은 여러 작품이 있다. 이희풍(1809~1874), 문성호, 허재찬, 황현, 소학섭, 조장섭 등이 시를 발굴해 논개 순국 제영시 끝에 별도 수록했다. 황현 시를 제외하고 별로 거론된 적이 없는 이 작품들은 논개의 장수 친연성을 부여한 역사적 의의가 있다. 그리고 의암사 창건과 논개생가지 조성의 경과를 이해하는 데에 필수 자료인 이재순(李在淳)의 기문과 비문을 두 편을 실었다.

본서에는 1621년부터 1965년까지 약 350년 동안 창작된 시문을 수록했다. 한시를 통해 전통 시인들이 역사 인물 논개와 심상 공간을 어떻게 인식했는지를 알 수 있을 것이다. 산문은 논개 사화의 문헌 정착 과정, 일화의 생성과 변이, 지역 정체성의 연계 등을 파악하는 데 요긴한 자료가 된다.

2. 충신 사적과 시문의 개요

진주성의 충신 사적으로는 창렬사, 김시민전공비, 촉석정충단비, 삼장사 시 현판, 삼장사기실비가 있다. 김시민 단독 신위를 배향하는 충민사가 1652년 창건되었으나 대원군의 서원철폐령으로 창렬사와 합쳐져 시문과 19세기에 제작된 진주성 지도를 통해 확인할 수 있을 뿐이다. 충민사는 정충사로도 불린 듯하다. 그리고 최경회의 관인처럼 현재는 눈으로 볼 수 없지만 당대의 중요한 문화적 기억 매체로 기능한 적이 있었다.

제2차 진주성전투 직후에 조성된 사적은 정충단(旌忠壇)이다. 이 제단은 계사년 전투 직후인 1593년 8월경에 조성되었는데, 경상도 관찰사 정사호가 1607년 부임해 확장했다. 그리고 별도로 세 순국 장수를 제향하는 삼충사(三忠祠)를 따로 건립한 뒤 이내 사액을 하사받음으로써 창렬사(彰烈祠)가 정착되었고, 내부 강당 이름은 정충당이었다. 창렬사는 충렬사라 불리기도 했다. 경상우병사들에 의해 정충단의 사우가 건립되고 창렬사의 규모가 확충되었으며 제향 의식도 정비되었다. 근대에 이르기까지 사당은 여러 번 중수되고 제향도 계승되었다.

본서에 수록한 한시 작가는 80명이고, 작품은 100편이 넘는다. 사실 충신 사적이라면 진주성 함락 때 순국한 장소인 촉석루가 단연코 제일 비중이 높다고 하겠다. 저자가 촉석루 시문을 편술 역주해하여 공간했기에 삼장사와 관련된 작품만 골라 다시 실었음을 밝혀둔다.

정충단 혹은 창렬사를 제재로 시를 지은 이는 박여량(1554~1611), 류우잠, 하홍도, 조석윤, 이채, 안명로, 정상열, 신익황, 정식, 강문오, 하긍호, 정은교, 황현, 조장섭, 최영년, 최현필, 허만박, 이용, 조용헌, 황원, 하겸진, 이정기, 김호직, 하우식, 김상수, 허신, 정규석, 최기량, 이교문, 김창숙, 류잠, 홍재하, 한우동, 이종호, 노근용, 이돈모, 이린호, 박석로, 최양섭, 성환혁, 심규섭 등의 작품을 들 수 있다. 작가마다 시대 상황에 따라 분노와 충심, 비애와 상심, 회한과 자책 등의 정서를 표출했다.

이중 하홍도(1593~1666)는 시에서 김천일·최경회·황진을 삼충(三忠)이라 했고, 또 보기 드물게 김시민의 전성적각비 비문을 읽은 뒤 충민사와 심상 공간을 연결해 장군의 풍성한 공적과 위대한 의열 정신을 칭송했다. 최영년은 창렬사의 김천일·최경회·황진을 삼열사(三烈士)로 칭했고, 신병조와 최현필은 창렬사에 배향된 인물을 삼장사의 범주로 꼽았다. 또 하현석은 촉석루에서 삼장사를 위령하는 시를 지었는데, 이름은 겉으로 드러내지 않았지만 계사년전투 때 순국한 장수를 삼장사로 거론했다. 김수민은 창렬사에 배향된 장수와 호남 의병을 아우르는 시를 지었고, 조진관은 충민사의 김시민과 창렬사의 다섯 장수를 각각 시로 형상화했다. 또 최기량의 시를 통해서 창렬사 동사의 이욱이 순절 직전에 시를 지었다는 새로운 사실도 접할 것이다.

1963년 세우진 촉석루중삼장사기실비 건립에 동참한 이태하, 김황, 추연용, 이경 등이 시를 지어 당시 감격스러운 감회를 나타냈다. 성기덕은 이러한 숭모 행위를 비판하는 시를 지었다.

그리고 1746년 발견된 최경회 인장은 창렬사 위상을 높이는 전기를 마련했고, 이에 제향도 격상되어 국가 차원에서 엄격히 시행되었다. 조하위(1678~1752)를 비롯한 조천경, 김상중, 안치택, 정우신, 한우동의 작품을 통해 확인할 수 있다. 사제에 직간접으로 참여한 사람들의 감격과 충절 정신을 확인할 수 있을 것이다.

또 촉석루의 김성일 시판은 차운시 창작의 한 동인이 되었다. 학봉 시를 차운한 작가는 12명이고, 작품 수로는 12제 16수이다. 이중 최흥원(1705~1786), 여동식, 이가순, 이진상 등의 차운시는 학봉 시의 범주에 속한다. 반면에 홍화보(1726~1791), 최상각, 민승룡, 김시후, 오횡묵, 오계수, 정인채 등의 차운시에서는 제2차 진주성전투에서 순국한 인물을 삼장사 범주로 이해했다.[2)]

다음으로 산문 작가는 35명이고, 작품은 40편이다. 정충단, 창렬사는 충혼을 기리는 시설물이기에 경영 책임자인 우병사는 보존과 중수에 정성을 쏟아야 했다. 또 사당에 봉안된 순국 인물에 대한 합당한 대우, 즉 증직과 포상은 당대 진주인들이 간절히 염원하던 현안이었다. 우병사가 이를 어떻게 인식하고 실현했는지, 임란 기억이 문헌에 어떻게 저장되었는지, 삼장사 실체를 둘러싸고 지역과 문중 사이에 논변이 어떻게 전개되었는가 하는 의문점들은 여러 산문을 짚어봄으로써 이해도

---

2) 학봉 시의 차운의 성격과 전변에 대해서 2023년 12월 경남문화원 진주학연구센터 제2회 정기학술대회에서 고찰한 바 있는데 차후 학술지에 투고할 예정이다.

를 높여나갈 수 있다.

창렬사 연혁은 이민서, 정사호, 최진한, 신명구, 하세응, 허익, 정방의, 정영선, 허양, 정광학, 하경휴, 이상돈, 류원준, 권재규, 하우식, 양찬우의 글을 통해서 재구할 수 있다. 그리고 관직 추증과 포상은 정사호, 최진한의 글에 기본적인 정보가 들어 있다. 또 복잡하게 얽힌 삼장사 분쟁은 하세응, 전라도와 진주에서 주고받은 통문, 김기찬, 김회운, 박성양, 오횡묵, 조장섭, 김황 등의 글에서 그 과정을 가늠할 수 있을 것이다.

특히 국왕 영조가 지은 「득인명」은 삼장사 논쟁의 촉매가 되었다. 권적(權樀)은 1750년에 지은 최경회 행장에서, 논개는 최경회의 천첩이고 촉석루 삼장사 시는 최경회가 지었다고 처음 기록화했다. 이것이 『여지도서』에 역사적 사실로 채택되자 탄력을 받아 서유본과 성해응의 순난전(殉難傳)에 자리 잡았고, 진주에 보낸 통문에도 반영되었다. 또 이후의 전라도 읍지류에도 저장됨으로써 영호남 간의 치열한 논전을 가열시켰다.

논개와 삼장사의 분쟁을 해결하기 위해 본서를 준비한 것은 아니다. 쟁점 요소별로 사실관계를 확인하고 지역문화콘텐츠를 정치하게 다듬어나가는 토대를 마련하는 데 주안점을 두었다. 새로운 자료를 해석하는 과정에서 발견한 기존의 견해에 대해 필자 의견을 덧붙인다. 이를 통해 본서에 수록한 시문을 심층적으로 이해할 수 있기를 바란다.

제3장 논개 서사의 생성과정과 기억전쟁

전근대사회의 기녀(妓女)는 특출한 학식이나 예능으로 사회적 관계망에 포섭되지 못하면 신분 특성상 문헌에 기록될 수 없었다. 논개는 제2차 진주성전투가 끝나고 30년 뒤 류몽인에 의해 기록화되어 문헌으로 읽혔고, 또 설화가 구전으로 두루 전파되었다. 논개가 영웅적 인물로 묘사될수록 구비 설화의 자장이 넓어져 화소 삽입이 다층적으로 이루어졌다. 문헌과 구전의 상호작용 속에서 인위적으로 발생한 화소의 생성과 변이 중에서 쟁점[1]을 중점적으로 고찰한다. 이는 독자 대중이 호기심을 갖는 세부 주제이기도 하다. 사안별로 논개 서사가 어떤 경로를 거쳐 생성되었는지를 객관적으로 제시한다.

---

1) 『어우야담』 이후 수세기 동안 그 서사의 여백을 채운 결과 현재 알려진 논개 설화의 얼개가 이루어졌다. 1997년 논개생가지 성역화를 계기로 진주문화원 향토사연구소장 김범수는 『의기 논개』(1999)와 『論介의 역사는 바로잡아야 한다』(2000)를 편찬해 문제를 제기했다.

1. 논개는 전라도 장수 출생인가

류몽인(柳夢寅)이 논개 업적을 최초로 기록했고, 이 논개 일화를 인지하고 있던 오두인(吳斗寅)은 남강의 바위에 새겨진 전서체 의암(義巖) 글씨를 주목해 역사적 의미를 부여했다. 소위 이 '양인(兩寅)'에 의해 문화적 기억이 강화되었으나 어디까지나 사적인 차원에서 머물러 있었다.

1721년 경상우병사로 도임한 최진한(崔鎭漢)은 그해 10월 창렬사 배향 인물의 증직과 함께 논개 정려를 추진했다. 이보다 앞서 별장을 지낸 진주인 윤상보 등 수십 명이 올린 진정서를 인용해, 의암(義巖)이 대의를 밝히는 불후의 이름이고, 『어우야담』의 논개 일화는 구전이지만 실제 사실의 기록임을 강조하면서 논개 정포를 요청하는 장계를 올렸다. 하지만 비변사와 예조에서는 명백히 증빙할 만한 문적이 없다는 이유로 은전 시행을 유보했다.

최진한은 여기에 위축되지 않고 문적을 대체하는 근거로 기획한 것이 논개사적비였다. 이는 새로운 문적 발굴은 사실상 불가능했고 또 130년 전의 논개 순국을 증언해 줄 사람이 없는 이상 당대 문적을 최대한 활용해 논개의 충의를 호소하는 길밖에 없었다. 이에 고을 인사 명암 정식(鄭栻)에게 의뢰해 받은 비명(碑銘)을 돌에 새겨 1722년 4월 '의암사적비'를 건립했다. 이를 바탕으로 거듭 비변사에 상신했으나 한 해 전과 마찬가지로 논개 정포의 소원을 이루지 못했다.

최진한은 1725년 경상좌병사가 되어서도 기억 투쟁을 이어갔다. 이듬해 신하의 증직과 논개 정포를 재차 요청했다. 당시 비변사로부터 논개의 자손을 찾아서 증빙하라는 회신을 받았는데, 최진한은 경내의 마을마다 수소문했으나 결국 논개의 자손이 없음을 재차 확인하는 정도에 그쳐 결국 소원을 이루지 못했다.

최진한의 간절한 소망이 진즉 이루어지지 않은 것은 논개의 후손들을 찾을 수 없었기 때문이다. 그가 경내(境內)의 방방곡곡을 찾아 노인들을 만나서 탐문했다고 했다. 『어우야담』에서 논개를 "진주 관기"라 한 바, 진주목에 소속된 기생으로 인식한 것은 분명하나 이 진주가 논개의 출신지까지 아우르는 개념인지는 확정하기 어렵다. 마찬가지로 최진한이 언급한 경내는 아마도 진주를 포함한 경상우도에 한정된 것으로 유추할 수 있다.

논개가 장수 기녀임이 처음으로 기록되다

사정이 이렇다 보니 출신지의 빈틈은 기억 투쟁을 유발했다. 18세기 끝자락인 1794년에 편술된 서유본(徐有本)의 「진주순난제신전」에서 논개 기적(妓籍)이 진주가 아닌 장수라는 사실을 '처음' 언급되었다.[2] 성해응(成海應)은 「논개」와「진양순난제신전」(1817년 이전)을 통해 서유본의 견해를 그대로 수용했다. 비슷한 시기의 『호남절의록』(1799)의 「충의공최일휴당사실」에서는 "妓論介長水人"라 하여 기적(妓籍)보다는 오히려 출신지에 관심을 더 가졌다.

두 글은 단편적인 내용에 불과하나 장수현감 정주석(鄭冑錫)이 1846년 9월 장수 땅에 세우진 최초의 금석문인 '촉석의기논개생장향수명비'(약칭 논개생장향비)가 논개의 장수 출생설을 정립하는 데 결정적인 역할을 했다. 비제에만 '장수'라는 말이 있을 뿐 비문에는 특별한 지명 표지가 없는데도 작가가 현직 장수현감이고, 내용 또한 간절한 심정을 표현했으며, 고을 중심지에 위치함으로써 논개의 장수 연고성을 깊이 새기는 효과가 있었다. 그리하여 매천 황현(黃玹)을 포함한 지역 문인들이 비석을 '의기비' 혹은 '논개비' 혹은 '논개 정려'라 칭하면서 논개 회고시를 다수 지어 지역성을 더욱 강화했다.

---

2) 장수문화원, 『논개의 생애와 충절』, 1997.1, 19쪽과 장수문화원, 『논개 실기』, 1997.12, 68쪽에서 『호남절의록』을 최초라 했으나 서유본의 글이 처음이다.

게다가 정현석(鄭顯奭)이 「의암별제가무」(1872)를 정리하면서 논개에 대해 장수 기생으로 절도사 소방(小房)이라 기술했다. 그는 『호남절의록』과 '논개생장향비'의 내용을 이미 인지한 것으로 보이고, 더욱이 진주 목사를 지냈기에 호남의 논리를 유력하게 뒷받침하는 자료적 성격을 지닌다.

한편 논개 생애 정보가 최초 기록부터 유동성이 강했고, 목민관 정주석이나 정현석의 견해는 강제성을 띤 것이 아니었기에 기록자의 관점에 따라 다르게 표기하는 예도 있었다. 예컨대 서명서(徐命瑞)의 「등촉석루」(1762) 시주에서 '영비(營婢)'라 했다. 이와 유사하게 차상찬(車相瓚)은 「논개의 의열」(1923)에서 논개를 "장수의 관비(官婢)"라 하는 진주 전설을 소개한 뒤 결국 "진주의 관비"가 분명한 듯하다고 했으면서도 「진주의기 논개」(1931)에서는 원래는 "장수 긔생"이었다고 하여 스스로 착종을 일으켰다. 그리고 전북 고창 출신의 류영선(柳永善)은 「의기논개찬」(1925)에서 진주 관기라는 입장을 견지했는데, 1964년에는 만종재본 만종재본 『어우야담』의 서문을 썼다. 매우 의외의 사례이기는 하나 류광렬(柳光烈)은 「농촌순례기, 전북편29」(『매일신보』, 1934.6)에서 현지 원로에게서 들었다고 하며 논개를 임실(任實) 출신이라 했다.[3]

이쯤 되고 보니 사실 여부를 떠나 논개와 장수의 관계가 밀접해졌음을 알 수 있다. 1794년 서유본이 처음 거론한 이후 여러 기억 매체를 통해 논개의 지역 연고성이 장수 지역에 뿌리를 내려갔다. 그 상징성을 대표한 것이 논개생장향비였다. 일제강점기 때 일본인들에게는 눈엣가시 같은 존재였다. 비석을 보존하기 위해 그들 모르게 밭에 파묻었고, 광복을 찾은 즉각 장수초등학교 학생들이 발굴해 관주산 자락에 복구했다.[4] 1946년에는 장수군 청년동맹 사회부가 주축이 되어 보호 비각을

3) 이보다 앞서 『황성신문』〈1909.10.9〉의 「의기 유사(義妓遺事)」에서 논개는 임실현 풍천에서 태어났고, 장수군에 유락하여 기적에 편입되었다고 했다.

4) 비석의 수난사에 대해서는 『장수군지』(장수군, 1990)의 761~762쪽과 정동주의 『논개』

세우는 데 필요한 경비를 군민들에게 대대적으로 모금했으나 혼란스러운 사회 분위기 탓에 실현하지 못했다. 그러다가 1955년 10월 읍내 남산공원에 의암사(義巖祠)를 신축할 때 비석을 장수리 남동마을에 이전하면서 비로소 비각을 함께 건립했다.

장수에 의암사가 창건되다

의암사는 1954년 발족한 '장수의암주논개사적보존기성회'가 이당 김은호 작인 논개 영정을 봉안하기 위해 새로 조성한 부지에 창건한 것인데, 당시 기성회 고문 이재순(李在淳)이 지은 「의암주논개영정각신축기」(1955)에서 저간의 사정을 알 수 있고, 아울러 기성회 고문이던 장수군수 김윤철(金允喆)은 의암사 신축 당시 '의랑주논개순국영세표충비'(1955)를 세웠다.

"논개=장수인"이라는 인식하에 지역 범위를 좁히려는 시도가 곧바로 읍지에 나타났다. 즉 『호남읍지』(1871) 중 『장수현읍지』에서 논개의 주소지를 임현내면(任縣內面) 풍천인(楓川人)으로 비정했다. 『장수지』(1928)는 앞의 읍지를 똑같이 전사했다. 그리고 전국의 읍지를 망라한 『조선환여승람』(1935~1936)을 보면, 〈진주군〉편에서는 앞선 논의를 종합하듯이 논개는 진주 기녀로 장수현에서 태어났다고 했고, 〈장수군〉편에서는 『장수현읍지』의 내용을 반복했다.

『장수현읍지』 〈장수현지도〉(1871) 부분. '주촌(朱村)'

한편 장수 의암사 창건 1년 앞서 촉석루 의암사 곁에 논개 순국 360년

(1998)의 217~218쪽 참조.

을 맞아 「논개의 사연」 비를 건립했다. 설창수(薛昌洙)가 지은 것으로 추정되는 비문에서, 논개는 "장수군 내게면 대곡 주촌리" 출생이라 하면서 아울러 논개생장향비의 수난과 복원을 간략히 다루었다. 이처럼 진주의 주요 인사까지 논개의 주촌리 태생을 비석에 깊이 새겨넣음으로써 장수의 지역 연고성을 뒷받침하는 증거로 활용되었다. 그 뒤 장수에 이재순이 비문을 지은 「의암주논개랑생장지사적불망비」(1960)가 세워졌다.

대개 '~인'이라 할 때는 본관을 접두어로 붙이는 통례에도 불구하고 논개 출신지를 추적하면서 풍천을 장계면의 하천으로 보고 그 앞의 주촌마을이 바로 논개의 생장촌이라는 견해가 정착하게 되었다.[5] 이러한 일련의 기록에 힘입어 논개의 태생설이 전라도 쪽에 부동의 사실처럼 굳혀졌다. 이처럼 장수인들의 열정과 성의로 이제는 의심할 여지가 없는 논개의 출생지가 되었고, 장수는 논개 출생의 문화적 기억을 전유하는 지역으로서의 위상을 높여갔다.

반면에 경상도 쪽에서는 『어우야담』과 이에 근거해 지은 최진한의 초기 기록을 존중하는 서사 전통을 이어갔다. 특히 오횡묵(吳宖默)은 기녀 논개를 "진양인(晉陽人)"으로 단정했다. 『진양지』의 집필 태도를 일관되게 이어 나갔다.

『어우야담』이 남긴 논개의 유일한 신분 정보는 진주 관기였다. 하지만 1750년 최경회의 첩으로 문헌에 기록됨으로써 논개의 지역 연고 인식에 균열이 생겼고, 1846년 정주석 비석을 근거로 1950년대 이후 장수 지역에서 논개 생장지와 사적지를 성역화했다. 함양군에서도 논개와 최경회 묘소를 조성해 장수군에 가세했다.

십수 년 전만 해도 논개의 출신지와 무덤을 둘러싸고 진주문화원에서

5) 『장수군지』(1990) 135쪽을 보면 신안 주씨가 계남면(현 장계면) 명덕리 양삼마을에 2호가 있고, 대곡리(주촌·성곡·궐촌)에는 전무(全無)한 것으로 나타나 있다. 그리고 154쪽의 계남면 전역을 보면 6호의 신안 주씨가 있다.

거세게 반론을 제기했지만, 해당 측의 입장이 팽팽해 일치된 결론을 내리기가 쉽지 않다. 이는 논개의 출생지를 밝히기란 사실상 불가능하고, 쌍방의 시비 논쟁은 어차피 소모적일 수밖에 없는 현실을 인지하고 있기 때문이다. 논개 정신의 현양에 상호 협력하고 집중하는 것이 지금에 합리적인 선택이라 하겠다.

2. 논개가 태어나면서부터 기생이었나

『어우야담』에서 논개를 진주 관기(官妓)라 했다. 관기는 소위 공물(公物)에 속하는 천인 신분에 속했고, 목민관의 사랑을 받아 첩이 될 수 있었다. 논개가 누구의 첩이라는 정보는 없으므로 그냥 관청에 적을 둔 기녀였을 뿐이다.

논개를 최경회의 천첩으로 처음 기록하다

그로부터 130년이 지난 1750년에 논개 신분의 변화가 최초로 나타났다. 바로 좌참찬 권적(權稿)이 동년 5월에 최경회(崔慶會)의 시호(諡號)를 예조에 요청하기 위해 지은 그의 행장이다. 여기서 논개를 최경회의 '천첩(賤妾)'이라는 두 글자를 명기했다. 최경회와 논개가 함께 등장하는 것은 여기가 최초이다.[6] 논개가 순국한 지 157년 만이고, 최경회의 인장이 남강에서 발견된 4년이 지난 뒤였다. 기녀라는 말은 없지만 기존 정보에 의거할 때 논개는 천인 계급에 속하는 관기(官妓)로서 최경회의 첩이 되었다는 뜻으로 이해된다. 이 행장을 바탕으로 1753년 4월 영조가

6) 장수문화원, 『논개 실기』, 1997, 68쪽에서 『호남절의록』을 최초라 했으나 권적의 글이 처음이다.

최경회의 시호 '충의(忠毅)'를 하사했다.

최경회 시호 추증 직후에 편찬된 『여지도서』의 「진주목」이나 「화순현」에 두 사람 사이의 관계가 기록되지 않았다. 다만 「진주목」 〈충의〉조에서 논개를 진주의 '의기(義妓)'라 했는데, 이는 1740년 나라에서 논개에게 의기를 정려한 사실은 반영한 것이다. 국가 정표에 따라 논개의 신분이 격상되었지만 그래도 기녀였을 뿐이다.

천첩 논개에서 첩으로 바뀌다

1794년 서유본은 진주성전투에서 순사(殉死)한 인물들을 입전하면서 논개가 장수 출신의 기녀이자 최경회의 첩(妾)이라 서술했다. 성해응도 서유본의 견해를 계승했다. 권적이 그보다 44년 전에 지칭한 천첩에서 '천(賤)'이 비로소 떨어져 나간 것이다. 이는 논개가 양인의 딸일 수도 있다는 해석의 가능성을 열어놓은 것으로 의미가 있다.

그 무렵 『호남절의록』(1799)이 편찬되는데, 그중 「충의공 최일휴당사실」에서 논개는 동시대의 인식처럼 최경회가 귀여워하던 장수 출신의 기녀라 했다. 하지만 신분은 오히려 최경회의 첩이 아닌 기생으로 복귀했다. 그 이후에 나온 『호남읍지』(1871), 『호남읍지』(1899), 『장수지』(1928), 『조선환여승람』(1935)의 〈절의〉조 혹은 〈충신〉조에 논개를 수록하면서 『호남절의록』의 인식 태도를 일관되게 수용했다. 『호남삼강록』(1903)에서도 장수 관기라 하여 마찬가지 현상을 보였다.

한편 김경진(金敬鎭)의 『청구야담』(1843)이나 서유영(徐有英)의 『금계필담』(1867년 전후)이 편찬되었다. 이 두 야담집에 수록된 사화(史話)라면 최경회와 논개 관계가 등장할 개연성이 다분했음에도 일언반구도 없이 진양 기녀 논개나 기녀 논개라 지칭해 권적 이전으로 되돌아갔다.

특히 논개를 장수 태생으로 강렬하게 못 박은 정주석의 비석(1846)에도 최경회 이름 자체가 없을뿐더러 논개의 신분을 '의기'라 규정했다.

그가 장수현감이었으니 논개와 최경회의 관계에 지대한 관심을 당연히 가졌을 법한데 한 마디 없는 것은 의문스럽다. 그리고 심원열(沈遠悅)도 「의기사명」(1857)에서 의기 논개의 절의를 칭송할 뿐 최경회와의 관계는 따로 설정하지 않았다.

서유본과 성해응의 글을 통해 비(非)기생 논개의 단초를 찾을 수 있었음에도 시도하지 않았다. 더구나 1861년 출간된 『일휴당실기』를 보면, 권적의 행장은 원전대로 '천첩(賤妾)'이라 되어 있으나 『임진록』을 인용한 대목에서는 '첩(妾)'이라 하여 표기가 이중으로 나타난다.[7] 그리하여 20세기 초중반까지 약 180년 동안 최경회와의 관계에 침묵하거나 최경회가 귀여워한 장수 기녀, 최경회의 천첩 혹은 첩, 진주의 의기(義妓) 사이에서 왔다 갔다가 함으로써 논개의 신분이 애매한 채로 전해졌다.

천첩에서 양갓집 딸로 바뀌다

그렇다면 논개의 출생 비밀과 관기 입적은 어떤 과정을 거쳐 풀이되었는가. 현재 전하는 문헌으로는 1916년 『매일신보』에 게재된 장지연(張志淵)의 「논개」에 출생의 사연이 처음 등장했다. 이 야담은 10년 뒤 『일사유사』에 재수록되었는데, 원전의 국한문 혼용체를 현대역으로 소개하면 아래와 같다.

> "논개는 본래 장수현 양갓집의 딸로 재주와 용모가 빼어났다. 어릴 때 부모를 여의고 집안이 가난하여 의지할 곳이 없어 마침내 호적에서 떨어져 나가 기녀가 되었는데, 현감 황진에게 사랑을 받았다."

---

7) 그런데 1987년 간행된 『해주최씨 일휴당집·육의록』(동 발간추진위원회)에 인용된 『일휴당실기』의 권적의 행장 중 '賤妾' 〈64a〉, 『임진록』 중의 '妾' 〈53b〉을 현대 원문과 번역문에서 모두 '부실(副室)'로 변개했다.

"양갓집의 딸[良家女]", 서유본이 처음 '천첩'의 천(賤)을 삭제한 그 의미를 이와 같은 신분으로 생성시켜 논개의 이미지를 새롭게 만들었다. 논개가 조실부모하여 의지할 곳이 없었기에 장수 기녀로 전락했다는 스토리는 근 300년 만에 처음으로 이루어진 서사 형식이다. 조선시대에는 종모법에 따라 어머니가 기생이면 딸도 기생이 될 수밖에 없었다. 따라서 논개가 양갓집 소생의 기생으로 처리하자면 흔히 고소설에서 볼 수 있는 창가(娼家)에 의탁하게 되는 서사 구도가 필요했던 셈이다. 다만 최경회가 아닌 황진(黃進)의 첩으로 설정한 점은 분명 비역사적 사실이다. 그리고 그가 『여자독본』(1908)의 「의기 논개」에서는 진주 기생이라 한 것과 달라졌다.

차상찬(車相瓚)은 「논개의 의열」(1923)에서 장지연의 견해처럼 황진을 따라 진주에 왔지만 기생이 아닌 진주 관비(官婢)라 하여 차이가 나고, 특히 논개의 성씨를 처음으로 '주씨(周氏)'라 거론한 점이 눈에 띈다. 그가 9년 뒤 발표한 기행문 「촉석루하의 만고향혼, 진주 의기 논개」(1931)에서 논개의 성 주씨(周氏)를 재론하되 신분은 원래 장수 기생이었다고 하여 과거로 선회하고 말았다.

안택중(安宅重)은 1927년 『중외일보』에 게재된 「초의기혼」에서 논개는 장수 기생이되 지관이 예언한 대로 기상이 수려한 장수 옥녀봉 아래에서 미인으로 태어났다고 했다. 고소설의 영웅 출생담처럼 고귀하게 태어난 논개가 어떻게 기녀가 되었는지는 설명하지 않은 채 충청병사 김천일(金千鎰)의 수청을 들다가 진주에 따라왔다고 했다. 이 또한 몰역사적이다.

한편 장지연의 시각은 1946년 5월에 발표한 월탄 박종화(朴鍾和)의 단편소설 「논개」[8]로 부활했다. 그는 논개 독백을 인용해 "나는 전라도

---

8) 박종화, 「논개」, 『신세대』 제1권 제3호, 신세대사, 1946.7. 이 작품은 「논개」(『해방문학선집』 1 단편집, 종로서원, 1948, 54~78쪽)에 재수록되었다.

장수(長水)의 양가(良家) 집 딸자식이다. 어려서 조실부모하고 의지할 곳이 없어 오늘날 낙적(落籍)이 되어 기생의 몸이 됐다"라 서술했다. 이 또한 논개가 진주 관기가 된 사연에 대해서는 별다른 설명이 없다. 박종화의 소설이 논개를 소재로 한 최초의 작품이고 다양한 사건들을 서사 단위로 용해해 스토리를 풍부하게 구성한 것으로서 의미는 있었다. 그러나 최경회가 전혀 등장하지 않고 제1차 진주성전투 때 순국한 김시민과 논개를 연계해 실제 역사와 동떨어진 구성은 논개의 출생이나 기녀 전락을 해명하는 데 실질적인 역할을 하지는 못했다.

박종화의 소설이 나올 무렵 장수군에 청년동맹 사회부를 중심으로 논개생장향비 비각을 재건하려고 한 분위기를 기억할 필요가 있다. 당시 소설에 기대지 않고 직접 논개 생애를 재구하려는 시도가 있었으니, 설창수(薛昌洙)의 글로 짐작되는 「논개의 사연」(1954)에서 그 흔적을 찾을 수 있다. 다름 아니라 글 속에 논개생장향비의 수난과 재건 과정을 개략적으로 서술한 부분이 있기 때문이다. 그해 장수에는 의암사를 건립하기 위해 '장수의암주논개사적보존기성회'가 발족했는데, 설창수가 논개비를 의기사 앞에 세울 때 기성회 관계자로부터 논개 이야기를 전해 듣고 비문을 쓰지 않았나 싶다. 글 속에 논개의 성이 주씨(周氏)가 아닌 '주씨(朱氏)'로 처음 나타나는 것도 방증이 된다. 비가 건립되고 난 뒤 산청에 거주한 이우삼(1882~1958)의 「촉석루감음」에 의기사를 '주랑(朱娘)'을 기리기 위한 사당으로 읊기도 했다. 또 신호성도 「의기사중건기」(1971)에서 성을 '주씨(朱氏)'라 거듭 적었다.

양갓집 딸에서 기생으로 전락한 사연

장수군 유지들의 수년간의 노력으로 박종화 소설과 결이 다른 논개의 생애를 구성한 것이 이재순(李在淳)이 지은 「의암 주논개랑 생장지 사적 불망비」(1960)의 비문이다. 논개 출생에 관한 최초의 글이다. 곧 주달문

(朱達文)이 장수 계내면의 승지 한 마을을 택해 서당을 열고 학동들에게 한학을 가르쳐 주촌(朱村) 이름이 생겼고, 논개가 선조 갑술년(1574) 갑술월(9월) 갑술일(3일) 갑술시(저녁 8시)에 그곳에서 태어났다는 것이다. '戌'이 개띠이므로 이두식으로 천하게 작명해 '논개[産狗]'라 했다는 것이다. 작명의 기발한 착상은 '노은개(魯隱介)'의 속칭이 논개라 한 정현석의 「의암별제가무」에 기원했을 수도 있다. 그리고 18세 때인 1591년 장수현감 최경회가 경상우병사로 부임하자 그를 따라 진주에 갔다고 함으로써 비로소 가문의 내력과 생애를 대략 갖추었다.

비문의 성격상 분량을 제한할 수밖에 없었던지 논개가 기생으로 전락한 사연은 여전히 공백 상태로 남겨두었다. 1962년 박종화가 단편을 개작해 중편소설 「논개」를 발표했다.[9] 논개의 성을 주씨(朱氏)라 하고 사건을 재구성하면서 논개의 기녀 입적을 비교적 상세하게 추가했지만 최경회와 관련짓지는 않았다. 게다가 단편과 마찬가지로 김시민과 논개의 인연에 초점을 두었다. 그리고 같은 해 최용진(崔容鎭)은 한국 여인열전의 하나로 「논개」를 발표했는데 엉뚱한 방향으로 서사가 전개되었다. 즉 논개가 황진을 어릴 적부터 알던 사이이고, 조부 밑에서 자라다가 동기로 팔려 간 진주성에서 황진을 재회한 뒤 패전으로 순국했다고 했다.

서사 단위의 부족이나 사건 조합의 오류는 배호길(裵鎬吉)의 「진주 촉석루와 주논개」(1965)에서 보완되었다. 곧 이재순의 불망비에서 발견되는 서사 공백, 즉 학식 있는 부친에게서 태어난 논개가 기생이 된 이유, 장수현감 최경회의 부실이 된 사연 등을 메운 것이다. 그는 이 수필을 쓰기 몇 년 전에 장수교육감을 만나 논개 사적을 취재했다고 했다. 당시 교육감은 기성회 고문 김상근(金相根)이었다. 이로써 장수 지역에서 구비전승되던 논개 전설이 자체 완결성을 지닌 서사로 구축되었다.

---

9) 이 개작 「논개」는 삼중당에서 계월향과 함께 묶어 1962년 6월 단행본 『논개와 계월향』 중 3~218쪽에 실려 있다. 코리아 라이프사가 발행한 『신여원』 1972년 6월호 별책인 『한국문학선집』 3(박종화 선집, 221~332쪽)에 「논개」를 재수록되었다.

이처럼 논개의 신안 주씨(朱氏)이고, 1574년 양갓집 딸로 태어나 어려운 가정 형편으로 장수 기생이 된 뒤 최경회의 부실로서 진주에 따라와 남편이 순국하자 그 원수를 갚기 위해 왜적과 함께 투강 자결했다는 기본 얼개가 성립되었다. 『어우야담』이 나온 지 무려 344년 뒤의 일이다.

3. 논개가 죽인 왜적은 장수인가

논개 사화의 극적 요소는 왜장을 껴안고 남강에 투신해 자결한 장면이다. 사대부 여인이라도 감히 시도할 수 없는 숭고한 의리를 실천함으로써 다산이 일찍이 논개를 '현부인(賢婦人)'이라 칭송한 바 있다. 논개의 대담한 용기와 특출한 지모는 참혹한 전란을 처절히 체험한 조선인들에게 강렬한 인상을 남겼다.

논개가 구국의 상징으로 신화화될수록 왜적의 신분은 호기심의 대상이었다. 본서의 시나 산문에 등장하는 왜적을 열거하면 아래와 같다. 다만 시에서는 주로 주석을 통해 왜적이 소개되어 있다.

'일왜(一倭)': 류몽인의 「논개」(『어우야담』, 1621), 오두인의 「의암기」(1651), 정식의 「의암사적비명」(1722)

'일장(一將)': 『어우야담』 이본

'일추(一酋)': 최진한의 「청증직정위차설재실계」(1721)

'왜추(倭酋)': 최진한의 「양사우수개선보비변사장」(1722), 이명배의 「노아설」(18세기 초반경), 박태무의 「의기전」(1741년경), 『여지도서』(18세기 중엽), 정약용의 「진주의기사기」(1780), 성해응의 「논개」(1817년경), 박치복의 「논개암」(1861), 서유영의 「논개」(1865년경), 『영남읍지』(1895), 한유의 「암상녀」(1898), 이병곤의 「논개사기」(1917), 강수환의 「논개암」(20세기 초반), 이교우

의 「암상녀」(1920), 이린호의 「암상녀」, 류영선의 「의개논개찬」(1927)

‘적괴(賊魁)’: 박태무의 「의기전」(1741년경), 남주헌의 「조논개」(1791)

‘상장(上將)’: 윤기의 「촉석루」(1801)

‘왜거(倭渠)’: 성해응의 「진양순난제신전」(1817년경)

‘왜장(倭將)’: 류광익의 「논개」(18세기 후반, 『어우야담』 재수록), 서유본의 「진주순난제신전」(19세기 초반), 작가 미상의 『임진록』, 김수민의 「의암가」(19세기 후반), 김경진의 「진양성의기사생」(1843), 안민영의 「논개」(1850년대), 심원열의 「의기사명」(1857), 정현석의 『교방가요』(1872), 송병선의 『동감강목』(1902), 『호남삼강록』(1903)

‘적장(賊將)’: 『여지도서』(18세기 중엽), 『호남절의록』(1799), 『경상도읍지』(1832), 『영지요선』(1876), 오횡묵의 「논개사명」(1886), 안영호의 「의기사」(19세기 후반), 『진양지속수』(1927)

‘적추(賊酋)’: 정약용의 「진주의기사기」(1780), 「이병조참판공실록」(『충렬실록』, 1834), 류영선의 「의기논개찬」(1925)

‘적장(敵將)’: 『호남읍지』(1871), 최상의의 「촉석루 논개」(1913), 강효석의 「논개포장어초암」(1926), 『장수지』(1928), 『진양속지』(1932), 『조선환여승람』(1936), 신호성의 「의기사중건기」(1971)

‘완추(頑酋)’: 박치복의 「논개암」(1861), 이병곤의 「논개사기」(1917), 한우동의 「뇌의기문」(20세기 중반)

‘장수(將帥)’: 장지연의 「의기 논개」(1908)

‘일장(日將)’: 정인호의 「부일장추수」(1908), 장지연의 「일사유사」(1916), 이능화의 『조선해어화사』(1927)

‘일본장(日本將)’: 김택영의 「의기가」(1878), 정인호의 「부일장추수」(1908)

‘왜졸(倭卒)’: 안택중의 「초의기혼」(1927)

위에서 보는 것처럼 왜인을 지칭하는 표기가 여럿이다. 논개 설화가 처음 문자화된 『어우야담』 중의 “倭將誘以引之”를 끊어 읽기에 따라 ‘倭將, 誘~’ 혹은 ‘倭, 將誘~’가 될 수 있다. 둘 다 문맥상 가능하나 같은 글 내에서 ‘倭將’이라는 말이 더 이상 나오지 않는다는 점에서 애당초부터 해석의 빈틈을 만들어 놓았다.

통쾌한 복수의 심리는 왜졸이 아닌 왜장일 때 한층 극대화되기 마련이다. 복수 의지는 논개의 남강 투신 직후 왜군의 동향을 묘사하는 데 투영되었다. 박태무(朴泰茂)는 「의기전」에서 “적들은 자기 장수를 잃자 대란이 일어나 무너져 달아났고, 성은 다시 회복되었다.” 했고, 윤기(尹愭)는 「촉석루」 시주에서 “왜놈들이 상장(上將)을 잃어 절로 궤멸하니 진주가 회복되었다.” 했으며, 한우동(韓右東)은 “저들은 모두 실의에 빠져 도망가느라 경황이 없었습니다.”라 했다. 적들에게 대란이 일어났거나 적들이 도망가 진주성이 회복되었다는 서술은 역사적 사실과 배치되는 과장적 표현이다. 이는 패전 의식의 탈출과 임란 극복의 전기를 열망한 민중의 구국 심리를 대변한 것으로 이해된다. 그렇다면 논개의 동반 투신 대상을 한갓 왜졸로 설정해서는 서사의 동력이 떨어진다. 따라서 『어우야담』의 이본에서 벌써 ‘一將’으로 나타났고, 18세기 이후에는 ‘倭酋’나 ‘倭將’이나 ‘賊將’이 지배적으로 사용되기에 이르렀다. ‘賊酋’는 가등청정이나 풍신수길을 지칭할 때 주로 썼다. 그리고 근대 들어서는 일제의 영향을 반영한 ‘敵將’, 총독부의 인쇄 허가를 받기 위해 쓴 ‘日本將’ 혹은 ‘日將’처럼 적개심이 다소 완화된 표현이 등장했다.

왜장인가에 대한 시비에도 불구하고

여하튼 문장 해석의 틈새를 일찍이 간파한 이는 한규무이다. 그는 ‘倭將, 誘~’로 읽혀 시간이 흐르면서 수많은 일화가 첨가되었고,[10] 박노자 또한 논개 사건 각색의 근거가 되어 무장한 남성의 강간 시도에의 필사적 저항의 논리이었음에도 류몽인이 가상한 충성심으로 해석했다고 평가했다.[11] 그러나 류몽인의 말대로 임란 때 왜를 만나 정절을 지키기 위해 죽은 관기(官妓)가 수없이 있었으므로 남성 폭력에 대한 저항만으로는 논개가 각별한 기록의 대상이 되지 못했을 것이다. 남성이 왜장이었기에 논개의 충심이 한층 돋보이고, 나중에 신화화와 맞물려 서사 변이가 일어나는 과정은 당대의 역사적 배경 속에서 읽어야 한다.

최진한(崔鎭漢)이 경상우병사로서 부임해 시급히 착수한 일은 논개 의열(義烈)의 국가 인정이었다. 요즈음 말로 하면 논개의 국가유공자 자격 획득이 그에게는 중요한 과제가 되었다. 그는 물론 윤상보가 품의한 진정서 내용을 비롯해 『어우야담』을 원용해 정식이 지은 비문에도 '一倭'로 되어 있음을 당연히 숙지하고 있었을 것이다. 그럼에도 1721년과 1726년의 상소문에서 '一酋', '倭酋'라는 단어를 계속 고집했다. 논개 의거의 국가 공인을 받기 위한 핵심적인 언어 표지로 인지했던 셈이다. 처음부터 '倭將, 誘~'로 읽어도 문리상 하등의 문제가 될 게 없고, 게다가 왜장을 애써 부인할 증거도 없다. 띄어읽기 방법에 따라 의미가 달라지는 현상에 그리 집착할 필요는 없다고 하겠다.

논개가 처단한 이가 '왜장'이라는 인식은 후대에 보편적 공감대를 형성했다. 곧 논개가 죽인 장수는 누구인가에 대해 대중적 관심이 자연스레 모아졌다. 하지만 쉽게 밝혀질 사안은 아니었다.

---

10) 한규무, 「조선시대 여인상에 대한 오해와 편견」, 『인간 연구』 9집, 가톨릭대 인간학연구소, 2005, 68쪽.

11) 박노자, 「의기 논개 전승: 전쟁, 도덕, 여성」, 『열상고전연구』 25집, 열상고전연구회, 2007, 236~237쪽.

4. 그렇다면 그 왜장은 누구인가

근대 이전의 문헌 중에서 왜장은 19세기 초반 진주 사람이 엮은 『충렬실록』, 작가 미상의 『임진록』, 영남구휼사 오횡묵의 글에 비로소 등장하는데, 그 이후부터 1970년대까지 여러 기억 매체에서 다룬 왜장을 들면 아래와 같다.

① '석종로(昔宗老)': 「이병조참판공실록」(『충렬실록』, 1834)
'석종로(石宗老)': 『임진록』(미상), 배호길의 「진주 촉석루와 주논개」(1965)
'석종노': 사공수의 『한양가』(1910년대)

② '하라북(河羅北)': 오횡묵의 「논개사명」(1888)
'하나복': 사공수의 『한양가』(1910년대)

③ '모곡촌육조(毛谷村六助)': 『조선명승시선』(1915), 차상찬의 「논개의 의열」(1923)·「진주 의기 논개」(1931), 「여름밤 이야기」(『조선신문』 〈1926.7.4〉), 「강담, 충효양전 모곡촌육조」(『조선시보』 〈1927~1929〉), 박종화의 「논개」(1946 〈단편〉, 1948 〈중편〉), 「논개의 위패를 파괴한 왜경 서재익 특위에 피체」(『연합신문』 〈1949.4.26〉), 최용진의 「논개」(1962), 「삼장사 제향, 의기논개의 넋도 추모」(『마산일보』 〈1965.7.30〉), 장수향교의 『벽계승람』(1975)
'모곡(毛谷)': 류광렬의 「농촌순례기, 전북편29」(『매일신보』 〈1934.6.23〉)
'모곡촌(毛谷村)': 설창수의 「논개의 사연」(1954)

④ '모리휘원(毛利輝元): 「논개 사당의 유래」(『민주중보』 〈1949.7.27〉)

⑤ '입화종무(立花宗茂)': 이재순의 「의암 주논개랑 생장지 사적 불망비」(1960)

위의 문헌을 토대로 왜장은 네 계열로 나뉜다. ①계열의 석종로(昔宗老)는 역사상 처음으로 『충렬실록』에 나타나는데, 『한양가』(일명 한양오백년가)에서 '석종노'를 중문장 중의 한 사람이라 했다. 배호길의 기행문에는 가등청정의 소속으로 한자 성이 다른 인물을 내세웠는데, 거론된 왜장 중 가장 늦게 출현했다. ②계열의 하라북(河羅北)은 오횡묵의 「논개사명」에 나오고, 『한양가』에서 논개가 죽인 중문장 중의 하나로 '하나복'을 지목했다. ③계열의 '모곡촌육조'는 '모곡'이나 '모곡촌'으로도 불리며 광범위하게 수용되었다. ④계열은 기타 인물로 '모리휘원'이나 '입화종무', 그리고 '가등청정'도 있다.

모곡촌육조가 문헌에 등장한 시기

문제의 인물은 지명도에서 압도적인 위치를 차지하는 모곡촌육조(毛谷村六助, 게야무라 로쿠스케)이다. 1915년 경성 연문사에서 발간한 성도로촌(成島鷺村, 나루시마 사기무라)의 『조선명승시선(朝鮮名勝詩選)』이 최초가 아닌가 한다. 경술국치 이전 조선에 들어왔던 그는 조선총독부 경찰관으로 재직하면서 틈틈이 전국의 명승고적을 답사하고 고서를 섭렵해 책으로 편술했다. 하단에 신라 이래의 유명한 시를 선별 배치하고, 상단에는 관련 고사를 차례로 열거했다. 그중 모곡촌육조는 경상남도 첫머리인 진주(晉州)의 '의랑암(義娘巖)' 항목에 실려 있는데, 일부 번역하면 아래와 같다.

倭將の來るを迎へ之を抱きて共に江中に投じて死せり此妓國亡びて生を欲せず邦家の仇敵たる倭將と倶にして死し以て一片の恨を報ぜんとしたるものなりと其忠烈に感じ爾來嵓を義娘と名づけ崖上に祠を立て祭祀せり或説には加藤淸正の部將毛谷村六助の爲に節を守り投身したるなりとも云ひ今尙人跡を絕たず

矗石江 南江の別名にして矗石嵓附近の稱なり

南江 其源二有り一は智異山の北、雲峰より、一は智異山の南より出て共に邑西に來り合して更らに東流し宜寧に至り鼎岩津となる

성도로촌, 『조선명승시선』(1915), 「진주」 〈의랑암〉, 226쪽. 하강진 소장

〈의랑암〉. 왜장(倭將)이 오는 것을 맞이해 안고서 함께 강 속으로 투신하여 죽었다. 이 기생은 나라가 망하자 살기를 욕심내지 않고 나라의 원

수인 왜장과 함께 죽음으로써 한 조각의 원한을 갚고자 한 것이다. 그 충렬(忠烈)에 감동하고서 그 이후 바위를 '의랑(義娘)'이라 이름했고, 언덕 위에는 사당을 세워 제사를 지낸다. 어떤 설에는 가등청정(加藤淸正)의 부장 모곡촌육조(毛谷村六助)를 위해 절개를 지키려고 투신했다고도 한다. 지금도 사람들의 발걸음이 끊이지 않는다. (226쪽)

모곡촌육조가 통상 박종화의 단편소설 「논개」를 통해 널리 알려진 것은 사실이지만 그보다 30년 전에 그의 이름이 조선 땅에 서서히 저장되고 있었다. 아울러 그가 인용한 '어떤 설'을 감안하면, 모곡촌육조가 결합된 논개 이야기는 1915년 이전으로 소급할 수 있다. 그리고 그와 벗으로 지낸 단소 정운복(1870~1920)이 서문을 지은만큼 모곡촌육조가 조선 지식인들에게도 그리 낯선 존재는 아니었을 것이다.

그렇다면 모곡촌육조는 어떤 인물인가. 먼저 오이타현 시모게군 야마니구초 게야무라 마을에 산 사람을 들 수 있다. 그는 떠돌이 무사인 사타게 간베의 아들로 태어난 그는 사무라이가 된 뒤 귀전통치(貴田統治, 기다 무네하루) 혹은 귀전손병위(貴田孫兵衛, 기다 마고베)로 개명하고 가등청정의 부하 대장으로서 조선 침략에 종군해 승리한 다음 귀향해 직계 후손 없이 62세로 병사했다. 1786년 오사카에서 초연된 조루리(인형극) '히코산곤겐 지카이노스케다치(彦山權現誓助劒)'나 동명의 가부키 주인공으로 인기를 누리고 있다. 현재 오이타현 나카츠시 야마구니정에는 그의 묘가 있고, 조선 침략의 총기지가 있던 규슈 나고야성 부근의 천신신사(天神神社)에서는 추앙하는 신으로 받들고 있다.[12]

일본 군담소설에 자주 등장한 모곡촌육조도 있다. 그는 가등청정의 부하로서 두만강 너머의 오랑카이에서 거한의 칼에 찔려 죽었다고 한다. 이외 울산성전투 때 죽은 이가 있고, 진주성에서 죽은 이도 있다.

12) 최관, 『일본과 임진왜란』, 2003, 고려대학교 출판부, 277~299쪽.

모곡촌육조가 하나일 수 있고, 여럿도 될 수 있다.

모곡촌육조의 석연찮은 죽음과 사실의 날조

수수께끼 같은 그의 죽음이지만 근세 일본에서 효자·장사·검술의 달인으로 친숙한 인물이 된 것만은 분명하다. 그렇기에 일제강점기의 여러 매체에서 논개와 결부해 다루었다. 1923년 7월 『조선시보』는 관기조합이 의기사를 수리하기 위해 촉석루에서 성대한 제전을 개최했다는 기사를 실었는데, 이곳에서 논개와 모곡촌육조가 정사(情死)했다고 했다.

또 1926년 7월 『조선신문』에 실린 데루미(テルミ)의 기행문을 보면, 논개는 왜장을 사랑한 비련의 여인으로 엉뚱하게 둔갑했다. 가등청정의 부장 모곡촌육조가 아름다운 소녀 논개를 알게 되어 며칠간 깊은 사랑에 빠졌는데 그가 전장을 동분서주한 탓으로 다시 만날 기회가 없었다. 이에 논개가 정렬(貞烈)을 지키려는 마음을 가슴에 품고 언덕 위에서 푸른 못으로 떨어져 죽었고, 마을 사람이 사당을 지어 위로했으며, 로맨스가 있는 의랑암(義娘巖)이 입에 오르내린다고 했다.

『조선명승시선』에서 말한 '어떤 설'이 이런 내용이었는지는 알 수 없으나 그 설의 확장판임은 분명한 듯하다. 이처럼 그들은 객관적인 역사사실을 조작하고 논개 정렬의 의미를 스스럼없이 훼손했다. 일본인이 과거와 대화하는 발언권을 틀어쥔 이상 논개를 모곡촌육조를 영웅화하는 보조적 인물로 그리는 데 마음껏 상상의 나래를 펴도 마땅히 저지할 방법이 없던 당시 현실이었다.

한편 진주의 임란 사적은 일본인에게 과거를 기억하게 하는 매체가 되어 관광상품인 엽서로 제작되어 활발히 유통되었다.[13] 촉석루와 의

13) 임란의 고적 진주 명소를 대상으로 제작한 세트 엽서는 김동철, 『엽서가 된 임진왜란』, 선인, 2022, 217~230쪽 참조.

1927년 이후의 제작 엽서. "예전에 일본군이 농성했을 때 모곡촌육조가 이 의암에서 강 속으로 빠져 죽었다고 한다"(사진 설명). 이름의 '介'는 助의 다른 표기. ©하강진

암, 의암사적비(본서 논개 산문에 엽서 수록) 등의 우편엽서를 통해 조선 침략에 가담한 장군 중 모곡촌육조의 이름을 대표적으로 호출했다.[14)]

사랑을 이루지 못한 두 사람의 정사나 논개의 순애보적인 자결 설정이 일본인의 왜곡된 역사 인식임을 그들 자신도 비판했다. 일찍이 1940년 조선일보 진주지국장 겸 『오사카매일신문』의 통신원이었던 승전이조(勝田伊助, 카츠타 이스케)는 모곡촌육조를 논개와 연계한 이야기를 한마디로 '허설(虛說)'이라 규정한 바 있다.[15)] 현대의 일본측 연구자들도 조심스럽게 추정할 뿐이다.[16)] 그가 살아서 귀국했다면 논개와는 전혀 무관

14) 이 무렵 조선과 일본에서 모곡촌육조를 대중적 인물로 만들었다. 예를 들면 『조선시보』는 1929년 2월 20일부터 8월 19일까지 총 170회에 걸쳐 신전백해연(神田伯海演)의 「충효양전(兩全) 모곡촌육조」를 연재했다. 또 1930년에는 대일본웅변회 강담사에서 태전정수(太田貞水)의 『장편 모곡촌육조』를 발간했다.

15) 승전이조 저, 김상조 역, 『진주대관』(진주대관사, 1940), 24~25쪽.

16) 노승환, 「논개와 로쿠스케: 후쿠오카 보수원을 중심으로」, 『일본언어문화』 제14집, 한국

하고, 전사했다면 그 장소가 진주성이어야 하는데 입증할 가능성은 그다지 없어 보인다.

이외 실존 인물로 알려진 모리휘원(毛利輝元, 모리 데루모토)이 있다. 『민주중보』에 처음으로 소개된 그는 1553년에 태어나 조선 침략의 선봉장으로 참전해 진주성전투에서 승리했으나 1625년에 죽었으니 논개와 함께 논할 수 없다.

또 입화종무(立花宗茂, 타치바나 무네시게)는 1960년 장수에 세운 「의암주논개랑 생장지 사적 불망비」[17]에 이재순(李在淳)의 글을 새겨 넣음으로써 알려졌다. 그는 1567년 일본 전국시대 명장인 고교소운(高橋紹運, 타카하시 쇼운)의 장자로 태어나 입화도설(立花道雪, 타치바나 도세츠)의 양자로 들어갔다. 풍신수길의 신뢰를 얻은 그는 제2차 진주성전투 때 모리원취(毛利元就, 모리 모토나리)의 3남인 제5대대장 소조천륭경(小早川隆景, 코바야카와 타카카게)의 휘하에서 활약했고,[18] 귀국한 뒤 1643년에 죽었다. 그가 계사년 전투 이후 50년을 더 살았으므로 논개와 무관함을 알 수 있다.

19세기에 왜장 이름으로 맨 먼저 기재된 석종로나 하라북이 이후 여러 문헌에 등장했으나 그의 신원을 전혀 알 수 없다는 점이다. 그리고 논개 설화나 민요에 나오는 가등청정은 말할 것도 없이 허구에 불과하다.

문제는 유력하게 거명된 왜장이 진주와 장수에서 다르고, 더구나 장수 내에서도 달랐다. 예컨대 진주의 설창수는 금석문에 왜장 이름을

일본언어문화학회, 2009, 349~350쪽.

17) 고두영은 『이애미 주논개』, 장수문화원, 1997, 163쪽에서 "논개의 출생 생애를 정립한 효시가 된 금석지문"이라 했다.

18) 왜군은 5개 대대 총 10만여 병력으로 6월 21일부터 동북서 세 방면에서 공격을 개시했다. 제1대장은 가등청정(加藤淸正, 가토 기요마사), 제2대장은 소서행장(小西行長, 고니시 유키나가), 제3대장은 우희다수가(宇喜多秀家, 우키타 히데이에), 제4대장은 모리수원(毛利秀元, 모리 히데모토), 제5대장은 소조천륭경(小早川隆景, 고바야카와 다카카게)이었다. 신윤호, 「제2차 진주성전투와 진주도(晉州島)」, 『진주성전투』(도록), 국립진주박물관, 2012, 70~71쪽.

최초로 새기면서 모곡촌(毛谷村)과 석종로(石宗老)를 나란히 표기했다. 이재순과 함께 기성회 고문으로 활동한 장수교육감 김상근에게 들은 이야기를 바탕으로 썼다는 배호길의 「진주 촉석루와 주논개」에서는 석종로(石宗老)를, 장수향교에서 1975년에 펴낸 『벽계승람』에서 모곡촌육조(毛谷村六助)[19]를 각각 내세웠다.

이처럼 왜장이 혼란스러운 것은 글쓴이가 특별한 근거 없이 임의로 선택했다는 뜻이다. 왜장이 여럿이고, 빈번하게 거론된 모곡촌육조의 실체마저 애매하다면, 왜장 이름에 구태여 집착할 것까지는 없겠다. 따라서 특정인을 지목해 맥락이 흐려지기보다는 왜장은 미상으로 남겨두는 게 합리적 판단이 아닌가 한다.

5. 논개는 왜장을 어떻게 죽였나

『어우야담』에서 곱게 치장한 논개가 가파른 바위 꼭대기에서 촉석루에 있던 왜장을 유인해 껴안고 곧바로 못에 내던져 함께 죽었다고 했다. 이 밋밋한 서사를 정식(鄭栻)이 「의암사적비명」(1722)에서 자구 변경 없이 전사하고 자신이 찬한 명(銘)을 추가했다. 류몽인 이후 논개 순국을 증거할 만한 문적이 없었기에 서술자의 해석 시각에 따라 서사 변이가 발생할 개연성이 잠재한 상태였다.

우선 최진한(崔鎭漢)의 「청증직정위차설재실계」(1721)와 「양사우수개선보비변사장」(1722)에서 간접화법을 써서 논개가 나라를 위해 적을 죽일 계책을 냈다고 한 뒤 "촉석 위에서 거문고를 타거나 노래를 불렀습니다."라 했고, 류영선(柳永善)은 「의기논개찬」(1925년경)에서 왜장이 매혹

19) 『벽계승람』 이후 논개 생가지에 설치된 장수군수 박청준의 「의암 주논개 유허비」(1982), 장수군수 김상두의 「의암 신안주씨 논개지려」(1996), 장수군청에서 발행한 『장수지』(1990)에는 모두 모곡촌육조로 되어 있다.

될 수밖에 없는 유인 상황을 최진한처럼 덧붙였다.

이명배(李命培)는 「노아설」(18세기 초)에서 왜놈 두목 장수가 술에 취한 틈을 타서 논개가 안고 떨어진 것으로 묘사했는데, '취흥(醉興)'은 류몽인이나 최진한의 글에 없던 화소이다.

박태무(朴泰茂)의 「의기전」(1741년 이후)에서는 가상의 집적화법을 구사해 "그냥 죽는 것은 아무 보탬이 없으니, 어찌 구덩이에 빠져 죽듯이 어리석은 짓을 할 수 있겠는가?"라는 논개의 목소리를 전달하는 한편 춤이 반쯤 무르익은 틈을 이용했다고 했다. 여기에서 술 대신 '춤' 화소가 처음으로 등장했고, 정약용(丁若鏞)은 「진주의기사기」(1780)에서 논개가 왜추(倭酋)와 대무(對舞)를 췄다고 했다.

또 서유본(徐有本)은 「논개」(1794)에서 "허리를 묶고 함께 춤추다가"로, 성해응은 「논개」(1813년 이전)에서 "비단을 구하여 허리에 감고서 춤추다가"로 서술했다. 춤을 추면서 동반 투신이 가능하도록 허리에 띠를 감았다는 화소가 새롭게 나타났다.

논개의 왜장 유인과 투신 방법도 각양각색

『여지도서』(1757~1765)의 「의암」을 보면, 논개는 왜졸이 바위에 가까이하자 적장을 대신 오도록 했고, 그가 다짜고짜 몸을 더럽히려 할 때 안고 물에 떨어졌다고 했다. 『경상도읍지』(1832), 『영지요선』(1876), 『진양지속수』(1927)에서는 이를 그대로 베껴 수록했다. 적장의 겁탈하려는 행위는 기존 문헌에는 없던 화소인데, 김경진(金敬鎭)은 「진양성의기사생」(1843)에서 이와 유사하게 논개가 왜장 중에서 가장 사나운 놈을 선택해 일부러 애교를 떨었고, 그 왜장이 겁탈하려 하자 완곡한 말로 바위로 유인해 대무(對舞)를 추었다고 했다. 또 안민영(安玟英)의 「논개」(1850년대)에 술과 춤이 바위에서 함께 어우러지는 장면이 처음으로 등장한다.

한편 『호남절의록』(1799)에는 왜장이 황당하게 하나에서 둘로 늘어났다. 곧 논개가 두 적장을 유인해 대무를 추다가 두 손으로 그들을 잡아당겨 셋이서 함께 남강에 투신하는 상황을 설정했다.[20] 이 서사는 이규상(李奎象)이 「여사행」에서 논개가 두 오랑캐를 이끌고 백 길 물속으로 함께 떨어져 죽었다고 한 데서 유래한다. 섬섬옥수의 논개가 왜적 둘을 상대하기란 불가능에 가깝다.

또 심원열(沈遠悅)은 「의기사명」(1857)에서 왜장이 논개의 명성을 듣고 연회에 참석시켜 검무(劍舞)를 추게 했고, 논개가 대무(對舞)를 절묘하게 추다가 좌우에 바람이 일 때 왜장을 안고 누각 아래의 바위로 몸을 던졌다고 했다. 논개를 '칼춤'의 고수로 서술한 것은 처음이고, 순국 결행 장소 또한 의암이 아닌 촉석루라 함으로써 기존의 서사와 결을 달리했다.

아울러 『호남삼강록』(1903)에서도 촉석루 큰 연회에서 왜장이 크게 취한 틈을 타 누각 아래로 함께 떨어져 죽었다고 했고, 촉석루의 큰 연회설을 여기에서 처음 언급되었다. 또 차상찬(車相瓚)은 「진주 의기 논개」(1931)에서 논개가 술에 취한 모곡촌육조와 촉석루에서 춤을 추다가 죽을 힘을 다하여 허리를 껴안고 떨어져서 강물로 들어갔다고 했다.

논개가 왜장을 안고서 강물에 떨어진 사건은 의심의 여지가 없는 사실처럼 보였지만, 낯설게도 심육(1685~1753)은 「의암」 시주에서 목을 끌어안고 강에 떨어졌다고 했다. 또 정인호(鄭寅琥)는 「부일장추수」(1908)에서 논개가 일장(日將)이 취한 틈을 타서 등에 업고 물에 떨어졌고, 기녀의 손이 단단히 묶여 풀어지지 않아 물에서 뛰쳐나오지 못했다고 했다.

이외 작자 미상의 한문 소설 『임진록』에서는 왜장을 안고 투신하기 직전에 노래를 비장하게 부른 것으로 묘사했다.[21] 또 자신의 호 동주(東

---

20) 이런 영향인지 하강진 소장의 『한양가』(1910년대)에서는 "술 먹고 춤출 적의/ 논기의 거동보소/ 셕종노 한 손 즙고/ 하나복 한 손 즙고/ 서이 서로 손길 잡고/ 는간으로 도라갈 졔"라 했다. 이 『한양가』는 1912년에 필사를 시작해 1913년에 마쳤다.

21) 『임진록』(『일휴당실기』, 53b), "바람 살랑대고/ 눈을 드니 예와 달라 슬프구나/ 저 교활한 아이는/ 나와 친할 수가 없었네/ 아, 이 어찌 된 하늘인가/ 날은 저물고 갈 길 먼 세상사로다[風飄飄兮, 異於擧目悽, 彼狡童兮, 不與我好兮, 嗚呼此何天? 日暮道遠世事]".

洲)를 필명을 쓴 최상의(崔相宜)는 『오백년기담』(1913)에서 김천일이 진주성이 무너질까 홀로 걱정하는 논개를 베려다 주위의 만류로 그만두었다는 서사를 추가했는데, 강효석(姜斅錫)은 『대동기문』(1926)에서 이를 다시 실었다. 이 화소는 당시 유포된 진주 노기(老妓) 이야기를 끌어다 붙인 것으로 물론 논개와는 무관하다.

열 손가락 쌍가락지를 끼고 마침내 죽다

논개 서사에서 인상적인 대목은 '가락지' 화소이다. 남강 불빛을 수놓은 진주교 교각에 설치된 황금빛 가락지 조형물은 어디에 기원이 있는가. 아마도 1929년 6월 12일 『삼천리』 제1호에 게재된 김동환의 「논개야 논개야 부르며 초하의 촉석루 차저」라는 기행문이 맨 먼저인 듯하다. 그는 공상(空想)으로 논개를 불러내어 "손구락을 물속에 너허 헤우적거리면 論介가 입고 죽든 그 치마자락 씃이 걸치어 나올 것 갓고, 바위와 바위틈을 삿삿히 들추어 보면 그쌔 論介가 끼엇는 가락지와 비녀들이 차저지어 나올 것 갓기도 하다."라 서술했다.

김동환의 가락지 화소는 한국전쟁 때 향유 공간이 더욱 확장되었다. 바로 남성봉(본명 김영창)이 부른 〈쌍가락지 論介〉(손로원 작사, 이병주 작곡)이다. 그는 1950년 이 유행가로 데뷔했으나 전쟁 발발로 묻혀 있다가 1953년 2월 대구 오리엔트레코드사에서 같은 제목으로 발매한 SP 음반을 통해 인기가수가 되었다. 그 노랫말에서 "아, 논개야 쌍가락지 손가락 매디마다 술잔 우에 맺힌 분노 시퍼런 칼 비수되어 왜장놈의 목을 끊는 남강물의 네 청춘을 촉석루에 진달래가 필 적마다 아, 논개야 논개야 너를 찾는다"라 하여, 열 손가락에 쌍가락지를 낀 논개 이미지는 가요무대 진주와 함께 친숙하게 자리를 잡았다.[22)]

---

22) 일제 때 발표된 '강남 달'(1927, 〈낙화유수〉의 주제가), '세세연년'(1940), '남강의 추

진주의 예술적 자장 확산 속에 그 중심에 있던 설창수(薛昌洙)는 「논개의 사연」(1954)에서 "그의 열손꾸락은 매디마다 뻐듯이 반기를 끼고 있었으니, 이분이 곧 논개다"라 했으니, 당시 가요의 영향 속에 있었음을 알 수 있다. 또 장수에서는 의암사 창건의 주역인 이재순의 「의암주논개랑생장지사적불망비」(1960)에 "豫備된 十指의 指環"이라는 표현이 거듭 사용됨으로써 논개 가락지 이미지는 확실한 인지도를 갖게 되었다.

왜장이 술을 먹었다든지, 논개가 왜장과 함께 춤을 추었다든지, 가락지를 끼었다든지 하는 화소는 애초에 없었다. 이처럼 기록자, 서술자, 발화자, 작사자의 의식에 따라 논개 서사가 다르게 기술된 것은 이야기 전승 주체가 논개의 복수전략이 성공할 수 있는 합리적 조건을 상상력으로 설정한 결과이다. 곧 왜장을 유인해 바싹 껴안는 상황을 만들기 위해 주홍과 능숙한 춤사위로 정신 줄을 놓도록 했고, 깊은 남강 속으로 떨어진 왜장이 헤엄쳐 나올 수 없도록 가락지 열 개를 연상해낸 것이다. 술에 듬뿍 취한 왜장이 아무리 완력이 세더라도 물속에서 허우적대기만 할 뿐 열 손가락에 반지 낀 논개의 손아귀를 벗어날 수 없기 때문이다. 이는 예상할 수 있는 동반 자결의 실패 요인을 실제 향유 공간이나 문헌 전승 과정에서 미리 해소하기 위해 발휘된 서사 장치였다.

주홍과 대무, 순국의 자발적 의지 등은 서사의 합리성 추구에서 납득할 수 있다. 하지만 가까스로 살아남은 왜적이 이튿날 두 패로 나눠 호남으로 진격한 역사적 사실을 고려할 때 피비린내가 등천하던 촉석루에서 전승 축하 술판을 벌일 수 있는 분위기는 마련되었는지,[23] 논개가 왜장을 안고 촉석루에서 떨어졌을 때 두 몸이 굴러서 남강 속으로 빨려

억'(1940), '진주라 천리길'(1941) 등 진주를 배경으로 한 대중가요가 한 시대를 풍미했다. 장일영, 「한국 가요의 고향」, 『천년도시 진주의 향기』(공저), 한국토지주택공사, 2018, 195~196쪽. 블로그(https://blog.naver.com/yessoopark), 디지털진주문화대전(http://www.grandculture.net/jinju) 검색(2023.11.1).

23) 김수업은 『논개』(지식산업사, 2001) 36~37쪽에서 왜군이 함락 직후 전승연을 베풀기는 불가능한 일이었다고 주장했다.

들어갈 수 있는지, 물에 빠진 왜장과 논개의 몸이 분리되지 않도록 하는 착안에서 비롯되었겠으나 현실적으로 손가락마다 가락지를 다 끼는 게 가능한 일인지, 일본 장수가 아무리 술에 취했던들 논개가 그 육중한 신체를 업을 수 있는지 등의 서사 변이에 대해 제대로 된 해명을 내놓기 어렵다.

『어우야담』의 화소는 기본 골격만 있었으므로 여기저기 붙여나가는 속살은 향유자의 상상에 좌우되는 존재이고, 설화의 특성상 구연자의 상상력이 발휘된 화소가 서사 체계를 갖추면 쉽게 용인된다.[24] 합당한 증거물이 있으면 '진실성'을 믿기 때문이다. 사실을 굳이 따진들 여백이 많은 최초의 논개 서사는 결코 답을 주지 않는다. 아니라 한들 믿을 사람이 없고, 집단 신념은 역사적 진실로 굳어가는 추세를 띄기 마련이다. 논개가 집중 조명받기 시작한 1954년 4월부터 화소가 대폭 늘어나기 시작했고, 작가들의 탄탄한 구성력에서 부풀려지거나 만들어진 서사는 역사로 전이되는 과정을 밟아왔다는 점이다.

6. 논개 전설이 문학작품으로 다양하게 창조되다

앞에서 논개가 문학 속에 들어앉은 최초의 작품이 박종화의 단편소설 「논개」(1946)라 했다. 이후 여러 작가는 논개의 일생을 재구성하고 역사적 존재로서의 의미를 찾는 데 적극 나섰다.

주지하듯이 상상력에 토대를 두는 문학은 과거 역사를 있는 그대로

---

24) 곽정식의 「의암 논개 전설의 연구」(『논개 사적 연구』, 경성대 향토문화연구소, 신지서원, 1996)를 보면, 〈의암 논개〉 중 가락지 화소가 두 편에 들어 있다. 그리고 논개 설화는 문헌과 구전을 합쳐 『어우야담』 이후 2004년까지 총 116화 정도이고, 구전설화는 구연자의 의식에 따라 다양한 화소 변이가 일어났다. 박기용, 「논개 설화의 서사 양상과 의미」, 『우리말글』 32집, 우리말글학회, 2004.

재현하는 갈래가 아니다. 작가가 창조한 서사나 시적 세계는 배제된 사건들을 세밀하게 추적하거나 이전에 선택된 사건을 다채롭게 해석하는 관점을 제공하는 것으로서 의의가 있다. 문학을 통해 땅의 역사가 넓게 확장되고 실존한 인물이 새롭게 탄생하는 것이다. 다만 작품에 반영된 과거 사실과 창조된 허구를 구분해서 읽어야 하는데, 논개가 그중의 하나이다. 논개의 대중화 과정에 주목받은 몇 작품을 소개한다.

정한숙(鄭漢淑)은 논개를 주인공으로 하는 소설은 실증적 자료보다 작가의 상상력에 바탕을 두어야 한다는 시각에서 1969년 9월 3일부터 1973년 9월 30일 사이에 『한국일보』에 「논개」를 연재했고, 이를 묶어 20년 뒤 장편소설[25]를 상재했다. 이경이 진주목사로 있을 당시 진주성의 활쏘기 대회에 참가한 젊은 황진이 21세 때 진주 한량을 흠모해 그곳에 왔다는 논개를 만나 사랑을 나누는 것으로 시작해서 끝날 때까지 대부분 허구의 대체 역사를 꾸며 작가의 말마따나 오직 소설적 재미를 겨냥했다.

모윤숙(毛允淑)은 서사시집 『논개』(1974)[26]에서 장수고을 주촌마을 여염집에서 개해 개달 개날 태어나 오래 살라 축원하는 뜻에서 논개 이름을 얻었고, 논개는 김시민의 짝으로 나오고 진주성전투에서 죽은 그의 원한을 갚기 위해 남강 바위로 '게다니무라 로구쓰게(毛谷村六助)'를 유인해 끌어안고 물속으로 날랐다고 서술했다. 이재순과 배호길의 논개 출생 비화를 수용했지만 박종화의 소설적 틀을 크게 벗어나지 않았다.

정비석(鄭飛石)의 「진주기 논개」는 1974년 4월 2일부터 1979년 2월 말까지 『조선일보』에 연재한 것으로 뒷날 『명기 열전』(1977)의 하나로 출간되었다.[27] 전기 형식을 혼합한 중편소설인데, 서두에 "명은 논개,

---

25) 정한숙, 『논개-양귀비꽃보다 더 붉게 핀 여인』, 청아출판사, 1993.

26) 모윤숙, 『논개』, 광명출판사, 1974.

27) 정비석, 『진주기 논개』(『명기열전』 4 〈제14화〉, 이우출판사, 1977), 185~315쪽.

성은 주씨, 1574년 9월 3일 장수 태생, 1593년 7월 7일 사망, 경상병사 최경회의 부실로서 남편이 전사하자 기생으로 사칭하고 촉석루의 왜군 전승연에 자진 참석하여 적장 모곡촌육조를 부둥켜안고 진주 남강에 투신자살함"이라는 소개 글을 실었다. 그는 작품을 쓰기 위해 『대동기문』·『조선해어화사』·읍지 등의 문헌을 조사하고, 진주와 장수 현지를 답사했으며, 전문가 설창수·김상조·김용기·오치황·이은상 제씨를 직간접으로 만나 자료를 확보했다고 했다.

작가는 이전까지 논개의 서사 화소를 종합하되, 영조 임금의 사주 일화, 모곡촌육조의 생애, 임란의 전개와 진주성전투 개요, 순국 직전 논개와 모곡촌육조의 대화를 추가해 소설적 구성을 취한 점이 특징적이다. 논개 사화는 비역사적인 요소가 많은 이 소설로 서사 변이가 사실상 완결되었다고 해도 될 성싶다. 다만 기녀가 아님을 전제로 하고서도 기녀 열전의 범주로 논개를 넣어 자기모순에 빠졌다는 지적이 있다.[28]

이 이후의 논개 문학은 작가 의식이 더 중요해졌다. 정동주의 장편서사시 『논개』(1985)[29]는 정치 폭력과 인간 차별 문제에 중점을 두었고, 새 자료 발견과 학계의 연구 성과를 반영한 평전 『논개』(1998)를 야심차게 저술했다. 그리고 김별아의 장편소설 『논개』(2007)[30]는 '작가의 말'을 통해서 충성이나 절개가 아닌 사랑과 죽음을 소설 테마로 설정했고, 소설적 전개를 위해 최경회의 사적인 내력 일부를 변형했으며, 의기 산홍의 실명을 차용해 가공의 인물도 창조했음을 알 수 있다. 이외 전병순, 최낙건, 박상하, 김지연의 장편소설이 있다.

논개를 소재로 한 현대문학의 경향은 사화(史話)의 진위보다는 현실의 중층적인 문제를 해결하거나 인간의 실존적 존재를 탐구하는 통로로써

---

28) 조갑상, 「논개의 소설화 작업에 대한 고찰」, 『논개 사적 연구』, 389쪽.

29) 정동주, 『논개』, 창작과비평사, 1985.

30) 김별아, 『논개』 1·2, 문이당, 2007.

논개를 호명하고 있다. 논개 담론을 공유하는 진정한 가치는 기존 관념에 종속되지 않고 진지한 대화로써 미래의 과거가 되는 현재의 삶을 성찰하는 데 있음은 말할 나위가 없다.

한 가지 부언할 것은 장수에서 논개의 호로 쓰고 있는 '의암(義巖)'이다. 정대륭이 쓴 글씨를 1629년 바위에 새김으로써 고유명사가 되어 조선시대 시문의 제재로 널리 활용되었다. 지역어로는 '이애미'라 부른다. 1954년 논개사적보존기성회를 발족하면서 의암을 호처럼 썼고, 이듬해 건립된 사당 이름도 의암사라 했다. 장수 향토지에서 나라에서 시호를 하사받았다고 쓰고 있으나 근거를 대지 못하고 있다. 본서에 수록한 서명서(1711~1795)의 「등촉석루」(1762) 시주에 사호가 아닌 사명(賜名) 정보가 있다. 그가 근거로 삼은 문헌을 비롯해 왕조실록이나 『태상시장록』에서 확인되지 않으나 참고는 할 수 있겠다.

제4장 삼장사와 창렬사 배향 인물의 성격

삼장사(三壯士)는 논개와 함께 대표적인 문화적 기억의 대상이다. 촉석루 삼장사 시는 기나긴 인정투쟁(recognition struggle)이었다. 사전적 의미를 보면, 어떤 문제에 대해 "자기 자신이나 타인에게 인정(認定)받기 위한 싸움"으로 그 개념을 규정한다.

촉석루 삼장사 시가 애초 문헌에 수록된 경위나 유포 과정에 대해 명쾌하게 입증할 만한 사실이 부족한 점에서 투쟁의 요인을 스스로 내포했다. 투쟁의 단서가 문헌 내부에 기인한 만큼 결정적인 해결책이 없다. 인정투쟁의 과정을 살펴본 뒤 시각을 달리해 생산적인 논의의 장으로 안내하고자 한다.[1]

---

1) 저자의 「촉석루 삼장사 시의 작가와 삼장사에 대한 소견」(2023.5), 「진주성 순절 의병 검토와 선양 방안」(2023.10), 『진주성 촉석루의 숨은 내력』(2014)에서 의견을 개진한 바 있다. 이 논저를 요약하거나 본서에 수록한 자료를 바탕으로 보완해 재서술한다.

1. 촉석루 시 속의 삼장사는 누구를 말하는가

논의에 앞서 삼장사 용어가 유래되고, 시 작가의 논쟁이 현재형인 「촉석루일절」을 소개한다.

矗石樓中三壯士　촉석루 안의 삼장사
一杯笑指長江水　한 잔 들고 웃으며 남강 물 가리키네
長江之水流滔滔　남강 물은 넘실넘실 흐르나니
波不渴兮魂不死　물결 마르지 않는 한 넋은 죽지 않으리

위 시는 1649년 초간한 김성일의 『학봉집』 권2에 실린 것인데, 100년의 시차를 두고 권적(1675~1755)이 1750년에 지은 최경회 행장에 수록됨으로써 영남과 호남 사이에 작가 시비가 불거지기 시작했다. 이렇게 되자 영호남 유림은 삼장사와 관련해 서로 한 치도 물러서지 않는 기억 전쟁이 시작되었고, 수백 년이 지난 지금도 소강 국면이기는 하나 여전히 작가 문제는 해결되지 않고 있다.

영남 삼장사 이설의 단서와 전개

삼장사가 최초로 지목된 글은 이로(1544~1598)의 「학봉김선생용사사적」(일명 『문수지』)이다. 여기서 해당 부분을 인용하면 아래와 같다.

단성에 도착하니 郭再祐가 전투복 차림으로 와서 公을 뵈었다. 공이 그를 보고 특이하게 여겼는데, 함께 이야기해 보고 더욱 기이하게 여겼다. 죽음을 서로 약속하고는 동행하여 진주에 도착했다.---공이 단성에서 곧장 진주에 도착하니, 진주목사는 산에 숨어 있고 軍民은 모이지 않아 성안은 쓸쓸하고 강물은 아득하였다. 공이 배회하며 안타까워하였는데 슬픔을 견디지 못하였다. 趙宗道가 의령에서 도착하여 공의 손을 잡으며 말하기를 "진양 땅은 거진이고 목사는 중요한 자리에 있는 벼슬아치인데도 지금 이와 같습니다. 앞으로 닥칠 형세는 더욱 손을 쓸 수 없으니 빨리 죽느니만 못합니다. 바라건대 공과 함께 이 강에 빠져 죽을지언정 기필코 흉적의 칼끝에는 죽지 않겠습니다."라고 하였다. 그러고는 공의 손을 잡고 강으로 이끌었는데 견고해 풀 수가 없었다. 공이 웃으면서 말하기를, "한 번 죽는 것은 늦지 않으나 헛되이 죽는다면 무슨 소용이 있겠소? 필부의 하찮은 의리를 나는 따르지 않겠소".---서로 눈물을 흘리며 크게 통곡하고서 그만두었다.[2)]

이로(李魯)는 김성일이 촉석루 시를 짓게 된 배경과 당시 장면을 구체적으로 사적에 저장했다. 그를 가까이에서 지켜본 입장에서 서술한 것이라 객관성은 있지만 문헌 자체를 액면 그대로 신뢰할 것인가에 대한 이설(異說)이 공존하고 있다. 학봉은 단성에서 진주로 곧바로 왔고, 조종도는 의령가수(宜寧假守)로서 소임을 수행하다가 진주로 와서 촉석루에서 학봉을 만났다고 했다. 문맥상 곽재우(郭再祐)와 조종도(趙宗道)가 삼장사 인물로 유추하게 했고, 이로는 겉으로 드러나지 않는다. 삼장사의 정보를 최초로 담은 이 기록물에 공백이 생김으로써 뒷날 삼장사 이견의 단서를 제공했다.

이에 인재 최현(崔晛)은 학봉 언행록에서 이로의 글은 대폭 인용하고는 김성일·곽재우·조종도를 삼장사로 거명했다. 또 한강 정구(鄭逑)도 학봉 행장을 지으면서 똑같은 견해를 보였다. 특히 김성일의 손서인 학사 김응조(1587~1667)는 1649년 『학봉집』을 최초 간행할 때 최현의 학봉 언행

2) 이로, 「학봉김선생용사사적」, 『송암집』 권4 〈7b~8b〉, "至丹城, 郭再祐以赴戰冠服, 來謁. 公見而異之, 與語益奇之. 相許以死, 同行至晉.---公自丹城, 直抵晉州. 牧使在山, 軍民不集, 城中寥寥, 江水茫茫. 公徘徊惆悵, 不堪悲惋. 宗道自宜至, 握手謂公曰 '晉陽巨鎭, 牧使名宦, 今若此. 前頭事勢, 更無下手地, 不如遄死爲得. 願與令公, 同沈此江, 不必死於凶鋒'. 執手引江, 牢不可解. 公笑曰 '一死非晩, 徒死何爲. 匹婦之諒, 吾不爲也.---相與揮涕大慟而罷.

록을 거의 전재하면서 학봉의 촉석루 시 주석에서 김성일·곽재우·조종도 세 사람으로 못을 박았다.[3] 이 연장선에 있는 글이 하세응(1671~1727)의 「청사사삼장사소」인데, 김성일을 주벽으로 하고 조종도와 곽재우를 종향하는 사당을 건립하려는 취지로 상소했으나 실현되지 않았다.

그런데 밀암 이재(1657~1730)가 1726년 학보 연보를 단행본으로 간행하면서 곽재우 대신 이로(李魯)를 거명했다. 광뢰 이야순(1755~1831)이 이재의 학봉 연보를 증보했고, 1851년 안동 임천서원에서 『학봉집』에 그것을 합편해 중간했다. 따라서 한 문집 내에 학봉 언행록과 학봉시 주석, 연보의 삼장사 정보가 불일치하는 현상이 생기고 말았다.

한편 이보다 앞서 1734년 초간된 류진의 『수암집』에는 천파 오숙이 1632년 4월 초파일에 합천군수 류진, 진주통판 조공숙과 더불어 촉석루에서 초유사 김성일이 조종도·이로와 함께 촉석루에 올라 지은 시를 외우면서 감정이 격해져 눈물을 흘린 뒤 학봉 시판을 내걸었다고 했다. 또 이로의 후손들이 『문수지』를 요약한 『용사일기』를 1763년 의령에서 목판으로 인출할 때 이로를 삼장사의 한 인물로 내세웠다.

이로(李魯)를 주장하는 쪽에서는 이로 글을 학봉 사적을 편술하면서 자신을 삼장사의 한 인물로 내세우기가 부담스러워 생략했을 것이라고 해석한다. 반면에 곽재우(郭再祐)를 주장하는 쪽에서는 곽재우가 단성에서 김성일에게 기개를 인정받아 동행해 처음 진주에 도착했으니 두 사람이 촉석루에 당연히 같이 오른 것으로 확신했다. 곽재우, 이로 문중에서는 자기 선조가 김성일과 함께 당연히 삼장사임을 굽히지 않았다.

여하튼 『학봉집』 자체만을 두고 보면 약 4백 년간 김성일·조종도·곽재우가 삼장사이고, 연보를 기준으로 할 때는 김성일·조종도·이로가 약 3백 년간 삼장사로 전해졌다. 이것이 영남 삼장사 설의 개요이다.[4]

---

3) 김응조, 「시주」, 『학봉집』 권2, "先生以招諭使, 初到晉陽, 牧使李璥竄在山谷, 城中寂無人影. 先生與**趙宗道·郭再祐**, 擧目山河, 不堪悲痛. **宗道**握先生手曰 "晉陽巨鎭, 牧使名官, 今若此, 前頭事勢, 更無可爲, 不如遄死爲得. 願與公同沈此江".

호남 삼장사 설의 대두와 기억 전쟁

곽재우와 이로 문중에서 서로 양보하지 않는 형국이었지만 대체로 삼장사는 제1차 진주성전투와 관계있는 영남 출신의 인물로 인식되었다. 그런데 1746년 12월 남강 연안에서 발견된 최경회의 인장은 삼장사 논의에 전환점을 제공했다. 이듬해 인장 습득 사실을 보고받은 영조는 「득인명(得印銘)」을 친히 지어 내려보낸 뒤 인장함을 만들어 보관하도록 하는 지시하는 한편, 사제관을 정기적으로 파견해 국가 주관의 제향을 올리도록 하였다. 최경회가 순국한 지 만 154년이 되던 해였다.

이러한 동향과 더불어 1750년 5월 권적(1675~1755)이 지은 최경회 행장 속에 최경회가 촉석루 시를 지었다는 기록이 최초로 등장한다. 곧 최경회가 김천일, 고종후 등과 더불어 성 남쪽 누각에 올라가 즉석에서 시 한 수 읊었다는 것이다.

또 1753년 최경회 추시(追諡) 직후 국가 주도로 편찬한 『여지도서』 「화순현」조에 권적의 글이 대부분 인용됨으로써 최경회가 삼장사에 속하고 「촉석루일절」을 지었다는 설이 국가 공인의 사실처럼 여겨지도록 했다.

그리고 1773년 진주 창렬사 경내에 우병사 전득우(田得雨)가 인명비를 세웠고, 서유본(1762~1822)은 1794년 「진주순난제신전」에서 삼장사 시를 최경회의 작품으로 수록했고, 성해응은 「진양순난제신전」에서 최경회 인장을 재차 말했다. 또 영조의 「득인명」 하사받은 지 일백 주년이 되던 1847년에는 진주 선비 정은신(鄭殷臣)의 비문을 새긴 인명비를 다시 세워 창렬사의 사격(祠格)과 최경회의 위상을 한층 높였다.

---

4) 영남인이라고 해서 김성일의 창작설을 반드시 지지한 것은 아니다. 산청 출신의 명호 권운환(1853~1918)은 1892년에 지은 「촉석루제삼장사문」(『명호집』 권13 〈1a~2a〉)에서 김천일, 최경회, 고종후를 들었다. 반면에 그의 스승 최익현은 김천일, 최경회, 황진을 거명했다. 「개성이씨족보서」, 『면암집』 권8.

그런데 1773년 2월 삼장사 인물을 둘러싸고 의외의 일이 벌어졌다. 진주성이 함락된 지 3주갑이 되던 해였고, 학봉 시판이 게첨된 지 141년이 지난 때였다. 전라도 광주(光州)를 중심으로 한 유생 275명이 남원 정충당을 경유해 진주향교에 통문을 발송한 것이다. 여기서 『여지도서』 기록처럼 촉석루 시는 최경회(崔慶會)가 지었고, 최경회·김천일·고종후를 삼장사라 지칭했다. 또 여러 문헌에서 이름이 와전되고 있는 김성일·곽재우·강희열을 새긴 촉석루 시판은 문제가 있으며, 더구나 삼장사 비석을 세우는 일은 부당하다고 통고한 것이다.

또 1779년 2월 남원(南原) 유림이 주동이 되어 진주에 통문을 보내 최경회·김천일·황진을 삼장사로 내세웠다. 동시에 김성일·조종도·이로를 삼장사라 하여 잘못 새긴 기존의 학봉 시판은 철거하고 사당 앞에 삼장사 비석을 세우려는 논의는 즉각 철회되어야 한다고 주장했다.

이에 대해 영남 유림을 대표해 대산 이상정(1711~1781)은 1779년 호남 유림에게 답한 통문에서, 첫째 1·2차 호남 통문에서 영호남 인물을 다르게 거명함으로써 주장 자체가 신빙성이 없고, 둘째 시판을 내건 이후 140년 동안 촉석루를 다녀간 인사 중에서 누구도 의문을 제기하지 않았으며, 이곳 지역 원로들도 김성일·조종도·이로를 삼장사로 전승하고 있다는 사실을 들어 적극적으로 반박했다.

영호남 간의 치열한 다툼에도 불구하고 학봉 시판은 여전히 건재하였다. 예컨대 1780년 경상우병사 홍화보(1726~1791)는 촉석루의 학봉 시판을 보고 차운시를 지었으며, 1786년 10월 김기찬(1748~1812)은 학봉 시판에서 글자 오각(誤刻)을 발견하고는 경상도 관찰사 천파 오숙의 종증손인 진영장 오경(1730~1808)과 긴밀히 협의한 뒤 우병사 김정우(金廷遇)에게 허락받아 개판해 누각 전면에 안전하게 내건 사실을 그의 「남정록」에 남겼다.

그러다가 학봉 시판은 훼철되는 운명을 맞았다. 정확한 시기는 미상이나 호남의 거센 항의를 자진 수용해 철거했는데, 이 사실은 1822년

11월 광주 중심의 전라도 유생들이 경상감영에 올린 「정영영문(呈嶺營文)」에 들어 있는 내용으로 알 수 있다. 홍화보와 김기찬의 글을 참고하면 아마도 1786년 10월 이후 어느 때에 시판을 철거한 것으로 보인다. 그리고 1808년 6월 경상우도 암행어사 여동식(呂東植)은 의령에서 학봉 시판이 훼철되었다는 소문을 듣고 촉석루에 와본즉 과연 소문 그대로임을 확인하고는 재차 학봉 시판을 내걸었다.

1822년 전라도 유생들이 소장을 제출한 이유는 당시 진주지역에서 삼장사 사당을 건립하려는 움직임을 감지했기 때문이다. 그들은 촉석루 시는 최경회가 지었고, 최경회·김천일·고종후가 삼장사임을 거듭 주장하면서 여동식이 내건 학봉 시판을 철거할 것을 강력히 요구했다. 이에 대해 진주에서는 그들의 요구 중 곽재우와 이로 문중 간의 분쟁 탓에 신규로 추진하기 어려운 사당 건립은 중지하고 시판을 존치하는 선에서 타협했다. 영남 자체의 의견 차이가 얼마나 심했으면 김회운(1764~1834)의 「삼장사변」처럼 곽재우와 이로 사이에서 중도적인 태도를 보인 예도 있었다.

문제는 1799년 이후 호남 쪽에서 삼장사 논쟁을 이끈 주체의 성격, 즉 지역 연고나 가문이나 학파에 따라 삼장사를 달리 지목했다는 점이다. 즉 『호남절의록』, 『정충록』, 『일성록』, 『승정원일기』, 『목민심서』, 『일휴당실기』에 있듯이 김천일(金千鎰)은 한결같으나 최경회, 황진, 고종후, 황진 등을 더하거나 뺐다. 영남은 영남대로, 호남은 호남대로 각자의 길을 갈 뿐이었다. 이상의 논의를 표로 정리하면 아래와 같다.

관련 문헌	저작 시기	삼장사		
「최경회 행장」(권적)	1750.5	최경회	김천일	고종후
『여지도서』	1757~1765	최경회	김천일	고종후
「통진주문」(광주 유생)	1773.2.29	최경회	김천일	고종후
「도내사림기진주향교문」(남원 유생)	1779.2	최경회	김천일	황진
「진주순난제신전」(서유본)	1794	최경회	김천일	고종후

관련 문헌	저작 시기	삼장사		
『호남절의록』(고정헌 등)	1799.2	최경회	김천일	고종후
『정충록』(황재수 간행)	1806(1837)	최경회	김천일	황진
『일성록』	1817.3.14	양산숙	김천일	고종후
『승정원일기』	1819.5.25	양산숙	김천일	고종후
『목민심서』	1821	최경회	김천일	황진
「정영영문」(전남 유생)	1822.11	최경회	김천일	고종후
『일휴당실기』	1861	최경회	김천일	고종후

1822년 이후에도 영호남 간의 논쟁은 수그러들지 않았다. 인정투쟁에 관계되는 집안에서는 입전, 묘표, 묘갈명, 신도비명, 행장 등을 통해 자기 선조를 내세웠다. 그리고 문집을 발간할 때 당대 저명한 학자의 서발문을 수록함으로써 자기 주장의 권위를 갖고자 했다.

〈진주성도〉 삼충비에 내포된 의미

이 대목에서 19세기에 제작된 병풍형 〈진주성도〉를 살펴볼 필요가 있다. 촉석루 북쪽의 담장 아래에 '삼충비'라 기입했다. 비석은 하나가 아니라 셋이다. 세 충신이 누구인지는 이 병풍도를 보고서는 도저히 짐작하기 어렵다.

촉석루 담장 아래의 '삼충비(三忠碑)'. 〈진주성도〉. 계명대 행소박물관 소장.

여기서 함안군수 오횡묵(1834~1906)이 1889년 5월 23일 촉석루에 들르고 난 뒤 지은 「삼장사비각찬」에 유용한 단서가 들어 있다. 글에서 "그 아래에 붉은 문설주의 비각 하나가 있고, 안에는 비석이 당당하게 우뚝 서 있다"라고 했는데, 그가 기린 비석은 바로 이 삼충비를 지칭한 것이다. 그가 본 비석이 하나인 듯하나 실은 셋이다. 그가 저술한 『함안군총

쇄록』의 같은 날짜에,

> 또 삼장사인 김천일 공, 황진 공, 최경회 공의 비각이 있었다. 성안에 창렬사가 있는데, 곧 삼장사를 제향하는 곳이다.[又有三壯士金公千鎰·黃公進·崔公慶會碑閣. 城之內有彰烈祠, 卽三壯士腏享之所]

라고 적었기 때문이다. 곧 오횡묵은 『정충록』이나 『목민심서』와 같이 김천일·황진·최경회를 삼장사라 칭했고, 세 비석을 하나로 통칭했음을 알 수 있다. 현재 전하는 〈진주성도〉를 살펴보면 삼충사 명칭을 표기하지 않더라도 모든 지도에 세 기의 비각이 반드시 그려져 있다.[5] 그리고 박성양(1809~1890)은 「진주삼장사찬」 병서에서 그가 오횡묵처럼 진주를 방문해 삼충비를 직접 보았든 아니면 선지식이든 김천일·황진·최경회를 삼장사로 단정했고, 「삼장사변」을 지은 조장섭(1857~1934)은 창렬사를 참배한 뒤 정사에 봉안된 신위를 근거로 삼아 박성양과 같은 견해를 보였다. 김성일의 촉석루 시에서 처음 나온 삼장사 용어를 쓰더라도 지칭 대상은 엄연히 달랐던 셈이다.

촉석루의 오랜 문화적 기억에서 본다면 '삼충(三忠)'은 삼장사와 동의어로 쓰였다. 경상도 관찰사 정사호(1553~1616)의 「청진주창렬사액계」(1607)에서 김천일·최경회·황진을 '삼대장(三大將)' 혹은 '삼장(三將)'이라 칭했다. 이들을 최초로 봉안한 '삼충사(三忠祠)'가 사액을 받아 창렬사로 바뀌었다. 반면에 함평군 나산에 거주한 이준(1686~1740)은 『도재일기』(1722)에서 고종후·최경회·황진을 '삼절사(三節士)'라 달리 거명했다. 인명이 다르기는 하나 두 곳 다 삼장사를 제2차 진주성전투 때 순절한 인물로 치환했다.

게다가 1747년부터 창렬사 제향을 나라에서 주관함으로써 최경회를

5) 『진주성도』(도록), 국립진주박물관, 2013 참조.

비롯한 호남 장수가 삼장사로 한층 깊이 각인되었다는 사실이다. 따라서 임란 사적 시문을 지을 때 진주성전투에서 순국한 최경회, 김천일, 황진, 고종후, 양산숙 등을 회상하는 일은 자연스러운 창작 사유였다고 하겠다.

일제강점기 때 진주의 임란 사적 정보를 간추린 일본인도 같은 시각을 갖고 있었다. 즉 창렬사는 계사년 진주성에서 전사한 김천일·황진·최경회 삼장사를 위시한 부하 장사를 기리는 사당이라 했다.[6]

진주지역에 저장된 삼장사 시의 기억

대한제국기의 마지막 경상남도 관찰사 황철(1864~1930)은 국유의 창렬사를 망가뜨린 뒤 그 터를 팔아 착복했다. 진주 인사들은 이에 굴하지 않고 1909년 진양의계(晉陽義禊)를 조직해 의기 논개와 함께 향사를 거행해 창렬사 봉향 전통을 이어나갔다.[7] 아래의 신문 기사는 진주 유림에서 창렬사 제향을 주관했고, 다음날에 논개제를 거행했을 알려준다.

> 음력 6월 28일은 거금 3백 40년 전 임진란에 진주성이 함락됨에 짜라 그 당시 수성하든 김천일(金千鎰)·최경회(崔慶會)·황진(黃進)의 三장사가 남강에 투신하야 순절하든 날이오 그 익일인 29일은 의기 론개(義妓論介)가 적장을 안고 역시 남강에 투신하든 날이다.---금년에도 三장사는 창렬사(彰烈祠)에서 의기는 진주 전 긔생사회에서 당지 촉석루(矗石樓)에 수만 시민의 장엄한 렬석으로 성대한 제전을 거행하엿는데---이 시로써 三장사의 당시 충렬을 히미하나마 상상할 수 잇다. 六만의 장졸을 모다 물속에 장사한 三장사는 촉석루에 올라 한 잔 술로 장강물을 가르첫다. (『동아일보』 〈1931.8.15〉, 7면)

6) 이작람계, 『진주안내』, 진주개문사, 1914, 195쪽.
7) 『경남일보』 창간호〈1909.10.15, 2면〉.

위의 기사에서 보듯이 진주인이 추모한 삼장사는 김천일, 최경회, 황진이었다. 그리고 문맥상 촉석루 삼장사 시는 최경회의 소작임을 알게 한다. 1930년대 중건유지회를 구성하고 직계 후손들과 협력해 창렬사를 대대적으로 중건했고, 제향은 일제 말기까지 논개제와 함께 거행했다.

해방 이후에도 삼장사 추모제는 해마다 거행되었고, 1955년에는 한국전쟁으로 재만 남은 촉석루 옛터에서 삼장사와 의기 제향을 아래처럼 장엄하게 거행했다.

> 순국에 불타는 黃進·崔慶會·金천일 三장사의 분전역투에도 불구하고 함성(陷城)이 되자 천추의 한을 품은 체 수호신이 된 이들 삼장사와 장병의 혼을 위로하고저 사도 진주에서는 해마다 제향(祭享)을 거행하고 있는데 금년에도 지난 16일(구 6월 29일) 오전 10시 재만 남은 촉석류 옛터에서 수천 시민이 참석한 가운데 제향을 엄수하고 이어 가냘픈 여자의 몸으로 왜장(毛谷村六助)의 목을 안고 남강에 투신 순국한 의기 론개(義妓論介)를 추모하는 제향도 진주 명기(名妓)들의 구슬픈 단가와 검무(劍舞) 등으로 다체롭게 거행된 바 있다. (『마산일보』 〈1955.8.21〉, 2면)

晋陽城옛터에서
三壯士와 義妓祭嚴修

(晋州) 거금三백六십여년전 임진란당시 왜장가등(加藤清正)의 二○수만의 대군이 진양성을 재침하였을 때 순국케부르타는 黃進·崔慶會·金千일 三장사의 분전역투에도 불구하고 함성(陷城)이 되자 천추의 한을 품은 체 수호신이 된 이들 삼장사와 장병의 혼을 위로하고저 사도진주에서는 해마다 제향(祭享)을 거행하고 있는데 금년에도 지난 一六일(舊六月二九日) 오전一○시 재만 남은 촉석류 옛터에서 수천시민이 참석한 가운데 제향을 엄수하고 이어 가냘픈 여자의 몸으로 왜장(毛谷村六助)의 목을 안고 남강에 투신순국한 의기론개(義妓論介)를 추모하는 제향도 진주명기(名妓)들의 구슬픈 단가와 검무(劍舞) 등으로 다체롭게 거행된 바 있다

▲한편 영남문학회에서도 三장사와 의기론개기일(忌日)을 추모하기 위하여 금년 제二회 「詩의 밤」을 지난 一六일(舊六月二九日) 하오七시三○분부터 시내 "카나리야"다방에서 전국시인 三○여명 참석하에 [illegible] 가 거행되었다

『마산일보』 〈1955.8.21〉

이처럼 논개제와 함께 해마다 거행한 창렬사 제향은 보도를 통해 소상히 전해짐으로써 진주인들에게 삼장사는 곧 황진·최경회·김천일이라는 등식이 보편적으로 수용되었다. 동년 10월 진주시교육위원회에서 발간한 책에서도 동일하게 거론했다.[8] 삼장사가 진주성에서 순사한 인

8) 진주시교육위원회, 『진주의 고적과 명승』, 국제신보사 출판국, 1955, 44~51쪽.

물이라는 시각에 특별히 의심하지 않고, 고종후나 양산숙에 대해서는 그다지 관심을 두지 않았다.

특히 1960년 촉석루가 중건되고, 경내의 사적지와 관련해 각별한 관심을 가졌던 대통령 권한대행 박정희 육군대장의 창렬사 방문 기념 비석이 1962년 11월 경내에 세워졌고, 같은 시기에 맞춰 창렬사 중수가 이루어졌다. 당시 경남도지사 육군소장 양찬우가 지은 기문에서 김천일, 최경회, 황진을 삼장사로 규정했다. 이는 진주 땅에 수백 년 동안 전해 내려온 문화적 기억의 계승이었다.

이 삼장사를 위시한 위국 충혼을 위무하는 춘추 제향이 1963년 향중 유림에서 관으로 이양되었다. 추향제 때의 초헌관은 진주시장, 아헌관은 진양군수, 종헌관은 진주경찰서장이 맡았다. 춘향제 때는 아헌관으로 진주교육장이 대신했다. 그러다가 어느 때부터 춘향제는 진주시가, 추향제는 유족회(진주성호국정신선양회)에서 주관하고 있다. 2023년 4월 춘계 제향 때 초헌관은 진주시상, 아헌관은 진주시의회의장, 종헌관은 진주경찰서장이 맡았다.

2. 삼장사 시를 어떻게 볼 것인가

조선시대 촉석루를 유람하거나 시를 짓는 사람들은 처절한 대외항쟁을 기억하면서 현재를 굳건히 하고 미래를 대비하고자 했다. 국난을 당해 목숨을 과감히 버린 충절 정신은 숭고한 인문 가치로서 교육과 학습의 대상이었다. 그리하여 일찍부터 호남의 삼장사를 위시해 순의한 수많은 병사들을 추모하기 위해 진주성 내에 정충단, 창렬사, 정충단비를 건립했다. 제2차 진주성전투에서 산화한 충신열사와 논개를 존경하는 데 초점을 둔 결과이다.

삼장사 시는 진주성의 장소성을 심화하는 데 이바지했다. 삼장사 용어가 촉석루 시에서 유래한 것은 분명하나 선양 사업을 주도한 진주 관리나 진주인들에게는 삼장사는 곧 최경회·김천일·황진을 지칭했다. 달리 말하면 삼장사는 임란 종료 직후부터 일제강점기를 거쳐 현재에 이르기까지 호남의 세 장수가 삼장사의 개념으로 내면 깊숙이 자리 잡았다는 뜻이다. 그렇다면 삼장사 용어를 김성일의 촉석루 시 속에 가둬 둘 필요는 없겠다.

삼장사 개념을 설정할 때 작가 층위와 문화적 기억 층위를 분리해서 임진년(壬辰年)과 계사년(癸巳年)의 삼장사 두 갈래로 구분하는 방법이다. 첫째, 임진년 삼장사는 김성일·조종도·이로를 지칭하는 개념으로 쓴다. 김성일이 촉석루 삼장사 시를 짓는 현장에 조종도와 이로가 동석했다는 뜻이다. 통칭 영남 삼장사 설이나 이렇게 단정하더라도 곽재우 포함 여부는 여전한 숙제이다.

둘째, 계사년 삼장사는 최경회·김천일·황진을 지칭하는 개념으로 잡는다. 이들은 통칭 호남 삼장사 설로 제2차 진주성전투에서 순국한 충의지사를 대표한다. 이들은 창렬사에 최초로 봉안한 신위이며, 촉석루 경내의 문화적 기억 매체가 뒷받침하는 삼장사이기도 하다. 다만 고종후나 양산숙의 포함 여부, 최경회의 작가 배제는 논외로 한다.

작가는 한 사람이어야 하니 사실상 김성일과 최경회가 양립할 수 없다. 또 한쪽이 양보할 문제도 아니다. 그렇게 아전인수식의 논란이 격렬하게 벌어졌건만 제2장에서 보았듯이 학봉시를 차운한 작품이 의외로 적다는 사실이다. 전체 총량 1,028수 중 17세기 이후에 창작된 작품은 760수인데, 그중 학봉시의 차운은 15수 남짓하다.[9] 기록 문헌을 중심으로 결론을 보려는 입장과 현지 정서 사이에 상당한 괴리가 있음을 방증한다.

---

9) 하강진, 「촉석루 제영시의 역사적 전개와 주제 양상」, 『남명학연구』 62집, 경상대 남명학연구소, 2019, 414쪽.

이렇게 임진년과 계사년으로 분리해 삼장사의 함의를 파악한다면 진주성을 토대로 하는 생성된 문화자산을 이해하고 현창하는 데에 생산적인 역할을 할 것이다. 이 문화자산에는 촉석루 제영시, 상징적 건물이나 시설, 제향 의식 등이 포함된다. 인정투쟁이 상대편을 완전히 제압해 승리는 거두는 데 최종 목적을 둔다면 해결책을 찾기란 요원할 수밖에 없다.

부단한 소통은 작가 시비와 작품 연구에 필수적이다. 삼장사에 대한 저자의 논지가 오랜 기간 누적된 갈등 요인을 전면 해소할 수 없겠지만 상호작용의 한 계기가 되기를 기대한다.

3. 창렬사의 배향 경과와 인물 논변

진주성은 일본의 조선 정벌 야욕을 저지하는 요충지였고, 진주의 방어선이 뚫리면 곡창지대 호남을 저들의 수중에 손쉽게 넘겨주는 형국이었다. 전략상 가장 중요한 곳이기에 상호 한 치도 양보할 수 없기에 혈전은 불가피했다. 1592년 10월 제1차 진주성전투에서 진주목사 김시민을 위시한 군관민이 합심하여 대승을 거두었지만 전투 중에 부상을 입은 김시민 장군을 잃었다. 그리고 1593년 6월 절치부심 설욕을 다짐하던 풍신수길의 뜻대로 제2차 진주성전투가 벌어졌다. 당시 진주성이 무너져 6만여 명이 희생되는 민족사적 아픔을 겪어야 했다. 이처럼 진주성에는 승전과 패전의 역사가 새겨져 있고, 수많은 순국선열을 기리기 위해 사당을 건립하고 해마다 엄숙한 제향을 올리고 있다.

창렬사의 위패 봉안 경과

진주성에는 순국 영령을 기리는 창렬사와 충민사, 그리고 별도의 3단의 정충단이 있었다. 창렬사는 1607년에 3칸 1동의 사우 건립과 더불어 곧 사액을 받았다. 김시민 단독 위판을 봉안한 충민사는 1652년에 건립되었고, 15년이 지난 1667년 사액을 받았으나 1868년 대원군 때 서원 철폐로 위판을 창렬사 정사로 이안했다. 1607년 창렬사가 창건된 이후 위패 봉안 경과를 대략 소개하면 아래와 같다.

1607년
[창렬사] 김천일, 최경회, 황진(3)
[정충단] 상단 의병장, 중단 비장, 하단 군병

1721년(총 29위)
충민사: 김시민
창렬사 정사: 최경회, 황진, 김천일, 장윤(4)
서사: 고종후, 이잠, 이종인, 성영달, 윤사복, 이인민, 손승선, 정유경, 김태백, 박안도, 양제(11)
동사: 양산숙, 김상건, 김준민, 강희열, 조경형, 최기필, 유함, 이욱, 강희복, 장윤현, 박승남, 하계선, 최언량(13)

1804년(총 31위)
충민사: 김시민
창렬사 정사: 김천일, 황진, 최경회, 장윤, 류복립(1802년)(5)
서사: 고종후, 이잠, 이종인, 성영달, 윤사복, 이의정(1799년), 이인민, 손승선, 정유경, 김태백, 박안도, 양제(12)
동사: 양산숙, 김상건, 김준민, 강희열, 조경형, 최기필, 유함, 이욱, 강희복, 장윤현, 박승남, 하계선, 최언량(13)

1971년(총 39위)
[정사] 김시민(1868년 이후), 김천일, 황진, 최경회, 장윤, 고종후(1930년

전후), 류복립(7)

[서사] 이잠, 이종인, 성영달, 윤사복, 이인민, 손승선, 정유경, 김태백, 박안도, 양제, 이의정, 김개, 정대보, 박세항, 김덕련, 송제(16)

[동사] 양산숙, 김상건, 김준민, 강희열, 조경형, 최기필, 유함, 이욱, 강희복, 장윤현, 박승남, 하계선, 최언량, 송건도, 주몽룡, 주대청(16)

위에서 보듯이 창렬사 종향은 19세기 후반에는 충민사 폐철로 김시민을 합사한 정사 6위, 서사 12위, 동사 13위를 합쳐 총 31위였다. 이후 80여 년 동안 변동이 없다가 1971년 방금(邦禁)이 호지부지되어 서사(西祠)에 김개·정대보·박세항·김덕련·송제 5위를, 동사(東祠)에 송건도·주대청·주몽룡 3위를 각각 추향해 총 39위가 되었다. 그리고 2012년 이후로 7만 민관군 신위를 추향해 현재 40위를 봉안하고 있다.

창렬사 배향 인물의 논변

이중 인물의 실체에 대해 여전히 확정되지 않은 부분이 있다. 이는 국가 포상의 단계에서 후손들을 제대로 찾지 못해 초기 문헌에 정착되지 않은 이유에서 비롯되었다. 마찬가지로 지역 유림 역시 인물의 전공 기록을 체계적으로 정리해 현양하는 기회가 없었다. 이에 여러 가문에서 족보를 편찬할 때 계대에 맞춰 관련 인물을 편입함으로써 동일 인물이 여러 곳에 나타나는 기이한 현상이 발생했다.

서사(西祠)의 이잠(李潛)의 경우 『호남절의록』(1799)에서 강진 출생으로 효령대군의 후손이라 했다. 『선원속보』(1902)에서는 이잠을 1561년생이라 했다. 반면에 송준필은 이잠의 행장에서 본관이 고성으로 용헌 이원의 5세손이고, 또 『진양지속수』에서는 본관이 안악으로 이호의 5세손이라 기술했다. 진주에 거주한 하겸진과 이수필은 본관을 경주이고 사천 산영리에서 1568년에 출생했다고 했다. 한 사람의 본관을 전주, 고성,

안악, 경주 등으로 제각각이다. 본관이 다르면 사람도 당연히 다르다.[10]

이종인(李宗仁)에 대해 『호남절의록』과 최익현은 개성인이라 했다.[11] 반면에 『충렬실록』에서는 이종인이 정종 공정대왕의 현손이고, 군산수(郡山守) 전손(全孫)의 손자이며, 병사 구침(龜琛)의 아들로 기술했다. 그런데 『선원속보』를 보면 이종인은 정종의 현손이 아닌 6세손이고, 이금손(李金孫)의 손자로 나온다.

子元春 원춘
子仁民 인민
子點算 점산
子厚城 후성
子坪 평
子春山 춘산
子英奉 영봉
子英元 영원

『경주이씨대종보』 권18, 「국당공파편, 문정공파」 〈52쪽〉 '이원춘-이인민'

이인민(李仁民)의 경우, 서유본의 「진주순난제신전」·성해응의 「진주순난제신전」·『영남읍지』(1895)·『전의이씨파보』에서 이인민을 남명 조식의 자형인 이공량의 조카라 했는데 그의 순국 기록은 몇 자에 불과하다. 반면에 『경주이씨대종보』에서는 제림 이원춘이 정유재란 때 순국했고, 아들 목천 이인민은 순국해 창렬사에 배향되었다고 구체적으로 기술했다. 실제 진주 사봉면 마성리 남마성마을에 1914년에 건립한 '제림목천양공순절비'가 있어 역사적 사실을 뒷받침하고 있다.

이외 정대보는 『충렬실록』에서 충장공 정분(鄭苯)의 후예라 했으나 족보에서 확인이 되지 않는다.

동사(東祠)의 경우 강희열의 한자가 촉석정충단비와 『충렬실록』에는 '熙'로, 창렬사 위패와 족보에는 '希'로 되어 있다. 그리고 강희복은 『충렬실록』에서 형제 없이 아들만 둘이 있다고 서술했지만 『진주강씨박사

---

10) 『중앙공중보』 〈1935.1.1, 2면〉(『향토의 정기』, 1984, 124쪽)에서 배향인물 중 성명만 있는 경우 아무개 집안에서 자기 방조라 칭하고 자가의 관향을 기입하는 것을 '신파극'이라 비판하고 있다. 본관 문제가 왜 중요한지를 시사하는 대목이다.

11) 최익현, 「개성이씨족보서」, 『면암집』 권8.

공파대동보』를 보면 8남 중 3남이다. 또 송건도의 경우 『충렬실록』에 송성길의 손자라 되어 있으나 여산송씨 족보마다 그의 가계 정보가 다르게 나타난다는 사실이다.

임진왜란 이후 순국 인물을 제때 기록화할 경황이 없었던 탓이겠지만 정밀한 문헌 고증과 후손 탐문을 병행해 정확성을 갖추어야 추모의 의미가 배가될 것이다. 순국 인물의 공적과 지역 연고성을 일차적으로 고찰하고 지역 사료나 족보 등의 기록을 검토한 결과를 바탕으로 본서 부록의 인물편에 저자의 견해를 밝혀두었으니 참고가 될 것이다.

4. 진주성전투와 진주 의병에 대한 시야 확장

창렬사에는 40위 신위가 봉안되어 있다. 그중에 진주 권역의 출신으로는 이잠, 윤사복, 이인민, 손승선, 정유경, 김태백, 박안도, 김개, 정대보, 박세항, 김덕련, 최기필, 유함, 이욱, 장윤현, 하계선, 최언량, 송건도, 주몽룡 등 절반을 차지한다. 정사에 배향된 의병장이 주로 호남 출신이다 보니 상대적으로 지역 인물이 가려지는 면이 없지 않다.

특히 근래 동사에 7만 민관군 신위를 합사했는데, 이는 진주성전투에서 순국한 의병들을 발굴하거나 문헌을 세밀히 검토해야 할 당위성을 제기한다. 먼저 제1, 2차 진주성전투에서 순절한 진주(晉州) 권역의 의병을 들면, 강홍덕, 박춘영, 성수경, 안홍종, 윤탁, 이행, 정광윤, 정득열, 제홍록, 하공헌, 하천서 등이다.[12] 이들의 공적과 가계를 힘껏 추적해 본서 부록의 인물편에 소개했다. 다음으로 호남(湖南) 출신으로 김공검, 김룡, 이영근, 최억룡, 최희립, 김응복 등 많은 인물이 희생되었는데,

12) 『진주성전투』(국립진주박물관, 2012) 76~77쪽에 진주성전투 사망자 명단을 실었는데, 강홍득, 박춘영, 안홍종, 이행, 정광윤, 제홍록, 하공헌, 하천서 이름은 없다.

이들은 호남이 없으면 나라가 없다는 위기의식에서 참전했기 때문이다. 작년 진주문화원에서 전라도 출신 지역별로 의병을 조사해 책으로 발간했다.[13]

이외 진주성전투에서 순국하지 않았지만 진주 지역에서 전공을 세운 합천 출신의 문할·문홍운 부자, 의령 출신의 이로, 고성 출신의 제말과 최강, 함안 출신의 조종도 등도 진주 의병의 범주에 포함해 논할 필요가 있다. 이들도 본서 부록 인물편에 약전을 소개했다.

공북문, 제씨쌍충비각, 의기사, 촉석루, 삼장사기실비, 촉석문. ©2014.4.9

13) 강동욱 편, 『진주향토사연구: 진주성 의병인물 자료조사』 제3호, 진주문화원 향토문화연구소, 2022.

제5장 충절 전통의 재인식과 선양 방안

충절의 도시, 교육의 도시, 예술의 도시가 진주이다. 충절의 거대한 흐름은 교육과 예술의 자양분이 되었을 터이다. 충의 정신은 고려시대에 기점을 두어야 하고, 임진왜란 이후 풍부해진 의열의 문화적 기억을 전수함에 빈틈이 없는지를 살펴보는 게 여기서 말하는 재인식의 함의이다.

선양은 명성이나 권위 따위를 널리 떨치는 의도적 행위이다. 진주 지역에 새겨진 충렬의 명성은 건물이나 기념물 등의 기억 매체를 통해 다음 세대에게 전수된다. 선양의 목적을 충실히 달성하려면 문화자산에 대한 이해가 선행 조건이다.

1. 논개 사적 안내판과 의기사 현판의 수정

임란의 문화적 기억이 저장된 사적지는 촉석루, 의암, 의암사적비, 의기 정려, 의기사, 창렬사, 제씨쌍충사적비 등 즐비하게 있다. 이 기억의 터는 진주의 장소성과 진주인의 정체성을 강화하고 외지 관광객들을 불러들이는 문화자원으로 중요하게 기능한다. 그런 만큼 정보는 빈틈이 없어야 할 것이다. 그동안 안내판 형태를 몇 차례 바꾸면서 문장 표현을 조금씩 달리했지만 기본 오류는 그대로이다. 저자가 9년 전 처음으로 문제점을 제기했으나[1] 여태 제대로 반영되지 않아 자료를 보강해 내용 개선이 절실함을 거듭 강조한다.

해서체 의암 글씨는 작가 미상이다

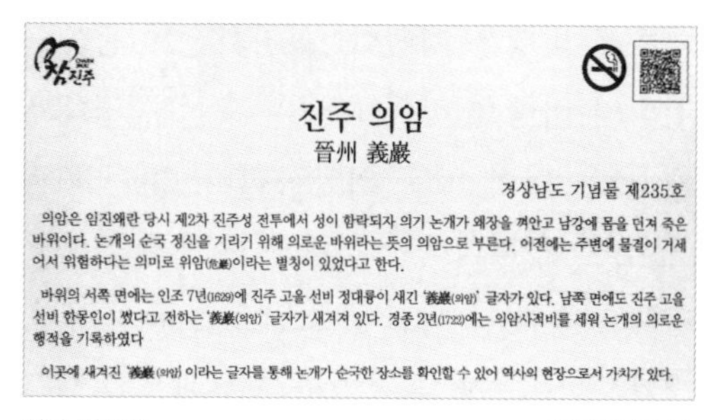

의암 안내판. ©2023.10.11

의암은 1629년 정대륭이 논개의 충절을 기리기 위해 쓴 전서체 '義巖' 글씨가 바위 서쪽 면에 새겨져 그 당시부터 상징적인 고유명사로 회자 되었다. 또 바위 전면에는 해서체의 '義巖' 글씨가 새겨져 있다. 누가 언제 썼는지는 분명치 않다. 그런데도 의암 안내판에, "남쪽 면에도 진주 고을 선비 한몽인이 썼다고 전하는 '의암(義巖)' 글자가 새겨져 있다."라 했다. 이 설명의 근거를 찾자면 한몽삼(1589~1662)의 「연보」(『조은한선생사우록』 권1) 중 "의암에 여덟 큰 글자를 새기다[刻八大字于義巖]"인데, 의암 위의 절벽에 한몽삼의 팔대자를 새겼다는 뜻이다. 바위에 의암 글씨를 썼다는 정보는 들어 있지 않음에도 하영기의 『진주통지』(1961)에서 "바위 前面에 義妓岩 세 자를 새겼으니 韓釣隱夢參의 筆이다."라고 기술되어 있는 까닭에 오류가 발생했다. 실제 남쪽 면의 해서체 글씨를 보면 왕희지 필법으로 이름난 한몽삼의 글씨라 하기

1) 하강진, 『진주성 촉석루의 숨은 내력』(2014), 173~174쪽, 483~491쪽.

에는 조잡하다. 신뢰할 만한 고증이 아닌 만큼 작가 미상으로 고쳐야 타당하다.

의암사적비는 의기정려각과 구분해야 한다

최진한이 1721년 경상우병사로 부임해 역점을 둔 논개 순국 인정이었다. 이에 진주 선비 정식(鄭栻)에게 비문을 요청했고, 정식은 삼종조 정대륭이 명명한 의암에 기초해 비명을 지었다. 최진한은 이듬해 정식의 비명을 비석에 새겨 촉석루 경내에 세운 것이 바로 의암사적비(일명 의기비)이다. 이 비석을 근거로 논개 포상을 신청했으나 재임 기간에 소원을 이루지 못했다. 뒷날 우병사 남덕하가 장계를 올려 드디어 1740년 가을에 의기(義妓) 정표가 논개에게 추서되었다. 1741년 봄에 우병사 신덕하가 의기정려각을 남강 언덕에 세웠다. 이 정보는 편액 '의기논개지문' 좌측의 협서로 알 수 있고, 안숙(1748~1821)의 「충민창렬양사조항절목」(1798)에서도 확인된다.[2] 또 그 무렵 의기사를 창건했다.

진주 의암사적비
晉州 義巖事蹟碑

경상남도 유형문화재 제353호

의암사적비는 임진왜란 당시 제2차 진주성 전투(1593년)에서 성이 함락되자 남강의 의암에서 왜장을 껴안고 강물에 몸을 던져 죽은 진주 관기 논개의 행적을 기록한 빗돌이다.

이 빗돌은 경종 2년(1722)에 세운 것으로 진주의 선비 정식이 비문을 지었다. 논개에 대한 이야기는 진주 사람들의 입으로 전승되다가 1620년에 유몽인이 지은 『어우야담(於于野談)』에 처음으로 기록되었다. 그 후 인조 7년(1629)에 정대륭이 논개가 순국한 바위에 '義巖(의암)'이라는 글자를 새겼고, 영조 16 년(1740) 에는 사당인 의기사(義妓祠)를 세웠다. 그 이듬해에는 비를 보호하기 위해 비각을 짓고, 처마 밑에 '義妓論介之門(의기논개지문)'이라는 편액을 달았다.

의암사적비 안내판. © 2023.10.11

처음에는 촉석루의 의암사적비가 촉석루에, 의기정이 남강 언덕에 따로 있었다. 이 사실은 오횡묵의 「삼장사비각찬」에서 소개한 〈진주지도〉와 본서의 〈진주성도〉를 보면 확연히 드러난다. 삼충비 오른쪽에 의기비(義妓碑, 의암사적비의 약칭)가, 의암 위쪽에는 의기정(義妓旌)이 각각 그려져 있다. 19세기까지만 해도 비석과 정려각이 분산 배치되었으니,

2) 강필효의 「사유록」에도 같은 표현이 있다. 『역주해 역대 촉석루 시문 대집성』(2019), 850쪽.

애초에 건립 시기와 장소가 달랐던 역사적 사실을 반영한다. 그러나 현재는 '의기논개지문' 편액을 단 작은 건물 안에 의암사적비가 들어가 있다. 이런 모양새는 일제강점기 때 갖춘 것으로 추정된다.

그렇다면 의암사적비 안내판은 어떤가. "영조 16년(1740)에는 사당인 의기사(義妓祠)를 세웠다. 그 이듬해에는 비를 보호하기 위해 비각을 짓고, 처마 밑에 '義妓論介之門(의기논개지문)'이라는 편액을 달았다."라 했다. 의기사를 건립한 시기, 정려각을 건립한 시기와 용도가 모두 어긋나고 말았다. 문화재청과 각종 포털사이트의 '의암사적비' 설명에도 이와 유사한 오류가 나오고, 디지털진주문화대전에는 구체적인 설명문 자체가 없다. 포털사이트 지도에는 '의기논개지문'으로만 표시되어 있다. 의암사적비는 논개의 의열을 새긴 금석문이고, 그보다 19년 뒤에 건립한 '의기논개지문' 편액의 건물은 정려각일 뿐이다. 역사적 의미를 오해한 문구를 존치해서는 곤란하다. 한시바삐 의암사적비를 의기정려각과 분리해 서술해야 한다.

한편 의암사적비는 앞면이 많이 훼손되어 있는데 장구한 세월 속에 풍화로 자연 마모된 것으로 느낄 법하다. 중간 부분이 깨진 것을 붙여 놓았고, 뒷면을 살펴보면 이음새가 확연히 드러난다. 여기에는 숨은 사연이 있다. 다름이 아니라 일제 때 20여 년 동안 충실한 주구 노릇을 하던 서재익(1904년생)이 파괴한 것을 시멘트로 복구한 흔적이다. 『연합신문』은 그가 일제 말기 의기사 제향까지 폐지하고 동족을 괴롭힌 죄로 1949년 4월 20일 거주지 전주에서 반민특위 전북지부에 체포되어 준엄한 문초를 받고 있다는 소식을 보도했다.3) 왜장을

「論介」의 位碑를 破壞한

倭警徐在益特委에被逮

【全州】반민특위전북지부에서는 지난二십일오전十시경 [illegible] 왜경(倭[illegible])서재익([illegible]) [illegible] 자택에서 체포하여 [illegible] 하였다는데 전기자(徐)의 죄상은 일제시대二십여년동안 충실한주구(走狗)이였으며 임진왜란[illegible]적장(敵將[illegible]) [illegible]

『연합신문』 1949.4.26

죽인 의기 논개의 순국 자취를 없애고자 비석을 내동댕이치던 그 고등 경찰의 악랄한 소행을 상상하면 괘씸하기 이를 데 없다. 민족을 배반한 이가 비단 그뿐이랴.

의기사의 다산 기문과 매천 시판은 교체해야 한다

의기사의 정약용 기문과 황현 시판. © 2012.10.31

의기사 출입문인 지수문(指水門)을 들어서면 중앙의 '義妓祠' 편액을 중심으로 좌측에는 산홍 시판이 있고, 우측에는 황현의 시판이 있다. 그리고 내벽 처마 중앙에는 신호성의 의기사 중수 기문이, 오른쪽에는 정약용(丁若鏞)의 의기사 기문이 각각 걸려 있다. 논개를 흠모하며 지은 시문은 사당의 품격을 한층 높여준다.

다산 정약용(1762~1836)은 1780년 3월 아내와 단둘이 장인인 경상우병사 홍화보에게 근친(覲親)하는 계기로 의기사 기문을 지었다. 그가 결혼한 지 만 4년이 되던 해였다. 이런 사실에도 불구하고 다산의 의기사 현판은 2011년까지 "純祖二年壬戌"이라는 잘못된 연도 표기가 있었다.

저자를 비롯해 뜻있는 전문가가 문제를 거듭 제기하자 문화재청에서는 2012년 5월에 해당 부분을 임시로 묵삭(墨削)했고, 동년 10월 현판을 전면 교체하면서 다산의 「진주의기사기」 전문을 새겨넣었다. 그러나 제목에서 '晉州'가 빠진 건 그렇다 치더라도 원문 "槪謂之節烈, 然皆自殺其軀而止" 중의 '烈'자를 빠뜨린 탓에 의미가 순조롭지 않게 되었다. 별

3) 『연합신문』, 1949.4.26, 4면. "論介의 位碑를 파괴한 왜경 徐在益 특위에 피체". 그는 동년 9월 8일에 열린 공개재판에서 징역 2년 집행유예 5년을 언도받았다. 『자유신문』, 1949. 9.9, 2면.

써 십 년이 지났다. 고치는 데 망설일 이유가 없다.

또 매천 황현(1855~1910)은 1877년, 1890년, 1891년에 진주를 방문해 시를 남겼다. 그렇다면 의기사에 걸려 있는 「의기사감음」의 창작 시기는 언제인가. 이 시는 그가 1898년에 지은 작품을 편집한 「무술고」(『매천집』 권3)에 「의기논개비」라는 제목으로 들어 있다. 정주석이 1846년에 건립한 '촉석의기논개생장향수명비'를 대상으로 장수 출신인 논개의 비장한 절의를 높이 칭송했다. 이 시판은 70년 동안 그 자리를 지키고 있다. 매천의 시판이 진주 의기사와 무관한 이상 사당에서 내리거나 의기사를 제재로 지은 「의암사」(『매천전집』 속집 권1) 시로 교체하는 것이 바람직하다. 그래야만 사당에 어울리는 내용이 되고, 현재 전면에 같은 제목으로 나란히 걸린 산홍(山紅)의 시판 제목과도 구분된다.

2. 창렬사 배향 인물과 관련 사적의 재조명

창렬사에 배향된 신위는 구국 충절의 상징적 인물들이다. 앞서 살펴보았듯이 생애 정보가 문헌에 따라 다르게 기술된 사례가 다수 있음을 확인하였다. 짧게는 수십 년, 길게는 수백 년 동안 확정되지 않은 것이 지금의 실정이다. 매년 봄가을로 제향을 드리고 있는데, 당일의 숙연한 의식은 후손들에게 위국헌신의 마음을 다지는 소중한 계기가 되고 있다.

시민들의 추념 의식을 심화하려면 먼저 배향 인물의 학술적 연구가 뒷받침되어야 한다. 위훈을 이룬 순국 인물의 생애를 자세히 알 때 숭모하는 마음과 제향의 의미가 더 깊어질 것이기 때문이다. 연구자의 논의 확장과 시민공청회 개최, 해당 문중과 연계 활동 등을 통해 합리적인 공론을 도출하는 데 적극적인 의지가 요구된다.

소외된 순국 인물과 임란 사적의 인식 제고

창렬사 신위의 절반가량이 진주인이라는 인식과 함께 주목받지 못한 진주 출신 의병에게 관심을 확대하는 일이다. 그리고 진주성에서 전사하지 않았지만 진주 지역 전투에서 공훈을 수립한 인물도 발굴 수렴해 진주 의병의 범주를 확장할 필요가 있다.

창렬사나 의기사 외에 임란 사적지가 진주 여러 곳에 있다. 남강 뒤벼리 길가에 최강전적비(崔堈戰蹟碑)가 있다. 왕복 4차선 도로에 차들이 교행하고 인도가 확보되지 않아 현장을 찾고 싶어도 마땅한 방법이 없다. 선열의 고귀한 희생을 생각하면 지금처럼 방치할 수 없는 일이다. 진주성 안으로 이건하든지 아니면 적합한 공간을 확보해 뜻있는 시민들이 추념할 수 있도록 조치해야 한다.

그리고 사봉면 마성리 남마성마을에 이원춘·이인민 부자 사적비가 있다. 비제는 '제림목천양공순절비'이다. 이인민은 창렬사가 창건될 당시부터 배향된 인물로 봉안한 유서가 깊다. 사적비는 경주이씨 선영 아래인데 동네 안쪽 깊숙한 곳에 있다. 마을 어디에도 위치를 알려주는 안내판이 없어 현장을 찾기가 몹시 어렵다. 지금부터라도 비석의 존재를 제대로 알려야 한다.

사봉면의 또 다른 유적은 이명걸, 이도량 부자 신도비 2기이다. 방촌리 등건마을의 옛 등건초등학교 정문 옆 언덕에 세워져 있다. 1913년 후손들이 건립했고, 두 기의 비문은 시암 이직현(1850~1923)이 지었다. 남마성마을의 순절비처럼 사람들의 관심 밖으로 밀려나 있다. 인근의 모순(牟恂) 정려비와 연계하면 충효의 마을로 재생하는 토양이 될 것이다.

또한 허국주(許國柱)가 여생을 보낸 지수면 청담리 염창강 언덕의 관란정(觀瀾亭), 이행(李荇)의 충절을 기리는 지수면 청담리 무동마을의 소강정(溯江亭)도 접근하기 쉽도록 면 행정복지센터 입구부터 안내판을 설치했으면 한다.

한편 전라도 보성 출신의 최대성(1553~1597) 정려각이 후손들이 거주하는 미천면 안간리 미천치안센터 옆에 있다. 상세한 정보는 부록 인물편을 참고하면 되겠다. 언뜻 진주와 무관해 보이지만 최대성 사적은 진주의 문화자산임이 분명하다. 나라에서 수백 년 전에 정표한 사실은 미천면의 문화적 기억으로 소중히 저장되어 있기 때문이다.

향후 이러한 인물들의 업적을 재평가하고 지역의 장소성을 숙지해서 진주의 문화지형도에 반영되기를 기대한다.

삼장사기실비는 종래의 문화적 기억과 상충한다

촉석문과 촉석루 사이의 광장에 '삼장사기실비'가 육중하게 서 있다. 전면에는 비제가, 좌측에는 중재 김황(1896~1978)이 지은 한문 비문이, 뒷면과 우측에는 아천 최재호(1917~1988)의 한글 번역문이 새겨져 있다. 글씨는 운전 허민(1911~1967)이 썼다. 별도의 안내판이 없어 무슨 내용을 알려면 한참을 서 있어야 한다. 일부를 인용하면 아래와 같다.

> 뒷날 사람들은 이로 말미암아 '촉석루삼장사(矗石樓三壯士)'라 불렀다. 사적은 학봉 연보(年譜)·대소헌 행장(行狀)·송암 일기(日記)에 실려 있고, 관찬이나 사찬의 역사 기록과 여러 저명한 선비들의 찬술로써 증명할 수 있다. 세 현인의 시종 이력은 지금에 또한 반드시 다 서술할 필요가 없다. 다만 그때 읊은 시(詩) 한 가지 사실을 기록하여 '촉석루중삼장사기실비'로 삼아 누각 곁에 새겨 게시함으로써 대중의 시각을 밝게 하고자 한다. 때는 임진왜란 후 369년이다.

내용 요체를 보면, 촉석루 현판에 걸린 학봉의 시에서 말하는 삼장사는 김성일·조종도·이로라고 하는 주장이 전부이다. '기실(記實)', 즉 사실 기록을 비석에 새김으로써 대중들이 더 이상 의심하는 경우가 없도록

촉석루 광장의 '촉석루중삼장사기실비' ©2013.11.4

확고하게 조치하려는 취지다. 간명하고도 단정적인 비문은 이설을 아예 거론하지 않아 논란을 일축해버리는 효과를 지닌다.

그리고 전면 우측 하단에는 수비 연도를 경자년으로 작게 새겨뒀는데, 실은 삼장사추모계에서 1963년 음력 2월에 세운 것이다. 건립한 해보다 비문의 연도가 3년이 앞선 데에는 이유가 있었다. 1960년 촉석루 중건을 계기로 1957년부터 학봉 후손들을 중심으로 이 비석을 세우기 위한 분위기를 조성한 뒤 1959년 1월 김창숙(1879~1962)을 위시한 영남 사림에서 '삼장사추모계'를 결성했다.

김황이 비문 찬자로 결정되어 1960년 위의 글을 썼다. 하지만 그해 8월 호남 측과 곽씨 문중에서 이의를 강력하게 제기하는 바람에 진주시 교육위원회 → 경남도지사 → 문교부 순으로 공식 절차를 밟지 않을 수 없었다. 1963년 1월 드디어 경남도지사와 진주시의 허가를 받은 뒤 실행에 옮겨 현재까지 이르고 있다.

이로써 삼장시의 김성일 창작설은 적어도 촉석루 경내에서는 '실효적 사실'로 자리 잡은 것이다.[4] 1822년에 중단된 영남 사림의 비석 건립

의지가 실로 140년 만에 실현된 셈이다. 취지야 그렇지만 선언적 성격의 비석 자체가 수백 년 동안 논란을 지속한 기억 전쟁이 해결할 수 없다. 이후 관계 인사와 연구자가 혈연이나 지역이나 학맥의 성향에 따라 삼장사 시각이 상이한 데서도 미루어 알 수 있다.[5] 이는 조선시대의 논쟁 흐름과 크게 다를 바 없어 보인다.

실증을 통한 해법 도출은 지난한 과제이다. 그래서 저자는 앞에서 실제 작가와 별개로 전승된 삼장사의 문화적 기억에 대해 절충점을 찾아보았다. 문제는 하나의 역사 경관 안에 건립된 도지사 양찬우의 창렬사중수비와의 관계이다. 최종 허가를 내준 당사자인 그가 한 해 전인 1962년에 지은 비문에서 자신이 말한 삼장사는 김천일·최경회·황진이 아니던가. 그리고 그 시절 수천 명이 운집하여 창렬사 제향을 거행할 때 추모한 인물은 호남 삼장사였다. 결과적으로는 한 해 만에 진주성 내에 각기 다르게 지칭한 삼장사의 두 비석이 공존하는 형태가 되어 버렸다.

김성일을 필두로 한 영남 삼장사는 응당 기릴 만한 업적이 있다. 학봉이 시를 지어서 이름난 것은 아니고, 비석을 세웠다고 해서 삼장사 논쟁이 종결된 것도 아니다. 영남이든 호남이든 각기 삼장사의 공적 사실을 뒷받침하는 사료는 풍부하다. 삼장사 시를 누가 지었나에 과도하게 집착하면 상대적으로 진주성의 충렬 기억마저 초점이 흐려진다. 올해는 기실비가 세워진 지 61주년이다. 시민들의 공감대를 바탕으로 진주성을 통일성 있는 역사문화 공간으로 그 성격을 정립하는 데 지혜를 모아야 한다.

---

4) 김해영, 「'촉석루중삼장사' 시의 사적에 관하여」, 『남명학연구』 38집, 경상대 남명학연구소, 2013, 161쪽.

5) 박성식(1982), 김득만(1983)은 최경회·김천일·고종후로, 김덕진(2015)은 고종후 대신 황진을 넣었다. 반면에 김인환(1977)은 김성일·조종도·곽재우로, 김시박(1981)은 곽재우 대신 이로를 넣었다. 이재호(1984), 이춘욱(2022)은 김시박의 견해와 같다.

3. 임란 사적의 문화콘텐츠화

의암사적비 © 2023.10.11

탁본은 문화적 기억의 저장 창고이다. 의암사적비는 박락 현상이 심해 안타까움을 금할 수가 없다. 일제강점기 탁본과 비교해보면 1/3 이상 각자가 떨어져 나간 상태이다. 십 년 전에 비해서도 손상이 많이 진행되었다. 이대로 가면 머지않아 몰자비가 될 우려도 있다.

이뿐만 아니라 남강 가의 의암(義巖)과 그곳 절벽의 일대장강 천추의열(一帶長江千秋義烈) 각자, 촉석루 경내의 김시민 전공비와 정충단사적비와 제씨쌍충사적비, 창렬사의 신명구 중수비와 어제득인명비와 어제사제문비, 뒤벼리의 최강전적비, 그리고 면 단위의 이원춘·이인민 순절비와 이명걸, 이도량 신도비 등 진주성 안팎에 산재한 비석의 탁본을 서둘러 확보해야 한다.

수집한 탁본들을 한 공간에 상설 전시하고 책자를 제작해 제공한다면 현장 못지않은 잔잔한 감동을 줄 것이다. 생각건대 임란 기억을 주제로 해마다 개최하는 공연 축제와 함께 시민들의 자긍심을 갖게 하는 계기가 될 것이다. 이것 역시 후속세대들을 염두에 둔 현재 우리의 책무 중 하나라 하겠다.

진주성전투에는 승전과 패전의 대외 항쟁사가 교직되어 있다. 승전을 통해 강인한 민족정신을 배우고 패전을 통해서는 평소 국가 역량을 강화해야 한다는 교훈을 얻는 곳이다. 다른 지역에서 찾아볼 수 없는 역사적 통찰력을 갖게 하는 곳이 진주이다. 임진왜란과 진주성전투에 대한 지식을 효과적으로 습득할 수 있는 '의병기념관' 건립을 고려해봄 직하다. 현대 감각에 맞게 기념관 내부를 첨단 설비로 구성하고, 또 관람객이 체험하거나 견문할 수 있는 다양한 프로그램을 구축하면 진주의 독특한 문화자산으로 큰 역할을 할 것이다.

이상의 제안은 민족문화유산을 체계적으로 관리하는 문화재청에서 각별한 관심을 둘 대상이다. 또 진주시에서 체계적인 계획을 수립해 주도적으로 추진할 때 성과를 거둘 수 있다. 사업 비중을 구분해 단계적으로 시행하면 그다지 문제가 될 것은 없다고 본다. 중요한 것은 선양에 대한 긍정적 인식과 집행 의지에 달려 있다. 이는 창렬사 제향의 국가 승격과도 밀접한 관계가 있다. 시민들과 함께하는 장이 다방면으로 마련되었으면 한다.

창렬사 동사, 제장군졸지위, 사제문비 ©2023.1.6

진주남강유등축제 ©2018.10.7

진주남강유등축제 ©2023.10.11

제12회 논개제 ©2013.5.24

영남포정사, 김시민장군 동상. ©2013.11.4

제2부 시문에 저장된 논개 기억

제1장 논개 순국 제영

17세기

○ 배석휘(裵碩徽, 1653~1729) 자 미여(美汝), 호 겸옹(謙翁)

본관 성주. 경북 성주군 사뢰촌(思瀨村, 현 가천면 중산리) 출생. 약관 시절에 재종형인 고촌 배정휘(1645~1709)에게 배웠다. 조부인 등암 배상룡(1574~1655)의 유명을 받들어 과거에 응시하지 않고 성리학을 절차탁마하면서 지방관의 천거에도 일절 호응하지 않았다. 그가 지은 『가범(家範)』(1723)에 전하는 증조부 배설(裵楔, 1551~1599)의 시조 2수는 시가문학사적 의의가 있다.

「義巖」〈『겸옹집』 권1, 30a〉 **(의암)**

一尺岣嶁[1)]作砥柱[2)]	한 척 바위가 지주산이거니
煒煌[3)]義字聳千秋	찬란한 '義'자 천년토록 우뚝하다
女而殉國猶如此	여자인데도 순국함이 되레 이러하거늘
寧不愧諸食祿[4)]儔	저 국록 축내는 무리 어찌 부끄럽지 않으랴

1) 岣嶁(구루): 중국 호남성 형산(衡山)의 주봉. 산꼭대기에 고대 하우씨(夏禹氏)의 공적이 새겨진 비석의 탁본이 있었는데, 지금은 명나라 양신의 모각이 전할 뿐이다. 이유원, 『임하필기』 권4 「금해석문편」 참조. 한유(768~824)는 신우비(神禹碑)를 찾지 못한 소회를 「구루산」(『한창려집』 권2) 시로 읊었다.

2) 砥柱(지주): 흔들리지 않는 지조나 절개. 유래는 부록의 용어편 '지주' 참조.

3) 煒煌(위황): =휘황(輝煌). 환하게 빛나는 모양.

4) 食祿(식록): 국록을 축냄.

○ 정식(鄭栻, 1683~1746) 자 경보(敬甫), 호 명암(明庵)

본관 해주. 진주 옥봉촌(玉峯村, 현 옥봉동) 출생으로 농포 정문부(1565~1624)의 종증손이다. 가계는 〈용강 정문익(1568~1639)-정대형-정유희-정식-정상협/정상정〉으로 이어진다. 추가 정보는 부록 우병사(1670) 정영 참조. 13세 때 삼종형 정구(鄭構)에게 배웠고, 19세 때 합천 과장에서 남송의 충신 호전(胡銓)이 금나라와의 굴욕적 화의를 비판하며 지은 「무오상고종봉사(戊午上高宗封事)」를 읽고 비분강개해 출사를 단념했다. 1728년 가족을 이끌고 지리산에 무이정사(시천면 원리 국동마을, 중건 1933)와 와룡암을 짓고 은거했으며, 평생 재조지은(再造之恩)을 생각하며 '대명처사(大明處士)'로 자부했다. 40여 년간 전국 산수를 유람하고 「두류록」(1724), 「가야산록」·「금산록」·「월출산록」(1725), 「관동록」(1727), 「청학동록」(1743) 등을 남겼다.
특히 논개 자료를 찾아 우병사 최진한에게 제공했고, 또 그의 요청으로 지은 비문을 새긴 '의암사적비'가 1722년 4월 건립되었다. 이 비석은 『어우야담』, 의암과 함께 중요한 자료가 되어 18년 뒤 논개 정려의 특명을 받는 역할을 했다. 참고로 『명암집』 부록 「가장」에 "임진란 때 기생 논개가 촉석 바위 위에서 순절했다. 공이 그 일이 사라짐을 안타깝게 여겨 이름과 행적을 수소문해 찾았다. 관에 제출해 비석을 세움으로써 논개에게 정려를 표창했다.[壬辰之亂, 妓論介殉節於矗石巖上. 公惜其翳沒, 搜訪名蹟. 呈官樹碑, 以旌褒之]"라 했다.

「義巖」〈『명암집』 권1, 10a~b〉 **(의암)**

形勝[1]南州第一區	빼어난 경치는 남쪽 고을에서 제일인데
義娥遺躅此汀洲	의로운 여인의 옛 자취는 이곳 물가라
千年哀怨江波咽	천년의 슬픈 원한으로 강 물결이 흐느끼고
萬古芳名石面留	만고의 꽃다운 이름이 바위 표면에 남아 있네
寂寂孤城雲鎖峽	적막한 성 외롭고 구름은 골짜기에 잠겼으며
蕭蕭墜葉月籠秋	우수수 낙엽 지고 달빛 어린 가을이로다
臨風最是傷心處	바람을 쐬니 너무나 마음 아프거니
翠黛[2]依俙[3]泣渡頭	산들은 아른아른 눈물짓는 나루터

1) 形勝(형승): 지세가 뛰어남, 경치가 좋은 곳.
2) 翠黛(취대): 눈썹을 그리는 푸른 먹으로, 검푸른 산을 비유함. '黛'는 눈썹 먹.
3) 依俙(의희): =의희(依稀). 어렴풋이 보이는 모양, 비슷한 모양.

○ 심육(沈錥, 1685~1753) 자 화보(和甫)·언화(彦和), 호 저촌(樗村)

본관 청송. 영의정 심수현(沈壽賢)의 아들이자 홍양호의 외삼촌으로 1705년 사마시에 합격했다. 이종숙(姨從叔)인 하곡 정제두(1649~1736)의 문인으로서 강화학파의 중심인물이다. 왕자사부·사재감주부·지평·찬선(1736) 등을 역임했으며, 여러 차례 대사헌에 제수되었지만 끝내 사양했다. 아래 시는 을축년(1745) 3월 영동을 거쳐 안음 등 영남의 여러 지역을 유람할 때 진주에 들러 지은 것이다.

「義巖」 〈『저촌유고』 권10, 13a~b〉 **(의암)**

有古妓名論者, 與倭將對舞于岩上. 仍其醉酣, 乃抱其頸而自投于江. 至今人稱義岩. 亦有立石記其事, 百世之下, 令人嗚唈. 凡世之不識節義者, 視此, 亦可以自愧矣.

옛 기녀로 논[개]이라 하는 자가 있어 왜장과 바위 위에서 마주 서서 춤을 추었다. 곧 그가 술에 취하자 목을 끌어안고 강에 스스로 투신했다. 지금 사람들은 '의암(義岩)'이라 부른다. 또 비석을 세워 그 사실을 기록했는데 백 년 뒤에도 사람을 슬프게 할 것이다. 세상에서 절의(節義)를 알지 못하는 사람이 이것을 본다면 스스로 부끄럽게 여길 것이다.

弱女名隨日月俱	연약한 여인 이름은 세월 따라 함께했고
槎枒[1]一石殿江隅	삐죽 솟은 바위 하나가 강굽이에 눌러 있네
從容視死如歸地	초연히 죽음을 고향에 돌아가듯 여겼나니
愧殺[2]千秋劣丈夫	부끄러워라, 천추에 못난 사나이들이여

矗石崢嶸有大名	가파른 촉석루는 큰 이름 있거니
朱楹丹檻儘高明	대들보 난간 모두가 높고 훤하네
亦緣[3]當日諸公死	또한 그날 여러 공이 죽었기에
輪與他樓一例評	그들과 누각을 한가지로 평을 하네

---

1) 槎枒(차아): 비죽한 모양. 뾰족뾰족한 모양. '槎(사)'가 나무를 엇비슷하게 베다의 뜻일 때는 '차'로 읽힘. '枒'는 가지가 뒤엉킨 모양.
2) 愧殺(괴쇄): 매우 부끄러움. '殺(살)'은 어기를 강조하며, 이때는 '쇄'로 읽음.
3) 緣(연): ~에 따라서, ~으로 말미암아.

○ 윤봉오(尹鳳五, 1688~1769) 자 계장(季章), 호 석문(石門)

본관 파평. 서울 차동(車洞 〈수렛골〉, 현 중구 순화동 일대) 출생. 윤봉구(1683~1767)의 아우로 일찍이 세자익위사로서 영조를 보필했다. 1746년 문과 급제한 뒤 부수찬·교리·대사헌 등을 역임했고, 1742년 영천군수로 있을 때 조양각을 중축했다.
아래 시는 원전의 「甲申孟夏之念六 自靈川發向海山…」 시에서 보듯이 갑신년(1764) 4월 26일부터 정사익, 송구상(성휴), 소대겸 등과 더불어 합천·고성·통영 등지를 유람할 때 지은 것이다.

「樓前有義妓論介殉節處 仍以義巖爲名 爲題一絶」〈『석문집』 권3, 23b〉 (누각 앞은 의기 논개가 순절한 곳인데, 의암으로 유명하여 절구 한 수를 짓다.)

香名千載此巖高	향기로운 이름 천년토록 이 높은 바위에 전하거니
巖不磨時名不磨	바위는 닳지 않고 당시 명성도 줄지 않았구려
夜宿層樓聞杜宇[1]	밤에 층진 누각에서 묵으며 두견새 소리 들으니
秖今猶怨落江花	지금도 강에 떨어지는 꽃을 원망하는 듯하네

○ 정상점(鄭相點, 1693~1767) 자 중여(仲與), 호 불우헌(不憂軒)

본관 해주. 진주 이반성면 용암리(龍巖里)에서 출생했고, 명암 정식(1683~1746)의 삼종질이다. 가계는 〈정문부-정대륭(1599~1661)-정유인-(계)정구-정상점-정단〉으로 이어진다. 집안을 일으킬 만하다고 촉망받았으나 몸이 병약하여 과거를 포기하고 독서에 전념했다. 평생 서적을 좋아하여 수천 권을 소장했으며, 정치한 시문 창작으로 월곡 오원(吳瑗, 1700~1740, 오태주의 양자로 조부가 오두인)의 칭찬을 받았다.
문집 편차로 볼 때 아래의 시는 임술년(1742)과 정묘년(1747) 사이에 지었음을 알 수 있다.

「義巖」 二首 〈『불우헌집』 권1, 12b〉 **(의암)** 두 수.

頑物[1]如何名以義	바위는 어찌하여 '義'자로 이름을 지었나

---

1) 杜宇(두우): 두견새 별칭. 촉나라에 망제(望帝)라 불린 임금 두우(杜宇)는 신하에게 자리를 빼앗기고 원통하게 죽었는데, 그 넋이 두견새로 변하여 봄철이면 '불여귀(不如歸)'라는 소리를 내며 밤낮으로 슬피 울었다는 전설에서 비롯되었다. 『화양국지』 권3 「촉지」 2.

1) 頑物(완물): 둔한 물건. 여기서는 바위를 지칭. '頑'은 완고하다, 둔하다.

卽名思義却興嗟	이름에서 뜻 생각하니 되레 탄식이 나오네
蛾眉一與旄頭[2]落	미인이 오랑캐와 함께 한 번에 떨어졌나니
令節千秋石不磨	빛나는 절개 서린 돌은 천추에 닳지 않으리

捐生取義[3]丈夫難	생명 버리고 의를 취함은 장부도 어려운데
況是靑樓[4]一少鬟	하물며 청루의 한 젊은 기생이
但爲生靈[5]除虺豕[6]	단지 백성을 위해 왜놈 제거하여
故看溟渤若潺湲[7]	큰 바다가 잔잔한 물결 됨을 보게 했네
雲根[8]百載長留跡	바윗돌에 백년토록 길이 전할 자취는
吾祖[9]當時特篆顏	우리 선조가 당시 특별히 표면에 새긴 전자
此日摩挲[10]多感慨	오늘에 어루만지니 감개무량하고
沈吟不覺淚潸潸[11]	깊이 읊조리자 어느새 눈물이 줄줄

---

2) 旄頭(모두): =묘성(昴星). 오랑캐를 관장하는 별 이름. 이 별이 나타나면 전쟁이 일어나고, 떨어지면 적장이 죽는다고 함. 『성호사설』 권1 「천지문」 〈旄頭〉.

3) 捐生取義(연생취의): 자세한 유래는 부록의 용어편 '웅어' 참조.

4) 靑樓(청루): 푸르게 칠한 높은 누각, 귀인이나 미인이 사는 집. 전하여 기생집을 뜻함.

5) 生靈(생령): 나라 백성, 많은 백성.

6) 虺豕(훼시): 사람을 해치는 살무사와 큰 돼지, 곧 왜놈. '虺'는 살무사. 『좌전』 「정공」 〈4년〉, "오나라는 큰 멧돼지와 긴 뱀이라서 상국을 야금야금 먹어 들어온다.[吳爲封豕長蛇, 以荐食上國]"

7) 潺湲(잔원): 물이 졸졸 흐르는 모양. '潺'과 '湲'은 물이 흐르는 소리.

8) 雲根(운근): 구름의 뿌리, 곧 바윗돌의 벼랑. 산악의 구름이 바위에 부딪혀 일어나는 데서 유래함.

9) 吾祖(오조): 작가의 증조부 정대륭(鄭大隆). 자세한 것은 부록 인물편 참조.

10) 摩挲(마사): 손으로 어루만짐. '摩'는 쓰다듬다. '挲'는 만지다.

11) 潸潸(산산): =산연(潸然). 눈물을 하염없이 흘리는 모양. '潸'은 눈물 흐르다.

○ 하응명(河應命, 1699~1769) 자 성휴(聖休), 호 치와(痴窩)

본관 진양. (문하)시랑공파. 진주 단동(丹洞, 현 대곡면 단목리) 출생. 인재 하윤관(1677~1754)의 차남으로 고조부가 단지공 하협(河悏, 1583~1625)이다. '효경충신(孝敬忠信)'의 가학 전통을 잘 이어받아 향시에 여러 번 합격했으나 조용히 학문을 연마하면서 이름을 드러내지 않았다. 평소 도연명 시와 명나라 시를 좋아했다. 향산 이만도(1842~1910)가 그의 행장을 지었다.

「義巖」〈『치와유고』 권1, 13a〉 **(의암)**

汾州[1]自古擅名[2]區　　진양은 예로부터 빼어난 명승지

雉堞逶迤[3]白鷺洲[4]　　성가퀴는 구불구불 백로주에 이어졌네

巖上至今明義字　　바위 위에 아직도 '義'자 선명한데

行人指點[5]暮江頭　　길손이 해 저무는 강 머리를 가리키네

---

1) 汾州(분주): 분양(汾陽) 고을, 곧 진주.

2) 擅名(천명): 명예를 혼자서 차지함. '擅'은 차지하다, 마음대로.

3) 逶迤(위이): =이위(迤逶). 구불구불하게 가는 모양, 긴 모양, 길이 구불구불한 모양. '逶'는 구불구불 가는 모양. '迤'는 굽다.

4) 白鷺洲(백로주): 직역하면 백로 노니는 물가. 강소성 강녕현 서남쪽의 큰 강에 있는 모래섬인데, 대개 경치가 아름다운 강변을 비유함. 일찍이 회자된 이백의 「등금릉봉황대」 시에 "삼산은 푸른 하늘 너머로 반쯤 떨어져 있고/ 두 강물은 백로주에서 중간이 나눠졌네[三山半落青天外, 二水中分**白鷺洲**]"라는 구절이 있다.

5) 指點(지점): 눈에 익혀 두었다가 손가락으로 가리킴. 이백, 「상봉행(相逢行)」, "금 채찍으로 먼 곳을 가리키며/ 옥 굴레 당겨 천천히 말을 돌린다[金鞭遙**指點**, 玉勒近遲回]".

18세기

○ 박래오(朴來吾, 1713~1785) 자 복초(復初), 호 니계(尼溪)

본관 밀양. 진주 사월리(沙月, 현 산청군 단성면 소재) 출생. 향시에 대필한 이유로 과거를 그만둔 적이 있고, 1743년 부친 박경일의 상을 치른 후 집안의 쌍백정(雙白亭)과 그 곁에 조그맣게 지은 정와(定窩)에서 주자와 퇴계의 글을 깊이 연구하는 데 열중했다. 현손이 사촌 박규호(1850~1930)이고, 6세손이 직암 박원종(1887~1944)이다. 평소 양정재 하덕망(1664~1743), 명암 정식(1683~1746), 죽와 하일호(1717~1796), 교와 성섭(成涉, 1718~1788) 등 지역의 명사들과 사우로 교유함은 물론, 산수를 좋아해 영남의 명승지를 유람하면서 지은 다수의 시와 「유두류록(遊頭流錄)」(1752)·「유삼동록(遊三洞錄)」(1765) 기행문이 있다.

「義巖」〈『니계집』 권1, 9b〉 **(의암)**

倚巖懷古見人如	바위 기대 회고하니 사람 보이는 듯
事在龍蛇板蕩餘	용사년 변고는 잘못된 정치의 찌꺼기
男子成仁時或有	남자가 때로는 인을 이룬 적은 있지만
蛾眉殲賊我聞初	미인이 적 섬멸함은 내 듣기로는 처음일세
芳名水府魚鰕[1]識	꽃다운 이름은 바닷속 고기들도 알 것이며
素節[2]淸朝竹帛書	깨끗한 절개는 맑은 조정의 죽백에 쓰였지
往迹千年雲共白	천년 지난 옛 자취는 구름과 함께 뚜렷한데
哀些一曲暮江虛	한 곡조 소리 슬프고 저문 강이 공허하구려

1) 魚鰕(어하): 물고기와 새우.

2) 素節(소절): 본디의 깨끗한 절개.

○ 조의양(趙宜陽, 1719~1808) 자 의경(義卿), 호 오죽재(梧竹齋)

본관 한양. 예천군 감천면 유동리(幽洞里, 현 유리) 출생. 산곡 조원익(趙元益)의 4남으로, 눌은 이광정(1674~1756)과 청벽 이수연(1693~1748)의 문인이다. 그리고 해좌 정범조(1723~1801)·간옹 이헌경(1719~1791)과 깊이 교유했다. 중년에 향산동(香山洞)에 살면서 봉황성 아래에 오죽재(현 감천면 관현리 소재)를 짓고 자호로 삼았다. 53세 때인 1771년 사마시에 합격했으나 출사하지 않고 평생 경전을 연구하며 후진 양성에 전력했고, 만년인 1807년에 동지중추부사가 되었다. 주자와 이황을 흠모해 차운한 시가 많고, 90세에 별세했다. 외손이 호고와 류휘문(1773~1832)이다.

「回至矗石樓 次李仲諴[1]詠義巖韻」〈『오죽재집』 권1, 11a〉 **(촉석루에 돌아와 이중함이 의암을 읊은 시에 차운하다)**

雪後澄江深不流	눈 내린 뒤라 맑은 강은 막혀 못 흐르고
竹枝歌咽動幽愁	죽지가 부르니 사무친 시름이 요동치노라
珠沈玉碎[2]何年事	구슬 잠기고 옥 부서짐은 어느 때 일이었나
高江酸風[3]射客眸	높은 강 찬바람이 나그네 눈에 휘몰아치네

○ 김상정(金相定, 1722~1788) 자 치오(穉五), 호 석당(石堂)

본관 광산. 김장생의 6대손으로 김만채의 증손자이고, 박세채의 외증손자이다. 성균관에서 수학하며 여섯 차례 일등을 차지했음에도 진사가 되지 못했다. 1762년 음보로 선공감 감역이 되었고, 1771년 의성현령 재직 중 장원급제해 대사간에 이르렀으며, 1788년 울진현령으로 부임한 지 두 달 만에 세상을 떠났다.

아래 시는 부친 김영택(1699~1766)이 삼가현감 시절(1759.6~1761.8)인 경진년(1760) 4월 사근역 겸무로 하동을 가게 되자 동행해 남해를 유람하며 지은 「금산관해기」(『석당유고』 권2)와 관련 시들의 편차를 고려할 때 그 무렵 촉석루에 들러 지었음을 유추할 수 있다.

---

1) 李仲諴(이중함): 「유곡대이중함부지(楡谷待李仲諴不至)」(『오죽재집』 권4) 시의 1행인 "故人丹木里"에서 보듯이 그는 진주 단목에 살던 친구임을 알 수 있는데, 구체적인 인적 사항은 미상.

2) 珠沈玉碎(주침옥쇄): '珠沈'은 옥이 물에 잠기는 것으로, 남강에 투신한 논개를 아름답게 부른 표현이다. '玉碎'는 의리를 지키다가 장렬하게 죽은 삼장사를 비유한 것이다.

3) 酸風(산풍): 매서운 바람. '酸'은 시다, 고통스럽다.

「義巖」〈『석당유고』 권5, 25b~26a〉 **(의암)**

義巖, 以論介名. 論介以晉陽一妓女, 造次[1]捐生. 遂與倡義諸公, 留名千古, 其事甚奇. 余夜遊南江, 繫舟巖下, 爲之賦詩而去.

의암(義巖)은 논개(論介)로 이름났다. 논개는 진양의 한 기녀였는데 순식간에 목숨을 버렸다. 마침내 창의한 공들과 더불어 천고에 이름을 남겼는데, 그 일이 매우 기이하다. 내가 밤에 남강에서 놀다가 바위 아래 배를 메어 두고 그녀를 위해 시를 지은 뒤 떠났다.

花落聞餘馥　　꽃은 떨어져 남은 향기 풍기고
江流帶片磯　　강물은 낚시터를 끼고 흐르네
寧論浣紗[2]古　　비단 빨던 옛사람을 어찌 논하랴만
更比墮樓[3]稀　　누각에서 투신한 이보다 더욱 드물지
夜月開粧鏡　　밤 달은 화장 거울을 연 듯하고
春雲剪舞衣　　봄 구름은 춤 옷을 자른 듯한데
連篙[4]測深碧　　이어진 배 타고 푸른 물 깊이를 헤아리다가
遠望未言歸　　먼 데를 보노라니 돌아가잔 말 필요치 않네

---

1) 造次(조차): 지극히 짧은 동안. '造'는 갑자기.

2) 浣紗(완사): 미인 서시(西施)가 일찍이 약야계(若耶溪)에서 비단을 빨았다 하여 완사계(浣紗溪)라는 이칭이 있다.

3) 墮樓(타루): 진(晉)나라 때 부호 석숭(石崇, 249~300)이 금곡원에 머물 때 권력자 손수(孫秀)가 사람을 시켜 애기(愛妓) 녹주(綠珠)를 요구하자 그녀는 절개를 지키기 위해 누대에서 떨어져 자살했고, 이 일로 석숭도 죽임을 당한 일을 말한다. 『진서』 권33 「석숭전」.

4) 篙(고): 상앗대.

○ 권제응(權濟應, 1724~1792) 자 원박(元博), 호 취정(翠亭)

본관 안동. 한수재 권상하의 증손자이고, 권양성(1675~1746)의 아들이다. 그리고 장인은 남득관(1697~1733, 팔탄 남숙관의 형)이고, 사위는 노주 오희상(1763~1833, 생부 오재순)이다. 보은현감과 면천군수를 지냈고, 진주목사 재임(1782.8~1784) 중 객사를 중수했다.
아래 시는 원전 편차에서 보듯이 그가 진주목사 시절인 **계묘년(1783)**에 지었고, 당시 촉석루·함옥헌·진남루·보장헌 시도 남겼다. 참고로 손자 권돈인(1783~1859)은 영의정 때 김대건 신부 처형을 주도했다.

「義岩論介碑」〈『취정유고』 권4, 3a〉 **(의암논개비)**

綱常天地女娘扶	천지에 삼강오륜을 아가씨가 붙들어
一死分明萬丈湖	한 번 죽음으로 의를 밝힌 만 길 호수라네
讀盡苔碑增感慨	이끼 낀 비석 다 읽자 감개한 마음 더하거니
百年多愧誦書儒	오랜 세월 글 읽는 선비들 많이도 부끄러우리

○ 홍화보(洪和輔, 1726~1791) 자 경협(景協), 호 오창(梧窓)

본관 풍산. 홍리상의 5세손으로 다산 정약용(丁若鏞)의 장인이고, 홍의호(1758~1826)와는 숙질간이다. 1771년 훈련초관으로 국자시에 1등 했고, 장연부사(1771)·동부승지(1775)·경상우병사(1779.6~1780.12)·강계부사(1785)·북병사(1788) 등을 거쳐 황해병사 재직 중 황주(黃州)에서 졸했다. 한편 다산은 「촉석루연유시서」에서 경자년(1780) 3월에 장인이 비분강개하며 지은 7언절구 두 수를 누각에 내걸었다고 했다. 아래 시는 원제가 없는 관계로 『역주해 역대 촉석루 시문 대집성』(2019, 305쪽)에 '촉석루' 가제를 붙여 수록했는데, 제제는 의기비이다.

「矗石樓」(가제) 〈『진주목읍지』 「제영」조, 1832〉 **(촉석루)**

全忠報主人臣節	온전한 충심으로 임금께 보답함은 신하의 도리
捨命從夫女子宜	목숨 버리고 지아비 따름은 여자의 마땅한 일
不失其時殲賊將	때를 놓치지 않고 적장을 죽였나니
千秋一片義娘碑	천추에 빛나는 한 조각 의랑의 비석

○ 이규상(李奎象, 1727~1799) 자 상지(象之), 호 일몽(一夢)

본관 전주. 공주 출생으로 한산에서 성장했고, 부친은 노론 명문가의 흡재 이사질(1705~1776)이다. 1795년 11월 홍릉랑(弘陵郞)에 임명된 적 있으나 평생 학문에만 전념했다. 누이동생 남편이 심원열의 조부 심락수(1739~1799)이다.
아래 시는 『일몽고』(『한산세고』 권19~31)에 실려 있고, 문집 속의 「병세재언록」은 18세기 인물들을 망라하여 흥미로운 내용이 많다. 논개를 여성 호걸로 부각했고, 일본과 중국의 의열 여인을 함께 형상화한 보기 드문 작품이다.

「女史行」 〈『한산세고』 권21, 39b~40b〉 **(여사행)**

倭寇晉州城陷時	왜구가 진주성을 무너뜨릴 때
論介其名官妓奇	논개는 그 이름하야 기특한 관기로
佳人似花復如月	아리땁기가 꽃답고도 달과 같았고
翠鬟紅粧[1]何葳蕤[2]	검은 머릿결 붉은 화장은 어찌나 고왔던지
亭亭表立矗江石	촉석강의 돌 위에 꼿꼿이 서서
嫣然[3]一笑若招誰	생긋이 한 번 웃으며 누군가를 불렀지
江前倭陣月暈匝	강 앞의 왜군 진영에 달무리가 뒤덮이자
白刃炮火血雨垂	시퍼런 칼날과 화염에 핏방울 뚝뚝 떨어졌지
倭中蕩子倏[4]飛步	왜놈 중 방탕한 자들 갑자기 나는 듯 달려와
兩倭爭掠一娥眉	두 왜놈이 한 미녀를 다투어 차지하려 드니
娥眉兩手挈[5]兩敵	미인은 양손으로 두 왜적을 이끌고
百丈江波身共隳[6]	백 길 물속으로 몸이 함께 떨어졌지
乃知一死素所決	비로소 알았노라, 한 번 죽음을 진작 결단한바

1) 翠鬟紅粧(취환홍장): 아름다운 여인의 형용. '翠鬟'은 푸르고 윤이 나는 쪽 찐 머리. '紅粧'은 연지를 찍은 화장, 화장한 미인.
2) 葳蕤(위유): 초목의 꽃이 아름다운 모양. '葳'는 무성하다. '蕤'는 드리워진 꽃 모양.
3) 嫣然(언연): 미소 짓는 모양. '嫣'은 상긋 웃다.
4) 倏(숙): 갑자기, 빨리 달리다.
5) 挈(설): 거느리다, 이끌다.
6) 隳(휴): 무너지다, 떨어지다.

一死猶辦殺兩夷	한 번 죽어 두 오랑캐를 단박에 죽여 버렸지
男兒作計此不易	남아가 꾀를 내더라도 이는 쉽지 않거늘
何况[7]官妓一弱姿	하물며 연약한 자태의 일개 관기였음에랴
淸江如玉石不轉[8]	옥 같은 청강엔 바위 구르지 않거니
女兒俠士非女兒	여중호걸로 그저 여자아이가 아니었네

倭中女俠又卓然	왜인 중에 여중호걸 또한 뛰어나다고
近日東槎[9]消息傳	최근 우리나라 사신이 소식 전하는데
蘆花町[10]裏養女俠	노화정에서 자란 여중호걸
爲女唐船幾流連[11]	이 여자로 해서 중국 배는 얼마나 노닐었던가
唐船百貨爲女幣	배의 온갖 물건은 그녀의 예물 되었고
月姥[12]紅繩情纏綿[13]	월로가 맺어준 인연으로 정이 도타워져
郎言倭妾不可捨	낭군이 왜첩에게 버릴 수 없다고 말하니
妾言中原郎返船	첩은 중국 낭군에게 배를 돌려가라 했다네
黃金用盡黑貂弊[14]	황금은 소진되고 검은 담비갖옷이 해어지자

---

7) 何况(하황): 하물며.

8) 石不轉(석부전): 변함없는 지조. 자세한 유래는 부록의 용어편 '석부전' 참조.

9) 東槎(동사): 동쪽의 배, 곧 일본으로 가는 우리나라 사신. '槎'는 뗏목. 1763년 계미통신사 일행으로 참여한 제술관 남옥(南玉, 1722~1770)과 이방(二房: 부사)의 서기 원중거(元重擧, 1719~1790)를 말함. 당시 정사는 조엄, 부사는 이인배, 종사관은 김상익이었다. 이때 삼방(三房: 종사관)의 서기로 수행한 김인겸은 기행가사 「일동장유가」를 지었다.

10) 蘆花町(노화정): 비전주(肥前州)의 일기도에 있던 유곽. 원중거, 『화국지』, "노화정이라는 것은 유곽이다. 천인과 몰락한 집안의 여자들 중에서 재색이 있는 자들을 유곽에서 분을 바르고 비단옷을 입혀 용모를 가꾸게 하여 이익을 튼탄다. 풍속이 어여쁘게 다듬는 것을 숭상하므로 거리와 누각을 단장하여 이익을 오로지 하며 부유하므로 제후들을 주무른다고 한다.". 박재금 역, 『와신상담의 마음으로 일본을 기록하다』, 소명출판, 2006, 66쪽.

11) 流連(유련): 배를 타고 놀이하는 것.

12) 月姥(월로): 중매쟁이. '姥'는 할미. 전설상에 붉은 실로 남녀의 새끼손가락을 묶어 짝을 지어준다고 하는 월하노인(月下老人).

13) 纏綿(전면): 사랑이나 근심 같은 것이 마음에 얽혀 떠나지 않음. '纏'은 얽히다. '綿'은 이어지다.

妾在郎心若旌懸[15]　첩은 낭군 그리워하는 마음이 나부끼는 깃발 같았지
東風花事[16]斷送後　봄바람에 꽃구경하듯 어느덧 보낸 뒤로는
浪跡[17]遊蜂何處牽　이리저리 나는 벌처럼 어딘가로 이끌렸네
生人死別[18]爲郎計　살면서 사별함은 낭군 위한 헤아림이었고
投海妾身爲郎捐　바다에 투신함은 낭군 위한 목숨 버림이라
唐商痛哭立玉塔　중국 상인 통곡하며 옥탑을 세우고는
上刻女名綠雲仙[19]　위에다 여자 이름 녹운선을 새겼다네
郎返古國禍轉福　낭군이 고국에 돌아가자 화는 복 되었고
女棄餘生志自宣　여자가 여생 포기함은 스스로 뜻을 편 것
蘆町是倭倚門[20]地　노화정은 왜인들의 유곽이지만
不意汚池生玉蓮　뜻밖에 더러운 못에서 옥련이 피었구려

朝鮮日本摠東方　조선과 일본은 모두 동방인데
鮮女倭娥俠一行　조선 여성과 일본 여자의 의협은 한 가지
無乃[21]陽烏[22]以先照　오히려 해가 먼저 비춤으로써

---

14) 黃金用盡黑貂弊(황금용진흑초폐): 소기의 성과를 거두지 못하고 귀국함. 『전국책』「진책」, "(소진은) 진나라 왕을 설득하는 편지를 열 통이나 올렸지만 그의 유세는 실행되지 않았다. 검은 담비갖옷은 누덕누덕 해어지고, 백 근의 황금도 다 떨어졌으며, 생활비도 말라버려 진나라를 버리고 고향으로 돌아왔다.[說秦王書十上, 而說不行. 黑貂之裘弊, 黃金百斤盡, 資用乏絕, 去秦而歸]".

15) 旌懸(정현): =현정(懸旌). 바람에 나부끼는 깃발로 동요하는 마음을 비유함.

16) 花事(화사): 꽃소식, 꽃구경.

17) 浪跡(낭적): 이리저리 돌아다님, 방랑함.

18) 生人死別(생인사별): 각자가 다른 길을 걸음. 초중경(焦仲卿)의 아내를 위해 지었다는 육조시대의 장편서사시 「공작동남비」에 "살면서 사별하니/ 한스럽고 한스러움을 어찌 말하랴?[**生人作死別**, 恨恨那可論]"라는 구절이 있음.

19) 綠雲仙(녹운선): 노화정의 한 기생. 남옥의 『일관기(日觀記)』(김보경 역, 『붓끝으로 부사산 바람을 가르다』, 소명출판, 2006, 272쪽)에 "녹운선(綠雲仙)은 비주(肥州)의 이름난 창기였다. 중국의 장사꾼과 만나기로 약속했는데, 장사꾼이 오지 않으므로 물에 빠져서 죽었다. 그 살던 곳이 곧 노화정(蘆花町)이다."라는 기록이 나온다.

20) 倚門(의문): =의문회음(倚門誨淫)의 준말. 창녀가 문에 기대어 음란을 부추기는 행위.

縱在坤成秉陽剛[23] 여자라도 양강의 덕이 있게 했었네

金邦[24]節婦節尤貞 금나라 절부는 절의가 더욱 곧았나니
金將要免[25]其夫名 금나라 장수 요면은 그녀의 남편 이름이고
免父汗兄貴永介[26] 요면의 아버지는 누루하치의 형 귀영개라
要免英雄冠萬兵 요면은 영웅다워 만병의 으뜸이었는데
松山厮殺[27]少年將 송산보에서 소년장수를 죽이려 달려드니

---

21) 無乃(무내): =무녕(無寧). 오히려, 차라리.

22) 陽烏(양오): 해의 별칭. 흔히 신화에서 해 속에 큰 까마귀가 있다고 함.

23) 坤成秉陽剛(곤성병양강): 여자로 태어났으나 양강의 덕을 아울러 지님. '陽剛'은 군자의 자질을 뜻함. 곧 음유(陰柔)와 양강(陽剛)의 조화를 말함. 『주역』「계사전」, "乾道成男, **坤**道**成**女".

24) 金邦(금방): 금나라. 이 시어에 "淸, 初號金"이라는 원주가 있음. 태조 누르하치(奴兒哈赤, 1559~1626)는 1616년 국호를 '後金'으로 했고, 1625년 심양에 도읍을 정했다. 이후 태종 홍타이지(皇太極, 1592~1643)가 1636년 국호를 '大淸'으로 고침.

25) 要免(요면): 귀영개의 장남으로 일명 요토(要土) 또는 요토(要兎)와 동일인물이다. 1627년 후금이 평안도를 공격한 후 "귀영개의 아들 요토가 '조선은 우리와 원수가 아닌 만큼 이미 한 도를 쳐 부셨으니 지금 또 진군하는 것은 불가하다.' 하니, 여러 장수들이 모두 그에 따르고자 했습니다.[貴永介之子**要土**以爲'朝鮮與我非讎, 旣破一道, 今又不可進兵.' 諸將皆欲從之]"(『인조실록』〈1627.2.10〉)라 한 것처럼 온건파로 알려진 인물이다. 이러한 연장선에서 조경남은 "요면은 귀영개의 장남으로 화친에 힘쓴 자[**要免**者, 貴永介之長子, 亦力和者也]"라 기술한 바 있다. 『속잡록』〈1628.6.6.〉.

26) 汗兄貴永介(한형귀영개): '汗'은 누루하치를 뜻하고, 일명 노화적(魯花赤)·노추(奴酋). 그의 16자 중 제8자가 홍타이지이고, 제2자가 귀영가(貴盈哥)·구영개(九英介)·대선(代善) 등의 이칭이 있는 귀영개(貴永介, 1582~1648)임. 귀영개는 홍태시(紅太時)·홍타시(弘他時)·홍타시(紅打豕) 등으로도 불린 동생 홍타이지를 도와 중국 통일에 많은 공을 세웠고, 1619년 명나라 원병으로 참전한 도원수 강홍립과 부원수 김경서를 사로잡은 인물이다. 참고로 성대중(『청성잡기』 권3 「성언」)과 성해응(『연경재전집』 권56 「초사담헌」 3)은 1627년 홍타이지가 태종에 등극하자 귀영가는 자녀를 거느리고 조선에 망명하여 살다 병자호란 때 삼학사 윤집(尹集, 1606~1637)의 형인 남양부사 윤계(尹棨, 1583~1636)를 죽이고 다시 청에 돌아갔다고 했다.

27) 松山厮殺(송산시살): '松山'은 소릉하 서쪽 15리 지점의 요충지. 명과 청이 운명을 가르는 격전을 이곳에서 벌였는데, 흔히 송산보 전투(1639~1642)라 함. '厮殺'은 전투에서 마구 침. 귀영개의 두 아들 요토(要土)와 마저(馬沮)는 1639년 4월 송산보 전투에서 죽었는데(김종수 외 역, 『역주 소현심양일기』 1, 민속원, 2008), 황윤석의 나덕헌 행장(『이재유고』 권18)과 성대중의 「황일호등칠의사전(黃一皓等七義士傳)」〈최효일〉(『청성집』 권7)에는 요토가 1636년 12월 임경업 장군에게 참살된 것으로 서술되어 있다. 한편 1641년 8월

劍頭英雄草塵輕	칼끝에 영웅은 풀 먼지처럼 목숨 버렸지
嚴粧百寶斷髮婦[28]	온갖 보배로 곱게 꾸미고 단발한 부인은
哭訣諸兒殉墓塋	통곡하며 아이들 영결하고선 묘에 순장됐네
渾江寰宇義烈震[29]	혼강의 전역에 의열이 진동했거늘
質官日記事蹟明[30]	질관의 일기에 사적이 명백하도다

同時關外女將軍	이 무렵 관문 밖의 여장군은
姓秦其名良玉[31]云	성은 진, 이름은 양옥이라 했다
梨花一槍[32]白玉手	백옥 같은 손으로 이화일창을
揮出乾坤流賊氛	휘둘러 세상에 떠도는 적의 조짐을 몰아내니
西來九王[33]掩面走	서쪽에서 온 구왕이 얼굴 가리며 달아났거늘

태종이 명을 칠 때 소현세자와 봉림대군이 청의 강요로 종군해 송산에서 22일간 머물렀다. 당시 세자의 막사에 포탄이 떨어졌는가 하면, 명의 오삼계가 거느린 만 명의 기병이 막사로 달려왔다고 한다(『열하일기』「일신수필」〈1780.7.18〉, 이해응의 『계산기정』 권2 〈1803.12.13〉 참조). 그리고 세자는 1644년 3월 산해관 전투에서 구왕(九王)에 망하는 명을 지켜보았고, 1년 뒤 영구 환국해 3달 만에 세상을 떠났다.

28) 이 시행 끝에 "오랑캐 부인은 단발한 길이로 그 슬픔을 안다.[虜婦以斷髮長短, 知其哀]"라는 원주가 있음.

29) 이 시행 끝에 "혼강은 심양에 있다.[渾江在瀋陽]"라는 원주가 있음. 혼강은 예로부터 심수(瀋水)나 요수(遼水)라 불렀다.

30) 이 시행 끝에 "질관○소현세자 시강원 신유의 일기[質官○昭顯春坊申濡日記]"라는 원주가 있음. '질관'은 인질로 심양에 사신으로 간 관리. 신유(申濡, 1610~1665)는 1639년 3월부터 1640년 4월까지 일 년 남짓 심양 관소에서 소현세자(1612~1645)를 입시하며 『서경』을 강론했다. 그의 '日記'는 미상이나 당시에 지은 시를 모은 것이 「심관록」(『죽당집』 권1)이다. 세자는 인조의 문병을 위해 1640년 3월 7일 서울에 왔다가 5월 3일 다시 심양으로 돌아갔는데, 신유는 세자가 서울에 체류하고 있을 때 교체되었다. 성당제·김종수 역, 『역주 소현심양일기』 1·2, 민속원, 2008 참조.

31) 良玉(양옥): 1574~1628. 성은 진(秦). 명나라 말의 여자 장수. 1599년 양응룡(楊應龍)이 반란하자 남장하여 전장에 나가 평정했고, 1621년 요동에 출전하여 후금에 저항했다. 그녀가 거느린 백도병(白捍兵)은 창으로 유명한 부대였다. 이덕무, 『청장관전서』 권47 「뇌뢰낙락서보편」 하 〈진양옥〉 참조.

32) 梨花一槍(이화일창): 검법의 한 종류.

33) 九王(구왕): 누르하치의 제14자 도르곤(多爾袞, 1612~1650)을 가리키는 지위 이름. 1637년 1월 청 태종의 지시를 받고 조선의 왕실과 대신들이 피신해 있던 강화도 공략을 지휘

不獨長城三桂[34]勳	장성 지킨 오삼계만 공훈이 있는 게 아닐세
終然馬革裹[35]玉碎	끝내 전쟁터에서 옥이 부서지듯 죽었나니
祖洪[36]頭巾愧羅裾[37]	조대수와 홍승주 두건은 여인에게 부끄러울 터
俠女節婦又女將	여성호걸, 절의의 여인, 또 여장군
女將忠臣倍芳芬	여장군은 충신보다 곱절 향기롭구나

陰運漸漸壓老陽	음산한 기운이 점차 늙은 양기를 짓누르지만
陰中亦有正氣張	음산한 가운데서도 바른 기운이 펴져나가네
鋪張[38]當以白玉管	마땅히 백옥의 붓대로 널리 펴서
表揭[39]有如星日光	별과 해의 광채처럼 표창하리로다
三邦相隔九州[40]外	세 나라가 구주 바깥에 서로 떨어져 있지만
一天同賦知能良	한 하늘은 양지양능을 똑같이 부여했는데
良能良知[41]最炳靈	양능과 양지는 영령을 참으로 빛낼 터

했고, 남한산성을 함락한 뒤 2월 8일 청으로 돌아갔는데, 당시 인질로 잡혀간 소현세자와 봉림대군이 심양 관소에서 그를 수시로 만났다. 형 태종이 죽자 조카 복림(福臨)을 순치제로 옹립하고 자신은 섭정왕이 되었다.

34) 三桂(삼계): 오삼계(吳三桂, 1612~1678)를 말함. 명 말기 총병관으로 1644년 4월 청군을 끌어들여 북경성을 점령하고 있던 이자성의 농민 봉기군을 진압했다. 이로 멸망한 명을 배반한 뒤 청에 적극 협력했고, 나중에는 남서부 지역에서 '周帝'라 칭하고 자신의 나라를 세우려다 병사함,

35) 馬革裹(마혁과): =마혁과시(馬革裹屍). 말가죽으로 시체를 싼다는 뜻으로 전쟁터에서 죽는 것을 말함. '裹'는 싸다. 『후한서』 권24 「마원전」.

36) 祖洪(조홍): 이 시행 끝에 "祖大壽·洪承疇降淸"이라는 원주가 있음. 1642년 3월 송산 전투 때 장군 조대수(?~1656)는 금주의 영원성(寧遠城, 현 홍성)을 지키다 항복했고, 홍승주(1593~1665)는 행산성에서 청군에 투항한 뒤 1659년 남부에서 저항하던 명나라 잔존 세력마저 몰아내는 데 앞장섰다.

37) 羅裾(나거): 비단 소매, 곧 여인을 뜻함. '裾'는 옷자락.

38) 鋪張(포장): 널리 폄. 펴 넓힘. '鋪'는 펴다. 늘어놓다.

39) 表揭(표게): 비석을 세워서 표창함. 사실을 나타내어 제시함. 선양함.

40) 九州(구주): 온 지역. 우(禹)가 중국 전체를 아홉 지역으로 나누었는데, 드넓은 천하를 뜻함. 『서경』 「우하서」 〈우공〉.

41) 良能良知(양능양지): 천부적인 도덕성과 인식력. 『맹자』 「진심장」 "사람이 배우지 않고도

可惜盡鍾紅粉粧[42]	미인에게 다 모인 것이 애틋하도다
我今特書大書又	내 지금 대서특필하는 건
使讀人間有髥娘[43]	세상에 비겁한 남자 있음을 읽게 함이라

○ 김수민(金壽民, 1734~1811) 자 제옹(濟翁), 호 명은(明隱)·두문(杜門)

본관 부안. 남원부 진전방(眞田坊, 현 전북 장수군 산서면 하월리) 출생. 미호 김원행(金元行, 1702~1772)의 문인으로 평생 출사를 단념하고 향리에서 주자와 송시열을 흠모하며 학문에 전념했고, 성대중·박제가·이서구·신위 등과 교유했다. 한편 그는 1795년 9월 안의 삼동을 유람한 바 있고, 몽유록계 소설인 「내성지(奈城誌)」를 지었다.
아래 시는 「기동악부(箕東樂府)」(『명은집』 권4~5) 총 385수 중 제145수이다. 이 악부는 단군을 노래한 「진단가」로 시작한다. 17세기 이전까지의 대외 전란, 내부 정쟁, 충효, 의리 등과 관련된 핵심 사화(史話)를 주로 다루고 있다. 시제는 인물의 호, 시호, 봉호, 능호, 관직, 신분, 상징 장소, 지명, 고사를 채택해 명명했다.

「義巖歌」 〈『명은집』 권4, 79~80면〉 **(의암가)**

釣龍臺[1]前落花巖	조룡대 앞에는 낙화암
洛東江上砥柱碑[2]	낙동강 가에는 지주비
何如矗石樓前南江畔	어찌 촉석루 앞 남강 가에

능한 것은 양능이요, 생각하지 않고도 아는 것은 양지이다.[人之所不學而能者, 其**良能**也; 所不慮而知者, 其**良知**也]".

42) 紅粉粧(홍분장): 붉은 연지와 분으로 화장함, 곧 미인이나 기녀.

43) 髥娘(염랑): 수염 달린 아가씨. 곧 비겁한 남자. 유사한 표현으로 '염부(髥婦)'가 있는데, 부록의 용어편 '염부' 참조.

1) 釣龍臺(조룡대): 부여 백마강의 가운데에 있는 거대한 바위. 당나라 소정방이 이곳에 왔을 때 구름과 안개가 끼어 방향을 알 수 없어 사람을 시켜 염탐했더니 용이 그 굴속에 있음을 알고 백마를 미끼로 용을 낚았다고 한다. 이첨, 정약용의 「조룡대기」 참고.

2) 砥柱碑(지주비): 겸암 류운룡(柳雲龍)이 인동현감으로 재직하던 1587년 야은 길재(吉再)의 풍모를 기리기 위해 구미시 오태동 나월봉(蘿月峰)에 세운 석비. 앞면에 중국 양청천(楊晴川)의 '砥柱中流' 탁본 글씨가, 뒷면에는 그의 동생 서애 류성룡이 찬한 「지주비음기」가 새겨져 있다. 원래의 비석은 홍수로 유실되어 1780년에 다시 제작해 세운 것이다. 한편 1698년 경북 선산의 향랑이 부모의 재가 권유를 뿌리치고 「산유화가」를 지은 뒤 이 지주비 아래의 연못에 투신했다. 이덕무, 『청장관전서』 권2 「영처시고」 2 〈향랑시〉.

煌煌義巖特立時	의암이 유난히도 빛나는가
藍風[3]刼雨磨不緇[4]	폭풍과 거센 비에도 변함없나니
記昔義妓名論介	옛날 의기를 기억하노니 이름하여 논개라
爲國貞心女中一男兒	나라 위한 곧은 마음은 여자 중의 남아일세
此地城陷日	이곳의 성이 함락되던 날
倭將有如貪花狂蜂[5]窺	왜장이 꽃을 탐내는 미친 벌처럼 엿보자
不惜一花落	한 떨기 꽃이 떨어짐을 아끼지 않았지
斷除彼熊羆[6]	저 곰 같은 놈을 단호히 제거하려
乘醉携出江之岩	취한 틈타 강가 바위로 데리고 나가
嬉戱百態芙蓉姿	온갖 연꽃 자태로 장난하며 놀거니와
鬢聳巫山一段雲	봉긋한 살쩍은 무산의 한 조각 구름 같고
裙拕六幅瀟湘水[7]	여섯 폭 긴 치마는 소상의 강물과 같았지
抱倭將投水死	왜장 안고서 물에 내던져 죽으니
染齒[8]諸酋長膽隳[9]	왜놈 장수들은 간담이 떨어졌지

3) 藍風(남풍): 질풍, 폭풍. 비람풍(鞞藍風)의 준말. '鞞藍'은 velamba의 음차이고, 비람풍이 한번 불면 모든 것이 흩어져 사라진다고 한다.

4) 磨不緇(마불치): 주위 환경에 영향을 받지 않음. '緇'는 검게 물들다. 『논어』「양화」, "아무리 갈아도 얇아지지 않으니 견고하다고 해야 하지 않겠는가? 아무리 염색해도 검어지지 않으니 결백하다고 해야 하지 않겠는가?[不曰堅乎, 磨而不磷. 不曰白乎, 涅而不緇]".

5) 貪花狂蜂(탐화광봉): 꽃을 탐하는 미친 벌, 곧 여색에 빠진 사람.

6) 熊羆(웅비): 사납고 힘이 센 곰. '羆'는 큰 곰. 대개 용맹한 남자에 비유하는데, 여기서는 강포한 왜적을 말함. 『시경』「소아」〈사간〉, "오직 곰 꿈이란/ 남자 낳을 상서라오[維熊維羆, 男子之祥]".

7) 鬢聳(빈용)~瀟湘水(소상수): 빼어난 자태를 형용. 당라 이군옥(李群玉)의 「동정상병가희소음인이증(同鄭相幷歌姬小飮因以贈)」(위곡, 『재조집』 권9)에 "裙拖八幅湘江水, 鬢聳巫山一片雲"이라는 시구가 있음. '巫山一段雲'은 대개 5·5·7·5·5·5·7·5(총 44자)의 자수율로 이질적인 경치를 통합적으로 표출할 때 채택하는 형식이며, '瀟湘水'는 동정호 남쪽에 있는 소수와 상수로 그 부근이 절경을 이루어 '소상팔경'이라 칭했다. 안장리, 『한국의 팔경문학』, 집문당, 2002 참조.

8) 染齒(염치): =염치아(染齒兒). 이에 물들이는 풍속이 있던 왜적. 「남만전(南蠻傳)」(『신당서』 권222 하), "남쪽 오랑캐들은 종류가 많아 모두 적을 수가 없는데, 크게 흑치·금치·은치의 세 종류가 있다.[群蠻種類, 多不可記. 有黑齒金齒銀齒三種]".

一女能當萬夫[10]勇	한 여자가 만 명의 장부와 맞서는 용기로
江淮保障匪爾誰	강회를 지켰으니 그녀 말고 누구 있으랴
尤翁大筆表章[11]後	우옹이 훌륭한 글로 표창한 뒤에
更作千年竹枝詞[12]	다시 천 년의 죽지사를 짓노라

○ 노긍(盧兢, 1737~1790)

자 여림(如臨), 호 한원(漢源)·산주파(散珠坡)·도협(桃峽)

본관 광주. 초자 신중(愼仲). 외가인 광주부 쌍령촌(雙嶺村, 현 경기 광주시 쌍령동)에서 『동패낙송(東稗洛誦)』의 저자 노명흠(盧命欽)의 아들로 출생. 10세 때 부친을 따라 홍봉한(1713~1778) 가문에 기숙하면서 과체시를 익혀 1765년 진사에 올라 호서지방의 명류가 되었고, 1777년 과장에서의 대필 혐의로 평북 위원(渭原)에 유배되어 6년간 지냈다. 방달한 기질로 전국은 물론 중국까지 유람했고, 패사소품의 산문과 진기(眞奇)의 시를 즐겨 지었으며, 정범조·이용휴와 이가환 부자·이봉환·박지원 등과 교유했다. 이규상·성대중·정약용·이학규·조수삼 등이 그 시문의 특징에 대해 언급한 바 있고, 한때 한문소설 「花史」의 작가로 알려지기도 했다. 아래 시는 '행시(行詩)'조에 들어 있고, 행시는 과거 시험의 하나로 지은 18구 이상의 시체를 말한다.

「矗石妓」 〈『한원유고』 권5, 359~361면〉 **(촉석 기녀)**

壬辰四月倭渡海	임진년 사월에 왜가 바다를 건너
來食我國如蛇豕[1]	오더니 뱀 돼지처럼 우리나라를 잠식했지
逢男劓鼻[2]獻其酋	만나는 남자는 코를 베어 그 두목에게 바치고

---

9) 隳(휴): 무너지다, 떨어지다.

10) 萬夫(만부): 수많은 사내. 이백, 「촉도난」, "검각(劍閣)이 험난하게 우뚝 솟아 버티고 있으니/ 한 사나이가 관문을 지키면/ 일만 명이 공격해도 열지 못할 것이다[劍閣崢嶸崔嵬, 一夫當關, **萬夫**莫開]".

11) 表章(표장): =표창(表彰). 우암 송시열(1607~1689)은 「병사증좌찬성황공시장(兵使贈左贊成黃公諡狀)」(『송자대전』 권202)과 「증병조참판장윤전(贈兵曹參判張潤傳)」(『송자대전』 권214)을 지어 그 순절을 기렸다.

12) 竹枝詞(죽지사): 악부의 한 가지로, 주로 남녀의 연정이나 지방의 풍속 등을 읊은 것이 많음. 여기서는 「의암가」를 뜻함.

1) 食我國如蛇豕(식아국여사시): 탐욕스러운 왜적이 우리나라 땅을 빼앗음을 비유함. 유래는 정상점(1693~1767)의 시 각주 참조.

浮女[3]登舟作厥婢　　예쁜 여자는 배에 태워 그들 종으로 삼았거늘
鮮人素懦少决烈　　조선 사람 본디 나약하고 결단성이 적은지
縱死無能敢忤視[4]　　죽을지라도 감히 적을 칩떠볼 수 없었다네
晉陽忠臣九嬰帶[5]　　진양 충신들이 아홉 겹으로 띠를 두르자
賊奴虓怒[6]環七里　　왜놈은 격노하며 칠 리를 에워쌌었지
鬚髯若戟[7]四萬人　　창날 같은 수염 지닌 사만 명은
矢竭城崩同日死　　화살 바닥나고 성 무너지자 한날 죽었네
教妨佳人獨出奇　　교방의 미인이 홀로 기지를 발휘해
也能辦殺倭壯士　　능히 왜놈 장사를 힘껏 죽였나니
心知一死不足惜　　마음속으로 한번 죽음은 아깝지 않음을 알았고
徒死無名亦所耻　　헛되이 죽어 이름 없는 것 또한 부끄러이 여겼지
箭兩[8]簇簇[9]南城隅　　육량전 화살이 남쪽 성 모퉁이에 쏟아지고
千尺高臺石齒齒[10]　　천 길 높은 누대에는 돌들이 이어졌는데
小笑憨[11]眄凝不動　　일부러 미소 짓고 곁눈질하면서 꿈쩍 않은 채
束體羅衣紅照水　　몸에 걸친 비단옷은 물에 붉게 비쳤노라
絶世雲鬟[12]當晝立　　절세미인이 대낮에 당당히 섰더니

---

2) 劓鼻(의비): 코를 자름. '劓'는 코 베다.

3) 浮女(부녀): 나부소녀(羅浮少女)의 준말. 수나라 조사웅(趙師雄)이 광동성 나부산 아래의 매화촌(梅花村) 주점에서 함께 술을 마시며 즐겼던 미인.

4) 忤視(오시): 상대의 위압에 굴하지 않고 거슬러보거나 흘겨봄. '忤'는 거역하다.

5) 嬰帶(영대): 띠를 두름. '嬰'은 두르다, 잇다.

6) 虓怒(효노): 몹시 분노함. '虓'는 울부짖다.

7) 鬚髯若戟(수염약극): 패기 넘치는 모양. 이백, 「사마장군가(司馬將軍歌)」, "몸이 장막에 있음에 하괴별이 임했는데/ 붉은 수염은 마치 창날과 같고/ 관은 산처럼 높네[身居玉張臨河魁, 紫**髯若戟**冠崖嵬]".

8) 箭兩(전량): =육량전(六兩箭). 6냥 무게가 나가는 화살.

9) 簇簇(족족): 빽빽하게 많이 모인 모양. '簇'은 떼 지어 모이다.

10) 齒齒(치치): 돌이 이처럼 늘어서 있는 모양.

11) 笑憨(소감): 바보같이 웃음, 웃을 자리도 아닌데 자꾸 웃음. '憨'은 어리석다.

12) 雲鬟(운환): 구름 같은 쪽머리라는 뜻으로 미인을 비유함. '鬟'은 쪽진 머리.

蠻亦人心劇驚喜　　오랑캐 역시 사람 마음 가져 몹시 기뻐하며
径趨向前作調戲　　지름길로 앞쪽 향해 나아가 장난을 걸었지
妄將鱗介[13]狎旖旎[14]　　요망한 왜적이 촐랑거리며 가까이하자
玉手候便捽[15]其胡　　섬섬옥수는 기다렸다가 즉시 그 멱살 잡고
瞥然同墜碧波裡　　별안간 푸른 물결 속으로 함께 떨어지거니
厓峻江深若杵投　　벼랑 가파른 깊은 강에 절굿공이 던지듯 했네
奴膚難泅售海技[16]　　오랑캐는 바다 기술 팔더라도 헤엄치기 어려웠고
婦人一得當狡酋　　부인은 한 가지 꾀로 교활한 두목을 감당했으니
骨香江流石不徙　　협골(俠骨) 향기로운 강물에 돌은 움직이지 않아
至今行旅識其處　　지금까지 나그네들이 그곳을 알아보네
白日照地波瀰瀰[17]　　태양이 땅에 밝게 비치고 물결 세차도다
問女自是娼家婦　　여인에게 묻노니 본디 기생집 아낙으로
那得崢嶸遽若是　　어찌 그처럼 갑자기 우뚝할 수 있었더냐
賺[18]財買笑[19]上道商　　돈 벌러 웃음 살게 할지라도 상도를 헤아리고
薦枕[20]誇榮右兵使　　침석 같이한 영예를 자랑하면서 병사를 도왔지
不識何物烈女傳[21]　　『열녀전』이 어떤 것인지를 알지 못하는 이는
郎姓爲張亦爲李　　사내의 성은 장(張)이 되고 이(李)도 되었고
一朝倭來卽倭妻　　하루아침에 왜가 오면 곧 왜놈 처가 되었거늘

13) 鱗介(인개): =개린(介鱗). 물고기와 조개, 곧 먼 지방 오랑캐의 비유.
14) 旖旎(의니): 깃발이 펄럭이는 모양, '旖'는 기 나부끼다. '旎'는 깃발 펄럭이는 모양.
15) 捽(졸): 잡다, 머리채를 잡다.
16) 海技(해기): 배를 부리는 기술.
17) 瀰瀰(미미): 물이 흐르는 모양. '瀰'는 흐르다.
18) 賺(잠): 돈을 벌다, 속이다.
19) 買笑(매소): 웃음을 사다, 곧 기생과 어울려 놀다.
20) 薦枕(천침): 첩이나 시녀 등이 잠자리 시중을 들다. '薦'은 드리다. '枕'은 베개.
21) 烈女傳(열녀전): 전한의 유향(劉向)이 중국 역대의 뛰어난 여성 100여 명의 행적을 발췌해 엮은 책. 『후한서』에 수록됨으로써 공식적인 역사서로 인정되었다.

世間名節豈爲妓　세상의 명예와 절개가 어찌 기녀를 위해 있었으랴
貞淫勇怯不繫族　정절과 음탕함, 용기와 비겁은 혈족과 무관함에도
此女成名天性以　이 여인은 천성으로 명성을 이루었네
使汝生作丈夫身　너를 장부 몸으로 태어나게 했다면
炳烺環偉誰與似　밝게 빛나는 위엄은 그 뉘와 같았으리
段司農[22]爲可並傳　단수실과 나란히 전해질 수 있고
陸君實[23]應不專美　육수부가 아름다움을 독차지하지는 못하리니
固當從容溺東海[24]　참으로 당당하고도 초연히 동해에 빠졌을 테고
不然奮發擊朱泚[25]　그렇게 하지 않았다면 분연히 주자 타격했으리라
盡令孱男抱羞死　잔약한 남자들을 다 부끄러움 안고 죽게 할 만하니
仍敎大筆編靑史　이내 큰 붓으로 역사책을 엮도록 하였지
我欲南行訪古遊　내 남행하며 옛 노닐던 곳을 찾아가서
賖酒江樓薦白芷[26]　술을 사 강가 누각에 향초를 바치련다

---

22) 段司農(단사농): 사농경(司農卿) 단수실(段秀實). 당나라 덕종 때인 783년 간신 주자(朱泚)가 반란을 일으키자 하루는 그의 얼굴에 침을 뱉고, 또 상아 홀(笏)로 이마를 쳐서 피가 흐르게 했다. 끝내 주자에게 피살되었고, 뒤에 태위에 추증되었다(『신당서』 권153 「육수실전」). 한편 유종원은 「단태위일사장(段太尉逸事狀)」(『유하동집』 권8)을 지었다.

23) 陸君實(육군실): '君實'은 육수부(陸秀夫, 1236~1279)의 자. 그는 원나라 군사에게 쫓겨 배를 타고 도망가면서도 『대학』 강학을 권장했고, 최후 보루였던 애산(厓山, 현 광동성 신회시 남쪽)이 결국 함락되자 가족들을 먼저 바다에 몰아넣어 빠져 죽게 한 뒤 곧 자신도 어린 왕을 업고 투신 자결했다. 『송사』 권451 「충의열전」 〈육수부〉.

24) 溺東海(익동해): 의롭게 죽음. 진(秦)나라 군대가 조나라 서울인 한단을 포위했을 때, 겁먹은 위나라에서 신원연(新垣衍)을 조에 급파하여 진을 황제로 섬길 것을 건의하자, 이에 제나라 고사(高士) 노중련(魯仲連)이 제의를 거부하고는 그에게 "진이 방자하게 황제를 칭하여 잘못된 정치를 천하에 편다면, 나는 동해에 뛰어들어 죽겠다.[彼則肆然而爲帝, 過而爲政於天下, 則連有**蹈東海**而死耳]" 하였다. 진나라 장군이 이 말을 듣고 군사를 후퇴시켰다고 한다. 『사기』 권83 「노중련전」.

25) 朱泚(주자, 742~784): 경원절도사 요영언(姚令言)에 의해 황제로 추대되어 대진(大秦)이라 국호를 정한 다음, 스스로 군사를 거느리고 덕종이 파천한 봉천을 포위했으나 이성(李晟)에게 패해 도망치다가 부장에게 죽었다. 『구당서』 권200하 「주자전」.

26) 白芷(백지): 구릿대, 곧 향초.

○ 조진관(趙鎭寬, 1739~1808) 자 유숙(裕叔), 호 가정(柯汀)

본관 풍양. 시호 효문(孝文). 경기도 포천 출신. 부친이 대마도에서 고구마를 들여온 조엄(1719~1777)이고, 아들이 조인영(趙寅永)이다. 가계는 진주목사(1836) 조함영 참조. 1775년 구현시(求賢試)에 장원으로 뽑혀 홍문관 제학으로 발탁되었으며, 같은 해에 광주부윤이 되었다. 평안감사로 있던 부친이 홍국영의 무고로 평안도 위원에 귀양갔다가 다시 이배된 김해에서 죽었는데, 부친의 신원을 위해 갖은 노력을 다했고, 1794년 비로소 뜻을 이루었다. 손녀가 효명세자의 빈(헌종의 어머니)으로 책봉되었다.
아래 시는 문집 편차로 보아 생원·진사 양시에 합격하기 전인 기묘년(1759) 작임을 알 수 있고, 바로 앞에 임진왜란 때 순국한 김시민·김천일·고종후·황진·장윤·이종인을 제재로 한 「제장(諸將)」 시가 실려 있다.

「義巖」 〈『가정유고』 권1, 3b〉 **(의암)**

義妓巖前吊古來	의기암 앞에서 예로부터 조상하나니
水流花落使人哀	강물에 지는 꽃이 슬프게 하는구려
靚粧[1]姣姣[2]城亡日	성이 무너지던 날 예쁘게 단장하여
巧笑亭亭壁立[3]臺	교묘한 미소로 우뚝한 대에 꼿꼿이 섰었지
未必雙蛾[4]關勝敗	미인이 승패에 꼭 관계하는 것이 아님에도
猶除一虜報涓埃[5]	오히려 한 오랑캐 제거해 은혜를 갚았노라
至今煥有雲根[6]刻	바윗돌에 새겨져 지금까지 빛나거늘
大字闌干[7]不蝕苔	선명한 큰 글씨는 닳지 않고 이끼도 없네

1) 靚粧(정장): 곱게 단장함. '靚'은 단장하다.
2) 姣姣(교교): 예쁜 모양. '姣'는 예쁘다, 아름답다.
3) 壁立(벽립): 범접할 수 없을 정도로 바람벽처럼 우뚝한 것.
4) 雙蛾(쌍아): 미인의 고운 두 눈썹. '蛾'는 눈썹.
5) 涓埃(연애): 물방울과 티끌, 곧 하찮은 것. 적은 정성으로 큰 은혜에 보답함. '涓'은 시내, 물방울.
6) 雲根(운근): 구름의 뿌리, 곧 바윗돌의 벼랑. 산악의 구름이 바위에 부딪혀 일어나는 데서 유래함.
7) 闌干(난간): 빛이 선명한 모양, 난간, 눈물이 하염없이 흐름.

○ 최광삼(崔光參, 1741~1817) 자 도원(道源), 호 만회당(晩悔堂)

본관 전주. 경남 고성 마암(馬巖) 거주. 임진왜란 때 의병장으로 활약한 소호 최균(崔均, 1537~1616)의 7세손이다. 이와 관련해 부록 인물편의 최강(崔堈) 참조. 학문이 뛰어나 벗들과 유상하면서 많은 시를 지었고, 고금의 사리에 밝아 향리의 신망이 두터웠다.
아래 시는 문집 편차로 볼 때 임술년(1802) 작으로 보인다. 『만회당유집』은 『산남세고』 권1에 수록되어 있는데, 이 세고에는 부친인 은재 최명대(1713~1774)·아들 제광헌 최상각(1762~1843)·손자 눌건와 최필태의 시문이 합록되어 있다.

「義巖」〈『만회당유집』, 10a~b〉 **(의암)**

女中節義卓然高	여자 가운데 절의가 탁월하게 드높고
石面芳名萬古昭	돌에 새긴 꽃다운 이름은 만고에 빛난다
若使當年憑道見	그때를 도리에 의거해 본다면
分明顔上發紅潮[1]	분명 얼굴에 붉은빛을 띠리라

○ 윤기(尹愭, 1741~1826) 자 경부(敬夫), 호 무명자(無名子)

본관 파평. 서울 냉천동(冷泉洞) 출생. 1760년 성호 이익(1681~1763)의 제자가 되었고, 1773년 생원시에 합격했으나 20년간 일개 성균관 유생으로 지냈다. 만년인 1792년 문과 급제한 뒤 비로소 관직에 나아가 전적, 강원도사, 장령(1798), 호조참의(1820) 등을 거쳤다. 아래의 시는 황산도 찰방(1800.8~1801.겨울) 때인 신유년(1801) 가을에 영남루, 통도사, 해인사 등의 영남 명승지를 둘러보고 지은 작품의 하나이다.

「矗石樓」 **樓在晉州** 〈『무명자집 시고』 책4, 16a〉 **(촉석루)** 누각은 진주에 있다.

矗石危樓倚泬寥[1]	촉석의 높은 누각에 기대니 하늘 아득한데
客懷何事劇蕭條	길손 마음은 무슨 일로 이다지도 쓸쓸한가
靑靑竹色橫今古	푸릇푸릇 대나무는 고금에 비껴 있고
決決[2]江聲咽晝宵	콸콸 강물 소리가 밤낮으로 흐느낀다

---

1) 紅潮(홍조): 부끄럽거나 술에 취해 붉게 달아오른 얼굴빛.

1) 泬寥(혈료): 공활해 끝이 없는 모양. '泬'은 비다. '寥'는 쓸쓸하다. 초나라 송옥, 「구변」, "공허하도다, 하늘은 높고 기상은 맑은데[泬寥兮天高而氣淸]".

絶壁有心千仞峙　　절벽은 아찔하게 천 길 높도록 버티었고
浮雲無跡一天遙　　뜬구름은 자취 없이 하늘 끝 멀리 있네
遺碑[3]屹立猶生氣　　우뚝 선 옛 비석은 여전히 생기가 남아
義妓忠魂若可招　　의기의 충혼을 마치 부르는 듯

壬辰, 晉州城陷時, 妓名論介者, 盛容飾, 坐於臨江絶壁上. 羣倭悅而爭赴之, 妓曰"若非而上將[4]來者, 吾不從也". 於是其上將聞之, 喜卽來. 乃與之對舞, 遂抱其腰, 轉于絶壁而死. 倭旣失上將自潰, 晉州得復. 樓卽其地也, 樓下竪碑, 記其忠烈功績.
임진왜란으로 진주성이 함락될 때 논개(論介)라는 기녀가 용모를 성대히 꾸며 강을 굽어보는 절벽 위에 앉아 있었다. 여러 왜놈이 좋아하여 다투어 나아가니, 기녀가 "상장(上將)이 오지 않는다면 나는 따르지 않겠다." 하였다. 이에 그 상장이 듣고서 기뻐하며 왔다. 곧 그와 함께 마주 서서 춤추다가 드디어 그의 허리를 껴안고 절벽으로 옮겨가 굴러떨어져 죽었다. 왜놈들이 이미 상장을 잃어 절로 궤멸하니 진주가 회복되었다. 누각은 그 지점에 있는데, 누각 아래에 비를 세워서 그녀의 충렬 공적을 기록하였다.

○ 민승룡(閔升龍, 1744~1821) 자 홍언(弘彦), 호 오계(梧溪)

본관 여흥. 산청 면우리(眠牛里) 양촌마을(현 오부면 양촌리) 출생. 도암 이재(1680~1746)의 수제자인 사촌 박효삼(朴孝參)의 문인이고, 1780년 식년문과 급제해 전적·예조좌랑·장령 등을 지냈다. 그가 보안역승(保安驛丞)으로 있을 때인 1784년 심환지가 정치의 요체를 묻자, 말 기르는 이치에 비유함으로써 재능을 크게 인정받았다.

「義巖」〈『오계유집』, 5b~6a〉 **(의암)**

巖從義妓得芳名　　바위가 의기(義妓)를 따라 방명을 얻었나니
屹立[1]江干耀日星　　강 언덕에 우뚝 서서 해 별처럼 빛나네
須看女子介如石[2]　　모름지기 돌과 같은 여자의 곧은 절개 본다면

---

2) 決決(결결): 물이 넘쳐흐르는 모양. '決'은 결(泱)의 속자로, 물이 넘치다의 뜻.
3) 遺碑(유비): 명암 정식의 비명이 새겨진 의암사적비(1722)를 말함.
4) 上將(상장): 지위가 높은 장군.
1) 屹立(흘립): 우뚝 솟음. '屹'은 쭈뼛하다.
2) 介如石(개여석): 굳게 절의를 지킴. 『주역』「예괘」〈六二〉, "절개가 돌과 같아 어찌 하루가 다하기를 기다리겠는가? 결단함을 알 수 있다[介如石焉, 寧用終日? 斷可識矣]".

多愧男兒死地生　　사지에서 살아남은 남아들은 엄청 부끄럽고 말고

○ 김희순(金羲淳, 1757~1821) 자 태초(太初), 호 산목(山木)·경원(景源)

본관 안동. 시호 문간(文簡). 조부는 김교행(金敎行), 부친은 김리인(金履仁), 동생은 건옹 김양순이다. 자세한 가계는 부록 진주목사(1787) 김리계와 진주목사(1829) 김리위 참조. 김희순은 1789년 문과 급제해 초계문신으로 선발되었고, 세도정치 이후 경상도 관찰사(1803~1805)·전라도 관찰사(1810)와 중앙의 요직을 두루 역임했다.
아래 시는 원전의 시문 편차로 보아 경상도 암행어사 때(1799.5) 지은 것으로 짐작된다.

「晉州義妓巖」〈『산목헌집』 권1, 14a〉 **(진주 의기암)**

蟲沙[1]何去陣雲[2]餘　　용사는 어디 가고 군진 구름 남아
尙說龍蛇浩劫[3]初　　아직도 초유의 용사년 전란 말하구나
環珮無痕江水綠　　패옥소리는 흔적 없고 강물은 푸를진대
芳名長與石留書　　방명은 돌에 남은 글씨와 길이 함께하리

○ 남주헌(南周獻, 1769~1821) 자 문보(文甫), 호 의재(宜齋)

본관 의령. 서울 출생. 증조부가 남유용(南有容)이고, 종조부가 사영거사 남공철이다. 사돈이 약암 오연상과 풍고 김조순(金祖淳)이다. 가계는 부록 진주목사(1858) 남지구 참조. 1798년 사마시 합격해 호조좌랑·감찰 등을 거쳐 무주·남원(1809)·임천의 수령을 맡았다. 특히 함양군수 때인 1807년 3월 24일~4월 1일 관찰사 윤광안·진주목사 이락수·산청현감 정유순과 함께 지리산을 유람했고, 이듬해 8월 경상우도 암행어사 여동식의 치적 보고에 따라 승서(陞敍)했다. 또 1814년 급제한 뒤 정언, 장령, 교리, 동부승지 등을 역임했다. 남공철, 「종손승지군묘표(從孫承旨君墓表)」, 『영옹재속고』 권3.
아래 시는 문집 편차와 「지리산행기」(『의재집』 권10, 60b)에 "잠시 촉석루에 쉬면서 옛사람들의

---

1) 蟲沙(충사): 대개 전쟁 통에 죽은 병사나 보통 사람을 지칭함. 유래는 부록의 용어편 '원학충사' 참조.

2) 陣雲(진운): 충충으로 두터이 쌓여서 군진(軍陣)처럼 보이는 구름. 옛사람들이 이것을 전쟁의 조짐으로 여겼다.

3) 浩劫(호겁): 큰 재난. '劫'은 전란 고통, 오랜 세월.

제영시와 내가 신해년에 내건 시판을 보았다.(暫憩樓上, 觀先輩題詠及余之辛亥所揭詩板)"라는 기록을 볼 때 신해년(1791) 작임을 알 수 있다. 참고로 이들 일행보다 늦게 따로 산행한 하익범(1767~1813)의 「유두류록」(『사농와집』 권2)과 비교해 읽어볼 만하다.

「吊論介 二首」 〈『의재집』 권2, 38b~39a〉 (논개를 조상하는 시 두 수)

宣祖壬辰, 倭寇陷晉州, 倡義使三公力戰, 不克死之. 州妓論介者, 痛城破兵沒, 誓不與賊俱生. 乃華粧靚服, 登矗石樓. 迎風而舞, 有一賊魁望而悅之. 介遂誘而下樓, 投而沒江而死, 何其烈哉! 噫, 彊域失守, 兵甲無賴[1]. 則雖讀書君子率多惴惴[2]焉, 不敢彀一矢嚮一賊, 不知苟活之爲可耻, 不免髥婦[3]之譏也. 且介也, 妓也. 猶知國君之重, 而視死如歸. 薄日月之光, 皷天地之氣. 語其節則懦夫立[4], 誦其義則烈婦悲, 尤豈不卓絶乎? 英宗辛酉, 節度使南公德夏聞于上, 始旌其閭於江巖而祭.[5] 名其巖曰義巖, 祭卽六月二十七日云.

선조 임진왜란 때 왜구가 진주를 함락했는데, 창의사 삼공(三公)이 힘써 싸웠으나 이기지 못하고 죽었다. 고을 기녀 논개(論介)는 성이 파괴되고 병사가 죽는 것을 통탄해하면서 적과 더불어 같이 살 수 없음을 맹세하였다. 곧 곱게 화장하고 옷을 단장하여 촉석루에 올라 바람을 맞으면서 춤을 추니, 한 놈의 적 우두머리가 보고서 기뻐하였다. 논개가 드디어 유인하여 누각 아래로 내려가 몸을 던져서 강에 빠져 죽었으니, 그 얼마나 매서운가!

아, 강토를 지키지 못하고 전쟁은 의지할 곳이 없었다. 독서군자라 할지라도 대부분

---

1) 無賴(무뢰): 마음이 편치 않음, 믿을 수 없음. '賴'는 힘입다, 믿다, 착하다.

2) 惴惴(췌췌): 벌벌 떠는 모양. 『시경』 「소아」 〈소완〉, "두려워하여 조심함은/ 깊은 골짜기에 임한 듯하네[惴惴小心, 如臨于谷]".

3) 髥婦(염부): 수염 달린 여자. 곧 비겁한 남자. 유래는 부록의 용어편 '염부' 참조.

4) 懦夫立(나부립): 나약한 자에게 뜻을 세우게 함. '懦'는 나약하다. 『맹자』 「만장」 하, "완악한 자로 하여금 염치 있게 하고, 게으른 자에게 뜻을 세우게 한다[頑夫廉, **懦夫**有立志]".

5) 남덕하(1688~1742)는 1728년 이인좌 난(무신혁명) 때 전사한 청주영장 남연년의 아들로 1739년 4월부터 1740년 10월까지 경상우병사로 재직했다. 자세한 가계는 부록의 우병사 참조. 그는 부임한 그해 가을에 논개 포상을 위해 비변사에 장계를 올려 정표 특명을 받았고, 정려각은 그가 북병사로 떠난 뒤인 1741년 봄에 후임 병사 신덕하가 건립했다.

벌벌 떨며 감히 한 발의 화살을 당겨 한 놈의 적조차 겨누지 않았고, 구차한 생존이 부끄러운 일이 되는 줄을 알지 못하였으니, 염부(髥婦)의 놀림을 면하지 못하였다. 그러나 논개(論介)는 기녀인데도 오히려 나라와 임금의 중함을 알고 죽음을 집에 돌아가듯이 여겼다. 해와 달보다 더 밝은 빛이요, 하늘과 땅을 고무시키는 기상이었다. 그 절개를 말하면 나약한 자에게 뜻을 세우게 하고, 그 의리를 칭송하면 열부(烈婦)가 비통스러우니, 어찌 더욱 탁월하지 않은가?

영조 신유년(1741)에 절도사 남덕하(南德夏) 공이 임금에게 아뢰어 비로소 강가 바위에 정려각을 세워 표창하고 제사를 지내게 하였다. 그 바위를 '의암(義巖)'이라 하고, 제사는 6월 27일에 지낸다고 한다.

男兒幾箇晉陽城	남아 몇이나 진양성에 있었던가
無一人如匹婦名	한 사람도 부인과 짝할 만한 명성이 없네
叢竹芳蘭招義魄	대숲과 향긋한 난초에서 의로운 넋을 부르고는
試聽江水不平聲	시험 삼아 강물 소리 들어보니 평온하지 않구려

「其二」 **(둘째 수)**

當年看爾一佳娘	그해에 일개 아름다운 아가씨를 살피건대
誰識臨危死有光	위기에 직면해 죽어서 빛날 줄 누가 알았으랴
矗石削來猶作地	뾰족한 돌이 깎여 되레 평지가 될지라도
芳名應不變滄桑	방명은 상전벽해가 된들 응당 변치 않으리

○ 김양순(金陽淳, 1776~1840) 자 원회(元會), 호 건옹(健翁)

본관 안동. 산목 김희순(1757~1821)의 동생이고, 군수 김리례(金履禮)에게 입양되었다. 1808년 문과 급제해 수찬·대사헌·이조참판(1833) 등을 역임했고, 1838년에 대사헌에 임명되었으나 1840년 모반 혐의로 체포되어 국문을 심하게 받던 중 죽었다. 아래 시는 내용으로 볼 때 그가 경상도 관찰사(1832.5~1833.4)로 있던 계사년(1833) 봄에 지었음을 알 수 있다. 또 그해에 조려(趙旅)의 후손 조기영(1764~1841)이 엮은 『생육신선생전집』 〈1833〉을 간행했다.

「義妓巖」〈『건옹공시고』, 74면〉 **(의기암)**

人欲人哭刼塵[1]餘	사람들 흐느낌과 곡소리는 병란의 앙금
江水滔滔江雨初	강물은 넘실넘실 강에 비가 막 내리네
細風花落蒼巖古	미풍에 꽃 지고 바위는 고색창연한데
癸巳年春不忍書	계사년 봄이라 차마 쓸 수 없구려

○ 이지연(李止淵, 1777~1841) 자 경진(景進), 호 희곡(希谷)

본관 전주. 이의열(1755~1825)의 장남으로 1806년 문과 급제해 승문원에 들어간 뒤 지평, 한성부 판윤, 호조판서, 우의정 등을 거쳤다. 가계는 우병사(1852) 이형하 참조. 그는 많은 천주교인을 사형시킨 기해박해(1839)의 장본인이며, 1840년 탄핵을 받고 함경도 명천에 유배되어 그곳에서 세상을 떠났다. 1823년 11월부터 1825년 4월까지 지낸 경상도 관찰사의 선정비(1825.10 건립)가 함양 역사인물공원에 있고, 우의정 때 동생인 이조판서 이기연(1783~1858)과 함께 그 공적이 새겨진 불망비(1839.5 건립)가 통도사 부도원에 있다. 처남이 진주목사(1849~1852)를 지낸 조진상(趙鎭常)이다.
아래 시는 내용으로 보아 이지연이 의기사 편액 '義妓祠'(1824) 글씨를 쓸 당시에 지은 것으로 짐작된다.

「義妓祠」〈『희곡유고』 권2, 20a〉 **(의기사)**

城月樓雲閉玉姿	성 달이 누각 구름에 고운 자태 감추고
滿天風雨落花時	하늘 가득한 비바람으로 꽃잎이 떨어지네
知應浩蕩[1]江中魄	응당 알겠노라, 강 속의 넋이 호탕하니
不肯煩冤[2]訴竹枝	원통함조차 댓가지에 하소연하지 않음을

「其二」 **(둘째 수)**

春椒秋桂[3]野汀空	봄 초장과 가을 계주는 들녘 물가에 공허하고

---

1) 刼塵(겁진): =겁회(劫灰). 겁화가 휩쓸고 간 뒤 남은 재. 대개 전란 등의 큰 재난.

1) 浩蕩(호탕): =호묘(浩渺)·호호(浩浩). 광대한 모양.

2) 煩冤(번원): 괴롭고 원통함. 『초사』 권13 「칠간」, "이 마음 근심스러워 번민함이여/ 불안하여 바람이 없구나.[心悇憛而煩冤兮, 蹇超搖而無冀]".

環佩凄然半夜[4]風	패옥 소리가 한밤중 바람에 쓸쓸하였더니
從此精靈依有所	이제부터 순일한 신령이 의지할 곳 있도록
一間朱棟[5]起城中	한 칸의 붉은 용마루가 성안에 세워졌네

○ 최림(崔琳, 1779~1841) 자 찬부(贊夫), 호 외와(畏窩)

본관 경주. 초명 형(瀅). 경주 구산리(龜山里, 현 현곡면 하구리) 출생. 5세 때 모친상을 당했고, 1823년 강재 송치규(1759~1838)의 제자가 되었다. 1840년 선공감 가감역(假監役)에 제수되었으나 나아가지 않았다. 매산 홍직필(1776~1852)·정시우(鄭是愚)와 도의로 교유했고, 만년에 청도 운문산의 공암(孔巖)에 정사를 지어 후학을 양성했다. 문집 외 종손 최진수가 주도해 간행한 『경세연류(經世沿流)』〈1899〉가 있다.

「悲義妓」[1] 〈『외와집』 권1, 16a〉 (의기를 슬퍼하며)

紅顔省識手摻摻[2]	익히 알듯이 홍안에다 가냘프고 고운 손
綠草春風杏子[3]衫	봄바람 속 푸른 풀처럼 날리는 살구색 적삼
蹈死[4]一身明月海	달빛 밝은 바다에 한 몸을 던져 죽었나니
視歸[5]千古落花巖	천고의 낙화암은 집에 돌아가듯 여긴 곳이지
貞魂如訴燈前瑟	곧은 넋은 등불 앞 거문고처럼 호소하는 듯하고

---

3) 春椒秋桂(춘초추계): '椒桂'는 산초로 넣어 만든 초장(椒漿)과 계피를 썰어 넣고 빚은 계주(桂酒)의 준말. 현인의 제향에 쓰이는 미주(美酒)나 고난에도 절조를 지키는 현인을 비유함. 『초사』「구가」〈동황태일〉, "혜초로 고기를 찌고 난초로 밑바닥 깔아서/ 계주랑 초장을 드리도다.[蕙肴蒸兮蘭藉, 奠桂酒兮椒漿]".

4) 半夜(반야): 한밤중. '半'은 한창, 절정.

5) 朱棟(주동): 붉은빛을 띤 용마루, 곧 훌륭한 집.

1) 이 시는 「촉석루회고(矗石樓懷古)」 세 수 중 제3수이다. 원전을 보면 '悲義妓'를 제재로 했다고 되어 있기에 시제로 가져 왔다. 나머지 두 수의 제재는 촉석루와 삼장사이다.

2) 摻摻(섬섬): 가냘프고 고운 손 모양. '摻(삼, 잡다)'이 가늘다 뜻일 때는 '纖(섬)'과 같음.

3) 杏子(행자): 살구 열매.

4) 蹈死(도사): 의롭게 죽음. 유래는 노긍(1737~1790)의 시 각주 '溺東海(익동해)' 참조.

5) 視歸(시귀): 시사여귀(視死如歸)의 준말. 풀이는 부록의 용어편 참조.

寒影同浮水上帆　　차가운 그림자가 물 위의 배와 함께 떠 있네
環佩三更人不見　　패옥은 삼경이라 사람들이 볼 수 없지만
願言[6]餘思入瓊函[7]　　남은 생각은 시 속에 담아내길 바라노라

○ 최상원(崔尙遠, 1780~1863) 자 경운(景雲), 호 향오(香塢)

본관 양천. 경상도 고령 학동리(鶴洞里, 현 경북 고령군 쌍림면 하거리 학골마을) 출생. 아들이 송애 최호문(1800~1850)이다. 일찍이 송천 박문국(朴文國)의 문하에 들어가 배웠고, 이후 입재 정종로(1738~1816)의 문인이 되어 더욱 감발했다. 1816년 송천의 아들인 학양 박경가(朴經家, 1779~1841. 우리말 어원서 『동언고략』의 저자)와 함께 마을에 학음서당(鶴陰書堂)을 건립해 후진을 양성했다. 또 박경가, 김상직, 박경구와 함께 고령향교에 강학소 빈흥재(賓興齋)를 창건했다.

「義巖」 〈『향오집』 권1, 12b〉 **(의암)**

一帶長江萬古流　　일대 장강이 만고에 흐르고
堂堂忠義此間留　　당당한 충의는 이곳에 남았는데
至今石面崢嶸氣　　지금껏 바위에 서린 우뚝한 기개가
盡入騷人橐[1]裏收　　시인의 주머니에 죄다 거두어졌네

○ 한철호(韓哲浩, 1782~1862) 자 명로(明老), 호 보산(寶山)

본관 청주. 전라도 고부 보강리(현, 정읍시 소성면 보화리) 출생. 일찍이 부친 묵우당 한광진(韓光鎭, 1760~1809)에게서 가학을 계승했고, 1825년 급제해 조경묘(肇慶廟) 별검을 시작으로 지평·이조정랑·해주진관·자여도 찰방(1844.2~1846.6) 등을 지냈다. 찰방 이후 낙향해 관직에 나아가지 않았으며, 노사 기정진(1798~1879)과 절친했다.
아래 시는 제주(題注)에 있듯이 을사년(1845) 2월 자여도 찰방 재직 때 지었다. 자여도 재임은 「자여도」(『영남읍지』 4책, 1871, 서울대학교 규장각)에서 확인된다.

---

6) 願言(원언): 바라다, 그리워하다. '言'은 발어사로 『시경』에 용례가 더러 있음.
7) 瓊函(경함): 옥 상자, 여기서는 시 작품.
1) 騷人橐(소인탁): =시낭(詩囊).

「又義巖」〈『보산집』 권1, 19b~20a〉 **(또 의암)**

琴歌激切戰爭心[1]　　거문고 노래가 격절함은 전쟁하려는 마음이었고
引賊投江辦一死　　적 안고 강에 뛰어드니 한 번 죽음을 결단했네
千古佳人名不磨　　천고토록 미인의 명성은 닳지 않고
義巖在彼水中沚[2]　　의암은 저 강 물가에 있도다

○ 김종락(金宗洛, 1796~1875) 자 기언(耆彦), 호 삼소재(三素齋)

본관 의성. 초명 영락(英洛), 안동 풍산읍 소산리(素山里) 출생. 류태좌(柳台佐, 1763~1837)와 류상조(柳相祚, 1763~1838)의 문인으로 1836년 향시 폐단에 분개하여 향리에 서당을 지어 '지곡서당(芝谷書堂)' 현판을 내걸고 성리학을 궁구했다. 고매한 성품으로 유림에게 크게 인정받았고, 세상을 떠나기 2개월 전에 수직(壽職)으로 통정대부 직첩이 내려졌으나 늦게 도착해 환납했다. 호 삼소(三素)는 "소산[素山]에 살면서 깨끗한 행실[素履]을 실천하고 검소한 음식[素餐]을 먹는다."라는 의미이다.

「觀義妓祠」〈『삼소재집』 권1, 9a〉 **(의기사를 보고)**

堂堂烈氣義巖祠　　의열 기개 당당한 의암의 사당
抱賊當年入水初　　그때 적 안고 물에 떨어짐은 처음이었지
七十嶠州無壯士　　일흔 곳 영남 고을에는 장사가 없었나니
南來羞讀壬辰書　　남쪽에 와 임진 기록을 부끄럽게 읽노라

---

1) 戰爭心(격쟁심): 소옹, 「하사음」, 『격양집』 권3, "낚시질한다면서 생살의 권한을 잘못 쥐고/ 바둑돌 놓으면서 간혹 전쟁의 마음을 일으키네[釣水誤持生殺柄, 著棋間動**戰爭心**]".

2) 沚(지): 물가, 모래톱.

19세기

○ 서유영(徐有英, 1801~1874) 자 자직(子直), 호 운고(雲皐)·금계(錦溪)

본관 달성. 풍석 서유구(1764~1845)의 삼종 동생. 1850년 사마시 급제했고, 음보로 사릉(思陵) 참봉(1860)이 되었다. 의령현감으로 지내다 1868년 암행어사의 탄핵을 받고 평안도 삼등현(三登縣, 현 강동군 삼등면)으로 유배되었다가 1870년 1월 해배된 뒤 충청도 금계(錦溪, 현 금산)로 낙향했다. 신좌모·홍한주·박규수·정약용의 두 아들과 교분이 두터웠고, 『운고시초』 외 「육미당기」(1863)·『금계필담』(1873)이 있다.
아래 시는 작품 끝의 원주 "余在宜寧時作"에서 보듯이 의령현감 때(1865.가을~1868.가을) 지은 것으로, 병서에 해당하는 산문은 본서 제2부 제2장 참조.

「義岩歌」[1] 壬辰倭亂, 晉州妓論介, 矗石樓下殉節處. 〈『운고시초』, 51b~52a〉 **(의암가)** 임진왜란 때 진주 기녀 논개가 촉석루 아래 순절한 곳이다.

義娘岩今[2]高復高	의랑 바위는 지금껏 높고도 높고
石臺如盤面江皐	소반 같은 석대가 강 언덕에 있네
上聳百尺之飛閣	그 위로 백 척의 높다란 누각

1) 『금계필담』 하(본서의 논개 사적 산문 참조)에 「의암가」와 함께 저작 배경이 실려 있다. 안찬(安鑽, 1829~1888)은 「答徐明府有英」(『치사집』 권2)에서 이 「의암가」를 읽고 "시어 기세가 늠름하여 머리칼을 곧추서게 한다. 촉석루 아래에 의로운 혼백이 어둡지 않다면 가을바람 불고 밤비 내리는 무렵에 어찌 나직이 감읍하지 않겠는가?[詞氣之間凜乎, 令人髮竪. 矗石樓下, 如有義魄之未昧者, 秋風夜雨之際, 烏得無隱隱感泣也]"라 평했다. 그리고 일제강점기 때 전국의 명승고적을 소개한 『조선명승기』(도변천예·이궁파정 공저, 1910, 140~142쪽), 『조선명승시선』(성도노촌 편, 연문사, 1915, 260~262쪽)에도 진주 제영의 대표적인 작품으로 소개했다. 또 본서에 수록한 최상찬의 「논개의 의열」과 최용진의 「논개」에도 활용되었다.

2) 今(금): 『운고시초』와 『금계필담』에는 누락된 글자이나 위 각주의 『조선명승시선』에서 가져와 칠언 형식으로 맞추었다. 참고로 위의 『조선명승기』에는 '兮'로 되어 있다.

下臨千尋之層濤	아래로는 천 길 층층의 물결
憶昔龍年値陽九[3]	옛날 용사년 때 만난 재앙 생각하건대
晉州被圍相持久	진주는 포위되고 서로 지구전을 벌였지
羣倭蝟集[4]礟火[5]飛	왜놈이 떼거리로 모여서 대포를 쏘아대고
肉薄登城恣躪蹂[6]	육박전을 하다가 성에 올라 멋대로 짓밟았지
積屍塡巷血流津	쌓인 시체 거리를 메우고 피는 나루에 흘렀으며
白晝昏墨[7]漲烟塵	대낮인데도 어둠침침 연기와 먼지로 뒤덮였지
義膽忠肝凡幾鬼[8]	충의 어린 마음으로 무릇 몇이나 귀신 되었나
七萬人中稱三仁[9]	칠만 사람 중에 세 충신을 칭송한다네
是時英烈[10]出娼家	그때 영웅다운 의열은 기녀에서 나왔거늘
其名論介顏如花	그 이름 논개라 꽃 같은 고운 얼굴로
偸生還恥遭汙辱	구차히 살아서 되레 부끄럽게 오욕을 당하기보단
引頸寧侯[11]賊刃加	목을 빼고 적의 칼날 들어오길 차라리 기다렸지
褰裳直到南江上	치마를 걷고 곧장 남강 가에 이르러
獨立峭岩誰與抗	홀로 가파른 바위에 서니 어느 누가 맞서리오
紅粧[12]艶冶[13]照水姸	곱게 꾸민 붉은 화장은 강물에 비쳐 아리땁고

3) 陽九(양구): 재앙을 뜻함. 음양가의 술어로, 양액(陽厄) 다섯과 음액(陰厄) 넷을 합하여 풀어낸 말. 『성호사설』 권2 「천지문」 〈陽九百六〉 참조.

4) 蝟集(위집): =운집(雲集). 고슴도치의 털처럼 많은 사물이 많이 모임. '蝟'는 고슴도치.

5) 礟火(포화): =포화(砲火). 대포를 쏠 때 일어나는 불, 발사된 탄알. '礟'는 돌 쇠뇌.

6) 躪蹂(인유): =유린(蹂躪). 짓밟다.

7) 墨(흑): 『금계필담』에는 '黑(흑)'.

8) 조경남의 『난중잡록』 〈1592.5.20〉에 초유사 김성일이 의병장 곽재우에게 보낸 통유문에, "살아서는 충의의 선비가 되고 죽어서는 충의의 귀신이 되도록 귀하는 노력하십시오.[生爲忠義之士, 死作忠義之鬼, 惟足下勉之]"라는 표현이 있다.

9) 三仁(삼인): 삼장사를 말함. 은나라 말엽 주왕 때의 세 충신인 비간·미자·기자를 말하는데, 공자는 "은나라에 세 인자가 있었다.[殷有三仁焉]" 했다. 『논어』 「미자」.

10) 英烈(영렬): 기질이 뛰어나고 용맹스러움.

11) 侯(후): 원문에는 이렇게 되어 있으나 候(기다리다, 맞이하다)가 바르다.

12) 紅粧(홍장): 연지를 찍은 화장, 여자 또는 미인의 화장, 화장한 미인.

翠袂嫋娜[14]隨風颺　　낭창낭창한 푸른 소매는 바람결에 한들거렸지
緣厓粉堞[15]俯澄湖　　벼랑 가의 성가퀴가 맑은 물을 굽어볼진대
賊皆環視[16]空踟躇[17]　　적 모두가 둘러서서 보고 그저 머뭇거릴 제
中有虜酋號驍勇[18]　　그 가운데 용감하다고 칭하던 왜놈 두목이
躡下曾梯[19]捷如鼯　　포개진 층계 내려오니 민첩하기 날다람쥐 같았다
方其來前佯歡喜　　바야흐로 그가 앞에 오자 거짓으로 기쁜 체하다가
抱腰回旋翻投水　　허리를 껴안고 빙빙 돌다 번드치며 물에 떨어졌지
殲厥巨魁[20]不勞兵　　괴수를 단박에 쳐 죽여 군사들 수고 덜었나니
豈知一妓能辦此　　어찌 일개 기녀가 이런 일을 해낼 줄 알았으랴
蛾眉到此死猶榮　　미녀는 이제와 죽음도 외려 영예로워져
至今汗靑[21]留芳名　　지금껏 역사에 꽃다운 이름 전하고
廟門綽楔[22]仍俎豆　　사당문에 정려 세우고 제사 지내나니
教坊生色揚風聲　　교방은 빛나고 풍도를 드날리는도다
君不見　　그대는 보지 못했는가
宋朝義娼毛惜惜[23]　　송나라 때 의로운 창기 모석석이

---

13) 艶冶(염야): 요염함, 아리따움. '艶'은 곱다. '冶'는 꾸미다.

14) 嫋娜(요나): 아름다움. '嫋(뇨)'는 예쁘다. '娜'는 아리땁다.

15) 粉堞(분첩): 희게 분칠한 성가퀴. '堞'은 성가퀴, 성첩.

16) 環視(환시): =환촉(環矚). 많은 사람이 둘러서서 봄, 주위를 둘러봄.

17) 踟躇(지저): 머뭇거리다, 주저하다. 『금계필담』에는 '踟躕(지주)'.

18) 驍勇(효용): 성질이나 행동 따위가 사납고 날쌤. '驍'는 날래다.

19) 曾梯(증제): 층층 계단. '曾'은 층(層)의 뜻. 『금계필담』에는 '層梯(층제)'.

20) 殲厥巨魁(섬궐거괴): 『서경』「하서」〈윤정〉, "괴수를 섬멸하되, 협박에 못 이겨 따른 자들은 다스리지 말라[殲厥渠魁, 脅從罔治]".

21) 汗靑(한청): 문서 또는 서적. '汗'은 땀. 옛날 푸른 대를 불에 구워 진을 빼어 푸른빛을 없애고 종이 대신으로 쓴 죽간을 말함.

22) 綽楔(작설): =정려(旌閭). 충신·열녀·효자를 표창하기 위하여 문 앞에 세운 문. '綽'은 베풀다. '楔'은 문설주.

23) 毛惜惜(모석석): 절의로 이름난 기녀. 남송 때 고우(高郵)의 기녀로 1235년 매국노 영전(榮全)을 위한 연회에 참석하라는 부름을 받자 이를 수치스럽게 여겨, "내 비록 천한 기녀이나 배반한 신하를 모실 수는 없습니다.[妾雖賤妓, 不能事畔臣]" 했더니, 영전이 그녀를

爲國效死[24]奮罵賊	나라 위해 목숨 바치며 적 사납게 꾸짖었음을
正氣鍾人無貴賤	정기가 사람에게 모이는 데는 귀천 없나니
又況介娘超巾幗[25]	더욱이 논개 낭자는 못난 사내들 능가했지
今我試登矗石樓	내 이제야 촉석루에 한 번 오르니
盡日絲管添客愁	온종일 풍악이 나그네 근심을 더하네
尙想芳魂游岩畔	꽃다운 넋 생각하며 바윗가에 노니는데
萬古山靑江自流	만고에 산은 푸르고 강은 절로 흐르구려

余在宜寧時作 내가 의령에 있을 때 지었다.

○ 민재남(閔在南, 1802~1873)

자 겸오(謙吾)·겸오(兼五), 호 회정(晦亭)·청천(聽天)·자소옹(自笑翁)

초명 수일(壽一). 농은 민안부(閔安富)의 후손으로 민이헌(閔以瓛, 1784~1822)의 장남이다. 세거지는 산청군 삼장면 대포리(大浦里)이나 함양 외가에서 출생했고, 외삼촌인 물재 노광리(盧光履, 1775~1856)에게 학문을 배웠다. 세 차례 과거 낙방한 후 벼슬을 단념하고 산수를 유람하면서 사우들과 교유했고, 「유두류록」(1849)·「동유록」을 지었다. 노사 기정진(1798~1879)을 만난 뒤 학문에 더욱 정진했고, 1851년 황매산 자락의 모산(茅山)에 정자를 지어 '회정(晦亭)'이라 편액한 까닭에 세상에서 그를 '회정거사'라 불렀다. 조카가 민치량(1844~1932)이며, 제자가 김현옥(1844~1910)이다.

「義巖」 〈『회정집』 권1, 6b〉 **(의암)**

介也心如石[1]	굳세도다, 마음은 굳센 돌과 같아
江流尙不轉[2]	강물이 흘러도 여전히 구르지 않네

죽이고 말았다. 『송사』 권460 「열전」 〈열녀〉.

24) 效死(효사): 목숨을 바침, 죽기로 싸움. '效'는 힘을 다하다, 힘쓰다.

25) 巾幗(건괵): 부인의 의복으로 못난 사내가 부인처럼 되었다는 경멸의 뜻. '幗'은 머리쓰개. 제갈량이 위(魏)의 사마의(司馬懿)와 대진했을 때 싸움을 여러 번 걸어도 나오지 아니하므로 그에게 건괵을 보내어 모욕한 일이 있다. 『자치통감』 권72 「魏紀」 4.

1) 介也心如石(개야심여석): 절개가 굳음. '介'는 논개의 뜻을 함축함. 『주역』 「예괘」 〈六二〉, "절개가 돌과 같아 어찌 하루가 다하기를 기다리겠는가? 결단함을 알 수 있다.[介如石焉, 寧用終日? 斷可識矣]". 아울러 부록 용어편의 '개우석(介于石)' 참조.

撑霄[3]萬古屹	하늘 떠받치며 만고에 우뚝하니
等是女媧鍊[4]	여와가 단련한 돌과 같구려

○ 이학의(李鶴儀, 1809~1874) 자 구일(九一), 호 운관(雲觀)

본관 전주. 초명 문익(文翊). 영천 성동(城東, 현 경북 영천시 청통면 성내동)의 호연정(浩然亭)에서 출생. 병와 이형상(1653~1733)의 6세손으로 일찍부터 과거에 관심을 두지 않았고, 자하 신위·종산 심영경·우촌 남상교 등의 명사들과 교유했다. 저술로 시집 외 『금편집(錦片集)』(1873)이 있다. 또 이형상의 『악학습령(樂學拾零)』(이정옥 주해, 경진출판, 2018)을 완성했는데, 일명 『병와가곡집』으로 널리 알려진 이 시조집은 국문학사적으로 귀중한 가치가 있다.

한편 친구 정현덕(1810~1883)이 1864년 사신으로 중국에 갈 때 그의 시고 한 책을 갖고 가서 한림 용정(蓉亭) 조순(趙循)에게 평을 부탁하자, 구양수의 '삼다(三多)'를 실천한 시인으로 극찬하면서 나라가 달라 서로 만나 이야기할 수 없는 것을 한스러워했다고 한다.

「次晉州義妓旌忠閣韻」〈『운관시집』 권1, 10b〉 **(진주 의기정충각 시에 차운하다)**

問爾滄江水	묻노니 저 창강의 물은
何如碧海深	어찌 깊은 바다처럼 푸른가
男兒難可蹈[1]	남아라도 빠져 죽기 어렵거늘
女子况能臨	하물며 여자인데도 직면해서는
鴻毛輕一死[2]	홍모처럼 가벼이 단번에 죽어
魚腹寄孤心	물고기 뱃속에 외로운 마음을 맡겼지
倚巖空撫劒	바위 기대 하염없이 칼 쓰다듬으니
虹氣斗牛侵	무지개 기운이 두우성을 찌르는구나

---

2) 江流尙不轉(강류석부전): 변함이 없음. 자세한 유래는 부록의 용어편 '석부전' 참조.

3) 撑霄(탱소): '撑'은 버티다. '霄'는 하늘.

4) 女媧鍊(여와련): 여와가 단련한 돌. '女媧'는 중국의 천지창조 신화에 나오는 여신. 『열자』 제5 「탕문」, "옛날 여와씨가 오색의 돌을 단련하여 하늘의 뚫린 구멍을 기웠고, 큰 거북이의 다리를 잘라 기둥을 만들어 사방을 떠받쳤다[昔者女媧氏, 煉五色石以補其闕, 斷鼇之足以立四極]".

1) 可蹈(가도): 죽음을 결행함. '蹈'는 밟다. 유래는 부록 용어편 '백인' 참조.

2) 鴻毛輕一死(홍모경일사): 국가를 위해 목숨을 바침. 유래는 용어편 '홍모' 참조.

○ 하달홍(河達弘, 1809~1877)

자 윤여(潤汝), 호 월촌(月村)·무명정(無名亭)

본관 진양. (문하)시랑공파. 양정공 하경복(1377~1438) 장군의 후손으로 하동군 옥종면 종화리(宗化里) 월봉고택에서 출생. 부친 하석흥(河錫興)의 뜻에 따라 과거 공부를 했지만, 1847년 모친 진양강씨를 여읜 후 과거는 선비의 길이 아니라고 여기며 주자서(朱子書)를 배움의 요체로 삼았다. 정재 류치명(1777~1861)의 제자로서 '경의(敬義)'를 중시해 남명 조식과 겸재 하홍도(1593~1666)를 존모하는 한편 노사 기정진(1798~1879)과 서신을 왕래하며 수창했다. 안계리의 모한재(慕寒齋)를 거점으로 강학을 수시로 펼치는 한편, 조성가·하재문·강병주(1830~1909)·정돈균·하응로(하우선의 조부) 등을 가르쳤고, 죽파 양식영(1816~1870)과 절친했다. 진주목사 정현석(1817~1899)의 자문에 성실히 응했으며, 위정척사 입장을 취했다.

「義巖」〈『월촌집』 권1, 16b〉 **(의암)**

巖下長江萬斛[1]鳴	바위 아래 장강은 한 많은 울음 토하는데
一身容易辦毛輕[2]	한 몸을 쉽사리 홍모보다 가볍게 여겼지
宇宙茫茫[3]幾男子	아득한 세상에 남자는 몇이나 있었던가
可憐髥婦[4]死無名	가여워라, 비겁한 남자는 죽은 뒤 이름 없네

○ 박치복(朴致馥, 1824~1894) 자 훈경(薰卿), 호 만성(晩醒)

본관 밀양. 광서 박진영(朴震英) 장군의 7세손으로 함안 산인면 안인리(安仁里, 현 내인리) 출생이다. 1845년 정재 류치명(1777~1861)·1864년 성재 허전(1797~1886)의 제자가 되었고, 6년 뒤 단성의 은락재(隱樂齋)에서 『성재집』 간행을 주도했다. 한편 그는 양친 사후 1860년에 합천 삼가현의 대전촌(大田村)으로 이거하여 가을에 백련재를 건립한 뒤 명유들과 교유하면서 후학을 길렀고, 1876년 봄부터 가회면 연동(淵洞)에 만성와(晩醒窩)를 짓고 거주했다. 정축년(1877) 8월 이진상·김인섭·곽종석·조성가·허유·조호래 등과 함께 지리산 및 남해 일대를 유람하고 「남유기행」(『만성집』 권11)을 지었다. 성리학에 조예가 깊었을 뿐만 아니라 사회개혁에도 일정한 식견을 표출했다. 동생 매옥 박치회(1829~1893)도 문집을 남겼다.

1) 萬斛(만곡): 아주 많은 분량. '斛'은 10두(斗), 곧 한 섬.
2) 毛輕(모경): 목숨을 과감하게 바침. 유래는 부록의 용어편 '홍모' 참조.
3) 茫茫(망망): 넓고 멀어 아득한 모양.
4) 髥婦(염부): 수염 달린 여자, 곧 비겁한 남자. 유래는 부록의 용어편 '염부' 참조.

아래 시는 「대동속악부(大東續樂府)」(1861)의 총 28편 중 제17편이다. 그는 오광운(1689~1745)의 「해동악부」에서 빠진 조선시대 사화를 보충하고 독자적인 역사의식을 투영했는데, 〈徙海家〉·〈定朝鮮〉·〈海州黍〉·〈論介巖〉 등이 수록되어 있다. 참고로 노덕규(1803~1869)의 「해동속악부」(『고금당집』 권3)에도 '논개암'을 비롯해 동일한 작품들이 있는데 박치복 작품을 베낀 것으로 보고 있다. 김영숙, 「박치복의 〈대동속악부〉에 나타난 악부시적 성격과 역사의식」, 『남명학연구』 23집, 경상대 남명학연구소, 2007.

「論介巖」[1] 〈『만성집』 권3, 24b~26a〉 **(논개암)**

壬辰之亂, 晉陽城陷, 倭酋登矗石樓, 置酒張樂. 有妓論介者, 才色殊絶, 酋愛之. 因要酋, 至江上危巖. 歌舞興闌, 遂抱酋投江而死.

임진란 때 진양성이 함락되자 왜놈 두목이 촉석루에 올라 술을 마련하고 풍악을 베풀었다. 기생 논개(論介)는 용모가 매우 뛰어난지라 두목이 그녀를 좋아하였다. 이에 두목에게 권하여 강가 우뚝한 바위에 올랐다. 노래와 춤으로 흥취가 무르익자 드디어 두목을 껴안고 강에 몸을 내던져 죽었다.

江水萬仞深	강물은 만 길이나 깊고
江巖千丈直	강돌은 천 길 솟았는데
魂來江樹綠	넋이 올 땐 강가 나무 푸르더니
魂去江雲黑	넋이 강 떠나면 강 구름은 칠흑 같지
明眸皓齒[2]若有人	미인 같은 이가 곁에 있는 듯하고
羅袖裔裔[3]江之干	비단 적삼이 강가에서 너풀거리네
江之干兮不可留	강가에 더이상 머물 수 없어
上有百尺高樓	백 척 높다란 누각에 오르니
壯士忠魂髮衝冠[4]	장사 충혼이 머리털 곤두서게 하네

1) 『만성집』은 초간본〈1894, 국립중앙도서관 소장〉과 중간본〈1925〉이 있는데, 여기서는 중간본 작품을 인용했다.

2) 明眸皓齒(명모호치): 맑은 눈동자와 흰 치아, 곧 미인을 상징함.

3) 裔裔(예예): 춤추는 모양, 천천히 가는 모양. '裔'는 사물의 모양.

4) 髮衝冠(발충관): 분노가 치솟음. 『사기』 권81 「염파인상여열전」, "성난 머리칼이 곧장 솟아 관을 찌른다[怒髮直上衝冠]".

生不欲被汚	살아서 더럽혀짐을 원치 않아
鱗介[5]誠爲辱	왜적은 참으로 치욕을 당했지
等是死殲一倭酋	이같이 죽음으로써 한 왜놈 두목 죽였나니
尙賢[6]已莫道壹倭	현인을 높임에 왜놈 하나만을 말하지 마오
少人殲壹倭	젊은 여인이 왜놈 하나 죽임으로
倭且休堪笑	왜놈들은 웃음소리 그치고 말았지
昭君[7]臥毳幕[8]	왕소군은 장막에서 지내면서
生得胡雛[9]添漢憂	흉노 자식 낳아 한나라 걱정 더했다네

步出闉闍[10]曲	성문으로 걸어 나가며 노래하니
井井[11]黃蘗塢	황벽나무는 마을에 가지런하고
英英[12]刺桐[13]花	음나무꽃이 무수히 피어
冶艶[14]當窓戶	창 앞을 곱게 장식하였네
千家錢樹子[15]	일천 집의 돈나무는

---

5) 鱗介(인개): 어류와 패류. 여기서는 왜적을 비유함. '鱗(린)'은 비늘. '介'는 껍질.

6) 尙賢(상현): 어진 이를 숭상함.

7) 昭君(소군): 한 원제의 후궁이 된 절세미인 왕소군(王昭君). 뒤에 사마소(司馬昭)의 휘(諱)를 피하고자 명비(明妃)라 불렀다. 그녀는 조정의 화친 정책에 따라 화번공주로서 흉노족 호한야선우(呼韓邪單于)에게 시집가 아들 넷을 낳고 살다가 고국을 잊지 못해 자살했다.

8) 毳幕(취막): =취장(毳帳). 털로 만든 장막. 여기서는 오랑캐가 거처하는 곳을 뜻함. '毳'는 솜털.

9) 胡雛(호추): 오랑캐 자식, 곧 흉노족의 자식. '雛'는 병아리, 새끼.

10) 闉闍(인도): 성문(城門). '闉'은 성곽 문. '闍'는 망루.

11) 井井(정정): 질서정연한 모양, 왕래가 끊이지 않는 모양. '井'은 가지런하다.

12) 英英(영영): 아름다운 모양, 성대한 모양, 소리가 맑아 듣기 좋은 모양.

13) 刺桐(자동): 음나무를 말함. 가지는 굵고 가시가 많으며, 잎은 크고 널찍하며, 웅장한 나무의 생김새가 오동나무를 닮았다 하여 자동(刺桐) 혹은 해동목(海桐木)이라 한다.

14) 冶艶(야염): =염야(艶冶). 곱게 장식함. '冶'는 꾸미다. '艶'은 곱다.

15) 錢樹子(전수자): 돈이 열리는 나무, 한 집안의 돈줄이 되는 여자, 특히 기녀를 이름. 남쪽 지방에서 자라는 상록 활엽수로 향기가 강하여 '만리향'의 별칭이 있다. 전설상 흔들면 돈이 떨어진다고 하는 나무[搖錢樹]가 한나라 무덤에서 부장품으로 출토되기도 했다.

歌笑爭春姸[16]	노래와 웃음으로 애교 다투었지
妾生墮髬髵[17]	첩은 살다가 수렁에 떨어져
寄身娼樓邊	몸이 기생집에 맡겨졌으니
芳年屬破苽[18]	꽃다운 나이 마침 열여섯이라
多姿最可憐	뛰어난 자태는 정말 사랑스럽고
天性苦[19]貞諒	천성은 진실로 곧고 성실하여
欲罷不能忘[20]	잊으려 해도 잊을 수가 없었지
門前白馬客	문 앞에 백마 타고 온 나그네들이
狎坐飛瓊觴[21]	무람없이 바싹 앉아 옥잔을 돌리니
强顏[22]酬數語	억지 얼굴로 몇 마디 나눴을 뿐인데도
萬杵心頭撞	일만 개의 방망이가 마음속을 쳐댔지
使君[23]一何催	사또는 어쩌면 그리도 다그치는지
小酌[24]喝朱棒	조금씩 마시기를 붉은 막대기로 으르네
凌兢[25]步華筵	벌벌 떨며 좋은 자리로 걸어 나가니
擧止多錯迷[26]	걸음걸이는 몸시도 비슬거리는데

16) 春姸(춘연): 봄의 아름다운 모습인데, 애교 부림을 비유함.

17) 髬髵(비이): 『초간본』의 시행 끝에 "불교에서는 생전에 죄를 쌓으면 '비이'라는 맹수가 사는 험지에 떨어진다고 한다.[佛說生前罪積, 墮在髬髵惡地]"라는 원주가 있다.

18) 破苽(파고): =파과(破瓜). 여자의 나이 16세를 지칭함. '苽'는 과(瓜)와 같은 뜻임.

19) 苦(고): 간절하다, 정성스럽다.

20) 두보의 시 「장유(壯遊)」에 "섬계의 경치는 기이하고 빼어나/ 잊으려 해도 잊을 수 없네[剡溪蘊秀異, **欲罷不能忘**]"(『두소릉시집』 권16)라는 구절이 있다.

21) 狎坐飛瓊觴(압좌비경상): '狎'은 접근하다. '飛瓊觴'은 날렵하게 술을 부어 권하는 모양을 뜻함. 이하(李賀, 791~817), 「자소년(刺少年)」(『고문진보』전집 권5), "미인이 친하게 바싹 앉아 옥잔을 날리듯 돌리니/ 가난한 사람들은 하늘 위의 도련님이라 부르네[美人**狎坐飛瓊觴**, 貧人喚云天上郞]".

22) 强顏(강안): 두꺼운 낯, 뻔뻔스러움. 여기서는 본색을 감추고 억지로 웃는 모양.

23) 使君(사군): 군수, 목사, 부사 등의 지방 장관. 사또.

24) 小酌(소작): 『초간본』에는 '小的'.

25) 凌兢(능긍): 추위에 떪, 곧 벌벌 떠는 모양. '兢'은 두려워하다.

歌嚨澁[27]欲絶	노래는 껄끄러워 끊어지려 하고
舞袖垂每低	춤추는 소매는 자꾸 아래로 처지네
日晩徑出辭	날 저물어 곧장 인사하고 나옴에
頗遭官長詆[28]	자못 관장의 꾸지람을 들었네
天步[29]戹辰巳	하늘 운수가 험악했던 용사년
醜虜長蹂躪	더러운 왜구가 장기간 짓밟아
衣冠辱俘擄[30]	관리들은 사로잡혀 욕을 당하고
廟都隨灰燼[31]	종묘와 도성은 덩달아 타버렸지
日夕倚柱念	날 저물어 기둥에 기대 생각하며
蛾眉攢[32]脩鋏	고운 눈썹 찌푸리고 칼 갈았으나
孤城乏儲胥[33]	고립된 성은 담장이 무너짐에
坐失金湯險	험한 금성탕지를 그저 잃고 말았지
哀哀六萬人	슬프고 슬픈 육만 사람들은
同日爲猿鶴[34]	한날에 원학 신세가 되었도다

26) 錯迷(착미): '錯'은 어지러워지다, 어그러지다. '迷'는 길을 잃고 헤매다.

27) 嚨澁(농삽): '嚨(롱)'은 목구멍. '澁'은 떫다, 껄끄럽다.

28) 頗遭官長詆(파조관장저): 당 현종 때 가난하기로 유명했던 광문관박사 정건(鄭虔)이 허울 좋은 한직을 받고 곤궁에 시달린 사실을 언급한 것임. '遭'는 당하다. '官長'은 고을 수령. 두보, 「희간정광문~(戲簡鄭廣文~)」, 『두소릉시집』 권2, "광문이 관사에 당도하여/ 당의 계단 밑에 말을 매어 놓고/ 취하면 말 타고 집으로 돌아가/ 자못 관장의 꾸지람을 들었었네[廣文到官舍, 繫馬堂階下, 醉則騎馬歸, **頗遭官長罵**]".

29) 天步(천보): =천운(天運). 하늘이 정한 운수. '步'는 운수나 운명. 『시경』「소아」〈백화〉, "시국은 어지러워지는데/ 임은 도모하지 않네[**天步**艱難, 之子不猶]".

30) 俘擄(부로): 전쟁에서 사로잡은 포로. '俘'는 사로잡다, 포로.

31) 灰燼(회신): 재와 깜부기불, 곧 잿더미. '燼'은 깜부기불, 타고 남은 것.

32) 蛾眉攢(아미찬): 고운 눈썹을 찌푸림. 곧 마음이 불편하거나 원한이 맺힌 모양. '攢'은 모으다. 소식, 「정월일일설중과회알객회작(正月一日雪中過淮謁客回作)」 제2수(『소동파시집』 권25), "무슨 한이 있어 눈썹 찌푸리는가/ 맑은 시구를 얻어서 좋아라[**攢眉**有底恨, 得句不妨清]".

33) 儲胥(저서): 진영의 울타리, 성곽. '儲'는 울타리, 군영.

34) 猿鶴(원학): 전쟁 통에 억울하게 죽은 장수나 재덕이 있는 사람. 유래는 부록의 용어편 '원학충사' 참조.

頑酋據胡床	완악한 두목은 의자에 걸터앉아
縱酒恣讙謔[35]	마구 술 마시며 제멋대로 희롱하고
騃渠牝牡性	미련스레 저 길짐승 같은 성질로
挑撻[36]肆淫黷[37]	까불대며 마음껏 어지러이 더럽혔네
一釼諒非難	단칼로 절개 지킴은 어렵지 않으나
經瀆竟何益	헛된 죽음은 무슨 소용 있으랴
作計乃爾立	꾀를 내고는 이내 일어서서
忻然隨俯仰	흔쾌히 그를 따라 동작하다가
高樓正不韻	높은 누각은 정히 운치가 못하고
江石洵訏[38]廣	강가 바위는 참으로 크고 넓거니
願言携手去	바라건대 “손잡고 가서
徜徉[39]窮曛旭[40]	해종일 노닐자” 말하니
癡奴魂已銷	어리석은 왜놈 벌써 넋이 녹아
隨語聲應諾	그 말에 좇아 덩달아 응낙했지
危巖陡戌削[41]	가파른 바위는 깎아 세운 듯하고
上可容盤礴[42]	위쪽은 다리를 뻗어 앉을 만한데
下有千仞潭	아래로 천 길 깊은 못이 있거니

35) 讙謔(훤학): 왁자지껄 떠들면서 즐겁게 놂. ‘讙’은 시끄럽다.

36) 挑撻(도달): 왕래하며 뛰어다님. ‘撻’은 빠르다. 『시경』「정풍」〈자금〉, “이리 왔다가 저리 갔다 하니[挑兮撻兮]”.

37) 淫黷(음독): ‘黷’은 더럽히다. 『초간본』에는 ‘淫瀆’.

38) 洵訏(순우): 참으로 큼. 『시경』「정풍」〈진유〉, “유수 밖은/ 진실로 넓고도 즐겁다 하네/ 남자와 여자가 서로 희학하면서/ 선물로 작약을 주도다[洧之外, 洵訏且樂, 維士與女, 伊其相謔, 贈之以芍藥]”.

39) 徜徉(상양): 생각에 잠겨 왔다 갔다 함. ‘徜’은 어정거리다. ‘徉’은 노닐다.

40) 曛旭(훈욱): 하루 내. ‘曛’은 석양빛. ‘旭’은 아침 해.

41) 戌削(술삭): 깎아서 만듦. ‘戌’은 때려 부수다.

42) 盤礴(반박): =반박(般礴). 다리를 뻗고 앉음. ‘礴’은 다리를 뻗고 앉다. 『장자』「외편」〈전자방〉, “옷을 벗고 벌거벗은 채로 두 다리를 뻗고 앉았다[解衣般礴蠃]”.

流睇澹淸漣	맑고 잔잔한 물결을 힐끗 보다가
强忍嚴閃意	엄하고도 섬뜩한 생각을 애써 참고서
近身稍向前	몸을 가까이하여 차츰 앞으로 향했네
緊緊[43]抱其腰	그놈의 허리를 단단히 끌어안고서
用力倏[44]擧趾	힘 다해 재빨리 발을 들어 올려
渢渢[45]萬丈下	만 길 아래로 풍덩 떨어졌거니
吾與爾共死	나와 너 함께 죽어
醜骨[46]餌鮫鰐	추한 뼈는 교룡의 먹이 되고
香魂[47]侍龍宮	고운 넋은 용궁으로 모셔졌네
龍宮達于海	용궁은 바다로 통하고
遙與浿江通	멀리 대동강에 이어지니
浿上有義妓[48]	평양에도 의기가 있어
剚刃[49]奴腹中[50]	왜놈 배에 칼을 꽂았지
菁江淺如泓	남강은 얕으나 깊은 못 같고

---

43) 緊緊(긴긴): 단단한 모양, 팽팽한 모양.

44) 倏(숙): 갑자기.

45) 渢渢(풍풍): 물에 떨어지는 소리. '渢'은 물소리.

46) 醜骨(추골): 추한 뼈다귀, 곧 왜장.

47) 香魂(향혼): 꽃의 정기, 여자를 꽃에 비유하여 그 넋을 이르는 말.

48) 浿上有義妓(패상유의기): 평양 기녀 계월향(桂月香)을 말함. 일명 화월기(華月妓). 그녀는 1592년 8월 소서행장의 부장 소서비(小西飛)가 평양성을 점거하고 있을 때, 패수 서쪽에 주둔하고 있던 별장 김경서(金景瑞, 1564~1624. 초명 應瑞)를 성안으로 끌어들여 소서비의 목을 베도록 했다. 이때 김경서는 성을 탈출할 수 없게 되자 계월향을 죽인 뒤 군영에 돌아와서 왜장의 머리를 현시하니 왜군의 사기가 크게 위축되었다. 윤계안의 『평양속지』 권2 〈고사〉를 시작으로 홍양호의 「부원수김장군경서전(副元帥金將軍景瑞傳)」(『이계집』 권18), 성해응의 「진주기·계월향」(『연경재집』 권54), 이능화의 『조선해어화사』 등에 서사 원형이 전한다. 그리고 소학섭의 「영평양기화월(咏平壤妓花月)」(『남곡유고』 권1)과 권상규의 「제의기사 일절(題義妓祠一絶)」(『인암집』 권2) 시에서 보듯이, 평양에도 진주 의기사처럼 계월향을 향사하는 의기 사당이 있었음을 알 수 있다.

49) 剚刃(사인): 칼로 찌르다. '剚'는 찌르다. '刃'은 칼.

50) 이 시행 끝에 "화월기라 부른다[謂華月妓]."라는 원주가 있다.

浿水西北流	대동강은 서북으로 흐를진대
絶代兩佳人	세상에 견줄 수 없는 두 미인
姱節[51]名不休	아름다운 절개 명성은 긋지 않으리

○ 오횡묵(吳宖默, 1834~1906) 자 성규(聖圭), 호 채원(茝園)·채인(茝人)

본관 해주. 경기도 영평 출생. 오윤겸의 8세손이고, 가계는 본서 부록 우병사(1605) 오정방 참조. 1860년부터 30여 년간 존속한 '칠송정시사'의 중심인물이다. 1874년 무과 급제해 수문장, 정선군수(1887), 자인현감, 함안군수(1889.3~1893.2), 고성부사(1893~1894.10), 공상소 감동(1895), 지도·여수·진보·익산·평택 군수(1902~6) 등 20년간 지방관을 지냈다. 『채원시초』, 『영남구휼일록』(1886), 『이수정시총(二樹亭詩叢)』(1890), 『여재촬요』(1894), 『총쇄록』 등 방대한 저술을 남겼다. 아래 시는 그가 병술년(1886) 3월부터 석달 간 빈민을 구제하는 영남구휼사로서 활동할 때 지은 시를 모은 『영남별향총쇄록시초』에 실려 있는데, 4월 23일 우병사 정기택(鄭騏澤)의 요청으로 진주목사 조석영(趙奭永)과 함께 촉석루 의기사에 등림하여 지었다.

「矗石樓下論介祠」[1] 〈『영남별향총쇄록시초』 책1, 6b〉 (촉석루 아래의 논개 사당)

矗石樓高護晋城	높다란 촉석루가 진양성을 수호하고
江山勝槩[2]眼前晴	강산의 빼어난 경개가 눈앞에 환하네
何年細腰[3]輕身舞	그 언제 미인이 사뿐히 춤을 추었던가
落日湍波嗚咽聲	해 지자 세찬 물결은 오열하는 소리로다

---

51) 姱節(과절): 아름다운 절조. '姱'는 아름답다. 『초사』「이소경」, "너는 어찌 충직을 널리 알고 수양을 좋아하여/ 홀로 이 고운 절개를 온통 지녔는가[汝何博謇而好修兮, 紛獨有此姱節]".

1) 『영남구휼일록』 권1(장서각 소장, 16b)에 실린 작시 배경은 다음과 같다. "저 임란 때 읍기 논개(論介)가 누각에 올라 칼춤을 추다가 왜장 은청(狁靑)을 안고 강물에 몸을 던져 죽어 세상에 드문 공을 이루었다. 이로부터 조정에서 사당을 세워 사시로 제향을 드리고 있으니 애오라지 절구 한 수를 짓는다.[粤壬亂時, 邑妓論介, 登樓釼舞, 抱倭將狁靑, 投江而死, 成曠世之功. 自朝家立祠, 四時享之, 聊寓一絶]".

2) 勝槩(승개): 아름다운 곳, 승경.

3) 細腰(세요): 미인을 형용하는 말. 여기서는 논개. 『한비자』「二柄」, "초나라 영왕이 가는 허리를 좋아하자 온 나라에 굶는 이가 많았다.[楚靈王好細腰, 而國中多餓人]".

○ 전극규(全極奎, 1834~1911) 자 응재(應宰), 호 모암(慕庵)

본관 정선. 경북 고령 출생. 임진왜란 때 의병장 김면(1541~1593) 휘하에서 기실(記室)로 활약한 전홍립(全弘立)의 8세손이다. 약관 때 족형 송석 전석오(全錫五)를 따라 문사를 익혔고, 연재 송병선(1836~1905)·면암 최익현(1833~1906)과 함께 의리를 강론하며 시국을 개탄했다. 만년에 만대산 선영 아래 모암(慕庵)을 지어 일찍 돌아가신 부모를 기렸으며, 경술국치 후 망국을 통탄하다 이듬해 별세했다.

「題義妓旌忠閣」〈『모암유고』 권1, 7a〉 **(의기정충각에 대해 짓다)**

城下長流水	성 아래 유장한 강물은
不測海如深	바다처럼 깊어 측량할 수 없네
英雄無用武	영웅은 무공을 쓰지 못했으나
女子可能臨	여자는 당해낼 수 있었나니
眉橫霜劒氣	눈썹에 서릿발 같은 기운이 서렸고
腹藏雪松心	뱃속에 눈 속 소나무 마음을 품었지
危石千秋屹	가파른 바위가 천추에 우뚝하니
胡塵不敢侵	오랑캐 티끌 감히 침범하지 못하네

○ 장석신(張錫藎, 1841~1923) 자 순명(舜鳴), 호 과재(果齋)·춘관(春觀)

본관 인동. 인동 각산리(角山里, 현 칠곡군 기산면 소재) 출생. 장석영(1851~1926)의 형이고, 장남이 장희원(1861~1934)이며, 족대부 장복추(1815~1900)에게 학문을 배웠다. 1894년 급제해 여러 내직을 거친 뒤 1901년 중추원 의관 때 흉년 대책을 상소했으며, 1905년 을사늑약 철회와 5적 처형을 상소했다. 경술국치 후 이름을 '동한(東翰)'으로, 호는 '일범(一帆)'으로 고치고는 가야산과 신안의 파곡(巴谷) 등지에서 은거했다. 또 김천 진흥산 속으로 이주해 소요하다가 1923년 고향으로 돌아온 뒤 별세했다.
아래 시는 장석신이 계묘년(1903) 10월 4일에 지었다. 당시 그는 8월 27일부터 40일간 안익제·안충제·안희제, 유진하, 이도묵, 장두상 등과 함께 합천~단성~산청~지리산~하동 쌍계사 등지의 선현 유적을 유람하고 귀가했다. 하강진, 「백산 안희제의 가학 전통과 유람시」, 『역사와 경계』 102호, 부산경남사학회, 2017.3 참조.

「菁江三章」[1] 〈『과재집』 권1, 16a~b〉 **(청강 3장)**

菁江之滸	청강의 물가에
維石巖巖[2]	바윗돌이 겹겹이 쌓였네
風雨不苔	비바람에도 이끼 없고
濤浪不鑱[3]	파도에도 깎이지 않네
彼姝者子[4]	저 아름다운 아가씨
歌姬舞妓	가무를 잘한 기녀라네
維石岩岩	바윗돌이 겹겹이 쌓였고
菁江灝灝[5]	청강은 넓디넓어
東注于海	동쪽 바다로 흘러 들어가고
不流薩島[6]	살마도 쪽으로는 흐르지 않네
彼姝者子	저 아름다운 아가씨
忠臣烈士	충신열사라네
矗石之奧	촉석루 안쪽에
有廟翼翼[7]	번듯한 사당 있고
籩豆[8]有儀	제향하는 의례는

1) 이 시는 첫째와 둘째 장은 6구로, 셋째 장은 10구로 되어 있다. 전체적으로 보면 논개와 충신지사를 노래했다. 안익제(1850~1909)가 차운시를 지었다.

2) 巖巖(암암): 돌이 높이 쌓인 모양, 산이 높고 험한 모양.

3) 鑱(참): =참(劖). 파다, 뚫다.

4) 彼姝者子(피주자자): '姝'는 예쁘다. 연약하다. 『시경』「국풍」〈제풍〉, "동녘의 밝은 해여/ 저 아름다운 아가씨/ 나의 방에 있네[東方之日兮, **彼姝者子**, 在我室兮].

5) 灝灝(호호): 넓고 넓은 모양.

6) 薩島(살도): 살마(薩摩, 사쓰마)섬, 현 서해도.

7) 翼翼(익익): 공경하고 삼가는 모양. 질서 정연한 모양. 『시경』「대아」〈면〉, "판자를 묶어 이으니/ 지은 사당이 우뚝하구나[縮板以載, 作**廟翼翼**]".

8) 籩豆(변두): 제기의 한 종류. '籩'은 대나무로 만든 굽 있는 그릇. '豆'는 나무를 깎아 만든

耀彼遐僰[9]	먼 변방 땅에 빛나네
行旅齎稰[10]	나그네가 쌀을 가져오고
卿尹俯軾[11]	고관은 구부려 절하거니
凡百丈夫	무릇 모든 장부에게
庶無愧赩[12]	부끄러움 없기를 바랄 뿐
彼姝者子	저 아름다운 아가씨
萬古之特	만고토록 특별하리라

○ 이조한(李朝漢, 1842~1906) 자 내성(乃成), 호 황남(潢南)

본관 고성. 용헌 이원(1368~1429)의 후손으로 모헌 이육(李育)의 14세손이고, 밀양시 초동면 봉황리 봉대에서 출생했다. 조부인 영사 이기선(1802~1871)은 손자를 위해 서실을 짓고 선생을 초청해 학문을 익히도록 했다. 그는 향시와 한성시 초시에서 일곱 번이나 수석을 차지했지만 불합리한 과거를 단념하고 처사로 지내면서 집안 대소사를 주도했다. 1904년 경기전 참봉에 제수되었으나 시를 지어 사양했다. 호 '황남'은 태백산 황지(潢池)의 남쪽에서 일민(逸民)으로 산다는 뜻을 담고 있다.

「義巖次韻」〈『황남집』 권1, 13a〉 **(의암 차운)**

巖不自尊人重巖	바위는 스스로 높이지 않아도 사람이 바위 중히 여겨
義名千古並稱巖	의로운 이름이 천고에 바위와 나란히 칭송되네
欲慰芳魂魂不語	꽃다운 넋을 위로하고자 한들 넋은 말이 없거니
登樓回首望高巖	누각에 올라 고개 돌려 높은 바위를 바라보노라

굽 있는 그릇.

9) 僰(북): 오랑캐. 진주가 오랑캐와 바다를 두고 접해 있다는 뜻으로 보임.

10) 齎稰(재서): 쌀을 가져옴. '齎'는 가져오다, 보내다. '稰'는 제향미.

11) 俯軾(부식): 구부려 절하다. '軾'은 절하다.

12) 愧赩(괴혁): 부끄러워서 얼굴이 붉어지다. '赩'은 붉다.

○ 김란(金蘭, 1844~1926) 자 향조(香祖), 호 원산(畹山)

본관 광주. 구봉 김수인(1563~1626)의 8세손이고, 동호 김지일(1604~1663)의 7세손이다. 가계는 족선조(族先祖)인 우병사(1606) 김태허 참조. 곽재선이 편집한 시집 『원산고』는 전 5권으로 되어 있으나 수록 작품 수는 많지 않다. 박정(朴挺)은 1910년에 지은 서문에서 김란이 금수 같이 변한 세상을 피해 깊숙한 해악(海嶽)을 주유하면서 쓴 시는 위진(魏晉, 죽림칠현)의 기상이 있다고 평했다.

「晉州義妓祠」〈『원산고』 권3, 9a〉 **(진주 의기사)**

征南諸將笑相容	남으로 온 장수들이 웃으며 어울렸으나
當日軍儲[1]不自供	당시 군수 물자는 자체로 공급하지 못했지
欲覓水祠哀艶[2]處	물가 사당에서 가련하고 어여쁜 곳 찾으려니
江南風色白芙蓉	남방의 풍경은 온통 흰 연꽃이어라

○ 이교문(李教文, 1846~1914) 자 예백(禮伯), 호 일봉(日峯)

본관 성주. 전남 보성 출생. 소송 이지용(1825~1891)의 아들로 1863년 기정진(1798~1879)의 문인이 되었고, 1872년 성균관 서재의 장의(掌議)로 추대되었다. 스승의 손자인 송사 기우만(1846~1916)과는 동갑으로 절친했고, 조성가·정재규·이건창 등과 시서로 교유했다. 1907년 화순에 호남의 병창소를 설치하고 항일 투쟁을 주도하다 체포되어 고문으로 숨졌다. 생전에 조부 이기대의 『가은실기』와 부친의 『소송유고』를 간행했고, 장남이 이일(1868~1927)이며, 고종 동생이 서재필이다. 아래 시는 작품 편차로 볼 때 기해년(1899)에 지었음을 알 수 있다.

「義巖」〈『일봉유고』 권3, 18a〉 **(의암)**

稜石[1]揷江江水明	뾰족한 돌 박힌 강, 강물은 맑고
蒼苔一面落花輕	푸른 이끼 표면에 꽃잎 가벼이 떨어지네
頹波[2]不動千年柱	드센 물결에도 천년 지주는 미동치 않고
未掩佳人萬古名	가인의 명성은 만고토록 가리지 않으리

---

1) 軍儲(군저): 군량 따위의 군수 물자. '儲'는 비축하다.
2) 哀艶(애염): 가련하고 어여쁘다.
1) 稜石(능석): 모가 진 돌, 뾰족한 돌. '稜(릉)'은 모, 모서리.
2) 頹波(퇴파): 거세게 아래로 흘러가는 물결, 무너지는 세파. '頹'는 무너뜨리다.

○ 이상규(李祥奎, 1846~1922) 자 명뢰(明賚), 호 혜산(惠山)

본관 함안. 경남 고성군 고성읍 무양리(武陽里) 출생. 1872년 김해부사 성재 허전(1797~1886)의 문인이 되었고, 박치복·권상적·김인섭에게도 배웠다. 1880년 단성 엄혜산 아래의 묵곡리(默谷里)에 정착한 이후 일가들이 모여들어 집성촌을 이루었다. 이듬해 부친 각포 이제권(李濟權)의 사후로는 과거를 접고 학문에 전념했다. 1902년 학이재(學而齋)를 설립했고, 1911년 중국사를 5언 200구로 엮은 『역대천자문』을 지었다. 1914년 이도묵·조호래 등과 진주 대평에 도통사를 창건한 뒤 공교지회(孔敎支會) 회장으로서 유교부흥운동을 펼치며 '숭정학(崇正學)'을 고수했다. 『혜산집』 외 조상의 묘나 은거지를 소개하고 심회를 읊은 시 140여 수를 수록한 『혜산지감록(惠山志感錄)』과 『역대천자문』(1911)이 있다.
그는 계묘년(1903) 10월 남강(藍江), 성지(城池), 청천(菁川), 의기사, 객사, 매월당, 연계재를 제재로 한 「진양죽지사」(『혜산집』 권2)를 지어 진주의 풍속 지리를 노래했다. 아래 시도 그때 지었거나 아니면 진양에 우거하던 무신년(1908) 이후에 지은 것으로 보인다.

「題義妓祠壁上」〈『혜산집』 권3, 11a〉 **(의기사 벽에 쓰다)**

莫恨形骸[1)]與介鱗[2)]	육신이 왜놈과 함께한 것을 한탄 마라
女中千古獨成仁	여인 중 천고에 홀로 인을 이루었나니
當時若不投江死	그때 강물에 던져 죽지 않았다면
秖是晉陽歌舞人	그저 진양의 한 가무인이었을 뿐

○ 하룡표(河龍杓, 1848~1921) 자 대견(大見), 호 월담(月潭)

본관 진양. 사직공파. 진주 백곡리(柏谷里, 현 산청군 단성면 호리) 출생. 1888년 무과 급제하고 이듬해 용양위 부사과(副司果)에 제수된 뒤 병법 외에 술수(術數)의 학문을 연마하여 시국 변화에 대비하려 했다. 하지만 점차 국운이 기울자 관직 현달을 포기하고 낙향해 산수에 은둔했다. 백곡 신안동에 은거하던 족숙 사헌(혹은 두남) 하겸락의 장남인 독립운동가 약헌 하용제(1854~1919)와 절친했고, 경술국치 이후 신안동(현 당산리) 상류 계곡에 백한정(柏寒亭)을 지어 망국을 통탄하다가 별세했다. 부친은 하통락(河通洛)이고, 종형 하용성(河龍聲)의 차남 천규(天逵)를 입양했다.

1) 形骸(형해): 육신, 신체. '形'은 몸. '骸'는 뼈.
2) 介鱗(개린): =인개(鱗介). 물고기와 조개류. 오랑캐를 비유함. '介'는 껍질. '鱗'은 비늘.

「論介岩」〈『월담유고』 권1, 3a〉 **(논개암)**

義岩屹立[1]江之上	의암이 강가에 우뚝 서 있는데
長使英雄懷不開	영웅의 시름은 길이 풀지 못했네
百世芳魂流不死	긴 세월 꽃다운 넋은 흐르며 죽지 않았건만
無情江水去無回	무정한 강물은 흘러가서는 돌아옴이 없구려

「義岩逢友人」〈『월담유고』 권1, 12b〉 **(의암에서 벗을 만나다)**

不期相遇義岩間	약속하지 않았어도 의암에서 만났거늘
江雨簾纖夜氣寒	강 비가 주렴에 들쳐 밤기운 서늘한데
頻渡洹沙看鶴髮[2]	자주 건너다니는 물가에서 백발 보노라니
寓居淳邑愧猪肝[3]	우거한 순한 고을에 폐를 끼쳐 부끄럽네
險時隨分窮猶樂	험한 시절 분수 따라 궁함이 오히려 즐겁지만
缺界離群[4]老益難	어두운 세상 홀로 살자니 늙기가 더욱 어려워라
晝以繼宵歎未了	밤낮으로 이어가며 탄식해도 끝이 없다마는
淸幽漸覺我懷寬	맑고 그윽함에 내 마음 차츰 넓어지는구려

---

1) 屹立(흘립): 우뚝 솟음. '屹'은 쭈뼛하다.

2) 鶴髮(학발): 학의 흰 털, 곧 백발이 성성한 노인을 비유함.

3) 猪肝(저간): '猪'는 돼지. 후한의 민공(閔貢)이 안읍(安邑)에 우거할 적에, 늙고 병이 든데다 집이 가난해서 고기를 사 먹지 못하고 돼지 간 한 조각만[豬肝一片]을 구입했는데, 정육점 주인이 잘 팔려고 하지 않았다. 현령이 이 소식을 듣고 항상 제공하라고 조치하자, 민공이 탄식하며 "내가 어찌 먹는 것 때문에 안읍에 폐를 끼치겠는가?[閔仲叔豈以口腹累安邑邪?]" 하고는 떠나버렸다는 고사가 있다. 『후한서』 권53 「周黃徐姜申屠列傳」; 황보밀, 『고사전』중권, 「閔貢」.

4) 離群(이군): 친지나 벗들과 헤어져서 혼자 외로이 사는 것을 말한다. 『예기』 「단궁」상, "내가 벗들을 떠나 쓸쓸히 산 지가 또한 오래되었다.[吾**離群**而索居, 亦已久矣]".

○ 안익제(安益濟, 1850~1909) 자 희겸(羲謙), 호 서강(西崗)·소농(素農)

본관 탐진. 의령 설산리(雪山里, 현 부림면 입산리) 출생이나 한 때 지리산에 가족을 이끌고 들어가 살았다. 처음엔 자동 이정모(1846~1875)로부터 성리학을 배웠다. 독립운동가 수파 안효제(1850~1916)의 삼종 동생이고, 족제 백산 안희제(1885~1943)에게 한학을 가르쳤다. 문집 외 『서강한기(西崗閒記)』·『남선록(南選錄)』이 있다.
안익제는 계묘년(1903) 8월 27일부터 장석신(1841~1923)의 서부 경남 유람을 동행하던 중 9월 23일 하동 해산정에서 일행과 작별하고 먼저 귀가했다. 10여 일 뒤 설산에서 다시 만난 장석신이 진양의 장관과 촉석루의 승경을 둘러보고 기록한 『남유록』을 자신에게 보여주었다. 이에 자신과 장석신 두 사람만이 지은 시를 전후로 짝을 지어 편집한 것이 『남선록』(경상대 문천각 소장)인데, 여기에도 아래 작품이 실려 있다.

「義妓詞」 和春觀張錫藎所著.[1] 〈『서강유고』 권1, 105~106면〉 **(의기의 노래)** 춘관 장석신이 지은 시에 화운하다.

彼汾者潭　　진양 깊은 못에
有石巖巖　　바위가 높다란데
其號伊何　　그 이름은 무어냐
維義是劖[2]　　저 '義'자를 새겼네
人之有義　　사람의 절의는
與巖俱嶄[3]　　'巖'자와 함께 새겨져
風雨不磨　　비바람에도 닳지 않아
百世可監　　백세토록 살필 수 있으리

彼汾者阿[4]　　저 진양 언덕에
有廟峨峨　　사당이 우뚝한데

1) 『남선록』 하 〈30a〉에서도 "춘옹[장석신]이 지은 「청강삼장」은 대개 의기(義妓)를 위해 감발한 것으로 시 기운이 비통하고 격절했는데, 내 또한 그 뜻을 모방해 따라 지었다.[春翁作菁江三章, 盖爲義妓而發, 其詞氣悲惋可激, 余亦倣其意而賡之]."라고 했다. 여기서는 그가 화운한 시의 제목을 「피분삼장(彼汾三章)」이라 했다.
2) 劖(참): 새기다.
3) 嶄(참): 도려내다, 파다, 높다.
4) 阿(아): 언덕.

其祀伊誰　　그 누구를 제향하나
維義之娥　　저 의로운 미인이로다
士而無義　　선비로 의리 없는 자가
視彼如何　　그것을 보면 어떠할지
永享不忘　　제향을 길이 잊지 않고
千秋是歌　　천추토록 노래하리

彼汾者洲　　저 진양 물가에
有冤啾啾[5]　　넋이 흐느끼나니
山哀浦咽　　산과 강이 슬피 울고
雲慘雨愁　　구름과 비도 서러워하네
椒醑桂脯[6]　　산초 술, 육계, 중포로
于奠之流　　강가에 제사를 받들며
彼姝者子[7]　　저 어여쁜 임이
庶幾夷[8]留　　평온하게 머물기 바라노라

○ 김택영(金澤榮, 1850~1927)

자 우림(于霖), 호 창강(滄江), 당호 소호당주인(韶護堂主人)

본관 화개. 경기도 개성 동부 자남산(子男山) 출생. 1873년 영재 이건창(1852~1898)과 절친히 지냄으로써 이름이 알려졌고, 1880년부터 매천 황현(1855~1910)과 교분이 두터웠다. 1891년 진사 이후 편사국 주사·중추원 서기관·학부 편집위원 등을 지냈다. 을사늑약 체결을 통분하다 중국 강소성

5) 啾啾(추추): 가늘게 혹은 흐느껴 우는 소리, 음산하게 내리는 빗소리. '啾'는 소리.
6) 椒醑桂脯(초서계포): 제사에 쓰는 술이나 음식. '椒醑'는 산초 술. '桂'는 육고기의 양념으로 쓰이는 육계(肉桂). '脯'는 나라 제사 때 쓰는 어육포인 중포(中脯).
7) 彼姝者子(피주자자): 아름다운 아가씨. 유래는 장석신(1841~1923)의 「청강삼장」 참조.
8) 夷(이): 온화하다, 마음이 편하다.

남통주(南通州)로 망명했고, 1907년 황현에게 보낸 편지에서 "늙어 섬놈들의 종이 되기보다 차라리 강소·절강의 교민이 되어 여생을 보내겠다."(『매천야록』 권4)라고 결심한 대로 망명지에서 우국지사로서의 일생을 마쳤다.
아래 시는 문집 편차에 있듯이 무인년(1878) 8월부터 두 달 동안 삼남 지방을 유람할 때 진주에 들러 지은 것이다.

「義妓歌 三首」〈『소호당시집』 권2, 「戊寅稿」 6b〉 **(의기가 세 수)**

晉州妓, 有曰論介者. 宣廟癸巳, 日本將[1]陷晉, 招妓游前江大石上. 酒酣, 妓抱將落江, 俱死. 余旣訪其祠, 因爲詩揚之.

진주(晉州)의 기녀 중에 논개(論介)가 있었다. 선조 계사년(1593)에 일본 장수가 진주를 함락하고 기녀를 불러 앞쪽 강가의 큰 바위 위에서 놀았다. 주흥이 무르익자 기녀가 장수를 안고 강에 떨어져 함께 죽었다. 내가 사당을 방문하고는 곧 시를 지어 그 일을 선양한다.

江水羅裙碧　　강물은 비단 치마처럼 푸르고
江花魂氣[2]遲　　강가 꽃에는 영혼이 깃든 듯하네
願收江裏骨[3]　　바라건대 강 속의 골수를 거두어
千歲傍要離[4]　　천세토록 충절을 곁에 있게 했으면

孤石春風厲　　외로운 바윗돌에 봄바람 사납고
荒祠蘚色滋　　황폐한 사당엔 이끼가 무성한데
至今江上女　　지금도 강가의 여인들이
照水正蛾眉　　강물에 얼굴 비춰 눈썹 바른다

1) 日本將(일본장): 통상 왜장이라 칭했으나 일본장으로 바뀐 것은 총독부의 출판 허가를 받기 위한 조치이다. 『소호당집』은 1916년에 간행되었다.

2) 魂氣(혼기): 정신, 영혼.

3) 骨(골): 골수, 곧 영혼.

4) 要離(요리): 춘추시대 오나라의 자객으로 충절을 상징함. 합려(闔閭)가 일찍이 전제(專諸)로 하여금 오왕 요(僚)를 죽이게 하여 왕에 등극한 뒤, 위나라에 망명해 있던 요의 아들 경기(慶忌)를 죽일 생각이었다. 이때 요리(要離)가 그 일을 자청하고는 일부러 처자식을 죽이고서 위나라에 들어가 경기와 함께 배를 타고 가다 그를 살해하려고 했으나 실패하자 마침내 자살했다. 『여씨춘추』 권11 「仲冬紀」.

愛娘眞珠舞[5]	사랑스러운 낭자는 춤사위가 아름다웠고
愛娘錦纏頭[6]	사랑스러운 낭자는 비단으로 머리 둘렀지
我來問芳怨	내 와서 꽃다운 원한을 물어보건만
江水無聲流	강물은 소리 없이 흘러만 가는구려

○ 정은교(鄭誾敎, 1850~1933) 자 치학(致學), 호 죽성(竹醒)

본관 해주. 진주 북평리(北坪里, 현 하동군 옥종면 대곡리) 출생이고, 농포 정문부(1565~1624)의 9세손이다. 가계는 〈정문부-정대영-정유정-정즙……정광빈-정은교-정연석〉으로 이어진다. 10세 전후 부모를 여의어 백형 철교(哲敎)를 따라 충청도 병천과 영동으로 이거했다. 이때 운창 박성양(1809~1890)과 인산 소휘면을 종유하며 학문을 연마했다. 1874년 진주 단동(현 단목)에 다시 돌아왔고, 8년 뒤 용암(龍巖)으로 이사했다. 1900년 진주 낙육재의 강장(講長)으로 추대되어 후학을 가르쳤고, 1901년 면암 최익현(1833~1906)에게 집지했다. 1911년 가곡(佳谷, 일명 까꼬실)으로 가족을 이끌고 들어간 뒤 황학산 계곡에 후심정(後潯亭)을 짓고 은거하며 제갈량의 「출사표」와 농포공의 격문을 외며 비분함을 달랬다.

「次義巖廟板上韻」〈『죽성집』 권1, 3a~b〉 **(의암사 현판시에 차운하다)**

貞姿石不轉[1]	정숙한 자태는 돌처럼 구르지 않고
烈恨水同深	매서운 한이 강물과 함께 깊구려
殉國誰持節	순국해 지조 지킨 이는 누구인가
猾倭敢逼臨	교활한 왜놈이 감히 들이닥치자
一時佳妓事	일시에 기녀의 일은 아름다웠고
萬古義男心	만고에 남자의 마음은 의로웠네
遺廟靈風颯[2]	사당에 신령스러운 바람이 불어
令人肅氣[3]侵	사람들에게 엄한 기운 들게 하네

---

5) 眞珠舞(진주무): 진주를 팔에 감고 아름답게 춤추는 모양.

6) 纏頭(전두): 춤출 때 머리에 감던 비단. 춤이 끝나면 기생에게 포상으로 선사했다. 뒤에는 기생에게 주는 막대한 비단, 예물 등의 뜻으로 확장되었다. '纏'은 묶다, 얽히다.

1) 石不轉(석부전): 변함이 없음. 자세한 유래는 부록의 용어편 '석부전' 참조.

2) 颯(삽): 바람 소리, 바람이 솔솔 불다.

○ 안영호(安永鎬, 1854~1896) 자 경능(敬能), 호 급산(岌山)

본관 순흥. 흥주 광천리(廣川里, 영주시 안정면 용산리)에서 출생했고, 호 '岌山'은 급산군(현 영주시)에서 취했고, 소백산의 옛 명칭이 급벌산(岌筏山)이다. 일찍부터 벽문(僻文)과 전서에 능통했고, 평생 처사로 지내면서 성현의 서적을 읽어 박식했다.
아래 시는 「동사잡영(東史雜詠)」 총 25편 중 마지막 작품이고, 이 잡영은 외국 역사보다 국사를 잘 언급하지 않는 현상을 개탄하고 올바른 인문 지리 정보를 제공하기 위해 지은 것이다. 아울러 소수서원에 안향(安珦) 영정을 봉안한 시말을 적은 「복차죽옥선조찬문성공진상운병서(伏次竹屋先祖贊文成公眞像韻并序)」(『급산집』 권1)를 읽어볼 만하다.

「義妓祠」 在晉州矗石樓下, 壬辰亂, 妓論介抱賊將投水. 〈『급산집』 권1, 10a〉 **(의기사)** 진주 촉석루 아래에 있는데, 임진왜란 때 기녀 논개(論介)가 적장을 껴안고 물에 투신했다.

捐軀殲賊醜	한 몸 바쳐 추잡한 적을 죽였나니
此或丈夫難	이는 어떤 장부에게도 어려운데
何處貞心見	곧은 마음은 어디서 보나
江中片月寒	강 속의 찬 조각달

○ 최원숙(崔源肅, 1854~1922) 자 형권(衡權), 호 신계(新溪)·남파(南坡)

본관 전주. 진주 소남리(召南里, 현 산청군 단성면 소재) 출생. 만성 박치복(1824~1894)과 단계 김인섭(1827~1903)의 문인이다. 외세 침입을 문약한 탓으로 보고는 병서를 탐독한 뒤 1893년 무과 급제해 부사과(副司果)에 천거되었고, 1902년 중추원 의관이 되었다. 을사늑약이 체결되자 사대부로서 치욕을 느껴 향리에 줄곧 은둔했다. 권두희·권봉현·하종식 등과 친했으며, 조긍섭의 묘갈명이 있다.
아래 시는 석초 권두희(1859~1923)의 촉석루 시에 비추어볼 때 신유년(1921) 8월 17일에 지은 것으로 추측된다. 『역주해 역대 촉석루 시문 대집성』(2019), 506쪽 참조.

3) 肅氣(숙기): 숙살지기(肅殺之氣)의 준말. 가을의 쌀쌀한 기운. '肅殺'은 가을 기운이 초목을 말라 죽게 함.

「晉陽義妓巖感古」〈『신계집』 권1, 4b〉 **(진양 의기암에서 옛일을 느껴)**

汾陽佳麗冠南藩	진양의 수려함은 남쪽 변방에 으뜸이고
生長佳人尙有村[1]	미인이 생장한 마을이 아직도 있구려
憶昔龍蛇風雨夕	옛 용사년 비바람 치던 저녁이 생각나
落花巖上忍招魂	낙화암 위에서 참아가며 넋을 불러보노라

○ 황현(黃玹, 1855~1910) 자 운경(雲卿), 호 매천(梅泉)

본관 장수. 광양현 서석촌(西石村, 현 전남 광양시 봉강면 석사리) 출생. 1886년 12월 구례군 간전면 만수동(萬壽洞)으로 이사했고, 1902년 11월 이후로 구례군 광의면 월곡리(月谷里)에서 줄곧 살았으며, 이곳에 위패를 모신 매천사(梅泉祠)가 있다. 1888년 성균관 생원시에 장원했으나 벼슬을 마다한 채 쓰러져가던 국운을 바로잡으려 노력하던 중 1910년 8월 29일 국권이 침탈되자 「절명시」 4수를 남긴 뒤 아편을 먹고 9월 10일 자결했다. 한 달 뒤인 10월 11일 『경남일보』 1면〈사조〉란에 그 절명시와 장지연의 시평이 게재되었으며, 문집 외 『매천야록』·『오하기문』 등의 저술이 있다. 아래 시는 문집 편차를 보듯이 정축년(1877)에 지었다.

「義巖祠」〈『역주 황매천 시집』 속집 「丁丑稿」 172쪽〉 **(의암사)**

蒼苔老石暗傷神	이끼 낀 늙은 바위에 남몰래 가슴 아프고
潔我椒筐[1]哭水濱	정갈하게 제수 준비해 물가에서 곡하노라
借問龍蛇遺錄裏	묻노니 용사년 남긴 기록 속에
幾多髯戟[2]負心人	마음 저버린 장수가 몇이더냐

---

1) 尙有村(상유촌): 진주성 내에 있던 인가(人家)를 말함.

1) 椒筐(초광): 초장(椒漿)을 담은 광주리. 이지연(1777~1841)의 시 각주 참조.

2) 髯戟(염극): 창날 같은 수염, 곧 위용 있는 남자. '戟'은 창. 유래는 노긍(1737~1790)의 시 각주 '鬚髯若戟(수염약극)' 참조.

○ 안승채(安承采, 1855~1915) 자 회경(繪卿), 호 동계(東溪)·지산(芝山)

본관 순흥. 초명 보순(輔淳). 충북 영동 출신. 안향의 후손으로 스승 없이 자력으로 경서· 천문지리 분야를 두루 섭렵했고, 송병선(1836~1905)·박성양(1809~1890) 등을 종유하면서 칭찬을 들었다. 1895년 내부주사(內部主事)에 천거되었으나 사양했고, 다음 해 충주부 주사에 제수되고 얼마 되지 않아 사직했다. 1905년 을사늑약 이후로 초동목부와 어울려 방랑하며 세월을 쓸쓸히 보냈다. 당시 비분강개한 그의 시문이 회자 되었는데, 아래 시는 원전의 시 편차로 보건대 무자년(1888)에 지었음을 알 수 있다.

「義巖」〈『동계유고』 권1, 16a~b〉 **(의암)**

腥風吹處落花輕	비린 바람 불어대니 꽃잎이 가벼이 날리고
濫水滔滔萬古淸	넘치는 물은 도도히 흐르며 만고에 맑은데
磊磊[1]危巖留綠字	돌이 층진 높은 바위에 푸른 글씨 남았거니
至今不死義娃[2]名	지금까지 죽지 않은 의로운 미인의 이름이여
淡雲蕭雨鎖孤城	옅은 구름 쓸쓸한 비가 외딴 성 뒤덮을 때
一片丹心向日傾[3]	한 조각의 단심은 해를 향해 기울었지
夜久月輪明水底	밤 깊어지자 달빛이 물속에 환하거니
却疑玉貌至今生[4]	옥 같은 얼굴이 지금도 살아 있는 듯
下有長江上有樓	아래는 장강, 그 위는 누각
小祠寄在古城頭	작은 사당이 고성 끝에 의지해 있네
風流人物消磨[5]盡	풍류 인물들이 다 사라질지라도
義字巖高萬億秋	'義'자 바위는 억만년 우뚝하리

1) 磊磊(뇌뢰): 돌이 포개 쌓인 모양. '磊'는 돌무더기.

2) 娃(왜): 미인, 예쁘다.

3) 向日傾(향일경): 사마광(司馬光)의 「초하(初夏)」, "바람에 날리는 버들개지는 다시 없고/ 오직 태양을 향하는 접시꽃만 있구나[更無柳絮因風起, 惟有葵花**向日傾**]".

4) 원전을 보면, 이 시행 끝에 "목숨 마칠 때 노래를 지어 불렀는데, 가사 중에 '연기는 하늘하늘 비는 부슬부슬'이라는 구절이 있었다. 노래가 끝나자 곧 물에 빠져서 죽었다.[畢命時, 作歌唱之, 詞中'有烟談談雨蕭蕭'句. 一歌罷, 卽墮水死]"라는 세주가 있다.

5) 消磨(소마): 닳아서 없어짐, 소멸.

○ 조장섭(趙章燮, 1857~1934) 자 성여(成汝), 호 위당(韋堂)

본관 옥천(순창). 전남 곡성군 오곡면 오지리 출신. 일찍이 외삼촌인 임리헌(또는 개석) 신명희(申命熙)에게서 수학하다가 1884년 연재 송병선(1836~1905)·심석재 송병순(1839~1912) 형제의 제자가 되어 성리학 요점을 체득했다. 왜정을 피해 지리산 등지에 자취를 옮겨 '잠계(潛溪)' 호를 새로 썼고, 존양대의의 정신으로 끝까지 절의를 굽히지 않아 사림들에게 '원우완인(元祐完人)'의 큰 선비라는 평을 들었다. 한편 의병장 배헌 조영선(1879~1932)이 10촌 동생이며, 제자가 호석 류영(1888~1958)이다. 생애는 친조카인 성암 조우식(1869~1937)의 「제숙부위당선생문」(『성암집』 권12)과 권창현의 「위당조공묘갈명」(『심재집』 권7)을 참고했다.

「瞻望義巖祠」〈『위당집』 권2, 22b〉 **(의암 위 사당을 우러러보며)**

長水過時見爾名[1]	장수를 지날 때 그대 이름 보았음에
晉江此日感尤生	오늘 진주 강가의 감회가 더욱 깊어지네
背君之賊背夫女	군주를 배반한 적과 지아비 저버린 여자가
聞義寧能無愧情	의리를 듣는다면 어찌 부끄러운 마음 없으랴

○ 정동철(鄭東轍, 1859~1939) 자 성환(聖環), 호 의당(義堂)

본관 진양. 어사공파. 우복 정경세의 후손으로 경상도 상주 기산리(북문동 기산마을) 출생. 성리학에 조예가 깊어 족제 정동순(鄭東珣)이 김천에서 거질의 『조선역대명신록』(1932)을 발간할 때 사림의 천거로 교감을 맡았다. 당쟁사화를 다룬 『무은록(無隱錄)』(1933)을 저술했으며, 평소 산수 취미가 있어 전국 명승지를 둘러보고 지은 시가 많다.
아래 시는 문집 편차에 있듯이 신축년(1901) 합천, 진주 등지를 유람하던 중 지은 것이다.

「次義妓巖原韻」〈『의당집』 권1, 21b〉 **(의기암 원운을 따라 짓다)**

西風吹客袂	서풍이 나그네 소매에 불어대고
葉下暮江深	잎새 아래 저문 강이 깊도다
寂寂巖花落	바위에 꽃이 쓸쓸히 지고
昭昭天日[1]臨	하늘에 해는 밝게 떴는데

---

1) 정주석이 장수에 건립한 '촉석의기논개생장향수명비'를 보았다는 뜻임.

1) 天日(천일): 하늘에 떠 있는 태양.

將渠兒女事	저 아녀자의 거사가
激我丈夫心	내 장부의 마음 북받치게 하네
良久招魂立	한참 동안 넋을 부르며 섰노라니
波鳴霜氣侵	물결은 울고 서리 기운 파고드네

○ 심의정(沈宜定, 1859~1942) 자 중여(中汝), 호 남강(南岡)

의령군 화정면 보천리(寶川里) 출생. 어려서부터 재기가 남달라 약관에 사서를 통독했다. 과거에 한 번 응시했으나 뜻을 이루지 못하자 성리학 공부에 전념했다. 후산(또는 남려) 허유(1833~1904)의 문하에서 학문의 요체를 깨우쳤으며, 우산 이훈호(1859~1932)·소산 이수필(1864~1941) 등과 절친했다. 만년에 사는 집 곁에 아천정(我泉亭)을 짓고 독서로 소일했다. '我泉'은 주자의 시 "居然我泉石"(「무이정사잡영」)에서 취했다.

「義巖」〈『남강유고』 권1, 21a〉 **(의암)**

巖名爲義勝千鍾	바위 이름 '義'는 천종 봉록보다 값지고
一幅江山耀幾重	한 폭의 강산은 겹겹으로 휘황찬란하다
娟質[1]捨生殲猛敵	미인이 생명 버리고 사나운 적 죽였으니
貞魂不死立奇功	곧은 넋은 죽지 않고 기특한 공적 세웠네
巖形崔嵬[2]浮湖水	바위 모양 높디높게 강물에 떠 있고
字勢輝煌似筆峯[3]	글씨 형세 찬란하니 필봉과 흡사하다
傍有精祠士女[4]走	그 곁 정령의 사당에 남녀가 종종걸음으로
至今報祀振淸風	지금도 보은의 제사 올려 청풍을 떨치구나

1) 娟質(연질): 미인의 체질. '娟'은 예쁘다. 유사어는 혜질(蕙質).
2) 崔嵬(최외): 높고 가파른 모양, 표면에 흙이 덮여 울퉁불퉁한 돌산. '崔'는 높다.
3) 筆峯(필봉): 뾰족한 붓처럼 생긴 봉우리. 중국 창려현 문필봉(文筆峯)이 알려져 있다.
4) 士女(사녀): 남자와 여자, 총각과 처녀.

○ 최현필(崔鉉弼, 1860~1937) 자 희길(羲吉), 호 수헌(脩軒)

본관 월성. 월성 종하(鍾河, 현 경주시 현곡면 남사리) 출생. 1891년 등제해 승문원 부정자(副正字)가 되었으나 1894년 갑오경장 이후로 세도가 타락하자 낙향했다. 경술국치 때 음식을 제대로 먹지 않고 「출사표」를 외며 피를 토한 뒤로 두문불출했다.
아래 시는 임신년(1932) 8월말 창원, 마산, 통영, 진주, 부산 등지를 유람할 때 촉석루, 창렬사와 함께 의기사를 둘러보고 지은 것이다.

「義妓祠」〈『수헌집』, 79면〉 **(의기사)**

論介祠前感盡情	논개 사당 앞에서 마음껏 정을 느끼는 건
佳人當日特捐生	당시 가인이 특출하게 생명을 버렸음이라
身形一墮長江水	육신은 장강 물에 한 번 떨어졌지만
義烈爭高萬里城	의열은 만 리 성첩에서 더욱 높구려
先自邦家旌宅里	예전 나라에서 고을에 정려를 내렸거니
至今士女服齊明[1]	지금도 사람들이 정성껏 제사를 드리네
落花無話愁雲暗	낙화는 말 없고 근심 구름은 짙은데
異代貂蟬[2]並有聲	후대의 관리들이 나란히 칭송하였지

○ 김병린(金柄璘, 1861~1940)

자 겸응(謙膺), 호 눌재(訥齋)·용계병수(龍溪病叟)

본관 김해. 초명 병린(柄麟). 창원 화목리(花木里, 현 의창구 동읍 화양리) 출생. 만구 이종기(1837~1902)의 제자로 안효제·이병희·허채 등과 동문수학했다. 31세 때 과거의 폐단을 목격한 뒤 출사를 단념했고, 1934년 마을에 용계서당을 짓고 학문 연구와 후학 양성에 심혈을 기울였다.

1) 服齊明(복제명): 정성을 다해 제향함. 『중용』 제16장, "천하의 사람들로 하여금 심신을 깨끗이 하고 의복을 잘 갖추어 제사를 받들게 하니, 영령이 넘실넘실 그 위에 있는 듯하고 그 좌우에 있는 듯하다[使天下之人**齊明**盛**服**, 以承祭祀, 洋洋乎如在其上, 如在其左右]".

2) 貂蟬(초선): 담비 꼬리[貂尾]와 매미 날개[蟬翼]로 장식한 관(冠)이라는 뜻으로 옛날에 고관이 쓰던 모자.

「義妓巖」〈『눌재집』 권2, 1a〉 **(의기암)**

矗石樓前多矗石	촉석루 앞에 뾰족한 돌이 많고도 많거니
一石特立江之側	바위 하나가 강가에 우뚝하게 서 있는데
江濤悍流不能轉	강 물결이 사납게 흘러도 조금도 움직이지 않고
磅礴[1]下臨深不測	드넓게 아래를 굽어보니 깊이를 헤아릴 수 없네
念昔國步中否[2]日	생각건대 옛날 국운이 중도에 막힌 날
三版[3]孤城入全沒	삼판의 고립된 성은 완전히 함락되었지
有美一姝介于石	어여쁜 한 여인 절개가 돌과 같아
不有其身只有國	자신은 생각지 않고 나라만 알았지
輕視鴻毛重泰山[4]	홍모보다 가볍게, 태산보다 무겁게 여겨
一陟其上身飜然[5]	한번 바위 위로 올라가 몸을 대번에 뒤집자
蠻兒膽寒衆鼻酸[6]	왜놈은 간담이 서늘하고 무리는 코가 시큰했거니
凜凜生氣垂千年	늠름한 기상이 넘쳐나 천 년 동안 전해지네
丈夫幾人能辨此	장부는 몇이나 이처럼 결단했던고
樓中惟有三壯士	누각 안에는 오직 삼장사가 있었지
刼雨藍風磨不得[7]	거센 비와 세찬 바람에도 아니 닳고
巖上落花當年似[8]	바위에 지는 꽃은 그때랑 흡사하구려

1) 磅礴(방박): 충만함. '磅'은 가득 차서 막히는 모양. '礴'은 뒤섞이다, 가득 차다.

2) 中否(중비): 중도에 막힘. '否(부)'가 막히다 뜻일 때는 '비'로 읽음.

3) 三版(삼판): 보잘것없게 된 성. 유래는 부록의 용어편 '삼판' 참조.

4) 輕視鴻毛重泰山(경시홍모중태산): 나라를 위해 목숨을 과감하게 바침. 유래는 부록의 용어편 '홍모' 참조.

5) 飜然(번연): 펄럭이는 모양, 마음을 갑자기 번드치는 모양.

6) 鼻酸(비산): =산비(酸鼻). 콧마루가 시큰함, 곧 몹시 비통함. '酸'은 괴롭다.

7) 주위 환경에 전혀 영향을 받지 않음. 오횡묵(1834~1906)의 「논개사명」 참조.

8) 그의 또 다른 저술인 석판본 『용계아언(龍溪雅言)』 〈21a〉을 보면, 이 시행 끝에 "암상(巖上) 글자 밑에 한 구를 지어 장단구를 이룸으로써 더욱 좋으나 아마도 원래 뜻은 아닐 것이다.[若於巖上字下, 着一句字以成長短句, 則更好然, 恐非本意耳]"라는 주석이 있다.

○ 류원중(柳遠重, 1861~1943) 자 희여(希汝), 호 서강(西岡)·우헌(愚軒)

본관 진주. 삼가 창동리(倉洞里, 현 합천군 대병면 회양리) 출생. 20세 때 노백헌 정재규(1843~1911)에게 집지했고, 단발령 선포 뒤 면암 최익현(1833~1906)의 문인이 되었다. 1905년 11월 을사늑약이 체결되자 스승 정재규와 함께 5적을 성토하려고 상경 차 공주까지 갔으나 뜻을 이루지 못했다. 이내 정산(定山)으로 가서 스승 최익현과 함께 노성(魯城)에서 거의를 도모했지만 실패했다. 이에 가족을 이끌고 용주면 가호리(佳湖里)로 이거했다. 1919년 아들 류근수(柳瑾秀)가 삼일운동에 가담한 것에 연루되어 합천 경찰서에 구속되었다. 권운환, 권재규, 최병식, 정기(1879~1950), 한유 등과 절친했다. 아래 시는 원전의 작품 편차로 볼 때 갑진년(1904) 무렵에 지었음을 알 수 있다.

「同社生賦義巖歌有感 用朱夫子蕃騎圖[1]韻 以示之」〈『서강집』 권1, 25a~b〉 **(같은 마을 사람이 지은 '의암가'에 느낌이 있어 주부자의 '번기도'의 운을 써서 보여주다)**

燕姬[2]捍虜息南侵	미인이 오랑캐 막아 남쪽 침략 잠재웠거늘
屬筆滄洲[3]喜動心	창주에서 붓을 들자 기쁜 마음이 이는구려
况雪邦讎[4]千古絶	게다가 나라의 원수 갚아 천고에 빼어나거니
至今危石暮江林	지금도 바위 우뚝하고 강 숲에는 해 저무네

○ 산홍(山紅, 1863~ ?)

절의로 유명한 진주 기생. 황현의 『매천야록』 권5 〈1906년 10월 초〉 기사에 다음과 같은 일화가 소개되어 있다. "을사오적 이지용(1870~1928)이 진주를 방문하여 산홍을 첩으로 삼고자 했으나 그녀는 역적의 첩이 될 수 없다고 하여 크게 두들겨 맞았다. 이에 어떤 사람이 '온 세상 나라 팔아먹은 놈들에게 다투어 달려가/ 비굴하게 웃으며 굽실거리느라 날마다 바쁘구나/ 그대들 금옥이 집보다 높이 쌓여도/ 산홍에게서 한 점의 봄이라도 사기 어려우리[擧世爭趨賣國人, 奴顔婢膝日紛紛, 君家金玉高於屋, 難買山紅一點春]'라는 시를 지었다."

---

1) 蕃騎圖(번기도): 주희(1130~1200), 「제번기도(題蕃騎圖)」(『주자대전』 권10), "傳聞姑秬欲南侵, 愁破雄邊老將心, 却是燕姬能捍虜, 不教行到殺胡林".

2) 燕姬(연희): 가무를 잘했던 연(燕) 지방의 여자로, 여기서는 논개.

3) 滄洲(창주): 물이 있는 고장으로 흔히 신선이 살고 있다는 곳, 여기서는 진주.

4) 邦讎(방수): 나라의 원수. '讎'는 讐와 동자.

이보다 앞서 영남 암행어사 이헌영(1837~1907)의『교수집략』冬 〈21쪽〉(국립중앙도서관 소장)의 임오년(1882) 11월 16일자 기록에, "본 고을 기생 산홍이 와서 보았더니 듣건대 20세라 했다. 서울에서 한 달 전 내려왔는데 서울에서 4년간 약방 기생으로 지내다가 지금 비로소 환향했다고 하며, 또한 글을 잘 알았다.[本州妓山紅來見, 聞年二十. 而自京月前下來, 在京時藥房擧行爲四年, 今始還鄕云, 亦能解書矣]" 하였다. 문맥의 정황으로 보아 황현과 이헌영의 글에 나오는 산홍은 서로 같은 인물로 보이며, 출생연도는 1863년으로 역산할 수 있다. 아래 시는 진주 의기사의 현판으로만 전해진다.

의기사 왼쪽 문미의 산홍(山紅) 시판

「義妓祠感吟」〈의기사 현판〉 **(의기사에서 감개하여 읊다)**

千秋汾晉[1]義	천년토록 의로운 진주
雙廟[2]又高樓	쌍묘에 또 높은 누각 있거늘
羞生無事日	부끄러운 인생들이 한가한 날에
笳鼓[3]汗漫[4]遊	피리와 북소리로 너절히 노니네

1) 汾晉(분진): 중국의 분양에 비견되는 우리나라의 진주.

2) 雙廟(쌍묘): 창렬사와 의기사. 쌍묘는 원래 충민사와 창렬사를 지칭했으나 충민사는 서원철폐령으로 창렬사에 합쳐짐.

3) 笳鼓(가고): 호가(胡笳)와 북. 군악, 피리와 북의 풍악 소리.

4) 汗漫(한만): 절실함이 없음, 너절함, 산만하게 내버려 두고 등한히 함.

○ 안종창(安鍾彰, 1865~1918) 자 치행(致行), 호 희재(希齋)

본관 순흥. 함안 칠원 배영리(拜榮里, 현 칠북면 영동리) 출생. 일찍이 과거에 나아갔으나 폐단을 비판한 뒤 향리에 머물렀다. 1896년 사미헌 장복추(1815~1900)·1898년 만구 이종기(1837~1902)의 제자가 되었고, 척암 김도화(1825~1912)와 향산 이만도 등을 종유하면서 학문에 몰두했다.

「義妓巖」 在晉州 〈『희재집』 권1, 32b~33a〉 **(의기암)** 진주에 있다

女子死於義	여인이 의롭게 죽었나니
熊魚[1]判容易	죽음을 선뜻 결단했었지
濯濯[2]氷玉姿	얼음과 옥처럼 맑고 빛나는 자태
凜凜霜雪志	서리와 눈같이 매섭고 꿋꿋한 지조
莫謂一倭死	한 왜놈이 죽었다고 말하지 마라
萬膽同日墜	수많은 간담을 한 날에 떨어지게 했나니
莫謂一女小	한 여인이 작다고 말하지 마라
能奮萬夫臂[3]	수많은 장부의 팔뚝 걷어붙이게 했나니
江流石不磨	강물에 바윗돌은 닳지 않아
留得千載義	천년토록 의리를 남기리라

○ 김제흥(金濟興, 1865~1956) 자 달부(達夫), 호 송계(松溪)

본관 의성. 안동 개일리(開日里, 현 청송군 현동면 소재) 출생. 1887년 척암 김도화(1825~1912)의 문인이 되었고, 1896년 의성에서 거의한 의병장 김상종(金象鍾)의 종사관으로서 군무를 도왔다. 또 서북 간도에 지사가 많다는 소식을 듣고서 윤일박·김호직과 함께 그곳에 가려했으나 선행한 지사들이 있음을 알고 남행을 대신 결의했다.
김제흥은 을사년(1905) 정월 진주에 간 뒤 7월 초 촉석루에 올라 김호직의 시를 차운한 아래 시를 지었다(『송계집』 권11 「유사」). 경술국치 이후 초명 영수(榮洙)를 개명했고, 호남 무계의 대덕산 아래 우거하다 만년에 귀향했으며, 『언인록』으로 자제들을 교육했다.

1) 熊魚(웅어): 생명을 버리고 의를 취함. 자세한 것은 부록 용어편의 '웅어' 참조.
2) 濯濯(탁탁): 빛이 밝게 비치는 모양. '濯'은 빛나다, 크다.
3) 奮(분)은 팔뚝을 흔듦. 臂(비)는 팔뚝.

「次孟集義妓巖韻」 〈『송계집』 권1, 11b〉 **(맹집〈김호직〉의 의기암 시를 차운하다)**

玉魂消息問江流	아름다운 넋 소식을 강물에 물을진대
水自嗚嗚[1]月滿洲	물은 절로 흐느끼고 달빛 환한 물가로다
敗北風塵餘正氣	패배한 전쟁터이나 정기 남아 있고
大東天地有斯樓	대동 천지에는 이 누각이 있구나
可憐當日佳人恨	가련하게도 그때 미인의 한은
留與千秋志士愁	천추에 길이 남아 지사의 근심 되는데
緬憶[2]昔年苔篆字[3]	옛일 생각나게 하는 이끼 낀 전서 글씨가
如今堪愧等閑[4]遊	지금도 너절한 놀음을 부끄럽게 하는구려

○ 허만박(許萬璞, 1866~1917) 자 명국(鳴國), 호 창애(蒼崖)

본관 김해. 진주 지수면 승산리 출생. 고조부는 염호 허회(1758~1829)이고, 부친은 초은 허혁(1841~1904)이며, 8촌 동생이 효주 허만정(1897~1952)이다. 1891년 무과 급제해 효력부위 수문장이 되었으나 갑오농민전쟁 이후 시국을 개탄하며 낙향했다. 1901년 연재 송병선(1836~1905)의 제자가 된 뒤 송병순, 최익현, 전우를 차례로 모시면서 기호학맥을 이었다. 우산 한유(1868~1911)와 절친했고, 정은교·박태형·이도복·하우식·권봉현 등과 교유했다. 아래 시는 「분양잡영(汾陽雜咏)」 5수 중 제2수로 문집 편차로 볼 때 1907~1910년에 지었음을 알 수 있다.

「義妓巖」 〈『창애유고』 권1, 25a〉 **(의기암)**

有女登巖絶代佳	바위에 오른 여인은 절세가인
危城風雨去龍蛇	높은 성에 비바람 치던 지난 용사년
從容辨得熊魚義[1]	태연히 웅어를 판별해 의리를 얻었으니
介石[2]貞忠莫不嗟	굳고 곧은 충혼을 감탄하지 않음이 없네

---

1) 嗚嗚(오오): 슬픈 소리의 형용. '嗚'는 탄식 소리.

2) 緬憶(면억): 아득히 지난 일을 회상함. '緬'은 멀다, 아득히.

3) 篆字(전자): 바위에 새긴 전서체의 '義巖' 글자.

4) 等閑(등한): 마음에 두지 않음, 소홀함.

1) 從容辨得熊魚義(종용판득웅어의): 생명을 버리고 의를 취함. 부록 용어편 '웅어' 참조.

2) 介石(개석): 절개가 곧음. 유래는 민재남(1802~1873)의 「의암」 시 참조.

○ 임규(林圭, 1867~1948) 자 형여(亨如), 호 우정(偶丁)

본관 갈천. 전북 익산 금마면 출생. 14세 때 익산군수의 통인으로 지내다 1882년 도일하여 경응의숙(慶應義塾) 경제과를 졸업했다. 귀국 후 대한유학생회·호서학회 회원으로 활동했고, 보성학교 교사·협성학교 교장을 지냈다. 일본어학 관련 저술이 많고, 『漢和鮮 新字典』(이문당, 1938)을 편찬했다. 또 1940년 발행된 정노식의 『조선창극사』 서문을 썼다.

「義岩」 晉州 〈『북산산고』, 6쪽〉 **(의암)** 진주

兩個佳人腕	가인의 두 팔뚝은
纖纖不是刀	가녀려 칼도 아니었어라
江流日趍下[1]	강물은 날마다 아래로 흐르는데
惟見義岩高	오직 보이는 것은 높다란 의암

○ 한유(韓愉, 1868~1911) 자 희녕(希甯), 호 우산(愚山)

본관 청주. 산청군 단성면 백곡리(栢谷里) 출생. 한택동의 장남으로 조은 한몽삼(1589~1662)의 11세손이며, 장인이 조성주이다. 가계는 부록의 진주목사(1500년 전후) 한사개 참조. 월고 조성가(1824~1904)의 제자이자 조카사위로, 송병선(1836~1905)·김평묵·최익현·전우 등에게 수학했고, 조용상·하겸진 등과 절친했으며, 그의 아들 한승(韓昇)이 담산 하우식(1875~1943)의 사위이다. 「우암선생사실(尤菴先生事實)」·「심학통편(心學通編)」·「율곡선생전서고증(栗谷先生全書考證)」(『우산집』 권20~26), 『자학신편(字學新編)』, 『조은한선생사우록』 등 방대한 저술이 있다.
아래 시는 진주 지방의 인물과 역사를 독특하게 형상화한 「분양악부(汾陽樂府)」 총 31편 중 제23편인데, 문집 편차로 볼 때 무술년(1898)에 지었음이 확실하다. 그리고 같은 해에 남강 절벽의 바위글씨 '일대장강 천추의열'의 작가로 한몽삼을 비정했다.

「巖上女」 〈『우산집』 권2, 44a〉 **(암상녀)**

壬辰之亂, 晉州城陷. 有義妓論介者, 凝粧靚服, 立于峭巖之上. 倭酋悅其色, 來狎之, 論介遂抱之入水. 後人名其巖曰義巖.

임진란 때 진주성이 함락되었다. 의기 논개(論介)가 화장을 곱게 하고 옷을 단장하여 가파른 바위 위에 서 있었다. 왜놈 두목이 그녀의 모습을 좋아하여 와서 가까이

---

1) 趍下(추하): =추하(趨下). 낮은 곳으로 달려 내려감. '趍'는 趨의 속자로 달리다의 뜻.

하니, 논개가 드디어 그를 껴안고 강물에 뛰어들었다. 후세 사람이 그 바위를 '의암(義巖)'이라 했다.

將帥固當爲國死	장수는 진실로 본디 나라 위해 죽어야 하니
堂堂金將軍死固宜	당당한 김천일의 죽음은 진실로 마땅했노라
節度固當爲國死	절도사는 진실로 나라 위해 죽어야 하니
桓桓[1]崔黃公死其時	굳세고 날랜 최공·황공이 그때 죽었노라
丈夫固當爲國死	장부는 진실로 본디 나라 위해 죽어야 하니
爾四萬八千軍亦何傷[2]	저 사만 팔천 군인들을 또한 어이 슬퍼하랴
獨彼姸姸巖上女	홀로 저 곱디고운 바위 위의 여인
不過爲青樓[3]一娼	단지 기생집의 한 창녀로서
倘欲西家宿[4]	행여 서쪽 집에 머물려 했다면
彼必執手欣迎將[5]	손잡고 기쁘게 영송하며
盤中豹胎龍肝[6]	쟁반 속 맛 좋은 음식 먹고
身上錦衣繡裳	화려한 의복을 입었을 텐데
胡不此之思	어찌 그것은 생각지도 않고
獨立巖上爲	바위 위에 홀로 섰단 말인가
下有長江無底深	아래 장강은 밑도 없이 깊거니
身與倭酋同墮之	자신은 왜놈 두목이랑 같이 떨어졌지

1) 桓桓(환환): 굳센 모양, 용맹스러운 모양. '桓'은 굳세다, 푯말, 머뭇거리다.

2) 何傷(하상): 무엇을 슬퍼하겠는가?

3) 青樓(청루): 푸르게 칠한 높은 누각. 귀인이나 미인이 사는 집, 전하여 기생집을 뜻함.

4) 西家宿(서가숙): 지조 없이 굴거나 이익을 대단히 차림. 그리고 일정한 거처 없이 떠돌아다니는 생활의 뜻도 있음. 제(齊)나라 때 예쁜 여자의 부모에게 두 집에서 청혼을 했는데, 동쪽 집은 부자이나 추남이고, 서쪽 집은 가난하나 미남이었다. 부모가 결정하지 못하여 딸의 의향을 묻자, 딸은 "밥은 동쪽 집에서 먹고 잠은 서쪽 집에서 자고 싶어요.[欲東家食**西家宿**]" 하였다. 『예문유취』 권40 「禮部」 하 〈婚〉.

5) 迎將(영장): =영송(迎送). 마중과 배웅. '將'은 보내다.

6) 豹胎龍肝(표태용간): 표범의 태와 용의 간으로, 맛좋은 음식을 뜻함. 이 두 가지는 팔진미(八珍味)에 속하는데, 이외에 봉수(鳳髓)·이미(鯉尾)·악적(鶚炙)·성순(猩脣)·웅장(熊掌)·수락선(酥酪蟬) 등이 있다.

不辱其身烈誰似　자신 욕되게 하지 않은 의열은 누구와 같겠으며
不負其君忠莫如　군주를 저버리지 않은 충혼은 비할 데가 없노라
又能殺此一虎酋　또 맹수 같은 한 두목을 그처럼 죽였으니
其功烈烈誰與徒　그 열렬한 공훈은 누구인들 함께 하리오
願將此一女子　바라노니 이 같은 한 여자로
用愧人間億萬沒恥底丈夫　억만 세상 염치없는 저 장부들을 부끄럽게 하기를

○ 이일(李鎰, 1868~1927) 자 익여(益汝), 호 소봉(小峯)

본관 성주. 전남 보성군 가천리(可川里, 현 문덕면 용암리 가천마을) 출생. 일봉 이교문(1846~1914)의 장남으로 조부 이지용의 사랑을 받았고, 송사 기우만(1846~1916) 문하에 출입했다. 서적을 읽다가 충의 열사의 대목에 이르러서는 격하게 시국을 통탄했고, 정미조약 이후 보성에서 의거한 의병장 담산 안규홍(1879~1911)에게 많은 도움을 주었다. 조부의 『소송유고』와 부친의 『일봉유고』를 간행했으며, 아들 이용순(1891~1965)도 항일운동을 펼쳤다. 참고로 안규홍의 일생에 대해서는 김문옥의 「안의장전(安義將傳)」(『효당집』 권16) 참조.

「義巖」〈『소봉유고』 권2, 19a〉 **(의암)**

義巖屹屹立中洲　의암이 높다랗게 물가에 솟아 있고
晝夜江聲恨咽流　주야로 강물 소리는 한스러워 흐느끼며 흐르네
月隱雨踈雲暗地　달이 숨고 비가 성겨 구름은 짙으니
佳人忠魄夜應愁　가인의 충혼은 밤에 응당 걱정하리

「題論介廟壁」〈『소봉유고』 권2, 19a~b〉 **(논개사당 벽에 제하다)**

殉國義山重　순국 절의는 태산보다 무거운데
誰能死得所　죽을 곳을 얻은 자는 누구였던가
士子行亦難　선비가 결행하기도 어렵거늘
況復[1]娼家女　하물며 기생집의 여인이라네

---

1) 況復(황부): =황차(況且). 하물며, 더구나.

漢末聞貂禪[2]	한나라 말기에 초선이 알려졌고
東方有義女	동방에는 의로운 여인이 있었네
千古垂芳名	천고에 꽃다운 이름 전하거니
丹心孰敢侶	충성심을 그 누가 짝하리오
山岳不足高	산악이 그보다 높지 않고
河海無加巨	하해도 더 넓지 않으리라
分明不死魂	분명 넋은 죽지 않았거니
借問遊何處	묻건대 노니는 곳은 어딘가
義高一大巖	절의 드높은 큰 바위가
屹屹立中渚	물가에 우뚝 솟았거니
今來失節人	근래 절개 잃은 사람이
若使聞君語	그대 이야기를 듣는다면
雖是禽獸膓	비록 금수의 창자라도
豈不愧心緖	어찌 마음 부끄럽지 않으랴
如生孔子獲麟[3]前	공자가 살아 있다면 탈고하기 전에
必也爲君大筆擧	기필코 그대 위해 큰 붓을 휘두르리

○ 김영학(金永學, 1869~1933) 자 경가(敬可), 호 병산(瓶山)

본관 의성. 경북 성주군 수륜면 수륜동(修倫洞) 출신. 생후 8개월 만에 모친을 여의어 조모에게 자랐고, 종족 향당을 추숭하는 일에 앞장섰다. 일찍이 만구 이종기(1837~1902)의 제자가 되었다. 경술국치 이후 '곡은(谷隱)'으로 호를 고치고 문도 교육을 낙으로 삼았다. 만년에 금강산, 계림, 금산 등지의 명승고적을 유람하며 망국의 울분을 달랬다.

---

2) 貂禪(초선): 동한 말년의 충신 왕윤(王允)의 양녀이자 가기(歌妓)인데, 연환계(連環計)로 여포와 동탁 사이를 벌어지게 함. '禪'은 선(蟬)의 오기.

3) 獲麟(획린): 집필을 끝냄. 공자가 성군이 없는 시대에 기린이 때를 잃고 잘못 나왔다가 죽은 것을 가슴 아프게 여겨 "애공 14년 봄, 서쪽으로 사냥 나가 기린을 잡다.[哀公十四年春, 西狩獲麟]"라는 말을 끝으로 『춘추』의 집필을 끝낸 고사가 전한다.

「義妓巖」〈『병산집』 권1, 11b〉 **(의기암)**

人去巖空獨返春	사람 떠난 빈 바위에 봄이 홀로 돌아왔거니
晉陽歸客淚沾巾	진양에 돌아온 길손은 눈물로 수건을 적시네
晉人莫使行人踐	진주인이 나그네의 짓밟음을 막는 것은
千古芳名可重人	천고 방명이 사람에게 중하기 때문일세

○ 김재형(金在瀅, 1869~1939) 자 성극(聖極), 호 남정(南汀)

본관 김녕. 성주 부산리(鳧山里, 현 성주군 수륜면 오천리 부산마을) 출생. 백촌 김문기의 후손으로 효행 정려된 돈와 김동권(1816~1877)의 손자이다. 중학교 교관으로 제수되었고, 성현의 서적으로 자질과 종족들을 가르쳤다.
아래 시는 「남유록」(『남정유고』 권1, 32b)에 근거할 때 을축년(1925) 4월에 지었음을 알 수 있다. 당시 그는 진주성에 들어가 창렬사, 촉석루, 의기사 등을 둘러보았다.

「義巖」〈『남정유고』 권1, 12a〉 **(의암)**

花落巖頭忽暮春	꽃이 바위에 지니 어느새 늦봄인데
追思[1]往蹟淚沾巾	옛 자취 떠올리자 눈물이 수건 적시네
若論當日貞忠事	당시 곧은 충정의 일을 거론한다면
萬古女流獨一人	만고 여류 중 유독 한 사람뿐이리라

○ 하제훈(河濟勳, 1872~1906) 자 군필(君弼), 호 죽서(竹栖)

본관 진양. (문하)시랑공파. 운수당 하윤(1452~1500)의 후예로 하재호의 조부이다. 문경군 마성면 정리(鼎里) 출생. 석남 이명호(李明浩, 1834~1893)를 사사했으며, 35세로 요절했다.

1) 追思(추사): 지난 일을 생각함. '追'는 거슬러 올라가다.

「義岩懷古」〈『죽서유고』, 262면〉 **(의암 회고)**

晉陽城外廟	진주성 너머 사당은
無限古今愁	고금의 슬픔이 한없는데
酒盡佳人約	술은 미인과의 약속으로 동나고
風悲壯士舟	바람은 장사의 배에 슬피 부는구나
空堦芳草綠	빈 계단에 방초가 푸르고
長浦夕陽流	긴 포구에 석양빛 흐르네
介立堂堂義	논개가 당당한 절의 세웠나니
蒼天在上浮	푸른 하늘이 그 위에 떠 있구나

○ 이정기(李貞基, 1872~1945) 자 견가(見可), 호 제서(濟西)

본관 벽진. 경북 성주 명곡리(榆谷里, 현 초전면 월곡리) 출생이고, 부친은 이원하(李元河)이다. 사미헌 장복추·서산 김흥락(1827~1899)의 제자로 을사늑약 소식을 듣고 양이(攘夷)를 주장했고, 경술국치를 통탄하고 『심경』 연구에 매진했다. 송준필·조긍섭·김창숙 등과 도의로 교유했으며, 저술로 『성리휘편』, 『벽진이씨문헌록』 등이 있다.

「義妓巖」〈『제서집』 권2, 2b〉 **(의기암)**

紅粉辦大義	미인이 대의를 판별하였나니
奇蹟篆蒼巖	기인한 자취는 푸른 바위의 전서라네
休道燕姬[1]事	가무에 능한 기녀라 말하지 마라
寧聞抱投潭	적 안고 못에 던졌음을 어떻게 듣고서

阿骨打惑於燕姬, 未至其國而死. 朱詩有"却是燕姬能捍虜"之句.[2]
아골타가 연경 땅의 여자에게 미혹되어 그 나라에 이르지도 못하고 죽었다. 주자(朱子)의 시에 "도리어 연희가 오랑캐를 막아냈네"라는 구가 있다.

---

1) 燕姬(연희): 연나라 미녀, 곧 가무에 능한 기녀.

2) 아골타(1068~1123)가 요나라를 정벌하고 그 왕실의 자녀를 거두어 북으로 가다가 함부로 여자에게 미혹되어 죽었다고 한다. 고사는 『주자어류』에 나오고, 시는 주자의 「제번기도」를 말한다. 류원중(1861~1943)의 시 각주 참조.

○ 김호직(金浩直, 1874~1953) 자 맹집(孟集), 호 우강(雨岡)·현재(弦齋)

본관 안동. 경북 의성 사진리(沙眞里, 현 점곡면 사촌리) 출생. 향산 이만도(1842~1910)의 문인으로, 1896년 3월 의성 의진(義陣)의 의병장인 백부 김상종(金象鍾, 1848~1909)을 종군하면서 전과를 올렸다. 1899년 이후로 제주, 금강산, 통영, 경주, 평양 등지를 유람했다. 1913년 가족을 이끌고 문경 주흘산에 은둔했다가 얼마 뒤 아들을 따라 전전했으며, 광복 후 향리로 돌아왔다.
아래 시는 문집 원주에 있듯이 그가 갑진년(1904) 남부 지역을 유람할 때 지었고, 그의 장편가사 『한양가』와 『동천자(東千字)』도 주목받고 있다.

「義妓巖」〈『우강집』 권1, 4b〉 **(의기암)**

流盡長江石不流	긴 강이 다 흘러도 바위는 아니 흐르고
落花芳草滿汀洲	지는 꽃잎 향긋한 풀이 물가에 가득하다
環佩魂歸憐皓月	패옥 찬 혼령이 돌아가니 흰 달 가련하고
玉簫聲斷悵虛樓	퉁소 소리 끊기자 텅 빈 누각이 구슬픈데
百世靑邱人有口	사람들이 우리나라 오랜 역사를 말하니
一樽紅荔[1]客生愁	나그네는 술 한 통과 제수에 근심 생기네
足武[2]邦家兼又爾	나라에서 의식을 아울러 계승하여
能令吾輩至今遊	우리들 지금 유람할 수 있게 하도다

○ 권상규(權相圭, 1874~1961) 자 치삼(致三), 호는 인암(忍庵)·채산(蔡山)

본관 안동(安東). 경북 봉화군 봉화읍 유곡리 출생. 충재 권벌의 후예로 외할아버지는 한산(韓山) 이문직(李文稷)이고, 아버지는 의병장 권세연(權世淵)이다. 1895년 을미사변이 일어나자 권상규는 의병을 일으키려 하였으나 실패하였고 이듬해 다시 의병을 일으켜 활동하였다. 독립운동가인 면우 곽종석, 심산 김창숙 등과 교류하였다. 1910년 경술국치 이후 세상과 인연을 끊고 동서양 역사 서적을 구해 읽으며 당시의 국제 정세를 파악하였다. 문집에는 곽종석과 김창숙에게 보낸 편지글, 안중근의 전기문 등이 실려 있다. 아래 시는 평양 의기 계월향의 사당을 읊은 것이나 '남 논개 북 계월향'으로 병칭되기에 수록했다.

---

1) 紅荔(홍려): =단려(丹荔). 붉은 여지, 곧 제사에 쓰는 과일. 유래는 장지연(1864~1921)의 「제의기사문」 참조.

2) 足武(족무): 넉넉히 계승함. '武'는 계승하다.

「題義妓祠一絶」〈『인암집』 권2, 9a~b〉 **(의기 사당 일절을 짓다)**

千古綱常桂月魂	천고 강상은 계월향의 넋이거니
晉城論介可同論	진주성 논개와 함께 논할 만하네
山河擧目今何世	산하 바라보니 지금 어떤 세상이뇨
古廟荒凉草樹昏	옛 사당 황량하고 초목은 어둑해라

○ 하우식(河祐植, 1875~1943) 자 성락(聖洛), 호 담산(澹山)·목재(木齋)

본관 진양. (문하)시랑공파. 진주 대곡면 단목리 출생. 부친은 창주 하징(河憕, 1563~1624)의 10세손 하계룡(河啓龍)이다. 경상우병사 정기택(1886~8 재직)이 개설한 촉석루 백일장에서 지은 시가 주위를 놀라게 했고, 1891년 향시 병폐를 접한 뒤 뜻을 접었다. 송병선(1897)·전우(1906)의 제자로 예학에 정통했고, 기호학파 정재규·조성가·조용상·조용헌·정봉기 등과 교유했다. 동문수학한 사돈 한유(1868~1911)의 『우산집』 간행을 주도했다. 장남이 해성 하순봉(河恂鳳, 1901~1970)이고, 사위로 우산 한유의 차남 한승(韓昇)과 권옥현 등이 있으며, 손서가 LG그룹 창업자 구자경(具滋暻)이다. 아래 시는 「분양회고(汾陽懷古)」 12수 중 제10수이고, 문집 편차로 볼 때 기해년(1899)에 지었음을 알 수 있다.

「義妓岩」〈『담산집』 권1, 3a〉 **(의기암)**

峭然危石立江心	아찔한 바위가 가파르게 강 속에 서 있고
遺恨千年碧水深	오랜 세월 남은 한은 푸른 물에 깊이 서렸네
漂女不知當日事	빨래하는 여자들은 그때 일을 모르고서
雙雙玉腕弄寒砧	쌍쌍이 고운 팔로 찬 다듬이를 두드리네

○ 강수환(姜璲桓, 1876~1929) 자 원회(源會)·군경(君敬), 호 설악(雪嶽)

본관 진주. 진주 대곡면 설매리(雪梅里) 출생. 만구 이종기(1837~1902)·면우 곽종석(1846~1919)·물천 김진호(1845~1908)의 문인이다. 회봉 하겸진(1870~1946)과 평생 교유했으며, 학문과 문장뿐 아니라 글씨도 뛰어났다.
아래 시는 「해동악부(海東樂府)」 20편 중 제13편이고, 이 악부는 원전의 주에 있듯이 만성 박치복(1824~1894)의 「대동속악부」를 본떠 지은 것이다. 이와 별도로 「진양악부(晉陽樂府)」(『설악집』 권1)가 있다.

「論介巖」〈『설악집』 권1, 19a~b〉 **(논개암)**

壬辰之亂, 晉州城陷. 倭酋登矗石樓, 置酒張樂. 有妓論介者, 才色殊絶, 酋愛之. 因酋至江山[1]危巖上, 歌舞興闌, 遂抱酋投江而死.

임진란 때 진주성이 함락되었다. 왜놈 두목이 촉석루에 올라 술을 마련하고 풍악을 베풀었다. 기생 논개(論介)는 용모가 매우 뛰어난지라 두목이 그녀를 좋아하였다. 이에 두목이 강가 높은 바위 위에 도착해 노래와 춤으로 흥취가 무르익었는데, 드디어 두목을 껴안고 강물에 몸을 내던져 죽었다.

晉陽城樓下	진양성 누각 아래
有石堪可語	바위를 말할 만하거니
水可渴兮石可泐[2]	물이 마른들 글씨 새긴 바위는
天長地久[3]名可與	무궁한 천지와 명성을 함께 하리라
大同江上仙月女[4]	대동강 가의 선월 같은 여인이
箕聖千年繼倫敘	기자 천년에 인륜 질서를 이어
南北遙貫軸	남북으로 굴대가 길게 꿰어졌으니
百轉地輪不敗沮[5]	땅에 백번 구른들 바퀴는 빠지지 않으리

1) 江山(강산): 강가. '山'은 上(상)의 오기.
2) 泐(륵): 글씨를 새김, 돌이 갈라짐.
3) 天長地久(천장지구): 하늘은 멀고 땅은 오래됨, 곧 영원히 변함없음.
4) 仙月女(선월녀): 임진왜란 때 순국한 기녀 계월향(桂月香)으로, 자세한 것은 박치복(1824~1894)의 시 참조.
5) 敗沮(패저): =저패(沮敗). 저지당하여 패함, 패배함.

○ 김창숙(金昌淑, 1879~1962) 자 문좌(文佐), 호 심산(心山)·벽옹(躄翁)

본관 의성. 경북 성주군 사월리(沙月里, 현 대가면 칠봉리) 출생. 이종기·곽종석·이승희·장석영(1851~1926)의 문인. 을사늑약이 체결되자 역적 처단을 요구하는 상소를 올려 옥고를 치렀다. 1919년 전국 유림 137명이 서명한 '파리장서'를 상해로 갖고 가서 김규식을 통해 프랑스에 제출했다. 이 사건으로 곽종석·하룡제(1854~1919)·김복한(1860~1924) 등이 고문 여독으로 연이어 순국했다. 이후 그는 중국에서 항일운동을 전개하다 1927년 체포되어 국내에 압송되었고, 감옥에서 광복을 맞았다. 1921년 이후 줄곧 이승만 반대 투쟁에 앞장섰다.
『심산유고』의 시 편차 외에 제서 이정기의 「연보」(『제서집』 부록)에 의하면, 이정기는 병진년(1916) 2월 김창숙·이종호(1884~1948) 등과 함께 촉석루, 의기암, 충무공 사당을 둘러보며 시를 지었다고 했다.

「義妓巖 二絕」〈『심산유고』 권1, 18쪽〉 **(의기암 절구 두 수)**

奇絶青邱史	동방 역사에 특출하게도
娼家有義巖	기생과 의암이 있지
咄哉肉食子[1]	괴이하도다, 높은 벼슬아치들
負國尙何饞[2]	나라 저버리고 아직도 무얼 탐하는가
祠高巖上岸[3]	사당은 바위 위 언덕에 우뚝하고
水咽岩下潭	바위 아래 깊은 못에 물이 흐느끼네
卽今封豕食[4]	요즘의 탐욕스러운 인간들
此義少人諳[5]	이 의리를 외는 사람이 적구나

1) 肉食子(육식자): =육식자(肉食者). 녹봉이 넉넉한 높은 관리. 후한 때 한 관상쟁이가 반초에게 "그대는 제비의 턱에 범의 머리라 재빨리 고기를 먹는 격이니, 이는 곧 만리후에 봉해질 상이다.[生燕頷虎頭, 飛而食肉, 此萬里侯相也]"라 한 데서 유래함. 『후한서』 권47 「반양열전」.

2) 饞(참): 탐하다.

3) 이 시행 끝에 "義妓祠, 在岩之崖上"이라는 원주가 있음.

4) 封豕食(봉시식): 흔히 성질이 잔인하거나 탐욕스러운 사람을 비유함. 유래는 정상점(1693~1767)의 「의암」 각주 참조.

5) 諳(암): 외다, 기억하다.

○ 조기종(曺夔鍾, 1880~1919) 자 순흠(舜欽), 호 여암(餘庵)

본관 창녕. 취원당 조광익(1537~1578)의 후손으로, 밀양시 무안면 괴정리(현 가례리 서가정)에서 태어났다. 소암 조하위(1678~1752)의 9세손이고, 조부는 괴와 조용환, 부친은 송애 조희석이다. 만구 이종기(1837~1902)와 소눌 노상직의 제자이고, 심재 조긍섭(1873~1933)과 절친했다. 모친을 여읜 뒤 난세를 피해 1904년 가족을 이끌고 산청 안의에 수년간 우거했고, 달성을 거쳐 1908년부터 복거하던 청부(현 청송) 고적산에서 40세로 병사했다. 손자로 조민식(부산시교육감), 조우식(독립운동가), 조경식(농림수산부장관) 등이 있다.

「論介巖」〈『여암집』 권1, 8a〉 **(논개암)**

巖上莓苔[1]碧	바위 위에 이끼가 푸르고
巖畔楓林黑	바윗가에 단풍 숲 우거졌네
楓林出沒莓苔濕	단풍 숲 들락날락 이끼 축축하고
南江之水流湜湜[2]	남강 물은 물결이 훤히 맑구려
漠漠[3]江雲漫	아득한 강에 구름이 가득하고
蕭蕭江雨寒	스산한 강에는 비가 차가운데
波不渴兮魂不死[4]	물결 마르지 않아 죽지 않은 넋이
朝朝暮暮江之干	아침마다 저녁마다 강변에 있구려
走燐飛螢生遠樹	달리는 도깨비불과 나는 반딧불은 먼 나무에 생기고
潛虬宿鷺愁空渚	물속 규룡과 잠자는 백로가 빈 물가에서 시름겨운데
矗石樓下騎驢客	촉석루 아래의 나귀 탄 나그네는
見此彷徨不能去	이 광경 보며 맴돌다가 떠날 수 없구려
猿鳥沙虫[5]如昨日	전란 때 순국한 일들은 엊그제 같은데
借問論介誰家女	묻노니 논개는 뉘 집의 딸이었던가

---

1) 莓苔(매태): 이끼. '莓'는 이끼, 풀이 무성한 모양.

2) 湜湜(식식): 물이 맑아 물밑까지 환히 보이는 모양. '湜'는 물 맑다.

3) 漠漠(막막): 넓고 아득한 모양, 널리 깔려 있는 모양. '漠'은 고요하다, 넓다.

4) 김성일(혹은 최경회)이 지은 촉석루 시의 4행을 인용.

5) 猿鳥沙虫(원조사충): =원학충사(猿鶴蟲沙). 대개 전쟁 통에 억울하게 죽은 장수나 재덕이 있는 사람을 슬퍼할 때 쓰는 관용어. 자세한 유래는 부록의 용어편 '원학충사' 참조.

刺桐[6]花色滿城門	음나무 꽃빛이 성문에 가득한데
居人指點[7]生長村	주민들은 생장한 마을을 가리키네
自是歌舞叢	이로부터 가무하는 무리는
死國[8]不顧躬	나라 위해 죽으며 몸을 돌보지 않았으니
方知秉彝天	비로소 알겠네, 타고난 떳떳한 성품은
貴賤男婦無不同	남녀 귀천이 같지 않음이 없음을

○ 류잠(柳潛, 1880~1951) 자 회부(晦敷), 호 택재(澤齋)

본관 진주. 초명 해엽(海曄). 진주 정태리(丁台里, 현 산청군 신안면 하정리 상정마을) 출생. 부친이 류현수(1859~1920)이고, 양자가 류기형(1914~1980)이다. 1897년 물천 김진호(1845~1908)에게 수학했고, 4년 뒤 거창 다전(茶田, 가북면 중촌리 소재)의 면우 곽종석(1846~1919)을 배알해 집지했다. 1926년 시은(市隱)을 위해 진양 비봉산 아래로 이사해 이도묵, 조현규, 허혁 등의 제현을 종유했다. 또 1934년 단성 백마산 아래로 복거한 뒤 도연명을 흠모해 '潛'으로 개명했다. 당시 기숙(耆宿)인 류원중·하겸진·권재규·하봉수 등과 교유했고, 선조들의 행적을 알리는 데 열성을 다했다.
아래 시는 「진양잡저(晉陽雜著)」 10수 중 제7수이고, 창작 시기는 문집 편차로 보아 무진년(1928)으로 추정된다.

「義岩」〈『택재집』 권1, 112면〉 **(의암)**

名城粉黛亦難輕	이름난 성의 기녀 또한 경시하기 어렵나니
雲水千年事正明	구름 물처럼 흘러간 옛일 참으로 또렷하네
記取香祠遺靈現	기억하게나 향긋한 사당에 영령이 나타나면
魚龍時作水珮鳴	어룡이 때맞춰 강물에서 패옥소리 울리리라

---

6) 刺桐(자동): 음나무를 말함. 가지는 굵고 가시가 많으며, 잎은 크고 넓찍하며, 웅장한 나무의 생김새가 오동나무를 닮았다 하여 자동(刺桐) 혹은 해동목(海桐木)이라 한다.

7) 指點(지점): 눈에 익혀 두었다가 손가락으로 가리킴.

8) 死國(사국): =순국(殉國). 나라를 위해 죽음.

○ 이교우(李敎宇, 1881~1950) 자 치선(致善), 호 과재(果齋)

본관 전의. 단성 내고리(內古里, 현 산청군 신안면 소재) 출생. 부친은 벽산 이희란(李熙瓓)이고, 지재 이교문(1878~1958)의 동생이며, 조카가 성재 이린호(1892~1949)이다. 노백헌 정재규(1843~1911)·물천 김진호·송사 기우만(1846~1916)의 문인으로 지역의 명사들과 두루 교유했고, 1936년 후산서당(後山書堂)을 지어 후학을 길렀다. 산청 남계서원에서 『일두집』을, 장성 고산서원에서 『송사집』을 교정하는 데 참여했다. 「아송집해(雅誦集解)」(『과재집』 권15~18)는 주자의 시를 이해하는 데 요긴하다.
원전의 세주에 있듯이 그는 우산 한유(1868~1911)의 악부를 본떠 「분양악부(汾陽樂府)」 총 31편을 신유년(1921) 6월에 완성했는데, 그중 제23편인 아래 작품은 제13행으로 보건대 악부는 경신년(1920)에 지었음을 알 수 있다.

「巖上女」 〈『과재집』 권2, 32b~33a〉 **(암상녀)**

壬辰之亂, 晉州城陷. 有妓論介者, 凝粧靚服, 立于峭岩之上. 倭酋悅其色, 來狎之, 論介遂抱之入水. 後人名其巖曰義巖.

임진란 때 진주성이 함락되었다. 기생 논개(論介)가 화장을 곱게 하고 옷을 단장하여 가파른 바위 위에 서 있었다. 왜놈 두목이 그 모습을 좋아하여 와서 가까이하니, 논개가 드디어 그를 껴안고 강물에 뛰어들었다. 후세 사람이 그 바위를 '의암(義巖)'이라 하였다.

巖上有一女　　바위 위의 한 여인이
粧服何鮮明　　옷차림 어찌나 고왔던지
日酋見驚喜　　일본 두목이 보고 몹시 기뻐하자
歡狎迷眞精　　즐거이 희롱하며 혼을 빼놓았지
巖下水千尋　　바위 아래는 강물이 천 길이라
抱墮不復上　　안고 떨어져 다시 떠오르지 않자
軍兵鳥獸散　　군병과 조수가 흩어지고
城坋飜震盪　　성첩은 엎어지고 몹시 흔들렸지
國之存與亡　　나라의 보존과 멸망은
非關女子身　　여자의 몸과는 관계없다지만
巖女還多事　　바위 여자는 되레 수선하게 꾸며
一身當萬人　　한 몸으로 만인을 대적하였노라

涒灘[1]今復回	경신년이 다시 돌아온 지금
東鯨[2]任噴瀾	동해 고래가 멋대로 물을 내뿜거니
運祚[3]何迫促	천운 복조는 어쩜 그리도 군색한지
沈沈[4]至無韓	어둠침침하여 대한이 없음에 이르렀네
溯洄[5]巖女事	바위 여자의 일을 떠올릴사
赬[6]發丈夫顔	장부의 얼굴이 붉어지는구려

○ 이우삼(李愚三, 1882~1958) 자 화영(華永), 호 운초(雲樵)

본관 벽진. 합천 목계(木溪, 현 가회면 목곡리) 출생. 집안이 가난해 수차례 이거하다 중년 이후에 산청 덕산의 천평(川坪, 현 시천면 소재)에 정착했다. 5세 때 부모를 잃어 숙부 이규화에게 특별한 사랑을 받았다. 만년에 벗들과 시를 지으며 자락했으며, 이태식(1875~1951)·이사영·조상하 등과 친했다. 절구 1행의 시어 "樓墟"로 볼 때 한국전쟁 이후에 이 시를 지었음을 짐작할 수 있다.

「矗石樓感吟」〈『운초실기』 권1, 12a~b〉 **(촉석루에서 감개하여 읊다)**

樓墟草沒水流東	누각 터에 풀 무성하고 물이 동으로 흐르는데
往事蒼茫一夢中	아득한 옛일은 한바탕 꿈속 같아라
暫憩朱娘祠[1]下石	주낭자 사당 아래의 바위에서 잠시 쉬노라니
芳香來自落花風	향기가 꽃잎 지게 하는 바람 따라 절로 오네

---

1) 涒灘(군탄): 12지지 중 '신(申)'의 고갑자. 이교우(1881~1950)가 이 시를 지은 때는 임신년(1392)에 건국한 조선이 경술년에 망하고 그 10년 뒤 경신년(1920)에 해당한다.

2) 東鯨(동경): 동해의 고래, 곧 일본.

3) 運祚(운조): 하늘이 정한 운, 돌아오는 운.

4) 沈沈(침침): 밤이 깊어 조용한 모양, 물이 깊은 모양, 초목이 무성한 모양. '沈'은 잠기다.

5) 溯洄(소회): 물을 거슬러 올라가다, 기억을 더듬다. '溯'는 소(溯)와 동자.

6) 赬(정): 붉다.

1) 朱娘祠(주랑사): 의기사. 그는 논개 성을 주(朱)씨로 보았다.

○ 박희순(朴熙純, 1881~1952) 자 문일(文一), 호 건재(健齋)

본관 밀양. 단성 안봉리(安峯里, 현 산청군 신안면 소재) 출생. 송은 박익(1332~1398)의 4남인 졸당 박총(朴聰)의 후예로 만년에 인근 진태리의 신계정사(新溪精舍)에서 제자를 기르고 유학의 풍도를 부흥시켰다. 후산 이도복(1862~1938)의 문인으로 정재규·권운환·권재규(1870~1952)를 종유했으며, 이교우·이교면 등과 교유했다.
아래 시는 작품 편차상 경자년(1900)경에 지었음을 알 수 있다.

「題義妓祠」〈『건재유고』, 65면〉 **(의기사에 제하다)**

人孰不有生死關	사람이면 누군들 생사 관문 없으랴만
死於死地最爲艱	사지에서 죽기란 참으로 어려운 일
美人能辦熊魚別[1]	미인이 의리를 능히 판별했나니
畵閣雕樓禮需班[2]	그림 같은 누각에 예물 차리네

○ 이종호(李鍾浩, 1884~1948) 자 맹규(孟奎), 호 척재(拓齋)

본관 재령. 진주 지수면 청원리(淸源里) 출생. 일찍부터 가학을 전수한 뒤 물천 김진호(1845~1908)와 일산 조병규(1846~1931)의 문인이 되었고, 평생 향리에 처사로 지내면서 선비들에게 학문을 인정받았다. 안종창, 하겸진, 조긍섭, 안종화 등과 도의로 교유했다.
이정기의 연보(『제서집 부록』〈21b〉)에 의하면, 이정기는 병진년(1916) 2월 이종호·김창숙 등과 함께 촉석루, 충무공사당 등 남부 명승지를 둘러보고 시를 지었다고 했다. 아래 시는 당시 지은 「次李見可[1]金文佐昌淑南遊記行韻」 6수 중 제4수이다.

「義巖」〈『척재집』 권1, 7a~b〉 **(의암)**

國家風化[2]邁周室	나라의 교화는 주 왕실보다 뛰어났고
江漢遊娘出義岩	강가의 아가씨는 의암에서 배출됐나니

---

1) 생명을 버리고 의를 취함. 자세한 것은 부록의 용어편 '웅어' 참조.

2) 班(반): 펴다, 깔다.

1) 見可(견가): 제서 이정기(1872~1945)의 자. 「의기암」, 「창렬사」 시가 있다.

2) 風化(풍화): 덕으로 백성을 교화함.

高節千秋誰得似　　천추의 높은 절개 누구인들 이만하랴
留看寒月[3]照深潭　　한참 보나니 찬 달이 깊은 못을 비추네

○ 류기춘(柳基春, 1884~1960) 자 화일(和一), 호 오려(吾廬)

본관 문화. 대구 여호리(驪湖里, 현 달성군 다사읍 방천리) 출생. 17세 이후 만구 이종기(1837~1902)와 농산 장승택(1838~1916)의 제자가 되었다. 세상이 어지러워지자 은거해 홍재희·조긍섭 등과 교유하며 지냈고, 만년에 전통 학문에 더욱 몰두했다. 어려운 이들에게 돈과 곡식을 제공했고, 풍류를 좋아해 명소를 유람하며 기행시를 많이 지었다.

「過義妓門」〈『오려유고』 권1, 11b〉 **(의기문을 지나며)**

蕭條[1]江上一間門　　쓸쓸한 강 위에 한 칸의 대문이 있고
芳草春深泣暮猿　　봄 깊은 방초에 저녁 원숭이 울어댄다
最是無情東逝水　　무엇보다 물이 무정하게 동쪽으로 흘러
狂奔日夜獨巖存　　미친 듯 주야로 달리는데도 바위 홀로 서 있네

○ 양회갑(梁會甲, 1884~1961) 자 원숙(元淑), 호 정재(正齋)

본관 남원. 초명 회을(會乙). 전라도 능주 초방리(草坊里, 현 화순군 이양면 소재) 출생. 어릴 때 조부인 소암 양호묵(梁虎默)에게 천자문을 배웠고, 1898년 부친 양재덕(梁在德)의 권유로 연재 송병선(1836~1905)의 문인이 되었으며, 을사늑약 이후 과거를 단념하고 성리학 연구에 정진했다. 1914년 이후로 송사 기우만(1846~1916)의 문인이 되었고, 스승 사후 문집 간행과 영당 건립을 주도했다. 아래 시의 의미와 산홍에 대해서는 『진주성 촉석루의 숨은 내력』(2014, 455~467쪽)에 자세히 수록되어 있다.

---

3) 寒月(한월): 겨울의 달, 겨울 하늘에 뜬 달, 차가운 달.

1) 蕭條(소조): 쓸쓸한 모양, 한적한 모양, 초목이 시드는 모양. ‘條’는 나뭇가지.

「妓山紅[1]數罪[2]賣國賊 不許寢自死」〈『정재집』 권2, 58a〉 **(기녀 산홍이 매국노에게 죄를 책망하며 잠자리를 거절하고 스스로 죽다)**

矗石樓傍義妓碑[3]	촉석루 곁의 의기 비석
箕營城裏忠娘[4]名	평양성 안의 충랑 명성
山紅一片柳車[5]路	산홍이 작은 상여 타고 길을 떠남에
誰不標題烈女旌	누군들 명정에 열녀라 표제하지 않으랴
某賊廚中俾供饌	어떤 역적이 부엌 향해 음식을 바치라 하니
高聲擊俎出門行	큰 소리로 도마 두드리며 문밖을 나가버렸지
可憐當日生諸賊	가여워라, 지금껏 살아 있는 역적들
狗不食餘[6]識主情	개도 주인의 뜻 알아 똥조차 안 먹네

○ 박원종(朴遠鍾, 1887~1944) 자 성진(聲振), 호 직암(直庵)

본관 밀양. 산청군 단성면 사월리 출생. 니계 박래오(朴來吾, 1713~1785)의 6세손으로 족대부 사촌 박규호(1850~1930)의 제자이다. 그리고 자형이 정곡 성환부(1870~1947)이고, 성환부의 외사촌형이 옥봉 하계락(1868~1933)이다. 경술국치 이후 거창 다전(茶田, 가북면 중촌리 소재)의 면우 곽종석(1846~1919)을 배알하여 문인이 되었다. 1932년 하봉수, 김황, 하경락, 정덕영 등과 단성의 니동서당에서 곽종석 연보를 교감했다. 아래의 시 외에 진주 풍속을 제재로 한 12수의 「진양죽지사」(『직암유집』 권2)도 있다.

「義妓巖 二絶」〈『직암유집』 권1, 22a~b〉 **(의기암 절구 두 수)**

峭巖未歇落花香	가파른 바위는 낙화 향기 다하지 않고

1) 妓山紅(기산홍): 기녀 산홍.
2) 數罪(수죄): 죄목을 일일이 세어서 책망함. '數'는 꾸짖다.
3) 義妓碑(의기비): 의암사적비(1722). 이것이 아니라면 의기창렬회에서 제5회 영남예술제를 기해 1954년 10월 29일 의기사 앞에 세운 '의랑 논개의 비'를 말한다.
4) 忠娘(충랑): 임진왜란 때 순국한 기녀 계월향(桂月香). 박치복(1824~1894)의 시 참조.
5) 柳車(유거): 장례식 때 관이나 시신을 싣고 끌던 큰 수레. '柳'는 모은다는 뜻으로, 여러 가지 장식물로 꾸민 수레를 말함. 김장생, 「가례집람도설」, 『사계전서』 권24 참조.
6) 食餘(식여): 음식의 나머지, 곧 똥을 말함.

古廟長存烈日光　　옛 사당엔 언제나 뜨거운 햇살 빛난다
桂酒酹魂魂不返　　계주를 바치나 혼백은 돌아오지 않고
綠波怳惚泛羅裳　　황홀한 푸른 물결은 비단치마 뜬 듯하네

可憐花柳化金鋼[1]　　어여쁜 노류장화가 금강으로 변한 뒤
一笑殲讎義氣揚　　일소하며 원수를 죽여 의기가 드높건만
世間髥婦[2]能無愧　　세상에 비겁한 남자는 부끄러운 줄 모르고
漆齒[3]如今滿晉陽　　왜놈들은 지금 진양에 득실거리네

○ 김수응(金粹應, 1887~1954) 자 순부(純夫), 호 직재(直齋)

본관 의성. 경북 성주 윤동리(倫洞里, 현 수륜면 수륜리) 출생. 가학을 계승하다 1913년 공산 송준필(1869~1943)의 문생이 되었다. 만년에 금릉(金陵)의 황학산에 정사를 지어 후진 양성과 학문에 몰두했으며, 장석영·하겸진·노상직·장상학 등 명유들과 교유했다.

「義巖祠」〈『직재집』 권1, 13b〉 **(의암사)**

大東千萬秋　　우리나라 천만년 동안
輿誦[1]不曾休　　칭송이 그친 적 없나니
吾輩爲男子　　남자로 태어난 우리들
今來愧汗流　　지금 왔더니 부끄러워 식은땀이 줄줄

---

1) 金鋼(금강): 굳고 단단한 존재, 아주 굳은 마음.

2) 髥婦(염부): 수염 달린 여자, 곧 비겁한 남자. 자세한 유래는 부록 용어편 '염부' 참조.

3) 漆齒(칠치): 이를 검게 만들고 이마에 새기는 오랑캐 풍속, 곧 왜놈을 말함. '漆'은 검은 칠하다. 조선시보 진주지국장 승전이조(勝田伊助)의 『진주대관』〈1940〉(김상조 역, 진주신문사, 1995) 31쪽과 68쪽에 따르면, 일본인이 1903년 진주에 거주하기 시작하여 1년 만에 15명으로 늘어났고, 1939년 12월말 현재 2,732명에 달했다.

1) 輿誦(여송): 여러 사람의 입에 오르내림, 사회 일반의 칭송.

○ 이돈모(李敦模, 1888~1951) 자 처윤(處胤), 호 근재(謹齋)·매사(梅沙)

본관 전주. 전남 광양시 봉강면 봉당리(鳳堂里) 출생. 형제간 우애가 돈독해 향리에 칭송되었고, 성리학을 체계적으로 연구하기 위해 그 요점을 뽑아 책을 만들었으며, 창씨개명을 끝까지 거부했다. 간재 전우(1841~1922)의 제자로서 엄정한 몸가짐과 풍부한 학식으로 존경받았다.
아래 시는 문집 편차상으로 볼 때 정묘년(1927)에 지었음을 알 수 있다.

「義娘祠」〈『근재집』 권1, 17b〉 **(의랑사)**

百萬男兒計未伸	백만 남아라도 꾀를 내지 못했거늘
美人對此動天眞	미인은 이곳에서 천성을 나타내었네
何其玉手摻摻[1]力	어쩜 그 예쁜 손으로 있는 힘 다하여
抱倒千斤甲冑身	천근 갑주 입은 몸을 안고서 죽었는지

○ 김석규(金錫圭, 1891~1967) 자 낙중(洛中), 호 현초(賢樵)

본관 김녕. 11대조 김선귀(金善貴)가 정묘호란 뒤 충북 영동에서 남하 이거한 진주 미천면 향양리 개심(開心)마을 출생. 백촌 김문기의 후예로 김형주의 2남이다. 백형과 함께 노백헌 정재규(1843~1911) 문하에서 수학했고, '십필명(十必銘)'을 평생의 경구로 삼았다. 아래 시는 『향양연방고(向陽聯芳稿)』(1972) 권2의 『현초유고』에 수록되어 있는데, 이 세고는 요절한 백형 김정규(1888~1908)의 『매은유고』와 동생 김봉규(1894~1957)의 『성초유고』를 합편한 것이다.

「義妓祠」〈『현초유고』, 23b~24a〉 **(의기사)**

就死如常是晉陽	평소처럼 죽음에 나아간 곳 진양이거니
千秋高節亘天長	천추의 높은 절개가 긴 하늘에 뻗쳤는데
棟樑日照龍蛇動	기둥에 해 비치자 용과 뱀이 움직이고
總戶風淸竹樹涼	온 집에 바람 맑고 대숲이 선득하도다
壯士佳人功一體	장사와 가인은 지위가 같은 공적 있고

1) 摻摻(섬섬): =섬섬(纖纖). 섬섬옥수, 곧 흰 손이 가냘프고 고운 모양. '摻(삼, 잡다)'이 가늘 뜻일 때는 '纖(섬, 가늘다)'과 같음.

忠魂義魄祭同鄕	충혼과 의혼을 같은 고을에서 제향하네
登斯遊客多參拜	이곳에 등람한 나그네 많이들 참배하거니와
掛壁花容[1]萬古香	내벽에 걸린 고운 모습은 만고에 향기로우리

○ 이린호(李麟鎬, 1892~1949) 자 공언(孔彦), 호 성재(醒齋)

본관 전의. 족보명은 경석(瓊錫). 단성 내고리(內古里, 현 산청군 신안면 소재) 출생했고, 부친은 동천 이교호(李敎灝, 1870~1937)이다. 권운환·권재규·정재규의 문인이 되어 경사에 능숙했고, 특히 우산 한유(1868~1911)의 총애가 깊었다. 일찍이 서울에서 유학할 때 석촌 윤용구와 동강 김녕한의 각별한 사랑을 받기도 했다. 율학과 수학을 비롯해 훈민정음의 자모와 외국어에도 정통했다.
그는 어릴 적 스승이던 숙부 이교우(1881~1950)와 마찬가지로 「분양악부(汾陽樂府)」 총 25편을 지었는데, 아래 시는 그중 제21편이다.

「巖上女」 〈『성재유고』 권1, 28a~b〉 (바위 위의 여인)

壬辰之亂, 晉州城陷. 有妓論介者, 凝粧靚服, 立于峭巖上. 倭酋悅其色, 來狎之, 論介遂抱之入水. 後人名其巖曰義巖.

임진란 때 진주성이 함락되었다. 기생 논개(論介)가 화장을 곱게 하고 옷을 단장하여 가파른 바위 위에 서 있었다. 왜놈 두목이 그 모습을 좋아하여 와서 가까이하니, 논개가 드디어 그를 껴안고 강물에 뛰어들었다. 후세 사람이 그 바위를 '의암(義巖)'이라 하였다.

取節無彼此	절의 취하는 데 피차가 없지만
所處有難易	처신함에는 어렵고 쉬움이 있지
吁彼樓上夫	아! 그때 누각 위 장부들
平生講道士	평소 도를 익힌 선비였네
丈夫而講道	장부로서 도를 배웠으니
一死誄或爾	값지게 죽은 그대 조문하노라

1) 花容(화용): 꽃처럼 아름다운 여자의 얼굴, 곧 논개 영정.

胡以女子身　어찌 여자의 몸으로
抱賊不有己　적 껴안고서 자신은 돌보지 않았나
貞淑良家婦　정숙한 양갓집 부인네도
猶難辨一死　한번 죽음을 결행하기 어렵거늘
胡以娼家女　어찌 창가의 여인으로
捐身若弊屣　제 목숨을 헌신짝처럼 버렸던가
從古取節人　예부터 절의를 취하는 사람은
求益鮮有益　이익 구한들 이익 얻기 드물었고
無益雖非欠　무익함이 흠은 아닐지라도
足爲死者惜　죽는 건 참으로 애석함이라
猗歟巖上女　아! 바위 위의 여인은
求益志且得　이익 구하되 뜻대로 얻었으니
水府如有知　용궁이 만일 지각이 있다면
香魂[1]也無憾　미인의 혼령은 유감없으리라
我來巖上立　내 와서 바위 위에 섰더니
曠世如日昨　세상 드문 일은 엊그제 같은데
天風吹白蘋　하늘 바람이 흰 마름에 불어대고
碧波吼蚊[2]鱷　푸른 물결은 교룡과 악어에 부딪네
回首古樓上　고개 돌려 옛 누각에 오르자
慘悵不忍目　몹시 슬퍼 차마 볼 수 없는데
寒日暎洲動　차가운 햇빛이 물에 비쳐 일렁이니
猶疑凝粧服　흡사 화장하고 옷을 바루는 듯하네

1) 香魂(향혼): 꽃의 정기, 여자를 꽃에 비유하여 그 넋을 이르는 말.
2) 蚊(문): 의미상 '蛟(교)'가 맞다.

○ 이명세(李明世, 1893~1972) 자 성도(聖道), 호 의산(義山)

본관 전주. 충남 홍성군 홍북면 중계리(中溪里) 출생. 1911년 양정고보를 졸업했고, 1918년 경성법학전수학교를 졸업한 뒤 대구지방법원 상주지청를 비롯해 여러 곳의 서기를 지냈으며, 1927년까지 호서은행에 다녔다. 1930년대 여러 회사의 경영에 참여했고, 1944년에는 경학원 사성(司成)이 되었다. 광복 후 성균관대 재단 이사장과 성균관장을 역임했고, 창씨개명은 춘산명세(春山明世)였다.

「登矗石樓 弔義妓論介」〈『의산집』 권1, 1a〉 **(촉석루에 올라 의기 논개를 조상하다)**

捐軀伸大義	목숨 바쳐 대의 펼치고자
誘敵報邦讐	적 유인해 나라 원수 갚았지
滾滾南江水	남강 물은 넘실넘실
忠魂萬古流	충혼은 만고에 흐르리

○ 김상준(金相峻, 1894~1971) 자 성흠(聖欽), 호 남파(南坡)

본관 상산. 초명 상종(相琮). 산청군 신등면 평지리 법물마을 출생. 어릴 때 부친인 평곡 김영시(1875~1952)에게 엄한 교육을 받았다. 삼일운동 때 부친이 의거 자금을 댄 혐의로 달성감옥에 투옥되자 감형을 위해 천금을 아끼지 않아 가세가 기울었으며, 산청에서 달성까지 도보로 오가며 고통을 함께했다. 이후 일경의 혹독한 감시를 받았으며, 자기 생전에 부친 문집을 간행하지 못한 것을 큰 한으로 여겼다.

「義妓巖」〈『남파유고』 권1, 5b〉 **(의기암)**

佳人殲賊處	미인이 적 섬멸한 곳
岩立近城高	바위가 높은 성 가까이 서 있네
當時忠烜爀[1]	당시의 충정이 환히 빛나니
千載義名昭	천년 두고 의로운 이름 밝히리

---

1) 烜爀(훤혁): 환히 빛나는 모양, 위세가 대단한 모양.

「吊義妓賦」[2] 〈『남파유고』 권1, 42b~43b〉 **(의기를 조상하는 부)**

惟愛君之天植	임금 사랑하는 마음은 천성이거늘
羌[3]夫孺[4]之奚異	아, 오랑캐 놈은 어이하여 다른가
昔漆嫠之嘯憂[5]	옛날 칠실 여인은 나라 걱정에 흐느끼며
照往蹟而汍淚[6]	옛 자취 비춰보고는 눈물을 줄줄 흘렸지
矧木蘭[7]之從軍	게다가 목란이 종군에 나서자
固萬夫之莫類[8]	진실로 만 명 사내인들 견줄 수 없었지
按箕邦之史乘	우리나라 역사를 살피건대
得佳人於矗樓	촉석루에서 미인을 얻었지
桂酒湛兮瑤觴	맛있는 계주를 좋은 잔에 담아
酹[9]貞魂於江流	강가에 술 부으며 정혼을 기린다
昔龍蛇之不吊[10]	옛날 용사년 하늘도 박정하여
嗟孤城之蹂躪	외딴 성이 유린된 일을 탄식하건대
哀六萬之全沒	육만 병사가 전몰한 것이 슬프고
烈三壯之同殉	삼장사 함께 순국함이 빛나도다

---

2) 이 작품은 박치복(1824~1894)의 「논개암」과 시상이나 표현 기교가 매우 유사하다.

3) 羌(강): 아아. 『초사(楚辭)』에서 감탄을 나타내는 발어사로 주로 쓰임.

4) 孺(유): =유자(孺子). 어린아이. '孺'는 젖먹이.

5) 漆嫠之嘯憂(칠리지소우): 칠실(漆室) 여인의 큰 근심. 신분이 낮은 사람이 나랏일을 진실로 걱정함인데, 한편으로는 자신의 분수에 넘치게 행동하는 것을 비유할 때 쓰임. 노나라 때 칠실 고을의 출가 못한 여인[嫠]이 기둥에 기대 흐느껴 우는[嘯] 것을 보고 이웃 부인이 비웃으며 그 까닭을 묻자, 임금이 늙고 태자가 나이 어린 것을 걱정해서[憂] 슬퍼한 것이라 했다. 유향, 『열녀전』 권3 〈魯漆室女〉.

6) 汍淚(환루): =누환(淚汍). 눈물이 줄줄 흐름. '汍'은 눈물이 흐르는 모양.

7) 木蘭(목란): 남북조 시대의 북방 민가인 「木蘭辭」에 등장하는 여성 영웅. 목란이 늙은 아버지를 대신해 남장하고 12년을 종군한 뒤 고향에 돌아온 사실을 기록한 장편서사시.

8) 類(류): 견주다, 비슷하다.

9) 酹(뢰): 붓다, 강신할 때 술을 땅에 뿌리는 일.

10) 不吊(부조): 조상하지 않음, 무정함, 박정함, 하늘이 불쌍히 여기지 않음. '吊(적)'이 '弔'의 속자로 쓰일 때는 '조'로 읽음.

有小婦於娼樓　창루의 어린 아가씨는
羌姿態之傾城　아, 성 기울게 할 자태라
愛拂雲[11]之綠鬢[12]　구름 헤친 듯한 검은 머리 사랑스러웠고
惜破苽[13]之芳齡　겨우 열여섯 꽃다운 나이라 가여웠네
佩繽紛之繁飾[14]　풍성한 패물로 잘 치장하고
服嬋娟[15]之彌章[16]　함초롬한 의복은 곱고 고와
如彩玉之瑩色　고운 옥 빛깔 반짝이듯
若明月之舒光　밝은 달 광채가 퍼지듯하였네
頑酋見而魂散　미련한 두목은 보고서 넋 나가
願日日之翺翔[17]　날이면 날마다 소요하며
姿讙謔[18]而相狎　방자하게 놀다가 가까이하길 원하니
强作[19]顔而徜徉[20]　억지로 낯빛을 드러내며 거닐었네
惟苦貞之素性[21]　곧은 정절은 타고난 성품이라
期欲罷而不能　그만두기를 바란들 그럴 수 있었겠나
舞袖低而不揚　춤추는 소매 늘어뜨린 채 휘젓지 않고
歌曨咽[22]而不凝　목청껏 노래하나 길게 끌지는 않았네

---

11) 拂雲(불운): 구름을 헤치고 나옴, 곧 산뜻한 자태를 비유함. '拂'은 떨다.

12) 綠鬢(녹빈): =녹환(綠鬟). 윤이 나는 고운 귀밑머리, 곧 미인을 비유함. '鬢'은 귀밑털.

13) 破苽(파고): =파과(破瓜). 여자 나이 16세를 지칭함.

14) 佩繽紛之繁飾(패빈분지번식): 풍성한 패물로 아름답게 꾸밈. '繽紛'은 많고 성한 모양. 『초사』「이소」, "노리개 갖가지로 곱게 꾸미고[佩繽紛其繁飾兮]".

15) 嬋娟(선연): 아름답고 예쁜 모양.

16) 彌章(미장): 더욱 빛남. '彌'는 더욱. '章'은 환하게 드러나다. 『초사』「이소」, "싱그러운 향기 물씬 풍기노라[芳菲菲其彌章]".

17) 翺翔(고상): 하늘 높이 빙빙 날다. 여기서는 배회하며 즐김. 원래 '翺'는 날개를 위아래로 흔들면서 빙빙 돌며 나는 것을, '翔'은 날개를 움직이지 않으면서 나는 것을 말함.

18) 讙謔(훤학): 왁자지껄 떠들면서 즐겁게 놂. '讙'은 시끄럽다.

19) 强作(강작): 억지로 함. '强'은 억지로. 여기서는 마지못해 웃는 것을 말함.

20) 徜徉(상양): 생각에 잠겨 왔다 갔다 함. '徜'은 어정거리다. '徉'은 노닐다.

21) 素性(소성): 타고난 성질, 천성.

彼之奴之如狂　　저 미치광이 왜놈들이
羌相隨而俯仰　　아, 덩달아 행동하며
願携手而同去　　손잡고 함께 가서
登江巖之百丈　　백 길 강가 바위에 오르길 원했지
白日皎於頭上　　밝은 해는 머리 위에 빛나고
綠水深而眼前　　푸른 물은 눈앞에 깊거니와
烏鵲飛而告靈　　오작은 날아 신령함을 알리고
蛟龍舞而流涎[23]　　교룡은 춤추며 군침을 흘렸지
踉蹌[24]兮抱其腰　　비슬비슬하는 그놈 허리를 껴안고
落渢渢[25]而共死　　떨어져 오르락내리락 함께 죽었으니
苟芳名之不朽兮　　방명은 진실로 사라지지 않고
亘萬古而無已　　만고에 걸쳐 그침이 없으리라
飛鳳之下　　비봉산 아래
仙鶴[26]之陽　　선학산 남쪽에
井方[27]堦級[28]　　계단 가지런한
義妓之堂　　의기의 사당
滔滔菁江　　넘실넘실 남강은
遙與浿通　　멀리 대동강에 통하지
浿上有妓[29]　　대동강 가의 기녀는

---

22) 嚨咽(농인): 목구멍. '嚨(롱)'은 목구멍.

23) 流涎(유연): 군침을 흘림, 몹시 부러워함. '涎'은 침.

24) 踉蹌(낭창): 비슬비슬 걷는 모양. '踉'은 허둥지둥 가는 모양. '蹌'은 비틀거리는 모양.

25) 渢渢(풍풍): 물에 떨어지는 소리. '渢'은 물소리.

26) 仙鶴(선학): 옥봉동 선학산. 〈진주성도〉를 보면 선학치(仙鶴峙)와 그 아래에 현재 '뒤벼리'라 부르는 적벽(赤壁)이 표시되어 있다.

27) 井方(정방): =정정방방(井井方方). 네모반듯하게 구획이 잘되어 질서정연한 모양.

28) 堦級(계급): =계급(階級). 계단을 뜻함. '堦'는 계(階)와 동자.

29) 浿上有妓(패상유기): 계월향을 말함. 박치복(1824~1894)의 「논개암」 참조.

與爾同功	그녀와 더불어 공로가 같고
芳魂不昧	꽃다운 넋은 어둡지 않으니
分明相逢	분명코 서로 만났으리라
世不如古	세상은 옛날과 다르게
虜據萬邦	왜놈이 온 나라 차지했거늘
我告以衷	내가 충심으로 알릴진대
心頭俱撞	마음속이 함께 쳐대누나

「義妓祠」〈『남파유고』 권1, 43b~44a〉 **(의기사)**

風風雨雨一高樓	바람 불건 비 오건 높은 누각 한결같고
四百年今落照頭	사백 년 지난 지금 끄트머리로 해 지네
頹堞[30]殘碑非古昔	성가퀴 헐고 비석 깨져 예전 그대로 아니나
白沙翠竹自春秋	모래밭과 푸른 대에 봄가을이 절로 바뀌네
恨凝芳草祠前綠	한으로 엉긴 방초는 사당 앞에 푸르렀고
憤激寒波檻外流	격분한 찬 물결은 난간 너머로 흘러간다
釰筑[31]相逢多感慨	비분강개한 이 서로 만나니 감개 많은데
側身[32]天地淚難收	세상에 비킨 몸이라 눈물 가누기 어렵구나

30) 頹堞(퇴첩): 허물어진 성가퀴. '頹'는 무너지다. '堞'은 성가퀴, 성첩.

31) **釰**筑(검축): 비분강개한 기개를 품은 사람을 뜻함. 전국시대 위(衛)나라의 검객 형가(荊軻)가 연(燕)에 가서 개백정과 축(筑)을 잘 연주하던 고점리(高漸離) 등과 날마다 술을 마셨는데, 얼큰해지면 노래하며 서로 즐기기도 하고 울기도 하면서 마치 옆에 사람이 아무도 없는 것처럼 하였다. 『사기』 권86 「자객열전」 〈형가〉.

32) 側身(측신): 몸을 한쪽으로 비킴, 곧 삼가느라고 잠시도 편안치 못한 상태를 뜻함.

○ 이병연(李秉延, 1894~1976) 자 백윤(伯允), 호 송석(松石)

본관 연안. 공주군 탄천면 운곡리 홍성동 출생. 초명은 병익(秉翼)이고, 진주목사(1772~4)를 지낸 청백리 이명즙(李命楫)의 6세손이다. 1922년부터 1937년까지 16년에 걸쳐 국내 최대의 인문지리서인 『조선환여승람』(전70책)을 편찬했는데, '진주군' 편을 간행한 1936년 당시 그의 주소지는 대전군 진잠면 대정리(현, 대전시 유성구 진잠동)로 되어 있다. 문집 『송석유고』 외 선조 관련 『연성충정공연보』, 『사세발해유첩』 등을 편찬하였다.

「義巖事跡碑」〈『조선환여승람』, 『진주군』「竪碑」, 7a〉 **(의암사적비)**

千秋義烈有誰頭	천추의열 앞자리는 누구의 차지런가
爲國忘身不曾愁	나라 위해 몸 바침에 근심 따위는 없었지
巖畔遺碑餘恨結	바윗가 남은 비석에 여한이 맺혔고
江聲嗚咽至今流	강물 소리 오열하며 지금껏 흐르네

○ 김희연(金熙淵, 1895~1971) 자 경림(景臨), 호 수암(守庵)

본관 서흥. 창녕 계팔리(桂八里, 현 고암면 계상리) 출생. 김굉필의 후손으로 심재 조긍섭(1873~1933)의 문인이고, 소눌 노상직(1855~1931)과 회봉 하겸진(1870~1946)에게도 학문을 질정했다. 향리에 은거하면서 줄곧 명리 대신 실천궁행을 추구했다. 문집 외 『수암쇄록(守庵瑣錄)』이 있다.

「義岩祠」〈『수암유고』 권1, 14a~b〉 **(의암사)**

丹雘煌煌壓水天	찬란한 단청이 강물 속 하늘을 누르는데
腥塵不到義岩前	비린 먼지는 의암 앞에 이르지 못하였네
誰知當日樓中女	누가 알았으랴 그날 누각의 여자가
能使千秋髮竦然[1]	천추토록 머리털 쭈뼛하게 할 줄을

1) 竦然(송연): 무서워서 몸을 떠는 모양. '竦'은 두려워하다.

○ 한상길(韓相吉, 1899~1967) 호 벽송(碧松)

본관 청주. 장수군 산서면 오산리 출신으로 한확(韓確)의 후손이다. 남원, 임실의 향교와 여러 고을을 출입하며 문인들과 교유했다. 김묵재(金默齋)의 제자이고 옛 성현의 가르침대로 살면서 후학을 가르치는 일에도 게을리하지 않았다. 장남 한대희(1920~2020)가 임실, 순창, 장수교육장(1974~1980)을 지냈다.

「秋拜義妓」[1] 〈『벽송실록』 권1, 7a~b〉 **(가을날 의기에게 배례하다)**

大名振晉陽	큰 이름 진양에 떨치고
矗石水流長	촉석루 강물은 유장하지
碑碣巍然立	비갈은 우뚝이 서 있고
丹青燦爛芳	단청은 꽃처럼 찬란한데
忠心惟烈烈[2]	충심은 유독 열렬하고
義氣最堂堂	의기는 가장 당당하도다
多士來參禮	많은 선비가 와서 제례 참석하니
千秋不絶香	향기는 천추에 끊어지지 않으리

1) 『벽송실록』 권2에도 「국추배의기(菊秋拜義妓)」가 실려 있는데, 3행과 7행의 시어가 몇 자 차이가 있다.

2) 烈烈(열렬): 용감한 모양. 높고 큰 모양 등. '烈'은 세차다, 굳세다, 빛나다.

○ 변영로(卞榮魯, 1898~1961) 호 수주(樹州)

서울 출생. 1915년 조선중앙기독교청년회학교 영어반을 수료했고, 1920년 『폐허』 동인으로 문단 활동을 본격 시작했다. 1931년 미국 산호세대학에 입학했고, 1946년부터 성균관대 영문과 교수로 근무했다. 1954년 국제 펜클럽 한국본부 초대 위원장을 지냈다. 시집 『조선의 마음』(1924), 수필집 『명정 40년』(1953) 등이 있다. 장녀 변진수(1925~2006)는 김해시에서 여성운동가로 활동했고, 사위 문익상은 김해 최초로 병원을 개업했다.
『신생활』 제3호(1922.4)에 실린 아래 시는 『조선의 마음』(평문관, 1924)에 재수록되었고, 일찍이 박종화의 소설과 교과서에 실림으로써 한국의 대표적인 시로 각인되었다.

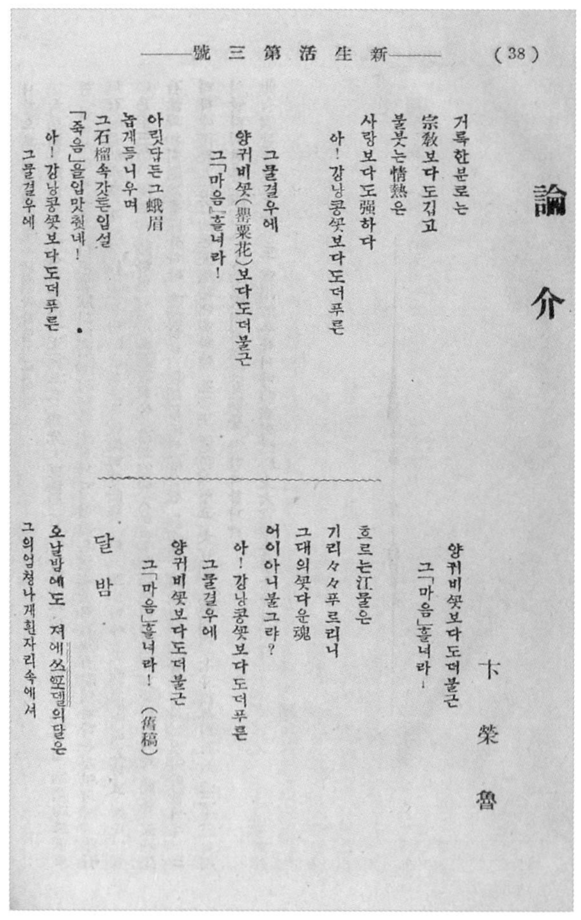
──新生活第三號── (38)

論介

卞榮魯

거룩한분로는
宗敎보다도깁고
불붓는情熱은
사랑보다도强하다
아! 강낭콩쏫보다도더푸른
그물결우에
양귀비쏫(罌粟花)보다도더붉은
그「마음」흘너라!

아릿답든그蛾眉
놉게듣니우며
그石榴속갓튼입설
「죽음」을입맛쵓네!
아! 강낭콩쏫보다도더푸른
그물결우에
양귀비쏫보다도더붉은
그「마음」흘너라!

흐르는江물은
기리々々푸르리니
그대의쏫다운魂
어이아니붉그랴?
아! 강낭콩쏫보다도더푸른
그물결우에
양귀비쏫보다도더붉은
그「마음」흘너라! (舊稿)

달 밤

오날밤에도 져에쓰또뎰의달은
그의엄청나게흰자리속에서

변영로, 「논개」. 『신생활』 제3호 〈1922.4.1〉 출처: 국립중앙도서관

○ 한용운(韓龍雲, 1879~1944) 법호 만해(卍海)

충남 홍성 출생. 속명 유천(裕天), 계명 봉완(奉玩), 법명 용운(龍雲). 선승으로서 불교계의 개혁과 근대화에 노력했으며, 일제에 저항하는 민족운동가로 활약했다. 『조선불교유신론』(1913), 『불교대전』(1914), 『정선강의 채근담』(1916) 등의 간행과 1918년 잡지 『유심』을 발행했다. 또 장편소설 『흑풍』, 『박명』 등을 발표했고, 성북동 심우장(尋牛莊)에서 지병으로 입적했다. 조명제 역, 『조선 불교 유신론』(2014) 해제 참조.
아래 작품이 실린 시집 『님의 침묵』은 1926년 5월 회동서관에서 출간했고, 1934년 7월 한성도서에서 재판 발행했다. 시제의 '묘(廟)'는 무덤이 아닌 사당의 뜻이다.

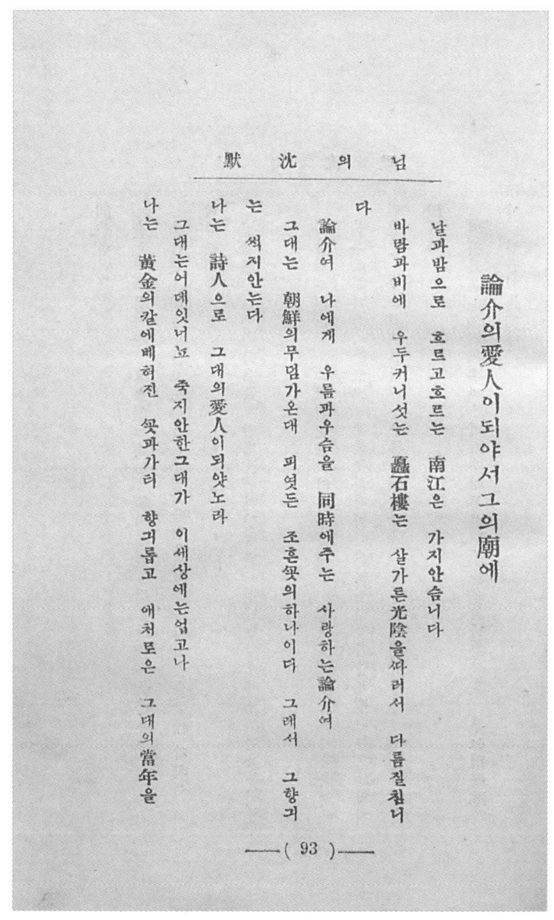
님의沈默

論介의愛人이되야서그의廟에

날과밤으로 흐르고흐르는 南江은 가지안습니다
바람과비에 우두커니섯는 矗石樓는 살가른光陰을따러서 다름질칩니
다
論介여 나에게 우름과우슴을 同時에주는 사랑하는論介여
그대는 朝鮮의무덤가온대 피엿든 조흔꼿의하나이다 그래서 그향기
는 썩지안는다
나는 詩人으로 그대의愛人이되얏노라
그대는어데잇너뇨 죽지안한그대가 이세상에는업고나
나는 黃金의칼에베혀진 꼿과가티 향기롭고 애처로은 그대의當年을

— (93) —

한용운, 「논개의 애인이 되야서 그의 묘에」. 『님의 침묵』 〈1926.5.20〉 출처: 국립중앙도서관

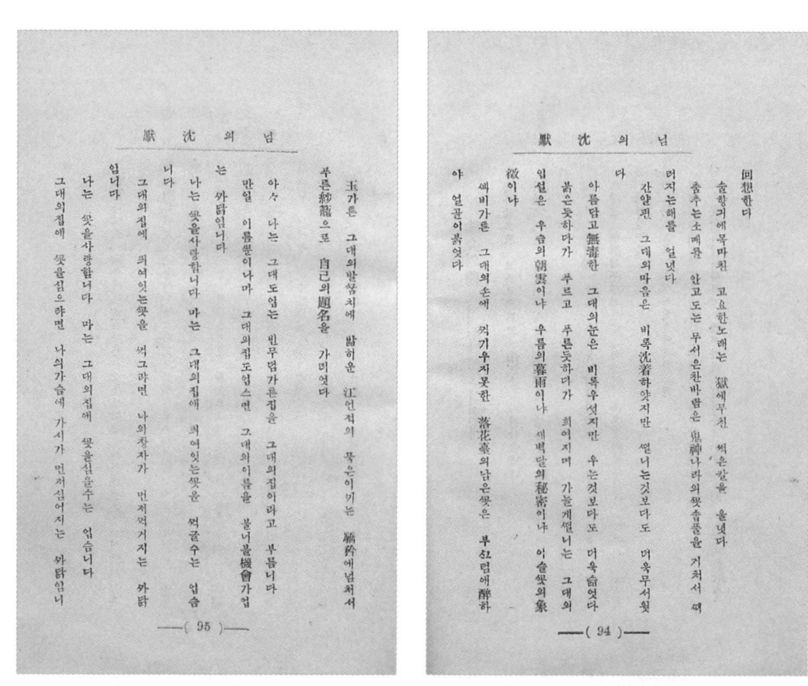

回想한다
술항긔에목마친 고요한노래는 獄에무친 썩은칼을 울녓다
춤추는소매를 안고도는 무서운찬바람은 鬼神나라의쏫숩풀을 거쳐서 썩
러지는해를 얼녓다
간얄핀 그대의마음은 비록沈着하얏지만 썰니는것보다도 더욱무서웟
다
아름답고無毒한 그대의눈은 비록우섯지만 우는것보다도 더욱슯엇다
붉은듯하다가 푸르고 푸른듯하다가 희여지며 가늘게썰니는 그대의
입설은 우슴의朝雲이냐 우름의暮雨이냐 새벽달의秘密이냐 이슬쏫의象
徵이냐
쌔비가튼 그대의손에 썩기우지못한 落花臺의남은쏫은 부끄럼에醉하
야 얼골이붉엇다

玉가튼 그대의발쑴치에 밟히운 江언덕의 묵은이씨는 驕矜에넘처서
푸른紗籠으로 自己의題名을 가리엇다
아々 나는 그대도업는 빈무덤가튼집을 그대의집이라고 부름니다
만일 이름뿐이나마 그대의집도업스면 그대의이름을 불너볼機會가업
는 싸닭입니다
나는 쏫을사랑함니다 마는 그대의집에 픠여잇는쏫을 썩글수는 업슴
니다
그대의집에 픠여잇는쏫을 썩그랴면 나의창자가 먼저썩거지는 싸닭
임니다
나는 쏫을사랑함니다 마는 그대의집에 쏫을심을수는 업슴니다
그대의집에 쏫을심으랴면 나의가슴에 가시가 먼저심어지는 싸닭임니

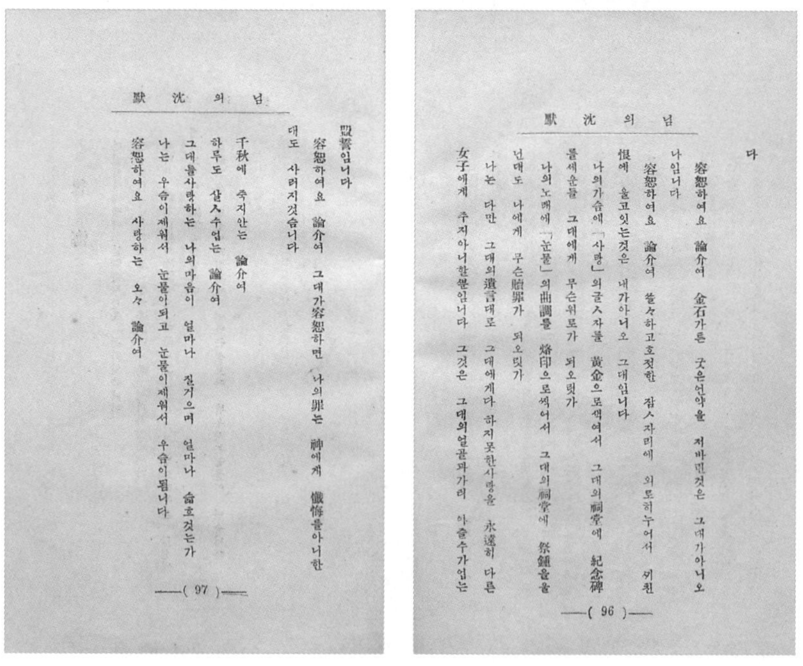

다
容恕하여요 論介여 金石가튼 굿은언약을 저바린것은 그대가아니오
나임니다
容恕하여요 論介여 쓸々하고호젓한 잠ㅅ자리에 외로히누어서 씨친
恨에 울고잇는것은 내가아니오 그대임니다
나의가슴에 「사랑」의글ㅅ자를 黃金으로색여서 그대의祠堂에 紀念碑
를세운들 그대에게 무슨위로가 되오릿가
나의노래에 「눈물」의曲調를 烙印으로찍어서 그대의祠堂에 祭鍾을울
닌대도 나에게 무슨贖罪가 되오릿가
나는 다만 그대의遺言대로 그대에게다 하지못한사랑을 永遠히 다른
女子에게 주지아니할뿐임니다 그것은 그대의얼골과가티 이즐수가업는

盟誓임니다
容恕하여요 論介여 그대가容恕하면 나의罪는 神에게 懺悔를아니한
대도 사러지것슴니다
千秋에 죽지안는 論介여
하루도 살ㅅ수업는 論介여
그대를사랑하는 나의마음이 얼마나 질거으며 얼마나 슯흐것는가
나는 우슴이제워서 눈물이되고 눈물이제워서 우슴이됨니다
容恕하여요 사랑하는 오々 論介여

20세기

○ 박석로(朴奭魯, 1901~1979) 자 주상(周相), 호 일헌(一軒)

본관 울산. 하양 용정리(湧井里, 현 경북 경산시 하양읍 대학리) 출생. 우정 도석희(都錫羲)와 낭산 이후(李垕, 1870~1934)의 문인이다. 1957년 문행(文行)으로 박혁거세 왕릉 참봉에 추천되었다. 선비들과 시사를 결성해 산천에서 소요했고, 1977년 하양에 임진왜란 순국 의사(義士)의 기념비를 세웠다.
아래 시는 「남유수승기행(南遊搜勝紀行)」 중 한 편이다. 김상수의 「남유수승」(이호대 등, 『同遊錄』, 국립중앙도서관 소장)을 보면, 그는 임자년(1972) 8월 26일 이종길·김종일 등과 더불어 촉석루, 의암, 창렬사를 둘러보며 각자 제영시를 지었음을 알 수 있다.

「義巖」〈『일헌유고』 권1, 44b~45a〉 **(의암)**

佳人義氣薄蒼空	가인의 의로운 기상이 푸른 하늘에 닿는데
虹暈孤巖立晩風	무지개 뜬 외로운 바위가 저녁 바람에 서 있네
城陷當時誰不死	성 무너질 당시에 누군들 죽지 않았으랴만
紅裙[1]殲賊最奇功	적 무찌른 기녀의 기이한 공적 최고라네

1) 紅裙(홍군): 연분홍 치마로, 기녀나 미인을 가리킴. 백거이, 「산석류화십이운(山石榴花十二韻)」, "붉게 타는 등불 일천 심지요/ 붉은 치마 입은 기녀 한 무리로세[絳燄燈千炷, 紅裙妓一行]".

○ 김규태(金奎泰, 1902~1966) 자 경로(景魯), 호 고당(顧堂)

본관 서흥. 한훤당 김굉필(金宏弼)의 13세손으로 현풍 지동(池洞, 현 대구시 달성군 소재) 출생. 외조부가 극재 노필연이고, 생장하면서 외삼촌인 소눌 노상직(1855~1931)의 밀양 자암서당을 내왕하며 배웠다. 1919년 부친 김봉운(1879~1937)과 함께 합천군 용주면 손목리(일명 이사리)로, 1927년 스승 정기(1879~1950)를 따라 구례군 토지면 오미리로 이거했다. 1936년 인근의 금내리 용정마을에 '용암재'를 짓고 오로지 정통 성리학 입각해 강학했고, 동문수학한 유당 정현복·효당 김문옥과 절친했다. 글씨도 능해 화순 '물염정'과 광주 '지산재' 편액을 썼으며, 7남이 저명한 서예가 창석 김창동이다.

아래 시는 원저의 「진양도중」 시 제주에 있듯이 을축년(1925) 봄에 지었다. 한편 그의 「대동악부」(『고당집』 별집 권1)는 오광운(1689~1745)의 「해동악부」(『약산만고』 권5)를 전사한 것이다.

「義娘祠」〈『고당집』 권1, 2a〉 **(의랑사)**

千載義娘尙有靈	천년의 의랑 혼령이 여전히 남아 있거니
行人遊女拜丹靑	나그네와 기생들이 단청 사당에 절을 하네
至今巖下滔滔水	지금도 바위 아래로 강물이 도도히 흐르는데
不盡東風悽咽聲	끝없는 동풍에 오열하는 소리 슬프도다

○ 민인식(閔仁植, 1902~1972) 자 창가(昌可), 별자 유백(幼栢)

산청군 단성면 백곡리(栢谷里, 현 호리) 출생이나 정협(井峽, 현 진주 수곡면 효자리)으로 이거했다. 12세 때 여읜 부친 백암 민영채(閔泳寀, 1881~1913)와 함께 회봉 하겸진(1870~1946)의 제자이며, 별자(別字)를 지어준 성환혁·이일해 등과 교유가 두터웠다.

아래 시는 신축년(1961)에 지었고, 『유백유고』는 『민씨양세백암유백시문고』 권2에 들어 있다.

「義岩」〈『유백유고』, 12a〉 **(의암)**

碧水日東流	푸른 물 날마다 동으로 흐르고
岩孤逈欲愁	외로운 바위 아득히 시름겨운데
誰歟遊賞客	유람하는 나그네는 그 누구인지
吊古又悲秋	옛일 조상하며 가을을 슬퍼하네

○ 문재봉(文在鳳, 1903~1969) 자 성원(性元), 호 우당(愚堂)

본관 남평. 합천 와촌(瓦村, 현 율곡면 와리) 출생. 효성과 우애가 지극했고, 선조의 학덕이 서린 수도재(修道齋)에서 학문을 강마하고 향리 자제들을 길렀으며, 합천 초계 출신의 추연 권용현(1899~1988)과 절친했다.

「義妓祠」〈『우당유고』 권1, 29b〉 **(의기사)**

義娘祠立晉城陽　　의랑 사당이 세워진 진양성
殺賊芳名萬古長　　적 죽인 방명이 만고에 유장하네
雙手抱時魂失散　　두 손으로 껴안자 넋은 다 흩어지고
一身投處水凄凉　　한 몸 던진 곳에 강물이 처량하도다
泉臺[1]禮遇殊凡鬼　　저승에서 예우함에 일반 귀신과 다를 게고
竹帛表揚自產鄕　　역사에서 표창할 제 태어난 고장을 따르네
去後巖頭何所遺　　떠난 뒤에 바위 머리에 남은 자취 어딘가
班班[2]其跡至今香　　뚜렷한 그 행적이 지금까지 향기롭구나

○ 최양섭(崔養燮, 1905~1979) 자 언함(彦涵), 호 중암(重菴)

본관 전주. 경남 고성군 개천면 청광리(淸光里) 출생. 임진왜란 때의 의병장 소호 최균(崔均, 1537~1616)의 11세손으로, 서산 김흥락(1827~1899)의 문인이었던 부친 청계 최동익(1868~1912)을 8세 때 여의었다. 이후 족숙 병암 최규환(崔圭桓)·족형 청강 최도섭(1868~1933)에게 가학 전통을 배웠으며, 정헌 곽종천(1895~1970)·효계 곽종안·이예중과 절친했다. 1923년 부친 문집을 간행했고, 문중을 선양하는 글도 다수 지었다. 그리고 하정근·강주행 등이 주도해 『진양속지증보』(1967)를 편찬할 때 교정을 담당했다.

「義妓祠」〈『중암집』 권1, 9면〉 **(의기사)**

義烈千秋有義娘　　천추에 빛나는 의열로 의랑이 있나니

---

1) 泉臺(천대): 땅속의 묘혈(墓穴), 곧 저승.
2) 班班(반반): 선명하고 뚜렷한 모양, 얼룩진 모양. '班'은 얼룩.

遺祠寂寞寄巖傍	옛 사당은 쓸쓸히 바위 곁에 의지했네
巖前江水流無盡	바위 앞으로 강물이 끝없이 흐르나니
寒藻[1]年年剩薦香	해마다 제수 마련해 넉넉히 향불 올린다

○ 심규섭(沈圭燮, 1916~1950) 자 문재(文哉), 별자 녹우(鹿友)

단성현 용흥촌(龍興村, 현 산청군 신안면 외고리 용흥마을)에서 춘천당 심상봉(1893~1964)의 장남으로 출생. 이당(또는 송산) 권재규(1870~1952)와 과재 이교우(1881~1950)의 문인으로 25세 때 일제 징집을 피해 한성의학교에 입학했다. 서울에 머물 당시 해관 윤용구, 동강 김녕한, 단운 민병승이 그의 재주를 크게 아꼈으나 한국전쟁 통에 불과 35세 나이로 진주에서 요절했다.

「過義妓祠」〈『녹우유고』 권1, 2b〉 **(의기사를 지나며)**

西風立馬古汾陽	서풍 속에 말 세운 옛 진양이라
義妓祠前水自蒼	의기사 앞의 강물이 절로 푸르네
蘭蕙[1]心腸能死國[2]	난초·혜초 같은 마음으로 나라 위해 죽었으니
香民百代一生光	향기로운 사람은 대대로 한결같이 빛나리라

---

1) 寒藻(한조): 찬 마름. 마른 나물에 비유함.

1) 蘭蕙(난혜): 아름다운 미인. 출처는 황현(1855~1910)의 「의기논개비」(장수) 참조.

2) 死國(사국): =순국(殉國). 나라를 위해 죽음.

[별록] 장수 논개생장향비 제영

아래 시들은 정주석(1791~?)이 1846년 9월 장수향교 앞 시장터에 건립한 '촉석의기논개생장향수명비'(본서 제2부 제2장 논개생장향비에 수록)를 제재로 지은 것이다.

1975년까지 장수면 장수리 남동마을 19번 국도변에 있었던 '촉석의기논개생장향수명비'(약칭 논개생장향비). ©『벽계승람』(장수향교벽계승람편찬위원회, 1975.5)

○ 이희풍(李喜豐, 1813~1886) 자 성부(盛夫), 호 송파(松坡)

본관 전주. 전북 무주 출생. 노사 기정진(1798~1879)이 칭찬할 정도로 해박한 지식을 갖추어 향리에서 '松坡先生'으로 불렸고, 명리에는 관심을 두지 않고 유유자적하다가 해남 송정에서 별세했다. 백파선사·허련·신헌 등을 종유했으며, 1871년에는 초의선사 탑명(塔銘)을 지었다. 아래 시는 1918년 간행된 『대동시선』 권9 〈80쪽〉에도 실려 있다.

「長水義妓碑」〈『송파유고』 상권, 6a〉 **(장수 의기비)**

落花流水黯凄風　　낙화는 강물에 흘러가고 싸늘한 바람 스산한데

劒氣[1]如霜玉帳[2]空	서릿발 같은 검기가 공허한 장막이로다
應有夜來環珮響	응당 밤마다 패옥 소리 울리고
教坊南陌月明中	남쪽 교방은 달빛 속에 환하네

○ 문성호(文成鎬, 1844~1914) 자 응칠(應七), 호 규재(奎齋)

본관 남평. 장흥부 용계방(龍溪坊) 내동리(內洞里, 현 장흥군 부산면 내안리 내동마을) 출생. 문익점의 후손으로 정유재란 때 순국한 수문장 농재 문기방(文紀房)의 9세손이다. 25세 때 상경해 명사들과 십여 년 교유하며 과거에 응시했으나 실패했고, 만년인 1900년 이후 헌릉참봉과 중추원 의관에 제수되었다. 학남 김우의 장인인 만졸재 강우영(1808~1873)과 연재 송병선(1836~1905)의 문인이고, 면암 최익현을 종유했다. 그의 「이력일기」(『규재집』 권1 〈10b〉)의 "甲寅……年當七十一歲" 기록과 갑인년에 지은 문집 서문을 참고할 때 몰년은 1914년임을 알 수 있다.

「過長水邑[1]論介旌閭 歎忠節」〈『규재집』 권2, 14b~15a〉 **(장수 고을의 논개 정려각을 지나며 충절에 탄복하다)**

被之金石[2]起於詩	금석에 입힌 문자가 시를 짓게 하고
生長村前表額奇	생장한 마을 앞에 표창 편액 기이하네
報國丹忠心有刻	나라에 보답한 참된 충심이 새겨져 있고
履巖流落事爲期	바위 밟고 떨어진 일은 때를 기다렸을 테지
從今我亦悲歌者	지금 내 역시 비분강개한 사람이니
自古爾能死節知	자고로 그대의 순절 알고 있는지라
若得勁兵千萬勢	굳센 병사 천만 세력 얻는다면
直駈漢北滅胡夷	곧장 한강으로 달려가 오랑캐 멸하리

---

1) 劒氣(검기): 칼날에서 번뜩이는 자줏빛의 고상한 기운. 사람의 늠름한 기상에 비유함.

2) 玉帳(옥장): 옥처럼 견고한 장막으로, 장군의 막부나 군영.

1) 長水邑(장수읍): 장수면이 1979년 읍으로 승격했으므로 장수 고을로 번역했다.

2) 被之金石(피지금석): 공적을 종정(鐘鼎)이나 비석에 입힘. 한유, 「평회서비」, "신하들이 위대한 공로를 기록하여 쇠나 돌에 새길 것을 청하니, 황제가 나에게 명하셨다.[群臣請紀聖功**被之金石**, 皇帝以命臣愈]". 이 비석에 대해서는 하홍도(1593~1666)의 시주 참조.

○ 허재찬(許在瓚, 1847~1918) 자 내경(乃卿), 호 죽사(竹史)

본관 김해. 경남 고성 마암면 장산리(章山里) 출생. 병인양요 소식을 듣고 무인의 길을 결심하여 1878년 무과 급제했고, 1882년 수문장(守門將)을 지낼 당시 허전의 문하에 나아가 수학했다. 1905년에는 훈랑(訓郞)을 거쳐 비서원 승(祕書院丞)을 역임했다. 아래의 시는 제재가 논개비는 아니나 논개의 생장지를 언급하고 있으므로 수록했다.

「過長水邑 見羣吏殉義碑[1] 又聞義妓曾生長于此 有感」〈『죽사집』 권1, 21a〉 **(장수 고을을 지나며 아전들의 순의비를 보았고, 또 의기가 일찍이 이곳에서 나고 자랐다는 말을 듣고 느낌이 있어)**

山明水麗闢玆鄕	맑은 산 고운 물이 펼쳐진 이 고을에
妓胥流芳百世光	기녀와 아전 명성이 백세토록 빛나네
寄語頭天足地[2]者	사람들에게 한마디 이르노니
勉將此義牖東方	"이 의리로 우리나라 깨우침에 힘쓸지어다"

1) 殉義碑(순의비): 장수현감 조종면이 1678년 3월 22일 전주 감영에 가던 중 '장척애(壯尺崖)'를 지나다가 마침 꿩 소리에 말이 놀라 깊은 못에 떨어져 횡사하게 되었는데, 수행하던 아전이 자신의 실수라 생각하여 손가락을 깨물어 꿩과 말의 형상을 바위에 그리고 또 혈서로 '墮淚' 두 자를 절벽에 쓴 뒤 물에 뛰어들어 따라 죽었다. 1802년 현감 최수형이 아전의 의리를 기리기 위해 타루비(墮淚碑)와 비각을 세웠고, 현감 이헌승이 1821년 12월 비각을 중수하고 '長水吏殉義碑'를 세웠으며, 1845년 현감 류후조(1798~1876)와 아전들이 타루비 곁에 사당을 건립했다(『호남읍지』 「장수현읍지」 〈절의〉 '殉義吏'). 현재 장수군 천천면 장판리의 타루각에 비석 두 기가 보존되어 있다. 참고로 이기두(1867~1920)의 「長水道中見殉義碑有感」(『이계유고』 권1) 시에도 의기 논개가 장수에서 태어났다는 말을 전하고 있다.

〈장수현지도〉(1871) 부분. '순의리 타루비'

2) 頭天足地(두천족지): 하늘로 머리를 두고 땅을 걸음, 곧 사람을 비유함.

○ 황현(黃玹, 1855~1910) 자 운경(雲卿), 호 매천(梅泉)

생애 정보는 논개 순국 제영 참조. 아래 시는 문집 편차를 보듯이 무술년(1898)에 지은 것이다. 제재 '의기논개비'는 장수의 논개 비석을 지칭한 것이다. 한편 이 시는 현재 촉석루 현판시로 걸려 있는데 제목을 「의기사감음(義妓祠感吟)」으로 변개해 산홍의 시제와 같게 되었다. 『진주성 촉석루의 숨은 내력』(2014), 405~416쪽 참조.

「義妓論介碑」 〈『매천집』 권3 「戊戌稿」, 4a〉 **(의기논개비)**

楓川[1]渡口水猶香	풍천 나루 냇물은 여전히 향기로운데
濯我須眉[2]拜義娘	얼굴 깨끗이 씻고 의랑에게 절하노라
蕙質[3]何由能殺賊	고운 여인이 어인 일로 적장 죽였던가
藁砧[4]已自使編行	낭군을 위해 스스로 실행한 것이라네
長溪父老誇鄕産	장계 원로들은 제 고장 출생임을 자랑하고
矗石丹青祭國殤[5]	단청한 촉석루에서는 순국열사를 제사하지
追想穆陵人物盛	생각건대 선조 시대에는 인물이 많았거니
千秋妓籍一輝光	기생 중에도 한 줄기 빛이 천추에 빛나네

1) 楓川(풍천): 장계면 의암로를 따라 남북으로 흐르는 하천. 『장수지』(1928) 권1 〈12a〉에서는 의기 논개의 생장촌이라 했다.

2) 須眉(수미): 수염과 눈썹, 곧 얼굴. '須'는 鬚(수, 수염)와 통용.

3) 蕙質(혜질): 미인의 몸과 마음이 아울러 아름다움. 포조, 「무성부(蕪城賦)」, "동도의 아름다운 여인이요/ 남국의 고운 사람이라/ 난초 같은 마음이요/ 비단 같은 바탕이며/ 옥 같은 용모요/ 붉은 입술이어라[東都妙姬, 南國麗人, **蕙**心紈**質**, 玉貌絳唇]".

4) 藁砧(고침): 남편을 일컫는 은어(隱語). 고악부 중 "남편은 지금 어디 있는가/ 집을 나가고 없다오/ 그 언제 돌아오려나/ 조각달이 하늘에 떠 있을 때이리[**藁砧**今何在, 山上復有山, 何當大刀頭, 破鏡飛上天]"가 있다. 시를 해석하자면, 우선 고대 중국에서 볏짚[藁]을 깔고 받침대[砧] 위에 죄인을 엎드리게 하고 도끼[鈇]로 베어버리므로, 고침을 말하면 도끼를 함께 말했다. 鈇(부)와 夫(부)가 동음이므로 고침(藁砧)은 후세에 남편을 지칭하는 은어가 되었다. 그리고 '山上復有山'은 出(출)의 파자이고, '大刀頭[큰 칼 머리]'는 곧 고리[環]로 還(환)과 음이 서로 통하므로 '돌아오다'의 뜻이며, '破鏡'은 깨진 거울로 조각달을 가리킨다.

5) 國殤(국상): 나라를 위해 목숨을 바친 사람, 순국열사. '殤'은 스무 살 미만에 죽은 영혼을 뜻하는데, 대개 전쟁터에서 죽은 청장년을 가리킨다. 국가가 이들의 제주(祭主)가 되므로 '國殤'이라 하였는데, 『초사』 「九歌」의 한 편명이기도 하다.

○ 소학섭(蘇學燮, 1856~1919) 자 극중(極中), 호 남곡(南谷)

본관 진주. 남원부 적과방(迪果坊, 현 남원시 덕과면 만도리 만동마을) 출생. 연재 송병선(1836~1905)의 문인으로 학문과 덕행이 뛰어나 사림의 모범이 되어 따르는 문생들이 많았다. 갑오경장 이후 시국을 걱정하는 뜻을 담은 시문을 많이 지었다.

「過長水邑 見論介碑 有感」〈『남곡유고』 권1, 14b〉 **(장수 고을을 지나다가 논개비를 보고 느낌이 있어)**

本是秉彝貴賤無	본래 타고난 본성은 귀천이 없다지만
凄然憶昔爾微軀	옛날 그 미천한 신세 생각하니 처연하네
尋常女子能如此	보통의 여자가 그처럼 했거늘
況復人間大丈夫	하물며 인간 대장부가 되어서야

○ 조장섭(趙章燮, 1857~1934) 자 성여(成汝), 호 위당(韋堂)

본관 옥천(순창). 전남 곡성군 오곡면 오지리 출신. 일찍이 외삼촌인 임리헌 신명희(申命熙)에게서 수학하다가 1884년 연재 송병선(1836~1905)과 심석재 송병순(1839~1912) 형제의 제자가 되어 성리학의 요점을 체득했다. 왜정을 피해 지리산 등지에 자취를 옮겨 '잠계(潛溪)' 호를 새로 썼고, 존양대의의 정신으로 끝내 절의를 굽히지 않아 사림들에게 '원우완인(元祐完人)'의 큰 선비라는 평을 들었다. 생애 정보는 친조카인 성암 조우식(1869~1937)의 「제숙부위당선생문」(『성암집』 권12)과 권창현의 「위당조공묘갈명」(『심재집』 권7)을 참고했다. 한편 의병장 배헌 조영선(1879~1932)이 10촌 동생이며, 제자가 호석 류영(1888~1958)이다. 그는 진주 논개 시보다 장수 논개 시를 먼저 지었고, 삼장사 논쟁과 관련된 글도 지었다.

「過論介碑 次板上韻」〈『위당집』 권1, 15b~16a〉 **(논개비를 지나며 현판시에 차운하다)**

碑在長水縣北, 題之曰矗石義妓生長鄉竪名碑. 閣以覆之, 題其楣曰苟有秉彝, 誰敢毁傷? 而今殆毁傷, 盡矣. 故夢三首, 因其語而歎之.

비는 장수현 북쪽에 있고, '촉석의기생장향수명비'라 제하였다. 비각으로 덮어 가렸는데, 그 문미(門楣)에 "만일 본성이 있다면 누가 감히 훼손하리오?"라고 제하였다.

지금에 이르러 거의 훼손되어 죄다 없어질 지경이다. 그러므로 꿈결에 세 수를 지었는데, 그 제사(題詞)에 의거하여 탄식한 것이다.

海東日出矗樓峨	해동의 해 뜨는 곳에 촉석루 높다랗고
去去無窮壯士波	흐르고 흘러 끝없는 장사의 물결일세
足向箇中添一絶	그곳으로 걸어가 시 한 수 보태노니
碧溪[1]兒女動人多	장수 여인이 많이도 사람 감동케 하네
雲裡八公[2]較孰峨	구름 속 팔공산과 비교해 어느 것이 높은가
義聲曾不逐流波	의로운 명성은 한 번도 물결 따라 흐른 적 없다네
丈夫往往隳[3]名節	장부는 이따금 명예와 절조를 무너뜨리나니
聞此能無愧感多	그 말 듣고 부끄러운 느낌이 많지 않을리야
經營[4]小屋覆碑峨	작은 집 지어서 우뚝한 비석을 가렸고
長水千年不盡波	긴 냇물은 천년토록 물결 다하지 않는데
風雨毁傷何忍見	비바람에 훼손된 걸 어찌 차마 보리오
今人不及古人多	지금 사람은 옛사람 많이도 못 미치네

○ 구혁모(具赫謨, 1859~1895) 자 첨여(瞻汝), 호 신암(愼菴)

본관 능성. 전남 화순 출신. 연재 송병선(1836~1905)·심석재 송병순(1839~1912) 형제의 문하에서 8~9년을 수학했고, 기우만과 정의림 등과 함께 의리를 강론했으나 불행히도 37세에 요절했다. 면암 최익현(1833~1906)이 문집 발문을 지어 그가 단명으로 뜻을 펴지 못한 것을 아쉬워했다.

---

1) 碧溪(벽계): 장수군의 옛 이름.

2) 八公(팔공): 진안군 백운면과 장수군 장수읍에 걸쳐 있는 해발 1,151m의 산. 장수읍 서남향 20리에 위치하고 있다. 장수초, 장수중, 장수고 교가에 팔공산이 등장한다.

3) 隳(휴): 무너지다, 떨어지다.

4) 經營(경영): 터를 측량하고 건물을 배치함. 『시경』「대아」〈문왕〉, "經始靈臺, 經之營之".

「題長水義妓碑」 二首 〈『신암유고』 권1, 4b〉 **(장수 의기비에 제하다)** 두 수

女子有何見	여자가 무슨 소견 있었기에
猶能辨死生	오히려 생사를 판가름했나
天賦無豊嗇[1]	하늘이 부여한 본성은 공평하여
千秋一鑑明	천년토록 거울처럼 한결같이 맑으리

女兒義理明	여자가 의리에 밝았으니
焉浼[2]一平生	어찌 일평생을 더럽히랴
丰玉[3]輕投後	귀한 몸 가벼이 던진 뒤로
長江萬里淸	장강은 만 리에 청징하도다

○ 김영의(金永儀, 1864~1928) 자 봉경(鳳卿), 호 희암(希菴)

본관 광산. 전남 화순 춘양면 석정리(石亭里) 출생. 백부가 우거하던 광주로 가서 학문을 배웠고, 1894년 백형 김영필(金永弼)과 함께 입재 송근수(1818~1903)·연재 송병선(1836~1905)·심석재 송병순(1839~1912)의 제자가 되었다. 호 '希菴'은 송병순에게서 받은 것이다. 『근사록』을 소책자로 만들어 늘 휴대하며 본원을 익혔고, 스승의 잇따른 순국과 망국의 슬픔 속에 자정(自靖)의 세월을 보냈다. 아래 시는 시제에 있듯이 갑오년(1894)에 지었다.

「過長水縣 義妓論介生長遺墟碑 有感」 二絶 ○ 甲午 〈『희암유고』 권1, 4b〉 **(장수현을 지나가다 의기논개생장유허비에 느낌이 있어)** 두 수 ○ 갑오년〈1894〉.

春風倚杖古城門	춘풍 부는 옛 성문에 막대 짚고 섰노라니
生長名姝尙有村	이름난 미인이 생장한 마을 아직도 있구려
遠客彷徨芳草岸	먼 길손이 방초 우거진 언덕을 배회하며

1) 豊嗇(풍색): 풍부함과 인색함. '嗇'은 아끼다.
2) 焉浼(언매): '焉'은 어찌. '浼'는 더럽히다. 浼(매)가 '물이 편히 흐르다'의 뜻일 때는 '면'으로 읽음.
3) 丰玉(봉옥): 예쁜 옥, 곧 귀한 존재. '丰'은 예쁘다.

摩挲[1]石刻暗傷魂[2]　　석각을 어루만지니 어느새 마음이 아프네

荒城草綠短碑橫　　풀빛 파란 황성에 작은 비석 비꼈는데
長水千秋不盡聲　　장수에는 천추토록 칭송하는 소리 끝없네
試問晉陽當日事　　시험 삼아 진양의 그때 일을 물어볼진대
殲夷[3]偉烈世無爭　　적 섬멸한 큰 공로는 세상에 경쟁자 없으리

○ 안규용(安圭容, 1873~1959) 자 경삼(敬三), 호 회봉(晦峯)

본관 죽산. 초명 규용(圭鏞), 초자 회중(會中). 은봉 안방준(1573~1654)의 10세손으로 보성 옥평리(玉坪里, 현 복내면 유정리) 출생이나 1880년 면내의 원봉(圓峰)으로 이사했다. 1901년 연재 송병선(1836~1905)·심석재 송병순(1839~1912) 형제의 문인이 되었고, 연재는 그의 이름과 자를 고쳐주었다. 1921년 복내면 진봉리(眞鳳里)에 죽곡정사(竹谷精舍)를 짓고 강학하다 1934년 일제가 서당의 인가를 받으라고 강요하자 지리산에 들어가 초려를 지어 학문에 몰두했다. 2년 뒤 왜경에게 검색을 당해 투옥되기도 했으며, 1959년 광주에서 『포충사지(褒忠祠誌)』를 간행할 때 도유사를 맡았다. 추연 권용현(1899~1988)의 묘갈명이 있다.

「論介碑」 〈『회봉유고』 권1, 7b〉 **(논개비)**

矗石千秋落一花　　촉석에 천년 두고 꽃 하나 떨어졌거늘
卽看雲水是君家　　구름과 물을 보니 곧 그대의 집이로다
可憐片石今蕪沒　　가련한 조각돌은 지금 잡초에 묻혔는데
立馬西風淚欲斜　　서풍에 말 세우자 눈물이 비껴 흐르려네

---

1) 摩挲(마사): 손으로 어루만짐. '摩'는 쓰다듬다. '挲'는 만지다.

2) 이 시행 끝에 "마을 이름은 풍천이다.[村名楓泉]"라는 원주가 있다. 참고로 『장수지』(1928) 권1 〈12a〉에서 풍천을 의기 논개의 생장촌이라 했다.

3) 殲夷(섬이): 죽이고 평정함. '夷'는 평정하다.

○ 박해창(朴海昌, 1876~1933) 자 자극(子克), 호 정와(靖窩)

본관 순천. 남원시 수지면 호곡리에서 항일운동을 하다 고문 끝에 순국한 송곡 박주현(1844~1910)의 차남으로 출생. 1894년 문과 급제했지만 갑오농민전쟁 이후 연재 송병선(1836~1905)과 면암 최익현(1833~1906)의 문인이 되어 10년간 독서에 전념하다 출사해 홍문관 시강·비서랑을 역임했다. 1912년 가족을 이끌고 삼천포 선구리에 이거해 7년간 살다 환거했고, 의병활동을 적극 지원했으며, 『매천집』 간행 때 재원을 출연했다. 그의 차남 박천식(朴天植)은 원불교에 입교해 교리 정립과 교단 확장에 큰 역할을 했다.
아래 시는 문집 편차로 볼 때 삼천포 이거 직후인 임자년(1912)에 지었음을 알 수 있다.

「過長溪 次義妓論介生長碑韻」〈『정와집』 권1, 3a〉 **(장계를 지나다가 의기논개생장비의 시에 차운하다)**

八公山[1)]色碧嵯峨[2)]	푸른빛 팔공산 아스라이 솟았고
百里長溪萬折波	백 리 장계는 만 번이나 굽이치네
遠客停鞭空灑淚	나그네 채찍 멈추고 하염없이 눈물 흘리는데
碑前秋草夕陽多	비석 앞의 가을 풀에 석양빛이 물드누나

○ 홍옥(洪鈺, 1883~1948) 자 경집(敬集), 호 기우(幾宇)

전남 곡성 출신. 위당 조장섭(1857~1934)의 문인으로 학문의 요체를 익혀 송사 기우만(1846~1916)과 간재 전우(1841~1922)도 그를 예우했다. 최익현의 문도들과 함께 사당을 세워 면암의 순국 정신을 기렸고, 일제에 의해 사숙(私塾)이 관허제도로 바뀌자 자제들에게 경전 속에 스승이 있음을 알고 자정(自靖)할 것을 당부했다. 그가 세상을 떠나자 분암 안훈(1881~1958)과 방관(房琯)이 시와 문을 지어 슬퍼했다.

「過長水縣 揮淚論介碑」〈『기우집』 권1, 4b〉 **(장수현을 지나가다 논개비에 눈물을 뿌리다)**

早年長水倡家流	이른 나이에 장수의 창가로 흘러들었으나
千載義岩花魄愁	천년 두고 의암에는 꽃 넋의 근심 서렸네

1) 八公山(팔공산): 장수읍 서남향 20리에 위치한 호남의 진산. 앞의 조장섭의 시 참조.
2) 嵯峨(차아): 산이 높고 험한 모양. '嵯'는 우뚝 솟다. '峨'는 높다.

大節不隨碑閣泯　　큰 절의는 비각 사라져도 그대로일 테고
晉陽城外一高樓　　진양성 너머에 한 높은 누각이 있으리라

「再過論介碑」〈『기우집』 권2, 2a〉 **(다시 논개비를 지나며)**

瓦子和泥草自春　　진흙 섞인 기와에 봄풀이 절로 푸르른데
愧深千里寂無人　　사람 없어 적막한 천릿길 몹시도 부끄럽네
騰騰[1]夷虜亡無日　　날뛰는 오랑캐는 망할 날이 멀지 않았으니
會看忠碑與國新　　충신 비석과 나라가 새로워짐을 보게 되리

○ 김철기(金喆基, 1889~1952) 자 길우(吉又), 호 오산(梧山)

본관 연안. 전북 임실 출신. 성품이 온순했고, 효심이 극진했으며, 증조부 신재 김두연(金斗淵)의 유지에 정자를 짓고 선대의 분암(墳庵)을 건립하는 등 문중 선양에 정성을 다했다. 당시 명사인 직재 송규헌·단운 민병승·동강 김녕한·파징 윤녕구 등과 교유했고, 경술국치 이후 은거하며 회포를 달랬다.

「次梅泉論介碑韻」〈『오산유고』 권1, 8a〉 **(매천의 논개비 시에 차운하다)**

傳聞當當耳猶香[1]　　아직도 향기롭다는 말씀 귓전을 울리는데
三百年來此一娘　　삼백 년 이래로 여기에 한 아가씨 있었지
吾輩男兒寧不愧　　우리들 남아는 어찌 부끄럽지 않으랴마는
如今女士[2]幷難行　　지금의 여사인들 함께 아우르기 어려운 실행이라
輕生不計榮兮辱　　목숨 가벼이 여겨 영광과 치욕을 따지지 않았으며
重義奚論壽與殤　　의리 중시했으니 어찌 명 길고 짧음을 따졌겠는가
若使他時公議定　　뒷날 공론으로 정해본다면
東西女史最有光　　동서 여인 중 가장 빛나리

1) 騰騰(등등): 성하게 일어나는 모양, 북을 치는 소리. '騰'은 오르다, 타다.
1) 猶香(유향): 황현(1855~1910)의 시 1행에 '猶香'이라는 표현이 있음.
2) 女士(여사): 사군자의 행실을 갖춘 여성.

○ 김재현(金在炫, 1901~1971) 자 중선(中善), 호 월천(月川)·지헌(止軒)

본관 광산. 전남 영광 출생. 김광리(金光利)의 18세손이고, 진주목사(1862) 김기현의 족질이며, 부친은 후송 김기문(1880~1956)이다. 자세한 가계는 진주목사(1519) 김말문 참조. 송사 기우만의 제자인 육봉 이종택(1865~1942)의 문인이고, 고광선(1855~1934)·오준선·정희면 등에게도 학문을 질정했다. 송사의 족질인 장헌 기노장(奇老章, 1904~1970)과 심우(心友)로 지냈으며, 최동규·김영표가 그의 제자이다.

「過長水 見論介義妓碑 感吟」〈『정선 월천문고』 권1, 20a〉 **(장수를 지나다가 논개의기비를 보고 느낌이 있어 읊조리다)**

長溪山水照人明	장계의 산수는 사람을 밝게 비추고
義氣崢嶸逼太淸[1]	의기는 우뚝 솟아 하늘 끝과 가깝도다
倚杖却尋眞面石	막대 짚고서 진면목인 비석을 찾았더니
千秋不死永垂名	천추에 죽지 않고 명성을 길이 드리웠네

기념관(좌) 의암사(중) 촉석의기논개생장향수명비(우). 장수군 장수읍. ©2023.10.10

1) 太淸(태청): 하늘. 도교에서, 신선이 산다는 세 궁의 하나.

제2장 논개 사적 산문

논개 의암 의기사

○ 류몽인(柳夢寅, 1559~1623) 자 응문(應文), 호 어우(於于)·묵호(黙好)

본관 고흥. 한양 명례방(明禮坊) 출생. 처고모부 성혼(1535~1598)의 문인으로 1589년 문과 급제했다. 예문관 검열·강원도 도사·함경도 순무어사·예조참의·도승지(1608)·대사간(1615)·한성좌윤(1617) 등의 벼슬을 지냈고, 홍성민·이항복·이정구 등과 깊이 교유했으며, 사신으로 중국에 세 차례나 다녀왔다. 임진왜란 중에 세자를 호종했고, 삼도순안어사(三道巡按御史)를 겸하여 삼남 지방을 두루 다녔으며, 1611년 남원부사 때에 두류산을 유람하고 수십 편의 시와 기행문을 남겼다. 그리고 1617년 인목대비 폐비론에 가담하지 않아 퇴출된 뒤 산림에 은거하면서 1621년 『어우야담』을 편찬했고, 1623년 광해군 복위 계획에 동참했다는 류응형의 무고로 사형되었으며, 문집 『어우집』이 있다.
아래의 논개 사화(史話)가 실린 『어우야담』은 국립중앙도서관본(한古朝56-나89)이다. 이본은 대략 30종으로 대부분 18세기 후반에 필사된 것으로 본다. 이본 간의 문자 출입이 다소 있으므로 서사 원형을 간직하고 있는 정식(1683~1746)의 「의암사적비명」(본서 수록)은 소중한 가치가 있다. 논개 순국은 다양한 형태로 시문 창작의 소재가 됨으로써 진주성 촉석루가 갖는 장소성을 극대화하고 있다.

「論介」〈『어우야담』 제24화, 28~29면〉 (논개)

論介者, 晋州官妓也. 當萬曆癸巳之歲, 金千鎰倡義之師, 入據晋州以抗倭. 及城陷, 軍敗, 人民俱死. 論介凝粧靚服, 立于矗石樓下·峭岩之前[1]. 其下萬丈, 直入波心. 羣倭見而說[2]之, 皆敢莫近. 獨一倭挺然[3]直進, 論介咲[4]而

---

1) 前(전): 대부분 이본에는 '巔(전, 꼭대기)'이다. 신익철 외 역, 『어우야담』, 돌베개, 2006, 43쪽.

2) 說(열): =悅(열, 기쁘다).

3) 挺然(정연): 남들보다 뛰어난 모양. '挺'은 특출하다, 빼내다.

4) 咲(소): 笑(소)의 고자.

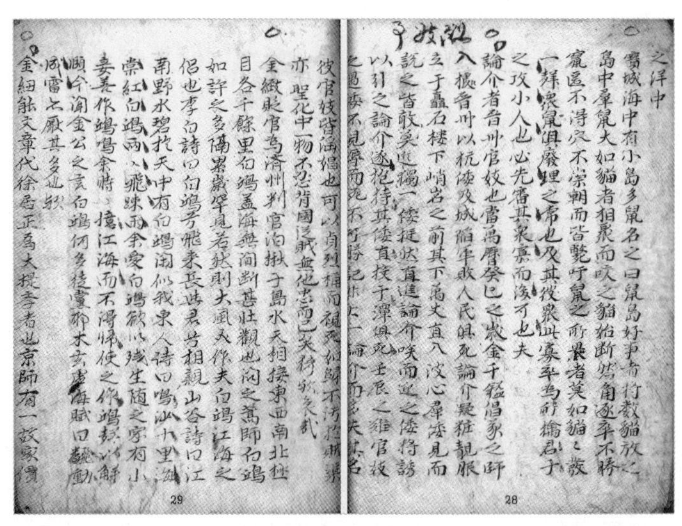
之洋中
蜀城海中有小島多鼠名之曰鼠島好事者行数貓放之
島中羣鼠大如貓者相聚而咬之貓始斷然角逐卒不勝
竄匿不得穴不崇朝而皆斃吁鼠之所畏者莫如貓之敵
一貓衆鼠俱廢貍之術也及其彼衆此寡卒爲所擒君子
之攻小人也必先審其衆寡而後可也夫
論介者晉州官妓也當萬曆癸巳之歲金千鎰倡義之師
入據晉州以抗倭及城陷軍敗人民俱死論介靚粧麗服
立于矗石楼下峭岩之前其下萬丈直入波心羣倭見而
說之皆莫敢近獨一倭挺然直進論介笑而迎之倭將誘
以引之論介遂抱持其倭直投于潭俱死壬辰之難官妓
之遇倭不見辱而死不可勝記非止一論介而多失其名
28

彼官妓皆淫娼也可以貞烈稱而視死如歸不汚於賊渠
亦聖化中一物不忍背國從賊無他忠而已矣猗歟哀哉
金緻貶官爲濟州判官泊楸子島水天相接東西南北極
目各千餘里白鷗蓋海無間斷甚壯觀也洞之萬師白鷗
如許之多陽累歲罕見若然則大風又作夫白鷗江海之
侶也李白詩曰白鷗兮飛來長與君兮相親山谷詩曰江
南野水碧於天中有白鷗閑似我東人詩曰鳴泓九里海
棠紅白鷗兩兩飛疎雨余愛白鷗欲以殘生隨之家有小
妾善作鷗鳴余時時擬江海而不得帰使之作鷗聲以解
顧兮聞金公之言白鷗何多徒畫爾木玄虛海賦曰䴔鶄
風雷亡厥其多也歟
金細能文章代徐居正爲大提學者也京師有一故家僕
29

류몽인, 「논개」, 『어우야담』. 국립중앙도서관(한古朝56-나89)

迎之. 倭將誘以引之, 論介遂抱持其倭, 直投于潭, 俱死. 壬辰之難, 官妓之遇倭, 不見辱而死, 不可勝記. 非止一論介, 而多失其名. 彼官妓皆淫娼也, [不][5] 可以貞烈稱, 而視死如歸, 不汚於賊. 渠[6]亦聖化[7]中一物[8], 不忍背國從賊, 無他忠而已矣. 猗歟哀哉!

번역 논개(論介)는 진주 관기(官妓)였다. 만력 계사년(1593)에 김천일(金千鎰) 의병 부대가 진주에 들어가 진을 치고 왜에 항거하였다. 성이 무너지자 군사가 패하고 인민이 함께 죽었다.

논개(論介)는 화장을 곱게 하고 옷을 단장하여 촉석루(矗石楼) 아래의 가

5) [不]: 원전에는 없으나 대다수 이본과 정식의 「의암비기」(『명암집』 권4)에도 '不'자가 들어 있어 삽입했다.

6) 渠(거): 그, 그 사람, 도랑이나 어찌 뜻도 있음.

7) 聖化(성화): 임금의 덕화, 성인의 교화.

8) 物(물): 무리, 종류.

파른 바위 꼭대기에 서 있었다. 그 아래는 깊이가 만 길이고 곧바로 강 중심으로 빨려 들어간다. 여러 왜가 그녀를 보고 기뻐했으나 모두가 감히 가까이하지 못하였다. 유독 한 왜(倭)가 뛰쳐나와 곧장 나아가니, 논개(論介)가 넌지시 웃으며 그를 맞이하였다. 왜가 장차 꾀어서 잡아당기려 하자, 논개는 드디어 그 왜를 껴안고 곧바로 못에 내던져 함께 죽었다.

임진난 때 관기(官妓)가 왜(倭)를 만나 욕을 당하지 않고 죽은 예는 다 기록할 수 없다. 논개(論介) 한 사람에게만 그치지 않는데, 그 이름을 대부분 잃어버렸다. 저 관기는 모두 음탕한 창녀라 정렬(貞烈)로 칭송될 수 없으나 마치 죽음을 고향에 돌아가는 것처럼 여겨 적(賊)에게 몸을 더럽히지 않았다.

그녀 또한 임금의 덕화를 입은 한 사람으로서 나라 저버리고 차마 적을 따르지 않은 것은 다름 아니라 충(忠)이었을 뿐이다. 아아, 슬픈지고!

진주성 임진대첩계사순의단의 '논개' 부조 ©2023.3.22

○ 오두인(吳斗寅, 1624~1689) 자 원징(元徵), 호 양곡(陽谷)

본관 해주. 안성시 양성면 덕봉리 출생. 1605년 경상우병사 겸 진주목사를 지낸 오정방(吳定邦)의 증손자이고, 조부는 오사겸이다. 생부는 백봉 오상(1606~1657)이며, 양부는 백부 천파 오숙(1592~1634)이다. 자세한 가계는 본서 부록 우병사(1605) 오정방 참조. 1649년 문과 장원한 뒤 지평·사간·경기 및 평안도 관찰사·형조판서·지의금부사 등의 벼슬을 지냈고, 1689년 기사환국으로 서인이 실각하자 삭직되었으며, 이해 5월 숙종이 인현왕후를 폐위하자 이를 주동적으로 반대하다 국문을 받고 유배지인 의주로 가다가 고문의 후유증으로 파주에서 졸했다. 3남 오태주(1668~1716)가 1679년 현종의 3녀 명안공주(1664~1687)와 결혼했고, 4남 오진주(吳晉周)의 부인이 김창협의 딸이다. 둘째 사위가 김창열(김수흥의 차남), 셋째사위가 곤륜 최창대(최석정의 장남), 다섯째사위가 도암 이재(1680~1746)이다.
아래 기문은 오두인이 경상도사 시절(1651.8~1652.3)인 신묘년(1651) 10월 재상(災傷)을 순찰하다가 의암을 둘러본 뒤 지었다. 그는 전정(田政)을 끝마친 뒤 11월 초순에 진주목사 이상일·하동현감 이진필·소촌찰방 김정·곤양 소모장 김집 등과 지리산을 유람하고서 「두류산기」(『양곡집』 권3)를 지었다.

「義巖記」 〈『양곡집』 권3, 8b~9b〉 (의암기)

晉陽之城, 矗石之下, 南江之濆, 有一峭巖, 直入波心, 四面皆水也. 自陸而入, 僅容一步, 而於其上也, 若差跬步[1], 便是不測處. 在昔萬曆癸巳, 黑齒[2]之入寇也, 倡義使金千鎰率敢死卒千餘人, 入據晉陽城, 以抗賊鋒. 及其力竭城陷之日, 城中之人, 擧皆授首[3]求活. 而時有官妓論介者, 誓不與賊俱生, 視死如歸. 凝粧靚服, 飄然[4]特立乎此巖之上. 衆倭望見而悅之, 懼其危而莫敢近. 忽有一倭, 挺身直進, 將誘以出. 妓乃佯笑而迎之, 遂抱持其倭, 投江而死. 故後之人哀而義之, 遂刻義巖[5]二字, 以旌其義云. 義哉巖也! 庸詎非『大易』所謂介于石[6]·「衛詩」所謂不可轉[7]者耶? 彼以南州之一娼妓, 乃能從容取

---

1) 跬步(규보): 반걸음밖에 안 되는 아주 가까운 거리. '跬'는 반걸음, 한 발 내디딘 거리.
2) 黑齒(흑치): 왜구를 가리킴. 김수민(1734~1811)의 「의암가」 참조.
3) 授首(수수): 머리를 바침, 곧 항복함.
4) 飄然(표연): 세속에 얽매이지 않고 초연한 모습, 바람에 가볍게 날리는 모양.
5) 義巖(의암): 의암 서쪽 벽면에 새긴 전서체 글씨. 정대륭이 1629년에 쓴 글이다.
6) 介于石(개우석): 굳은 절개. 부록 용어편 참조.
7) 不可轉(불가전): 심지가 굳어서 확고부동한 마음. 『시경』 「패풍」 〈백주〉, "내 마음은 돌이

義巖記
晉陽之城矗石之下南江之濆有一峭巖直入波心
四面皆水也自陸而入僅容一步而於其上也若差
跬步便是不測處在昔 萬曆癸巳黑齒之入寇也
倡義使金千鎰率敢死卒千餘人入據晉陽城以抗
賊鋒及其力竭城陷之日城中之人舉皆授首求活
而時有官妓論介者誓不與賊俱生視死如歸凝粧
靚服飄然特立乎此巖之上衆倭望見而悅之懼其
危而莫敢近忽有一倭挺身直進將誘以出妓乃佯
笑而迎之遂抱持其倭投江而死故後之人哀而義
之遂刻義巖二字以旌其義云義哉巖也庸詎非大
易所謂介于石衛詩所謂不可轉者耶彼以南州之
一娼妓乃能從容取義得其死所辨此烈烈如大丈
夫事業以愧夫當日之髯婦苟非我 國家深仁厚
澤能使人感發者有若南國婦人化文王之政變江
漢之俗則何以得此乎或云金海府使李姓人與金
陽谷集 卷三 記 九
倡義共守此城事去之後以左右手挾數倭投死于
此巖下云又何義烈之多至此也噫癸巳于今甲子
纔一周而以如彼堂堂死義之所尚未能辨其彼此
是何禮義之邦而文獻之不足徵耶殊可欠也然而
均是死於義則彼亦一義也此亦一義也俱可謂確
乎其不可拔者何傷並稱其義於此巖也余以辛卯
首冬之旣望越八日戊辰行到晉陽適值昔年陷城
之日州之人例於是日設祭江邊以酹義魂云余於
此尤有所感遂書于矗石樓以爲義巖記
頭流山記

오두인, 「의암기」, 『양곡집』 권3

義, 得其死所. 辨此烈烈如大丈夫事業, 以愧夫當日之髥婦[8]. 苟非我國家深仁厚澤能使人感發者, 有若南國婦人化文王之政·變江漢之俗[9], 則何以得此乎? 或云 "金海府使李姓人[10], 與金倡義共守此城, 事去之後, 以左右手挾數倭, 投死于此巖下云", 又何義烈之多至此也? 噫, 癸巳于今, 甲子纔一周[11], 而以如彼堂堂死義之所, 尙未能辨其彼此. 是, 何禮義之邦而文獻之不足徵[12]耶? 殊可欠也. 然而均是死於義, 則彼亦一義也, 此亦一義也. 俱可謂確

아니라서/ 굴리지도 못한다[我心匪石, 不可轉也]".

8) 髥婦(염부): 수염 달린 부인. 곧 비겁한 남자. 자세한 유래는 부록의 용어편 '염부' 참조.

9) 江漢之俗(강한지속): 장강(長江)과 그 지류인 한수(漢水)의 음란한 풍속. 『시경』 「주남」 〈한광〉, "한수에 노는 여자/ 사랑할 수 없네/ 한수가 넓고 넓어/ 헤엄쳐 갈 수 없으며/ 강수가 길고 길어/ 뗏목으로 갈 수 없네[漢有游女, 不可求思. 漢之廣矣, 不可泳思, 江之永矣, 不可方思]". 이는 문왕의 교화로 강한(江漢)의 남녀가 단정해져 서로 사모하고 기다릴 줄 아는 풍토로 바뀌었음을 노래한 것이라 한다.

10) 李姓人(이성인): 이종인(李宗仁, 1556~1593).

11) 甲子纔一周(갑자재일주): 겨우 갑자 한 주기에 이름, 일주갑(一周甲)은 60년.

12) 文獻之不足徵(문헌지부족징): 문헌이 넉넉하지 않아 고증할 수 없음. 『논어』 「팔일」, "은나라의 예를 말할 수 있으나 그 후예인 송나라에서는 증거를 찾을 수 없다. 문헌이 부족한 탓이니, 넉넉하다면 내가 고증할 수 있다.[殷禮吾能言之, 宋不足徵也. 文獻不足故也,

乎其不可拔[13]者, 何傷並稱其義於此巖也? 余以辛卯首冬之旣望越八日戊辰[14], 行到晉陽, 適値昔年陷城之日[15]. 州之人, 例於是日, 設祭江邊, 以酹[16]義魂云. 余於此尤有所感, 遂書于矗石樓, 以爲義巖記.

번역 진양성(晉陽城) 촉석루 아래의 남강(南江) 물가에 우뚝한 바위 하나가 물결 속에 수직으로 박혀 있고 사면은 모두 물이다. 육지에서 들어가니 겨우 1보(步)를 용납할 정도이고, 그 위에서 반걸음만 어긋나면 바로 깊이를 측량할 수 없는 곳이다.

옛날 만력 계사년(1593)에 왜구가 쳐들어왔는데, 창의사 김천일(金千鎰)이 죽음을 각오하고 병사 천여 명을 이끌고 진양성에 들어와 차지하고는 왜적의 예봉에 저항하였다. 그 힘을 다하다가 성이 함락되던 날에 이르러 성중의 사람들 모두가 목을 바치고 살 길을 찾았다.

하지만 당시 관기(官妓) 논개(論介)는 적들과 함께 살지 않겠다고 맹세하며 죽음을 집에 돌아가는 것처럼 여겼다. 화장을 곱게 하고 옷을 단장하여 초연하게 이 바위 위에 서 있었다. 여러 왜적이 그녀를 쳐다보고 즐거워했으나 가파른 바위가 두려워 감히 접근하지 못하였다. 갑자기 한 왜(倭)가 뛰쳐나와 곧장 전진하며 유혹하려고 나섰다. 논개(論介)가 일부러 웃으면서 맞이하고는 드디어 그 왜를 껴안고 강에 몸을 던져 죽었다. 이 때문에 뒷사람이 그녀를 슬퍼하면서도 의롭게 여겨, 마침내 '義巖' 두 자를 새기고 그 절의를 표창하였다고 한다.

足則吾能徵之矣]"

13) 確乎其不可拔(확호기불가발): 뜻이 확고함. '確'은 굳다. '拔'은 뽑다. 『주역』「건괘」〈初九〉·문언전, "태평하면 행하고, 어지러우면 스스로 물러난다. 그의 뜻이 확고해서 빼앗을 수 없는 것이 잠룡이다.[樂則行之, 憂則違之. **確乎其不可拔**, 潛龍也]"

14) 首冬之旣望越八日戊辰(수동지기망월팔일무진): '首冬'은 음력 10월, '旣望越八日戊辰'은 24일.

15) 陷城之日(함성지일): 실제 진주성 함락은 음력 6월 29일인데, 아마도 음력 10월에 거행된 추모 제향일을 함성일로 착각한 듯하다.

16) 酹(뢰): 붓다, 강신할 때 술을 땅에 뿌리는 일.

의롭구나, 바위여! 어찌 『주역』에서 말한 '개우석(介于石)'과 「위시」에서 말한 '불가전(不可轉)'이 아니겠는가? 그녀는 남쪽 고을의 한 창기(娼妓)로 태연히 절의를 취하여 마땅히 죽을 곳을 얻었다. 대장부의 사업처럼 드높게 이런 일을 해냄으로써 그때 비겁한 남자들을 부끄럽게 만들었다. 참으로 우리나라의 깊은 사랑과 두터운 은택이 사람들을 감발시키지 않았다면, 마치 남국 아낙네들이 문왕의 정치에 교화되어 강한의 풍속이 변했던 것처럼 어찌 그렇게 할 수 있었겠는가?

어떤 이가 이르기를, "김해부사 이씨 성의 사람이 김(金) 창의사와 함께 이 성을 지키다가 사태가 끝난 뒤에 좌우의 손으로 여러 왜적을 허리에 끼고 이 바위 아래 몸을 던져 죽었다."라고 하니, 또 어찌 의열(義烈)이 이토록 많았던가?

아아, 계사년부터 지금까지 겨우 60년 만에 저처럼 당당하게 절의(節義)로 죽은 처소가 되었는데도 여전히 이것과 저것을 구별하지 못하고 있다. 이는 어찌 예의의 나라에서 문헌으로 고증할 수 없기 때문이겠는가? 매우 잘못된 일이라 하겠다. 그러나 한결같이 절의로 죽었으니, 그것도 하나의 절의요, 이것도 하나의 절의이다. 모두 그 뜻이 확고해서 빼앗을 수 없는 것이라 일컬을 만하니, 그녀의 절의가 이 바위와 병칭된들 무슨 흠이 되겠는가?

내가 신묘년(1651) 10월 24일 진양(晉陽)에 도착하였는데, 마침 옛날 성이 무너진 날이었다. 고을 사람들이 으레 이날에는 강가에서 제사를 지내며 의로운 넋에 술을 바친다고 하였다. 내가 이에 더욱 느낀 바가 있어 드디어 촉석루에서 글을 써서 의암(義巖) 기문으로 삼는다.

○ 이명배(李命培, 1672~1736) 자 수평(受平), 호 모계(茅溪)

본관 재령. 모은 이오(李午)의 10세손으로 함안 모곡리 출생. 어릴 때 자구 성영후(成永後)에게 배웠고, 1698년 광양에 유배되어 있던 갈암 이현일(李玄逸)을 족대부 이태형과 함께 찾아가 제자가 되었다. 1704년 과거 불합격 이후 일생을 모계정사(현 산인면 모곡리 소재)에서 위기지학에 전심해 구사(九思)와 구용(九容)을 표준으로 삼았다. 이재, 김상정, 권중도, 안명하 등과 교유했다. 오졸재 박한주 전(傳)을 지었다.
논개(論介)가 언급된 아랫글은 함안차사(咸安差使)의 유래를 담고 있다. 기녀 노아(蘆兒)가 억울하게 옥살이하던 부친을 살리려고 부임하는 함안군수를 거듭 농락했는데, 작가는 논개와 계월향의 충렬에 대비해 효(孝)의 관점에서 노아를 의기(義妓)라 칭했다. 『여지도서』「함안군」에도 수록되었다. 노아의 묘는 함안 용화산 자락의 능가사 뒤쪽에 있다.

「蘆兒說」 〈『모계집』 권3, 25a~27a〉 **(노아설)**

夫所謂忠孝烈, 出於秉彝之衷, 無貴賤之別. 歷代往牒, 不須枚擧, 以國朝龍蛇之變, 言之. 樂浪妓花月[1]·晉陽妓論介, 俱以傾城美色, 沽寵[2]於倭酋, 內懷忠忿之心, 外作妖艶之態. 一則候酋將之困睡而陰迎刺客, 一則乘酋將之醉興而抱落江中.

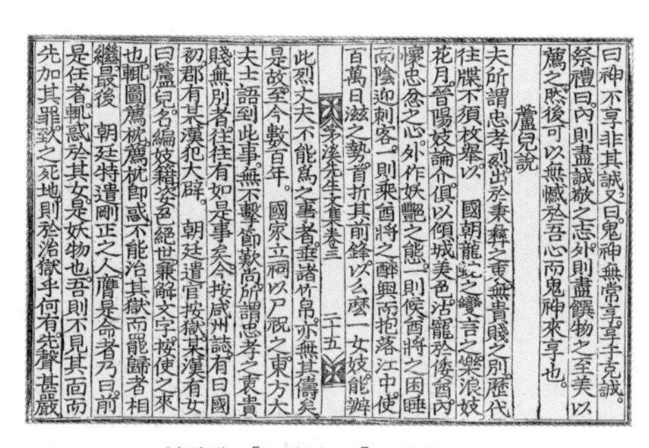
曰神不享非其誠又曰鬼神無常享享于克誠
祭禮曰內則盡誠敬之志外則盡饌物之至美以
薦之然後可以無憾於吾心而鬼神來享也
蘆兒說
夫所謂忠孝烈出於秉彝之衷無貴賤之別歷代
往牒不須枚擧以 國朝龍蛇之變言之樂浪妓
花月晉陽妓論介俱以傾城美色沽寵於倭酋內
懷忠忿之心外作妖艶之態一則候酋將之困睡
而陰迎刺客一則乘酋將之醉興而抱落江中使
百萬日滋之勢首折其前鋒以幺麽一女妓能辨
茅溪先生文集卷三 二十五
此烈丈夫不能爲之事者垂諸竹帛亦無其儔矣
是故至今數百年國家立祠以尸祝之東方大
夫士語到此事無不擊節歎尙所謂忠孝之衷貴
賤無別者往往有如是事矣今按咸州誌有曰國
初郡有某漢犯大辟 朝廷遣官按獄某漢有女
曰蘆兒名編妓籍姿色絕世兼解文字按使之來
也輒圖薦枕薦枕即惑不能治其獄而罷歸者相
繼最後 朝廷特遣剛正之人膺是命者乃曰前
是任者輒惑於其女是妖物也吾則不見其面而
先加其罪致之死地則於治獄乎何有先聲甚嚴

이명배, 「노아설」, 『모계집』 권3

使百萬日滋之勢[3], 首折其前鋒. 以幺麽[4]一女妓能辨此烈, 丈夫不能爲之事者, 垂諸竹帛, 亦無其儔[5]矣. 是故, 至今數百年, 國家立祠以尸祝[6]之. 東方大

---

1) 花月(화월): 평양 기녀 계월향(桂月香)을 말함. 박치복(1824~1894)의 「논개암」 참조.

2) 沽寵(고총): 사랑을 팔다. '沽'는 팔다.

3) 百萬日滋之勢(백만일자지세): 한유, 「장중승전후서」(『고문진보』), "천백의 기진맥진한 군졸을 가지고, 백만의 날로 불어나는 적군과 싸우면서, 강회의 길목을 차단해 적의 형세를 저지했다.[以千百就盡之卒, 戰**百萬日滋之**師, 蔽遮江淮, 沮遏其勢]"라는 표현이 있다.

4) 幺麽(요마): 보잘것없음, 작음. '麽'는 잘다, 가늘다.

5) 儔(주): 짝, 누구.

6) 尸祝(시축): =축관(祝官). 축문을 읽는 사람, 제사.

夫士語到此事, 無不擊節[7]歎尙, 所謂忠孝之衷, 貴賤無別者, 往往有如是事矣. 今按『咸州誌』有曰 "國初, 郡有某漢犯大辟, 朝廷遣官按獄. 某漢有女曰蘆兒, 名編妓籍. 姿色絶世, 兼解文字". (…下略…)

번역 소위 충효열은 본성의 충심에서 나오므로 귀천의 구별이 없다. 역대 옛 첩장(牒狀)에서 낱낱이 거론하지 않았지만, 국조의 용사년 변란으로써 언급하였다.

낙랑의 기녀 화월(花月)과 진양의 기녀 논개(論介)는 다 성을 기울게 할 만한 미모로 왜놈 두목에게 아양을 떨었는데, 속으로 충분(忠忿)의 마음을 품고 겉으로는 요염한 자태를 부렸다. 한 사람은 두목 장수가 피곤해 잠들기를 기다렸다가 은밀히 자객을 맞이했고, 한 사람은 두목 장수가 술에 취한 틈을 타서 강 속으로 안고 떨어졌다. 백만 명으로 나날이 불어나는 형세에 그 예봉을 먼저 꺾었다. 보잘것없는 일개 여기(女妓)로서 이러한 의열(義烈)을 실천한 것은 장부라도 해낼 수 없는 일이다.

그것이 죽백(竹帛)에 드리운 것 또한 비할 데가 없다. 이런 까닭에 지금 수백 년이 이르기까지 나라에서 사당을 세워 제향하고 있다. 동방의 사대부들이 대화하다가 이 사건에 이르면 무릎을 치며 감탄하고 칭찬하지 않음이 없다. 소위 진실한 충효에 귀천의 구별이 없다고 했으니, 왕왕 이와 같은 일이 있기 때문이다.

지금 『함주지』에서 이르기를, "국초에 군의 어떤 사람이 사형죄를 저지르자 조정에서 관리를 파견해 옥사를 다스렸다. 이 사람에게 '노아(蘆兒)'라는 딸이 있었는데, 이름이 기적(妓籍)에 올려졌다. 용모가 절세가인이고, 아울러 문자를 이해하였다." (…하략…)

7) 擊節(격절): 무엇을 두드리며 박자를 맞춤. 여기서는 무릎을 침.

○ 정식(鄭栻, 1683~1746) 자 경보(敬甫), 호 명암(明庵)

생애 정보는 논개 순국 제영 참조. 우병사 최진한의 요청으로 지은 그의 비문을 새긴 '의암사적비'가 1722년 4월 촉석루 경내에 건립되었는데, 비문은 18년 뒤 임금으로부터 논개 정려 특명을 받는 데 중요한 근거가 되었다. 이후 어느 시기에 의암 위 언덕으로 이건해 정려각과 합쳤다.
아래의 의암사적비명 탁본은 일제강점기 엽서로 제작 시판되었는데, 논개 사화의 원형을 보존하고 있다는 점에서 각별한 가치가 있다. 즉 『어우야담』이 필사본으로 유통되면서 여러 군데 글자가 달라졌고, 후대에 활자화된 정식의 「의암비기」(『명암집』 권4)와 「의암사적비명」(『충렬실록』 권1) 또한 문자 출입이 다른 부분이 있다. 『어우야담』이 나온 지 100년 만에 비면에 새겨진 이 문자는 논개 사화의 이본을 연구하고 서사 의미를 해석하는 데 준거로 삼아야 한다. 현재 비문의 하단부는 박락이 심해 판독하기 어려운데, 전체 비문 중 30% 이상으로 해가 갈수록 훼손이 심해진다.

「義巖事蹟碑銘」 〈남강 위 의기논개정려각 내〉 (의암사적비명)

(앞면)

柳於于夢寅『野談』曰 "論介者, 晋州官妓也. 當萬暦癸巳之歲, 金千鎰倡義」[1]之師, 入據晋州以抗倭. 及城陷, 軍散, 人民俱死. 論介凝粧靚服, 立于矗石」樓下·峭巖之前[2]. 其下萬丈, 直入波心. 羣倭見而悅之, 皆莫敢近. 獨一倭挺」然直進, 論介笑而迎之. 倭將以誘而引之, 論介遂抱持其倭, 直投于潭, 俱」死. 壬辰之亂, 官妓之遇倭, 不見辱而死者, 不可勝記. 非止一論介, 而多失」其名. 彼官妓皆淫娼也, 不可以貞烈稱, 而視死如歸, 不汚於賊. 渠亦聖」化中一物, 不忍背國從賊, 無他忠而已. 猗歟哀哉!"云. 此出於當時實錄」, 則今於劖[3]碑之辭, 不必爲

일제강점기 엽서. 의암사적비 탁본을 중앙에 배치했다. ©하강진

1) 부호(」)는 비문의 줄 바뀜을 뜻함. 이하 동일.
2) 前(전): 『어우야담』의 대부분 이본에는 '巓(전, 꼭대기)'이다.

疊床[4]之語. 故仍[5]以刻之, 係之以銘. 銘曰」

獨峭其巖	女非斯巖	巖非斯女	一江孤巖」
特立其女	焉得死所	烏帶義聲	萬古芳名」

(뒷면)

崇禎後 九十五年 壬寅 四月 日 立[6]

번역 (앞면) 어우(於于) 류몽인(柳夢寅)의 『야담』에 이르기를, "논개(論介)는 진주 관기(官妓)였다. 만력 계사년(1593)에 김천일(金千鎰) 의병 부대가 진주에 들어가서 진을 치고 왜에 항거하였다. 성이 무너지자 군사는 흩어지고 인민이 함께 죽었다.

논개(論介)는 화장을 곱게 하고 옷을 단장하여 촉석루(矗石樓) 아래의 가파른 바위 꼭대기에 서 있었다. 그 아래는 깊이가 만 길이고 곧바로 강 중심으로 빨려 들어간다. 여러 왜가 그녀를 보고 기뻐했으나 모두가 감히 가까이하지 못하였다. 유독 한 왜(倭)가 뛰쳐나와 곧장 나아가니, 논개(論介)가 넌지시 웃으며 그를 맞이하였다. 왜가 장차 꾀어서 잡아당기려 하자, 논개는 드디어 그 왜를 껴안고 곧바로 깊은 못에 내던져 함께 죽었다.

임진란 때 관기(官妓)가 왜(倭)를 만나 욕을 당하지 않고 죽은 자는 다 기록할 수 없다. 논개(論介) 한 사람에게만 그치지 않는데 그 이름을 대부분 잃어버렸다. 관기는 모두 음탕한 창녀라 정렬(貞烈)로 칭송될 수 없으나 죽음을 고향에 돌아가는 것처럼 여겨 적에게 몸을 더럽히지 않았다. 그녀 또한

---

3) 劖(참): 새기다, 깎다.

4) 疊床(첩상): 첩상가옥(疊床架屋)의 준말. 침대 위에 침대를 겹쳐 놓음, 곧 쓸데없이 말을 반복함.

5) 仍(잉): 그대로 따르다, 곧.

6) 현재 비석 뒷면에 새겨진 연기(年紀)이다.

임금의 덕화를 입은 한 사람으로서 나라를 저버리고 차마 적을 따르지 않은 것은 다름 아니라 충(忠)이었을 뿐이다. 아아, 슬픈지고!"라 하였다.

이는 당시의 실제 기록에서 나온 것이니, 지금 비석에 글을 새기면서 중복되는 말을 쓸 필요가 없다. 따라서 그대로 새기고, 명(銘)으로써 덧붙인다. 명(銘)에 이르노니,

> 홀로 가파른 바위에/ 우뚝 선 여인/ 여인이 이 바위 아니었으면/ 어디서 순국 처소 얻었으랴/ 바위가 이 여인 아니었으면/ 어찌 의로운 명성 지녔으랴/ 한 줄기 강의 외로운 바위/ 만고토록 꽃다운 이름이여!

(뒷면)

숭정 후 95년 임인년(1722) 4월 일 세움.

○ 최진한(崔鎭漢, 1652~1740) 자 천경(天擎)

본관 수성(隋城, 현 수원). 신라 경순왕의 17세손인 중시조 최영규(崔永奎)의 14세손이다. 가계는 〈경순왕-김은열……김현경(김방경의 동생)-김준-1최영규-최흡-최원개(1304~1391)-최책-최경-최유림……13최준발-최형운(1628~1682)-최진한-최춘대(1677~1708)-최정〉으로 이어진다. 1676년 무과 급제해 소강첨사·충청수사·전라병사·행호군·경상좌병사 등을 역임했다.
아랫글은 최진한이 경상우병사(1721.2~1723.5 재임)로 부임한 해인 신축년(1721) 10월 윤상보 등이 상소로 이루지 못한 논개 정표, 창렬사 신위 21위의 증직과 재실 창건을 요청하기 위해 비변사에 올린 장계이다. 문헌을 보강하라는 경종(景宗)의 회답에 따라 이듬해 정식(鄭栻)의 글을 받아 의암사적비를 건립한 뒤 다시 비변사에 청원한 글이 제3부 제2장에 수록한 최진한의 「양사우수개선보비변사장」인데, 논개 부분은 한 해전에 보낸 장계와 내용상 차이가 없다.

「請贈職定位次設齋室啓」〈정덕선 편, 『충렬실록』 권1, 24b~30b〉
(관직 추증, 위차 개정, 재실 설치를 청하는 계문)

臣營所接矗石山城, 乃三去壬辰癸巳年倭亂時, 失守被禍之所, 而中有忠愍·彰烈賜額之兩祠. (…中略…) 又有晉州人前別將尹商輔[1]等數十餘人, 枚擧等狀[2]中有曰 "矗樓之下·南江之上, 有天下傷心處, 乃義嵓也. 嵓之義號, 昔日龍蛇倭變後, 始有其名, 則豈非千萬古不朽之大義哉? 何者? 當失守城陷之日, 義兵將及帥臣·守令, 數三十員[3]擧皆, 抗節死義之後, 惟餘一妓論介者, 遽生爲國殲賊之計, 盛服而獨坐於江岸矗石之上, 或琴或歌. 城上倭賊中一酋將, 見而美之, 卽下論介所坐處, 則論介乍示逢迎[4]之氣色. 其倭喜心放立之際, 論介忽抱其倭, 投落江中. 其嵓乃江岸之別立, 而上可容兩人之盤旋[5], 其下則乃萬丈波心. 而事出不意, 則其倭雖或勇力之賊, 烏得免造次[6]投

---

1) 尹商輔(윤상보): 원전의 '商(적)'은 商(상)의 속자. 『충렬실록』의 「신이예조문(申移禮曹文)」·「예조재관문(禮曹再關文)」·「보순영문(報巡營文)」에 나오는 '參商'이 모두 '참상(參商)'의 뜻으로 쓰인 데서도 알 수 있듯이, '윤상보'로 읽어야 한다.
2) 等狀(등장): 여러 사람이 이름을 써서 관청에 올린 청원서.
3) 員(원): =관원(官員). 벼슬아치나 고을을 다스리던 책임자를 통틀어 이르던 말.
4) 逢迎(봉영): 남의 마음에 들도록 애씀, 마중 나가 영접함.
5) 盤旋(반선): 빙빙 돌다, 이리저리 거닐며 왔다 갔다 하다. '盤'은 돌다.
6) 造次(조차): 지극히 짧은 동안. '造'는 갑자기.

落之禍乎? 論介之視身如毛·立節如山, 可與日月爭光有餘耳. 後人名其石曰義嵓, 士君子[7]又以篆刻義嵓之號. 此嵓未爛之前, 則堂堂節義之稱, 何獨泯於覆載[8]之間乎? 唐薛仁杲之降將旁地仙[9]復叛, 有王氏女, 取地仙所佩刀, 斬地仙, 詔封崇義夫人.[10] 則惟此論介爲公除害之義烈, 安有肯落於王女之後哉? 當時戰亡諸臣, 則祠之額之, 今無後憾. 而至於論介, 則百餘年來, 猶未能上澈[11]天聽[12]. 前後識者之心惜義憾, 當復如何? 幸以此意, 枚禀廟堂[13], 以待處分何如?". 事呈狀[14], 第未見可考之舊錄, 無以取實. 近於『野談』古記中, 始見根因. 則有曰 "論介者, 晋州官妓也. 當萬曆癸巳之歲, 金千鎰倡義之師, 入據晋州以抗倭. 及城陷, 軍散, 人民俱死. 論介凝粧靚服, 立于矗石樓下·峭嵓之前. 其下萬丈, 直入波心. 羣倭見而悅之, 皆莫敢近. 獨一倭挺然直進, 論介笑而迎之. 倭將以誘而引之, 論介遂抱其倭, 直投于潭, 俱死之. 壬辰之亂, 官妓之遇倭, 不見辱而死者, 不可勝記. 非止一論介, 而多失其名. 彼官妓

---

7) 士君子(사군자): 학문이 깊고 덕행이 높은 사람, 곧 정대륭(鄭大隆). 부록 인물편 참조.

8) 覆載(복재): 하늘이 덮어 주고 땅이 실어 주는 것, 곧 천지. 군부(君父)의 은덕.

9) 旁地仙(방지선): 이름은 일정하지 않아 『구당서』에는 '방기지(房企地)', 『신당서』에는 '방선지(旁仙地)', 『자치통감』에는 '방기지(旁企地)'로 되어 있다.

10) 설인고(薛仁杲)는 서진(西秦)의 패왕이라 자처한 설거(薛擧)의 아들로 618년 경주성(涇州城) 싸움에서 태종 이세민에게 죽었는데, 당시 항복한 그의 장수 방선지(旁仙地)가 다시 배반해 죽임을 당했다. 『구당서』 권203, 「열녀」조, "위형의 처 왕씨(王氏)는 행주의 처(郪) 지방 사람이다. 무덕(618~626) 초에 설인고(薛仁杲)의 옛 장수 방기지(房企地)가 양군(梁郡)을 침략해 빼앗은 뒤 왕씨를 사로잡아 협박해 처로 삼았다. 그 뒤 기지가 점차 강성해지자 위형이 꾀를 내어 성으로써 적을 응대했다. 기지가 장수들을 거느리고 양주에 달려가다가 수십 리를 못 가서 술을 마시고 취해 누웠다. 왕씨는 그가 차고 있던 칼을 뽑아 그를 베고는 머리를 들고 성에 들어오니 적들이 곧 흩어졌다. 고조가 크게 기뻐하며 숭의부인(崇義夫人)에 책봉했으나 위형을 버리고 적과 함께 한 죄가 있다.[魏衡妻**王氏**, 梓州郪人也. 武德初, **薛仁杲**舊將**房企地**侵掠梁郡, 因獲王氏, 逼而妻之. 後企地漸強盛, 衡謀以城應賊. 企地領衆將趨梁州, 未至數十裏, 飲酒醉臥. 王氏取其佩刀斬之, 攜其首入城, 賊衆乃散. 高祖大悅, 封爲**崇義夫人**, 舍衡同賊之罪]".

11) 澈(철): 철(徹)의 오기. 통하다, 전달되다.

12) 天聽(천청): 임금의 귀, 임금의 생각과 판단, 상제가 들음.

13) 廟堂(묘당): 비변사의 이칭. 의정부의 별칭이기도 함.

14) 呈狀(정장): 소장을 관청에 제출함.

皆淫娼也, 不可以貞烈稱, 而視死如歸, 不汚於賊. 渠亦聖化中一物, 不忍背國從賊, 無他忠而已. 猗歟哀哉!”云云. 義嵓篆刻, 所見明白, 而野記留傳, 又爲現閱, 則可謂實跡, 而似非虛濫之傳說. 初雖娼妓, 末乃死得其義. 則揆以激勸, 終不可爲全然泯滅[15]之歸, 合有參酌褒異[16]之例. (…下略…)

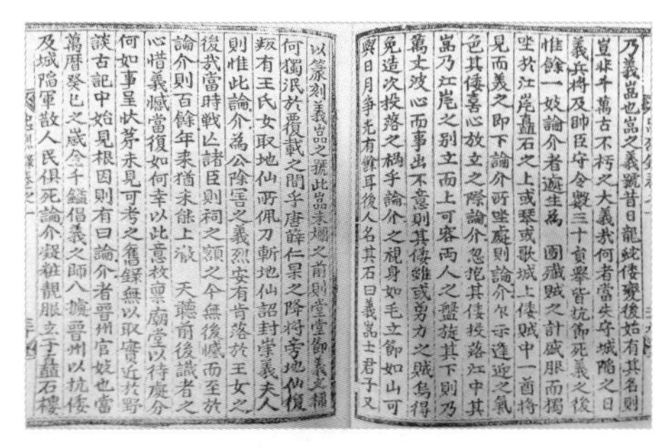
乃義嵓也嵓之義號昔日龍蛇倭變後始有其名則
豈非千萬古不朽之大義哉何者當矣守城陷之日
義兵將及帥臣守令數三十員擧皆抗節死義之後
惟餘一妓論介者遊生爲 國殲賊之計盛服而獨
坐於江崖矗石之上或琴或歌城上倭賊中一酋將
見而義之卽下論介所坐處則論介佯示逢迎之氣
色其倭喜心放立之際論介忽抱其倭投落江中其
嵓乃江崖之別立而上可容兩人之盤旋其下則乃
萬丈波心而事出不意則其倭雖或勇力之賊烏得
免遺次投落之禍乎論介之視身如毛立節如山可
與日月爭光有辭耳後人名其石曰義嵓士君子又
以篆刻義嵓之號此嵓未墜之前則堂堂節義之稱
何獨泯於覆載之間乎唐薛仁杲之降將旁地仙僕
奴有王氏女取地仙所佩刀斬地仙詔封崇義夫人
則惟此論介爲公除害之義烈安有肯落於王女之
後哉當時戰亡諸臣則祠之額之今無後憾而至於
論介則百餘年來猶未能上澈 天聽前後識者之
心惜義憾當復如何幸以此意敎稟廟堂以待處分
何如事呈狀等未見可考之舊錄無以取實近於野
談古記中始見根因則有曰論介者晉州官妓也當
萬曆癸巳之歲金千鎰倡義之師入據晉州以抗倭
及城陷軍散人民俱死論介凝粧靚服立于矗石樓

최진한, 「청증직정위차설재실계」(『충렬실록』 권1, 29b~30a)

번역 신(臣)의 병영에 접한 촉석산성은 곧 세 번 지나간 임진·계사 년 왜란 때 지키지 못하여 화를 입은 곳으로, 성안에는 충민(忠愍)과 창렬(彰烈)의 사액을 받은 두 사당이 있습니다. (…중략…)[17]

또 진주인(晉州人) 전 별장 윤상보(尹商輔) 등 수십여 명이 낱낱이 거론하며 올린 「등장(等狀)」에서 말하기를, “촉석루 아래 남강 가에 천하에 마음 아픈 곳은 곧 의암(義巖)입니다. 바위의 ‘의(義)’자 호칭은 옛 용사년 왜란 뒤에 처음으로 명명한 것인데, 어찌 천만년을 두고 사라지지 않을 큰 절의(節義)가 아니겠습니까? 어떤 사람이었습니까? 지키지 못하여 성이 무너지던 날에 의병장, 절도사와 수령 등이 혈전(血戰)을 벌였습니다.

헤아리건대 30명의 벼슬아치 모두가 꿋꿋하게 버티다가 의롭게 죽은 뒤에, 오직 남은 일개 기녀 논개(論介)가 재빠르게 나라를 위하여 적 죽일 계책을 내고는 옷을 잘 차려입고 강가 촉석(矗石) 위에 홀로 앉아서 거문고를 타고 노래를 불렀습니다. 성 위의 왜적 가운데 한 두목 장수가 그녀를 보고 아름답

15) 泯滅(민멸): =민몰(泯沒). 자취나 흔적이 아주 없어짐. ‘泯’은 망하다.
16) 褒異(포이): =포창(褒彰). 공적을 특별하게 칭찬하고 권장하여 상을 내림.
17) 생략 부분은 본서의 충신 사적 산문(476~481쪽)에 수록되어 있다.

게 여겨 즉시 논개(論介)가 앉아 있는 곳으로 내려오니, 곧 논개는 잠깐 뜻을 맞춰 주는 기색을 보였습니다. 왜가 기쁜 마음으로 방자하게 서 있는 사이에, 논개가 드디어 그 왜를 껴안고 강 속으로 내던져 떨어졌습니다. 바위는 곧 강가에 우뚝 서 있는데, 위는 두 사람이 거닐만하고 아래는 만 길 깊은 물 속이었습니다. 사태가 뜻하지 않게 벌어졌으니, 왜가 비록 용기와 힘이 있는 도적이라 한들 어찌 삽시간에 떨어지는 화를 면할 수 있었겠습니까?

논개(論介)가 제 몸을 홍모처럼 여기고 절의(節義)를 산처럼 세워 일월과 더불어 빛을 다툼에 남음이 있을 따름입니다. 뒷사람이 그 돌을 '의암(義巖)'이라 명명하였고, 사군자(士君子) 또한 '義巖' 명칭을 전자로 새겼습니다. 이 바위가 아주 없어지기 전까지는 당당히 절의로 불릴 것이니, 어찌 유독 세상에서 사라지겠습니까?

당나라 설인고(薛仁杲)에 항복한 장수 방지선(旁地仙)이 다시 배반하므로 왕씨(王氏)라는 여인이 지선이 차고 있던 칼을 뽑아서 지선을 베었더니, 조칙을 내려 숭의부인(崇義夫人)으로 책봉하였습니다. 그렇다면 오직 이 논개(論介)가 국가를 위하여 해로움을 제거한 의열(義烈)이 어찌 왕씨 여인보다 뒤질 수 있겠습니까?

당시 전사한 벼슬아치들의 경우 사당도 세우고 편액을 내려주어 지금에 유감이 없습니다. 하지만 논개(論介)에게 미쳐서는 백여 년 이래 여태 위로 임금의 귀에까지 들어가지 못하였습니다. 전후로 식자들이 마음속으로 애석하게 여기고 절의 상 유감으로 생각하고 있으니, 마땅히 다시 어떻게 해야 합니까? 다행히 이런 뜻을 비변사(備邊司)에 낱낱이 아뢰오니 어떤 처분을 기다려야 합니까?"라 하였습니다.

제출한 「등장(等狀)」의 일에 대하여 다만 그것을 밝힐 만한 옛 기록을 발견하지 못하여 실질을 취할 수 없었습니다. 근래 『야담(野談)』의 옛 기록에서 비로소 근거가 되는 유래를 보았습니다. 즉 이르되 "논개(論介)는 진주 관기(官妓)였다. 만력 계사년(1593)에 김천일(金千鎰) 의병 부대가 진주에 들어가 진을 치고 왜에 항거하였다. 성이 무너지자 군사는 흩어지고 인민이 함께 죽었다. 논개(論介)는 화장을 단정히 하고 옷을 곱게 차려입고서 촉석루 아래의 가파른 바위 꼭대기에 서 있었다. 그 아래는 깊이가 만 길이고 곧바로 강 중심으로 빨려 들어간다. 여러 왜가 그녀를 보고 기뻐했으나 모두가 감히 가까이하지 못하였다. 유독 한 왜(倭)가 뛰쳐나와 곧장 나아가니, 논개가 넌지시 웃으며 그를 맞이하였다. 왜가 장차 꾀어서 잡아당기려 하자, 논개는 드디어 그 왜를 껴안고 곧바로 깊은 못에 내던져 함께 죽었다. 임진란 때 관기(官妓)가 왜(倭)를 만나 욕을 당하지 않고 죽은 자는 다 기록할 수 없다. 논개(論介) 한 사람에게만 그치지 않는데 그 이름을 대부분 잃어버렸다. 관기는 모두 음탕한 창녀라 정렬(貞烈)로 칭송될 수 없으나 죽음을 고향에 돌아가는 것처럼 여겨 적(賊)에게 몸을 더럽히지 않았다. 그녀 또한 임금의 덕화를 입은 한 사람으로서 나라를 저버리고 차마 적을 따르지 않은 것은 다름이 아니라 충(忠)이었을 뿐이다. 아아, 슬픈지고!"라 하였습니다.

'義巖'을 전서체로 새긴 글씨가 뚜렷이 보이고, 『어우야담』의 옛 기록에 남아 전하는 글을 또 이제 읽으니, 실제의 자취라 부를 수 있기에 허무맹랑하게 전하는 이야기는 아닌 듯합니다. 처음에는 비록 창기(倡妓)였지만 끝내는 죽어서 그 절의(節義)를 얻었습니다. 헤아리건대 격려하고 권장할 만한 것이 있으므로 끝내 완전히 사라져버리지 않도록 포창하는 사례로 참작(參酌)하는 것이 합당할 것입니다. (…하략…)[18]

18) 생략 부분은 전체를 마무리하는 부분으로 충신 사적 산문 참조.

○ 박태무(朴泰茂, 1677~1756) 자 춘경(春卿), 호 서계(西溪)

본관 태안. 진주 내동리(柰洞里, 현 내동면) 지계촌(芝溪村) 출생. 임란 때 순절해 창렬사에 배향된 박안도(1529~1593)의 족후손이다. 박안도의 종질인 증조부 능허 박민(朴敏, 1566~1630)은 1627년 정묘호란이 일어나자 진주에서 의병을 이끌고 상주에 진격했으나 화의 성립의 소식을 듣고 되돌아왔던 인물이다. 29세 때 밀암 이재(李栽)의 문인이 되었고, 진사와 생원시에 합격했지만 평생 향리에서 학문에 전념했다. 권두경과 이익을 비롯하여 동문수학한 식산 이만부·눌은 이광정·제산 김성탁 등과 폭넓게 교유했고, 1728년 이인좌 난 때는 자신의 곡식과 문생을 곤양군수에게 보내어 대항했다. 논개 의기(義妓) 정려는 1740년 가을 임금의 특명으로 이루어졌고, 정려각이 이듬해 봄에 건립되었으므로, 아래 작품은 신유년(1741) 이후에 지었음을 유추할 수 있다.

「義妓傳」 〈『서계집』 권6, 31b~32a〉 (의기전)

晉陽城外, 大江之上, 有石矗矗[1]而立, 此矗石樓之所以得其名者. 而石大四五圍, 高三四丈. 下臨深湫, 上砥[2]而平, 可坐六七人. 而書其前面曰義巖, 卽義妓判命處. 而義妓者, 論介也. 萬曆癸巳六月晦日, 賊陷晉陽城, 城陷而無復可爲者. 論介喟然曰 "國事至此, 生不如死. 然徒死無益, 豈爲溝瀆之諒[3]哉?" 以凝粧盛服, 登義巖, 彈琴而謳. 酋長喜而來, 遂嫣然[4]而迎, 與之舞. 舞將半, 抱賊投江而死. 諸賊大驚, 欲救之, 已無及矣. 賊喪其帥, 大亂奔潰[5], 城復全. 上聞之, 命立義妓之閭, 閭在義巖北數十步許. 嗟乎, 士讀書講明義理, 平居談論, 莫不自許[6]以忠臣烈士. 而及一朝遇事變, 未免徘徊於死生之間, 不能決然於熊魚之分[7], 卒爲天下後世笑者, 種種[8]焉. 彼無知一賤娼之能憂社稷·扶綱常, 含笑臨江, 視死如歸, 了無纖毫[9]顧惜之意. 而又其奇謀秘策,

---

1) 矗矗(촉촉): 높이 솟아 있는 모양, 뾰족뾰족한 모양. '矗'은 높이 솟은 모양, 우거지다.
2) 砥(지): 숫돌을 갈다. 고운 숫돌은 砥(지), 거친 숫돌은 '礪(려)'.
3) 溝瀆之諒(구독지량): 헛된 죽음. 자세한 유래는 부록의 용어편 '경독' 참조.
4) 嫣然(언연): 미소 짓는 모양. '嫣'은 상긋 웃다.
5) 奔潰(분궤): 패하여 달아나다, 무너져 달아나다. '奔'은 달아나다. '潰'는 무너지다.
6) 自許(자허): =자부(自負). 제힘으로 할 만한 일이라고 여김.
7) 熊魚之分(웅어지분): 생명을 버리고 의를 취함. 부록의 용어편 '웅어' 참조.
8) 種種(종종): 가지가지, 여러 가지, 머리가 듬성듬성한 모양.

出於人意慮不到, 殲賊魁於乘勝方張之際, 振士氣於敗衄殘傷之餘. 捐一縷而爲南方數百年收復根基者, 此果前古史所嘗有者乎? 吾欲招李瓛·白士霖輩而告之.

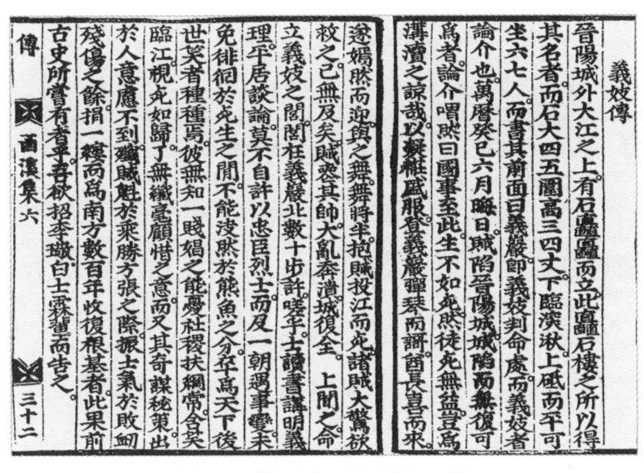

義妓傳
晉陽城外大江之上有石矗矗而立此矗石樓之所以得
其名者而石大四五圍高三四丈下臨深湫上砥而平可
坐六七人而書其前面曰義巖卽義妓判命處而義妓者
論介也萬曆癸巳六月晦日賊陷晉陽城城陷而無復可
爲者論介喟然曰國事至此生不如死然徒死無益豈爲
溝瀆之諒哉以艶粧盛服登義巖彈琴而謌酋長喜而來
遂娟然而迎與之舞舞時牢抱賊投江而死諸賊大驚欲
救之已無及矣賊衆其帥大亂奔潰城復全 上聞之命
立義妓之閭閭在義巖北數十步許嗟乎士讀書講明義
理平居談論莫不自許以忠臣烈士而及一朝遇事變未
免徘徊於死生之間不能决然於熊魚之分卒爲天下後
世笑者種種焉彼無知一賤娼之能憂社稷扶綱常含笑
臨江視死如歸了無纖毫顧惜之意而又其奇謀秘策出
於人意慮不到殲賊魁於乘勝方張之際振士氣於敗衄
殘傷之餘捐一縷而爲南方數百年收復根基者此果前
古史所嘗有者乎吾欲招李瓛白士霖輩而告之
傳 西溪集六 三十二

박태무, 「의기전」, 『서계집』 권6

번역 진양성(晉陽城) 밖의 큰 강가에 바위가 우뚝하게 솟아 있어, 이 촉석루(矗石樓)가 그 명성을 얻게 된 까닭이다. 바위 크기는 네다섯 아름이고, 높이는 서너 길이다. 아래는 깊은 못에 임하였고, 위는 간 듯이 널찍하여 예닐곱 사람이 앉을 수 있다. 그 앞면에 '義巖'이라 써놓았으니, 바로 의기(義妓)가 목숨을 가른 곳이다.

의기는 논개(論介)이다. 만력 계사년(1593) 6월 그믐에 왜적들이 진양성을 함락시켰는데, 성이 함락되자 다시는 어떻게 해볼 자가 없었다. 논개가 탄식하며, "나랏일이 이 지경에 이르렀으니 살아도 죽는 것만 못하다. 허나 그냥 죽는 것은 아무 보탬이 없으니, 어찌 구덩이에 빠져 죽듯이 어리석은 짓을 할 수 있겠는가?" 하였다.

화장을 곱게 하고 옷을 단장하여 의암(義巖)에 올라 가야금을 퉁기며 노래

9) 纖毫(섬호): 가는 털. '纖'은 가늘다. '毫'는 가는 털.

하였다. 적의 우두머리가 좋아하며 다가오니, 드디어 상긋 웃으며 맞이하여 그와 함께 춤을 추었다. 춤이 반쯤 무르익자 적을 껴안고 강으로 뛰어들어 죽었다. 적들이 크게 놀라 그를 구하려 하였으나 이미 구할 수가 없었다. 적들은 자기 장수를 잃자 대란이 일어나 무너져 달아나고, 성은 다시 회복되었다.

임금이 그 일을 듣고서 의기(義妓)의 정려를 세우도록 명하였는데, 정려는 의암 북쪽 수십 보쯤 되는 곳에 있다.

아, 선비들은 독서를 통해 의리를 배워 익혀 평소 담론할 때마다 충신열사가 될 것을 자부하지 않은 적이 없었다. 그러나 하루아침에 사변을 만나 생사의 사이에서 배회함을 면하지 못하였거나 생명과 의리의 기로에서 결단하지 못하여, 마침내 천하에 후세의 비웃음거리가 되고 만 자가 더러 있었다.

그녀는 일개 천한 창기로서 능히 사직을 걱정하고 인륜을 붙들 줄은 몰랐지만, 미소를 머금고 강가로 나가 죽음을 마치 고향에 돌아가는 것처럼 여겨 털끝만치라도 아끼려는 뜻이 없었다. 이뿐만 아니라 그 기이하고 묘한 계책은 남들이 미처 생각하지 못한 데서 나온 것인데, 승리에 편승하여 확장하려 할 때 적 우두머리를 죽임으로써 패전으로 몹시 상처 입고 남은 사람들에게 사기를 진작시켰다.

실낱같은 목숨을 버림으로써 남방 수백 년에 든든한 기반을 수복하게 했으니, 이는 과연 앞 시대 역사에 일찍이 있었던 일인가? 나는 이경(李璥)과 백사림(白士霖) 같은 무리를 불러 깨우쳐 주고자 한다.

○ 류광익(柳光翼, 1713~1780) 자 사휘(士輝), 호 풍암(楓巖)

본관 전주. 류광익은 류빈의 후예로 양부는 류만춘인데, 자세한 가계는 부록 우병사(1614) 류지신 참조. 1760년 학생으로 천거되어 창릉 참봉을 시작으로 세자 익위, 지례현감 등을 지냈지만 고위직에는 오르지 못했다. 1767년 7월 비가 적당히 와서 풍년의 징조가 있다고 보고했는데, 신하와 조정을 기만할 조짐이라 하여 체직되기도 했다. 1776년 생부 류유춘의 상을 당한 뒤 서울 남쪽의 풍암에 거주했다.
아래의 「논개」가 실린 『풍암집화(楓巖輯話)』의 출처는 국립중앙도서관본(승계古091-22)이다. 류광익은 논개 사화를 『어우야담』에서 전사했다고 작품 끝에 밝혔고, 일화를 분류하면서 황진이 등과 함께 논개를 염정(艷情)편에 수록했다. 기본 화소는 저본을 유지하되 마지막은 자신의 문장으로 대체했다. 이는 논개의 정렬(貞烈) 의미를 '충(忠)'보다 '정(情)'에 초점을 둔 결과로 보인다. 『어우야담』처럼 제목이 없기에 임시로 붙였다.

「論介」〈『풍암집화』 권11, 23면〉 (논개)

論介者, 晉州官妓也. 當癸巳城陷之日, 介凝粧靚服, 立于矗石樓下·峭岩之巓. 其下萬丈, 直入波心. 群倭見而悅之, 皆莫敢近. 獨一倭挺然直進, 論介笑而迎之. 倭將誘而引之, 論介遂抱持其倭將, 直投于潭, 俱死. 壬辰之亂, 官妓之遇倭, 不見辱而死, 不可勝記. 非止一論介, 而多失其名. 彼官妓皆淫娼也, 不可以貞烈稱, 而視死如歸, 不汚於賊, 可嘉也. _於于埜譚

류광익, 「논개」,
『풍암집화』 권11 〈염정〉

번역 논개(論介)는 진주 관기(官妓)였다. 계사년(1593) 성이 함락되던 날에 논개는 화장을 곱게 하고 옷을 단장하여 촉석루(矗石樓) 아래의 가파른 바위 꼭대기에 서 있었다. 그 아래는 깊이가 만 길이고 곧바로 강 중심으로 빨려 들어간다. 여러 왜적이 그녀를 보고 기뻐했으나 모두 감히 가까이하지 못하였다. 유독 한 왜(倭)가 뛰쳐나와 곧장 나아가니, 논개(論介)가 넌지시 웃으며 그를 맞이하였다. 왜가 장차 꾀어서 잡아당기려 하자, 논개는 드디어 그 왜장(倭將)을 껴안고 곧바로 깊은 못에 내던져 함께 죽었다.

임진란 때 관기(官妓)가 왜(倭)를 만나 욕을 당하지 않고 죽은 예는 다 기록할 수 없다. 논개(論介) 한 사람에게만 그치지 않는데 그 이름을 대부분 잃어버렸다. 저 관기는 모두 음탕한 창녀라 정렬(貞烈)로 칭송될 수 없으나 마치 죽음을 고향에 돌아가는 것처럼 여겨 적에게 몸을 더럽히지 않았으니 훌륭하다고 할 만하다. _『어우야담』

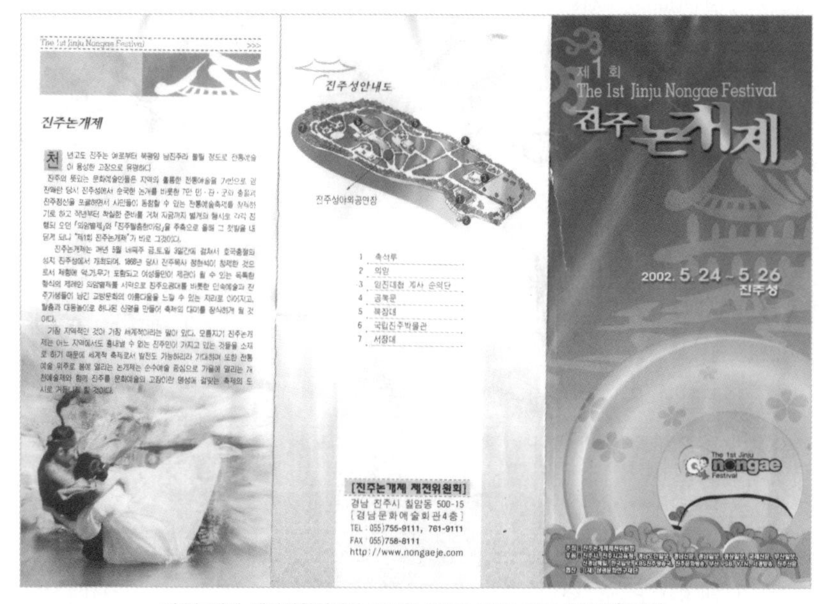

진주논개제 제전위원회에서 주최한 제1회 진주논개제 안내지(2002)

○ 서유본(徐有本, 1762~1822) 자 혼원(混原), 호 좌소산인(左蘇山人)

본관 대구. 보만재 서명응의 손자이자 서호수(1736~1799)의 장남이며, 중부가 명고 서형수이다. 여류시인으로 유명한 빙허각 이씨가 서유본의 부인이며, 친동생이 풍석 서유구(1764~1845)이다. 추가 가계 정보는 진주목사(1873) 서증보 참조. 조선후기 대표적인 경화세족으로 박학과 장서가로 유명하다.
아랫글이 수록된 「진주순난제신전」은 1794년 5월 편찬한 것으로 제1·2차 진주성전투에서 활약한 49인에 대한 집전(集傳)으로 인물 중요도에 따라 입전 분량이 다르다. 이중 논개는 최경회의 첩이라 했지만 최경회 전에 합치지 않고 끝부분인 고경형과 심우신 사이에 배치했다. 이와 관련해 충신 사적 산문의 삼장사 편 참조. 제목은 임시로 붙였다.

「論介」〈『좌소산인집』 권8, 33b〉 (논개)

長水妓論介, 崔慶會妾也. 城陷日, 盛服婆娑於矗石樓下. 有一倭將, 艶其色而逼之, 乃佯[1]與束要幷舞, 因抱而投江. 後人稱其巖爲義巖云.

서유본, 「진주순난제신전」, 『좌소산인집』 권8('논개' 부분)

번역 장수(長水) 기녀 논개(論介)는 최경회(崔慶會)의 첩(妾)이었다. 성이 무너지던 날에 옷을 화사하게 입고 촉석루 아래에서 사뿐사뿐 춤을 추었다. 한 왜장(倭將)이 그 모습을 탐내 가까이 다가오자 이내 속여서 더불어 허리를 묶고 함께 춤추다가 곧 안고서 강으로 몸을 던졌다.

뒷사람이 그 바위를 '의암(義巖)'이라 일컫는다고 한다.

---

1) 佯(양): 속이다, 거짓.

○ 성해응(成海應, 1760~1839) 자 용여(龍汝), 호 연경재(研經齋)

본관 창녕. 경기도 포천 적안촌(赤岸村) 출생. 성대중(成大中) 아들로 1783년 진사가 되었고, 1788년 규장각 검서관이 되어 이덕무·유득공·박제가 등의 북학파들과 교유했으며, 통례원 인의·음성현감 등을 지낸 뒤 1815년 낙향해 학문에만 정진했다.
아래 첫 번째 글은 〈금섬·애향·논개·금옥·용강기(金蟾愛香論介今玉龍岡妓)〉의 일부이고, 여기서 논개 제목을 임시로 따왔다.
두 번째 글이 실려 있는 「진양순난제신전」(『연경재집』 권59)은 김시민, 정득열, 김천일, 최경회, 고종후, 황진, 장윤, 양산숙, 이종인, 송제, 김준민, 류휘진, 이계년, 이광주, 이인민, 문홍헌, 정용, 고득뢰, 정명, 이잠, 류복립, 최언량, 강희열 등 진주성전투에서 순국한 40명을 입전했다. 인물 중요도에 따라 입전 분량을 안배했다.
두 글 모두 논개(論介)를 최경회 첩(妾)이라 했고, 최경회가 순국할 때 촉석루 시를 지었다는 서술은 보이지 않는다. 『연경재집』은 1817년경 편술되었다.

「論介」 〈『연경재집』 권55 「초사담헌」 2〉 (논개)

論介, 長水妓, 爲崔慶會妾. 癸巳慶會爲慶尙右兵使, 入晉州. 倭攻晉州急, 天又大雨城潰. 倭附上, 慶會自投矗石之淵. 論介, 聞慶會死而不慽. 卽盛粧具佩之飾, 就江上巖, 婆娑以眩倭. 倭酋就, 論介故要帛束腰而舞, 因俱墜淵死. 至今穪[1]其巖曰義巖.

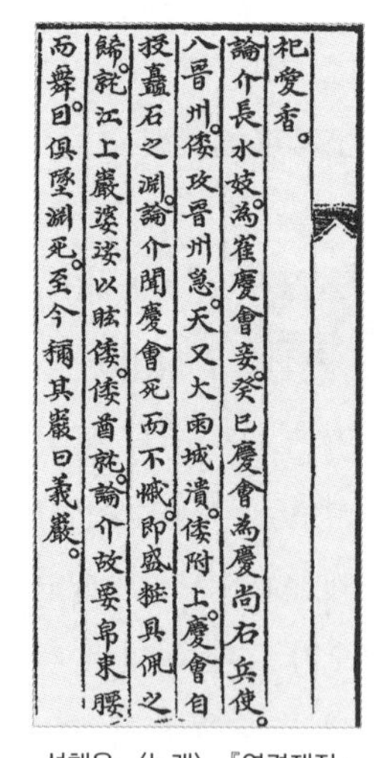
杞愛香。
論介長水妓爲崔慶會妾。癸巳慶會爲慶尚右兵使。
入晉州。倭攻晉州急。天又大雨城潰。倭附上。慶會自
投矗石之淵。論介聞慶會死而不慽。即盛粧具佩之
飾。就江上巖婆娑以眩倭。倭酋就。論介故要帛束腰
而舞。因俱墜淵死。至今稱其巖曰義巖。

성해응, 〈논개〉, 『연경재집』 권55 「초사담헌」

번역 논개(論介)는 장수(長水) 기녀로 최경회(崔慶會)의 첩(妾)이 되었다. 계사년(1593) 때 경회가 경상우병사가 되어 진주(晉州)에 들어갔다. 왜가 진주를 거세게 공격하였고, 하늘에서 또 큰 비가 내려 성이 무너졌다. 왜가 달라붙어 오르자, 경회가 스스로 촉석(矗石)의 못에 몸을 던졌다.

논개(論介)는 경회(慶會)가 죽었다는 소식을 듣고서도 슬퍼하지 않았다. 곧 곱게 화장하고 패물을 갖추어 꾸민 뒤 강가 바위에 나아가 너울너울 춤추며

1) 穪(칭): 칭(稱)의 속자.

왜(倭)를 현혹하였다. 왜놈 두목이 나아가니, 논개가 일부러 비단을 구하여 허리에 감고서 춤추다가 곧 함께 못에 떨어져 죽었다. 지금 그 바위를 '의암(義巖)'이라 일컫는다.

「晉陽殉難諸臣傳」〈『연경재집』 권59 「난실사과」 2〉

(진양에서 순국한 신하들을 입전하다)

萬曆壬辰, 島夷犯晉州, 金時敏拒戰却之. 癸巳淸正復圍晉州, 金千鎰·崔慶會等諸義師, 凡六七萬. 形勢甚固, 衆皆謂守城無虞[2]. 獨老妓憂之, 千鎰問其說. 對曰 "壬辰之役, 城守雖寡弱, 將卒相愛, 號令如一, 故能成功. 今者兵雖衆而將不習兵, 紀律少紊, 妾實憂之". 千鎰以爲妖言惑衆, 斬之, 不數日而城陷. 妓亦善料兵者, 使諸公從其言, 修紀律一節制, 則安知不破賊如時敏也? 然勢之所使, 雖智者不得免. 如李·郭等九節度[3]事是已, 況下此者乎! 諸公亦策之審矣, 是時諸路多潰决. 湖南獨爲國家地, 而晉其要衝也. 諸公苟一擧足則湖南陷爲賊藪, 國家何恃而能自力於中興乎? 是故死守孤城, 事成則幸耳, 不成則與城俱亡而不之恤, 殆巡·遠之志也. 賊雖陷晉而銳氣亦挫, 終不能過晉而大猘[4], 諸公之功, 又不可少也. 余故採諸臣事, 以及別將·幕士·婢妾·奴隷之屬, 得四十餘人, 爲之作晉陽殉節諸臣傳. (…中略…)

崔慶會, 字善遇, 號三溪, 又曰日休堂. 首陽[5]人, 高麗文憲公[6]冲之後, 生嘉

---

2) 虞(우): 염려하다, 헤아리다.

3) 李·郭等九節度(이곽등구절도): 당나라 숙종 원년(758) 9월에 60만 대군으로 상주(相州)를 공격하여 안경서(安慶緖)를 토벌한 이광필(李光弼)·곽자의(郭子儀) 등 9명의 절도사(節度使). 하지만 이들 군대는 안록산의 난 때 반란군에게 궤멸되었다.

4) 猘(제): 미친개, 날뛰다.

5) 首陽(수양): 해주의 옛 이름.

6) 文憲公(문헌공): 최충(984~1068)의 시호. 최경회는 최충의 15세손이다.

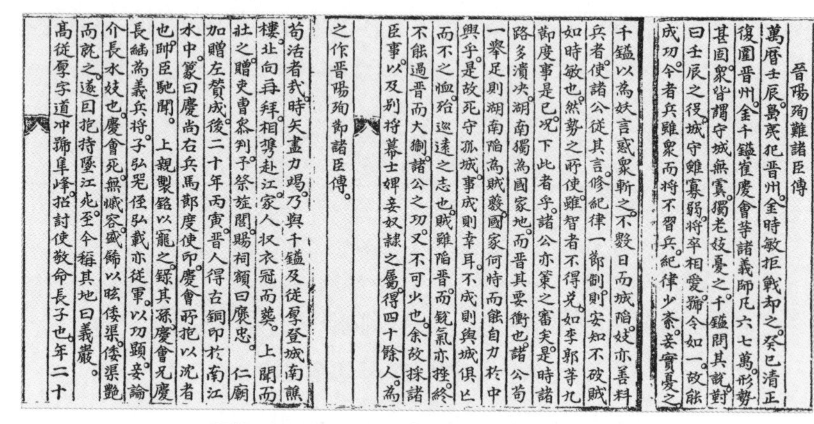
晋陽殉難諸臣傳
萬曆壬辰島夷犯晋州金時敏拒戰却之癸巳清正
復圍晋州金千鎰崔慶會等諸義師凡六七萬形勢
甚固衆皆謂守城無虞獨老妓憂之千鎰問其說對
曰壬辰之役城守雖寡弱將卒相愛號令如一故能
成功今者兵雖衆而將不習兵紀律少紊妾實憂之
千鎰以為妖言惑衆斬之不數日而城陷妓亦善料
兵者使諸公從其言修紀律一節制則安知不破賊
如時敏也然勢之所使雖智者不得免如李郭等九
節度事是已况下此者乎諸公亦策之審矣是時諸
路多潰决湖南獨為國家地而晋其要衝也諸公苟
一舉足則湖南陷為賊藪國家何恃而能自力於中
興乎是故死守孤城事成則幸耳不成則與城俱亡
而不之恤殆巡遠之志也賊雖陷晋而鋭氣亦挫終
不能過晋而大衂諸公之功又不可少也余故採諸
臣事以及別將幕士婢妾奴隷之屬得四十餘人為
之作晋陽殉節諸臣傳
苟活者哉時矢盡力竭乃與千鎰及從厚登城南譙
樓北向再拜相携赴江家人收衣冠而葬上聞而
壯之贈吏曹參判予祭旌閭賜祠額曰襃忠仁廟
加贈左賛成後二十年丙寅晋人得古銅印於南江
水中篆曰慶尚右兵馬節度使印慶會所抱以沈者
也帥臣馳聞上親製銘以寵之録其孫慶會兄慶
長繼為義兵將子弘器侄弘載亦從軍以功顯妾論
介長水妓也慶會死無慽容盛餙以眩倭渠倭渠艶
而就之遂因抱持墜江死至今稱其地曰義巖
高從厚字道冲號隼峰招討使敬命長子也年二十

성해응, 〈진양순난제신전〉, 『연경재집』 권59 「난실사과」

靖戊午. (…中略…) 慶會怒曰 "城亡與亡, 我豈苟活者哉?". 時矢盡力竭, 乃與千鎰及從厚, 登城南譙樓, 北向再拜, 相携赴江. 家人收衣冠而葬. 上聞而壯之, 贈吏曹參判, 予祭旌閭, 賜祠額曰褒忠. 仁廟加贈左贊成. 後二十年丙寅, 晉人得古銅印於南江水中. 篆曰慶尙右兵馬節度使印, 慶會所抱以沈者也. 帥臣馳聞, 上親製銘以寵之, 錄其孫. 慶會兄慶長, 繼爲義兵將, 子弘器·侄弘載, 亦從軍以功顯. 妾論介, 長水妓也. 慶會死, 無慽容, 盛餙[7]以眩倭渠[8]. 倭渠艶[9]而就之, 遂因抱持墜江死. 至今稱其地, 曰義巖.

高從厚, 字道冲, 號隼峰, 招討使[10]敬命長子也. (…下略…)

번역 만력 임진년(1592) 때 섬 오랑캐가 진주를 침략함에 김시민(金時敏)이 맞서 싸워 물리쳤다. 계사년(1593) 때 청정(淸正)이 다시 진주를 포위하니, 김천일(金千鎰)·최경회(崔慶會) 등 의병들은 무릇 6~7만이었다.

---

7) 餙(희): 꾸미다. '飾(식)'의 속자.

8) 倭渠(왜거): =왜추(倭酋). '渠'는 우두머리.

9) 艶(염): 탐내다, 부러워하다.

10) 招討使(초토사): 나라의 변란을 평정하기 위하여 중앙에서 임시로 보내던 관리.

형세가 매우 견고하여 군중들 모두는 성을 지킴에 걱정이 없다고 하였다.

유독 늙은 기녀가 우려하니, 천일(千鎰)은 그 주장에 대하여 질문하였다. 대답하기를, "임진년 난리 때 성을 지킴에 비록 과약(寡弱)하였으나 장수와 병졸이 서로 사랑하여 호령이 일사불란하였다. 지금은 병졸이 비록 많으나 장수가 병졸을 훈련시키지 않아 기강이 조금 어지러운 듯하여 첩(妾)이 걱정하는 것입니다." 하였다. 천일은 요망한 말로 군중을 현혹한다고 여겨 목을 베었고, 며칠 만에 성(城)이 무너졌다.

기녀 역시 병졸 상태를 잘 헤아렸으니 제공(諸公)이 그녀의 말을 따라 기강을 정비해 하나같이 통솔했다면 시민(時敏)처럼 적을 격파하지 않았을까. 그러나 형세가 그렇게 만들어 지혜로운 사람이라도 화를 면할 수 없었다. 예컨대 이광필(李光弼)·곽자의(郭子儀) 등 9명의 절도사 일도 그러하거니와 하물며 이들보다 못한 자들에게 있어서야!

제공(諸公) 역시 책략을 훤히 알았으나 당시 여러 길은 대부분 무너져 있었다. 호남은 홀로 국가의 땅이었고, 진주는 요충지였다. 제공이 한 발짝 떼면 호남은 무너져 적의 소굴이 되는 상황이었으니, 국가는 누구를 의지하여 중흥에 스스로 힘쓸 수 있었으리오? 따라서 죽음으로써 고립된 성을 지켜 일을 성취하면 다행일 뿐이었고, 일을 성취하지 못하면 성(城)과 더불어 망함에 돌아보지 않았으리니 거의 장순(張巡)·허원(許遠)의 뜻과 같았다. 적이 진주를 함락하였으되 날카로운 기세 또한 꺾여 끝내 진주를 통과해도 크게 날뛸 수 없었으니, 제공의 공적 역시 적을 수 없다.

내가 그러므로 여러 신하의 일을 채록하였고, 별장(別將)·막사(幕士)·비첩(婢妾)·노예(奴隷)에 이르기까지 40여 인에 이르는데, 그들을 위하여 진양에서 순절한 제신(諸臣)에 대한 전기를 짓는다. (…중략…)

최경회(崔慶會)는 자가 선우(善遇), 호는 삼계(三溪) 또는 일휴당(日休堂)이라 한다. 수양인(首陽人)이고, 고려 문헌공 충(冲)의 후예로 가정 무오년(1558)에 태어났다. (…중략…)

경회가 분노해서 말하기를, "성(城)이 망하면 함께 망할 것이니 내가 어찌 구차하게 살 것인가?" 하였다. 당시 화살은 바닥나고 힘이 다하자 이내 천일(千鎰)·종후(從厚)와 더불어 성 남쪽 망루에 올라가 북향재배하고 서로 이끌고 강으로 나아갔다. 집안사람이 의관을 수습하였다.

임금이 듣고서 이조참판에 추증하였고, 제사를 지내게 하고 정려를 내렸으며, '포충(褒忠)'을 사액하였다. 인조(仁祖)는 좌찬성을 더해 추서하였다.

그 뒤 20년 병인년(1746)에 진주 사람이 옛 구리도장을 남강(南江) 물속에서 얻었다. 전서체의 '경상우병마절도사 인(慶尙右兵馬節度使印)'이라 새겨져 있었으니, 경회가 안고서 빠졌던 도장이었다. 우병사가 급히 아뢰니, 임금은 친히 명(銘)을 지어서 아끼고 자손을 책록하였다.

경회의 형 경장(慶長)은 이어서 의병장이 되었고, 아들 홍기(弘器)와 조카 홍재(弘載) 또한 종군하여 공이 현저하였다.

첩(妾) 논개(論介)는 장수(長水) 기녀이다. 최경회(崔慶會)가 죽자 얼굴에 슬퍼하는 빛도 없이 화려하게 치장하여 왜놈 두목을 현혹하였다. 왜놈 두목이 탐내 나아가자 드디어 껴안고서 강에 떨어져 죽었다. 지금 그곳을 '의암(義巖)'이라 일컫는다.

고종후(高從厚)는 자는 도충(道冲)이고, 호는 준봉(隼峰)이며, 초토사(招討使) 경명(敬命)의 장남이다. (…하략…)

○ 정약용(丁若鏞, 1762~1836)

자 미용(美鏞)·송보(頌甫), 호 다산(茶山)·여유당(與猶堂)·사암(俟菴)

본관 나주. 시호 문도(文度). 광주 초부면 마현리(현, 경기도 남양주시 조안면 능내리) 출생. 모친은 윤두서(1668~1715)의 손녀이고, 1776년 2월 홍화보(洪和輔)의 사위가 되었다. 1783년 회시 합격했고, 1789년 문과 급제한 후 초계문신·지평(1790)·수찬(1792)·경기도 암행어사(1794)·병조참의(1795.2)·곡산부사·형조참의(1797) 등을 역임했다. 1801년 2월 신유사옥으로 포항 장기현에 유배되었다가 그해 10월 질녀 남편인 황사영 백서사건에 연루되어 전남 강진으로 이배된 뒤 18년간 머물렀다.
아래 기문은 다산이 의기사를 중수한 장인의 요청으로 경자년(1780) 3월 지었는데, 논개를 '현부인(賢婦人)'이라 칭했다. 『진주성 촉석루의 숨은 내력』(2014), 376~391쪽 참조.

「晉州義妓祠記」〈『여유당전서』 제1집 권13, 33b~34a〉 **(진주 의기사기)**

婦人之性, 輕死. 然其下者, 或不耐忿毒幽鬱[1]而死; 其上者, 義不忍汙辱其身而死. 及其死, 槪謂之節烈[2], 然皆自殺其軀而止. 至若娼妓之屬, 自幼導之以風流淫蕩之物·遷移轉變之情. 故其性亦爲之流而不滯, 其心以爲人盡夫[3]也. 於夫婦尙然, 矧有能微知君臣之義者哉? 故自古兵革之場, 縱掠其美女者何限, 而未嘗聞死節者. 昔倭寇之陷晉州也, 有妓義娘者, 引倭酋, 對舞於江中之石. 舞方合抱之, 投淵而死, 此其祠也. 嗟乎, 豈不烈烈[4]賢婦人

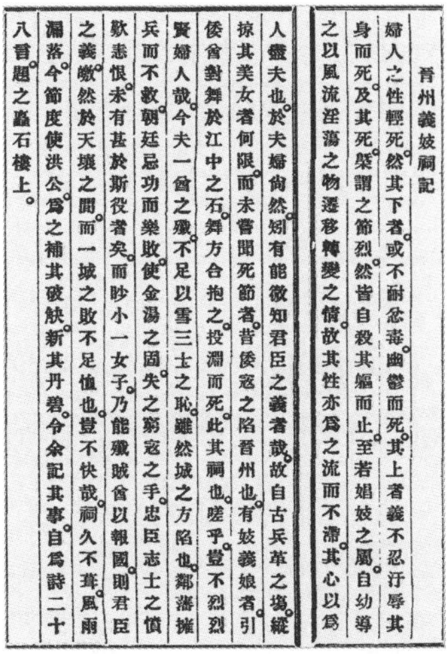

정약용, 「진주 의기사기」, 『여유당전서』 제1집 권13

1) 忿毒幽鬱(분독유울): '忿毒'은 분하여 괴롭게 여김. '幽鬱'은 마음이 답답하고 개운하지 못함. '毒'은 개탄하다, 분개하다. '鬱'은 막히다.

2) 節烈(절렬): 절의(節義)를 강렬하게 지킴, 절의를 지킴이 더없이 강렬함.

3) 人盡夫(인진부): 누구나 남편이 될 수 있음. 곧 지조가 없는 것을 비유. "사람들이 모두 남편이 될 수 있다. 아버지는 한 사람일 뿐이니, 어찌 비할 수 있겠느냐?[人盡夫也. 父一而已, 胡可比也]"(『좌전』 「환공」 〈15년〉)라 한 말에서 유래했다.

哉? 今夫一酋之殲, 不足以雪三士之恥, 雖然城之方陷也, 鄰藩擁兵而不救, 朝廷忌功而樂敗[5]. 使金湯之固, 失之窮寇之手, 忠臣志士之憤歎恚恨[6], 未有甚於斯役者矣. 而眇小[7]一女子, 乃能殲賊酋以報國, 則君臣之義, 皦然[8]於天壤之間. 而一城之敗不足恤也, 豈不快哉? 祠久不葺, 風雨漏落. 今節度使洪公爲之, 補其破觖[9], 新其丹碧. 令余記其事, 自爲詩二十八言[10], 題之矗石樓上.

번역 부인(婦人)의 성품은 죽음을 가볍게 여긴다. 그런데 하품(下品)인 여자는 가슴 답답하고 통분한 마음을 참지 못해서 죽고, 상품(上品)인 여자는 의리상 자기 몸을 더럽히거나 욕되게 하는 것을 참지 못해 죽는다. 그들의 죽음에 대해서 대개 절렬(節烈)이라 일컫지만, 모두 자기 몸을 스스로 죽이는 것에 그치고 말았다.

창기(娼妓)와 같은 부류는 어려서부터 풍류나 음탕한 일과 이리저리 옮기거나 바꾸는 인정으로써 자신을 이끈다. 그런 까닭에 그들의 성품 또한 흘러다녀 한군데 머물러 있지 않고, 그들의 마음 또한 남자들을 모두 지아비라 생각한다. 부부 사이에도 이러하거늘, 하물며 군신의 의리를 조금이라도 아는 자가 있겠는가? 따라서 예로부터 전쟁터에서 멋대로 미녀를 약탈한 자가 어찌 한량이 있으랴만 일찍이 절의로 죽은 자는 듣지 못하였다.

옛날 왜구(倭寇)가 진주(晉州)를 함락하였을 때 기녀 의랑(義娘)이 왜구 두목을 유인하여 강 속의 바위에서 마주 서서 춤을 추었다. 춤이 한창 무르익

---

4) 烈烈(열렬): 기세가 맹렬한 모양.
5) 樂敗(낙패): 패배를 쾌하게 여김.
6) 恚恨(에한): 땀을 흘리며 성냄, 성이 나서 흘리는 땀. '恚'는 성내다.
7) 眇小(묘소): 키가 작음. '眇'는 작다.
8) 皦然(교연): =교연(皎然). 밝은 모양. '皦'는 밝다, 맑다.
9) 破觖(파결): 헐거나 미흡함. '觖'은 불만족하게 여김, 들추어내다.
10) 二十八言(이십팔언): 7언절구를 말함. 해당 홍화보(1726~1791)의 시는 본서 참조.

자 그를 껴안고 못에 몸을 던져 죽었으니, 이곳이 그녀를 기리는 사당이다. 아아, 어찌 높고도 큰 현부인(賢婦人)이 아니랴?

지금에서 보면 왜놈 두목 하나를 죽인 것은 삼장사(三壯士)의 치욕을 씻기에는 충분하지 않다. 그러나 성이 바야흐로 함락되는데도 이웃 고을은 병권을 잡고서 구원하여 주지 않았고, 조정에서는 공로를 시기하여서 패하기만 고대하였다. 견고한 금성탕지를 왜구의 손아귀에 떨어지게 하였으니, 충신지사들의 분노와 원한은 이 싸움보다 심한 적이 없었다. 보잘것없는 한 여자가 적의 두목을 죽여 나라에 보답함으로써 곧 군신의 의리가 온 세상에 빛났다. 비록 한 성의 패배를 충분히 구제하지 못하였더라도 어찌 통쾌하지 않은가?

사당은 오래도록 중수하지 않아 비바람에 새고 무너져 있었다. 지금의 절도사 홍공(洪公, 홍화보)이 중수하면서 그 부서지거나 미흡한 부분을 보수하고 단청을 새롭게 하였다. 나에게 그 일을 기록하게 하였고, 자신은 칠언절구를 지어 촉석루 위에 제액하였다.

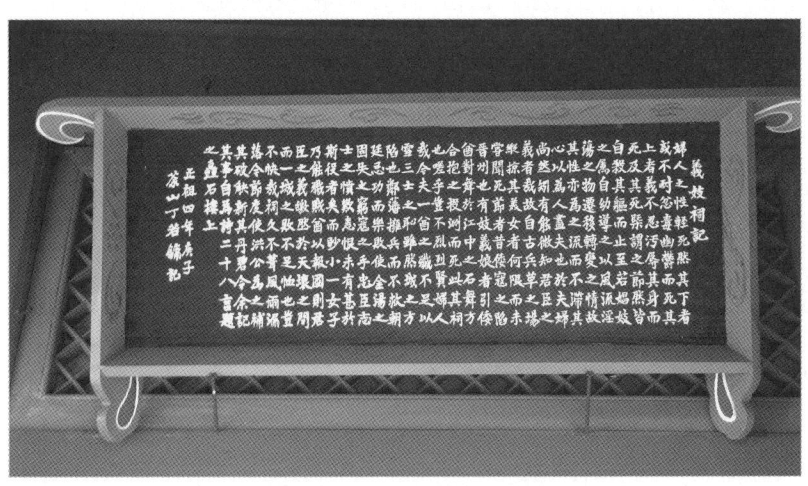

「의기사기」 현판. 기문 오자에 대해서는 제1부 제5장 참조.

○ 김경진(金敬鎭, 1815~1873) 자 치일(穉一)

본관 안동(신). 서울 출생. 김상용의 11세손이고 부친은 김대균이며, 자세한 가계는 진주목사(1829) 김리위 참조. 1835년 진사시 합격했고, 공조정랑으로 있다가 1842년 9월부터 1844년 5월까지 금산군수를 지냈다. 1857년 급제해 대사간, 대사성, 이조참의, 도총부 부총관 등을 역임했다. 아래 작품이 실린 『청구야담』은 김경진이 현 김천시인 금산군수 때인 계묘년(1843)에 편찬한 것으로 알려져 있다. 출처는 국립중앙도서관 소장본(한古朝48-190)이다.

「晉陽城義妓捨生」〈『청구야담』 권3, 9~10면〉

(진양성에서 의기가 목숨을 버리다)

論介者, 晉陽妓也. 壬辰, 倭攻晉陽城, 上洛君金時敏嬰城自守. 屢戰屢敗之, 殺倭數萬, 賊終不敢窺湖南而歸. 翌年癸巳六月, 倭酋淸正承秀吉之旨, 必欲雪晉陽之耻, 率兵十萬來圍. 時本道兵使崔慶會·忠淸兵使黃進·倡義使金千鎰·金海府使李宗仁·復讐將高從厚·泗川縣監張潤諸公, 入守之. 獨紅衣將軍郭再祐曰 "此城, 倭賊必爭之地也, 爲湖嶺要衝關阨[1]之所. 而孤軍遇强敵, 必敗乃已"云, 而終不入城. 諸公會矗石樓, 誓同生死, 慷慨論事. 倭下令曰 "昨年敗衂之報, 政在今日, 不滅此城, 誓不旋踵[2]". 百道攻城, 第十餘日城陷, 城中六萬人同日殲之, 諸公皆赴南江而死. 時論介凝粧盛餙, 往見倭將之最桀驁[3]者, 假意獻媚[4]. 倭將悅之, 欲刼之. 妓不從, 以婉辭誘引倭將, 步出江邊岩石上, 與之對舞. 此岩揷在江岸, 三面皆深潭也. 遂抱倭將之腰, 墜入江中, 倭陣大驚. 乱平後, 旌論介曰義妓, 立祠江上祭之. 名其石曰義妓岩, 刻'一帶長江千秋義烈'八字.[5] 其岩亦名落花岩[6], 盖以妓之沈江, 譬之落花云.

---

1) 關阨(관애): 관문. '阨'는 험하다, 막히다, 좁은 길목.

2) 旋踵(선종): 돌아섬, 발길을 돌림, 물러남. '踵'은 발꿈치.

3) 桀驁(걸오): 성질이 거칠고 오만함. '驁'는 거친 말, 오만하다.

4) 獻媚(헌미): 아첨을 바치다, 아양 떨다, 애교를 부리다. '獻'은 바치다.

5) 본서 제3부 제2장 한유(1868~1911)의 남강 절벽 바위 글씨 참조.

6) 落花岩(낙화암): 의암의 이칭.

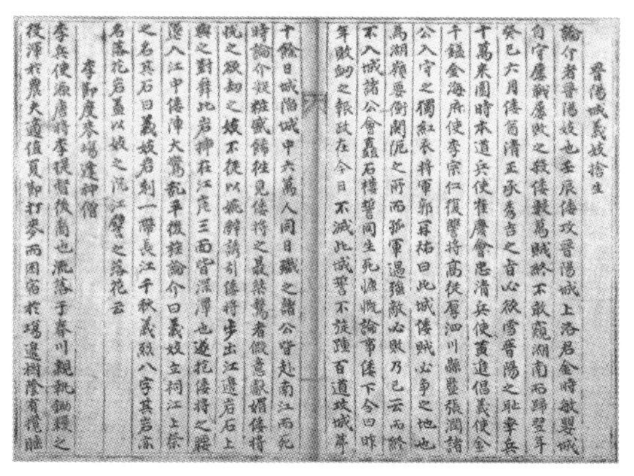
晉陽城義妓捨生
論介者晉陽妓也壬辰倭攻晉陽城上洛君金時敏嬰城
自守屢戰屢敗之殺倭數萬賊終不敢窺湖南而歸翌年
癸巳六月倭酋淸正承秀吉之旨必欲雪晉陽之恥率兵
十萬來圍時本道兵使崔慶會忠淸兵使黃進倡義使金
千鎰金海府使李宗仁復讐將高從厚泗川縣監張潤諸
公入守之獨紅衣將軍郭再祐曰此城倭賊必爭之地也
爲湖嶺要衝關阨之所而孤軍遇强敵必敗乃已云而終
不入城諸公會矗石樓誓同生死慷慨論事倭下令曰昨
年敗衄之報政在今日不滅此城誓不旋踵百道攻城凡
十餘日城陷城中六萬人同日殲之諸公皆赴南江而死
時論介凝粧靚飾往見倭將之最驍驚者假意獻媚倭將
悅之欲刼之妓不從以挑辭誘引倭將步出江邊岩石上
與之對舞此岩聳在江底三面皆深潭也遂抱倭將之腰
墜入江中倭陣大驚亂爭救拯論介曰義妓立祠江上祭
之名其石曰義妓岩刻一帶長江千秋義烈八字其岩畵
名落花岩蓋以妓之流江譬之落花云
李節度麥場逢神僧
李兵使濂唐將李提督僕蒨也流落于春川親執鋤種之
役渾於衆大適值夏節打麥而困宿於場邊樹陰有擔賍

김경진, 「진양성의기사생」, 『청구야담』 권3

번역 논개(論介)는 진양 기녀이다. 임진년(1592)에 왜적이 진양성(晉陽城)을 공격함에 상락군 김시민(金時敏)이 성문을 굳게 닫고 스스로 지켰다. 여러 번 싸워 여러 번 격파하고 왜놈 수만을 죽이니, 적이 끝내 감히 호남을 엿보지 못하고 돌아갔다.

이듬해 계사년(1593) 6월에 왜놈 두목 청정(淸正)이 수길(秀吉)의 뜻을 이어받아 반드시 진양(晉陽)의 치욕을 씻고자 병사 10만을 거느리고 와서 포위하였다. 그때 경상병사 최경회(崔慶會)·충청병사 황진(黃進)·창의사 김천일(金千鎰)·김해부사 이종인(李宗仁)·복수장 고종후(高從厚)·사천현감 장윤(張潤) 등 제공이 들어가 지켰다. 유독 홍의장군 곽재우(郭再祐)가 말하기를, "이 성은 왜적이 반드시 다투어야 할 땅인데, 호남과 영남의 요새지 관문이 되는 장소이다. 따라서 고립된 군사로 강적을 만나면 반드시 질 것이다." 하고는 결국 성에 들어가지 않았다. 제공(諸公)이 촉석루(矗石樓)에 모여 생사를 같이하기로 맹세하고는 비분강개하며 일을 의논하였다.

왜가 명령을 내려 말하기를, "작년 전쟁에서 진 것을 되갚음은 바로 오늘에 달려 있으니, 이 성을 부수지 못하면 맹세코 발길을 돌리지 않겠다." 하였다. 이 길 저 길로 성을 공격함에 단지 10일 만에 성이 함락되어, 성안의 6만 명이 한날에 죽고 제공(諸公)은 모두 남강에 나아가 죽었다.

이때 논개(論介)가 화장을 곱게 하고 옷을 단장하여 왜장(倭將) 중에서 가장 사나운 놈에게 가서 만나본 뒤 일부러 애교를 떨었다. 왜장이 논개를 기뻐하며 겁탈하려 하였다. 기녀는 따르지 않고 완곡한 말로 왜장을 유인하여 강가 바윗돌에 걸어 나가 더불어 마주 서서 춤을 추었다. 이 바위는 강가에 박혀 있고, 삼면은 모두 깊은 못이었다. 드디어 왜장의 허리를 안고 강 속으로 떨어져 잠기니 왜군 진영에서는 크게 놀랐다.

전란이 평정된 뒤에 논개를 정려하여 '의기(義妓)'라 하였고, 강가에는 사당을 세워 제사하였다. 그 돌을 '의기암(義妓岩)'이라 명명하였고, '일대장강 천추의열(一帶長江千秋義烈)'이라는 큰 글씨 여덟 자를 새겼다. 그 바위 또한 '낙화암(落花岩)'이라 명명하였는데, 대개 기녀가 강에 몸을 던졌기 때문에 떨어지는 꽃에 비유하였다고 한다.

의암에서 '일대장강 천추의열'을 카메라에 담는 저자. ©정인태 2023.5.8.

○ 심원열(沈遠悅, 1792~1866) 자 조회(祖懷), 호 학음(鶴陰)

본관 청송. 조선후기 노론 시파(時派)의 핵심 인물. 제주목사를 지낸 심락수(1739~1799)가 조부이고, 조모는 흡재 이사질(1705~1776. 일몽 이규상의 부친)의 딸이다. 부친은 심로암(沈魯巖)이며, 백부가 1801부터 6년간 기장군에 유배된 효전 심로숭(沈魯崇)이다. 8세 때 조부와 모친 풍양조씨 상을, 20세 이후로 부친과 조모 한산이씨와 아내 안동김씨 상을 연거푸 당했다. 1838년 청양현감에 부임했으나 이듬해 강원도 금성현으로 유배되었다. 1741년 해배된 뒤 1850년 광흥창수(廣興倉守)로 관직에 복귀했다. 고양군수·공주판관을 거쳐 울산부사(1855.8~1856.12)에서 진주목사로 전직했으나 1858년 5월 암행어사 서상지(徐相至)의 서계로 전임지 울산으로 유배되었다.
아래 명문은 심원열이 66세 때인 정사년(1857) 1월부터 8월까지 진주목사를 지낼 당시 지은 것이다. 그리고 촉석루 기문과 7언율시 6수는 『역주해 역대 촉석루 시문 대집성』(2019)에서 미처 수록하지 못해 이참에 보충한다.

「義妓祠銘 幷序」〈『학음산고』 권12, 12~14면〉
(의기사명. 서문을 덧붙임)

義妓祠者, 在矗石樓下. 下有巖, 其名曰義巖也. 前有長江, 波濤嗚咽, 義妓之恨也; 傍有脩竹, 枝葉貞潔, 義妓之節也. 惟歲壬辰, 倭犯晉陽, 牧城[1]遂陷. 倭將坐矗樓, 方張樂以娛, 聞其論介之名, 招入而參筵. 使舞之, 姿色傾國, 釼舞有法, 諸妓中妙舞也. 倭將見而悅之, 不覺起舞, 与論介對舞. 舞方酣, 左右生風. 論介抱倭將, 投樓下巖, 相轉而入於南江. 身遂死, 倭將亦死, 其忠且勇, 可知. 論介能捨死生而足報陷城之讎, 若洗陷城之耻. 卓卓乎, 此妓也; 烈烈[2]哉, 此妓也; 宜乎, 義妓之称也. 昔安祿山以范陽節度使, 一鼓而下[3]二十四郡, 長驅入長安城. 闕招樂工雷海淸[4], 方鼓樂, 海淸擲樂器, 西向痛哭,[5]

1) 牧城(목성): 진주목의 성, 곧 진주성.

2) 烈烈(열렬): 용감한 모양, 높고 큰 모양 등. '烈'은 세차다, 굳세다, 빛나다.

3) 下(하): 떨어뜨림, 함락시킴, 항복 받음.

4) 雷海淸(뇌해청): 756년 안록산의 난 때 죽음으로 항거한 악공(樂工). 역도들이 그를 희마전(戱馬殿) 앞에 묶어 놓고 팔다리를 찢어 사람들에게 보여주었고, 그 소문을 들은 사람 중에 슬퍼하지 않은 이가 없었다고 한다.

5) 『연산군일기』〈1505.9.13〉, "전교하기를, '당 현종 때에 악공 뇌해청(雷海淸)이 임금의 파천을 마음 아파하고 역적이 퍼져 일어남을 분하게 여겨, 악기를 땅에 던지고 서쪽을 향하여 통곡하였다. 무릇 악공의 천한 신분으로 이런 충렬의 행실이 있었으니, 그 절의가

祿山怒而殺之. 雷海淸在梨園弟子[6]之列, 嘗昵[7]侍於霓裳羽衣之歌筵.[8] 此男子身也, 近耿光[9]也, 宜有忠憤之心也. 至於論介, 女也, 妓也. 生長於千里海陬, 而何嘗仰瞻天顔[10]於進宴之時乎? 貞烈之志·憤激之氣, 其能辨大節於張舞之際, 而投死於一帶之碧波, 至今人皆奬称之. 論介以此舞妓之身, 效其樂工之節, 則殆過[11]於雷海淸, 遠矣. 或曰 "樂工初不屈勝於賊, 而義妓强自[12]張袖於倭, 則義妓不及於樂工也". 余曰 "樂工志, 在自靖[13]也; 義妓計, 決報仇也, 此豈非超樂工一等者乎?". 難之者亦曰 "然矣". 及倭亂平也, 建義妓祠, 春秋祀之, 三百年如一日, 豈不美哉? 遂爲之銘. 銘曰

瞻彼矗岩	屹然有碑[14]	其碑惟何	義妓之祠
島夷猖獗	釼舞婆娑[15]	抱倭同投	羅衫滄波
魚不敢呑	首蓁眉蛾[16]	女中之賢	妓中之貞
捨生取死	鴻毛猶輕	矗江流長	矗山峙崇
如玉其人	藏在其中		

가상하다. 악공[廣熙]들에게 깨우쳐 일러서 본받게 하라.' 하였다.[玄宗時, 樂工雷海淸, 痛君父播遷, 憤逆賊猖獗, 擲樂器於地, 西向痛哭. 夫以伶伎之賤, 有此忠烈之行, 其節義可尙. 曉諭廣熙, 使之取法]"

6) 梨園弟子(이원제자): 당 현종은 음악에 정통해 장안의 이원(梨園)에서 제자(弟子, 배우) 3백 명을 뽑아 속악을 가르쳤다.

7) 昵(닐): =닐(暱). 친근하다, 친하다. '昵'이 곁눈질하다의 뜻일 때는 '이'로 읽음.

8) 당 현종이 항상 양귀비(楊貴妃)가 예상우의곡(霓裳羽衣曲)에 맞춰 춤추게 했는데, 그러다가 결국 안녹산의 난을 맞았다. 이 곡은 현종의 꿈속 월궁(月宮)에 선녀들이 나타나 무지개치마[霓裳]와 얇은 비단옷[羽衣]을 입고 춤추며 부르던 노래이다.

9) 耿光(경광): 밝은 빛, 성덕(盛德). 여기서는 황제를 비유함.

10) 天顔(천안): =용안(龍顔). 임금의 얼굴을 높여 이르는 말.

11) 過(과): 낫다, 뛰어나다.

12) 强自(강자): 가까스로, 억지로, 무리하게.

13) 自靖(자정): 사람마다 각자 자신의 도리를 다함. '靖'은 다스리다, 편안하다.

14) 有碑(유비): 의암사적비(1722)를 말함.

15) 婆娑(파사): 그림자가 움직이는 모양, 너울너울 춤추는 모양.

16) 首蓁眉蛾(수진미아): 씽씽매미 같은 이마와 나비 같은 눈썹, 곧 아름다운 미인.

번역 의기사(義妓祠)는 촉석루 아래에 있다. 아래에 바위가 있는데 이름은 의암(義巖)이다. 앞쪽의 장강 물결이 흐느끼며 흐르니 의기(義妓)의 원한이고, 곁에 있는 대숲 가지와 잎은 굳고 깨끗하니 의기(義妓)의 정절이다.

임진년에 왜적이 진양(晉陽)을 침범함에 진주성이 마침내 함락되었다. 왜장(倭將)이 촉석루(矗石樓)에 좌정하고서 바야흐로 음악을 베풀어 즐겼는데, 논개(論介)의 명성을 듣고는 불러들여 연회에 참석시켰다. 춤을 추게 하니 자색이 나라를 기울게 할 만하고, 칼춤은 법도가 있어 여러 기녀 중에서 춤이 절묘하였다. 왜장이 보고서 기뻐하며 어느새 일어나 춤추다가 논개와 더불어 춤추었다. 춤이 무르익을 즈음 좌우에 바람이 일었다. 논개가 왜장을 안고 누각 아래의 바위로 몸을 던지니 서로 구르면서 남강으로 빠져들어 갔다. 자신이 마침내 죽고 왜장도 죽었으니, 충(忠)과 용(勇)을 알 수 있다. 논개가 생사를 능히 돌보지 않고 성을 함락시킨 원수를 충분히 갚았으니 성이 함락된 치욕을 씻는 것과 같았다. 우뚝하도다, 이 기녀여. 용감하도다, 이 기녀여. 마땅하도다, 의기(義妓)를 칭송함이.

옛날 안록산(安祿山)은 범양절도사로서 북을 한 번 울려 24개 군을 항복시켰고, 거침없이 장안성에 말을 몰고 들어갔다. 대궐에서 악공(樂工) 뇌해청(雷海淸)을 불러 악곡을 연주하게 하자, 해청은 악기를 던지고 서쪽을 바라보며 통곡하였다. 녹산이 노해서 그를 죽였다. 해청은 이원제자(梨園弟子)의 무리에 들어갔는데, 일찍이 예상우의곡(霓裳羽衣曲)을 부르는 자리에서 임금을 가까이 모셨다. 이 남자가 몸으로 천자의 거룩한 빛을 가까이한 것은 마땅히 충분(忠憤)의 마음이 있었기 때문이다.

논개(論介)의 경우는 여자요, 기녀이다. 천 리 바닷가에서 생장하였으니, 잔치를 베풀 때 임금의 얼굴을 어찌 우러러본 적이 있었겠는가? 곧은 절개의 뜻과 격분하는 기운으로 춤추는 동안에 큰 절의(節義)를 판가름하고는 한 줄기 푸른 물결에 몸을 던져 죽었다. 지금도 사람들 모두가 그녀를 한껏 칭송한다.

논개(論介)가 춤추는 기녀의 신분으로 악공의 충절을 본받았으되, 뇌해청(雷海淸)보다 뛰어난 점이 훨씬 심오하다. 어떤 이가 말하기를, "악공은 애당초 굴복하지 않고 승리하려 하였지만, 논개는 억지로 왜장에게 소매를 펼친 것이니, 의기(義妓)는 악공에 미치지 못한다." 하였다. 내가 말하기를, "악공의 뜻은 자신을 편하게 하는 데 있었고, 의기(義妓)의 계책은 결단코 원수를 갚는 데 있었으니, 이 어찌 한 등급이라도 악공을 뛰어넘는 것이 아닌가?" 하였다. 그녀를 힐난하던 사람이 또한 말하기를, "그렇군요." 하였다.

왜란이 평정되자 의기사(義妓祠)를 건립하고 춘추로 제사를 지냄에 삼백 년이 하루와 같으니 어찌 아름답지 않겠는가? 드디어 그녀를 위해 명(銘)을 짓는다. 명은 이러하다.

저 촉석 바위를 바라보니/ 우뚝한 비석이 있네/ 그 비석은 무엇인가/ 의기의 사당이로다/ 섬 오랑캐가 창궐하니/ 칼춤을 사뿐사뿐 추다가/ 왜장 안고 함께 몸을 던졌지 /푸른 물결의 비단 적삼을/ 물고기가 감히 삼키지 못했으니/ 곱디고운 미인이로다/ 여자 중의 현인이요/ 기녀 중의 정절이로다/ 생을 버리고 사를 취했으니/ 홍모보다 외려 가벼웠네/ 촉석강은 유장하게 흐르고/ 촉석산은 높다란데/ 옥 같은 사람이/ 그 속에 있구려

「矗石樓記」[1] 〈『학음산고』 권7, 98~100면〉 **(촉석루기)**

南江之上, 有樓傑然, 名曰矗石樓也. 是樓也, 前後左右, 境隨而異然. 草木幽深於望景臺[2], 而有隱者可居之地; 雲烟出沒於飛鳳山[3], 而有仙人可逢之思. 長江橫帶, 帆檣來往; 蒼壁特立, 行旅遊覽. 水晶峰[4]之如鸞如鵠而形容端的, 義谷寺[5]之有泉有石而風景幽邃[6]. 何莫非是樓之湖山勝狀, 而不可以景物歸之於是樓, 而亦可以節義寓之於是樓也. 在昔壬辰, 車駕播遷, 島夷猖獗. 環晉一城, 再被圍中, 無異麥城[7]之陷·睢陽[8]之圍也. 忠臣亡身而殉國, 義妓捐軀而投水. 其節烈[9]正氣凜凜乎, 與日月爭其光, 與天地同其久. 忠烈祠之俎豆·義妓祠之芬苾[10], 亦酬其節, 而報其烈也. 晉陽之城, 可謂甲於諸道, 而雉堞[11]之壯·鎖鑰[12]之固, 特其外也末也. 如非忠節之輩出, 則是城是樓, 其何能倚而爲重也哉? 噫, 往古來今, 到是州, 登是樓者, 只知爲玩物而不知爲寓節, 則是樓也, 豈無所損乎? 矗石之以樓著名, 誠以人之毅烈咸萃[13]於樓之所在之地也. 密陽之嶺南樓·安東之暎湖樓, 皆是樓之下, 棄[14]而不以節以景也. 滁州[15], 遇歐陽而地遂顯; 赤壁[16], 遇子瞻而名已著. 故曰 "人非地以著也, 地是人以顯也". 余於矗石樓, 亦云而. 暇日, 臨是樓, 感其節而記其事.

번역 남강(南江) 가에 우뚝한 누각이 있는데 이름은 촉석루(矗石樓)이다. 이 누각은 전후좌우로 경계를 따라서 이채롭다. 초목이 망경대(望景臺)에 그윽하게 깊으니 은자(隱者)가 거처할 만한 땅이고, 구름과 안개가 비봉산(飛鳳山)에 나타났다 사라졌다 하니 신선(神仙)을 만날 듯한 생각이 든다.

장강(長江)이 가로로 띠를 두르고 있어 돛대가 왕래하고, 푸른 절벽이 우뚝 솟아 있어 나그네가 유람한다. 수정봉(水晶峰)은 난새 같고 고니 같아 모습이 단아하며, 의곡사(義谷寺)는 샘이 있고 바위도 있어 풍경이 깊고도 고요하다. 무엇인들 이 누각이 있는 강산의 형상이 빼어나지 않음이 없으니, 경치를 이 누각에 귀속시킬 수 있을 뿐만 아니라 또한 절의(節義)를 이 누각에 부칠 수 있다는 점이다.

옛 임진년(1592)에 임금의 수레가 파천하고 섬 오랑캐가 창궐함으로써 진양성(晉陽城)은 온통 에워싸이고 거듭 포위되었으니 맥성(麥城)이 무너지고 수양(睢陽)이 포위된 것과 다름이 없었다. 충신(忠臣)은 몸을 바쳐 순국하였고, 의기(義妓)는 몸을 돌보지 않고 물에 던졌다. 그 절렬(節烈)의 정기는 늠름하여 해와 달과 빛을 다투고 천지와 함께 유구하다.

충렬사(忠烈祠)의 제기와 의기사(義妓祠)의 제수는 그 충절(忠節)에 갚는 것이고 그 의열(義烈)에 보답하는 것이다. 진양성은 여러 도(道) 중에서 으뜸이라 할 수 있는데, 성가퀴의 웅장함과 자물쇠의 견고함은 단지 그 외면이고 말단일 뿐이다. 충절(忠節)이 배출되지 않았다면, 이 성(城)과 이 누각이 그 무엇에 의지하여 중하게 될 수 있겠는가?

아, 예부터 지금까지 이 고을에 도착하여 이 누각에 오른 자가 단지 경물만 감상할 줄 알고 충절이 깃들어 있는 것을 모른다면, 이 누각에 어찌 손해됨이 없겠는가? 촉석루(矗石樓)가 저명한 것은 진실로 사람의 의열(毅烈)이 누각이 소재한 땅에 다 모였기 때문이다.

밀양의 영남루(嶺南樓)와 안동의 영호루(暎湖樓)는 다 이 누각보다 못한데, 헤아려보건대 충절이 없고 경치만 있기 때문이다. 저주(滁州)는 구양수(歐陽脩)를 만나 땅이 마침내 두드러졌고, 적벽(赤壁)은 소자첨(蘇子瞻)을 만나 이름이 매우 드러났다. 그러므로 "사람은 땅으로 드러나는 게 아니고, 땅이 사람으로 두드러진다."라고 하겠다. 나는 촉석루(矗石樓)에 대해서도 역시 그렇다고 하겠다.

한가한 날 이 누각에 올라 그 충절(忠節)에 감격하여 이런 사실을 기록한다.

「矗石樓」〈『학음산고』 권1, 120~121면〉 **(촉석루)**

天低野曠遠雲流	하늘 낮은 넓은 들에 먼 구름이 흘러가고
前有漁舟上下洲	앞쪽으로 고깃배가 모래톱 위아래 다니네
今到晉陽千里地	지금 진양 천 리 땅에 당도하여
始登矗石一層樓	비로소 촉석루 한 층을 오르니
萋萋芳草無邊色	이들이들 푸른 방초는 색깔 가없고
滾滾長江不盡愁	콸콸 흐르는 장강은 시름이 끝없네
妓女那知懷古意	기녀가 어찌 옛일을 회상하겠냐마는
淸歌[17]猶勸飮中遊	되레 청가 부르며 술 마시며 놀자 하네

「其二」〈『학음산고』 권1, 121면〉 **(둘째 수)**

廢壘暮雲影欲流	낡은 성채의 저녁 구름은 그림자 지려 하고
丹靑古廟義巖洲	단청한 옛 사당과 의암이 물가에 있네
中分天地開雙眼	가운데로 나뉜 천지에 두 눈이 열리고
南坼江湖有一樓	남으로 트인 강가에는 한 누각 있구려
自在名區渾似畵	고스란히 남은 명승지는 영락없이 그림 같고
迥臨大野忽無愁	멀리 임한 큰 들판은 홀연 걱정이 사라지네
幸生聖世昇平際	다행히 성세에 태어나 태평 시절 맞았으니
聲妓[18]滿前是日遊	명창 기녀가 앞에 늘어선 이날의 유람일세

「其三」〈『학음산고』 권1, 121면〉 **(셋째 수)**

琴絃暇日劇風流	관현악 소리가 한가한 날 풍류를 다하는데
柳色靑靑繞遠洲	버들 빛 푸르디푸르게 먼 물가를 에웠도다
蒭牧寧同平陸吏[19]	목민함에 어찌 평륙의 관리와 같으랴만
湖山獨管岳陽樓	강산에서 홀로 차지하는 건 악양루로다

八年兵燹[20]渾如夢　　팔 년의 참혹한 전쟁은 모두 꿈결 같았지만
一朶壘雲暗欲愁　　한 떨기 성채 구름이 은연중에 시름겨운데
聖世屢豊吾輩樂　　성세에 계속 드는 풍년은 우리의 낙일지니
白頭宦跡壯南遊　　백발의 벼슬아치에게 장쾌한 남쪽 유람일세

「其四」〈『학음산고』 권1, 121~122면〉 **(넷째 수)**

嗒然[21]無語對晴空　　멍하게 갠 하늘을 말없이 보나니
野似全枰[22]漭不窮　　바둑판 같은 들판은 넓어 끝없네
十里長江來去鳥　　십 리 긴 강에는 새들이 오고 가며
一樽斜日醉醒翁　　한 동이 술로 해지도록 늙은이는 취하다 깨네
周遭[23]城堞踈篁雨　　빙 두른 성첩에 성긴 대의 빗소리가 들려오고
曲折樓欄暮篴[24]風　　굽진 난간에 저녁 피리 소리가 바람에 전하는데
義妓祠前花欲落　　의기사 앞에 꽃이 떨어지려 하니
蒼茫徃事遠愁中　　아득한 옛일로 깊은 근심 드는구려

「其五」〈『학음산고』 권1, 122면〉 **(다섯째 수)**

午天江氣出如雲　　한낮의 강 기운이 구름처럼 나왔는데
簫笛淸遊到日曛　　퉁소의 맑은 놀음으로 저물녘에 이르렀네
地大晉陽嶠右擅　　땅이 큰 진양은 영남 우도에서 으뜸이고
樓高矗石域中聞　　누각 높은 촉석성은 나라 안에서 소문났지
榴花紅暎歌人扇　　석류꽃의 붉은 빛은 가인 부채에 비치고
江草綠添妓女裙　　강풀의 푸르른 빛이 기녀 치마에 보태네
前有長堤餘戰壘　　앞쪽의 긴 둑은 옛 전쟁터의 남은 자취로되
竹林風送暮鴉群　　대숲 바람이 저녁 갈까마귀 떼를 전송하누나

「其六」〈『학음산고』 권1, 122~123면〉 **(여섯째 수)**

昇平聖世樂吾曺	태평성대는 우리들을 즐겁게 하거니
暇日管絃雜海濤	한가한 날 관현악이 파도 소리에 섞이네
行到晉城千里遠	천 리 먼 길 진양성에 당도하여
坐來矗石一樓高	촉석 위의 한 높은 누각에 앉았노라
白頭宦跡臨殊域[25]	백발의 벼슬아치로 낯선 지역을 맡아
碧色詩籠[26]閱衆豪	푸른 빛 시판에서 호걸들을 두루 보네
脩竹欄干人獨倚	긴 대나무 자란 난간에 홀로 기대노니
蒼茫徃事夕陽皐	옛일 까마득하고 언덕엔 석양이 비치네

---

1) 이 기문과 함께 심원열이 지은 「촉석루」 연작시 6수·「응향각」(『학음산고』 권1), 「진양휼전기(晉陽恤典記)」(『학음산고』 권4), 「서장대중수상량문」(『학음산고』 권8), 「보장헌기」·「충효당기」·「응향각기」·「진남루서」(『학음산고』 권12) 등의 시문은 당시 진주의 세태를 관찰하거나 장소성을 기억하는 터전으로 유용한 자료가 된다.

2) 望景臺(망경대): 진주성 남쪽의 망경산(望景山). 일명 망진산으로 봉수대가 있음.

3) 飛鳳山(비봉산): 상봉동과 평안동 뒤편에 있는 해발 138m의 진주 진산. 이곳에 진주 강씨 시조인 강이식 장군을 모시는 봉산사(鳳山祠)가 있음.

4) 水晶峰(수정봉): 옥봉동에 위치. 고대의 고분 7기가 있고, 1882년부터 1990년까지 연계재가 이곳에 있었다. 「수정봉송(水晶峯頌)」, 『학음산고』 권12, 17~20쪽 참조.

5) 義谷寺(의곡사): 혜통(惠通)이 665년(문무왕5) 비봉산 자락에 창건했다. 임진왜란 때 승병과 의병이 주둔함으로써 왜군에 의해 불탄 것을 1618년 진주목사 겸 경상우병사 남이홍(1576~1627)이 주지 성간(性侃)을 도와 중창했고, 1898년 석종(石宗)이 중수했다. 대웅전은 1970에 중건한 것이다. 한편 서예가 청남 오제봉(1908~1991)이 일제강점기 때 이곳의 주지로 있으면서 경남 문화의 자장을 크게 넓혔다.

6) 幽邃(유수): 깊고 고요함. '邃'는 깊다.

7) 麥城(맥성): 동주 때 초나라 성읍. 촉나라 관우(關羽)가 오나라 장수 여몽(呂蒙)의 습격을 받고 형주를 빼앗긴 뒤 이곳으로 패주해 전사함.

8) 睢陽(수양): 안록산 난 때 장순과 허원이 전사한 곳. 자세한 유래는 부록의 용어편 참조.

9) 節烈(절렬): 절의(節義)를 매우 강렬하게 지킴.

10) 芬苾(분필): =필분(苾芬). 향기로운 제수(祭需), 제사.

11) 雉堞(치첩): 성가퀴, 몸을 숨겨 적을 공격할 수 있도록 성 위에 낮게 쌓은 담. '雉'는 담의 높이를 재는 단위로 3도(堵)의 규모를 말하고, 도(堵)는 사방 1장(丈=약 3미터)의 규모임. "도성이 백치를 넘으면 나라의 해로움이다.[都城過百雉, 國之害也]"라는 표현이 있다. 『춘추좌씨전』 「은공 원년」.

12) 鎖鑰(쇄약): 자물쇠와 빗장, 곧 확고한 방비. 북송 때 구준(寇準, 961~1023)이 천웅군(天雄軍)으로서 하북의 대명부(大名府)를 지키고 있을 때 거란 사신이 이곳을 지나다가 그가 변방에 군이 머무는 까닭을 묻자, "임금이 조정에서 아무 일이 없도록 해야 하니, 북문의 자물쇠는 내가 아니면 안 된다.[主上以朝廷無事, 北門**鎖鑰**, 非準不可耳]" 하였다. 『속자치통감』 권27 「송기」.

13) 咸萃(함췌): 다 모임. '萃'는 모이다.

14) 椉(승): 승(乘)의 본자. 헤아리다, 오르다, 역사.

15) 滁州(저주): 안휘성 소재. 구양수(1007~1072)가 40세 때인 1046년 저주의 제치사(制置使)로 좌천된 뒤 풍산 시냇가에 풍락정(豐樂亭)을 건립해 시문을 지었고, 또 낭야산 동쪽의 승려 지선(智仙)의 정자에 머물며 그 이름을 취옹정(醉翁亭)으로 고치고서 명문 걸작인 「취옹정기」를 지었다.

16) 赤壁(적벽): 소식(1037~1101, 자 子瞻)이 뱃놀이를 즐긴 호북성 황강시의 절벽으로 『삼국지』 무대인 현재 호북성 함녕적벽시의 적벽과는 다르다. 그는 1082년 7월 「전적벽부」를, 그해 10월 「후적벽부」를 다시 지었다.

17) 淸歌(청가): 맑은 노래. 대개 기생의 간드러지는 노래를 일컫는다. 조식(曹植), 「낙신부」, "풍이가 북을 치고/ 여와가 청가를 부른다[馮夷鳴鼓, 女媧**淸歌**]"

18) 聲妓(성기): 소리를 잘하는 기생.

19) 芻牧寧同平陸吏(추목녕동평륙리): 맹자가 제나라 평륙(平陸)의 백성이 굶어 죽고 뿔뿔이 흩어지는 것을 보고 그곳의 수령 공거심(孔距心)에게 비유하기를, "지금 남의 소와 양을 받아다가 기르는 자가 있으면 반드시 그 주인을 위해 목장과 꼴을 구할 것이다. 목장과 꼴을 구하다가 얻지 못하면 주인에게 되돌려 주어야 하겠는가, 아니면 또한 소와 양이 죽어 가는 것을 가만히 서서 보아야 하겠는가?[今有受人之牛羊而爲之牧之者, 則必爲之求牧與芻矣. 求牧與芻而不得, 則反諸其人乎? 抑亦立而視其死與?]"라고 질책하니, 그는 "이는 거심의 잘못입니다."라고 하였다(『맹자』 「공손추」 하). '芻牧'은 꼴을 베어 짐승을 친다는 뜻으로, 여기서는 목민의 임무. '平陸吏'는 공거심, 곧 자신의 부덕함을 솔직하게 잘 뉘우치는 지방관.

20) 兵燹(병선): =병화(兵火). 전란으로 일어난 화재. '燹'은 난리로 일어난 불.

21) 嗒然(탑연): 자신을 잊고 멍하게 있는 모양. '嗒'은 멍하다.

22) 全枰(전평): 온전한 바둑판. '枰'은 바둑판.

23) 周遭(주조): =주조(週遭). 둘러쌈, 에워쌈. '遭'는 돌다.

24) 篴(적): =적(笛). 피리.

25) 殊域(수역): =이역(異域). 멀리 떨어진 지역. 여기서는 전임지 울산과 거리가 매우 먼 진주. '殊'는 다르다, 거의, 유달리.

26) 碧色詩籠(벽색시롱): 먼지가 쌓이지 않도록 시판에 씌워놓은 푸른 비단. 당나라 왕파(王播)는 양주의 한 절에서 기식했는데, 중들이 싫어해 그가 오기 전에 밥을 먹어버리곤 했다. 왕파가 불쾌하여 벽에다 시를 적었다. 24년 뒤에 그가 이곳 태수로 와서 옛 절을 방문하니, 자신의 시가 먼지 묻을까 하여 벌써 푸른 비단에 덮여 있었다. 이를 두고 지은 시에서 "이십 년 동안 표면에 먼지 묻었지만 / 이제야 비로소 푸른 비단에 감싸졌구려[二十年來塵撲面, 如今始得**碧紗籠**]" 한 데서 유래함. 왕정보, 『당척언』 권7 〈기자한고〉.

○ 서유영(徐有英, 1801~1874) 자 자직(子直), 호 금계(錦溪)·운고(雲皐)

생애 정보는 논개 순국 제영 참조. 아래 작품은 서유영이 의령현감 때(1865.가을~1868.가을) 지은 것이다. 원문에 제목이 없어 〈논개〉를 임시로 붙였고, 시는 앞에 수록했기에 생략했다. 아랫글이 수록된 『금계필담』(국립중앙도서관 소장, 古3638-13)은 조선후기 야담 연구에 중요한 문헌으로 1873년에 편찬 완료했다.

「論介」 〈『금계필담』 권하, 60~62면〉 (논개)

壬辰倭亂, 晉州被圍, 朴晉·金時敏, 相繼力拒倭. 屢敗忿甚, 意欲殄滅[1], 益發兵攻之. 及城陷, 崔慶會·金千鎰·諸公死之同日, 殉難者爲七萬餘人. 妓論介獨凝粧盛飾, 立於矗石樓下·南江峭巖之上. 自樓俯視千尺, 羣倭莫敢犯. 倭酋中最稱驍勇[2]者, 躡梯而下至巖上. 妓佯作歡喜, 抱倭酋之腰, 投江而死. 後人稱其巖爲義巖, 自朝家特建祠於其傍. 每以六月晦, 城陷之日, 並殉難諸

壬辰倭亂晉州被圍朴晉金時敏相繼力拒倭屢敗
忿甚意欲殄滅益發兵攻之及城陷崔慶會金千鎰
諸公死之同日殉難者爲七萬餘人妓論介獨凝粧
盛飾立於矗石樓下南江峭巖之上自樓俯視千尺
羣倭莫敢犯倭酋中最稱驍勇者躡梯而下至巖上
妓佯作歡喜抱倭酋之腰投江而死後人稱其巖爲
義巖自朝家特建祠於其傍每以六月晦城陷之日
並殉難諸公祀之余在南邑時嘗以是日到矗石樓
歷覩懸板諸詩無一人道義巖者余意甚慨然是夜
夢一女子出遊於義巖之上覺而異之作義巖歌七
言長篇懸板於壁上詩曰義娘巖高復高石臺如盤
面江皐上縿百尺之飛閣下臨千尋之層濤憶昔龍
年値陽九晉陽被圍相持久羣倭蝟集礮火飛肉薄
登城滃瀰蹂積屍塡巷血流津白晝昏黑漲烟塵義
膽忠肝凡幾兒七萬人中稱三仁是時英烈出娼家
其名論介顔如花偷生還恥遭汚辱引頸寧俟賊刃
加褰裳直到南江上獨立峭巖誰與抗紅粧體冶照
水斫翠袖媕娜隨風颻綠崖粉堞俯澄湖賊皆環視
空踟躕中有倭酋號驍勇躡下層梯捷如飆方其來

서유영, 「논개」, 『금계필담』 권하

1) 殄滅(진멸): =진섬(殄殲). 모조리 죽여 없앰. '殄'은 다하다, 모조리.

2) 驍勇(효용): 성질이나 행동 따위가 사납고 날쌤. '驍'는 날래다.

公祀之. 余在南邑時, 嘗以是日到矗石樓, 歷觀懸板諸詩, 無一人道義巖者. 余意甚憫然, 是夜夢一女子出, 遊於義巖之上. 覺而異之, 作「義巖歌」七言長篇, 懸板於壁上. 詩曰 (…下略…)3)

번역 임진왜란 때 진주(晉州)가 포위되었는데, 박진(朴晉)과 김시민(金時敏)이 서로 이어가며 힘껏 왜(倭)에 항거하였다. 여러 번 패함에 원한이 몹시 심해졌고, 모조리 없애버리고자 작정하고는 병력을 더 발동하여 공격하였다. 성이 무너지자 최경회(崔慶會)와 김천일(金千鎰)을 위시한 제공이 한날에 죽고, 순국한 자가 7만여 명이나 되었다.

기녀 논개(論介)가 홀로 화장을 곱게 하고 옷을 성대히 차려입고는 촉석루 아래 남강의 가파른 바위 위에 서 있었다. 누각에서 굽어보면 천 길이라 여러 왜(倭)가 감히 범하지를 못하였다. 왜놈 두목 중에 가장 용감하다고 불린 자가 계단을 밟고 아래로 내려와서 바위 위에 당도하였다. 기녀는 일부러 기쁜 체하다가 왜놈 두목의 허리를 껴안고 강에 몸을 던져 죽었다.

뒷사람이 그 바위를 '의암(義巖)'이라 칭하였고, 조정에서 특별히 그 곁에 사당을 세웠다. 매년 6월 그믐, 곧 성이 무너지던 날에 순국한 제공(諸公)들과 나란히 제사를 지낸다.

내가 남쪽 고을에 있을 때, 시험 삼아 이날 촉석루(矗石樓)에 도착하여 현판의 여러 시를 두루 살펴보니 한 사람도 의암(義巖)을 말한 것이 없었다. 내가 깊이 근심하였더니, 이날 밤 꿈에 한 여인이 나타나 의암 위에서 노닐었다. 깨고 나서 기이하게 여겨 「의암가(義巖歌)」 7언 장편을 지어 벽 위에 시판을 내걸었다. 시는 이러하다. (…하략…)

3) 생략한 「의암가」는 본서 제2부 제1장 '서유영'에 있다.

○ 안민영(安玟英, 1816~ ?)

자 성무(聖武)·형보(荊寶), 호 주옹(周翁)·구포동인(口圃東人)

본관 충주. 서울 출생. 운애 박효관(1800~1881)의 제자로 전국을 주유하면서 가객과 기녀를 만나 풍류를 즐겼고, 대원군과 이재면의 후원을 받아 가곡 활동을 주도했다.
아래 산문은 『금옥총부』(일명 『주옹만영』, 1885) 제138수 가사의 한문 주석이고, 원래 제목이 없으나 임시로 붙였다. 안민영은 제127수에서 그가 진주(晉州)에 머물 때 풍증(風症)에 걸려 수족을 움직이지 못하게 되자 한 의원의 권유로 창원과 김해를 거쳐 동래온천을 찾아가 3주간 온욕으로 치유했고, 이후 명산대천을 유람하다가 귀갓길에는 함안 칠원 30리에 기생 맹렬(孟烈)과 함께 거주하던 명창 송흥록(宋興祿)을 만나 회포를 풀었다고 했다. 이로 볼 때 이 글의 창작 시기는 그가 30대 중반이던 1850년대로 짐작된다.

「論介」〈『금옥총부』, 57면〉 **(논개)**

晉州矗石樓外南江中, 有一大巖, 上可以坐百人. 壬辰之倭亂, 倭將與府妓論介, 登此巖, 飮酒而樂. 酒至半酣, 請倭將對舞. 倭將欣然而起舞, 論介抱倭腰, 投江而死. 以此故立庙, 以表忠烈.

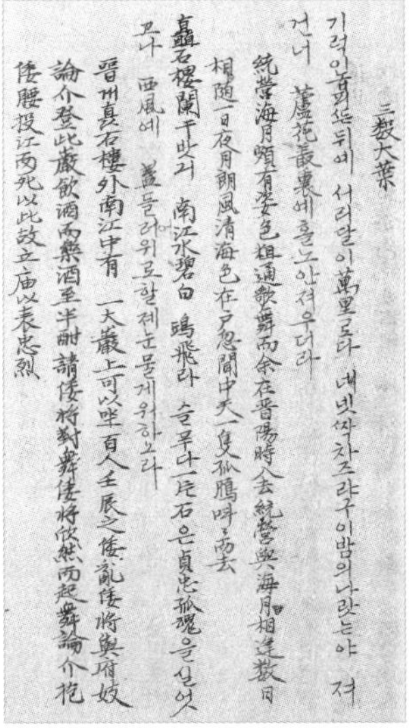
三數大葉
晉州矗石樓外南江中有 一大巖上可以坐百人壬辰之倭亂倭將與府妓
論介登此巖飮酒而樂酒至半酣請倭將對舞倭將欣然而起舞論介抱
倭腰投江而死以此故立庙以表忠烈

안민영, 『금옥총부』

번역 진주 촉석루(矗石樓) 밖의 남강 가운데 큰 바위가 하나 있는데, 위로는 백 명이 앉을 수 있다.

임진왜란 때 왜장(倭將)이 고을 관기 논개(論介)와 더불어 이 바위에 올라가 술을 마시며 즐겼다. 술 마시다가 반쯤 취하자 왜장에게 마주 서서 춤추기를 청하였다. 왜장이 기뻐하며 일어나서 춤을 추자 논개(論介)가 왜장의 허리를 껴안고 강에 몸을 던져 죽었다.

이런 연유로 사당을 세워 '충렬(忠烈)'을 정표하였다.

○ 정현석(鄭顯奭, 1817~1899) 자 보여(輔汝), 호 박원(璞園)

본관 초계. 『심사(心史)』(일명 『천군본기』)를 지은 정기화(1786~1840) 아들로 1844년 진사시 급제했다. 대대로 강원도 횡성군에 살았으며, 가계는 부록 진주목사 참조. 울산부사(1864.9~1865.6)·안성군수·삼가현감(1866~1867)·진주목사·김해부사(1870.6~1873.12)·공조참판·황해도 관찰사 등을 지냈으며, 1883년 덕원부사 때에는 우리나라 최초의 근대학교인 원산학사를 설립했다.
정현석은 정묘년(1867) 2월부터 경오년(1870) 6월까지 진주목사로 있으면서 1868년 의기사를 중건하고 의암별제를 상례화했고, 김해부사 때 『교방가요』(1872) 편찬을 완료했다. 서사에 해당하는 아랫글에서 논개의 본명을 '노은개(魯隱介)'라 했고, 이후 본문에서는 줄곧 '논낭자(論娘子)'라 한 점이 특징이다. 1868년 첫 의암별제 때 300명의 기녀가 지극정성으로 제사를 거행했다. 별제는 의암별곡으로 끝나고, 그 이후 여흥 가무를 곁들였다.

「義巖別祭歌舞」

〈『교방가요』, 70~81면〉 **(의암별제 가무)**

長水妓魯隱介, 克[1]節度使小房[2]. 在晉州兵營, 當壬燹[3], 城陷六萬並坑. 妓凝粧盛飾, 獨坐於矗石樓下江中巖上. 倭將寂黠[4]者, 超入巖上. 妓笑迎而戲, 抱倭酋之腰, 落於江中, 自是倭捲兵而去. 後因朝令建義妓祠, 春秋行祭. 余莅晉之翌年, 與兵使[5]議重建其祠, 設義巖別祭[6]. 六月中擇日行事, 祭官并選妓差出, 肄習[7]節次, 毋

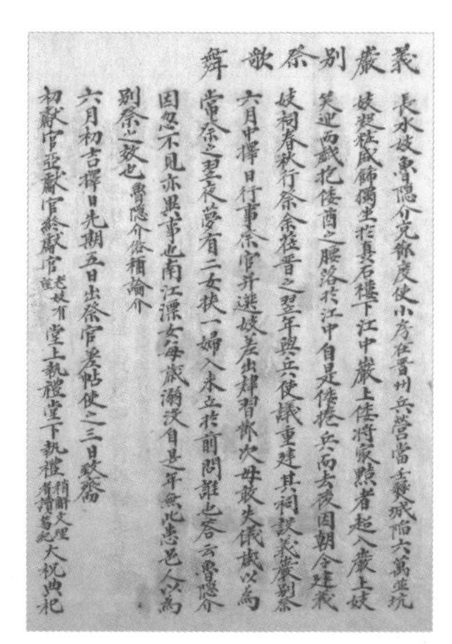
義巖別祭歌舞
長水妓魯隱介克節度使小房在晉州兵營當壬燹城陷六萬並坑
妓凝粧盛飾獨坐於矗石樓下江中巖上倭將寂黠者超入巖上妓
笑迎而戲抱倭酋之腰落於江中自是倭捲兵而去後因朝令建義
妓祠春秋行祭余莅晉之翌年與兵使議重建其祠設義巖別祭
六月中擇日行事祭官并選妓差出肄習節次毋致失儀哉以爲
常祭之翌夜夢有二女挾一婦入來立於前問誰也答云魯隱介
因忽不見亦異事也南江漂女每歲溺沒自是年無此患邑人以爲
別祭之效也 魯隱介俗稱論介
六月初吉擇日先期五日出祭官差帖使之三日致齋
初獻官 亞獻官 終獻官 堂上執禮 堂下執禮 大祝 典祀

정현석, 『교방가요』(1872) 70면

---

1) 克(극): 이루다, 이루어내다.
2) 小房(소방): 작은 집, 곧 첩의 이칭.
3) 壬燹(임선): 임진병선(壬辰兵燹)의 준말, 곧 임진왜란. '燹'은 난리로 일어난 불.
4) 寂黠(최힐): 아주 영리함. '寂'는 최(最)와 동자. '黠'은 영리하다, 교활하다.
5) 兵使(병사): 당시 경상우병사는 임상준(任商準). 가계는 부록 우병사 참조.
6) 義巖別祭(의암별제): 해마다 봄가을로 의기사에서 지내는 논개 상제(常祭)와는 별도로 매년 6월 중 택일해 임시로 설치된 촉석루 제단에 의기사의 위패를 옮겨놓고 기녀가 가무악(歌舞樂)을 동반해 3일 주야로 제례한 것을 말한다.
7) 肄習(이습): 익힘. '肄'는 익히다, 노력하다.

敢失儀, 歲以爲常. 祭之翌夜, 夢有二女, 挾一婦, 入來立於前. 問誰也, 答云魯隱介, 因忽不見, 亦異事也. 南江漂女, 每歲溺沒, 自是年無此患, 邑人以爲別祭之效也. 魯隱介, 俗稱論介. 六月初吉[8], 擇日. 先期[9]五日, 出祭官差帖[10], 使之三日致齋. 初獻官·亞獻官·終獻官老妓有望, 堂上執禮·堂下執禮稍解文理者, 讀笏紀, 大祝·典祀官, 謁者 (…下略…)

번역 장수(長水) 기녀 노은개(魯隱介)는 절도사의 첩(妾)이었다. 진주 병영에 있을 때 임진왜란을 당하여 성이 함락됨에 육만 명이 함께 구덩이에 묻혔다.

기녀는 화장을 곱게 하고 옷을 성대하게 차려입고는 홀로 촉석루(矗石樓) 아래의 강 속 바위 위에 앉았다. 왜장(倭將) 중 가장 교활한 자가 바위 위로 뛰어들었다. 기녀가 웃으면서 맞이하여 놀다가 왜놈 두목의 허리를 껴안고 강 속으로 떨어졌는데, 이로부터 왜가 병력을 거두어 갔다. 뒤에 조정의 명령에 따라 의기사(義妓祠)를 건립하여 봄가을로 제를 지냈다.

정현석, 『교방가요』(1872) 76면

내가 진주에 부임한 이듬해 병사(兵使)와 의논하여 의기사(義妓祠)를 중건하고 의암별제(義巖別祭)를 베풀었다. 6월 중 택일해 행사를 치르되, 제관을 아울러 선택함에 기녀 중에서 차출하여 절차를 익히게 하고 감히 의식을 빠뜨리지 않도록 하여 해마다 일상적인 예식

---

8) 初吉(초길): 음력 매달 초하루, 음력 초하루부터 초여드레.

9) 先期(선기): =전기(前期). 기일 전.

10) 差帖(차첩): 하급 관리를 임명하던 사령장, 임명장.

이 되도록 하였다.

제사를 지낸 이튿날 밤에 꿈속의 두 여자가 한 부인을 끼고 들어와서는 앞에 섰다. “누구냐?”고 물으니 “노은개(魯隱介)입니다.”라 대답한 뒤 문득 보이지 않았으니 또한 이상한 일이었다.

남강에 빨래하던 여자가 매년 빠져 죽었는데, 이 해부터 이 같은 걱정이 없어져 고을 사람들이 별제(別祭)의 효험이라 생각하였다. 노은개(魯隱介)는 속칭 논개(論介)이다.

6월 초하루에 날짜를 택한다. 5일 전에 제관을 차출해 임무를 주어 3일 동안 재계하도록 한다. 초헌관·아헌관·종헌관노기 중 덕망 있는 자, 당상집례·당하집례약간 문리를 이해하는 자로 홀기를 읽음, 대축·전사관, 알자는 (…하략…)

※ 참고: ‘의암별제가무(義巖別祭歌舞)’의 내용에 대해 성계옥(成季玉)은 『진주의암별제지』(세신문화사, 1987, 27쪽)에서 아래와 같이 요약하였다.

“당상악(堂上樂)과 당하악(堂下樂)이 함께 영신악(迎神樂)을 아뢰고, 이어 당상악이 연주되면 노래 부르는 사람들은 계면조(界面調)의 상향악장(上香樂章)을 부르고, 당하악이 함께 연주되면 춤추는 사람들은 상향무(上香舞)를 춘다. 초헌례에는 계면중창(界面中唱)으로 초헌악장을 부르고 이어 초헌무를 춘다. 아헌례에서는 계면삼창(界面三唱)으로 아헌악장을 부르고 이어 아헌무를 춘다. 종헌례에는 우락조(羽樂調)의 종헌악장을 부르고 이어 종헌무를 춘다. 그러고 나서 처사가조(處士歌調)로 의암별곡(義巖別曲)을 부르고, 다시 음악이 연주되면 제관(祭官)·참반원(參班員)·제기녀(諸妓女)가 함께 춘 후 철변두(撤籩豆)로 제사가 끝난 다음, 음복례와 아울러 여흥 가무가 어우러진다.”

○ 오횡묵(吳宖默, 1834~1906) 자 성규(聖圭), 호 채원(茝園)

생애 정보는 논개 순국 제영 참조. 오횡묵은 경상도 구휼사로서 병술년(1886) 4월 22일~23일 진주에 머물렀는데(『영남구휼일록』〈81~85면〉), 아래의 명(銘)도 논개 제영시와 함께 지은 것으로 짐작된다.

「論介祠銘 幷叙事」〈『총쇄』 책17, 7a~b〉 (**논개사명.** 서사를 덧붙임)

板蕩殉節, 丈夫猶難, 况匹婦乎! 從容捨命[1], 脅勒[2]猶難, 况故赴乎! 阨窮處義, 自謀猶難, 况殺賊乎! 以一身而幷三難者, 亘萬古惟義妓一人而已. 嗚呼壯哉! 妓, 名論芥[3], 晋陽人. 當壬辰城陷之日, 誘賊將河羅北[4], 飮酒於巖上, 乘賊沈醉, 抱墜于江. 事聞旋而祠之. 其後二百年, 星州人鄭蓍[5]慕其義, 拜于祠[6]. 後爲嘉山郡守, 遇賊[7]不屈而死. 世間一種烈氣, 盖無間[8]於男女, 而亦可見於無事時也. 銘曰

---

1) 捨命(사명): =사생(捨生). 생명을 버림. 부록의 용어편 '웅어' 참조.

2) 脅勒(협륵): 협박하여 우겨 댐. '脅'은 으르다. '勒'은 억지로 하다.

3) 論芥(논개): 다른 곳에서 '論介'의 표현도 보이므로 '芥'는 특별한 의미는 없다.

4) 河羅北(하라북): 『영남구휼일록』〈1886.4.23〉에는 '은청(狁靑)'이라 하여 왜장의 이름이 다르다. 오횡묵의 「촉석루하논개사」 시 참조.

5) 鄭蓍(정시, 1768~1811): 자 덕원(德圓), 호 백우(伯友), 시호 충렬(忠烈). 선산 외가에서 창파공 정로(1751~1811)의 장남으로 태어나 성주군 수륜면 수성리에서 성장했다. 본관은 성주(星州)가 아닌 청주이므로 번역에 반영했고, '논개생장향수명비'를 건립한 정주석(鄭胄)의 양부로 충절을 상징하는 인물로 추앙되었다. 그는 평안도 가산군수로 있다가 홍경래 난 때 포로가 되었는데, 회유를 거절하고 준엄히 꾸짖다가 아버지와 함께 살해되었다. 당시 기생 연홍(蓮紅)이 적을 설득해 자신을 사랑한 정시의 시체를 거두어 염했는데, 임금은 그 소식을 듣고 연홍의 절개를 표창했다고 한다. 송치규, 「충렬정공묘표(忠烈鄭公墓表)」, 『강재집』 권10; 박사호, 「연계기정」, 『심전고』 권1; 정두용·정오영, 『가산순절록』(1930).

6) 拜于祠(배우사): 논개의 사당에 배례함. 정시의 아버지 정로(鄭魯. 자 公勉, 호 蒼坡)도 일찍이 촉석강을 유람하다가 논개 비석에 절한 것을 당시 어떤 사람이 놀리자, 그녀의 절의에 절하는 것이라 말했다. 송치규, 「창파정공묘표」, 『강재집』 권10, "嘗遊矗石江, 拜義妓論介碑, 人或譏之. 公曰 吾拜其義也".

7) 遇賊(우적): 적을 만남, 여기서는 홍경래 난을 말함.

8) 無間(무간): 아무런 차이가 없거나 아주 가까움.

有石巖巖[9]　烈烈[10]其名　鴻毛泰山　孰重孰輕[11]

花飛玉碎　于國有光　聞聲却軍　膽落夷羌[12]

其姊[13]亦烈　一種深井　百世聞風　凛乎心冷

乃如之人　女中紀信[14]　芳魂在水　滔滔不盡

春秋苾芬[15]　廟宇斯輝　勳嵬可紀　義炳靡虧[16]

愧死陵律[17]　夫也堂堂　匹婦卓節　展我東方

磨而不磷　涅而不緇[18]　我來作銘　瞻彼遺祠

---

9) 巖巖(암암): 돌이 높이 쌓인 모양, 산이 높고 험한 모양.

10) 烈烈(열렬): 기세가 맹렬한 모양.

11) 나라를 위해 목숨을 과감하게 바침. 유래는 부록의 용어편 '홍모' 참조.

12) 夷羌(이강): 오랑캐. '夷'와 '羌'은 오랑캐.

13) 姊(자): 여자를 친근하게 혹은 공경하는 뜻에서 부르는 말.

14) 紀信(기신): 한나라 때 유방의 부장(部將)으로서 임금을 위해 살신성인한 인물. 조성(趙城) 사람 기신은 유방이 형양에서 항우에게 포위를 당했을 때 유방으로 변장해 그를 무사히 탈출시켰는데, 항우는 기신에게 속은 것을 알고 분노해 불태워 죽였다. 『한서』 권1, 「고제본기」 상; 장유, 「한조불록기신론(漢祖不錄紀信論)」, 『계곡집』 권3.

15) 苾芬(필분): 향기로움. 제수(祭需)나 제사에 비유함.

16) 靡虧(미휴): 결함이 없음. '靡'는 없다. '虧'는 이지러지다.

17) 陵律(능률): 한나라 때 자기 목숨만 보전하려고 배반한 인물들. 한나라 비장군 이광의 손자 '이릉(李陵)'은 용감한 군사 5천 명을 거느리고 흉노와 싸우다 후속 부대의 지원이 없자 중과부적으로 흉노에게 항복했다. 그리고 '위율(衛律)'은 흉노에게 사신 갔다가 항복한 자이다. 『사기』 권109, 「이장군전」; 『한서』 권54, 「이광소건전(李廣蘇建傳)」.

18) 磨而不磷(마이불린), 涅而不緇(열이불치): 주위 환경에 전혀 영향을 받지 않음. 자세한 유래는 김수민(1734~1811)의 「의암가」 각주 참조.

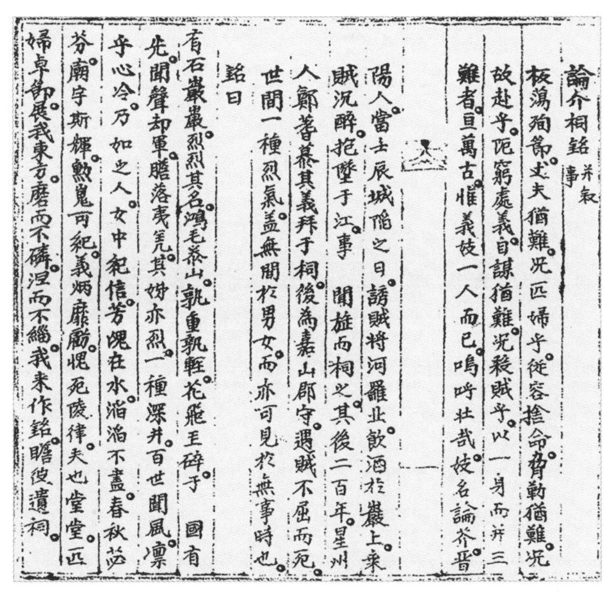
論介祠銘 并敍事

板蕩殉節。丈夫猶難。况匹婦乎。從容捨命。脅勒猶難。况故赴乎。阨窮處義。自謀猶難。况殺賊乎。以一身而并三難者。亘萬古。惟義妓一人而已。嗚呼壯哉。妓名論介。晋陽人。當壬辰城陷之日。誘賊將河羅北。飲酒於巖上。乘賊沉醉。抱墜于江。事 聞。旌而祠之。其後二百年。星州人鄭蓍。慕其義。拜于祠。後為嘉山郡守。遇賊不屈而死。世間一種烈氣。蓋無間於男女。而亦可見於無事時也。

銘曰

有石巖巖。烈烈其名。鴻毛泰山。孰重孰輕。花飛玉碎。于 國有光。聞聲却軍。膽落夷羌。其姊亦烈。一種深井。百世聞風。凜乎心冷。乃如之人。女中紀信。芳魂在水。滔滔不盡。春秋苾芬。廟守斯煇。勲鬼可紀。義炳廉勵。愧死陵律。夫也堂堂。匹婦卓節。展我東方。磨而不磷。涅而不緇。我來作銘。昭彼遺祠。

오횡묵, 「논개사명」, 『총쇄』 책27

번역 나라가 어지러울 때 순절하는 것은 장부라도 오히려 어렵거늘 하물며 필부가 아니던가! 태연히 목숨 버리는 것은 위협하여도 오히려 어렵거늘 하물며 일부러 나아가지 않았던가! 궁지에 몰려 의롭게 처신하는 것은 스스로 도모하려 해도 오히려 어렵거늘 하물며 적을 죽이지 않았던가! 한 몸으로써 이 세 가지 어려운 것을 아우른 자는 만고에 걸쳐 오직 의기(義妓) 한 사람뿐이다.

아, 장하도다! 기녀 이름은 논개(論芥)이고 진양(晉陽) 사람이다. 임진왜란 때 성이 함락되던 날에 적장 하라북(河羅北)을 꾀어 바위 위에서 술을 마셨는데, 적이 흠뻑 취한 틈을 타서 껴안고 강에 떨어졌다. 사건이 임금에게 알려져 정려를 표창하고 사당을 세웠다.

그로부터 200년 뒤에 청주인(淸州人) 정시(鄭蓍)가 그녀의 절의(節義)를 흠모하여 사당에 배례하였다. 이후 가산군수(嘉山郡守)로 있을 때 적을 만났으나 굴복하지 않고 죽었다.

세상에서 한 가지 매서운 기개는 대개 남녀 간에 차이가 없고, 아무 일이 없는 때에도 드러날 수 있다. 명(銘)은 이러하다.

우뚝한 바위 있어/ 그 명성이 굳세고 높으니/ 홍모와 태산은/ 어느 것이 무겁고 가볍나.

꽃이 떨어지듯 옥이 부서지듯 하여/ 나라에 빛이 되었다/ 그 소식 듣고 군사들 물러나고/ 오랑캐는 간담이 떨어졌네.

그 여인의 의열(義烈)은 일종의 깊은 샘이고/ 오랜 세월 듣는 풍모는/ 늠름하여 마음이 오싹해지네.

이처럼 훌륭한 분은/ 여자 중의 기신(紀信)이어라/ 꽃다운 넋이 강물에 남아/ 넘실넘실 끝없네.

춘추로 제사를 지내니/ 사당은 빛나도다/ 공적은 드높아 기록할 만하고/ 절의는 빛나 조금도 흠이 없네.

부끄럽게 죽은 이릉(李陵)과 위율(衛律)에 비하면/ 참으로 당당하도다/ 필부의 높은 절개는/ 우리나라에 널리 널리 퍼졌구나.

아무리 갈아도 얇아지지 않고/ 물들여도 검어지지 않으리니/ 내가 명을 지어/ 저 사당을 우러른다.

○ 안승채(安承采, 1855~1915) 자 회경(繪卿), 호 동계(東溪)·지산(芝山)

생애 정보는 논개 순국 제영 참조. 안승채의 비분강개한 시문이 당시에 회자되었는데, 아래 기문은 문집 편차로 볼 때 무자년(1888)에 지었음을 알 수 있다.

「義巖記」 〈『동계유고』 권7, 9a~10a〉 (의암기)

盖嘗聞南軒夫子[1]之言曰 "義也者, 本心之所當爲, 而不能自已, 非有所爲而爲之也", 至哉言也. 若有所營爲顧望[2]而勉强爲之, 則所爲雖善, 非天理之正, 而乃人欲之私也. 然士之讀詩書[3]·談義理者, 當蒼黃急遽之際, 往往昧於理欲之分, 而有偸安[4]苟生之計. 況女子乎? 又況賤人乎? 粵昔萬曆龍蛇之變, 宗社播越[5], 臣民塗炭. 而晉陽酷被其害, 當時死節人[6]崔黃崔慶會·黃進諸公, 何其壯也! 其中尤有最難者, 府妓論介者. 賤人也, 以藐然[7]之身, 卒能成仁取義. 非有爵賞之蘄[8]·名譽之望, 而何以就此也? 惟其出於本心之所當爲者, 則向所聞南軒之言, 於是益驗矣, 亦可見敎化之所感. 而所謂天理民彝[9]

---

1) 南軒夫子(남헌부자): '南軒'은 송나라 장식(張栻, 1133~1180)의 호. 「맹자강의서」(『남헌집』 권14)에서 "배우는 사람은 공자와 맹자에 마음을 가라앉히는 것이니, 반드시 그 문을 통해 들어가야 한다. 나는 의리와 의욕의 분별보다 앞서는 것이 없다고 생각한다. 대개 성인의 학문은 일부러 하지 않고서도 그렇게 된 것이다. 일부러 하지 않고서도 그렇게 되는 것은 천명이 그만두게 하지 않은 까닭이고, 본성이 치우치지 않도록 한 까닭이며, 가르침이 끝이 없도록 한 까닭이다. 무릇 일부러 하여 그렇게 되는 것은 모두 인욕의 사사로움이지 천리가 존재한 것이 아니니, 이것이 의리와 이욕의 나눔이다.[學者, 潛心孔孟, 必得其門而入. 愚以爲莫先於義利之辨. 盖聖學, 無所爲而然也. 無所爲而然者, 命之所以不已, 性之所以不偏, 而敎之所以無窮也. 凡有所爲而然者, 皆人欲之私, 而非天理之所存, 此義利之分也]" 하였다. 이 견해는 주세붕, 이이, 송시열, 송병선 등의 글에 자주 인용되었다.

2) 顧望(고망): 형세를 관망하고 거취를 결정하지 않음.

3) 詩書(시서): 성현의 가르침이 들어 있는 서적.

4) 偸安(투안): 할 일을 미루고 눈앞의 안일을 꾀함. '偸'는 탐내다, 훔치다.

5) 播越(파월): =파천(播遷). 임금이 난을 피하여 궁궐을 떠나 다른 곳으로 감.

6) 死節人(사절인): 목숨을 바쳐 절개를 지킨 사람.

7) 藐然(막연): 멀고 아득한 모양, 넓고 아득한 모양. '藐'은 아득하다, 멀다.

8) 蘄(기): =기(祈). 구하다, 빌어서 원하다.

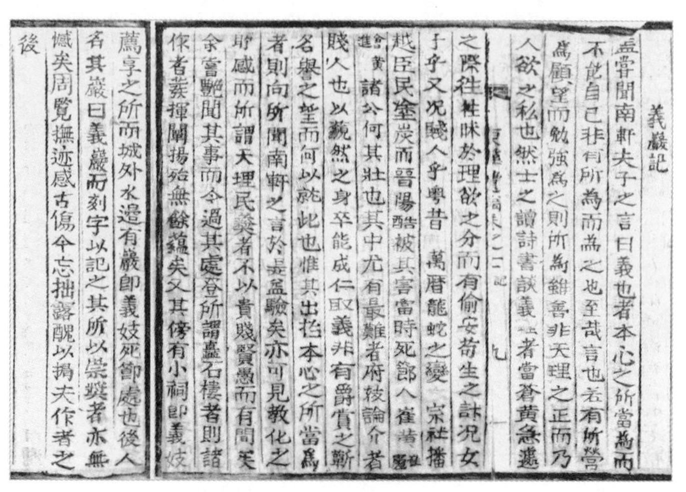
義巖記
蓋嘗聞南軒夫子之言曰義也者本心之所當爲而不能自已非有所爲而爲之也至哉言也若有所營爲顧望而勉強爲之則所爲雖善非天理之正而乃人欲之私也然士之讀詩書談義理者當蒼黃急遽之際往往昧於理欲之分而有偷安苟生之計況女子乎又況賤人乎粤昔萬曆龍蛇之變宗社播
東溪遺稿卷之七 記 九
越臣民塗炭而晉陽酷被其害當時死節人崔慶會黃進諸公何其壯也其中尤有最難者府妓論介者賤人也以藐然之身卒能成仁取義非有爵賞之勸名譽之望而何以能此也惟其出於本心之所當爲者則向所聞南軒之言於是益驗矣亦可見教化之所感而所謂天理民彝者不以貴賤賢愚而有間矣余嘗艶聞其事而今過其處登所謂矗石樓者則諸作者發揮闡揚殆無餘蘊矣又其傍有小祠卽義妓薦享之所而城外水邊有巖卽義妓死節處也後人名其巖曰義巖而刻字以記之其所以崇奬者亦無憾矣周覽撫迹感古傷今忘拙露醜以揭夫作者之後

안승채, 「의암기」, 『동계유고』 권7

者, 不以貴賤賢愚而有間矣. 余嘗艶聞其事, 而今過其處. 登所謂矗石樓者, 則諸作者發揮闡揚[10], 殆無餘蘊矣. 又其傍有小祠, 卽義妓薦享[11]之所. 而城外水邊有巖, 卽義妓死節處也. 後人名其巖曰義巖, 而刻字以記之. 其所以崇奬者, 亦無憾矣. 周覽撫迹, 感古傷今. 忘拙露醜[12], 以揭夫作者之後.

번역 대개 일찍이 듣건대 남헌부자(南軒夫子)가 말하기를 "의리는 본심(本心)이 하고자 하는 바이므로 스스로 그만둘 수 없고 일부러 하는 것이 아니다." 하였는데, 지극한 말씀이다. 계획하다가 관망하며 억지로 힘써서 한다면, 하는 바가 비록 선하더라도 천리(天理)의 정도가 아니고 인욕(人欲)의 사사로움일 뿐이다.

---

9) 民彝(민이): 백성이 지켜야 할 떳떳한 도리, 곧 인륜. '彝'는 떳떳하다.

10) 發揮闡揚(발휘천양): '發揮'는 지닌 재능이나 역량 등을 떨쳐 드러냄. '闡揚'은 감추어진 것을 드러내고 밝혀서 널리 퍼지게 함.

11) 薦享(천향): 제향을 드림. '薦'은 제사.

12) 露醜(노추): 창피를 당함, 추한 일을 드러냄.

그런데 선비가 시서(詩書)를 읽고 의리를 이야기하다가 정신없이 갑작스러운 때를 만나면, 왕왕 천리(天理)와 인욕(人欲)의 분별에 어두워져 안일을 꾀하거나 구차하게라도 살려는 계획을 세운다. 하물며 여자는 어떻겠는가? 또 미천한 사람은 어떻겠는가?

저 옛날 만력 용사년(1593) 변고 때 종묘사직은 먼 곳으로 떠나갔고, 신하와 백성들이 도탄에 빠졌다. 진양(晉陽)은 그 해악을 참혹하게 입었는데, 당시 순절한 사람 최·황최경회·황진 제공(諸公)은 그 얼마나 씩씩하였던가!

그중에 가장 잊기 어려운 이는 부기(府妓) 논개(論介)이다. 미천한 사람이나 어린 몸으로 끝내 인을 이루고 의를 취하였다. 관직과 상을 구하거나 명예를 바란 것이 아니었는데도 어찌 그렇게 하였는가? 오직 그것은 본심(本心)이 하고자 한 바에서 나온 것으로, 전에 들었던 남헌(南軒)의 말이 이에 더욱 증명되고, 또한 교화에 감동되는 바를 볼 수 있다. 소위 천리와 인륜은 귀천과 현우(賢愚)에 거리가 있지 않은 까닭이다.

내가 일찍부터 그 일을 아름답게 들었는데, 지금에 이르러 이곳을 지나게 되었다. 소위 촉석루(矗石樓)에 오르니 문인들이 명백하게 밝혀 널리 드러내어 더이상 미진함이 없었다. 또 그 곁에 있는 작은 사당은 의기(義妓)에게 제향을 올리는 곳이다. 그리고 성 너머 물가에 있는 바위는 의기가 순절한 곳이다. 뒷사람은 그 바위를 '의암(義巖)'이라 명명하였고, 글자를 새겨서 기억하게 하였다. 그들이 높이고 장려하는 것 또한 유감이 없다.

두루 구경하며 자취를 어루만지고, 옛날을 생각하니 오늘이 슬퍼진다. 졸렬함을 잊은 채 창피하지만 앞선 작가들 뒤에 내건다.

○ 장지연(張志淵, 1864~1921)

자 순소(舜韶), 호 위암(韋庵)·숭양산인(嵩陽山人)

본관 인동. 상주 내동면 동곽리(東郭里, 현 상주시 동문동) 출생. 1900년 설립된 광문사 편집원으로서 정약용의 저술을 간행했고, 1901년 주필로 있던 『황성신문』의 사장이 되었으며, 1905년 11월 20일 이 신문에 '시일야방성대곡'을 게재해 3개월간 투옥되었다. 1908년 러시아·중국을 둘러보았고, 1909년 10월 『경남일보』 주필로 취임했다. 1911년 임시로 머물던 진주에 복거했고, 1913년 5월 이거한 마산에서 별세할 때까지 살았다.
한편 진주에 거주할 때인 1912년 7월 권도용(1877~1963)을 만나 「진양잡영」 12수를 지어 응수했으며, 이듬해 3월에는 정규석·정규영 등 41명과 함께 진양계를 맺고서 퇴락 일로에 있던 누각과 임진 사적을 수리하는 자금을 모으기도 했다. 『여자독본』, 『일사유사』, 『조선유교연원』, 『대동시선』, 『위암문고』 등의 저술이 있다.

「의기 론기(義妓 論介)」[1] 〈『녀ᄌᆞ독본』 상, 제53과, 94~96쪽〉 **(의기 논개)**

뎨오십삼과 의기론기(義妓論介)

우리 나라는 츙의를 슝샹홈으로 창기(娼妓)즁에도 능히 절힝 잇는자ㅣ 만호니 론기는 진쥬(晋州) 기성(妓生)이라 션묘(宣廟) 계시(癸巳) 삼월(三月)에 일본(日本) 군ᄉᆞ가 진쥬를 함셩ᄒᆞ고 ᄒᆞᆫ 쟝슈(將帥)가 론기의 얼골을 깃버ᄒᆞ야 심히 ᄉᆞ랑ᄒᆞ더니 일일은 촉셕(矗石)루(樓)에 잔치를 비셜(排設)ᄒᆞ고 질탕이 놀 즈음에 론기가 그 쟝슈의 술이 취홈을 기ᄃᆞ려 허리를 안고 바회우에셔 ᄯᅥ러지니

녀ᄌᆞ독본상 뎨오장 九十五

그 아래는 남강물이라 지곰 그 바회 일홈을 의기암(義妓岩)이라ᄒᆞ고 츙신렬ᄉᆞ(忠臣烈士)와 ᄀᆞᆺ치 ᄒᆡ마다 제ᄉᆞᄒᆞ니 그 별호는 롱월당(弄月堂)이러라

雜編 妓介 宣癸巳 將帥 矗排設 巖弄

뎨오십ᄉᆞ과 계화월(桂花月)

녀ᄌᆞ독본상 뎨오장 九十六

장지연, 『녀ᄌᆞ독본』 상(1908.4)

---

1) 이 작품이 실린 『녀ᄌᆞ독본』은 융희2년(1908) 4월 광학서포에서 발행했다. 논개의 별호를 '농월당(弄月堂)'이라 한 점이 특이하다. 1910년 11월 16일 조선총독부 경무부에서 압수한 51종 서적 중의 하나였다. 『경남일보』 〈1910.11.23, 2면〉 기사.

우리나라는 츙의를 슝상ᄒᆞᆷ으로 창기(娼妓)즁에도 능히 졀ᄒᆡᆼ 잇ᄂᆞᆫ쟈ㅣ 만흐니, 론ᄀᆡ는 진쥬(晉州) 기ᄉᆡᆼ(妓生)이라.

션묘(宣廟) 계사(癸巳) 삼월(三月)에 일본(日本) 군ᄉᆞ가 진쥬를 함셩ᄒᆞ고 ᄒᆞᆫ 장슈(將帥)가 론ᄀᆡ의 얼골을 깃버ᄒᆞ야 심히 ᄉᆞ랑 ᄒᆞ더니, 일일은 촉셕루(矗石樓)에 잔ᄎᆡ를 ᄇᆡ셜(排設)ᄒᆞ고 질탕이 놀 즈음예 론ᄀᆡ가 그 쟝슈의 술이 취ᄒᆞᆷ을 기ᄃᆞ려 허리를 안고 바회우에셔 ᄯᅥ러지니, 그 아래는 남강물이라. 지금 그 바회 일홈을 의기암(義妓巖)이라ᄒᆞ고 츙신(忠臣) 렬ᄉᆞ(烈士)와 ᄀᆞᆺ치 ᄒᆡ마다 졔ᄉᆞᄒᆞ니, 그 별호는 롱월당(弄月堂)이러라.

현대역 우리나라는 충의를 숭상하여 창기 중에도 절개 굳은 행실이 있는 자가 많았다. 논개(論介)는 진주 기생이었다.

선조 계사년(1593) 3월에 일본 군사가 진주성을 무너뜨렸다. 한 장수(將帥)가 논개(論介)의 얼굴을 기뻐하여 매우 사랑하였다. 하루는 촉석루에 잔치를 열고 질탕히 놀았는데, 논개는 그 장수가 술에 취하기를 기다렸다가 허리를 안고 바위 위에서 떨어졌다. 그 아래는 남강 물이었다.

지금 그 바위 이름을 '의기암(義妓巖)'이라 하고, 충신열사와 같이 해마다 제사한다. 논개의 별호는 '농월당(弄月堂)'이다.

숭양산인, 「논개」, 『매일신보』(1916.1.29)

장지연, 「논개」, 『일사유사』 권1(1922.11)

「論介」 〈『매일신보』 1916.1.29, 1면〉[2] **(논개)**

論介는 本長水縣 良家[3]女니, 才貌絶倫ᄒᆞ고 幼失父母ᄒᆞ고 家貧無依ᄒᆞ야 遂落籍爲妓라가 爲縣監黃進[4]의 所愛러니, 及晉陽之役에 黃公이 殉難[5]이라. 論介欲赴水死ᄒᆞ야 獨凝粧靚服으로 立岩石上이러니, 日將某ㅣ見而悅之ᄒᆞ야 將誘而引之러니, 酒酣에 論介忽抱其腰ᄒᆞ고 投岩下俱死故로, 名其岩

2) 장지연은 『매일신보』의 「송재만필」 코너에 '숭양산인'이라는 필명으로 1916년 1월 5일부터 9개월간 총179회에 걸쳐 신분을 가리지 않고 뛰어난 행적을 보였던 인물을 연재했다. 그중 제32화가 논개 이야기가 들어 있는 '蓮紅 桂月香 論介 金蟾 愛香 洪娘'이다. 회동서관에서 연재를 모아 1922년 11월 『일사유사』를 발행했는데, 같은 제목이 권1의 32~33쪽에 재수록되었다. 논개를 양가의 딸로, 그리고 황진의 애첩으로 설정한 점이 특이하다.

3) 良家(양가): 양민의 집.

4) 黃進(황진): 장수현감을 지낸 적이 없다. 그는 1591년 12월 동복현감에 제수되었고 매일 공무가 끝나면 곧바로 말타기와 활쏘기를 익히던 중 임란을 맞았다. 임란 발발 때의 장수현감은 『쇄미록』을 지은 오희문(吳希文)의 처남 이빈(1537~1592)이었다.

5) 殉難(순난): 국난 때 목숨을 바쳐 의로운 일을 함. '殉'은 목숨을 바치다.

曰義岩이라ᄒᆞ고 立碑岩上而旌之ᄒᆞ고, 州人이 又立祠于矗石樓西ᄒᆞ야 每歲六月二十九日에 必祭之ᄒᆞ니, 盖癸巳殉義日也러라.

현대역 논개(論介)는 본래 장수현(長水縣)의 양반집[良家] 딸로 재주와 용모가 빼어났다. 어릴 때 부모를 여의고 집안이 가난하여 의지할 곳이 없어 마침내 호적에서 떨어져 나가 기녀(妓女)가 되었는데, 현감 황진(黃進)에게 사랑을 받았다.

진양(晉陽)의 싸움에 이르러 황공(黃公)이 국난에 순절하였다. 논개(論介)가 물에 나아가 죽고자 홀로 화장을 곱게 하고 옷을 단장하여 바윗돌 위에서 있었다. 일본 장수 아무개가 그녀를 보고 기뻐하며 장차 유혹하여 잡아당기고자 하였다. 주흥이 무르익자 논개가 갑자기 그의 허리를 안고 바위 아래로 몸을 던져 함께 죽었다.

그러므로 그 바위를 '의암(義岩)'이라 하였고, 바위 위에 비석을 세워 논개를 정려하였다. 고을 사람이 또 촉석루 서쪽에 사당을 세워 매년 6월 29일에 꼭 제사를 지내는데, 대개 계사년(1593) 순국한 날이다.

「祭義妓祠文」〈『위암문고』 권6, 256~257쪽〉 (의기사 제문)

嘻吁[6]乎. 睠[7]晉陽之佳麗兮, 擅形勝於域中. 鳳岑秀而峨峨兮, 藍水逶而溶溶. 鍾地靈於人物兮, 若冀北[8]之多騄駬[9], 猗名公與巨卿兮, 固炳燿[10]於青史. 夫惟一美人兮, 邁從古而莫與比, 旣蕙心而紈質[11]兮, 又蘭芳而玉潔. 當龍蛇之風雨兮, 宇縣[12]震盪而潰裂. 哀衆人之蕩折[13]兮, 擧鳥獸之竄穴[14]. 偉美人之秉義兮, 辦丈夫之所難. 輕鴻毛於一瞬兮, 取熊魚[15]於百竿. 忽珠轉而自沈兮, 非象罔[16]之可求. 曰捐生而成仁兮, 又何怨而何尤? 矗之樓兮巍巍, 樓之下兮深潭. 一片石兮可語, 至今名以義巖. 羌[17]江流而石不轉[18]兮, 若有人兮江之渚. 故立祠於江上兮, 夫惟靈脩之所也. 月黃昏兮風凄凄, 雲慘慘兮雨冥冥. 山哀兮浦思, 猿嘯兮鶴鳴. 搴芳洲之杜若,[19] 採芙蓉兮折楊柳.

---

6) 嘻吁(희우): 아!. 감정을 나타내는 소리.

7) 睠(권): =권(眷). 돌아보다, 돌이켜 보다.

8) 冀北(기북): 좋은 말이 많이 나는 곳. 한유(韓愈)의 「송온처사부하양군서(送溫處士赴河陽軍序)」(『고문진보』 후집 권3)의 서두에 "대저 기주 북쪽은 천하에서 가장 많이 말이 생산되는 곳이다.[夫**冀北**馬多天下]"라는 표현이 있다.

9) 騄駬(녹이): 주나라 목왕을 천하를 주유하며 서왕모를 만나기 전까지 타고 다닌 팔준마(八駿馬)의 하나. 천리마.

10) 炳燿(병요): 빛나고 번쩍임.

11) 蕙心而紈質(혜심이환질): 아름다운 미인. 출처는 매천 황현(1855~1910)의 「의기논개비」 시 참조.

12) 宇縣(우현): 천하, 천지.

13) 蕩折(탕절): 부서지고 꺾이다. '蕩'은 흩어지다, 부수다. '折'은 꺾다.

14) 竄穴(찬혈): 구멍으로 숨다. '竄'은 숨다. '穴'은 구멍.

15) 取熊魚(취웅어): 구차하게 살기보다는 의리를 택해 죽음. 부록의 용어편 '웅어' 참조.

16) 象罔(상망): 황제(黃帝)가 적수 북쪽에서 노닐다가 돌아오는 길에 현주(玄珠)를 잃어버렸는데, 상망(象罔)만이 구슬을 찾아냈다는 이야기가 있다. 『장자』 「천지」.

17) 羌(강): 아아. 『초사(楚辭)』에서 감탄을 나타내는 발어사로 주로 쓰임.

18) 石不轉(석부전): 변함이 없음. 자세한 유래는 부록의 용어편 '석부전' 참조.

19) 搴芳洲之杜若(건방주지두약): '杜若'은 향초(香草)의 이름. '搴'은 빼내다. 두약을 캐는 것은 논개를 몹시 그리워한다는 뜻이다. 『초사』 「구가」 〈상군〉, "향기로운 물가에서 두약을 캐어/ 장차 저 하녀에게 보내주련다[**采芳洲**兮**杜若**, 將以遺兮下女].

奠瓜顆兮荔子, 雜肴蔬[20]兮椒酒. 更千秋與百世兮, 靈不昧而名不朽.

번역 아, 진양(晉陽)의 아름다움을 보니 온 지역에서 으뜸입니다. 비봉산(飛鳳山)이 아스라이 높고, 푸른 강은 큰길 따라 콸콸 흐릅니다. 지령(地靈)이 사람에게 모이니, 기북(冀北)에 준마가 많은 것과 같고, 아아 명공과 거경들은 진실로 청사에 밝게 빛납니다.

무릇 한 미인(美人)은 예로부터 견줄 이가 없고, 마음이 훌륭하고 자질이 아름다워 난초처럼 향기롭고 옥처럼 깨끗하였습니다. 용사년 때 비바람이 몰아쳐 천하는 뒤흔들려 무너지고 찢어졌습니다. 슬프게도 백성들이 꺾이고, 온 짐승들은 구멍으로 숨었습니다. 위대한 미인이 의리(義理)를 붙잡았으니, 장부라도 해내기 어려운 것을 선택하였습니다. 한순간에 홍모(鴻毛)보다 가볍게 여기고는 백척간두에서 웅어(熊魚)를 선택하였습니다. 갑작스레 구슬이 움직여 저절로 가라앉았으니, 상망(象罔)인들 찾을 수 있는 게 아니었습니다. 생명 버리고 인(仁)을 이루었다고 하겠으니, 또 무엇을 원망하고 누구를 탓하였겠습니까?

촉석루(矗石樓)는 드높고, 누각 아래에 깊은 못이 있습니다. 돌 한 조각은 말할 만한데 지금 '의암(義巖)'이라 이름을 부릅니다. 아아, 강물은 흘러도 바위는 움직이지 않고, 그리운 이가 모래섬에 있는 듯하였습니다. 그런 까닭에 강가 사당을 세웠으니, 오직 신령께 정성을 바치는 곳입니다. 달은 황혼에 들고 바람은 서늘하며, 구름이 컴컴하고 비는 어둑하게 내립니다. 산도 슬퍼하고 물도 시름겨우며, 원숭이는 휘파람 불고 학도 웁니다.

향기로운 물가에서 두약을 캐고, 연꽃을 따며 수양버들 가지를 꺾습니다. 제수로 참외와 여지, 안주와 채소와 초장주를 곁들입니다. 다시 천년 백년이 흘러도 영령은 어둡지 않고 명성은 사라지지 않을 것입니다.

---

20) 雜肴蔬(잡효소): 한유, 「유주나지묘비(柳州羅池墓碑)」(『한창려집』 권8), "여지는 빨갛고 바나나는 노란데, 안주며 채소 곁들여 자사의 사당에 올리노라.[荔子丹兮蕉黃, 雜肴蔬兮進侯堂]". 여기서 '雜'은 섞다. '肴'는 육류로 만든 제물. '蔬'는 채소로 만든 제물.

○ 정인호(鄭寅琥, 1869~1945)

본관 동래. 일명 정인호(鄭仁昊). 경기도 양주 출신으로 1899년 봄에 청도군수를 지냈다. 대한제국 때 애국 계몽운동을 펼치기 위해 『초등 동물학』·『최신 초등 소학』·『헌법요의』(1908), 『최신 초등 대한지지』·『최신 고등 대한지지』(1909) 등을 편찬했다. 1919년 3월 구국단을 조직해 상해 임시정부를 지원했고, 군자금을 모아 상해로 보내다가 체포되어 1922년 징역 5년형을 받고 복역했다. 1990년 건국훈장 애국장이 추서되었다.
아래 작품이 수록된 『초등 대한역사』는 융희2년(1908) 7월 우문관에서 간행했다. 1910년 11월 16일 조선총독부 경무부에서 압수한 51종 서적 중의 하나였다. 『경남일보』〈1910.11.23, 2면〉 기사.

「負日將墜水」〈『초등 대한역사』 제56절, 109~111쪽〉

(일본 장수를 업고 물에 떨어지다)

晉州 陷城홀 時에 義兵將 高從厚敬命子와 金千鎰과 柳復立과 黃暹[1]等이 戰死ᄒᆞ다. 日本將[2]이 晉州에 入ᄒᆞ야 矗石樓에셔 妓樂을 불너 遊讌[3]홀ᄉᆡ, 邑妓 論介가 日將의 醉홈을 乘ᄒᆞ야 背에 負ᄒᆞ고 水에 墜ᄒᆞ니, 日將이 躍出코자 ᄒᆞᄂᆞ 妓의 手가 固結不解ᄒᆞ야 江中으로 引入ᄒᆞ야 溺斃[4]ᄒᆞ니, 後人이 樓下의 巖을 義娘巖이라 ᄒᆞ고, 巖上에 義娘祠를 建ᄒᆞ야 祭ᄒᆞ다.

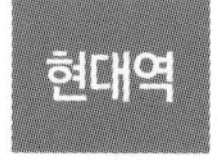

진주성(晉州城)이 무너질 때 의병장 고종후(高從厚)경명(敬命)의 아들와 김천일(金千鎰)과 류복립(柳復立)과 황진(黃進) 등이 전사하였다.

일본 장수가 진주에 들어와 촉석루(矗石樓)에서 기녀와 악공을 불러 잔치

---

1) 黃暹(황섬): 황진(黃進)의 오기. 황섬(1544~1616)은 임진왜란 때 평안도 모운사로 뽑혀 군량 수운에 큰 공을 세웠고, 대사성·안동부사·대사헌 등을 지내다가 자형인 류영경이 1608년 광해군 즉위 후 대북파의 탄핵을 받고 사사되자 낙향했으며, 『식암집』이 있다.

2) 日本將(일본장): 통상 왜장이라 칭했으나 이처럼 일본장이나 일장(日將)으로 바뀐 것은 통감부의 출판 간섭으로 보인다.

3) 遊讌(유연): 술잔치를 베풀고 놀며 즐김. '讌'은 잔치.

4) 溺斃(익폐): '溺(닉)'은 빠지다. '斃'는 넘어지다, 넘어져서 죽다.

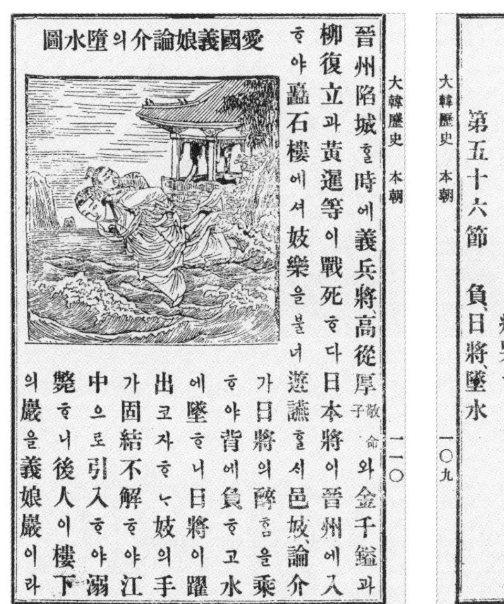
大韓歷史 本朝

晋州陷城홀時에義兵將高從厚(子敬命)와金千鎰과柳復立과黃進等이戰死ᄒᆞ다日本將이晋州에入ᄒᆞ야矗石樓에셔妓樂을불녀遊讌홀셔邑妓論介

愛國義娘論介의墮水圖

가日將의醉홈을乘ᄒᆞ야背에負ᄒᆞ고水에墜ᄒᆞ니日將이躍出코자ᄒᆞᄂᆞ妓의手가固結不解ᄒᆞ야江中으로引入ᄒᆞ야溺斃ᄒᆞ니後人이樓下의巖을義娘巖이라

一一〇

大韓歷史 本朝

軍이라ᄒᆞ고敢히犯치못ᄒᆞ다

第五十五節 聞死、相賀

時에朝廷이和親코자ᄒᆞ야德齡으로ᄒᆞ야곰交戰치못ᄒᆞ게ᄒᆞ고奸臣이誣陷ᄒᆞ야李夢鶴과갓치反ᄒᆞᆫ다ᄒᆞ야執ᄒᆞ야獄中에셔撲殺ᄒᆞ니日人이聞ᄒᆞ고셔로慶賀ᄒᆞ며國民은痛哭ᄒᆞ니라

千古勇士金德齡의像

第五十六節 負、日將、墜水

一〇九

삽화 제목: “애국 의기랑 논개의 타수도”, 〈110쪽〉

정인호, 『초등대한역사』(1908.7) 제56절 부일장 추수, 〈109쪽〉.

를 벌여 놀았다. 고을 기녀 논개(論介)는 일본 장수가 취한 틈을 타서 등에 업고 물에 떨어졌다. 일본 장수가 뛰쳐나오고자 하였으나 기녀의 손이 단단히 묶여 풀어지지 않아 물속에 끌려 들어가 빠져 죽었다.

뒷사람이 누각 아래의 바위를 ‘의랑암(義娘巖)’이라 불렀고, 바위 위에 ‘의랑사(義娘祠)’를 세워 제사를 지낸다.

○ 최상의(崔相宜, 1865~ ?) 자 회경(繪卿), 호 동주(東洲)

본관 경주. 본명보다는 야담집 저자로 기재된 호가 널리 알려져 있다. 경북 청도군 내서면(현 각남면) 일곡리 출생이고, 경성 운니동에 거주했다. 조부가 대사간과 평안도 대흥군수를 지낸 화강 최학승(崔鶴昇, 1817~1878)이다. 한학자로 27세 때 진사시 합격했다. 30세 무렵 배재학당에서 영어를 배웠고, 평생 처사로 지냈다. 저술로 『조선유람도』(1916, 광학서포), 『원세개실기』(1918, 광익서관)가 있다.
아래 작품이 수록된 『오백년기담(五百年奇譚)』은 1913년 6월 개유문관에서 초판 발행했다. 1923년에는 시미즈 겐키치(淸水鍵吉)가 78편을 발췌 번역해 『만선총서』(자유토구사 발행) 11권에 수록했다.

「矗石樓 論介」[1] 〈『오백년기담』, 80~81쪽〉 (촉석루 논개)

壬亂에 晉州判官金時敏이 不過數千殘軍으로 能히 十數萬大敵을 擊退ᄒᆞ야 맛참ᄂᆡ 城을 保全ᄒᆞ얏더니, 밋 丁酉再亂에 牧使徐元禮[2]와 倡義使金千鎰等의 率ᄒᆞᆫ 兵이 六萬에 至ᄒᆞ니 比前ᄒᆞ면 十倍라.

人이 모다 守城ᄒᆞᆷ이 無慮ᄒᆞ다 ᄒᆞ되, 州妓論介가 獨히 憂ᄒᆞ거늘, 千鎰이 其說을 問ᄒᆞ니, 論介對曰 "前者에ᄂᆞᆫ 兵이 雖少ᄒᆞ나 將卒이 相愛ᄒᆞ고 號令이 出一ᄒᆞᆫ 故로 勝ᄒᆞ얏거니와,

譚

矗石樓論介
壬亂에晉州判官金時敏이不過數千殘軍으로能히十數萬大敵을擊退ᄒᆞ야맛참ᄂᆡ城
을保全ᄒᆞ얏더니밋丁酉再亂에牧使徐元禮와倡義使金千鎰等의率ᄒᆞᆫ兵이六萬에至
ᄒᆞ니比前ᄒᆞ면十倍라人이모다守城ᄒᆞᆷ이無慮ᄒᆞ다ᄒᆞ되州妓論介가獨히憂ᄒᆞ거ᄂᆞᆯ千
鎰이其說을問ᄒᆞ니論介對曰前者에ᄂᆞᆫ兵이雖少ᄒᆞ나將卒이相愛ᄒᆞ고號令이出一ᄒᆞᆫ
故로勝ᄒᆞ얏거니와今에ᄂᆞᆫ軍을統ᄒᆞᆫ바가無ᄒᆞ야將이兵을不知ᄒᆞ고兵이將을不習ᄒᆞᆫ
지라是로以ᄒᆞ야憂ᄒᆞ노라ᄒᆞᆫᄃᆡ千鎰이妖言이라ᄒᆞ야斬코져ᄒᆞ거ᄂᆞᆯ諸人이勸止ᄒᆞ얏
더니及其城陷ᄒᆞᆷ의將士軍民이모다屠戮을被ᄒᆞᆫ지라論介가凝粧盛服으로矗石樓下
峭岩의顚에立ᄒᆞ얏더니敵將이見ᄒᆞ고引ᄒᆞ거ᄂᆞᆯ論介가其腰를抱ᄒᆞ고潭水에投死ᄒᆞ
니라平亂後에州人이義히녁여樓前에立祠ᄒᆞ고至今토록每年春秋에群妓가會集ᄒᆞ
야香奠으로祀ᄒᆞᄂᆞ니라

嶺南樓尹娘子
嶺南樓下竹林間에娘子祠가有ᄒᆞ니今에登樓訪古ᄒᆞᄂᆞᆫ者가輒히其祠에拜ᄒᆞ야貞魂
을憑吊ᄒᆞ도다明宗朝에密陽府使尹某가一女를有ᄒᆞ니芳年이二八에才華姿色이絕
等ᄒᆞᆫ지라父母가甚히鍾愛ᄒᆞ야乳母로더부러衙後別堂에共處케ᄒᆞ얏더니一夜에ᄂᆞᆫ
乳母가突然叫呼曰虎가娘子를攫去ᄒᆞ얏다ᄒᆞ거ᄂᆞᆯ尹倅가大驚ᄒᆞ야衙卒을盡發ᄒᆞ야
疾追遍探ᄒᆞ되形影이遂絕ᄒᆞᆫ지라尹倅夫妻가慟心發病ᄒᆞ야因ᄒᆞ야辭職還京ᄒᆞ니自
是以後로本州府使를新除ᄒᆞᆫ者가到任ᄒᆞ면輒死ᄒᆞ야三四等內를歷ᄒᆞ도록每々如是

五百年奇譚 (81)

최상의, 「촉석루 논개」, 『오백년기담』(1913)

---

1) 작품에서 논개의 순국 시기를 정유재란으로, 진주목사 이름을 서원례로, 당시 아군 병력의 수를 6만으로 표기한 것은 역사적 사실과 배치된다. 또 논개와 김천일 화소는 진주의 노기(老妓) 이야기를 논개에 착종한 것임을 알 수 있다. 김시양, 『부계기문』(1612); 신경, 『재조번방지』(1649); 성해응, 〈진주기·계월향〉(『연경재집』 권54 「초사담헌」 1); 성해응, 〈진양순난제신전〉(『연경재집』 권59 「난실사과」 2) 참조.

2) 徐元禮(서원례): 서예원(徐禮元)의 오기라 번역에 반영함.

今에는 軍을 統홀 바가 無ᄒᆞ야 將이 兵을 不知ᄒᆞ고 兵이 將을 不習ᄒᆞᆫ지라, 是로 以ᄒᆞ야 憂ᄒᆞ노라." ᄒᆞᆫᄃᆡ, 千鎰이 妖言이라 ᄒᆞ야 斬코져 ᄒᆞ거ᄂᆞᆯ, 諸人이 勸止ᄒᆞ얏더니, 及其城陷홈이 將士軍民이 모다 屠戮을 被ᄒᆞᆫ지라.

論介가 凝粧盛服으로 矗石樓下 峭岩의 顚에 立ᄒᆞ얏더니, 敵將이 見ᄒᆞ고 引ᄒᆞ거ᄂᆞᆯ, 論介가 其腰를 抱ᄒᆞ고 潭水에 投死ᄒᆞ니라. 平亂後에 州人이 義히 녁여 樓前에 立祠ᄒᆞ고, 至今토록 每年 春秋에 群妓가 會集ᄒᆞ야 香奠으로 祀ᄒᆞᄂᆞ니라.

현대역 임진왜란 때 진주판관 김시민(金時敏)이 불과 수천의 남은 군사로 능히 수십만 대적을 물리쳐 마침내 성을 보전하였다. 정유재란에 이르러 목사 서예원(徐禮元)과 창의사 김천일(金千鎰) 등이 거느린 병사가 육만 명에 달하니 전에 비하면 열 배였다. 사람들이 모두 성을 지킴에 염려할 것이 없다고 하였다.

고을 기녀 논개(論介)는 홀로 걱정하였다. 천일(千鎰)이 그 이야기를 물으니, 논개가 대답하여 "전에는 병력이 비록 적었으나 장수와 병졸이 서로 사랑하고 명령이 한가지로 나와 승리하였습니다. 그러나 지금은 군대를 통솔하는 바가 없어 장수가 병졸을 알지 못하고 병졸이 장수를 따르지 않아 그 때문에 걱정하는 것입니다." 하였다. 천일(千鎰)이 요망한 말이라 하여 베고자 하니, 여러 사람이 권하여 중지시켰다.

성이 함락되자 장수와 군졸과 백성이 모두 도륙되었다. 논개(論介)가 화장을 곱게 하고 옷을 성대히 차려입고는 촉석루(矗石樓) 아래의 우뚝한 바위 끝에 서 있었다. 적장(敵將)이 보고 잡아당기니, 논개가 그의 허리를 안고서 못물에 몸을 던져 죽었다.

난이 평정된 뒤 고을 사람이 의롭게 여겨 누각 앞에 사당을 세웠는데, 지금까지 매년 봄가을로 여러 기녀가 모여 향을 피워 제사를 지낸다.

○ 차상찬(車相瓚, 1887~1946) 호 청오(靑吾)

차천로의 후예로 강원도 춘성군 신동면 송암리(현 춘천시 송암동) 출생이고, 보성중학교와 보성전문학교를 졸업했다. 소파 방정환(1899~1931)과 함께 어린이 문화운동을 주도했으며, 종합잡지 『개벽』(1920)을 비롯해 『별건곤』·『어린이』·『신여성』·『학생』·『농민』 등의 발행인 또는 주간으로 활약하면서 31개 필명으로 수많은 작품을 발표했다. 1936년에는 조선어학회의 조선어표준어사정위원회 위원으로 활동했다. 『통속 조선사천년비사』(1934), 『해동염사』(1937/1949), 『조선백화집』(1941), 『조선사외사』(1947), 『조선민요집』(필사본), 『청오시고』(필사본) 등의 저술이 있다. 차녀가 일제 때 탁구챔피언 차덕화이다. 박길수, 『차상찬 평전』, 모시는 사람들, 2012 참조.
아래 첫 번째 글은 『개벽』 제34호(1923.4.1)에 필명 청오(靑吾)로 게재한 「남강의 낙화와 금벽의 원혈」 중 논개 부분이다. 작품 끝에는 「의암사적비명」과 이이오(李以吾)의 「의랑암」 한시를 실었고, 아울러 일제의 방해로 저지된 진주 기녀들의 의암사 중수 낙성식 소식을 덧붙였다. '금벽의 원혈'은 영남루 아랑 설화인데, 『해동염사』(한성도서, 1937) 151~156쪽에 「금벽의 원혈, 천고 정녀 윤아랑」 제목으로 재수록되었다.
두 번째 글은 『별건곤』 제43호(1931.9.1)에 필명 풍류랑(風流郎)으로 게재한 「촉석루하의 만고향혼, 진주 의기 논개」로 〈조선 역대 명기전(名妓傳)〉 중 한 작품이다. 「논개의 의열」처럼 논개 성은 주씨(周氏)이고, 장수 기생으로 삼장사 중의 한 사람인 황진을 따라 진주로 왔으며, 강물에 빠져 죽은 적장은 모곡촌육조(毛谷村六助)라 했다. 이 사화는 그의 『해동염사』(한성도서, 1949) 197~200쪽에 「진주 명기 논개」 제목으로 재수록되었다.

「論介의 義烈」[1] 〈『개벽』 제34호, 32~33쪽〉 (논개의 의열)

論介는 柳於于野談이나 其他 記錄에는 但히 晉州官妓라 하고, 晉州傳說에는 全北 長水의 官婢로 三壯士 中 1人인 黃進氏를 隨하야 晉州로 왓는데, 其姓은 周씨라 한다. 그러나 晉州의 官婢인 것이 분명한 듯하니, 何故오?

自來 朝鮮의 妓案을 據하면 大槪 무슨 玉, 무슨 月, 무슨 香 等이 잇고, 論介와 如한 名稱이 업스며, 또 慶南地方 下等階級의 女子 兒名을 見하면 卽今에도 논개, 밧개, 쌍개, 동ᄂᆡ개 等이 잇다. 그러면 論介는 卽 논개가 안인

1) 차상찬은 논개 사적지를 직접 기행했다. 개벽사에서 1923년 사업으로 계획한 '조선문화의 기본조사'를 위해 조사원으로서 주간 김기전(金起廛)과 함께 2월 2일 경성에서 밤기차를 타고 이튿날 아침에 낙동역에서 삼마선을 갈아탄 뒤 종점인 마산에 내려 하루를 묵었다. 3일 자동차를 타고 진주 도착해 대안동 중앙여관에 여장을 푼 뒤 곧바로 진주성으로 가서 의암(義巖)을 위시한 여러 유적을 둘러봤다. 이후 진주에 체류하며 인정풍속을 관찰하고 남강 절벽에 새겨진 이재현(李載現) 이름을 보고 그의 악행을 곱씹는 등의 일정을 마치고 8일 오후 단성으로 출발했다. 차상찬, 「우리의 족적-경성에서 함양까지」, 『개벽』 제34호, 52~65쪽.

가 하는 疑가 잇다.

또 日將은 加藤某라고도 하고 毛利盛이라고도 하나, 其實은 加藤淸正의 部長[2] 毛谷村六助다. 그의 詳細한 事實은 歷史에 記載가 別無한즉 此를 말하기 어려우나, 그의 碑文[3]과 李朝 李以吾[4]씨의 義娘巖詩는 그 事實을 記한 者인 故로 參考的으로 左에 記錄한다. (…하략…)

南江의 落花와 金碧의 寃血

靑 吾

論介의 義烈

論介는柳於于野談이나其他記錄에는但히晋州官妓라하고晋州傳說에는全北長水의官婢로三壯士中一人인黃進氏를隨하야晋州로왓는데其姓은周氏라한다 그러나晋州의官婢인것이分明한듯하니何故오自來朝鮮의妓案을據하면大槩무슨玉、무슨月、무슨香等이잇고論介와如한名稱이업스며 또嶺南地方下等階級의女子兒名을見하면即今에도논개、밧개、쌍개、동녀개、等이잇다그러면論介는即논개가안인가하는疑가잇다 또日將은加藤某라고도하고毛利盛이라고도하나其實은加藤淸正의部長毛谷村六助다그의詳細한事實은歷史에記載가別無한즉此를말하기어려우나그의碑文과李朝李以吾氏의義娘巖詩는그事實을記한者인故로參考的으로左에記錄한다

義巖事蹟碑銘

柳於于夢寅野談曰論介者晋州官妓也當萬曆癸巳之歲金千鎰倡義之師入據晋州以抗倭及城陷軍散人民俱死論介凝粧靚服立于矗石樓下峭巖之巓其下萬丈直入波心群倭見而悅之皆莫敢近獨一倭挺然直進論介笑而迎之倭將以誘而引之論介遂抱持其倭直投于潭俱死壬辰亂官妓之遇倭不見辱而死者不可勝記非止一論介而多失其名彼官妓皆淫娼也不可以貞烈稱而視死如歸不汚於賊渠亦聖化中一物不忍背國從賊無他忠而已猗歟哀哉云此出於當時實錄則今於剟碑之辭不必爲疊床之語故仍以刻之以銘々曰

獨峭其巖 女非斯巖 巖非斯女
特立其女 焉得死所 烏得義聲
一江孤巖
萬古芳名

崇禎後九十五年壬寅四月日立

(撰碑文者姓名不記)

義娘巖

李 以 吾

義娘巖兮高復高石臺如盤面江皐上聳百尺之飛閣下莅千尋之層濤憶昔龍年値陽九晋州被圍相持久群倭蝟集飛礮火肉薄登城恣蹂躪積死滿巷血流津白晝昏黑漲烟塵義膽忠肝凡幾個六萬人中稱三仁是時忠烈出娼家其名論介顔如花偸生還恥遭汚辱寧知引頸俟賊來搴裳直到南江上獨立峭巖與誰抗紅粧艶冶照水姸翠袂嬌娜隨風颺緣崖粉堞俯澄湖賊皆環視空躊躇中有膂會號驍勇下躡層梯捷如鼯方其來薦佯歡喜抱腰回旋翻投水、殲其巨魁不勞兵、豈知一妓能辦之、蛾眉至此死尙樂、至今汗靑垂芳名、廟門棹楔仍俎豆、敎坊生色揚風聲、君不見宋朝義娼毛惜惜、爲國效死罵鼠賊、正氣鏘人無貴賤、又況介娘起巾幗、今我試登矗石樓、盡日絲管添客愁、尙想芳魂遊巖畔、萬古山靑水自流.

矗石樓西方에잇는그의義巖祠는風雨에頹落되얏더니去辛酉六月下旬에晋州妓姜楚雲、李明月、徐燕燕朴錦濤、文水香等의發起로晋州妓一同이醵金을出하야重修하고落成式을擧行하랴다가이것도治安의妨害가되는지警察署에서禁止하야中止되얏다한다

□阿娘小記

密陽郡嶺南樓(一名金碧)에서東으로略數十步를가면竹林中에阿娘遺址라는石碑가잇고 그東에는阿娘閣이라는小閣이잇다 이阿娘이란女子는何時代의人인지確實한記錄이업서詳細히말할수업스나傳說에依하던지各方面의事實을綜合하야보면李朝初葉인듯한다元來이阿娘은엇던密陽府使의愛女인데芳年二八에姿色이甚佳하고靜貞의德이잇서一郡이다稱頌하얏섯다其時府使의通引으로잇던丁哥(丁哥는密陽世吏인데今에도其親屬이有함)란者가郡衙에出入하면서其處女를窺視하고此를恒常思戀하야一次芳香을偸코자하얏스나深閨에잇는府使의女인故로엇지할道理가업서서苦思하던中一日은一個凶計를案出하야그處女의乳母에게多大한賂金을주고處女를甘言으로誘引하야嶺南樓에玩月를하러가게하얏다 이純潔한處女야엇지凶計에쌔진줄알엇스리오乳母의말만듯고父母에게告치도안코嶺南樓를갓섯다 한참玩月을하는中에乳母는小便을하러간다고詐稱하고避하자그附近에隱伏하야機會를기다리던凶漢은突然이나가서處女에게百般의惡行을試하얏다 그러나白玉가티貞潔한그處

차상찬, 「남강의 낙화와 금벽의 원혈」, 『개벽』 제34호(1923.4)

2) 長(장): 장(將)의 오기.

3) 碑文(비문): 정식의 「의암사적비명」(본서 수록)을 말함.

4) 李以吾(이이오): 실은 서유영(1801~1874)이고, 작품은 「의암가」(본서 수록)이다.

「矗石樓下의 萬古香魂, 晋州 義妓 論介」

〈『별건곤』 제43호, 20~21, 9쪽〉 **(촉석루하의 만고향혼, 진주 의기 논개)**

진주(晋州)를 말하는 사람은 반듯이 촉석루(矗石樓)를 말하고, 촉석루를 말하는 사람은 쏘한 반듯이 게사란(癸巳亂-임진왜란 나던 다음해) 때에 절사한 의기 론개(義妓論介)를 말할 것이다. 론개의 성은 주씨(周氏)니, 원래 전라도 장수(全羅道 長水) 긔생으로 삼장사(三壯士) 중에 한 장사인 황진 황병사(黃進 黃兵使)를 싸러서 진주로 왓섯다.

(20)

朝鮮歷代名妓傳

風流郎

晋州義妓論介

차상찬, 「촉석루하의 만고향혼, 진주 의기 논개」, 『별건곤』 제43호(1931.9) 〈20쪽〉

진주는 원래 령남의 웅주거부(雄州巨府)로 북에는 비봉산이 웃둑이 소사 잇고 남에는 남강이 권권이 흐르며, 그 강상에는 천하흠지[5]요 절경인 적벽(赤壁)이 깍근 듯이 들어 잇고, 겸하야서 남으로 곤양·사천·남해(昆陽·泗川·南海) 등 여러 항만이 둘너 잇서서 수륙의 요충지지인 까닭에, 녯날로부터 국가에서 중요한 쌍으로 생각하야 감사령과 병영을 두고 성지(城池)도 다른 곳보다 특별이 견고하게 싸헛스며, 성을 직히는 관헌도 주요한 무장으로 직히게 하얏섯다. 그리하야 임진란 당시에도 일병이 수차 진주성을 침입하다가 병사 김시민(兵使 金時敏)에게 참패를 당하야 죽은 자가 수만에 달하얏섯다.

그러나 우에 말한 것과 가티 진주는 령남의 중요지지인 까닭에 적군으로도 그곳을 점령하지 못하면 경남 일대와 전라도 방면으로 진출을 할 수 업고,

5) 흠지: →험지(險地).

또 조선에 와서 가는 곳마다 무인지경과 가티 승첩을 하고 약탈을 하다가 유독 진주에서 참패를 하는 것은 적군에게 무상한 타격인 동시 무상한 수치로 생각하게 되엿다. 그리하야 적군은 언제이나 진주를 다시 처서 북수[6]를 하랴고 하엿섯다.

그러다가 게사년 六月에 와서 경상도 일대에 헛터저서 잇는 적군들은 일시에 진주성으로 몰녀와서 수십만의 무리가 진주성을 에워싸고 공격을 하니, 그때에 진주성을 직히고 잇는 김천일(金千鎰)·황진(黃進)·최경회(崔慶會) 등 세 장사는 가진 힘과 가진 전술(戰術)을 다 써서 적군과 여러 날을 상지[7]하고 잇섯스나, 원래에 적군의 세력이 커서 방어하기 대단이 어려운 중 뜻밧게 六月 二十八日에는 장마로 큰 홍수가 나서 남강물이 성벽을 넘치게 되니, 적군은 그것을 리용하야 성중으로 홍수를 드러대고 뒤를 이여서 수십만의 적군이 성을 넘어 쏘다저 드러오니, 아모리 용맹하고 충성스러운 三장사라도 최후까지 싸우다가 세궁력진[8]하야 엇지하지 못하고 남강수에 써러저 순절을 하니, 진주성은 그만 적군에게 함낙을 당하고 당시에 우리 조선사람으로 적군에게 죽은 사람이 六萬여 명에 달하야 남강의 물이 피바다가 되고 말엇섯다.

적군은 진주성을 점령하고 그 이튼날 바루 六月 二十九日에 촉석루 우에서 성대한 승첩연을 열고, 술과 고기의 가진 음식을 차려 여러 무리가 배가 터지도록 잔뜩 먹고 노래하고 춤추며 뛰노랏다. 그중에는 물론 조선의 긔생·광대 가튼 것도 다 잡아다 노코 제 마음대로들 놀앗섯다. 론개도 또한 여러 긔생과 가티 잡혀가서 그 연회에서 놀게 되엿다.

적장들은 모도 조선 긔생의 노래와 춤에 취해서 정신을 차리지 못하얏다. 그중에 적장 모곡촌륙조(毛谷村六助-淸正의 牙將)란 자는 가장 맹용한 장수로 진주성을 함낙식힐 때에 조선사람을 제일 만히 죽인 자엿다. 취흥이 도도

6) 북수: →복수(復讐).

7) 상지: 상지(相持). 양보하지 않고 고집함.

8) 세궁력진: 세궁역진(勢窮力盡). 기세가 꺾이고 힘이 다 빠져 꼼짝할 수 없게 됨.

한 중에 론개의 어엽분 태도와 고흔 노래에 정신이 황홀하야 이러나 춤을 추며 론개와 가티 춤을 추기를 청하얏섯다.

론개는 비록 천한 기생의 몸이나 전날 함성될 때에 삼장사와 가티 죽지 못하고 적군에게 잡혀온 것을 큰 수치로 생각하고 긔회만 잇스면 죽으랴고 하던 차에 적장이 술이 취하고 가티 춤추기를 청하니, 이것은 천재에 만나기 어려운 조흔 긔회라 생각하고 쾌연이 승낙하고 적장을 마주안고 춤을 추엇다. 한 번 돌고 두 번 도라 춤은 점점 얼리게 되엿다. 론개의 심정을 알지 못하는 적군의 무리들은 그 두 사람의 춤추는 것을 보고 그것 좃타고 박수를 하며 『고랴고랴[9]』를 불넛섯다. 춤이 이와 가티 물으록아 가는 판에 론개는 죽을 힘을 다하야 적장의 허리를 싹 씨여안고 다락에서 써러저서 강물로 드러갓섯다. 적장이 아모리 몸을 소사 뛰여 나오랴고 하엿스나 원래에 술이 취하고, 론개는 죽기를 결심하고 적장의 허리를 씨여 안엇기 째문에 엇지하지 못하고 물속으로 여러 번을 업치락뒤치락하다가 최후에 촉석루 동편 바위(지금에 의암바위라 하는 바위) 아래 기픈 속으로 몰려와서 그만 가티 죽어버렷다.

그 뒤의 사람들이 그 바위를 이름하야 의암(義岩)이라 하고 그 바위 엽헤는 돌비를 해 세워서 그의 절개를 긔렴하고, 진주의 긔생들은 쏘 의암사(義岩祠)란 사당을 지여놋코 해마다 六月 二十九日이면 성대한 제사을 드리게 되엿다.

금년에는 특히 일반 시민의 발긔로 六月 二十八日에 창렬사(彰烈祠)에서 三장사의 긔렴제를 지내고, 그 이튼날 二十九日에는 진주 긔생을 위시하야 일반 시민이 모혀 쏘한 의암사에서 론개의 긔렴제를 지냇섯는데, 래참한 사람이 수만 여에 달하야 공전의 성황을 이루엇다고 한다. - 끗 -

---

9) 고랴고랴: (일)こりゃこりゃ. 노래 중간이나 끝에 장단을 맞추기 위해 넣는 말.

○ 강효석(姜斅錫, 1869~1946) 자 덕오(德五), 호 치당(痴堂)

본관 금천. 초명은 몽석(夢錫). 경기도 시흥 거주. 부친은 강치룡(姜致龍)이고, 형은 강교석(姜敎錫)이다. 1894년 진사 합격한 후 옥천현감을 지냈고, 이완용 일가를 사위로 맞이했으나 그가 친일하자 절교할 만큼 우국지사였다. 이후 한양서원을 경영하면서 민족정신과 역사를 바로잡기 위해 『전고대방』(1924)·『동국전란사』(1927)·『조선여지일통』(1931) 등을 간행했다. 전 동국대 교수 석전 이병주(1921~2010)의 외종조부이다.
아래 작품은 출처가 『청구야담』이라고 본문 끝에 밝혔으나 실은 최상의의 『오백년기담』을 퇴행적인 한문 형식으로 재구성한 것에 불과하다. 작품이 수록된 『대동기문(大東奇聞)』은 1926년 5월 한양서원에서 간행했다.

「論介抱將於峭岩」〈『대동기문』 권2, 51b〉

(논개가 우뚝한 바위에서 장수를 껴안다)

論介는 晉州妓也라. 壬辰亂에 判官金時敏이 以數千殘軍으로 能退數十萬大敵하야 城中이 得保러니, 丁酉再亂에 牧使徐元禮[1]와 倡義使金千鎰所領兵이 幾至六萬하니 比前爲十倍라, 人皆謂守城無慮호되 論介獨憂어늘, 千鎰이 問其由한되, 對曰 "前則兵雖少나 將相이 相愛하야 號令이 出一하니 此爲得勝之本이오, 今雖兵多나 軍無統率하고 將不知兵하니 是以爲憂로라". 千鎰이 以爲妖言이라 하야 欲斬한되, 左右勸解得止하다. 及城陷에 軍民將校盡被屠戮이

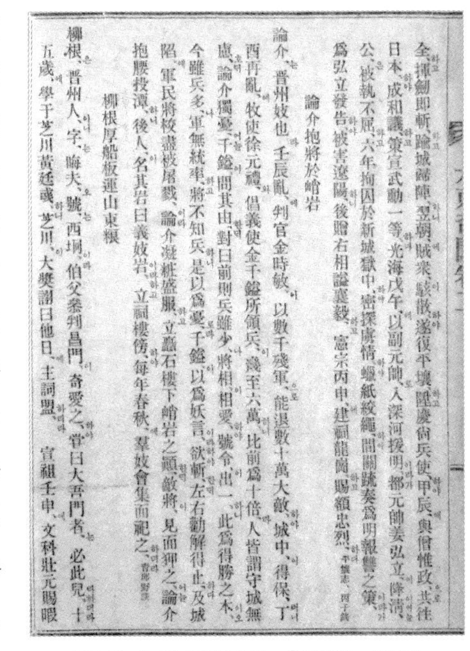
全하고 揮劍卽斬하니 踰城歸陣에 翌朝에 賊衆이 駭散하야 遂復平壤하고 陞慶尙兵使하야 甲辰에 與僧惟政으로 共往日本하야 成和議하고 策宣武勳一等하다 光海戊午에 以副元帥로 入深河援明이라가 都元帥姜弘立이 降淸이어늘 公은 被執不屈하고 六年拘囚於新城獄中하야 密探虜情하야 蠟紙紋繩하야 間關跳奏爲明報讐之策이라가 爲弘立發告하야 被害遼陽하니 後贈右相諡襄毅하고 憲宗丙申에 建祠龍崗하고 賜額忠烈하다

論介抱將於峭岩

論介는 晉州妓也라 壬辰亂에 判官金時敏이 以數千殘軍으로 能退數十萬大敵하야 城中이 得保러니 丁酉再亂에 牧使徐元禮와 倡義使金千鎰所領兵이 幾至六萬하니 比前爲十倍라 人皆謂守城無慮호되 論介獨憂어늘 千鎰이 問其由한대 對曰前則兵雖少나 將相이 相愛하야 號令이 出一하니 此爲得勝之本이오 今雖兵多나 軍無統率하고 將不知兵하니 是以爲憂로라 千鎰이 以爲妖言이라하야 欲斬한대 左右勸解得止러니 及城陷에 軍民將校盡被屠戮이어늘 論介凝粧盛服하고 立矗石樓下峭岩之巓이라가 敵將이 見而狎之어늘 論介抱腰投潭하니 後人이 名其岩曰義妓岩이라하고 立祠樓傍하야 每年春秋에 羣妓會集而祀之하더라

柳根厚船板運山東粮

柳根은 晉州人이니 字는 晦夫오 號는 西坰이라 伯父參判昌門이 奇愛之하야 嘗曰大吾門者는 必此兒라하더니 十五歲에 學于芝川黃廷彧하니 芝川이 大奬謂曰他日에 主詞盟하리라 宣祖壬申에 文科壯元賜暇

강효석, 「논개 포장어초암」, 『대동기문』(1926)

---

1) 徐元禮(서원례): 『오백년기담』의 오기를 답습한 것이라 번역에 바르게 올림.

라. 論介凝粧盛服하고 立矗石樓下峭岩之顚한듸, 敵將이 見而狎之어늘, 論介抱腰投潭하니, 後人이 名其岩曰義妓岩이라 하고, 立祠樓傍하야 每年春秋에 群妓會集而祀之하더라. 『靑邱野談』

현대역 논개(論介)는 진주 기녀이다. 임진왜란 때 판관 김시민(金時敏)이 수천의 남은 군사로 능히 수십만 대적을 물리쳐 성중이 보전될 수 있었다. 정유재란 때 목사 서예원(徐禮元)과 창의사 김천일(金千鎰)이 거느린 병사가 거의 육만 명에 달하여 전에 비하면 열 배나 되어서 사람들 모두 성을 지킴에 염려할 것이 없다고 하였다.

논개(論介)가 홀로 걱정함에 천일이 그 까닭을 물었다. 대답하기를, "전에는 병력이 비록 적었으나 장수와 재상이 서로 사랑하고 명령이 한가지로 나와 이곳이 승리의 기반이 되었다. 지금은 비록 병력이 많으나 군사는 통솔되지 않고 장수는 병사를 알지 못하니 이 때문에 걱정하는 것입니다."라 하였다. 천일(千鎰)이 요망한 말이라 여겨 베고자 하니, 사람들이 권유하여 중지시켰다.

성이 무너지자 군민(軍民)과 장교(將校)가 다 도륙되었다. 논개(論介)가 화장을 곱게 하고 옷을 성대히 차려입고는 촉석루 아래의 우뚝한 바위 끝에 서 있었다. 적장(敵將)이 그녀를 보고 가까이하거늘 논개가 허리를 껴안고 깊은 못에 몸을 던졌다.

뒷사람이 그 바위를 '의기암(義妓岩)'이라 하였고, 누각 곁에 사당을 세워 매년 봄가을로 여러 기녀가 모여 제사를 지낸다고 한다. 『청구야담』[2]

---

2) 『청구야담』이 아닌 최상의(필명 최동주)의 『오백년기담』이다.

○ 안택중(安宅重, 1858~1929) 자 중거(仲擧), 호 지정(之亭)

본관 광주. 김해 진영읍 의전리 출신. 초명 우중(瑀重). 1880년 진사시 합격했고, 1903년 이후 법관양성소 교관·사범학교 교관 및 교장·수학원 교관 등을 지냈고, 경술국치 이후 벼슬을 접고 귀향해 왕거(往居)로 개명했다. 1911년 결성된 신해음사(辛亥唫社)의 핵심이었다. 작가진으로 기생, 여학생, 양반 부인, 외국 여성 등 다양한 계층을 아울렀고, 투고된 한시를 엮어 1912년부터 1918년까지 상업적인 『신해음사』를 정기적으로 발행했다. 이외 그가 간행한 문학서로 『허부인난설헌집 부경란집』(1913), 『동시총화』(1915), 『고부기담』(1915), 『포염라연의』(1915), 『참격시집』(1923)이 있다. 아들이 경성의학전문학교 출신으로 사회주의 운동가였던 안광천(安光泉)이다. 한편 울산의 구소 이호경의 첫 남편인 송년(松年) 오무근(吳武根)과 함께 『신해음사』를 통해 등단했다. 김해문화원, 『김해인물지』 보유편, 2002 참조.
안택중은 1926년 11월 창간된 『중외일보』에 「평정 열상규조(評定洌上閨藻)」를 1927년 1월 21일부터 동년 6월 12일까지 연재하며 여성 문학과 작가에 주목했는데, 아래 작품은 1927년 3월 1일자에 수록되었다. 논개가 전라도 장수현 옥녀봉 아래에서 태어났고, 병사 김천일의 수청 기녀였으며, 논개 향사에 다른 고을 기녀도 참석했으며, 논개를 '선생'이라 지칭했다는 서술이 특이하다. 이능화가 『조선해어화사』(제30장, 116b~117b)에 이 작품을 국한문혼용체로 전재했는데, 이중 김해부사 이종인 대목은 삭제했다.

「招義妓魂」 (六字拍) 柳纖纖 (歌曲) 成蕙永(繙) 〈『중외일보』 1927.3.1 4면〉

(의기의 넋을 부르다) (육자배기) 류섬섬 (가곡) 성혜영(엮음)

纖纖, 全州妓也. 往在癸巳五月日, 卽晉州陷城之紀念也. 忠烈祠·義妓祠, 在晉州矗石樓下. 郡人以是日, 設享, 其儀節, 倍於常年. 執籩官紳[1], 觀光男女, 無慮數千. 而忠烈祠祭官, 官紳主之. 而義妓祠, 鄕所[2]爲首獻[3]. 敎坊群妓, 盛粧戎服[4], 笳鼓迎神, 是個風流祭禮. 祭畢, 本府記室[5]金進士, 會文士作詩, 招名妓斟酒. 外邑妓, 亦參席焉. 晉州妓, 向外妓, 頗有驕矜[6]色. 盖以義妓, 出於地靈也. 柳纖纖出班[7]曰, "吾聞義妓, 乃全羅出身也". 矗妓[8]聽此, 合

1) 官紳(관신): 관료.
2) 鄕所(향소): =향청(鄕廳). 지방 사족들의 집회소로, 고을 수령을 보좌하던 자문 기관. 고을을 대표할 만한 덕망 있는 인물을 좌수와 별감 등으로 뽑았음.
3) 首獻(수헌): 수헌관을 말함. 초헌관.
4) 戎服(융복): 군복.
5) 記室(기실): 서기(書記), 고을 원의 비서로 기록에 관한 사무를 맡음.
6) 驕矜(교긍): 잘난 체하며 뽐냄.

嘴[9]責纖纖無據, 纖纖不能抵當[10]. 余因解之曰 “論介, 本全羅長水妓也. 縣有玉女峰, 峯氣秀麗, 古之地師, 以爲此山下, 必生名姝[11]”. 論介, 果生於玉女峯下. 初爲金兵使(千鎰)修廳, 隨至忠淸兵營, 轉至矗營者也. 當日殉節, 忠烈祠妥享之靈, 豈獨矗人? 其時失城之守牧·避難之男女, 以矗城爲堡障, 麕集[12]城中. 倉猝城陷, 投水男女, 非徒三壯士·一論介. 而三壯士從容就義, 口唫[13]‘一盃笑指長江水’之句, 傳于千載. 其餘諸壯士, 雖合享祠宇, 都是沒字碑. 金海府使李宗仁臨死, 以左右手,

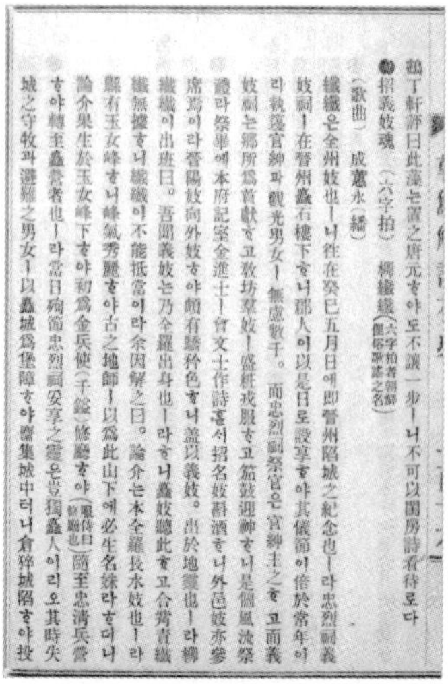
鶴丁軒評曰此篇은置之唐元ᄒ야도不讓一步ㅣ니不可以閭房詩看待로다
●招義妓魂 (六字拍) 柳纖纖(六字拍者朝鮮俚俗歌謠之名)
(歌曲) 成蕙水(繙)
纖纖은全州妓也ㅣ니往在癸巳五月日에卽晉州陷城之紀念也ㅣ라忠烈祠義妓祠ㅣ在晉州矗石樓下ᄒ니郡人이以是日로設享ᄒ야其儀節이倍於常年이라執饗官紳과觀光男女ㅣ無慮數千。而忠烈祠祭官은官紳主之ᄒ고而義妓祠는鄕所爲首獻ᄒ고敎坊群妓ㅣ盛粧戎服ᄒ고笳鼓迎神ᄒ니是個風流祭禮라祭畢에本府記室金進士ㅣ會文士作詩ᄒ고셔招名妓斟酒ᄒ니外邑妓亦參席焉이라晉陽妓向外妓ᄒ야頗有驕矜色ᄒ니蓋以義妓。出於地靈也ㅣ라柳纖纖이出班曰。吾聞義妓는乃全羅出身也ㅣ라ᄒ니矗妓聽此ᄒ고合觜責纖纖無據ᄒ니纖纖이不能抵當이라余因解之曰。論介는本全羅長水妓也ㅣ라縣有玉女峰ᄒ니峰氣秀麗ᄒ야古之地師ㅣ以爲此山下에必生名姝라ᄒ더니論介果生於玉女峰下ᄒ야初爲金兵使(千鎰)修廳ᄒ야(眼侍曰修廳也)隨至忠淸兵營ᄒ야轉至矗營者也ㅣ라當日殉節忠烈祠妥享之靈은豈獨矗人이리오其時失城之守牧과避難之男女ㅣ以矗城爲堡障ᄒ야麕集城中터니倉猝城陷ᄒ야投

안택중, 「초의기혼」
(이능화, 『조선해어화사』 제30장, 116b)

把兩倭賊投水, 一大叫曰, “金海府使李宗仁, 挾兩倭賊, 投水而死”. 以此宗仁之名, 著于世. 且以義妓之就義論之, 當日城中婦女, 毋論妓與淑女, 皆以汚辱爲恥, 無瑕白淨. 惟南江水最近, 登高投水, 不費工夫, 如扶餘之落花巖. 惟論介, 易服盛粧, 傍人[14]目之, 以媚賊圖生. 遂登義巖上, 迎風蹈舞, 有一倭卒見之, 跳上巖犯之, 遂抱而投水. 其後百餘年, 因兵使[15]啓聞, 始得旌表. 今柳纖纖之指論介爲全羅人, 不爲無據. 矗妓聽此, 不敢抗辨, 然俱有不平之色. 記室金進士, 以好言解之. 余亦作一句, 以解之曰, “如今更有壬辰歲, 無數長

---

7) 出班(출반): 여러 사람이 모인 자리에서 앞으로 썩 나서 말을 꺼냄. ‘班’은 줄, 행렬.
8) 矗妓(촉기): 촉영(矗營)의 기생, 곧 진주 기녀.
9) 合嘴(합취): =합구(合口). 입을 모음. ‘嘴’는 부리.
10) 抵當(저당): 막음, 동산이나 부동산을 전당 잡혀 돈을 빌림.
11) 姝(주): 예쁘다.
12) 麕集(균집): 떼를 지어 모임. ‘麕’은 떼를 짓다.
13) 唫(음): 읊다. ‘唫’이 입 다물다 뜻일 때는 ‘금’으로 읽음.
14) 傍人(방인): 모임을 같이 하거나 어떤 장면을 목격한 사람.
15) 兵使(병사): 남덕하(1688~1742)이고, 자세한 것은 남주헌(1769~1821)의 시 참조.

江義妓祠". 金進士使諸妓, 製歌曲, 招義妓魂, 體製用六字拍. 諸妓聽命製歌, 次第起唱. 都是忠烈二字. 詞甚俗劣. 外邑妓, 以不嫺[16]於六字拍, 不能出色. 惟柳纖纖, 以巾纏[17]頭, 以帶束腰. 抱細腰皷, 擊而進退, 唱六字拍, 如漁陽鼓鼙[18], 座客皆寒噤[19]. 歌曰 "可憐佗 可憐佗 義妓先生 可憐佗 一片荒祠 冷豆殘盃 可憐佗 先生若爲男子身 忠烈祠中血食[20]人"(右第一章). 之亭[21]曰 "後輩以先輩爲先生, 以論介呌[22]做先生, 是爲特色, 而又感傷義妓, 伏臘[23]之節, 不侔[24]忠烈祠, 此亦可賞".

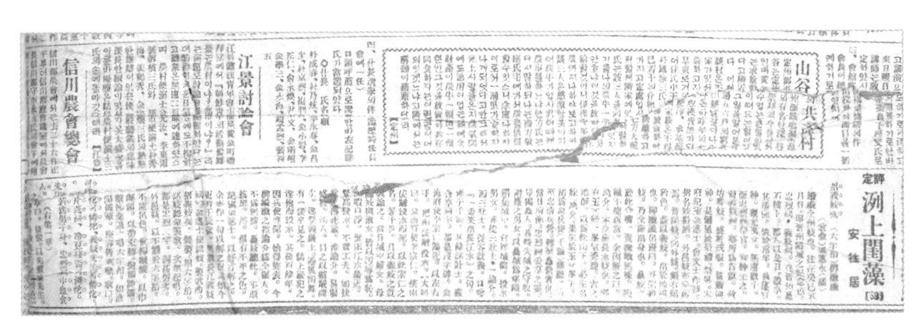
定評 洌上閨藻 安往居

山谷의 共同村

江景討論會

信川農會總會

안택중, 「초의기혼」(『중외일보』 4면 「평정 열상규조」 제38회, 1927.3.1.)

---

16) 嫺(한): 익숙하다, 우아하다.

17) 纏(전): 묶다, 얽히다.

18) 漁陽鼓鼙(어양고비): '漁陽'은 안록산이 난리를 일으킨 곳. '鼓'는 큰 북. '鼙'는 작은 북. 백거이, 「장한가」(『백락천시집』 권12), "어양의 북소리가 땅을 울리며 다가오자/ 예상우의곡 즐기던 임금이 놀라셨네.[**漁陽鼙鼓**動地來, 驚破霓裳羽衣曲]".

19) 寒噤(한금): 몸을 떨면서 말을 하지 못함. '寒'은 떨다. '噤'은 입 다물다.

20) 血食(혈식): 희생을 바쳐 제사를 지냄, 국가에서 거행하는 제사. '血'은 제사에 바치는 희생(犧牲).

21) 之亭(지정): 안택중의 호.

22) 呌(규): 규(叫)의 속자. 부르다.

23) 伏臘(복랍): 여름철의 삼복(三伏)과 겨울철의 납일(臘日)에 지내는 제사 이름. 의암 별제를 말함.

24) 侔(모): 가지런하다.

번역 섬섬(纖纖)은 전주 기녀이다. 옛날 계사년 5월 일은 곧 진주의 성이 무너진 기념일이다. 충렬사와 의기사는 진주 촉석루 아래에 있다. 고을 사람들이 이날 제향을 올리는데, 그 의식과 절차가 보통 해보다 갑절이나 성대하다. 변두(籩豆)를 받드는 벼슬아치와 구경하는 남녀가 무려 수천이다. 충렬사(忠烈祠) 제관은 벼슬아치가 주관하고, 의기사(義妓祠)는 향소(鄕所)가 수헌관이 된다. 교방 기녀들이 화려하게 화장하고 군복 차림으로 피리와 북을 연주하며 신령을 맞이하는데, 정말 풍류 있는 제례이다.

제례가 끝나면 본부의 서기 김진사가 문사들을 모아 시를 짓고, 명기(名妓)를 불러 술을 따르게 한다. 다른 읍에서 온 기녀 또한 참석한다. 진주 기녀가 다른 고을 기녀에게 더욱 잘난 체하며 뽐내는 기색이 있는데, 대개 의기(義妓)가 신령한 땅에서 나온 까닭이다.

류섬섬(柳纖纖)이 앞으로 썩 나서 말하기를, "내가 듣건대 의기는 곧 전라도 출신이다." 하였다. 진주 기녀들이 듣고 입을 모아 섬섬이 근거가 없다고 나무라니 섬섬은 막아낼 수 없었다.

내가 이에 해명하여 말하기를, "논개(論介)는 본래 전라도 장수(長水) 기녀이다. 고을에 옥녀봉(玉女峰)이 있어 봉우리 기상이 수려하였다. 옛날에 지관이 이 산 아래에 반드시 미인이 태어날 것이라 하였는데, 논개가 과연 옥녀봉 아래에서 태어났다.

처음에 김병사(千鎰)를 위하여 시중을 들었는데, 그를 따라서 충청도 병영에 이르렀다가 옮겨서 촉영(矗營)에 이르렀다. 당시 순절하여 충렬사(忠烈祠)에 봉안되어 제향을 받는 영령이 어찌 유독 촉영의 사람뿐이겠는가?

그때 성을 잃은 수령과 목사, 피난 가던 남녀가 촉성(矗城)을 요충지로 삼아 떼 지어 성안으로 모여들었다. 갑자기 성이 무너짐에 몸을 물에 던진 남녀가 삼장사(三壯士)와 일개 논개(論介)에게만 그치지 않았다. 삼장사가 태연히 절의로 나아갔고, 입으로 읊조린 "한 잔 들고 웃으며 장강 물을 가리키네[一盃笑指長江水]"라는 시구는 천년토록 전해지고 있다.

그 나머지 장사는 비록 사당에 합사되더라도 모두 글자 없는 비석일 뿐이다. 김해부사 이종인(李宗仁)이 죽음에 임박하자 좌우 손으로 두 왜적을 껴안고 물에 뛰어들면서 크게 외치기를, "김해부사 이종인은 두 왜적을 끼고 물에 뛰어들어 죽는다."라고 하였다. 이로써 종인(宗仁)의 이름이 세상에 알려졌다.

또 의기(義妓)가 절의로 나아간 것을 논하건대, 그때 성안의 부녀는 기녀와 숙녀를 막론하고 모두 오욕을 부끄럽게 여겨 티끌 하나 없이 스스로 깨끗하였다. 저 남강(南江)은 물이 매우 가까워 높은 곳에 올라 물에 몸을 던짐에 쓸데없이 공력을 들이지 않았으니 부여의 낙화암(落花巖)과 같았다.

오직 논개(論介)가 옷을 갈아입고 화장을 곱게 하였더니, 곁에 있던 사람들이 그것을 목격하고는 적에게 아양을 떨어 생명을 도모하는 것으로 여겼다. 드디어 의암(義巖) 위에 올라 바람을 맞으며 춤을 추었다. 한 왜놈 졸개[倭卒]가 그녀를 보고 바위에 뛰어올라 범하려 드니, 마침내 껴안고 물에 몸을 던졌다. 그 뒤 백여 년 지나서 병사(兵使)가 계문(啓聞)함으로써 마침내 정표를

촉석루 누마루의 진주 검무. ©2012.5.19

얻었다.

지금 류섬섬(柳纖纖)이 논개(論介)를 가리켜 전라도 사람이라 하는 것은 근거가 없지 않다. 촉영(矗營)의 기녀가 이 말을 듣고는 감히 항변하지 못하였으나 모두가 불평하는 기색은 있었다.

서기 김진사는 좋은 말로써 풀어주었다. 내 또한 한 시구를 지어 풀어주었는데, "지금 다시 임진년이 되면/ 장강에 무수한 의기사가 있으리로다[如今更有壬辰歲, 無數長江義妓祠]" 하였다.

김진사는 여러 기녀에게 가곡을 제작하여 의기(義妓)의 넋을 부르게 하면서 체제는 육자배기를 사용하도록 하였다. 여러 기녀는 명령을 주의 깊게 듣고 노래를 지었고, 차례로 일어나 창을 불렀다. 모두 '충렬(忠烈)' 두 자가 들어가고, 가사는 몹시 저속하고 졸렬하였다.

다른 고을의 기녀는 육자배기에 익숙하지 않아 특색을 드러낼 수 없었다. 오직 류섬섬(柳纖纖)만은 머리에 수건을 묶고 허리에 띠를 둘렀다. 가는 허리에 북을 안고, 치면서 나아가고 물러서기도 하였다. 육자배기를 부르니 어양(漁陽)의 북소리와 같았는데, 좌석의 손님들이 모두 몸서리쳤다.

노래에 이르기를, "가련타 가련타 의기(義妓) 선생 가련타. 조그마한 황폐한 사당, 싸늘한 제기와 부서진 술잔 가련타. 선생이 남자 몸이 되었더라면, 충렬사에 제향받는 사람이 되었으리"(이것은 제1장) 하였다.

지정(之亭)이 말하건대, "후배는 선배를 선생이라 여기고, 논개를 선생이라 부르는 것이 특색이며, 또 의기(義妓)에 감상 젖는다." 하였다. 복날이나 납일의 계절 제사는 충렬사와 같지 않은데, 이 역시 볼 만하다.

○ 이능화(李能和, 1868~1945)

자 자현(子賢), 호 무능거사(無能居士)·간정(侃亭)

본관 전주. 충북 괴산 출생. 개화기 관료 이원긍(李源兢, 1849~1919)의 아들이다. 1887년 이후 외국어학교에 입학해 영어, 중국어, 프랑스, 일본어를 익혔다. 1906년 한성법어학교 교장을 지냈고, 1907년 국문연구소 위원으로 참여했다. 일제하에서는 불교 부흥 활동을 펼쳤고, 조선사편찬회 위원과 국민총력조선연맹 문화위원으로 활동해 친일 인사로 분류되고 있다. 민족문화운동에 역량을 발휘해 『조선불교통사』(1918), 『조선여속고』(1927), 『조선기독교급외교사』(1928), 『조선무속고』(1929) 등을 저술했다.
아래 작품이 수록된 『조선해어화사』는 안택중의 「최의기혼」(1927.3) 자료까지 망라해 1927년 10월 동양서원·한남서림에서 간행했는데, 제32장 「節妓·義妓·孝妓·智妓」에 첫 번째로 실려 있다. 이능화는 기생을 네 유형으로 분류해 충절을 드러낸 기생[節妓]의 사례로 진주기 논개, 함흥기 금섬(金蟾), 평양기 계월향(桂月香)을 들었다. 『어우야담』(류몽인), 「진주의기사기」(정약용), 『일사유사』의 논개 일화를 각각 국한문혼용체로 인용했다.

「晉州妓論介」 〈『조선해어화사』 제32장, 133b~134b〉 **(진주기녀 논개)**

論介者는 晋州官妓也ㅣ니, 癸巳當城陷之月에 介ㅣ 凝粧盛服ᄒᆞ고 立于矗石樓下·峭岩之前ᄒᆞ니, 其下萬丈이라 直入波心ᄒᆞ니, 日本人[1]見而悅之ᄒᆞ되 皆莫之近이라. 獨一日將挺然直進커ᄂᆞᆯ, 論介笑而迎之ᄒᆞ니, 日將이 誘以引之어ᄂᆞᆯ, 論介抱持其將ᄒᆞ고 直投于潭俱死ᄒᆞ니라. 壬辰之亂에 官妓之遇日本人ᄒᆞ야, 不見辱而死者ㅣ, 不可勝記라, 非止一論介로ᄃᆡ 而多失其名ᄒᆞ니, 彼ᄂᆞᆫ 官妓也오 以淫娼也라, 不可以貞烈稱而視死如其歸ᄒᆞ야, 不辱於寇ᄒᆞ니, 可嘉也로다. **柳夢寅 於于野○**[2]

其人이라監史大喜ᄒᆞ야厚賞其妓ᄒᆞ니라 於于野談
第三十二章　節妓·義妓·孝妓·智妓
妓之能詩詞者有之ᄒᆞ고能辯說者有之ᄒᆞ고而至於妓之有節은如晋州妓論介와咸興妓金蟾과平壤妓桂月香ᄒᆞ며有義ᄂᆞᆫ如洪原妓洪娘ᄒᆞ고有孝ᄂᆞᆫ如咸興妓晩香ᄒᆞ고有智ᄂᆞᆫ如晋州老妓者ᄂᆞᆫ蓋鮮矣로다列擧如左ᄒᆞ야以供參考ᄒᆞ노라
一 晋州妓論介
○論介者ᄂᆞᆫ晋州官妓也ㅣ니癸巳當城陷之月에介ㅣ凝粧盛服ᄒᆞ고立于矗石樓下峭巖之前ᄒᆞ니其下萬丈이라直入波心ᄒᆞ니日本人見而悅之ᄒᆞ되皆莫之近이라獨一日將挺然直進커ᄂᆞᆯ論介笑而迎之ᄒᆞ니日將이誘以引之어ᄂᆞᆯ論介抱持其將ᄒᆞ고直投于潭俱死ᄒᆞ니라壬辰之亂에官妓之遇日本人ᄒᆞ야不見辱而死者ㅣ不可勝記라非止一論介로ᄃᆡ而多失其名ᄒᆞ니彼ᄂᆞᆫ官妓也오以淫娼也라不可以貞烈稱而視死如其歸ᄒᆞ야不辱於寇ᄒᆞ니可嘉也로다 柳夢寅於于野○
【參照】丁若鏞晋州義妓祠記에云。婦人之性이輕死라然이나其下者ᄂᆞᆫ或不耐忿毒幽鬱而死者와上者ᄂᆞᆫ義不忍汚辱其身而死者를槪謂之節烈이라然이나皆自

이능화, 「진주기 논개」,
『조선해어화사』(1927)

---

1) 日本人(일본인): 조선총독부의 출판 허가를 받기 위해 '倭'를 이렇게 바꾸었다. 계속해서 '왜장(倭將)'을 '일장(日將)'으로, '우왜(遇倭)'를 '우일본인(遇日本人)'으로 변개했다.

현대역 논개(論介)는 진주(晉州) 관기(官妓)이다. 계사년(1593) 성이 무너지던 달에 논개가 화장을 곱게 하고 옷을 단장하여 촉석루 아래의 가파른 바위 꼭대기에 서 있었다. 그 아래는 깊이가 만 길이고 곧바로 강 중심으로 빨려 들어간다. 일본인(日本人)이 그녀를 보고 기뻐했으나 모두 가까이하지 못하였다. 유독 한 일장(日將)이 뛰쳐나와 곧장 나아가니, 논개(論介)가 넌지시 웃으며 그를 맞이하였다. 일장(日將)이 꾀어서 잡아당기거늘, 논개는 그 장수를 껴안고 곧바로 깊은 못에 내던져 함께 죽었다.

임진란 때 관기(官妓)가 일본인(日本人)을 만나 욕을 당하지 않고 죽은 자는 다 기록할 수 없다. 논개(論介) 한 사람에게만 그치지 않는데 그 이름을 대부분 잃어버렸다. 그녀는 관기이고 음탕한 창녀라 정렬(貞烈)로 칭송될 수 없으나 마치 죽음을 고향에 돌아가는 것처럼 여겨 도적에게 욕을 보지 않았으니 훌륭하다고 할 만하다. 류몽인, 『어우야담』

---

2) 출처를 『어우야○』이라 했지만, 본문은 류광익(1713~1780)의 『풍암집화』와 일치한다.

○ 김동환(金東煥, 1901~1958) 호 파인(巴人)

본관 강릉. 함경북도 경성군 오촌면 수송동 출생. 경성보통학교, 중동중학교를 졸업했다. 일본 토요대학 문화학과 1학년 재학 중 관동대지진이 일어나 중퇴하고 귀국했다. 신문사 기자를 거쳐 1929년 삼천리사를 설립해 종합월간지 『삼천리』를 창간했고, 1942년에는 대동아사를 설립해 『삼천리』의 제목을 바꾼 『대동아』를 창간했다. 한국 최초의 서사시 「국경의 밤」 작가로 유명하지만 친일 행적이 짙었고, 후처가 최정희 소설가이다.
아래 기행문은 『삼천리』 제1호(1929.6.12)에 게재된 「논개야 논개야 부르며 초하의 촉석루 차저」 중 일부이다. 그는 기생의 노랫소리를 빼면 고적 속에 파묻힌 고전적 비유동적 도회지이면서도 '논개누나'가 잠들어 있어 영원히 생명이 약동하고 있는 도성으로 진주의 도시 성격을 규정했다. 김동환은 6월 초여름 어느 날, 차편으로 삼랑진을 거쳐 진주성에 도착해 촉석루, 의암, 의기사를 둘러보고 그날 밤차로 서울로 떠났다.

「論介야 論介야 부르며 初夏의 矗石樓 차저」 歷史와 歌絃의 都市

〈『삼천리』 제1호, 37~41쪽〉

(…상략…) 有名한 義岩은 矗石樓의 발충에 잇스니, 마치 아렉산 쮸마의 小說 岩窟王[1] 쏙에 나오는 寶島의 出入口 가치 이름 모를 측넝쿨이 天日을 가린 듯한 石階 數十段을 요리조리 쑤지고, 江물 잇 곳을 向하여 나려가면 洞窟을 버서나기 밧부게 탁 터진 水面과 눕고 서고 안즌 만흔 바위가 잇고, 그리로 싹근 듯한 絶壁 이마를 스쳐 서너 거름 나아가면, 큰 너래방석[2] 우에 論介者 晉州官妓也云云의 刻文磨滅하여 가는 銘碑[3] 한 개가 잇다. 陰曆 六月 三十日의 晉州 陷城 날에 이 바위 우에서 論介의 肉身은 써러저 죽은 뒤 그의 節介만은 文字로 化하여 이러케 萬年을 살고 잇는 것이다.

나는 三百年 前 中世紀의 悲痛한 呼吸을 이 銘碑 우에서 늣기며 강물을 바라 걸터 안젓다. 물결조차 무엇에 쏘기는 드시 不安하게 달려와서는 水石

---

1) 岩窟王(암굴왕): 알렉상드르 뒤마(1802~1870)의 소설 『몽테 크리스토 백작』(1846)을 구로이와 루이코(黑岩淚香)가 1905년 번역 출간하면서 붙인 제목이다. 우리나라에서는 하몽 이상협(1893~1957)이 『암굴왕』을 재번안한 것을 회동서관에서 1915년 『해왕성』 제목으로 발행했고, 1947년 백호사에서 김래성이 번안한 『진주탑』을 출판했다.
2) 너래방석: =너래바위. 넓은 방석같이 큰 바위, 곧 의암.
3) 銘碑(명비): 남강 가에 있는 '의암사적비'를 말함.

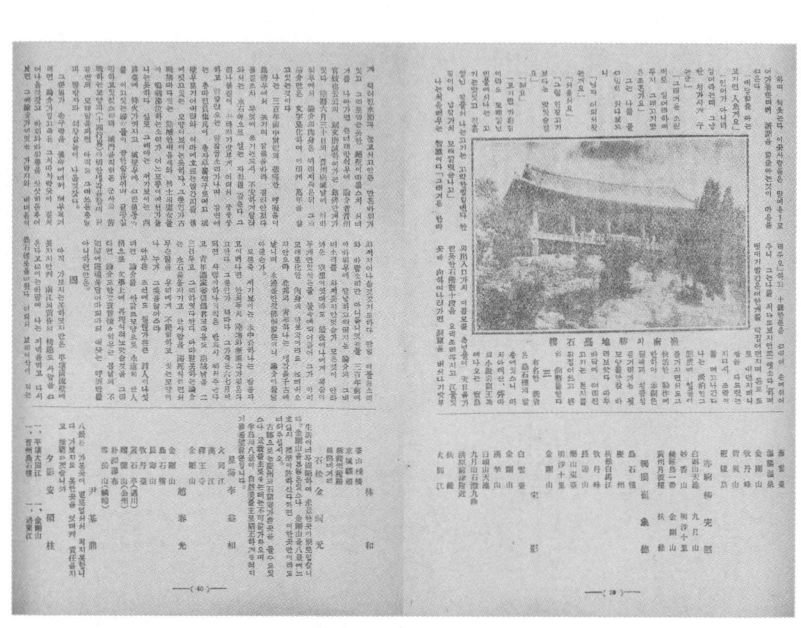

김동환, 「논개야 논개야 부르며 초하의 촉석루 차저」, 『삼천리』 제1호(1929.6)

속으로 얼는 자최를 감춘다. 그러나 물결이 사라지기 밧부게 어듸서 쿵쿵쿵 하고 말 달려오는 말밟굽소리가 나며, 강변에는 총마진 負傷兵이 총자루를 썩구로 메고 城壁 우로 기어 내려와 이마에 흐르는 빨간 피를 물에 씻고 잇는 모양이 보이는 듯하다. 그뿐인가. 古戰場마다 잇는 陰酸한 내음새와 將士의 處女들이 嗚咽涕泣[4]하는 소리가 어느 모통이에선가 들니는 듯하다. 실로 그때에는 저기 보이는 西將臺에 烽火가 켜지고, 城壁 우에 쓰린 물동이를 이고 잇는 婦女들이 급한 숨을 쉬며 갈팡질팡하고 잇섯스리라. 城門을 직히든 군사의 苦戰하는 모양과(十四行畧) 이러한 생각을 함애 저 강변의 모래알을 파면 아직도 그때 쓰든 총알과 말방자와 쇠창살늘이 나올 것 갓다.

그뿐일가. 손구락을 물속에 너허 헤우적거리면 論介가 입고 죽든 그 치마자락 섯이 걸치어 나올 것 갓고, 바위와 바위틈을 삿삿히 들추어 보면 그때

4) 嗚咽涕泣(명열체읍): 흐느끼며 울고 눈물을 흘림. '嗚'은 오(嗚)의 오기.

論介가 씨엇는 가락지와 비녀들이 차저지어 나올 것 갓기도 하다. 만일 이 물결 소리와 바람 소리만 아니 들니엇든들 三百年 前에 이 바위 우에 쌀낭하고 써러지든 論介의 그 비녀 소리를 차저 듯지 안엇슬가. 모든 것이 안타싸운 空想이엿더라도 最後에 나에게 목숨이 두 개만 잇섯든들 물속에 뛰어들어 그가 이미 모래로 化한 肉身의 한 쪼각이라도 쓰더 내오지 안으랴. 北邦의 青年 하나는 생각을 千古에 날니며 水邊을 한갓 徘徊[5]할 뿐이니, 論介 이를 알아줄손가.

드른즉 저기 보이는 水中岩 하나는 밤을 자고 이러나면 한 치 두 치 陸地와 漸漸 각가워 온다고 한다. 그뿐인가. 해마다 그가 죽든 六七月이 되면 사람이 하나 둘씩은 반드시 싸저 주는다고, 青年畵家 姜信鎬[6]君의 죽음도 陷城 날을 二三日 두고 그리하엿다 한다. 아마 말 못하는 論介는 水石을 움지기고 산 사람을 溺死식히면서 무슨 말을 우리에게 不絶히 하고 잇는 모양이나, 누가 그 뜻을 알어주랴.

아무튼 조선에도 씰렐[7] 가튼 큰 詩人이 나섯더면 論介를 짠 닭크 모양으로 永遠히 산 人格으로 文學上에 再現식혀 노앗슬 것을. 그러타면 論介도 한갓 哀音悽悽히 우는 봄날의 不如歸에 靈魂을 담어 마듸마듸 애끗는 呼訴만를 아니하련만은. (…하략…)

5) 徘徊(배회): =배회(徘徊). 어정거리며 이리저리 다님.

6) 姜信鎬(강신호): 진주 출신의 요절한 천재 화가. 동경 유학 중 1927년 하계방학을 이용해 진주공원 안의 물산진열관에서 개인전시회를 마련했는데, 전시회 당일인 7월 23일 오후 의암 부근에서 수영하다가 익사했다. 남강 절벽에 강신호 이름이 새겨져 있다. 자세한 것은 하강진의 『진주성 촉석루의 숨은 내력』(2014), 468~477쪽 참조.

7) 씰렐: 독일의 시인이며 극작가인 프리드리히 실러(1759~1805). 프랑스의 구국 영웅이자 수호성인인 잔 다르크(1412~1431)를 다룬 비극 『오를레앙의 처녀』(1801)를 지었다.

○ 이병곤(李炳鯤, 1882~1948) 자 경익(景翼), 호 퇴수재(退修齋)

본관 여주. 밀양 단장면 무릉리 출생이나 1890년 부친 용재 이명구(李命九, 1852~1925)를 따라 부북면 퇴로리로 이거했다. 어려서부터 백부 항재 이익구(1838~1912)·종형 성헌 이병희(1859~1938) 부자에게서 가학을 전수했고, 을사늑약 후 조상의 문집과 『성호집』 등 성현의 저서를 간행해 문풍 진흥에 정성을 다했다. 1918년 첫 번째 장인인 대눌 노상익(1849~1941)을 문안하러 중국을 다녀왔다. 1921년 향리에 정진의숙(正進義塾)을 주도적으로 설립해 생도들을 가르쳤으며, 조긍섭·안하진·하겸진·장상학 등과 마음을 터놓고 지냈다.
아래 기문은 제목에 있듯이 이병곤이 36세 때인 정사년(1917)에 지었다. 『퇴수재일기』는 1906년부터 1948년까지 생활사를 기록한 것으로, 국사편찬위원회에서 탈초해 한국사료총서 제51권으로 2007년 간행했다. 권6 〈241쪽〉을 보면 그가 1917년 3월 21일 촉석루에 올랐다고 했다.

「論介祠記」 丁巳 〈『퇴수재집』 권4, 61~63쪽〉 **(논개 사당 기문)** 정사년〈1917〉

祠, 在矗石樓下危巖之側, 故義妓論介祠也. 妓, 才色殊絶. 辰巳之亂, 晉陽城陷. 倭酋, 見其貌而悅之. 因要[1]酋至江上危巖上, 遂抱酋投江而死. 其後自上命, 立祠巖側, 名其巖曰義巖. 歲時, 使妓祭之云. 是時平壤, 又有華月妓[2], 殲鳥西飛[3]事. 余謂我國忠義之節, 莫盛於龍蛇. 龍蛇之間, 討賊致命[4]者相望[5], 而莫如晉陽之多. 晉陽之陷, 殉節者無慮數十百人, 而莫如論介之奇也, 何哉? 彼皆當時士大夫, 食君祿[6]·掌軍務者也, 讀書而知義理, 有勇力可以敵愾[7]. 方乘輿播遷, 宗社危亡[8]之日, 而起身攻賊, 憤不顧身, 固也. 論介一女子也, 寄身娼樓[9], 本不可以義理責之, 能潔身[10]不辱於蠻寇. 已無愧於古

---

1) 要(요): 기다리다.
2) 華月妓(화월기): 평양 기녀 계월향(桂月香). 자세한 것은 박치복(1824~1894) 시의 각주 참조.
3) 鳥西飛(조서비): 일명 소서비(小西飛). 1592년 8월 김경서에게 죽은 소서행장의 부장.
4) 致命(치명): 목숨을 바침, 목숨이 끊어질 지경에 이름. '致'는 바치다.
5) 相望(상망): 줄 이어져 있음, 서로 바라봄.
6) 君祿(군록): 임금이 주는 녹봉. 『성호사설』 권18 「경사문」 〈군록〉에 풀이가 자세하다.
7) 敵愾(적개): 적에게 품은 분노. '愾'는 성내다.
8) 危亡(위망): 멸망의 위기, 위태로워 망할 것 같음.
9) 娼樓(창루): 기생집.

之烈女, 而乃能從容施計致之. 死地以纖纖素腕[11], 前抱頑酋之頸, 投之不測之潭, 而無恐怖意, 何其奇也! 使當時之人能人[12]殲一賊, 何勞明軍之再渡哉? 以娼妓而殉國難, 而又其從容合義如此, 一猶難而況二焉. 雖各因其天性之貞諒, 而亦豈非朝廷崇名義[13]之功? 其後三百有餘年, 而有甲午之變[14], 至今已一紀[15]. 士大夫相率[16]爲禽獸而莫之愧, 其視論介爲何如哉? 余於論介之事, 深有感焉, 旣記其祠. 因作迎送神祠, 遺晉妓, 俾歌而祀焉.[17]

江之滸兮岩之傍	有遺祠兮荒涼	千秋百世兮名不磨
集綺羅兮薦苾香[18]	蘭葅[19]兮桂醑[20]列	芳樽兮潔俎[21]
九歌[22]兮招舞	神將降兮容與[23]	神降止兮乍遊衍
悲風吹兮水如練	羅袖翳翳[24]兮江之中	明眸皓齒[25]兮若有見

---

10) 潔身(결신): 지조나 품행 따위를 더럽히지 않고 몸을 깨끗하게 가짐.

11) 素腕(소완): 흰 피부의 팔뚝. '腕'은 팔, 팔뚝.

12) 人能人(인능인): 사람다운 사람.

13) 名義(명의): 명분과 의리.

14) 甲午之變(갑오지변): 1894년 동학혁명을 말함.

15) 一紀(일기): 열두 해, 12년. '紀'는 해, 세월.

16) 相率(상솔): 잇따르다, 연잇다.

17) '祠'는 '詞'의 오기. 한유의 「유주나지묘비(柳州羅池墓碑)」(『한창려집』 권8)에, "신을 마중해 제사를 지내고 전송하는 시를 지어 유주 백성들에게 주어 노래하면서 제사지내도록 한다.[**作迎**享**送神詩**, **遺**柳民, **俾歌以祀焉**]"라는 구절이 있다.

18) 苾香(필향): 향기로운 향불. '苾'은 향기롭다.

19) 蘭葅(난저): 귀한 채소. '葅'는 절여서 저장한 채소.

20) 桂醑(계서): =계주(桂酒). '醑'는 거른 술.

21) 俎(조): 적대, 제향 때 희생물을 얹는 도구.

22) 九歌(구가): 초나라 굴원이 지은 노래.

23) 容與(용여): 여유 있고 자유로운 모습, 마음 편히 거닒. '容'은 안존하다. 송옥(宋玉), 「구변」, "미쳐 날뛰는 세상을 만났으니, 천천히 거닐다가 홀로 서 있도다.[逢此世之俇攘, 澹**容與**而獨倚兮]".

24) 翳翳(예예): 환하지 않은 모양, 해가 질 무렵의 어스레한 모양.

25) 明眸皓齒(명모호치): 밝은 눈과 흰 이, 곧 미인의 자태. '眸'는 눈동자. '皓'는 희다.

雜殽蔬[26]兮苾芬[27]
奏笙簫兮酹[28]芳魂
神旣飽兮且起
拂蘭佩[29]兮繽紛[30]
靈旗搖兮倏砉[31]
祠之中兮巖之側
神歸去兮何許
江樹綠兮江雲黑
澄江兮空潤
危岩兮硉矹[32]
上有高樓兮千仞截
義妓兮死猶生
與壯士兮名不滅

번역 사당은 촉석루(矗石樓) 아래의 위암(危巖)의 곁에 있는데, 옛 의기 논개(論介)의 사당이다. 기녀는 용모가 매우 뛰어났다. 임진 계사 난 때 진양성이 함락되었다. 왜놈 두목이 그녀의 모습을 보고 좋아하였다. 이에 두목이 강가 위암 위에 오기를 기다렸다가 드디어 안고 강에 몸을 던져 죽었다. 그 뒤 임금의 명령에 따라 바위 곁에 사당을 세웠고, 그 바위를 '의암(義巖)'이라 이름 지었다. 해마다 기녀를 시켜 제사를 지낸다고 한다.

당시 평양(平壤)에도 화월기(華月妓)가 조서비(鳥西飛)를 죽인 일이 있다. 나는 우리나라에 충의로운 절개가 용사년(1593)보다 왕성한 적이 없다고 말하겠다. 용사(龍蛇) 연간에 적을 토벌하다가 목숨을 바친 자가 서로 줄을 이었지만 진양(晉陽)의 많음과는 같지 않다. 진양이 함락될 때 순절한 자가 무려 수천 사람이나 기녀 논개(論介)와 같은 특출함이 없는 것은 왜 그러한가? 그들 모두 당시 사대부로 국록을 먹고 군무를 관장하던 사람이었으니, 책을 읽고 의리를 알아 씩씩한 힘으로 분노를 품을 수 있었다. 바야흐로 수레를 타고 파천하여 종묘사직이 위급한 때에 몸을 일으켜 적을 공격하는 데에 격분

---

26) 殽(효): 효(肴)와 동자로 쓰임. 장지연(1864~1921)의 「제의기사문」 각주 참조.
27) 苾芬(필분): 향기로움, 곧 제수(祭需)나 제사에 비유함.
28) 酹(뢰): 붓다, 강신할 때 술을 땅에 뿌리는 일.
29) 蘭佩(난패): 허리춤에 찬 난초로 고결한 행색을 형용함.
30) 繽紛(빈분): 많고 성한 모양. 유래는 김상준(1894~1971)의 시 각주 참조.
31) 倏砉(숙획): 갑자기 소리가 남. '倏'은 숙(倏)의 속자. 잠깐, 홀연. '砉'은 칼로 뼈를 바르는데 가죽이 뼈에서 떨어져 나갈 때 나는 소리.
32) 硉矹(율올): 험준한 모양. '硉(률)'은 위태한 돌의 모양. '矹'은 돌비알.

하며 자신을 돌보지 않은 것은 당연한 일이다.

논개(論介)는 한낱 여자로 창가(娼家)에 몸을 내맡겨 본디 의리(義理)로써 자신을 다그칠 것이 없는데도 몸을 깨끗하게 가져 오랑캐에게 욕을 당하지 않았다. 이미 옛 열녀에게 부끄럽지 않은데도 이내 차분하게 계획을 실행하여 완수하였다. 사지(死地)에서 가냘프고 고운 팔로 아둔한 두목의 목을 앞에서 끌어안고 깊이를 헤아릴 수 없는 깊은 못에 투신하면서도 두려워하는 마음이 없었으니, 그 얼마나 기이한가!

당시 사람다운 사람들로 하여금 적들을 하나같이 섬멸하게 할 수 있었다면 어찌 수고로이 명나라 군대가 거듭 건너왔겠는가? 창기(娼妓)로서 순국하기는 어려웠음에도 초연하게 이처럼 의리에 합당하였으니, 한 가지라도 오히려 어렵거늘 더욱이 두 가지를 해내었다. 각각 곧은 마음과 신의의 천성에서 기인하였겠지만 그 또한 어찌 조정에서 명분과 의리를 숭상한 공이 아니랴?

그 뒤 3백여 년이 지나서 갑오년(甲午年)의 변고가 있었는데 지금에 열두 해가 훨씬 지났다. 사대부들이 잇따르며 금수가 되어도 부끄러워하지 않으니, 그들은 논개(論介)를 어찌 보겠는가? 나는 논개의 일에 깊이 느끼는 바가 있어서 사당 기문을 적는다.

이에 신을 맞이하고 보내는 시를 창작하여 남은 진주 기녀(妓女)들에게 주어서 노래하며 제사를 지내도록 하는 바이다.

강가의 바위 곁에/ 남은 사당이 황량하나/ 천추 백세에 명성은 닳지 않았으니/ 비단 자리에 모여 향기로운 향불 바치네/ 귀하게 절인 채소와 계수로 빚은 술을 올리고/ 향긋한 술통과 정갈한 적대로다/ 구가(九歌)를 부르며 춤추니/ 신령이 여유롭게 내려오려 하고/ 신령이 내려와서는 잠시 마음껏 노니네/ 슬픈 바람 부는 강물은 누인 명주 같은데/ 비단 소매가 강 속에 어슴푸레하니/ 고운 얼굴이 나타나는 듯하네.

곁들인 안주와 채소는 향기롭고/ 퉁소 생황 연주하며 꽃다운 넋에 술 따르니/ 신령은 이미 배불러 일어나려 하고/ 난초 띠를 추어올리는 모양이 성대하네/ 신령 깃발이 홀연히 흔들린 곳은/ 바위 곁의 사당 안이로다/ 신령이 돌아가니 어디인가/ 강가 나무는 푸르고 강 구름 어둑하네/ 맑은 강은 더없이 넓은데/ 위암은 우뚝하고/ 위의 높은 누각이 천 길 낭떠러지에 있나니/ 의기(義妓)는 죽었어도 살아 있는 듯/ 장사(壯士)와 더불어 명성은 불멸하리.

의기사 지수문, '의랑논개의 비'(우) ©2023.5.8

○ 한우동(韓右東, 1883~1950) 자 국명(國鳴), 호 후암(厚菴)·회산(晦山)

본관 청주. 진주 정수리(丁樹里, 현 이반성면 평촌리) 출신. 한몽일의 10세손이고, 가계는 부록의 진주목사(1500년 전후) 한사개 참조. 일찍이 이남(夷南) 박규환과 신암 이준구(1851~1924)의 제자가 되었고, 족질인 우산 한유(1868~1911)에게 칭찬을 들어 학문 연구에 분발했다. 1901년 『노사집』 간행일로 단성에 와 있던 노백헌 정재규(1843~1911)·송사 기우만(1846~1916)에게 배움을 청했고, 1902년 최익현이 남유하면서 진주 용암리에 당도하자 배알해 질의했다. 정은교, 오진영, 박태형, 구연호, 허혁 등 원근의 명사들을 종유했다. 1920년 부안 계화도의 간재 전우(1841~1922)를 배알해 제자가 되었고, 일제강점기 내내 성현의 학문을 고수하며 울분을 달랬다.

「酹義妓文」 〈『후암유고』 권8, 31a~b〉 (의기 뇌문)

州人韓右東, 聊以荔丹蕉黃[1], 爲招落花巖, 義妓之魂曰 嗚呼, 龍蛇之變, 一言三泣. 封豕毒虺,[2] 來飼我國, 我國大駕蒙塵, 氈裘[3]滿域. 况我汾陽, 酷被亂瘼. 彼衆我寡, 保障無人. 菁川鶴峙[4], 滿目腥塵. 刼雨[5]三日, 積水陷城. 三壯義男, 六萬精兵, 同日授命[6]. 江流無聲, 蒼天蒼天, 胡至此極? 身雖敎坊, 心則社稷. 猿腸[7]鐵冷. 蛾眉斂攢, 步出闉闍[8], 粉淚潸潸. 主辱臣死,[9] 女子猶知不義而生生[10]. 且何爲是時頑酋, 恣厥[11]懽娛, 牛羊彼性, 貪在紅襦[12]. 强

1) 荔丹蕉黃(여단초황): 제향 때 쓰는 음식. 유래는 장지연(1864~1921)의 「제의기사문」 참조.
2) 封豕毒虺(봉시독훼): 살무사와 큰 돼지, 곧 왜놈. 정상점(1693~1767)의 「의암」 참조.
3) 氈裘(전구): 북방 오랑캐가 입던, 털과 가죽으로 만든 옷. 여기서는 왜놈을 뜻함.
4) 鶴峙(학치): 현재의 선학재를 말함. 〈진주성도〉에 선학치(仙鶴峙)가 표시되어 있다.
5) 刼雨(겁우): 불교어로 세계가 괴멸하는 시기 끝에 내려 큰 재난을 일으킨다는 비.
6) 授命(수명): 생명을 바침. '授'는 주다.
7) 猿腸(원장): 원숭이 창자, 곧 몹시 슬퍼함. 옛날에 환공(桓公)이 삼협을 지날 때 한 부하가 원숭이 새끼를 잡아 배에 싣고 오니, 그 어미가 배 안으로 뛰어 들어와서는 즉시 죽었다. 그 배를 갈라보니 창자가 마디마디 끊어져 있었다는 고사가 있다. 『세설신어』 「출면」.
8) 闉闍(인도): 도성. '闉'은 성곽 문. '闍'는 망루.
9) 主辱臣死(주욕신사): 『국어』 「월어」 하. "신하 된 자는 임금이 근심하면 신하는 노고를 다해야 하고, 임금이 욕을 당하면 신하는 죽어야 한다.[爲人臣者, 君憂臣勞, 君辱臣死]"
10) 生生(생생): 『주역』의 한 개념. 소멸을 통해 새로운 생명을 낳음.
11) 厥(궐): 다하다.
12) 紅襦(홍유): 붉은 저고리, 곧 미인.

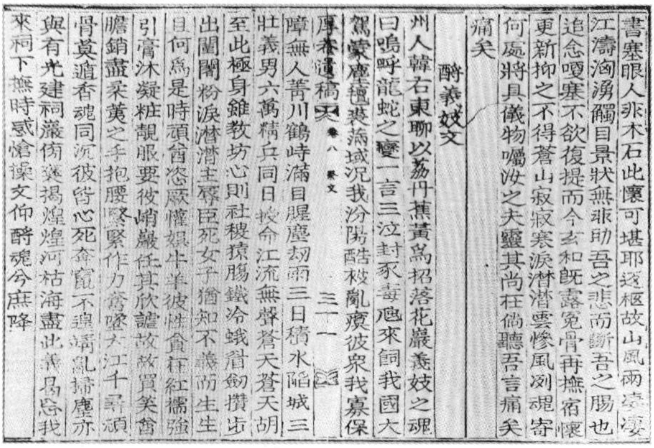
書塞眼人非木石此懷可堪耶逐柩故山風雨凄凄
江濤洶湧觸目景狀無非助吾之悲而斷吾之腸也
追念嗄塞不欲復提而今玄和旣露兔骨再撫宿懷
更新抑之不得蒼山寂寂寒淚潸潸雲慘風冽魂寄
何處將具儀物囑汝之夫靈其尚在倘聽吾言痛矣
痛矣

酹義妓文

州人韓右東聊以荔丹蕉黃爲招落花巖義妓之魂
曰嗚呼龍蛇之變一言三泣封豕毒虺來飼我國大
駕蒙塵氈裘滿域況我汾陽酷被亂瘼彼衆我寡保

厚菴遺稿 卷八 祭文 三十一

障無人菁川鶴峙滿目腥塵刼雨三日積水陷城三
壯義男六萬精兵同日授命江流無聲蒼天蒼天胡
至此極身雖教坊心則社稷猿腸鐵冷蛾眉劒攢步
出閨閤粉淚潸潸主辱臣死女子猶知不義而生生
且何爲是時頑酋恣厥懽娛牛羊彼性貪在紅襦強
引膏沐凝粧靚服要彼峭巖任其欣謔故故買笑酋
膽銷盡柔荑之手抱腰緊緊作力奮墜大江千尋頑
骨莫遁香魂同沉彼皆心死奔竄不遑靖亂掃塵亦
與有光建祠巖傍褒揭煌煌河枯海盡此義曷忘我
來祠下撫時感愴操文仰酹魂兮庶降

한우동, 「뇌의기문」, 『후암유고』 권8

引膏沐[13], 凝粧靚服, 要彼峭巖, 任其欣謔. 故故[14]買笑, 酋膽銷盡, 柔荑[15]之手, 抱腰緊緊. 作力奮墜, 大江千尋, 頑骨莫遁, 香魂同沈. 彼皆心死, 奔竄不遑. 靖亂掃塵, 亦與有光. 建祠巖傍, 褒揭煌煌. 河枯海盡, 此義曷忘? 我來祠下, 撫時感愴[16], 操文仰酹, 魂兮庶降.

번역 고을사람 한우동(韓右東)은 애오라지 붉은 여지와 노란 바나나로 낙화암에 초대하여 의기(義妓)의 넋에게 말하옵나이다.

아, 용사년(1593) 변란 때를 한번 말하면 세 번이나 눈물이 납니다. 큰 돼지와 독한 살모사가 와서 우리나라를 먹으니, 우리나라 임금의 수레는 먼지를 덮어쓰고 남쪽 오랑캐가 전 국토에 가득하였습니다. 게다가 우리 진양(晉陽)은 혹독하게 전란의 폐해를 입었습니다. 그들은 많고 우리는 적어 지켜줄

---

13) 膏沐(고목): 머리 감고 기름을 바름. '膏'는 기름, 연지.

14) 故故(고고): 일부러.

15) 柔荑(유제): 여린 싹, 삘기. '荑'가 베다 뜻일 때는 '이'로 읽음. 『시경』 「위풍」 〈석인〉, "손은 삘기처럼 부드러웁고[手如柔荑]"

16) 感愴(감창): 마음에 사무쳐 슬픔. '愴'은 슬퍼하다.

사람이 없었습니다. 청천(菁川)과 선학(仙鶴) 고개에는 비린 먼지가 눈에 가득하였습니다. 세찬 비가 사흘간 내려 고인 물로 성이 무너졌습니다. 삼장사(三壯士)의 의로운 남자와 육만의 정예병이 같은 날에 생명을 바쳤습니다. 강물은 말없이 흐르며 하늘은 푸르고 푸르렀는데, 어찌하여 그처럼 극도에 이르렀습니까?

몸은 비록 교방(敎坊)에 매였으나 마음은 사직(社稷)에 있었습니다. 마음은 슬펐지만 쇠처럼 차가웠습니다. 눈썹이 칼처럼 찌를 듯한 기세로 걸어서 성문 밖을 나오니, 미인의 눈물이 앞을 가렸습니다. 임금이 욕을 당하면 신하는 임금을 위해 죽어야 하는데, 여자가 오히려 불의(不義)를 알고서 새 생명을 낳았습니다.

또 당시 완악한 두목이 어떻게 했냐면, 방자함이 다하도록 즐기며 소와 양 같은 성질로 미인을 탐하였습니다. 억지로 몸을 빼내어 머리를 윤이 나게 감은 뒤 화장을 곱게 하고 옷을 단장하고는 그들을 가파른 바위로 불러 기쁜 마음으로 놀도록 하였습니다. 일부러 웃음을 사도록 하여 두목의 마음이 다 녹아 바닥날 무렵, 가녀린 손으로 허리를 단단히 껴안았습니다. 힘을 내어 격분하며 천 길 큰 강에 떨어지니, 완악한 근골은 달아나지 못하고 향기로운 넋과 함께 가라앉았습니다. 저들은 모두 실의에 빠져 도망가느라 경황없었습니다.

전란이 가라앉고 먼지를 쓸어내니 영광 또한 함께하였습니다. 바위 곁에 사당을 짓고, 높이 내건 현판이 빛납니다. 강물이 마르고 바다가 사라진들 어찌 이 의로움을 잊겠습니까?

제가 사당 아래 와서 당시를 돌이켜보니 슬픈 마음이 생깁니다. 글을 짓고 우러르며 술잔을 올리니, 넋은 부디 강림하옵소서.

○ 류영선(柳永善, 1893~1961) 자 희경(禧卿), 호 현곡(玄谷)

본관 전주. 류몽인의 후손으로 전북 고창군 고창읍 주곡리 출생. 1904년 조부를 따라 간재 전우(1841~1922)의 문하에 들어간 이후 스승이 별세할 때까지 줄곧 가까이서 모셨다. 부친의 명에 따라 1925년 마을에 현곡정사(玄谷精舍)를 준공해 스승의 학문을 계승하고 후진 교육에 전념했다. 1946년 『간재선생연보』를 출간했고, 1959년 광주에서 『포충사지(褒忠祠誌)』를 간행할 때 부유사를 맡았으며, 1964년 만종재본 『어우야담』의 서문을 썼다.
아래의 찬문은 양천 정대수(1882~1959)의 「登矗石樓次板上韻」(『양천유고』 권1) 시의 세주 "十月與柳禧卿·權顧卿, 入雞龍, 奉審先師祠版, 赴晉州刊所"와 『양재선생연보』(권순명)의 "乙丑九月赴晉州刊所"조 기록으로 볼 때 을축년(1925)에 지은 것으로 추정된다.

「義妓論介贊」〈현곡집』 권2, 10b〉
(의기논개찬)

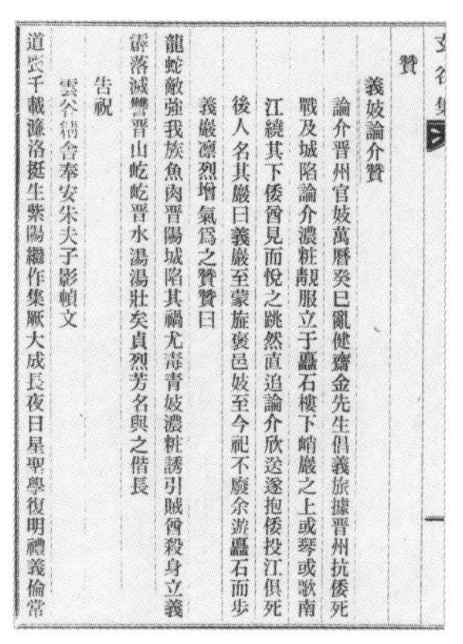
贊
義妓論介贊
論介晉州官妓萬曆癸巳亂健齋金先生倡義旅據晉州抗倭死
戰及城陷論介濃粧靚服立于矗石樓下峭巖之上或琴或歌南
江繞其下倭酋見而悅之跳然直追論介欣送遂抱倭投江俱死
後人名其巖曰義巖至蒙旌褒邑妓至今祀不廢余遊矗石而步
義巖凜烈增氣爲之贊贊曰
龍蛇敵強我族魚肉晉陽城陷其禍尤毒青妓濃粧誘引賊酋殺身立義
霹落滅讐晉山屹屹晉水湯湯壯矣貞烈芳名與之偕長
告祝
雲谷精舍奉安朱夫子影幀文
道喪千載濂洛挺生紫陽繼作集厥大成長夜日星聖學復明禮義倫常

류영선, 「의기논개찬」, 『현곡집』 권2

論介, 晉州官妓. 萬曆癸巳亂, 健齋[1]金先生倡義旅, 據晉州, 抗倭死戰. 及城陷. 論介濃粧靚服, 立于矗石樓下·峭巖之上. 或琴或歌, 南江繞其下. 倭酋見而悅之, 跳然直追, 論介欣送, 遂抱倭投江俱死. 後人名其巖曰義巖. 至蒙旌褒, 邑妓至今祀不廢. 余遊矗石, 而步義巖, 凜烈增氣, 爲之贊. 贊曰

龍蛇敵强	我族魚肉	晉陽城陷	其禍尤毒.
青妓濃粧	誘引賊酋	殺身立義	霹落滅讐.
晉山屹屹	晉水湯湯[2]	壯矣貞烈	芳名與之偕長.

1) 健齋(건재): 김천일의 호.
2) 湯湯(탕탕): 물이 (세차게) 흐르는 모양, 물이 솟아나는 모양.

번역 논개(論介)는 진주 관기(官妓)이다. 만력 계사년(1593) 전란 때 건재 김선생이 의병을 일으켜 진주를 차지하고 왜에 대항하여 죽도록 싸웠다.

성이 무너지자 논개가 단정히 화장하고 옷을 단장한 채 촉석루 아래의 가파른 바위 위에 서 있었다. 거문고를 퉁기다가 노래를 부르다가 하였는데, 남강(南江)은 그 아래를 두르고 있었다. 왜놈 두목이 그녀를 보고서 좋아하여 펄듯이 쫓아오니, 논개가 기쁘게 전송하다가 드디어 왜(倭)를 안고 강에 뛰어들어 함께 죽었다.

뒷사람이 그 바위를 '의암(義巖)'이라 명명하였다. 정려 표창의 은혜를 입게 되었거늘, 고을 기녀가 지금도 제사를 그만두지 않는다.

내가 촉석루에 놀다가 의암에 걸어갔더니, 늠름하고 매서움이 기개를 북돋워 그녀를 기리기 위해 찬을 짓는다. 찬은 이러하다.

용사년 때 적이 강해/ 우리 겨레는 어육 신세/ 진양성이 무너지자/ 그 화가 더욱 심했지.

청루 기녀는 단정히 꾸며/ 왜적 두목을 유인하고서/ 제 몸 죽이고 의를 세움에/ 벼락 치듯 원수를 없앴지.

진주 산들은 우뚝 솟았고/ 진주 강은 세차게 흐르네/ 장하다, 정렬이여!/ 꽃다운 이름과 함께 유장하리.

○ 하영윤(河泳允, 1901~1960) 자 극중(克中), 호 청백당(聽柏堂)

본관 진양. (문하)시랑공파. 진주 수곡면 사곡리(士谷里)에서 회봉 하겸진의 아들로 출생. 약관에 사서육경을 섭렵할 정도로 학문에 뛰어났고, 효성이 지극했으며, 사람들을 예우함은 탄복할 정도였다. 부친의 제자인 정종화(정제용의 손자)·하룡환·이일해·성환혁 등과 친밀히 교유했으며, 부친의 유고를 손수 편집하고 석판본으로 간행했다.
아랫글은 병신년(1956) 봄에 의기사를 중수하고 난 뒤 논개 영정(김은호 작) 봉안 때 맞추어 지은 것이다.

「論介影像奉安文」〈『백당유고』 권3, 52a~b〉

(논개 초상화를 봉안하는 글)

粤在龍蛇, 國步艱索, 島酋猖獗, 八表[1]如漆. 惟我晉陽, 其禍尤酷, 砲火沸赤, 滿城失魄. 惟時貞媛, 憤義充膈, 爲國以死. 秋霜之烈, 彝性皆同, 疇[2]不欽服? 聖后褒崇[3], 祠堂奕奕[4], 維三百載, 馨香[5]無闕. 今又殉辰[6], 敬妥影像[7], 悄[8]其眉貌, 宛其精爽[9]. 矗峯嵂嵂[10], 矗水咽咽[11], 於千百歲, 佳名不歇.

---

1) 八表(팔표): =팔방(八方). 전 국토, 전 세계.
2) 疇(주): =수(誰). 누구.
3) 褒崇(포숭): 기리고 높임, 표창함. '褒'는 기리다.
4) 奕奕(혁혁): 빛나는 모양, 위명(威名)을 떨치는 모양.
5) 馨香(형향): 좋은 향기, 멀리까지 풍기는 향기. '馨'은 향기.
6) 殉辰(순신): 순국한 시기. '辰'은 때, 시기.
7) 影像(영상): =초상(肖像). 1955년 9월 장수의 '義巖祠'를 창건할 때 이당 김은호(1892~1979)가 그해 봄에 그린 논개 영정을 봉안했다. 1956년 진주 의기사를 중수하고 이승만 대통령의 지시로 그것과 똑같은 작품을 봉안했다. 이후 진주 지역 인사들이 그의 친일 행적을 제기함에 따라 2008년 5월 23일 윤여환 화백이 그린 표준영정으로 전격 교체되었다. 장수 의암사도 새 영정으로 바꿨다.
8) 悄(초): 고요하다, 근심하다.
9) 精爽(정상): =영상(靈爽)·정령(精靈). 신령이 밝거나 정한 모양, 또는 그러한 신령이나 혼백을 뜻하기도 함. '精'은 혼백. '爽'은 밝음.
10) 嵂嵂(율률): 산이 험준한 모양. '嵂'은 가파르다.
11) 咽咽(열열): 흐느끼며 슬퍼하는 모양. '咽(인)'이 목메다 뜻일 때는 '열'로 읽음.

번역 지난 용사년 때 국운이 어렵고 삭막하였는데, 섬 오랑캐가 창궐하니 천지는 칠흑과 같았습니다. 우리 진양(晉陽)은 그 재앙이 매우 심하여 붉게 퍼붓는 포화로 성(城)에는 넋 잃은 사람들이 가득하였습니다.

그때 곧은 아가씨[貞媛]는 분하고 의로운 마음이 가슴에 가득 차 나라를 위해 목숨을 바쳤습니다. 추상같은 의열(義烈)은 떳떳한 본성에서 다 같은지라 누군들 존경하지 않겠습니까? 성스러운 임금께서 높이 기려 사당은 밝게 빛나 삼백 년 동안 고운 향기가 없어지지 않았습니다.

지금 다시 순국한 때를 맞이하여 공경히 영정(影幀)을 봉안하니, 얌전한 용모는 마치 혼백이 곁에 있는 듯합니다. 수정봉(水晶峯)은 우뚝하고 촉석 남강(南江)은 흐느끼며 흐르나니, 천백 년이 지나도 아름다운 이름은 없어지지 않을 것입니다.

국립진주박물관의 논개 영정. (左) 석천 윤여환(2007.여름), (右) 이당 김은호(1955.봄) 작. ©2023.1.6

○ 이영기(李榮基, 1906~1955) 자 입부(立夫), 호 유헌(愉軒)·소남(蘇南)

본관 성주. 진주 대곡면 설매리(雪梅里) 출생. 1922년 삼종형 이완기에게 수학했고, 같은 해에 하겸진(1870~1946)의 문인이 되어 자설(字說)을 받았으며, 김황(1896~1978)의 문하에도 출입했다. 족제 평암 이경·항산 이상건·계려 강문식 등과 교유했다.

「吊義巖文」 課作 〈『유헌집』 권2, 21a~b〉 **(의암을 조상하는 글)** 과제로 지음

浩浩乎平沙[1]兮, 伊長江之泱泱[2], 茫茫[3]乎大野兮, 雲山綢其蒼蒼. 山河元氣融結兮, 生長乎窈窕之義娘. 昔聖朝之運否[4]兮, 島夷長驅於邊疆[5], 倏爾[6]大明日月沈陸[7]兮, 竟乃流毒[8]於邦民, 而魂喪鰈域[9], 宇宙幾不復昌兮. 天借巖兮殲厥魁將, 千丈出乎雲端兮, 非玆巖兮誰爲媒? 一身却似雷霆兮, 驅風雲兮天地開, 抱龍虎而投江兮. 一女子兮雄萬夫[10], 爲東方之奇事兮, 亘萬古而不朽. 終要以死兮生且何榮? 至于今兮有辭兮, 名與竹帛而崢嶸. 羌[11]彝性之不滅兮. 非斯巖爲義兮, 其誰旌嗟今日之非古兮? 抑感傷於神精, 仰天蒼而不言兮, 踏地壤而無行. 託遺音於悲風兮, 庶肸蠁[12]兮山高水淸.

---

1) 平沙(평사): 넓고 넓은 모래밭.
2) 泱泱(앙앙): 물이 깊고 넓은 모양. '泱'은 깊다.
3) 茫茫(망망): 넓고 멀어 아득한 모양.
4) 否(비): 否(부, 아니다)가 막히다, 나쁘다 뜻일 때는 '비'로 읽음.
5) 邊疆(변강): 나라의 경계가 되는 변두리 지역. '疆'은 지경.
6) 倏爾(숙이): 홀연히. '倏'은 갑자기.
7) 沈陸(침륙): =육침(陸沈). 물에 가라앉음, 세상이 몹시 어지러워짐.
8) 流毒(유독): 해독을 끼침, 악영향.
9) 鰈域(접역): 가자미가 나는 바다 연안인데, 가자미는 동해에서 나므로 우리나라를 가리킨다. 『성호사설』 권5 「만물문」 〈접역〉.
10) 萬夫(만부): 수많은 사내. 유래는 김수민(1734~1811)의 「의암가」 참조.
11) 羌(강): 아아. 『초사(楚辭)』에서 감탄을 나타내는 발어사로 주로 쓰임.
12) 肸蠁(힐향): 떼 지어 나는 작은 벌레, 전하여 사물이 성하게 일어나는 모양. '肸'은 떼 지어 다니다, '蠁'은 번데기로 사람의 말을 알아듣는다는 옛말이 있음.

번역 모래밭은 넓디 넓고 저 장강은 깊고도 깊으며, 큰 평야는 아득하고 구름 걸린 산들은 푸르고 푸르도다. 산하의 원기가 응결되어 정숙한 의랑(義娘)이 생장하였습니다.

옛날 태평한 시대의 운수가 막혀 섬나라 오랑캐가 국경에 치달려오니, 갑자기 환하던 일월이 가라앉아 끝내 그 해독이 고을 백성들에게 미쳤습니다. 온 나라는 넋을 잃어 세상은 거의 다시 창성할 수 없었습니다.

하늘이 바위를 빌려주어 그 우두머리 장수를 죽게 하였으니, 구름 끝에 천 길로 우뚝 솟은 이 바위가 아니었다면 누가 매개체가 되었겠습니까? 우레 치듯 한 몸으로 풍운을 몰아내니 천지가 열렸고, 사나운 오랑캐를 껴안고 강물에 몸을 던졌습니다. 일개 여자로 만 명의 장부보다 씩씩하여 동방의 기이한 일이 되어 만고에 걸쳐 사라지지 않을 것입니다. 결국은 죽었으니 산들 무슨 영광이었겠습니까? 지금까지 칭송함이 있고, 명성은 역사서에 드날리고 있습니다.

아, 천성은 없어지지 않습니다. 이 바위가 의롭지 않다면, 그 누가 옛날 같지 않은 요즘 세상을 밝히겠습니까? 정신적으로 서글픈 마음을 억누르고 하늘을 우러러보며 말을 하지 않다가 땅을 내딛어보지만 갈 수가 없습니다. 남은 소리를 슬픈 바람에 맡기니 높은 산과 맑은 물에 크게 울리는 듯합니다.

○ 설창수(薛昌洙, 1916~1998) 호 파성(巴城)

본관 순창. 독립유공자. 창원군 부내면 북동리(현 창원시 의창구 북동) 출생. 1937년 진주공립농림학교 졸업했고, 1939년 일본 입명관(리츠메이칸)대학 법문학부 예과에 입학했다. 재학 중 조선인 유학생들에게 항일의식을 고취하다가 체포되어 2년 6개월 옥고를 치렀다. 광복 후 경남일보사 기자, 주필 겸 사장을 지냈다. 진주시인협회를 조직해 기관지 『등불』을 발간했다. 1949년 11월 영남예술제(1959년부터 개천예술제)를 개최한 이후 10여 년 위원장으로서 대회를 주도했다. 한국문학협회 이사장과 광복회 부회장을 맡았다. 또 민주당 소속 제5대(1960.7~1961.5) 참의원을 지냈고, 이후 군사정권의 독재를 타도하는 데 앞장섰다. 관련하여 『설창수 문학전집』(전6권), 『파성 설창수 문학의 이해』 등이 있고, 1990년 건국훈장 애족장을 받았다.
아래 비문은 갑오년(1954) 10월 29일(음력 10월 3일) 의기사 앞에 제막식을 거행한 비석에 새겨져 있다. 뒷면의 '논개의 사연'도 설창수의 작으로 짐작된다.

(앞면) 「의랑 논개의 비」

설창수, 「의랑 논개의 비」(1954)

하나인 것이 동시에 둘일 수 없는 것이면서 민족의 가슴팍에 살아있는 논개의 이름은 백도 천도 만도 넘는다.

마즈막 그 시간까지 원수와 더부러 노래하며 춤추었고 그를 껴안고 죽어간 입술이 앵도보담 붉고 서리 맺힌 눈섭이 반달보다 고왔던 것은 한갓 기생으로서가 아니라 민족의 가슴에 영원ㅎ도록 남을 처녀의 자태였으며 만 사람의 노래와 춤으로 보답받을 위대한 여왕으로서다.

민족 역사의 산과 들에 높고 낮은 권세의 왕들 무덤이 오늘날 우리와 상관이 없으면서 한줄기 푸른 물과 한 덩이 하얀 바위가 삼백여순 해를 지날수록 민족의 가슴 깊이 한결 푸르고 고운 까닭이란 그를 사랑하고 숭모하는 뜻이라.

썩은 벼슬아치들이 외람되이 높은 자리를 차지하여 민족을 고달피고 나라를 망친 허물과 포독한 오랑캐의 무리가 어진 민족을 노략하므로 식어진 어미의 젖꼭지에 매달려 애기들을 울린 저주를 넘어 죽어서 오히려 사는 이치와 하나를 바쳐 모두를 얻는 도리를 증명한 그를 보면 그만이다.

피란 매양 물보다 진한 것이 아니어 무고히 흘려진 그 옛날 민족의 피는 어즈버 진주성 터의 풀 거름이 되고 말아도 불로한 처녀 논개의 푸른 머리카락을 빗겨 남가람이 천추로 푸르러 구비치며 흐름을 보라.

애오라지 민족의 처녀의게 드리굚은 민족의 사랑만은 강물 따라 흐르는 것이 아니기에 아아 어느 날 조국의 다사로운 금잔디밭으로 물옷 벗어들고 거닐어 오실 당신을 위하여 여기에 돌 하나 세운다.

(좌측)	글지은이	설창수
	글씨쓴이	오제봉
	일의주장	김진숙 임한산 박봉래
	돌일한이	박지문

(뒷면) 「논개의 사연」

의랑 논개(論介)가 나신 곳은 전라북도 장수군 내게면[1] 대곡 주촌리이니 성은 주(朱)씨다.

장수군 장수면 북쪽의 큰 길ㅅ가에 있는 논개 비각은 장수현감 정주석[2]이 세운 비석을 미일전쟁 때에 일본 경찰이 땅에 묻어던 것인데, 을유년 팔월 해방

---

1) 내게면: 계내면의 오기. 대략 조선시대에는 장수현 임현내면(任縣內面), 갑오개혁 이후 장수군 임현내면이었다. 1914년 계내면(溪內面)으로 개칭되었고, 1993년 장계면(長溪面)으로 바뀌었다.

2) 정주석: 1845년부터 1847년까지 장수현감을 지냈다. 자세한 것은 '촉석의기논개생장향수명비' 참조.

뒤에 장수군민의 힘으로 파서 모신 것이다.

설창수, 「논개의 사연」(1954)

임진왜란 당년 오월 초사흗날 서울을 빼앗기고, 유월 열사흗날에는 평양이 떠러졌으나, 진주통판 김시민 등의 사수 분전 아래 진주성만이 홀연한 호남의 뚝이 되었다. 다음해 선조 이십육년 게사 유월에 육만 왜병이 아연 진주성을 세 겹으로 둘러싸니, 창의사 김천일 경상우병사 최경회 충청병사 황진 등의 삼장사를 비롯한 결사 의거의 장병 육천이 밤낮 여드레 동안을 꼽박 혈투하였으나, 유월 스무아흐렛날 드디어 진주성은 무너지다. 순국자의 피에 물들어 흐르는 남강은 붉으레하고, 한 마리의 개와 닭소와 말이 성할 리 없이 학살당한 성민의 주검으로 고랑과 샘들이 모조리 메꿔었다.

날이 새매 적들의 만흥은 더욱 도도하여 촉석루 위에 버러진 잔치가 한창 한창 난만할 뿐이다. 이때 다락밑 강언덕의 외딴 넓적바우 위에서는 한 사람의 꽃다운 여인이 홀로 춤추며 노래하고 있다. 만취한 적장 모곡촌(毛谷村)-일설 석종로(石宗老)-이 달려 내려가더니 여인과 더불어 얼사안고 환장처럼 즐기는 것이었다. 마츰내 여인은 안고 떨어지고 만다. 그의 열손꾸락은 매디마다 뽀듯이 반지를 끼고 있었으니, 이분이 곧 의기 논개다.

(우측) 이 비를 세울 뜻은 안해인 게사년 논개 의랑 순국하신 육갑을 기념하여 비롯된 것이다.

단기 四千二百八十七년 갑오(1954) 十월 卄九일

의기창렬회 삼가 세움

○ 신호성(愼昊晟, 1906~1974) 자 건약(健若), 호 창애(蒼崖)

본관 거창. 사소 신병조(1846~1924)의 손자로 거창군 신원면 양지리에 거주하다가 진주에서 타계했다. 생몰년은 그와 절친했던 김황의 「문신생호성우몰우진성시이조지(聞愼生昊晟寓歿于晋城詩以吊之)」(『중재집』 「후집」 권2)와 「천사기념」·「건건록」(『중재집』 권14 부록)을 참조했다. 촉석음사(矗石吟社) 회원으로 활동했고, 류원준·성환혁 등과도 깊이 교유했다. 아래 기문의 작성 시점은 신해년(1971) 7월이다.

「義妓祠重建記」[1] 〈의기사 현판〉 (의기사중건기)

在昔前韓穆陵, 島夷之變, 晉州城陷, 軍民死者無數. 州妓論介, 不勝痛憤, 悄然[2]獨立於江中峭岩之上, 盖其意必將有爲也. 賊酋見而悅之, 就而狎之, 遂抱其腰, 而投之江以死. 噫, 以一女而能殲千軍莫敵之虜, 以一妓而能蹈士夫難辦之死. 其義烈之氣, 魚龍動矣, 日月昭矣. 亂平後, 朝命旌褒曰義妓. 自後稱號, 每加義字, 祠曰義妓祠, 巖曰義巖. 江上石壁刻'一帶長江千秋義烈'大八字, 輝煌照耀, 後人之追慕, 極矣. 祠, 在矗石樓西. 每以六月二十九, 旌忠壇祀之, 翌日祀之, 盖記念其死日也. 然旌忠壇則自官致祭, 而義妓祠則不爲干與, 一委之於粉黛. 故諸妓設義妓彰烈會[3]以維持. 及庚戌社屋[4], 而日人沮其祀事, 猶能冒夜, 致虔[5]不廢. 香火可見, 慕義之心, 非威力之能遏也.[6]

---

1) 의기사는 해방 전까지 두 차례나 보수한 사실이 있다. 『동아일보』 〈1923.7.21〉에 기생 이명월과 서연 등이 '의암사중수기성회'를 발기해 4년간의 노력 끝에 1923년 3월 준공한 뒤 7월 15일 촉석루에서 낙성식을 거행했다고 했다. 그리고 『동아일보』 〈1934.7.12〉를 보면, '진양여자위친계'에서 1933년 가을부터 퇴락한 〈의기사〉를 중수하기 위해 의연금 500여 원을 모아 1934년 6월 27일(음력) 의기사당에서 낙성식을 거행하고 촉석루에서 축하연을 베풀었다고 했다. 『매일신보』 〈1934.7.13〉에는 이때 '의기논개비각'도 아울러 중수했다고 소개하고 있다.

2) 悄然(초연): 근심하는 모양, 의기가 떨어져서 초라하고 쓸쓸한 모양.

3) 義妓彰烈會(의기창렬회): 일제 때 논개 정신을 선양하기 위해 조직한 기녀들의 단체.

4) 社屋(사옥): 망국을 뜻함. '社'는 사당. 『예기』 제11 「교특생」, "멸망한 나라의 사단(社壇)에는 지붕을 만들어 덮어 하늘의 양기를 받지 못하게 한다.[喪國之社, 屋之, 不受天陽也]"

5) 致虔(치건): 정성을 바침. '虔'은 정성.

6) 『동아일보』 〈1933.8.25〉 2면에, "음 6월 28일 진주서 거행된 三壯士와 論介 제전"을 사진

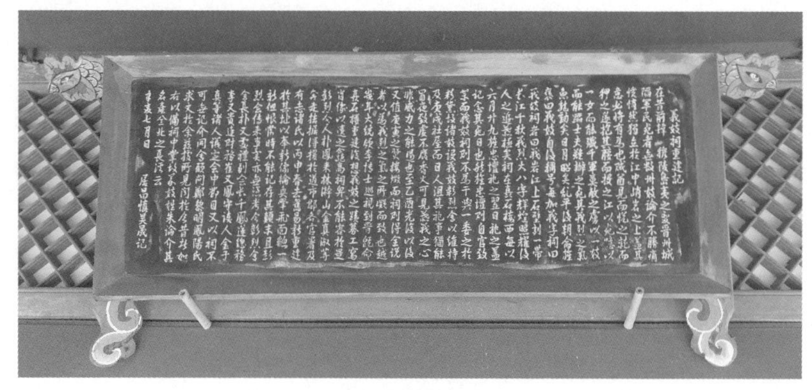

신호성, 「의기사중건기」(1971)

至乙酉光復, 以後又値庚寅之燹[7], 樓燬而祠則得全. 說者, 以爲義烈之氣之所凝而致也. 越幾年, 大統領李博士, 巡視到晉, 旣命矗石樓重建. 後想義妓之蹟, 募工寫肖像以遺之, 龕[8]高祠卑不能容. 於是彰烈會人朴鳳來·林澣山·金眞淑等, 奔走拮据[9], 得援於道市郡各官署及有志諸氏. 以丙申春, 去舊易新, 重建於其址,[10] 以奉新像,[11] 輪奐翬飛[12], 面貌一新. 但恨當時不能記存其顚末, 且彰烈會傳來事實, 亦無憑考. 今彰烈會 會長 朴又處禮·副會長 千鳳蓮·總務 李又貴達·財務 崔又鳳·守護人 金子眞等諸人, 議定會中節目[13].

과 함께 소개하고 있다.

7) 庚寅之燹(경인지선): 경인년에 일어난 전란, 곧 한국전쟁. '燹'은 전란으로 일어난 화재.

8) 龕(감): 감실. 초상을 안치하는 방.

9) 拮据(길거): 힘써 일함. '拮'은 일하다. '据'는 일하다. 『시경』「빈풍」〈치효〉, "내 입과 손을 쉴 새 없이 움직여/ 내 갈대를 가져오고[予手拮据, 予所捋荼]".

10) 의기사는 한국전쟁 때 촉석루가 소실될 때도 무사했지만 건물이 낡아 1956년에 다시 지었음을 뜻한다. 본문 속의 중건(重建)은 중수의 의미로 쓰였다.

11) 의기사를 중수하고 난 뒤 봉안한 논개 영정을 말한다. 영정은 이당 김은호가 그린 것으로, 하영윤(1901~1960)이 「논개영상봉안문」을 지었다.

12) 翬飛(휘비): 웅장하고 화려한 건물. 『시경』「소아」〈사간〉, "(용마루는) 새가 깜짝 놀라서 날개를 펴는 듯하고/ (처마는) 꿩이 날아오르는 것 같다[如鳥斯革, 如翬斯飛]".

13) 節目(절목): 규칙이나 법률의 항목, 조목. '節'은 법도.

又以祠不可無記介, 同會顧問 鄭黎明鳳陽[14]氏, 求文於余. 玆據所見聞於今昔者, 如右以備祠中掌故[15]. 義妓姓朱, 論介其名, 産全北之長溪云.

辛亥 七月 日 居昌 愼昊晟 記

번역 옛날 대한민국 이전의 선조 때 섬나라 오랑캐의 변고로 진주성이 무너져 군졸과 백성 중에 죽은 자가 셀 수 없었다. 고을 기생 논개(論介)가 원통하고 분함을 이기지 못하여 근심스레 강 속의 우뚝한 바위 위에 홀로 섰나니, 대개 그 뜻은 반드시 장차 이루어내고자 함이 있었다. 적 두목이 그녀를 보고 기뻐하며 앞으로 가서 희롱하니, 드디어 그의 허리를 껴안고 강에 몸을 던져 죽었다.

아! 일개 여자가 많은 군사로도 대적하기 힘든 오랑캐를 죽였고, 일개 기녀가 사대부라도 결행하기 어려운 죽음의 길을 밟았다. 그 의열(義烈)의 기개에 물고기들이 감동하였고, 해와 달이 밝아졌다.

전란이 평정된 뒤 조정에서 정려를 표창하여 '의기(義妓)'라 하였다. 이 호칭 이후로 매번 '義'자를 덧붙여 사당은 '의기사(義妓祠)', 바위는 '의암(義巖)'이라 하였다. 강가 석벽에 새겨져 있는 '일대장강 천추의열(一帶長江千秋義烈)'이라는 큰 글씨 여덟 자가 휘황찬란하게 빛나는데, 후인들이 추모하는 마음이 지극하다.

사당은 촉석루 서쪽에 있다. 매번 6월 29일 정충단(旌忠壇)에서 제사를 지내고, 이튿날 그곳에서 제사를 받든 것은 논개의 순국일을 기억하고 추념하였기 때문이다. 그런데 정충단은 관에서 제사를 지내되 의기사(義妓祠)는 간여하지 않고 기녀들에게 일체를 위임하였다. 따라서 여러 기녀가 '의기창렬회(義妓彰烈會)'를 조직하여 유지하였다.

---

14) 鄭鳳陽(정봉양): 호 여명(黎明). 신호성, 류원준 등과 촉석음사 회원으로 활동했고, 촉석루 중건시가 있다. 촉석문우사, 『촉석루지』, 영남문학회, 1960, 22~24쪽.

15) 掌故(장고): =고실(故實). 예전의 제도나 고사, 옛 의식. '掌'은 주관하다.

경술년(1910)에 이르러 나라가 망하고 왜인들이 그 제사를 저지하자, 오히려 밤을 무릅쓰며 정성스러운 제사를 그만두지 않았다. 향불을 밝혀 의열을 숭모하는 마음은 위력으로 막을 수 있는 것이 아니었다.

을유년(1945)에 광복이 되었으나 이후 또 경인년(1950)에 병란을 만나 누각은 불탔으나 사당은 온전하였다. 말하는 자들은 의열(義烈)의 기개가 응결된 소산이라 여겼다. 몇 년이 지나 대통령 이박사가 순시하다가 진주에 도착하여 촉석루(矗石樓) 중건(重建)을 명령하였다. 뒤이어 의기(義妓)의 자취를 생각하고는 화가를 모집하여 초상을 그려서 전하되 감실을 높이고 사당은 낮춰보는 것은 용인할 수 없다고 하였다.

이에 창렬회 회원인 박봉래(朴鳳來)·임한산(林澣山)·김진숙(金眞淑) 등이 분주히 달려가 쉴 새 없이 일했으니, 도와 시와 군의 각 관서 및 여러 유지로부터 지원을 얻었다. 병신년(1956) 봄에 오래된 것은 걷어내고 새것으로 바꾸어 그 터에 중건하고 새 초상화를 봉안하니 장대하고 화려하여 면모를 일신하였다. 다만 당시 그 전말을 기록으로 보존하지 않아 한스럽고, 또 창렬회에 전해지는 사실은 고증할 길이 없다는 점이다.

지금의 창렬회 회장 박우처례(朴又處禮)·부회장 천봉련(千鳳蓮)·총무 이우귀달(李又貴達)·재무 최우봉(崔又鳳)·수호인 김자진(金子眞) 등 여러 사람이 회중의 조목을 의논하여 정하였다. 또 사당은 논개를 기록하지 않을 수 없으므로 의기창렬회 고문인 여명(黎明) 정봉양(鄭鳳陽) 씨를 소개하여 나에게 기문을 청하였다.

이로써 고금에 보고 들은 바에 근거하여 위와 같이 적어 사당의 옛일을 갖춘다. 의기(義妓)의 성은 주(朱)이고, 논개(論介)는 그의 이름이며, 전북 장계(長溪)에서 태어났다고 한다.

신해년(1971) 7월 일 거창 신호성(愼昊晟) 지음.

장수 논개생장향비 의암사

○ 정주석(鄭冑錫, 1791~ ?) 자 원경(元卿)

본관 서원(현 청주). 한강 정구(1543~1620)의 9세손이고 정숙(鄭塾)의 아들이다. 조정의 특별한 배려로 홍경래의 난 때 순절한 재종숙 정시(鄭蓍)의 후사가 되어 제사를 받들었다. 음보로 출사해 영릉참봉과 과천현감을 지냈다. 1847년 11월 호남어사의 서계로 장수현감을 그만두게 되자 홍직필(1776~1852)은 그에게 시를 지어주었다. 『순조실록』〈1812.6.10〉; 『헌종실록』〈1847.11.25〉; 홍직필, 「鄭元卿冑錫棄縣紱告歸占一絶用贈其行」, 『매산집』 권2. 그리고 양부 정시에 관해서는 오횡묵의 「논개사명」 각주 참조.
1845년 장수현감에 제수된 정주석은 병오년(1846) 9월 논개(論介)가 나고 자란 고장을 알리기 위해 장수향교 앞 시장터(현 장수리 277번지, 호비정거리)에 '촉석의기논개생장향수명비'(약칭 논개생장향비)와 비각을 건립했다. 이 비를 제재로 이희풍과 황현 등 여러 문인이 시를 지었는데, 본서 제2부 제1장에 별첨했다. 설창수가 「논개의 사연」을 지을 때 기초 자료로 삼았고, 비석의 수난과 보존 사연에 대해서는 아래의 각주 참조.

「矗石義妓論介生長鄕竪名碑」[1] 〈장수 의암사 경내〉

(촉석 의기 논개가 나고 자란 고향에 이름을 드러내는 비석)

疾風板蕩[2], 不苟不易, 烈士所難. 而一女子, 辨別大義, 視死如歸, 何」[3]其

---

1) 1942년 인부들이 일제 협박을 피해 비석을 밭에 묻어둔 것을 광복 직후 8월 20일 장수초등학교 학생들이 발굴해 학교 뒤 관주산 자락에 다시 세웠다(장수군, 『장수군지』, 1990, 761~762쪽). 1946년에는 장수군 청년동맹 사회부에서 비각 건립을 위해 군민들의 성금을 모았다. 「의기 논개 비각, 고향에 재건계획」, 『자유신문』〈1946.4.26〉; 「논개의 비각 재건」, 『공업신문』〈1946.5.4〉. 비석은 1955년 논개 영정각과 사당이 읍내 남산공원에 신축되자 장수리 남동마을로 이전했는데 당시 비각을 함께 건립했다. 그리고 1976년 장수읍 두산리에 새로 조성한 의암사(義巖祠)로 비석과 비각을 옮겨 현재에 이르고 있다. 한편 정주석이 1846년 9월 장수향교 앞에 세운 '호성충복정경손수명비(護聖忠僕丁敬孫竪名碑)'와 비 형태와 제작 참여자가 모두 같다.

烈也! 想像當日, 凜然烈氣, 炳如日星, 何其壯也! 山有靈芝[4]·水有」醴泉[5], 君子称尚. 况人之名節[6], 源於天性, 布人耳目者乎! 愧余六旬」腐儒, 終无成己之功. 每於如斯人豊功義烈, 艶服[7]起敬, 尋常感慨」. 今於義妓竪[8]名傳後, 以生平趍走下風[9]之願. 謹以書記[10]識」.

崇禎 紀元後四丙午 季秋上澣 知縣 西原 鄭冑錫 謹識」

子 幼學 基永 謹書」

碑有司 密城 朴吉仁」

번역 잘못된 정치로 나라가 어지러워지면 구차스레 살지 않거나 지조를 바꾸지 않기란 열사도 해내기 어려운 바이다. 그런데도 일개 여자가 대의(大義)를 판별하여 죽음을 마치 고향에 돌아가는 것처럼 여겼으니, 그 얼마나 열렬한가! 그때를 상상하건대, 늠름한 의열(義烈)의 기운이 해와 별처럼 빛났으니 그 얼마나 씩씩한가!

촉석의기논개생장향수명비 ©2023.10.10

2) 疾風板蕩(질풍판탕): 나라가 어지러움. 유래는 부록의 용어편 '판탕' 참조.

3) 부호(」)는 비문의 줄 바뀜을 뜻함. 이하 동일.

4) 靈芝(영지): 신선이나 은자들이 먹는다는 약초.

5) 醴泉(예천): 봉황새가 먹는 신령한 물. 『장자』「추수」, "오동나무가 아니면 내려앉지 않고, 대나무 열매가 아니면 먹지 않으며, 예천이 아니면 마시지 않는다.[非梧桐, 不止; 非練實, 不食; 非**醴泉**, 不飮]"

6) 名節(명절): 명분과 절의.

7) 艶服(염복): 선망하고 탄복함. '艶'은 부러워하다.

8) 竪(수): 수(豎)의 속자. 세우다, 곧다.

9) 趍走下風(추주하풍): 공경하는 마음으로 가르침을 받음. '趍走'는 허리를 굽히고 빨리 걸음. 『장자』「재유」, "황제가 바람 아랫목을 따라 무릎걸음으로 나아가 재배하고 머리를 조아리면서 물었다.[黃帝順**下風**, 膝行而進, 再拜稽首而問]".

10) 書記(서기): 기록함, 기록을 맡아보는 사람.

산의 영지(靈芝)와 물의 예천(醴泉)은 군자가 칭송하고 숭상하는 바이다. 하물며 사람의 명분(名分)과 절의(節義)가 천성에서 나와 다른 사람의 이목에 퍼져 있음에랴!

촉석의기논개생장향수명비 비문(1846.9)

부끄럽게도 나는 육순(六旬)의 썩은 선비로 끝내 스스로 이룬 공적이 없다. 매번 이 같은 사람의 성대한 공적과 매서운 절의에 대해 선망하고 탄복하면서 공경심을 가졌고, 늘 감격하여 사무치는 느낌이 있었다.

이제 의기(義妓)의 이름을 드러내어 후세에 전하게 되니 평소 공손히 가르침을 받고자 한 소원을 이루었다. 삼가 지(識)를 적는다.

숭정 기원후 네 번째 병오년(1846) 9월 상순에 현감 서원 정주석(鄭冑錫)이 삼가 짓다.

아들 유학(幼學) 기영(基永) 근서

비 건립 유사(有司) 밀성 박길인(朴吉仁)[11]

---

11) 번역은 정비석의 「진주기 논개」(『명기열전』 4, 이우출판사, 196~197쪽)에 실린 노산 이은상(1903~1982)의 한글풀이를 참고했다.

○ 이재순(李在淳, 1890~1966) 자 직홍(直弘) 호 연포(然圃)

옛 의암사. 1971.1.1
출처: https://gongu.copyright.or.kr

장수 의암사는 한국전쟁 휴전 이듬해인 1954년 4월 1일에 발족한 '장수의암주논개사적보존기성회'가 주축이 되어 이당 김은호가 그린 논개 영정을 봉안하기 위해 동년 10월 9일 장수읍 남산공원 대로변에 착공해 이듬해 9월 20일 건립했다. 편액 '義巖祠' 글씨는 제3대 부통령 함태영(咸台永)이 썼다. 당시 '義巖'을 논개의 아호로 썼다. 당시 건립 사정을 알 수 있는 자료가 기성회 고문 이재순이 지은 아래의 기문이다. 그리고 1957년 중추에 의암사 신문(神門) '忠義門'의 편액을 썼고, 1960년 12월에는 논개 생장지 사적 불망비문을 지었다. 그는 이형태의 손자로 계남면장을 지낸 이수환(李秀煥)의 아들이고, 백부 이시환(李始煥)도 계남면장을 역임했다.
1975년 논개 성역화에 따라 두산리 산3번지에 이건하면서 의암사를 신축했다. 현재 이곳에는 사당을 비롯해 '촉석의기 논개 생장향 수명비', 기념관, 변영로의 「논개」 시비가 있다. 서쪽 의암공원(옛 남산체육공원)에는 시비, 의암루, 공적비군이 있다. 한편 초창기 논개 현창 사업에 공을 세운 이로 초대 및 3·5대 장수교육감 김상근(金相根, 1905~1973)이 있다. 의암사, 곧 논개 영정각을 신축할 때 기성회 고문으로서 적극 참여했고, 1960년 논개 생장지 불망비 건립을 주도했으며, 배호길이 1965년 「진주 촉석루와 주논개」를 집필할 때 주요한 정보를 제공했다.

「義岩 朱論介 影幀閣 新築記」〈장수 의암사〉
(의암 주논개 영정각 신축기)

本郡에서 誕生하시고 成長하신 義岩 朱論介娘은 그 忠烈을 우리 民族으로서 맛당히 崇拜하고 敬慕하며, 鋼鐵 같고 勇敢하신 大義의 龜鑑은 뽄바더야 할 것이다.

우리 民族은 四百六十四年前 壬辰倭亂의 소름 낏친 그 역사를 目前에 當함과 길이 저 兇暴한 倭賊의 侵略 根性은 또다시 우리 壃土에 侵入하야, 過去 三十六年間의 狡猾한 정책과 苛酷한 監視로 우리 民族을 짓밟으며, 韓國魂을 撲滅코저 本郡 知縣 鄭冑錫의 建立한 義岩碑閣을 毁破 埋沒하였으나, 現狀을 目睹하면서 赤血이 湧沸하는 우리 同志는 忿歎하고도 不可抗力으로, 此 事蹟의 保全과 碑石의 索出에 待機黙守하는 焦心뿐이였으니 엇지 痛恨되지 아니하랴? 우리는 오로지 倭賊의 必然 再侵性을 未然에 防禦토록 精勵團結하여야 할 것이다.

快哉라. 歲乙酉秋에 저 倭賊의 陰兇한 私曲[1]은 光明한 正義下에 餘地없이 물너가고, 우리 大韓 三千里 江山에 無窮花는 爛熳하야 儼然한 義岩碑는 우리의 손으로 大地의 白日下에 두렷이 露出되야, 儒生 諸賢의 熱意로 郡北 大道 沿岸上에 臨時로 碑閣을 建立한 後 下回[2]의 今日을 大望하엿던 것이다.

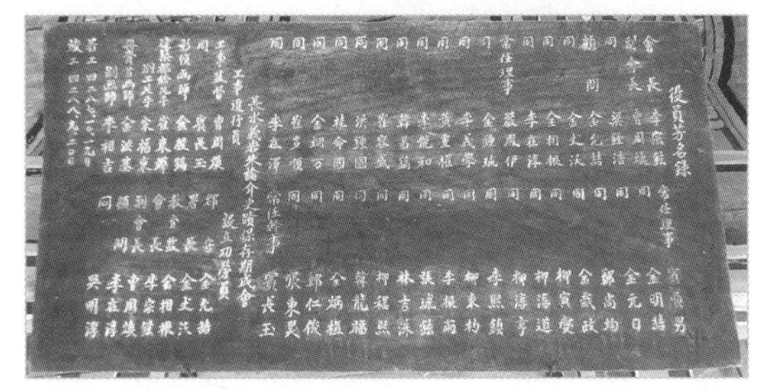

의암사 우벽 '역원 방명록' ©2023.10.10

幸於甲午春(四二八七年 三月)에 洪錫模(郡守) 金正得(署長) 金相根(敎育監) 李宗鉉(現 會長) 梁鍾浩·曺周煥(現 副會長) 及 各機關長과 地方有志 諸賢等이 會同하야 去年 癸巳(有事後 六十周甲)에 建議하지 못하였음을 遺憾으로 奮然히 發論同意하야 同年 四月 一日에 '義岩朱論介事蹟保存期成會'를 組織하고 義岩 影幀閣의 新築과 影幀의 奉安及碑閣의 移建을 決議한 後, 諸般의 業務는 進行하는 途中에 官命으로 洪郡守와 金署長은 他方에 轉任하고, 後繼 郡守 金允喆 會長·副會長의 周到한 方案과 顧問 吳明淳(全北日報社 主筆)의 誠心協助이며, 役員 一同의 不休한 努力과 各 機關長 有志諸賢의 同聲贊助로, 波瀾多角한 碍程을 突破하고 起事 後 一年 半에 有終의 美果를 收得하였음은 實로 우리 同族으로 欣幸함을 難堪이로다.

嗟爾[3]의 後來 諸君은 勤愼守護하야 永世無窮할지어다.

1) 私曲(사곡): 사사롭고 마음이 바르지 못함.

2) 下回(하회): 어떤 일이 있고 난 후에 벌어지는 일의 형태나 결과, 다음 차례.

3) 嗟爾(차이): '嗟'는 발어사. '爾'는 어조사. 『시경』「소아」〈소명〉, "아, 군자들이여/ 편히 쉬는 것을 떳떳하게 여기지 말라.[嗟爾君子, 無恒安息]".

檀紀 四二八八年(1955) 十月 三日

長水義岩朱論介事蹟保存期成會

顧問 長川[4]人 李在淳 謹識 謹書

장수 의암사 좌벽 '의암 주논개 영정각 신축기' 현판(1955.10) ©2023.10.10

4) 長川(장천): 장수군의 옛 명칭.

「義岩朱論介娘生長地事蹟不忘碑」〈장수 논개생가지〉[5]

(의암 주논개랑 생장지 사적 불망비)

(전면) 비제: 義岩朱論介娘生長地事蹟不忘碑

(뒷면) 비문

義岩의 부친 新安 朱達文은 本鄕 溪內面 東南方 百華山[6] 北麓 山紫水明한 勝地를 擇」[7] 하야 茅屋을 結構하고 山水의 樂과 漢學을 崇高하니, 四方人士 負笈從師[8]하야, 所居」 數年에 一村을 可成하니, 世人이 朱先生의 村이라 稱하야 朱村이라 하다.」

宣祖 七年 甲戌 九月에 一女를 誕生하메, 先生이 愛之하야 四柱를 記錄하니 四甲戌」이라, 卽席에서 産논 狗개의 賤名으로 漢字 論介라 命名하였다.[9] 論介 十三歲 丙戌 春」에

의암주논개랑생장지사적불망비(1960). ©2023.10.10

---

5) 논개 생가는 원래 계내면(1993년 장계면으로 개칭) 대곡리 주촌마을 입구에 있었다. 1960년 12월 군민의 성금으로 '의암주논개랑 생장지사적 불망비'를, 1982년 10월 '의암주논개유허비'를 세웠다. 그러다가 1986년 오동저수지(대곡호) 축조로 마을이 수몰되면서 3백 미터 떨어진 남쪽에 생가를 복원했고, 주논개생가사적비(1987)·신안주씨논개지려(1996)를 잇달아 세워 문화적 기억을 전승했다. 또 십 년 뒤인 1997년부터 2000년 9월까지 원위치에서 약 1.8km 떨어진 장계면 의암로 558(대곡리 933번지)에 생가지를 새로 조성함에 따라 기존의 사적들을 이전했다. 아울러 최경회 선덕추모비(1999), 단아정(1999), 의랑루(2000), 주논개 부모 묘소(2000), 논개기념관, 한용운 논개시비, 주논개 입상(2012) 등의 사적을 확충했다.

6) 百華山(백화산): 장수군 계남면 화음리에 있는 849.5m의 고산.

7) 부호(」)는 비문의 줄 바꿈을 뜻함. 이하 동일.

8) 負笈從師(부급종사): 책 상자를 지고 스승을 따름, 곧 스승이 있는 먼 곳을 찾아가서 배움을 뜻함. '負'은 지다. '笈'은 책 상자.

9) 산구(産狗)는 태어난 개, 곧 건강하게 자라도록 천하게 붙인 이름이다. 갑술년, 갑술월, 갑술일, 갑술시에 태어나 술(戌, 개)이 네 번 들어가고, 이를 다시 이두식으로 작명하면

父親을 訣別하고, 十八歲 辛卯[10] 春에 本 縣監 崔慶會의 慶尙右兵使로 晉州에 赴任」隨行하였다. 癸巳 六月에 倭賊의 侵入으로 晉州城이 陷落되여 諸將이 戰歿하니 城」中이 魚肉이라. 七月 七日 矗石樓와 南江上에 倭賊의 戰勝宴이 狼藉[11]함에 慷慨奮義」하야 自薦爲妓하고, 倭將 立花宗茂[12]의 泥醉亂狂함을 機會로 壯哉라, 豫備된 十指」의 指環[13]과 萬丈의 烈氣로 南江 深水에 堅抱[14]墜落하야 萬古不朽의 大義를 樹立함은 巷」街에 謳歌永傳할 龜鑑으로 玆에 立石 記銘하였다.」

옛 논개 생가지 모습. 논개 입상 뒤로 생가와 생가사적비, 사적불망비 비각이 보인다. 『장수군지』(1990) 화보

檀紀 四二九三年(1960) 十二月 日 長水教育監 金相根 謹立」
長川人 李在淳 謹記」
星州人 李相烈 謹書」

논개(論介)가 된다는 설명이다. 음력 1574년 9월 3일 저녁 8시에 해당하고, 1981년부터 장수군민의 날로 정해 행사를 개최하고 있다.

10) 辛卯(신묘): 1591년. 계사년(1593)의 오기. 최경회는 1593년 5월 이광악의 후임으로 경상우병사가 되었고, 1591년 우병사는 조대곤이었다. 부록 우병사 참조.

11) 狼藉(낭자): 난잡하게 어질러짐. '狼(랑)'은 어지러워지다. '藉'는 흐트러지다.

12) 立花宗茂(입화종무): 타치바나 무네시게. 자세한 설명은 제1부 제3장 '논개 서사의 생성 과정과 기억 전쟁'(77쪽) 참조.

13) 指環(지환): 여자가 치장을 위해 손가락에 끼는 고리, 곧 가락지. 흔히 한 짝만 끼는 것을 반지, 쌍으로 끼는 것은 가락지라 한다. 가락지와 반지를 통칭하는 말로도 쓰인다.

14) 堅抱(견포): 단단히 껴안음. '堅'은 굳다, 굳세다.

○ 김윤철(金允喆)

아래 비석은 의암사(義巖祠) 서쪽에 1990년 10월 조성된 장수남산체육공원(현 의암공원) 의암루 아래의 공적비군에 있다. 10여 년 전 장수읍 장수리 준비마을 도로 옆에 있던 비석들을 현 위치에 이건했다. 비문의 찬자는 장수군수 홍석모(洪錫模)의 후임인 김윤철(1954.10.11~1957.1.16 재임)이다. 수비 시기는 논개 영정각 준공 때인 음력 을미년(1955) 중추이고, 당시 그는 '장수의암사주논개사적보존기성회' 고문이었다.

「義娘朱論介殉國永世表忠碑」〈장수 논개시비공원 내〉

(의랑주논개순국영세표충비)

김윤철, '의랑주논개순국영세표충비'(1955) ©2023.10.10

幼而至孝	어려서 효성이 지극했고
成而盡忠	커서는 충성을 다했다네
卓卓大義	빼어난 큰 절의요
巍巍首功	드높은 으뜸 공로로다
千秋之鑑	천추의 귀감이요
百歲之芳	백세의 방명일세
艷服起敬[1]	흠모하고 공경할사
立石不忘	비석 세워 잊지 않으리
乙未 中秋	을미 중추
長水郡守 金允喆	장수군수 김윤철

1) 艷服起敬(염복기경): 「촉석 의기논개 생장향 수명비」의 한 구절.

해외 잡지 『한양』

○ 최용진(崔容鎭) 「論介」

최용진의 역사수필 「논개」는 일본 동경에서 발행된 『한양』(1962년 8월호) 68~73쪽에 〈한국여인열전〉의 하나로 수록되었다. 출처는 고려대 소장본 PDF 자료이다.

최용진은 논개가 전라도 장수 태생으로 동향의 황진(黃進)과 어릴 적부터 알던 사이이고, 철들기 전에 모친을 여의고 조부 밑에서 자라다가 부친마저 여의자 진주 관가에 동기(童妓)로 팔린 신세가 되었으며, 계사년 전쟁 때 진주성에 동원된 부녀자들 틈에 끼어 항왜 전투를 도왔으며, 성 함락 후 술에 취한 왜장 모곡촌육조(毛谷村六助)를 남강 '마당바위'(통칭 의암)로 유인해 그의 허리를 껴안고 깊은 물 속으로 떨어졌다는 내용이다. 그리고 끝부분에 서유영(1801~1874)의 「의암가」를 덧붙였다.

68

韓国女人列伝

論介

崔容鎮

韓国 女流名人中에서도 論介는 각별한 존경과 追慕를 받고 있는 사람의 하나이다.

우리나라의 有名한 實学者의 한분인 丁茶山先生은 일찍기 〈晋州義妓祠記〉에서 다음과 같이 쓴일이 있다.

『……女人의 성질은 대체로 죽는 것을 쉽게 여긴다. 그런데 만일 等級을 매기어 말한다면 그 아랫 等級은 자기의 억울하고 통분한 마음을 어찌할 길 없어 죽는 것이오 그 윗 等級은 그가 義理上 자기 몸을 더럽히거나 욕되게 할 수 없어서 죽는 것일 것이다. 이러한 等級 여하를 막론하고 그들의 죽음에 대해서는 모두 熱烈하다거나 節介가 있다고 한다. 그러나 그들은 다 자기 목숨을 스스로 끊었다는 사실 이외에는 다른 점이 없다.』

옛날 壬辰倭乱 당시에 敵兵이 晋州城을 強占했을때 論介라는 妓生이 왜놈의 장수를 유인하여 촉석루 앞 南江가의 낭떨어지 마당바위 위에서 춤을 추다가 敵將의 허리를 바싹 안고 바위밑 江물에 두 몸을 던져 죽었다.

아! 이야말로 참으로 열렬하고도 義로운 女人이 아니겠는가!

實로 論介의 이름이 後世에까지 널리 알려진 까닭은 그의 非凡한 人物이나 特出한 才器때문에가 아니라 오직 그의 崇高한 愛国心과 굳은 節介와 義로운 죽음에 있는 것이다.

×　×　×

論介를 말할때에 흔히들 그가 晋州妓生이요, 또 그가 義로운 최후를 마친것도 晋州인만큼 그를 晋州出身으로 생각한다. 그러나 그는 본시 진주 태생도 아니오 妓生의 신분도 아니었다.

論介는 全羅道 長水 胎生이다. 그의 本性은 一説 宋氏라고도 하고 或은 盧雲介라는 本名이 잘못 伝해져 論介로 된 것이라고 하니 盧氏라는 説도 있어 分明치 않다. 어쨌든 이름조차 제대로 伝해지지 못한 것으로 보아 그가 賤한 집 出身임은 틀림없는듯 하다.

論介는 어린 시절부터 남달리 총명하고 아름다운 자색을

69　韓国女人列伝・論介

가지고 있었다고 한다. 철들기 전에 어머니를 여의고 할아버지 밑에서 자라나면 그는 얼마 아니가서 아버지마저 잃었다.

이리하여 世上 風情도 모르는 어린 논개는 무서운 世波에 휩싸이게 되었다. 아버지를 여의인지 얼마 안되어 그는 꿈에도 생각한바 없는 童妓로 팔리어 晋州官家에 매이게 되었다.

본시 인물이 고운데다가 歌舞에까지 能하게 되자 妓生 논개의 이름은 晋州城内에 널리 알려졌다. 그러나 그는 항상 몸가짐을 端正히 하며 그 누구도 그의 깨끗한 志操를 犯하지 못하게 하였다.

논개는 여기에서 壬辰倭乱을 겪게 되었는데 얼마 안가서 義兵壮士 黄進을 만나 서로 마음을 통하게 되었다고 한다.

그런데 알고보니 黄進은 논개와 같은 長水 出身이었다.

그들은 어린 時節에 이미 黄進의 놀룡하고 論介의 아리따운 자래에 서로 어렴풋이나마 은근히 마음 한구석에 새겨두바 있는 사이었다는 것이다. 이리하여 依支할 곳 없는 処地에서 黄進을 만난 논개가 義로운 壮途에 오른 黄進에게 尊敬과 사랑을 다 바치게 되었으리라는 것은 可히 짐작할 수 있는 일이다.

논개는 黄進을 만난 후 도처에서 행패질하는 倭兵들의 악착한 만행으로 百姓들이 얼마나 참담한 処地에 놓이게 되었는가를 자세히 알게 되었다. 이 과정에서 倭敵에 대하여 強한 증오심을 품게 되었고 조국이 얼마나 貴重한가를 뼈저리게 느끼게 되었다. 이리하여 그의 가슴속에는 黄進에 대한 경건한 사랑과 더불어 祖国에 대한 사랑이 불길아 타오르기 始作했다.

論介는 義兵들의 씩씩한 活動모습에 接하면서부터 当時 우리나라 모든 百姓들이 그러했듯이 마음 든든해짐을 느꼈고 自己도 힘껏 그를 도와나설 決意를 다지었다.

事實上 倭乱 全期間을 通해 볼때에 海上에서 싸운 우리 水軍들과 함께 그를 도와나선 義兵部隊가 논한 役割은 매우 큰 것이었다.

八道江山 곳곳에서 낫과 호미를 槍과 劍으로 버려든 義兵部隊가 떨쳐 나서기 始作하자 한때 그렇게도 暴悪스럽게 달라들던 倭敵들도 漸次 그 気勢가 꺾이지 않을수 없었다.

一五九二年(壬辰年)陰 四월 十三일 不時에 우리나라에 侵入한 倭敵들은 도처에서 살육과 노략질을 하면서 우리 疆土를 단숨에 삼킬듯이 기승을 부리었다.

祖国은 위기에 処해 있었다. 그러나 隊伍를 整備한 우리의 水軍과 義兵들이 発狂的으로 밀려드는 倭軍들에게 強力한 打撃을 加하기 始作했다.

바다에서는 李舜臣将軍 麾下의 우리 水軍들이 王浦, 唐浦海戦에서 勝利한데 뒷이어 閑山島海戦에서 또한 大勝捷을 거둠으로써 陸地에 오른 倭敵의 歩兵二十万 大軍을 독안에 든 쥐때로 만들었다.

한편 陸地에서는 連戦連勝하면서 天降紅衣将軍으로 불리운 郭在祐의 義兵部隊를 비롯하여 関北의 鄭文学 의병부대등 수많은 義兵들이 도처에서 倭兵들을 不意 습격하여 敵들의 간담을 써늘케 하였다.

70

이러하여 倭敵들의 水陸並進計劃은 보기좋게 좌절되었고 한동안 平壤까지 占領하고 갖은 行悖을 다 부리던 倭敵들은 加藤清正、小西行長등을 先頭로하여 우리나라 西北部에서 쫓겨나 南으로 敗走하게 되었다。

그러나 倭敵들은 이러한 敗北에도 불구하고 우리 彊土에서 곱게 물러가려 하지 않았다。奸惡한 倭敵들은 기울어져 가는 形勢를 만회해보려고 到処에서 갖은 發惡을 다 했다。倭敵들이 晋州城 再侵攻을 企図해 나선것도 바로 이러한 때였던 것이다。

倭敵들은 이미 壬辰当年에 三万余의 兵力으로 晋州城을 侵攻했다가 慘敗를 当한 일이 있었다。当時 金時敏將軍 麾下의 城 수비군은 三千名에 不過했으나 城内 백성들과 合力하여 七十余日간이나 勇敢히 싸운 結果 끝끝내 敵들을 擊退하여 敗走시키고야 말았든 것이다。

그런데 이번에는 前年에 敗戰한 雪憤을 한다고 하면서 敵들은 城内 守備軍의 數十倍에 달하는 兵力을 드려 必死的으로 달려 붙었다。

그리하여 一五九三年(癸巳年) 陰 六월 二十一일 官兵、義兵 合하여 不過 二천三백명의 수비군 밖에 없는 晋州城에 대하여 平 秀家 혹은(宇喜多 秀家)를 총대장으로 하는 무려 十만의 倭兵들이 하루에도 三、四차례 五、六차례씩 猛攻擊을 거듭하였다。

敵들이 晋州城을 突破하려는 것은 穀倉地帶인 全羅、忠清 두道를 完全히 確保하여 南으로 敗走하는 적들의 血路를 열며 우리 水軍의 배후를 直接 위협하여 形勢挽回에 活路를 열어 보자는 것이었다。

晋州城의 軍士들과 百姓들은 그악스레 밀려드는 倭敵들에 대항하여 實로 一心同体가 되어 목숨으로 맞받아 싸웠다。城内 六万의 百姓들은 老弱者와 부녀자들에 이르기까지 이 판가리 싸움에 動員되지 않은 사람이 없었다。論介도 끓는 물항아리와 메운재가 담긴 언함박을 이어 날으는 동으로 힘자라는껏 싸움을 도와나선 城内 부녀들 틈에 끼워 있었을 것은 勿論이다。

巡城將 黄進은 麾下 將兵들과 함께 晋州城 싸움 첫날부터 百姓들과 行動을 같이 하였다。몸소 무너진 城벽을 쌓아 올리기 위해 큰 돌들을 성큼성큼 메어 날랐고 틈을 보아 치루는 食事참에도 軍民들을 위로하고 고무하였다。

이와같은 분위기속에서 城内의 軍士와 百姓들은 서로 慰劳하고 고무하면서 오직 온 나라와 겨레를 위한 一念으로 倭敵의 侵攻으로부터 城을 死守하기 爲하여 모든 힘과 마음을 다 바쳐 싸워 나갔던 것이다。

그러나 공격에 공격을 거듭하면서 발악적으로 달려드는 敵의 十万大兵을 막아 내기에는 그들의 힘은 너무나 弱하였다。

게다가 天時까지 不利하여 억수 장마가 連日 계속되었다。그리하여 敵들이 猛襲에 무너질때마다 쌓아 올리던 성벽이 미처 수습할 새없이 다시 무너지기 始作했다。이 원망스러운 비가 後日 陷城雨라고 불리우게 된것으로 보아 그때 晋州城이 悲運에 빠지게된 直接 原因의 하나로 된것임을 可히 짐작할 수 있다고 할것이다。

71 韓国女人列伝・論介

壬辰倭乱의 七年간 奸悪한 倭敵들과의 가열한 싸움中에서도 晋州城 싸움처럼 慘絶한 싸움은 일찌거 없었다。이 싸움에서「晋州城의 三壮士」라고 불리우는 倡義士 金千鎰도 黃進도 崔慶会도 壯烈히 戰死했으며 義兵들과 官兵들은 말할 것 없고 성안 六万의 百姓들도 거의 모두 殉国하였다。

当時의 領相이던 柳成竜이 그의 著書「懲毖錄」에서 쓴 다음의 句節은 그 真相을 如實히 말해주고 있다。『軍士와 百姓들로서 빠져 나올수 있었던 者는 不過 數人뿐이었으니 倭乱이 있은 뒤로 이 싸움에서처럼 사람이 많이 죽은 예가 없다……』이리하여 나라의 寸土를 아끼는 싸움에서 목숨을 걸고 지켜오던 晋州城은 六月二十八日 드디어 陷落되고야 말았다。

× × ×

憤怒에 서린듯 南江의 물결이 바야흐로 비껴드는 저녁노을에 붉게 물들무렵 矗石楼위에서는 倭將들이 벌려놓은 술판이 한창이다。

그 한편에 깊은 우수에 잠겨 아미를 숙인채 몸 가누기도 괴로운듯 간신히 앉아있는 한 女人이 있었으니 그는 다름아닌 論介였다。不幸中 多幸이라고 할까 不過 몇사람밖에 살아남지 않은 가운데 끼어 그도 아직 生存하고 있었던 것이다。그러나 그는 決코 自己의 生存을 多幸으로 생각하지 않았으며 또 구구하게 혼자서 더 살아보려고 애쓰지도 않았다。굳게 다문 그의 입술에는 이미 남모르게 간직한 굳은 決心이 어리어 있었다。이 굳은 決心으로 하여 그는 倭敵이 城内에 들어온 後 이 瞬間에 이르까지 아직 목숨을 扶持할 수 있은 것이었다。

倭兵들이 불러대는 가락이 맺어진 노래소리와 앓아눕자 못할 남자한 지껄임소리의 사이사이로 멀리서 어린것의 애처러운 울음소리가 논개의 가슴속을 후벼들었다。그 순간 그의 머리속에는 城과 함께 運命을 같이하면서 最後순간까지 굽힐줄 모르고 싸우든 黄進을 비롯한 수많은 軍士들의 勇敢한 모습과 城内에 뛰어 들어온 倭兵들이 살아남은 百姓들에게 敢行한、天人共怒할 蛮行이 눈에 선히 떠올랐다。논개는 치를 떨었다。

『이제 나에게 남은 일은 오직 한 놈이라도 원수를 더 갚고 죽는 길이다。어떠한 일이 있더라도 더러운 네놈들에게 나의 굳은 節操를 꺾이우지 않으리라!』

이때 바로 눈앞에서 노락질해 온 고기를 씹고 술을 들이키고 하는 倭兵들의 추한 모양은 마치도 우리 겨레의 살점을 물어 뜯고 짓씹는듯 하여 그의 복수심을 한결 더 치솟게 하였다。이러한 지음 上座에 자리잡고 앉은 倭將 毛谷村六助의 눈길이 진작부터 비록 초췌해 보이나 清楚한 몸매를 감출길 없는 論介의 얼굴위에 자주 멎군하였다。

이 눈치를 알아챈 논개는 살며시 그 者를 눈여겨 보는 한편 욕이 눈앞에 다가오고 있음을 感得하고 다급해지는 마음을 가까스로 억누르고 있었다。급기야 敵魁는 손 가까이 서있는 手下 졸개에게 무어라 중얼거린다。

이리하여 그者의 앞으로 끌려간 論介는 첫순에 그가 내민 술대접에 찰랑찰랑 술을 따라주고 대접이 빌새 없이 따르고는 또 따랐다。이윽고 술에 滿醉한 적괴의 얼굴이 해

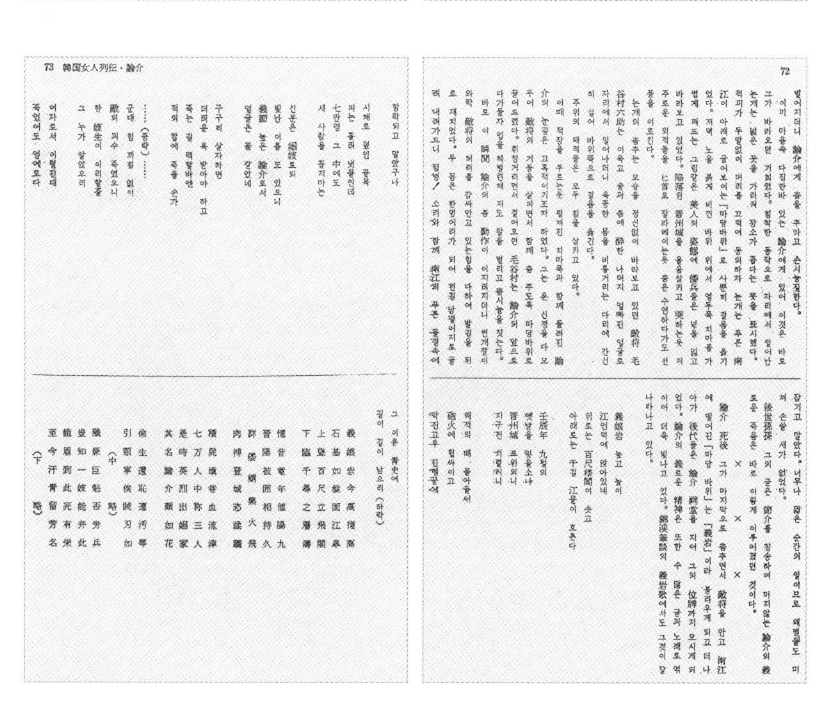

72

벌어지더니 論介에게 춤을 추라고 손시늉질한다。

이미 마음속 다짐한바 있는 論介에게 있어 이것은 바로 그가 바라오던 기회였다。침착한 동작으로 자리에서 일어난 논개는 넓은 곳을 가리켜 장소가 좁다는 뜻을 표시했다。적괴가 두말없이 머리를 끄덕여 동의하자 논개는 푸른 南江이 아래로 굽어보이는「마당바위」로 사뿐히 걸음을 옮기었다。저녁 노을 붉게 비낀 바위 위에서 열두폭 치마를 가볍게 펴드는 그림같은 美人의 姿態에 倭兵들은 넋을 잃고 바라보고 있었다。陷落된 晋州城을 울음삼키고 哭하는듯 저주로운 외적들을 匕首로 잘라베이는듯 춤은 수연하다가도 선풍을 이르킨다。

논개의 춤추는 모습을 정신없이 바라보고 있던 敵將 毛谷村六助는 이윽고 술과 춤에 醉한 나머지 얼빠진 얼굴로 자리에서 일어나더니 육중한 몸을 비틀거리는 다리에 간신히 싣어 바위쪽으로 걸음을 옮긴다。

주위의 왜적들은 모두 침을 삼키고 있다。

이때 적장을 부르는듯 펼쳐진 치마폭과 함께 돌려진 論介의 눈길은 고혹적이기조차 하였다。그는 온 신경을 다 모두어 敵將의 거동을 살피면서 함께 춤 추도록 마당바위로 끌어드렸다。휘청거리면서 걸어오던 毛谷村는 論介의 앞으로 다가들자 입을 헤벌린채 저도 팔을 벌리고 춤시늉을 짓는다。

바로 이 瞬間 論介의 춤 動作이 이지러지더니 번개같이 와락 敵將의 허리를 감싸안고 있는힘을 다하여 발길을 뒤로 재치었다。두 몸은 한명어리가 되어 천길 낭떨어지로 굴러 내려가드니 텀벙! 소리와 함께 南江의 푸른 물결속에 잠기고 말았다。너무나 짧은 순간의 일이므로 왜병들도 미처 손쓸 새가 없었다。

後世孫孫 그의 굳은 節介를 칭송하여 마지않는 論介의 義로운 죽음은 바로 이렇게 이루어졌던 것이다。

× × ×

論介 死後 그가 마지막으로 춤추면서 敵將을 안고 南江에 떨어진「마당 바위」는「義岩」이라 불리우게 되고 더나아가 後代들은 論介 祠堂을 지어 그의 位牌까지 모시게 되었다。論介의 義로운 精神은 또한 수 많은 글과 노래로 엮어어 더욱 빛나고 있다。錦溪筆談의 義岩歌에서도 그것이 잘 나타나고 있다。

義娘岩 높고 높이
江언덕에 앉아있네
위로는 百尺樓閣이 솟고
아래로는 千길 江물이 흐른다

壬辰年 九월의
옛날을 잊을소냐
晋州城 포위되니
지구전 치렀더니

왜적의 때 몰아들어
砲火에 휩싸이고
악전고투 진행끝에

73 韓国女人列伝・論介

함락되고 말았구나

시체로 덮인 골목
피는 흘러 냇물인데
七만명 그 中에도
세 사람을 꼽지마는

신분은 娼妓로되
빛난 이름 또 있오니
義節 높은 論介로서
얼굴은 꽃 같았네

구구히 살자하면
더러운 욕 받아야 하고
죽는 길 택할바엔
적의 칼에 죽을 손가

……(중략)……

군대 힘 꺼침 없어
敵의 괴수 죽였오니
한 妓生이 이리할줄
그 누가 알았으리

여자로서 이렬진데
죽었어도 영예로다
그 이름 靑史에
길이 길이 남으리(하략)

義娘岩今萬復萬
石基如盤面江皐
上築百尺立飛閣
下臨千尋之層濤

憶昔竜年値陽九
晋陽被囲相持久
群倭蝟集火飛
肉搏登城恣蹂躪

積屍塡巷血流津
七万人中称三人
是時英烈出娼家
其名論介顔如花

偷生還恥遭汚辱
引頸寧俟賊刃加
(中略)

殲賊巨魁否劳兵
豈知一妓能弁此
蛾眉到此死有栄
至今汗青留芳名
(下略)

○ 배호길(裵鎬吉) 「晉州 촉석루와 朱論介」

배호길의 역사수필 「진주 촉석루와 주논개」는 일본 동경에서 발행된 『한양』 제4권 제3호(통권 37호)의 193~196쪽에 수록된 〈명승고적순례〉의 하나로, 발행일은 1965년 3월 1일이다. 배호길은 장수군청 정문에 붙어 있던 '의암주논개사적보전기성회' 간판을 떠올리며 다시 장수군을 찾아 그 방면에 조예가 깊었던 장수교육감(김상근)을 만나 논개 약사(略史)를 듣고 기록한 것이라 했다.
이 작품의 특징은 첫째로 논개가 장수군 현내면 주촌에서 갑술년(1574) 갑술월 갑술일에 주달문과 함양박씨의 딸로 태어났다는 가계를 밝힌 점, 둘째로 부친 사망 후 숙부 주달무의 권유로 14세 때 민며느리로 들어갔다가 속은 사실을 알고 탈출한 점, 셋째로 장수현감 최경회에게 자수해 현청 내아에 지면서 부인의 발병으로 집안 대소사를 대신 도맡아 처리하다가 부실이 된 점, 넷째로 1591년 우병사가 된 최경회를 따라 진주 임소에 동행한 점, 다섯째로 진주성이 무너지자 기생으로 가장해 적장을 죽인 점, 여섯째로 아호를 의암이라 한 점 등이다. 이러한 화소 변이는 구연자 혹은 채록자가 발휘한 설화적 상상력의 소산이다.

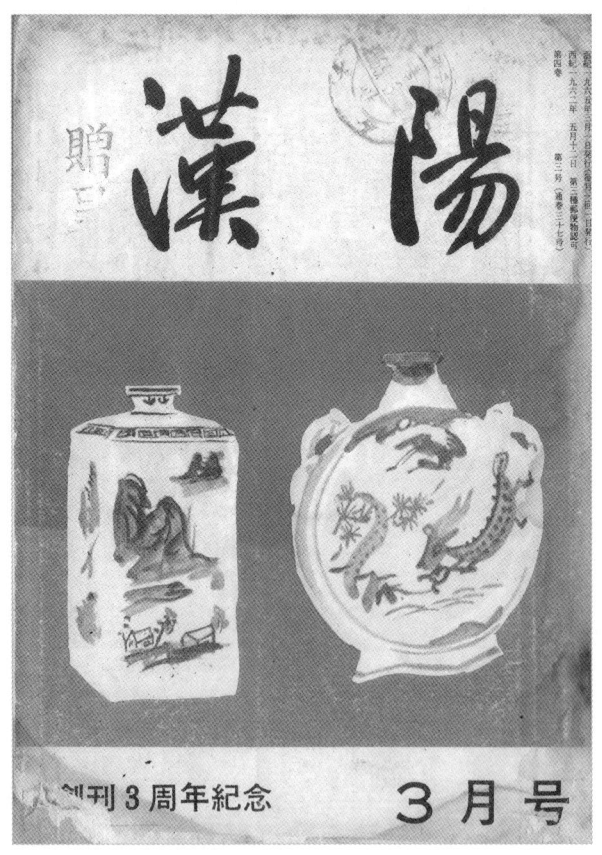

하강진 소장

名勝古蹟巡礼

晉州 촉석루와 朱論介

裵 鎬 吉

우리나라에 명승지와 고적이 많으나 그 중에서도 가장 유명한 곳의 하나가 矗石樓이다. 이 樓는 慶南 晉州市 南江 연안에 자리잡고 있는데 그의 창건 연대는 미상하나 東國輿地勝覽에 나타난 것을 보면 고려 공민왕 十四년에 金湊이 密陽 嶺南樓를 중창할 때에 晉州 矗石樓를 모방했다는 기록이 있으니 이것을 추측하면 공민왕 十四년 전에 창건된 것만은 분명하다.

그런데 그동안 여러번 중수 또는 중건한 사적이 있으며 六・二五 동란에 破燒된 것을 一九五九년에 중건하여 현재의 모습을 유지하고 있다.

이 矗石樓는 연대로 보아도 상당히 오랜 세월을 지났으며 자리잡고 있는 山水圖도 가위 절승이라 할 수 있다.

그러나 위와 같은 모든 이전보다 특별한 사적, 다시 말하면 우리 겨레로서는 영원히 잊어버릴 수 없는 임진왜란이란 국난을 당하여 충렬의 넋이 꽃피어 떨어진 곳이므로 그 꽃의 향기가 길이길이 우리 겨레의 호흡에 통하여 있고 우리 겨레치고 모르는 사람이 없을만큼 그 이름이 높은 것이다.

그러나 그 꽃의 주인공인 義岩 朱論介에 대한 사적에 있어서는 막연하게 『진주기생 의암이 왜장 목을 안고 남강에 떨어졌다』는 민요와 같은 정도로 알려져 있을 뿐이다. 筆者 역시 그 정도로 알아왔다. 그래서 때로는 알고 싶은 생각도 없지 않았으나 그에 대한 문헌도 입수할 수 없었고 그 방면에 造詣가 깊은 사람을 만나지도 못하였다.

그런데 筆者가 몇년 전에 全北 長水郡에 여행할 기회가 있어 長水郡廳 앞을 지나다가 군청 정문에 「義岩 朱論

介史蹟保全期成會」란 간판을 보았던 것이다. 筆者는 예정의 용무를 변경하고 그 군청을 방문하여 나의 뜻을 고한바 그 사무 담당직원은 출장 부재중이라 하고 그 취지서를 주면서 朱論介女史에 대한 사적은 그곳 교육감이 잘 안다 하므로 筆者는 다시 교육감을 방문하고 그 뜻을 고하자 교육감은 지극히 친절하게 영접하면서 그의 사적을 말하여 주었다. 첫 말이 『세상 사람이 朱論介를 기생으로 알고 있으나 실상 기생이 아니라』고 말 머리를 잡아 차근차근 그 사적을 설명하였다.

義岩 朱論介의 略史를 적으면 다음과 같다.

女史의 姓은 朱氏요 이름은 論介다. 本貫은 新安인바 임진(왜란왕년) 十九년 전인 甲戌年 甲戌月 甲戌日에 全北 長水郡 縣內面 朱村(現 大谷里)에서 父 朱達文 母 密陽朴氏의 여식으로 탄생하였다. 그 출생지인 동네는 朱氏가 처음 개척하여 朱氏가 세거하였으므로 朱村이라 칭하며, 父 朱達文은 한학이 유여하여 향리에서 청년자질을 훈학에 종사하였으므로 朱學者라 불렸으나 가정은 심히 청빈하였다. 그의 아우 達武란 者가 있었는데 이 사람은 성질이 불량하여 그곳에서 「난봉꾼」이란 말까지 듣고 항간에서 말썽이 많은 불량배의 한 사람이었다.

父 達文이 여사의 命名에 있어, 여사의 生年月日時 즉 사주(四柱)가 四甲戌이므로 戌은 개 술자라, 그 의미에서 「논개」라 하였으며 여식이라도 그의 재주와 행동이 어려서부터 비범하므로 그 부친은 한문공부에 주력하였다. 과연 그는 다른 남자아이들에 비하여 월등한 성적을 거둬 칭송이 자자하며 혹은 연소배의 희롱도 받았다.

十一、二세부터 문리에 능통한 그는, 十二세 때에 희롱하는 남자아이들을 상대로 하여 다음과 같은 한시를 지었으니 그의 지조와 문장을 능히 추측할 수 있을 것이다.

花高人不折 높고높은 그 꽃 뉘가 꺾으랴
草盛狗難行 성하게 우거진 그 풀에 견들 갈가나

여사가 十三세 때에 그 부친이 어떠한 중병으로 신음하자 지성으로 시병하였다. 잠시도 부친의 곁을 떠나지 않고 약으로 혹은 기도로 물심의 성력을 다하고 마침내는 과감하게도 단지(斷指)하여 그 피를 부친의 입에 떠워 수혈료법(輸血療法)까지 감행하였으나 그 부친은 그 여식의 효성을 저버리고 필경 불귀객이 되고 말았다. 부친을 여읜 여사는 편모시하에서 빈한한 가정을 지켜가면서 그날그날의 생계도 유지하기 어려워 고통으로 지내는 중 그의 숙부인 達武는 여사의 불행을 기화로 그 첩과 공모하여 부근 어떤 사람의 「민며느리」(어린 처녀를 다려다가 養하여 장래에 자부를 만드는 것)로 줄 것을 약속하여 벼 두 섬을 받고 그 질녀에게는 그 집 고용이라 속이고 가위 매신 행위를

감행하였다. 생활난에 허덕이던 여사는 고용인 줄만 알고 그 집으로 가서 알지 못한 매신생활을 하게 되었는데 여사의 방년은 十四세였다.

여사는 고용인 줄만 알고 그 집에 가서 있어 본즉 그 집의 태도가 고용으로 취급하지 않는 이상한 감이 없지 않으나 어찌할 수 없이 약 一년을 경과하였다. 날이 갈수록 농중지조(籠中之鳥)가 되어 가던 차에 하루는 그 집 아들과 결혼하자는 강요를 당하게 되었다. 이것이야말로 여사에게는 청천벽력이었다. 여사는 그와같은 불의의 강혼에 응할 수 없어 최후책으로 그 집을 비밀히 탈출하여 그의 외가인 함양 박씨댁으로 피신하였다. 그러고 보니 그 집에서는 낭패하여 여사의 숙부인 朱達武에 항의하면서 독촉하지 가하고 여사의 색출에 노력하였으나 여사의 행방은 오리무중이오, 그 부근에 일대 화제가 되었다. 필경 여사를 찾던 그 사람은 朱達武를 일신재빙(一身再聘)란 어육토 당시 그의 관할인 장수현감에 송사를 하게 하였다. 외가에 피신하고 있던 여사는 이 사건이 장수현감에 제소되었다는 소문을 듣고 장수관정에 나타나 자수하였다. 당시 장수현감인 崔慶會는 자수한 여사의 전후사실을 조사한 결과 여사는 아무런 죄과가 없을 뿐 아니라 여사의 인품이 보통사람과 다른 점이 인정되어 현감내실에 수양보호(受養保護)하게 되었으니 여사의 나이 당년에 十六세이었다(혹은 관비자(官婢子)를 삼았다는 말도 있음).

여사가 현감 내아(內衙)에 가서 있게 된 얼마 후에 崔현감의 부인이 우연히 병이 발생되어 공사간 모든 일을 여사가 전담하지 않을 수 없는 형편이 되었다. 이것을 대행하게 된 여사는 대소사를 물론하고 그 처리에 있어 명명백백하여 추호의 착오가 없으며 그의 인격이 역시 비범하였다. 현감부인은 여사를 현감의 부실로 맞으려 재삼 권고하며 崔현감도 역시 그 부인의 말과 여사의 행동에 감동되어 부실이란 명목으로 부부의 의를 맺어 길이 동고동락하기로 하였다. 당시 여사의 방년이 十七세이었다.

崔慶會는 그 후 辛卯年에 慶尙道 右兵使가 되어 그 임지인 晉州로 부임하게 됨에 여사도 부군을 수행(隨行)하였으니 여사가 최후에 순절할 지역으로 가게 된 것이다.

崔兵使가 晉州에 부임한 그 익년이 임진년이 왜적의 침략을 당한 소위 임진왜란 국난의 해이다. 崔兵使는 자기가 사수(死守)하던 晉州가 계사년 六월 二十九일 적에 점령을 당하게 되자 국가 민족에 대한 책임감을 느껴 자결로서 보국(報國)하겠다고 결심하고, 여사에 대하여 다음과 같은 유언을 남기고 동일 즉 二十九일 야반에 비장한 최후를 마치었다.

「나는 국가 민족에 대하여 죽음으로써 나의 책임을 이행하겠으니 내가 죽은 후에 나의 머리를 끊어 내가 가진 병부(兵符 즉 官印)와 같이 내가 입고 있던 전복(兵의 正服)에 싸서 정부에 바치라」

이와같은 유언을 듣고 부군의 자결에 임종한 여사의 심경은 과연 어떠하였을까?

晉州를 점령한 적은 그곳에 주둔하면서 소위 전승 축하연을 거행하기로 작정하고 그 준비로서 晉州성내의 기생과 주류(酒類)의 징발을 명령하여 기생명단을 작성하며 일방으로 술을 양조하게 되었다.

이때에 여사는 복수의 기회가 왔다고 생각하고 기생명단에 자기의 이름을 수위(首位)에 쓰게 하고(이름만 쓰고 성은 쓰지 않았다 함) 비밀히 부자(附子)로서 소주를 제조하여 만반의 준비를 갖춰 대기하였다.

당시 晉州를 점령한 적군은 加藤淸正의 소속인 石宗老의 부대인바 미리 준비시킨 기생과 술을 가지고 동년 七월 七일(十一일이란 말도 있음)에 矗石樓에서 의기양양하고 흥미진진한 적군의 자축성연(自祝盛宴)이 전개되었다.

이 자리에 기생으로 가장하고 미리 준비하였던 독주 부자소주를 가지고 나타나서 여러 기생과 같이 마음에 없는 갖은 아양과 교태(巧態)를 가식하면서 적의 환심을 돋우고 있는 여사의 신비한 미인계(美人計)야말로 천지신명이나 알 것이요, 불의의 적군들이 어찌 알았을 것인가?

적군 전원은 그 독주에 폭취하여 거의 인사불성이 되자 여사는 부대장인 石宗老를 矗石樓밑 南江위 천연적으로 솟아 있는 암석으로 유인하여 그의 목을 안고 만세 일성으로 투신살적(投身殺敵)의 대의를 거둬 방년 二十세의 여사는 영원히 우리 겨레의 꽃이 되었다. 그래서 그 암석을 후인이 義岩이라, 여사의 아호를 義岩이라고 추존하였다.

위와같은 여사의 사적을 종합하면 여사는 국가에 충, 남편에 열, 어버이에 효, 인간으로 가장 거룩한 업적을 한 몸으로 실천하였으니 우리는 영원히 추모하지 않을 수 없다.

다음과 같이 무사이나마 조사를 읊고 붓을 놓는다.

조 사

겨레의 장한 꽃을
장사한 남강수야
냇물이 말랐어도
청사는 빛나리라
오! 여사의 충렬넋은
아름다운 겨레넋이로다
한 목숨 다 바치고
이겨레 도우련다
그 넋이 쉬지 않고
이 겨레 도우련다
오! 三千万 내동포야
너와 나와 그 넋을 받들자.

장수 장계면 논개생가지. 의암 주논개 상(청동, 2012) ©2023.10.10

장수 장수읍 의암사. ©2023.10.10

의암공원 수변데크에서 본 의암사. ©2023.10.10

제3부 시문에 저장된 충신 기억

제1장 충신 순국 제영

16세기

○ 김성일(金誠一, 1538~1593) 자 사순(士純), 호 학봉(鶴峰)

본관 의성. 시호 문충(文忠). 김진(金璡)의 넷째아들로 안동 임하현 천전리(川前里)에서 태어났으나 1582년 서후면 금계리(金溪里)로 이거했다. 1556년 형 김명일·동생 김복일과 함께 이황의 제자가 되었고, 1568년 급제해 여러 내외직을 거쳤다. 1591년 2월 정사 황윤길의 부사(副使)로서 일본을 다녀와 복명할 때 왜적의 침략이 없을 것으로 보고했다. 1592년 4월 경상우병사로 재직 중 임진왜란이 일어나자 파직되었으나 다시 경상우도 초유사가 되어 의병을 규합했다. 5월 호남을 거쳐 함양에 도착했을 때 이곳을 찾아온 조종도를 의령가수로, 이로를 단성·삼가의 소모관으로 삼았다. 그리고 곽재우와 함께 진주에 들어와 촉석루에 올랐다. 이와 관련해서는 본서에 수록한 김회운의 「삼장사변」 참조. 동년 9월 경상우도 관찰사에 제수되어 영남 일대의 항전을 독려하다가 1593년 4월 29일 진주 관아에서 병사했다. 아래 시는 임진년(1592) 5월 작이다.

「矗石樓一絶」 〈『학봉집』 권2, 48a~b〉 (촉석루 절구 한 수)

先生以招諭使, 初到晉陽, 牧使李璥竄在山谷, 城中寂無人影. 先生與趙宗道·郭再祐, 擧目山河, 不堪悲痛. 宗道握先生手曰 "晉陽巨鎭, 牧使名官, 今若此, 前頭事勢, 更無可爲, 不如遄死爲得. 願與公同沈此江". 仍自引[1]去. 先生笑曰 "一死非難, 徒死何爲? 匹夫之諒,[2] 吾不爲也. 先王遺澤尙未盡斬, 而主上已下罪己之敎, 天心方有悔禍之萌. 倘與諸君倡率分據, 以遏横突, 一旅足以興夏[3]恢復之功, 不難辦也.

---

1) 自引(자인): 자살함. 스스로 물러남. '引'은 죽다, 자살하다.

2) 匹夫之諒(필부지량): 하찮은 의리. 자세한 풀이는 부록의 용어편 '경독' 참조.

3) 一旅足以興夏(일려족이흥하): 적은 수효로 나라의 중흥을 이룸. 남송의 육수부(陸秀夫)가 1279년 원나라에 저항하던 중 천자가 죽자 대중을 독려하면서, "옛사람은 일려일성으로 중흥을 이룬 이가 있었다. 지금 백관과 유사가 모두 갖추어져 있고 사졸이 수만이니, 만약 하늘이 송나라를 끊어버리려 하지 않는다면 이 어찌 나라를 이룰 수 없겠는가?[古人有以一旅一成中興者. 今百官有司皆具, 士卒數萬, 天若未欲絕宋, 此豈不可爲國邪]" 말했

如其不幸, 張巡之死守可也, 杲卿之罵賊可也, 君何遽也? 有如此江,[4] 吾非畏死者.” 因詠一絶, 相與揮涕大慟而罷.[5]

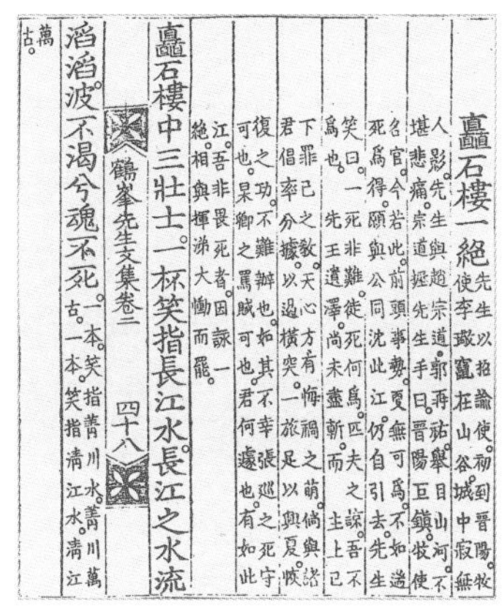
矗石樓一絶 先生以招諭使初到晉陽牧使李璥竄在山谷城中寂無人影先生與趙宗道郭再祐擧目山河不堪悲痛宗道握先生手曰晉陽巨鎭牧使名官今若此前頭事勢更無可爲不如遂死爲得願與公同沈此江仍自引去先生笑曰一死非難徒死何爲匹夫之諒吾不爲也先王遺澤尚未盡斬而主上已下罪己之敎天心方有悔禍之萌倘與諸君倡率分據以遏橫突一旅足以興夏恢復之功不難辦也如其不幸張巡之死守可也杲卿之罵賊可也君何遽也有如此江吾非畏死者因詠一絶相與揮涕大慟而罷

矗石樓中三壯士一杯笑指長江水長江之水流滔滔波不渴兮魂不死 一本笑指菁川水菁川萬古一本笑指清江水清江萬古

鶴峯先生文集卷二 四十八

김성일, 「촉석루일절」 『학봉집』 권2.

선생(先生)이 초유사로서 처음 진양에 도착했을 적에 목사 이경(李璥)은 산골짜기에 숨었고, 성안에는 적막하여 인적조차 없었다. 선생이 조종도·곽재우(郭再祐)와 더불어 산하를 바라보고는 비통함을 이길 수 없었다. 조종도(趙宗道)가 선생의 손을 쥐고서 말하기를, “진양은 거진이고 목사는 명관인데도 지금 이와 같으니, 앞으로 닥칠 형세는 다시 해볼 수가 없으므로 빨리 죽느니만 못합니다. 공과 함께 이 강에 빠졌으면 합니다.” 하고는, 이에 자결하려 가려 했다. 그러자 선생이 웃으면서 말하기를, “한 번 죽는 것은 어렵지 않지만, 헛되이 죽는다면 무슨 쓸모가 있겠는가? 필부들의 작은 의리를 나는 따르지 않겠다. 선왕께서 남기신 은택이 아직 다 없어지지 않았고, 주상께서도 이미 자신의 죄를 책망하는 교서를 내리셨으며, 하늘은 바야흐로 화를 내린 것을 후회하고 있다.

다. 결국 최후 보루였던 애산(厓山, 현 광동성 신회시 남쪽)이 함락되자 그는 가족들을 바다에 몰아넣어 빠져 죽게 한 뒤 자신도 어린 왕을 업고 투신 자결했다. 『송사』 권451 「충의열전」 〈육수부〉.

4) 有如此江(유여차강): 적을 쳐부수겠다는 의지를 비유함. 동진의 예주(豫州)태수 조적(祖逖)이 석륵(石勒)의 난을 다스리기 위해 강을 건너다가 노로 뱃전을 치며 맹세하기를, “조적이 중원을 평정하지 못하고 다시 강을 건넌다면, 큰 강이 지켜보리라.[祖逖不能清中原而復濟者, 有如大江]” 했다. 『진서』 권62 「조적전」.

5) 이밖에 이로의 『용사일기』 〈18b〉에 촉석루 시가 창작 배경과 함께 협주로 수록되어 있다. 『학봉집』 시주로 활용된 『문수지』(「학봉김선생용사사적」 〈『송암집』 권4의 저본〉)와 당시 분위기가 사뭇 다르게 서술되어 있는데, “당초에 공은 함께 죽으려는 마음이 있었기에 세 사람이 정좌했다. 술이 없어 성중의 인가에서 두루 구해 각자 한 잔을 마셨다. 공이 시를 지으니, ‘矗石樓中三壯士, 一盃笑指長江水, 長江之水流滔滔, 波不渴兮魂不死’라 했다. 드디어 띠로 함께 묶어 쥐바위[鼯巖, 현 뒤벼리]로 갔다. 공은 가면서 또 생각해봄에 헛된 죽음은 무익하다고 여겨 마침내 그만두었다.[當初公同有死心, 三人鼎坐. 無酒, 遍求城中人家, 各飮一盃. 公作詩曰, ‘矗石樓中三壯士, 一盃笑指長江水, 長江之水流滔滔, 波不渴兮魂不死’. 遂與結帶, 以行鼯巖. 公且行且思, 以爲徒死無益, 遂止]”라 하였다.

제군들과 함께 군사를 모아서 나누어 점거하고 있다가 함부로 쳐들어오는 왜적을 막는다면, 적은 군사로도 충분히 나라를 다시 일으키고 회복하는 공적을 이룰 수 있음을 판단하기는 어렵지 않다. 만약 불행히도 그렇게 되지 않는다면 장순(張巡)처럼 지키다가 죽어도 괜찮고, 안고경(顔杲卿)처럼 적을 꾸짖는 것도 괜찮은데, 그대들은 어찌하여 서두르는가? 이 강이 지켜보듯이, 나는 결코 죽음을 두려워하지 않는다." 하였다. 그리하여 절구 한 수를 읊으니 서로 눈물을 흘리며 크게 통곡하고는 그만두었다.

矗石樓中三壯士	촉석루 안의 삼장사
一杯笑指長江水	한 잔 들고 웃으며 장강 물을 가리키네
長江之水流滔滔	장강 물은 넘실넘실 흐르나니
波不渴兮魂不死	물결 마르지 않는 한 넋은 죽지 않으리

一本, 笑指菁川水, 菁川萬古. 一本, 笑指淸江水, 淸江萬古. 어떤 본에는 '笑指菁川水(2행), 菁川萬古(3행)'라 되어 있다. 어떤 본에는 '笑指淸江水, 淸江萬古'라 되어 있다.

○ 최경회(崔慶會, 1532~1593)

자 선우(善遇), 호 일휴당(日休堂)·삼계(三溪), 시호 충의(忠毅)

본관 해주. 능주(현 화순) 삼천리 출생. 가계는 부록 경상우병사 참조. 1548년 양응정과 1557년 기대승의 문인이 되었다. 1567년 문과 급제해 전적, 감찰, 옥구현감, 장수현감(1577), 무장현감(1579), 영암군수, 형조정랑, 영해부사, 담양부사를 지냈다. 1592년 모친 상중에 임란이 일어나자 화순에서 창의해 전라우도 의병장이 되어 금산전투에서 고경명을 도와 격전을 벌였고, 호남 고을에 격문을 띄워 호응한 군사들로부터 '우의병장(右義兵將)'에 추대되어 금산·무주에서 왜군을 무찔렀다. 그 공로로 1593년 5월 경상우병사가 되어 제2차 진주성전투를 지휘하던 중 성이 함락하자 강물에 투신했다. 동년 8월 이조판서, 인조 때 좌찬성이 추증되었고, 1753년 4월 시호 '충의(忠毅)'를 하사받았다.

아래 시가 수록된 『일휴당실기』는 1861년에 간행되었고, 최주해(1625~1694)가 1680년 최초 편집할 때의 이름은 『성취록(成就錄)』이었다. 『일휴당실기』 「연보」의 세주를 보면 최경회가 계사년(1593) 6월 진주성이 무너질 때 김천일·고종후와 함께 촉석루에 올라 죽음으로써 나라에 보답하자며 지었다고 했다. 삼장사 시 변증과 관련하여 중심에 있는 인물이다. 촉석루 삼장사 시의 창작설은 1750년 권적의 최경회 행장에 최초로 언급되었다.

「矗石樓殉節吟」[1] 〈『일휴당실기』, 6b〉 **(촉석루 순절음)**

矗石樓中三壯士	촉석루 안의 삼장사
一杯笑指長江水	한 잔 들고 웃으며 장강 물 가리키네
長江之水流滔滔	장강 물은 넘실넘실 흐르나니
波不渴兮魂不死	물결 마르지 않는 한 넋은 죽지 않으리

○ 정사호(鄭賜湖, 1553~1616) 자 몽여(夢與), 호 화곡(禾谷)

본관 광주. 초명 만호(萬戶), 시호 충민(忠敏). 부친은 정이주(鄭以周, 1530~1583)이고, 조카가 1630년 북경에서 천리경·자명종 등을 갖고 온 정두원(鄭斗源)이다. 1577년 문과 급제해 승정원 주서로 벼슬살이를 시작했다. 1597년 안동부사 때 명군과 함께 왜적을 토벌했다. 이후 황해도(1603)·평안도(1612)·경기도 관찰사를 거쳐 형조판서(1615)에 이르렀으며, 다섯 번이나 대사헌을 지냈다. 정사호는 경상도 관찰사(1607.4~1608.1) 때인 1607년 6월 진양에 도착한 뒤 7월 어느 한 날 촉석루에 올라 현판시를 보고 세 충신을 회고하는 아래의 차운시를 지었다. 그는 우병사 겸 진주목사 김태허와 의논해 정충단을 3단으로 확장하고 세 충신을 제향하는 창렬사를 건립했다. 정사호(1553~1616)의 「청진주창렬사액계」 참조.

「次板上韻 示金節度」[1] 太虛[2]爲慶尙道巡察使時 〈『화곡집』 권1, 2a〉 **(현판시에 차운하여 김 절도사에게 보이다)** 태허가 경상도순찰사일 때

臺館[3]今雖設	누각을 오늘날에 세웠으니
繁華未見曾	화려함은 진작 못 보던 것

---

1) 『일휴당실기』에는 아무런 배경 설명 없이 작품만 있다. 작가 최경회는 권적(1675~1755)이 1750년에 지은 최경회의 청시 행장에 처음으로 등장한다. 「구점일절(口占一絶)」 혹은 「투강시(投江詩)」라는 시제도 있다. 한편 황재수가 1837년 간행한 『정충록』 권2 〈36b〉에는 시제가 「진주 함성시 최병사소음(晉州陷城時崔兵使所吟)」이고, '不渴(4행)→可渴'로 바뀌어 있다. 한편 정약용은 『목민심서』 「병전」 6조 〈어구〉에서 최경회·김천일·황진을 삼장사로 들었고, 또 시구 중 '中(1행)→下, 之水(3행)→萬古'로 다르게 표기했다.

1) 시제의 '판상(板上)'은 청심헌(淸心軒)의 시판을 지칭함. 주편의 『진양지』 권1 「관우」 〈청심헌〉조에 이 시가 실려 있고, 한준겸·황근중이 지은 청심헌 시와 압운이 동일하기 때문이다. 그리고 김태허가 절도사일 때 지었다고 했으므로 창작 시기는 정미년(1607)이다.

2) 太虛(태허): 김태허(1555~1620). 가계와 인물 정보는 부록 참조.

3) 臺館(대관): 누각. 1604년 진주목사 겸 경상우병사 이수일이 중건한 청심헌을 말함.

興亡隨逝水	흥망은 강물 따라서 가 버리고
人世似風燈	인생사는 바람 앞 등불 같은데
愁鬢繁秋颯	쓸쓸한 가을날 수북한 살쩍이 시름겨워
危欄入夜憑	아찔한 난간에 밤이 들도록 기대었노라
三忠一日死	세 충신이 한 날에 죽었거늘
童稚至今稱	아이들도 지금까지 칭송하네

金倡義千鎰·崔兵使慶會·黃兵使進, 同守是城. 賊逼城陷, 遂不屈死, 時癸巳六月二十九日[4]也. 今余來此, 與金節度太虛令公, 同議建廟, 殺牲以享之. 因感慨于懷, 尾聯及之.

창의사 김천일, 병사 최경회, 병사 황진이 함께 이 성을 지켰다. 적이 들이닥쳐 성이 무너짐에 끝내 굴복하지 않고 죽었으니, 때는 계사년(1593) 6월 29일이다. 지금 내가 이곳에 와서 절도사 김태허(金太虛) 영공과 더불어 의논을 같이하여 사당을 세우고는 희생을 죽여 제향을 올렸다. 가슴 속 감회가 깊어 미련(尾聯)에서 그것을 언급하였다.

○ 박여량(朴汝樑, 1554~1611) 자 공간(公幹), 호 감수재(感樹齋)

본관 삼척. 함양 가성촌(加省村, 현 수동면 우명리 가성마을) 출생. 졸재 노상(盧祥, 1504~1574)과 내암 정인홍(1536~1623)의 문인으로 오장·박이장 등과 도의로 교유했고, 『고대일록』의 저자 정경운(1556~1610)이 사촌처남이다. 1593년 곽재우의 신원을 상소했고, 정유재란 때 의병으로서 황석산성에 들어가 군량을 조달하며 항거하던 중 차남이 피살되었다. 1600년 문과 급제해 검열·북청 판관(1604)·헌납·지평 등을 지냈다. 그리고 「두류산일록」(1610.9)·「종사일기」(『감수재집』 권6), 『감재일기』(1608~1610, 경남 유형문화재 제539호)는 당시 광해군 시대의 정계 상황과 그의 교유 관계를 이해하는 데 중요한 자료이다. 아래 시는 경상도 도사(1602.9~1603.10) 때 지은 것으로 추정된다.

「到晉州 祭精忠壇[1]」 〈『감수재집』 권2, 1b〉 **(진주에 도착해 정충단에 제 지내다)**

暮入晉陽城	날 저물어 진양성에 들어가
明朝祭忠烈	이튿날 아침 충렬을 치제하니

---

4) 세 사람 모두가 6월 29일에 죽었다고 했으나 황진은 하루 전날 적탄에 맞아 숨졌다.

1) 精忠壇(정충단): 전사한 사람들의 원혼을 달래기 위해 조성한 제단. 정경운의 『고대일록』 권1 〈1593.9.5〉에 진주성이 함락된 지 2개월여 만에 단을 만들어 제사를 치렀다.

慘目古城基	참혹한 옛 성터가
令人自嗚咽	사람을 절로 오열케 하네
江波流不盡	강물은 다함 없이 흐르고
春草年年碧	봄풀은 해마다 푸르른데
晩來風雨急	저물녘 비바람이 거세거늘
吾知寃未泄	원한이 씻기지 못했음을 알겠네

○ 류우잠(柳友潛, 1575~1635) 자 상지(尙之), 호 도헌(陶軒)

본관 전주. 안동시 임동면 수곡리(水谷里) 출생. 부친 류복기(1555~1617)가 임란 때 창의하자 18세 나이로 부대에 가담했고, 1594년 팔공산에서 왜적을 방어했으며, 정유재란 때는 곽재우가 지키고 있던 화왕산성에 달려가 부친을 따라 항전했다. 1627년 정묘호란 화의의 소식을 듣고 탄식한 뒤 오직 후진 양성에 매진했다. 한편 그는 화왕산성을 수비하던 중 숙부 류복립(1558~1593)이 순국한 진양성에 달려가 촉석루에서 치제하기도 했다. 가계와 생애 추가 정보는 부록 참조.
아래에 수록한 시들은 문집 편차를 참고할 때 '창렬' 사액을 받은 정미년(1607) 작이 확실하다. 『도헌일고』는 『기양세고』 권3에 수록되어 있다.

「謁彰烈祠」 倡義使金公千鎰·忠淸兵使黃公進·本道兵使崔公慶會, 同享. 〈『도헌일고』 상, 5b~6a〉 **(창렬사에 참배하다)** 창의사 김천일 공, 충청병사 황진 공, 경상도 병사 최경회 공을 함께 제향한다.

痛念龍蛇會	용사년 시절 몹시도 생각나는데
天心問孰憎	천심에게 묻건대 누굴 미워하여
兇鋒屠保障	흉한 칼끝이 요충지를 도륙하고
義骨積丘陵	의로운 뼈가 구릉에 쌓이게 했나
宇宙英雄盡	세상에 영웅은 사라지고
山河怨憤增	산하엔 원한이 불어났지
新祠依古郭	새 사당이 옛 성곽에 의지하거니
再拜涕垂膺	재배하자 눈물이 가슴을 적시네

○ 하홍도(河弘度, 1593~1666) 자 중원(重遠), 호 겸재(謙齋)

본관 진양. 사직공파. 진주 안계촌(현 하동군 옥종면 안계리) 출생. 송정 하수일의 문인이고, 성여신과 조겸 등을 종유했으며, 태계 하진(1597~1658)의 손자 하영(河泳)을 양자로 들였다. 성균관 유생으로 존경을 받았으나 광해군 실정에 낙담해 벼슬 뜻을 접었다. 정묘호란 때 의병을 일으켰고, 1635년 동생 낙와 하홍달(1603~1651)과 더불어 옥종 사림산 자락에 모한재(慕寒齋)를 창건해 강학했다. 남명학파의 중추로서 『산해사우연원록』 편찬에 참여했고, 1657년부터 2년간 진주목사로 지낸 성이성(1595~1664)에게 자문했다. 1676년 창건된 종천서원에 배향된 하홍도의 위패 축출과 『겸재집』 개판 일로 18세기 후반 영남 강우 지역에서 남인과 서인(노론)의 격렬한 분쟁이 일어나 급기야는 전국적으로 확대되는 사건이 있었다.
아래 첫 번째 시는 『충렬실록』 권2 〈13a~b〉에 실려 있고, 김천일의 『건재집』 부록에도 그대로 인용되었다. 두 번째 시는 『충렬실록』 권2 〈12a~b〉에 수록되어 있다.

「哀三忠祠[1]」 〈『겸재집』 권2, 20b~21a〉 **(삼충사에 애도하며)**

睢陽昔年感二公[2]	옛날엔 수양의 두 공에게 감개했거늘
晉康[3]今日哀三忠	오늘은 진주의 세 충신을 슬퍼하노니
忠魂義魄凛如在	충혼의백은 늠름하게 살아있는 듯
爲奠椒漿[4]遺廟中	이에 남은 사당에서 제삿술 올리노라
龍蛇問事不忍說	용사년 일을 묻자니 차마 말 못하겠는데
鳳輦[5]迢遞[6]龍灣東	임금 수레가 멀리 의주 동쪽으로 향하니
轅門[7]不見唾手人	군사는 뵈지 않고 손바닥 침 뱉는 사람뿐이었고
故都月黑妖塵蒙	달빛 검은 옛 도읍은 요괴한 먼지를 덮어썼지
維時倡義金先生	그때 창의사 김(金)선생은
誓雪國恥輸丹衷	국치 씻기를 맹세하며 충성을 다했고

1) 三忠祠(삼충사): 최경회, 김천일, 황진 세 신위를 배향하는 사당으로 창렬사의 전신. 자세한 내용은 정사호(1553~1616) 시와 부록의 용어편 '창렬사' 참조.
2) 二公(이공): 안록산 난 때 순절한 장순과 허원. 부록의 인물편 '장순' 참조.
3) 晉康(진강): 진주의 옛 이름. 『신증동국여지승람』 권30 「진주목」 〈군명〉
4) 椒漿(초장): 초장주(椒漿酒)의 준말로, 산초를 넣어 만든 제삿술. '椒'는 산초나무.
5) 鳳輦(봉련): 봉황을 장식한 수레, 곧 임금이 타는 수레. '輦'은 수레, 가마.
6) 迢遞(초체): 먼 모양. '迢'는 아득하다. '遞'는 떠나가다, 갈마들다.
7) 轅門(원문): 군문(軍門). 옛날 수레 끌채인 원목(轅木)을 교차해 만든 데서 유래함.

湖西節度黃將軍	충청병마절도사 황(黃)장군은
胷中神略黃石公[8]	가슴에 황석공의 신묘한 전략 품었으며
嶺南擁兵[9]崔元帥	영남에 부월 안은 최(崔)원수는
手中龍釼如長虹	손에 긴 무지개 같은 용천검을 들었지
伊人俱是盖世豪	이분들 모두 세상을 덮는 호걸로
桓桓[10]意氣如羆熊[11]	굳센 의기는 비웅과 같았도다
江淮保障晉之陽	강회의 요충지는 진양
心貞志烈三人同	마음 곧고 뜻 매서움은 세 분이 같았고
孤城竟入月暈中[12]	외로운 성이 마침내 달무리 속에 들어가니
可憐義旅爲猿虫[13]	가련케도 의로운 병사들은 원학충사되었지
吁嗟一釼化三人[14]	아아, 단칼에 세 분이 살신성인하니
天理到此還瞢瞢[15]	천리는 이곳에서 어둠으로 돌아갔네
當時孰非食衣輩[16]	당시 누군들 은총 입은 자 아니었냐마는

---

8) 黃石公(황석공): 한나라 장량(張良)에게 병서를 전해 준 선인(仙人). 그 병법을 터득하여 고조를 도와 천하를 통일하였음.

9) 嶺南擁兵(영남옹병): 경상우병사를 의미함. '擁'은 손에 쥐다, 안다.

10) 桓桓(환환): 굳센 모양, 용맹스러운 모양. '桓'은 굳세다, 푯말, 머뭇거리다.

11) 羆熊(비웅): 힘이 셈. 유래는 김수민(1734~1811)의 「의암가」 참조.

12) 달무리가 달 주위를 에워싼 것처럼 적에게 포위된 고성(孤城). 동래부사 송상현이 절명시를 부채에 써서 부친에게 보냈는데, "외로운 성에 달무리 졌는데/ 여러 진영에서는 베개를 높이 돋았네/ 군신의 의리는 중하고/ 부자의 정은 가벼워라[孤城月暈, 列鎭高枕. 君臣義重, 父子恩輕]"라고 했다. 『선조수정실록』에는 제2행이 '大鎭不救'로 되어 있다.

13) 猿虫(원충): 원학충사(猿鶴蟲沙)의 준말. 전쟁 통에 억울하게 죽은 장수를 슬퍼할 때 쓰는 관용어. 자세한 유래는 부록의 용어편 '원학충사' 참조.

14) 三人(삼인): 은나라 말엽 주왕 때의 세 충신인 비간·미자·기자, 여기서는 삼장사를 말함. 『충렬실록』 권2에는 '三仁'.

15) 瞢瞢(몽몽): 어두운 모양, 어두워 잘 보이지 않는 모양. '瞢'은 어둡다.

16) 食衣輩(식의배): 임금의 은택을 입음. 효성이 지극한 초나라 선비 신명(申鳴)은 자신 때문에 반란군에게 죽은 그의 부친을 생각해 임금이 포상하려 하자, "임금이 주신 밥을 먹는 자가 임금의 어려움을 피하면 충신이 아닙니다. 임금의 나라를 안정시키기 위해 저의 아버지를 죽였으니 효자가 아닙니다.[食君之食, 避君之難, 非忠臣也. 定君之國, 殺臣之父, 非孝子也]"(『설원』 권4 「입절」)하며 자살했다. 그리고 성삼문(1418~1456)이 형벌을 받으

獨也不忘君恩洪	유독 임금의 큰 은혜를 잊지 않았으니
龍亡虎逝[17]豈無跡	용이 죽고 범이 떠난들 어찌 자취 없었으랴
立祠城外宜褒崇[18]	성 밖에 사당 세워 마땅히 거룩히 기리니
英魂千載名不孤	영웅의 넋은 천년토록 그 명성 외롭지 않고
後人仰止[19]斯無窮	뒷사람이 우러러 바라봄에 다함이 없노매라
彷徨不堪四五歎	배회하며 네댓 번 탄식해도 견딜 수 없거니
落日江上愁雲籠	강가 석양은 시름겨운 구름 속에 싸여 있네

「題金公大捷碑[20]後」〈『겸재집』 권2, 21a~22a〉 **(김공〈김시민〉 대첩비를 읽은 뒤에 짓다)**

昔年嘗讀淮西碑[21]	옛날 일찍이 회서비를 읽고서
文章獨愛韓山斗	태산북두 같은 한유 문장을 유독 사랑했지
謀臣猛將如雲雨	구름과 비 같은 모신과 맹장들이
只與數州爭勝負	단지 여러 고을에서 승부를 다투었는데
孰如我公守孤墉[22]	누가 우리 공처럼 외로운 성 지키며
能却百萬餘兇醜	백만여 흉포한 놈들을 물리쳤던가

러 떠날 때 지은 「절필(絶筆)」 시에 "임금이 주신 밥 먹고 임금이 내린 옷 입으며/ 본디 한평생 허물없이 살고자 했노라[食君之食衣君衣, 素志平生莫願違]" 했다. 남효온, 『추강집』 권8 「육신전」.

17) 龍亡虎逝(용망호서): 훌륭한 인물의 죽음. 소식은 「제구양문충공문(祭歐陽文忠公文)」(『고문진보』 후집 권8)에서 그의 죽음에 대해 "마치 깊은 산과 큰 호수에서 용이 죽고 범이 떠나자, 곧 변괴가 온갖 생겨나고 미꾸라지와 뱀장어가 춤추고 여우와 너구리가 소리치는 것과 같다[譬如深山大澤, 龍亡而虎逝, 則變怪百出, 舞鰌鱓而號狐狸]." 하였다.

18) 褒崇(포숭): 기리고 높임, 표창함. '褒'는 기리다.

19) 仰止(앙지): 우러러 사모함. 『시경』 「소아」 〈거할〉, "높은 산을 우러러보고/ 큰길을 가야 하네[高山仰止, 景行行之]".

20) 김시민 장군의 전성각적비를 말함. 본서 수록.

21) 淮西碑(회서비): 한유(韓愈)의 「평회서비(平淮西碑)」(『고문진보』 후집 권3)를 말함. 창의 절도사 배도(裴度)가 817년 8월 채주에서 반란을 일으킨 회서절도사 오원제(吳元濟)를 정벌할 때 한유는 종군하고 돌아와 헌종(憲宗)의 명으로 이 비문을 지어 바쳤다.

22) 孤墉(고용): 고립된 성. '墉'은 성, 담, 벽.

銘功屹立[23]江之頭	공적 새긴 비석이 강 머리에 우뚝 서서
留與千秋名不朽	천추에 사라지지 않을 명성을 남겼구나
公昔牛刀[24]試一割[25]	공이 옛적 소 잡는 칼로 한번 베기를 시험하니
百里軍民有父母[26]	백 리의 군민들에게 부모가 있게 되었다지
罷衙緩帶[27]視龍泉	관아 일 끝나면 허리띠 늦추고 용천검 살폈거니
閒在腰間[28]空怒吼	칼이 허리에 한가히 있어도 하염없이 울분 토했네
妖星[29]半夜射紫薇	요사한 별이 한밤에 자미성을 쏘아 비추고
犬羊陸梁[30]驚九有	견양이 제멋대로 날뛰어 천하를 놀라게 했네
二十四郡男子誰[31]	스물네 고을에 남자는 누구였던가
治世能臣盡髥婦[32]	치세의 유능한 신하는 다 비겁한 남자 되고
江淮保障任一身	강회의 요충지는 한 몸에 떠맡겨야 했으니
國朝還爲張太守	나라에서는 다시 태수로 삼아 떨치게 했지
賊勢方張月成暈	적의 세력 커져 감에 달무리가 생기고

23) 屹立(흘립): 우뚝 솟음. '屹'은 쭈뼛하다.

24) 牛刀(우도): 우도할계(牛刀割鷄)의 준말. 여기서는 큰 재능.

25) 一割(일할): 후한 반초(班超)의 상소문 중에, "더구나 위대한 한나라의 위엄을 받들고 가는 내가 무딘 칼이나마 한번 베어 볼 수 없겠습니까?[況臣奉大漢之威, 而無鉛刀**一割**之用乎]"라 했다. 『후한서』 권47 「반초열전」.

26) 有父母(유부모): 소식, 「제구양문충공문」, "백성에게는 부모가 있고, 나라에는 시귀가 있습니다.[民**有父母**, 國有蓍龜]"

27) 緩帶(완대): 홀가분한 옷차림. 진(晉)나라 명장 양호(羊祜)가 군중에서 늘 간편한 평상복 차림에 허리띠를 느슨히 한 채 갑옷도 입지 않고 지냈는데도[在軍常輕裘**緩帶**, 身不被甲] 군사들이 모두 그 덕정에 감복하였다고 한다. 『진서』 권34 「양호두예열전」.

28) 閒在腰間(한재요간): 이백, 「취후증종생고진(醉後贈從甥高鎭)」, "갑 속에 서린 칼이 상어 가죽으로 장식하였나니/ 한가히 허리에 찰 뿐 사용한 적이 없다네[匣中盤劍裝鰭魚, **閒在腰間**未用渠]".

29) 妖星(요성): 병란과 같은 불길한 징조를 나타낸다는 별.

30) 陸梁(육량): 제멋대로 날뛰는 모양. '陸(륙)'은 뛰다. '梁(량)'은 사납다.

31) 안록산이 반란을 일으키자 하북의 군현이 바람 부는 대로 쓰러졌다는 소식을 들은 현종이 "스물네 군읍 가운데 한 사람의 의사도 없었다는 말인가![**二十四郡**, 曾無一人義士邪]"라 했다. 『자치통감』 권220 『당기(唐紀)』 〈현종, 755〉.

32) 髥婦(염부): 수염 달린 여자. 곧 비겁한 남자. 유래는 부록의 용어편 '염부' 참조.

矢石[33]紛如交左右　화살과 돌이 펄펄 날려 좌우로 난무했다
意氣安閒如不戰　의기는 편안하여 싸우지 않은 듯하였지만
犒士[34]鳴琴費牛酒　음식 베풀고 거문고 울리며 안주와 술을 주었지
人情倚重若泰山　인심이 의지함은 태산보다 무거웠고
舍死皆知生亦苟　모두가 목숨 버림에 생존 또한 구차한 줄 알았지
彼以其暴我以義　저들은 포악하고 우리는 의로써 하니
虜弱吾强君信否　오랑캐 약해지고 우리 강해졌음을 그대는 믿겠나
終令兇賊退如潮　마침내 흉적을 조수처럼 물러나게 하여
斬馘[35]如麻又似阜　베어 죽인 시체는 삼대 같고 언덕과 흡사했지
流星過處將星落　유성이 지나간 곳에 장수 별이 떨어지니
可惜一境爭奔走　애석하게도 온 경내는 다투어 분주했고
雲雨初除帲幪[36]卷　비와 구름 막 걷히자 장막이 거두어졌지
豊功偉烈[37]銘人口　풍성한 공적과 위대한 의열은 사람들 입에 새겨져
國家褒贈[38]縉雲[39]官　국가는 포증하여 진운의 벼슬을 내리고
獜閣[40]雄名傳永久　기린각은 영웅의 명성을 영구히 전하네
庶民子來隳[41]嵯峨[42]　서민들은 자식처럼 와서 높은 언덕을 깎았고

---

33) 矢石(시석): 화살과 쇠뇌로 발사하는 돌로, 전하여 전쟁을 뜻함.

34) 犒士(호사): 군사들을 위로함. '犒'는 음식을 보내어 군사를 위로하다.

35) 斬馘(참괵): 전쟁에서 적의 귀나 머리를 벰. '馘'은 베다.

36) 帲幪(병몽): 장막, 휘장. '帲'은 둘러치는 것. '幪'은 위를 가리는 것.

37) 豊功偉烈(풍공위열): 구양수, 「상주주금당기(相州晝錦堂記)」(『고문진보』「후집」 권6), "그 풍성한 공훈과 성대한 공렬이 이정(彝鼎)에 새겨지고 현가에 입혀지는 것은 바로 국가의 영광이지 고향 마을의 영광이 아니다.[其**豐功盛烈**, 所以銘彝鼎而被絃歌者, 乃邦家之光, 非閭里之榮也]"

38) 褒贈(포증): 벼슬아치의 공로를 인정하여 관계(官階)를 높여주던 일.

39) 縉雲(진운): 황제(黃帝) 때의 하관(夏官)으로 전해지는 관직 이름이며, 흔히 병조(兵曹)의 별칭으로 쓰인다. 1604년 선조가 내린 교서를 보면 김시민에게 '병조판서 겸 지의금부사'를 추증했다.

40) 獜閣(인각): 기린각(麒麟閣). 한 선제(宣帝) 때 곽광(霍光)·소무(蘇武) 등 공신 11인의 초상화를 그려 이 건물에 걸었다고 한다.

三尺之高大如手	석 자 높이의 비석은 대가의 솜씨로 만들었다
吾民見者淚皆墮	우리 백성은 보는 자마다 눈물을 떨구니
不翅[43]羊碑[44]留峴首	양호비가 현수산에만 전해지는 것은 아니라네
手靡袖拂人盡是	온 세상 사람이 손으로 만져보고 소매로 닦으니
石面不許苔文厚	석면에 이끼를 허용하지 않아 글씨가 두텁구나
使臺[45]命題使人賦	사신이 글제를 정해 사람들에게 시 짓게 하지만
豈有千匀[46]筆力書其後	어찌 중후한 필력 있어 그 뒤에 쓰겠는가

창렬사 정사. ©2015.5.30

41) 隳(휴): 무너뜨리다, 무너지다.

42) 嵯峨(차아): 산이 높고 험한 모양. '嵯'는 우뚝 솟다. '峨'는 높다.

43) 翅(시): =시(啻). 다만 ~만이 아니라, 날개.

44) 羊碑(양비): 양호(羊祜)의 비석. 진(晉)나라 양양태수 양호(羊祜)가 죽자 사람들이 그의 덕을 기리기 위해 양양의 현수산(峴首山)에 비석을 세우고 사당을 지었는데, 그 비석을 쳐다보고 눈물 흘리지 않는 사람이 없었으므로 두예(杜預)가 타루비(墮淚碑)라 명명했다는 고사가 있다. 『진서』 권34 「양호두예열전」.

45) 使臺(사대): =외대(외대). 관찰사나 사신(使臣)으로서 풍기를 단속하는 직임을 띠고 있거나 사헌부 관원의 임무를 겸한 사람.

46) 千匀(천균): 매우 무거운 무게. '匀'이 『충렬실록』에는 '균(鈞)'으로 되어 있음.

17세기

○ 조석윤(趙錫胤, 1606~1655) 자 윤지(胤之), 호 낙정(樂靜)

본관 배천. 시호 문효(文孝). 경기도 금천현(衿川縣, 현 시흥시) 검양촌(黔陽村) 출생. 대제학 조정호(趙廷虎)의 외아들로, 부자간의 믿음에 대한 일화가 『성호사설』「인사문」에 전한다. 사위가 송준길의 장남 송광식(1625~1664)이고, 생질인 청계 홍위(1620~1660)는 그의 제자이기도 하다. 김상헌, 장유, 김집의 문인이다. 1628년 문과급제해 의정부 사인, 이조참의, 대사헌, 동지중추부사(1654) 등의 벼슬을 지냈다.
아래 시는 조석윤이 진주목사(1638.9~1639.7) 부임 직후인 무인년(1638) 가을에 지은 것이다. 한편 그가 이임할 때 한몽삼이 「조목사석윤유애비(趙牧使錫胤遺愛碑)」(『조은집』 권3)를 지었는데, 비제가 똑같은 하홍도(1593~1666)의 「조목사석윤유애비」(『겸재집』 권8)가 있다. 아울러 우산 한유(1868~1911)가 창작한 「분양악부」의 제20편 〈송정초(訟庭草)〉는 진주목사 조석윤이 고을을 청렴하게 다스린 결과로 소송이 일어나지 않아 재판정에 풀이 돋았다는 사례를 제재로 삼았다.

「旌忠堂」〈『낙정집』 권3, 17a〉 **(정충당)**

忠臣多出晉陽城	충신은 진양성에서 많이 나왔는데
憶着當年涕自橫	그때를 회고함에 눈물이 절로 흐른다
男子死生關世道	남자의 생사는 세도와 관계되고
人間節義重勳名	사람 절의는 공명보다 중하거니
江山慘憺含遺恨	강산은 참담하게 남은 한을 품었고
日月分明照血誠[1]	일월은 분명히 충성을 비추고 있네
南徼[2]只今憂未殄[3]	남방은 지금도 근심이 끊이지 않건만

1) 血誠(혈성): 진심에서 나오는 정성.
2) 南徼(남요): 남쪽 변방. '徼'는 변방의 경계.
3) 殄(진): 다하다, 끊다, 죽다.

腐儒空作不平鳴[4]　　부패한 선비들이 쓸데없이 시 짓는구려

○ 이채(李埰, 1616~1684) 자 석오(錫吾), 호 몽암(蒙庵)

본관 여주. 이언적(1491~1553)의 고손자로 경주 양좌리(良佐里, 현 강동면 양동리) 출생. 과거보다는 학문에 전념하다가 50세 때 성균관 유생이 되었고, 영릉참봉(1676)과 빙고별검(1677) 등 여러 번 학행유일(學行遺逸)로 천거되었지만 모두 부임하지 않았다. 이후 처가가 있는 강동면 안계리(安溪里)로 이거해 초당을 짓고 향리 자제를 가르치다 별세했다.

「旌忠壇」〈『몽암집』 권3 23a〉 **(정충단)**

報祀靈壇薦幣腥[1]　　제사 드리는 영단에 폐백과 희생 올리며
將軍齊沐[2]致深誠　　장군은 재계하고서 깊은 정성 다하네
丁寧昨日崇朝[3]雨　　정녕 어제부터 아침까지 내리는 비는
彷彿英魂憤淚零　　영웅의 넋이 분노의 눈물 쏟아내는 듯

○ 안명로(安命老, 1620~ ?) 자 덕수(德叟)

본관 순흥. 제2파 안문개(1273~1338, 정을보의 장인)의 11세손이다. 안골포해전에서 전사한 안홍국(1555~1597)의 손자이고, 부친은 안종우이다. 1650년 문과 급제해 1664년 양산군수 때 병서(兵書) 『연기신편(演機新篇)』을 저술했다. 이후 서천군수(1668), 연서찰방(1671), 장연부사, 인동부사, 우통례(1678), 봉사시정을 지냈다. 1680년 경신대출척 때 유배되어 배소에서 죽었다. 천안의 광덕사 사적기를 1680년에 지었다.
『정충록(旌忠錄)』 권1 〈17b〉에서 안명로가 계사년(1653) 5월 21일 예관으로 파견되어 치제를 지냈다고 했으므로 아래 시의 창작 시점이 구체적으로 드러난다. 『정충록』은 황진(黃進)의 7세손 황재수(1771~1852)가 1837년 간행했고, 최초 편찬자는 황진의 손자인 당촌 황위(黃暐, 1605~1654)이다.

---

4) 不平鳴(불평명): 시문을 짓는 행위. 한유, 「송맹동야서」(『한창려집』 권8), "무릇 만물은 평온하지 못하면 웁니다.[大凡物不得其平則鳴]"

1) 腥(성): 날고기, 곧 희생(犧牲)을 말함.

2) 齊沐(재목): 목욕재계. '齊(제)'가 재계하다 뜻일 때는 '재(齋)'와 같음.

3) 崇朝(숭조): 이른 아침부터 아침밥을 먹을 때까지를 이름. '崇'은 마치다, 끝나다.

「感懷旌忠·忠烈兩祠」〈황위 편, 『정충록』 권2, 37a〉 **(정충·충렬 두 사당에 대한 감회)**

旌忠忠烈兩新祠[1]	정충사 충렬사의 두 사당이 참신하거니
萬古綱常賴不隳[2]	만고의 삼강오륜은 힘입어 추락하지 않으리다
精貫日星環北極	충정이 일월을 관통해 북극성을 돌고
氣成河岳衛東陲[3]	기개는 산천을 이루어 동방을 지키네
聖朝恩典今如此	성조의 은전이 지금 이와 같거니
義士殤魂且莫悲	의사들의 순국 혼을 너무 슬퍼 마오
却憶睢陽巡遠廟	수양의 장순과 허원 사당을 생각하건대
可能專美有唐時	당나라 때만 미담을 독차지할 수 있으랴

○ 배석휘(裵碩徽, 1653~1729) 자 미여(美汝), 호 겸옹(謙翁)

본관 성주. 경북 성주군 사뢰촌(思瀨村, 현 가천면 중산리) 출생. 약관 시절에 재종형인 고촌 배정휘(1645~1709)에게 배웠다. 조부인 등암 배상룡(1574~1655)의 유명을 받들어 과거에 응시하지 않고 성리학을 절차탁마하면서 지방관의 천거에도 일절 부응하지 않았다. 그가 지은 『가범(家範)』(1723)에 임란 때 진주목사를 두 번이나 지낸 증조부 배설(裵楔, 1551~1599)의 시조 2수가 수록되어 있는데, 시가 문학사적 의의가 있다.

「次三壯士韻」〈『겸옹집』 권1, 30a〉 **(삼장사 시에 차운하다)**

睢陽當日柱半壁[1]	수양에서 그때 하늘 한쪽을 붙들어
從此乾坤正氣碧	이로부터 천지에 정기가 푸르렀지
將軍一去關防解	장군들 한번 떠나자 변방이 해이해졌으니

1) '旌忠'은 충민사, '忠烈'은 창렬사의 이칭. 안명로가 이 시를 짓기 한 해 전인 1652년 충민사가 창건되었고, 1667년 사액되었다.

2) 隳(휴): 무너뜨리다, 무너지다.

3) 陲(수): 부근, 경계, 위태하다.

1) 半壁(반벽): 반쪽, 한 부분.

餘子區區[2)]寧足惜	나머지는 구구할 뿐 애석해한들 무엇하리

○ 정상열(鄭相說, 1665~1747) 자 몽필(夢弼), 호 평헌(苹軒)

본관 해주. 개명 상열(尙說). 삼종숙이 명암 정식(鄭栻)이고, 지명당 하세응(河世應)의 처남이다. 가계는 〈농포 정문부(1565~1624)-정대영-정유정(1611~1674)-정자(鄭梓)-정상열-정량신/정택신〉으로 이어진다. 문운이 없어 과거에 실패했고, 만년에 사마시 합격했으나 출사하지 않았다. 일찍이 홀로 된 모친을 극진히 모셨고, 겉치레를 배격하고 실지의 학문을 추구했으며, 신임사화 때에 송시열과 송준필을 문묘에 배향할 것을 청하는 상소를 올렸다.
아래 시는 33행의 '조가치제(朝家致祭)'와 『충렬실록』에서 정상열이 진사(進士) 신분으로 지었다고 한 것으로 볼 때 정묘년(1747)에 지었음을 알 수 있다.

「旌忠堂感古」[1)] 晉州彰烈祠 內 〈『평헌유고』 권1, 7b~8a〉 **(정충당에서 옛일을 회고함)** 진주 창렬사 안

東韓兵燹[2)]慘龍蛇	우리나라 병란은 용사년에 참혹했거늘
列郡男兒問幾何	묻노니 여러 고을에 남아가 얼마나 있었나
上洛[3)]嬰城今尹鐸[4)]	상락군이 성을 지켰으니 지금의 윤탁이요
元戎[5)]抗賊古廉頗[6)]	장수들이 적을 막아냈으니 옛날의 염파라
孤忠宇宙撑高柱	외로운 충성으로 세상의 높은 기둥 떠받쳤고
隻手東南障大河	한 손으로 동남의 거대한 물결을 막아냈도다

---

2) 區區(구구): 변변하지 못한 마음, 작은 모양, 부지런한 모양. '區'는 자질구레하다.

1) 『충렬실록』 권2 〈14a~14b〉에도 같은 제목으로 실려 있다. 단 10행의 '埤(비, 더하다)'가 '陴(비, 성가퀴)'로 되어 있다.

2) 兵燹(병선): =병화(兵火). 전란으로 일어난 화재. '燹'은 난리로 일어난 불.

3) 上洛(상락): 김시민이 받은 봉호.

4) 尹鐸(윤탁): 선정을 베푼 진나라 진양태수. 자세한 풀이는 부록의 인물 '윤탁' 참조.

5) 元戎(원융): 원래는 공격용 대형 전차를 뜻함. 후에 장군이 거처하는 군막, 장군이나 원수(元帥), 많은 군사의 의미로 확장됨. 『시경』 「소아」 〈동궁〉, "**元戎**十乘, 以先啓行".

6) 廉頗(염파): 전국시대 조(趙)나라 혜문왕 때의 명장. 당시 명신 인상여(藺相如)와 교우가 두터워 생사를 같이하여 문경지교(刎頸之交)의 고사가 생겨났다. 『사기』 권81 「염파인상여열전」.

倡義[7]心雄擕玉釼　　창의사는 웅장한 마음으로 옥검을 쥐었고
復讎[8]誠切枕金戈　　복수장군은 간절한 정성으로 창 베고 누웠지
輕身出陣期殲賊　　몸 가벼이 싸움터 나가 적 섬멸을 기약하고
飮血登埤誓靡他[9]　　피를 마시며 성에 올라 변함없기로 맹세했지
一雨如何崩古堞　　한 번의 비로 어떻게 옛 성첩이 무너져
萬人爭與赴滄波　　만인이 다투어 푸른 물에 나아가게 했나
精忠張許同千載　　장순과 허원의 정충이 오랜 세월 함께하고
保障江湖倂一科[10]　　강호의 요충지는 사표의 인물을 아우르네
褒節明宮昭揭額　　절의를 포상해 사당에 편액을 밝게 내걸었고
聳瞻芳則[11]特垂柯[12]　　우러러보도록 대지에 본보기를 특별히 내렸지
騷人[13]薦藻哀偏切　　문인이 바친 글은 애통함이 더욱 간절하며
節度[14]騰牋感最多　　절도사가 올린 장계는 감회가 가장 격했거니
遺廟英靈風颯爽[15]　　영령 깃든 남은 사당에 바람이 가벼이 오르내리고
古城殤鬼[16]月婆娑　　혼백 서린 옛 성에는 달빛이 너울너울 춤을 추네

---

7) 倡義(창의): 창의사, 곧 김천일.

8) 復讎(복수): 복수의병장, 곧 고종후. '讎'는 수(讐)와 동자.

9) 靡他(미타): 변함없이 절개를 지킴. '靡'는 없다. 『시경』「용풍」〈백주〉, "저 늘어진 다팔머리/ 실로 나의 짝이니/ 죽을지언정 맹세코 딴마음 갖지 않으리라[髧彼兩髦, 實維我儀, 之死矢**靡他**]".

10) 一科(일과): 송나라 사마광(司馬光)이 만든 십과(十科) 중 하나로 행실과 의리가 순수하고 확고하여 사표(師表)라 부를 수 있는 인재를 지칭함.

11) 芳則(방칙): 향기로운 대지. 여기서는 정충당이 있는 대지. '則'은 대부의 봉지.

12) 垂柯(수가): 도끼자루의 법칙을 내려줌, 곧 본보기. 자기가 쥐고 있는 도끼를 보면 도끼자루의 길이나 굵기를 알 수 있다. 『시경』「빈풍」〈벌가〉, "도끼자루를 베고 도끼자루를 베네/ 그 법칙이 멀리 있지 않네[伐柯伐**柯**, 其**則**不遠]".

13) 騷人(소인): 정식(1683~1746)을 말함. 정식의 「의암사적비명」 참조.

14) 節度(절도): 최진한(1652~1740)을 말함. 최진한의 「청증직정위차설재실계」 참조.

15) 颯爽(삽상): 바람이 시원하여 마음이 상쾌함, 가뿐하고 민첩함. '颯'은 솔솔 부는 바람. '爽'은 시원하다.

16) 殤鬼(상귀): 전사한 장병들의 넋. '殤'은 스무 살 미만에 죽은 영혼을 뜻하는데, 여기서는 전쟁터에서 죽은 청장년을 가리킨다.

吞蠻恨與江無盡　왜놈 삼키려는 원한은 강과 더불어 다하지 않고
報國心將石不磨　나라에 보답한 마음은 바위와 함께 닳지 않았네
三丈危碑留崒屼[17]　세 길 드높은 비석이 우뚝하게 남아 있거니
百年遺跡入摩挲[18]　백 년 자취가 어루만지는 손길 속에 들어오네
臨危明白投江守　위태하게 되자 수령은 명백하게 강에 투신했고
處變從容抱瑟娥　변란에 대처해 미인은 초연히 거문고를 안았지
經瀆元非爲婦諒[19]　헛된 죽음은 원래 필부라도 실행하지 않거니
守城胡不歎人和　성 지키는 데 어찌 인화를 탄식하지 않았으랴만
山河縱險時無奈　산하가 비록 험난해도 그때는 어쩔 수 없었고
忠義雖多數則那　충의가 설령 많았던들 그 운수를 어찌했으랴
冤氣結雲長怫鬱[20]　원통한 기운은 구름에 엉겨 늘 답답함이 끓어오르며
怒聲吹浪尙盤渦[21]　분노한 소리는 물결에 불어 여전히 소용돌이치는데
朝家致祭追天寶[22]　조정에서 치제함은 당나라를 따른 것이고
土俗投筒效汨灑[23]　민간에서 통밥 던짐은 초나라를 본받았지
物色空餘征戰地　경치가 덧없이 남아 있는 전쟁터에서
行人添淚竹枝歌　나그네는 죽지가 부르며 눈물 보탠다

---

17) 崒屼(줄올): 드높은 모양. '崒'은 험하다. '屼'은 산이 높은 솟은 모양.

18) 摩挲(마사): 손으로 어루만짐. '摩'는 쓰다듬다. '挲'는 만지다.

19) 經瀆元非爲婦諒(경독원비위부량): 자세한 유래는 부록의 용어편 '경독' 참조.

20) 怫鬱(불울): 불만이나 불평이 있어 마음이 끓어오르고 답답함. '怫'은 답답하다.

21) 盤渦(반와): 소용돌이치며 흐르는 물. '盤'은 소용돌이.

22) 당나라 천보(天寶) 연간(742~755)에 선대의 현인들을 존숭해 제사 지내는 제도가 마련했다고 한다.

23) 초나라 사람들이 단옷날에 멱라수(汨羅水)에 투신한 굴원의 죽음을 슬퍼하면서 죽통 밥을 던지며 제사지내는 풍습이 있었다. '灑'는 '羅'의 본자. 『강희자전』 〈水〉부 19획.

○ 신익황(申益愰, 1672~1722) 자 명중(明仲), 호 극재(克齋)

본관 평산. 인동부 약목리(若木里, 현 경북 칠곡군 약목면 소재) 출생. 경기수군절도사 겸 삼도통어사를 지낸 신명전(1632~1689)의 넷째아들이고, 자세한 가계는 경상우병사(1698) 신익념 참조. 1693년 복시에 실패하자 과거를 포기하고 평생 성리학 연구에 정진했다. 여러 번 관직에 제수되었으나 일절 응하지 않았다.
아래 시는 우병사로 있던 백형 신익념(1654~1702)을 무인년(1698) 5월 방문하면서 진주성에 올라 지었고, 이때 광양 배소에 있던 스승 이현일(1627~1704)도 찾아뵈었다. 『진주성 촉석루의 숨은 내력』(2014), 137~138쪽 참조.

「彰烈祠」〈『극재집』 권1, 12b~13a〉 **(창렬사)**

大盜雲屯日	큰 도적이 구름처럼 모여들고
孤城月暈時	외로운 성에 달무리 끼었을 때
蚍蜉[1]援已絶	소수의 원군마저 이미 단절되어
雀鼠勢難支	참새나 쥐조차 버티기 어려웠지
守死心猶壯	죽음으로 지키려는 이는 마음 되레 씩씩했고
偸生義不爲[2]	구차스레 살려는 이는 의를 실행하지 않았네
古來巡遠[3]匹	고래로 장순과 허원에 필적할 이는
二十八男兒[4]	스물여덟의 남아였노라

1) 蚍蜉(비부): 구원병을 뜻함. '蚍'와 '蜉'는 왕개미. 하루살이.
2) 義不爲(의불위): 의를 행하지 않음. 『논어』「위정」, "의를 보고서도 행하지 않음은 용기가 없는 것이다.[見**義不爲**, 無勇也]"
3) 巡遠(순원): 장순과 허원. 부록의 인물편 '장순' 참조.
4) 창렬사 정사 4위, 동사 13위, 서사 11위의 영령을 말함.

○ 조하위(曺夏瑋, 1678~1752) 자 군옥(君玉), 호 소암(笑菴)·우헌(迂軒)

본관 창녕. 밀양 초동면 오방리(五榜里) 출생. 한강 정구와 사돈을 맺은 취원당 조광익(1537~1578)의 5세손으로 1723년 생원시 합격해 태학에서 방회계를 조직했고, 귀향해서는 김종직의 향약을 본떠 퇴폐한 풍속을 변화시켰다. 지수 정규양(鄭葵陽, 1667~1732)에게 예학을 질의했고, 만년에는 제동(堤洞, 현 부북면 제대리)에 복거하면서 제현들과 도의로써 교유했다.
아래 시들은 남강 득인(得印) 사실과 남태량(1695~1752)의 경상도 관찰사 재직 기간으로 보아 정묘년(1747) 작이 분명하다.

「聞晉陽南江得崔將軍慶會古印 有感」 壬辰崔公以本道右兵使, 懷印投江. 丙寅春,[1] 始得之. 〈『소암집』 권1, 11b〉 **(진양 남강에서 최경회 장군의 옛 관인을 얻었다는 소식을 듣고 느낌이 있어)** 임진왜란 때 최공(崔公)이 본도 우병사로서 인장을 품고 강물에 몸을 던졌다. 병인년(1746) 봄에 비로소 그것을 얻었다.

山河熱氣鍾[2]剛英	산하의 매서운 기상 강직한 정신에 모였나니
印與將軍一世幷	도장과 더불어 장군이 한 시대에 나란했었지
水府[3]亦知忠義大	강 또한 위대한 충의를 알아
故教呈出著芳名	짐짓 꽃다운 명성 드날리게 하네

「又聞以得印事賜祭于彰烈祠 有作」 〈『소암집』 권1, 11b~12a〉 **(다시 관인을 얻은 일로 창렬사에서 사제한 소식을 듣고 짓다)**

印面分明萬曆年	도장 표면에 뚜렷한 만력 연호를
宸衷親玩感懷偏	임금이 몸소 살펴봄에 감회가 새삼 사무쳤지
禮官奉教頒恩奠	예관이 명령 받들어 은혜로운 제사 베풀거니
太史[4]應書義烈全	사마천이라면 의열을 응당 온전히 기록하리라

---

1) 丙寅春(병인춘): 인장은 봄이 아닌 12월 말 얻었고, 이듬해[정묘년] 1월 영조가 「득인명」을 지었다.

2) 鍾(종): 모으다, 모이다.

3) 水府(수부): 해신이나 용왕이 산다고 하는 바닷속의 궁전.

4) 太史(태사): 사마천을 지칭함.

「又聞南巡相泰良[5]以得印 命題試士白場」〈『소암집』 권1, 12a〉 **(다시 관찰사 남태량이 관인을 얻은 일로 백일장에서 선비들을 시험 보게 했다는 소식을 듣고)**

印與人同水底沈	도장이 사람과 함께 물밑으로 잠김에
貞忠義烈共波深	정충과 의열은 깊은 물속에 함께했지
聖王激慨頒恩侑	성왕은 격하게 감개하며 은혜를 내리시고
巡相多懷試藝林	관찰사는 회포 많아 선비들을 시험했거니
操筆諸生誰不感	붓을 쥔 여러 유생 누구인들 느낌이 없었겠으며
擊壺[6]奇氣自難禁	호방하고 특출한 기개는 절로 금하기 어려웠으리
明時老物雖無用	청명한 시대에 이 늙은이는 쓸모가 없지만
坐詠新詩涕滿襟	앉아서 새 시를 읊으니 옷깃에 눈물이 흥건하네

○ 김중원(金重元, 1680~1750)

자 응삼(應三), 호 퇴장암(退藏菴)·관어재(觀魚齋)

본관 용궁. 하동부 양곡면 청천리(淸川里, 현 양보면 운암리) 출생. 제2차 진주성전투 때 수문장으로서 싸우다 순국해 창렬사에 배향된 낭선재 김태백(金太白, 1560~1593)의 5세손이다. 경학에 통달한 한편 병법서나 『좌전』을 좋아해 무예가 출중했다. 추가 정보는 창렬사 편 참조
아래 시는 「세적 약록」(『퇴장암유집』 권3)에 그가 당시 반란을 평정한 뒤 진주 창렬사(彰烈祠)에 제향한 다음 촉석루에 올라 지었다고 했으므로, 창작 시기는 무신년(1728)으로 짐작된다. 그는 시와 별도로 창렬사 정충단 제문(본서 수록)을 지었다.

---

5) 南巡相泰良(남순상태량): 순찰사 남태량(1695~1752). 자는 유능(幼能), 호는 광릉거사(廣陵居士). 진주목사(1696) 남지훈의 손자인데, 자세한 가계는 부록 참조. 1727년 급제한 뒤 정언, 대사간, 대사헌(1748), 이조참판 등을 지냈다. 그는 1746년 11월 경상도 관찰사에 제수되어 1748년 10월까지 재임했으며, 『대동휘찬(大東彙纂)』을 편찬했다.

6) 擊壺(격호): 호방한 모습. 진(晉)나라 왕돈(王敦)은 술 마시면 쇠로 타호(唾壺)를 두들기며 조조의 「보출하문행(步出夏門行)」 시를 불렀다고 함. 『진서』 권98 「왕돈전」.

「題矗石樓」〈『퇴장암유집』 권1, 1a〉 **(촉석루에 제하다)**

矗石樓上月	촉석루 위에는 달
矗石樓下水	촉석루 아래는 물
樓中三壯士	누각 안 삼장사의
滔滔心不死	도도한 마음 죽지 않았네

○ 정식(鄭栻, 1683~1746) 자 경보(敬甫), 호 명암(明庵)

본관 해주. 진주 옥봉동 출생. 의병장 농포 정문부(1565~1624)의 종증손으로 경상우병사 최진한(崔鎭漢)이 재임하던 1722년 의암사적비 비문을 지어 18년 뒤 임금으로부터 논개 정려 특명을 받는 데 크게 기여했다. 자세한 인물 정보는 정식의 「의암사적비명」 참조.

「旌忠壇有賜祭」〈『명암집』 권1, 10b〉 **(정충단에서 사제가 있기에)**

江上烟波萬古愁	강가의 안개 물결은 만고토록 근심하고
山河空帶至今羞	산하는 속절없이 지금도 부끄러움 품었네
兵家勝敗星霜久	병가의 승패는 성상처럼 오래되었고
壯士精忠日月留	장사의 정충은 일월같이 영원하도다
爭頌義聲榮百代	의로운 명성 다투어 칭송하니 백대에 영예롭고
寵贈新渥[1]煥千秋	새 은택을 후하게 내리니 천추에 빛나리라
分明不死英靈感	영령이 분명 죽지 않고 감응했는지
雲雨蕭蕭咽晩洲	비구름 스산하고 흐느끼는 저녁 물가로다

1) 新渥(신악): 새로운 은택. 여기서는 사제(賜祭)를 뜻함. '渥'은 은혜, 두텁다.

○ 조천경(趙天經, 1695~1776) 자 군일(君一), 호 이안당(易安堂)

본관 한양. 경북 상주 거주. 검간 조정(趙靖, 1555~1636)의 5세손으로 일찍이 식산 이만부(1664~1732)의 문인이 되었고, 1721년 사마시에 합격했다. 1728년 별시를 보러 상경하던 중 이인좌 난이 일어나자 귀향해 의병소의 장서기(掌書記)로 활약했고, 그 뒤 수직(壽職)으로 호군(護軍)에 제수되었으며, 자헌대부에 이르렀다.
아래 시들은 치제관 안치택(1702~1777)의 시(본서 수록)를 차운한 것으로 볼 때 창작 시기는 정묘년(1747) 3월 초로 짐작된다.

「次彰烈祠致祭官韻」〈『이안당집』 권1, 9a〉 **(창렬사 치제관의 시에 차운하다)**

幷序. 壬辰晉陽之陷, 義烈崔慶會, 抱右兵使印, 投南江而死. 英廟丁卯, 游手[1]得是印於矗石樓下潭中, 印背書曰 '萬曆十年三月造 慶尙右兵使印'.[2] 閫臣[3]聞於朝, 自上曠感[4]忠節, 親製印銘. 仍命鐫印傳于兵使, 賜祭彰烈祠.

병서. 임진왜란 때 진양이 무너지자 절의 매서웠던 최경회(崔慶會)가 우병사 인장을 안고 남강에 몸을 던져 죽었다. 영조 정묘년(1747)에 한가한 사람이 촉석루 아래 못 속에서 이 도장을 얻었는데, 도장 뒷면에 '萬曆十年三月造, 慶尙右兵使印'이라고 쓰여 있었다. 병사가 조정에 보고하니, 임금은 유례없는 충절에 감동하여 친히 인명(印銘)을 지었다. 이에 관인 상자에 명(銘)을 새겨 병사에게 전하도록 명령하고, 창렬사에 사제하였다.

嗚咽寒江肅穆[5]祠　　찬 강 오열하는 엄숙한 사당
五更[6]冠佩[7]駿奔儀　　한밤중 관원들의 분주한 거동

1) 游手(유수): 하는 일 없이 빈둥거리는 사람.
2) 이유원(1814~1888)의 『임하필기』 13권 「문헌지장편」 〈진강득인〉에는 "篆刻慶尙右道兵使印, 背刻萬曆十年造"이라 했다.
3) 閫臣(곤신): 경상우병사를 지칭함. 본서 삼장사 편에 수록한 김윤(1698~1755)의 「득인계(得印啓)」 참조.
4) 曠感(광감): 광세지감(曠世之感)의 준말. 세상에 유례가 없는 느낌. '曠'은 공허하게 하다.
5) 肅穆(숙목): 온화하고 조용한 모양. '穆'은 고요하다, 화목하다.
6) 五更(오경): 초저녁부터 새벽까지 다섯으로 나눴을 때의 다섯째 부분, 곧 밤 3~5시.
7) 冠佩(관패): 의관과 패옥, 곧 관리의 복장. '佩'는 차다, 노리개.

也知魚腹孤忠魄　어복에 맡긴 외로운 충혼을 알기에
泣下慇懃諭祭[8]辭　눈물 흘리며 정성스레 유제문을 바치네

「又次致祭官傳印兵使時韻」〈『이안당집』 권1, 9b〉 **(치제관이 병사에게 인명함을 전해줄 때 지은 시에 또 차운하다)**

神皇年號我王銘　신종 황제의 연호, 우리 임금의 인명
顯晦[9]波心自有靈　조수 물결은 저절로 신령함이 있었네
爲是忠臣攜死節　이 충신이 죽음으로 절의를 지켜
憑渠天下樹風聲　그 덕분으로 천하에 풍도 세웠지

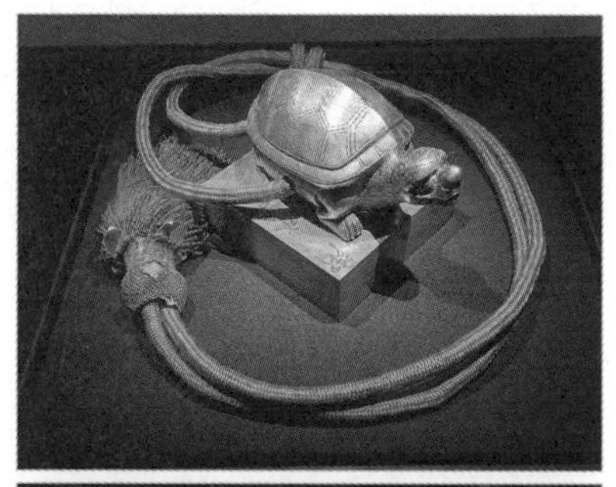

영조 어필(1776)이 새겨진 '효손 은인(孝孫銀印)'과 인장함. 출처: 국립중앙박물관. ©2023.12.22

8) 諭祭(유제): =치제(致祭). 왕이 사신을 보내 지내게 하는 제사.
9) 顯晦(현회): 성쇠, 벼슬과 은둔. 여기서는 강물이 줄고 부는 것을 뜻함.

18세기

○ 김상중(金尙重, 1700~1769) 자 사질(士質)

본관 강릉. 가계 정보는 부록의 진주목사 참조. 1732년 문과급제 후 창녕현감·지평·교리를 거쳤고, 1737년 10월 정언으로서 재상(宰相)을 탄핵하는 상소로 파직되기도 했다. 이듬해 복직해 수찬으로 복귀해 정언·사간(1746)·동래부사(1747.6~11)·승지·대사간·양주목사·공조판서(1768) 등을 지냈다.
아래의 시는 최경회의 『일휴당실기』 〈56b〉에서 시제가 「차운」이고, 원운은 예관(곧 치제관) 안치택(1702~1777)의 「창렬사치제후 감음」이다. 그리고 김상중의 신분을 '목사'라 했으므로 그가 진주목사(1746~1747.5) 시절인 정묘년(1747) 3월에 지었음을 알 수 있다. 당시 그는 대축(大祝)을, 삼가현감 서민수가 집례(執禮)를 각각 맡았다.

「彰烈祠致祭後 感吟」 〈정덕선 편, 『충렬실록』 권2, 13b〉 **(창렬사에서 치제하고 난 뒤 감격하여 읊다)**

孤松猶愛此忠祠	외로운 솔이 더욱 사랑스러운 이곳 충신 사당
想得當年蹈水[1]儀	생각해보니 당시 전란 헤쳐 나간 위용 있구려
今世傷心三壯士	지금도 마음을 아프게 하는 삼장사인데
一江餘怨短碑[2]辭	온 강에 남은 원한이 단비에 새겨져 있네

1) 蹈水(도수): 정성이 지극하면 불가능이 없음. 『주역』「감괘」〈정전(程傳)〉, "지성은 금석을 관통하고 수화를 헤쳐 나갈 수 있으니, 무슨 험난함인들 형통하지 못하겠는가[至誠, 可以通金石, 蹈水火, 何險難之不可亨也]".

2) 短碑(단비): 우병사 최진한의 업적을 기린 남계 신명구(1666~1742)의 비문을 새겨 1723년 4월에 세운 정충단사우중수비를 뜻함.

○ 안치택(安致宅, 1702~1777) 자 거광(居廣), 호 무은재(無隱齋)

본관 죽산. 함평 나산면 나산리에서 통덕랑 안만우(安晩遇)의 차남으로 출생했고, 조부는 보진당 안여기(安汝器)이다. 자세한 가계는 부록의 진주목사(1404) 안로생 참조. 봉암 채지홍(1683~1741)과 도암 이재(1680~1746)의 문인으로, 1729년 생원시 합격했고, 1739년 정시문과에 급제했다. 이후 가주서(1740), 정언, 지평(1749), 장령, 황산찰방(1761~1764), 통례원 상례 등을 지냈다. 충효의식이 투철했고, 호 '無隱齋'는 1774년 영조가 충직한 마음을 숨기지 않는 사람이라는 뜻으로 하사한 것이다.
아래 시들은 창렬사 비석의 「어제사제문(御製賜祭文)」으로 볼 때 안치택이 정묘년(1747) 3월 예조좌랑으로서 왕명을 받들어 옛 관인과 인명함을 병영에 봉안하고 창렬사에 치제할 때 지었음을 알 수 있다. 당시 대축(大祝)은 진주목사 김상중이. 집례(執禮)는 삼가현감 서민수가 맡았다. 그의 『무은재유고』에는 없지만, 최경회의 『일휴당실기』 〈56a~b〉에도 수록되어 있다.

「彰烈祠致祭後 感吟」[1] 〈정덕선 편, 『충렬실록』 권2, 13b〉 **(창렬사에서 치제하고 난 뒤 감격하여 읊다)**

承命酹靈[2]彰烈祠	왕명 받들어 창렬사 영령에 술잔 올림에
襟紳濟濟[3]肅將儀	선비들이 함께 엄숙히 의식을 거행하네
晉陽從古多名節	진양은 예부터 이름난 충절이 많았거니
聖代樹風未有辭	성대에 세우는 풍교 길이 그치지 않으리

「矗石樓 奉傳古印于兵相 感吟」 〈정덕선 편, 『충렬실록』 권2, 13b〉 **(촉석루에서 옛 관인을 병사에게 받들어 전하고 감격하여 읊다)**

忠臣古印聖王銘[4]	충신의 옛 관인과 성왕의 인명은
延釼還津[5]似有靈	연검환진이라 신령이 있는 듯하네

---

1) 안치택의 치제 사실은 양응수(1700~1767)의 「축장일기」 〈1747.2.22〉(『백수집』 권17)에 비교적 자세하게 나온다.

2) 酹靈(뇌령): 술을 땅에 붓고 신령에게 제사를 지냄. '酹(뢰)'는 붓다.

3) 濟濟(제제): 사람이 많은 모양. '濟'는 많고 성함, 건너다, 구제하다.

4) 忠臣古印聖王銘(충신고인성왕명): 관인을 보관하는 상자에 영조가 지은 인명(印銘)을 새긴 것을 말함.

5) 延釼還津(연검환진): =연진검합(延津劍合), 연진지합(延津之合). 다시 합하게 되는 인연이나 부부가 죽은 뒤에 합장하는 것을 비유함. 진(晉)나라 때 풍성령(豊城令) 뇌환(雷煥)이 용천(龍泉)과 태아(太阿)라는 두 보검을 얻었다. 하나는 장화(張華)에게 주었는데, 그가

矗石樓中傳授處　　촉석루 안에서 전수할진대
把杯忍聽怨波聲　　잔 잡고서 원한의 물소리 차마 들으랴

○ 최흥원(崔興遠, 1705~1786)

자 태초(太初)·여호(汝浩), 호 백불암(百弗菴)·칠계(漆溪)

본관 경주. 세거지는 대구부 해안현 칠계(漆溪 현, 동구 둔산동 옻골마을)이나 대구부 원북리(院北里) 외가에서 출생. 대암 최동집(1586~1611)의 5세손으로, 25세 이후 과거를 포기하고 '경(敬)'을 수행 방편으로 삼아서 사창(社倉) 제도와 부인동(夫仁洞) 향약을 시행하는 등 실사구시 학문을 추구했다. 류형원의 『반계수록』 가치를 높이 평가해 필사해 읽었고, 1770년 대구감영에서 그 교정본을 발간할 때 공로가 컸다.
아래의 시는 경신년(1740) 12월 산수를 좋아해 유람하던 중 촉석루에 올라 학봉 시를 차운한 것이고, 당시 하동에서 제산 김성탁의 모친이 별세했다는 소식을 듣고 광양 배소에 가서 그를 조문했다.

「登矗石樓 次三壯士韻」〈『백불암집』 권1, 4a〉 **(촉석루에 올라 삼장사 시에 차운하다)**

我縱龍鍾[1]猶志士　　내 설령 못났으나 아직도 지사라
來登矗石臨淸水　　촉석루에 와서 올라 맑은 물 굽어보거니
江樓勝賞何須論　　강 누각의 절경 감상은 따져서 무엇하랴
只憶三賢共誓死　　세 현인이 함께 죽음 맹세한 일만 기억해야지

주살된 뒤 소재를 알 수 없게 되었다. 다른 하나는 뇌환이 죽은 뒤 그 아들이 차고 다니다가 연평진(延平津, 복건성 남평현 소재)을 지날 때 칼이 갑자기 허리춤에서 빠져 물속으로 들어갔는데, 사람을 시켜 찾게 했더니 칼은 보이지 않고 용 두 마리가 뒤엉켜 있었다고 한다. 『진서』 권36 「장화전」.

1) 龍鍾(용종): 구지레한 모양, 노쇠한 모양, 눈물을 흘리는 모양.

○ 서명서(徐命瑞, 1711~1795) 자 백오(伯五), 호 만옹(晚翁)

본관 대구. 함재 서해(徐嶰, 1537~1559)의 6세손. 음보로 출사한 뒤 북부 봉사, 정조의 세손위종사 우종사 및 장사(1759~1760)·세자익위사 사어(1773), 문효세자의 익위사 익위(1784)를 지냈다. 이외 호조좌랑·정선군수(1775.12~1780)·도총관(1794) 등을 역임했다. 한편 그는 1761년 1월 의령현감에 제수되자 애민헌(愛民軒)을 동헌 편액으로 내건 뒤 5년 남짓 재임하며 선정을 베풀었다. 아래 시는 서명서가 진주목사를 겸직하던 임오년(1762) 3월경에 지은 것으로 짐작된다. 그는 1762년 이로(李魯)의 후손 이일화, 이일신 등이 『용사일기』 간행을 앞두고 서문을 요청하자 1762년 2월 「김학봉용사일록서」(『만옹집』 권2)를 지었다.

「登矗石樓」 故兵使崔錫漢[1], 以營婢論介死節事, 乃狀聞[2], 賜名義巖, 載『荷潭日錄』[3]·『眉叟記言』[4]. 今丁卯兵營江渚, 獲古印章, 卽右兵使崔慶會死節時所佩也, 背刻萬曆年號. 至於狀聞,[5] 御製銘銀字塡匣, 送置本營, 遂有致祭之命. 而三士中一人,[6] 尙未聞褒揚之擧, 及於次聯. 〈『만옹집』 권1, 14a〉 **(촉석루에 올라)**

옛날 병사 최진한은 병영에 딸린 여종 논개(論介)가 절의를 지키려다가 죽은 일로써 장계를 올려 '의암(義巖)'을 하사받았는데, 『하담일록』과 『미수기언』에 실려 있다. 당대인 정묘년(1747) 병영의 강가에서 옛 인장을 얻었는데, 곧 우병사 최경회가 절의를 지키며 죽을 당시에 찼던 것으로 등 부분에 만력 연호가 새겨져 있었다. 이에 장문을 올렸더니 임금이 지은 명(銘)을 은색 글자로 상자에 새겨 본영에 보내 비치토록 하고, 마침내 치제하라는 명령이 있었다. 그러나 삼장사 중 한 사람에 대해서 아직도 표창하여 선양하라는 움직임은 들리지 않음으로 이에 아래 시에서 언급하였다.

---

1) 崔錫漢(최석한): '錫'은 진(鎭)의 오기.

2) 狀聞(장문): 지방관이 장계(狀啓)를 올려 임금에게 보고하는 일.

3) 『荷潭日錄(하담일록)』: 김시양(1581~1643)이 지은 수필집으로 논개 이야기는 보이지 않는다. 다만 그의 『부계기문』(『국역 대동야승』 권72)에 한 늙은 기녀가 창의사 김천일에게 군기 문란함을 걱정스레 말한 탓에 참수된 이야기가 전한다.

4) 『眉叟記言(미수기언)』: 허목(1595~1682)이 지은 문집. 저자의 학문적 성향과 당시 시대상을 파악할 수 있는데, 논개 이야기는 미상이다.

5) 당시 장계를 올린 이는 경상우병사 김윤(金潤, 1745.11~1747.9 재임)이다.

6) 의령 출신의 송암 이로(李魯, 1544~1598)를 말함.

春城遊跡柳河州	봄날 성에 노닐 곳은 버들 강가인데
未易題詩矗石樓	촉석루 시를 짓기란 쉽지가 않구려
亂後誰知三壯士	전란 뒤 그 누가 삼장사를 알려나
時平惟見大江流	시절 태평한 때 큰 강물을 보거니
官娃貞石波心屹	관아 기녀의 곧은 돌은 물결 속에 우뚝하고
節度金章水面浮	절도사의 황금 인장이 강물 위로 떠올랐지
賴有龍蛇餘錄[7]在	다행히도 용사년의 남은 기록 있거니
憑欄讀罷下汀洲	난간 기대 읽고 나서 물가로 내려간다

○ 정우신(鄭禹臣, 1718~1802) 자 선삼(宣三)

본관 해주. 정우신은 이미 언급한 정상열(1665~1747)의 종질이다. 가계는 〈정문부-정대영-정유정-정즙-정상후-정우신-정현교-정락선〉으로 이어진다. 동생이 1775년경 「인명비문」을 지은 정은신(鄭殷臣)이다.
아래 시는 위의 치제관 안치택(1702~1777)의 「창렬사 치제후 감음」에 의거할 때, 정우신이 정묘년(1747) 3월에 지었음을 알 수 있다. 최경회의 『일휴당실기』〈56b~57a〉에는 시제가 「차운」이다.

「次禮官感吟 二首」〈정덕선 편, 『충렬실록』 권2, 13b~14a〉 **(예관이 지은 시에 차운한 두 수)**

毅魄隨恩格兩祠	굳센 넋이 임금 은덕으로 두 사당에 이르고
禮官將祀儼威儀[1]	예관의 제사 의례는 공손하고도 위엄 있네
朝家崇報無今古	조정의 융숭한 보답은 고금에 없을진대
臨節人當死不辭	절개를 지킨 사람 응당 죽음도 불사했지
忠節如生印面銘	인갑에 새긴 명문은 충절이 살아있는 듯하고

7) 龍蛇餘錄(용사여록): 이로가 지은 『용사일기』.

1) 威儀(위의): 격식을 갖춘 태도나 차림새.

煌煌宸翰[2]起英靈　　빛나고 빛나는 임금 교서는 영령을 일으키네
命藏嶺閫[3]王心在　　병영에 보관하라는 명으로 왕의 마음 두었거니
要使南州感義聲　　남쪽 고을에서 의로운 명성을 느끼게 함이리라

○ 유일(有一, 1720~1799) 자 무이(無二), 법호 연담(蓮潭)

속성 천씨(千氏). 연담대사. 전라도 능주 적천리(跡泉里, 현 화순읍 향청리) 출생이나 7세 때 부친을, 13세 때 모친을 여의었다. 18세 때 무안 법천사(法泉寺) 성철(性哲)스님의 권유로 출가해 이듬해 비구계를 받은 뒤 보흥사·해남 대둔사 및 미황사·합천 해인사·순천 송광사·장흥 보림사 등지에서 수행했으며, 사후 그의 선지(禪旨)가 초의선사(1786~1866)를 통해 계승되었다. 그는 1778년 11월 화순 동림사에서 독서하고 있던 17세의 정약용을 만났다. 아래 시의 창작 시기는 "丁酉(1777)春, 受嶺南宗正之差, 往參春享, 居海印寺"(『임하록』 권4 부록 「자보행업」)라는 기록으로 추정해볼 수 있다. 하강진(2014), 374~375쪽; 박석무, 『다산 정약용 평전』, 민음사, 2014, 105~107쪽 참조.

「次矗石樓詩」 〈『임하록』 권2, 21a~b〉 **(촉석루 시에 차운하다)**

憶昔南夷犯海區　　생각건대 옛날 왜적이 바다 지역 침범하여
千羣戎馬擁城樓　　수많은 오랑캐 말들이 성루에 떼로 모였거니
七年爲亂天應厭　　칠 년간 휩싸인 전란은 하늘도 응당 싫어했고
三將投江水不流　　삼장사가 몸을 던진 강은 물이 흐르지 않았지
落日轅門[1]笳鼓咽　　해 저물자 원문에 피리 북소리가 울리며
中霄釼氣斗牛浮　　칼 빛 찌르는 하늘에 두우성이 번뜩인다
登臨却喜昇平久　　등림하니 태평세월 오래되어 되레 기쁠진대
滿地烟波似十洲　　땅에 가득한 안개 물결은 선계와 흡사하네

崔慶會·金千鎰等投江時, 崔公吟詩云, "矗石樓上三將士, 一盃笑指長江水, 長江之水流滔滔, 波不竭兮魂不死".

---

2) 宸翰(신한): 임금의 교서. '宸'은 대궐.

3) 嶺閫(영곤): 경상우도의 병영.

1) 轅門(원문): 우병영의 외삼문으로, 문루 이름은 망미루(望美樓). 구한말 이후 진주관찰부청과 경남도청 정문으로 사용되었고, 현 영남포정사 편액이 달린 건물이다.

최경회와 김천일 등이 강에 투신할 때, 최공이 시 읊기를, "촉석루 위의 삼장사/ 한 잔 들고 웃으며 장강 물 가리키네/ 장강의 물은 넘실넘실 흐르나니/ 물결 마르지 않는 한 넋은 죽지 않으리"라 하였다.

○ 홍화보(洪和輔, 1726~1791) 자 경협(景協), 호 오창(梧窓)

생애 정보는 논개 순국 제영 참조. 정약용은 「촉석루연유시서」에서 경자년(1780) 3월에 장인 홍화보가 비분강개하며 지은 7언절구 두 수를 누각에 내걸었다고 했다. 아래의 첫째 시는 원제가 없는 관계로 『역주해 역대 촉석루 시문 대집성』(2019, 305쪽)에 '촉석루' 가제를 붙여 수록한 바 있다. 둘째 시가 수록된 『대동시선』은 편집인이 장지연이고, 1918년 신문관·광학서포에서 공동으로 발행했다.

「矗石樓」[1](가제) 〈관찬, 『진주목읍지』 「제영」조, 1832〉 **(촉석루)**

憶昔汾城三壯士　　옛 진양성의 삼장사를 생각하건대
至今波怒南江水　　지금도 물결 분노하는 남강 물이로다
男兒不死可無窮　　남아는 죽지 않고 무궁할지니
死則如君方得死　　죽는다면 그대들처럼 기꺼이 죽으리

「矗石樓」 〈장지연 편, 『대동시선』 권7, 20쪽〉 **(촉석루)**

名高一代汾河帥　　한 시대 명성 높은 진주 장수들
地勝千年矗石樓　　천년토록 지세가 빼어난 촉석루
此夜登臨吊三士　　오늘 밤 등림해 삼장사를 조문하니
滿天星月照吳鉤[2]　　온 하늘의 별과 달이 칼을 비추네

---

1) 김기찬(1748~1812)의 「남정록」(본서 수록)에서 이 시를 언급한 바 있다.

2) 吳鉤(오구): 오나라 왕 합려(闔閭, B.C.514~B.C.496 재위)의 명으로 만든 칼 이름인데, 칼끝이 갈고리 모양이고 칼날이 잘 섰다고 함.

○ 김수민(金壽民, 1734~1811) 자 제옹(濟翁), 호 명은(明隱)·두문(杜門)

생애 정보는 논개 순국 제영 참조. 아래 시는 「기동악부(箕東樂府)」(『명은집』 권4~5) 총 385수 중 제130~133수, 제373수이다. 악부는 단군을 노래한 「진단가」로 시작하는데, 17세기 이전까지의 대외 전란·내부 정쟁·충효·의리 등과 관련된 핵심 사화(史話)를 주로 다루고 있다. 그리고 시제는 인물의 호, 시호, 봉호, 능호, 관직, 신분, 상징 장소, 지명, 고사에 따라 정했다.

「倡義使」 金千鎰 〈『명은집』 권4, 70면〉 **(창의사)** 김천일

倡義使投江	창의사가 강에 투신하니
有如禹鼎沈泗沄[1]	우정이 물살 센 사수에 빠진 것 같았지
晉陽城中首進義軍	진양성에서 의병의 선두에 서서 진격할 때
揷血同盟誓掃妖氛	피를 마시고 요망한 기운 소탕하기를 함께 맹세했지
一朝城陷	하루아침에 성이 무너짐에
蘭玉[2]俱焚	귀한 자제들이 다 불에 타고 말았지
父死於忠子死孝	부친은 충에 죽고 아들은 효에 죽었으니
象乾[3]抱尸同絶云	상건은 부친의 몸을 안고 함께 절명했다네

「壯士歌」 崔慶會 〈『명은집』 권4, 70면〉 **(장사가)** 최경회

矗石樓中三壯士	촉석루 안의 삼장사
一杯笑指長江水	한 잔 들고 웃으며 장강 물을 가리키네
長江水之流滔滔	장강 물은 넘실넘실 흐르나니
波可渴兮魂不死[4]	물결 마를지라도 넋은 죽지 않으리
繼之以歌	이어서 노래하거니

---

1) 有如禹鼎沈泗沄(유여우정침사운): 하나라 우(禹)임금이 구주(九州)의 구리를 모아 만든 구정(九鼎)은 이후 천자의 보물이 되었는데, 일찍이 사수(泗水)에 빠져 있던 것을 진시황이 천여 명의 인부를 시켜 찾게 했으나 끝내 찾아내지 못했다는 고사가 있다.

2) 蘭玉(난옥): 지란옥수(芝蘭玉樹)의 준말. 남의 집안의 귀한 자제를 비유함.

3) 象乾(상건): 김천일의 아들.

4) 이 시행 끝에 "四句, 崔公所製本詩"라는 원주가 달려 있음.

曰矗石樓 촉석루는
樓高千仞 천 길 높은 누각이라
俯視長江 긴 강을 굽어보며
酒後撫印 술 마신 뒤 인장 어루만지다가
印抱投江 인장을 안고서 강에 뛰어들었지
以此爲信 이것의 증거로 삼도록
釣者得印 낚시꾼이 인장을 얻었지
千載守晉 천년토록 진양 지킨 건
天朝之賜 중국 조정의 덕택이었으니
磨洗可認[5] 갈고 닦으니 알 수 있었지
印閣[6]煌煌 인장 갑은 빛나고 빛날진대
英廟褒殣[7] 영조께서는 순국을 기리며
魂兮不死 "넋은 죽지 않았으니,
詩語乃脗[8] 시어가 꼭 들어맞네" 하셨지

「府使歌」〈『명은집』 권4, 71면〉 **(부사가)**

金海府使李宗仁 김해부사 이종인은
挾倭二將投江死 왜장 둘을 끼고 강물에 빠져 죽었지
三壯士中知是一 삼장사 중 한 사람임을 아노니
祗今有證長江水[9] 지금도 장강 물이 증명하고 있네

---

5) 인장을 가져다가 닦으니 만력 연호가 드러난 것을 말함. 두보의 「적벽」 시에, "꺾인 창 모래에 잠겼어도 쇠는 썩지 않아/ 이것을 가져다 갈고 닦으니 전조의 것임을 알겠네[折戟沈沙鐵未消, 自將**磨洗認**前朝]"라는 표현이 있다.

6) 閣(각): 갑(匣)의 뜻임. 여기서는 경상우병사 인장을 보관하는 작은 상자.

7) 殣(근): 굶어 죽다, 묻다, 뵙다.

8) 이 시행 끝에 "끝 두 구는 어제(御祭) 때의 본시[末二句, 御祭本詩]"라는 원주가 있는데, 지제교 홍계희(1703~1771)의 「영묘사제문(英廟賜祭文)」(『일휴당실기』 〈38b~39a〉)과 치제관 예조좌랑 안치택(1702~1777)의 「득인후치제문(得印後致祭文)」(『충렬실록』 권2)에 "魂兮不死, 詩語乃脗"이라는 표현이 나온다.

「武愍歌」 黃進 〈『명은집』 권4, 71면〉 **(무민가)** 황진

翼成公[10]賢有曾孫	익성공의 어진 증손자는
靖忠壯節磨穹蒼[11]	정충과 장한 절의가 하늘에 닿았지
忠淸兵使	충청병사는
進軍晉陽	진양으로 진군하여
三更四更五更末	한밤부터 새벽까지
殲賊無數京觀[12]場	무수히 적을 죽여 무덤 언덕으로 만들었고
礪氣巡城中丸奄亡	엄중히 성 지키다가 탄환 맞아 갑자기 죽었네
白衣從事有安瑛[13]	백의종사한 안영(安瑛)이 있었고
副將蘇濟同國殤[14]	부장 소제(蘇濟)도 나라 위해 함께 죽었으니
尤翁[15]諡狀	우옹은 시장(諡狀)에서
極其贊揚	그 찬양함이 극진하였네
惜不退守守孤城	물러나 지키지 않고 외로운 성 지켜 아쉬워했다는
高談我聞忘憂堂[16]	망우당의 고상한 이야기를 내가 들었거니와

---

9) 이 시행 끝에 "삼장사를 세상 사람이 지목하는 자가 많아 여기에서 특별히 적는다.[三壯士, 世人指目者多, 故於此特書之]"라는 원주가 있다.

10) 翼成公(익성공): 황희(1363~1452)의 시호. 황진은 증손자가 아니라 5세손이다.

11) 穹蒼(궁창): 하늘.

12) 京觀(경관): =경구(京丘). 적의 시체를 산더미처럼 쌓아 위엄을 보이는 것. '京'은 돈대, 높은 언덕.

13) 安瑛(안영, 1564~1592): 본관 순흥, 자 원서(元瑞), 호 청계(青溪). 남원 금릉리 출신이다. 기묘명현 안처순(安處順)의 증손이고 판서 이후백(李後白)의 외손으로, 임진왜란 때 홀로 된 모친을 봉양하러 상경하던 중 고경명 부대에 가담한 뒤 금산전투에서 전사했다. 황위(1605~1654) 편, 『정충록』 권2 「행장」; 『호남절의록』 권1상 〈9a〉 참조.

14) 國殤(국상): 나라를 위해 목숨을 바친 사람. 자세한 풀이는 황현(1855~1910)의 「의기논개비」 시 각주 참조.

15) 尤翁(우옹): 송시열(1607~1689)의 호. 『송자대전』 권214에 「병사증좌찬성황공시장(兵使贈左贊成黃公諡狀)」이 있음.

16) 곽재우의 전술은 최현(1563~1640)의 말로 확인할 수 있다. "적을 보고 먼저 궤멸되어 일전을 오히려 벌일 수 없었으니, 누가 감히 싸움에 져서 물러나 지키며, 물러나 지키다가 다시 싸울 수 있었겠는가? 임진년의 일은 오늘의 거울이다.[見賊先潰, 一戰尙不可得, 誰敢戰北而退守, 退守而復戰者乎? 壬辰之事, 今日之殷鑑也]". 최현, 『인재집』 권7 「여곽병

豈其江淮保障不可虛	어찌 강회의 보장이 헛되지 않을 수 있었으랴
祇今晉江白雲空蒼茫	지금도 진양 강에는 흰 구름만 아득하구나

「晉陽歌」〈『명은집』 권5, 451~453면〉 **(진양가)**

可憐南江畔	가련하다 남강 언덕
孤危矗石樓	홀로 우뚝한 촉석루
悲風四面來	슬픈 바람 사방에서 불어오니
邊月自然秋[17]	변방 달이 자연스레 근심 되네
平沙浩浩	평평한 모래밭은 넓고도 넓으며
雲盡水流	구름 다하는 곳으로 물이 흐르네
吊古戰場	옛 전장터를 조상하니
猿鶴啾啾[18]	원학이 흐느껴 우는데
山哀浦思	산이 슬퍼하고 물도 시름 하며
溝廢城荒	도랑이 막히고 성도 황폐했도다
是豈氣數之所關	이 어찌 운수가 관계된 것이랴
抑亦[19]人謀之不臧[20]	아마도 사람의 꾀가 좋지 않아서이지
記昔壬辰	옛 임진년을 기억하건대
金公[21]破倭	김공이 왜적을 격파했지
凶醜肆毒	흉악한 왜놈이 독을 내뿜으니
有甚虺毒	살무사 독보다 더욱 심했지
蜂屯蟻聚	벌 떼 개미 떼처럼 모여

사계수서(與郭兵使季綏書)」.

17) 이 시행 끝에 "삼장사를 세상 사람이 지목하는 자가 많아 여기에서 특별히 적는다.[三壯士, 世人指目者多, 故於此特書之]"라는 원주가 있다.

18) 啾啾(추추): 가늘게 우는 소리, 흐느껴 우는 소리. '啾'는 소리.

19) 抑亦(억역): 아마, 혹시.

20) 臧(장): 착하다, 두렵다.

21) 김공 뒤에 "名時敏, 封上洛君"이라는 원주가 있음.

再猘[22]干戈　다시 미친개가 전쟁을 일으켰네

豈如游擊將軍沈惟敬之言[23]　어찌 유격장군 심유경의 말처럼

空城而避則忠義可保　성을 비우고 피했으면 충의를 보존했겠는가

或如忘憂堂郭再祐之論[24]　혹은 망우당 곽재우의 의론과 같이

退守雲峰與石柱[25]　운봉과 석주로 물러나 지켰거나

不然一依武愍黃公之策　아니면 오직 무민공 황공의 계책에 따라

表裡相應內外相救　안팎으로 서로 호응했다면 내외를 서로 구했으려냐

嗚呼八年運否[26]之厄　오호라, 팔 년간 운수가 막힌 재앙은

天欲冥佑[27]无如之何　하늘이 말없이 도우려 해도 어찌할 수 없었기에

昏昏八域　어둡침침한 팔도를

氣祲蕩磨　요사한 기운이 쓸어버렸지

惟此晉陽　이곳 진양은

江淮保障　강회의 보장으로

湖在要衝　호남의 요충이고

嶺南扼吭[28]　영남의 급소였지

不守此城　이 성을 지키지 않으면

萬姓魚肉　온 백성은 어육 신세라

乃走晉陽　이내 진양으로 달려가서

諸將咸集　여러 장군이 모두 모였으니

---

22) 猘(제): 미친개, 거칠다.

23) 명나라 사신 심유경(沈惟敬)이 화의를 주선할 때 왜군이 제1차 진주성전투 때 살상을 많이 당해 원한을 품고 있으므로 진주성(晉州城)을 비워 두고 피하는 것이 상책[莫如空城而避之]이라 했고, 결국에는 구원하러 오는 관군(官軍)까지도 제지했다고 한다. 최립, 「재회첩(再回帖)」, 『간이집』 권4 참조.

24) 곽재우의 전술로, 관련하여 앞의 각주 참조.

25) 石柱(석주): 구례군 토지면의 석주산성.

26) 否(비): 否(부, 아니다)가 막히다, 나쁘다 뜻일 때는 '비'로 읽음.

27) 冥佑(명우): =명가(冥加). 은연중에 입는 신불(神佛)의 가호.

28) 扼吭(액항): 목을 조름, 급소를 누르거나 요해지를 점령함. '吭'은 목구멍.

倡義使金千鎰　　창의사 김천일(金千鎰)
忠淸兵使黃進　　충청병사 황진(黃進)
義兵大將崔慶會　　의병대장 최경회(崔慶會)
左義兵副將張潤　　좌의병부장 장윤(張潤)
復讐義兵將高從厚　　복수의병장 고종후(高從厚)
靈光義將沈友信　　영광의장 심우신(沈友信)
敵愾義將李潛　　적개의장 이잠(李潛)
泰仁義兵將閔如雲　　태인의병장 민여운(閔如雲)
海南義將任希進　　해남의장 임희진(任希進)
陶灘伏兵將姜希悅　　도탄복병장 강희열(姜希悅)
虞侯成潁達　　우후 성영달(成潁達)
義兵別將李繼璉[29]　　의병별장 이계련(李繼璉)
判官崔琦弼　　판관 최기필(崔琦弼)
金海府使李宗仁　　김해부사 이종인(李宗仁)
泗川縣監金俊民　　사천현감 김준민(金俊民)
藍浦縣令宋悌　　남포현령 송제(宋悌)
宣務郎梁濟　　선무랑 양제(梁濟)
義將姜希輔　　의병장 강희보(姜希輔)
義將梁山璹　　의병장 양산숙(梁山璹)
贈參議金象乾　　증참의 김상건(金象乾)
守門將金太白　　수문장 김태백(金太白)
鎭海縣監曺慶亨　　진해현감 조경형(曺慶亨)
僉正尹思復　　첨정 윤사복(尹思復)
義兵將姜希復　　의병장 강희복(姜希復)
守門將張胤賢　　수문장 장윤현(張胤賢)

29) 李繼璉(이계련): 제2차 진주성전투에서 순국함. 조경남, 『난중잡록』 〈1593.6.29〉.

主傅[30]鄭惟敬　　주부 정유경(鄭惟敬)

義士河繼先　　의사 하계선(河繼先)

判官孫承男　　판관 손승남(孫承男)

贈主傅兪晗　　증주부 유함(兪晗)

代將孫承善　　대장 손승선(孫承善)

義士李仁民　　의사 이인민(李仁民)

義士朴安道崔彦亮　　의사 박안도(朴安道)·최언량(崔彦亮)

生員李郁　　생원 이욱(李郁)이었네

贈領議政金時敏　　증영의정 김시민(金時敏)은

先一歲而殉國　　일 년 먼저 순국하였고

主傅蘇濟　　주부 소제(蘇濟)와

義士孔時臆魏大奇黃璞[31]　　의사 공시억(孔時臆)·위대기(魏大奇)·황박(黃璞)은

未參壇祀東西之列　　동서로 줄지은 제단에 참여하지 못했으니

此乃識者之所慨惜　　이를 두고 식자들은 개탄하고 안타까워하네

嗚呼忠臣義將如是其許多　　아, 충신과 의로운 장수는 이처럼 무수했고

其外捨魚取熊亦不知幾箇士　　그 외 생을 버리고 의를 취한 지사는 얼마더냐

時耶命耶　　시운 탓인가 천명 탓인가

福善禍淫[32]烏在其天理　　복선화음이 어찌 그 천리에만 있었으랴

當是時四顧賀蘭[33]　　그때를 당해 사방을 돌아보매 하란이었으니

---

30) 主傅(주부): '부(簿)'가 바른 표기임. 주부는 관서의 문서를 주관하던 종6품 관직.

31) 공시억(孔時臆〈億이 옳음〉)과 위대기(魏大奇)는 황진을 따라 진주에 입성해 크게 활약했으나 전사하지 않았다. 그리고 황박(黃璞)은 여묘(廬墓) 중 임란을 당하자 의병 200여 명을 모집해 금산 이현(梨峴)에서 싸우다가 전사했다. 『호남절의록』 권1; 기정진, 「우주황씨족보서」, 『노사집』 권18 참조.

32) 福善禍淫(복선화음): 『서경』「탕고」, "하늘의 도는 선인에게 복을 내리고 악인에게 재앙을 내린다.[天道, **福善禍淫**]"

33) 賀蘭(하란): 안록산 난 때 임회절도사였던 하란진명(賀蘭進明)을 말함. 장순(張巡)이 남제운을 보내 구원을 요청했으나 그는 공을 시기한 나머지 고의로 거절해 수양성이 적장 윤자기(尹子琦)에게 함락되고 그도 피살되었다.

總是巾幗[34]	모두는 못난 사내라
抱頭鼠竄	머리를 감싸고 쥐처럼 숨었고
搖尾狗瀆	꼬리를 흔들며 개처럼 도랑으로 들어갔지
比諸諸公	그들을 제공(諸公)과 비교하면
孰得孰失	누가 옳고 누가 그른가
氣作山河	기개는 산하 되고
以壯關防	관방은 웅장하며
上而列星	위로는 별이 벌려 있으며
下而金石	아래는 금석처럼 견고하다
名高竹帛	명성은 역사에 드높고
功存社稷	사직을 보존한 공이 있도다
與其[35]一時之偸生	한때 살기를 탐내느니
孰如萬古之不死	만고에 죽지 않은 것이 낫지 않은가
安得起諸將於九原	어떻게 하면 저승의 장수들을 일어나게 하여
快雪宣靖二陵之恥[36]	선릉·정릉 두 능의 치욕을 통쾌히 씻어버릴꼬
因且神助北滅胡雛[37]紫塞[38]裡	또 신령의 도움으로 변방에 있는 북쪽 오랑캐 종자를 섬멸했으면

34) 巾幗(건괵): 못난 사내를 말함. 자세한 풀이는 서유영(1801~1874)의 시 각주 참조.

35) 與其(여기): ~하기보다. ~하느니.

36) 二陵之恥(이릉지치): 선릉(성종의 릉)과 정릉(중종의 릉)의 변고. 임란 때 왜적이 두 능묘를 파헤치고 재궁을 불태움.

37) 胡雛(호추): 오랑캐 자식, 곧 흉노족의 자식. '雛'는 병아리, 새끼.

38) 紫塞(자새): 자새원(紫塞垣)의 준말. 만리장성을 쌓을 때 그 흙이 모두 자색이었음.

○ 조진관(趙鎭寬, 1739~1808) 자 유숙(裕叔), 호 가정(柯汀)

생애 정보는 논개 순국 제영 참조. 아래의 다섯 편의 시는 문집 편차로 보아 생원·진사 양시에 합격하기 전인 기묘년(1759) 작임을 추정할 수 있다. 바로 이어서 수록된 작품이 「의암(義巖)」이다.

「諸將」 〈『가정유고』 권1, 2b~3b〉 **(여러 장수)**

公在何憂賊復來　　공이 있었다면 적이 다시 온들 무어 근심했으랴
晉陽士女至今哀　　진양의 남녀노소들이 지금까지 슬퍼하네
迭圍十日窮蠻計　　열흘을 에워싸도 오랑캐 계책은 바닥났으니
獨保孤城見爾才　　홀로 고립된 성 지킴에 그대의 재주 드러났지
乍喜長風摧古月[1]　　장풍이 오랑캐를 꺾어 잠시나마 기뻐하다가
却驚飛礮動晴雷　　되레 포성이 잇따라 날벼락 쳐서 놀랐다네
新更約束誰家子　　뉘 집 자제와 새로 다시 약속하여
矗石樓前掃劫灰　　촉석루 앞 재앙을 깨끗이 쓸어버릴꼬

右 判官 金公時敏　　위는 판관 김시민 공

傳檄湖南彰義聲　　호남에 격문 돌리자 창의로 성원하였나니
懸軍[2]星夜赴孤城　　군사 이끌고 밤새워 고립된 성에 나아갔지
張巡獨遏江淮勢　　장순은 강회를 범한 세력을 홀로 막아냈고
祖逖[3]空懷掃蕩情　　조적은 소탕하려는 마음을 하염없이 품었지
趙壁[4]相環十餘陣　　조나라 군대가 십여 진으로 에워싸니
漢關[5]垂盡數千兵　　한관에서 수천 병사가 목숨을 다했지

---

1) 古月(고월): 胡(호, 오랑캐)의 은어. 이백, 「영왕동순가」(『이태백집』 권7), "장풍에 돛 올린 듯 기세를 되돌리기 어려우니/ 바다가 요동치고 산이 기울어 오랑캐가 꺾이네[長風挂席勢難廻, 海動山傾古月摧]".

2) 懸軍(현군): 이어지는 원군 없이 홀로 깊이 적지에 쳐들어가는 군대. '懸'은 동떨어지다.

3) 祖逖(조적): 김성일(1538~1593)의 시 참조.

4) 趙壁(조벽): 조나라 군영. 초나라 한신이 배수진을 치고 조나라 군대를 물리침.

5) 漢關(한관): 오랑캐의 침입을 막기 위해 사막에 설치한 관문.

可憐矗石樓前水　　촉석루 앞 강물이 어여쁜 것은
成就君家父子名　　그대 부자가 명성을 성취한 덕분일세

右 彰義使 金公千鎰　　**위는 창의사 김천일 공**

父死於君弟死父　　부친은 임금 위해 죽고 자제는 부친 위해 죽어
一門忠孝錦山高　　한 집안의 충효가 금산에 드높아라
潸瀾血淚[6]書飛檄　　피눈물 마구 쏟아지고 격서는 잇따랐으며
痛哭衰衣[7]穿戰袍　　통곡하며 입은 최의를 군복으로 꿰매었지
薪膽何嘗忘馬革[8]　　와신상담했으니 어찌 마혁과시를 잊을쏜가
干戈初起判鴻毛[9]　　전쟁이 일어나자마자 원수 갚으러 나섰으나
此寃未雪城圍急　　그 원한 씻기도 전에 성이 갑자기 포위되었으니
恨入晴川嗚咽濤　　한 맺힌 청천에는 성난 물결이 흐느끼는구려

右 復讐將 高公從厚　　**위는 복수장 고종후 공**

江上千年戰血紅　　오랜 세월 강가는 싸우다 흘린 피로 붉은데
蒼茫往事問征鴻　　아득한 옛일을 날아가는 기러기에게 묻노라
登埤力戰張知縣　　성가퀴에 올라가서 힘써 싸운 장현감이고
對敵出奇黃令公[10]　　적과 대치해 기이한 계책 보인 황영공이었지
節佩湖西同國事　　충청병사 부절을 차고 나랏일을 함께했고
兵提海邑識孤忠　　병권 쥔 바닷가 고을에서 외로운 충정 알았네
文儒慷慨嗟何補　　유학자가 비분강개한들 무슨 보탬이 되었으랴
二士成仁飛礮中　　두 지사 떨어지는 포탄 속에서 인을 이루었구려

右 兵使 黃公進 縣監 張公潤　　**위는 병사 황진 공, 현감 장윤 공**

---

6) 血淚(혈루): 몹시 슬프고 억울해서 흘리는 눈물을 비유함.

7) 衰衣(최의): 상복으로 입는, 베로 지은 웃옷. '衰(쇠)'가 상복 이름일 때는 '최'로 읽음.

8) 馬革(마혁): 마혁과시(馬革裹屍). 위태로운 전쟁터에서 싸우다 죽음.

9) 判鴻毛(판홍모): 나라 위해 목숨을 바침. 부록의 용어편 '홍모' 참조.

10) 令公(영공): 정3품과 종2품의 관리를 높여 이르던 말.

樓下長江尙怒號　누각 아래 장강이 아직도 분노해 우는데
李公之死最雄豪　이공의 죽음은 영웅호걸 중에 으뜸이로다
城亡腋挾靑衣[11]將　성 망하자 겨드랑이에 청의 입은 장수 끼었는데
力盡魂隨白馬濤[12]　힘이 소진되자 넋은 세찬 물결 따라 출렁거렸지
欲得此時明白死　그때 명백히 죽으려 하면서
却呼自己姓名高[13]　자기 성명을 되레 크게 외쳤지
至今不盡魚龍泣　지금껏 물고기들의 울음 다함 없거니와
人世空隆[14]聖主褒　태평한 세상에 성상께서 크게 표창하시네

右 府使 李公宗仁　위는 부사 이종인 공

○ 최광삼(崔光參, 1741~1817) 자 도원(道源), 호 만회당(晩悔堂)

생애 정보는 논개 순국 제영 참조. 아래 시는 문집 편차로 볼 때 임술년(1802) 작으로 보인다. 『만회당유집』은 『산남세고』 권1에 수록되어 있는데, 이 세고에는 부친인 은재 최명대(1713~1774)·아들 제광헌 최상각(1762~1843)·손자 눌건와 최필태의 시문이 합록되어 있다.

「三壯士」〈『만회당유집』 권1, 10a〉 **(삼장사)**

晉陽危勢睢陽同　진양의 위급한 형세는 수양과 같아
一髮孤城月暈中　달빛 속 위기일발의 고립된 성이었지
杯酒共盟三壯士　술잔 들며 삼장사가 함께 맹세했으니
萬春[1]巡遠[2]又生東　뇌만춘·장순·허원이 또 동방에 났었지

---

11) 靑衣(청의): 천한 사람이 입는 옷, 곧 포로가 된 왜장을 지칭한 말.
12) 白馬濤(백마도): 높은 물결. 하얀 물결이 세차게 일어나는 것을 흰 말에 비유함.
13) 이종인이 강물에 뛰어들면서 "金海府使李宗仁, 死於此"라 외친 사실을 말함.
14) 空隆(공륭): =궁륭(穹隆). 성한 모양, 바위가 언덕처럼 솟아 있는 모양.
1) 萬春(만춘): 안록산 때 장순의 부하 장수인 뇌만춘(雷萬春). 그는 얼굴에 화살 여섯 발을 맞고도 꼼짝하지 않아 나무로 조각한 사람이라 의심했을 정도였는데, 뒤에 수양성이 함락되자 장순 등과 함께 살해되었다. 『신당서』 권192 「충의전」〈뇌만춘〉.
2) 巡遠(순원): 당 현종 때의 충신 장순과 허원. 자세한 유래는 부록의 용어편 '장순' 참조.

○ 민승룡(閔升龍, 1744~1821) 자 홍언(弘彥), 호 오계(梧溪)

생애 정보는 논개 순국 제영 참조. 아래 시는 동일 제목의 두 수 중 첫 번째 작품으로 삼장사 시를 차운한 것이라 여기에 수록한다.

「矗石樓懷古」〈『오계유집』 권1, 5b~6a〉 **(촉석루 회고)**

報國輸忠三壯士	나라 위해 충성을 바친 삼장사
從容[1]殉節有如水[2]	태연한 순절을 이 물이 지켜보았지
波聲日夜鳴嗚咽	물결 소리 밤낮으로 오열하며 우나니
中有英魂也不死	그 가운데 영웅의 넋은 죽지 않았네

○ 최상각(崔祥珏, 1762~1843) 자 희여(稀汝), 호 제광헌(霽光軒)

본관 전주. 초자 명옥(明玉). 경남 고성군 마암면 과동리(瓜洞里) 출생. 만회당 최광삼(1741~1817)의 장남으로 효심이 지극했고, 선비들과 도의로써 강마했으며, 만년에 산수를 유람하며 풍류를 즐겼다. 『제광헌유집』은 『산남세고』 권2에 수록되어 있고, 손자 오산 최태진(1804~1867)·증손자 경산 최한승(1844~1916) 부자(父子) 문집이 따로 있다.

「矗石樓 次鶴峰先生三壯士韻」〈『제광헌유집』, 19a〉 **(촉석루에서 학봉 선생의 삼장사 시에 차운하다)**

龍蛇往蹟壯三士	용사년 삼장사의 옛 자취
百尺樓前萬丈水	백 척 누각 앞은 만 길 강물
水擊石頭鳴不平	물은 돌부리에 부딪쳐 소리 고르지 않나니
想人忠憤死於死	사지에서 충분으로 죽은 이를 상상하게 하네

---

1) 從容(종용): 자연스럽고 태연한 모양, 떠돌지 않고 유유한 모양, 행동거지.

2) 有如水(유여수): 이 물이 있음, 곧 이 물이 지켜봄. 김성일(1538~1593)의 「촉석루일절」 병서에 나오는 "有如此江"을 달리 표현한 말이다.

○ 이가순(李家淳, 1768~1844) 자 학원(學源), 호 하계(霞溪)

본관 진보. 안동 출생. 1813년 급제 이후 성현도(省峴道) 찰방(1820~21)·시강원 설서·실록기주관·정언·수찬·교리 등을 역임하면서 시폐를 없애는 일에 노력했다. 1826년과 1842년 소수서원의 동주(洞主)가 되어 유생들을 면려했다. 1839년 순흥 와란촌(臥蘭村, 현 봉화군 봉성면 동양리)으로 이거해 만년을 보내던 중 도산서원에 가서 퇴계문집을 교정하기도 했다.
아래의 연작시는 작품 편차로 보아 기축년(1829) 작임을 알 수 있다. 이가순은 삼장사에 대한 의견이 분분한 가운데 이로(李魯)를 그중 한 사람으로 내세울 것을 주장하고 있다.

「矗石樓 謹次鶴峰金先生韻」〈『하계집』 권3, 36a~b〉 **(촉석루에서 학봉 김선생의 시에 삼가 차운하다)**

當日强名[1]三壯士	당시 억지로 이름 붙인 삼장사
千秋無語南江水	천추토록 말 없는 남강 물이로다
下有河岳上星辰	아래엔 강과 산, 위로는 별들 있나니
誰識先生心不死	누가 선생의 마음 죽지 않았음을 알랴

江淮保障風多士	강회 요해지에 풍모의 선비 많고
城上蒼天城下水	성 위엔 푸른 하늘, 성 아래엔 물이로다
登臨慨古幾多人	등림하여 옛일에 감개한 이는 몇이런가
須把熊魚[2]辨生死	모름지기 웅어로 생사 분별한 일 알아야지

晉陽城中有三士	진양성 안에 삼장사 있었고
晉陽城外惟江水	진양성 밖에 강물이 있었지
山無南北蘭臭同[3]	산은 남북 없이 난초 향기 같아
畢竟黃石城中死	필경 황석산성에서 죽었으리니

---

1) 强名(강명): 실속이 없는 허명(虛名). 겸손의 의미를 내포함. 『노자』 25장, "나는 그 이름을 알지 못한다. 글자를 억지로 말해 도라 한다[吾不知其名, 强字之曰道]".

2) 熊魚(웅어): 생명을 버리고 의를 취함. 자세한 것은 부록의 용어편 '웅어' 참조.

3) 蘭臭同(난취동): 『주역』 「계사전(상)」, "같은 마음에서 나온 말은 향내가 난초와 같다.[同心之言, 其臭如蘭]"

獨有松巖[4]舊幕士	옛 막하의 장수로 송암이 홀로 있었거늘
忍淚濡筆城前水	눈물 참아가며 붓을 적신 성 앞 물이로다
詳略公私誤看多	상세하든 간략하든 공사 기록에 오류 많거니
誰能喚起家奴死[5]	그 누가 알지도 못하면서 함부로 떠벌리는고

○ 여동식(呂東植, 1774~1829) 자 우렴(友濂), 호 현계(玄溪)

본관 함양. 헌적 여춘영(1734~1812)의 아들. 1795년 급제해 수찬·이조참의·대사간(1827) 등을 지냈고, 사은부사로 청나라를 다녀오던 중 유관참(楡關站)에서 병으로 객사했다. 그리고 노비 시인으로 유명한 정초부(1714~1789)가 여동식 집안의 종이었다. 참고로 다산은 강진 해배 이후 양근(楊根, 현 양평)에 살던 여동식 형제와 아주 가깝게 지냈다. 박석무, 『다산 정약용 평전』, 민음사, 2014 참조.
아래 시는 경상우도 암행어사 시절인 무진년(1808) 6월 촉석루를 등림해 지은 것인데, 현재 촉석루 현판으로만 전한다. 한편 암행어사 때 탐관오리 척결과 민생 구제에 치적을 남겼는데, 진주에서의 일화가 「여수의이화접목(呂繡衣移花接木)」(『청구야담』 권5)으로 서사화되었다.

「次原韻」 〈촉석루 현판〉 (원운을 따라 짓다)

往蹟欲攀三壯士	삼장사의 옛 자취를 찾아보려니
祗今惟見南江水	지금에 보이는 건 남강 물뿐이네
江波可渴石磨殘	강물이 마르고 돌이 닳고 깨질지라도
壯士義魂長不死	장사의 의로운 넋은 길이 죽지 않으리

癸巳後四戊辰, 以嶺右繡衣[1], 偶從宜春[2]邸, 悉聞矗石樓故事矣. 天坡[3]巡相所識·三壯士詩懸板, 而中撤不設者, 且數十年. 來今見果然. 而州有題詠謄書冊, 詩識俱載, 始知昔聞之非虛也. 遂重刊而尾題, 以識中間滅毁之數云爾.

六月上浣 繡衣 呂東植 識[4]

---

4) 松巖(송암): 『용사일기』를 저술한 이로(1544~1598)의 호.

5) 家奴死(가노사): 알지도 못하면서 함부로 기록했다가 뒷날 그 일을 잘 아는 사람을 만났을 때 낭패를 보게 될까 걱정된다는 말이다. 『주자어류』 권83 「춘추」 참조.

1) 繡衣(수의): 어사가 입는 옷, 곧 암행어사.

2) 宜春(의춘): 의령의 옛 이름.

3) 天坡(천파): 오숙(1592~1634)의 호. 가계는 부록의 우병사(1605) 오정방 참조.

4) 이 시판과 관련해 본서 김기찬(1748~1812)의 「남정록」 참조.

촉석루 대들보 위의 여동식의 지와 차운시, 오숙 지, 학봉의 촉석루 시

계사년(1593) 이후 네 번째 무진년(1808)에 영남우도 암행어사로서 우연히 의춘(현 의령)의 여관에 머물며 촉석루(矗石樓) 고사(故事)를 자세히 전해 들었다. 천파[오숙] 관찰사의 지(識)와 삼장사(三壯士) 시를 적은 현판이 중도에 훼철되어 다시 설치하지 않은 지가 또한 수십 년이 되었다는 것이다.

와서 지금 보았더니 과연 그러했다. 하지만 고을에 제영시를 베껴 둔 서책이 있었는데, 시와 지가 함께 실려 있어 비로소 접때 들은 것이 빈말이 아님을 알았다. 드디어 다시 판각(板刻)하면서 말미에 기록하여 중간의 훼멸된 운수를 알려주고자 한다.

유월 상순 암행어사 여동식 지.

○ 최림(崔琳, 1779~1841) 자 찬부(贊夫), 호 외와(畏窩)

생애 정보는 논개 순국 제영 참조. 아래 시는 「촉석루회고(矗石樓懷古)」 세 수 중 두 번째 작품이다. 원전을 보면 '感壯士'를 제재로 했다고 되어 있어 시제로 가져왔다. 나머지 두 작품은 촉석루와 의기(義妓)를 제재로 삼았다.

「感壯士」 〈『외와집』 권1, 16a〉 **(삼장사 감회)**

臨江三影士[1]云亡[2]　　강을 굽어보며 세 장사 함께 순국해

---

1) 三影士(삼영사): 달빛 아래서 세 사람이 술을 마심. 이백, 「월하독작」(『이태백집』 권22),

貫日風聲[3]振一方	해 꿰뚫는 명성이 온 변방에 떨치는데
地近南天雲亘紫	땅에 근접한 남쪽 하늘에 붉은 구름 걸쳐 있고
歲看朱夏[4]水翻黃	세상에 무더운 여름 찾아와 누런 강물 출렁인다
城孤一片弓如月	한 조각 외로운 성에는 활이 달 모양 같고
波怒三時[5]釼欲霜	물결은 상시 분노하고 칼은 서리빛 번뜩이네
石立千年樓百尺	바위는 천년토록 우뚝하고 백 척 누각 있거니
將軍何在客心傷	장군들은 어디 계시기에 나그네 마음 아프게 하나

창렬사 정사, 동사, 사제문비 ©2023.1.6

"잔 들어 밝은 달을 맞이하며/ 그림자를 대하매 세 사람이 되었네[擧杯邀明月, 對影成三人]". 술잔에 비치는 자신의 그림자, 달빛 속 자신의 그림자, 자신을 합친 것을 말하나 여기서는 촉석루에서 함께 했던 세 사람을 뜻함.

2) 云亡(운망): 훌륭한 인물의 죽음을 안타깝게 여김. 『시경』「대아」〈첨앙〉, "선한 사람 죽으니/ 나라가 시들었네[人之云亡, 邦國殄瘁]".

3) 風聲(풍성): 풍격과 명성, 교화, 풍문, 바람 소리.

4) 朱夏(주하): 한 해의 네 철 가운데 둘째 철. 오행에서 빨간색을 여름에 배열함.

5) 三時(삼시): 아침, 점심, 저녁. 세 때.

19세기

○ 이진상(李震相, 1818~1886) 자 여뢰(汝雷), 호 한주(寒洲)

본관 성산. 성주군 월항면 대포리(大浦里) 출생. 부친은 이원호(李源祜)이고, 숙부인 응와 이원조(1792~1871)의 학문을 계승했다. 1866년 국가 개혁 방안을 제시한 「무충록(畝忠錄)」을 지었고, 1871년 서원철폐령을 반대했다. 1876년 운요호사건 소식을 듣고 창의하려 했으나 화의 성립으로 그만두었다. 1881년 2월 이만손이 주도한 영남만인소에 아들 이승희·동생 이운상(1829~1891)과 함께 가담했다. 문인으로는 '주문팔현(洲門八賢)'이라 칭하는 허유, 김진호, 곽종석, 윤주하, 이정모, 이승희, 장석영, 이두훈 등이 있다.
아래 시는 정축년(1877) 8월에 합천의 제자 허유(許愈, 1833~1904)를 방문하고 단성 남사리에서 박치복(1824~1894)·하겸락(1825~1904)·곽종석·김인섭 등과 향음주례를 한 뒤 두류산~금산~함안 등지를 유람하며 지은 남행시 52수 중 일부이다. 『한주집』 부록 권1 「연보」 참조.

「感三壯士故事 次板上韻 二絶」〈『한주집』 권2, 20b〉 **(삼장사 고사를 생각하며 현판시에 차운한 절구 두 수)**

世亂眞儒爲壯士　　세상 혼란하니 참된 선비는 장사가 되었고
時平遺蹟皆流水　　시절 태평하니 지난 일은 다 물처럼 흘렀다
流水中間更着眼　　흐르는 물 사이를 다시금 살펴보니
淸流猶活濁流死　　맑은 물은 살고 흐린 물은 죽었구나

欲酌淸流酹[1]壯士　　청류를 잔 담아 장사에게 올리려니
壯士之靈洋乎水　　장사의 영령이 물가에 충만한데
草間求活棄城者[2]　　풀 섶에서 목숨 구하러 성 버린 자들을

---

1) 酹(뢰): 붓다, 강신할 때 술을 땅에 뿌리는 일.

有耳聞詩氣便死　　듣자마자 시 기운이 이내 죽어버리네

○ 강문오(姜文俉, 1819~1877) 자 성언(成彦), 호 수죽정(水竹亭)

본관 진주. 진주 추동리(樞洞里, 현 명석면 왕지리) 출생. 죽오 하범운(1792~1858)의 문인으로 과거 급제의 뜻을 이루지 못했다. 향리에 수죽정(水竹亭)을 짓고서 학문에 전념하면서 장석오, 이수렬과 깊이 교유했다.

「謁彰烈祠」〈『수죽정유고』 권1, 8a〉 **(창렬사에 참배하다)**

彰烈祠邊醉夢醒　　창렬사 가에서 취한 꿈 깨었더니
長江抱繞一輕舲　　장강을 에워싸고 배가 가벼이 가네
秋深古壘霜鋩盡　　가을 깊은 옛 성채에 서릿발이 다하고
苔沒高巖水氣腥　　이끼 낀 높은 바위에 물기운 비릿하다
三壯樹名園竹老　　삼장사가 이름 세웠거니 정원의 대는 늙었고
六臣扶義曉山青　　육신이 절의 붙들었으니 새벽 산이 푸르도다
汾陽物色政如此　　진양의 경치가 이처럼 완연하거늘
劍筑[1]餘歌倚檻聽　　비분강개한 노래를 난간 기대 듣노라

○ 오횡묵(吳宖默, 1834~1906) 자 성규(聖圭), 호 채원(茝園)·채인(茝人)

생애 정보는 논개 순국 제영 참조. 아래 시가 수록된 『경상도함안군총쇄록시초』는 『경상도함안군총쇄록』 중 시 부문만을 추려서 따로 편집한 것이고, 시 창작 시점은 기축년(1889) 5월 23일이다.

2) 草間求活棄城者(초간구활기성자): 진주목사 이경, 진주판관 김시민 등을 말함.

1) 劍筑(검축): 비분강개한 기개를 품은 사람. 자세한 유래는 김상준(1894~1971)의 「의기사」 시 각주 참조.

「矗石樓 次申維翰詩」[1] 〈『경상도함안군총쇄록시초』 권4, 59b~60a〉 **(촉석루에서 신유한 시에 차운하다)**

桂醑招招三壯士	향기로운 술 올리며 삼장사를 부를진대
魂來魂去長依水	오가는 혼백은 언제나 물가 의지해 있도다
芳名不入魚龍呑	꽃다운 이름은 물고기인들 삼키지 못하거니
萬古波宮榮一死	물속 궁궐에 한 번 죽어 만고토록 영예롭네

○ 김시후(金時煦, 1838~1896) 자 내화(乃和), 호 오우재(五友齋)

본관 선산. 거창군 가조면 대초리(大楚里) 출생. 홍직필의 제자인 조성태(趙性泰)의 사위이자 문인이고, 아들 김회석(1856~1932)의 처조부인 박희전(1803~1888)에게도 배움을 질정했다. 도산서원에서 오랫동안 우거했고, 박식한 학문으로 고을의 향음주례와 유림 모임을 주도해 명망이 높았다.

「矗石樓 次三壯士韻」 〈『오우재집』 권1, 1a~b〉 **(촉석루에서 삼장사를 차운하다)**

嗟晩吾生未四士	아, 늦게 태어난 내 제4의 장사 아니고
昔江之水尙今水	예전의 강물은 지금도 물 그대로다
停盃淚說當年事	술잔 멈추고 눈물로 그때 일 말하노니
千古斯樓有一死	천고의 이 누각에서 한 번 죽음 있었지

○ 오계수(吳溪洙, 1843~1915) 자 중함(重涵), 호 난와(難窩)

본관 나주. 노사 기정진(1798~1879)의 문인이다. 처음부터 벼슬을 마다하고 학문에 전념했고, 1896년 송사 기우만(1846~1916)이 나주에서 의병을 일으키자 가담했으며, 경술국치 이후 두문불출하던 중 일제의 은사금을 거절해 일본 헌병에게 붙잡혀 갖은 고초를 겪으면서도 끝내 굴하지 않았다. 시제의 '原韻'은 삼장사 시를 말한 것이다.

1) 이 시는 원전을 보면 「촉석루차신유한시」 아래에 이어져 있으나 실은 삼장사 시를 차운한 것임.

「次矗石樓原韻」〈『난와유고』 권2, 13a〉 **(촉석루 원시에 차운하다)**

憶昔龍蛇三壯士	옛 용사년 삼장사를 생각건대
將身一擲長江水	몸을 일제히 던진 장강 물이어라
試看白馬[1]寒潮漲	흰 물결 바라보니 찬 조수 불어나거늘
萬古忠魂凜不死	만고의 충혼은 늠름하여 죽지 않았구려

○ 기우만(奇宇萬, 1846~1916) 자 회일(會一), 호 송사(松沙)

본관 행주. 전라도 장성부 탁곡(卓谷, 현 황룡면 아곡리) 출생. 1853년 조부인 노사 기정진(1798~1879)을 따라 황룡면 하사(河沙)로, 1875년 진원면 월송(月松)으로 이사했다. 1895년 명성황후 시해 이듬해 나주에서 '호남창의' 대장으로 추대되었다. 1906년 광주에서 거의를 모의했다 하여 옥고를 치렀으며, 1907년 을사오적 암살을 교사한 혐의로 영광경무소에 투옥되었다. 1908년 순천에서 거사를 꾀하던 중 고종의 강제 퇴위에 통곡한 뒤 은둔했으며, 1911년 남원의 사촌에 이거해 살다가 별세했다. 제자로 이일, 조우식(1869~1937), 위계룡, 김상혁, 권봉현, 정영하, 이교우, 고익주, 한우동 등이 있다.

아래 시는 을유년(1885) 진주의 월고 조성가(1824~1904)를 방문했을 때 지은 것이다.

「矗石樓有感」〈『송사집』 권1, 19b~20a〉 **(촉석루에서 느낌이 있어)**

三百年來今壯士	삼백 년 지난 지금도 전해오는 삼장사
臨風寄淚長江水	바람결에 눈물을 장강 물에 뿌리노라
長江去去無窮期	장강은 흐르고 흘러 다할 기약 없거늘
爲問忠魂死不死	묻노라, 충혼은 죽었느냐 살았느냐

1) 白馬(백마): 하얀 물결이 세차게 일어나는 것을 흰 말에 비유함.

○ 신병조(愼炳朝, 1846~1924) 자 국간(國幹), 호 사소(士笑)

본관 거창. 진주 정곡리(正谷里, 현 산청군 산청읍 소재) 출생. 1873년 무과 급제해 도정(都正)이 되었지만 이내 벼슬을 접었고, 1884년 가족을 이끌고 덕산 횡계동에 들어가 겸산당(兼山堂)을 짓고 후학을 양성했다. 1892년 용양위 부사과가 되었으나 사직한 뒤 진주 문산에서 강개 처사로 지냈다. 허유·최숙민·박치복과 시문으로 교유했고, 조호래(1854~1920)와는 40여 년 지기였다.
원전의 아래 시 전후 작품에 기입된 "지리산에 머문 지 약 10년"이라는 표현과 진주영장 박희방(1893.3~1894.7 재임)의 임명 날짜 등이 나오는 것으로 보아 계사년(1893)에 지었음이 확실하다. 「의기사중건기」를 지은 신호성(1906~1974)이 그의 손자이다.

「弔三壯士祠堂」〈『사소유고』 권2, 9b〉 (삼장사 사당에 조상하다)

三節貞靈百世祠	삼절사 곧은 영혼이 사당에 영원한데
龍蛇大亂盡芟夷[1]	용사년 대란 때에 모든 것이 사라졌지
一盃誓死忠惟壯	한 잔 들며 죽음 맹세하니 장한 충심뿐이었고
萬囙[2]救生智不痴	백성들 생명 구함에 지혜는 어리석지 않았지
宇宙滔滔江水去	우주 속에 강물이 넘실넘실 흐르고
樓臺冉冉[3]夕陽移	누대에는 석양이 뉘엿뉘엿 넘어가네
慷慨于今詩以弔	강개하여 지금에 시로 조상하나니
衷情齊發有誰知	충정이 일제히 발동됨을 누가 알리

○ 하긍호(河兢鎬, 1846~1928) 자 면지(勉之), 호 황계(篁溪)

본관 진양. (문하)시랑공파. 진주 출신. 운수당 하윤(河潤)의 후손으로 도곡 하재원(河載源, 1812~1881)의 차남이다. 여러 번 향시에 합격했지만 세상 명리에는 관심을 두지 않은 채 성리학 서적에 침잠했고, 노사 기정진(1798 ~1879)을 경모해 그의 문집을 정밀하게 읽었으며, 정재규·정면규·권운환 등과 막역하게 교유했다.

1) 芟夷(삼이): 베다, 없애다. '芟'은 베다. '夷'는 평정하다.
2) 囙: 『용감수경』 권1에서 뜻은 풀이하지 않고, 음은 '因(인)'과 같다고 했다.
3) 冉冉(염염): 세월이 흘러가는 모양. 길 가는 모양, 향기가 나는 모양, 부드럽고 약한 모양.

「觀漲于矗石城 因瞻拜彰烈祠」〈『황계유고』 권1, 15a~b〉 **(촉석성에서 불어난 물살을 보다가 창렬사에 참배하다)**

六月江城大雨來	유월 강성에 큰비가 내리더니
接天波勢駕前隈	하늘 닿는 물결이 앞 물굽이를 내달리네
見今可信餘三版	이제 보니 삼판 남았던 성을 믿을 수 있겠고
誓彼分明笑一杯	한 잔 들고 웃으며 맹세한 일이 또렷하도다
與國常存惟義烈	나라와 함께 항상 존재하는 건 오직 의열이요
移時不朽獨樓臺	세월 지나도 사라지지 않는 건 누대 혼자로다
愀然[1]入廟焚香跪	서글피 사당에 들어가 분향하러 무릎 꿇고서
是日偏多感古懷	이날에 옛일 회상하니 유달리 느낌이 많아지네

○ 정은교(鄭誾教, 1850~1933) 자 치학(致學), 호 죽성(竹醒)

본관 해주. 하동군 옥종면 대곡리 출생. 부모를 여의고 백형을 따라 충청도 병천과 영동으로 이거했다. 1874년 진주 단목을 거쳐 8년 뒤 용암(龍巖)으로 다시 이사했다. 1911년 이후 가곡(佳谷, 일명 까꼬실)에 은거하며 망국의 울분을 달랬다. 추가 정보는 논개 순국 제영 참조.

「謹次明庵公忠烈祠板上韻[1]」〈『죽성집』 권1, 3b〉 **(명암공〈정식〉의 충렬사 현판시에 삼가 차운하다)**

龍蛇祲刼[2]沓生愁	요기가 겁박한 용사년은 깊은 시름 자아내고
天地難堪烈士羞	세상에 견디기 힘든 건 열사가 당한 수치라네
百里南州遺廟在	백 리 남쪽 고을에 옛 사당이 있나니
萬年東史大名留	만 년 우리 역사에 큰 이름을 남겼지
招招義魄城中月	달빛 속 성안에서 의로운 넋 부르거늘

---

1) 愀然(초연): 근심스럽고 두려워하는 모양, 얼굴빛이 변하는 모양. '愀'는 근심하다.

1) 원운은 명암 정식(1683~1746)의 「정충단유사제」이고, 충렬사는 창렬사의 이칭이다.

2) 祲刼(침겁): 나쁜 기운이 위협하다. '祲'은 요기(妖氣). '刼'은 劫(겁, 으르다)의 속자.

歷歷前塵釼上秋	가을날 칼날에 옛 전란 흔적 뚜렷하네
日暮行人爭指點[3]	저물녘 행인이 다투어 가리키는 그곳에
帆檣咿軋[4]過空洲	돛대가 삐걱거리며 빈 물가 내려가는구려

○ 황현(黃玹, 1855~1910) 자 운경(雲卿), 호 매천(梅泉)

본관 장수. 전남 광양시 봉강면 석사리 출생. 1902년 11월 이후로 구례군 광의면 월곡리(月谷里)에서 줄곧 살았으며, 1910년 8월 29일 국권이 침탈되자 「절명시(絶命詩)」 4수를 남긴 뒤 아편을 먹고 9월 10일 자결했다. 추가 정보는 논개 순국 제영 참조. 아래 시는 편차에서 보듯이 황현이 정축년(1877)에 지은 것이다.

「彰烈祠」 〈『역주 황매천 시집』 속집 「丁丑稿」, 173~174쪽〉 **(창렬사)**

萬歲在前後	앞뒤로 만세에 걸쳐
人觀竹帛名	죽백의 명성을 보네
干戈分八表[1]	창칼에 온 사방이 찢어짐에
風雨會群英	비바람 뚫고 영웅들이 모였지
古木睢陽廟	고목이 수양의 사당에 서 있고
寒江尹鐸城	차가운 강이 윤탁 성에 흐르는데
浩歌天地老	호탕한 노래는 천지에 오래되었고
霜夜劍光橫	서리 내린 밤에 칼날 빛이 비끼었네

---

3) 指點(지점): 눈에 익혀 두었다가 손가락으로 가리킴.

4) 咿軋(이알): 수레나 노가 삐걱거리는 소리. '咿'는 삐걱거리는 소리. '軋'은 삐걱거리다.

1) 八表(팔표): =팔방(八方). 온 세상.

○ 정인채(鄭仁采, 1855~1934) 자 문항(文恒), 호 지암(志巖)

본관 하동. 능주 효우리(孝友里, 현 화순군 한천면 소재) 출생. 1890년 연재 송병선(1836~1905)의 문인이 되어 심성론을 질의했다. 정석채, 안성환, 김재홍 등과 우의로 사귀면서 금강산을 유람한 뒤 『해산지(海山誌)』를 지었다. 또한 향약을 제정해 유풍을 진흥시켰고, 경술국치 이후 은사금을 단호히 거절한 채 은둔하며 의리 학문을 고수했다.

「謹次三壯士韻」 〈『지암집』 권1, 3b〉 **(삼장사 시에 삼가 차운하다)**

禮義東邦三壯士	동방의 예의 나라 삼장사
千山失色南江水	온 산도 실색하는 남강 물
南江之水有如淸	남강 물은 이처럼 맑거니와
立判當年王事[1]死	그때 나랏일 실천하러 죽었으리

○ 소학섭(蘇學燮, 1856~1919) 자 극중(極中), 호 남곡(南谷)

본관 진주. 남원부 적과방(迪果坊, 현 전북 남원시 덕과면 만도리 만동마을) 출생. 연재 송병선(1836~1905)의 문인으로 학문과 덕행이 뛰어나 사림의 모범이 되어 따르는 문생들이 많았다. 갑오경장 이후 시국을 걱정하는 뜻을 담은 시문을 많이 지었다.

「憶三壯士」 〈『남곡유고』 권1, 35b~36a〉 **(삼장사를 생각하며)**

陟降[1]精魂萬古秋	혼령이 만고 세월 오르내리고
滔滔不盡大江流	넘실넘실 끝없이 흐르는 큰 강이로다
吁三壯士今安在	아, 삼장사는 지금 어디에 있나
矗石樓空古晉州	촉석루가 속절없는 옛 진주

1) 王事(왕사): 왕이나 왕실에 관련된 일.

1) 陟降(척강): 위아래로 오르고 내리는 일을 계속 되풀이함.

○ 조장섭(趙章燮, 1857~1934) 자 성여(成汝), 호 위당(韋堂)

본관 옥천(순창). 전남 곡성군 오곡면 오지리 출신. 송병선과 송병순(1839~1912)의 제자이고, 존양대의의 정신으로 끝까지 절의를 지켜 '원우완인(元祐完人)'의 큰 선비라는 평을 들었다. 「삼장사변」을 지었고, 추가 생애 정보는 논개 순국 제영 참조.

「拜謁彰烈祠六位位版」 第一位健齋金先生千鎰 第二位黃武愍公進 第三位崔忠毅公慶會 第四位張忠毅公潤 第五位高復讎將因厚 第六位[1]. 〈『위당집』 권2, 22a〉 **(창렬사 육위 위판을 참배하고)** 제1위 건재 김천일 선생, 제2위 무민공 황진, 제3위 충의공 최경회, 제4위 충의공 장윤, 제5위 복수장 고인후, 제6위.

義兵千載始龍蛇	용사년에 천 년 드문 의병이 일어날 때
官守[2]何曾有一加	벼슬아치가 한 번인들 힘을 보탠 적 있나
最是人間無盡恨	참으로 세상사 한을 다할 길 없는지
南江江水尙餘波	남강 강물에 여전히 물결 남아 있구려

○ 최영년(崔永年, 1858~1935) 자 성일(聖一), 호 매하(梅下)

본관 경주. 서울 출생. 종산 심영경의 제자이고, 1896년부터 독립협회 활동에 동참하면서 1897년 경기도 광주에 시흥학교를 설립했으며, 1906년 9월 한어학교 교관을 역임했다. 1907년 일진회 총무원으로 선임된 뒤 의병을 폭도로 매도했고, 1909년 이후 일진회 기관지 『국민신보』 4대 사장을 지내는 등 적극적인 매국 행위를 보였다. 친일 문단을 주도했으며, 저술로 『실사총담』(1918, 설화집)·『해동죽지』(1925, 악부 시집)·『시 금강』(1926, 합편 시집)이 있다. 아들이 신소설 『추월색』의 작가 최찬식이고, 친일 언론인인 물재 송순기(宋淳夔)가 제자이다. 작가의 기초 정보는 『매일신보』〈1935. 8.31〉 참조.

「彰烈祠」 在晉州, 祀黃進·金千鎰·崔慶會三烈士. 〈『해동죽지』 하편, 17b~18a〉 **(창렬사)** 진주에 있는데, 황진·김천일·최경회 세 열사를 향사한다.

---

1) 第六位(제육위): 본서 「삼장사변」을 보면 제6위를 '柳某'라 했다.
2) 官守(관수): 직책을 맡은 벼슬아치, 관직.

百戰孤城萬矢凋	백전 치른 고성에 온갖 무기 시들었고
堂堂義烈薄雲霄	당당한 의열은 구름 하늘 가까이 닿는구려
血染靑龍鳴夜劒	피로 물든 청룡검이 밤중에 울어대고
怒奔白馬[1]漲秋潮	세차게 이는 흰 물결이 가을날 불어나네
睢陽一陷扶唐祚[2]	수양이 일거에 무너지는 때까지 당나라 붙들었고
宗澤[3]三呼仗宋朝	종택은 세 번이나 외치면서까지 송나라를 지켰지
滾滾晉陽東去水	넘실넘실 진양 동쪽으로 물이 흐르나니
壯心千古未全銷	삼장사 마음은 아직 완전히 가시지 않았네

○ 정규영(鄭奎榮, 1860~1921) 자 치형(致亨), 호 한재(韓齋)

본관 진양. 은열공파. 곤양 대현리(大峴里, 현 하동군 금남면 대치리) 출생. 정해영의 형으로 1879년 장인 조용주를 따라 상경해 성재 허전을 배알했다. 부친상을 마친 이듬해인 1885년 가족을 이끌고 합천 황매산 자락으로 이거했고, 거기서 부인이 죽자 치상한 뒤 다시 정방숙의 딸에게 장가들고는 10년 만에 귀향해 금오산 자락의 우천정(愚泉亭)에서 기거했다. 1901년 스승 곽종석을 모시고 남해 금산 등지를 유람했고, 1909년 고향에 현산학교(김양초등학교 전신)를 설립했다. 1919년 '파리장서'에 서명하는 등 우국 일념으로 후진을 양성하다 별세했다. 장남 물헌 정재완(1881~1964)은 안희제의 백산상회 경영에 참여하면서 상해 임시정부에 독립자금을 제공하다가 투옥되었다.
아래 시는 작품 편차와 금산 유람으로 볼 때 신축년(1901)에 지었음을 알 수 있다.

「矗石樓 憶三壯士」〈『한재집』 권1, 16b~17a〉 **(촉석루에서 삼장사를 그리며)**

劒燈淚讀龍蛇誌	싸늘한 등불 아래 눈물로 읽는 임란 기록
宇宙崢嶸矗石樓	천지 사이에 가장 빼어난 촉석루
昔日戰場芳草色	옛날 전쟁터엔 향기로운 풀빛이 짙고

---

1) 白馬(백마): 하얀 물결이 세차게 일어나는 것을 흰 말에 비유함.

2) 唐祚(당조): 당나라 왕실. '祚'는 천자의 자리.

3) 宗澤(종택): 남송의 명장. 동경유수로 있을 때 임금에게 20여 차례 환도할 것을 상소했으나 간신들 때문에 뜻을 이루지 못해 울분으로 병이 났는데, 문병 온 장수들에게 분개하며 하수(河水) 건널 것을 세 번 외치며 죽었다. 『송사』 권360 「종택열전」, "澤無一語及家事, 但連呼過河者三而薨, 都人號慟".

夕陽峭壁落花愁　　저물녘 가파른 절벽에 낙화가 시름겹네
晉陽名勝形依舊　　진양의 이름난 형승이 예전과 같다마는
夏日登臨氣肅秋　　여름날 올랐으나 쌀쌀한 가을 기운이네
飛鳳山高磨劒磧[1]　　드높은 비봉산, 칼 갈았던 서덜이며
産蛙竈漲[2]壅沙洲　　전란 겪은 진양성, 모래 쌓인 물가로다
運耶鰈域援兵小　　운명이런가, 조선의 지원병은 적었고
時則龍灣[3]大駕留　　그때 의주에 임금 수레 머물고 있었지
尹鐸孤城生不保　　윤탁이 살아 외딴 성 지킨들 보전하지 못했고
張巡厲鬼[4]死寧求　　장순이 죽어 여귀가 된들 어찌 구했을쏜가
心頭[5]天日寃應泣　　생각건대 하늘도 원통해 응당 울었을 터이고
誓後[6]江波咽不流　　맹세가 있은 뒤로 강물조차 목메어 못 흐르네
丹荔黃蕉[7]將薄奠　　여지와 바나나로 약소하나마 제사 드릴 제
哀絲濫竹[8]動淸遊　　관현악의 슬픈 곡조가 맑은 정취 돋궈주네
鴻毛大義何難辨　　홍모 대의는 판별하기 그리 어렵지 않나니
魚腹孤忠可與儔[9]　　고기 뱃속의 외로운 충혼을 누가 짝하랴
更酌一杯歌浩浩　　다시 술 한 잔 들고서 호탕하게 노래하나
腥塵滿目不堪酬　　눈에 가득한 비린 먼지를 견딜 수가 없구려

---

1) 磧(적): 서덜, 삼각주, 여울, 사막.
2) 産蛙竈漲(산와조창): 전쟁 참화를 겪은 진주성의 비유함. 자세한 풀이는 부록의 용어편 '삼판' 참조.
3) 龍灣(용만): 평안북도 의주의 옛 이름인데, 임진왜란 때 선조가 이곳에 머물렀음.
4) 厲鬼(여귀): 역병을 퍼뜨리는 악귀. 자세한 정보는 부록의 용어편 '여귀' 참조.
5) 心頭(심두): =염두(念頭). 생각의 시작, 마음, 생각.
6) 誓後(서후): 삼장사가 죽기를 맹세하며 촉석루 시를 지은 것을 뜻함.
7) 丹荔黃蕉(단려황초): 제향(祭享) 때 쓰는 음식. 유래는 장지연(1864~1921)의 「제의기사문」 참조.
8) 哀絲濫竹(애사남죽): 슬픈 음조를 내는 현악기와 호기(豪氣) 소리 내는 관악기 연주.
9) 儔(주): 누구, 짝.

○ 최현필(崔鉉弼, 1860~1937) 자 희길(羲吉), 호 수헌(脩軒)

생애 정보는 논개 순국 제영 참조. 아래의 두 시는 최현필이 임신년(1932) 8월말 촉석루, 의기사와 함께 창렬사를 참배하고 지은 것이다.

「謁三壯士彰烈祠」〈『수헌집』, 79면〉 **(삼장사 모신 창렬사에 참배하고)**

烈氣高於矗石高	매서운 기개는 높은 촉석루보다 드높은데
捐軀當日視鴻毛	당시 목숨 버림을 홍모처럼 가벼이 여겼지
苟無忠勇難爲國	진실로 충용 없었다면 나라 위함은 어려웠나니
到此男兒方是豪	이곳에 당도한 남아는 참으로 호걸이었노라
八域人情爭寓慕	온 나라 사람들 마음으로 다투듯이 흠모하고
千秋廟食[1]是酬勞	천추에 사당 모심은 응당 공로에 보답함이라
苦令義魄今猶在	진정 의로운 기백이 지금에 여전히 있다면
忍看靑邱虐浪滔	혼탁한 물결에 할퀴는 청구를 차마 보겠나

「謁彰烈祠 退而有感」〈『수헌집』, 79면〉 **(창렬사에 참배하고 물러 나와서 느낌이 있어)**

義妓巖高汾水[2]汀	의기암 높은 진양의 물가
門安綽楔[3]廟丹靑	문에 정려 봉안하고 사당은 단청했네
忠臣不及佳人蹟	충신은 미인의 자취 미치지 못하는지
彰烈祠前草滿庭	창렬사 앞뜰에는 풀이 수북하여라

1) 廟食(묘식): 나라의 유공자를 사후에 사당에 모시어 기리는 일.

2) 汾水(분수): 중국 산서성 서남쪽에 있는 강. 분양의 강, 곧 남강.

3) 綽楔(작설): =정려(旌閭). 충신·열녀·효자를 표창하기 위하여 문 앞에 세운 문. '綽'은 베풂다. '楔'은 문설주.

○ 허만박(許萬璞, 1866~1917) 자 명국(鳴國), 호 창애(蒼崖)

생애 정보는 논개 순국 제영 참조. 아래 시는 「분양잡영(汾陽雜咏)」 5수 중 제3수로 문집 편차로 볼 때 허만박이 1907~1910년에 지었음을 알 수 있다.

「彰烈祠」 〈『창애유고』 권1, 25a〉 **(창렬사)**

古木荒原日不明　　고목 뻗은 거친 언덕에 해 어둑한데
忠臣祠屋枕官城[1]　　충신 사당이 진주성을 베개로 삼았네
年年牲酒南洲上　　해마다 희생과 술을 남쪽 물가에서 올릴진대
迎送神歌迭奏聲　　신령 영송하는 노래와 가락 연주 소리로다

○ 심두환(沈斗煥, 1867~1938) 자 건칠(建七), 호 직와(直窩)

본관 청송. 합천 이계리(伊溪里, 현 대양면 대목리) 출생. 일찍부터 족수 심상길(沈相吉)을 통해 가학을 배웠다. 1891년 후산(또는 남려) 허유(許愈, 1833~1904)의 제자가 되었고, 장복추·곽종석·이종기 등 명유에게도 배웠으며, 대계 이승희로부터 자설(字說)을 받았다. 1924년 허규·송호곤·문용 등과 함께 후산의 유문을 교열했다. 또 스승 허유와 절친했던 회당 장석영(1851~1926)을 모시고 시첩을 만들었는데, 이를 '남주성사(南州盛事)'라 불렀다.

「三壯士歌」 〈『직와집』 권1, 2b~3a〉 **(삼장사 노래)**

聖朝休運[1]二百年　　태평성대 좋은 운수 이백 년에
天不虛生奇男子　　하늘은 헛되지 않게 비범한 남자 낳았네
講得義理如芻豢[2]　　의리는 추환처럼 깨우쳤고

1) 官城(관성): 제갈량 사당이 있는 사천성의 금관성(錦官城). 여기서는 진주성.

1) 休運(휴운): 아름다운 운수. '休'는 좋다, 쉬다, 금지하다.

2) 芻豢(추환): 『맹자』 「고자」상, "그러므로 의리가 내 마음을 즐겁게 하는 것은 풀이 내 입을 즐겁게 하는 것과 같다[故理義之悅我心, 猶芻豢之悅我口]". '芻'는 풀을 먹는 소·양, '豢'은 곡식을 먹는 개·돼지이다. 즉 학문이나 이(理)·의(義)의 참맛이 고기가 내 입을 즐겁게 하는 것과 같다는 뜻이다.

一生大讀春秋字　평생 『춘추』 문장을 크게 읽었지
國步艱難辰巳歲　국운이 몹시 힘들었던 임진 계사년에
蠢爾[3]頑酋恣跳梁[4]　미련하고 완악한 왜놈들이 날뛰자
招諭使[5]檄文出　초유사가 격문을 내니
諸義士同勤王[6]　의사들 동시에 근왕하여
行行直到晉陽府　걸음 멈추지 않고 바로 진양부 당도했지
黑雲壓城日無光　짙은 구름 성을 덮어 해는 빛을 잃은지라
不知有身知有君[7]　제 몸 있음은 모른 채 임금 있는 줄만 알아
桓桓[8]仗鉞奮忠烈　굳세게 부월 들고 충렬의 마음 분발했었지
捨生取義古所訓[9]　사생취의는 옛 가르침에 있던 바요
男兒寧死不可爲不義屈[10]　남아가 죽을지언정 불의에 굴복 않는 법이나
矢盡力竭且奈何　화살은 떨어지고 힘 다하니 어찌할 수 없었지
金城湯地一時沒　금성탕지가 일시에 무너져
哀哀六萬軍民同日死　슬프게도 육만 군민들이 같은 날에 죽었지
寒月[11]蒼茫弔白骨　차가운 달빛 아래 쓸쓸히 백골을 조문하니
三士一盃長江句　'삼장사', '일배', '장강'의 구절처럼
千古遺恨波不渴　천고에 한이 남아 물결 마르지 않았구려

---

3) 蠢爾(준이): 무지해서 사리에 어두움. '蠢'은 꿈틀거리다, 어리석다. 『시경』 「소아」 〈채기〉, "미련한 저 만형이 준동해/ 대국을 원수로 삼고 말았도다[**蠢爾**蠻荊, 大邦爲讐]".

4) 跳梁(도량): 제멋대로 날뜀, 발호함. '梁'은 사납다, 힘세다, 들보.

5) 招諭使(초유사): 김성일을 말함.

6) 勤王(근왕): 임금과 왕실을 위해 충성을 다함.

7) 『소학집주』에 "見危授命, 知有君而不知有身也"라는 말이 나온다.

8) 桓桓(환환): 굳센 모양, 용맹스러운 모양. '桓'은 굳세다, 푯말, 머뭇거리다.

9) 捨生取義(사생취의): 『맹자』 「고자」상에 나옴. 부록의 용어편 '웅어' 참조.

10) 男兒寧死不可爲不義屈(남아녕사불가위불의굴): 당나라 안록산 때 수양성이 함락되자 장순이 남제운에게 "남팔아, 남아답게 죽으면 그만이니 불의에 굴복해서는 안 된다.[巡呼雲曰南八, **男兒死耳, 不可爲不義屈**]" 했는데(한유, 「장중승전후서」), 이후 충절을 상징하는 말로 자주 쓰였다. 권오복의 「뇌남제운사」(『수헌집』 권3)를 읽어볼 만하다.

11) 寒月(한월): 겨울의 달, 겨울 하늘에 뜬 달, 차가운 달.

氣節凛凛撑天地	기개와 절의가 늠름히 천지를 지탱하고
義魄堂堂懸星日	의로운 기백은 당당히 하늘에 달려 있거늘
多少世間偸生輩	세상에서 구차히 살아가는 무리는
面背汗流心膽寒	겉으로 땀 흘리는 척하나 마음속은 오싹하리
我且讀書成何事	내 또한 글 읽었으나 이룬 일이 뭐가 있나
摩挲[12]往蹟徒發歎	옛 자취 어루만지며 겨우 탄식만 할 뿐이네

○ 이용(李鎔, 1868~1940) 자 자용(子庸), 호 노계(老溪)

본관 성산. 세거지가 산청 단계였으나 부친이 처가가 있는 진주 수곡면 창촌리 조계(潮溪)마을로 이거함으로써 이곳에서 출생함. 마을 인근에 살던 하겸진·하봉수·하계락·하영태·한우석 등과 절친히 지냈고, 1931년에는 이들과 함께 향리에 만수당(晩修堂)을 지을 때 주도적으로 참여했다. 특히 산수를 좋아해 1924년 마을 앞 뇌연(雷淵)에 조대(釣臺)를 조성하고는 선비들과 시문을 즐겼다.
아래 시의 창작 시점은 하겸진(1870~1946)의 시로 보건대 기묘년(1939) 초가을이다.

「彰烈祠 早秋 會話」 同晦峰·栢村[1]·雷山[2]·致齋[3]·我山[4]·李一海[5]·李道午[6]·

---

12) 摩挲(마사): 손으로 어루만짐. '摩'는 쓰다듬다. '挲'는 만지다.

1) 栢村(백촌): 하봉수(河鳳壽, 1867~1939. 자 采五)의 호. 하동 옥종면 월횡리(月橫里) 출생으로 곽종석의 문인이다. 1901년 계재 정제용(鄭濟鎔)이 백곡에 지은 구산서실(龜山書室)에서 하겸진·한유 등과 시사를 결성해 활동했고, 1919년 파리장서에 서명했으며, 진주 일대의 기미독립만세운동에 적극 참여했다. 『백촌집』이 있다.

2) 雷山(뇌산): 허신(1876~1946)의 호.

3) 致齋(치재): 조용헌(1869~1951)의 호.

4) 我山(아산): 허원중(許愿中, 1877년생)의 호. 자 건오(健五). 모암 이지송(1851~1932)의 사위이고, 물천 김진호(1845~1908)의 제자이다. 참고로 이지송의 3남 이사영(李士榮)은 문집 『삼수당유고』를 남겼다.

5) 李一海(이일해, 1905~1987): 자 여종(汝宗), 호 굴천(屈川). 산청군 단성면 남사리(南沙里) 출생. 13세 때 곽종석의 문인이 되었고, 이 해에 하겸진을 배알한 이후로 그의 학문을 계승하며 『동유학안』·『동시화』 등을 간행한 수제자였다. 위당 정인보로부터 칭찬을 들었으며, 조긍섭·변영만 등을 종유했다.

6) 道午(도오): 이성모(李聖謨)의 자. 본관 성주. 허유의 제자인 신천 이사범(1849~1918)의 조카이다. 산청 남사리에 거주했고, 하겸진이 1940년 금강산 일대를 유람할 때 동행한

成士瞻[7] 〈『노계유고』 권3, 34b〉 **(창렬사에서 초가을날 모여 이야기를 나누다)** 회봉〈하겸진〉·백촌·뇌산·치재·아산·이일해·이도오·성사첨과 함께

茫茫[8]往蹟矗城前	촉석루 앞쪽에 옛 자취가 아득한데
山寺[9]歸來得好緣	산사에서 돌아와 좋은 인연 이루었네
古廟杉松生落照	옛 사당의 소나무에 낙조가 비치고
一江樹竹鎖長烟	강가 나무 대숲에 긴 연기 자욱하다
朋多政好乘秋興	벗들이 참으로 가을 흥취 즐기기 좋아해
客集誠難穩晝眠	나그네들은 정말 편히 낮잠 들기도 어렵네
異菓堆盤樽有酒	귀한 과일 수북한 쟁반과 술 항아리를 갖춰
玆遊不妨日如年	이번 유람이 하루가 일 년 같은들 무방하리

○ 조용헌(趙鏞憲, 1869~1951) 자 가헌(可憲), 호 치재(致齋)

본관 함안. 사천시 곤양면 환덕리(還德里) 출생. 우서 조면규(1846~1917)의 장남으로 종조숙부 조직규의 총애를 받았다. 과거 실패로 고향에서 학문을 연구하던 중 1896년 후산(또는 남려) 허유(1833~1904)와 1901년 면우 곽종석(1846~1919)의 문인이 되었고, 하봉수·조긍섭·한유·하겸진(1870~1946) 등 명유들과 교유했다. 경술국치로 비분강개하다가 1925년 이후에 관동, 송도, 경주, 금강산 등지를 유람했다.

「同河晦峯 自棲雲菴[1]入晉州 遊彰烈祠」 〈『치재집』 권2, 39b〉 **(하회봉〈하겸진〉과 함께 서운암에서 진주로 들어가 창렬사에서 노닐다)**

적이 있다.

7) 士瞻(사첨): 성환혁(成煥赫, 1908~1966)의 자. 호 우정(于亭). 진주 수곡(水谷) 출생. 7세 때 하겸진의 문하에 들어가 이일해와 함께 고제자가 되었고, 중재 김황의 문하에도 출입했다. 정인보가 시문을 극찬함으로써 이름이 인근에 널리 알려졌다. 한편 1956년 의기사를 중건할 때 개기(開基) 고유문을 지었다. 『우정집』이 있다.

8) 茫茫(망망): 넓고 멀어 아득한 모양.

9) 山寺(산사): 서운암. 아래의 조용헌의 시 참조.

1) 棲雲菴(서운암): 함양군 서상면 옥산리 영취산에 있는 절. 『안의읍지』 〈불우〉조.

君行差後我來前　　그대 가고 조금 뒤 내가 왔거니

衰暮逢迎[2]似有緣　　저물녘 마중함에 인연이 있는 듯하네

傑閣縱橫新物色　　높은 누각은 이곳저곳 경치가 참신하고

疎菴一二舊人烟　　먼 암자 한둘 밥 짓는 연기 오래되었네

江流漸減灘如啞　　강물은 점점 줄어 여울소리 벙어리 같고

園圃將蕪稼盡眠　　동산이 묵어가니 벼 이삭 죄다 시들었네

老去何須吟正苦　　늘그막에 굳이 괴롭게 읊을 필요야

欲無思慮送餘年　　생각 없이 여생을 보내고 싶구려

○ 황원(黃瑗, 1870~1944) 자 계방(季方), 호 석전(石田)

본관 장수. 광양현 서석촌(西石村, 전남 광양시 봉강면 석사리) 출생. 형 매천 황현(1855~1910)을 따라 구례 만수동과 월곡리로 차례로 이사했다. 경술국치 이후 '江湖旅人'으로 자호하고 매천의 항일 유지를 계승했으며, 1944년 2월 형처럼 절명시를 써놓고 수은을 음독한 뒤 월곡리 저수지에 투신 자결했다. 저술로 『강호여인시고(江湖旅人詩稿)』, 『강호여인문고』, 『경여초(耕餘鈔)』 등이 있다.

「彰烈祠」〈『강호여인시고』, 197쪽〉 **(창렬사)**

歷歷[1]前朝事　　뚜렷한 앞 시대의 일

林禽爛說飛　　숲속 새들 지저귀며 날고

城摧非舊日　　무너진 성은 옛날과 다르지만

江漲似當時　　불어난 강은 그때와 흡사하네

靈風吹戰地　　신령한 바람 격전지에 불어대고

落照掛荒祠　　낙조가 황량한 사당에 걸렸는데

孱孫[2]頭已白　　못난 후손은 머리 벌써 희었나니

遺感寫爲詩　　서글픈 마음을 시에 담아 보노라

---

2) 逢迎(봉영): 마중 나가 영접함, 남의 마음에 들도록 애씀.

1) 歷歷(역력): 분명하다. '歷'은 밝다.

2) 孱孫(잔손): 못한 후손. '孱'은 잔약하다, 나약하다.

○ 하겸진(河謙鎭, 1870~1946) 자 숙형(叔亨), 호 회봉(晦峯)·외재(畏齋)

본관 진양. (문하)시랑공파. 진주 대각면(현 수곡면) 사곡리(士谷里) 출생. 송정 하수일의 후손으로 조부는 만취 하학운(1815~1893, 함와 하이태의 손자)이고, 부친은 하재익이다. 사위는 이병각(1906~1972, 삼성 창업주 이병철의 형), 며느리는 뇌산 허신(1876~1946)의 딸이다. 6세 때 능히 시를 지어 박치복의 칭찬을 들었고, 17세 때 스승 허유(許愈, 1833~1904)를 배알했으며, 27세 때부터 면우 곽종석(1846~1919) 제자로서 학문을 계승했다. 장복추, 김진호, 윤주하, 이승희, 이도추, 장석영, 박규호, 하봉수 등과 사우(師友)로 지냈다. 1931년 향리에 덕곡서당(德谷書堂)을 세워 제세희, 정덕영, 정연준, 도현규, 하룡환, 성환혁, 이일해 등 수많은 급문제자를 길렀다. 1919년 '파리장서'에 서명하여 수개월간 투옥되었고, 1926년 제2차 유림단사건에 동참해 다시 달성감옥에서 옥고를 치르는 등 항일운동에 주도적으로 참여했다. 저술로 문집 외 『동유학안』(1938), 『동시화』(1942) 등이 있다.

『회봉선생연보』(55b)에 의하면, 그가 70세 때인 기묘년(1939) 여름에 청곡사에서 하봉수(河鳳壽), 허신(許信), 이용(李鎔), 이현욱(李鉉郁), 이용수(李瑢秀) 등과 피서한 뒤 초가을에 창렬사로 돌아왔다고 했다.

「初秋 還至矗城 諸同志老少來會者 甚衆 是夜宿彰烈祠講堂」

〈『회봉집』 권5, 21a〉 **(초가을 촉성에 돌아왔더니 여러 동지 노소가 와서 매우 많이 모였는데, 이날 밤 창렬사 강당에서 묵었다)**

矗石山川盡眼前	촉석성 산천이 눈앞에 다 보이고
朋知邂逅亦奇緣	벗들이 해후함은 또한 기이한 인연일세
江風不斷吹華髮	강바람은 쉼 없이 백발에 불어대고
城日欲沈生翠烟	성의 해가 기울자 푸른 안개 이는데
祠柏尋將悲有淚	사당 측백 찾으니 슬퍼 눈물이 나려 하고
寺鍾聞似對愁眠[1]	절 종소리 들으니 시름겨운 잠 들려 하네
詩情客興俱衰倦	시 생각과 나그네 흥이 모두 노쇠했거늘
只好張軍[2]屬少年	젊은이들에게 솜씨 펼치게 하면 좋으리

---

1) 이 시행은 당나라 장계(張繼)가 지은 「풍교야박(楓橋夜泊)」의 "달 지고 까마귀 울고 서리는 하늘 가득한데/ 강가의 단풍 고기잡이 불 곁에 시름겹게 조노라니/ 멀리 고소성 밖의 한산사에서/ 한밤중 종소리가 객선에 들려오누나[月落烏啼霜滿天, 江楓漁火**對愁眠**, 姑蘇城外寒山寺, 夜半**鐘聲**到客船]"에서 의상을 취했다.

2) 張軍(장군): 성세를 뽐내게 함. '張'은 뽐내다. 한유, 「취증장비서(醉贈張秘書)」, 『한창려집』 권2, "조카는 글자 모르지만/ 팔분서는 약간 쓸 줄 알므로/ 시 지어서 그에게 쓰도록 하면/ 우리 군대를 자랑하기에 족할 것이네[阿買不識字, 頗知書八分, 詩成使之寫, 亦足**張吾軍**]".

○ 이정기(李貞基, 1872~1945) 자 견가(見可), 호 제서(濟西)

본관 벽진. 경북 성주 명곡리(榆谷里, 현 초전면 월곡리) 출생이고, 부친은 이원하(李元河)이다. 사미헌 장복추·서산 김흥락(1827~1899)의 제자로 을사늑약 소식을 듣고 양이(攘夷)를 주장했고, 경술국치를 통탄하고 『심경』 연구에 매진했다. 송준필·조긍섭·김창숙 등과 도의로 교유했으며, 저술로 『성리휘편』·『벽진이씨문헌록』 등이 있다.
아래 시의 창작 시기는 시주(詩註)의 '진주부'로 볼 때 1940년 전후임을 알 수 있다.

「彰烈祠」 祠, 在晉州府[1]城西. 享金健齋千鎰及同時殉節諸公. 〈『제서집』 권2, 2b〉

(창렬사) 사당은 진주부 성 서쪽에 있다. 건재 김천일과 같은 때 순절한 제공을 배향한다.

丹心誓死起兵初	충심으로 죽기를 맹세하고 의병을 일으켜
城與俱亡計不踈	성과 함께 망했으나 계책은 성글지 않았지
遮遏[2]江淮是誰力	강회를 막아낸 것은 누구의 힘이었나
至今精采史家書	지금 사가의 글에서 정밀히 분별하였네

○ 김호직(金浩直, 1874~1953) 자 맹집(孟集), 호 우강(雨岡)·현재(弦齋)

생애 정보는 논개 순국 제영 참조. 아래 시는 문집 원주에 있듯이 김호직이 갑진년(1904) 남부 지역을 유람할 때 지었고, 장편가사 『한양가』와 『동천자(東千字)』도 주목받고 있다.

「彰節祠」[1] 二首 〈『우강집』 권1, 5a〉 **(창절사)** 두 수

將軍遺廟枕江流	장군 사당은 강물을 베개로 삼았는데
折戟[2]沉沙認古洲	창 묻힌 모래밭은 옛 물가임을 알겠네

---

1) 晉州府(진주부): 1939년 10월 1일부터 쓴 진주의 행정 명칭.

2) 遮遏(차알): 막음. '遮'는 막다. '遏'은 막다, 저지하다.

1) 彰節祠(창절사): 창렬사의 이칭으로 쓰임. 『순조실록』 〈1802.1.28〉에 "진주 창절사"라는 기록이 보임.

2) 折戟(절극): 부러진 창, 곧 임란 자취. '折'은 꺾이다. '戟'은 창. 두목(803~852), 「적벽」,

何狀顏卿[3]能死賊	어떤 사람이기에 안진경은 능히 적을 죽였으며
哀時杜甫倦登樓[4]	시국 걱정에 두보는 누각 오르기조차 싫어했지
獸迹忍看今日域	짐승들 설쳐대는 오늘날 강토를 차마 보겠으며
藍輿[5]徒功九原愁	보람없이 가마 메는 일은 저승에서도 걱정하리
東風淚向孤城灑	봄바람 속에 외딴 성을 향해 눈물 뿌리며
祗爲無人續舊遊[6]	찾는 사람 없어도 그저 옛 놀이 이어갈 뿐

將軍往迹此中尋	장군의 옛 자취 이곳에서 찾거니와
古木寒鴉盡日吟	고목의 갈까마귀가 온종일 울어댄다
男兒不負平生志	남아는 평생에 품은 뜻을 저버리지 않았거니
江水空埋未死心	강물은 그 죽지 않은 마음 쓸쓸히 묻어두었구려
萬古風聲留短碣	만고의 명성은 작은 비석에 전하고
百年俎豆走青衿[7]	수백 년 제향은 유생들로 분주했지
至今舊老多遺愛	지금껏 원로들은 사랑을 많이 남겼나니
語到龍蛇淚便沾	용사년을 말하자 눈물이 이내 더 흐르네

『번천집』 권4, "부러진 창 모래밭에 묻혔어도 쇠끝은 삭지 않았나니/ 스스로 문지르고 닦아서 앞 시대의 일을 아누나[**折戟**沈沙鐵未消, 自將磨洗認前朝]".

3) 何狀顏卿(하상안경): 안록산의 반란 때 하북 24개 군이 모두 무너졌는데 오직 평원태수 안진경만이 성을 지켰다. 이 소식을 듣고 현종은 "짐은 안진경이 어떤 사람이기에 그렇게 할 수 있었는지 모르겠다.[朕不識**顏真卿**作**何狀**乃能如是]"라고 감탄했다. 『통감기사본말』 권31상.

4) 두보는 「장사송이십일함(長沙送李十一銜)」(『두소릉시집』 권22)에서 왕찬의 「등루부」를 인용해, "상방에서 일찍이 신발 주던 일 크게 부끄럽고/ 끝내 내 고향 아니니 누각 오르기도 싫구려[遠愧尙方曾賜履, 竟非吾土**倦登樓**]" 하였다.

5) 藍輿(남여): 대를 엮어서 만든 가마. 도연명(陶淵明)이 다리 병이 있어서 놀러 나갈 적에는 남여(藍輿)를 타고 다녔다. 여기서는 편안히 자연의 정취를 즐김.

6) 舊遊(구유): 옛날 놀던 일이나 친구.

7) 青衿(청금): 유생의 별칭. 『시경』 「정풍」 〈자금〉, "푸르고 푸른 그대의 옷깃이여/ 길고 긴 나의 마음이로다.[青青子**衿**, 悠悠我心]"

○ 하우식(河祐植, 1875~1943) 자 성락(聖洛), 호 담산(澹山)·목재(木齋)

생애 정보는 논개 순국 제영 참조. 아래의 첫째 시는 「분양회고(汾陽懷古)」 12수 중 제7수이고, 문집 편차로 볼 때 기해년(1899)에 지었음을 알 수 있다. 둘째 시는 하겸진(1870~1946)의 시로 보아 기묘년(1902) 가을 무렵으로 추정된다.

「三壯士」〈『담산집』 권1, 3a〉 **(삼장사)**

憶昔汾陽三壯士	회고컨대 옛날 진양의 삼장사는
臨江一笑死生輕	강 굽어보며 일소한 뒤 생사 가볍게 여겼지
丘墳滿目衣冠古[1]	분묘는 눈에 가득한데 의관은 예스럽고
城上秋風畫角鳴	가을바람 부는 성 위에서 뿔피리 울리네

「矗寓諸少年 日賦詩于彰烈祠 次其韵」〈『담산집』 권1, 54b〉 **(촉석루에 머물던 여러 소년이 날마다 창렬사에서 시를 지었는데 그 시에 차운하다)**

忠臣祠屋枕西山	충신 사당은 서산을 베개로 삼았고
景物荒凉晝尙關	경치 쓸쓸하고 낮인데도 닫혀 있네
百折江濤喧郭底	백 번 꺾인 강 파도는 성 밑에서 떠들썩하고
一聲車笛入雲間	한 갈래 차 경적소리가 구름 속으로 들어가네
三韓[2]文物何時好	우리나라 문물은 어느 때 좋아질런지
萬國風塵此座間	만국 풍진이 이곳 좌석 사이에 있구려
寄語群仙[3]勤自鍊	신선들에게 말하노니 힘써 스스로 연마하며
黃金難買少年顔	황금으로도 사기 어려운 게 젊은 시절이라네

---

1) 丘墳滿目衣冠古(구분만목의관고): 사림의 주도로 거행되는 창렬사 제향을 뜻함. 한유, 「제초소왕묘(題楚昭王廟)」(『한창려집』 권9), "분묘는 눈에 가득한데 의관은 사라졌고/ 구름 덮인 궁궐에 초목이 황폐하네/ 백성들은 아직도 옛 덕을 생각하며/ 한 칸 초가집에서 소왕에게 제사 지내네.[**丘墳滿目衣冠盡**, 城闕連雲草樹荒. 猶有國人懷舊德, 一間茅屋祭昭王]"

2) 三韓(삼한): 삼국시대 이전 한반도 중남부에 존재한 정치집단. 곧 마한, 변한, 진한.

3) 群仙(군선): 당시 합석한 젊은 학자들을 말함.

○ 김상수(金相壽, 1875~1955) 자 회숙(晦叔), 호 초려(草廬)

본관 상산(현 상주). 창원시 의창구 동읍 석산리(石山里) 출생. 맏형이 물와 김상욱(1857~1936)이고, 1911년 인근의 마룡동(馬龍洞)에 초려정사를 지어 학문을 심화하고 조상의 사적을 정리하는 데 심혈을 쏟았다. 1936년 진주에 이거한 뒤 선비들과 함께 촉석루, 비봉산에 올라가 울분을 달래는 한편 전국의 명승고적을 답사했으며, 특히 『주역』에 능했다. 외종형이 신영규(1873~1958)이고, 손자가 민주화 운동에 헌신한 전 서울대학교 교수 김진균(1937~2004)이다.
아래 시는 노근용(1884~1965)의 시로 보아 무인년(1938)에 지었음이 확인된다.

「彰烈祠 與盧晦夫[1]根容 數日相樂臨別 晦夫贈我以詩 步其韻和之」〈『초려집』 권1, 47b〉 **(창렬사에서 회부 노근용과 함께 며칠간 즐기다 작별에 이르러 회부가 나에게 시를 주기에 삼가 그 시에 따라 화운하다)**

鳥啼花落古城隅	새 울고 꽃 지는 옛 성 모퉁이에
君去春歸誰共娛	그대 떠나면 봄 돌아온들 뉘 함께 즐기랴
對酒堪憐稀故友	대작하니 보기 드문 옛 친구 정말 애틋하고
言詩只愧淺工夫	시를 말하니 얕은 공부가 부끄럽기만 하네
吾人渙散[2]嗟如許	우리 모이고 흩어짐이 어찌 이 모양인가
大陸淪沈適與俱	나라 잃은 시절에 마침 함께했구려
金玉爾音[3]須莫惜	금옥 같은 소식은 짐짓 아끼지 말아 주오
一般[4]殘景繞桑榆[5]	저녁 해가 뽕나무 느릅나무에 걸려 있으니

1) 晦夫(회부): 노근용(1884~1965)의 자.

2) 渙散(환산): 단체가 흩어짐. '渙'은 흩어지다, 풀리다.

3) 金玉爾音(금옥이음): 영원히 잊지 않음. 『시경』 「소아」 〈백구〉, "금옥 같은 그대 소식 전해주고/ 나를 멀리하려는 마음을 갖지 마시기를[毋**金玉爾音**, 而有遐心]".

4) 一般(일반): 같음, 보통, 모두.

5) 殘景繞桑榆(잔경요상유): 죽을 때가 가까워진 것을 말함. '殘景'은 남은 세월, 곧 만년. '桑榆'는 인생의 만년. 「풍잠가열전」(『후한서』 권17)에, "처음엔 날개를 늘어뜨린 채 골짜기로 돌아와도 끝내는 날개를 떨쳐 연못으로 날아가나니, 그야말로 젊은 시절 실패했다가 만년에 만회하는 것이라 하겠다.[始雖垂翅回谿, 終能奮翼黽池, 可謂失之東隅, 收之**桑榆**]" 하였다. '東隅'는 동쪽의 해 뜨는 곳으로 인생의 아침인 젊은 시절을, '桑榆'는 지는 해의 그림자가 뽕나무와 느릅나무 끝에 남아 있다는 뜻으로 인생의 노년기를 말함.

「越三日 復會彰烈祠」〈『초려집』 권1, 56b〉 **(사흘 지나 창렬사에서 다시 만나다)**

此日登臨盡意遊　　이날 등림해 마음껏 노닐었더니
紛塵夢裏覺淸幽　　세상사 꿈속에서 맑고 그윽함을 느끼네
踈林對酒同懷暮　　성긴 숲에서 술 들면서 늦도록 회포 함께하고
古院吟詩倍感秋　　옛 사당에서 시 읊으니 가을 느낌 갑절 된다
色色農功迷野面　　갖가지 농사일로 분주한 들판
悠悠往刦[6]滿城頭　　아득한 옛 전란으로 가득한 성 끝
黃花何處非佳境　　국화는 어딜 가든 멋진 경치이거니
來后相思便卽求　　당도한 직후 그리워 즉시 찾았다네

○ 허신(許信, 1876~1946) 자 덕예(德輗), 호 뇌산(雷山)·송산(松山)

본관 양천. 5대조가 충북 충주에서 단성 파지리(巴只里)로 이거한 귤원 허존(許存, 1721~1781)이다. 진주 금만리(金萬里, 현 산청군 단성면 창촌리)에서 출생한 이후 파지, 하동의 두양(斗陽)·운곡(雲谷, 현 옥종면 청룡리)으로 이사했다. 이도추·박규호·한유 등의 지역 명유들을 종유했다. 1939년 동지들과 지리산·남해 등지를 유람했고, 1940년 4월 7일부터 5월 23일까지 사돈인 회봉 하겸진·성환혁·박우종·이도오 등과 금강산·관동·개성을 여행하고 둘러봤다. 1946년 7월 평생 지기였던 하겸진이 타계하자 슬픔을 이기지 못하다 9월 운곡의 곡은정(谷隱亭)에서 별세했다.
아래 시의 창작 시기는 하겸진(1870~1946)의 시에 근거할 때 기묘년(1902) 가을이다.

「彰烈祠 諸同志老少來會 拈韻[1]」〈『뇌산유고』 권1, 20a〉 **(창렬사에 여러 동지, 노소가 와서 모여 시를 짓다)**

秋草幽幽[2]古廟前　　가을 풀이 옛 사당 앞에 그윽하고
風塵雅會是奇緣　　풍진 속에 고상한 모임은 기이한 인연이네
玄蟬[3]咽咽[4]鳴寒杪　　가을 매미가 오열하듯 찬 가지에서 울어대고

---

6) 往刦(왕겁): 지나간 큰 재난, 전란. '刦'은 겁회(刦灰).
1) 拈韻(염운): 운자를 뽑다, 곧 시를 짓다. '拈(념)'은 집다.
2) 幽幽(유유): 깊고 고요함. '幽'는 그윽하다.
3) 玄蟬(현선): 가을 매미, 쓰르라미. '蟬'은 매미.

黃竹蕭蕭繞夕烟	노란 대는 쓸쓸히 저녁 연기에 둘려 있네
感舊幾多不朽蹟	썩지 않은 자취에 옛 감회가 얼마나 많은지
傷時徑欲無吪[5]眠	시대에 상심하니 잠들어 깨어나지 말았으면
最憐諸子南遊趣	사람들이 남쪽 유람의 멋을 유독 좋아하거니
司馬[6]文章摠妙年[7]	사마천의 글들은 모두 젊은 나이에 지었다지

○ 정규석(鄭珪錫, 1876~1954) 자 성칠(聖七), 호 성재(誠齋)

본관 해주. 가계는 〈정문익-정대형-정유희-정숙-정상함-정호신-정직의-정화선-정광채-(계)정상교-정규석〉으로 이어진다. 진주 금만(金巒, 현 산청군 단성면 창촌리) 출생이나 1917년 산청 단계로 이거했다. 1901년 쌍백면 물계(勿溪)의 노백헌 정재규(1843~1911)를 배알했고, 면우 곽종석과 간재 전우에게도 학문을 질정했다. 1933년 문중 및 사림들과 협의해 폐허가 된 종선조(從先祖) 명암 정식(1683~1746)의 '무이정사(武夷精舍)'를 제1곡 북쪽(현, 시천면 원리 국동마을)으로 터를 옮겨 중건했다. 하겸진·한유·김극영·권재규·이교우 등과 교유했다. 아래 시는 창렬사 중수 뒤에 지었으므로 창작 시기는 1936년이다.

「彰烈祠」 在晉州 〈『성재집』 권1, 25a〉 **(창렬사)** 진주에 있음

緬憶[1]諸公爲國誠	제공의 나라 위한 충성을 아련히 생각하다가
臨風一喟客笻停	나그네가 막대 멈추고 바람 쐬며 한숨짓나니
千秋遺恨長江碧	천추의 남은 한은 푸르른 장강에 유장하고
炳日貞忠映史靑	밝은 태양 같은 곧은 충정이 청사에 비친다
雨歇望京[2]雲意懶	비 그친 망경산엔 구름 더디 가고

---

4) 咽咽(열열): 흐느끼며 슬퍼하는 모양. '咽(인, 목구멍)'이 목메다 뜻일 때는 독음은 '열'.

5) 無吪(무와): 영원히 잠들어 깨어나고 싶지 않음. '吪'는 움직이다. 『시경』 「왕풍」 〈토원〉, "온갖 근심 모여드니/ 차라리 잠이 들어 깨어나지 말았으면[逢此百罹, 尙寐無吪]".

6) 司馬(사마): 한나라 역사가 사마천(B.C.145~86). 그는 20세 때부터 장강, 회하, 회계산 등 중국 각지를 유람하면서 역사에 대한 감각과 천문지리를 익혔다.

7) 妙年(묘년): 스물 안짝의 꽃다운 나이. '妙'는 젊다.

1) 緬憶(면억): 아득히 지난 일을 회상함. '緬'은 멀다, 아득히.

2) 望京(망경): 망경산. 일명 망진산(望晉山). 진주시 망경동 소재한 해발 172m의 산으로,

夜晴飛鳳[3]月光明	밤 청명한 비봉산엔 달빛이 훤한데
秉彝所在誰無敬	타고난 본성 있어 누군들 공경함이 없으랴만
尤感後人嗣葺情	중수 이어간 후인의 마음이 더욱 감격스럽네
彰烈祠重修後	창렬사 중수 뒤

○ 최기량(崔基亮, 1878~1943) 자 인수(夤修), 호 서암(瑞菴)·산사(山史)

본관 경주. 광주시 유등곡면(현 대촌면) 광곡리 출생. 송사 기우만과 현와 고광선(1855~1934)의 문인. 효제(孝悌)를 근간으로 하면서 맹사성(1360~1438)이 남의 단점을 함부로 말하지 않은 교훈을 마음 깊이 새겼고, 경술국치 후 두문(杜門) 자정하면서 후진을 양성했다.

「次李進士郁[1]矗石樓殉節韻」〈『서암유고』, 16a~b〉 **(진사 이욱의 촉석루 순절 시에 차운하다)**

江抱恨聲尙自流	강은 한스러운 소리 품고 여태껏 절로 흐르며
山含慘色亦垂頭	산은 부끄러운 빛깔 머금고 또한 고개 숙였네
死於當死眞知節	죽을 때를 당해 죽었으니 참다운 절의 알았고
生不苟生已決籌	살아서는 구차히 살지 않기로 이미 결심했었지
眼下可憎秦日月	눈앞은 가증스럽게도 진나라 때 세상이나
胸中尙帶魯春秋	가슴속에는 노나라 『춘추』를 품고 있노라
晉陽往事誰無證	진양의 옛일을 누가 증명하랴마는
千古如今有一樓	천고토록 지금도 한 누각이 있네

정상에 봉수대가 설치되었음.

3) 飛鳳(비봉): 비봉산. 고을의 북쪽 1리에 있는 해발 138m로 진주시의 진산(鎭山)이다.

1) 李郁(이욱, 1556~1593): 제2차 진주성전투 때 순국함. 자세한 것은 부록 인물편 참조.

○ 이교문(李教文, 1878~1958) 자 명선(鳴璇), 호 지재(止齋)

본관 전의. 초명 교관(教爟). 단성 내고리(內古里, 현 산청군 신안면 소재) 출생. 부친은 벽산 이희란(李熙瓓)이고, 약관 이후 동생 과재 이교우(1881~1950)과 함께 노백헌 정재규(1843~1911)의 문인이 되었다. 면암 최익현·계남 최숙민·송사 기우만을 스승의 예로 섬겼으며, 호 '止齋'는 평생토록 존경한 명호 권운환(1853~1918)에게서 받았다. 한유·권재규·하겸진·정기·정규석·류잠·김진문 등을 두루 종유했다.
아래 시의 창작 시기는 내용상으로 볼 때 호재 이정수(1877~1957)와 함께 촉석루 시를 지었던 무인년(1938)으로 짐작된다.

「彰烈祠有感」 〈『지재유고』 권1, 24a〉 **(창렬사에 느낌이 있어)**

是日城南風氣淸	이날 성 남쪽에 바람 기운 쾌청한데
晩登樓閣雨初晴	만년에 누각 오르니 비가 막 개었네
謾看奇怪非前態	부질없이 기괴함을 보니 예전 모습은 아니고
百觸生疎感舊情	여기저기 생소함을 접하니 옛날 정이 느껍다
堞角林深鸎語滑	숲 우거진 성 모퉁이에 꾀꼬리가 곱게 울고
江干波穩艇行輕	물결 잔잔한 강가에 배가 날렵하게 지나가네
先賢遺蹟多留此	선현의 유적이 이곳에 많이 남아 있거늘
讀罷殘碑淚自橫	깨진 비석 읽고 나니 눈물이 절로 쏟아지네

○ 김창숙(金昌淑, 1879~1962) 자 문좌(文佐), 호 심산(心山)·벽옹(躄翁)

생애 정보는 논개 순국 제영 참조. 『심산유고』의 시 편차 외에 제서 이정기의 「연보」(『제서집』 부록)에 의하면, 이정기는 병진년(1916) 2월 김창숙·이종호(1884~1948) 등과 함께 촉석루, 의기암, 충무공 사당을 둘러보며 시를 지었다고 했다.

「彰烈祠」 祠在晉州府城西, 享龍蛇殉節諸義士. 〈『심산유고』 권1, 17~18쪽〉 **(창렬사)** 사당은 진주부 성 서쪽에 있는데, 용사년 때 순국한 여러 의사를 제향한다.

貫日危忠辦命初	해 꿰뚫는 높은 충성이 초기에 운명을 갈랐거늘
非緣臨敵計謀疎	적을 대비한 방책이 허술함 때문만은 아니었지

中興賴有諸公烈	중흥은 제공의 의열에 힘입었나니
帛竹煌煌史氏[1]書	역사가의 기록으로 죽백에 빛나네

○ 류잠(柳潛, 1880~1951) 자 회부(晦敷), 호 택재(澤齋)

생애 정보는 논개 순국 제영 참조. 아래 시는 「진양잡저(晉陽雜著)」 10수 중 제6수이고, 창작 시기는 문집 편차로 보아 무진년(1928)으로 추정된다.

「彰烈祠」 〈『택재집』 권1, 111면〉 **(창렬사)**

古木蒼蒼百鳥喧	무성한 고목에 온갖 새가 울어대고
墟城祠屋獨持尊[1]	성 언덕 사당에 홀로 술을 준비하였네
艱危愧乏扶時力	어려운 때에 힘을 다하지 못해 부끄럽지만
落筆勤招壯士魂	부지런히 붓을 놀려 장사의 넋을 불러본다

○ 홍재하(洪載夏, 1882~1949) 자 경우(敬禹), 호 우석(愚石)·석헌(石軒)

본관 남양. 부림현 청계리(淸溪里, 현 대구시 군위군 부계면 대율리) 출생. 가학을 충실히 계승했고, 천성이 명산대천을 좋아해 전국을 주유했으며, 도중에 명사들을 만나 널리 교유했다.
아래 시는 1911년부터 스승으로 모신 곽종석의 문집을 단성 니동서당에서 간행할 때인 을축년(1925) 1월 18일 자동차를 타고 촉석루에 들러 지었고(「남유록」, 『우석집』 권4, 1a~b), 당시 동행한 이호대(李好大, 1901~1981)도 「남유일록」을 남겼다.

「次彰烈祠前人韻」 〈『우석집』 권2, 10a〉 **(창렬사의 옛사람 시에 차운하다)**

忍說龍蛇事	차마 용사년 일을 말하건대
腥塵暗漲天	비린 먼지 하늘 짙게 날렸지

1) 史氏(사씨): 사마천. 여기서는 역사를 기록하는 사람.
1) 尊(준): =준(樽). 술통.

先生彰義烈　　선생이 매섭게 창의하였거니
一體祀羣賢　　일체로 선현들께 제사드리네

今日誰家域　　오늘날 누구의 땅이런가
回頭欲問天　　머리 돌려 하늘에 묻고 싶어라
熊魚[1]無地辨　　진위를 판단할 길이 없기에
只自慕前賢　　단지 스스로 선현을 추모할 뿐

矢石[2]成仁地　　전쟁 때 살신성인한 곳
豆籩[3]秉彝天　　제사는 천부의 도리라
白首南來客　　백발의 나그네 남쪽에 와서
臨風一悵然　　바람 쐬며 한바탕 슬퍼하노라

○ 한우동(韓右東, 1883~1950) 자 국명(國鳴), 호 후암(厚菴)·회산(晦山)

본관 청주. 진주 정수리(丁樹里, 현 이반성면 평촌리) 출신. 은헌(隱軒) 한사원(1860~1908)의 장남이다. 1920년 부안 계화도의 간재 전우(1841~1922)를 배알해 제자가 되었고, 일제강점기 내내 성현의 학문을 고수하며 울분을 달랬다. 추가 정보는 논개 사적 산문 참조.

「六月二十八日 祭矗石樓三壯士」〈『후암유고』 권1, 38b~39a〉 (6월 28일 촉석루 삼장사를 제사하다)

江風颯爽[1]降靈神　　살랑살랑 강바람 속에 신령이 내려오니

---

1) 熊魚(웅어): 생명을 버리고 의를 취함. 자세한 것은 부록의 용어편 '웅어' 참조.

2) 矢石(시석): 화살과 쇠뇌로 발사하는 돌로, 전하여 전쟁을 뜻함.

3) 豆籩(두변): 제기. '豆'는 나무로 만든 그릇. '籩'은 대로 만든 그릇.

1) 颯爽(삽상): 바람이 시원하여 마음이 상쾌함, 가뿐하고 민첩함. '颯'은 솔솔 부는 바람. '爽'은 시원하다.

南國遺民[2]感此辰	남쪽의 나라 잃은 백성은 이날이 느껍다
瞻彼牙門[3]無甲冑[4]	저 병영 바라보니 갑옷과 투구는 없고
拜於香卓幾襟紳[5]	향탁에 절하는 훌륭한 선비 몇이나 되나
傷心關塞妖氛暗	마음 아프게 하는 변방에 요기가 자욱한데
回首扶桑[6]赤日新	머리를 돌리니 동해에 붉은 태양 새롭도다
語及宗祊[7]還下淚	말이 종묘사직에 미치자 다시 눈물 흐르나니
山河今日屬誰人	산하는 오늘날 어떤 사람이 차지하고 있는가

「南江古印」[8] 〈『후암유고』 권2, 10b~11b〉 **(남강 고인)**

宣廟癸巳之亂, 兵使崔公慶會, 抱印投江. 及英廟丁卯, 兵使崔鎭漢[9], 得於南江水中. 印背, 刻萬曆十年三月日造. 仍爲狀啓, 上聞極感異, 親製印銘及小序. 以銅鑄印匣, 以銀鏤銘于匣, 藏于本營. 每營中有大事, 印必夜吼. 及憲宗己亥[10]·高宗己亥, 運籌堂連遭火變, 知印[11]爲灰. 及重建時, 鑿破舊址數尺, 古印無恙如前云.[12]

선조 계사년 난 때 병사 최경회 공이 도장을 안고 강에 몸을 던졌다. 영조 정묘년

---

2) 遺民(유민): 나라 잃은 백성, 살아남은 백성.

3) 牙門(아문): 아기(牙旗)를 세운 문, 곧 병영이나 관아. '牙'는 상아, 상아로 장식한 대장기 혹은 깃발.

4) 甲冑(갑주): 갑옷과 투구.

5) 襟紳(금신): 의복, 곧 훌륭한 선비나 벼슬아치. '襟'은 옷깃. '紳'은 큰 띠.

6) 扶桑(부상): 해 돋는 곳. 동해 속에 있다는 전설상의 뽕나무 모양의 신목(神木)으로, 한 뿌리에서 나온 두 나무가 서로 의지해[扶] 있다고 붙여진 이름이다. 해가 뜰 때 이 나무를 스치고 떠오른다고 한다.

7) 宗祊(종팽): =종사(宗社). 종묘사직. '祊'은 제사.

8) 이 시는 남명 조식의 경의검(敬義劒), 명암 정식의 명옹대(明翁臺)를 제재로 지은 연작시 「영회고적」 중의 하나이다.

9) 崔鎭漢(최진한): 김윤의 오기.

10) 憲宗己亥(헌종기해): 순조 계사년(1833)의 오기.

11) 知印(지인): 지방관의 관인을 보관하고 날인의 일을 맡던 토관직. 여기서는 관인을 보관하던 지인방(知印房)의 뜻임.

12) 이 병서는 『충렬실록』과 『진양속지』의 〈남강고인〉을 바탕으로 지은 것이라 착오가 더러 있다.

(1747)에 이르러 병사 김윤(金潤)이 남강 물속에서 얻었다. 인장 뒷면에 '만력 10년 3월 일 제조'라고 새겨져 있었다. 곧 장계를 지어 바치니, 임금은 비통한 감정이 남달라 친히 인명(印銘)과 소서(小序)를 지었다. 구리로 인갑(印匣)을 만들고, 은으로 인갑에 명(銘)을 새겨 본영에 보관하도록 하였다. 매번 본영에 큰일이 있을 때 인장이 반드시 밤에 울었다. 헌종 계사년(1833)과 고종 기해년(1899)에 운주당이 잇달아 화재의 변고를 겪어 인장을 맡은 곳이 재로 변하고 말았다. 중건할 때 이르러 옛터 몇 자를 파헤쳤더니, 옛 관인이 예전처럼 아무런 탈이 없었다고 한다.

我東浩刧[13]龍蛇歲	우리나라 용사년 전란 때
酷被兵燹[14]是汾陽	병화를 혹독하게 입은 진양
于時兵使崔元帥	그때 병사 최원수는
忠義之氣何堂堂	충의 기개 얼마나 당당했는지
一投長江魂不死	한 번 투신한 장강에 넋은 죽지 않고서
秋天烈日萬古懸	가을 하늘 태양처럼 만고에 걸려 있구려
惟是印章王所賜	인장은 왕이 하사한 것인데
生死同歸義當然	생사를 함께해 의로 귀결됨은 당연하고
可憐波神猶有惜	사랑스러운 신령은 더욱 안타까워하여
不使此物久晦湮[15]	이 물건 오랫동안 인멸되지 않게 했네
淘汰沙石頻飜覆	쓸려가는 자갈이 자주 뒤엎어도
如何字畫少無磷[16]	웬일인지 자획은 조금도 닳지 않았네
君王感異仍致祭	임금이 기이하게 느껴 이내 치제하고
銀鏤銅匣刻以銘	구리 인갑에 은으로 명을 새겨 넣었네

13) 浩刧(호겁): =호겁(浩怯)·호겁(浩㤼). 불교에서 인간의 큰 재난을 말함. '刧'은 전란 고통, 오랜 세월.

14) 兵燹(병선): =병화(兵火). 전란으로 일어난 화재. '燹'은 난리로 일어난 불.

15) 晦湮(회연): =인회(湮晦). 망해서 자취를 감춤. '晦'는 감추다. '湮'은 없어지다.

16) 磷(린): 돌이 닳아서 엷어짐. 김수민(1734~1811)의 「의암가」에 상세한 출처가 있다.

兵營有事先吼警　　병영의 유사시에 먼저 울어 경고했으니
始知此物眞異靈　　이 물건이 정말 신령함을 비로소 알겠네
幾入地中免火厄　　땅속에 묻혀서 몇 번 화재 액운을 면하고
煌煌不渝[17]舊時形　　예전 모습대로 변함없이 빛나고 빛나거니
苟非忠義結晶者　　만일 충의로 이루어진 결정체가 아니었다면
一印何能致此異　　일개 인장이 어찌 이처럼 기이할 수 있으랴
蒼茫往事無問處　　아득한 옛일은 물을 데가 전혀 없을진대
桑瀾[18]滿地今何世　　온 천지 변화 극심한 지금 어떤 세상이뇨

「彰烈祠重修後有韻」〈『후암유고』 속편, 4b~5a〉 **(창렬사 중수 뒤 지은 시)**

此日拜祠曠感[19]新　　오늘 사당에 절하니 더없이 감회가 새로운데
汾城風雨幾成仁　　비바람 치는 진양성에서 몇이나 인을 이루었나
忠勳曾載龍蛇錄　　충훈이 일찍이 『용사록』에 실렸고
制度重輝甲戌[20]春　　건물은 갑술년 봄에 다시 빛났지
列峀長江稱勝地[21]　　늘어선 산과 장강을 승지라 칭하고
喬松老柏接蒼旻[22]　　우람한 송백은 푸른 하늘 닿았는데
豈謂斯功今盡美　　어찌 그 공을 오늘에 다 칭송하겠으리
千秋更待後之人　　천추에 다시금 뒷사람을 기다려야 할 터

---

17) 不渝(불투): 달라지지 않음. '渝'는 달라지다, 풀어지다.

18) 桑瀾(상란): 상전벽해의 물결. '瀾'은 물결.

19) 曠感(광감): 광세지감(曠世之感)의 준말. 세상에 유례가 없는 느낌.

20) 甲戌(갑술): 1934년. 당시 중건한 것은 정사(正祠)였고, 1935년에 창렬사의 대대적인 중수가 완료되었다. 자세한 것은 본서에 수록한 권재규의 「창렬사중건기」 참조.

21) 勝地(승지): 명승지구(名勝地區)의 준말. 이름난 땅이나 명승지.

22) 蒼旻(창민): 푸른 하늘. '旻'은 하늘.

○ 이종호(李鍾浩, 1884~1948) 자 맹규(孟奎), 호 척재(拓齋)

생애 정보는 논개 순국 제영 참조. 제서 이정기의 연보(『제서집』 부록 〈21b〉)에 의하면, 이정기는 병진년(1916) 2월 이종호·김창숙(1879~1962) 등과 함께 촉석루, 의기암, 충무공사당 등 남부 명승지를 둘러볼 때 아래 시를 지었다고 했다.

「彰烈祠」〈『척재집』 권1, 7a 「次李見可[1]金文佐昌淑南遊記行韻」 6수 중 제3수〉 **(창렬사)**

緬憶[2]龍蛇似太初	태초 같은 용사년 아련히 생각나는데
一庭啼鳥夕陽疎	뜰에서 울던 새는 석양에 멀어진다
忠臣自合殉人國	충신들과 절로 부합해 순국한 분들
太史[3]當年大特書	태사공이라면 당시 대서특필했으리라

○ 노근용(盧根容, 1884~1965) 자 회부(晦夫), 호 성암(誠庵)

본관 광주. 창녕 출신이고, 노국빈의 후손. 이종기와 곽종석의 문인으로 왜정을 거부했고, 족숙 노상직에게 학문의 정도를 배웠다. 송준필·조긍섭·이정기·장상학 등과 친했고, 만년에 초당을 지어 후진을 양성했으며, 24권 13책의 『성암집』이 있다.
노근용이 1961년에 지은 김상욱(1857~1936)의 『물와집』 서문에서 무인년(1938)에 김상수와 함께 진주 창렬사에서 교감을 했다는 기록으로 보아 아래 시의 창작 시점을 알 수 있다.

「彰烈祠 勘整勿窩[1]金丈文稿 將還書呈金晦叔[2]」〈『성암집』 권2 25b~26a〉 **(창렬사에서 물와 김어른〈김상욱〉의 문고를 감정하고서 장차 돌아감에 김회**

---

1) 見可(견가): 이정기(1872~1945)의 자. 호는 제서(濟西).
2) 緬憶(면억): 아득히 지난 일을 회상함. '緬'은 멀다, 아득히.
3) 太史(태사): 사마천을 지칭함.
1) 勿窩(물와): 김상욱(金相頊, 1857~1936)의 호. 창원 석산리(石山里, 현 의창구 동읍 소재) 출생이나 의령 두곡, 창녕 노동(魯洞)과 계산, 진주 내평리 등지로 이거했다. 초려 김상수의 형으로 김흥락, 이종기, 장복추의 문인이다.
2) 晦叔(회숙): 김상수(1875~1955)의 자.

숙에게 써서 주다)

忠臣祠院矗城隅	진주성 모퉁이의 충신 사우에서
文字商量卄日娛	시문을 헤아리며 스무날이나 즐거웠네
高學宜稱程正叔[3]	학문 높아 마땅히 '정이'라 일컬을지니
菲才愧不邵堯夫[4]	내 부끄럽게도 '소옹'은 되지 못했구려
萍居落落[5]西南隔	서남쪽 떨어져 살아 쓸쓸하더니
霜髮垂垂[6]彼此俱	피차는 모두 백발이 늘어졌네
到底吾儕兢戰意	가는 곳마다 우리들은 마음 조심하며
須將古色保桑榆[7]	모름지기 옛 풍치로 만년을 기약하세

○ 성기덕(成耆悳, 1884~1974) 자 순직(舜直), 호 계암(溪菴)

창녕군 창녕읍 학산리 출생. 7세 때에 주세충(朱世忠)의 문하에서, 17세 때에는 조긍섭과 노상직에게 성리학을 공부했으며, 고광선·장석영·송준필과 교유했다. 1920년 대구시 달성군 유가읍 본말리로 이거해 계암서당을 열어 학문을 연마했다. 1930년 면내 음리로 이사해 비슬산의 사효자굴(四孝子窟) 부근에 이애정(二愛亭)을 짓고 후진을 양성했다. 일제가 양력설을 강요하자 서당 벽에다 단군 연호를 붙여 놓고 제자들에게 민족혼을 일깨우다 수시로 일본 경찰에 연행되기도 하였다. 그리고 밀양 초동의 '밀양변씨 삼현 유허비'(1944)의 전액을 썼다.
아래 시는 「진양술회십칠절(晉陽述懷十七絶)」 중 제15수이고, 창작 시점은 문집 편차와 계묘년(1963) 2월에 삼장사기실비가 건립된 사실로 볼 때 임인년(1962) 가을 무렵으로 추정된다.

---

3) 正叔(정숙): 정이(程頤, 1033~1107)의 자이고, 호는 이천(伊川). 북송의 대표적 학자로 형 정호(程顥)와 함께 성리학을 한층 심화했다.

4) 不邵堯夫(불소요부): 후세의 소옹(邵雍)이 아님. 곧 선배 학자 김상욱의 학문 깊이를 제대로 알지 못하는 후배라는 뜻으로 쓰인 겸사. '堯夫'는 소옹(1011~1077)의 자이고, 시호는 강절(康節)이며, 신유학의 형성에 지대한 영향을 끼친 북송의 대표적 학자이다. 소옹의 말은 출처가 자세하지 않다. 이와 더불어 양웅(揚雄)이 자신의 저술 『태현경』에 대해 사람들이 비웃자, "후세에 다시 양자운이 있어 반드시 그것을 좋아할 것이다.[後世復有揚子雲, 必好之矣]"(한유, 「여풍숙논문서」, 『창려집』 권17)라고 한 말이 널리 쓰인다.

5) 落落(낙락): 쓸쓸한 모양, 적은 모양, 뜻이 높고 큰 모양.

6) 垂垂(수수): 드리운 모양, 축 처진 모양.

7) 桑榆(상유): 인생의 만년. 유래는 김상수(1875~1955)의 시 참조.

「嶺湖三壯士爭辨」〈『계암집』 권1, 25b〉 **(영호남 삼장사의 시비 다툼)**

嶺湖添一三還四	영호남에서 셋에 하나를 더해 다시 넷이 되고
往復紛紜尤可嗤[1]	어지럽게 왔다 갔다 하니 더욱 웃음거리라네
忠武全書眞信蹟[2]	충무공전서는 진실로 믿을 만한 자취거니
凶鋩偏毒是爲誰	흉악한 칼날 더 독한 건 도대체 누구인가

○ 이돈모(李敦模, 1888~1951) 자 처윤(處胤), 호 근재(謹齋)·매사(梅沙)

본관 전주. 전남 광양시 봉강면 봉당리(鳳堂里) 출생. 형제간 우애가 돈독해 향리에 칭송되었고, 성리학을 체계적으로 연구하기 위해 그 요점을 뽑아 책을 만들었으며, 창씨개명을 끝까지 거부했다. 간재 전우(1841~1922)의 제자로서 엄정한 몸가짐과 풍부한 학식으로 존경받았다.
아래 시는 문집 편차상 정묘년(1927)에 지었음을 알 수 있다.

「彰烈祠」〈『근재집』 권1, 17b〉 **(창렬사)**

諸老勳名百代期	여러 원로의 공훈은 백대를 기약할진대
熊魚一辨復奚疑[1]	의리 택해 죽었나니 다시 무얼 의심하랴
廟前江水滔滔去	사당 앞으로 강물이 넘실넘실 흘러가거늘
回憶停盃笑指時[2]	잔 멈추고 웃으며 가리키던 때를 추억하노라

---

1) 嗤(치): 웃다, 비웃다.

2) 『이충무공전서』 권5의 『난중일기』 1 〈1593.7.2〉에, "날이 저물었다. 김득룡이 와서 전하기를, '진양이 완전히 무너져 황명보·최경회·서예원·김천일·이종인·김준민이 죽었다.' 라고 하여, 놀랍고 슬픔을 견딜 수 없다. 그러나 그럴 리 만무하며, 반드시 어떤 미친놈이 잘못 전할 말일 것이다.[日暮. 金得龍來傳'晉陽陷沒, 黃明甫·崔慶會·徐禮元·金千鎰·李宗仁·金峻民死之'云, 不勝驚慟. 然萬無如是之理, 必狂人誤傳之語也]"라는 기록이 있다.

1) 復奚疑(부해의): 천리에 따라 죽음. '復(복)'이 다시 뜻일 때는 '부'로 읽음. '奚'는 어찌. 도연명, 「귀거래사」, "자연의 조화에 따라 죽음으로 돌아가리니/ 천명을 즐길 뿐 다시 무엇을 의심하리[聊乘化以歸盡, 樂夫天命**復奚疑**]".

2) 笑指時(소지시): 김성일의 「촉석루일절」 제2행 "一杯笑指長江水"와 연관됨.

○ 이태하(李泰夏, 1888~1973) 자 우경(禹卿), 호 남곡(南谷)

본관 철성(고성). 의령군 정곡면 오방리(五方里) 출생. 백부가 자동 이정모(1846~1875)으로 족형인 수산 이태식을 따라 곽종석(1846~1919)의 제자가 되어 학문에 분발했다. 경술국치 이후 부친과 함께 합천 가회면 목곡리(木谷理)에 들어가 독서를 즐거움으로 삼고 인근 자제들을 가르치는 데 전념하다 광복이 되자 환거했다. 만년에 단성과 진주에 사는 선비 15인과 보만계(保晩契)를 결성해 시문을 지었다.

「矗石樓三壯士紀實碑」〈『남곡유집』 권1, 56b〉 (촉석루삼장사 기실비)

鼎坐三公[1]指水誓	삼장사 정좌해 강물 가리키며 맹세했나니
南州保障晉陽城	남쪽 고을의 요충지는 진양성이었지
論功誰不沾恩澤	전공 논함에 누군들 은택 입지 않았겠냐마는
報國恨無頌刻銘	보국에 여한이 없도록 명문을 새겨 칭송하네
史蹟昭昭難手掩	눈부신 사적은 손으로도 가리기 어렵고
名聞藉藉與天明	자자한 명성은 하늘과 더불어 밝은데
豊碑[2]屹屹樓前立	큰 비석이 누각 앞에 우뚝 서 있거늘
到此那無感歎聲	이곳 이르면 어찌 감탄하는 소리 없으랴

○ 이린호(李麟鎬, 1892~1949) 자 공언(孔彦), 호 성재(醒齋)

생애 정보는 논개 순국 제영 참조. 이린호는 어릴 적 스승이던 숙부 이교우(1881~1950)와 마찬가지로 「분양악부(汾陽樂府)」 총 25편을 지었다.

「金性沃[1]文鈺來訪 與諸友登彰烈祠 呼韻」〈『성재유고』 권2, 9a~b〉

1) 三公(삼공): 삼장사. 김성일(1538~1593)의 시 각주 참조.

2) 豊碑(풍비): 공적을 기록해 세운 큰 비석. '豊'은 크다, 성대하다.

1) 性沃(성옥): 효당 김문옥(1901~1960)의 자. 별자 성옥(聖玉). 본관 광산. 합천군 용주면 손목리(일명 이사리) 조동마을 출생. 1927년 스승인 율계 정기(1879~1950)를 따라 구례군 토지면으로 이주했고, 1933년 일제 혹독한 탄압을 피해 화순군 남면 절산리로 이사했다. 동문수학한 유당 정현복·고당 김규태와 더불어 '3당'으로 불렸고, 『효당집』이 있다.

(성옥 김문옥이 찾아와서 벗들과 창렬사에 올라 시운을 부르다)

攜攜[2]名士到名區	명사가 속속 도착하는 명승지
義妓祠前烈士樓	의기사 전방에는 열사의 누각
五夜悵望來叔度[3]	한밤중 서글피 보던 중 절친이 찾아왔건만
一人悔送減風流	한 사람 아쉽게 보내려니 풍류가 줄어드네
簷鈴代漏鳴相替	처마의 풍경소리는 시계 대신해 번갈아 울리고
谷霧如懷卷更浮	골짝 안개는 그리워하듯 뭉쳤다 폈다 하는데
剪燭書窓[4]緣不偶	서창에서 촛불 심지 자른 인연 있으나 만나지 못해
巴州回首憶蘇州[5]	함안으로 고개 돌려 소주 때의 일을 추억해본다

○ 하룡환(河龍煥, 1892~1961) 자 자도(子圖), 호 운석(雲石)

본관 진양. (문하)시랑공파. 진주 수곡면 효자리 효동마을 출생. 각재 하항(河沆)의 후손으로 부친은 옥봉 하계락(1868~1933)이고, 고모부가 위당 정제용(1885~1956)이다. 14세 때 외조모의 오빠인 면우 곽종석(1846~1919)의 제자가 되었고, 족형인 회봉 하겸진(1870~1946)의 수제자이다. 향리의 낙수암(落水庵)과 산청의 니동서당을 왕래하며 학문을 익혔고, 이당 박응종(1893~1919)·담헌 하우선·중재 김황·우정 성환혁 등과 교유했다. 산수를 좋아해 금강산, 지리산, 금산을 유람하며 시를 많이 남겼다.

---

2) 攜攜(휴휴): 연속되는 모양. '攜'는 잇다, 연하다.

3) 叔度(숙도): 후한의 명사 황헌(黃憲)의 자로, 도량이 넓은 친구를 뜻함. 곽태(郭泰)가 그를 두고 "숙도는 질펀히 드넓어 마치 천 이랑 물결의 저수지와 같아서 맑게 한다고 해서 맑아지지 않고 흐리게 한다고 해서 흐려지지 않으니, 헤아릴 수 없다.[叔度汪汪如千頃陂, 澄之不淸, 淆之不濁, 不可量也]" 하였다. 『후한서』 권83 「황헌전」.

4) 剪燭書窓(전촉서창): 멀리 있는 친구를 그리워함. 당나라 이상은(812~858)의 「야우기북(夜雨寄北)」에, "언제 서쪽 창가 촛불 심지 함께 돋우면서/ 문득 파산의 밤비 내리던 때를 얘기해 보나[何當共剪西窓燭, 卻話巴山夜雨時]"라는 구절이 있다.

5) 巴州回首憶蘇州(파주회수억소주): 정의가 두터운 친구를 그리워함. '巴州'는 함안의 옛 명칭인 파산(巴山)을 뜻함. 예컨대 백거이의 「화몽득하지억소주정노빈객(和夢得夏至憶蘇州呈盧賓客)」는 노주인(盧周仁)에 준 시인데, 그가 하짓날에 동갑인 몽득 유우석(772~842)과 소주(蘇州)에서 즐겁게 우정을 나눈 일을 회상하는 내용이다.

「晉陽諸友要我 遊彰烈祠」〈『운석유고』 권1, 39a〉 **(진양의 벗들이 나를 초청해 창렬사에서 노닐다)**

活水明山展畫圖	흐르는 강물과 청명한 산이 그림처럼 펼쳤고
西城樹老一樓孤	성 서쪽에 나무 늙었고 한 누각이 외롭도다
忠賢卓烈江聲轉	충현의 공적 우뚝하고 강물 소리 세차며
舊友深情鳥語呼	친구들은 정이 깊고 새들도 서로 부른다
拈韻題詩吟負抱	운자 뽑아 시를 지어 포부를 읊조리다가
臨風携手歎狐烏[1]	바람결에 손잡고서 여우·까마귀를 탄식하네
月泉[2]何社長相樂	월천시사로 오래도록 서로 즐겁지 않으련만
還笑斜陽路各殊	해 질 무렵 각자 길이 다르니 외려 우스워라

○ 김황(金榥, 1896~1978) 자 이회(而晦), 호 중재(重齋)

본관 의성. 일명 우림(佑林). 합천 궁소면 어촌리(漁村里, 현 의령군 궁류면 운계리) 출생. 고조부가 김휘운이고, 부친은 1931년 도산서원 원장을 지낸 매서 김극영(1863~1941)이다. 국권 피탈 후 부친을 따라 만암(晩巖, 현 산청군 차황면 상법리)으로 이거했고, 1912년 곽종석의 제자가 되어 호를 받았다. 1919년 1차 유림단사건 때 단성헌병대에 구금되었고, 1926년 2차 유림단사건으로 대구감옥에서 9개월간 옥고를 치렀다. 1928년 신등면 평지리로 이사한 뒤 건립한 내당서사(內塘書舍)와 1958년 진주 망경산 아래 지은 섭천정사(涉川精舍)를 중심으로 수많은 제자를 배출했으며, 『동사략(東史略)』 등 방대한 저술이 있다. 사돈이 송희영(1893~1961)이고, 처남이 남상봉이다. 아래의 시는 내용을 볼 때 삼장사기실비를 세운 계묘년(1963)에 지은 것임을 알 수 있다. 삼장사비는 그해 음력 2월에 세웠다.

「李君尙夫[1]於矗石樓三壯士竪碑日 志感有詩見示 聊以拙句和成二篇」〈『중재집』 후집, 권1 47쪽〉 **(이상부 군이 촉석루 삼장사 비석을 세우는**

---

1) 狐烏(호오): 호적오흑(狐赤烏黑)의 준말. 황적색의 여우와 검은색의 까마귀인데, 상서롭지 못한 동물이라 사람이 미워함. 여기서는 진주의 일본인. 『시경』 「패풍」 〈북풍〉.

2) 月泉(월천): 남송의 오위(吳渭)가 포강(浦江)에서 사고(1249~1295), 방봉(方鳳), 오사제(吳思齊) 등과 연합해 조직한 시사 월천사(月泉社). 여기서는 촉석음사를 말함. 이덕무, 『아정유고』 권4 「송유민보전(宋遺民補傳)」 참조.

1) 尙夫(상부): 김황의 제자인 평암 이경(1912~1978)의 자.

날에 느낀 바를 시로 써 보여주기에 애오라지 졸구로 화답하여 두 편을 짓다)

矗樓壯士三先生　　촉석루의 삼장사 선생
偉蹟居多此一城　　위대한 자취 이 성에 많은데
青史由來[2]垂有籍　　예로부터 역사에 문적이 전해졌으니
貞珉終古[3]視玆銘　　비석에 영원히 이처럼 새겨짐을 보네
人事無非誠所致　　세상사 성심으로 이루는 것이 아님이 없을진대
天行還似晦而明　　하늘 이치가 어둠에서 밝음으로 돌아온 듯하네
年年修禊[4]前期在　　해마다 수계함은 앞 시대에도 있었나니
要共江流不盡聲　　응당 다함 없는 강물 소리와 함께하리라

追想當年誓死生　　그때 생사를 건 맹세 되짚어 생각하면
江淮保障卽汾城　　강회의 요충지는 곧 진양성이었지
把持要害全邦計　　요해지 굳게 지켜 고을의 온전함을 꾀했나니
賴活爺孃[5]衆口銘　　부모가 그 덕분에 살았다고 모두들 되새기네
何患狵言[6]多互異　　허튼소리 많이도 다르지만 무얼 걱정하랴
祇應白水證分明　　응당 맑은 물이 있어 분명히 증명할지니
悄然偏感先兄故[7]　　쓸쓸하다만 선형과의 옛일 새삼 느껴지는데
竭蹶[8]與君同應聲　　힘껏 그대와 더불어 같은 목소리를 내었지

---

2) 由來(유래): 예로부터.

3) 終古(종고): 영원토록, 옛날, 평상시.

4) 修禊(수계): 선비들이 촉석루에서 계를 맺어 도의로 교유하던 풍류를 말함. 김황, 김창숙 등이 삼장사 비를 세우기 위해 추모계를 조직했다. 앞 시대 예로는 1489년 2월 김일손 등 31명이 결성한 진양수계(晉陽修禊)가 대표적인데, 「진양수계서」(『탁영집』 권2)와 「금란계록」(『탁영집』 속집 〈하〉)에 배경이 자세하다.

5) 爺孃(야양): 부모. '爺'는 아비. '孃'은 어미.

6) 狵言(방언): 개짓는 소리. '狵'은 삽살개. 삼장사에 대한 다른 견해를 뜻함.

7) 先兄故(선형고): 삼장사비를 세우기 위해 노력하다 세상을 먼저 떠난 사람. 심산 김창숙이 대표적이다.

8) 竭蹶(갈궐): 힘을 다함. '蹶'은 넘어지다, 탕진하다.

20세기

○ 박석로(朴奭魯, 1901~1979) 자 주상(周相), 호 일헌(一軒)

생애 정보는 논개 순국 제영 참조. 아래 시는 「남유수승기행(南遊搜勝紀行)」 중 한 편이다. 김상수의 「남유수승」(이호대 등, 『同遊錄』, 국립중앙도서관 소장)을 보면, 박석로는 임자년(1972) 8월 26일 이종길·김종일 등과 더불어 촉석루, 의암, 창렬사를 둘러보며 각각 제영시를 지었다고 했다.

「彰烈祠」 〈『일헌유고』 권1, 45a〉 **(창렬사)**

殉國諸公幷一時	제공들이 함께 한 날에 순국했나니
報君忠烈若相期	보국한 충렬은 서로 약속이나 한 듯
妥享千秋崇衛地	천추에 제사 드리는 높은 곳
晩來瞻拜涕堪垂	늦게사 우러러 절하니 눈물이 흐르고야

○ 최양섭(崔養燮, 1905~1979) 자 언함(彦涵), 호 중암(重菴)

본관 전주. 경남 고성군 개천면 청광리(淸光里) 출생. 임진왜란 때의 의병장 소호 최균(崔均)의 11세손이고, 청계 최동익(1868~1912)의 아들이다. 추가 생애 정보는 논개 순국 제영 참조.

「彰烈祠」 〈『중암집』 권1, 9면〉 **(창렬사)**

斜陽停槖故逡巡[1]	석양에 행장 풀고 짐짓 머뭇거리다가

1) 逡巡(준순): 머뭇거림, 조금씩 뒤로 물러섬. '逡'은 뒷걸음질 치다. '巡'은 돌다.

往刼茫茫說巳辰[2]	아득한 용사년의 옛일을 말할진대
千古英名連竹帛	천고에 영예로운 명성이 역사에 이어지고
百年遺廟共蘩蘋[3]	백년토록 사당에 정갈한 제사 모시는구려
晉陽城沒煙光積	해가 진 진양성에 안개빛이 쌓이고
矗石樓空月色新	텅 빈 촉석루에는 달빛이 참신한데
只麽悠悠憑慷慨	다만 하염없이 강개한 마음 북받쳐 올라
蒼然劒氣動霜旻	검푸른 칼날 빛이 가을 하늘에 요동치네

○ 성환혁(成煥赫, 1908~1966) 자 사첨(士瞻), 호 우정(于亭)

본관 창녕. 진주 수곡(水谷) 출생. 7세 때 회봉 하겸진(1870~1946)의 문하에 들어가 굴천 이일해(1905~1987)와 함께 고제자가 되었고, 중재 김황의 문하에도 출입했다. 시문에 뛰어나 정인보(鄭寅普)의 극찬을 받아 이름이 인근에 널리 알려졌다. 한편 1956년 의기사 중건 때 개기(開基) 고유문을, 1960년 「촉석루중건기」를 지었다.
아래 시는 문집 편차로 볼 때 신사년(1941)에 지었음을 알 수 있다.

「彰烈祠講堂 小會」〈『우정집』 권1, 30a~b〉 **(창렬사 강당의 소모임)**

暇日幽尋趁早晴	한가한 날 그윽한 곳 찾아 아침 일찍 나서
百層城級踏來程	백 층 높은 성의 계단을 밟고서 이르렀네
鳥鳴不已境逾靜	새 소리 그치지 않고 경치는 더욱 고요한데
葉翠交流風自輕	잎은 파랗게 어우러지고 바람은 절로 가볍네
是處重遊無厭意	이곳은 거듭 노닐어도 싫증 나지 않으니
他年勝事可忘情	뒷날의 멋진 유람은 생각할 것 없으리라
此間別有傷心事	여기 특별히 마음 아픈 일은
彰烈祠前野水聲	창렬사 앞의 들 물소리라네

---

2) 巳辰(사진): 임진년과 계사년의 합칭.

3) 蘩蘋(번빈): 『시경』 「소남」의 〈채번(采蘩)〉과 〈채빈(采蘋)〉의 합칭으로, 정결하게 제사를 받드는 여인의 모습을 비유함.

○ 추연용(秋淵蓉, 1908~1970) 자 청여(淸汝), 호 유당(幼堂)

본관 추계. 합천군 대양면 무곡리(茂谷里) 출생. 경북 달성에서 합천으로 이거한 퇴산 추의봉(秋儀鳳)의 8세손으로 부친은 이당 추인호(秋仁鎬)이다. 율계 정기(1879~1950)의 제자로, 류원중·하겸진·김황·권재규(1870~1952)·권용현(1899~1988) 등의 명사들을 종유했다.
아래 시는 내용으로 보아 삼장사기실비를 세운 계묘년(1963) 무렵에 지은 것임을 알 수 있다. 삼장사비는 그해 음력 2월에 세웠다.

「次三壯士竪碑韻」〈『유당유고』 권1, 12a〉 **(삼장사 비석 건립 때 지은 시에 차운하다)**

報國貞忠三壯士	나라에 보답한 정충의 삼장사
龍蛇風雨晉陽城	용사년 풍우가 몰아친 진양성
盟深一死[1]長江咽	굳은 맹세로 한번 죽어 장강이 흐느끼고
功大千秋片石銘	큰 공은 천추토록 조각돌에 새겨져 있네
休道野談多舛錯	착오 많은 야담은 말하지 마오
始知公證[2]自分明	이제 공증이 절로 분명해짐을 알았으니
久營雖曰心猶苦	건립이 오래 걸려 마음 괴로웠더라도
宇宙無頹也有聲	우주가 있는 한 칭송함이 있으리라

○ 이경(李經, 1912~1978) 자 상부(尙夫), 호 평암(平菴)

본관 철성(고성). 초명 남기(南基). 의령 정곡면 행정리(杏亭里) 출생이나 중년에 진주(1938)와 마산으로 거처를 옮기면서도 학문과 인륜 대의를 잊지 않았고, 만년에 환거했다. 종숙부 수산 이태식에게 배우다가 희당 김수(金銖)와 중재 김황을 사사했고, 족숙이 남곡 이태하(1888~1973)이다. 그리고 선현의 문집에서 삼장사 관련 기록을 취합하여 촉석루에 비석을 세우는 데 앞장섰다.
아래 시는 삼장사기실비를 세운 계묘년(1963)에 지은 것임을 알 수 있다.

1) 一死(일사): 나라를 위해 죽음. 유래는 부록의 용어편 '홍모' 참조.
2) 公證(공증): 공적인 증거.

「矗石樓三壯士碑役訖有感」〈『평암집』 권1, 2b〉 **(촉석루 삼장사비 건립이 끝난 뒤 느낌이 있어)**

山羞海辱龍蛇際　　산이 수치 당하고 바다가 욕본 용사년
惟有三賢鎭一城　　오직 세 현인이 한 성을 진무했었지
何以睢陽盡瘁[1]義　　어이해 수양에서 절의로 신명을 바쳤던가
可無峴上記功銘[2]　　현수산 위에 공명 새김이 없을 수 없도다
紛紛[3]野說相傳錯　　혼란한 야담은 착오를 이어 전하나
赫赫史乘自在明　　찬란한 사서가 절로 증명함이 있네
大事而今碑得立　　큰 사업으로 지금 비석 세워졌거니
樓回舊觀水添聲　　옛 모습 회복한 누각에 물소리 더하누나

촉석루중삼장사 기실비　　©2023.5.8

1) 盡瘁(진췌): =국궁진력(鞠躬盡力). 나라를 위해 신명을 다 바침. '瘁'는 파리하다. 제갈량, 「후출사표」, "신은 몸과 마음을 다 바치다가 죽은 뒤에야 그만둘 것입니다[臣鞠躬盡力, 死而後已]".

2) 현수산에 세운 진(晉)나라 양호의 공적비. 유래는 하홍도(1593~1666)의 시 각주 참조.

3) 紛紛(분분): 떠들썩한 모습, 성대한 모습. '紛'은 어지러워지다.

○ 하현석(河炫碩, 1912~1978) 자 대경(大卿), 호 영계(穎溪)

본관 진양. (문하)시랑공파. 진주 운문의 엄정(嚴亭, 현 금곡면 검암리) 출생. 송헌 하명세(河命世)의 8세손이다. 장인인 의재 이종홍(1879~1936)에게 독실하게 배우다가 1932년 단성 소천정(昭泉亭)의 송산 권재규(1870~1952)를 찾아가 집지했다. 1936년부터 마을 오도산 자락에 위치한 조부 일송 하해관(河海寬)의 강학소 괴산정사(槐山精舍)에서 학문 연구와 후진 양성을 병행했다. 산수를 두루 유람하면서 우국 심회를 읊었고, 사우들과 함께 스승 문집을 간행했다. 처고종이 정헌 곽종천(1895~1971)이고, 처질이 전 부산대 교수 우계 이병혁(1937~2020)이다.

「矗石樓 吊三節士」〈『영계집』 권2, 12b~13b〉 **(촉석루에서 삼절사를 조상하다)**

採採汀藻具我羞	물가 마름을 따고 따서 제수 갖추고
挹彼江水釀一觴	저 강물을 움큼 떠 한 잔 술로 빚어서
欲酹[1]三公不死魂	삼장사의 죽지 않은 넋에 잔 올릴진대
魂兮肸蠁[2]若在傍	넋은 완연히 곁에 계신 듯
當年之事尙忍言	그때 일 어찌 차마 말하랴
疆土人民幾淪喪[3]	강토 백성들 거의 자빠졌거니
壯哉諸公忠血[4]沸	장하도다, 제공은 끓어오르는 혈충으로
爲我國家義先倡	우리나라 위해 의롭게 앞장서 창의해
三南保障惟晉陽	삼남의 요충지 이곳 진양을
誓死期欲固守防	죽기로 맹세하며 지키려 했지
噫彼島夷遍四面	아아, 저 섬 오랑캐가 사방을 에워싸
全城包圍事蒼皇	온 성이 포위되니 만사는 허둥지둥
禍已迫眉援又斷	화가 눈앞에 닥쳤으되 원군은 끊겨
東捍西拒莫可當	동서로 막아본들 당해낼 수 없었지만
大志何可一身計	큰 뜻이야 어찌 한 몸만을 꾀했겠는가

1) 酹(뢰): 붓다, 강신할 때 술을 땅에 뿌리는 일.

2) 肸蠁(힐향): 떼 지어 나는 작은 벌레, 전하여 사물이 성하게 일어나는 모양. '肸'은 떼 지어 다니다. '蠁'은 번데기로 사람의 말을 알아듣는다는 옛말이 있음.

3) 淪喪(윤상): =윤실(淪失). 망하여 없어짐. '淪'은 잠기다, 빠지다.

4) 忠血(충혈): =정충혈화(精忠血化). 죽음에도 굴하지 않는 충성.

仁干義戈[5]益堂堂	인의로 일어선 군사들 더욱 당당하였지
矗石樓中設樽酒	촉석루에 술자리를 벌여놓고
一盃笑指江水長[6]	한 잔 들고 웃으며 남강 물 가리킨 뒤
嗚乎諸公竟投身	아아, 공들은 마침내 몸을 던졌어라
一片孤城竟被殃	한 조각 외딴 성이 결국 재앙을 당하자
當時守臣[7]皆鼠竄	그때 관리들은 다 쥐처럼 숨어버렸지만
熊魚一辨樹天常[8]	의를 한번 판별해 떳떳한 도리 세웠도다
也知靈魂長不散	알겠도다, 영혼은 길이 흩어지지 않고서
陰騭[9]冥漠報君王	음덕으로 저승에서도 임금에게 보답하리
可憐吾生當不辰	불쌍한 건 내 살아서 좋지 못한 때를 만나
復見近種更蹌蹌[10]	근래 종내기 날뜀을 다시 보게 될 줄이랴
昔年惟貪民財物	옛날엔 오직 백성 재물 탐하더니만
今日盡換人心腸	오늘은 사람 간장을 다 뒤집는구나
昔年之害猶有救	옛날의 피해는 구제했건만
今日之禍無可障	오늘날 화는 막을 수 없구려
上失君父已無戴	위로는 군부를 잃어 섬길 수 없고
下殄[11]秉彝絶倫綱	아래로 본성 사라져 윤리가 끊겼네
天翁俯視應亦嘆	조물주가 굽어보면 응당 또 탄식하리니
命誰麾旗廓[12]八荒	누구에게 깃발 주어 온 세상 바로잡게 할까
嗚乎惟靈如不昧	아아, 생각건대 신령이 어둡지 않다면

5) 義戈(의과): =의군(義軍). 정의를 위해 스스로 일어난 군사. '戈'는 창, 전쟁.

6) '촉석루중삼장사' 시 제2행을 인용한 것임.

7) 守臣(수신): 지방관을 뜻하는 말로, 진주성전투 때 달아난 진주목사와 판관을 지칭함.

8) 天常(천상): 천리(天理)에서 나온 떳떳한 도리. '常'은 불변의 도.

9) 陰騭(음즐): =음덕(陰德). 하늘이 드러나지 않게 사람을 도움. '騭'은 음덕, 안정시키다.

10) 蹌蹌(창창): 춤추는 모양, 두려워하여 달리는 모양. '蹌'은 춤추는 모양.

11) 殄(진): 다하다, 끊다, 죽다.

12) 廓(확): 바로잡다. '廓(곽)'이 바로잡다 뜻일 때는 '확'으로 읽음.

爲吾民生更奮揚	우리 백성을 위해 다시 떨쳐 일어나
爲風爲雨掃腥塵	바람과 비 되어 비린 먼지 쓸어내고
爲日爲月明我疆	해와 달 되어 우리 강토 밝게 하소서
恭吊孤魂日欲暮	삼가 외로운 넋을 조문하자 해는 저물고
溯洄中流轉凄凉	중류를 거슬러 오르니 더욱 처량하여라

○ 심규섭(沈圭燮, 1916~1950) 자 문재(文哉), 별자 녹우(鹿友)

권재규와 이교우의 문인으로 재주가 뛰어났으나 한국전쟁 때 불과 35세 나이로 진주에서 요절했다. 추가 정보는 논개 순국 제영 참조.

「拜彰烈祠」〈『녹우유고』 권1, 3a〉 **(창렬사에 참배하고)**

百戰山河是晉陽	백전 치른 산하는 진양이라
至今彰烈有祠堂	지금껏 창렬 사당이 있구려
聖朝褒典丹靑赫	성대에 은전을 내려 단청이 붉고
壯士高名日月光	장사의 높은 명성 일월처럼 빛나네
歷落羈懷秋色老	떠도는 나그네 마음에 가을빛 무르익고
蒼茫世事水聲長	아득한 세상사에 물소리도 유장하도다
追思[1]往蹟誠多感	지난 자취를 생각하니 정말로 감개무량해
一掬黃花欲進觴	국화주 한 움큼 떠서 술잔을 올리려 하노라

1) 追思(추사): 지난 일을 생각함. '追'는 거슬러 올라가다.

「六月晦日 以矗石樓中三壯士 分韻[2]得三字」〈『녹우유고』 권1, 6a〉

(6월 그믐 촉석루 중 삼장사에 대해 시를 나눠 지음에 '參'자 운을 얻었다)

龍蛇古跡何處尋	용사년 옛 자취 어디서 찾나
矗石樓前樹森森	촉석루 앞에는 나무가 빽빽하다
孤城衰柳多愁色	외딴 성의 시든 버들은 근심 어린 빛 짙고
萬林啼鳥摠悲音	온 숲속 지저귀는 새는 모두가 슬픈 소리네
分明義蹟佳人一	한 미인의 의로운 자취 분명하고
磊落[3]高名壯士三	세 장수의 높은 명성이 우뚝한데
伊今復見島夷出	지금에 다시 섬 오랑캐 출몰을 보다니
滿目腥塵正慘慘	눈 가득 비린 티끌이 참으로 참담하다
我國舊物終何有	우리 고을 옛 문물은 끝내 무엇이 남을까
一閣巍巍鎭翠岑	한 누각이 높디높아 푸른 산을 눌렀는데
鄕里衣冠來是日	고을 선비들이 이날 와서는
潔陳俎豆各薦忱[4]	제기에 정갈히 진설하고 정성 바치네
兒女此日猶有感	아녀자도 이날에 여전히 감회가 있거니
況復世間義氣男[5]	하물며 세상에 의기로운 남자에게 있었으랴

2) 分韻(분운): 여러 사람이 어울려 시를 지을 때 한 자씩을 뽑아서 그 운(韻)으로 짓는 작시법을 말함.

3) 磊落(뇌락): 높고 큰 모양, 기상이 활달한 모양, 용모가 준수한 모양. '磊(뢰)'와 '落'은 각각 사물의 모양.

4) 薦忱(천침): '薦'은 제물. '忱'은 정성, 참 마음.

5) 義氣男(의기남): 정의감에서 일어나는 기개가 있는 남자.

제2장 충신 사적 산문

김시민전공비 촉석정충단비

○ 성여신(成汝信, 1546~1632) 자 공실(公實), 호 부사(浮査)

자칭 소선(少仙). 진주 대여면(代如面) 구동촌(龜洞村, 현 금산면 가방리) 무심정(無心亭) 출생. 구암 이정(1512~1571)과 남명 조식의 문인이며, 곽재우·이대기 등과 교유했다. 정유재란 때 둘째 아들 성용(成鏞)과 함께 화왕산성 전투에 참가했고, 1600년 향리에 부사정정사(浮査亭精舍)와 반구정(伴鷗亭)을 지어 성리학을 탐구하고 후진 양성에 전념했다. 1609년 64세 때 겨우 사마시에 합격할 정도로 벼슬과는 거리를 두고 평생 재야 선비로 살았다. 1622년부터 10년간 『진양지』 편찬을 주도했고, 『부사집』이 있다.

「故牧使金侯時敏全城郤敵碑銘 幷序」[1]

(고목사김후시민전성각적비명 병서)

嗚呼! 急病攘夷[2], 忠所激也; 死守不去, 義所決也; 出奇郤[3]敵, 勇所奮也. 能是三者而轟轟烈烈[4], 至今耀人耳目者」[5], 故牧使金侯[6]是也. 萬曆壬辰夏

---

1) 출처: 국립중앙박물관 e뮤지엄(건판 29409). 판독하기 어려운 글자는 「진주목사김공전성각적비명」(『부사집』 권4)과 「전성각적비명」(『충렬실록』 권2)으로 보완했다. 비문의 본문 글자 수는 총 595자이고, 문자가 다른 부분은 각주에 제시했다.

2) 急病攘夷(급병양이): 『국어』 권4 「노어」상, "현자는 어려움을 해소하고 쉬운 일은 양보하며, 관리는 일을 맡아서 어려움을 피하지 않는다.[賢者急病而讓夷, 居官者當事不避難]". '急病'은 백성의 병통을 해결해 주는 게 급하다는 뜻.

3) 郤(극): 우러르다, 틈. 『부사집』 또한 '郤'. 『충렬실록』의 '卻(각, 물리치다)'이 옳다.

4) 轟轟烈烈(굉굉열렬): '轟轟'은 몹시 크게 울리는 소리. '烈烈'은 기세가 맹렬한 모양.

5) 부호(」)는 비문의 줄 바뀜을 뜻함. 이하 동일.

6) 金侯(김후): 김시민(1554~1592) 장군. 자세한 정보는 부록의 용어편 '김시민' 참조.

四月, 倭奴傾國入寇, 直擣三都, 充斥[7]八路, 鑾輿霜露[8], 廟社風塵. 於是時」, 列邑望風奔潰, 首鼠恐後. 獨侯以本州通判, 許身殉國, 揮泣誓衆. 擊逐[9]泗川·固城之賊, 擒倭將之據鎭海者」, 送于行在. 領兵赴金山, 攻[10]破賊陣, 大張威聲, 使開寧·錦山之賊, 皆聞風退去, 非忠之所激者乎? 當官軍出戰」未還之日, 聞倭賊乘虛直犯之報[11], 倍道疾馳, 趍入城中. 奮田單卽墨之臂[12]·勵張巡睢陽之志, 生不苟取, 死必成」仁, 非義之所決者乎? 月暈方急, 蟻援不至. 日夜巡城, 牛酒饗士, 雍容尊俎[13], 吹笛鳴琴, 軍情自牢[14], 恃以無恐. 乘機」應會, 捷出神恠, 身先士卒, 飮血督戰. 賊勢大挫, 積屍[15]如麻. 孤壘偏師[16], 實不滿千, 而乃能鄀數十

김시민 전성각적비 탁본(출처: 국립중앙박물관)

7) 充斥(충척): 꽉 들어참, 가득 몰려옴. '斥'은 넓히다.

8) 露(로): 『부사집』에는 '雪(설)'

9) 擊逐(격축): 『충렬실록』에는 '逐擊(축격)'

10) 攻(공): 『충렬실록』에는 '復(부)'

11) 之報(지보): 『부사집』에는 누락.

12) 전국시대 연나라 명장 악의(樂毅)가 제나라 대부분을 장악하자, 즉묵(卽墨, 현 산동성 평도현 소재)에서 장군으로 추대된 전단(田單)이 첩자를 보내 악의를 물러나게 한 뒤 기발한 전술로 대승을 거둬 70여 성을 되찾았다. 『사기』 권82 「전단전」.

13) 尊俎(준조): 술자리. '尊(존)'이 술통 뜻일 때는 '준(樽)'과 같음. '俎'는 적대.

14) 牢(뢰): 『충렬실록』에는 '守(수)'

15) 屍(시): 『충렬실록』에는 '尸(시)'

16) 偏師(편사): 한 조의 군대. 주력군이 아닌 작은 부대를 말함.

萬之劇[17]賊, 非奮」於勇者, 能若是乎? 忠如是, 義如是, 勇如是. 故大雷雨晦冥, 賊徒驚惑, 褫魄[18]宵遁, 天所助也. 城圍六晝夜, 民無叛[19]」意, 與之同仇[20], 人所愛也. 天助之, 人愛之, 而只恠夫命物兒[21]多戲. 劇[22]賊退之日, 適爲流砲所中, 營星告殞[23], 長城」忽頹. 嗚呼痛哉! 嗚呼痛哉! 朝廷嘉侯之功, 初[24]旣陞牧增秩, 繼命擢拜摠兵. 終焉贈以大司馬[25], 褒崇[26]之」典, 其亦至矣. 州民追慕不已, 相與墮淚, 議欲立石庸識鴻功. 時南相國以興[27], 莅官于玆, 仍詢咨[28]故老曰 “金牧使」全城之功, 實我國[29]變亂以來, 所未有也. 不可使泯滅[30]無傳, 宜[31]鑱諸[32]金石, 以圖永久, 乃令民記之”. 民謹頓首以」進曰 “嗚呼! 我侯之忠與義與勇, 雖求諸古人, 未易得也. 侯若在焉, 癸巳之賊, 必不以晉陽爲讎. 終致三將」爲猿鶴[33], 萬卒化虫沙[34], 時耶命耶? 天意難諶”. 侯諱時敏, 字勉吾, 安東人. 世居京城, 代襲冠冕[35]. 宣祖朝, 錄宣武」

---

17) 劇(극): 비문의 판독 불가로 『부사집』에서 보충. 『충렬실록』에는 ‘據(거)’

18) 褫魄(치백): 넋을 잃음. ‘褫’는 잃다, 빼앗다.

19) 無叛(무반): 비문의 판독 불가로 『부사집』에서 보충. 『충렬실록』에는 ‘心天(심천)’

20) 與之同仇(여지동구): 『시경』 「진풍」 〈무의〉, “왕이 군사를 일으키면/ 우리는 창들을 손질하여/ 자네와 같이 원수를 치리라[王于興師, 修我戈矛, **與子同仇**]”.

21) 命物兒(명물아): 사물을 명명하는 자, 곧 조물주.

22) 劇(극): 『부사집』에는 누락.

23) 殞(운): 비문의 판독 불가로 『부사집』에서 보충. 『충렬실록』에는 ‘隕(운)’

24) 初(초): 『부사집』에는 누락.

25) 大司馬(대사마): 병조판서의 이칭.

26) 褒崇(포숭): 기리고 높임, 표창함. ‘褒’는 기리다.

27) 南以興(남이흥): 당시 경상우병사 겸 진주목사였음. 부록의 우병사와 인물편 참조.

28) 詢咨(순자): 윗사람이 아랫사람에게 물어서 의논함. ‘詢’은 묻다. ‘咨’은 묻다.

29) 國(국): 『부사집』에는 ‘국가(國家)’

30) 泯滅(민멸): =민몰(泯沒). 자취나 흔적이 아주 없어짐. ‘泯’은 망하다.

31) 宜(의): 『충렬실록』에는 누락.

32) 鑱諸(참제): 그것을 새기다. ‘鑱’은 새기다. ‘諸’는 지어(之於)와 같음.

33) 猿鶴(원학): 전쟁 통에 억울하게 죽은 장수. 유래는 부록의 용어편 ‘원학충사’ 참조.

34) 虫沙(충사): 죽은 병사나 보통 사람을 슬퍼할 때 사용함. ‘虫(훼)’는 흔히 ‘충(蟲)’의 속자로 쓰임. 『부사집』과 『충렬실록』에는 ‘蟲(충)’.

功臣, 封上洛君. 銘曰

氣銳而剛 質毅而溫 義以爲幹 忠以爲根 全城郤敵 如其功 死於王事 如其忠 晉山峩」峩 晉水洋洋 一石千秋 山高水長」

皇明萬曆四十七年 歲在己未 七月 日 立」

成均生員 韓夢寅[36] 書
州人 成均進士 成汝信 撰

번역 아! 병통을 시급히 해결하고 오랑캐를 물리치는 것은 충성심이 격발하는 바이고, 죽음으로 나라를 지키고 도망가지 않는 것은 의리가 결단하는 바이며, 기묘한 계책으로 적을 물리치는 것은 용맹함이 분발한 바이다. 이 세 가지를 능숙하게 하여 천지에 진동하고 매서워 지금까지 사람들의 이목을 빛나게 하는 사람은 옛 목사 김후(金侯)이다.

만력 임진년(1592) 여름 4월에 왜놈들이 국력을 기울여 쳐들어와 곧바로 세 도읍을 공격하여 팔도에 가득 들어차니, 임금이 탄 수레는 서리와 이슬을 맞았고, 종묘사직은 전쟁에 휩싸였다. 이때 각 고을에서는 왜놈들의 바람만 보고서도 달아나 쥐처럼 머리를 내밀고 뒷일을 걱정하였다. 유독 후(侯)는 진주통판으로서 몸 바쳐 순국할 것임을 대중들에게 눈물을 뿌리며 맹세하였다.

사천(泗川)과 고성(固城)에 있는 적들을 물리쳤고, 진해(鎭海)에 버티고 있는 왜장을 사로잡아 행재소로 보냈다. 병사들을 거느려 금산(金山)으로 달려가서 적진을 쳐부수고 명성을 크게 떨쳐, 개령(開寧)과 금산(錦山)의 적들로 하여금 모두 멀리서 소문만 듣고도 물러가게 하였으니, 충성심이 북받친

35) 冠冕(관면): 고위고관, 관직. '冕'은 대부 이상이 쓰는 면류관.
36) 夢寅(몽인): 한몽삼(1589~1662)의 초명. 자세한 정보는 부록의 인물편 참조.

바가 아니었겠는가?

관군이 전장에 나가서 아직 돌아오지 않는 동안에 왜적이 그 빈틈을 타서 곧바로 침범한다는 보고를 듣고, 갑절로 길을 빨리 달려 성안으로 들어갔다. 전단(田單)이 즉묵(卽墨)에서 팔뚝을 걷어붙이고 장순(張巡)이 수양(睢陽)에서 의지를 가다듬었듯이, 삶을 구차하게 취하지 않고 죽음으로써 기필코 덕을 이루었으니, 어찌 의리가 결단한 바가 아니었겠는가?

달무리가 져서 바야흐로 위급하고, 지원군이 도착하지 않았다. 밤낮으로 성을 순찰하면서 소고기와 술을 병사들에게 대접하고 온화한 얼굴로 연회를 베풀며, 피리를 불고 거문고를 울리니, 군사들의 마음이 절로 확고해져 믿고서 두려움이 없었다. 기회를 활용하여 재빠르게 신기한 전략을 내어 몸소 병사보다 앞장서 피를 삼키며 전쟁을 독려하니, 적의 기세가 크게 꺾이고 쌓인 시체는 빽빽한 삼대와 같았다. 외딴 성의 적은 군대는 실로 천 명을 넘지 않았지만 수십만의 흉포한 적들을 물리칠 수 있었으니, 용맹함으로 분발한 것이 아니라면 이처럼 할 수 있었겠는가?

충성심이 이와 같았고, 의리가 이와 같았으며, 용맹함은 이와 같았다. 따라서 거센 천둥비가 몰아쳐 어둡고 아득하여 적들이 놀라 허둥대며 넋을 잃고 밤에 달아난 것은 하늘이 도운 것이다. 성이 6일 동안 밤낮으로 포위를 당해도 백성들은 배반할 생각은 하지 않았고, 그와 함께 원수를 대적한 것은 사람들이 경애하였기 때문이다.

하늘이 도왔고 사람들이 경애하였음에도 단지 괴이한 것은 저 조물주가 장난을 심하게 부린 점이다. 흉포한 적들이 물러가던 날에 마침 적의 유탄에 맞았는데, 군영의 별이 운명을 알리자 긴 성이 갑자기 무너졌다. 아아, 슬프도다! 아아, 슬프도다!

조정에서 후(侯)의 공적을 가상하게 여겨 처음에는 목사로 승진시키고 직급을 더하였으며, 계속해서 발탁하여 총병으로 임명하였다. 끝내는 병조판서에 추증하여 업적을 기리는 은전을 베풀었으니, 그 또한 지극한 것이다.

고을 백성들이 추모함을 그만두지 못하고 서로 눈물을 흘리며 의논 끝에 비석을 세워 위대한 공적을 알리고자 하였다. 이때 경상우병사 남이흥(南以興)이 이곳에 부임하여 곧 원로들에게 자문하며 말하기를, “김목사가 성을 온전하게 지킨 공적은 실로 우리나라의 변란 이래로 일찍이 없던 일입니다. 자취가 사라져 전함이 없게 할 수 없으므로 마땅히 그것을 금석에 새겨 영구히 전해짐을 도모함으로써, 곧 백성들이 기억하도록 해야 할 것입니다.” 하였다. 백성들이 삼가 머리를 조아리며 아뢰기를 “아아! 우리 목사의 충성심과 의리와 용맹함은 비록 옛사람에게서 찾는다 한들 쉽지 않습니다. 목사가 살아 있다면 계사년(1593) 때 적들이 반드시 진양을 원수로 삼지 않았을 것입니다. 결국 세 장수[三將]가 전사하고 많은 병사들이 죽음에 이른 것은 시절 탓입니까, 운명 탓입니까? 하늘의 뜻은 믿기 어렵습니다.” 하였다.

후(侯)의 휘는 시민(時敏)이요, 자는 면오(勉吾)이며, 본관은 안동이다. 경성에 세거하며 대대로 높은 벼슬을 이어갔다. 선조 때에 선무공신으로 녹훈하고 상락군(上洛君)에 책봉하였다. 명(銘)에 이르노니,

기개는 날카로우며 강직했고/ 자질은 굳세면서도 온화했네/ 의리를 기둥으로 삼고/ 충성심을 근본으로 여겼네/ 성을 온전히 지켜 적을 물리침은/ 그대의 공적이요/ 나랏일에 목숨 바침은/ 그대의 충성이로다/ 진주 산은 높디높고/ 진주의 강은 넘실넘실 흐르는데/ 비석 하나 천추에 전해져/ 산처럼 높고 물처럼 유장하리

명나라 만력 47년 기미년(1619) 7월 일 세움.

성균 생원 한몽인(韓夢寅) 씀

고을사람 성균 진사 성여신(成汝信) 지음

○ 이민서(李敏敍, 1633~1688) 자 이중(彝仲), 호 서하(西河)

본관 전주. 서울 출생. 14세 때 생부 이경여(1585~1657)가 강빈(姜嬪)의 사사를 반대하다가 진도·삼수·아산으로 유배되자 그곳에 따라 갔다. 1650년 부친이 영의정으로 복귀하자 사마시에 합격했으며, 2년 뒤에는 문과 급제했다. 검열·교리·대사성·호조판서 등의 내직과 나주목사·고양군수·강화유수 등의 외직을 지냈다. 장인이 서인 원당(原黨)의 당수였던 원두표(1593~1664)이다.
아래 비문은 병인년(1686) 작으로 경상우병사 최진한이 진주성전투에서 순국한 인물들의 증직(贈職)과 신위 차례 결정, 창렬사의 보수와 재실 건립 등을 청원하는 장계를 올릴 때 원천 사료가 되었다.

「晉州矗石旌忠壇碑銘 幷序」[1] (진주촉석정충단비명 병서)

正憲大夫 吏曹判書 兼 弘文館大提學 藝文館大提學
知經筵成均館事 李敏敍 撰
嘉善大夫 司憲府大司憲 兼 同知成均館事 申翼相 書
崇政大夫 議政府左贊成 兼 弘文館提學 知經筵事 金萬重 篆

壬辰之禍, 賊屠城邑·殺將吏, 不可勝數. 而晉介湖嶺爲賊衝, 在我爲必守, 在彼爲必爭. 且一路創殘[2], 州境獨完, 南方諸將皆保其中」[3]. 賊又先衄[4]後奮, 併力必取. 於是晉終見屠而忠義之士, 殲焉. 始日本賊來寇[5], 大勢兵踰鳥嶺, 走李鎰, 拉申砬, 直擣京城. 又分兵闚搶[6]」湖南, 旣閑山不利, 悉衆攻晉. 于時判官金公時敏, 先賊之未至, 糾合州兵, 擊逐泗川固城賊, 破賊將之據鎭

---

1) 이 글은 조동원 편, 『한국금석문대계』 4, 원광대학교 출판국, 1985, 102~103쪽의 탁본을 저본으로 삼았다. 비문 훼손이 심해 판독이 어려운 글자는 이민서의 「정충단비」(『서하집』 권14)·「촉석루정충단비명병서」(『정충록』 권1)·「정충단비명병서」(『충렬실록』 권2)로 보완했다. 비문의 본문 글자 수는 총 1,617자이다. 단 『서하집』에는 서예원이 '서원례'로 표기되어 일부 후대 문헌에 수정 없이 반영되었다.

2) 創殘(창잔): 전란에서 다치고 살아남은 사람. '創'은 다치다.

3) 부호(」)는 비문의 줄 바꿈을 뜻함. 이하 동일.

4) 先衄(선뉵): 앞서 꺾임. '衄'은 꺾이다. 제1차 진주성 전투에서 김시민 장군이 대승을 거둔 것을 말함.

5) 來寇(내구): 도적이 침범해 옴. '寇'는 약탈하다, 침범하다.

6) 闚搶(규창): 몰래 약탈함. '闚'는 훔쳐보다. '搶'은 빼앗다, 약탈하다.

海者·據金山者, 威聲大」振, 回軍馳入城, 大修守禦具以待賊. 六月賊果大至圍城, 城中兵不滿千. 賊將行長合諸屯賊十餘萬, 攻圍六日, 彼衆我寡, 勢如壓」卵[7]. 而公擧止安閑, 有時吹笛鳴琴, 軍中恃以爲安. 督勵諸將, 意氣奮發, 士皆感泣, 乘機赴節[8], 捷出奇計. 賊死傷如積, 知不可克, 捲兵」而退. 賊退之日, 公忽爲流丸所中, 殞於城上, 州民將士如喪父母. 其明年六月, 賊自平壤敗歸, 嶺爲巢穴. 而賊酋清正憤前之不利, 合兵復」攻. 時天朝以和誘賊, 天將之追賊在嶺南者, 皆按兵[9]不戰. 摠兵劉綎移檄清正使止兵, 游擊沈惟敬力說行長, 皆不聽. 朝廷」累下旨, 督諸將進戰. 都元帥金命元·巡察使權慄以下官義兵皆聚宜寧, 莫敢先進. 權慄責諸將, 過江至咸安. 城空無所得, 諸軍乏食. 望見賊皆潰, 慄·命」元等先走. 湖南倡義使金公千鎰, 獨奮謂諸將曰 "晉密邇湖南, 實爲唇齒[10], 無晉則無湖南矣. 或欲空城避賊, 以快其心者非計也, 莫」若並力堅守以遏賊勢". 諸將不應多散去. 公與慶尙右兵使崔公慶會·忠淸兵使黃公進·義兵將高從厚·泗川縣監張潤等及諸」將士十餘人, 將兵入城. 時金海府使李宗仁, 先入城矣. 諸將兵僅數千, 州民士女[11]凡六七萬人. 義兵將姜熙悅·李潛等繼至. 牧使徐」禮元, 素恇㤼[12]不知兵, 凡守禦區畫, 皆出千鎰, 主客不相能. 城本四面據險, 前一歲移東面就平地. 至是部署諸軍分城而守, 黃進·李宗仁·張潤等」, 各率兵往來赴其急. 約束旣定, 人皆以死自誓. 六月二十日, 賊之前鋒已至州境. 吳宥[13]·李潛等出城詗[14]賊, 斬數級而來, 城

7) 壓卵(압란): 태산압란(泰山壓卵)의 준말. 큰 산이 알을 누른다는 뜻으로, 큰 위엄으로 여지없이 제압하는 것을 비유함.

8) 赴節(부절): 박자를 맞춤. '赴'는 힘쓰다. '節'은 음악의 곡조, 가락.

9) 按兵(안병): 군대를 한 자리에 멈춤, 진군하지 않음. '按'은 억누르다, 제지하다.

10) 唇齒(순치): 순망치한(脣亡齒寒)의 준말. 서로 의지하고 돕는 사이를 비유함. '唇(순)은 '순(脣)'과 통용자로 쓰였고, 놀라다 뜻일 때는 '진'으로 읽음.

11) 士女(사녀): 남자와 여자, 총각과 처녀.

12) 恇㤼(광겁): 겁냄. '恇'은 겁내다. '㤼'은 두려워하다.

13) 吳宥(오유, ?~1593): 본관 동복. 자 대유(大有). 오효생의 차남으로 1588년 무과급제했고, 임란 때 의병을 모집해 권율 막하에 있다가 고경명의 부장(副將)이 되었다. 진주성에서 아들 춘기(春起)·동생 주(宙)와 함께 순절했다. 『호남절의록』 권2.

이민서의 '진주촉석정충단비' 탁본(출처: 조동원 편, 『한국금석문대계』 4)

中鼓譟. 千」鎰遣梁山璹乞師於劉綎, 綎畏賊終不出師. 其明日賊大至, 圍城三匝, 進薄城下, 柵竹自蔽. 從其內發砲, 丸如雨, 城中人悉力拒守」. 賊又乘夜進逼東門, 大呼登城, 聲震天地, 進等擊却之. 一日賊急攻西北隅, 城幾陷. 進奮劒[15]督諸軍, 登陴射賊, 賊乃退. 賊又築土山」, 臨城俯攻, 進亦築高阜, 以當之. 賊又設板屋, 置大木上, 放火燒城中室屋, 進用大砲碎之. 時久雨, 城一隅潰, 賊遂乘之, 金俊民力戰」死之. 賊又築五阜於城東西, 登其上放丸, 姜希輔死之. 進乃放火箭焚柵. 賊又作大樻[16]置四輪車[17]上, 披甲者挽車逼城, 以鐵錐鑿城. 進乃束火[18]灌」油而焚之. 其後賊潛來穴城, 進等殊死[19]戰. 賊

14) 詗(형): 염탐하다.

15) 奮劒(분검): 칼을 휘두름. '奮'은 휘두르다. '劒'은 '劍'과 동자.

16) 大樻(대궤): 큰 궤짝.

17) 四輪車(사륜거): 왜군이 진주성을 공격할 때 처음 개발했다고 하는 귀갑차(龜甲車). 궤짝이 잘 부서지지 않도록 소가죽을 여러 겹 둘렀다.

18) 束火(속화): 뒤얽힌 삼 가닥을 손으로 비벼 만든 인화물, 곧 횃불.

酋一人中丸斃, 賊兵死者千餘人, 賊退. 進臨城視戰地, 忽有賊丸, 中進左額而死. 軍中」使張潤代進, 旋又戰死. 進·潤智勇爲諸將最, 而一時皆隕, 士卒喪氣. 賊因圮[20]堞蟻附[21]而上, 宗仁等搏戰救之. 旣已賊趨西北躍入, 禮」元先走, 諸軍大潰. 千鎰等在矗石樓, 與其子象乾及高從厚父子·崔公慶會·梁山璹等數十人, 北面再拜, 赴南江而死. 李宗仁·李潛」·姜熙悅等十餘人, 奮劍斫賊[22], 力盡而死. 宗仁將死, 腋二賊赴水, 大呼曰 "金海府使李宗仁, 死於此". 城旣陷, 軍民皆被」屠戮[23], 無一人得脫, 牛馬鷄犬亦不遺. 夷城·塡壕·堙井·刋木, 以快前憤. 自是賊亦挫銳, 頓鋒[24]不能復振. 湖南賴以全, 盖賊旣致死於晉」. 而諸公以弱卒守孤城, 外援不至, 終必折而不救, 人人皆知之矣. 然諸公誓死不去, 力守於事去之後, 要與城俱斃, 以蔽遮湖南. 忠」壯義烈, 固當與張巡匹美. 而至其乘機立慬[25], 出奇應卒, 擢敗賊無算, 其功謀亦不可勝道者哉. 其後累朝褒贈[26]甚備, 置彰烈祠」, 又設旌忠壇於近城之麓, 祀以春秋.[27] 贈領議政金公時敏·贈左贊成黃公進·金公千鎰·贈右參贊崔公慶會, 在北南向. 義兵」將高從厚·李潛·金海府使李宗仁·虞侯成潁達·泗川縣監張潤·僉正尹思復·學生李仁民·代將孫承善·主簿鄭惟敬·守門將金太白」·宣務郎梁濟·學生朴安道, 在西列. 贈承旨梁山璹·贈參議金象乾·義兵將姜熙悅·巨濟縣令金俊民·鎭海縣監曺慶亨·判官崔」琦弼·贈主簿兪晗·生員李

---

19) 殊死(수사): 죽음을 각오함. '殊'는 결심하다, 정하다.

20) 圮(비): 무너지다. 圯(이, 흙다리)는 다른 자.

21) 蟻附(의부): 꿀에 꾀는 개미 떼처럼 달라붙음. '蟻'는 개미.

22) 斫賊(작적): 적을 베다. '斫'은 베다, 찍다.

23) 屠戮(도륙): 사람이나 짐승을 무참하게 마구 죽임.

24) 頓鋒(둔봉): 둔한 칼끝. '頓'은 둔하다, 무디다. =둔(鈍)

25) 立慬(입근): 절의를 위해 목숨 버림. '慬'은 용기가 있다. 『열자』 제8 「설부」, "이러함에도 복수하지 않으면 천하에 절의를 세울 수 없다[此而不報, 無以立慬於天下]".

26) 褒贈(포증): 벼슬아치의 공로를 인정하여 관계(官階)를 높여주던 일.

27) 이 비석을 세우기 2년 전인 1684년 8월 영남어사로서 창렬사를 방문한 김창협(1651~1708)은 춘추로 제향하지 않고 드문드문 행하는 제사도 승려가 주관해 겨우 명맥만 유지했고, 조정에서 가뭄이 든 해에만 향사를 거행한다고 복명했다. 『충렬실록』 권1 〈23a~b〉 「청춘추향례계(請春秋享禮啓)」.

郁·守門將張胤賢·義兵將姜熙復·判官朴承男·學生河繼先·崔彥亮, 在東列. 晉城之事, 遠矣. 而記功宗[28]」·著義烈, 昭久遠者, 闕然不圖. 今御營大將徐公文重[29], 觀察嶺南過晉, 巡覽諸公死義之地, 慨然興慕, 大懼其久益昧沒也. 遂與南中」將士, 謀所以彰示後世者, 右兵使李公基夏[30]主其事, 統制使金公世翊[31]佐其費. 碑旣具, 徐公請銘於不佞, 不佞不敢辭, 乃爲之詞. 詞曰」

嗚呼, 晉城之事, 豈不悲哉? 寇再逞而勢益鷙[32], 國方潰而援不至. 主客相猜而輿尸凶[33], 人衆雖多而聚蟻蜂. 蒼黃叫號, 卒就魚」肉. 獨使夫志士仁人, 張空拳兮樹立卓. 寧人謀之不臧, 豈天意之祚惡? 矗石高兮屹立[34], 江流長兮萬古. 紛烟愁兮雨泣, 魂」魄毅兮奮威怒. 酌縹淸兮薦芳腯[35], 祀春秋兮耿南土」.

崇禎後 五十九年 丙寅 八月 日 立」

---

28) 記功宗(기공종): 으뜸이 되는 공을 기록함. 『서경』「주서」〈낙고〉, "이제 왕께서 곧 태사에게 '공이 높은 자를 기록하여 공로에 따라 원사를 만들라.' 명하셨다.[今王 卽命曰**記功宗**, 以功作元祀]"

29) 徐文重(서문중, 1634~1709): 자 도윤(道潤), 호 몽어정(夢漁亭). 1680년 장원급제했고, 정쟁으로 부침이 있었으나 요직을 거친 뒤 1700년 영의정을 끝으로 기로소에 들어갔다. 한편 1683년 11월부터 경상감사를 지내다 1684년 9월 어영대장으로 갈려 떠났다. 가계는 진주목사(1763) 서유상 참조.

30) 李基夏(이기하, 1646~1718): 자 하경(夏卿). 1685년 11월부터 경상우병사로 재임하다 1687년 4월 모친상을 당해 떠났다. 자세한 가계는 부록의 우병사 참조.

31) 金世翊(김세익, 1642~1698): 자 성우(聖佑). 어릴 적 부모를 여의어 조부 김응해의 가르침을 받아 1666년 무과 급제했고, 1685년 3월 제63대 삼도수군통제사가 되었다. 조카 김중원이 85대 통제사, 손자 김흡은 100대 통제사이다. 그리고 종손자가 「득인계」를 올린 우병사 김윤이다. 가계는 부록의 우병사 참조.

32) 鷙(지): 맹금, 사납다.

33) 輿尸凶(여시흉): 장수를 잘못 기용하여 전쟁에서 패배함. '輿尸'는 전쟁에서 참패를 당하다의 뜻. 『주역』「사괘」〈六三〉, "군대가 혹 시체를 수레에 싣고 오는 것이니, 흉하다[師或**輿尸, 凶**]".

34) 屹立(흘립): 우뚝 솟음. '屹'은 쭈뼛하다.

35) 芳腯(방돌): 좋은 제사 고기. '腯'은 살찌다.

번역

정헌대부 이조판서 겸 홍문관대제학 예문관대제학
지경연성균관사 이민서 찬
가선대부 사헌부대사헌 겸 동지성균관사 신익상 서
숭정대부 의정부좌찬성 겸 홍문관제학 지경연사 김만중 전

임진년의 재난에 왜적이 성읍을 무찌르고 장수와 관리들을 죽였는데 이루 다 셀 수 없었다. 진주(晉州)는 영남과 호남 사이에 있어서 적의 길목이 되니, 우리에게 있어서는 반드시 지켜야 하고, 그들에게 있어서는 반드시 다투어야 하는 곳이었다.

일체의 길이 잔혹하였으나 고을 경내만 홀로 완전하여 남방의 여러 장수가 모두 그곳에서 지켰다. 적은 또 먼저는 패하였으나 뒤에는 분발하여 힘을 모아서 꼭 취하고자 하였다. 이에 진주(晉州)는 마침내 도륙되어 충의로운 인사들이 죽었다.

처음 일본 적이 침범함에 큰 세력의 병사들이 조령을 넘어와서 이일(李鎰)을 달아나게 하였고, 신립(申砬)을 꺾고는 곧바로 서울을 공격하였다. 또 병력을 나누어 호남을 몰래 약탈하다가 이미 한산도에서 불리하게 되자 모두가 진주(晉州)를 공격하였다.

이때 판관 김시민(金時敏) 공은 적이 당도하기 전에 고을 병력을 규합하여 사천과 고성의 적을 추격하였고, 적장이 검거하고 있던 진해(鎭海)와 금산(金山)을 격파하여 위세를 크게 떨쳤으며, 군대를 돌려 빨리 성에 들어가 방어 기구들을 크게 수리하고 적들을 기다렸다.

6월에 적이 과연 크게 몰려와서 성을 포위하였는데, 성안의 병력은 천명을 넘지 않았다. 적장 행장(行長)이 여러 곳에 주둔한 십여만 명을 모아 성을 에워싸고 공격한 지 6일이 되었는데, 그들은 많고 우리는 적어 형세는 큰 산이 알을 누르는 것 같았다. 공(公)은 행동거지를 평온하게 하면서 때때로 피리를 불거나 거문고를 타니, 군중이 믿고 평안하게 생각하였다. 여러 장군을 독려하니 의기가 분발하였고, 병사들은 모두 감동해 눈물을 흘리며, 기회를 타서 박자를 맞추고 민첩하게 기묘한 계책을 내었다. 적은 사상자가 쌓여가자 이길 수 없음을 짐작하고 병사를 거두어 물러갔다. 적이 물러가던 날에 공(公)이 갑자기 유탄에 맞아 성 위에서 운명하니, 고을의 백성들과 장사들이 부모를 여읜듯하였다.

그 이듬해 6월, 적이 평양에서 패해 돌아오니 영남은 소굴이 되었다. 적의 두목 청정(淸正)은 이전의 실패를 분하게 여겨 병사를 모아 다시 공격하였다. 당시 명나라 조정에서는 적과 화의를 맺으려는 까닭에 명나라 장수는 영남에 있는 적을 추격하면서도 모두 군사를 멈추고서 싸우려 하지 않았다. 총병 유정(劉綎)은 청정(淸正)에게 격문을 보내어 전쟁 중지를 요청하고, 유격 심유경(沈惟敬)은 행장(行長)에게 역설하였으나 모두가 들어주지 않았다.

조정에서는 교지를 여러 차례 내려 장군들에게 나가서 싸울 것을 독려하였다. 도원수 김명원(金命元)·순찰사 권율(權慄) 이하 관군과 의병들이 모두 의령(宜寧)에 모였으나 감히 먼저 나가지 못하였다. 권율이 여러 장수를 꾸짖고는 강을 건너 함안(咸安)에 이르렀다. 성은 텅 비어 얻을 것이 없었고, 여러 군사는 식량이 바닥나 있었다. 적을 바라보고는 모두 흩어지자 권율과 김명원 등이 먼저 달아났다.

호남 창의사 김천일(金千鎰) 공이 홀로 분발하여 여러 장수에게 일러 말하기를, "진주는 호남과 매우 가까워 입술과 이 같은 사이이므로, 진주가 없으면 호남도 없다. 어떤 사람은 성을 비우고 적을 피하고자 하나 그렇게 하는 것은 적의 마음만 기쁘게 할 뿐 좋은 계책이 아니니 힘을 합하여 굳게 지켜서 적의 세력을 막는 것만 못하다." 하였다. 여러 장수는 호응하지 않고 여기저기로 흩어져 갔다.

공(公)은 경상우병사 최경회(崔慶會) 공·충청병사 황진(黃進) 공·의병장 고종후(高從厚) 공·사천현감 장윤(張潤) 등을 비롯하여 장사 십여 인들과 함께 군사를 거느리고 성으로 들어갔다. 이때 김해부사 이종인(李宗仁)은 성에 먼저 들어와 있었다. 여러 장수와 병사들은 겨우 몇 천 명이고, 고을의 백성들 남녀가 무릇 6·7만 명이었다. 의병장 강희열(姜熙悅)과 이잠(李潛) 등이 잇달아 도착하였다. 목사 서예원(徐禮元)은 본래 겁이 많고 병법을 잘 알지 못하였고, 모든 방어계획은 김천일에게서 나왔으므로 서로 사이가 좋지 않았다.

성은 본래 사방이 험한 곳에 위치하였는데 일 년 전에 동쪽이 평지로 바뀌었다. 지킬 책임 부서를 나누어 정하고 여러 장군에게 성을 지키게 하니, 황진·이종인·장윤 등은 각각 군사를 거느리고 오가면서 급한 곳이 생기면 달려가서 막았다. 이미 작전 계획이 결정되자 사람들은 모두 사수할 것임을 스스로 맹세하였다.

6월 20일, 적의 선봉이 이미 진주의 경계에 이르렀다. 오유(吳宥)와 이잠(李潛) 등이 성에서 나가 적을 염탐하고 적의 머리를 몇 급이나 베어오자 성안에서는 북을 치며 함성을 질렀다. 김천일(金千鎰)은 양산숙(梁山璹)을 유정(劉綎)에게 보내어 군사를 요청하였으나, 유정은 적을 무서워하여 끝내 군사를 내어주지 않았다. 다음날에 적이 대대적으로 와서 성을 세 겹으로 포위하고 성 아래까지 진격해와 육박하면서 대나무 울타리로 자신들을 은폐하였다. 그 안에서 대포를 쏘니 탄환이 비 오듯 하였는데, 성안의 사람들이 힘을 다하여 막아내었다. 적은 또 밤을 틈타 동문 가까이 와서 크게 외치며 성으로 오를 때 그 소리가 천지를 진동하였는데, 황진(黃進) 등이 쳐서 물리쳤다.

어느 날 적이 서북쪽 모퉁이를 갑자기 공격하여 성이 무너질 지경이었다. 황진(黃進)이 칼을 휘둘러 군사들을 독려하여 성가퀴에 올라 적을 쏘니, 적은 이내 물러갔다. 적이 다시 흙을 산더미처럼 쌓아놓고 성에서 내려다보며 공격하자, 황진 또한 높은 언덕을 쌓아서 대적하였다. 적은 널판자를 설치하고 큰 나무를 위에 올려놓아 불을 질러 성안의 집들을 태우자, 황진이 화포를 쏘아서 그것을 부숴버렸다.

그때 오랫동안 비가 내려 성의 한 모퉁이가 무너졌는데 적이 드디어 이 틈을 타자, 김준민(金俊民)이 힘껏 싸우다가 전사하였다. 적이 다시 성의 동서쪽에 다섯 곳의 언덕을 쌓아놓고 그 위에 올라가서 탄환을 쏘니, 강희보(姜希輔)가 전사하였다. 황진(黃進)이 이에 불화살을 쏘아 울타리를 불태웠다. 적은 또 큰 궤짝을 만들어 사륜거(四輪車) 위에 얹어 놓았는데, 갑옷을 입은 사람이 그 수레를 끌고 성에 바짝 접근하여 철퇴로 성을 뚫었다. 황진은 곧바로 횃불에 기름을 부어 (던져서) 그것을 불태워 버렸다. 그 뒤에 적이 몰래 와서 성에 구멍을 뚫자, 황진 등이 죽음을 각오하고 싸웠다. 적의 두목 하나가 탄환을 맞고 쓰러졌고, 죽은 적이 천여 명이나 되자 적은 물러갔다.

황진(黃進)이 성에 다가가서 전쟁터를 시찰하였는데, 갑자기 적의 탄환이 황진의 왼쪽 이마를 맞히니 전사하였다. 진중에서 장윤(張潤)으로 하여금 황진을 대신하였더니 도리어 또 전사하고 말았다. 황진과 장윤은 지혜와 용맹이 모든 장수 가운데서 으뜸이었으나 일시에 다 운명하니, 사졸들이 사기를 잃었다. 적이 무너진 성가퀴를 따라 개미처럼 붙어서 올라오자, 이종인(李宗仁) 등이 맞붙어 싸워서 그곳을 구하였다. 하지만 이미 적은 서북쪽으로 달려가 재빨리 진입하였는데, 서예원(徐禮元)이 먼저 달아나고 군사들은 크게 무너졌다.

김천일(金千鎰) 등이 촉석루(矗石樓)에 있었는데, 그의 아들 상건(象乾)과 고종후(高從厚) 부자·최경회(崔慶會) 공·양산숙(梁山璹) 등 수십 명과 함께 북쪽을 보고 재배한 뒤에 남강으로 달려가 순국하였다. 이종인(李宗仁)·이잠(李潛)·강희열(姜熙悅) 등 십여 인은 칼을 휘둘러 적을 죽이다가 힘이 소진되어 전사하였다. 이종인(李宗仁)이 죽을 즈음에 왜적 둘을 겨드랑이에 끼고 강물에

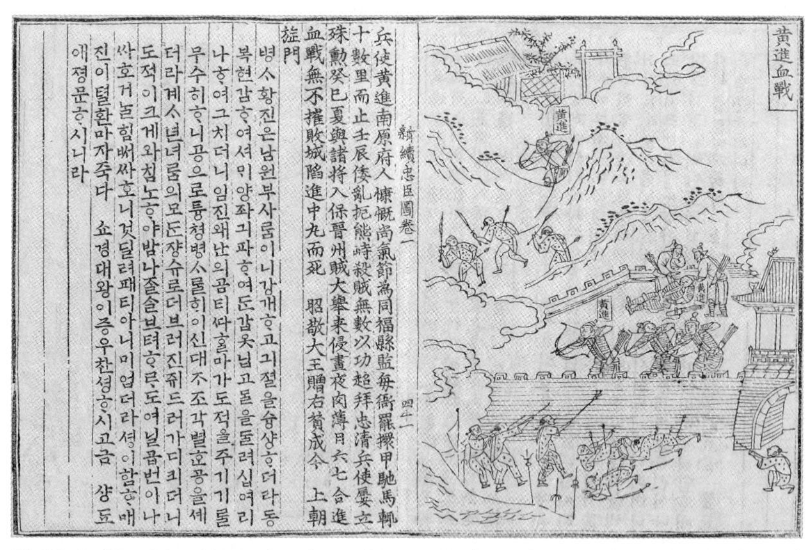
黃進血戰

新續忠臣圖卷一 四十一

兵使黃進南原府人慷慨尚氣節爲同福縣監每衙罷擐甲馳馬輒十數里而止壬辰倭亂扼熊峙殺賊無數以功超拜忠淸兵使屢立殊勳癸巳夏與諸將入保晉州賊大擧來侵晝夜肉薄日六七合進血戰無不摧敗城陷進中丸而死 昭敬大王贈右贊成今 上朝旌門

병ᄉᆞ 황진은 남원부사ᄅᆞᆷ이니 강개ᄒᆞ고 긔절을 슝샹ᄒᆞ더라 동복현감ᄒᆞ여셔 ᄆᆡ양 좌긔 파ᄒᆞ여ᄃᆞᆫ 갑옷닙고 ᄆᆞᆯ을 ᄃᆞᆯ려 십여리나ᄒᆞ여 그치더니 임진왜난의 곰티ᄯᅡᄒᆞᆯ 마가 도적을 주기기ᄅᆞᆯ 무수히ᄒᆞ니 공으로 튱청병ᄉᆞᄅᆞᆯ ᄒᆡ이신대 ᄌᆞ조 각별ᄒᆞᆫ 공을 세더라 계ᄉᆞ년 녀ᄅᆞᆷ의 모ᄃᆞᆫ 쟝슈로 더브러 진ᄎᆔ 드러가 디킈더니 도적이 크게 와 침노ᄒᆞ야 밤나ᄌᆞᆯ ᄉᆞᆯ보텨 ᄒᆞᄅᆞ도 여닐곱번이나 ᄡᅡ호거ᄂᆞᆯ 힘ᄡᅥ ᄡᅡ호니 것딜려 패티 아니미 업더라 셩이 함ᄒᆞᆫ배 진이 텰환 마자 죽다 쇼경대왕이 증우찬셩ᄒᆞ시고 금 샹됴애 졍문ᄒᆞ시니라

〈황진혈전〉, 『동국신속삼강행실도』(1617) 책9 「충신도」 권1 〈41a~b〉. 규장각 한국학연구원(규1832)

나아가며 크게 외치기를, “김해부사 이종인이 여기서 죽는다.[金海府使李宗仁死於此]” 하였다.

성이 무너지자 군졸과 백성들은 모두 도륙되었는데, 한 사람도 탈출하지 못하였다. 소, 말, 닭, 개 또한 하나라도 남기지 아니하였다. 성을 평평하게 만들고, 해자를 메우고, 우물을 묻어버리고, 나무를 벰으로써 예전의 분노를 씻고자 하였다.

이로부터 적 또한 예리한 칼날이 꺾여 무딘 칼날을 다시 떨칠 수 없었다. 호남은 이에 힘입어 온전하게 되었는데, 대개 왜적이 진주에서 죽음에 이르렀기 때문이다.

제공(諸公)이 약졸로서 외로운 성을 지킴에 외부의 원군이 도착하지 않아 결국에는 꺾여서 구원하지 못할 것임을 사람마다 모두 알고 있었다. 그러나 제공은 죽을지언정 떠나지 않을 것임을 맹세하여 일이 잘못된 뒤에도 힘껏 지키다가 끝내 성과 함께 죽기를 원함으로써 호남을 막아내었다. 충장(忠壯)과 의열(義烈)은 참으로 장순(張巡)과 더불어 훌륭함을 짝할 만하다. 그리고 기회를 이용하여 절의를 세우고, 기이한 계책으로 변고에 대응함으로써 적을 꺾어 승산이 없도록 하였으니, 그 공로는 또한 다 말할 수 없다.

그 이후로 여러 번 조정의 포상과 증직(贈職)이 잘 갖추어져 창렬사(彰烈祠)를 세웠고, 또 가까운 성 기슭에 정충단(旌忠壇)을 만들어 봄가을로 제향하였다.[36] 증 영의정 김시민(金時敏) 공, 증 좌찬성 황진(黃進) 공·김천일(金千鎰) 공, 증 우참찬 최경회(崔慶會) 공은 북쪽에 모시어 남쪽을 향하게 하였다. 의병장 고종후(高從厚)·이잠(李潛), 김해부사 이종인(李宗仁), 우후 성영달(成潁達), 사천현감 장윤(張潤), 첨정 윤사복(尹思復), 학생 이인민(李仁民), 대장 손승선(孫承善), 주부 정유경(鄭維敬), 수문장 김태백(金太白), 선

36) 최진한이 1721년 추증을 요청할 때까지도 창렬사 28위 중 정사(正祠)의 최경회·황진·김천일·장윤, 동사(東祠)의 양산숙·김상건·유함 7위만 증직이 있었다. 그리고 창렬사는 1607년 경상감사 정사호가 우병사 김태허와 함께 창건했고, 당시 기존의 정충단을 아울러 확장했다.

무랑 양제(梁濟), 학생 박안도(朴安道)는 서쪽 줄에 모셨다. 증 승지 양산숙(梁山璹), 증 참의 김상건(金象乾), 의병장 강희열(姜熙悅), 거제현령 김준민(金俊民,) 진해현감 조경형(曹慶亨), 판관 최기필(崔琦弼), 증 주부 유함, 생원 이욱(李郁), 수문장 장윤현(張胤賢), 의병장 강희복(姜熙復), 판관 박승남(朴承男), 학생 하계선(河繼善)·최언량(崔彦亮)은 동쪽 줄에 모셨다.

진주성에서 일어난 일은 오래되었다. 공훈을 기록하고 의열(義烈)을 길이 밝히고자 하였으나 뜻밖에도 빠트리고 말았다. 지금에 어영대장 서문중(徐文重) 공이 영남의 관찰사로서 진주를 지나다가 제공(諸公)이 죽음으로써 절의를 지킨 땅을 두루 살펴보고, 개연히 흠모하는 마음이 일어나 그것이 오래되면 더욱 없어질 것을 크게 두려워하였다. 드디어 남쪽 고을의 장사들과 더불어 후세들에게 현창하여 보여줄 것을 의논하였는데, 우병사 이기하(李基夏) 공은 그 일을 주간했고, 통제사 김세익(金世翊) 공은 비용을 도왔다.

비석이 이미 갖추어짐에 서공(徐公)이 나에게 비명을 요청하였는데, 내가 감히 사양하지 못하고 사(詞)를 짓는다. 사(詞)는 이러하다.

아, 진주성의 일이 어찌 슬프지 않으랴?/ 왜구가 두 번째 와서는 그 기세가 더욱 매서웠네/ 나라가 금방 무너지려 하는데도 원군은 오지 않았고/ 내부에서는 서로 시기하여 시체를 수레에 실었지/ 사람들은 많았지만 개미와 벌 떼를 모아놓은 듯/ 다급하게 소리소리 지르다가/ 마침내 어육 신세 되었지/ 다만 지사와 어진 이들이/ 맨주먹을 휘둘러 수립한 공로 탁월하였으니/ 차라리 사람의 계책이 훌륭하지 않았을지언정/ 어찌 하늘의 뜻이 악에게 복을 내렸겠는가?/ 촉석루가 높다랗게 솟아 있고/ 강물은 만고에 길이 흐르는데/ 어지러운 안개 속에 수심 겨워 비 오듯 눈물 나네/ 혼백은 의연히 떨쳐 진노하거늘/ 맑은 술과 맛 좋은 고기 올려/ 봄가을로 제사를 드리니 남쪽 땅이 빛나도다.

숭정 후 59년 병인년(1686) 8월 일 세움.

창렬사

○ 정사호(鄭賜湖, 1553~1616) 자 몽여(夢與), 호 화곡(禾谷)

본관 광주. 생애 정보는 충신 순국 제영 참조. 아래 장계는 원전 제주에 보듯이 정사호가 경상도 관찰사로 부임하고 석 달 뒤인 정미년(1607) 7월에 지은 것이다. 6월 진양에 도착해 우병사 김태허와 함께 기존의 협소한 정충단(精忠壇)을 3단으로 확장하고, 별도로 성의 서북쪽 모퉁이에 삼대장(三大將) 위판을 모실 세 칸의 삼충사(三忠祠)를 건립했다. 7월 조정에 사액을 요청했고, 그달에 '창렬(彰烈)'을 하사받았다. 이보다 앞서 윤6월 24일 새로 지은 사당의 「치제문」(『화곡집』 권2)을 지었다. 자세한 내용은 『진주성 촉석루의 숨은 내력』(2014), 195~199쪽 참조.

「請晉州彰烈祠額啓」[1] 萬曆丁未七月 爲慶尚巡察時

〈『화곡집』 권1, 19b~22a〉

(진주 창렬사의 사액을 요청하는 장계) 만력 정미년(1607) 7월 경상도 순찰사 때

臣於六月, 巡到晉陽, 得病仍留[2]. 本月二十九日, 乃同州城陷之日也, 陷沒[3]者子孫, 尙有遺在若干人, 其日曉, 號哭[4]望於城下. 臣聞來, 不覺感愴[5]于懷. 遂訪得其時逃活者數人, 細聞其時城陷節次. 則以爲倡義使金千鎰·慶尙兵使崔慶會·忠淸兵使黃進, 以三大將同入一城, 分堞共守. 又有巨濟縣令

---

1) 이 장계는 『충렬실록』 권1 〈21a~23a〉에 '청액계(請額啓)' 제목으로, 김천일의 『건재집』 부록 권5에는 '삼충사청액계(三忠祠請額啓)'로 수록되어 있는데, 글자의 출입이 제법 있다.

2) 仍留(잉류): 그전 그대로 머물러 있음. '仍'은 그대로 따르다.

3) 陷沒(함몰): 함락 때 죽음, 결딴이 나서 없어짐.

4) 號哭(호곡): 소리를 내어 슬피 울.

5) 感愴(감창): 마음에 사무쳐 슬픔. '愴'은 슬퍼하다.

정사호, 「청진주창렬사액계」, 『화곡집』 권1. 〈19b~20b〉

金俊民·金海府使李宗仁·右兵虞侯成潁達·復讐義兵將高從厚·敵愾義兵副將李潛·奮義兵將姜希悅·泗川縣監張潤·鎭海縣監朞慶亨等, 亦領兵同入, 以聽三將指揮. 黃進所守城一面, 因雨崩壞, 賊遂鼓譟[6]大進. 一以器械修築, 一以強弩奮射, 賊終不敢進. 士卒之能用命[7]如此, 且躬操版鍤[8]. 下卒同事, 手拾泥石, 以補城堞. 如是奔走之間, 額上中丸. 遂至昏仆[9], 俄而, 城陷而死. 崔慶會慷慨發憤, 誓死嬰守[10]. 或勸之曰 "携提輕銳[11], 圍突以出. 試與賊一戰, 觀勢進退, 可以全軀, 何必強在乎此坐而待死?". 慶會卽奮然曰 "我受國厚恩, 城存我存, 城亡我亡, 何敢苟且偸生?". 遂一向[12]戒發, 軍人能守能射者, 手自箚[13]記, 以爲啓聞論賞之計, 終是坐於城廊[14]而死. 金千鎰自願守要

6) 譟(조): =조(噪). 떠들썩하다, 시끄럽다.

7) 用命(용명): 윗사람의 명령을 받듦.

8) 版鍤(판삽): 도랑을 파고 담장이나 성을 쌓은 데 사용하던 담틀과 가래.

9) 昏仆(혼부): 정신이 혼미하고 엎드리는 것. '仆'는 엎드리다.

10) 嬰守(영수): 성벽을 굳게 지킴. '嬰'은 두르다.

11) 輕銳(경예): 민첩하고 용맹한 군졸. '輕'은 재빠르다. '銳'는 용맹하다.

12) 一向(일향): 한결같이, 줄곧, 하나를 향함.

13) 箚(차): =차자(箚子). 간단한 서식으로 작성하는 상소문.

14) 城廊(성랑): 주위를 감시하기 위해 성 위에 군데군데 세워 놓은 다락집.

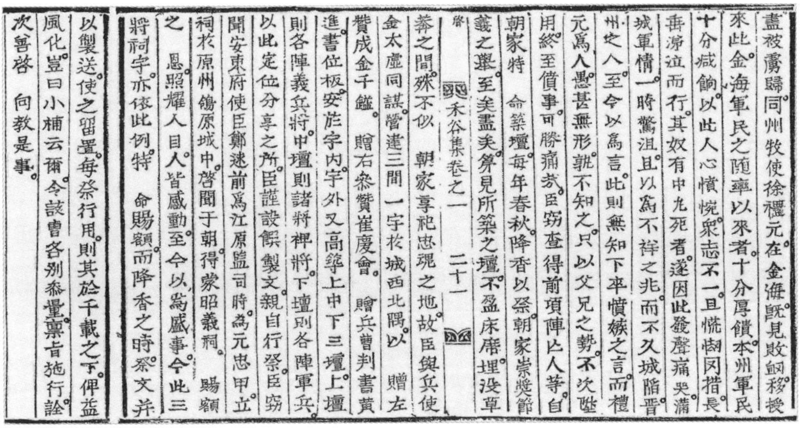

정사호, 「청진주창렬사액계」, 『화곡집』 권1. 〈21a~22a〉

害之地, 誓天盟衆, 堅守不動. 而外援既絶, 賊來如霧. 及其勢逼之後, 遂冠帶入室, 與其子同死. 金俊民諸將, 亦皆不離其陣而死. 本州城有內外, 軍民之在外城者, 盡被芟殪[15], 在內城者, 盡被虜歸. 同州牧使徐禮元, 在金海, 既見敗衄, 移授[16]來此. 金海軍民之隨轡以來者, 十分厚饋[17], 本州軍民, 十分減餉[18]. 以此人心憤惋[19], 衆志不一. 且慌惚罔措[20], 長垂涕泣而行. 其奴有中丸死者, 遂因此發聲痛哭. 滿城軍情, 一時驚沮. 且以爲不祥之兆, 而不久城陷. 晉州之人, 至今以爲言[21], 此則無知下卒憤嫉[22]之言. 而禮元爲人, 愚甚無形, 孰不知之? 只以父兄之勢[23], 不次[24]陞用[25], 終至僨[26]事, 可勝痛哉?

---

15) 芟殪(삼에): '芟'은 풀을 베다. '殪'는 쓰러지다.

16) 移授(이수): 옮겨 제수됨. '授'는 임명하다.

17) 饋(궤): 음식이나 물건을 보내다, 대접하다, 식사.

18) 餉(향): 음식이나 양식을 보내다, 군량, 세금

19) 憤惋(분완): 울분을 토하다. '憤'은 성을 내다. '惋'은 한탄하다.

20) 慌惚罔措(황겁망조): 허둥지둥하며 어찌할 바를 모르는 모양. '慌惚'은 황망(慌忙)의 뜻. '罔措'는 '망지소조(罔知所措)'의 준말로 창황하여 어찌할 바를 모름.

21) 『건재집』을 보면 '言' 뒤에 '시여위백과(是如爲白果)'라는 이두가 딸려 있다.

22) 憤嫉(분질): 분노하고 미워하다. '嫉'은 미워하다.

23) 父兄之勢(부형지세): 서예원이 형 서인원의 덕으로 1593년 4월 15일 진주목사가 된 것을 두고 말하는데, 이후 진주성 수비는 전일과 같지 못했다고 한다(『선조수정실록』

臣窃[27]查得前項[28]陣亡人等. 自朝家特命築壇, 每年春秋, 降香以祭. 朝家崇奬節義之擧, 至矣盡矣.[29] 第見所築之壇, 不盈床席, 埋沒草莽之間, 殊不似朝家享祀忠魂之地. 故臣與兵使金太虛[30]同謀, 營建三間一宇於城西北隅, 以贈左贊成金千鎰[31]·贈右參贊崔慶會[32]·贈兵曹判書黃進[33], 書位板, 安於宇內.[34] 宇外, 又高築上中下三壇. 上壇則各陣義兵將, 中壇則諸將裨將, 下壇則各陣軍兵, 以此定位分享之所. 臣謹設饌製文, 親自行祭. 臣窃聞安東府使臣鄭逑[35]前爲江原監司時, 爲元忠甲[36], 立祠於原州鴒原城[37]中, 啓聞于朝,

---

〈1592.10.1〉). 자세한 정보는 부록의 용어편 '서예원' 참조. 정이천(程伊川)이 "사람에게는 세 가지 불행이 있다. 젊은 나이에 고과에 오르는 것이 첫 번째 불행이요, 부형의 권세를 빌려 좋은 벼슬을 하는 것이 두 번째 불행이요, 높은 재주가 있어 문장을 잘하는 것이 세 번째 불행이다.[人有三不幸. 少年登高科 一不幸; 席**父兄之勢**爲美官, 二不幸; 有高才能文章, 三不幸也]" 하였다. 『소학집주』「가언」.

24) 不次(불차): 차례를 어김, 순서를 따르지 않음.

25) 陞用(승용): 벼슬을 올려 임용함. '陞'은 (관위가) 오르다.

26) 僨(분): 넘어지다, 실패하다.

27) 窃(절): 절(竊)의 속자. 자기를 드러내지 않는다는 뜻으로, 자신 또는 자신의 의견을 낮춤.

28) 前項(전항): 앞에 적혀 있는 사항.

29) 황위가 최초 편집한 『정충록』 권2 〈33a, 34a〉을 보면, 1594년 1월에 형조좌랑 양사형(楊士衡)이, 동년 10월에는 김덕령이 예관으로서 각각 치제를 주관한 사실을 알 수 있다.

30) 金太虛(김태허, 1555~1620): 밀양시 하남읍 귀명리 출생이고, 가계는 부록의 우병사 참조. 울산가수(1592)·경상우병사·경상좌병사 겸 울산부사 등을 지냈다. 1605년 선무원종 1등 공신에 올랐으며, 1606년 다시 경상우병사에 제수되어 진주성 정비에 심력을 다한 뒤 1608년 6월 이임했다. 김병권·하강진 공역, 『역주 광주김씨세고』, 세종출판사, 2015 참조.

31) 김천일은 1593년 8월 7일 의정부 좌찬성에 추증되었고, 부록 인물편 참조.

32) 최경회 위패는 『충렬실록』에 '증자헌대부 의정부우참찬 행경상우도병마절도사'라 했는데, 현재 창렬사의 위패는 '충의공 최경회'로 되어 있다.

33) 황진은 1593년 8월 7일 우찬성에 추증되었고, 병조판서 추증 시기는 미상. 그 외 자세한 사항은 부록 인물편 참조.

34) 정사호는 창렬사를 짓고 나서 황진, 최경회, 그리고 동서 신위들에게 드리는 제문을 지었다. 「제황절도문(祭黃節度文)」·「제최절도문(祭崔節度文)」·「제동서신위문(祭東西神位文)」, 『충렬실록』 권2, 18b~19a.

35) 鄭逑(정구, 1543~1620): 1607년 1월~11월 안동부사를 지냄. 본관 청주. 성주 사월리 출생. 호 한강(寒岡), 시호 문목(文穆). 1586년 함안군수가 되었고, 임란이 일어나자 창의해 왜적을 토벌했다. 1596년 1월 강원감사에 제수되어 여러 고을에 명령하여 나라를 위해 싸우다 죽은 혼령에게 제사를 지내주고 시신의 유골을 묻어 주게 했다. 그해 8월 원주로 가서는 치악산 남서쪽에 영원성(鴒原城)을 쌓았고, 원충갑의 사우와 제단을 성내에 설치했다.

得蒙昭義祠[38]. 賜額之恩, 照耀人目. 人皆感動, 至今以爲盛事. 今此三將祠宇, 亦依此例, 特命賜額, 而降香之時, 祭文幷以製送. 使之留置, 每祭行用, 則其於千載之下, 俾益風化, 豈曰小補云爾? 令該曹[39]各別參量[40], 稟旨[41]施行. 詮次善啓[42], 向教是事[43].

번역 신(臣)이 6월 순찰하다가 진양에 이르러 병을 얻어 그대로 머물렀습니다. 그달 29일은 고을의 성이 무너진 날이었는데, 성이 무너질 때 죽은 자의 자손이 아직도 약간 명 남아 있어 그날 새벽이면 성 아래를 바라보며 호곡(號哭)한다는 것이었습니다. 신(臣)이 듣자마자 어느새 가슴에 비통함이 느껴졌습니다. 드디어 그때 달아났다가 살아남은 몇 사람을 찾아가 만나서 그때 성이 무너진 과정을 자세히 들었습니다.

창의사 김천일(金千鎰)·경상병사 최경회(崔慶會)·충청병사 황진(黃進)이 삼대장(三大將)으로서 한 성에 같이 들어가 성첩을 나누어 함께 지켰습니다. 또 거제현령 김준민(金俊民)·김해부사 이종인(李宗仁)·우병마우후 성영달(成穎達)·복수의병장 고종후(高從厚)·적개의병부장 이잠(李潛)·분의병장 강희열(姜希悅)·사천현감 장윤(張潤)·진해현감 조경형(曺慶亨) 등도 병사를 거느리고 같이 들어가 세 장수[三將]의 지휘를 받았습니다.

황진(黃進)이 지키던 성의 한 방면이 비로 붕괴하자 적은 드디어 북소리를

---

36) 元忠甲(원충갑, 1250~1321): '忠'은 '冲'의 오기. 본관 원주. 시조 원극유의 10세손이고, 자세한 가계는 진주목사(1601) 원사립 참조. 고려 충렬왕 때의 향공진사(鄕貢進士)로 원주(原州)의 별초(別抄)에 소속되어 있었다. 1291년에 합단(哈丹)이 원주성을 포위하자 전후 10차례에 걸쳐서 적을 크게 무찔러 후세에까지 무명(武名)을 남겼다.

37) 鴒原城(영원성): 원주 판부면 치악산에 있는 산성. 사적 제447호.

38) 昭義祠(소의사): 정구가 건립한 원충갑의 단독 사우. 사액 '昭義'를 받음. 『한강집』과 『서원등록』 권1 〈규장각, 1656.6.1〉 참조. 그리고 1668년 원충갑, 임란 때 순절한 원주목사 김제갑(金悌甲)과 방어사 원호(元豪) 3위를 함께 배향하는 사우를 건립한 뒤 1670년 윤2월 7일 '忠烈' 사액을 받았는데, 2009년 원주시 행구동에 복원했다.

39) 該曹(해조): 해당 관청, 곧 예조(禮曹).

40) 參量(참량): 이리저리 살펴 생각하고 알맞게 헤아림. '參'은 간여하다.

41) 稟旨(품지): 임금께 아뢰어 교지(敎旨)를 받음. '稟'은 사뢰다.

42) 詮次善啓(전차선계): 절차에 따라 임금에게 보고함. 유래는 최진한 글 참조.

43) 向教是事(향교시사): 이두로 명령하옵실 일의 뜻. '向事'는 ~할 일. '教是'는 ~이신. ~하실.

울리고 함성을 질러대며 크게 진격해왔습니다. 한편으로는 기계로 성을 수축하고 한편으로는 강한 쇠뇌로 분투하며 화살을 쏘니, 적은 끝내 감히 진격해오지 못하였습니다. 사졸(士卒)은 명령을 그와 같이 받들었고, 또 몸소 담틀과 가래를 잡았습니다. 하졸(下卒)은 일을 함께하며 손으로 진흙과 돌을 주워 수리하거나 고쳐 쌓았습니다. 이처럼 분주하던 중 이마에 탄환을 맞았습니다. 마침내 정신이 혼미하여 넘어지더니 이윽고 성이 무너지자 죽었습니다.

최경회(崔慶會)는 강개하게 분노하고는 죽기를 맹세하며 성벽을 굳게 지켰습니다. 어떤 사람이 그에게 권하여 말하기를, "민첩하고 용맹한 군졸을 거느려 포위를 돌파해 나가십시오. 적과 일전을 시도하다가 전세의 진퇴를 관찰하면 몸을 온전하게 할 수 있을 터인데, 어찌 억지로 여기에 머물며 앉아서 죽음만을 기다리시렵니까?" 하였다. 경회(慶會)가 분연히 말하기를, "나는 나라의 두터운 은혜를 입었다. 성이 존재해야 내가 존재하고, 성이 망하면 내가 없으니, 어찌 감히 구차하게 생존을 꾀하겠는가?" 하였습니다. 드디어 한결같이 경계하고 분발하면서 군인 중에 잘 지키고 잘 쏘는 자는 차자(箚子)에 기록하여 임금께서 포상을 논하는 계책으로 삼으려 하였으나 끝내는 성 위 다락집에 앉아 있다가 죽었습니다.

김천일(金千鎰)은 요해처 지키기를 자원하였는데, 하늘에 맹세하고 군중에게 다짐하며 굳게 지키면서 요동하지 않았습니다. 그러나 외부 원군은 이미 끊겼고, 왜적은 안개처럼 몰려왔습니다. 그 형세가 급박해진 뒤에 드디어 관대(冠帶)를 하고 방으로 들어가서 아들과 함께 죽었습니다. 김준민(金俊民) 등 여러 장수 또한 모두 그 진지를 이탈하지 않은 채 죽었습니다. 이 고을에는 내성(內城)과 외성(外城)이 있는데, 군졸과 백성 중 외성에 있던 사람은 모두 풀을 베듯 쓰러졌고, 내성에 있던 자는 죄다 포로가 되었다가 돌아왔습니다.

같은 고을의 목사 서예원(徐禮元)은 김해(金海)에 있을 때 전쟁에 지고 난 뒤 이곳으로 옮겨 제수되었습니다. 김해 군민으로서 따라온 자에게 십분 넉넉하게 대접하고, 이 고을 군민에게는 먹을거리를 줄였습니다. 이 때문에 인심은 분개하였고, 군중의 뜻은 하나같지 않았습니다. 또 허둥지둥하며 어찌할 바를 모르다가 늘 눈물을 뿌리며 다녔습니다.

그의 노복 중에 탄환을 맞고 죽은 자가 있었는데, 이 때문에 소리 내어 통곡하였습니다. 온 성의 군대 상황은 일시에 놀라 기가 꺾였습니다. 또 불길한 조짐이 될 것으로 생각하더니 오래되지 않아 성은 무너졌습니다. 진주(晉州) 사람이 지금도 이야기하고 있습니다만, 이것이 곧 하급 병졸이 분노하고 미워하여 한 말임을 모르고 있습니다. 그리고 예원(禮元)의 사람됨은 우매하기가 심하여 형언할 수 없었으니, 누구인들 그것을 몰랐겠습니까? 단지 부형(父兄)의 권세로 차례를 거치지 않고 높은 자리에 임용되어서 결국 일을 그르치고 말았으니 통분함을 이길 수 있겠습니까?

신(臣) 저는 조사하여 앞의 항목에 거론된, 진지(陣地)에서 죽은 사람들을 알아냈습니다. 조정에서 단(壇)을 쌓으라는 특명을 내렸고 해마다 봄가을로 향을 내려 제사를 지내게 하니, 조정에서 절의(節義)를 숭상하고 장려하는 행위는 지극하고 곡진합니다. 다만 쌓은 제단을 보니 상석(床石) 놓을 여유가 없고 잡초더미 사이에 묻혀 있어 조정에서 충혼을 향사하는 장소가 거의 아닌 듯하였습니다.

따라서 신(臣)이 병사 김태허(金太虛)와 함께 계획하여 세 칸의 사우를 성의 서북쪽 모퉁이에 지어 증 좌찬성 김천일(金千鎰), 증 우참찬 최경회(崔慶會), 증 병조판서 황진(黃進)을 위판에 써서 사우 안에 봉안하였습니다. 사우 밖에는 또 상중하의 세 단을 높이 쌓았습니다. 상단은 각진(各陣)의 의병장(義兵將), 중단은 장수들의 비장(裨將), 하단은 각진의 군병(軍兵)으로 하여 이렇게 위차(位次)를 정하고서 나누어 제향하는 장소로 삼았습니다. 신(臣)은 삼가 음식을 차리고 제문을 지어 직접 제사를 거행하였습니다.

신(臣) 제가 듣건대 안동부사 신(臣) 정구(鄭逑)는 예전 강원도 관찰사 때 원충갑(元冲甲)을 위하여 원주 영원성 안에 사당을 세워 조정에 계문(啓聞)하여 소의사(昭義祠)를 얻게 되었다고 합니다. 사액 은전이 사람의 눈을 밝게 비추어 사람마다 감동하였고, 지금도 성대한 일이라 여기고 있습니다.

지금 세 장수[三將]의 사우 또한 이 사례에 따라 사액을 특별히 명하여 향을 내릴 때 제문을 함께 지어 보내주십시오. 그것을 안치하여 제사 때마다 사용한다면 천년이 지난 뒤에도 풍속 교화를 유익하게 할 것이니, 어찌 보탬이 작다고 하겠습니까? 해당 관청[예조]으로 하여금 각별하게 헤아리고 품지(稟旨)하여 시행하게 하소서. 연유를 갖추어 서면으로 아뢰니 분부를 내려주시기를 바랍니다.

○ 최진한(崔鎭漢, 1652~1740) 자 천경(天擎)

생애 정보는 논개 사적 산문과 부록의 우병사 참조. 아래 첫 번째 글은 최진한이 경상우병사(1721.2~1723.5 재임)로 부임한 해인 신축년(1721) 10월 창렬사에 봉안한 24위 중 21위의 증직(贈職), 재실과 전사청 창건, 논개 정표를 요청하기 위해 지어 경종(景宗) 임금에게 올린 장계이다.
두 번째 글은 최진한이 비변사의 지시에 따라 임인년(1722) 5월경 재실과 전사청 건립 계획을 미리 보고하면서 전년의 요청 사항 중 받아들여지지 않은 신위의 증직과 논개 정표 등을 다시 청원한 상소문이다. 한 해 전에 지은 글과 대비할 때 문장 구성이 매우 유사하다. 사당 중수, 재실·전사청의 창건과 관련해 최진한은 1723년 「사우중수후고유문」·「충민사치제문」·「창렬사치제문」(『충렬실록』 권2)을 지었다. 동년에 신명구(申命耈)는 「정충단사우중수비명」을, 하세응(河世應)은 「정충단사우중수기」를 각각 지었다.
세 번째 글은 최진한이 호군과 전라병사를 거쳐 경상좌병사가 된 이듬해인 병오년(1726) 5월 그때까지도 실행되지 않고 있던 논개 정표와 21위 증직의 윤허를 받기 위해 영조(英祖) 임금에게 올린 상소문이다. 자료 출처는 『승정원일기』 167책이고, 『충렬실록』 권1 〈16a~20b〉에도 실려 있다.

「請贈職定位次設齋室啓」〈정덕선 편, 『충렬실록』 권1, 24b~30b〉
(관직 추증, 위차 개정, 재실 설치를 청하는 글)

臣營所接矗石山城, 乃三去[1]壬辰癸巳年倭亂時, 失守被禍之所, 而中有忠愍彰烈賜額之兩祠. 忠愍, 卽壬辰戰亡晉州判官臣贈領議政金時敏, 單位牌所享之祠. 而彰烈, 卽癸巳戰亡慶尙右兵使臣贈右參贊崔慶會·忠淸兵使臣贈左贊成黃進·倡義使臣贈左贊成金千鎰·泗川縣監臣贈兵曺判書張潤, 同列幷享之祠. 及東廡, 第一位牌贈承旨倡義使從事官臣梁山璹·第二贈參議臣金象乾·第三巨濟縣令臣金俊民·第四奮義義兵將臣姜熙悅·第五鎭海縣令臣曺慶亨·第六判官臣崔琦弼·第七贈主簿義兵將臣兪晗·第八生員臣李郁·第九義兵將臣姜熙復·第十守門將臣張胤賢·第十一判官臣朴承男·第十二學生臣河繼先·第十三學生臣崔彦亮. 西廡, 第一位牌復讐義兵將臣高從厚·第二敵愾義兵將臣李潛·第三金海府使臣李宗仁·第四右兵虞侯臣成潁達·第五僉正臣尹思復·第六學生臣李仁民·第七義兵代將臣孫承善·第八主簿臣鄭惟敬·第九守門將臣金太白·第十學生臣朴安道·第十一宣務郎臣梁

---

1) 三去(삼거): 이 장계를 지은 임인년(1722)을 기준으로 임진년은 1592년, 1652년, 1712년 세 번이 있었다.

濟. 幷二十四諸臣位牌, 從享[2])之所. 事往後, 今至一百三十年之久, 稽考謄錄[3])與載蹟文字, 無一留傳. 而獨於矗石旌忠壇碑銘中, 考閱其略. (…中略…) 右錄諸臣義烈之首尾, 必已昭載于曾前請額[4])時, 啓狀中論列, 則更不可疊床擧論於此. 而今於兩祠, 亦不無未盡底事, 勢略陳所見區區. 上聞[5])之中, 宜無沒實之理, 不避猥越, 玆敢具由, 以備睿覽. 凡諸建院及立祠之所, 正廳外, 例有典祀廳與齋室者, 乃是成樣通行之常制. 是則不然, 正廳及東西廡廨外, 典齋兩室, 初不設立. 其在崇奬賜額之所, 非直瞻聆[6])之不成貌樣, 每於春秋設享之時, 祭需宰辦[7]), 旣無其地, 不得已假設帷幕而排設. 或當風雨之時, 則仍未免沾濕苟艱[8])之患. 至如諸執事祭員, 亦無留着入齋之所, 避雨者, 散接於稍遠閭家. 俎豆設享之所, 安有若是之理? 典護一節, 旣無典僕[9]), 中雖欲別定雇卒以得守直, 雇卒者, 無室可接. 常不能護直於其所, 空山古祠, 戶牖[10])荒凉, 識者之興歎, 固已久矣. 祭服鋪陳[11])及多少器用, 擧皆不成儀式. 今若從其未備欲爲成樣, 則固當分定各邑,

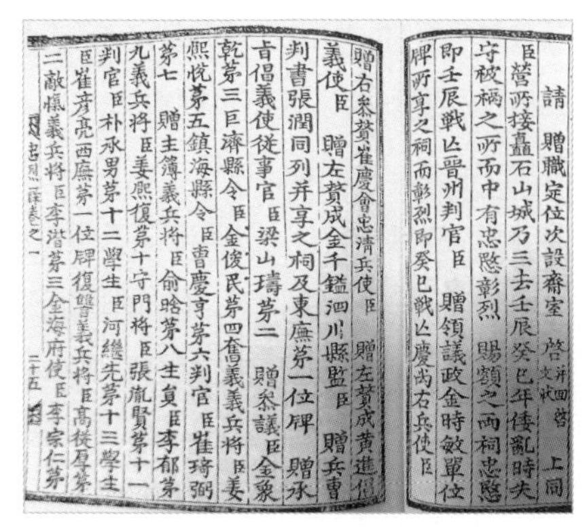
請 贈職定位次設齋室 啓 并四啓文狀 上同
臣營所接矗石山城乃三去壬辰癸巳年倭亂時失
守被禍之所而中有忠愍彰烈 賜額之兩祠忠愍
即壬辰戰亡晋州判官臣 贈領議政金時敏單位
牌所享之祠而彰烈即癸巳戰亡慶尙右兵使臣
贈右叅贊崔慶會忠淸兵使臣 贈左贊成黃進倡
義使臣 贈左贊成金千鎰泗川縣監臣 贈兵曹
判書張潤同列并享之祠及東廡第一位牌 贈承
旨倡義使從事官臣梁山璹第二 贈叅議臣金象
乾第三巨濟縣令臣金俊民第四奮義義兵將臣姜
熙悅第五鎭海縣令臣曺慶亨第六判官臣崔琦弼
第七 贈主簿義兵將臣俞晗第八生員臣李郁第
九義兵將臣姜熙復第十守門將臣張胤賢第十一
判官臣朴承男第十二學生臣河繼先第十三學生
臣崔彦亮西廡第一位牌復讐義兵將臣高從厚第
二敵愾義兵將臣李潛第三金海府使臣李宗仁第
忠烈實錄卷之一 二十五

최진한, 「청증직정위차설재실계」, 『충렬실록』 권1, 24b~25a.

---

2) 從享(종향): =배향(配享).

3) 謄錄(등록): 등사한 기록. '謄'은 베끼다.

4) 請額(청액): 정사호의 「청진주창렬사액계」를 말함.

5) 上聞(상문): 어떤 사실이나 이야기를 임금에게 들려 드림.

6) 瞻聆(첨령): 보고 들음. '瞻'은 우러러보다. '聆'은 듣다.

7) 宰辦(재판): =성재(省宰). 제사에 쓰기 위해 잡은 가축, 곧 희생(犧牲). '宰'는 잡다.

8) 苟艱(구간): 소홀하고 간략함, 몹시 구차하고 가난함.

9) 典僕(전복): 해당 관아에 소속된 노복(奴僕).

10) 戶牖(호유): 봉호옹유(蓬戶甕牖)의 준말로 곧 선비의 거처. '戶'는 출입문. '牖'는 들창.

11) 鋪陳(포진): 바닥에 깔아 놓은 방석, 요, 돗자리 따위를 통틀어 이르는 말.

以致幷力之便, 本道灾荒尤甚之時, 各邑之別役進排[12], 亦極難. 便當自臣營某条[13]拮据[14], 以補不足計料[15]. 盖以東西廡列位牌面題職名, 而言之. 則只於三位牌, 有贈職, 其外二十一位牌, 則無贈職之. 中唯以學生題之者, 亦非一再, 終無一官之名, 雖未知恩頒舊章輕重之何居目, 今從所見論之. 則二十四諸臣, 皆以捨生取義, 同日殉國而同享於一廡之中, 則恩典褒贈[16], 似無彼此異同之理, 敢以臣淺慮臆料, 則徃昔題牌時, 各以常號題之之後, 漸成年久, 無人提起而上聞, 致此仍循[17]之弊. 若以事係久遠, 終不變通[18], 一使忠魂義魄等, 無職之位牌. 偏未蒙聖世褒贈之典, 則非但爲千百載嶺俗之慨惜, 在於崇奬激勸之道, 或近於取舍之別. 賜額時, 擧行謄錄, 更令考閱, 後似不無變通之端. (…下略…) 幷只以此辭緣, 先爲稟報[19]于備邊司. 題[20]送內, "今此所報, 實係褒揚義烈之擧, 以此意啓聞[21], 以爲自該曺[22]覆奏[23]施行之地回下[24]". 玆敢馳啓, 令廟堂稟處[25], 詮次[26]善啓[27].

12) 進排(진배): 물건을 진상함.

13) 某条(모조): 이두식 표현으로 독음은 '못조', 뜻은 '아무쪼록'. 아무 조목.

14) 拮据(길거): 힘써 일함. 유래는 신호성(1906~1974)의 「의기사중건기」 참조.

15) 計料(계료): 헤아림. '料'는 헤아리다.

16) 褒贈(포증): 벼슬아치의 공로를 인정하여 관계(官階)를 높여주던 일.

17) 仍循(잉순): =인순(因循). 관례를 그대로 따름. '仍'은 그대로 따르다. '循'은 좇다.

18) 變通(변통): 형편이나 경우에 따라 융통성 있게 처리함.

19) 稟報(품보): 관청이나 윗사람에게 보고함, 상신함.

20) 題(제): 회제(回題)를 말함, 곧 아뢴 내용에 대한 회답.

21) 啓聞(계문): 관찰사, 목사, 어사 등이 임금이나 조정에 상주함.

22) 該曺(해조): 해당 관청, 곧 예조. '曺'는 조(曹)의 속자.

23) 覆奏(복주): 다른 관아에서 보내온 공문을 검토하여 상주(上奏)함.

24) 回下(회하): 임금이 신하가 올린 안건에 대해 살펴서 답변을 내리는 일.

25) 稟處(품처): 임금이나 윗사람에게 여쭈어서 처리함.

26) 詮次(전차): 연유나 까닭, 또는 형식과 절차를 갖추어 말하는 것.

27) 善啓(선계): 임금에게 서면으로 아뢰는 일을 높여 이르는 말임. 1433년 9월 이조의 건의에 따라 세종이 '선신(善申)'을 '선계(善啓)'로, '신문(申聞)'을 '계문(啓聞)'으로 바꿨다. 『세종실록』 〈1433.9.11〉.

번역 신(臣)의 병영에 접한 촉석산성은 곧 세 번 지나간 임진·계사 년 왜란 때 지키지 못하여 화를 입은 곳으로, 성안에는 충민(忠愍)과 창렬(彰烈)의 사액을 받은 두 사당이 있습니다.

충민사는 곧 임진년에 전사한 진주판관 증 영의정 신(臣) 김시민(金時敏)의 단독 신위를 향사하는 사당입니다.

창렬사는 곧 계사년에 전사한 경상우병사 신(臣) 증 우참찬 최경회(崔慶會), 충청병사 신(臣) 증 좌찬성 황진(黃進), 창의사 신(臣) 증 좌찬성 김천일(金千鎰), 사천현감 신(臣) 증 병조판서 장윤(張潤)을 같은 줄에 함께 제향하는 사당입니다.

그리고 동무(東廡)는 제1의 위패가 증 승지 창의사 종사관 신(臣) 양산숙(梁山璹)·제2위는 증 참의 신(臣) 김상건(金象乾)·제3위는 거제현령 신(臣) 김준민(金俊民)·제4위는 분의장 신(臣) 강희열(姜熙悅)·제5위는 진해현령 신(臣) 조경형(曺慶亨)·제6위는 판관 신(臣) 최기필(崔琦弼)·제7위는 증 주부 신(臣) 유함(兪晗)·제8위는 생원 신(臣) 이욱(李郁)·제9위는 의병장 신(臣) 강희복(姜熙復)·제10위는 수문장 신(臣) 장윤현(張胤賢)·제11위는 판관 신(臣) 박승남(朴承男)·제12위는 학생 신(臣) 하계선(河繼先)·제13위는 학생 신(臣) 최언량(崔彦亮)입니다.

서무(西廡)는 제1의 위패가 복수의병장 신(臣) 고종후(高從厚)·제2위는 적개의병장 신(臣) 이잠(李潛)·제3위는 김해부사 신(臣) 이종인(李宗仁)·제4위는 우병후 신(臣) 성영달(成穎達)·제5위는 첨정 신(臣) 윤사복(尹思復)·제6위는 학생 신(臣) 이인민(李仁民)·제7위는 의병대장 신(臣) 손승선(孫承善)·제8위는 주부 신(臣) 정유경(鄭惟敬)·제9위는 수문장 신(臣) 김태백(金太白)·제10위는 학생 신(臣) 박안도(朴安道)·제11위는 선무랑 신(臣) 양제(梁濟)입니다. 모두 24명의 여러 신하의 위패를 배향하는 장소입니다.

일이 지나간 뒤로 지금 130년이나 오래되어 참고할 등사 기록과 사적을 기록한 문자가 하나도 전해지지 않는데, 유독 촉석정충단비명(矗石旌忠壇碑銘)에서 그 대략을 살펴볼 수 있습니다. (…중략…)[28]

위에 수록한 여러 신하의 의열(義烈)에 대한 시말은 이미 옛날 사액을 청할 때 소상히 실려 있습니다. 장계에서 논하고 나열한 것은 여기에 중복해서 거론하는 것은 옳지 못합니다. 그러나 지금 두 사당에 역시 미진한 사정이 없지 않으므로 자질구레한 소견이나마 간략하게 진술합니다. 임금님께서 들으실 때 마땅히 사실에 맞지 않는 이치는 없을 터이지만, 분수의 지나침을 무릅쓰고 이에 감히 사유를 갖추어 임금님의 열람에 대비하고자 합니다.

무릇 모든 원을 건립하고 사당을 세우는 장소에 정청(正廳) 말고도 별도로 전사청(典祀廳)과 재실(齋室)을 두는데, 곧 이는 모양새를 이룰 때 통용하는 일반적인 제도입니다. 이곳은 그렇지 않아 정청과 동서무 말고 전사청과 재실의 두 집은 처음부터 설립하지 못하였습니다. 그곳이 사액(賜額)의 취지를 숭상하는 장소인데도 사람들이 보고 듣기에 모양새를 이루지 못할 뿐만 아니라 매년 봄가을로 제향을 올릴 때 제수와 희생(犧牲)을 준비할 장소가 없어 부득이 임시로 장막을 설치하였습니다. 혹 비바람을 만나면 습기가 배고 예법이 소홀해지는 근심을 면하지 못하였습니다. 그리고 집사와 제사 참석자 역시 머물다가 들어갈 곳이 없어 비를 피하여 약간 먼 민가(民家)로 이리저리 옮기니, 제사를 받드는 장소에 어찌 이와 같은 이치가 있단 말입니까?

주관하여 지키는 일에 있어서 한결같이 하인이 없었습니다. 도중에 따로 고용 군졸을 두어 지키게 하려고 해도 고용한 군졸이 거처할 집이 없으니 항상 그곳에서 보살피고 지킬 수가 없었습니다. 빈 산의 옛 사당은 문과 창이 황량하여 식자들의 탄식을 일으키게 한 지도 참으로 오래되었습니다.

제복(祭服), 포진(鋪陳), 다소의 제기(祭器) 용법이 대부분 의식(儀式)을 갖추지 못하였습니다. 지금에 만약 그 미비한 것을 따라서 모양새를 이루고자 한다면 마땅히 각 고을에 나눠 배정하여 힘을 합치는 방편에 도달해야 합니다. 본도는 재해와 흉년이 더욱 심한 때이므로 각 고을에 별도의 부역을 배정하거나 물품을 진상하게 하는 일 또한 지극히 어렵습니다. 그러므로 응당 신(臣)의 병영에서부터 아무쪼록 매우 힘써 부족한 것을 보충할 생각입니다.

대개 동서무에 줄지은 신위의 패면(牌面)에 적힌 관직명에 대하여 말씀드

28) 생략 부분은 이민서의 「진주촉석정충단비명」으로 서예원의 비겁 행위와 진주성의 참혹상은 삭제했고, 창렬사 제향 인물 이후의 내용은 본 글의 앞부분에 기술했으므로 생략했다.

리겠습니다. 세 분의 위패에만 증직이 있고,[29] 나머지 스물한 분의 위패에는 증직이 없습니다. 그중에 오직 학생(學生)이라 쓴 것도 한둘이 아닌데 끝내 한 가지 관직 이름조차 없습니다. 비록 은전을 반포한 옛 법도의 경중 어떤 것에 눈을 두어야 할지는 알지 못하나 지금 본 바를 따라서 논해보겠습니다. 곧 24위의 모든 신하가 모두 생을 버리고 의를 취하고서 한 날에 순국해 하나의 사우 안에서 같이 제향을 받고 있고, 그렇다면 포상하고 증직하는 은전(恩典)도 피차에 같고 다른 이치가 없어야 할 것입니다.
감히 신의 얕은 견해로 억측해본다면, 옛날 위패를 쓸 때 각각 보통 부르는 칭호를 쓴 뒤로 점점 세월이 오래되어 가는 동안 논의를 제기하여 임금님께 알리는 사람이 없었으므로 이렇게 전례를 따르는 폐단에 이르게 된 것입니다.

만일 일이 멀고 오래된 까닭에 끝내 변통하지 못한다면, 충혼의백(忠魂義魄)들로 하여금 한결같이 관직이 없는 위패가 되게 할 것입니다. 더욱이 성세에 포증의 은전을 입지 못한다면, 영남의 천백 년 풍속상 개탄스럽고 애석한 일일 뿐만 아니라 숭상하고 격려하며 권면하는 도리에 있어서 차별적인 취사선택에 가깝다고 할 것입니다. 사액할 때 거행한 등사 기록을 다시 살펴보시면 뒤에 변통할 단서가 없지 않을 듯합니다. (…하략…)[30]

아울러 다만 이러한 사연으로 먼저 비변사에 상신하였습니다. 회신하신 글에서 "지금 이렇게 알리는 것은 실제 의열을 포양(褒揚)하는 일에 관계되니, 이러한 뜻으로 계문(啓聞)하면 해당 관청[예조]에 상주하여 임금의 답변을 받아 시행하겠다." 하였습니다.

이에 감히 감히 급히 알리오니, 비변사에서는 상부에 알리고 절차를 밟아 임금께 보고하여 주시기 바랍니다.[31]

---

29) 동서무 24신위 중 동무의 양산숙, 김상건, 유함 3위만 증직이 있었다는 뜻이다.

30) 생략 부분은 논개 정려에 관한 내용인데 본서 논개 순국 산문(247~251쪽)에 수록했다.

31) 이 장계에 대해 비변사는 1722년 2월경 제복, 포진, 제기를 각 고을에 분정하도록 했다. 반면에 전사청과 재실은 풍년이 되기를 기다려 건립하고, 24신위는 순국 사실을 자세히 파악한 뒤 은전을 베푸는 것이 타당하다고 했으며, 논개는 우병영에서 증빙할 만한 문적을 찾아보도록 조치했다. 「비변사관문」, 『충렬실록』 권1 참조.

「兩祠宇修改先報備邊司狀」〈정덕선 편, 『충렬실록』 권2, 1a~4b〉

(두 사우를 고치기로 하고 먼저 비변사에 보고한 문서)

忠烈實錄卷之二
狀
兩祠宇修改先報備邊司狀　兵使崔鎭漢
兵使所接矗石山城乃三去壬辰癸巳兩年間倭變
時失守被禍之所而城中有　忠愍彰烈　賜額之
兩祠忠愍卽壬辰戰亡晉州判官　贈領議政金時
敏單位所享祠而彰烈卽癸巳戰亡慶尙右兵使
贈右參贊崔慶會忠淸兵使　贈左贊成黃進倡義
使　贈左贊成金千鎰泗川縣監　贈兵曹判書張
潤并享之祠東廡十三位西廡十一位諸臣從享之
所事往後已至一百三十年之久稽考謄錄及記蹟

최진한, 「양사우수개선보비변사장」, 『충렬실록』 권2, 1a.

兵使所接[32]矗石山城, 乃三去壬辰癸巳兩年間倭變時, 失守被禍之所, 而城中有忠愍·彰烈賜額之兩祠. 忠愍, 卽壬辰戰亡晉州判官贈領議政金時敏, 單位所享祠. 而彰烈, 卽癸巳戰亡慶尙右兵使贈右參贊崔慶會·忠淸兵使贈左贊成黃進·倡義使贈左贊成金千鎰·泗川縣監贈兵曹判書張潤, 幷享之祠. 東廡十三位, 西廡十一位諸臣. 從享之所, 事往後已至一百三十年之久, 稽考謄錄及記蹟文字, 無一傳留, 昔事顚末, 今難憑據[33]. 而旣在於賜額許享之後, 則事蹟輕重之如何等節, 更無擧論之道. 槪以聖世一視文武·崇奬節義之道, 言之, 則今玆兩祠, 亦與斯文建院之各所, 宜無異同. 瞻審本院之設位形止[34], 則所謂祭員所接齋室及典祠廳, 初無設置之事, 典守[35]隷僕, 亦無一人定置之例. 春秋設享時, 數多祭員, 留着於林藪之下, 或逢風雨, 則避留於稍遠閭家, 祭需宰辦, 不得已排張於樹陰及遮帳之下. 如遇風雨時, 則添濕苟艱之狀, 每每必然. 常時則典護無人, 空山古祠, 戶牖荒凉, 識者之興歎, 固已久矣. 齋室與典祠廳幷十餘間, 守僕[36]所接四五間等廨舍, 所立物財磨鍊, 則多不過二百貫錢·數十石米. 兵使之殘營形勢, 是亦難辦. 今若分定於列邑, 則定監色[37]擧行之間, 恐近煩擾[38]之弊. 故自本營某條拮据, 期於成樣

32) 所接(소접): 「청증직정위차설재실계」처럼 '營所接'이라 해야 의미가 분명해진다.
33) 憑據(빙거): 근거로 함. '憑'은 의지하다.
34) 形止(형지): 어떤 사실의 전말, 일이 되어 가는 모양.
35) 典守(전수): 원지기나 묘지기.
36) 守僕(수복): 단묘(壇廟)와 능침(陵寢)의 소제를 맡은 자.

計料. 至於典僕, 無責立[39]之路, 當以募得有根着可合者, 使之守護, 名之曰守僕. 依防軍[40]例, 每朔[41]軍木三疋式上下[42]. 或有支保不足之道, 亦令本州每秋給復[43]貳拾結, 以爲永久典護之便, 則庶可免埋沒之歎. 祠春秋設祭時, 祝文塡寫[44]事例相考, 則或有以西爲首之祝辭, 又或有以東爲首之例. 前後擧行不一其規, 此不過未詳『禮經』[45]之本意. 從今以後, 一依禮文以西爲首之意,[46] 別爲定規, 何如? 祠東西列, 從享中, 有未盡底道理. 雖未知恩頒舊章輕重之如何, 今以近來草野寒品[47]之類, 言之. 或有名節表著, 上徹天聽[48]之事, 則必至於贈職而旌其門. 激勸綱常之意者, 盖由於此今. 此恩賜其額, 又許俎豆之所, 則其與閭巷之標, 尤有公私之別. 從享諸臣位牌, 或有只以行職[49]題之, 或有只以加資[50]題之, 或有只以學生題之, 終無一官之名, 居半[51]皆然. 間或有贈之

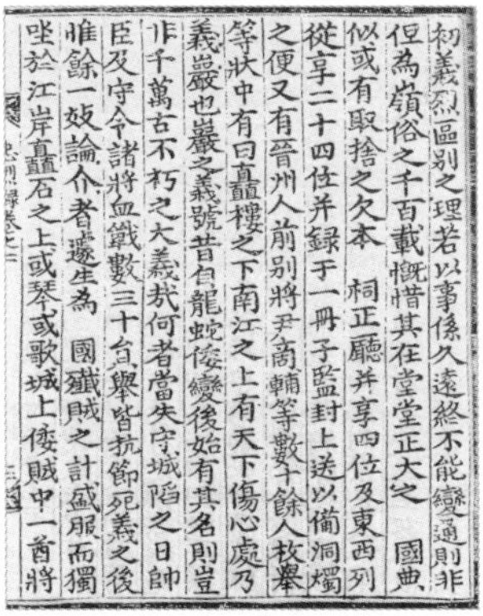
初義烈區别之理若以事係久遠終不能變通則非
但爲嶺俗之千百載慨惜其在堂堂正大之 國典
似或有取捨之欠本 祠正廳并享四位及東西列
從享二十四位并録于一冊子監封上送以備洞燭
之便又有晉州人前别將尹商輔等數十餘人枚擧
等狀中有曰矗樓之下南江之上有天下傷心處乃
義巖也巖之義號昔自龍蛇倭變後始有其名則豈
非千萬古不朽之大義哉何者當失守城陷之日帥
臣及守令諸將血戰數三十合擧皆抗節死義之後
惟餘一妓論介者遂生爲 國讎賊之計盛服而獨
坐於江岸矗石之上或琴或歌城上倭賊中一酋將

최진한, 「양사우수개선보비변사장」, 『충렬실록』 권2, 3a.

37) 監色(감색): 감관(監官)과 색리(色吏), 곧 감독하는 관리나 일을 맡은 아전.

38) 煩擾(번요): 번거롭고 요란스러움. '擾'는 어지럽다.

39) 責立(책립): 부역을 세움, 필요한 인원이나 마소 따위를 책임지고 차출하던 일.

40) 防軍(방군): 방군포(防軍布)를 말함. 방수군(防戍軍)의 보인(保人)이 내는 보포(保布). 보포는 양인에게 군역을 면제해 주는 대가로 거두어들이던 베나 무명.

41) 每朔(매삭): =삭하(朔下). 다달이 주는 급료.

42) 上下(상하): 이두식 표현으로 독음은 'ᄎᆞ하, 차하'. 뜻은 '지출하다, 치러주다'.

43) 秋給(급복): =복호(復戶). 나라에서 조세와 부역을 면제함.

44) 塡寫(전사): 글로 적음. '塡'은 채우다.

45) 『禮經(예경)』: 주자가 편찬한 『의례경전통해(儀禮經傳通解)』를 말함.

46) 『주자가례』 「통례」, "당나라에 이르러서는 태묘와 뭇 신하의 가묘가 다 지금과 같게 되었는데 서쪽을 위로 삼았다.[至唐, 太廟及群臣家廟, 悉如今制, **以西爲上**也]".

47) 寒品(한품): 한미한 집안. '品'은 종류, 등급.

48) 天聽(천청): 임금의 귀, 임금의 생각과 판단, 상제가 들음.

49) 行職(행직): 품계에 비해 낮은 관직.

50) 加資(가자): 정삼품 통정대부 이상의 품계를 올림.

位, 是則戰亡外有他別贈之典. 百年前事, 有未可知, 目今從所見論之, 則皆以戰亡忠臣, 一廡同享之間, 有何贈職與不贈輕重相殊之理乎? 敢以淺見臆料, 則年久以來, 猶未登上聞, 致玆仍循之弊. 抑或[52]有當初義烈區別之理, 若以事係久遠, 終不能變通, 則非但爲嶺俗之千百載慨惜, 其在堂堂正大之國典, 似或有取捨之欠. 本祠正廳幷享四位[53]及東西列從享二十四位, 幷錄于一冊子, 監封[54]上送, 以備洞燭[55]之便. (…下略…) 枚擧幷以敢此牒報[56], 備邊司回題[57]內. 今此所報, 實係褒揚義烈之擧, 不可但已以此啓聞[58], 以爲自該曹覆奏[59]施行之地.

번역 병사(兵使)의 (병영에) 접한 촉석산성은 곧 세 번 지나간 임진·계사 2년간의 왜란 때 지키지 못하여 화를 입은 곳으로, 성안에는 충민(忠愍)과 창렬(彰烈)의 사액을 받은 두 사당이 있습니다.

충민사는 곧 임진년에 전사한 진주판관 증 영의정 김시민(金時敏)의 단독 신위를 향사하는 사당입니다. 창렬사는 계사년에 전사한 경상우병사 증 우참찬 최경회(崔慶會), 충청병사 증 좌찬성 황진(黃進), 창의사 증 좌찬성 김천일(金千鎰), 사천현감 증 병조판서 장윤(張潤)을 함께 제향하는 사당입니다. 사당의 동무(東廡)에 13위가, 서무(西廡)에 11위가 있습니다.

제향하는 장소는 사변(事變) 이후 벌써 130년의 오랜 세월에 이른지라 상고할 사본이나 사적을 기록한 문자가 온전히 전해지지 않아 지금에 옛일의 전말

---

51) 居半(거반): 절반. '居'는 차지하다.

52) 抑或(억혹): 설령.

53) 四位(사위): 창렬사 정청에 봉안한 최경회, 황진, 김천일, 장윤의 신위.

54) 監封(감봉): 문서 따위의 내용을 감독하고 검사하여, 봉하고 도장을 찍음.

55) 洞燭(통촉): 아랫사람의 형편 등을 헤아려 살핌.

56) 牒報(첩보): 서면으로 상관에게 보고함.

57) 回題(회제): 아뢴 내용에 대한 회답.

58) 啓聞(계문): 관찰사, 목사, 어사 등이 임금이나 조정에 상주함.

59) 覆奏(복주): 다른 관아에서 보내온 공문을 검토하여 상주(上奏)함.

을 증거하기 어렵습니다. 기왕 사액을 내려 제향을 허락한 뒤이니 사적의 경중 여하 등에 대한 절차를 다시 거론할 이유는 없습니다. 대개 태평성대 때 문무(文武)를 하나로 본 것과 절의(節義)를 숭상한 도리로 말한다면, 지금 이 두 사당 또한 사림에서 세운 원우(院宇)와 마땅히 차이가 없기 때문입니다.

본 원우의 신위 설치와 그 전말을 살펴보면, 소위 제관이 머무는 재실(齋室)과 전사청(典祀廳)은 처음에 설치한 일은 없고, 창고지기나 하인 또한 한 사람도 정하여 배정한 예가 없었습니다. 봄가을 제향을 올릴 때 제관들이 숲 아래에 머물렀고, 혹 비바람을 만나면 다소 먼 민가에 피하여 머물렀으며, 제수와 희생(犧牲)을 부득이 나무 그늘과 장막 아래에 벌여놓아야 하였습니다. 만일 비바람을 만나면 습기가 배어들고 예법이 소홀해지는 상황은 매번 필연적이었습니다. 평소 주관하여 지키는 사람이 없어 빈 산의 옛 사당은 문과 창이 황량하여 식자들의 탄식을 일으키게 한 지도 참으로 오래되었습니다.

재실(齋室)과 전사청(典祀廳)을 합쳐 십여 칸과 수호하는 하인이 거처할 네다섯 칸의 청사를 건립하는 데 마련해야 할 재물은 많아도 2백 관의 돈과 쌀 수십 섬을 넘지 않습니다. 병사(兵使)의 병영은 쇠잔한 형세라 또한 갖추기 어렵습니다. 지금 만일 여러 고을에 나누어 배정한다면 감독하는 관리와 아전을 책정하여 시행하는 사이에 번잡한 폐단이 가까이할까 두렵습니다. 그러므로 본영에서부터 아무쪼록 매우 힘써 기어코 제 모양새를 이룰 생각입니다.

하인들에게 책임을 맡길 방도가 없어 응당 뿌리 박고 살기에 적합한 자를 모집하여 수호하도록 하면서 '수복(守僕)'이라 이름 붙였고, 방군(防軍)의 사례에 따라 다달이 군포(軍布) 세 필씩을 지급하겠습니다. 지탱하고 보존함에 부족한 이치가 있으면 역시 본 고을로 하여금 해마다 가을에 조세와 부역을 면제하고 20결을 경감(輕減)하여 영구히 바르게 지키는 방편으로 삼도록 하고, 그렇게 되면 아마도 묻혀 사라지는 탄식은 면할 수 있을 것입니다.

사당에서 봄가을로 제사를 지낼 때의 축문(祝文)의 문장 사례를 상고하면 혹 서쪽을 위로 삼는 축사가 있고, 또는 동쪽을 위로 삼는 사례가 있습니다. 전후로 거행함에 통일된 규칙이 없으니, 이는 『예경』의 본뜻을 상세히 알지 못한 것에 지나지 않습니다. 지금 이후로는 예문(禮文)에서 서쪽을 위로 삼는다고 한 뜻에 오로지 의거하여 별도로 예규를 정하면 어떻겠습니까?

사당 동서(東西)로 줄지어 배향하는 가운데 미진한 도리가 있습니다. 비록 은전을 반포한 옛 법도의 경중이 어떠했는지를 알지 못하나 지금 근래에 초야의 한미한 집안 부류를 두고 말해보겠습니다. 혹 명망과 절의가 현저하여 위로 임금의 귀에 알려지는 일이 있으면 반드시 관직을 추증하고 그 집안을 정표하는 데까지 이르고 있습니다. 강상(綱常)을 격려하고 권장하는 뜻은 대개 여기에서 유래합니다.

지금 여기에 편액(扁額)을 은전으로 내리고 또 조두(俎豆)의 장소로 허락하였으니 곧 마을에 표방함과 더불어 더욱 공사(公私)의 구별이 있어야 할 것입니다. 배향하는 신하들의 위패에 혹 행직(行職)만 쓰거나 혹 가자(加資)만 쓰거나 혹 학생(學生)만을 써서 끝내 한 가지 관직의 이름조차 없는데 절반이 다 그렇습니다. 간혹 증직이 있는 위패의 경우는 전사자 말고도 다른 별증(別贈)의 은전이 있었습니다.

백 년 전의 일이기에 알 수 없으나 지금 본 바에 따라 논하면, 모두가 전사한 충신으로 한 사당에 함께 배향하는 사이인데 어찌 증직(贈職)과 부증(不贈)의 경중에 다른 이치가 있어야 하겠습니까? 감히 얕은 견해로 억측해본다면, 세월이 오래 지나오면서 임금께 들려 드리지 못함으로써 이렇게 전례를 그대로 따르는 폐단에 이르렀다고 하겠습니다. 설령 애초 의열(義烈)을 구별하는 이치가 있었더라도 만일 일이 오래된 탓에 끝내 변통(變通)하지 못한다면, 영남의 천백 년 풍속상 개탄스럽고 애석한 일일 뿐만 아니라 당당하고 정대한 국법 상에도 취사선택의 흠결이 있을 듯합니다.

본 사우의 정청(正廳)에 함께 배향하는 4위와 (창렬사) 동서로 줄지어 배향하는 24위를 한 책자에 아울러 기록하고 봉하여 올려보냄으로써 살펴보시는 편람으로 대비하고자 합니다. (…하략…)[60]

---

60) 생략 부분은 논개의 정려 포상을 논한 「청증직정위차설재실계」과 흡사하다.

낱낱이 들추어 아울러 감히 이렇게 보고하오니, 비변사(備邊司)는 회답을 주시기 바랍니다. 지금 이처럼 아뢰는 것은 실로 의열(義烈)을 포양하는 사례에 관계되니, 단지 이 계문(啓聞)에 그치지 않고 해당 관청[예조]에 상주하여 시행해야 할 것입니다.[61]

「請贈職疏」[62] 〈『승정원일기』 617책, 9a~12a〉(1726.5.16) **(증직을 청하는 상소)**

慶尙左兵使崔鎭漢疏曰 "伏以臣愚陋賤品, 決拾[63]末流, 地分卑微, 見識窾啓[64]. (…中略…) 臣, 於辛丑年, 待罪于本道右兵營, 右兵營卽三去壬癸[65]年, 倡義軍復矢[66]處. 而中有忠愍·彰烈賜額之兩祠, 年久之後, 未免頹圮. 故其時所見形止, 啓聞後修補. (…中略…) 而至於贈職一款, 竊有所未解者. 同時死事, 一體祭

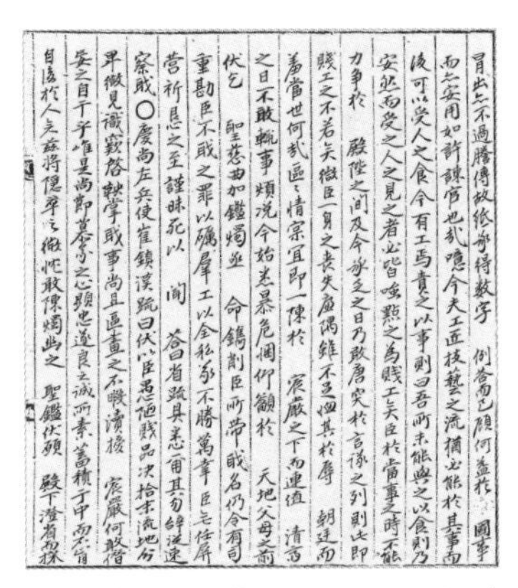

최진한, 「청증직소」(『승정원일기』 617책, 9a)

---

61) 1722년 5월경 이 장계를 받은 비변사는 예조를 경유해 전사청과 재실은 건립하되 위차 개정과 증직은 예전대로 시행하라는 회신을 받았다. 그리고 논개에 대해서는 그 자손들이 있는지를 찾아서 포상하라고 조치했다. 「비변사재관문」(『충렬실록』 권1). 이후 최진한은 논개의 자손이 없음을 확인하고 그달쯤 비변사에 보고했다. 「연보비변사문」(『충렬실록』 권1) 참조.

62) 제목 '청증직소'는 『충렬실록』 권1 〈16a~20b〉에서 따왔다.

63) 決拾(결습): 활 쏠 때 손에 끼는 도구, 곧 무인. '決'은 결(抉)과 동자로 깍지. '拾은 활을 쥐는 팔의 소매를 걷어 매는 띠, 팔찌.

64) 窾啓(관계): 학식이 얕음. '窾'은 비다. '啓'는 열다, 『장자』 「달생」, "지금 손휴(孫休)라는 자는 학식이 얕고 들은 것이 적은 백성이다.[今休, 款启寡聞之民也]"

65) 壬癸(임계): 『충렬실록』에는 '壬辰(임진)'으로 되어 있다.

66) 復矢(복시): 전쟁 중에 군사가 죽으면 옷을 구하기 힘들어 화살로 대신해 초혼함. 『충렬실록』에는 '伏矢(복시)'로 되어 있다.

祀, 而七人位牌, 崇其寵贈, 卄一名位, 則獨也蕭條, 或書行職, 或書義兵將, 或書生員, 或書學生. 此, 臣所以訝惑而未解者也. 夫諸臣取義, 旣不上下, 則朝家褒贈, 宜無異同. 而何取何舍, 或贈或不. 一視均典, 似不若是瞻聆嗟異, 當復如何? (…中略…) 乃於壬寅年, 以倂施褒贈之意, 枚擧馳啓. 則其時籌司[67]覆啓, 以爲同時立慬[68]之人, 多未蒙一體褒贈者, 當時朝議, 似或出於參酌取舍之意, 則到今過百年之後, 不可率爾輕議, 其說不行, 其事遂寢[69]. 臣誠慨惜, 而不能自已也. 臣請拈出[70]參酌取舍之語, 而明其不然. 夫事在疑信之間, 功有彼此之別然後, 始可參酌而取舍之矣. 彼諸臣殉國[71]之節, 旣無疑信於其間, 亦無彼此之可別, 則臣未知何以參酌而何以取舍乎. (…中略…) 及到晉營, 矗石之下·南江之上, 果有峭岩, 而義巖二字, 大刻其上. 臣訪於古老, 則乃是論介殺身殲賊之處. 而其所傳說, 頗與古記無異. 臣見其巖而聞其說, 不覺義膽之自激也. 噫, 當時之亂, 屈節賣身者, 不知其幾何人哉, 而孰謂[72]一娼妓能辦士君子所難乎? (…中略…) 如臣愚賤, 地卑言微, 前日再啓, 俱未得行, 則事不當更爲煩瀆[73]. 而且臣所管事務蝟[74]劇, 凡於恤軍賑飢之方, 尙未自遑, 則誠知此等事不急於目前·非關於分內. 而猶且不避

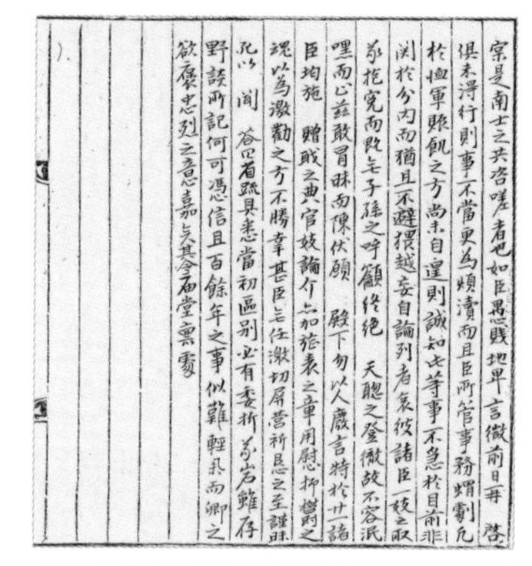

최진한, 「청증직소」(『승정원일기』 617책, 12a)

67) 籌司(주사): 비변사의 이칭. 비국(備局), 묘당(廟堂)이라고도 한다.

68) 立慬(입근): 절의를 위해 목숨 버림. '慬'은 용기가 있다. 『열자』 제8 「설부」, "이러함에도 복수하지 않으면 천하에 절의를 세울 수 없다[此而不報, 無以立慬於天下]".

69) 寢(침): 그치다, 잠자다.

70) 拈出(염출): 끄집어냄, 자구를 생각해 냄. '拈(념)'은 집다.

71) 殉國(순국): 『충렬실록』에는 '死節(사절)'이고, 이하 문자가 일부 누락됨.

72) 謂(위): 생각하다, 일컫다.

73) 煩瀆(번독): 너저분하게 많고 더럽다. '瀆'은 더럽다, 버릇없다.

74) 蝟(위): 운집하다.

猥越[75], 妄自論列者, 哀彼諸臣一妓之取義抱寃, 而旣無子孫之呼籲[76], 終絶天聰之登徹[77]. 故不容泯嘿[78]而止, 玆敢冒昧而陳, 伏願殿下, 勿以人廢言[79], 特於卄一諸臣, 均施贈職之典. 官妓論介, 亦加旌表之章, 用慰抑鬱之魂, 以爲激勸之方, 不勝幸甚. 臣無任激切[80]屛營[81]祈懇之至, 謹昧死[82]以聞. 答曰 "省疏具悉. 當初區別, 必有委折. 義岩雖存, 野談所記, 何可憑信? 且百餘年之事, 似難輕擧. 而卿之欲褒忠烈之意, 嘉矣, 其令廟堂, 稟處".[83]

번역 경상좌병사(慶尙左兵使) 최진한(崔鎭漢)이 상소하기를, "삼가 아뢰건대 신(臣)은 어리석고 미천하며 말석에 있는 무관으로 지위가 낮고 식견이 좁습니다. (…중략…)[84]

신(臣)이 신축년(1721)에 본도의 우병사 직책을 맡고 있었는데, 우병영은 바로 세 번 지나간 임진왜란 때 창의군이 온몸에 화살을 맞은 채 죽어간 곳입니다. 이곳에는 충민·창렬의 두 사액 사당이 있는데, 세월이 오랜 지난 뒤라 퇴락하였습니다. 그런 까닭에 당시 본 상황을 장계로 보고한 뒤 보수하였습니다. (…중략…)[85]

그러나 증직(贈職)의 한 조목에 대해서는 제가 이해할 수 없는 점이 있습니

75) 猥越(외월): 분수에 지나침.
76) 呼籲(호유): 호소함, 임금에게 아룀. '籲'는 부르짖다, 부르다.
77) 登徹(등철): 임금에게 상소문을 올리던 일.
78) 泯嘿(민묵): 입을 다물고 말을 하지 않음. '泯'은 망하다. '嘿'은 입 다물다.
79) 以人廢言(이인폐언): 정당한 건의를 묵살함. 『논어』「위령공」, "군자는 말만 잘한다고 해서 그 사람을 높이 평가하지 않고, 사람이 형편없다고 해서 그의 좋은 말까지 버리지는 않는다.[君子不以言擧人, 不**以人廢言**]"
80) 激切(격절): 말, 글 등이 격렬하고 절실함.
81) 屛營(병영): 두려워하는 모양. '屛'은 두려워하다. '營'은 왔다 갔다 하는 모양.
82) 昧死(매사): 죽음을 무릅씀, 어리석어 죽을죄를 범함.
83) 인용 부분은 『충렬실록』(20b~21a)에 '批附'라 하여 별록되어 있다.
84) (…중략…)은 상소문 양식상 임금에게 상소하는 취지를 겸손하게 말한 대목이다.
85) (…중략…)은 「청증직정위차설재실계」에서 보인 것처럼 사당의 28신위를 열거하고 여전히 21신위에게 증직이 없음을 적시한 대목이다.

다. 동시에 죽은 일로 함께 제사 지내면서 7인의 위패는 기려 융숭한 증직을 하였는데, 21명의 위패에는 유독 쓸쓸하게도 행직(行職)을 쓰거나 의병장(義兵將)이라 쓰거나 생원(生員)이라 쓰거나 학생(學生)이라 썼습니다. 이 점이 신(臣)이 의아스러워하고 이해할 수 없는 것입니다. 저 여러 신하가 의리를 취함에 높고 낮지 않으니 조정에서 증직을 베푸는 것도 마땅히 다름이 없어야 합니다. 그런데 무엇은 취하고 무엇은 버렸으며, 어떤 이는 추증하고 어떤 이는 그렇지 않습니다. 모두를 하나로 보고 균등하게 베푸는 은전은 보고 듣는 이가 탄식하며 괴이하게 여기는 것보다 나을 듯하니 마땅히 어떻습니까? (…중략…)86)

지나간 임인년(1722)에 아울러 증직(贈職)을 베풀어 달라는 뜻으로 낱낱이 거론하여 장계를 올렸습니다. 그때 비변사의 회답서에서, 같은 때 순절한 사람으로서 다수가 한 몸처럼 추증받지 못한 것은 당시 조정의 논의로 보아 참작하여 취사한[參酌取舍] 뜻에서 나온 듯한데, 지금 백 년이 지난 뒤에 경솔하게 논의할 수 없다고 하여 그 주장이 시행되지 않아 그 일은 결국 중지되었습니다.

신(臣)은 참으로 개탄스럽고 애석하여 스스로 그만둘 수가 없습니다. 그래서 신은 참작하여 취사한 말을 끄집어내어 그렇지 않다는 것을 밝히려 합니다. 무릇 사실은 의혹과 신뢰 사이에 있으니, 공은 피차를 구별한 다음에 비로소 참작하여 취사할 수 있습니다. 저 여러 신하가 순국한 절의는 이미 의혹과 신뢰 사이에 없고 또한 피차의 구별도 없으니, 신은 무엇으로 참작(參酌)하고 무엇으로 취사(取舍)하였는지 모르겠습니다. (…중략…)87)

진주(晉州) 병영에 도착하였을 때 촉석루 아래의 남강 가에 과연 가파른 바위가 있었는데, '義巖'이라는 두 글자가 바위 위에 크게 새겨져 있었습니다. 신이 원로에게 문의하니 바로 논개(論介)가 자신의 목숨을 바쳐 왜적을 죽인 곳이라 하였습니다. 전하는 이야기가 자못 옛 기록과 다름이 없었으니, 신은

---

86) (…중략…)은 고종후, 이잠 등이 증직 은전을 받은 신하들에 뒤지지 않는 공적이 있음을 언급한 대목이다.

87) (…중략…)은 「진주촉석정충단비명」, 『어우야담』의 기록이 믿을 만한 역사적 사실이므로 증직과 정표의 근거로 삼아야 한다는 내용이다.

바위를 보고 그 이야기를 듣자 저도 모르게 의로운 마음이 격동하였습니다. 아, 당시의 전란에 절개를 굽혀 자신을 판 자가 얼마인지 알 수 없지만, 누군들 일개 창기(娼妓)가 사군자(士君子)도 어렵게 여기는 일을 능히 해낼 줄을 생각이나 했겠습니까? (…중략…)[88]

신(臣)처럼 어리석고 미천하며 지위가 낮고 말이 미미한 자가 과거에 두 번이나 아뢰었지만 모두 시행되지 않았으니 다시 버릇없이 번거롭게 해서는 안 될 것입니다. 그리고 신이 관장하는 직무가 몹시 번잡하여 군사를 어루만지고 굶주린 백성을 구제하는 방도에 오히려 겨를이 없고, 참으로 이런 일은 목전에 급하지 않고 직분에 관계된 일도 아니라는 것을 알고 있습니다. 그런데도 오히려 외람됨을 피하지 않고 함부로 논의를 펼치는 까닭은 애달프게도 저 여러 신하와 한 기생이 의로움을 행한 뒤 원통함을 품게 되었는데도 호소하는 자손이 없어 끝내 성상께 상소문을 올리는 길이 끊어졌기 때문입니다. 그러므로 침묵하며 그만둘 수가 없어 이에 감히 몽매함을 무릅쓰고 아뢰는 것입니다.

삼가 바라옵건대 전하께서는 미천한 사람이라 해서 제 말씀을 버리지 말고 특별히 21명의 신하들에게 증직(贈職)의 은전을 균등하게 시행하여 주옵소서. 관기 논개(論介)에게도 정려를 표창하는 글을 더함으로써 억울한 넋을 위로하고 격려하며 북돋우는 방도로 삼으신다면 그보다 큰 다행은 없겠습니다. 신(臣)은 그지없이 간절하고 떨리는 심정을 가누지 못한 채, 삼가 죽음을 무릅쓰고 아룁니다." 하였다.

비답(批答)에 이르기를, "소를 살펴보고 다 알았다. 당초에 구별한 것은 반드시 자세한 곡절이 있었을 터이다. 의암이 비록 있더라도 야담에서 기록한 것이니 어찌 믿겠는가? 또 백여 년이 지난 일이니 가볍게 거론하기 어려울 듯하나 경이 충렬을 포상하려는 뜻은 가상하다. 비변사로 하여금 상부에 알리게 해서 처리하도록 하겠다."라 하셨다.

88) (…중략…)은 왕씨 여인이 설인고를 배반한 방지선을 칼로 찔러 죽여 숭의부인으로 책봉된 사실, 『어우야담』과 의암의 의미를 간략히 언급한 부분이다.

○ 신명구(申命耉, 1666~1742) 자 국수(國叟), 호 남계(南溪)

본관 평산. 인동 약목리(若木里, 현 칠곡군 약목면 소재) 출생. 1658년 흑룡강 나선정벌 때 전공을 세우고 또 통제사를 지낸 신류(申瀏, 1619~1680)의 차남인데, 자세한 가계는 종질인 우병사(1698) 신익념 참조. 그는 1691년 생원 진사시에 모두 합격했으나 문과에는 낙방해 뜻을 얻지 못했다. 1717년 봄부터 지리산 덕천동에 모옥을 지어 당호로 '방록취은(方麓醉隱)'을 내걸고 우거하며 조식의 유풍을 깨우치고 시주(詩酒)를 즐겼다. 10년간 세상을 피한 이면에는 '경신대출척'으로 피살된 부친의 원통함이 있었다. 1726년 고향으로 돌아가 인근 두계(杜溪) 남쪽의 '반졸와(返拙窩)'에서 후학을 가르치며 여생을 보냈다. 1735년 덕천서원 원장에 취임했고, 이재·이만부·이광정·권만·하세응 등과 친했다.
아래의 비명은 계묘년(1723) 4월 작이고, 신명구가 지리산 자락에 머물 때 지은 「유두류일록(遊頭流日錄)」(1719.5), 「유두류속록」(1720.4), 「유금산일록(遊錦山日錄)」(1723.10)이 『남계집』 권3에 실려 있다.

「旌忠壇祠宇重修碑銘 幷序」1)

(정충단사우중수비명 병서)

정충단사우중수비(1723). ©2012.7.16

粵在龍蛇之變, 晉陽一城, 以百雉2)殘堞, 當海寇猖獗之勢, 能蔽遮湖嶺間, 作一保障. 江右一帶及兩湖諸郡, 賴以」3)得全, 寔惟當時諸公竭誠捍禦4)之力也. 不幸城陷而死, 凜凜有生氣. 今之忠愍·彰烈兩廟是已, 朝廷旣建祠崇」報. 又立碑5)於矗石上, 以記蹟, 其精忠大節, 炳炳6)然照人耳目, 奚容不佞7)贅8)焉?

---

1) 비문은 원전의 정확성을 위해 현재 창렬사 내삼문 아래에 세워져 있는 비석에서 가져왔다. 다만 하단부의 마모된 글자는 신명구의 『남계집』 권3 〈16a~17a〉과 『충렬실록』 권2 〈11a~12a〉의 기록으로 보완했다.

2) 百雉(백치): 백치 규모의 도성. '雉'는 담 높이를 재는 단위. 1치는 3도(堵) 규모이고, 1도(堵)는 사방 1장(丈, 약 3미터)임.

3) 부호(」)는 비문의 줄 바꿈을 뜻함. 이하 동일.

4) 捍禦(한어): 막다, 방어하다. '捍'은 막다, 사납다.

5) 立碑(입비): 우병사 이기하가 이민서의 글을 받아 세운 「진주촉석정충단비」를 말함.

6) 炳炳(병병): 환하게 빛나는 모양.

第祠宇[9], 歲久不修, 門墻頹·壇壝[10]毁. 致齋[11]」無所, 臨時將事[12], 甚非所以奬義烈·致祀典[13]之意也. 節度使崔公鎭漢, 以鈇鉞[14]出鎭晉陽. 旣莅營謁廟宇, 慨然」思所以新之. 迺改丹雘, 刱齋室, 門廡庭垣並皆一新.[15] 廟宇之內, 儀物彬彬[16], 齋庖之房, 百用具修.[17] 制度品式, 纖悉備」具,[18] 而仍付之章甫[19], 俾掌其事. 於是晉之人曁[20]吾嶺之士, 相與聳聞[21], 振勵[22]而歎, 曰"猗歟!". 彰烈諸公之樹偉績·立大節」, 至于今百有餘年, 尙使人欽慕起思. 而致謹於報祀之典者, 如此其至, 我祖

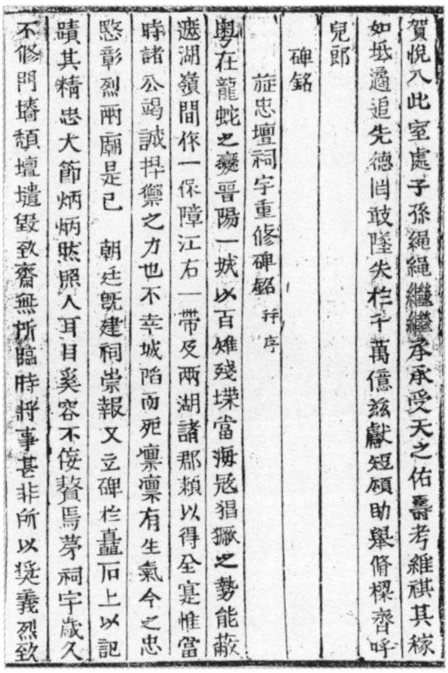

신명구, 「정충단사우중수비명」, 『남계집』 권3 〈16a〉

7) 不佞(불녕): 재주가 없다는 뜻으로 자신의 겸칭. '佞'은 녕(佞)의 속자로 재능.
8) 贅(췌): 군더더기, 쓸모없다.
9) 祠宇(사우): 신위를 모신 집.
10) 壇壝(단유): 제단. '壝'는 제단, 울타리.
11) 致齋(치재): 제관이 된 사람은 사흘 동안 심신을 깨끗이 하고 부정한 일을 멀리함.
12) 將事(장사): 제사 지내는 일을 맡음.
13) 祀典(사전): 제사 지내는 예의에 관한 법도.
14) 鈇鉞(부월): 관찰사나 절도사가 지니던 도끼로 생살권을 상징함. '鈇'는 부(斧)와 동자.
15) 『충렬실록』 서두 '영건질(營建秩)'의 물목으로 자세히 확인할 수 있다.
16) 彬彬(빈빈): 내용과 외관이 함께 갖추어져 있어 성한 모양. '彬'은 빛나다.
17) 齋庖之房(재포지방), 百用具修(백용구수): '齋庖'는 재계하는 방과 제수를 장만하는 주방. 한유, 「남해신묘비」(『고문진보』 후집), "동서 양쪽의 행랑을 수리하니 재실과 주방에 모든 용품이 다 갖추어졌다.[改作東西兩序, **齋庖之房, 百用具修**]"
18) 『충렬실록』 서두의 '제복질(祭服秩)'과 '제기질(祭器秩)'로 확인할 수 있다.
19) 章甫(장보): 유생을 지칭함. 공자가 썼던 장보관(章甫冠), 일명 치포관(緇布冠)에서 유래함. 『예기』 「유행(儒行)」.
20) 曁(기): 및, 함께.
21) 聳聞(용문): 놀라운 소식. '聳'은 솟다, 두려워하다.
22) 振勵(진려): 분발함. '振'은 떨치다. '勵'는 힘쓰다.

宗培養節義之效, 至此尤可驗」矣. 而崔公受命閫外[23], 不忘殉國之義, 其所崇奬激勵於平居者, 又如此, 則他日之所自期, 從可想矣. 其有關於」風敎者甚大, 咸願刻廟石以識重修事蹟. 不佞不敢以不文[24]辭, 旣叙其所見如此, 又爲之. 銘曰」

卓彼霍廟[25]	南江之澨[26]	公迺增修	有奕其制
廟貌孔新[27]	邦人聳瞻[28]	春秋苾芬[29]	永世其歆[30]
匪忠曷」取	匪義曷服	凡我將士	視此刻石」

上之三年 癸卯 四月 日 立」

번역 저 용사년 변고 때 진양(晉陽)의 온 성은 백치(百雉)의 쇠잔한 성가퀴로 왜구의 창궐 기세에 맞서 능히 영남과 호남의 사이를 막아내어 유일한 보장이 되었다. 강우 일대, 호남과 호서의 모든 고을이 이에 힘입어서 온전함을 얻었으니, 이는 오직 당시 제공(諸公)이 정성을 다하여 방어한 공력 덕분이다. 불행히도 성이 함락되어 죽었으나 늠름한 생기가 있었다. 지금의 충민(忠愍)과 창렬(彰烈) 두 사당이 그것인데, 조정에서 사당을 세워 융숭하

23) 閫外(곤외): 궁성 또는 도성의 밖, 외임을 맡은 장수나 관리. 옛날 장군을 출정시킬 때 임금이 수레를 밀어주며, "궁궐의 성문 안쪽은 내가 통제하고, 성문 밖은 장군이 통제하라[閫以內者寡人制之, 閫以外者將軍制之]." 한 것에서 유래함. 『사기』 권102 「張釋之馮唐列傳」.

24) 不文(불문): 문장이 서투름, 글재주가 모자람.

25) 霍廟(확묘): =쌍묘(雙廟). 충민사와 창렬사. '霍'은 소낙비의 뜻이나 '쌍(雙)'의 동자로도 쓰임. 『강희자전』 참고.

26) 澨(서): 물가.

27) 孔新(공신): 대단히 새로워짐. '孔'은 크다, 매우.

28) 聳瞻(용첨): 삼가며 쳐다봄. '聳'은 삼가다. '瞻'은 쳐다보다, 우러러보다.

29) 苾芬(필분): 향기로움. 제수(祭需)나 제사에 비유함.

30) 歆(흠): 받다, 신이나 조상의 혼령이 제사 음식을 기쁘게 받다.

게 보답하였다.

또 비를 촉석(矗石) 위에 세우고 그 사적을 기록함으로써 그 순수한 충정과 크나큰 절의가 사람의 이목을 밝게 하니, 어찌 군소리가 필요하겠는가? 다만 사우가 세월이 오래 지났음에도 수리하지 않아 출입문과 담장이 기울어지고 제단은 무너져 있었다. 재계할 장소가 없어 임시로 제사를 지내니 정말로 의열(義烈)을 장려하고 제사 법도를 다하려는 뜻에 부합하는 공간은 아니었다.

절도사 최진한(崔鎭漢) 공이 부월을 들고 진양에 나와 진수(鎭守)하였다. 병영에 이르러 묘우(廟宇)에 참배하고는 개연히 그것을 새롭게 하고자 다짐하였다. 이에 단청을 고치고 재실(齋室)을 창건하였으며, 대문과 담장을 모두 일신하였다. 사당 안에는 제례 물품이 빛났고, 재실과 주방에 온갖 용품이 다 갖추어졌다. 제도와 품식(品式)이 섬세하게 구비되자 이내 선비들에게 부탁하여 그 일을 관장하게 하였다. 이에 진주 인사들과 우리 영남의 유생들은 서로 놀라운 소식을 함께하면서 분발하여 탄복하기를, "장하도다!" 하였다.

창렬사(彰烈祠)의 제공(諸公)이 위대한 공적을 수립하고 지대한 절의를 세운 지가 지금에 이르러 백 년이 지났는데도 여전히 사람들에게 흠모하는 마음을 일으키고 있다. 은혜에 보답하기 위하여 드리는 제사에 신중함을 다하는 것이 이렇게 지극함에 우리 역대 왕조에서 절의(節義)를 배양한 효험을 이곳에 이르러 더욱 징험할 수 있다.

그리고 최공(崔公)이 절도사 명을 받고서는 나라를 위하여 순직한 의리(義理)를 잊지 않고 평소에 숭상하고 격려한 바가 또한 이와 같았으니, 뒷날을 스스로 기약한 것이었음을 짐작할 수 있다. 그것이 풍속 교화에 관계됨이 매우 지대하므로, 모두는 사당 앞 비석에 새겨 중수(重修) 사적을 알게 하도록 원하였다.

내가 감히 글재주가 없다는 이유로 사양하지 못하여 이미 본 바를 이처럼 서술하여 짓는다. 명(銘)은 이러하다.

우뚝한 저 두 사당이/ 남강 가에 있네/ 공께서 증축하고 보수하니/ 그 규모가 찬란해지고/ 사당 모습은 크게 새로워졌네/ 나라 사람들이 삼가 우러러보며/ 춘추로 제사를 올려/ 영원토록 흠향하시게 하네/ 충심이 아니면 어찌 취했겠으며/ 의리가 아니면 어찌 탄복하리/ 무릇 우리네 장사는/ 이 각석(刻石)을 봐야 하리

상[경종] 3년 계묘년(1723) 4월 日 세움.

전파문 아래 양찬우의 창렬사중수비(좌), 신명구의 정충단사우중수비(우). ©2023.3.22

○ 하세응(河世應, 1671~1727) 자 응서(應瑞), 호 지명당(知命堂)

본관 진양. (문하)시랑공파. 진주 수곡리(水谷里, 현 수곡면 효자리) 출생. 시조 하공진의 후예로 송정 하수일(河受一)의 고손이다. 첫 번째 장인이 농포 정문부의 증손자 정자(鄭梓)이고, 장남이 태와 하필청(1701~1758)이다. 1699년 사마시에 합격했으나 문과에 몇 번 낙방하자 향리에 자적했다. 절친했던 이만부와 이광정을 비롯해 신유한·신명구·박태무·손명래 등과 교분을 쌓았고, 당시 진주목사 권시경(1713~1716)과 우병사 최진한 등의 자문에도 응했다. 또한 갑자사화 때 희생된 조지서(趙之瑞)를 모신 '신당사(新塘祠)'의 편액을 조정에 청하고, 남명 문인을 배향하는 대각서원을 중창하는 일에 앞장섰다. 저술로 『지명당집』(목판본)과 『지명당유집』(필사본)이 있다.
아래 기문은 최진한의 우병사 재임 기간과 신명구의 비명을 참고할 때 하세응이 계묘년(1723)에 지은 것으로 보인다. 이와 함께 「충민사고향문」·「창렬사고향문」·「향례부사림정단문」을 지었다. 한편 그는 최진한이 경상좌병사로 있던 1726년에 순절 신하의 증직을 청하는 상소를 올린 이후 증직이 내려짐에 따라 「창렬사증직봉안문」·「위차개정고유문」을 지었다. 『지명당집』 권3, 『충렬실록』 권2 참조.

「旌忠壇祠宇重修記」[1] 〈『지명당유집』 하, 82~85면〉
(정충단사우중수기)

晉陽城西隅, 有曰忠愍·彰烈兩祠. 自前代立, 以祀龍蛇死義將士者. 厥初只設壇廟[2], 自官致祭, 而使武品將事. 故齋祓[3]無所, 不免風露, 薦祼[4]拜跪, 不中儀式. 今節度使崔公鎭漢, 來鎭玆州, 謁遺廟, 詢舊蹟, 衋然[5]興慨, 思所以新之. 省冗費[6], 殖錢穀, 經紀一年餘. 乃改塗祠廟丹雘, 創立東西齋室, 脩門墻, 治庭除.[7] 簠簋[8]·罍爵[9]·祭服·冠屨[10], 咸能辦造以至供祭, 養士之具,

---

1) 이 기문은 『충렬실록』 권2 〈22b~23b〉에도 실려 있다. 참고로 하세응의 목판본 『지명당집』 권3 〈3a~4a〉에 수록된 기문은 자구 누락이 더러 보인다. 예컨대 『충렬실록』과 동일한 "不免風露, 薦祼拜跪, 不中於儀式" 구절이 "而薦祼不中於儀式"으로 되어 있다.

2) 壇廟(단묘): 제단만 있고 사우를 갖추지 못한 사당.

3) 齋祓(재불): =재계(齋戒). 부정한 일을 멀리하고 심신을 깨끗이 하는 일. '祓'은 부정을 없애다.

4) 薦祼(천관): 제의를 거행하는 각 절차. '薦'은 제수 올리는 일. '祼'은 강신을 바라며 술을 따르는 것.

5) 衋然(혁연): 몹시 슬퍼함. '衋'은 애통해하다.

6) 冗費(용비): 쓸데없는 비용. '冗'은 무익하다.

7) 『충렬실록』 서두의 '영건질(營建秩)'의 물목으로 자세히 확인할 수 있다.

8) 簠簋(보궤): 제기. '簠'는 안이 둥글고 밖이 네모진 것. '簋'는 안이 네모지고 밖이 둥근

莫不纖悉措置.[11] 而又陳啓于朝, 改定彰烈祠位次, 遍爵東西廡無職秩[12]者. 仍使儒士掌其祀, 盖前代未擧之禮也. 昔韓文公叙「張中丞傳後」云 "愈, 親祭於所謂雙廟者"[13], 雙廟卽巡遠[14]廟也. 忠烈之士, 立廟祭之者, 厥惟遠矣. 晉陽之忠愍·彰烈祠, 卽睢陽所謂雙廟者, 而我國之有晉陽, 猶唐室之有睢陽也. 睢陽得巡遠, 蔽遮江淮, 而唐以之不亡; 晉陽得彰烈諸公, 保障嶺湖, 而我國亦能重恢[15]. 其弘功大節, 可以儷美齊聲而激多士之志氣也, 豈獨擐介冑[16]者之所視傚乎? 在宋靖康之難[17], 張叔夜[18]·鄭驤[19]赴義死節, 而紹興中, 信

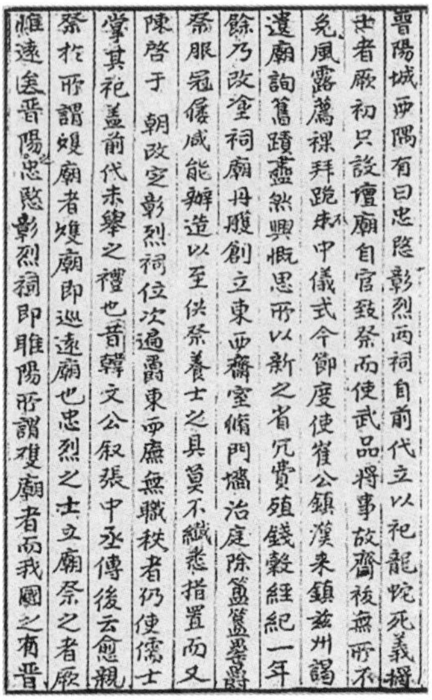

하세응, 「정충단사우중수기」, 『지명당유집』 하 〈83면〉

것.

9) 罍爵(뇌작): 제기. '罍(뢰)'는 큰 술단지. '爵'은 발이 달린 작은 술잔.

10) 冠屨(관구): 의례 때 갖추어 입던 관모와 신, 도포, 각대를 아울러 이르는 말.

11) 『충렬실록』 서두의 '제복질(祭服秩)'과 '제기질(祭器秩)'의 물목으로 확인 가능.

12) 職秩(직질): 벼슬의 등급.

13) 당나라 한유의 「장중승전후서」(『창려집』 권13)를 보면, 그가 807년에 "소위 쌍묘에서 몸소 제사를 지냈다.[親祭於其所謂雙廟者]"라는 내용이 나온다.

14) 巡遠(순원): 당 현종 때의 충신 장순과 허원. 유래는 부록의 용어편 '장순' 참조.

15) 重恢(중회): 회복하다, 다시 드넓히다. '恢'는 갖추다, 넓다, 넓히다.

16) 擐介冑(환개주): 갑옷과 투구를 걸침, 곧 무반을 의미함. '擐'은 걸치다, 입다.

17) 靖康之難(정강지난): 정강 2년(1127)에 북송이 멸망한 사건. 이때 휘종과 흠종, 황후와 황태자 등이 금나라에 잡혀갔다. '靖康'은 흠종의 연호.

18) 張叔夜(장숙야): 정강의 난 때 북으로 잡혀가는 휘종과 흠종을 호종하면서 도중에 아무것도 먹지 않다가 백구하(白溝河)에 이르러 자결했다. 『송사』 권353 「장숙야전」; 『송사』 권31 「본기」 〈고종〉 참조.

19) 鄭驤(정양): 남송 고종 초에 금나라 장수 누숙(婁宿)이 동주성(同州城)을 공격해오자 통판 이하가 모두 도망가고 동주태수로 있던 그는 홀로 남아 성을 지키다 우물에 투신했다. 『송사』 권448 「정양전」.

州守王自中奏請立廟賜額.[20] 朱晦菴[21]爲之作碑銘稱美, 盖嘉王公之崇節義也. 崔公詰戎[22]之餘, 兼通書史於古記, 無不貫達. 故其設施知所先後, 而革前時瀆昵[23]之所, 作今日禮義之場, 顧不韙[24]歟? 况重修之費, 不下數十千, 而崔公皆能自辦. 其視掊克[25]士卒·輦賄[26]權門·圖寵利[27]而嬰[28]禍亂者, 其爲人賢與愚, 何如也? 當平居無事之時, 感激忠義之志, 若彼其磊磊[29], 倘使[30]臨危難, 則安知無仗節[31]死義之擧耶? 余晉之士也, 喜聞祀禮之新修, 樂道崔公之美擧, 而窃有感於韓公之祭雙廟·晦菴之頌王公. 遂爲之記.

번역 진양성의 서쪽 모퉁이에 충민(忠愍)·창렬(彰烈)의 두 사당이 있다. 앞 시대에 세운 것으로 용사난 때 절의로 죽은 장사(將士)를 제사한다. 그 초기에는 단묘(壇廟)만 설치하여 관에서 제사를 지냈는데, 무관(武官)으로 하여금 일을 통솔하게 하였다. 그러므로 재계하고 정성을 들일 곳이

20) 왕자중(王自中)은 소흥 3년(1133) 신주(信州)태수로 있을 때 장숙야와 정양의 순절을 애통하게 여겨 누차 주청함으로써 쌍묘(雙廟)가 조성되었고, '정충민절지묘(旌忠愍節之廟)'라는 편액을 하사받았다.

21) 晦菴(회암): 주희(朱熹, 1130~1200)의 호. 그는 1193년 5월 왕자중의 선치, 장숙야와 정양의 순절 정신을 기려 「정충민절묘비」(『주자대전』 권89)를 지었다.

22) 詰戎(힐융): 군사를 잘 다스림. '詰'은 다스리다. 『서경』「주서」〈입정〉, "당신의 군비를 신중히 하여 우임금의 발자취를 따르시오.[其克**詰**爾**戎**兵, 以陟禹之迹]".

23) 瀆昵(독닐): '瀆'은 더러워짐. '昵'은 사사로이 친함, 곧 무람없음.

24) 韙(위): 바르다, 착하다.

25) 掊克(부극): 조세를 함부로 거둬 백성을 못살게 함. '掊'는 그러모으다.

26) 輦賄(연회): 재물을 나름. '輦(련)'은 운반하다. '賄'는 뇌물.

27) 寵利(총리): 임금에게 특별한 은혜를 입음. 『서경』「상서」〈태갑하〉, "신하가 은총과 이록(利祿)으로 이루어놓은 공에 머무르지 않으면, 나라가 길이 아름다울 것이다.[臣罔以**寵利**居成功, 邦其永孚于休]".

28) 嬰(영): 닿다, 저촉하다.

29) 磊磊(뇌뢰): 도량이 원대하여 잗단 일에 구애받지 않음.

30) 倘使(당사): 만약 ~한다면. '倘'은 혹시, 어정거리다.

31) 仗節(장절): 부절의 지님, 곧 굳은 절의. 한나라 소무(蘇武)가 흉노에 억류되어 온갖 고난을 겪었으나 조금도 굴복하지 않고 한나라 부절[漢節]을 늘 지니고 있었다는 데서 유래함. 『한서』 권54 「소무전」.

없어 바람과 이슬을 피하지 못하였고, 제의를 거행하는 절차와 절하고 꿇어앉는 방법은 의식에 맞지 않았다.

지금 절도사 최진한(崔鎭漢) 공이 와서 이 고을을 다스리며 남아 있는 사당을 참배하고 옛 자취를 묻고는, 서럽고 강개한 마음이 북받쳐 그것을 새롭게 하리라 다짐하였다. 쓸데없는 비용을 줄이고 돈과 곡식을 늘리는 일을 일 년 남짓 처리하였다. 이내 사묘(祠廟)의 단청을 새로 칠하였고, 동서 재실을 창건하였으며, 출입문과 담장을 수리하고 정원도 가꾸었다. 보궤·뇌작·제복·관구를 모두 만들어서 제사에 지극히 이바지하였고, 선비를 양성하는 도구도 세밀하게 배치하지 않음이 없었다. 또 조정에 진언하여 창렬사(彰烈祠)의 위패 순서를 개정하고, 동·서무에 벼슬 등급이 없던 분들에게는 두루 작위를 내리게 하였다. 이어 선비들에게 그 제사를 주관하도록 하였는데, 대개 앞 시대에는 거행되지 않던 의례이다.

옛날 한문공(韓文公)이 서술한 「장중승전후」에 이르기를 "유(愈)가 몸소 소위 쌍묘(雙廟)에서 제사를 지냈다." 하였는데, 쌍묘는 곧 장순과 허원의 사당이다. 충렬지사(忠烈之士)가 사당을 세워 제사를 지낸 지는 참으로 오래되었다. 진양(晉陽)의 충민사(忠愍祠)와 창렬사(彰烈祠)는 곧 수양(睢陽)의 소위 쌍묘인데, 우리나라에 진양이 있는 것은 당나라 왕실에 수양이 있는 것과 같다. 수양은 장순과 허원을 얻어 강회 지방을 막아 당나라가 망하지 않았고, 진양(晉陽)은 창렬사의 제공(諸公)을 얻어 영남과 호남을 지켜 우리나라 또한 다시 회복되었다.

그 뛰어난 공훈과 지대한 절의는 아름다움을 짝하고 명성을 나란히 하여 선비들의 의지와 기개를 격동시킬 수 있으니, 어찌 갑옷과 투구를 걸친 자만이 보고서 본받을 만한 것이겠는가? 송나라 정강(靖康)의 난 때 장숙야(張叔夜)와 정양(鄭驤)이 의리에 나아가 절개로써 죽었는데, 소흥 연간에 신주태수 왕자중(王自中)의 주청으로 사당을 건립하고 사액을 받았다. 주회암(朱晦菴)은 이를 위하여 비명을 지어 아름다움을 칭송하였으니, 대개 왕공(王公)이 절의를 숭상한 것을 가상히 여겼기 때문이다.

최공(崔公)이 군무를 다스리는 여가에 옛 기록과 사서를 아울러 능통하여 달관하지 않음이 없었다. 따라서 그가 계획해 실시하면서 선후 되는 바를 알고서 예전의 더럽고 무람없던 곳을 혁신하여 지금에 예의(禮義)의 장소로 만들었으니, 생각해보면 바르지 않는가? 더구나 중수하는 비용이 수 만전에 밑돌지 않았음에도 최공이 모두 스스로 마련하였다. 사졸들을 못살게 굴거나 권세가에 뇌물을 나르거나 임금의 특별한 은총을 도모하다가 화란(禍亂)에 걸리는 자를 그와 비교해 보면, 사람됨의 현명함과 어리석음이 어떠한가? 평소 무사한 시절을 만나서 충의(忠義)의 뜻에 감격해함이 저처럼 원대하였으니, 가령 매우 위급하고 곤란한 경우를 당했다면 절의를 굳게 지켜 의롭게 죽는 일이 없을 줄 어찌 알겠는가?

내가 진양의 선비로 제사 예법이 새롭게 개선됨을 반갑게 듣고서 최공의 훌륭한 행위를 즐거이 말하는 것은 한공(韓公)이 쌍묘(雙廟)에 제사를 지내고 회암(晦菴)이 왕공(王公)을 칭송한 것에 마음속으로 감동함이 있기 때문이다. 드디어 그를 위하여 기문을 짓는다.

○ 김중원(金重元, 1680~1750)

자 응삼(應三), 호 퇴장암(退藏菴)·관어재(觀魚齋)

본관 용궁. 하동부 양곡면 청천리(淸川里, 현 양보면 운암리) 출생. 제2차 진주성전투 때 수문장으로서 싸우다 순국해 창렬사에 배향된 낭선재 김태백(金太白, 1560~1593)의 5세손이다. 경학에 통달한 한편 병법서나 『좌전』을 좋아해 무예가 출중했다. 1728년 4월 이인좌의 난(일명 무신란) 때 의병장으로서 진주영장 이석복·곤양군수 우하형과 합세해 거창 소사고개에서 정희량 부대를 격파했다. 양무 1등 공신에 녹훈되었지만 향리 우계동(愚溪洞)에 '퇴장암' 정자를 지어 은거하며 후진 양성에 힘썼다. 명암 정식·죽계 오우(吳佑)와 도의로 교유했다. 효자로 이름난 정창시(鄭昌時)가 제자이고, 운암리의 관어재에 관련 유물이 보관되어 있다.

「세적 약록」(『퇴장암유집』 권3)에서 김중원이 반란을 평정한 뒤 진주 창렬사(彰烈祠)에 제향한 다음 촉석루 시를 지었다고 했고, 내용상으로도 볼 때도 아래 제문은 1728년 작임을 알 수 있다.

「祭彰烈祠旌忠壇文」〈『퇴장암유집』 권1, 5a~6a〉 **(창렬사 정충단 제문)**

嗚呼, 一髮孤城, 萬古義域, 今之晉陽, 古之睢陽. 人人忠節, 箇箇義烈, 何獨萃古睢陽? 今晉陽, 乃使暴骨於沙場之上, 飮恨於九京[1]之下, 天理之難諶[2]者是夫. 粤惟島夷搶攘[3]之日, 八路雄鎭, 莫不瓦解. 惟此晉陽賴[4]有二十九賢·三千義士, 同心倡義, 戮力[5]抗賊. 嵬然彼三板[6]保障, 屹然作中流砥柱[7]. 及夫軍實[8]內罄[9], 蟻援外斷, 英雄束手, 智士沒計, 冒白刃, 爭死戰. 一片晉陽, 萬古睢陽, 爲厲滅賊. 巡遠[10]之節, 可尙; 擁兵不救賀蘭[11]之肉, 可

---

1) 九京(구경): =구천(九泉). 저승. '京'은 원(原)의 뜻.
2) 難諶(난심): 믿기가 어려움. '諶'은 믿다, 참으로.
3) 搶攘(창녕): 몹시 어지러운 모양. '搶'은 어지럽다, 빼앗다. '攘(양, 물리치다)'이 '어지럽히다' 뜻일 때는 '녕'으로 읽음.
4) 賴(뢰): 마침, 다행히.
5) 戮力(육력): 힘을 합함. '戮(륙)'은 합하다, 죽이다.
6) 三板(삼판): 임란 때 참화를 입은 진주성을 비유함. 유래는 부록의 용어편 참조.
7) 砥柱(지주): 흔들리지 않는 지조나 절개. 유래는 부록의 용어편 '지주' 참조.
8) 軍實(군실): 병기, 군량, 장비 따위. 전쟁, 전리품.
9) 罄(경): 비다, 공허하다, 구원 부대.
10) 巡遠(순원): 당 현종 때의 충신 장순과 허원. 유래는 부록의 인물편 '장순' 참조.
11) 賀蘭(하란): 안록산 난 때 임회절도사였던 하란진명(賀蘭進明)을 말함. 장순(張巡)이 남제

文

祭彰烈祠旌忠壇文

嗚呼一疑孤城萬古義域今之晉陽古之睢陽人人
忠節箇箇義烈何獨萃古睢陽今晉陽乃使纍骨於
沙場之上飮恨於九京之下天理之難諶者是夫粤
惟島夷搶攘之日八路雄鎭莫不瓦解惟此晉陽賴
有二十九賢三千義士同心倡義戮力抗賊寃然彼

退藏菴遺集卷之一 文 五

三板保障屹然作中流砥柱及夫軍實內罄蟻援外
斷英雄束手智士沒計冒白刃爭死戰一片晉陽萬
古睢陽爲厲滅賊巡遠之節可尙擁兵不救賀蘭之
肉可切而莫不茹恨齎志甘心玉焚堂堂忠義轟轟
烈氣直與日月爭光矣吾祖浪仙公亦與焉城陷之
日作詩自誓曰願逐張巡化厲鬼剿絶兇鋒無孑遺
因抱賊而投水嘻彼南倭之猖獗竟爲俘馘靡有孑
遺此非忠魂義魄化厲陰誅耶嗚呼戊申今日又値
龍蛇之變逆魁亮能有萬夫不當之勇挾八路響應
之勢斯亦非人力致誅也余以白面書生素不閑將
略而扼腕登陣恐忝先靈何幸兵不血刃逆魁授首
是實天神之嘿佑也不然余小子何以戡亂嗚呼晉
山蒼蒼晉水泱泱烈士之風山高而水長

김중원, 「제창렬사정충단문」, 『퇴장암유집』 권1

切[12], 而莫不茹[13]恨齎[14]志. 甘心玉焚, 堂堂忠義, 轟轟[15]烈氣, 直與日月爭光矣. 吾祖浪仙公[16], 亦與焉. 城陷之日, 作詩自誓曰 "願逐張巡化厲鬼[17], 剿[18]絶兇鋒無孑遺[19]", 因抱賊而投水. 嘻, 彼南倭之猖獗, 竟爲俘馘[20], 靡有孑遺, 此非忠魂義魄化厲陰誅[21]耶? 嗚呼, 戊申今日, 又値龍蛇之變. 逆魁亮

운을 보내 구원을 요청했으나 그는 공을 시기한 나머지 고의로 거절해 수양성이 적장 윤자기(尹子琦)에게 함락되고 그도 피살되었다.

12) 切(절): 끊다, 잘게 썰다.

13) 茹(여): 먹다.

14) 齎(재): 지니다.

15) 轟轟(굉굉): 수레의 요란한 소리, 천둥소리. '轟'은 울리다.

16) 浪仙公(낭선공): 제2차 진주성전투 때 순절해 창렬사에 배향되고 있는 김태백(金太白)의 호가 낭선재이다.

17) 厲鬼(여귀): 역병을 퍼뜨리는 귀신. 자세한 정보는 부록의 용어편 '여귀' 참조.

18) 剿(초): 죽이다.

19) 孑遺(혈유): 단 하나 남은 것. '孑'은 남기다, 외롭다.

20) 俘馘(부괵): 포로, 또는 포로의 왼쪽 귀를 베는 것. '俘'는 사로잡다. '馘'은 베다.

21) 陰誅(음주): 하늘이 벌을 주어 병들어 죽게 함.

熊[22]有萬夫[23]不當之勇, 挾八路響應[24]之勢, 斯亦非人力致誅也. 余以白面書生, 素不閑將略, 而扼腕[25]登陣. 恐忝先靈, 何幸兵不血刃逆魁授首, 是實天神之嘿[26]佑也. 不然, 余小子何以戡亂? 嗚呼, 晉山蒼蒼, 晉水泱泱[27]. 烈士之風, 山高而水長.

번역 오호라, 위기일발의 고립된 성은 만고에 의로운 구역이니, 지금 진양(晉陽)은 옛날의 수양(睢陽)입니다. 사람마다 충절(忠節)과 각각의 의열(義烈)은 어찌 옛 수양에만 홀로 모이겠습니까? 지금 진양은 해골을 모래밭에 나뒹굴게 하여 깊은 땅속에서 원한을 품고 있을 것이니, 하늘의 이치를 참으로 믿기 어렵습니다.

아, 생각건대 섬나라 오랑캐가 어지럽히던 날에 팔도의 웅진(雄鎭)이 와해되지 않음이 없었습니다. 오직 이곳 진양은 다행히 29명 현인(賢人)과 3천명 의사(義士)가 같은 마음으로 의병을 일으켜 힘을 합쳐 적을 막았습니다. 우뚝 드높은 것은 삼판의 성채와 같았고, 우뚝 서서 흔들리지 않는 것은 거센 물결 속의 지주산(砥柱山)과 같았습니다. 하지만 병기와 군량미는 내부에 텅 비고, 구원병은 밖으로부터 끊겼습니다. 영웅(英雄)은 손이 묶이고 지사(智士)는 계책이 없었지만 적의 시퍼런 칼날을 무릅쓴 채 목숨 걸고 싸웠습니다.

한 조각 진양(晉陽)은 만고의 수양(睢陽)이었습니다. 귀신이 되어 적을 물리친 장순(張巡)과 허원(許遠)의 절개는 숭상할 만하고, 병력을 거느려 구원하지 않은 하란(賀蘭)의 고기는 잘게 썰 만하니, 한을 품고 뜻을 지니지 않음

---

22) 亮熊(양웅): 1728년 3월 무신혁명, 곧 도원수 이인좌(1695~1728)의 반란에 가담한 영남의 대장 정희량(동계 정온의 현손)과 이웅좌(이인좌의 동생). 이로써 영남은 조선후기까지 반역향으로 낙인되었다.

23) 萬夫(만부): 수많은 사내. 유래는 김수민(1734~1811)의 「의암가」 참조.

24) 響應(향응): 소리 나는 데에 따라 그 소리와 마주쳐 울림, 곧 호응함.

25) 扼腕(액완): 성이 나거나 분해서 주먹을 불끈 쥠, 팔을 걷어 올림. '扼'은 잡다.

26) 嘿(묵): =묵(默). 고요하다, 말을 하지 않다.

27) 泱泱(앙앙): 물이 깊고 넓은 모양. '泱'은 깊다.

이 없어 달게 먹은 마음은 불탄 뒤에 단단함을 드러내는 옥 같았습니다. 당당한 충의(忠義)와 천둥 같은 매서운 기개(氣槪)는 곧바로 일월과 빛을 다투고 있습니다.

저의 선조 낭선공(浪仙公) 또한 그들과 함께했습니다. 성이 무너지던 날에 시를 지어 스스로 맹세하기를, "바라건대 장순을 좇아 여귀가 되어/ 흉적을 죽여 없애 하나라도 남기지 않으리[願逐張巡化厲鬼, 剿絶兇鋒無孑遺]"라 하시며, 왜적을 안고 강물에 몸을 내던졌습니다.

저 남쪽에 창궐한 왜적이 마침내 포로가 되어 한 사람이라도 남지 않았으니, 이는 충혼의백(忠魂義魄)이 귀신으로 변해 남몰래 하늘의 형벌을 내려 죽게 한 것이 아니겠습니까?

오호라, 무신년(1728) 오늘, 또 용사년 같은 변고를 만났습니다. 역적 괴수 정희량(鄭希亮)과 정희웅(鄭希熊)은 만인이 당해낼 수 없는 용맹으로 팔도에서 호응한 세력을 가졌으니, 이 또한 인력으로 토벌해 주살(誅殺)할 수 있는 일은 아니었습니다. 제가 백면서생으로 본디 장수로서의 지략을 익히지 않았으나 팔뚝을 불끈 쥐고 군진에 올랐습니다. 선조의 영령을 더럽힐까 두려웠습니다만, 다행히도 병사들이 칼에 피를 묻히지 않고 역적 괴수의 머리를 바쳤으니, 이는 실로 천신(天神)이 말없이 도우신 결과입니다. 그렇지 않다면 제가 보잘것없는 몸으로 어찌 난리를 평정하였겠습니까?

오호라, 진양 산들은 푸르고 푸르며, 진양 강물은 도도히 흐릅니다. 열사(烈士)의 풍모는 산처럼 높고 물처럼 유장할 것입니다.

○ 허익(許鏶, 1717~1786) 자 광중(光中)

본관 김해. 진주 승산리 입향조인 허추(許錘)의 9세손이고, 임란 공신 허국주(1548~1608)의 6세손이다. 자세한 가계는 부록의 인물편 '허국주' 참조. 병계 윤봉구의 문인이고, 합천 삼가의 모려 최남두(1720~1777)를 종유했다. 그리고 『종천화변록』(경상대 문천각 소장)에 의하면 그는 서인(西人) 유생 정조의(鄭祖毅, 1718~1782, 정상열의 손자)·성익렬(成益烈, 1726년생)과 더불어 겸재 하홍도(1593~1666)의 종천서원 배향 축출과 『겸재집』 개판을 주장하며 강우 지역의 남인(南人)과 격렬한 향전(鄕戰)을 벌이다가 진주목사 조윤정(1727~1812)을 무고한 죄로 1779년 강릉으로 유배된 적이 있다. 아래 기문은 원전에 있듯이 「사우중수문」 세 편 중의 첫 번째 글이다. 다만 세 번째 작품은 허익의 종질 허양(1758~1808)이 지었는데, 그의 문집에 같은 내용의 「창렬사중수기」가 있어 따로 수록했다. 참고로 허익의 재종질 염호 허회(1758~1829, 지신정 허준의 증조부)가 촉석루 시를 지었다.

「祠宇重修文」〈정덕선 편, 『충렬실록』 권2, 26b~27a〉 (사우중수문)

祠顚末, 俱載前輩記, 不幸屬非其人, 廟儀未備. 故節度崔公鎭漢, 葺而新之. 不幾何, 今兵相申公大顯[1], 嗣而修之. 跡其傍, 種竹數百餘本, 於是庭廡墻壁, 遂煥然改觀. 噫, 今夫亭榭樓臺, 不過爲耳目之娛, 猶不忍任其頹廢. 往往立馬徘徊, 寓餘感於荒烟野草之間. 況此廟食[2]諸人乎? 一以猶難, 況二十九乎? 公之修此廟, 盖亦知所本矣. 後之人, 苟能以公心爲心. 雖閱千百劫磨洗, 吾知其此廟之必不朽矣.

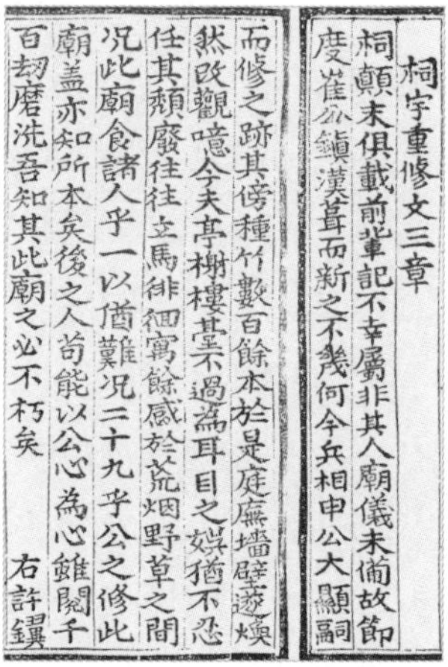

허익, 「사우중수문」(『충렬실록』 권2)

1) 申大顯(신대현, 1737~1812): 자 회경(晦卿). 공주 일신리(日新里) 출생. 가계는 부록 우병사 참조. 황해 수사와 병사·통제사·총융사·금위대장·어영대장·포도대장·형조판서·한성판윤 등을 지냈고, 1769년 8월부터 1771년 5월까지 경상우병사를 지냈다.

2) 廟食(묘식): 큰 당에서 제사 지내는 것.

번역 사우(祠宇)의 전말은 선배들의 기록에 다 실려 있는데, 불행히도 적임자가 아닌 사람에게 부탁하여 사당 의궤가 미비하였다. 따라서 절도사 최진한(崔鎭漢)이 수리하여 새롭게 하였다.

얼마 되지 않아 지금의 병사 신대현(申大顯) 공이 이어받아 개수하였다. 그 곁을 따라 대나무 수백여 그루를 심으니, 이에 묘정(廟庭)과 동서무(東西廡)와 장벽(墻壁)이 드디어 환하게 모습이 달라졌다.

아, 지금 정자와 누대가 눈과 귀의 즐거움에 지나지 않을지라도 차마 그 퇴폐(頹廢)함을 방치할 수 없었다. 왕왕 말을 세우고 배회하며 황량한 연기와 야생 풀 사이에 남은 감정을 붙여보기도 하였다. 게다가 이 사당에 봉안한 분은 몇인가? 한 분도 어려운데 하물며 스물아홉 분이 아니던가?

공(公)이 이 사당을 수리한 것은 또한 근본을 알았기 때문이다. 뒷사람이 공의 마음을 자기 마음으로 삼을 수 있어야 한다. 비록 천백 년 오랜 세월을 지나면서 갈리고 씻긴들 나는 이 사당이 결코 썩지 않을 것임을 안다.

○ 정방의(鄭邦毅, 1748~1795) 자 사경(士經)

본관 해주. 농포 정문부의 6세손이다. 가계는 〈정문부-봉곡 정대영-정유기-정격-정상전-정보-정방의-정계선〉으로 이어진다.
아래 기문은 허익의 「사우중수문」(『충렬실록』 권2)에 있듯이 세 편 중의 두 번째 글이다. 정방의가 해주 정씨로 명시된 곳은 없으나 가문에서 충신을 현양한 시문, 그의 활동 지역과 시기, 족보 계대를 고려해서 추정한 것임을 밝혀둔다.

「祠宇重修文」〈정덕선 편, 『충렬실록』 권2, 27a~b〉 (사우중수문)

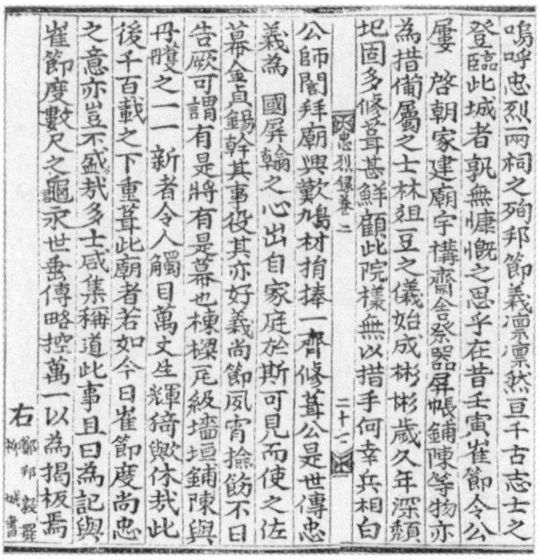
嗚呼忠烈兩祠之殉邦節義凜凜然亘千古志士之
登臨此城者孰無慷慨之思乎在昔壬寅崔節令公
屢 啓朝家建廟宇構齋舍祭器屛帳鋪陳等物亦
爲措備屬之士林俎豆之儀始成彬彬歲久年深頹
圮固多修葺甚鮮顧此院樣無以措手何幸兵相白
忠烈錄卷二 二十二
公師誾拜廟興歎鳩材捐捧一齊修葺公是世傳忠
義爲 國屛翰之心出自家庭於斯可見而使之佐
幕金貞錫幹其事役其亦好義尚節夙宵撿飭不日
告厥可謂有是將有是幕也棟樑瓦級墻垣鋪陳與
丹雘之一一新者令人觸目萬丈生輝猗歟休哉此
後千百載之下重葺此廟者若如今日崔節度尚忠
之意亦豈不盛哉多士咸集稱道此事且曰爲記與
崔節度數尺之軀永世垂傳略控萬一以爲揭板焉
右 鄭邦毅撰

정방의, 「사우중수문」(『충렬실록』 권2)

嗚呼, 忠烈兩祠之殉邦節義, 凜凜然亘千古. 志士之登臨此城者, 孰無慷慨之思乎? 在昔壬寅, 崔節令公屢啓朝家, 建廟宇, 構齋舍, 祭器·屛帳·鋪陳[1]等物, 亦爲措備, 屬之士林, 俎豆之儀, 始成彬彬. 歲久年深, 頹圮固多, 修葺甚鮮. 顧此院樣, 無以措手. 何幸兵相白公師誾[2]拜廟興歎, 鳩材捐捧[3], 一齊修葺. 公是世傳忠義, 爲國屛翰[4]之心, 出自家庭, 於斯可見. 而使之佐幕[5]金貞錫, 幹其事役. 其亦好義尚節, 夙宵撿飭, 不日告厥, 可謂有是將有是幕也. 棟樑·瓦級·墻垣·鋪陳, 與丹雘之, 一一新者, 令人觸目萬丈生輝. 猗歟休哉! 此後千百載之下, 重葺此廟者, 若如今日, 崔節度尚忠之意, 亦豈不盛

---

1) 鋪陳(포진): 바닥에 깔아 놓은 방석, 요, 돗자리 따위를 통틀어 이르는 말.

2) 白師誾(백사은, 1741~1826): 초명 사은(師殷), 자 자민(子敏). 포천 거주. 가계는 부록 참조. 1765년 급제했고, 1775년 진천현감이 되었으며, 후에 다시 무과 급제해 1785년 경상좌병사가 되었다. 1786년 해남현감 때 탐관으로 지목되어 유배되었고, 1793년 6월부터 1795년 6월까지 우병사를 지냈으며, 이후 공조판서에 이르렀다.

3) 捐捧(연봉): 봉급을 덜다. '捐'은 내놓다, 버리다. '捧'은 받들다. 여기서는 봉(俸, 급료)의 뜻.

4) 屛翰(병한): 담과 그 양쪽 가에 있어서 이것을 지탱하는 기둥. 나라의 버팀목이 되는 신하를 비유함. '屛'은 담, 병풍. '翰'은 줄기, 날다, 문서.

5) 佐幕(좌막): =막료(幕僚). 비장(裨將).

哉? 多士咸集, 稱道此事. 且曰 "爲記, 與崔節度數尺之龜[6], 永世垂傳". 略控[7]萬一, 以爲揭板焉. 右 鄭邦毅 撰 柳城 書

번역 오호라, 충렬(忠烈) 두 사당의 나라 위하여 목숨 바친 절의(節義)는 천고의 세월에 늠름히 뻗칠 것이다. 지사(志士)가 이 성에 오르면 누구인들 비분강개한 마음이 없겠는가?

옛날 임인년(1722)에 절도사 최공(崔公)이 여러 번 조정에 아뢰어 묘우(廟宇)를 건립하고 재사(齋舍)를 지었다. 제기(祭器)와 병풍과 깔개 등 모든 물품을 또한 갖추어서 사림(士林)에게 위촉하니, 제사 의식이 비로소 성대히 빛이 났다.

세월이 흘러 매우 오래되어 기울어지고 무너진 것이 참으로 많았지만, 수리한 것은 매우 드물었다. 묘원(廟院)의 상태를 살펴보았지만 손을 쓸 수가 없었다.

얼마나 다행인지 병사 백사은(白師誾) 공이 사당에 참배하고 개탄하고는 탄식이 일어나 재목을 모으고 봉급을 덜어 일제히 수리하였다. 공이 대대로 충의(忠義)를 전하고 나라 위한 신하가 되고자 하는 마음은 가정(家庭)에서 나온 것임을 여기에서 알 수 있다. 그리고 좌막(佐幕) 김정석(金貞錫)을 시켜 그 공역을 주간하게 하였다. 그도 의리(義理)를 좋아하고 충절(忠節)을 숭상하여 밤낮으로 살피고 힘써 얼마 되지 않아 완공을 알렸으니, 그 장수에 그 막료라 하겠다.

기둥과 대들보, 기왓장 계단, 담장, 깔개를 단청과 더불어 일일이 새롭게 하여, 사람들이 눈으로 접하면 만 길의 빛이 나도록 하였다. 훌륭하고, 아름다워라! 이 이후 천백 년이 지나서라도 이 사당을 중수하는 자는 오늘처럼 같아야 할 것이니, 최(崔) 절도사가 충의를 숭상한 뜻이 어찌 성대하지 않으리오?

많은 선비가 모두 모여 이 일을 칭찬하여 말한다. 또 말하기를, "기문을 지어서 최 절도사의 몇 자 비석과 더불어 길이 세상에 전해야 할 것이다."라 하였다. 대략 만분의 일이라도 아뢰어 나무판에 새겨서 걸고자 한다.

위는 정방의(鄭邦毅)가 찬하고 류성(柳城)이 쓰다.

---

6) 龜(귀): 귀부(龜趺). 거북 모양의 비석 받침대.

7) 控(공): 아뢰다, 당기다.

○ 안숙(安潚, 1748~1821) 자 성숙(聖肅)

본관 죽산(구). 안숙은 1797년 9월부터 1799년 4월까지 경상우병사를 지냈다. 후임이 이백연이다. 안종익(1729~1750)의 아들이고, 자세한 가계는 부록의 조카 경상우병사(1771) 안종규 참조. 아래 글은 안숙이 무오년(1798)에 지었다. 충민사 및 창렬사의 춘추 제향 때 사당 내규와 고을 관청에만 제수를 맡기지 말고 우병영에서 제수를 돕되, 특히 희생 돼지는 주향 6위 말고도 창렬사의 동재와 서재 신위에도 나눠 진설하는 것을 정례화하여 시행할 것을 주장하고 있다.

「忠愍彰烈兩祠助享節目」〈정덕선 편, 『충렬실록』 권2, 32a~36〉
(충민·창렬 두 사당의 제향을 돕는 절목)

古人題詩矗石樓曰 "晉陽自古名天下[1)]". 沈竈産蛙而民無叛意[2)], 中國之晉陽也; 陷城屠戮而人皆誓死, 東邦之晉陽也. 卉服重圍, 衣冠會同, 爭相報效. 或冒鋒刃, 或投江水. 較彼星日之標著者, 二十九義將; 至如溝瀆之泯滅者, 六萬餘軍民. 而始終同心, 死而無悔. 百雉孤城, 竟雖不幸, 賊亦挫銳, 不能復振, 嶺湖諸郡, 賴以得全. 古今晉陽之以保障, 名天下者, 抑有地靈之所驗歟. 噫, 龍蛇變後, 晉陽城中, 屹然立雙廟, 宣額以忠愍彰烈. 忠愍, 卽全城却敵之金公祠也; 彰烈, 卽矗石樓上向北拜投南江之諸公妥靈[3)]所也. 謹按旌忠壇碑有曰 (…中略…) 嗚呼, 于今數百載, 雖尋常過客, 瞻厥廟·登厥樓,

1) 晉陽自古名天下(진양자고명천하): 『여지도서』 「진주목」 〈제영〉조에 수록된 김언린(金彦麟)의 시 중 제7행이다. "지리산이 바다 동쪽을 눌렀는데/ 남쪽 고을의 초목이 그 범위 안에 있다/ 천년 세월 봉황이 비봉산에서 울고/ 만 리 이는 구름이 와룡산에서 일어나네/ 촉석루 높아 황학루와 근사하고/ 청천 물 넓어 동정호와 통하네/ 진양은 예로부터 천하에 이름났고/ 맑은 기운 굼틀굼틀 세상에 끝없네[方丈仙山壓海東, 南州草木範圍中, 千年覽德鳴飛鳳, 萬里興雲起臥龍, 矗石樓高黃鶴近, 菁川水闊洞庭通, **晉陽自古名天下**, 淑氣蜿蜒世不窮". 김언린은 자가 여필(汝弼)이고, 가귀곡(일명 까꼬실)에 살았다. 1549년 생원이 되어 성균관에 있을 때 어떤 재상이 진주의 형승을 묻자 이와 같은 시로 답했다. 성여신, 『진양지』 권2 〈총담〉.

2) 沈竈産蛙而民無叛意(침조산와이민무반의): 『십팔사략』 권1 「趙」에, "부엌이 물에 잠겨 개구리가 알을 낳아 들끓을 지경이었는데도, 백성들은 한 사람도 배반할 뜻이 없었다.[沈竈産蛙, 民無叛意]".

3) 妥靈(타령): 신령을 편온하게 함. '妥'는 편히 앉다, 편히 앉히다.

未嘗不想像而扼腕慷慨而擊節. 騷人詠焉, 遊子歌焉, 況忝其職而守其城者乎! 又考本祠設施本末則, 宣廟丁未, 觀察使鄭公賜湖適於六月二十九日, 巡過本營, 聞陷沒人子孫望祭[4]號哭之聲, 不勝感愴. 遂與兵使金公大虛同議, 營建一宇, 以奉倡義使金公·本道兵使崔公·忠淸兵使黃公三位. 又築上中下三壇, 以作序次分享之所, 爲文設饌, 而親祭之, 仍又啓聞請額. 肅廟辛丑, 本營兵使崔公鎭漢, 重建廟宇, 創立齋室, 祭器祭服亦皆辦置. 儒林掌事與同他院, 廟院體貌, 由是咸備. 後爲左兵使, 以彰烈祠東西廡未贈職二十一位一體, 追贈之意, 陳請于朝, 而事未遂矣. 英廟庚申, 本營兵使南公德夏, 又啓請二十一臣贈職及義妓旌褒之典, 竟得蒙允, 先輩尙忠慕義之誠, 吁亦盛矣. 不佞交印之席, 見有一顆古印別置銅盒者, 歷問其故, 謂以癸巳崔公殉節時抱而投江之印. 其後一百五十六年丁卯, 得之於南江, 奏獻于朝, 特鐫御銘, 命藏本營云云. 始焉摩挲, 終焉愴惕. 迺於到營數日, 進詣兩祠, 而祇謁焉.

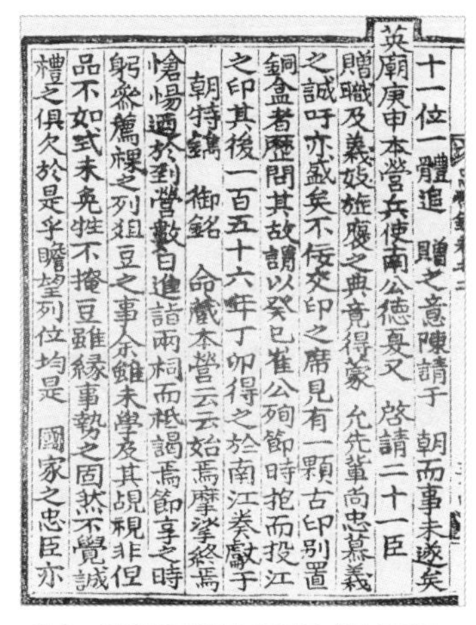
十一位一體追 贈之意陳請于 朝而事未遂矣
英廟庚申本營兵使南公德夏又 啓請二十一臣
贈職及義妓旌褒之典竟得蒙 允先輩尚忠慕義
之誠吁亦盛矣不佞交印之席見有一顆古印別置
銅盒者歷問其故謂以癸巳崔公殉節時抱而投江
之印其後一百五十六年丁卯得之於南江奏獻于
朝特鐫 御銘 命藏本營云云始焉摩挲終焉
愴惕適於到營數日進詣兩祠而祗謁焉節享之時
躬參薦祼之列俎豆之事余雖未學及其覘視非但
品不如式未免牲不掩豆雖緣事勢之固然不覺誠
禮之俱欠於是乎瞻望列位均是 國家之忠臣亦

안숙, 「충민창렬양사조양절목」(『충렬실록』 권2, 34b)

節享[5]之時, 躬參薦祼[6]之列·俎豆之事. 余雖未學, 及其覘視, 非但品不如式, 未免牲不掩豆[7]. 雖緣事勢之固然, 不覺誠禮之俱欠. 於是乎, 瞻望列位, 均是國家之忠臣, 亦有本營之先生. 則雖生世歷, 抵供接之節, 視他有別. 況死義血食[8]祠在本城, 而享祀之需, 豈可專委於院規邑封·自本營獨無一物助享

---

4) 望祭(망제): 대개 먼 곳에서 조상의 무덤이 있는 쪽을 향해 지내는 제사를 뜻함.

5) 節享(절향): =절사(節祀). 명절과 절기에 지내는 제사.

6) 薦祼(천관): 제의를 거행하는 각 절차. '薦'은 제수 올리는 일. '祼'은 강신을 바라며 술을 따르는 것.

7) 牲不掩豆(생불엄두): 제사가 지나치게 검소함. 『예기』 권3 「예기(禮器)」, "희생물로 올린 돼지가 제기를 채우지 못했다.[豚肩不掩豆]".

8) 血食(혈식): 희생을 바쳐 제사를 지냄, 국가에서 거행하는 제사. '血'은 제사에 바치는

之擧乎? (…中略…) 諸道祠院, 雖各異例, 本營之於是祠, 起義助享, 未爲不可. 且於六月二十九日, 爲戰亡將士及義妓, 而私設酧餉之資, 則營有助需之例, 而況此春秋正享, 豈獨闕之也? 不避越俎[9]之嫌, 敢遵存羊[10]之訓. 自戊午春享, 豕牲肆體, 稻米壹包,[11] 享前一日, 自營門成單封送, 事定式節目, 一置該所, 一置講堂, 以爲永遵之道. 後來君子, 恕其僭而諒其意. 院中修擧[12], 隨事存心. 一以勉尊忠尚義之政, 一以圖感發人心之地, 深有望焉. (…中略…)

번역 옛사람이 촉석루 시를 지어 이르기를, "진양은 예로부터 천하에 이름났다."라 하였다. 부엌이 물에 잠겨 개구리가 알을 낳아도 백성들은 반란할 뜻이 없었던 것은 중국의 진양(晉陽)이요, 성이 무너져 도륙되어도 사람들 모두 죽기를 맹세한 것은 동방의 진양(晉陽)이다.

오랑캐가 거듭 에워싸니 관리와 선비들이 함께 모여 서로 다투어 힘껏 보답하였다. 어떤 이는 날카로운 칼날을 무릅썼고, 어떤 이는 강물에 몸을 던졌다. 저 일월의 밝은 빛에 비견되는 이는 29명 의병장이요, 저 도랑에 나아가 죽은 이는 6만여 군민(軍民)이었다. 처음부터 끝까지 마음을 함께하면서 죽더라도 후회하지 않았다. 백치(百雉)의 외로운 성이 끝내 불행하게 되었지만, 적들 또한 예봉이 꺾여 다시 떨치지 못하여 영호남의 여러 고을이 이에 힘입어 온전할 수 있었다. 예나 지금이나 진양은 요해지로 천하에 이름났으니, 아마도 땅의 신령함을 징험하는 바가 있었기 때문이다.

희생(犧牲).

9) 越俎(월조): 분수를 넘어 직분 밖의 일을 간섭함. 『장자』 「소요유」, "요리사가 주방 일을 잘 처리하지 못하더라도 시동(尸童)이나 축관(祝官)이 제기를 뛰어넘어 와서 그 일을 대신할 수 없다.[庖人雖不治庖, 尸祝不越樽俎而代之矣]".

10) 存羊(존양): 희생물로 양을 존치함, 곧 예를 중시함. 『논어』 「팔일」.

11) 두 사당에 쓰이는 돼지는 총 8마리인데, 이 중 병영과 진주 관아에서 각각 4마리를 봉진한다. 6마리는 두 사당의 주향에, 2마리는 창렬사의 동재와 서재에 분설한다. 그리고 도미(稻迷)는 병영에서 1포를, 백미(白米)는 진주 관청에서 바친다.

12) 修擧(수거): 잘 다스려서 좋은 성과를 올림.

아, 용사년 변란 이후 진양성 안에 두 사당이 우뚝이 세워졌고, 충민(忠愍)과 창렬(彰烈) 사액을 내렸다. 충민은 곧 성을 온전히 하고 적을 물리친 김공(金公)의 사당이고, 창렬은 곧 촉석루 위에서 북쪽을 향하여 절하고 남강에 몸을 던진 제공(諸公)의 영령을 봉안한 장소이다. 정충단비(旌忠壇碑)를 삼가 살펴보니 이러하다. (…중략…)[13]

오호라, 어언 몇백 년이 되었으나 보통의 나그네라도 그 사당을 바라보거나 그 다락에 올라서 옛일을 상상하고는 팔을 걷어부치고 강개하며 격절하지 않은 적이 없었고, 문인들은 시를 읊고 유람객은 노래를 불렀다. 하물며 그 직책에 있으면서 성을 지키는 자에게 있어서랴!

또 이 사당이 설치된 본말을 살펴보면, 선조 정미년(1607)에 관찰사 정사호(鄭賜湖) 공이 마침 6월 9일에 본영을 순찰하며 지나다가 함락될 때 죽은 사람의 자손이 망제(望祭)를 지내면서 호곡하는 소리를 듣고 비통함을 억누를 길이 없었다. 드디어 병사 김태허(金太虛) 공과 함께 의논하여 사우 한 채를 건립하고 창의사 김공(金公)·본도 병사 최공(崔公)·충청병사 황공(黃公)의 세 위패를 봉안하였다. 또 상중하 세 단(壇)을 쌓고 차례대로 분향하는 장소로 삼아 제문을 짓고 제수를 진설해 친히 제사를 지냈으며, 이내 또 장계를 올려 사액을 청하였다.

숙종 신축년(1721)에 본영의 병사(兵使) 최진한(崔鎭漢) 공이 사당을 중건하고 재실(齋室)을 창건했으며, 제기(祭器)와 제복(祭服) 역시 모두 힘써 비치하였다. 유림에서 일을 관장하되 다른 원우와 같게 하니, 사당의 면모가 이로부터 모두 갖추어졌다. 뒤에 좌병사(左兵使)로서 창렬사의 동무(東廡)와 서무(西廡)에 모신 21위가 하나같이 증직이 없으므로 추증(追贈)의 뜻을 조정에 간청하였으나 일은 완수되지 않았다.

영조 경신년(1740)에 본영의 병사(兵使) 남덕하(南德夏) 공이 또 21명 신하에게 증직하고 의기(義妓)에게 정려하는 은전을 계청하여 마침내 윤허를 얻

13) (…중략…) 부분은 이민서의 「진주촉석정충단비명」을 요약한 것이다.

었으니, 선배가 충의를 숭모한 정성 또한 참으로 성대하였다.

내가 관인을 교환하는 자리에서 한 개의 옛 도장이 청동 그릇에 따로 비치된 것을 보고 그 사연을 두루 물었더니, 계사년에 최공(崔公)이 순절할 때 안고서 강에 몸을 던진 그 도장이라 하였다. 그 뒤 156년이 지난 정미년(1747)에 남강에서 얻어 조정에 바쳤더니, 특별히 어제(御製) 명을 새겨 본영에 간직할 것을 명하였다는 등등의 말을 하였다. 처음으로 어루만져보았고 나중에는 슬픔이 일어났다.

병영에 도착하고 며칠 만에 두 사당에 나아가 공손히 배알하였다. 절향(節享) 때 몸소 제사를 지내는 절차와 제수를 진설하는 일에 참여하였다. 내가 배우지 못하였으나 그것을 엿보니 제품(祭品)이 규정과 같지 않을 뿐만 아니라 희생은 제기를 채우지 않았다. 비록 일의 추세가 굳어진 까닭이겠지만, 어느새 정성과 예법이 부족하게 되었다.

이에 배열된 위판을 우러러보니 나란히 국가의 충신(忠臣)이고, 또한 본영의 선생(先生)이었다. 비록 다른 세상에 살더라도 공대하는 범절에 있어서 그들을 보는 데에 구별이 있어야 한다. 하물며 의롭게 죽어 제향을 받는 사당이 이 성(城)에 있거늘, 어찌 향사의 제수를 창렬사의 규정과 고을 관청의 봉진(封進)에 전적으로 위임한 채 스스로 본영에서는 한 가지 물건이라도 제향을 돕는 일이 없어서 되겠는가? (…중략…)[14] 여러 도의 사원(祠院)이 각각 사례가 다르더라도 본영의 이 사당에 의(義)를 일으켜 향사를 도움에 안 될 것은 없다.

또 6월 29일에는 전사한 장사(將士)와 의기(義妓)를 위하여 사적으로 제사에 필요한 물품을 마련하고 병영에서는 제수를 돕는 사례가 있거늘, 하물며 이 춘추(春秋)의 정향(正享) 때에 어찌 홀로 빠지리오? 자기 직분 밖의 일이라는 혐의를 피하지 않고 감히 예를 중시한 가르침을 따른다.

---

14) (…중략…) 부분은 통영 충렬사의 경우 통영에서 제수를 봉진하고 통제사와 현관(縣官)이 직접 제향하고, 함경도 충렬사 또한 병영에서 봉진하고 병영 하의 수령을 제관으로 차출해 거행한다는 내용이다.

무오년(1798) 춘향(春享) 때부터 희생 돼지 네 마리와 도미(稻米) 한 포를 향례 하루 전에 영문(營門)에서 단자를 만들어 봉송(封送)하는 것을 정식 절목으로 삼아서, 하나는 해당 장소에 두고 하나는 강당에 두어서 영원히 준수해야 할 법으로 여기도록 한다. 뒷날의 군자는 참람함을 용서하고 취지를 양찰해 주기를 바란다.

사당에서 잘 거행하되 일마다 마음을 보존하여야 한다. 한결같이 충성을 받들고 의리를 숭상하는 정사에 힘쓰며, 한결같이 인심을 감발하는 터전이 되게끔 도모하기를 깊이 바라는 바이다. (…하략…)[15]

15) (…하략…) 부분은 안숙이 춘추 제향을 돕는 절목을 정하는 주된 이유, 희생 돼지와 쌀의 사당 진설 방법을 요약한 내용이다.

○ 정영선(鄭榮善, 1753~1803) 자 윤지(允之)

본관 해주. 「의암사적비명」을 지은 명암 정식(1683~1746)의 사종손이다. 가계는 〈용강 정문익(1568~1639)-정대형-정유기-정숙-정상함-정호신-정재의-정영선-(계)정광하〉로 이어진다. 정영선이 해주 정씨로 명시된 곳은 없으나 앞의 정방의와 같은 차원에서 일단 아래 기문의 작가로 추정해둔다.

「門墻刱建文」 〈정덕선 편, 『충렬실록』 권2, 28b~29b〉

(신문과 담장을 창건한 것에 대한 글)

往昔龍蛇之厄, 尙忍言哉? 是祠也, 盖當時殉節之士醱食[1]之所. 而故兵相崔公鎭漢, 稟朝創建, 有廟有齋. 其規模凡節, 誠爲得宜. 噫, 朝家奬忠之典·主閫尙節之誠, 亦可以有辭於後世矣. 然而其門墻, 尙未備焉. 噫, 入其址而拜其祠者, 孰不歎其有是祠之無是門也哉? 歲己未, 今兵相李公栢然[2], 以閫節來, 公我朝開國功臣靑海君[3]襄武公[4]之裔也. 又況其淵源有自於花田[5]李先生之門. 而及公之冠, 慨然有投筆[6]裹革[7]之志, 以弓馬顯于時, 所經歷處,

---

1) 醱食(체식): 제사 지낼 때 올리는 음식. '醱'는 제사 지내다.

2) 李栢然(이백연): 본관 청해. 가계는 부록 우병사 참조. 철산부사·파주목사·함경도 남병사 등을 지냈고, 1799년 4월부터 경상우병사로 있다가 1800년 5월 사간 심규로(沈奎魯)의 탐학을 처벌하라는 상소로 파직되었다. 『정조실록』〈1800.5.2〉.

3) 靑海君(청해군): 이지란(1331~1402). 원래 여진인으로 주원장이 명을 건국하자 공민왕 때 부하를 이끌고 귀화해 이씨 성과 청해를 본관으로 받았다. 조선 개국과 이성계 왕위 옹립에 기여해 개국공신 1등에 책록되고 청해군에 봉해졌다.

4) 襄武公(양무공): 이지란의 시호 '양렬(襄烈)'의 오기인 듯.

5) 花田(화전): 낙론(洛論)을 대표하는 도암 이재(李縡, 1680~1746)가 거주한 고양시 덕양구 화전동의 옛 이름. 「의암기」를 지은 오두인(1624~1689)의 사위이다. 1702년 문과 급제했고, 1721년 도승지가 되었으나 소론 집권으로 삭직되었고, 1722년 '임인옥사'로 중부 이만성이 유배지 부안에서 졸하자 은퇴했다가 영조 즉위 후 복직해 대제학을 지냈다. 본관은 우봉(牛峰)이고, 시호는 문정(文正)이다.

6) 投筆(투필): 군직 종사를 말함. 후한의 명장 반초(班超)가 가난하여 일찍이 글씨를 써 주는 일을 하다가 붓을 던지고서[嘗輟業投筆], 대장부가 별다른 지략이 없다면 종군하여 공을 세워 봉후가 되어야 한다며 탄식했다. 『후한서』 권47 「반초전」.

7) 裹革(과혁): 마혁과시(馬革裹屍)의 준말. 말가죽으로 시체를 싼다는 뜻으로 전쟁터에서 죽는 것을 말함. '裹'는 싸다. 『후한서』 권24 「마원전」.

皆有聲焉. 按營之未幾日, 首拜於祠, 退坐于堂, 與吾黨[8]一二人, 撫往蹟, 褒壯烈. 其慨惋[9]嗟惜[10], 不翅[11]若躬遭[12]其時, 背城力[13]痛[14]而莫之救也. 見者, 莫不服其有志也. 粤明年季春, 捐公俸若干, 建門·外築周垣, 雖一木一石之微, 必親閱而董之, 不日而成之. 噫, 自有祠以來, 閱幾甲[15], 餞幾帥, 而公獨爲之, 非尙忠愛節之篤能及是乎? 公盖崔公後一人斯役也, 于崔公有光焉. 其志盖與古義士, 易地則同然. 今此門墻之爲, 有何增光於是祠而溢其美耶. 特以公之志, 可質[16]神明, 足以不朽. 故爲之記, 後之與公同志者, 庶有感焉.

右 鄭榮善 撰　柳鎭東 書

번역 옛날 용사년의 참화를 어이 차마 말하랴? 이 사당은 당시 순절한 선비들에게 제사 음식을 올리는 곳이다. 고(故) 병사 최진한(崔鎭漢) 공이 조정에 품의하여 건물을 지었는데, 사우와 재사가 있다. 그 규모와 범절이 진실로 적의함을 얻었다.

아, 조정에서 충성을 기린 은전(恩典)과 병사(兵使)가 절의를 숭상한 정성은 후세에도 할 말이 있게 될 것이다. 그러나 그 대문과 담장은 아직 갖추지 못하였다. 아아, 그 터에 들어가서 사당에 절하는 자는 누구인들 사당은 있되 신문(神門)이 없음을 개탄하지 않으랴?

기미년(1799) 봄에 지금 병사 이백연(李栢然) 공이 병사로 왔는데, 공은 우리 조선의 개국공신 청해군(青海君) 양무공(襄武公)의 후예이다. 게다가

---

8) 黨(당): 마을, 향리, 무리.
9) 慨惋(개완): 분개하며 한탄함. '慨'는 분노하다. '惋'은 한탄하다.
10) 嗟惜(차석): 탄식하며 아까워함. '惜'은 아까워하다, 아끼다.
11) 翅(시): =시(啻). 다만 ~뿐이다, 날개.
12) 遭(조): 일을 당하다, 만나다, 돌다.
13) 背城力(배성력): 배성력전(背城力戰). 최후의 일전을 말함.
14) 痛(통): 힘껏, 할 수 있는 한.
15) 幾甲(기갑): 몇 갑년. 1갑은 60년.
16) 質(질): 묻다, 옳고 그름을 물어 밝힘.

연원은 화전(花田) 이(李)선생 문하에 유래를 두었다. 공은 성년에 이르러 분연히 붓을 던지고 전쟁에서 죽는 뜻을 품어 무예로 세상에 존재를 드러냈으니, 경유하는 곳마다 모두 명성이 있었다.

병영을 살핀 지 며칠이 지나지 않아 사당에 머리를 조아려 절하고 물러나 정당에 앉아서, 우리 고을의 한두 사람과 더불어 옛 사적을 어루만지며 그 장렬(壯烈)함을 기렸다. 그는 매우 원통하고 애달게 여겼고, 그뿐만 아니라 몸소 그 당시로 돌아가 최후의 일전을 힘껏 벌였으나 구하지 못한 것과 같이하였다. 보는 이는 그가 품은 뜻에 감복하지 않음이 없었다.

이에 이듬해(1800) 3월 공(公)이 봉급 일부를 내놓아 신문(神門)을 건립하고 외부에는 둘레 담장을 축조하였는데, 사소한 나무 한 그루와 돌 한 덩이라도 반드시 친히 살펴보고 감독하여 단시일에 완성하였다.

아, 사당이 지어진 이래 수십 년이 지났고 여러 장수를 전별하였지만, 공이 홀로 이 일을 하였으니 충성을 숭상하고 절의를 사랑하는 돈독함이 아니고서는 이에 미칠 수 있었겠는가? 공은 대개 최공(崔公) 이후의 한 사람으로서 이 역사(役事)를 해내어 최공을 빛냄이 있다. 그 뜻은 옛날 의사(義士)와 역지사지하면 같을 것이다.

지금에 이 신문(神門)과 담장이 지어졌으니 참으로 이 사당에 빛을 더하고 그 아름다움을 넘치게 한다. 특별히 공의 뜻은 신명(神明)에게 질정할 수 있고, 또 길이 사라지지 않을 것이다. 그러므로 기문을 지으니, 뒷날 공과 더불어 뜻을 함께하는 자는 느끼는 바가 있을 것이다.

위는 정영선(鄭榮善)이 찬하고 류진동(柳鎭東)이 쓰다.

○ 허양(許瀁, 1758~1808) 자 계용(啓庸), 호 전암(典庵)

본관 김해. 진주 진수면 승산리(勝山里) 출생. 촉석루 시를 지은 국천 허박(1724~1794)의 장남이고, 종백부가 허익(1717~1786)이며, 자세한 가계는 부록의 인물편 '허국주' 참조. 문아(文雅)가 이름나 향인들로부터 주학(州學)을 관장하도록 추대되어 근 30년간 고을의 학문을 진작시키고 주학의 대소사를 자문함으로써 유림의 신망이 두터웠다. 묘갈명은 월고 조성가(1824~1904)가 지었다.
아래 기문의 창작 시기는 조문언(趙文彦)의 경상우병사 겸 절도사 재임 기간을 고려할 때 을축년(1805) 전후로 짐작된다. 이 글은 부친의 『국천난고(菊泉爛稿)』에 합편된 『전암유사』 권1에 실려 있고, 『충렬실록』 권2 〈27b~28b〉에도 전한다.

「彰烈祠重修記」 〈『전암유사』 권1, 2b~3a〉 (창렬사중수기)

晉之有是祠, 卽龍蛇殉節諸賢旌忠之所也. 刱建旣久, 廟貌荒凉. 有志之士, 徃徃徘徊, 寓感而莫之救矣. 今兵相趙公文彦[1], 以閫節來, 旣莅營謁廟宇, 慨然思所以新之. 乃使幕賓沈章之[2]·趙守喆幹之, 兩祠丹靑漫漶[3], 而復明之. 鋪陳[4]之朽敗, 御制閣之傾圮, 床卓之摧傷, 神門·典祀廳之頹毁者, 且輔且改. 久制土垣, 或窄或夷, 而廣拓堅築之, 盖以瓦甓. 於是乎俯仰, 周繚煥乎炳乎, 殆若刱始者然. 然后凛如益覩, 其如在之儀, 肅然重接, 夫起敬之風. 嗚戱, 偉哉! 自有是祠來, 非無二三, 公隨毁隨補之擧, 而未有若今日之盛者. 公盖英廟朝忠臣忠簡公諱聖復[5]之孫也, 且其淵源有自於花田[6]李先生之門. 尙忠慕義

---

1) 趙文彦(조문언, 1750~1818): 본관 풍양. '임인옥사' 때 죽은 조성복(趙聖復)의 손자. 자세한 가계는 부록 우병사 참조. 1784년 무과 급제해 부산첨사(1800), 삼도통어사(三道統禦使, 1814), 부총관 등을 역임했다. 단양군수를 지낸 부친 조정세(趙靖世)가 홍계희·홍계능 일에 연루되어 받은 처벌이 무죄임을 북을 치며 호소하다가 1782년 유배된 적이 있다. 조문언은 1804년 4월부터 1806년 2월까지 경상우병사로 재직했는데, 판의금부사 한만유(1746~1812)는 그가 환곡을 수탈하고 백성을 착취했다며 중형에 처할 것을 상소한 적이 있다. 『순조실록』 〈1806.6.15〉.

2) 沈章之(심장지): 경상감사 윤광안(17578~1815)이 전 우병사 조문언의 죄상을 논한 장계에 우병사 비장 심장지가 나온다. 『순조실록』 〈1806.5.28〉.

3) 漫漶(만환): 종이가 피거나 때가 묻어서 글씨가 잘 보이지 않음. '漶'은 흐릿하다.

4) 鋪陳(포진): 자리나 천막 등의 설치물.

5) 聖復(성복, 1681~1723): 자 사극(士克), 호 퇴수재(退修齋), 시호 충간(忠簡). 1702년 문과 급제했고, 1721년 사헌부 집의로 있을 때 경종이 후사가 없자 왕세제 연잉군(영조)의

之誠, 寔出於自家, 家庭中世投筆[7], 非其志也. 而制閫方略·武名儒行, 其所崇奬激勵於平居者, 又如此, 他日之所自期, 從可想矣.[8] 二幕亦俱忠賢裔也, 殫誠竭慮, 不日而成. 眞可謂時有所感, 功必待人, 夫豈偶然也哉? 幷可入梓而壽後. 故謹搆數行拙辭, 尾揭于前人述, 覽者感之.

허양, 「창렬사중수기」, 『전암유사』 권1 〈2b~3a〉

번역 진주(晉州)에 있는 이 사당은 곧 임진왜란 때 순국한 제현의 충의(忠義)를 표창하는 곳이다. 창건한 지 오래되어 사당의 모습이 황량하였다. 뜻있는 선비들이 늘 배회면서 감회를 부쳐보았으나 이를 수리하지는 못하였다.

지금에 병상 조문언(趙文彦) 공이 절도사로 와서 병영에 이르러 묘우에 참배한 뒤 분개하여 그것을 새롭게 하고자 마음먹었다. 이에 막료 심장지(沈章之)와 조수철(趙守喆)로 하여금 그 일을 주관하게 하여 두 사우의 흐릿한 단청을 다시 밝게 하였다. 썩고 낡은 설치물, 기울어진 어제각, 부러진 상탁, 망가진 신문(神門)과 전사청을 보수하고 또 고쳤다. 오래 전에 만든 흙 담장이

대리청정을 상소했다가 소론 강경파가 주도한 '신축옥사'로 김창집·이이명 등과 위리안치되었으며, 1722년 목호룡의 고변 사건으로 발생한 '임인옥사'에 다시 연루되어 이듬해 감옥에서 형 조성집이 전해준 독약을 먹고 자살했다.

6) 花田(화전): 이재(1680~1746)를 말함. 본서 정영선의 「문장창건문」 참조.

7) 投筆(투필): 붓을 던져버림, 곧 군직에 종사함. 정영선의 「문장창건문」 참조.

8) 其所崇奬激勵於平居者(기소숭장격려어평거자)~從可想矣(종가상의): 신명구의 「정충단사우중수비명」에 같은 표현이 나온다.

좁아지거나 무너져 있었는데, 넓히고 단단하게 쌓음에 대개 기와나 벽돌로 하였다.

이제 잠깐 사이에 찬란한 빛이 두루 휘감으니 거의 창건 당시와 같았다. 비로소 늠름함은 볼수록 더하여 마치 살아 있는 듯한 모습이고, 경건히 거듭 접하니 무릇 공경하는 마음을 일으키게 하는 기풍이다. 아아, 참으로 위대하도다! 이 사당이 있고 난 이후로 두세 번 없지 않으나 공이 훼손된 것을 따라 보수함에 오늘처럼 성대한 적은 없었다.

공(公)은 영조 때 충신 충간공 휘 성복(聖復)의 손자이고. 또 그 연원은 화전(花田) 이(李)선생의 문하에 유래를 두었다. 충을 숭상하고 의를 흠모한 성심은 실로 자신의 가문에서 나왔지만, 가정에서 세상을 향하여 붓을 던진 것은 그의 뜻이 아니었다. 하지만 절도사로서의 방략과 무과 급제한 명예와 선비의 덕행을 지녀 평소에 널리 권장하고 격려한 바가 또한 이와 같았으니, 뒷날을 스스로 기약한 것이었음을 짐작할 수 있다.

두 막료 또한 모두 충신과 현인의 후예로서 성심을 바치고 생각을 다해 짧은 시일에 완성하였다. 정말 때때로 감동하는 바가 있다고 말할 수 있으니, 공업은 반드시 그 사람을 만나야만 된다는 말이 어찌 우연이겠는가? 함께 새겨서 후세에 오래도록 전할 만하다.

따라서 몇 줄의 졸렬한 문사를 삼가 지어 옛사람이 서술한 것 아래에 내거니, 보는 자는 느끼게 될 것이다.

○ 정광학(鄭匡學, 1791~1866) 자 시가(時可), 호 서호(西湖)

본관 해주. 농포 정문부의 8세손으로, 쌍주 신호인(1762~1832)의 사위이다. 가계는 〈정문부-정대영-정유정-사무재 정즙-동야 정상호-정경신-정행의-정지선(1758~1816)-정광학-정세교〉로 이어진다. 아래 두 기문의 창작 시기는 제주(題註)에 있듯이, 첫 번째 글은 무술년(1838) 8월이고, 두 번째 글은 임인년(1842) 2월이다. 참고로 「정충지간행발」(『서호유고』 권3)은 『충렬실록』 권2 〈36a~b〉의 「사적간행기(事蹟刊行記)」와 동일하다.

「忠烈書院重脩記」 戊戌八月 〈『서호유고』 권3, 17a~18a〉

(충렬서원중수기) 1838년 8월

在昔, 白沙李相公祭宋泉谷[1]文曰 "萊山蒼蒼, 南海冥冥, 抑有長存而不朽者, 千齡萬祀兮垂芳名"[2]. 讀至於斯, 擲籤[3]起義者, 久矣. 惟我晉陽之忠烈祠, 卽古壬亂殉國諸賢妥靈[4]之所也. 猗歟, 諸公俱萃一城, 同日捐軀, 忠節彌亘史筆炳烺, 則長存而不朽者, 不待後人贅疣[5]之辭矣. 人皆曰 "是祠之忠烈, 儷美於睢陽之雙廟". 而睢陽之同殞, 止於十三賢, 晉陽之同死, 至於三十賢, 則比諸雙廟, 尤有光焉. 祠之墟, 古有旌忠壇矣. 肅廟辛卯, 崔公鎭漢, 以閫節來, 莅本營, 啓達朝家, 創建祠宇[6], 是亦不偶然者矣. 當日諸公之死, 何知其異日崔公之來也?

정광학, 「충렬서원중수기」, 『서호유고』 권3 〈17a〉

---

1) 泉谷(천곡): 동래성전투에서 순국한 부사 송상현(1551~1592)의 호. 가계는 부록의 진주목사(1691) 송광연 참조.

2) 이항복의 「제송동래상현문(祭宋東萊象賢文)」(『백사집』 권2)에 나오는 표현이다.

3) 擲籤(척첨): 쪽지를 던짐. 송상현이 군관 송봉수 등으로 하여금 나가 남문 밖을 보게 했는데, 나무패에 "싸울 테면 싸우고, 싸우지 않으면 길을 빌려 달라.[戰則戰矣, 不戰則假道]"고 쓰여 있었다. 이에 송상현은 "싸우다 죽는 일은 쉽지만, 길을 빌려주기는 어렵다.[戰死易, 假道難]"라는 여섯 자를 써서 적진 한가운데로 던졌다.

4) 妥靈(타령): 신주를 섬겨 모심. '妥'는 편히 앉다.

5) 贅疣(췌우): 혹이나 돌기와 같이 쓸모없는 살, 군더더기. '贅'는 혹. '疣'는 사마귀.

始知崔公有所蘊蓄而孚感於百年之后矣. 宣賜額號·春秋享禋者, 朝家之恩典也; 儀講俎豆·巾服致齋者, 鄕儒之尊尙也. 隨事顧護·隨圮脩葺, 關繫本營, 靑冥斧鉞,[7] 旅進旅退.[8] 殫誠無幾, 院宇頹圮, 雨漏風掠, 傾覆必矣. 今我兵相國李公儒鳳[9], 何幸適時, 按節莅營未旣, 祇謁本祠, 周覽旣遍, 感歎不已. 捐俸鳩材, 亟命梓匠. 不日重葺. 院宇垣牆, 一時輪奐. 苟非自家眞積誠力[10], 則烏能若是? 公, 卽崔公後一人. 後之主閫, 繼玆而殫力焉, 則庶此祠之長存不朽也. 玆忘僭猥[11], 略叙顚末如右云爾.

번역 옛날 백사 이상공(李相公: 이항복)이 송천곡(宋泉谷: 송상현) 제문에서 이르기를, "봉래산은 푸르디 푸르고/ 남해는 아득하기만 한데/ 길이 남아 썩지 않고서/ 천년 만년토록 향기로운 이름을 드리우리[萊山蒼蒼, 南海冥冥, 抑有長存而不朽者, 千齡萬祀兮垂芳名]" 하였다. 여기까지 읽었는데, 쪽지를 던져 의거를 일으킨 지가 오래되었다.

우리 진양(晉陽)의 충렬사(忠烈祠)는 옛 임진왜란 때 순국한 여러 현인의 영령(英靈)을 봉안한 곳이다. 아아, 공들이 한 성에 함께 모여 한날에 목숨을 버려 충절(忠節)이 역사에 두루 실려 밝게 빛나니, 길이 남아서 썩지 않을

---

6) 祠宇(사우): 신위를 모신 집.

7) 靑冥斧鉞(청명부월): '청명'은 높고 푸른 하늘, 곧 조정. '斧鉞'은 군주가 신하에게 정벌을 위임할 때 병권의 상징으로 내려주는 도끼. 두보, 「형주송이대부칠장면부광주(衡州送李大夫七丈勉赴廣州)」, "부월이 조정에서 내려오니/ 누선은 동정호를 지나가겠지[**斧鉞下靑冥**, 樓船過洞庭]"

8) 旅進旅退(여진여퇴): 특별한 주관 없이 대중과 함께 섞여 사는 것을 말함. 『국어』「월어」상, "나는 필부의 용맹을 부리고자 하지 않고 대중과 진퇴를 함께하고자 한다.[吾不欲匹夫之勇也, 欲其**旅進旅退**]"

9) 李儒鳳(이유봉): 1837년 3월부터 1839년 2월까지 경상우병사로 재직한 이유상(李儒常, 1771~1844)의 오기라 번역에 반영했다. 가계는 부록 우병사 참조.

10) 眞積誠力(진적성력): 『순자』「권학」, "참되게 쌓아 가며 오래도록 노력하면 학문의 길에 들어서게 되는데, 학문이란 죽음에 이른 뒤에야 그만두는 것이다.[**眞積力**久則入, 學至乎沒而後止也]".

11) 僭猥(참외): 참람하고 외람됨. '僭'은 분수에 넘침, 범하다.

것임은 뒷사람의 군더더기 말을 기다리지 않는다. 사람들 모두는 "이 사당의 충렬(忠烈)은 수양(睢陽)의 쌍묘(雙廟)보다 아름답다."라고 말한다. 수양에서 운명을 함께한 현인이 13명이고, 진양에서 같이 죽은 현인이 30명에 이르니, 저 쌍묘에 비하면 더욱 빛난다.

사당의 터에는 옛날 정충단(旌忠壇)이 있었다. 숙종 신묘년(1721)에 최진한(崔鎭漢) 공이 우병사로 도임하여 본영을 다스리면서 조정에 장계를 올려 사우를 창건하였으니, 이 또한 우연이 아니었다. 그때 제공(諸公)이 죽었음에 뒷날 최공(崔公)이 도임할 줄 알았겠는가? 최공에게 온축된 것이 백 년 뒤에 미쁘게 느껴짐을 비로소 알겠다. 액호(額號)를 내리고 춘추로 제향하도록 한 것은 조정의 은전(恩典)이며, 조두(俎豆) 의례를 익히고 의관을 갖추어 재계하는 일을 고을 유림에서 높이 받들며 소중히 여기고 있다.

형편 따라 보살펴 보호하고 무너진 곳을 따라 수리하는 것은 본영에 관계되고, 조정에서 부월(斧鉞)을 내리면 백성들과 함께해야 한다. 정성을 다해도 원우(院宇)가 무너지고, 비가 새거나 바람에 전복되는 일은 필연적이다.

지금 우리 병사 이유상(李儒常) 공이 얼마나 다행인지 때마침 안절사로 본영에 부임해 집무를 시작하기도 전에 이 사당을 참배하고 주변을 두루 살펴봄에 탄식을 그치지 못하였다. 봉급을 덜고 자재를 모아서 장인에게 신속히 명령하였다. 오래되지 않아 중수하니 원우와 담장이 일시에 장대하고 화려해졌다. 자신이 참되게 쌓으며 정성스럽게 노력하지 않았다면, 어찌 이와 같을 수 있었으리오?

공은 최공(崔公) 뒤의 한 사람이다. 후대의 병사(兵使)가 이를 계승하여 힘을 쏟으면, 이 사당은 아마도 길이 남아서 썩지 않을 것이다. 이에 분수에 넘침을 잊고서 위와 같이 전말을 간략히 서술한다.

「忠烈祠重脩記」 壬寅二月 〈『서호유고』 권3, 18a~18b〉

(충렬사중수기) 1842년 2월

玆州之是祠, 比方於睢陽之雙廟·崖山[12)]之二祠, 以其殉節之同也. 腏食[13)]諸賢, 堂堂忠烈, 彌亘寰區, 譬若洪流之砥柱[14)]. 大冬之孤松, 則百世之下, 寧不興感聳動也? 設壇建祠, 崇奉禋祀. 朝家之褒尚, 帥臣之對揚[15)], 罔有餘憾. 成仁往蹟, 數百星霜, 北極迢迢, 南斗蒼蒼. 江流不竭, 山嶽不崩, 物換星移,[16)] 祠宇滲漏[17)]. 兵相國吳公一善[18)], 祇謁感慨, 捐俸重脩. 幕僚張侯昶, 同心協謀, 是帥是佐[19)]. 實誠實效, 苟非衷素, 烏能? 若是汾晉千秋, 儒林口碑. 玆敢據實尾記, 爰示來後云爾.

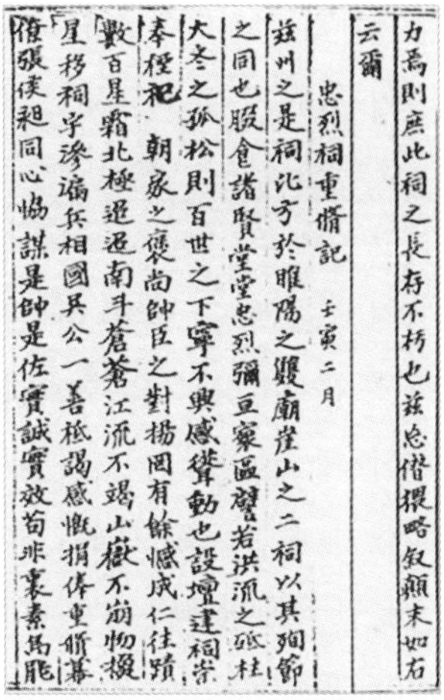
力爲則庶此祠之長存不朽也玆忘僭猥略叙顚末如右
云爾
忠烈祠重脩記 壬寅二月
玆州之是祠比方於睢陽之雙廟崖山之二祠以其殉節
之同也腏食諸賢堂堂忠烈彌亘寰區譬若洪流之砥柱
大冬之孤松則百世之下寧不興感聳動也設壇建祠崇
奉禋祀朝家之褒尚帥臣之對揚罔有餘憾成仁往蹟
數百星霜北極迢迢南斗蒼蒼江流不竭山嶽不崩物換
星移祠宇滲漏兵相國吳公一善祗謁感慨捐俸重脩幕
僚張侯昶同心協謀是帥是佐實誠實效苟非衷素焉能

정광학, 「충렬사중수기」, 『서호유고』 권3 〈18a〉

---

12) 崖山(애산): 중국 광동성의 대해(大海) 중에 있는 요새지. 1279년 2월 육수부(陸秀夫, 호 東江)가 원나라 장수 장홍범에게 패하자 황제를 업고 바다에 빠져 죽었고, 문천상(文天祥, 호 文山)은 붙잡혀 가 3년 동안 저항하다가 사형당해 남송은 멸망했다. 1502년 문천상 사당을, 1531년 육수부 사당을 각각 건립했다.

13) 腏食(체식): =腏享(체향). 여러 신위를 한곳에 갖추어놓고 술을 땅에 부어 한꺼번에 지내는 제사. '腏'는 강신(降神) 잔으로, 醊(철/체)와 동자.

14) 砥柱(지주): 흔들리지 않는 지조나 절개. 유래는 부록의 용어편 '지주' 참조.

15) 對揚(대양): 신하가 왕명을 받들어 그 취지를 백성에게 주지시키는 일. '對'는 자기로써 상대하는 것. '揚'은 대중에게 드날리는 것.

16) 物換星移(물환성이): 오랜 세월이 흐름. 왕발, 「등왕각」, "한가로운 구름과 못 그림자만 날로 아득하여라/ 사물 바뀌고 별자리가 옮겨 몇 해나 지났는고[閑雲潭影日悠悠, **物換星移**度幾秋]".

17) 滲漏(삼루): 액체가 흘러나옴. '滲'은 스미다. '漏'는 새다.

18) 吳一善(오일선): 1802년생. 경상우병사를 지낸 오문상(吳文常)의 손자로 1841년 윤3월부터 1843년 4월까지 경상우병사로 재직했다. 가계는 부록 참조.

19) 佐(좌): 좌막(佐幕). 막료, 비장.

번역 이 고을의 이 사당이 수양(睢陽)의 쌍묘(雙廟)와 애산(崖山)의 이사(二祠)에 비견되는 것은 그들의 순절함이 같기 때문이다. 여러 현인을 제사함에 당당한 충렬(忠烈)이 천하에 뻗치니, 거센 물결 속에서도 굳건하게 서 있는 지주산(砥柱山)과 같다. 한겨울의 외로운 소나무는 백세 뒤라도 어찌 흥감이 솟구치지 않으리오?

제단을 설치하고 사당을 건립하여 떠받들며 제사 지낸다. 조정에서는 포상하고 병사는 명을 받들어 선양하는 데에 아무 유감이 없다. 살신성인한 옛 자취는 수백 년 되어, 북극은 아스라하고 남쪽 끝은 푸르고 푸르다. 강물은 마르지 않고 산악은 붕괴되지 않았지만, 세월이 많이 바뀌어 사우(祠宇)에 물이 새어 나왔다.

병사 오일선(吳一善) 공이 참배하고 감격한 뒤 봉급을 들어 중수하였다. 막료인 우후(虞候) 장창(張昶)이 같은 마음으로 계책을 도왔으니, 그 장수에 그 좌막(佐幕)이로다. 진실한 정성과 실질적인 효과는 본디 충직하지 않았다면 어찌 가능했겠는가?

이와 같은 진양은 천년 세월 유림의 입으로 칭송될 것이다. 이에 감히 사실에 근거하여 끝에 기록해서 후세에 보이고자 한다.

○ 하경휴(河慶烋, 1841~1900) 자 낙도(洛圖), 호 해산(海山)

본관 진양. (문하)시랑공파. 진주 단동(丹洞, 현 대곡면 단목리) 출생. 일찍이 부친 하여범(河驪範)을 여읜 뒤 외삼촌 권후(權㫜)에게 학업을 전수받았고, 서울의 허전을 배알한 뒤 과거 폐단을 느껴 성현의 학문에 몰두했다. 1891년 경상도 관찰사 이헌영이 고을의 유학을 진흥할 때 진주목사로부터 향음주례의 빈(賓)으로 초청되었고, 『남명집』 중간에 참여하던 중 졸했다. 담산 하우식(1875~1943)이 어릴 적 그에게 과거 공부를 배웠다.
아래 기문은 본문 내용과 이상돈(1814~1911)의 「창렬사수리게판기」를 아울러 볼 때 창작시점은 한규설(1856~1930)이 경상우병사로 부임한 직후인 갑신년(1884) 6월경임을 알 수 있다.

「彰烈祠重修記」 〈『해산유집』 권3, 33a~b〉 (창렬사중수기)

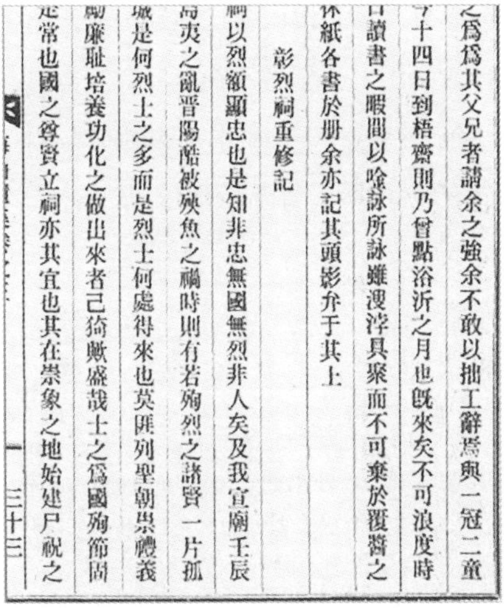
之爲爲其父兄者請余之強余不敢以拙工辭焉與一冠二童
十四日到梧齋則乃曾點浴沂之月也旣來矣不可浪度時
日讀書之暇間以唫詠所詠雖漫浮具聚而不可棄於覆醬之
休紙各書於册余亦記其頭影弁于其上
彰烈祠重修記
祠以烈額顯忠也是知非忠無國無烈非人矣及我宣廟壬辰
島夷之亂晉陽酷被殃魚之禍時則有若殉烈之諸賢一片孤
城是何烈士之多而是烈士何處得來也莫匪列聖朝崇禮義
勵廉耻培養功化之做出來者已猗歟盛哉士之爲國殉節固
是常也國之尊賢立祠亦其宜也其在崇象之地始建尸祝之
三十三

하경휴, 「창렬사중수기」, 『해산유집』 권3 〈33a〉

祠以烈額顯忠也, 是知非忠無國·無烈非人矣. 及我宣廟壬辰, 島夷之亂, 晉陽酷被殃魚之禍[1]. 時則有若殉烈之諸賢, 一片孤城, 是何烈士之多? 而是烈士, 何處得來也? 莫匪列聖朝崇禮義·勵廉耻·培養功化之做出來者已. 猗歟盛哉! 士之爲國殉節, 固是常也; 國之尊賢立祠, 亦其宜也. 其在崇象[2]之地, 始建尸祝[3]之祠, 特賜彰烈之名, 仍頒香燭之禮. 是祠之有晉陽也, 不獨聖朝[4]尊慕勳賢之盛典也, 將以勸後世之爲人臣懷烈心者也. 然則入是祠者, 孰無奮忠揚烈之心哉? 粤自刱

---

1) 殃魚之禍(앙어지화): 무고한 재앙. 송나라 성문에 불이 났을 때 못물을 퍼서 불을 끄는 탓에 못의 고기가 다 죽었다는 고사에서 유래함. 『태평광기』 권466 「수족」 3.
2) 崇象(숭상): 상석(象石, 무덤 앞에 세우는 석물)을 높다랗게 하다.
3) 尸祝(시축): 시동(尸童)과 축관(祝官), 곧 제사를 지냄.
4) 聖朝(성조): 훌륭한 임금이 다스리는 조정.

始之後, 屢經重葺[5], 而歲月彌深, 風雨旁颺. 兩房幾至頹毁, 齋廬殆近傾覆矣. 何幸節度使韓公[6], 莅政數月, 奉審[7]祠宇. 慨然慕烈士之高風, 捐廩[8]修繕, 輪奐如新. 惟公苟無忠烈之心, 則安能如是其至也? 芳菲[9]圖壁, 陟降[10]貞魂, 必不笑人寂寂. 而刱始之功至此, 而尤有光焉. 噫, 凡我任者, 雖無董役[11]之勞, 而的覩[12]修事之首尾, 故於是記.

번역 사당에 '열(烈)'로 제액한 것은 '충(忠)'을 드러냄이니, 이에 충이 아니면 나라가 없고 열이 없으면 사람이 아님을 알게 된다. 우리 선조 임진년(1592)에 이르러 오랑캐의 난리로 진양(晉陽)이 앙어(殃魚)의 화를 참혹하게 입었다. 그때 순열의 제현이 있었고, 한 조각 외로운 성에 어찌나 열사(烈士)가 많았던지?

이 열사들은 어디서 유래한 것인가? 여러 왕조에서 예의를 숭상하고 염치를 권장하며 공업과 교화를 배양함으로써 나온 것이 아님이 없다. 아, 성대하도다!

---

5) 重葺(중즙): =중수(重修). '葺'은 지붕을 이다, 수리하다.

6) 韓公(한공): 한규설(韓圭卨, 1856~1930). 자 순우(舜佑), 호 강석(江石). 갑신정변 때 피살된 한규직(1845~1884)의 동생이다. 가계는 부록 우병사 참조. 무과 급제한 후 경상좌도병마우후(1882)·포도대장·법부대신·중추원 의장·참정대신 등을 지냈다. 독립협회를 지지했고, 1905년 참정대신으로서 을사늑약을 끝까지 반대했으며, 국권 상실 때 작위 수여를 거부한 뒤 교육을 통한 민족 역량 강화에 뜻을 두고 후원했다. 한편 그는 1884년 2월 경상우병사에 제수되어 1년 남짓 재임하면서 삼정문란을 제거했다. 세금 경감의 혜택을 입은 7개 마을의 보부상들이 1887년 2월 비봉산 아래에 세운 혁폐불망비가 진주성 내 비석군에 있다. 또 진주성 서문 안에 그의 생사당(生祠堂)을 짓기도 했다. 정광현, 『진양지속수』 권1과 권3; 오횡묵, 『함안군총쇄록』 〈1889.5.23〉 참조.

7) 奉審(봉심): 삼가며 살핌, 왕명을 받들어 능이나 사우를 살핌.

8) 捐廩(연름): 벼슬아치가 공익을 위해 봉록(俸祿) 일부를 덜어내어서 보태는 일. '捐'은 버리다. '廩'은 곳집, 녹미(祿米).

9) 芳菲(방비): 향기로운 꽃, 또는 그 풀. '芳'은 꽃답다. '菲'는 향기롭다.

10) 陟降(척강): 위아래로 오르고 내리는 일을 계속 되풀이함.

11) 董役(동역): 토목이나 건축 따위의 큰 공사를 지도하고 단속하는 일. '董'은 감독하다, 독려하다.

12) 的覩(적도): 밝게 봄. '的'은 밝다, 확실하게. '覩'는 보다.

선비가 나라를 위해 순절함은 진실로 떳떳한 것이고, 나라에서 현인을 높이고 사당을 세우는 것 또한 마땅하다. 상석을 높이 세운 땅에 제사 지내는 사당을 처음 건립하여 특별히 '창렬(彰烈)' 이름을 하사하고, 이에 향촉의 예를 반포하였다. 진양(晉陽)에 있는 이 사당은 조정에서 공훈이 있는 현인을 존모하는 성대한 제전이 될 뿐만 아니라 장차 후세의 신하들에게 열렬한 마음을 품도록 권장하게 될 것이다. 그러니 이 사당에 들어서면 누구인들 충(忠)을 떨치고 열(烈)을 드날리려는 마음이 없겠는가?

돌아보건대 창건한 이후로 여러 번 중수를 거쳤고, 세월이 더욱 깊어져 비바람이 두루 몰아쳤다. 두 방은 거의 허물어지고, 재실은 넘어질 지경이었다. 얼마나 다행인지 절도사 한공(韓公: 한규설)은 정사를 다스린 지 몇 개월 만에 사우를 삼가 살폈다. 개연히 열사의 높은 풍모를 흠모하여 봉급을 덜어내어 수선하였는데, 장대하고 화려함이 새것과 같았다. 공이 진실로 충렬(忠烈)의 마음이 없었다면, 어찌 이처럼 지극히 하였겠는가? 향초 그려진 벽에 곧은 혼령이 오르내리나니, 인적이 고요하다고 꼭 비웃을 것까지는 없다.

창건한 공적이 이러하니 더욱더 빛이 난다. 아아, 무릇 내가 임무를 맡으며 비록 역부(役夫)를 감독한 노고는 없었을지라도 중수한 일의 시말을 똑똑히 보았으므로 여기에 기록한다.

○ 이상돈(李相敦, 1841~1911) 자 내희(乃熙), 호 물재(勿齋)·남총(南叢)

본관 재령. 진주 사봉면 봉대리(鳳垈里) 출생. 과거에 여러 번 응시했으나 자기 뜻에 합당하지 않자 곧바로 성재 허전(1797~1886)의 문인이 되었다. 곽종석(1846~1919)·윤주하(1846~1906) 등과 교유했고, 특히 예학에 밝았다.
아래 기문의 작성 시기는 본문 내용과 하경휴의 「창렬사중수기」를 참고할 때 한규설(1856~1930))이 우병사 부임 직후인 갑신년(1884) 6월경으로 추정된다.

「彰烈祠修釐[1)]揭板記」〈『물재집』 속집 권2, 32a~33a〉 (창렬사수리게판기)

盖聞生死一致·夷險[2)]一節, 或觀其行, 或觀其志.[3)] 其不幸而遭離板蕩, 糾合義旅, 保障江淮, 及其勢窮力竭, 城亡與亡[4)]者, 唐之睢陽·宋之邠州[5)]是已. 其幸而生升平之世, 雖無殉身[6)]立節之事, 而其爲人也, 慷慨好義, 至於忠臣烈士之事跡, 必爲之感激而酷慕之. 如王信州之請建愍節廟[7)]·趙杭州之奏聞表忠觀[8)]者, 是已. 州, 古龍蛇之戰場也, 史乘所載. 自有倭變以來, 義烈之著,

---

1) 修釐(수리): 헐거나 고장이 난 것을 온전하게 고침. '釐'는 고치다, 다스리다.

2) 夷險(이험): 고락, 순탄함과 역경. '夷'는 평탄한 길. '險'은 험난한 길.

3) 『논어』「학이」, "아버지가 생존했을 때는 자식의 뜻을 관찰하고, 아버지가 돌아가신 뒤에는 자식의 행동을 관찰하는 것이니, 삼 년 동안 아버지의 법도를 고치지 않아야만 효도라 할 수 있다.[父在**觀其志**, 父沒**觀其行**, 三年無改於父之道, 可謂孝矣]".

4) 城亡與亡(성망여망): 성이 망하면 더불어 망함. 김만기, 「진주전망장사치제문(晉州戰亡將士致祭文)」(『서석집』 권6) 참조.

5) 邠州(빈주): 주나라의 발상지인 섬서성 함양시의 빈현. 금나라가 1125년 만주의 요나라를 멸망시키고 나서 5년 뒤 이곳에 주둔하던 송나라 군대를 격파했다.

6) 殉身(순신): 목숨을 바침.

7) 신주(信州)는 현 강서성 상요시로 왕자중(王自中)이 1133년 10월 이곳의 태수로 있었다. 그는 1127년 금나라 침입으로 도성이 함락되고 황제가 북으로 끌려가자 자결한 문충공 장숙야(張叔夜)와 섬서의 동주성을 지키다가 우물에 투신한 위민공 정양(鄭驤)의 순국을 기리는 사당 창건을 주청함으로 '雙廟'가 조성되었고, '旌忠愍節之廟'라는 편액을 하사받았다. 그리고 사당 완공 뒤 주희에게 묘비문(廟碑文)을 요청해 받았다. 「장숙야전」(『송사』 권353), 「정양전」(『송사』 권448), 주희, 「정충민절묘비」(『주자대전』 권89) 참조.

8) 송나라 신종 연간에 항주자사 조변(趙抃, 1108~1184)이 임금에게 건의해 오월국왕 전류(錢鏐)와 그 아들 손자 3대로 이어지는 네 왕의 공덕을 기리기 위해 절강성 항현(杭縣)에 표충관(表忠觀)을 세웠는데, 1077년 소식이 「표충관비」(『고문진보』 후집 권8)를 지었다. 현재 표충관은 전왕사(錢王祠)라 불린다.

無如晉陽者, 吁亦壯矣. 城之西, 有壇曰旌忠, 有若古義塚9)云. 壇之下, 有祠曰彰烈, 春秋報享之所也. 祠之剏久, 頹圮滲漏10)歲甚. 今節度使韓公11)莅鎭之三月, 詢訪古跡, 巡檢祠宇. 出廩餼錢12)數百緡13), 立召工徒, 滲者補之, 頹者易之. 得齋廚門庫, 凡三十有餘間, 祠於是乎一新矣. 噫, 公遭遇聖明, 少年建節14), 輕裘緩帶15), 鈴閤16)無事. 錯節之利器17)·疾風之勁草18), 雖無所可識別, 而必以是祠之修繕爲先者, 亦可謂觀其行·觀其志矣. 公名圭卨, 爲政亦多表著19), 州人方謀繪社20)云爾.

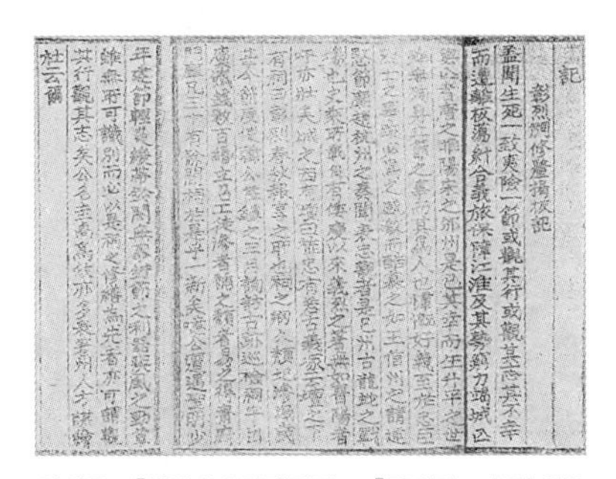

이상돈, 「창렬사수리게판기」, 『물재집』 속집 권2

9) 義塚(의총): 남원 만인의총, 금산 칠백의총, 임진동래의총 등이 있다. 진주에도 옛날 창렬사 인근에 의총이 있었다는 뜻이다. 최근 진주 지역에서 의총을 조성하자는 움직임이 있는데 그 근거로 삼을 만한 대목이다.

10) 滲漏(삼루): 액체가 흘러나옴. '滲'은 스미다. '漏'는 새다.

11) 韓公(한공): 한규설(1856~1930). 1884년 2월부터 이듬해 8월까지 경상우병사로 재임했다. 상세 정보는 하경휴의 「창렬사중수기」와 부록의 우병사 참조.

12) 餼錢(희전): 미곡과 돈. '餼'는 식료, 양식.

13) 緡(민): 돈꿰미, 낚싯줄.

14) 少年建節(소년건절): 젊은 나이에 정절(旌節)을 세움, 곧 한규설이 29세 때 경상우병사가 된 것을 말함. 황현의 『매천야록』에도 언급되어 있다.

15) 輕裘緩帶(경구완대): 가벼운 옷차림. 유래는 하홍도(1593~1666)의 시 각주 참조.

16) 鈴閤(영합): 장수가 일을 보는 곳. '鈴(령)'은 방울로 적의 접근을 탐지하기 위한 용도임.

17) 錯節之利器(착절지이기): 사태가 복잡하게 전개되어 처리하기 어려운 상황은 걸출한 재능을 발휘할 수 있는 절호의 기회. 후한의 우후(虞詡)가 "수월한 일만 추구하지 않으며, 어려운 일도 피하지 않는 것이 신하의 직분이다. 뒤얽힌 뿌리나 나뭇가지와 같은 상황을 만나지 않으면, 어떻게 칼날이 날카로운지 알겠는가?[志不求易, 事不避難, 臣之職也. 不遇槃根**錯節**, 何以別**利器**乎]"라 한 데서 유래함. 『후한서』 권58 「우부개장열전」 참조.

18) 疾風之勁草(질풍지경초): 진정한 모습. 유래는 부록의 용어편 '판탕' 참조.

19) 表著(표저): 현저하다.

20) 方謀繪社(방모회사): '繪'는 그림. '社'는 사도(社圖), 곧 사당 건립 계획도. 당시 고을 주민들이 한규설의 사당을 건립했고, 이상돈은 「前兵相國韓公圭卨生祠堂銘」(『물재집』 속집 권2)을 지었다.

번역 대개 삶과 죽음의 정신이 한가지이거나 평상시와 역경 때 절개가 한결같은가를 알려면, 그 사람의 행동을 관찰하거나 그 사람의 의지를 관찰한다. 그가 불행히 전란을 만나 의병을 규합하여 강회 지방을 지키다가 그 세력이 다하게 되면 성이 무너지고 이와 더불어 사망자가 생겨나니, 당나라의 수양(睢陽)과 송나라의 빈주(邠州)가 바로 그것이다.

그가 다행히도 태평한 세상에 태어나 목숨을 바쳐 절의(節義)를 세우는 일이 없을지라도 그 사람됨이 강개하고 의를 좋아하여 충신열사의 사적에 이르게 되면 반드시 감격해하며 몹시 흠모하게 된다. 예컨대 민절묘(愍節廟)를 청원해 건립한 신주태수 왕자중(王自中)과 표충관(表忠觀) 건립을 임금에게 아뢴 항주자사 조변(趙抃)과 같은 이들이다.

고을은 옛 용사년의 전장으로 역사서에 실려 있다. 왜변이 있고 난 이래로 의열이 현저함은 진양(晉陽) 같은 곳이 없으니 정말 장하도다. 성 서쪽에 정충단(旌忠壇)이 있는데, 옛날에는 의총(義塚) 같은 것이 있었다고 한다. 그 아래에는 창렬사(彰烈祠)가 있는데 춘추로 보답하여 제향을 올리는 곳이다. 사당이 창건된 지 오래되어 무너지고 물 샌 세월이 한참이나 지났다.

지금 절도사 한공(韓公: 한규설)이 진영을 다스린 지 3개월 만에 옛 자취를 물어 찾아보고 사우를 두루 살폈다. 창고에 보관된 음식과 돈 수백 꿰미를 내어 장인들을 불러서 새는 곳은 보완하고 무너진 것은 바꾸게 하였다. 재각, 부엌, 출입문, 창고 등 무릇 삼십여 칸을 지음에 따라 사당이 이에 일신하였다.

아, 공은 성군의 시대를 만나 젊은 나이에 지방관이 되어 홀가분한 옷차림으로 장수 일을 보되 병영에는 아무런 일이 없다. 뒤얽힌 나뭇가지를 베는 날카로운 기물인지 거센 바람에도 굳센 풀인지는 비록 식별할 수 없지만, 반드시 사당 수선을 우선으로 삼은 일은 또한 그의 행동을 보여주고 그의 의지를 보여주는 것이라 하겠다.

공의 이름은 규설(圭卨)로 정치를 행함에 또한 두드러진 것이 많아, 고을 사람들이 바야흐로 사당 건립을 도모한다고 한다.

○ 류원준(柳遠準, 1899~1982) 자 공직(孔直), 호 정재(正齋)

본관 진주. 합천군 용주면 가호리(佳湖里) 출생이나 1940년 진양에 우거했다. 일찍이 백부 류상대(柳相大)와 족형 류원중(1861~1943)에게 학문을 질정했다. 19세 때는 부안 계화도의 간재 전우(1841~1922)를 배알해 문인이 되었으며, 동문 선배인 오진영·최병심·성기운 등에게 학문을 질정했다. 유문(儒門)과 문종(門宗)의 일에 성의를 다했으며, 독서 여가에 지리산과 금산 등을 유람하면서 시문을 창작했다.
아래 상량문의 작성 시점은 정사(正祠)만 먼저 준공한 뒤 봉안식을 거행했다는 『동아일보』〈1934. 7.10〉 기사에 의거할 때 갑술년(1934) 전반기임을 알 수 있다. 동사와 서사는 그해 10월에 준공했다.

「彰烈祠重建上樑文[1]」〈『정재집』 권4, 6b~7b〉 (창렬사중건상량문)

肇成[2]社屋而爲之祀, 非敢曰諂也惟以表忠; 重建棟樑而謀於筳[3], 何必改作哉未若仍舊[4]. 水長山屹, 工訖堂新. 窃念晉陽之彰烈祠, 配食[5]龍蛇之殉義士. 抗賊涓生有如金文烈[6]·李府使[7]·李侍郎[8], 守城就仁莫若黃武愍[9]·崔參判[10]·金忠毅[11]. 伏臘日多士焦香, 列聖朝遣官致祭. 何羨陳民之於王大師[12]壯其勇·慕其義而有畵; 便同唐人之於顔司徒[13]誦其節·彰其烈而立祠.

---

1) 상량문은 대들보 들어 올리는 의식 때 축복을 빌기 위해 읽는 글. 산문을 처음과 끝에 배치하되 모두 대구(對句)를 이루어야 하고, 그 중간에 네 방위와 상하에 따른 6수의 시를 나열한다. 각 시는 3구로 구성된다. 서사증, 『문체명변』 부록 권13.
2) 肇成(조성): 처음으로 지음. '肇'는 비롯하다, 시작하다.
3) 筳(정): 들보. 꾸릿대, 대오리 뜻도 있음.
4) 민자건(閔子騫)이 노나라 사람이 만든 창고를 보고 "옛것을 그대로 쓰면 어때서 하필 새로 지어야만 하는가?[**仍舊**貫如之何, **何必改作**]" 하니, 공자가 "저 사람이 말을 하지 않을지언정 말을 하면 꼭 도리에 맞는다.[夫人不言, 言必有中]"라고 평했다. 『논어』「선진」.
5) 配食(배식): =배향(配享).
6) 金文烈(김문열): '文烈'은 1627년 추증된 김천일(金千鎰)의 시호.
7) 李府使(이부사): 김해부사 이종인(李宗仁)으로 1593년 8월 7일 호조판서에 추증됨.
8) 李侍郎(이시랑): '侍郎'은 참의(參議)의 별칭. 배향된 인물 중 이씨로는 병조참의에 추증된 이잠(李潛)과 이의정(李義精)이 있다.
9) 黃武愍(황무민): '武愍'은 1675년 12월 16일 추증된 황진(黃進)의 시호이고, 이보다 앞서 1593년 8월 7일 의정부 우찬성에 추증됨.
10) 崔參判(최참판): 최경회가 이조참판에 추증된(1628.9.20) 사실이 있다.
11) 金忠毅(김충의): 배향된 인물 중 시호 '忠毅'를 받은 김씨는 없다.

吁此菁川遙野, 伊時蒺藜[14]沙場, 宛然. 瞻彼矗石高樓當日橫槊賦詩[15], 可想風百世仰止[16]江千里順流. 豈意洛陽之宮庭忽化烽而焦赤[17], 遽見崐岡之玉石乃俱焚[18]而灰燼.[19] 彷徨蕪墟, 鹿場荊棘, 可爲驚, 可爲感之無窮; 謀復舊迹, 州郡吏民, 咸以應, 咸以營之不已. 事固完而就序, 財不稅而致多. 招匠氏以治材, 惟伐柯之許許[20]; 命土工以畫地, 乃築城之坎坎[21]. 玉山橫楣, 絢纈[22]昨日之面貌; 藍水抛砌[23], 忽報昔歲之響聲. 玆唱六偉之辭[24], 庸助擧樑之力.

---

12) 王大師(왕대사): 미상.

13) 司徒(사도): 당 현종 때의 충신 안고경(692~756)이 지낸 벼슬 이름. 자세한 풀이는 부록의 인물편 '안고경' 참조.

14) 蒺藜(질려): 마름쇠.

15) 橫槊賦詩(횡삭부시): 소식 「적벽부」의 구절로 여기서는 삼장사 시를 말함.

16) 仰止(앙지): 높은 덕을 기림. 『시경』「소아」〈상호〉, "높은 산을 우러러보고/ 큰길을 가는도다[高山**仰止**, 景行行之]".

17) 焦赤(초적): 남김없이 태움. '焦'는 그을리다. '赤'은 비다, 멸하다.

18) 玉石乃俱焚(옥석내구분): 착한 사람이나 악한 사람이 다 같이 재앙을 당함. 『서경』「하서」〈윤정〉, "곤강에 불이 나면 옥이나 돌이 다 타버린다[火炎崐岡, **玉石俱焚**]".

19) 참고로 황현의 『매천야록』 권6 〈1909.3〉에 "경상남도 관찰사 황철(1908.5~1910.9 재임)이 창렬사 및 북문 밖의 넓은 연못을 일본인에게 매각하였다."라는 기록에서 보듯이, 창렬사는 경술국치 이전에 벌써 일본인 소유가 되었음을 확인할 수 있다.

20) 伐柯許許(벌가호호): '許許'는 여러 사람이 같이 일할 때 기운을 돋우라고 함께 지르는 소리. '許(허)'는 소리 모양을 뜻할 때 '호'로 읽음. 『시경』「소아」〈녹명〉, "나무 베는 이영차 소리/ 걸러 온 술도 맛이 좋네[伐木許許, 釃酒有衍]".

21) 坎坎(감감): 북치는 소리. '坎坎'은 북을 치는 소리. 『시경』「소아」〈녹명〉, "내 북을 둥둥 치고/ 내 더덩실 춤을 추어[**坎坎**鼓我, 蹲蹲舞我].

22) 絢纈(현힐): 빠르게 아름다운 비단을 만듦. 곧 건물의 준공. '絢'은 빠르다. '纈'은 무늬 있는 비단.

23) 藍水抛砌(남수포체): '藍水'는 진주 남강의 별칭. 남덕유산에서 발원하여 함양 남계천(濫溪川)을 거쳐 진주로 흘러드는 쪽빛의 강. '抛砌'는 섬돌에 부딪침. '抛'는 내던지다. '砌'는 섬돌.

24) 六偉之辭(육위지사): 상량문 형식 중 운문 부분. 산문에 비해 길이가 짧다고 해서 '短詞'라 하고, 대개 운문의 서두에 아랑위(兒郞偉)가 여섯 번 들어가므로 '六偉'라 칭한다. 서사증, 『문체명변』 부록 권13.

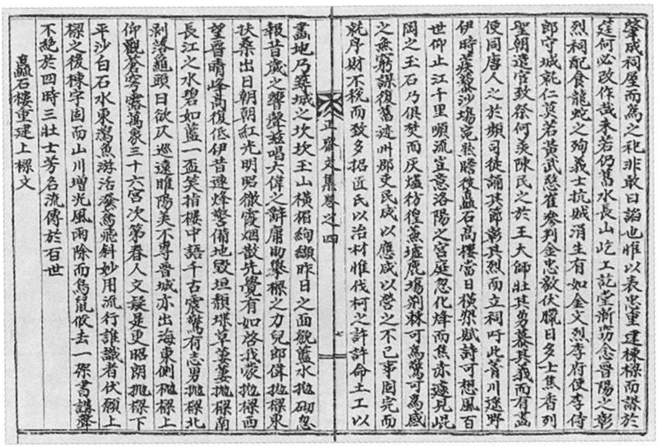

류원준, 「창렬사중건상량문」, 『정재집』 권4 〈7a~b〉

兒郞偉

抛樑東	扶桑[25]出日朝朝紅	光明昭徹霞烟散	先覺有如啓我蒙
抛樑西	望晉晴峰高復低	伊昔[26]連烽警備地	毁垣頹堞草萋萋
抛樑南	長江之水碧如藍	一盃笑指樓中語	千古震驚有志男
抛樑北	剝落[27]龜頭日欲仄	巡遠[28]睢陽美不專	晉城亦出海東側
抛樑上	仰觀蒼穹露萬象	三十六宮次第春[29]	人文疑是更昭朗
抛樑下	平沙白石水東瀉	魚游活潑鳶飛斜	妙用流行誰識者

伏願上樑之後, 棟宇[30]固而山川增光, 風雨除而鳥鼠攸去[31]. 一架書講聲,

25) 扶桑(부상): 해 돋는 곳. 유래는 한우동(1883~1950)의 삼장사 시 참조.

26) 伊昔(이석): 저 옛날. '伊'는 그, 저.

27) 剝落(박락): 돌에 새긴 글씨가 긁히고 깎여서 떨어짐. '剝'은 벗기다.

28) 巡遠(순원): 당나라 충신 장순과 허원. 유래는 부록의 인물편 '장순' 참조.

29) 천지자연의 조화를 말함. 소옹(1011~1077), 「관물음(觀物吟)」, "천근과 월굴이 한가로이 왕래하는 곳에/ 36궁이 온통 봄이로다[天根月窟閒往來, **三十六宮**都是**春**]". 『성호사설』 권20 「경사문」 〈36궁〉 참조.

30) 棟宇(동우): 집의 마룻대와 추녀 끝이란 뜻으로, '집'을 통틀어 이르는 말.

31) 『시경』 「소아」 〈사간〉, "비바람 들어오지 않고/ 새나 쥐가 없어진 집/ 바로 군자의 거처

不絶於四時, 三壯士芳名, 流傳於百世.

번역 사당을 처음 지어서 제사 지내는 일은 감히 말하건대 아첨하는 짓이 아니고 오직 충(忠)을 드러내기 위한 것이며, 기둥과 대들보를 다시 세우고 들보를 계획함에 굳이 고쳐 지으면서 옛 규모를 따르는 것보다 못하게 할 필요가 있겠는가? 강은 유장하고 산은 높으며, 공사를 마치니 건물이 참신하다.

三百年의 風霜겪은

晉州彰烈祠重建

壬亂에 戰死한 三壯士合祀堂

有志의 誠金으로 起工

창렬사 중건 착수 소식을 전한 『동아일보』〈1933.12.10〉

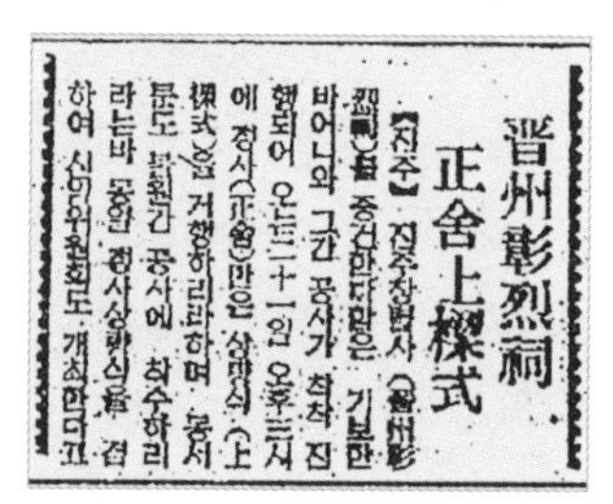

晉州彰烈祠

正舍上樑式

【진주】 진주창렬사(晉州彰烈祠)를 중건한다함은 기보한 바어니와 그간 공사가 착착 진행되어 오는 二十一일 오후 三시에 정사(正舍)만은 상량식(上樑式)을 거행하리라하며 동시 [illegible] 공사에 착수하리라는바 [illegible] 상량식을 겸하여 [illegible]회도 개최하리라고

창렬사 정사(正祠)의 상량식 예고 기사. 『동아일보』〈1934.3.20〉

생각건대 진양의 창렬사(彰烈祠)는 용사난 때 순국한 의사들을 배향하는 곳이다. 적과 맞서며 목숨을 버린 이로 문열공 김천일(金千鎰)·부사 이종인(李宗仁)·이시랑(李侍郎) 같은 이가 있고, 성을 지키다 살신성인한 이로는 무민공 황진(黃進)·최참판(崔參判)·김충의(金忠毅)만한 이가 없었다. 절기 제사 때 많은 선비가 향을 사르고, 여러 왕조에서 관리를 파견해 치제하게 하였다. 진(陳)나라 백성이 왕대사(王大師)에 대해 그 용맹함을 장하게 여기고 그 절의를 흠모하여 화상 그린 것이 있다고 한들 무엇이 부러우며, 당나라 사람이 안사도(顔司徒)에 대해 그 절개를 칭송하고 그 충렬을 표창하여 사당을 세운 것과 동일함이로다.

아, 여기 청천의 아득한 들판과 당시 마름쇠 가득했던 백사장이 완연하도다. 저 높은 촉석루에서 당시 창을 비껴든 채 시(詩) 짓던 일을 우러러보고, 강이 천 리에 순탄하게 흐르는 것처럼 백세토록 흠모하는 마음을 상상해 본다.

로다[風雨攸除, 鳥鼠攸去, 君子攸芋]".

낙양(洛陽)의 궁궐이 갑자기 봉홧불로 모조리 타버릴 줄을 어찌 생각이나 했겠으며, 문득 곤강(崑岡)의 옥석이 이내 모두 불타 잿더미가 되고 말았어라. 잡초 우거진 옛터를 배회함에 사슴 뛰놀던 곳이 가시덤불로 되었거니 경악스럽고 감개함이 끝없었다.

晉州忠烈祠竣工
六日에奉安式擧行
고전악은옛일을추억케하여
附屬建物도不遠竣工

창렬사 정사 준공식을 알리는 『동아일보』〈1934.7.10〉

옛 자취 회복하기를 도모함에 고을의 관리와 백성이 모두 부응하고 모두 공사를 벌여 그만두지 않았다. 일은 굳건히 정비하여 차례대로 이루어졌고, 재물은 세를 걷지 않았는데도 많이 헌납되었다. 장인(匠人)을 불러 목재를 다루게 하니 이영차 소리 내며 나무를 잘랐고, 토공(土工)에게 명하여 땅을 구획하게 하니 이내 북을 둥둥 울리며 성을 쌓았다. 옥산이 처마에 비껴 엇그제 같은 면모를 빠르게 갖추었고, 남강이 섬돌에 부딪혀 옛날에 듣던 소리를 문득 전해주는도다. 이에 육위(六偉)의 노래를 불러 들보 들어올리는 힘을 돕는다.

어기영차 떡을 동쪽 대들보에 던지세. 동해에 뜨는 해 아침마다 붉은데/ 밝은 빛 비추자 안개 노을 흩어지니/ 우리들 깨우치는 것 같음을 먼저 깨닫네.

떡을 서쪽 대들보에 던지세. 맑게 갠 망진봉은 높고 낮은데/ 그 옛날 봉홧불을 이어 경비했거늘/ 부서진 담과 무너진 성가퀴엔 풀이 우거져 있구나.

떡을 남쪽 대들보에 던지세. 장강 물은 쪽빛처럼 푸른데/ 누각에서 한 잔 들고 웃으며 가리킨다고 말했거니/ 천고에 놀라 떨게 할 만한 뜻있는 남아일세.

떡을 북쪽 대들보에 던지세. 굵히고 떨어져 나간 귀두에 해가 기울려 하는데/ 장순과 허원의 아름다움은 전일하지 않거니와/ 진양성 또한 바다 동쪽 곁에 우뚝하네.

떡을 위쪽 대들보에 던지세. 푸른 하늘 우러러보니 만상이 드러나고/

36궁엔 차례로 봄이 들었으니/ 세상 문물도 아마 다시 밝아지리라.

떡을 아래쪽 대들보에 던지세. 평평한 모래밭에 돌 하얗고 물은 동으로 흘러가는데/ 고기 활발히 노닐고 솔개 비스듬히 날거늘/ 오묘한 작용이 두루 행해짐을 누가 알리?

엎드려 바라옵건대 대들보를 올린 뒤로 건물은 견고하고 산천은 경치를 더하며, 비바람은 들어오지 않고 새나 쥐가 없어지게 하소서. 서가의 책 읽는 소리가 늘 끊어지지 않고 삼장사의 꽃다운 이름이 백세토록 전해지게 하소서.

(五) 第四千九百八十號

晋州忠烈寺奉安式 【진주】 진주창렬사 유지회(晋州彰烈祠維持會)에서는 四천여원의거액을 들여 청사를 중건하던바 요지음 정사(正祠)만이 준공되여 봉안식(奉安式)을 다수주민참렬하에 거행하엿다함은 기보한바어니와 금번동、서(東、西)양사도 준공되엿으므로 지난十一일 오후一시부터 창렬사에서 동서양사 봉안식(奉安式)을 성대히 거행하엿는데 당일 참석자가 무려 수백에달하엿으며 조선고대예술을 유감없이 발휘한 단청(丹靑)은 보는사람으로하야금 황홀하게 하엿는데 존엄한 고악(古樂)의 주악리에 식을 마치고 무사히 산회하엿다한다。

창렬사 동서 양사 봉안식. 『동아일보』〈1934.10.17〉

○ 권재규(權載奎, 1870~1952) 자 군오(君五), 호 이당(而堂)·송산(松山)

본관 안동. 산청 단성면 강루리 교동(校洞) 출생. 일찍 최숙민에게 학문을 배웠고, 1889년 노백헌 정재규(1843~1911)의 문인이 되어 이후 20년 넘게 모셨다. 1899년 한유·권구환 등과 함께 포천에 가서 면암 최익현(1833~1906)을 배알했다. 망국의 세월 속에서 마을의 소천정(昭泉亭)과 인곡서당, 단성의 신안정사를 중심으로 학문을 연마하고 후학을 양성했으며. 회봉 하겸진(1870~1946)과는 평생지기였다.
아래 기문은 본문 속의 "을해년을 넘겼다."라는 표현으로 볼 때 병자년(1936)에 지었음을 알 수 있다.

「彰烈祠重建記」 〈『이당집』 권28, 13a~14b〉 (창렬사 중건기)

晉州之彰烈祠, 成於萬曆丁未. 蓋所以祭壬癸死義諸將凡二十有九人, 而自上宣額[1]者也. 其始也, 制度苟簡[2], 儀文未備. 至肅廟時, 崔公鎭漢來鎭玆州, 重建祠宇, 創立東西齋, 祭器·祭服無不辦備, 厥功偉矣. 其後二百餘年之間, 申公大顯·白公師闇·趙公文彦·李公柏然, 皆以玆州鎭帥[3], 次第修補. 而至于今日, 全體朽敗, 不可以復補矣. 一日鄕人士相與謀曰 "玆祠之朽敗, 吾鄕之恥也. 旣無鎭帥之自任如前日, 則吾輩可無責耶?". 於是各隨其力,

晉州之彰烈祠成於 萬曆丁未蓋所以祭壬癸死
義諸將凡二十有九人而自 上宣額者也其始也
制度苟簡儀文未備至 肅廟時崔公鎭漢來鎭玆
州重建祠宇創立東西齋祭器祭服無不辦備厥功
偉矣其後二百餘年之間申公大顯白公師闇趙公
文彦李公柏然皆以玆州鎭帥次第修補而至于今
日全體朽敗不可以復補矣一日鄕人士相與謀曰
玆祠之朽敗吾鄕之恥也旣無鎭帥之自任如前日
則吾輩可無責耶於是各隨其力而樂捐之凡祠宇齋
舍門墻廚庫之屬無不撤舊而新建其制度壯麗視

권재규, 「창렬사중건기」, 『이당집』 권28 〈13b〉

而樂捐之. 凡祠宇·齋舍·門墻·廚庫之屬, 無不撤舊, 而新建其制度壯麗, 視昔不啻過焉. 始於乙亥[4], 踰年而終, 鄭泰驥[5]實主管而誠幹俱至. 旣而鄕人

---

1) 宣額(선액): =사액(賜額). 임금이 건물의 이름을 지어줌.
2) 苟簡(구간): 소홀함, 등한함, 일을 간략하게 함, 적당히 함.
3) 鎭帥(진수): 무관의 관제상 지방 군무의 총사령관인 병마절도사나 수군절도사를 지칭하는 말
4) 始於乙亥(시어을해): 1935년 11월 22일 상량식을 거행한 창렬사의 강당과 정문을 지칭함.
5) 鄭泰驥(정태기, 1895~1955): 정문부의 11세손으로, 가계는 〈정문부-정대영-정유상-정벌……정면석-정태기-(계)정유근〉으로 이어진다. 자 주팔(周八), 호 일송(一松). 진주재판

士伻[6]鄭泰增[7], 問記於不佞, 不佞老且病, 謝筆硯久矣. 而彝性所感亦不能自外, 謹記之. 曰天地無終窮, 人生其間特須臾耳. 然有忠誠義理之卓犖[8]者, 則貫天地而同, 其不弊, 其故何也? 蓋有天地則不能無人, 有人則不能無秉彝之性. 惟其有秉彝之性, 是以於其有忠誠義理之卓犖者. 感激思慕·咨嗟歌詠不以世之遠近·國之存亡而有間, 此所以爲與天地悠久者也. 嗚呼, 今去諸公之世, 三百餘年之久, 人莫不咨嗟感泣祠而祭之. 雖邦國滄桑, 而此心不渝[9], 增修無倦, 豈非由彝性之極天罔墜[10]者耶? 以此推之, 將來之嗣, 而葺之以傳千百世也, 可無疑矣. 第有一焉僉章甫. 今日之擧, 固爲盛矣. 然慕其人則須求其所以爲人者而自反焉, 常常使吾心淬礪[11]琢磨於忠誠義理之中. 若當其人之地, 則亦爲其人之事, 夫然後眞可謂慕其人. 若只以祠宇之尊奉, 爲盡慕之之道, 則末矣.

此心不渝增修無倦豈非由彝性之極天罔墜者耶
以此推之將來之嗣而葺之以傳千百世也可無疑
矣第有一焉僉章甫今日之擧固爲盛矣然慕其人
則須求其所以爲人者而自反焉常常使吾心淬礪
琢磨於忠誠義理之中若當其人之地則亦爲其人
之事夫然後眞可謂慕其人若只以祠宇之尊奉爲
盡慕之之道則末矣
院北齋重修記
咸州之西三十里有防禦山磅礴蜿蜒鍾毓精靈其
下有洞曰院北故琴隱先生趙公廬墓之地而四尺

권재규, 「창렬사중건기」, 『이당집』 권28 〈14b〉

번역 진주(晉州) 창렬사(彰烈祠)는 만력 정미년(1607)에 지어졌다. 대개 임진년과 계사년에 순국한 장군들 무릇 29인을 제향하는데, 임금으로부터 사액을 받았다. 처음에는 규모가 매우 간략하고 의식 절목이 갖추어지

소 앞에 정양당 건재약국을 운영하여 '한약계의 혜성'으로 불렸고, 공익사업에도 열의가 남달라 창렬사를 중건할 때 건축 유사(有司)로서 거금을 희사했으며, 1937년 8월 창렬사 원임(院任)을 맡았다.

6) 伻(팽): 부리다, 시키다.

7) 鄭泰增(정태증): 鄭珪錫(1876~1954)의 족질.

8) 卓犖(탁락): 월등하게 뛰어남. '犖'은 훌륭하다.

9) 渝(투): 달라지다.

10) 極天罔墜(극천망추): 변함이 없음. 『소학』, "다행히 타고난 성품은 하늘이 다하도록 실추함이 없다[幸兹秉彝, **極天罔墜**]".

11) 淬礪(쉬려): 힘쓰다. '淬'는 담금질하다. '礪'는 갈다.

지 않았다.

숙종 대에 이르러 최진한(崔鎭漢) 공이 이 고을의 병마절도사로서 사우를 창건하고 동재와 서재를 창립하였고, 제기와 제복을 구비하지 않음이 없었다. 그 뒤 2백여 년 사이에 신대현(申大顯)·백사은(白師誾)·조문언(趙文彦)·이백연(李柏然) 제공이 모두 이 고을의 절도사로서 차례로 보수하였다.

晋州彰烈祠에
新講堂建築
진주 인사들이 공사비거출
誠金遝至로工事進行

迎日灣險地
道路期成會

창렬사 강당 신축 중임을 보도한 『동아일보』〈1935.7.29〉

오늘날에 이르러 전체가 이지러졌는데도 다시 보수할 수 없었다. 하루는 마을의 인사들이 함께 도모하면서, "이 사당의 이지러짐은 우리 마을의 수치이다. 절도사가 예전에 자임하던 것처럼 하지 않으니 우리들의 책임이 없다고 할 수 있겠는가?" 하였다. 이에 각자 역량에 따라 즐거운 마음으로 기부하였다. 무릇 사우·재사·대문과 담장·부엌 따위의 경우 낡은 것은 철거하지 않음이 없었고, 그 규모를 장려하게 새로 건축하여 옛날보다 훨씬 뛰어남을 보게 되었다. 을해년(1935)에 시작하여 해를 넘겨 마쳤으니, 정태기(鄭泰驥)가 실제 주관하되 참으로 주선함이 모두 극진하였다.

마을 인사가 정태증(鄭泰增)을 시켜 나에게 기문을 청해왔는데, 나는 늙고 병들어 글을 사양한 지가 오래되었다. 그러나 타고난 본성에 감동된 바를 스스로 도외시할 수 없어 삼가 짓는다. 천지는 무궁하나 인생은 그 사이에서 잠시일 뿐이다. 그런데 충성과 의리의 탁월함이 천지를 관통하여 함께하면서 다하지 않는데 그 까닭은 무엇인가? 대개 천지가 있으면 사람이 없을 수 없고, 사람이 있으면 천성이 없을 수 없다. 오직 사람에게 천성이 있으므로 사람에게 충성과 의리의 탁월함이 있게 된다. 감격과 흠모, 탄식과 노래는 세상의 원근과 나라의 존망에도 틈이 있을 수 없으니, 이는 천지와 함께 유구하기 때문이다.

아, 지금 제공(諸公)이 세상을 떠난 지 삼백여 년이나 지났지만 사람들이 탄식하고 사당에 감읍하면서 제를 올리지 않음이 없다. 비록 나라가 급변하였

晉州彰烈祠文修

【晉州】 晉州城西에잇는彰烈祠는距今三百年前壬辰亂當時의三十一壯士를奉安享祀하는祠宇이엇스나春風秋雨幾百年동안風雨雨洗로因하야 自然頹落되야보는사람으로하야금慨嘆無量을禁치못하게하야 鄕中士林들이協[illegible]議하고平居面[illegible]大里에잇는鄭泰鎬氏를建築有司로推薦하엿든바該氏는此를快諾하고그간만흔活動으로正祠와東西兩廡를改築하고다시齋宮을建築 지난二十五日에上梁式을多數人士參列裡에盛大하게擧行하엿다 (寫眞은上梁式)

창렬사 강당 상량식. 『매일신보』〈1935.11.27〉

더라도 이러한 마음 변치 않고 거듭 중수함에 게을리하지 않았으니, 어찌 하늘이 다하도록 실추되지 않은 떳떳한 품성에서 연유한 것이 아니겠는가? 이로써 미루어본다면 장래의 후손들도 그것을 중수하여 천백 년 세상에 전할 것임은 의심할 여지가 없다.

다만 여러 선비에게 한 가지가 말할 게 있다. 오늘의 사업이 진실로 성대하다. 하지만 그 사람을 흠모한다면 모름지기 그가 사람 된 까닭을 찾아 스스로 반성해야 하고, 언제나 자신의 마음을 충성과 의리 속에서 갈고 닦아야 할 것이다. 그 사람의 처지와 같게 되는 경우 그 사람이 한 일처럼 한 뒤에라야 진실로 그 사람을 흠모한 것으로 일컬을 수 있다. 단지 사우를 높이 받든 것으로써 그를 존모하는 도리를 다하였다고 하면 말단이다.

○ 하우식(河祐植, 1875~1943) 자 성락(聖洛), 호 담산(澹山)·목재(木齋)

본관 진양. (문하)시랑공파. 진주 대곡면 단목리 출생. 부친은 창주 하징(河憕, 1563~1624)의 10세손 하계룡(河啓龍)이다. 우병사 정기택(1886~1888 재직)이 개설한 촉석루 백일장에서 뛰어난 시를 지어 주위를 놀라게 했고, 1891년 향시 병폐를 접한 뒤 뜻을 접었다. 송병선(1897)·전우(1906)의 제자로 예학에 정통했고, 기호학파 정재규·조성가·조용헌 등과 교유했다. 동문수학한 사돈 한유(1868~1911)의 『우산집』 간행을 주도했다. 장남이 하순봉(河恂鳳, 1901~1970)이고, 사위로 한승(韓昇)·권옥현 등이 있으며, 손서가 LG그룹 창업자 구자경(具滋暻)이다.
한편 『동아일보』 〈1935.11.27〉에 의하면 본문 속에 언급한 강당과 정문은 1935년 11월 22일에 상량식을 거행했으므로, 아래 기문은 병자년(1936)에 지었음이 확실하다.

「彰烈祠重修記」 代 〈『담산집』 권5, 48b~49b〉 **(창렬사중수기)** 대신하여 지음

嗚呼, 惟此矗石城西彰烈祠者, 卽我穆陵壬癸殉節諸公尊祀·宣額[1]之院也. 諸公之以死勤事, 能禦大患之忠.[2] 朝家之致祭·贈官·易名[3]之典, 歷歷[4]昭載於『忠烈實錄』[5], 銘在州人士世世之口碑[6], 則今不須贅也. 但其修葺滋久, 頹敗圮傾[7], 幾不能支. 鄕之父老, 相與慨歎曰 “是祠而顚者, 吾州之恥”. 於是定募義[8]重建之議, 屬某某等, 幹其事, 經兩歲而告功[9]. 自正祠·東西祠·講堂, 以及神門·正門·碑閣, 凡二十餘間, 並用新材重建. 階砌[10]墻垣, 亦皆鑿石牢[11]築. 昔之藉[12]官力於昇平·宴安[13]之時, 而尙多牽架[14]之歎. 今

---

1) 宣額(선액): =사액(賜額). 임금이 건물의 이름을 지어줌. '宣'은 하교를 내림.

2) 성왕(聖王)이 제사를 제정함에, “죽음으로써 나랏일에 힘쓴 인물에 대하여 제사를 지내고, …… 큰 재해를 막은 인물에 대하여 제사를 지내고, 큰 환란을 막은 인물에 대하여 제사를 지낸다.[**以死勤事**則祀之……**能禦**大菑則祀之, **能捍大患**則祀之]” 하였다. 『예기』 제23 「제법」.

3) 易名(역명): 이름을 바꿈, 곧 시호를 내림.

4) 歷歷(역력): 분명한 모양. '歷'은 분명하다.

5) 『忠烈實錄(충렬실록)』: 창렬사 연혁과 제향에 관한 사료를 집대성한 자료.

6) 口碑(구비): 사람들이 칭송하는 소리를 하여 마치 송덕비를 세운 것과 같음.

7) 圮傾(비경): 무너지고 기울어짐. '圮'는 圯(이, 흙다리)와 다른 자임.

8) 募義(모의): 의연(義捐)을 모음. '의연'은 공익을 위해 금품이나 물품을 냄.

9) 告功(고공): 공적을 알림. 여기서는 완공을 뜻함.

10) 階砌(계체): 계절(階節, 무덤 앞에 평평하게 닦아 만든 땅) 끝에 놓은 장대석.

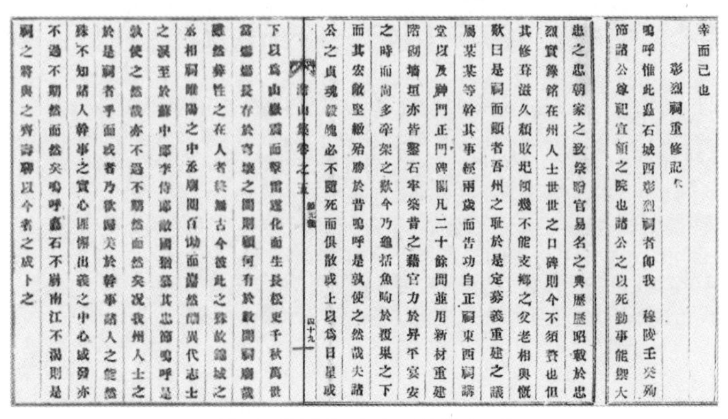
幸而已也
彰烈祠重修記
嗚呼惟此矗石城西彰烈祠者仰我 穆陵壬癸殉
節諸公尊祀宣額之院也諸公之以死勤事能禦大
患之忠朝家之致祭賜官易名之典歷歷昭載於忠
烈實錄銘在州人士世世之口碑則今不須贅也但
其修葺滋久頹敗圮傾幾不能支鄉之父老相與慨
歎曰是祠而顚者吾州之恥於是定募義重建之議
屬某某等幹其事經兩歲而告功自正祠東西祠講
堂以及神門正門碑閣凡二十餘間並用新材重建
階砌墻垣亦皆鑿石牢築昔之藉官力於昇平宴安
之時而尙多牽架之歎今乃龜括魚呴於覆巢之下
而其宏敞堅緻殆勝於昔嗚呼是孰使之然哉夫諸
公之貞魂毅魄必不隨死而俱散或上以爲日星或
澹山集卷之五 四十九
下以爲山嶽震而擊雷霆化而生長松更千秋萬世
當爀爀長存於穹壤之間則顧何有於數間祠廟哉
雖然彝性之在人者無古今彼此之殊故鑄城之
丞相祠睢陽之中丞廟因百劫而巋然爲異代志士
之淚至於蘇中郞李侍郞敵國猶慕其忠節嗚呼是
孰使之然哉亦不過不期然而然矣況我州人士之
於是祠者乎而或者乃欲歸美於幹事諸人之能然
殊不知諸人幹事之實心匪懈出義之中心感發亦
不過不期然而然矣嗚呼矗石不崩南江不渴則是
祠之將與之齊壽聊以今者之成卜之

하우식, 「창렬사중수기」, 『담산집』 권5

乃龜括15)·魚呴16)於覆巢之下17), 而其宏敞堅緻18), 殆勝於昔. 嗚呼, 是孰使之然哉? 夫諸公之貞魂毅魄, 必不隨死而俱散, 或上以爲日星, 或下以爲山嶽. 震而擊雷霆19), 化而生長松, 更千秋萬世, 當爀爀20)長存於穹壤21)之間,

11) 牢(뢰): 굳다, 견고하다.

12) 藉(자): 의존하다, 빌리다.

13) 宴安(연안): 편안히 지냄. 몸과 마음이 한가하고 편안함. '宴'은 편안하다.

14) 牽架(견가): 옷의 뚫어진 구멍을 끌어당겨서 기움. 곧 비가 새는 지붕을 이리저리 얽어서 막음. '牽'은 끌어당기다. '架'는 얽다.

15) 龜括(귀괄): 대개 수고만 할 뿐 보람 없는 일을 비유할 때 쓰는 말이나 여기서는 여건이 어려운 가운데서도 보기 드물게 힘을 합침을 뜻함. 소식, 「동파팔수」 〈1081년〉 중 제8수, 『소동파집』 권21, "거북의 등에서 털을 긁어모은들/ 언제 털방석을 만들 수 있으랴?[刮毛龜背上, 何時得成氈]". '括'은 담다, 모으다.

16) 魚呴(어구): 어려운 처지에서도 상대방을 위해 베푸는 의리를 말함. '呴'는 입김을 불어 따뜻하게 하다. 『장자』 「대종사」, "샘이 말라 육지로 변한 못에서 물고기들이 서로 입김을 불어주고 거품을 뿜어 적셔 주지만, 강호에서 서로 잊고 사는 것만 못하다.[泉涸, 魚相與處於陸, 相呴以濕, 相濡以沫, 不如相忘於江湖]".

17) 覆巢之下(복소지하): 뒤엎어진 둥지 아래. 창렬사의 퇴락한 모습을 비유함.

18) 宏敞堅緻(굉창견치): '宏敞'은 넓고 훤함. '堅緻'은 견고하고 치밀함.

19) 雷霆(뇌정): 격렬한 천둥. '雷(뢰)'는 우레. '霆'은 천둥소리, 번개.

20) 爀爀(혁혁): 가문이나 업적 등이 매우 빛남. '爀'은 불빛이 붉은 모양.

21) 穹壤(궁양): =천지(天地). '穹'은 하늘. '壤'은 땅.

則顧何有於數間祠廟哉? 雖然彝性之在人者, 終無古今彼此之殊. 故錦城之丞相祠[22]·睢陽之中丞廟[23], 閱百㤼而巋然[24], 釀異代志士之淚, 至於蘇中郎[25]·李侍郎[26], 敵國猶慕其忠節. 嗚呼, 是孰使之然哉? 亦不過不期然而然矣, 況我州人士之於是祠者乎! 而或者乃欲歸美[27]於幹事諸人之能, 然殊不知諸人幹事之實心. 匪懈[28]出義之中心, 感發亦不過不期然而然矣. 嗚呼, 矗石不崩, 南江不渴, 則是祠之將與之齊壽. 聊以今者之成, 卜[29]之.

번역 오호라, 오직 이 촉석성 서쪽의 창렬사(彰烈祠)는 곧 우리 목릉 시대의 임진년과 계사년에 순절한 제공(諸公)을 우러러 제사 지내는 곳으로, 임금이 직접 사액한 사당이다. 제공이 죽음으로 나랏일에 힘써 능히 큰 환난을 막아낸 충성을 보였다. 조정에서 베푼 제사와 추증한 관직과 하사한 시호(諡號)의 은전이 『충렬실록』에 분명히 실려 있고, 고을 인사들이 대대로 전하는 구비(口碑)에도 새겨져 있으니, 지금 굳이 부언할 필요는 없다.

다만 그 중수(重修)가 한참 오래되어 무너지고 이지러져 거의 지탱할 수 없었다. 고을 원로들이 서로 개탄하며 "이 사당이 무너져 있는 것은 우리 고을의 수치이다." 말하였다. 이에 의연(義捐)을 모아 중건하는 계획을 정하고서 아무개 등에게 위촉하여 그 일을 주관하게 하였는데, 두 해가 지나서야

---

22) 丞相祠(승상사): 촉나라 승상(丞相) 제갈량을 모시는 사당. 일명 무후사(武侯祠). 금관성(錦官城)은 사천성 성도현의 남쪽에 있던 옛 성인데, 이곳에 승상사가 있다.

23) 中丞廟(중승묘): 당나라의 충신 어사중승(御史中丞) 장순(張巡)을 모시는 사당. 부록의 인물편 '장순' 참조.

24) 巋然(귀연): 우뚝 높이 선 모양. '巋'는 험준하다, 홀로 우뚝 선 모양.

25) 蘇中郎(소중랑): 소무(蘇武). 그는 BC.100년에 중랑장(中郎將)으로서 흉노에게 잡혀가 19년간 억류되어 있으면서도 절의를 버리지 않아 그들도 감동했다고 한다.

26) 李侍郎(이시랑): 이약수(李若水, 1093~1127). 1127년 금나라가 휘종과 흠종을 포로로 잡아갈 때 이부시랑(吏部侍郎)으로서 호종했는데, 황제를 핍박하는 그들을 크게 나무라며 저항하다가 순절했다. 『송사』 권446 「이약수전」 참조.

27) 歸美(귀미): 잘한 것을 남에게 돌림. 반대어는 귀구(歸咎).

28) 匪懈(비해): 나태하지 않음. '匪'는 아니다.

29) 卜(복): 주다, 상대에게 주다.

嶺南春秋 昭和十年九月十五日

有志諸氏熱誠으로
晉州彰烈祠重建

壬辰亂에 殉節한 三壯士以下 諸將軍卒의 忠魂을 奉祀하야 오는 彰烈祠는 多年의 風磨雨洗로 退落하얏슴은 有意者의 마음을 쓸아리게 하든바 去年秋頃 晉州有志 鄭奎奭氏外 多數諸氏의 發起로 重建의 깁봉을 보게되얏는대 一般社會에서는 發起人제位의 誠意에 感謝를 마지안는다 한다

【寫眞은 彰烈祠】

『영남춘추』〈1935.9.15, 7면〉(『향토의 정기』, 금호출판사, 1984, 81쪽)

완공(完工)을 알리게 되었다.

중앙 사우(祠宇)와 동서의 사우와 강당에서부터 신문(神門)과 정문과 비각에 이르기까지 무릇 스무 칸으로 나란히 새 자재를 사용하여 중건하였다. 계단과 담장 또한 모두 돌을 쪼아 견고하게 수축하였다. 옛날 태평하고 평온한 시절에 관의 힘에 의지하였으되 오히려 보수하는 데에는 탄식함이 많았다. 지금은 퇴락한 건물의 중수(重修)가 참으로 어려운 일임에도 기꺼이 서로 힘을 합쳤으니, 그 넓고 훤하며 견고하고 치밀한 것은 예전보다 훨씬 나았다.

오호라, 무엇이 이렇게 만들었는가? 제공(諸公)의 정혼(貞魂)과 의백(義魄)이 반드시 죽음을 따라 함께 흩어지지 않아, 위로는 해와 별이 되었거나 아래로는 산악이 되었을 것이다. 진노해서는 격렬히 천둥 치고, 변해서는 장송으로 자라 더욱 천추 만세토록 당당히 빛나고 빛나 하늘과 땅 사이에 길이 있을지니, 생각건대 무엇인들 여러 칸의 사당에 있겠는가?

비록 사람에게 타고난 본성이 있을지라도 끝내는 고금 피차에 다름이 없다. 그러므로 금성의 제갈량(諸葛亮) 사당과 수양의 장순(張巡) 사당은 오랜 세월

이 지났지만 홀로 우뚝하여 후대에도 지사들의 눈물을 자아내게 하였고, 심지어 소무(蘇武)와 이약수(李若水)의 경우에는 적국마저도 오히려 그 충절을 흠모하였다.

오호라, 무엇이 이렇게 만들었는가? 마음먹지 않았는데도 자연스레 그렇게 되었을 뿐이니, 하물며 우리 고을의 인사들이 이 사당에 있어서랴! 어떤 사람은 일을 주관한 사람들의 능력에 칭찬을 돌리려 하지만 그들이 일을 주관한 실제의 마음은 거의 알지 못한다. 의리에서 표출된 속마음을 게을리하지 않았고, 감발함 또한 마음먹지 않았는데도 자연스레 그렇게 된 것이다.

中央公衆報

二

今般國勢調査로 낫하난 朝鮮人口二千五百萬

◇一年의增加率이 三十六萬八千人의平均

風磨雨洗로頹落한 晋州彰烈祠重建

◇…鄭泰驥氏의努力으로事竟成

창렬사 정사와 동·서사 준공 뒤 1935년 9월 15일 재실과 부속건물의 상량식을 거행하고 머지않아 완성될 사당의 온전한 모습을 바라는 소식을 전하고 있다. 『중앙공중보』 〈1935.12.1, 2면〉

오호라, 촉석루(矗石樓)는 무너지지 않고 남강(南江)은 마르지 않을 것이니, 이 사당은 장차 남강과 더불어 나란히 장수할 것이다. 애로라지 이제 기문을 완성하여 준다.

○ 양찬우(楊燦宇, 1926~2011) 호 동천(東泉)

본관 청주. 양산군 좌이면 하잠리(부산시 북구 화명동)에서 출생했고, 육군사관학교 3기로 졸업했다. 육군 소장 신분으로 1961년 8월부터 1963년 12월까지 경남도지사를 지냈고, 재직 중 부산이 경상남도와 분리되어 직할시로 승격했다. 예편과 동시에 내무부 차관이 되었고 이듬해 제29대 내무부장관에 임명되었다. 1967년 전국구를 시작으로 부산 동래구에서 제8~10대 국회위원에 당선되었다. 전두환 정권 이후 정치적 입지를 상실했다.
양찬우의 중수기를 새긴 비석이 현재 창렬사 외삼문 안쪽의 좌측 언덕에 세워져 있다. 1962년 11월 15일 개천예술제 개막식 때 중수낙성식을 함께 거행했다. 사당을 나오면 경충당(景忠堂) 우측에 같은 날에 세운 양찬우의 식수 기념석이 있다. 그리고 창렬사 동사 곁에 대통령 권한대행 박정희 방문 기념석(1962.11.15)과 '諸將軍卒之位'라는 위령비가 있다.

「彰烈祠重修記」 〈창렬사 경내〉 **(창렬사중수기)**

(앞면)

倭敵의 侵略을 받아 壬辰 癸巳 兩年에 걸친 熾烈한 戰鬪 끝에 殉國하신 忠武公 金時敏 將軍과 倡義使 金千鎰 慶尙右道兵馬節度使 崔慶會 忠淸兵馬節度使 黃進의 三壯士를 비롯하여 많은 諸將 軍卒을 모신, 民族 萬代의 象徵인 우리나라에 唯一한 彰烈祠가 無道한 倭帝의 三十六年 동안의 暴政下에 風磨雨灑로 頹落되여, 儒林을 爲始한 有志들이 그동안 累次의 補修에 힘써왔으나 그 뜻을 다 이루지 못하여 慨歎을 禁치 못하든 바, 民族正氣를 바로잡고 淸新한 氣風을 振作시켜 民主大韓의 굳건한 土台를 이룩하기 爲하여, 大統領 權限代行 國家再建最高會議議長 陸軍大將 朴正熙 閣下의 敦篤하신 配慮로, 國庫補助에 依하여 壬寅 十一月

양찬우, 「창렬사중수기」 비석. 창렬사 경내
©2023.3.22

十五日을 期하여 重修 落成을 보게 되었으니, 이 땅의 民族의 正氣는 새로 重興되며 民族의 脈膊[1]은 다시 鼓動치기 始作하였도다.

이 彰烈祠의 얼은 民族과 더불어 永遠不滅할 것으로 믿는다. 그 높으신 先烈의 뜻을 기리 받들고져 重修 記念으로 여기 돌 하나 깎아 세운다.

(좌측)

西紀 一九六二年 十一月 十五日

慶尙南道知事 陸軍少將 楊燦宇

참된藝術祭당부

楊知事 彰烈祠重修等에言及

(晉州分室) 오늘개막을 하게되는 개천예술제서 제에 참석하기위하여十三일밤내진한 楊燦宇경남지사는 一四일상오一〇시부터진주시장실에서 기자회견을가졌다 楊知事는 동회견을통하여 앞으로연五일간유서깊은 고도인晉州에서 거국으로적 막을 올리게될을뜻깊게생각한다고했다 또한 금년에는 임진왜란당시왜적을물리처대첩을 올리고 전사한충혼을 모신창열사(彰烈祠) 중수낙성식이동시에거행되어 朴의장을비롯한정부요로들이 참석케 될것이라고 하고 시민의 참된 예술의식을 발휘해 줄것을 당부했다 이어 釜山시의 직할시승격에관한 기자질문이 있은다음 楊知事는 시내상봉서동에 임시로 마련된「헤리코프터」정착지 및 창열사리중수공사현장과 공원지대를 일일히답사하고 예술제개막준비에임했다 (사진=丹粧하는 彰烈祠)

창렬사 중수 후 단청하는 모습. 『마산일보』〈1962.11.15, 3면〉

1) 脈膊(박): '박(搏)'의 오기.

삼장사논쟁 남강득인 최경회행장

○ 성여신(成汝信, 1546~1632) 자 공실(公實), 호 부사(浮查)

진주 대여면(代如面) 구동촌(龜洞村, 현 금산면 가방리) 출생. 정유재란 때 차남 성용(成鏞)과 함께 화왕산성 전투에 참가했고, 64세 때 겨우 사마시에 합격할 정도로 벼슬과는 거리를 두고 평생 재야 선비로 살았다. 그 외 생애 정보는 '김시민전공비' 참조. 아래 송암 이로의 약전이 수록된 『부사집』은 1785년 처음 간행되었고, 권6 부록에 실린 「언행록」은 외증손 안시진(安時進)이 1697년경에 처음 정리했다.

「李松巖」 〈『부사집』 권6 「종유제현록」〉 (이송암)

公名魯, 字汝唯. 甲辰生, 宜寧人. 丁舍人熿謫巨濟時, 就學焉, 又遊守愚堂門.[1] 氣骨雄豪, 言論激勵, 人以氣節稱之. 文名早盛, 中進士, 晩登第[2]. 拜正言, 卽遞. 嘗爲比安縣, 治績甚著.[3] 壬辰之亂, 與趙咸陽宗道, 誓心討賊. 時鶴峯金先生, 以招諭使, 到咸陽, 二公不期而會. 鶴峯喜甚, 因留之幕下. 同至晉陽, 見城守不備·軍民未集, 以爲前頭事勢, 更無下手地, 欲與同沈於江. 鶴峯以爲死未晩, 笑而止之. 後人稱之謂'矗石樓中三壯士', 有詩傳於世. 後爲都體察使李元翼參謀官, 多所謀畫.[4] 患瘧歲餘, 終不起. 自號松巖.

---

1) 1560년 거제에서 유헌 정황(1512~1560)을 배알했다. 1562년 두 동생과 함께 수우당 최영경(1529~1590)에게 배웠고, 이듬해 조식(1501~1572)의 문인이 되었다.

2) 1564년 진사시 회시에 3등으로 합격했고, 1590년 증광시 갑과 3등으로 급제했다.

3) 1594년 7월 비안현감으로 재직했으며, 11월 정언이 되었다가 곧 체차되고 다시 비안현감이 되었다.

4) 1597년 9월 도체찰사 이원익의 별장으로서 창원 등지에서 활약했다.

번역 공의 이름은 로(魯)이고, 자는 여유(汝唯)이다. 갑진년(1544)에 태어났으며, 의령(宜寧) 출신이다. 사인 정황(丁熿)이 거제에 유배되었을 때 나아가 배웠고, 또 수우당(守愚堂)의 문하에서 배웠다.

기골이 웅장하고 호걸스러웠으며 언어나 문장이 격렬하고 엄정하였는데, 사람들은 기개와 절조를 들어 칭송하였다. 글을 잘 짓는다는 명성이 젊을 때부터 자자하여 진사시에 합격하였고, 뒤늦게 문과 급제하였다. 정언에 제수되었으나 곧 그만두었다. 일찍이 비안현감을 지낼 때 치적이 크게 드러났다.

임진왜란 때 함양군수 조종도(趙宗道)와 함께 왜적을 토벌하기로 맹세하였다. 이때 학봉(鶴峯) 김선생이 초유사로 함양(咸陽)에 도착해 있었는데, 두 공(公)을 약속 없이 만났다. 학봉이 매우 기뻐하고는 그들을 막하에 머물게 하였다.

함께 진양(晉陽)에 이르러 성 지킴에 준비가 없고 군졸과 백성이 모이지 않음을 보고서, 앞으로 닥칠 일의 형세는 다시 손쓸 방법이 없다고 생각하여 함께 강물에 빠지자고 하였다. 학봉은 (나중에) 죽더라도 늦지 않다고 하며 웃으면서 그만두게 하였다. 후세 사람들이 그들을 '촉석루중삼장사(矗石樓中三壯士)'라고 일컬었는데, 시가 세상에 전한다.

뒤에 도체찰사 이원익(李元翼)의 참모관이 되어 계책을 세운 것이 많았다. 학질로 한 해 남짓 앓다가 끝내 일어나지 못하였다. 자호는 송암(松巖)이다.

성여신의 강학공간 부사정. 진주 금산면 가방리 남성마을.
ⓒ2011.9.3

○ 하세응(河世應, 1671~1727) 자 응서(應瑞), 호 지명당(知命堂)

본관 진양. (문하)시랑공파. 진주 수곡리(水谷里, 현 수곡면 효자리) 출생. 시조 하공진의 후예로 송정 하수일(河受一)의 고손이다. 자세한 생애 정보는 제3부 제2장 충신 사적 산문(「정충단사우중수기」) 참조.
아래 상소문의 저작 시기는 정확히 알 수 없다. 김성일·조동도·곽재우를 삼장사로 들고, 진주에 김성일 사당 건립을 요청하는 것이 주된 내용이다.

「請祠祀三壯士疏」〈『지명당집』 권2, 8a~13b〉
(사당에 삼장사의 제사 모시기를 청원하는 상소)

伏以褒義旌忠, 必觀其夷險[1]終始之節, 而立廟報祀, 宜在於臨危授命之地. 是以夷齊之祠立於首陽, 巡遠之廟設於睢陽, 豈不以採薇之歌[2]·飮血之詩在逃山嬰堞[3]之日也? 然則爲忠賢俎豆之擧, 不但以其所生鄕而亦必在於畢命之所者, 其來古矣. 臣等生乎百歲之後, 聞百歲忠賢之風, 而有所興起者. 昔在宣廟朝島夷之難, 有若贈參判文忠公臣金誠一, 以招諭使到晉陽, 與贈判書忠毅公臣趙宗道·贈判書忠翼公臣郭再祐, 共登晉州矗石樓, 賦詩曰 "矗石樓中三壯士, 一杯笑指長江水, 長江之水流滔滔, 波不渴兮魂不死". 三臣之道德·忠節·勳業, 載簡冊垂耳目. 而其登樓誓死之句, 留詠牙頰[4]與採薇之歌·飮血之詩, 幷響同心, 則晉陽之於三臣, 其非夷齊之首陽·巡遠之睢

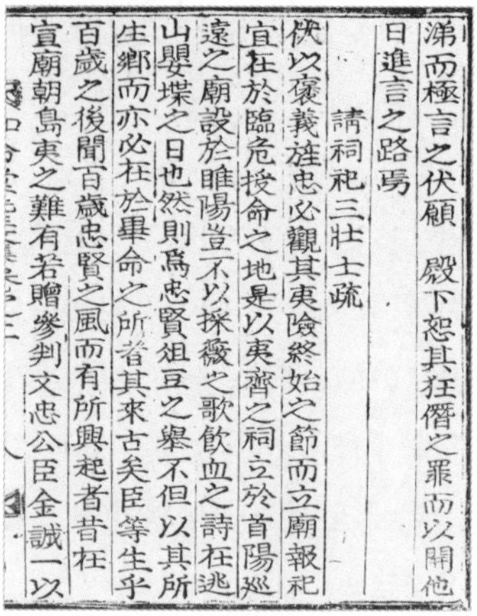
涕而極言之伏願 殿下恕其狂僭之罪而以開他
日進言之路焉
請祠祀三壯士疏
伏以褒義旌忠必觀其夷險終始之節而立廟報祀
宜在於臨危授命之地是以夷齊之祠立於首陽巡
遠之廟設於睢陽豈不以採薇之歌飮血之詩在逃
山嬰堞之日也然則爲忠賢俎豆之擧不但以其所
生鄕而亦必在於畢命之所者其來古矣臣等生乎
百歲之後聞百歲忠賢之風而有所興起者昔在
宣廟朝島夷之難有若贈參判文忠公臣金誠一以

하세응, 「청사사삼장사소」, 『지명당집』 권2 〈8a〉

---
1) 夷險(이험): 평탄함과 험준함. '夷'는 평평하다, 오랑캐.
2) 採薇之歌(채미지가): 백이와 숙제가 굶주려가며 지어 부른 고사리를 캐 먹은 노래.
3) 嬰堞(영첩): =영성(嬰城). 성문을 닫고 굳게 지킴. '嬰'은 두르다.
4) 牙頰(아협): 어금니와 뺨, 곧 입안.

陽耶? 臣等謀營金誠一俎豆之奉者, 積有年所, 而頃年朝家既下疊設之禁, 以此趑趄[5]而中止矣. 臣等歷觀前古之事, 忠臣烈士之蹈義抗節[6]者, 或自君上褒崇之, 或自士林尊尙之. 而祠廟之設, 莫不以捐軀舍命之地爲重, 不獨首陽之祠·睢陽之廟爲然. 蓋以臨危遇變, 不避夷險, 盡忠效節, 守死不撓者, 足以勸百代之忠義, 愧萬世懷貳顧望[7]者也. 臣等玆敢裹足千里, 有此叫閽之請, 伏願殿下試垂察焉. 三臣事蹟, 著在國乘, 不必縷陳請[8], 略擧其概. 金誠一, 乃先正臣[9]文純公退溪李滉之門人也, 學問淵源, 有所傳受. 而李滉嘗歷敍聖賢相傳心法, 作屛銘[10]手寫以與之. 平生立朝, 忠言直節, 爲一時所推服[11]. 而丁丑以改宗系奏請書狀官, 入皇朝辨誣, 改纂而歸. 前後呈文, 多出其手, 華人稱之. 己丑日本使者玄蘇·平義智來, 要我通信, 朝廷遣使報聘, 以誠一充副使. 知舊唁之, 誠一曰 "君命, 水火且不避, 何憚風濤之險乎?". 庚寅春, 與上使黃允吉·書狀官許筬, 行到日本, 歷諸島, 見關伯, 有不以禮者. 誠一皆力爭之, 不少屈. 及答國書, 至辭語甚悖. 誠一據義却之, 貽書責玄蘇請改. 玄蘇悚歎許, 改'閤下方物領納'六字, 至'超入大明'·'先驅入朝'等語, 誘以'入朝大明'而終不許改. 誠一復欲作書, 以必改爲期, 而爲上使所沮抑[12]

하세응, 「청사사삼장사소」, 『지명당집』 권2 〈8b〉

5) 趑趄(자저): 선뜻 나아가지 못하는 모양. '趑'는 머뭇거리다. '趄'는 뒤뚝거리다.

6) 抗節(항절): 절조를 지켜 굽히지 않음.

7) 顧望(고망): 형세를 관망하고 거취를 결정하지 않음.

8) 陳請(진청): 사정을 말하여 간청함.

9) 先正臣(선정신): 옛 명신.

10) 屛銘(병명): 이황이 김성일의 병풍에 명을 지어주었다. 「제김사순병명(題金士純屛銘)」, 『퇴계집』 권44.

11) 推服(추복): 충심으로 존경하여 복종함. '推'는 받들다.

然. 倭人, 甚加敬憚. 至今與鄭圃隱, 竝稱焉, 辛卯春, 還朝復命. 壬辰以刑曹參議, 除爲慶尙右兵使. 至忠州, 聞賊下陸, 晨夜南馳, 未至營三十里, 賊突至. 誠一踞繩床[13]不動, 選銳士, 前進擊賊, 斬數級, 餘賊遁走. 遂遣軍校李崇仁, 馳啓獻馘[14]. 始誠一自日本還, 中外洶懼[15]如不保朝夕, 誠一慮人心之先撓, 頗爲鎭定之語. 而上箚中亦曰 "今日所可畏者, 不在島夷, 而在於人心". 及是邊報之至, 上追咎前言, 命拿鞫. 及崇仁至, 上謂宰臣曰 "金誠一狀啓中, 有一死報國之語, 果能之乎?". 左相柳成龍曰 "誠一忠義有餘, 其不負此言, 臣可任之", 乃授招諭使. 誠一自稷山南下. 到咸陽, 列邑皆空, 民皆鳥獸竄. 乃草檄諭道內士民, 於是義兵四起, 金沔在牛峴[16]爲賊所攻, 誠一遂馳赴之, 會隣邑兵, 死戰賊退去. 昌原乃與鎭海賊, 合攻晉州. 誠一至丹城, 發四邑兵以援之, 賊敗遁, 遂復泗川·鎭海·固城等邑. 又令郭再祐擊退玄風·昌寧·靈山賊, 江左右自此得通. 其秋除左道觀察使, 右道儒生等上疏行在, 復授右任. 昌原賊與釜山·金海賊, 合攻晉州, 欲報前日之敗. 誠一諭牧使金時敏, 勉以死守, 傳令諸將, 守禦賊. 攻圍七晝夜不能克, 燒積屍遁去. 上嘉其績, 特授誠一嘉善階. 至癸巳四月, 誠一焦心戎務, 盡力賑飢, 憂悴日甚, 遘厲以歿于晉州. 而後兩月城陷, 江右全沒于賊, 此所謂出師未捷身先死[17]者也. 晉之士扼腕流涕者, 猶至今未已其追慕之誠, 豈下於首陽之夷齊·睢陽之巡遠哉? 至若趙宗道, 天資穎脫[18]不凡. 早遊於先正臣南冥曺植之門, 得聞性理之學. 孝友之行

12) 沮抑(저억): 억지로 누름.

13) 繩床(승상): =호상(胡床)·교상(交床). 간편하게 접을 수 있도록 윗부분을 노끈으로 얽어 만든 의자. 보통 관원들이 하인에게 갖고 다니게 함.

14) 獻馘(헌괵): 적의 머리를 잘라 바침. '馘'은 베다.

15) 洶懼(흉구): 불안하여 술렁이고 두려워함.

16) 牛峴(우현): =우두령(牛頭嶺). 거창군과 김천시의 경계에 있는 고개.

17) 出師未捷身先死(출사미첩신선사): 두보가 성도의 제갈량 사당을 참배하고 지은 「촉상(蜀相)」(『두소릉시집』 권9)의 마지막 연에, "「출사표」 올리고 승첩을 못 거둔 채 몸이 먼저 죽음이여/ 영웅들의 옷소매에 길이 눈물을 적시게 하리라.[**出師未捷身先死**, 長使英雄淚滿襟]" 했다.

18) 穎脫(영탈): 주머니 속의 송곳 끝이 밖으로 나옴. 재기가 겉으로 드러남. '穎'은 뾰족한

聞於一時, 以公薦授安奇[19]察訪, 與先正臣柳成龍及金誠一, 友善往來[20]. 壬辰夏, 至京師, 聞倭變, 南歸倡義討賊, 見招諭使金誠一草檄, 募義兵至晉州. 傳聞大駕播遷, 西望痛哭, 欲投江而死. 誠一與郭再祐執手, 止之. 上在龍灣, 聞宗道倡義效功, 除丹城縣監. 丙申爲咸陽郡守, 丁酉賊再動, 宗道言于體察使李元翼曰 "郡守雖駑, 非偸生惜死之人. 願付一郡, 兵民以死效之". 元翼感其言許之, 朝廷命守黃石山城. 遂與安陰縣監郭趪[21], 率兵民, 繕完城壘. 未幾遞, 咸陽人皆曰 "旣無官守[22], 可去矣". 宗道曰 "許身爲國, 賊兵已逼, 義不可去". 遂入城, 及城陷, 往南門, 見郭趪曰 "以死報國而已". 遂冠帶, 與趪西向再拜, 相對受賊刃. 此, 所謂殺身成仁者也. 若乃郭再祐, 觀察使越之子也, 南冥曺植之門人也. 少時隨其父, 入中朝,[23] 相者異之曰 "必爲大人, 名滿天下". 及壬辰之難, 杖劍首起, 以報國討賊, 告家廟. 傾家資, 募壯士, 渡洛江至宜寧. 逋[24]將潰卒, 亦皆收用設施甫定. 賊將安國司[25], 聲言[26]將向全羅直抵鼎津. 再祐乃置壘要害, 伏强弩[27], 又設疑兵[28]於山谷中. 賊不濟而退. 身著紅衣, 自號天降紅衣大將軍. 日擊江邊賊, 挺身先登, 賊砲齊發, 終不能

끝, 이삭, 빼어나다.

19) 安奇(안기): 안기도(安奇道)는 안동의 안기역을 중심으로 안동-의성-의흥-신령 방면, 안동-청송-흥해 방면, 안동-진보-영해 방면의 역로를 관할했다.

20) 友善往來(우선왕래): 안동의 여강서원을 참배하며, 퇴계의 문인 김성일, 류성룡, 권호문, 남치리 등과 강론했다.

21) 郭趪(곽준, 1551~1597): 자 양정(養靜), 호 존재(存齋). 곽지완(郭之完)의 아들로 배신(裵紳)의 문인이고, 박성(朴惺)과 교유했다. 절친히 지내던 김면이 의병을 일으키자 참전해 공을 세워 관찰사 김성일에 의해 자여도찰방이 되었다. 1594년 안음현감이 되었고, 정유재란 때 함양군수 조종도와 함께 황석산성에서 가등청정 휘하의 왜군과 격전을 벌이다가 죽었다.

22) 官守(관수): 관리로서의 직책.

23) 곽재우가 27세 때인 1578년 8월의 일이다.

24) 逋(포): 달아나다, 체납하다.

25) 安國司(안국사): 왜장 이름.

26) 聲言(성언): 자기의 입장과 태도를 말이나 글로 밝힘.

27) 强弩(강노): 위력이 있는 큰 활.

28) 疑兵(의병): 적을 속이려고 거짓으로 군사를 꾸미는 일, 또는 그 군사.

害. 累戰皆捷勦殺[29]甚多, 而亦不斬馘. 其志以殺賊爲務, 不在要功, 故也. 巡察使金晬[30]稱勤王, 到龍仁奔還. 再祐列罪傳檄, 疏聞行朝[31]. 晬亦論啓, 目之以跋扈賴. 招諭使金誠一之救解[32], 上嘉賞之. 再祐益感激, 厲兵士, 累敗賊, 賊望風[33]而逃. 江右湖南賴以得全, 爲興復根基焉. 丁酉賊大擧復寇, 再祐以防禦使, 移守火旺山城. 才入城, 賊游騎[34]來薄城, 談笑自若. 但令堅守, 經一晝夜, 賊不戰而退, 渡江而西. 屠黃石, 陷南原, 列鎭皆潰. 未幾以母喪[35]去, 軍民悵然失望然. 以孤城抗强寇能全數邑民命, 非再祐忠勇智略, 其能如是乎? 丁巳[36]上疏, 救永昌大君之冤, 此亦大節之表著者也. 惟此三臣或死事或殺身或立功, 其事業雖不同, 而同出於至誠報國之心, 則視殷之三仁[37], 亦可謂無愧矣. 朝家旣贈爵賜諡, 又從多士之請, 立趙宗道·郭再祐之祠, 以祭之. 且於晉州立旌忠祠, 遍祀金時敏以下數十人. 而獨於金誠一身死之地, 迄無立祠俎豆之事, 此臣等之所以慨然嗟惋[38]者也. 金誠一生於安東, 死於晉州, 固不可謂疊設也. 且誠一雖不死於賊, 而鞠躬盡瘁[39], 死於軍事, 則忠勤

29) 勦殺(초살): 죽이다. '勦'는 죽이다, 빼앗다.

30) 金晬(김수, 1547~1615): '晬'는 수(睟)의 오기. 본관 안동. 호 몽촌(夢村). 김홍도 아들로 이황의 문인이다. 임란 때 경상우도 관찰사로서 거창으로 달아났다가 뒷날 근왕병에 가담했는데, 용인에서 패해 초유사 김성일에게 질책받았다. 곽재우와 불화가 심해 김성일이 중재했다.

31) 行朝(행조): =행재소. 임금이 순행 중에 임시 머무는 곳.

32) 救解(구해): 도와서 화해시킴.

33) 望風(망풍): 멀리서 위세를 보거나 소문을 들음.

34) 游騎(유기): 적장 청정유기(淸正游騎).

35) 母喪(모상): 계모인 김해허씨가 1597년 8월 화왕산성 안에서 졸하자, 곽재우는 현풍 가태리 비슬산 기슭에 장사한 뒤 울진으로 이사해 자급하며 지냈다.

36) 丁巳(정사): 계축(1613)의 오기이고, 곽재우는 당시 부당함을 상소한 일로 전라병사를 사직했다.

37) 殷之三仁(은지삼인): 『논어』 「미자」, "미자(微子)는 떠나가고, 기자(箕子)는 종이 되고, 비간(比干)은 간하다가 죽었는데, 공자가 '은나라에 삼인(三仁)이 있었다.'라고 하였다.[微子去之, 箕子爲之奴, 比干諫而死, 孔子曰 **'殷有三仁'**焉]".

38) 嗟惋(차완): 한탄하다. '嗟'는 탄식하다. '惋'은 한탄하다.

39) 鞠躬盡瘁(국궁진췌): 온몸을 다 바쳐 국사에 진력함. '瘁'는 병들다, 여위다. 제갈량, 「후출사표」, "신은 몸과 마음을 다 바쳐 나라에 보답하다가 죽은 뒤에야 그만둘 것입니다.[臣

之節, 豈下於蹈刃[40]之人乎? 假使誠一不先死, 則晉城必不至於陷沒, 尤可以釀百世英雄之淚也? 臣等之爲金誠一, 請立祠者, 蓋爲忠賢畢命遺恨之所, 而並請趙郭兩臣之同祀者, 亦以其三壯士·魂不死之語也. 仍其語想其心, 至今凜凜然有不死之氣. 今若爲金誠一立祠, 而幷祀兩臣, 則無疊設之碍. 而忠魂烈魄, 相與徜徉於一廟, 與長江不渴而流名矣, 豈不協當日之詩語耶? 伏願殿下試垂採納[41], 特下兪音[42], 則庶可以慰忠臣之遺恨·激方來之志士, 而亦有得於祀夷齊·祭巡遠之古義矣. 臣等無任瞻天望日, 激切屛營之至, 謹冒昧以達.[43]

하세응, 「청사사삼장사소」, 『지명당집』 권2 〈13a〉

번역 삼가 아뢰건대 절의를 기리고 충성을 표창하려면 반드시 평이함과 험준함이나 처음과 끝의 절차를 살펴야 하고, 사당을 세워 보은의 제사를 올리려면 위기에 처해 목숨을 바친 땅이어야 마땅합니다. 이런 까닭에 백이·숙제의 사당이 수양(首陽)에 있고, 장순·허원의 사우가 수양(睢陽)에 설치되었으니, 어찌 고사리를 캐는 노래와 피눈물을 삼키는 시(詩)는 산으로 숨고 성을 굳게 지던 때에 있지 않았겠습니까? 그런즉 충성스럽고 어진 이를 위해 드리는 제사는 그가 태어난 고향뿐만 아니라 생을 마감한 장소에서 행하

鞠躬盡力, 死而後已]".

40) 蹈刃(도인): 지극히 어려운 일을 실천함. 『중용장구』 제9장, "천하의 국가도 고르게 할 수 있고, 작록도 사양할 수도 있으며, 시퍼런 칼날을 밟을 수 있다고 해도, 중용은 할 수가 없다.[天下國家可均也, 爵祿可辭也, 白刃可蹈也, 中庸不可能也]".

41) 採納(채납): 의견, 요구, 제의 등을 가려서 받아들임.

42) 兪音(유음): 신하가 아뢴 것에 대하여 임금이 내리는 대답. '兪'는 대답하다.

43) 激切(격절), 屛營(병영), 冒昧(모매)의 풀이는 최진한의 「청증직소」 참조.

는 것이 예로부터 있었습니다.

신(臣) 등이 백 년 뒤에 태어나 백세토록 충현(忠賢)의 풍모를 들으면 흥기하는 바가 있었습니다. 옛날 선조 시대의 섬 오랑캐 난 때 참판에 추증된 문충공 신(臣) 김성일(金誠一)은 초유사로서 진양에 도착하여 판서에 추증된 충의공 신(臣) 조종도(趙宗道)·판서에 추증된 충익공 신(臣) 곽재우(郭再祐)와 함께 진주 촉석루(矗石樓)에 올라 시를 지었는데, "촉석루 안의 삼장사/ 한 잔 들고 웃으며 장강 물을 가리키네/ 장강 물은 넘실넘실 흐르나니/ 물결 마르지 않는 한 넋은 죽지 않으리[矗石樓中三壯士, 一盃笑指長江水, 長江之水流滔滔, 波不渴兮魂不死]"라 하였습니다. 세 신하의 도덕·충절·공훈이 책자에 실려 이목을 끌고 있습니다. 누각에 올라 죽음을 맹세한 시구는 고사리를 캐는 노래와 피눈물을 삼키는 시와 더불어 길이 입으로 불리어져 마음을 같이 하는 데 나란히 큰 울림이 될 것입니다. 따라서 진양(晉陽)은 세 신하에게 있어서 백이·숙제의 수양(首陽)과 장순·허원의 수양(睢陽)이 아니겠습니까?

신(臣) 등은 김성일의 제사를 받드는 집을 지으려고 몇 년을 보내던 중 지난해 조정에서 중복으로 설치하지 말라 하였고, 이로써 선뜻 진행하지 못하고 중지하였습니다. 신 등은 앞 시대의 사적에서 충신열사(忠臣烈士)가 의리를 실천하고 지조를 굽히지 않은 것을 두루 보았는데, 군주가 표창하여 기리거나 사림에서 받들며 숭상하고 있습니다. 사당 설치는 몸을 바치거나 목숨을 버린 땅을 중히 여기지 않음이 없으니, 유독 수양(首陽)의 사당과 수양(睢陽)의 사우만 그러해야 하는 것은 아닙니다.

대개 위기를 당하거나 변란을 만나서 평탄하거나 험난한 것을 피하지 않은 채 충성을 다하고 절의를 바치며 지키다가 죽더라도 꺾이지 않은 자는 백대(百代)의 충의로 장려할 만하고 두 마음을 품고 형세를 관망한 자를 만세토록 부끄럽게 할 것입니다. 신 등은 이에 감히 발을 싸매고 천 리를 와서 이렇게 대궐에 호소하며 청원하오니, 엎드려 바라옵건대 전하께서는 한번 살펴주시기를 바랍니다.

세 신하의 사적은 나라 역사책에 현저하니 누누이 진청(陳請)할 필요가 없기에 요약하여 그 개요를 거론하겠습니다. 김성일(金誠一)은 선정신(先正臣) 문순공 퇴계 이황(李滉)의 문인으로 학문 연원을 전수한 바가 있습니다. 이황은 일찍이 성현이 서로 전한 심법을 두루 서술하였는데, 병명(屛銘)을 짓고 그것을 손수 써서 그에게 주었습니다. 평소 조정에서 벼슬하며 실천한 충직한 말과 곧은 절조를 일시에 존경하고 탄복하였습니다.

정축년(1577)에 종계(宗系)를 고치는 주청서장관으로 중국 조정에 들어가 근거가 없음을 변별하여 개찬하고 돌아왔습니다. 전후의 정문(呈文)은 다수가 그의 손에서 나왔으니, 중국 사람이 칭찬하였습니다.

기축년(1589)에 일본 사신 현소(玄蘇)와 평의지(平義智)가 와서 우리에게 통신사를 요청하니, 조정에서 보빙 사절을 파견함에 성일(誠一)을 부사(副使)로 충원하였습니다. 지인이 위로하자, 성일은 "임금의 명령은 수화(水火)라도 피하지 않을 터인데, 위험한 파도라 한들 어찌 꺼리겠는가?"라고 하였습니다.

경인년(1590) 봄에 상사(上使) 황윤길(黃允吉)·서장관 허성(許筬)과 함께 출발하여 일본에 당도하였고, 여러 섬을 지나 관백을 보니 무례함이 있었습니다. 성일(誠一) 일행은 모두 힘써 다투면서 조금도 굴하지 않았습니다. 나라에 보내는 답서(答書)에 어투가 패악스러웠는데, 성일은 의리에 근거하여 물리치고는 글을 보내 현소(玄蘇)를 질책하며 고칠 것을 요구하였습니다. 현소는 두려워하고 탄복하는 마음으로 수용해 "합하방물영납(閤下方物領納)" 여섯 자는 고치되, "뛰어 대명으로 들어가겠다[超入大明]"느니 "입조함에 선구가 되라[先驅入朝]" 등의 말에 대해서는 "대명에 입조한다[入朝大明]"라 속이면서 끝까지 고치려 하지 않았습니다. 성일이 다시 글을 써서 반드시 고치기로 기약하였으나 상사(上使)에 의해 저지되었습니다. 왜인들이 몹시 존경하면서도 껄끄러워하였습니다. 지금까지 포은 정몽주(鄭夢周)와 나란히 칭송되고 있고, 신묘년(1591) 봄에 조정에 돌아와서 복명하였습니다.

임진년(1592), 형조참의로서 경상우병사에 제수되었습니다. 충주에 도착하여 왜적이 육지에 내렸다는 소식을 듣고 밤낮 남으로 달려 병영 30리에 못 미쳐서 적이 갑자기 닥쳤습니다. 성일(誠一)은 호상에 걸터앉고 동요하지 않은 채 정예병을 선발하고는 전진하며 적을 공격하여 머리 몇 급(級)을 베자 나머지 적은 달아났습니다. 마침내 군교 이숭인(李崇仁)을 보내 장계와 함께 머리를 바쳤습니다.

처음에 성일이 일본에서 돌아왔을 때 안팎이 흉흉하여 조석을 보존할 수 없을 것 같았습니다. 성일은 민심이 먼저 어지러워질까 염려하여 겨우 진정시키는 말을 하였던 것입니다. 올린 차자(箚子) 중에서 또한 말하기를, "오늘날에 두려워해야 할 것은 섬 오랑캐에 있는 것이 아니라 민심에 있습니다."라 하였습니다.

이때 이르러 변방에서 보고가 도착하였으므로 임금이 뒤늦게 예전의 말을 허물하여 잡아서 국문하라고 명하였습니다. 숭인(崇仁)이 도착하자 임금이 재신에게 말하기를, "김성일의 장계에 '한 번 죽어 나라에 보답하겠습니다.' 라는 말이 있는데, 과연 그렇게 할 수 있는가?"라 하였습니다. 좌의정 류성룡(柳成龍)이 말하기를, "성일은 충성심이 남음이 있으니 그 말을 저버리지 않을 것임을 신(臣)이 책임지겠습니다." 하니 곧 초유사(招諭使)에 제수하셨습니다.

성일이 직산(稷山)에서 남하해 함양(咸陽)에 도착하니, 온 고을은 이미 텅 비었고 사람들은 모두 조수처럼 달아나 숨어버렸습니다. 곧 격문을 초해 도내 사민들에게 유시하니, 이에 의병이 사방에서 일어났습니다. 김면(金沔)은 우현(牛峴)에 있으면서 적으로부터 공격받았는데, 성일이 드디어 말을 달려가서 인근 고을의 군사를 모아 사력을 다해 싸우니 적이 퇴각하였습니다. 창원과 진해의 적이 합세하여 진주(晉州)를 공격하였습니다. 성일이 단성에 도착해서 네 고을의 병력을 발동하여 구원하니 적은 패배하여 달아났고, 마침내 사천·진해·고성 등의 고을이 회복되었습니다. 또 곽재우(郭再祐)로 하여금 현풍·창녕·영산의 적을 물리치도록 하였습니다. 낙동강 좌우가 이로써 통하게 되었으니, 그해 가을 좌도관찰사에 제수되었습니다. 우도의 유생들이 행재소에 상소하니 다시 우도관찰사 직책을 제수하였습니다.

창원의 적이 부산·김해의 적과 합세해 진주를 공격해 전날의 패배를 갚고자 하였습니다. 성일은 목사 김시민(金時敏)에게 유시해 사수하기를 독려하였고, 제장(諸將)에게는 방어하도록 명령하였습니다. 적은 7일간 밤낮으로 포위하였지만 이길 수 없자 쌓인 시체에 불을 지르고 달아났습니다. 임금께서 그 공적을 가상히 여겨 특별히 성일을 가선대부 품계를 제수하셨습니다.

계사년(1593) 4월, 성일(誠一)은 군무에 노심초사며 힘을 다해 굶주림을 구제하였는데, 초조한 마음이 날로 심해지던 중 역병을 만나 진주에서 죽었습니다. 이후 두 달 만에 성이 무너져 강우 지역이 모두 적의 수중에 들어갔으니, 이는 소위 「출사표(出師表)」를 올렸지만 대첩을 거두기 전에 몸이 먼저 죽은 것이라 하겠습니다. 진주(晉州)의 선비들이 팔을 걷어 올리며 눈물을 흘렸고, 지금까지도 추모하는 정성이 그치지 않으니, 어찌 수양(首陽)의 백이·숙제와 수양(睢陽)의 장순·허원보다 뒤지겠습니까?

조종도(趙宗道)로 말하자면 천부의 자질이 빼어나고 비범하였습니다. 일찍이 선정신(先正臣) 남명 조식의 문하에 유학하여 성리학을 깨우쳤습니다. 효우의 행실이 일시에 알려져 공을 천거해 안기찰방(安奇察訪)에 임명하였고, 선정신(先正臣) 류성룡·김성일과 더불어 좋은 벗으로서 왕래하였습니다.

임진년(1592) 여름 서울에 이르러 왜변(倭變)을 듣고 남으로 돌아와 의병을 일으켜 적을 토벌하였으며, 초유사 김성일의 격문을 보고 의병을 모아 진주(晉州)에 도착하였습니다. 임금의 수레가 파천했다는 소식을 전해 듣고 서쪽을 바라보며 통곡하고는 강에 뛰어들어 죽고자 하였습니다. 성일(誠一)이 곽재우와 함께 손을 잡아 그만두게 하였습니다. 임금이 용만(龍彎, 현 의주)에 있으면서 종도(宗道)가 창의해 공을 세웠다는 소식을 듣고 단성현감에 제수하였습니다.

병신년(1596)에 함양군수가 되었습니다. 정유년(1597)에 적이 다시 발동하자 종도(宗道)는 체찰사 이원익(李元翼)에게 말하기를, "군수(郡守)가 비록 노둔하나 살기를 탐내고 죽음을 아끼는 사람이 아닙니다. 한 군을 맡겨주시면 병사와 인민이 기꺼이 죽음을 바칠 것입니다." 하였습니다. 원익이 그 말에 감동해 수락했고, 조정에서는 황석산성을 지키도록 명하였습니다. 드디어 안음현감 곽준(郭䞭)과 함께 병사와 인민을 거느려 성채를 완전히 수리하였습니다. 얼마 안 되어 체직되자 함양 사람 모두가 "관직이 없으니 떠날 것이다." 라고 하니, 종도가 말하기를, "나라를 위해 몸을 바치기로 했고, 적병이 이미 가까이 왔으니 의리상 떠날 수 없다." 하였습니다. 드디어 성에 들어갔고, 성이 무너지자 남문으로 가서 곽준(郭䞭)을 보고 말하기를, "죽음으로써 나라에 보답할 뿐이다." 하였습니다. 드디어 의관을 차리고 준(䞭)과 함께 서향 재배하고 서로 마주한 채 적의 칼날을 받았습니다. 이는 소위 살신성인(殺身成仁)이라 하겠습니다.

곽재우(郭再祐)로 말하자면 관찰사 월(越)의 아들로 남명 조식의 문인입니다. 젊을 때 부친을 따라 중국에 들어갔는데, 관상가가 기이하게 여겨 말하기를, "반드시 큰 사람이 되어 천하에 이름을 떨칠 것이다." 하였습니다.

임진난 때 칼을 집고 먼저 일어나 나라에 보답하기 위해 적을 토벌하겠다며 가묘(家廟)에 고하였습니다. 집안 재산을 기울여 장사(壯士)를 모집하여 낙동강을 건너 의령(宜寧)에 도착하였습니다. 도망간 장수와 흩어진 병졸 또한 모두 거두어 쓰면서 계획하여 시행하니 겨우 진정되었습니다. 적장 안국사(安國司)가 장차 전라도로 향할 것이라 선언하고는 곧바로 정진(鼎津)에 이르렀습니다. 재우(再祐)는 곧 요해지에 보루를 설치하고 강노(强弩)를 숨겨두었으며, 또 산골짜기 속에 의병(疑兵)을 세웠습니다. 왜적은 건너지 못하고 물러갔습니다.

몸에는 붉은 옷을 입고 스스로 '천강홍의대장군(天降紅衣大將軍)'이라 불렀습니다. 날마다 강변의 적을 격퇴하는 데에 자신이 앞장서서 말에 올랐고, 적의 총포가 일제히 발사되었지만 끝내 해칠 수 없었습니다. 여러 번의 전투에서 모두 승리해 죽인 자가 매우 많았음에도 또한 머리를 베지 않았습니다. 그의 뜻은 적을 죽이는 것을 임무로 여겼고 공적을 구하는 데 있지 않은 까닭입니다.

순찰사 김수(金睟)가 왕실을 구원한다며 용인에 이르렀을 때 (적을 만나 패해) 달아나 돌아왔습니다. 재우(再祐)는 죄를 열거해 격문으로 전하고 행재소에 소를 올렸습니다. 수(晬) 역시 간하여 아뢰었는데, 곽재우가 발호해 무뢰한으로 군다고 지목하였습니다. 초유사 김성일이 화해시키니, 임금께서 가상하다고 하였습니다. 재우가 더욱 감격해하며 병사를 조련하여 누차 적을 깨뜨렸고, 적은 멀리서 소문만 듣고서도 달아났습니다. 강우와 호남 지역이 이에 힘입어 온전함을 얻어 부흥의 기틀이 되었습니다.

정유년(1597)에 적이 대규모로 다시 노략질하니, 재우(再祐)는 방어사로서 화왕산성으로 옮겨 지켰습니다. 막 성에 들어갔을 무렵에 유기(游騎)가 성 가까이 왔는데도 담소하며 태연하였습니다. 다만 굳게 지키기를 명령하였는데 하루 낮밤이 지나자 적은 싸우지도 않고 물러나서 강을 건너 서쪽으로 갔습니다. 황석산성을 도륙하고 남원을 함락하니 여러 진(鎭)이 다 무너졌습니다. 얼마 되지 않아 계모의 상으로 떠나니 군민들이 모두 안타까워하고 실망하였습니다. 외로운 성에서 강포한 왜구에 항거하며 여러 읍민의 생명을 온전하게 한 것은 재우(再祐)의 충용과 지략이 아니었다면 그 누가 그처럼 해낼 수 있었겠습니까?

정사년(1617)에는 상소하여 영창대군(永昌大君)의 억울함을 구제하였는데, 이 역시 큰 지조를 뚜렷이 드러낸 것이었습니다.

생각건대 이 세 신하는 순직하거나 살신성인하거나 공을 세움에 있어서 그 업적이 비록 같지는 않으나 지성으로 나라의 은혜에 보답하려는 마음에서 똑같이 나왔으니, 곧 은나라 때 세 사람의 인자(仁者)에 견주어도 또한 부끄러움이 없다고 하겠습니다. 조정에서 이미 관작을 추증하고 시호를 내렸습니다. 또 선비들의 청을 좇아 조종도(趙宗道)와 곽재우(郭再祐)의 사당을 세워 제향하고 있습니다. 그리고 진주의 정충사(旌忠祠)에 김시민(金時敏) 이하 수십 인을 두루 제사하고 있습니다.

그러나 유독 김성일(金誠一)이 죽은 땅에는 지금까지 사당을 세워 제향하는 일이 없으니, 이것이 신(臣) 등이 분개하며 한탄하는 이유입니다. 김성일이 안동에서 태어나 진주에서 죽었다고 해서 진실로 중복 설치라고 할 수 없습니다. 또 성일이 이 비록 적에게 죽지 않았지만 나라를 위하여 몸과 마음을 다 바치다가 병이 나 군무로 죽었으니, 충성스럽고 근실한 지조는 어찌 칼날을 밟은 사람보다 못하겠습니까? 설령 성일이 먼저 죽지 않았다 하더라도 진주성이 반드시 함락에 이르지는 않았다면 백세 영웅의 눈물을 더욱 자아낼 수 있겠습니까?

신(臣) 등이 김성일을 위하여 사당 건립을 청하는 것은 대개 충현(忠賢)이 목숨을 바쳐 한이 남아 있는 곳입니다. 그리고 조종도(趙宗道)와 곽재우(郭再祐) 두 신하를 함께 제사하자고 아울러 청하는 것은 역시 '삼장사(三壯士)'와 '혼불사(魂不死)'와 같은 말이 있기 때문입니다. 곧 그 말에서 그들의 마음을 상상할 수 있는데, 지금까지도 늠름히 죽지 않은 기상이 있습니다.

지금 만일 김성일을 위하여 사당을 세워 두 신하를 함께 제사하면 중복 설치의 장애는 없을 것입니다. 그리고 충혼열백(忠魂烈魄)이 한 사당에서 함께 노닐며 장강과 더불어 다함 없이 이름을 전할 것이니, 어찌 당시 시어(詩語)에 합치되지 않겠습니까?

엎드려 바라건대 전하께서 한 번 살피고 받아들여서 비답을 특별하게 내려주옵소서. 그러면 아마도 충신의 남은 한을 위로하고, 앞으로 올 지사들을 격려할 수 있으며, 또한 백이와 숙제를 향사하고 장순과 허순을 제사하는 옛 뜻을 얻을 것입니다. 신(臣) 등은 하늘을 우러르고 태양을 바라보며 그지없이 간절하고도 떨리는 심정을 가누지 못한 채, 삼가 죽음을 무릅쓰고 아룁니다.

○ 김윤(金潤, 1698~1755) 자 덕보(德甫)

본관 안동(구). 부친은 충청병사 김중려(金重呂), 조부는 김세장, 고조부는 경상우병사와 통제사를 역임한 김응해(1588~1666)이다. 집안 대대로 무반으로 이름나 '진주촉석정충단비' 건립 때 경비를 부담한 김세익(김세장의 동생), 김중원(김세언의 장남)·김집(金潗) 부자, 김광(金洸, 김윤의 종형), 김영수(金永綏) 등이 통제사를 지냈다. 그리고 김중원의 동생으로 경상우병사(1708~1709)를 지낸 김중삼(金重三)은 김윤의 종숙부이다. 가계는 부록 우병사 김중삼 참조.
김윤은 1723년 무과 급제해 전라수사(1742)·제주목사(1743.3~1744.9)를 거친 뒤 1745년 12월 11일부터 1747년 9월 28일까지 경상우병사로 재임했다. 그리고 경기수사를 지낸 뒤 제116대 삼도수군통제사 재직(1754~1755.2) 중 윤지(尹志)의 '나주벽서사건'에 연루되어 처형되었다. 당시 선천방어사로 있던 아들 김주태(1723~1773)도 종성에 유배되었다가 그곳에서 죽었다.

「得印啓」[1] 〈정덕선 편, 『충렬실록』 권1, 24a~24b〉 **(관인을 얻고 올린 장계)**

去十二月 二十一日,[2] 臣營官奴貴同·奴得孫等, 所告內矣. 徒當日出徃南江邊, 採艾之際, 偶見岸下江水, 則水色淸淺[3]之中有一物. 非石非木, 所見異常, 故拯[4]出見之, 則乃是印信[5]. 極甚驚恠, 卽爲來納. 印信看審, 則印面刻以慶尙右道兵馬節度使印, 而篆畫[6]宛如. 且以楷字, 印背一面刻以慶尙右兵使印. 一邊刻以萬曆十年三月日造, 一邊刻以來四月十一日爲始行用. 字畫亦皆不刓[7], 此旣萬曆十年壬午所鑄之印. 而矗石山城之倭變, 見陷在於萬曆二十一年癸巳. 則計其年記, 必是癸巳城陷時, 殉難[8]兵使臣崔慶會, 同抱[9]

---

1) 『충렬실록』에서 이 장계의 작가를 "兵使 崔鎭漢"으로 기재했지만 오류이다. 최경회 관인의 발견 시 그는 7년 전에 이미 졸한 상태였다. 오기 이유는 김윤이 역적으로 몰려 죽어 전면에 내세우기 어려웠던 까닭으로 보인다. 반면에 1861년 간행된 최경회의 「진주 남강 득인계」(『일휴당실기』 〈45a〉)에는 작가를 "兵使 金潤"으로 제대로 표기했다. 1847년 중건한 어제 득인명비가 현재 창렬사 비각 안에 있다.

2) 문맥으로 볼 때 득인(得印)한 해는 병인년(1746)이다. 우병사 김윤이 해당 사실을 파악한 후 이듬해 1월에 장계를 올렸다. 정은신의 「인명비문」 참조.

3) 淸淺(청천): 흐르는 물이 맑고 얕음.

4) 拯(증): 건지다, 구조하다.

5) 印信(인신): 도장, 관인의 총칭.

6) 畫(획): =획(劃). '畫(화)'가 글씨의 뜻일 때는 획으로 읽음.

7) 刓(완): 닳다, 닳아 없어지다, 깎다.

8) 殉難(순난): 국난 때 목숨을 바쳐 의로운 일을 함. '殉'은 목숨을 바치다.

祠宇既已 賜額而祀事廢而不行云聞來寒心令
本道春秋享祀各別修擧勿令廢墜可也 肅廟寶鑑
得印 啓 兵使崔鎭漢
去十二月二十一日 臣營官奴貴同奴得孫等所告
內矣徒當日出往南江邊採艾之際偶見岸下江水
則水色清淺之中有一物非石非木所見異常故拯
出見之則乃是印信極甚驚怪卽爲來納印信着審
則印面刻以慶尙右道兵馬節度使印而篆畫宛如
且以楷字印背一面刻以慶尙右兵使印一邊刻以
萬曆十年三月日造一邊刻以來四月十一日爲始
行用字畫亦皆不刓此旣萬曆十年壬午所鑄之印
忠烈錄卷之一
而矗石山城之倭變見陷在於萬曆二十一年癸巳
則計其年記必是癸巳城陷時殉難兵使臣崔慶會
同抱投江之印節義古蹟今於一百五十餘年之後
始乃拯得係是異事以緣由馳 啓拯得印信各別
監封入盛櫃子具鎖金臣營軍官出身嚴興周準授
上送于該曺
請 贈職定位次設齋室 啓 并回文状 啓 上同
臣營所接矗石山城乃三去壬辰癸巳年倭亂時失
守被禍之所而中有忠愍彰烈 賜額之兩祠忠愍
卽壬辰戰亡晉州判官臣 贈領議政金時敏單位
牌所享之祠而彰烈卽癸巳戰亡慶尙右兵使臣

「득인계」(『충렬실록』 권1 〈24a~b〉). 찬자 김윤을 '최진한'으로 오기.

投江之印. 節義[10]古蹟, 今於一百五十餘年之後, 始乃拯得[11], 係是異事, 以緣由馳啓[12]. 拯得印信, 各別監封[13], 入盛櫃子, 具鎖. 金臣[14]營軍官出身, 嚴興周準授[15], 上送于該曺[16].

번역 지난 12월 21일에 신(臣) 병영의 관노(官奴) 귀동(貴同)과 노(奴) 득손(得孫) 등이 고한 바의 내용입니다.

그들이 당일 남강(南江) 가에 나가서 쑥을 캐고 있을 즈음에 우연히 언덕

---

9) 同抱(동포): 같이 껴안음.
10) 節義(절의): 신념을 굽히지 않은 꿋꿋한 태도와 마땅히 지켜야 할 도리.
11) 拯得(증득): 건져서 얻음. '拯'은 건지다.
12) 馳啓(치계): 임금에게 급히 서면으로 보고함. '馳'는 달리다, 빨리 몰다.
13) 監封(감봉): 문서 따위의 내용을 감독하고 검사하여, 봉하고 도장을 찍음.
14) 金臣(김신): 우병사 김윤.
15) 準授(준수): =준수(准授). 넘겨주다. '準'은 허가하다, 승인하다.
16) 該曺(해조): 해당 관청, 곧 예조(禮曹). '曺'는 조(曹)의 속자.

아래 강물을 보니 물빛이 맑고 얕은 가운데에 한 물건이 있었다고 합니다. 돌도 아니고 나무도 아닌 것이 이상하게 보였으므로 재빨리 나가서 보았더니 인신(印信)이었다고 합니다. 극심하게 놀라고 괴이하게 여겨 즉시 와서 인신을 바쳤습니다.

자세히 살펴보니 관인의 표면에 '경상우도 병마절도사 인(慶尙右道兵馬節度使印)'이라고 새겨놓았는데 전서체의 자획이 완연하였습니다. 또 해서체로 관인 뒤쪽의 한 표면에 '경상우병사 인(慶尙右兵使印)'이라 새겼습니다. 한 변에는 '만력 10년 3월 일 제조(萬曆十年三月造)'를 새겼고, 한 변에는 '오는 4월 11일 행용 시작(來四月十一日爲始行用)'을 새겼습니다. 글자 획 또한 모두 닳아 없어지지 않았으니, 이는 이미 만력 10년 임오년(1582)에 주조한 인장이었습니다.

촉석산성이 왜란으로 함락을 당한 것이 만력 21년 계사년(1593)입니다. 그 연기(年記)를 계산하면 필시 계사년에 성이 함락되던 때이니, 국난에 목숨을 바친 병사 신(臣) 최경회(崔慶會)가 함께 안고 강에 던진 인장이었습니다.

절의(節義)를 나타내는 유물을 지금 어언 150여 년 뒤에 비로소 건져서 얻음은 기이한 일이니, 이런 까닭에 급히 서면으로 상주합니다. 건져서 얻은 인신(印信)은 각별하게 감봉(監封)하여 궤짝에 담고 자물쇠를 채웠습니다. 김신(金臣: 김윤)의 병영 군관 출신인 엄흥주(嚴興周)에게 넘겨주어 해당 관청에 올려보낼 것입니다.

○ 영조(英祖, 1694~1776) 자 광숙(光叔), 호 양성헌(養性軒)

본명 이금(李昑). 숙종과 숙빈 최씨에서 태어났고, 경종(1688~1724)의 이복동생이다. 6세 때 연잉군으로 봉해지고, 경종 즉위년에 노론의 도움으로 왕세제에 책봉되었다. 1721년과 1722년 소위 신임사화로 정치적 위기를 맞았으나 경종이 갑작스럽게 죽자 제21대 왕위에 올랐다. 무신년(1728) 이인좌의 난(일명 무신란)이, 1762년에는 차남 사도세자가 뒤주에 갇혀 죽은 임오화변이 탕평책 속에 발생했다. 재위 기간은 52년으로 조선 국왕 중 최장수이다.
아래 명은 『영조실록』 정묘년(1747) 1월 26일 기사에 수록된 것이다. 인명비는 1774년에 최초 건립되었고, 1847년 중건했다. 본서 정은신의 비문 참조.

「得印銘」[1] 〈『영조실록』 권65, 8a〉 (도장을 얻고서 지은 명문)

慶尙右兵營進古印一顆[2], 言"晋州人[3]得之南江水濱, 乃壬辰之亂, 兵使崔慶會所抱持而投水者也. 篆迹微存, 上有萬曆年號". 上覽之感歎, 敎曰"取覽舊印, 正若其人之獻. 又覽印上年月, 一倍此心". 命致祭彰烈祠, 令吏曹調用[4]慶會後, 製印匣[5], 遣藏本州. 上自製銘, 刻之匣上曰"追憶往事, 百有餘年, 幸得南江, 印篆宛然[6], 矗石義烈, 想像愴先, 命留嶺閫, 以竪忠焉". 又曰"所謂一倍此心者, 則「匪風」·「下泉」[7]之思也".

---

1) 이 「명문」은 『국조보감』 권63 「영조 조」 〈1747.1〉의 기록과 일치하고, 글의 작성 과정이 「조보」(『충렬실록』 권2 〈16a~18a〉)에 자세히 실려 있다. 한편 창렬사의 「어제득인명비」(1847.4 중건)에는 인갑명 중 '사(事)→세(歲)', '인전(印篆)→전유(篆猶)', '선(先)→언(焉)', '류(留)→장(藏)', '이수충언(以竪忠焉)→수만세전(垂萬歲傳)'으로 바뀌어 있다. 그리고 양응수(1700~1767)의 「축장일기」 〈1747.2.22〉(『백수집』 권17)에는 「어제득인명비」와 같되 그중 '세(歲)'는 원래대로 '사(事)'이다.

2) 顆(과): 작고 둥근 물건을 세는 단위, 낟알, 흙덩이.

3) 晋州人(진주인): 『영조실록』에는 보다시피 신분이나 이름에 대한 특별한 정보가 없다. 그런데 양응수의 「축장일기」에 "진주 관노(晉州官奴)"라 했고, 『여지도서』의 〈남강득인〉(본서 수록)에는 "병영 관노 귀동·득손(兵營官奴貴同得孫)"이라 했으며, 조천경(1695~1776)의 『이안당집』에서는 "유수(游手)"라 각각 표현했다.

4) 調用(조용): 관리를 뽑아서 등용함, 필요한 만큼 씀, 전임(轉任)함.

5) 印匣(인갑): 인장을 넣어두는 작은 상자.

6) 宛然(완연): 명료한 모양. '宛'은 완연히, 마치.

7) 匪風下泉(비풍하천): 『시경』의 편명으로 '匪風'은 「국풍」 〈회풍〉에, '下泉'은 「국풍」 〈조풍〉에 나온다. 둘 다 현자가 주나라의 쇠퇴함을 슬퍼한 내용이다.

번역 경상우병영에서 옛날 도장 한 개를 바치면서, "진주(晋州) 사람이 남강(南江) 물가에서 주웠는데, 바로 임진란 때 병사 최경회(崔慶會)가 안고 물에 투신한 그것입니다. 전자(篆字)로 새긴 흔적이 약간 남아 있는데, 위에는 만력(萬曆) 연호가 있습니다."라고 하였다.

임금께서 보고서 감탄하며 하교하기를, "옛 도장을 가져와서 보니 바로 그 사람이 바치는 듯하다. 또 도장 위에 새겨진 연월(年月)을 보니 내 마음이 갑절로 더한다." 하셨다.

창렬사(彰烈祠)에 치제(致祭)하도록 명하고, 이조(吏曹)로 하여금 최경회의 후손을 관리로 뽑아 등용하고, 도장을 넣는 갑(匣)을 만들어 진주 고을에 보내어 소장하도록 하셨다.

『영조실록』 권65 〈1747.1.26〉

임금께서 친히 지으신 명(銘)을 인갑(印匣) 위에 새겼는데, 명은 이러하다.

지난 세월 돌이키니	追憶往事
백여 년이 지났네	百有餘年
다행히 남강에서 얻었는데	幸得南江
도장에 새겨진 전자 완연하네	印篆宛然
촉석루 의열은	矗石義烈
상상만 해도 슬픔이 앞서네	想像愴先
경상 병영에 남겨두게 하는 건	命留嶺閫
충절을 세우게 함이라	以竪忠焉

또 말하기를, "이른바 내 마음이 갑절로 더하니, 곧 「비풍(匪風)」과 「하천(下泉)」의 생각 때문이다." 하셨다.

○ 권적(權樀, 1675~1755) 자 경하(景賀), 호 창백헌(蒼白軒)

본관 안동. 증조 권전(權佺), 조부 권양(權讓), 부친 권수(權燧)이다. 진주목사(1573) 권순의 족후손이며, 자세한 가계는 부록 참조. 1713년 급제해 검열, 대사간(1735)·강화유수·경기감사·한성판윤·예조판서·좌참찬(1750.6) 등을 지냈다. 한편 그는 1733년 4월 이조참의에서 기장현감으로 좌천되어 그곳의 원앙대를 제재로 7언절구를 지어 바위에 새겼는데, 부산 기장 관광단지인 오시리아의 '시'는 해안 절벽에 새겨진 '시랑대(侍郞臺)'에서 유래한다. 시랑은 참의(參議)의 별칭이다.
아랫글은 좌참찬 권적이 경오년(1750) 5월 봉상시(奉常寺)에 최경회의 시호 하사를 요청하기 위해 의정부의 공론을 모아 지은 최경회 행장이다. 이보다 두 달 전인 3월 25일 영부사 김재로의 건의를 수용해 영조가 시호를 윤허함에 따라 최경회 행장을 작성한 것이고, 실제 시호 충의(忠毅)는 1753년 4월 23일 하사받았다. 충의는 "위기에 처하여도 나라를 잊지 않는 것이 충이고, 굳세게 능히 결단을 내리는 것은 의이다.[臨患不忘國日忠, 强而能斷日毅]"에서 유래한다.

「慶尙右兵使贈左贊成崔公請諡行狀」〈『太常諡狀錄』[1] 권14, 7a~14b〉

(경상우병사 증 좌찬성 최공의 시호를 청하면서 올리는 행장)

公姓, 崔氏, 諱慶會, 字善遇, 自號三溪, 晩以日休扁其堂. (…中略…) 公又設伏要歸路, 有一賊將從數十騎. 被水銀鎧[2], 戴黃金兜, 背負〈青山白雲圖〉, 手把尺八偃月刀, 乘白馬馳來. 圖卽恭愍王所畫, 而以至寶名於我國者. 刀卽倭中雌雄神劍, 而此其一也. 公賈勇[3]前進, 一箭殪之, 遂奪其畫與刀. 轉鬪嶺右, 所向無前, 斬獲甚多. 時金公時敏, 守晉陽被圍, 慶尙監司金誠一, 飛書請援, 公進陣于晉之境. 賊素憚公威名, 遂望風奔潰. 道臣狀聞于朝曰 "今此晉陽之捷, 莫非崔慶會外援之力". 上大加歎賞敎曰 "嶺南右界·湖南一道, 訖今保全, 莫非此人之功", 特拜慶尙右兵使. 翌年癸巳, 天將與賊連和[4]. 京外諸賊, 皆聚嶺南左界, 兵勢大熾. 淸正謀於賊酋秀吉, 請盡兵破晉城以洩前憤,

1) 『太常諡狀錄(태상시장록)』: '太常'은 태상시의 준말이고 일명 봉상시(奉常寺)이다. 국가에서 행하는 제례를 주관하고 시호를 의론하여 정하는 일을 관장하던 관서이다. 그리고 '諡狀'은 경상(卿相) 이상이나 유현(儒賢)들이 시망(諡望)을 의논하여 임금에게 상주할 때, 죽은 사람의 생전 공적을 적은 글이다. 한국학중앙연구원 소장.

2) 鎧(개): 갑옷.

3) 賈勇(고용): 남의 용기를 내 것으로 삼음, 용기가 넘쳐흐름. '賈'는 사다.

4) 連和(연화): 둘 이상의 독립한 것이 연합하는 일.

仍摽掠湖南, 秀吉許之. 六月, 淸正合兵數十萬, 發東萊, 直向晉州. 連營數百里, 望之若星羅碁布. 都元帥金命元, 移帖沈游擊惟敬, 使緩其鋒. 惟敬方在行長陣中, 答曰 "彼深恨去歲見衄, 悉兵再擧, 其鋒不可當, 莫若先自空城以快其心". 時倡義使金公千鎰·忠淸兵使黃公進·復讐將高公從厚·紅衣將郭公再祐·全羅兵使宣居怡[5]·助防將洪季男, 俱在城中. 公言於衆曰 "晉城實湖南咽喉, 今棄而不守, 則是無湖南也, 不如合力固守以沮遏其勢". 再祐·居怡·季男不應, 引兵而去. 與公同者, 惟千鎰·進·從厚數人而已. 公所領兵七百餘人·金公兵五百餘人·黃進兵六百餘人, 合其餘諸將兵及本州軍民·避亂士女, 七萬餘人相與約束誓死堅守. 二十日, 沈游擊又移帖, 以申前日空城之意. 翌日辰時, 賊出沒城東北, 巳時[6]數百餘騎, 登北山[7], 俯瞰城中. 俄而大軍繼至, 圍之三匝. 公與金高二公, 按兵不動. 翌日昧爽[8], 賊進薄城底, 飛丸如雨下. 公督士卒拒戰, 日晡[9]賊退. 是夜又逼東門, 力戰却之. 後數日, 賊從西北隅, 鼓噪而進, 聲動天地, 城幾陷. 公與諸將, 親冒矢石, 援枹[10]鼓爲士卒, 先血戰, 良久賊乃退. 後數日, 賊築土東門外, 爲高阜. 又建大木, 設板屋於其上, 俯瞰而放火城中. 公又以大砲破其阜板屋, 賊多死者. 一日, 賊又負戴木櫝, 而進逼城下. 公又以大石滾下, 且砲且射, 賊終不能敵. 二十七日, 賊將羽柴秀家, 投書城中, 略示講和之意. 公答曰 "我等已決一死戰, 況天兵三十萬朝暮且至行, 當盡勦汝賊". 賊益怒, 築五阜於東西兩門外, 結竹爲柵, 悉衆放丸. 公乃射以火箭, 柵盡焚. 賊復作四輪車, 進薄. 車上置大櫝, 櫝中有賊,

---

5) 宣居怡(선거이, 1550~1598): 본관 보성(寶城), 자 사신(思愼), 호 친친재(親親齋). 1592년 12월 전라병사로서 독산산성(禿山山城)전투에서 전라순찰사 권율(權慄)과 함께 승첩을 올렸고, 이듬해 2월에는 행주산성전투에서 권율과 합세해 적을 대파했다. 그 뒤 이순신과 함께 장문포(長門浦) 해전에서 공을 세웠고, 1598년 울산전투 때 명장 양호(楊鎬)를 도와 싸우다가 전사하였다.

6) 巳時(사시): 오전 9~11시.

7) 北山(북산): 비봉산을 말함. 왜적은 동쪽 선학산에서도 진주성을 감시했다.

8) 昧爽(매상): 먼동이 트는 새벽. '昧'는 새벽. '爽'은 날이 새다.

9) 晡(포): =신시(申時), 곧 오후 3~5시. 해질 무렵.

10) 援枹(원부): '援'은 잡다. '枹(포, 떡갈나무)'가 북채 뜻일 때는 '부'. =부(桴)

用鐵錐鑿城. 公又束火灌油而投之, 檟焚而賊多焦死. 二十八日, 巡城將徐禮元, 不謹踐更[11], 賊潛來穿城. 公拔劍, 擬斬禮元以徇軍, 士卒震慄殊死戰. 賊驍將一人, 中丸死, 賊兵死者, 以千數. 二十九日, 天忽大雨, 城東隅崩圮, 賊蟻附而上, 又從西北門大至. 禮元先走, 諸軍大潰. 或勸公提輕鋒, 突圍而出, 以圖後功. 公扼腕厲聲[12]曰 "我受國厚恩, 任此方面. 城存我存, 城亡我亡, 不可偸生圖活!". 遂脫朝衣一襲幷畫刀, 付從子弘宇[13], 歸傳于仲氏[14]院正公曰 "留此, 不可更藉寇兵. 且我兄聞我死, 必當起義, 以此爲識. 我死之後, 以此衣皐葬". 遂一向督戰, 神色不變, 矢盡力竭, 知事不濟. 與金公千鎰·高公從厚, 登城南譙樓, 口占一絶曰 "矗石樓中三壯士, 一盃笑指長江水, 長江之水流滔滔, 波不竭兮魂不死". 北向再拜曰 "孤城受圍, 外援不至, 勢窮力迫, 一死以報". 一時赴江而死. 城遂陷, 家人取其朝衣, 葬綾州金田村. 城陷之後, 賊欲縱兵向湖南. 賊將一人, 謂淸正曰 "攻城十日, 精兵悍將, 殆盡於鋒鏑, 不可得志於湖南". 遂捲歸, 使湖南百萬生靈, 得免魚肉, 其豐功盛烈, 豈特賢於長城而已哉? 天將吳經略宗道[15], 聞公死, 操文哭之有曰 "崔公卽

上又從西北門大至禮元先走諸軍大潰或勸公提
輕鋒突圍而出以圖後功公扼腕厲聲曰我受國
厚恩任此方面城存我存城亡我亡不可偸生圖活
遂脫朝衣一襲并畫刀付從子弘宇歸傳于仲氏院
正公曰留此不可更藉寇兵且我兄聞我死必當起
義以此爲識我死之後以此衣皐葬遂一向督戰神
色不變矢盡力竭知事不濟與金公千鎰高公從厚
登城南譙樓口占一絶曰矗石樓中三壯士一盃笑
指長江水長江之水流滔滔波不竭兮魂不死北向
再拜曰孤城受圍外援不至勢窮力迫一死以報一

『태상시장록』 권14 〈11b〉

11) 踐更(천경): 번갈아 가면서 교대하는 것을 말함.

12) 厲聲(여성): 성난 목소리로 꾸짖음. '厲(려)'는 사납다, 매섭다.

13) 弘宇(홍우, 1562~1636): 최경장(崔慶長)의 장남. 자 덕용(德容), 호 인재(忍齋). 가계는 우병사 최경회 참조. 숙부 최경회와 함께 항전하다가 빠져나와 부친이 옥과(玉果)에서 의병을 일으키자 합류했다. 『호남절의록』 권1하 〈38a〉.

14) 仲氏(중씨): 최경회의 중형 최경장(1529~1601). 자 선림(善林), 호 죽계(竹溪). 율곡 이이가 장원한 1562년 과거에서 2등을 차지했다. 동생이 진주성전투에서 죽자 의병을 일으켜 함양과 고성을 지켜냈다. 1598년 담양부사로 지내다가 7개월 만에 귀향해 말년을 보냈다. 『호남절의록』 권1하 〈53b~54b〉.

15) 吳宗道(오종도): 임란 때 명군의 경략 송응창(宋應昌)의 부하로 조선에 파견된 관리. 정유재란 때 지원 온 명군의 원수 형개(邢玠)에 소속되어 수병을 이끌고 강화도에 진주했고, 당시 절제사는 양호(楊鎬), 도독은 마귀(麻貴)였다.

倭奴所憚, 以重兵壓之, 必得公後已". 劉摠兵綎見公乞師書, 斂衽改容, 邢摠督玠亦稱公, 忠魂毅魄凜然如生. 牛溪成先生時務疏[16]及安牛山邦俊「湖南義錄」[17], 皆稱其精忠大節. 其他著見於先輩文字者, 赫赫照人耳目. 宣廟亦嘗下教曰 "天將稱美, 倭奴忌憚, 可謂名動三國", 贈吏曹判書, 賜祭. 旌其閭曰忠臣, 額其祠曰褒忠. 仁廟加贈左贊成. 當宁二十二年丙寅冬, 晉人得銅印於南江中, 卽公殉節時抱而沈者也. 帥臣金潤狀聞, 上親製印銘以寵之, 遣禮官以祭. 又命官其子孫. 歲庚午三月, 領府事金公在魯[18], 登筵啓曰 "癸巳倭亂, 金千鎰·崔慶會·黃進·高從厚等諸臣, 皆殉節於晉州, 俱有美謚. 而慶會獨無謚, 此必子孫微弱, 不卽擧行之致. 而朝家崇報之道, 豈宜異同? 且今南江得印事, 不偶然, 其亦奇矣. 請一例賜謚". 上可其奏, 三朝[19]崇報之典, 於是乎無憾矣. 嗚呼, 死生之於人, 誠大矣. 當生而死, 則傷於勇; 當死而生, 則害乎義. 泰山鴻毛輕重有別, 苟非明於理而果於義者其能之乎? 公於平日, 講明此理, 夙諳君親大義, 洞見忠孝一致. 酌量經權[20], 裁度[21]緩急. 平居則服勤[22]致死. 孝如曾閔[23]; 臨亂則割情[24]赴急, 勇如賁育[25]. 使大義明於當世, 人彝植於千秋, 此豈一時血氣慷慨立慬[26]者之所可辦哉? (…中略…) 且其賤

---

16) 時務疏(시무소): 성혼(1535~1598)이 1594년 5월 비변사 당상관으로서 국난 극복 계책을 개진한 「편의시무획일계사(便宜時務畫一啓辭)」(『우계집』 권3)에 관련 기록이 보임.

17) 「湖南義錄(호남의록)」: 우산 안방준(1573~1654)이 1618년 저술한 호남 인물의 충절사적.

18) 金在魯(김재로, 1682~1759): 본관 청풍. 영조 초기에 탕평론을 주장했으나 결국 노론에 경사되었다. 영조의 최측근으로서 1740년 영의정에 올라 1758년 관직을 떠날 때까지 10여 년간 영의정을 맡았다. 그 사이에 영부사도 지냈다.

19) 三朝(삼조): 선조, 인조, 영조의 세 조대를 말함.

20) 經權(경권): 경법(經法)과 권도(權道), 일정 불변의 법칙과 임기응변의 처리.

21) 裁度(재탁): 짐작하여 헤아림. '度(도)'가 헤아리다 뜻일 때는 '탁'으로 읽음.

22) 服勤(복근): 힘든 일에 종사함.

23) 曾閔(증민): 효행이 뛰어난 공자의 제자 증삼(曾參)과 민자건(閔子騫).

24) 割情(할정): =할반지통(割半之痛). 국가 대의를 위해 애통한 정을 끊음.

25) 賁育(분육): 제나라 용사인 맹분(孟賁)과 주나라 역사인 하육(夏育). 맹분은 맨손으로 쇠뿔을 뽑았고, 하육은 천균(千鈞)의 무게를 들어 올렸다고 함.

26) 立慬(입근): 절개를 위해 목숨을 버릴 줄 아는 용기를 내세우는 것. '慬'은 용기가 있다.

妾[27], 公死之日, 盛服, 婆娑於江中巖石, 誑[28]誘賊將, 因擠而俱墜死. 至今人稱義巖, 吁[29]亦烈矣. (…中略…) 公之玄孫汲[30], 不知不佞文拙, 齎家狀, 千里裹足來, 請易名[31]之狀于不佞. 不佞於平生欽誦公義節, 蓋有素矣, 義不敢辭, 謹以一言揚之曰 "嗚呼, 公冒哀起復, 如岳武穆[32]; 孤軍赴難, 如溫太眞[33]; 嬰城[34]固守, 如張睢陽; 臨死從容, 如趙昴發[35]; 兄弟倡義, 如顔平原[36]. 以一人之身而兼有諸君子忠節, 若是卓卓, 豈不焯奕宏偉曠絕千古也哉?". 遂敍公事行終始如右, 送于太常, 以請節惠之典云爾.

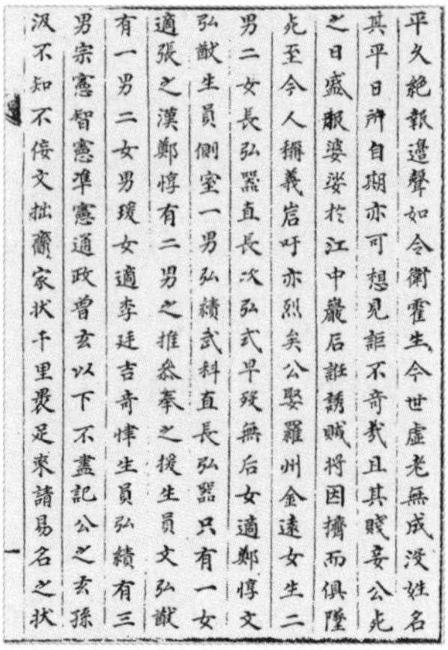

『태상시장록』 권14 〈14a〉

崇政大夫行議政府左參贊 權𥛚 謹狀.

庚午 五月 日 照訖[37] 付奉常寺

---

27) 賤妾(천첩): 종이나 기생의 신분으로서 남의 첩이 된 여자. 문맥상 논개임을 알 수 있다. 『해주최씨 일휴당집·육의록』에서 '부실(副室)'로 변개했다. 자세한 것은 제2부 제2장 참조.

28) 誑(임): 생각하다, 믿다.

29) 吁(우): 아!, 탄식하다.

30) 汲(급, 1660~1760): 자 사인(士引). 가계는 〈최경회-최홍기-(계)최종헌-최세해-최급-최언렬〉로 이어진다.

31) 易名(역명): 시호를 내리는 것.

32) 岳武穆(악무목): '武穆'은 송나라 충신 악비(岳飛)의 시호.

33) 溫太眞(온태진): '太眞'은 진(晉)나라 온교(溫嶠)의 자. 소준이 반란을 일으키자 강주자사로서 왕을 근위하고 석두(石頭)를 격파함.

34) 嬰城(영성): 성문을 굳게 닫고 성을 지킴. '嬰'은 두르다.

35) 趙昴發(조묘발): 원나라 군대가 지주성(池州城)을 포위하자 그곳의 통판 조묘발은 집에서 아내와 함께 조용하게 목을 매어 자살했다.

36) 顔平原(안평원): '平原'은 안록산이 반란을 일으키자 군사를 일으켜 토벌한 안진경(顔眞卿, 709~785)의 봉호. 명필로 유명하다. 사촌형 안고경(顔杲卿)은 안록산을 준열하게 꾸짖다가 살해되었다. 자세한 것은 부록의 인물편 '안고경' 참조.

37) 照訖(조흘): 검사를 마침.

번역 공(公)의 성은 최씨(崔氏), 휘는 경회(慶會), 자는 선우(善遇), 자호는 삼계(三溪)이고, 만년에 일휴(日休)를 당의 편액으로 삼았습니다. (…중략…)38)

공은 또 중요한 길목에다 군사를 매복시켰는데, 적의 한 장수가 수십 명의 기병을 따라왔습니다. 수은 빛 갑옷을 입고 황금 투구를 썼으며 등에는 〈청산백운도〉를 지고 손에는 1자 8척의 언월도(偃月刀)를 들고 백마를 타고 달려왔습니다. 그림은 공민왕이 그린 것으로 우리나라에서 지대한 보물로 이름났습니다. 또 칼은 왜국에 있던 자웅 한 쌍의 신검(神劍)으로 그중의 하나였습니다. 공은 용기를 내어 전진하면서 단발에 그를 쓰러뜨리고는 그림과 칼을 빼앗았습니다. 그러고는 방향을 영남 우도로 방향을 틀어 전투함에 향하는 곳마다 앞을 막는 적이 없었고 참획(斬獲)한 것이 매우 많았습니다.

그때 김시민(金時敏) 공이 진양을 지키다가 포위되자 경상감사 김성일(金誠一)이 글을 보내 지원을 청하니, 공은 군사를 진주 경내로 옮겼습니다. 적들은 평소 공의 위대한 명성을 두려워하였으니 드디어 멀리서 소문만 듣고서도 패하여 달아났습니다. 감사가 조정에 보고하기를, "이번 진양의 큰 승리는 최경회가 외부에서 지원한 힘이 아닌 게 없습니다."라고 하였습니다. 임금이 크게 감탄하여 전교하기를, "영남 우도와 호남 전 지역이 지금까지 보전된 것은 이 사람의 공이 아님이 없다." 하고는 특별히 경상우병사(慶尙右兵使)를 제수하셨습니다.

이듬해인 계사년(1593)에 중국 장수가 적과 더불어 화친하였습니다. 서울 밖의 적들이 영남 좌도에 모두 모임에 병력 기세가 크게 떨쳤습니다. 청정(淸正)은 적의 두목 수길(秀吉)에게 꾀를 내어 모든 군사를 거느리고 진주성을 격파하여 예전의 분함을 씻은 다음 호남을 유린하자고 청하니, 수길이 허락하였습니다.

6월, 청정은 군사 수십만 명을 모아 동래를 출발하여 곧바로 진주로 향하였

---

38) (…중략…) 부분은 최경회의 가계와 그가 경상우병사에 제수되기 이전의 활약상이다.

습니다. 연이은 군영이 수백 리에 이르러 바라보면 마치 별들이 펼쳐 있고 바둑알이 깔린 듯하였습니다. 도원수 김명원(金命元)이 유격 심유경(沈惟敬)에게 글을 보내 그가 적의 예봉을 무디게 하도록 하였습니다. 유경이 마침 행장(行長)의 진중에 있다가 답하기를, "그들이 작년의 패전을 몹시 한스럽게 여겨 모든 군사를 동원하여 그 예봉을 감당할 수 없으니 미리 성을 비워 그들의 마음을 유쾌하게 하는 것만 못하다."라고 하였습니다.

당시 창의사 김천일(金千鎰)·충청병사 황진(黃進)·복수장 고종후(高從厚)·홍의장군 곽재우(郭再祐)·전라병사 선거이(宣居怡)·조방장 홍계남(洪季男)이 성안에 함께 있었습니다. 공은 사람들에게 말하기를, "진주성은 실로 호남의 목구멍이니 지금 버려두고 지키지 않는다면 호남은 없으니, 힘을 합쳐 확고하게 지켜서 적의 세력을 막는 것만 못하다." 하였습니다. 곽재우, 선거이, 홍계남은 응하지 않고는 군사를 이끌고 떠나버렸습니다. 공과 함께 행동한 사람은 김천일, 고종후, 황진 등 몇 사람뿐이었습니다.

공이 거느린 군사 7백여 명, 김천일이 거느린 5백여 명, 황진이 거느린 군사 6백여 명, 나머지 장수들과 진주 군민(軍民)과 피난 온 남녀를 합한 7만여 명이 서로 죽기로 싸워 굳게 지킬 것을 약속하였습니다.

20일, 유격 심유경이 다시 글을 보내 전일에 말한 대로 성을 비우라는 뜻을 나타내었습니다. 이튿날 진시(辰時)에 적이 성의 동북쪽에 출몰하였고, 사시(巳時)에는 수백 명의 기병이 북산(北山)에 올라가 성안을 내려다보았습니다. 이윽고 대군이 뒤따라와 세 겹으로 포위하였다. 공은 김천일, 고종후 두 사람과 함께 병사를 배치하고 움직이지 않았습니다. 이튿날 새벽에는 적이 성 밑까지 바짝 다가왔고, 탄환은 비처럼 쏟아졌습니다. 공은 병졸을 독려하여 항전하였는데 해질 무렵에 적은 물러갔습니다. 그날 밤에 왜적이 또 동문을 공격함에 힘껏 싸워 물리쳤습니다.

며칠 후에 왜적은 서북쪽 모퉁이를 따라 북을 치며 진격해오니 그 소리가 천지를 진동하여 성이 거의 함락될 지경이었습니다. 공은 여러 장수와 함께 몸소 시석(矢石)을 무릅쓰고 사졸을 위해 북채를 잡고 북을 울리며 앞장서서 혈전을 벌였는데, 한참이 지나자 적들이 곧 물러갔습니다.

며칠 후 적들은 동문 밖에 흙을 쌓아 높은 언덕을 만들었습니다. 또 큰 나무를 세워 그 위에 판잣집을 설치하여 내려다보며 성안에 불을 놓았습니다. 공이 또 대포로 언덕과 판잣집을 격파하니 죽은 적이 매우 많았습니다. 하루는 적이 또 나무 궤짝을 지고는 성 밑으로 바짝 진격해왔습니다. 공이 다시 큰 돌을 굴러내리고, 또 대포를 쏘고 화살을 쏘니 적들은 끝내 대적하지 못하였습니다.

27일, 적장 우시수가(羽柴秀家)가 성안에 글을 보내 강화할 뜻을 약간 내비쳤습니다. 공이 답하기를, "우리는 이미 죽음을 각오하고 싸울 것임을 결심하였고, 게다가 중국 군사 30만 명이 아침 아니면 저녁에 이를 터이니, 마땅히 네놈 적들을 응당 다 죽일 것이다." 하였습니다. 적들은 더욱 분노하여 동문과 서문 밖에 다섯 개의 언덕을 쌓고는 대나무를 엮어서 울타리로 만들어 일제히 총을 쏘았습니다. 이에 공이 화전(火箭)을 쏘니 울타리가 다 타버렸습니다. 적은 다시 사륜차(四輪車)를 만들어 가까이 다가왔습니다. 수레 위에는 큰 궤짝을 설치하였고, 궤짝 안에 든 적이 쇠망치를 사용하여 성을 뚫기 시작하였습니다. 공은 다시 횃불을 묶어 기름을 부어서 던지니, 궤짝이 불타면서 많은 적이 타죽었습니다.

28일, 순성장 서예원이 군사 교대를 조심하지 않아 적이 몰래 와 성을 뚫었습니다. 공은 칼을 뽑아 서예원의 목을 베어서 군중에게 조리를 돌리려 하니, 사졸들이 두려워 죽기로 싸웠습니다. 적의 날랜 한 장수가 탄환에 맞아 죽고 적병 중 죽은 자도 수천 명이나 되었습니다.

29일, 하늘에서 갑자기 비가 쏟아져 성 동쪽 모퉁이가 무너지자 적들이 개미 떼처럼 붙어 오르고, 또 서북문을 따라 대거 몰려왔습니다. 서예원이 먼저 달아나고 군사들은 크게 패하였습니다. 어떤 사람이 공에게 정예병을 거느리고 포위망을 뚫고 나가 뒷날 공적을 도모하라고 권하였습니다. 공은 팔뚝을 걷어붙이고는 성난 목소리로, "나는 나라의 은혜를 두터이 입어 이 방면의 임무를 맡았다. 성(城)이 존재해야 내가 존재하고 성(城)이 망하면 나도 망하는 것이니, 구차하게 살아서 생활을 도모할 수 없다!" 하였습니다. 마침내 조복(朝服) 한 벌을 벗어 그림과 칼을 조카 홍우(弘宇)에게 주어 집에 돌아가 중씨(仲

氏) 원정공(院正公, 최경장)에게 전하게 하면서 말하기를, "여기에 남겨두어 왜구 병졸에게 다시 빌려주는 꼴이 되게 할 수 없다. 또 우리 형님은 내가 죽었다는 소식을 들으면 반드시 의병을 일으킬 것이니, 이것을 표지(標識)로 삼게 하련다. 내가 죽은 뒤에 이 옷으로 장례를 지내라." 하였습니다.

드디어 싸움을 한결같이 독려함에 얼굴색이 조금도 변하지 않았고, 화살이 소진되고 기력은 다하여 일이 순조롭지 못함을 알았습니다. 김천일(金千鎰), 고종후(高從厚) 등과 더불어 성 남쪽 망루에 올라가 「구점일절(口占一絶)」을 읊었으니, "촉석루 안의 삼장사/ 한 잔 들고 웃으며 장강 물을 가리키네/ 장강 물은 넘실넘실 흐르나니/ 물결 마르지 않는 한 넋은 죽지 않으리[矗石樓中三壯士, 一盃笑指長江水, 長江之水流滔滔, 波不渴兮魂不死]"라 하였습니다.

북향재배하면서 말하기를, "고립된 성이 포위되었으나 외부 지원군이 오지 않아 형세가 불리하고 힘도 부쳐 한 번 죽음으로써 보답한다." 하였습니다. 그리고 일시에 강으로 나아가 죽었습니다. 성이 끝내 함락되자 집안사람이 그 조복을 수습하여 능주(현 화순) 금전촌(金田村)에 장사를 지냈습니다.

성이 함락된 뒤에 적들은 군사를 풀어 호남지방으로 향하려 하였습니다. 적의 한 장수가 청정(淸正)에게 말하기를, "진주성을 공격한 지 열흘 동안 정예한 군사와 용감한 장수가 총칼에 거의 다 죽었으니 호남에 뜻을 둘 수 없습니다." 하였습니다. 마침내 군사를 거두어 돌아가 호남의 백만 목숨은 죽음을 면할 수 있었으니, 공의 우뚝한 공훈이 어찌 단지 장성(長城)보다 나은 것일 뿐이겠습니까?

명나라 장수 경략(經略) 오종도(吳宗道)는 공이 죽었다는 소식을 듣고 제문을 지어 곡하여 이르기를, "최공은 왜노가 두려워하였는바 많은 병력으로 눌렀으니 이는 필시 공을 얻은 뒤에나 그만둘 일이었다." 하였습니다. 또 총병(摠兵) 유정(劉綎)은 공이 군사를 청하는 글을 보고는 옷깃을 여미고 얼굴을 고쳤으며, 총독(總督) 형개(邢玠) 역시 공을 칭송하면서 충혼의백(忠魂義魄)이 마치 살아있는 듯하다고 하였습니다. 우계 성혼(成渾) 선생의 시무소(始務疏)와 우산 안방준(安邦俊)의 「호남의록」에도 모두 공의 정충대절(貞忠大節)

을 칭송하였습니다. 기타 현저함이 선배들의 문자에도 보이는데, 찬란히 빛나 사람의 이목을 비추고 있습니다.

선조 임금께서도 일찍이 교서(敎書)를 내리기를, "명나라 장수가 훌륭함을 칭송하였고 왜노가 두려워하였으니, 명성이 세 나라에 울린다." 하고는 이조판서(吏曹判書)를 추증하고 국가 제사를 지내게 하셨습니다. 그 정려를 '충신(忠臣)'이라 하고, 사당 편액을 '포충(褒忠)'이라 하였다. 인조 임금은 좌찬성(左贊成)을 더 추증하셨습니다.

당저(當宁, 영조) 22년 병인(1746) 겨울에 진주 사람이 남강 가운데서 구리 인장(印章)을 얻었는데, 곧 공이 순절할 당시 끌어안고 물속에 빠진 것이었습니다. 우병사 김윤(金潤)이 장계를 올리자 임금은 친히 인명(印銘)을 지어 사랑하고, 예관을 파견해 제사를 지내게 하셨습니다. 또 공의 자손들에게 벼슬을 내리라 명하셨습니다.

경오년(1750) 3월에는 영부사 김재로(金在魯)가 경연에서 아뢰기를, "계사년 왜란 때 김천일, 최경회, 황진, 고종후 등의 여러 신하가 모두 진주에서 순절하여 좋은 시호(諡號)를 함께 받았습니다. 최경회만은 시호가 없으니, 이는 반드시 그 자손들이 미약하여 즉시 거행하지 못한 소치인 듯합니다. 조정에서 은덕을 갚는 도리에 어찌 같고 다름이 있겠습니까? 또 지금 남강(南江)에서 인장을 얻은 일은 우연이 아니고 그 또한 매우 기이합니다. 청컨대 한결같은 예로 시호를 내리시기 바랍니다." 하였습니다. 임금께서 그 건의를 허락하셨으니, 세 임금이 융숭하게 포상하신 은전은 이에 유감이 없습니다.

아, 죽고 사는 것은 사람에게 있어서 참으로 지대합니다. 살아야 할 때 죽는다면 용기가 없는 것이요, 죽어야 할 때 산다면 의리를 해치는 것입니다. 태산과 홍모의 무겁고 가벼움에 구별이 있으니, 진실로 이치에 밝지 않고서야 의로움을 과감하게 실천할 수 있겠습니까?

공은 평소에 이런 이치를 밝게 익혀 임금과 어버이에게 대한 대의를 환히 알았고, 충효가 일치함을 깊이 통찰하였습니다. 불변과 임기응변의 이치를 헤아리고 완급을 따져 시행하였습니다. 평상시에는 부지런히 힘쓰며 죽을 힘을 다하였으니 효심은 효행이 뛰어난 증삼(曾參)과 민자건(閔子騫)과 같았고, 난리를 당해서는 부모에 대한 정을 끊고 긴급히 나아갔으니 용기는 맹분(孟賁)과 하육(夏育)과 같았습니다. 대의가 당대에 밝게 되었고 인륜 도덕이 천추토록 전해지게 되었으니, 이 어찌 한때의 비분강개한 혈기로 용기를 내는 사람이 할 수 있는 일이겠습니까? (…중략…)[39]

또 공의 천첩(賤妾)은 그가 죽던 날에 옷을 잘 차려입고 강 가운데 바윗돌에서 너울너울 춤추다가 적장(賊將)을 사려 깊게 유혹하고는 그를 밀어뜨려 함께 떨어져 죽었습니다. 지금도 사람들이 '의암(義巖)'이라 부르니, 아! 또한 매섭습니다. (…중략…)[40]

공의 현손 급(汲)이 내가 글을 잘하지 못함을 모르고 가장(家狀)을 싸들고 천릿길을 와서 나에게 시호(諡號)를 내리는 데 필요한 행장을 요청하였습니다. 내가 평생 공의 절의(節義)를 흠모하는 마음은 본디 있었으나 의리상 감히 사양하지 못하고 삼가 한마디로 찬양하며 이릅니다.

"아, 공이 상중임에도 전쟁터에 나감은 악무목(岳武穆) 같고, 외로운 군사로 싸운 것은 온태진(溫太眞) 같았지. 성을 굳게 지킨 것은 수양의 장순(張巡) 같고, 조용히 죽은 것은 조묘발(趙昴發) 같으며, 형제가 의병 일으킨 것은 안평원(顔平原) 같았지. 한 사람 몸으로 여러 군자의 충절(忠節)을 겸하여 이처럼 특이하고 위대함은 어찌 빛나고 위대하며 천고에 드문 일이 아니겠는가?"

드디어 공의 행적 시말을 위와 같이 서술하여 태상시(太常寺)에 보내 시호 내리는 은전을 청할 따름입니다.

숭정대부 행의정부 좌참찬 권적(權𥛚)이 삼가 씁니다.

경오년(1750) 5월 (예조는) 적합한지를 살펴 봉상시(奉常寺)에 넘겨주시기를 바랍니다.

---

39) (…중략…) 부분은 최경회가 처음 집안에서 의병을 일으키고, 그의 진주성전투 순절에 대해 충의 정신 의미를 부여한 내용이다.

40) (…중략…) 부분은 최경회의 결혼과 자손에 관한 내용이다.

○ 정은신(鄭殷臣, 1721~ ?) 자 징삼(徵三)

본관 해주. 가계는 〈정문부-정대영-정유정-정즙-정상후-정은신-정방의(鄭方毅)〉로 이어진다. 1747년 창렬사 치제 감회시를 지은 정우신(1718~1802)의 동생이다. 그는 서인 유생 정조의(鄭祖毅, 1718~1782)·성익렬(成益烈, 1726년생)과 더불어 하홍도(1593~1666)의 하동 종천서원 배향 축출과 『겸재집』 개판을 주장하며 강우 지역의 남인과 격렬한 향전(鄕戰)을 벌인 인물이다. 『일성록』 〈1779.11.11〉과 『종천화변록』(경상대 문천각 소장) 참조.
아랫글은 『충렬실록』 권2 〈5a~b〉에도 동일하게 실려 있는데, 창렬사 경내의 비석군을 심도 있게 이해하는 차원에서 해당 비석을 활용했다. 전재한 글에서 보듯이 원래 인명비는 현재처럼 우병사 전득우가 재임하던 1774년(영조50)에 영조의 「어제득인명」과 정은신의 「인명비문」을 함께 새겼음을 알 수 있다. 그리고 끝 문장의 연기(年記)는 구체적인 사정은 미상이나 1847년(헌종13) 비석을 다시 건립했다는 정보를 담고 있다.

「印銘碑文」[1] 〈창렬사 경내 비석〉
(인명을 새긴 비문)

龍蛇之變, 城陷之日, 兵使崔公慶會抱而投江之印. 埋沒百五十六年, 今」[2]上丁卯春[3], 始得於江中. 延釼還津,[4] 實非偶然. 其時, 兵使[5]奉進于朝,」下敎[6]曰 "此印, 幾年沈水, 今春得來, 可異又可貴也. 忠臣烈烈之氣, 恍若留帶印面. 古印復」見於今日, 忠骨[7]猶葬於

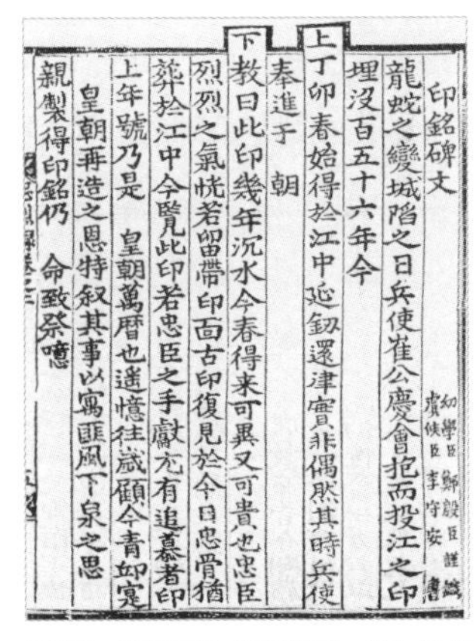
印銘碑文
龍蛇之變城陷之日兵使崔公慶會抱而投江之印 幼學臣鄭殷臣謹識 虞候臣李守安書
埋沒百五十六年今
上丁卯春始得於江中延釼還津實非偶然其時兵使
奉進于朝
下教曰此印幾年沉水今春得來可異又可貴也忠臣
烈烈之氣恍若留帶印面古印復見於今日忠骨猶
葬於江中今覽此印若忠臣之手獻充有追慕者印
上年號乃是 皇朝萬曆也遙憶往歲顧今青邱寔
皇朝再造之恩特叙其事以寓匪風下泉之思
親製得印銘仍 命致祭噫

정은신, 「인명비문」(『충렬실록』 권2 〈5a〉)

1) 『충렬실록』을 보면, "幼學 臣 鄭殷臣 謹識, 虞候 臣 李守安 書"라는 쌍행주가 있어 비문의 작가와 글쓴이를 알 수 있다.
2) 부호(」)는 창렬사 비문의 줄 바뀜을 뜻함. 이하 동일.
3) 김윤의 「득인계」에 따르면 관인을 얻는 해는 병인년(1746)이다.
4) 延釼還津(연검환진): 다시 합하게 되는 인연이나 부부가 죽은 뒤에 합장하는 것을 비유함. 자세한 유래는 안치택(1702~1777)의 시 참조.
5) 兵使(병사): 김윤(金潤)으로 1745년 10월부터 1747년 9월까지 재임함. 자세한 가계는 부록 우병사(1708) 김중삼 참조.
6) 이 하교(下敎)의 내용은 『영조실록』(본서 수록)보다는 양응수(1700~1767)의 「축장일기」 〈1747.2.22〉(『백수집』 권17)에 실린 것과 가깝다.
7) 忠骨(충골): 정충의 유골, 곧 충성스러운 죽음.

江中, 今覽此印, 若忠臣之手獻. 尤有追慕者, 印上年號, 乃是」皇朝萬曆也. 遙憶往歲, 顧今靑邱. 寔皇」朝再造之恩[8], 特叙其事, 以寓匪風·下泉之思[9]」". 親製得印銘, 仍命致祭. 噫」, 御銘之下, 宜有鐫石之傳. 兵相田公得雨[10], 受節南下, 撫印興慨, 鳩財董役.[11] 卄餘年, 未遑之事」, 克擧.[12] 於今日, 而宸章[13]煌煌於石面, 我」聖上爲傳萬歲之盛意[14], 於斯益彰. 夫公慕義之深, 亦可見矣. 夫記事之文義, 不敢辭, 謹敍」其顚末焉」.

[15]崇禎 紀元後 四丁未 四月 日 重建[16]」

번역 용사년 변란으로 성이 함락되던 날에 병사 최경회(崔慶會) 공이 가슴에 안고 강에 투신할 때의 인장이다. 매몰된 지 156년이 되는 현재 임금의 정묘년(1747) 봄에 비로소 강 속에서 얻었다. 연평진의 칼이 나루로 되돌아왔으니 실로 우연이 아니다.

그때 병사(兵使)가 조정에 받들어 바치니, 하교(下敎)하여 이르기를, "이 인장이 물에 잠겨 있은 지 몇 해던가? 금년 봄에 얻었으니 기이하고 또 귀한 일이다. 충신(忠臣)의 열렬한 기상이 황홀하게 인장 표면에 띠를 두른 것처럼

---

8) 再造之恩(재조지은): 명나라 도움으로 망할 뻔한 조선이 다시 일어난 것을 말함.

9) 영조(1694~1776)의 「득인명」에 나오는 표현임. 본서 참조.

10) 田得雨(전득우): 1773년 윤3월부터 1775년 4월까지 2년간 우병사로 재직. 가계는 부록의 우병사 참조.

11) 鳩財董役(구재동역): 재물을 모으고 공역을 감독함. '鳩'는 모으다. '董'은 감독하다.

12) 『충렬실록』 권2 〈4b〉의 "甲午(1774) 四月 二十三日 立碑"라는 「어제득인명」 세주를 통해 인명(印銘)이 내려온 지 27년 만에 비석을 세웠음을 알 수 있다. 「충렬실록발」에서도 "석면에 새긴 것이 견고하고 치밀하지 않은 것은 아니나 백 년이 되지 않아 갈라지고 벗겨져서 이끼가 나오고[勒之石面, 非不堅緻, 而未及百年, 龜剝苔生]"라 하여 1774년 건립 사실을 뒷받침하고 있다.

13) 宸章(신장): 임금이 쓴 글. '宸'은 대궐, 곧 임금.

14) 盛意(성의): 정성스러운 뜻.

15) 이 연기는 『충렬실록』에는 없고 비문에만 있다. 崇禎(숭정)은 명나라 최후 임금인 신종이 1628년부터 1644년까지 쓴 연호이고, 四丁未(사정미)는 숭정 기원후 네 번째 정미년으로 1847년이다.

16) 重建(중건): 최초 건립 후 73년이 지난 1847년 4월 비석을 다시 건립했다는 의미.

남아 있다. 옛 인장이 오늘에 다시 나타났으니 충신의 뼈가 강 속에 매장되어 있는 것 같고, 지금에 이 인장을 살펴보니 충신이 손수 바치는 것 같다. 더욱이 추모하게 되는 것은 인장의 연호가 곧 명나라 만력(萬曆)이라는 사실이다. 멀리 지난 세월을 추억하고 지금의 우리나라를 돌아본다. 참으로 명나라 조정의 재조지은(再造之恩)을 입었으니, 특별히 그 일을 서술하면서 비풍(匪風)과 하천(下泉)의 생각을 붙여본다." 하셨다. 손수 「득인명(得印銘)」을 짓고 곧 치제하도록 명령하셨다.

창렬사 경내 '어제득인명비' 〈1847.4〉

아, 임금의 명(銘)이 내려왔으니 마땅히 돌에 새겨서 전해야 한다. 병상 전득우(田得雨) 공이 부절을 받들고 남으로 내려와서 인장을 어루만짐에 강개한 마음이 일어나 재물을 모으고 공사를 독려하였다. 20년이 넘도록 미처 겨를을 내지 못한 일을 능히 해내었다.

오늘에 임금의 글이 비석 표면에 찬란하니, 우리 성상께서 만세에 전할 정성스러운 뜻이 여기에서 더욱 드러난다. 무릇 공[전득우]이 충의(忠義)를 흠모한 깊이를 또한 볼 수 있다. 사실을 기록하는 글의 취지를 감히 사양하지 못하고 삼가 그 전말을 서술한다.

숭정 기원후 네 번째 정미년(1847) 4월 일 다시 세움

○ 광주 유림의 통문

아랫글은 계사년(1773, 영조49) 2월 29일 전라도 광주 중심의 유생 275명이 남원 정충당을 경유해 진주의 향교와 서원에 발송한 통문이다. 시기는 제2차 진주성전투 3주갑이 되던 해이고, 김성일의 촉석루 시판이 게첨된 지 181년이 지난 때였다. 계기는 이로, 조종도, 곽재우, 이상정의 저서가 연이어 발간되었기 때문이다. 통문의 요지는 최경회·김천일·고종후(광주 출신)가 삼장사이고, 촉석루중삼장사 시의 작가는 최경회이며, 따라서 촉석루의 학봉 시판을 철거하고 해야 한다는 내용이다.
영호남 삼장사 논쟁을 본격 촉발한 이 글이 실린 『제하휘록』은 고인후 7세손 고시민(1774~1846)이 1839년 편찬한 것으로 『국역 제봉전서』 하(국사편찬위원회, 1980)에 재수록되었다. 고시민도 계사년(1833) 6월에 「삼장사변」을 지었다.
삼장사 논쟁과 경과에 대해서는 『진주성 촉석루의 숨은 내력』(하강진, 2014)의 278~292쪽과 417~425쪽 참고.

「通晉州文」 〈고시민 편, 『제하휘록』 권하, 58a~59a〉 **(진주에 통지하는 글)**〈1773〉

右通諭[1]事. 生等嘗讀"矗石樓中三壯士, 一杯笑指長江水"之句, 而未嘗不擊劍低昂[2]氣凜凜, 若秋. 盖三壯士, 卽鄙道右義兵將崔忠毅公慶會·倡義使金文烈公千鎰·復讐將高孝烈公從厚. 而此詩, 乃崔公與二公, 同日赴水時, 所制也. 播膾[3]於當時, 傳誦於後世, 而昭載其家之遺乘, 布在諸賢之文集矣. 今聞貴道鶴峯金公·紅衣將郭公·奮義將姜公三家子孫, 乃以'三壯士'之稱·'指長江'之句, 各歸乃先, 互相排攻, 駭人聽聞[4]. 而且金氏家, 以此詩誤入其家之文集, 又刻矗樓之題板, 將欲鐫之於貞珉云. 惡[5], 是何言也? 此有大不然者. 生等嘗考柳西崖[6]「時務箚」[7], 有曰 "金鶴峯以嶺伯巡視晉州, 癸巳四

---

1) 通諭(통유): 통문을 보내 깨우치다.
2) 低昂(저앙): 낮아졌다 높아졌다 함, 오르내림. '昂'은 오르다, 높다.
3) 播膾(파회): 전파회자(傳播膾炙)의 준말.
4) 聽聞(청문): 이야기를 들음, 들리는 소문.
5) 惡(오): 감탄사. 악(惡)이 감탄사나 의문사로 쓰일 때는 '오'로 읽음.
6) 西崖(서애): 류성룡의 호. '崖'는 애(厓)의 오기.
7) 「時務箚(시무차)」: 『서애집』 권5의 「陳時務箚」(계사년 12월)를 말함. "즉시 진주를 순시하여 그 굽고 곧은 형세를 살펴 팔좌(八座)의 포루를 설치하고자 백성을 동원하고 역사(役事)를 시작해서 재목이 준비되었습니다. 그런데 김성일이 병들어 죽자 결국 이루지 못하고 진주는 드디어 함락되고 말았습니다.[卽巡視晉州, 相其迂直之勢, 欲設八座砲樓, 卽

通晉州文　全羅道儒生二百七十五人 (英廟四十九年癸巳二月二十九日)
右通諭事(生等) 竊讀矗石樓中三壯士一杯笑指長江水之句而未嘗
不擊劍低昂氣凛凛若秋盖三壯士卽鄙道右義兵將崔忠毅公慶會
倡義使金文烈公千鎰復讐將高孝烈公從厚而此詩乃崔公與二公
同日赴水時所制也播膾於當時傳誦於後世而昭載其家之遺乘布
在諸賢之文集矣今聞貴道鶴峯金公紅衣將郭公奮義將姜公三家
子孫乃以三壯士之稱指長江之句各歸乃先互相排攻駭人聽聞而
且金氏家以此詩誤入其家之文集又刻矗樓之題板將欲鐫之於貞
珉云惡是何言也此有大不然者(生等) 竊考柳西厓時務劄有曰金鶴
峯以嶺伯巡視晉州癸巳四月病卒于晉營又考安牛山晉州叙事有
曰郭紅衣當其守城之日先自引兵自丹城從山郡而去姜義將則城
陷之後奮劍斫賊抵死乃已云其巍忠大節非不貫天耀日而顧其殉
躬或先或後皆不在城陷渰水之日且以詩意觀之則激烈奮慨之詞

霽下彙錄 下　五八

皆是自誓投江之意而一盃指江豈是病死時所詠魂兮不死又豈先
去人所作而奮劍斫賊之際必無此等之語則決非三公之所吟者明
白無疑而至於崔忠毅則與金高二公同爲其時之三大將而及其城
陷相携赴水則畢境成就自與詩意小無違庭而 宣朝大王賜祭祭
文有曰茫茫石崖忠軀所殞又於南江獲印之時今我 聖上賜祭祭
文中有曰魂兮不死詩語乃沕則詩乃崔公之詩而前聖後聖皆所嘉
乃而鄭逸軒輓語曰骨沉江兮魚爲隂金忠勇祭文曰晉山峩峩晉水
洋洋其他湖義錄孤山日錄班班可考而至於三壯士之證案則嶺伯
鄭賜湖疏中所謂三大將敵愾義兵將邊士貞疏中所謂三士及湖士
請謚疏所謂三臣者豈其章章一印紙也噫彼三家子孫是豈有意於
掠人之美哉祗緣乱離搶攘之後此等文字及事蹟或致訛誤乃有錯
謬之故也惟彼三公以其忠肝義肚倘若加其不可加之名當其不可
當之詩則豈不爲盛德之貽累也耶昔朱夫子謂陳萬年曰先祖有善

광주 유림, 「통진주문」(『제하휘록』 하 〈58a~b〉)

月, 病卒于晉營". 又考安牛山[8]「晉州叙事」, 有曰 "郭紅衣, 當其守城之日, 先自引兵, 自丹城從山郡而去[9], 姜義將則城陷之後, 奮劍斫賊[10], 抵死乃已" 云. 其巍忠大節, 非不貫天輝日. 而顧殉躬, 或先或後, 皆不在城陷渰水[11]之日. 且以詩意觀之, 則激烈奮慨之詞, 皆是自誓投江之意, 而'一盃'·'指江', 豈是病死時所詠? '魂兮不死', 又豈先去人所作? 而奮劍斫賊之際, 必無此等之語, 則決非三公之所吟者, 明白無疑, (…中略…) 在後眞是非, 必將不止於泯沒之下, 稍慮或有叫閽[12]爭卞[13]之端矣. 生等爲之慨然, 寄聲曉之, 非所左右

發民始役, 材木已具. 而**誠一病死**, 竟不能成, 而晉遂以陷]".

8) 安牛山(안우산): '牛山'은 안방준(1573~1654)의 호. 또 포은 정몽주와 중봉 조헌을 사모해 은봉(隱峰)을 자호로 삼음. 전라도 보성군 오야리에서 출생했고, 임란 때 박광전을 따라 의병을 일으켰다. 1596년 진주성전투를 기록한 「진주서사」(『은봉전서』 권7)를 찬술했다.

9) 從山郡而去(종산군이거): 「진주서사」에는 "徑入山邑"으로 되어 있음.

10) 斫賊(작적): 적을 베다. '斫'은 베다, 찍다.

11) 渰水(엄수): 물에 빠짐. '渰'은 엄(淹, 담그다)의 뜻.

袒[14]於其間者也. 伏惟此稿收諸揭板, 而又使三家各回謬見, 並罷爭端, 千萬幸甚. 右敬通于慶尙道晉州校院僉君子云.

번역 다음과 같은 통문으로 깨우치고자 합니다. 소생들이 일찍이 "촉석루 안의 삼장사/ 한 잔 들고 웃으며 장강 물을 가리키네.[矗石樓中三壯士, 一杯笑指長江水]"라는 구절을 읽어보니, 칼을 두드리며 오르내리는 기상은 늠름하기가 추상과 같지 않은 적이 없었습니다. 대개 삼장사(三壯士)는 곧 우리 전라도의 우의병장 충의공 최경회(崔慶會)와 문열공 김천일(金千鎰), 복수장 효열공 고종후(高從厚)입니다. 이 시는 곧 최공(崔公)이 두 공과 더불어 같은 날 물에 나아갈 때 지은 것입니다. 당시 널리 퍼져 세상 사람의 이야깃거리가 되었고, 후세에 전송되어 그 가문에 전하는 역사에 뚜렷이 실려 있으며, 여러 선현의 문집에도 유포되었습니다.

요즘 들으니 귀도(貴道)의 학봉 김공(金公)과 홍의장군 곽공(郭公), 분의장 강공(姜公) 세 가문의 자손들이 '삼장사(三壯士)'의 통칭과 '지장강(指長江)'의 구절을 두고 각기 자기들의 선조라 하여 서로 배척하고 공격하여 소문을 듣는 사람들을 놀라게 하고 있습니다.[15] 그리고 김씨(金氏) 가문에서는 이 시를 그 집 문집에 잘못 넣었고, 또 촉석루(矗石樓) 시판에 새겼으며, 장차 비석에 새기려 한다고 합니다. 아, 이게 무슨 말입니까? 이것은 크게 잘못된

12) 叫閽(규혼): 임금에게 호소함, 대궐 문 앞에 가서 시끄럽게 호소함.

13) 爭卞(쟁변): 시비를 따지기 위해 싸움. '卞'은 변(辨, 분별하다)의 뜻.

14) 左右袒(좌우단): 편을 가름, 우열을 가림. 한 고조가 죽고 여태후가 정권을 잡자 주발(周勃)이 사직을 안정시키고자 여씨를 위하는 자는 오른쪽 어깨를 드러내고[右袒], 유씨(劉氏)를 위하는 자는 왼쪽 어깨를 드러내라[左袒]고 했다. 『사기』 권9 「여태후본기」.

15) 이로의 『용사일록』(일명 『용사일기』, 1763). 조종도의 『대소헌일고』(1769), 곽재우의 『망우집』(1771)이 출간되었다. 그리고 1772년 5월 전후로 이상정이 촉석루에 삼장사 시비를 세우려고 경상도 유생들에게 통문을 보내 적극 동참을 권유했다. 이상정, 「답통문」, 『촉석루시사적』(26a~31a) 참조. 한편 대소헌의 7세손 조휘진(1729~1796)의 「답김상사천용용찬」(『동와유집』 권1 〈28a~b〉)을 보면, 1769년 가을에 이미 학봉 후손 김용찬 등을 중심으로 삼장사비 건립 논의가 있었음을 알 수 있다.

것입니다.

소생들이 일찍이 서애 류성룡(柳成龍)의 「진시무차(陳時務箚)」를 고찰해 보니, "김학봉(金鶴峯)은 경상도 관찰사로서 진주를 순시하다가 계사년(1593) 4월 진주 병영에서 병으로 죽었다."라는 말이 있었습니다. 또 우산 안방준(安邦俊)의 「진주서사(晉州敍事)」에, "곽홍의(郭紅衣)는 그 성을 지키던 날에 먼저 병력을 이끌고 단성으로부터 산군(山郡)을 좇아서 떠났고, 강의장(姜義將)은 성이 함락된 뒤에 칼을 휘둘러 적을 베다가 죽은 뒤에야 그만두었다."라는 말이 있습니다.

그 높은 충성과 큰 절의는 하늘을 뚫어 태양처럼 빛나지 않은 이는 없습니다. 그런데 순절한 것을 살펴보면 앞서거니 뒤서거니 하여 성이 함락되고 물에 빠지던 날에 모두가 있지는 않았습니다.

또 시의 뜻으로 본다면, 격렬하고도 분개하는 말이 모두 스스로 맹세하고 몸을 강에 던지는 뜻입니다. 그러니 '일배(一杯)'와 '지강(指江)'이 어찌 병들어 죽을 때 읊은 것이겠습니까? '혼혜불사(魂兮不死)' 또한 어찌 먼저 간 사람이 지은 것이겠습니까? 칼을 휘둘러 적을 베던 때에는 기필코 이런 말은 있을 수 없습니다. 그런즉 삼공(三公)이 결코 읊은 것이 아님은 명백하고 의심할 데가 없습니다. (…중략…)

이후로 진정한 시비는 반드시 이러한 사실이 없어지기 전까지는 그치지 않을 것이고, 혹시 궁궐 앞에서 호소하며 시비를 따지려고 다투지 않을까 조금 걱정됩니다. 소생들은 개탄스럽게 여겨 말을 내어 깨우치는 것이지 그 사이에서 어느 편을 드는 것이 아닙니다.

삼가 바라건대 이 글을 살펴 내걸린 시판을 거두시기 바랍니다. 또 세 가문으로 하여금 각각 잘못된 견해에서 방향을 돌리게 하며, 아울러 논쟁의 단서를 없애주신다면 천만다행이겠습니다.

위와 같이 경상도 진주(晉州) 향교와 서원의 모든 군자에게 공경하게 통지하는 바입니다.

○ 남원 유림의 통문

아랫글은 광주 유림에서 발송한 통문에 대해 경상도 유림에서 별다른 반응이 없자 전라도 남원 유생들이 주동이 되어 기해년(1779년) 2월경 진주향교에 재차 발송한 2차 통문이다. 그해 1월에 진주에서 창렬사 앞에 이름을 바꾼 삼장사비를 이미 세웠고, 새로운 사당을 건립한다는 소식을 듣고 서둘러 작성한 것이다. 통문 도입부 참조.
제1차 통문과 달리 고종후 대신 '황진'(남원 출신)을 삼장사의 한 인물로 내세웠고, 촉석루의 기존 시판을 개정함은 물론 비석을 철거하고 새 사당 건립의 논의도 중지하도록 요구했다. 나중에 영남 유림에서는 요구를 수용해 비석을 자진 철거하고 사당 건립도 취소했다. 이 해에 전라도 유림에서 『호남절의록』을 간행했다.

「道內士林寄晉州鄕校文」〈황진, 『무민공실기』 권3, 39b~43a〉

(도내의 사림이 진주향교에 부치는 글)〈1779〉

(…上略…) 嗚呼, 我東晉陽, 卽中國之常山·睢陽也. 我東金·黃·崔, 卽中國之杲·眞·巡·遠也. 冲天節義·貫日精忠, 若人當之, 則壯士之稱, 誠非美號. 而自癸至今數百年, 通國之大賢信筆[1], 公家[2]鐵案[3], 詩人韵士·婦孺輿卒, 擧皆以三壯之號, 歸之於金·黃·崔三忠臣座下[4]者. 此, 無他也. 卽今矗石樓誤揭換名之詩板中"矗石樓中三壯士, 一盃笑指長江水, 長江之水流滔滔, 波不竭兮魂不死"四句, 元非金鶴峰所作. 乃三忠中崔節度於立節前一日所作, 而出於自道之讖辭, 故稱之以壯者也. (…中略…) 其後丁卯, 漁人獲印. 守臣上之. 英宗大王遣祀官, 致祭於彰烈祠崔節度之靈. 今伏讀祭文, 有曰 "嶺右節度, 篆章可認, 魂兮不死, 詩語乃腷"[5]. 此, 的指其作詩誓死·抱印投江之事也. 崔公若不載國乘, 則賜祭崔公之文, 何以揷入於詩語耶? 以此觀之, 矗石樓三壯士, 乃是立節殉國之金·黃·崔三忠, 而非今日僉尊所指金鶴峰·趙笑

---

1) 信筆(신필): 붓 가는 대로 씀.
2) 公家(공가): 조정이나 왕실.
3) 鐵案(철안): 쉽게 변하지 않은 결정이나 의견.
4) 座下(좌하): 대개 편지에서 상대방을 높여 그의 이름 아래 쓰는 말.
5) 김수민(1734~1811)의 「장사가」 참조.

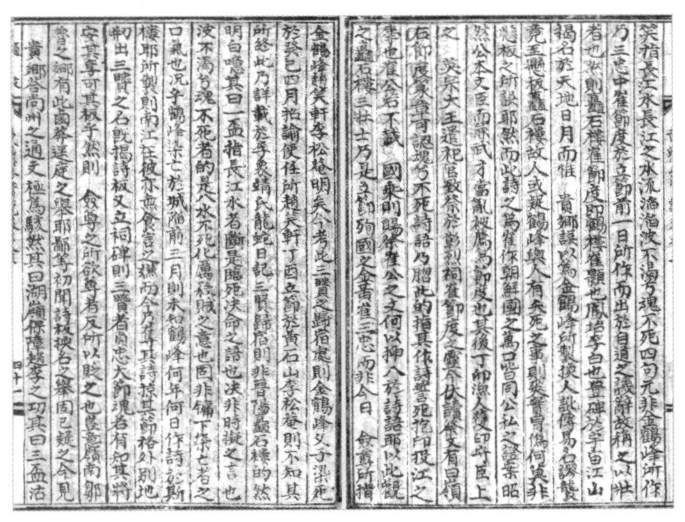
笑指長江之水流滔滔汝不濁兮魂不死四句元非金鶴峰所作
乃三忠中崔節度於立節前一日所作而出於自道之議辭故稱之以壯
者也然則矗石樓崔節度即鶴樓崔顥也鳳抬李白也豈碑沒乎白江山
揭名於天地日月而惟 貴鄕誤以爲金鶴峰所製換人訛傳易名謬襲
竟至懸板矗石樓故人或疑鶴峰與人有矢死之事則奚啻奇僞何莫非
懸板之所誤耶然而此詩之爲崔作朝鮮國之萬口皆同公私之證案昭
然公本文臣而兼武才當亂被薦爲節度也其後丁卯湖人發印呈臣上
之 英宗大王還祀官致祭於彰烈祠崔節度之靈今伏讀祭文有曰嶺
右節度家童可認魂兮不死詩語乃賂此的指其作詩誓死抱印投江之
事也崔公若不識 國乘則賜祭崔公之文何以挿入於詩語耶以此觀
之矗石樓三壯士乃是立節殉國之金黃崔三忠而非今日 僉尊所措
金鶴峰趙笑軒李松菴明矣今考此三賢之歸宿處則金鶴峰父子染死
於癸巳四月招諭使任所趙笑軒丁酉立節於黃石山李松菴則不知其
所終此乃詳載於李象靖氏龍蛇日記三賢歸宿則非晉陽矗石樓的然
明白噫其曰一盃指長江水者斷是臨死決命之語也決非時擬之言也
汝不濁兮魂不死者的是人於不死化厲殺賊之意也固非鏞下染亡者之
口氣也況乎鶴峰染亡於城陷前三月則未知鶴峰何年何日作詩於斯
樓耶所製則南江在彼亦無食言之嫌而今乃徒其詩掠其節格外別地
刱出三賢之名旣揭詩板又立祠碑則三賢者同忠大節魂若有知其將
安其享可其板乎然則 僉尊之所欲尊者反所以貶之也豈意嶺南鄒
魯之鄕有此鹵莽遑庭之舉耶鄙等初聞詩板換名之舉固已疑之今見
貴鄕答尙州之通文極爲駭然其曰湖嶺儒林趙李之功其曰三盃沽
四十一

남원 유림, 「도내사림기진주향교문」(황진, 『무민공실기』 권3 〈40b~41a〉)

軒·李松菴[6], 明矣. 今考此三賢之歸宿處, 則金鶴峰父子, 染死於癸巳四月招諭使任所; 趙笑軒, 丁酉立節於黃石山; 李松菴[7], 則不知其所終. 此, 乃詳載於李象靖氏『龍蛇日記』. 三賢歸宿, 則非晉陽矗石樓, 的然明白. (…中略…) 矗石懸板, 若不改正, 則崔節度「日休堂記文」·『和順邑誌』·『政院日記』, 歸於誣妄[8]者. 猶是細事, 至於'詩語乃賂'四字, 乃英宗大王賜祭之文[9], 幷爲謄呈. 幸伏望僉尊, 灑然改度[10], 稅然[11]回惑. 亟撤矗石樓易名之板, 改懸以崔公之名, 卽停新壯士祠廟之議, 勿貽三贀之累. (…中略…) 賜祭之文謄告者, 或意僉尊曾未奉審[12], 致有此格外之駭擧者也. 更望僉尊, 速改懸板之名, 卽

6) 菴(암): 암(巖)의 오기. 고쳐서 번역에 반영함.

7) 菴(암): 암(巖)의 오기.

8) 誣妄(무망): 허위 사실을 꾸며 남을 속임. '誣'는 무고하다, 속이다. '妄'은 거짓.

9) 홍계희의 제문에 "魂兮不死, 詩語乃賂"(『일휴당실기』「영묘사제문」)에도 같은 표현이 나온다. 자세한 것은 김수민(1734~1811)의 「장사가」 참조.

10) 改度(개탁): 마음을 바꿈. '度(도)'가 생각하다, 헤아리다 뜻일 때는 '탁'.

11) 稅然(탈연): 벗어나다. '稅(세)'가 벗어나다 뜻일 때는 탈(脫)과 같음.

停祠碑之議. 遄[13]回金玉之音, 千萬幸甚.

번역 (…상략…) 아, 우리 동방의 진양(晉陽)은 곧 중국의 상산(常山)과 수양(睢陽)입니다. 우리나라의 김천일(金千鎰)·황진(黃進)·최경회(崔慶會)는 중국의 안고경(顏杲卿)·안진경(顏眞卿)·장순(張巡)·허원(許遠)입니다.

하늘을 찌르는 절의(節義)와 해를 꿰뚫는 정충(精忠)은 이 같은 사람에게 마땅한 것인데, '장사(壯士)'로 부르는 것은 진실로 좋은 호칭은 아닙니다. 하지만 계사년(1593)부터 지금까지 수백 년에 이르기까지 온 나라 큰 선현들이 붓 가는 대로 썼으며, 조정의 변하지 않는 의견이었습니다. 시인이나 풍류객, 여자나 어린아이, 가마꾼 모두가 '삼장(三壯)' 호칭을 김(金)·황(黃)·최(崔) 세 충신 좌하에게 귀착시키고 있습니다. 여기에는 다른 뜻이 없습니다.

곧 지금 촉석루에 이름이 바뀌어 잘못 걸린 시판 중에 "촉석루 안의 삼장사/ 한 잔 들고 웃으며 장강 물을 가리키네/ 장강 물은 넘실넘실 흐르나니/ 물결 마르지 않는 한 넋은 죽지 않으리[矗石樓中三壯士, 一盃笑指長江水, 長江之水流滔滔, 波不渴兮魂不死]"라는 네 구는 원래 김학봉(金鶴峰)이 지은 것이 아닙니다. 세 충신 중의 최(崔)절도사가 순절하기 하루 전에 지은 것이며, 자신을 나무라며 한 말에서 나온 것이므로 '장사(壯士)'라 칭하였던 것입니다. (…중략…)

그 후 정묘년(1747)에 어부가 도장을 획득하였습니다. 경상우병사가 조정에 바치니, 영조대왕은 사관(祀官)을 파견하여 창렬사 최절도사의 영령에 제사지내게 하셨습니다. 지금 삼가 제문을 읽어보니, "영남우절도사의 전서체 인장임을 알 수 있고, 넋은 죽지 않았으니 시어가 꼭 들어맞네.[嶺右節度, 篆章可認, 魂兮不死, 詩語乃脗]"라고 한 것이 있습니다. 이것은 시를 지으면

12) 奉審(봉심): 삼가며 살핌. 왕명을 받들어 능이나 사우를 살핌.

13) 遄(천): 빠르다.

서 죽음을 서약하고 도장을 안고 강에 몸을 던진 일을 가리키는 것입니다. 최공(崔公)이 만약 국사에 실리지 않았다면, 최공을 사제(賜祭)하는 글에 어떻게 시어가 삽입되었겠습니까? 이로써 볼 때 촉석루 삼장사는 곧 절의를 세우기 위하여 순국한 김(金)·황(黃)·최(崔) 세 충신이고, 오늘날 여러분들이 지칭하는 김학봉(金鶴峰)·조대소헌(趙大笑軒)·이송암(李松巖)이 아님은 명백합니다.

지금 이 세 현인이 귀의한 곳을 보니, 김학봉(金鶴峰) 부자는 계사년(1593) 4월 초유사 임소에서 전염병으로 죽었고, 조대소헌(趙大笑軒)은 정유년(1597)에 황석산성에서 순절하였으며, 이송암(李松巖)은 죽은 곳을 모릅니다. 이는 곧 이상정(李象靖) 씨의 『용사일기』에 상세히 실려 있습니다. 세 현인의 귀의처가 진양 촉석루가 아닌 것은 확실하고도 명백합니다. (…중략…)

촉석루 현판을 만약 바꾸지 않는다면, 최절도사의 「일휴당기문」과과 『화순읍지』, 『승정원일기』는 속이고 거짓된 것으로 돌아가고야 말 것입니다. 이와 같은 자세한 일은 '시어내문(詩語乃脗)' 네 글자에 지극함이 있으니, 곧 영조대왕의 사제문을 함께 베껴서 드립니다.

삼가 바라건대 여러분들은 마음을 깨끗이 고쳐 미혹에서 벗어나기를 바랍니다. 빨리 촉석루에 이름을 바꾼 시판을 철거하고 최공(崔公)의 이름으로 바꾸어 걸며, 새로운 장사의 사당을 건립하려는 논의를 중단해서 세 현인에게 누를 끼치지 말아야 합니다. (…중략…)

사제문을 베껴 사실을 알리는 것은 혹시 여러분이 아직 봉심(奉審)은 하지 않았지만 격식에서 벗어난 놀랄 만한 일을 하지나 않을까 생각해서입니다. 다시 여러분에게 바라는 것은 빨리 현판의 이름을 바꾸고, 즉시 사당과 비석의 논의를 중단하는 일입니다. 좋은 소식이 신속히 돌아온다면 천만다행이겠습니다.

○ 경상좌도 유림의 답신

전라도 남원 유림에서 기해년(1779) 2월 재차 통문을 보내오자 1차 때 별다른 대응을 하지 않았던 경상좌도 유림은 즉각 이상정(李象靖)에게 답신을 작성하도록 했다. 이에 그는 지역 유림을 대신해 광주와 남원, 즉 호남(湖南)에서 두 차례 보내온 통문의 허점을 조목조목 비판했다. 그리하여 삼장사는 김성일·조종도·이로이며, 촉석루 시는 김성일의 작이라고 하며 반박했다.
이보다 앞서 이상정은 1771년 곽재우의 『망우집』이 중간되자 이듬해 5월 전후로 도내 유생들과 통문을 주고받으며 삼장사 비석 건립 논의를 창도하고 위 3인을 삼장사로 변증한 소책자 『촉석루시사적』(간년 미상)을 찬술했다.

李象靖[1], 「答湖南通文」 代左道士林作 ○己亥 〈『대산집』 권42, 31b~35b〉

(이상정, 호남 통문에 대한 답신) 좌도 사림을 대신하여 지음 ○기해(1779)

迺者伏承來諭[2], 以鶴峯金先生矗石詩, 爲忠毅崔公之作, 而崔·金·黃三公爲, 詩中三壯士. (…中略…) 大抵耳聞不如目覩之眞, 後人追述, 未若當日筆蹟之可信. 松巖李公在金先生幕下, 逐日記事, 編成一帙, 卽所謂『龍蛇日錄』[3]是也. 手墨[4]宛然, 至今藏在子孫家. 其中略曰 (…中略…) 至翼年癸巳四月, 先生卒, 趙·李二公去, 而『日錄』亦止此. 至六月, 崔·金·黃三公, 來守晉陽, 未幾而殉節, 距作詩月日, 殆一年有餘矣. 若使是時, 果是癸巳六月之作, 李公何以逆取而載諸壬辰五月也? 崇禎壬申, 天坡吳公揭詩板於矗石樓, 距今殆數百年. 官司之來莅·使星之經過與夫一路父老之傳誦, 未有一言之疑, 而不意僉尊之遽有是說也. 來諭中有曰 "未知何年何月作此詩", 是未知是詩之

---

1) 李象靖(이상정, 1711~1781): 본관 한산. 자 경문(景文), 호 대산(大山). 안동 일직현 소호리 출생으로 밀암 이재의 외손자이자 문인이다. 동생이 소산 이광정(1714~1789)이다. 1735년 문과 급제해 몇 차례 관직에 나아갔지만 평생을 거의 안동에서 강학하며 퇴계학을 계승했다. 이병원(1774~1840)도 조부의 견해를 이어받아 「답호남통문」(『소암집』 권14)을 지었다.

2) 來諭(내유): 보내온 통문, 또는 그 글의 내용.

3) 『龍蛇日錄(용사일록)』: 일명 『용사일기』. 송암 이로가 초유사 김성일의 활동을 중심으로 기록한 임란 역사서. 필사본으로 전해지던 것을 1763년 목판으로 간행함. 이와 관련해 김기찬의 「남정록」과 부록 인물편의 '이로' 참조.

4) 手墨(수묵): 친필.

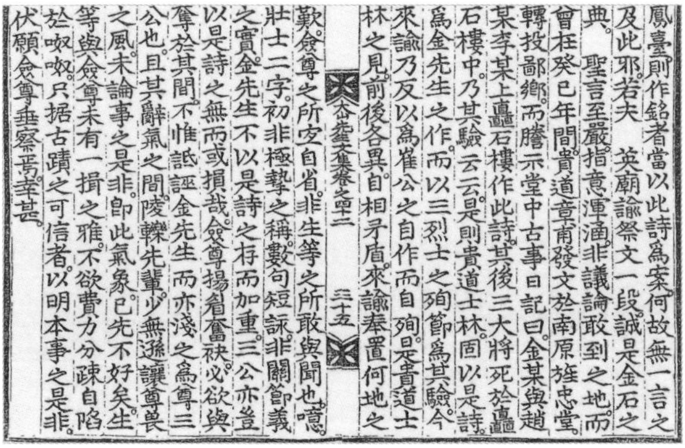

鳳臺則作銘者當以此詩爲案何故無一言之及此耶。若夫 英廟諭祭文一段。誠是金石之典。聖言至嚴。指意渾涵。非議論敢到之地。而曾在癸巳年間。貴道章甫發文於南原旌忠堂。轉投鄙鄕。而謄示堂中古事日記曰。金某與趙某李某上矗石樓作此詩。其後三大將死於矗石樓中。乃其驗云云。是則貴道士林。固以是詩爲金先生之作。而以三烈士之殉節爲其驗。今來諭乃反以爲崔公之自作而自殉。是貴道士林之見。前後各異。自相矛盾。來諭奉置何地之

大山先生文集卷之四十二 三十五

歎。僉尊之所安自省。非生等之所敢與聞也。噫壯士二字。初非極摯之稱。數句短詠。非關節義之實。金先生不以是詩之存而加重。三公亦豈以是詩之無而或損哉。僉尊揚眉奮袂。必欲與奪於其間。不惟誣詆金先生。而亦淺之爲尊三公也。且其辭氣之間。陵轢先輩。少無遜讓尊畏之風。未論事之是非。卽此氣象。已先不好矣。生等與僉尊未有一揖之雅。不欲費力分疏自陷於呶呶。只据古蹟之可信者。以明本事之是非。伏願僉尊垂察焉。幸甚。

이상정, 「답호남통문」, 『대산집』 권42 〈35a~b〉

作在於壬辰五月初到時也. (…中略…) 至於日休堂行狀·和順地志, 信如來諭, 則亦可謂一證. 然金先生行狀·年譜·詩集·言行錄與夫趙·李二公狀·譜, 俱載是語. 今獨憑日休之狀[5], 而盡疑諸公文字之皆誤邪? (…中略…) 若夫英廟諭祭文[6]一段, 誠是金石之典, 聖言至嚴, 指意渾涵, 非議論敢到之地. 而曾在癸巳年間, 貴道章甫[7]發文於南原旌忠堂, 轉投鄙鄕. 而謄示堂中古事日記曰 "金某與趙某·李某, 上矗石樓作此詩, 其後三大將死於矗石樓中, 乃其驗云云". 是則貴道士林, 固以是詩爲金先生之作, 而以三烈士之殉節爲其驗. 今來諭乃反以爲崔公之自作而自殉, 是貴道士林之見, 前後各異, 自相矛盾. (…中略…) 生等與僉尊未有一揖之雅, 不欲費力分疏[8]自陷於呶呶[9]. 只据古蹟之可信者, 以明本事之是非, 伏願僉尊垂察焉, 幸甚.

---

5) 日休之狀(일휴지장): 권적의 「경상우병사증좌찬성최공청시행장」(1750)을 말함.

6) 諭祭文(유제문): =사제문(賜祭文). 국가가 주관하여 제사를 지낼 때 왕이 내리는 제문. 부록 용어편 '사제' 참조.

7) 章甫(장보): 유생을 지칭함. 공자가 썼던 장보관(章甫冠), 일명 치포관(緇布冠)에서 유래함. 『예기』 「유행(儒行)」.

8) 分疏(분소): 변명함, 조목조목 나누어 설명함. '疏'는 조목별로 써서 진술함.

9) 呶呶(노노): 떠드는 모양, 자꾸 지껄임. '呶'는 지껄이다.

번역 일전에 보내온 통문을 받고 보니, 학봉(鶴峯) 김선생(金先生)의 촉석루(矗石樓) 시를 충의(忠毅) 최공(崔公)의 작이라 하였고, 최(崔)·김(金)·황(黃) 삼공(三公)을 시 중의 삼장사(三壯士)라고 하였습니다. (…중략…)

대체로 귀로 들은 것은 눈으로 본 진실보다 못하고, 후인들이 추가로 기술한 것은 당일의 기록만큼 믿을 만하지는 못합니다. 송암 이공(李公)이 김선생의 막하에 있으면서 날마다 일을 기록하여 한 책으로 엮었으니 곧 소위 『용사일록(龍蛇日錄)』입니다. 필치가 완연한데 지금 자손의 집안에 소장되어 있습니다. 그 내용의 대략은 "(…중략…)"이라 하였습니다. 그리고 다음 해 계사년(1593) 4월 선생이 졸하자 조공(趙公)과 이공(李公)이 떠났고, 『용사일록』도 거기에서 그칩니다.

6월이 되자 최·김·황 삼공(三公)이 와서 진양(晉陽)을 지키다가 얼마 되지 않아 순절하였으니, 시를 지은 때와 거의 일 년여의 차이가 있습니다. 만약 시를 지은 때가 과연 계사년 6월이라면, 이공(李公)은 무슨 까닭으로 뒤의 것을 취하여 임진년(1592) 5월에 실었겠습니까?

숭정 임신년(1632)에 천파(天坡) 오공(吳公)이 촉석루(矗石樓)에 시판을 걸었는데, 지금부터 거의 백 수십 년 전입니다. 관리가 부임해오고 사신이 들렀을 때와 지역의 원로들이 외워 전하면서도 한마디도 의심하는 말이 없었는데, 뜻하지 않게 여러분들이 갑자기 이런 말을 하는 것입니다. 보내온 글 중에, "어느 해, 어느 달에 이 시를 지었는지 모르겠다."라고 하였는데, 이는 이 시가 임진년 5월 진양(晉陽)에 처음 도착했을 때 창작되었음을 모르는 것입니다. (…중략…)

일휴당(日休堂)의 행장과 화순의 지지(地志)는 보내온 글과 같이 믿을 만하니 역시 하나의 증거라고 할 수 있습니다. 그러나 김선생(金先生)의 행장·연보·시집·언행록, 그리고 조공(趙公)과 이공(李公)의 행장·연보에도 모두 이 말이 실려 있습니다.[10] 지금 유독 일휴당의 행장에만 의거하여 제공의 글들이 모두 오류라고 끝까지 의심하는 것입니까? (…중략…)

영조께서 내린 제문의 전체 단락은 참으로 바꿀 수 없는 법이고, 성상의 말씀은 지극히 엄정하며, 가리키는 뜻이 넓고 깊어 감히 논할 처지는 아닙니다. 그러나 지난번 계사년(1773)에 귀도(貴道)의 유생들이 남원의 정충당(旌忠堂)에서 통문을 내어 우리 고장으로 보내왔습니다. 정충당에 보관된 고사(古事)와 일기(日記)를 베껴 제시한 것에서, "김 아무개와 조 아무개, 이 아무개가 촉석루에 올라 이 시를 지었는데, 그 뒤 삼대장(三大將)이 촉석루에서 죽었으니 바로 그 증험입니다."라 는 등등의 말을 하였습니다. 이는 귀도(貴道)의 사림이 참으로 이 시를 김선생(金先生)의 작이라 여기고, 세 열사의 순절을 그 증험으로 삼은 것입니다. 그런데 지금 보내온 글에서는 반대로 최공(崔公) 자신이 짓고 스스로 순절하였다고 하니, 귀도 사림의 견해가 전후로 각기 달라 자연히 서로 모순됩니다. (…중략…)

우리는 여러분과 한 번도 인사한 적은 없지만, 힘들여 조목조목 해명하면서 시끄러운 곳에 빠지고 싶지는 않습니다. 다만 신뢰할 만한 옛 사적에 근거하여 이 사안의 옳고 그름을 분명히 하고자 합니다. 바라건대 여러분이 잘 살펴봐 주신다면 매우 다행이겠습니다.

10) 전반적인 내용에 대해서는 본서에 수록한 김회운의 「삼장사변」 참조.

○ 김기찬(金驥燦, 1748~1812) 자 덕여(德汝), 호 동곽(東郭)

본관 의성. 학봉 김성일의 8세손으로 조부 김몽해(金夢海)가 안동에서 선산 교동(현 일선면 교동리)으로 이사했다. 김주훈(金柱勳)의 아들로 1777년 문과 급제해 정조와 순조 연간에 관직 생활을 했다. 장릉별검(1782), 박사, 전적, 주부, 예조정랑, 경상도사(1791), 지평, 정언, 진천현감, 오위 사과, 이조정랑, 지평, 장령 등을 지냈다.
아랫글은 김기찬이 승문원 박사를 지내다가 경차관(敬差官)에 임명되어 진주에 머물 때인 병오년(1786) 10월 10일부터 14일까지 5일간의 기행문이다. 『동곽유고』는 1976년 중재 김황이 편집하고 경북 선산읍 동곽재에서 석판본으로 발행했다.

「南征錄」〈『동곽유고』 권2, 24a~26b〉 (남정록)〈1786〉

丙午十月初十日, 以敬差官[1]留晉陽, 往見矗石樓. 奉審[2]先祖遺詩矗石樓中三壯士 一盃笑指長江水 長江之水流滔滔 波不渴兮魂不死, 感舊之懷倍增. 平日, 且觀滿壁題詠, 不可勝記, 而洪兵使和輔有次先祖韻一絶, 故覓紙謄出. 而第遺韻中有二字誤刻處之水二字誤刻萬古可恠, 合有變通之道. 而主守[3]以差員[4]上京, 無可相議處, 可悶. 十一日, 聞鎭將[5]吳璟[6], 卽天坡吳公䎘[7]之從曾孫也. 天坡以巡察使來到此州, 有識先祖矗石樓絶句. 故初則傳語[8]往復, 後乃往見之, 以病推衾而待之甚欵[9]. 且語及絶句中二字誤刻處·改刻之事, 彼以或是親筆.

---

1) 敬差官(경차관): 지방의 민정을 살필 목적으로 임시로 파견한 벼슬.

2) 奉審(봉심): 삼가며 살핌, 왕명을 받들어 능이나 사우를 살핌.

3) 主守(주수): 고을의 수령, 곧 목사나 부사. 당시 목사는 이백규(李白圭)로 1785년 6월부터 1786년 12월까지 재임했다. 가계는 부록 진주목사 참조.

4) 差員(차원): 차사원(差使員)의 약칭.

5) 鎭將(진장): 진영장(鎭營將) 혹은 영장(營將)이라 하고, 정3품의 당상직 장관(將官)이 맡았다. 진양 본부를 중심으로 서쪽에 진주진영이, 동쪽에 객사가 있었다.

6) 吳璟(오경, 1730~1808): 오숙의 종증손, 곧 오숙의 막내동생인 백천당 오핵(1615~1653)의 증손자. 가계는 〈오정방-오사겸-오핵(吳翮)-오두광-오봉주-오경-오재범〉으로 이어진다. 오경은 1775년 무과 급제해 장흥부사(1781), 백령첨사(1790)를 지냈다.

7) 吳䎘(오숙, 1592~1634): 자 숙우(肅羽), 호 천파(天坡). 경기도 안성 출생. 1605년 경상우병사 겸 진주목사를 지낸 오정방의 손자이고, 양자가 「의암기」를 지은 오두인(1624~1689)이며, 제매가 의암 각자를 쓴 정대륭이다. 경상도 관찰사를 1631년 10월부터 1632년 10월까지 지냈다.

8) 傳語(전어): 남의 말을 전함.

持重[10]因出,『天坡集』[11]視之, 而集中則本識見漏. 邊史[12]有墨寫者, 故借冊而來, 仔細看過. 則“壬申燈夕[13], 天坡巡到矗樓時, 修庵[14]柳公以陜川守來會, 趙公公淑[15]以本州通判亦會. 把盃于矗石, 談晉陽故事, 而柳公誦先祖絶句云. 鶴峯於萬曆癸巳, 以巡使[16]駐此, 與賊對壘. 趙宗道·李魯從之, 亦皆嶺南之秀. 樽俎之間,[17] 聲韻悲壯, 令人擊節[18]一字一淚. 通判趙公遂刊板而揭之, 以激後來義士之心膽[19]. 首陽[20]吳翻肅羽識”.[21] 又其下

附矗石樓三壯士詩跋
壬申燈夕同陜川倅柳公袗通判趙公卿叔相與
把盃于矗石談晉陽故事柳公誦金鶴峯絶句鶴
峯於 萬曆癸巳以巡使駐此與賊對壘趙公宗
道李公魯輩從之亦皆嶺南之秀樽俎之間聲韻
悲壯令人擊節一字一淚通判趙公遂刋板而揭
之以激後來義士之膽首陽吳翻肅羽識
矗石樓中三壯士一盃笑指長江水長江之水
流滔滔波不渇兮魂不死 右鶴峯
鶴峯與趙李咏詩事詳載鶴峯年譜中

천파 오숙의 「지(識)」
(이로, 『용사일기』 「발」)

9) 欵(관): 환대하다, 정성. ‘款(관)’의 속자.

10) 持重(지중): 몸가짐을 정중히 함, 정도를 굳게 지킴, 제사를 물려받음.

11) 『天坡集(천파집)』: 첫째 동생인 농재 오빈(吳翻, 1602~1685)이 진주목사 재직(1645.윤6~1647.4) 중에 간행한 백형 오숙의 문집.

12) 邊史(변사): 지역 사료.

13) 燈夕(등석): 관등일 저녁, 곧 4월 초파일.

14) 修庵(수암): 서애 류성룡의 4남 류진(柳袗, 1582~1635)의 호. 1631년 3월 합천현감으로 부임해 1633년 5월까지 재직했다.

15) 趙公淑(조공숙, 1584~1641): 본관 평양. 호 창계. 가계는 부록 참조. 모당 홍이상(1549~1615)의 사위이다. 1624년 문과 급제한 뒤 정언·지평을 거쳐 1630년부터 진주판관으로 있다가 1632년 10월 24일 회은군의 역모 혐의를 고발하지 않은 탓으로 아들 조세형(趙世馨)과 함께 유배되었다. 가계는 진주목사(1486) 조지 참조. 한편 촉석루 현판을 비롯해 여러 문헌에 등장하는 ‘경숙(卿淑)’은 ‘공숙(公淑)’의 오기이다.

16) 巡使(순사): 군무를 통찰하던 사신으로 관찰사가 겸함. 김성일은 1592년 8월 3일부터 이듬해 병사할 때까지 경상우도 관찰사 겸 초유사를 지냈다.

17) 樽俎之間(준조지간): 명성이 크게 떨쳐 무력을 쓰지 않은 채 술과 고기가 차려진 연회에 가만히 앉아서 계책을 세워서 적을 제압함. ‘樽’은 술통. ‘俎’는 적대. 『안자춘추』 「잡상십팔」, “준조의 사이를 벗어나지 않고 천 리 밖에 있는 적을 제압할 줄 아니, 이는 안자(晏子)를 두고 말한 것이다.[夫不出於**樽俎之間**, 而知千里之外, 其晏子之謂也]”.

18) 擊節(격절): 무엇을 두드리며 박자를 맞춤. 여기서는 무릎을 침.

19) 膽(담): 원문에는 ‘瞻(첨)’이나 문리상 통하도록 용사일기 발문처럼 고쳤다.

20) 首陽(수양): 황해도 해주의 고호. 수양산에서 유래.

21) 지역 사료 출처는 미상이나 1773년 중간된 류진의 『수암집』 「연보」(본서 김회운 참조)와

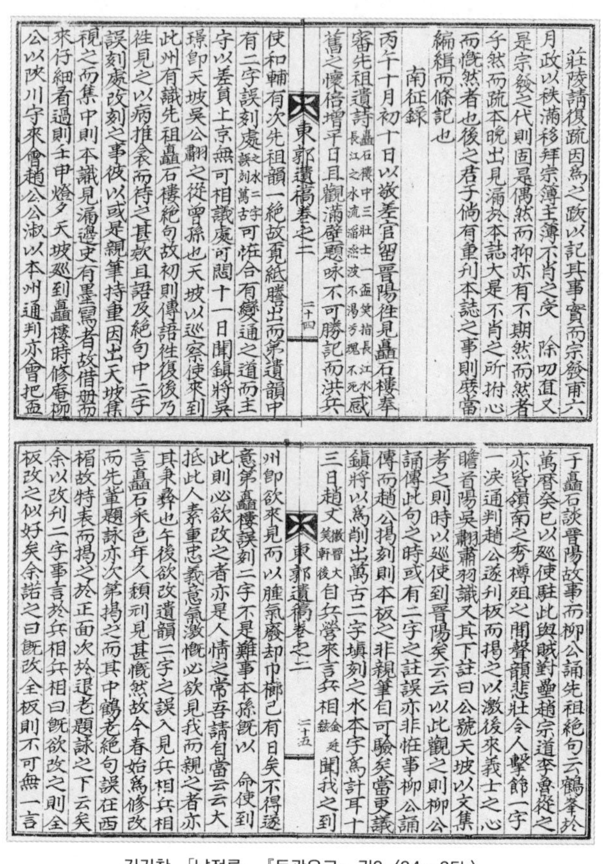
莊陵請復䟽因爲之跋以記其事實而宗錢甫六
月政以秩滿移拜宗簿主簿不肖之爻 除叨亘又
是宗錢之代則固是偶然而抑亦有不期然而然者
乎然而疏本晩出見漏於本誌大是不肖之所拊心
而慨然者也後之君子倘有重刋本誌之事則庶當
編緝而條記也
南征錄
丙午十月初十日以敬差官留晉陽往見矗石樓奉
審先祖遺詩(矗石樓中三壯士一盃笑指長江水長江之水流滔滔波不渴兮魂不死)感
舊之懷倍增平日且觀滿壁題咏不可勝記而洪兵

東郭遺稿卷之二 二十四

使和輔有次先祖韻一絶故寬紙謄出而第遺韻中
有二字誤刻處(之水二字誤刻萬古)可怪合有變通之道而主
守以差員上京無可相議處可悶十一日聞鎭將吳
璟卽天坡吳公䎘之從曾孫也天坡以巡察使來到
此州有識先祖矗石樓絶句故初則傳語往復後乃
往見之以病推衾而待之甚款且語及絶句中二字
誤刻處改刻之事彼以或是親筆持重因出天坡集
視之而集中則本識見漏邊吏有墨寫者故借册
來仔細看過則壬申燈夕天坡巡到矗樓時修菴柳
公以陜川守來會趙公公淑以本州通判亦會把盃
于矗石談晉陽故事而柳公誦先祖絶句云鶴峯於
萬曆癸巳以巡使駐此與賊對壘趙宗道李魯從之
亦皆嶺南之秀樽俎之間聲韻悲壯令人擊節一字
一淚通判趙公遂刋板而揭之以激後來義士之心
瞻首陽吳䎘肅羽識又其下註曰公號天坡以文集
考之則時以巡使到晉陽矣云云以此觀之則柳公
誦傳此句之時或有二字之註誤亦非恠事柳公誦
傳而趙公揭刻則本板之非親筆自可驗矣當更議
鎭將以爲削出萬古二字塡刻之水本字爲計耳十
三日趙丈(徽晉 大笑軒後)自兵營來言兵相(金廷遇)聞我之到

東郭遺稿卷之二 二十五

州卽欲來見而以腫氣廢却巾櫛已有日矣不得遂
意第矗樓誤刻二字不是難事本孫旣以 命使到
此則必欲改之者亦是人情之常吾請自當云云大
抵此人素重忠義意氣激慨必欲見我而親之者亦
其秉彝也午後欲改遺韻二字之誤入見兵相兵相
言矗石釆色年久頹刓見甚慨然故今春始爲修改
而先輩題詠亦次第揭之而其中鶴老絶句誤在西
楣故特表而揭之於正面次於退老題詠之下云矣
余以改刋二字事言於兵相兵相曰旣欲改之則全
板改之似好矣余諾之曰旣改全板則不可無一言

김기찬, 「남정록」, 『동곽유고』 권2 〈24a~25b〉

註曰 "公號天坡, 以文集考之, 則時以巡使到晉陽矣" 云云. 以此觀之, 則柳公誦傳此句之時, 或有二字之註誤[22], 亦非恠事. 柳公誦傳, 而趙公揭刻, 則本板之非, 親筆自可驗矣. 當更議鎭將, 以爲削出萬古二字·塡刻之水本字爲計耳. 十三日, 趙丈徽晉[23]大笑軒後自兵營來言, "兵相金廷遇[24]聞我之到州, 卽欲

1763년 초간된 이로(1544~1598)의 『용사일기』 부록인 「촉석루삼장사시 병서」에 유사한 기록이 있다.

22) 註誤(주오): 말을 전할 때 그릇됨, 주해 오류.

23) 趙徽晉(조휘진, 1729~1796): 자 문연(文然), 호 동와(東窩)·선암(仙巖). 대소헌 조종도의

來見, 而以腫氣 廢却巾櫛[25]已有日矣, 不得遂意. 第矗樓誤刻二字, 不是難事, 本孫旣以命使到此, 則必欲改之者, 亦是人情之常, 吾請自當"云云. 大抵, 此人素重忠義, 意氣激慨, 必欲見我而親之者, 亦其秉彝也. 午後, 欲改遺韻二字之誤, 入見兵相. 兵相言, "矗石采色, 年久頹刓[26], 見甚慨然. 故今春始爲修改, 而先輩題詠, 亦次第揭之. 而其中鶴老絶句, 誤在西楣, 故特表而揭之於正面, 次於退老[27]題詠之下云矣". 余以改刊二字事, 言於兵相. 兵相曰 "旣欲改之, 則全板改之, 似好矣". 余諾之曰, "旣改全板, 則不可無一言, 令公圖之". 兵相曰 "此, 則非我所能. 重新矗石, 而無一字, 以識何敢議到於今日乎? 願子自爲之". 余應之, 而出至矗石, 則李士敬[28]·子玉[29], 皆在樓上矣. 以此言, 傳之, 則僉曰 "好矣"云云. 夕後, 金海令李公邦榮[30]來話, 朴戚[31]天

7세손으로 산청 소남마을 출생. 겨우 6세 때 부친 조창운(趙昌運)을 여의었고, 죽와 하일호(1717~1796)의 제자로 번암 채제공과 친했다. 생질 박지홍의 증조부인 박태무(1677~1756)의 만시와 제문을 지었다. 저술로 『동와유집』 외 『함안조씨십충실록』이 있는데, 본서 조장섭(1857~1934)의 「삼장사변」 참조.

24) 金廷遇(김정우, 1731~1789): 자 명숙(明叔). 원전에는 '정현(廷鉉)'이나 『조선왕조실록』, 『비변사등록』, 『촉영선생안』에 따라 바로잡았다. 우병사 김윤(1698~1755)의 종질이고, **1785년 5월부터 1787년 4월까지 경상우병사**로 재직했다. 퇴임한 그달에 창렬사 내에 '인명비(印銘碑)'가 세워졌다. 1789년 12월 강계부사 재임중 졸했고, 자세한 가계는 부록 우병사 참조.

25) 巾櫛(건즐): 수건과 빗, 낯을 씻고 머리를 벗는 일.

26) 頹刓(퇴완): 쇠퇴한 모습. '頹'는 무너지다, 쇠퇴하다. '刓'은 닳다.

27) 退老(퇴로): 퇴계 이황의 경칭.

28) 士敬(사경): 이병렬(李秉烈, 1749~1808)의 자. 호는 용강(龍岡). 단성 묵곡리 출생. 1792년 등과해 지평, 정언을 지냈다. 눌암 박지서(1754~1821)와 매우 친했으나 먼저 졸했다. 『용강집』이 있다.

29) 子玉(자옥): 이지용(李志容, 1753~1831)의 자. 호 남고(南皐). 단성 사월리 초포마을 출생. 1789년 급제해 채제공에게 크게 인정받았고, 병조좌랑·정언·지평 등을 지냈다. 사종손이 눌와 이약렬(李若烈, 1765~1836)이다. 안덕문, 류문룡(1753~1821), 이근오(1760~1834) 등과 친했다. 『남고집』이 있다.

30) 李邦榮(이방영, 1725~1803): 본관 전주. 자 군경(君慶). 1758년 급제했고, 지평·정언·승지·김해부사(1786~1787)·춘천부사(1780~1783) 등을 지냈다.

31) 戚(척): 박지서가 김기찬의 인척임을 뜻함. 김경린(金景潾, 김진동의 양부)이 박태무(박지서의 증조부)의 사위이고, 박수현(박지서의 백부)의 셋째 사위 김달민(金達敏)은 매당 김리상(金履常, 김진동의 족질)의 아들이다. 박지서의 「종유제현유사」(『눌암집』 권7) 참조.

健[32]與其從弟上舍旨膺[33]來叙. 宗人致和[34]·朴子仲[35]·李士敬·子玉·申生皆來會, 論及改板之說. 李令曰 "不如仍舊貫[36]改誤之爲好". 僉曰 "諾. 旣改全板, 則不可無一言. 而秉筆之人, 亦難求得, 不如改二字仍舊貫之得宜矣". 余亦諾之, 相與談笑, 中夜而罷. 十四日, 朝往矗石, 傳語于兵相與鎭將, 皆報來曰 "惟意爲之"云云. 俄頃, 致和與申生來會, 李士敬兄弟·子玉·朴子仲後至. 遂定削改之議, 工手旣具. 使李子玉·朴子仲·申生各試之水二字, 則子玉之筆爲最. 而第念元板旣有長江水之水字, 則不若模寫本水字之爲好. 故子玉書之字·申生摹水字, 遂刻而塡之, 安揭于前面. 後相與慰賀而別.

번역 병오(1786) 10월 초10일, 경차관으로서 진양(晉陽)에 머물다가 촉석루(矗石樓)를 가서 보았다. 선조가 남긴 시矗石樓中三壯士 一盃笑指長江水 長江之水流滔滔 波不渴兮魂不死를 삼가 살피니, 회고하는 감흥이 더욱 배가되었다. 평일에 또 벽에 가득한 제영시를 보았는데 다 기록할 수가 없었지만, 병사(兵使) 홍화보(洪和輔)가 선조의 절구 한 수를 차운하였기에[37] 종이에 옮겨 베꼈

---

32) 天健(천건): 박지서(1754~1821)의 초명. 본관 태안. 자 국정(國禎), 서계 박태무(1677~1756)의 증손자로 진주 독고산리(篤古山里, 현 내동면 독산리) 출생. 9세 때 부친 옥산 박수경(朴受綱, 1732~1762)을 여의고 조부 연재 박정원(朴挺元, 1699~1771)에게 가학을 배웠다. 21세 때 경기도 광주의 안정복(1712~1791)을 찾아가 제자가 되었다. 그리고 채제공, 하일호(1717~1796), 조술도, 김진동, 박래오, 이동항, 조휘진, 김기찬 등의 선배 동료들과 폭넓게 교유했다. 1811년 홍경래 난 때 진압 소식을 듣고 창의를 그만두었으며, 1815년 덕천서원 원임을 맡았고, 겸재 하홍도의 강학소 모한재 중건을 주도했다. 『능허집』과 『서계집』을 간행했고, 저술로 『눌암집 외 『정산지(鼎山誌)』·『태안박씨무첨록』이 있다.

33) 旨膺(지응, 1756~1787): 족보명 지응(旨鷹). 박수현의 장남으로 박지서의 종제이고, 장인이 류성룡의 8세손 류식춘(柳植春)이다.

34) 致和(치화): 김기찬의 종인이나 미상.

35) 朴子仲(박자중): 박지서 일가로 보이나 미상.

36) 仍舊貫(잉구관): 옛것을 그대로 씀. 『논어』「선진」, "노나라 관리가 장부라는 창고를 만들자, 민자건이 '예전대로 두면 어떤가. 어찌 꼭 고치려하는가'라고 말했다.[魯人爲長府, 閔子騫曰 **仍舊貫**, 如之何. 何必改作?]".

37) 정약용의 장인 홍화보(1726~1791)는 경상우병사(1779.6~1780.12)를 지낼 때인 1780년 봄에 김성일의 시를 차운해 누각에 현판으로 내걸었다. 해당 시는 본서와 『역주해 역대

다. 다만 유시(遺詩) 중에 두 자가 그릇되게 새겨진 곳이 있어 '之水' 두 자가 '萬古'로 오각(제2행) 이상하므로 마땅히 변통하는 방도가 있어야 합당하였다. 하지만 목사(牧使)가 차사원(差使員)으로 상경하여 상의할 수 없어 고민하였다.

11일. 진장(鎭將) 오경(吳璟)은 곧 천파 오숙(吳翽)의 종증손이라는 사실을 들었다. 천파는 순찰사로 이 고을에 와서 선조의 촉석루 절구에 대한 지(識)를 지었다. 이런 까닭으로 처음에는 말로 주고받다가 뒤에 가서 보았더니, 병중에 이불을 밀치고 맞이함이 매우 정성스러웠다. 또 대화가 절구 중 두 자의 오각(誤刻)과 개각(改刻)의 사안에 이르자, 그것이 혹 친필(親筆)인가 하였다.

몸가짐을 정중히 하고 나와서 『천파집(天坡集)』을 살펴보니, 문집에는 해당 지(識)가 누락되었다. 지역 사료 중 먹으로 베낀 것이 있기에 그 책을 빌려와서 자세히 살펴보니, "임신년(1632) 4월 초파일에 천파가 촉석루에 당도했을 때, 수암 류공(柳公)이 합천 수령으로서 와서 모였고, 조공숙(趙公淑) 공이 진주통판으로서 역시 모였다. 촉석루에서 잔을 들며 진양고사(晉陽故事)를 이야기했는데, 류공은 선조(先祖)의 절구를 읊었다고 한다. 학봉(鶴峯)은 만력 계사년에 순찰사로서 이곳에 주둔하여 왜적과 더불어 성을 대치하였다. 조종도(趙宗道)와 이로(李魯)가 따랐는데 모두 영남의 수재였다. 준조(樽俎)의 사이에서 시가 비장하여 사람들은 무릎을 치며 한 글자에 한줄기의 눈물을 흘렸다. 조공(趙公)이 드디어 판에 새겨서 걸었으니, 후대 의사(義士)의 마음을 격동하게 한다. 수양(首陽) 오숙(吳翽) 숙우(肅羽) 지(識)"라 되어 있었다. 또 그 아래의 주에서 말하기를, "공의 호(號)는 천파(天坡)이고, 문집으로 살펴보건대 당시 순찰사로 진양에 왔다."라 하였다.

이로써 본다면 류공(柳公)이 이 구를 외워서 전할 때 혹 두 자의 오류가 있었다면 이상한 일이 아니다. 류공이 외워서 전하고 조공(趙公)이 판에 새겨서 걸었으니, 본래 현판은 친필이 아님은 저절로 증명될 수 있다. 마땅히 진장(鎭將)과 다시 의논하여 '萬古' 두 자를 깎아내고 '之水' 원래 글자를 새겨

촉석루 시문 대집성』(2019), 305쪽 참조.

그곳에 채워 넣어야겠다고 생각하였다.

13일. 조장(趙丈)휘진, 대소헌의 후예이 병영에서 와서 말하되, "병사김정우는 내[김기찬]가 고을에 왔다는 소식을 듣고는 와서 보려했지만 피부 질환으로 의관 정제를 하지 않은 지 여러 날이라 뜻을 이룰 수 없다. 다만 촉석루의 오각(誤刻) 두 자는 어려운 일이 아니고, 본손(本孫)이 이미 왕명을 받은 사신으로 이곳에 있으면서 개각(改刻)하려는 것은 또한 인지상정이니 자신이 감당하겠다."라고 하였다. 무릇 이 사람은 본디 충의(忠義)를 중히 여기고 의기가 감개하고, 꼭 나를 보고서 가까이하려는 것도 그의 떳떳한 성품이다.

오후에 선조가 남긴 시 중 두 자의 오류를 고치려고 들어가 병사(兵使)를 보았다. 병사는 "촉석루의 채색이 오랜 세월로 떨어지고 닳아 없어져서 보기에 매우 개탄스럽다. 따라서 금년(1786) 봄에 개수하면서 선배의 제영도 차례로 내걸었다. 그중에 학로(鶴老, 김성일)의 절구는 잘못되어 서쪽 문미에 있었으므로 특별히 표나게 정면에 내걸면서 퇴로(退老, 이황) 제영 아래에 배치하였습니다."라 하였다. 내가 병사에게 고쳐 새길 두 자 사안을 말하였다. 병사는 이미 고치기로 했으면 시판 전체를 고치는 게 좋겠다고 하였다. 내가 응낙하면서 "이미 시판 전체를 고친다면 한마디 말이 없을 수 없으니 공께서 시도해보시죠."라 하였다. 병사는 "그것은 내가 할 수 있는 바가 아닙니다. 촉석루를 중수하면서 한 자라도 적지 않았는데 어찌 오늘에 이르러 지(識)로써 감히 의논하겠습니까? 부디 그대 스스로 하시기 바랍니다."라 하였다.

내가 호응하고 나와서 촉석루(矗石樓)에 도착하니, 이사경(李士敬)과 이자옥(李子玉)이 다 누각에 있었다. 그 말을 전하니 모두 "좋습니다."라 하였다. 저녁 식후 김해부사 이방영(李邦榮) 공이 와서 대화하였고, 인척인 박천건(朴天健)과 그의 종제인 상사 박지응(朴旨膺)이 와서 이야기를 풀었다. 종인 김치화(金致和), 박자웅(朴子仲), 이사경(李士敬), 이자옥(李子玉), 신생(申生)이 모두 와서 모여 개판(改板) 이야기에 그 논의가 미쳤다. 이령(李令, 이방영)이 말하기를, "그대로 두되 오류는 고쳐 좋게 하는 것보다는 못합니다."라 하였다. 모두가 "좋습니다. 이미 시판 전체를 고치기로 했으면 한마디 말이 없을 수 없고, 붓 잡을 사람 또한 얻기 어려우니, 두 자만 고치고 나머지는 그대로 두어서 합당함을 얻는 것보다는 못합니다."라 하였다. 내 또한 승낙하고 서로 담소하다가 밤중에 파하였다.

14일. 아침에 촉석루(矗石樓)에 가서 병사와 진장(鎭將)에게 말을 전하자 모두가 알려 오기를, "오직 뜻한 대로 하시죠."라 말하였다. 잠깐 사이에 김치화와 신생이 와서 모였고, 이사경 형제와 이자옥과 박자중이 뒤에 이르렀다. 드디어 삭개(削改)의 의논을 정하고, 각수(刻手)도 이미 갖추었다.

이자옥, 박자중, 신생에게 각각 '之水' 두 자를 시험 삼아 쓰게 하였는데, 이자옥의 글씨가 가장 좋았다. 다만 기존 원판에 '長江水'(2행)의 '水'자가 있으니, 이 '水'자를 베껴서 좋게 되는 것보다는 못하였다. 따라서 이자옥(李子玉)이 쓴 '之'자와 신생(申生)이 베낀 '水'자를 드디어 새겨서 메우고는 전면에 안전하게 내걸었다. 서로 위로하고 축하한 다음에 헤어졌다.

촉석루 대들보 중앙의 학봉 시판 ©2023.5.8

○ 서유본(徐有本, 1762~1822) 자 혼원(混原), 호 좌소산인(左蘇山人)

생애 정보는 논개 사적 산문 참조. 아랫글은 「진주순난제신전」(『좌소산인집』 권8 〈3b~35b〉) 중 진주성 함락에 초점을 두고 기록한 서사의 일부이다. 서유본은 진주성전투에서 순국한 김시민, 최경회, 문홍록, 논개, 김천일, 김상건, 양산숙, 류휘진, 이계년, 이광주, 이인민, 황진, 이종인, 김응건, 오영념, 지득룡, 고종후, 오유, 고경형, 오빈, 김린혼, 노귀인(奴貴仁), 봉이(鳳伊), 김준민, 고득뢰, 정명세, 강희열, 장윤, 이잠, 최언량, 심우신, 민여운, 임희진, 강희복, 이계련, 손승선, 유함, 조경형, 성영달, 윤사복, 최기필, 박승남, 정유경, 장윤현, 김태백, 양제, 이도, 하계선, 안도 등 49인 입전 대상으로 삼았다. 인물 중요도에 따라 분량이 다르다.
숙부 서형수(1749~1824)는 1794년 5월 서유본이 가져온 임란 인물전을 본 뒤 배신자 정육동(鄭六同)을 속전의 자료로 삼게 했다.
성해응의 「진양순난제신전」과 비교하면 진주성전투 장면에서 모든 인물을 동시에 등장시켜 사건을 서술한 방식이 특징적이다. 그리고 논개를 최경회전에 합록하지 않았고, 또 최경회의 삼장사 시를 수록한 점도 차이가 있다.

「晉州殉難諸臣傳」〈『좌소산인집』 권8, 31a~b〉
(진주에서 순국한 신하들을 입전하다)

吳永念[1]及別將池得龍, 俱守汛地[2]死. 時千鎰方在客館, 有一賊踰墻突入, 軍官張天綱以杖擊其腦, 應手而碎. 千鎰與慶會·從厚及子象乾, 俱登矗石樓. 自挽弓射賊, 左右皆倉皇[3]走. 唯梁山璹等在傍, 涕泣問曰 “將軍何以處此?”. 千鎰曰 “擧義之日, 吾已拚[4]吾死矣”. 或謂慶會曰 “盍携輕銳[5]突圍, 以圖後擧”. 慶會厲聲曰 “吾受國恩, 任方面寄, 城陷而死職耳”. 毋多言, 遂口占一絶曰 “矗石樓中三壯士, 一盃笑指長江水, 長江之水流滔滔, 波不竭兮魂不死”. 有一武士素善[6]從厚, 泣謂曰 “公有老母, 請與我泅而免”. 從厚泣曰 “吾不死錦山, 而死于晉. 死亦晩矣, 又可偸生邪?”. 於是諸人相率, 北向再拜曰 “臣等

---

1) 吳永念(오영념): 중군장(中軍將)으로서 6월 21일 화살을 쏘아 성에 오르는 적들을 물리침.
2) 汛地(신지): 임환과 강항이 지은 김천일 행장에는 ‘信地’로 나옴. 신지는 규정된 위치, 군대가 주둔하고 관할하는 지역.
3) 倉皇(창황): =창황(倉黃). 몹시 급한 모양, 다급함. ‘倉’은 갑자기.
4) 拚(변): 버리다. 변명(拚命), 곧 생명을 돌보지 않음.
5) 輕銳(경예): 민첩한 정예의 군졸. ‘輕’은 재빠르다. ‘銳’는 용맹하다.
6) 素善(소선): 평소에 친하게 지냄. ‘善’은 친하다.

巷戰所向皆披靡死亂兵中吳永念及別將池得
龍俱守汛地死時千鎰方在客館有一賊踰墻突
入軍官張天綱以杖擊其腦應手而碎千鎰與慶
會從厚及子象乾俱登矗石樓自挽弓射賊左右
皆倉皇走唯梁山璹等在傍涕泣問曰將軍何以
處此千鎰曰舉義之日吾已拚吾死矣或謂慶會
曰盍携輕銳突圍以圖後舉慶會厲聲曰吾受國
恩任方面寄城陷而死職耳毋多言遂口占一絕
曰矗石樓中三壯士一盃笑指長江水長江之水
流滔滔波不竭兮魂不死有一武士素善從厚泣
謂曰公有老母請與我泅而免從厚泣曰吾不死
錦山而死于晋死亦晩矣又可偷生耶於是諸人
相率北向再拜曰臣等力竭謹以一死報國遂相
與投江而死鄭名世李潛崔彥亮等皆同死賊乃
刻城郭而夷之大殺軍民投尸江中水爲不流自
有倭寇以來稽敗之慘節義之盛未有如晋州者
是役也城旣陷而賊精銳亦太半摧折移師向湖
南至石柱而撤還其蔽遮南服爲國家中興根本

서유본, 「진주순난제신전」, 『좌소산인집』 권8('최경회 시' 부분)

力竭, 謹以一死報國". 遂相與投江而死. 鄭名世·李潛·崔彦亮等, 皆同死. (…下略…)

번역 오영념(吳永念)과 별장 지득룡(池得龍)은 함께 지키다가 규정된 위치에서 죽었다. 당시 천일(千鎰)은 바야흐로 객관에 있었는데, 한 왜적이 담을 넘어 갑자기 뛰어 들어오자 군관 장천강(張天綱)이 몽둥이로 그의 머리를 때리고 손닿는 대로 부숴버렸다.

천일(千鎰)이 경회(慶會)·종후(從厚), 아들 상건(象乾)과 더불어 모두 촉석루(矗石樓)에 올랐다. 스스로 활시위를 당겨 적을 맞혔는데, 좌우 모두가 허겁지겁 달아났다. 오직 양산숙(梁山璹) 등이 곁에 있다가 눈물을 흘리면서 "장군은 어떻게 이곳을 대처하시렵니까?"라고 물으니, 천일은 "의병을 일으키던 날에 나는 이미 내 죽음을 다하기로 했소이다." 하였다.

어떤 사람이 경회(慶會)에게 "민첩한 정예병을 데리고 포위를 돌파해서 뒷날 거사를 도모하면 어떻겠습니까?"라 하니, 경회가 성난 목소리로 말하기를, “내가 나라의 은혜를 입어 이 방면의 임무를 맡았다. 성이 무너지면 죽는 것이 직분이다.”라 하였다. 더 이상 말을 하지 않다가 마침내 「구점일절(口占一絶)」을 읊었으니, “촉석루 안의 삼장사/ 한 잔 들고 웃으며 장강 물을 가리키네/ 장강 물은 넘실넘실 흐르나니/ 물결 마르지 않는 한 넋은 죽지 않으리[矗石樓中三壯士, 一盃笑指長江水, 長江之水流滔滔, 波不渴兮魂不死]”라 하였다.

한 무사(武士)가 평소 잘 지낸 종후(從厚)에게 눈물을 흘리며, “공(公)은 노모가 계시니 저와 함께 헤엄쳐 빠져나갑시다.”라 말하였다. 종후가 울면서, “내가 금산(錦山)에서 죽지 않았는데 진주(晉州)에서 죽는다. 죽음 또한 늦었으니 또 구차하게 살겠는가?” 하였다.

이에 여러 사람이 서로 이끌고 북향재배하면서, “신들은 힘이 다하였으니 삼가 한번 죽음으로써 나라에 보답하고자 합니다.” 하였다. 드디어 서로 강으로 몸을 던져 죽었다.

정명세(鄭名世), 이잠(李潛), 최언량(崔彦亮) 등도 모두 함께 죽었다. (…하략…)

〈경회투애〉. 『동국신속삼강행실도』(1617) 책9 「충신도」 권1 〈47a〉. 규1832

〈천일투애〉. 『동국신속삼강행실도』(1617) 책9 「충신도」 권1 〈38a〉. 규1832

○ 김회운(金會運, 1764~1834) 자 형만(亨萬), 호 월오헌(月梧軒)

본관 의성. 안동 임하면 추월리에서 출생했고, 학봉 김성일의 형인 운암 김명일(1534~1570)의 8세손이다. 부친은 김시진(金始晉)이고, 모친은 함안조씨 경발(景潑)의 딸이다. 12~13세 때 경사를 통독하고 시부에 능했다. 20세 때 향시에 합격했고, 동암 류장원(1724~1796)과 제산 김성탁의 조카인 우고 김도행(1728~1812)의 문인이다. 평생 후진 양성을 평생 소임으로 여겼다.

「三壯士辨」〈『월오헌집』 권2, 32b~37a〉 (삼장사를 논변함)

鶴峯先生「矗石樓」詩, 所稱三壯士. 其一, 先生自道也, 其一, 指大笑軒趙公也. 又其一或曰松巖李公是也, 此據「年譜」[1]而言也. 或曰忘憂堂郭公是也, 此據詩註[2]而言也. 甲乙之論, 久而靡定. 後之尙論[3]者, 欲兩存乎, 則是四壯士也, 欲取舍乎, 則不亦僭妄[4]之甚哉. 雖然直以尊畏先輩之故, 强其心之所疑, 一向含糊, 依違[5]而止, 則亦不是直截[6]道理. 竊嘗參互註譜而論之, 蓋其語俱本於松巖公手記[7].

김성일, 『학봉집』 부록 권1 「연보」〈30a〉

---

1) 「年譜(연보)」: 『학봉집』 부록 권1 〈30a〉에 김성일, 조종도, 이로가 삼장사로 나옴.

2) 「촉석루일절」(『학봉집』 권2)의 시주에, "先生與**趙宗道·郭再祐**, 擧目山河, 不堪悲痛"이라는 표현이 있다. 이 주는 학사 김응조가 붙인 것이다. 본서에 수록한 이상정(1711~1781)의 「답호남통문」 참조.

3) 尙論(상론): 옛사람의 언행이나 행적 등을 논함. '尙'은 옛, 전날, 오래되다.

4) 僭妄(참망): 분수에 넘치는 행위를 마구 함. '僭'은 범하다.

5) 依違(의위): 무엇을 결정하지 못하고 우물쭈물함, 망설임.

6) 直截(직절): 즉각적으로 판별함, 꾸밈이 없음, 간명함. '截'은 끊다, 다스리다.

7) 松巖公手記(송암공수기): 1763년 간행된 이로(1544~1598)의 『용사일기』를 말한다. 국립중앙도서관 소장본의 〈5a〉에 "五月初四日, 公至咸陽, ……前縣令**趙宗道**·前直長**李魯**, 不期而會"라 했고, 〈14a~b〉에 "宜寧**郭再祐**見公書, 以赴戰冠服, 來謁. 公見而異之, 與語益奇之. 遂相許以死, **同行至晉**]"이라 했다.

而兩處所指而言者, 若是其相反, 何也? 夫松巖手記, 擧其全而爲『龍蛇錄』, 撮其要而爲『文殊志』. 所謂『文殊志』者, 公嘗寄似先生之子[8]. 愛日堂, 爲先生謁狀地也. 是以寒岡先生所撰「行狀」中, 俱載先生"初到晉陽"時事而"執手就江"之語,[9] 只及於趙公, 而不及郭李二公. 蓋李公之追至晉陽, 實與趙公無異, 而事係自己, 刪沒於志中故歟. 鶴沙金公[10]編次文集之日, 龍蛇全錄, 姑[11]未見行於世, 所可據者, 只有『文殊志』而已. 其中所載, 郭公之"同行至晉"與夫先生之"初到晉陽", 沕然[12]如一時事. 而訒齋[13]崔公所編「言行錄」中, 亦有趙公郭公之語. 故乃於詩註, 幷趙郭二公而合之, 爲三壯士. 愚於此, 雖不敢曰攷之欠詳·勘之失當, 而第未知訒齋所錄, 別有所考而然歟. 抑[14]只據『文殊志』, '同行'·'初到'之語歟. 鄭先生之撰「行狀」也, 一依訒齋「言行錄」

路已塞賊從間道由湖南路上來其勇往直前
奮不顧身之義至今凜凜猶可想見而邦俊之前
言變換事實如此若以先生爲避賊迂路逗遛
觀望者然豈忿於黨同伐異不覺其自陷於迭
言之科耶且先生聞金吾郎先聲即日東發就
道則其日都事路塞不得達而還者亦不足多
辨
五月初由湖南路進次咸陽前縣令趙宗道
前直長李魯來見 初趙李二公因事入京聞邊報日急約還鄉倡義討賊如
不克濟當同沈於水義不可辱至是來見先生先生大喜曰天贊我也
草招諭文
布告道內 時一路橫潰列邑已空士民竄山谷遠近人烟斷絶先生立草招諭文
以君臣大義人心所同然者激勵奬勸累數千
言一道風動至有泣下者○李魯素以能文名
先生令製招諭文魯即製進先生覽之曰君之
作儘佳矣第文勝耳乃立草稿從肝膈中出筆
不暇濡云
差各邑召募官以金沔鄭仁弘爲義兵大

鶴峯先生文集附錄卷一 二十九

김성일, 『학봉집』 「연보」 〈29a〉

8) 先生之子(선생지자): 김성일의 장남 김집(金潗)을 말함. 임시 묘를 쓴 지리산에서 시묘하다가 11월 부친의 유해를 안동으로 반장했다.

9) 정구, 「행장」(『학봉집』 부록 권2), "公之**初到晉陽**也, 空城寥寥, 絶無人影, 惟見江水沄沄. 徘徊瞻眺, 滿目悽慘. 趙宗道至自宜春, 握手謂公曰 '晉陽巨鎭, 牧使名官, 賊未入境, 事已若此, 前頭寧有下手處, 不如遄死而無知. 與其死於賊鋒, 無寧同沈於此江之爲愈乎! 將**執公就江**". 이 행장은 정구(1543~1620)가 퇴계 이황의 손녀와 결혼한 김용(1557~1620, 김수일의 장남)의 요청으로 1617년에 지은 것이다.

10) 金公(김공): 김응조(1587~1667)이고, 학봉의 삼남 김굉의 딸과 결혼했다. 『학봉집』은 1649년 처음 발간되었고, 당시 김응조는 학봉 시에 주를 붙였다.

11) 姑(고): =고(㚬). 아직, 잠시, 잠깐, 시어미.

12) 沕然(물연): 은연중. '沕'은 깊고 어렴풋한 모양, 숨다.

13) 訒齋(인재): 최현(1563~1640)의 호이고, 그는 김성일의 동생인 김복일의 딸과 결혼했다. 그가 1613년 편술한 「학봉언행록」은 1778년 초간한 『인재집』 권13에 들어 있는데, "五月初四日, 到咸陽, 前縣令**趙宗道**·直長**李魯**, 皆先生故舊, 不期而會……至丹城, 郭再祐以赴戰冠服來謁, 先生與語大奇之, **同行至晉**"로 나온다.

14) 抑(억): 아니면, 또한.

及雲川公[15]「家狀」而爲之. 故「狀」末, 便以爲略加修潤[16]云爾. 則訒齋旣幷稱郭趙二公, 而寒岡只擧趙公, 不及郭公, 又何也? 及夫密菴李公之爲「年譜」也,[17] 則於是而龍蛇全錄, 始出巾衍. 當時事實, 不啻犂然[18]詳矣. 是以「年譜」中, 自壬辰以下逐條, 編入大抵皆『錄』中語也. 其於趙李二公, 初見[19]先生條下已, 以二公誓死之語[20], 附而註之. 則此實'矗石樓'·'笑指'·'長江'之張本[21], 而就考矗石樓當日事. 有曰 "趙李二君, 自宜寧至", 又曰 "三人鼎坐"云云,[22] 此三人者, 分明是先生及趙公李公也. 又有如柳修巖之公, 誦吳天坡之「小序」[23], 成浮槎[24]文集中, 數段語俱, 可以攷信[25]. 而又况大笑

류진, 『수암집』「연보」〈1632.4〉

15) 雲川公(운천공): 김용(金涌)의 호. 그가 1612년에 지은 「학봉언행록」(『운천집』 권5)에 "當其**初到**晉陽也, 城中寂無人影, 擧目山河, 不覺悽慘. **趙宗道**, 先生知己友也."라는 구절이 있다.

16) 정구, 「행장」(『학봉집』 부록 권2), "就崔金兩君之文, **略加修潤而爲之**狀".

17) 학봉 「연보」는 밀암 이재(1657~1730)가 편술한 것을 단책으로 목판 인출했고, 1726년 이후 광뢰 이야순(1755~1831)이 증보한 것을 1851년 중간한 『학봉집』에 합편했다.

18) 犂然(이연): 분명한 모양, 전율하는 모양.

19) 初見(초견): 『학봉집』「연보」〈29a〉에 "五月**初**, 由湖南路進次咸陽, 前縣令趙宗道, 前直長李魯來**見**" 대목을 말함. 이로의 「학봉김선생용사사적」에는 세 사람이 5월 4일 함양 관아에서 만난 것으로 되어 있다.

20) 誓死之語(서사지어): 「연보」〈29a〉의 세주, "初, 趙李二公, 因事入京. 聞邊報日急, 約還鄕倡義討賊, 如不克濟, 當同沈於水, 義不可辱". 이로의 「학봉김선생용사사적」을 보면, 조종도는 장인인 이준민의 상에 조문하려 상경했고, 이로는 외숙인 문덕수가 억울하게 옥에 갇힌 일을 조정에 알리고자 서울에 갔다고 했다. 두 사람은 의병을 일으키자고 서로 약속한 뒤 류성룡의 집에 들러 인사한 뒤 돌아왔다.

21) 張本(장본): 뒤에 쓸 문장의 근본이 되는 것을 앞에 적은 것.

22) 김성일의 「촉석루일절」 각주 참조.

23) 본서 김기찬(1748~1812)의 「남정록」 참조.

24) 成浮槎(성부사): '槎'는 사(查)의 오기. 성여신(1546~1632)의 해당 글은 앞에 수록.

25) 攷信(고신): 사실 여부를 조사하거나 고찰하는 것.

軒「行狀」[26]中, 有曰 "與李公同登矗石樓, 鶴峯詠詩"云云. 趙公家傳誦, 豈遽爲無稽之言? 而至見於秉筆者, 傳信[27]文字耶, 非惟趙公家爲然. 先生之曾孫甁艮公[28], 挽松巖後孫詩曰 "世誼何須說, 要看矗石詩", 先生家傳誦, 又如是矣. 夫如是, 則「年譜」所錄, 不害爲後來定論. 而末段所謂詳"見詩集"云爾者,[29] 非獨爲當時事實, 已詳於詩註也. 詩註之郭公·「年譜」之李公, 夫旣相反而互出, 則其意蓋欲世有公眼目, 底人參看彼此所錄, 而覰[30]得來十分端的爾. 自古以來, 闕文疑義, 大抵多先賢之未及定頓[31], 而必待後賢. 而斷案[32]者, 觀於程朱已事, 可知已. 今或以世代先後, 切切然[33]論斷其見聞眞贋, 則是亦不通之論也. 試以『龍蛇錄』中語, 而反復推究. 則先生之之丹城也, 趙公爲宜寧假守, 李公爲丹城·三嘉召募官, 受牌分出.[34] 而郭公與先生, "同行至晉", 則其於至晉之初, 趙公且不在矗石樓中矣. 郭公, 其將誰與爲三壯士耶? 且柳崇仁之潛過宜寧也, 郭公欲射之, 趙公往解之.[35] 則郭公與趙公, 於晉而無同會之證, 於宜而有相遇之驗. 竊意, 郭公所領之軍, 要不出駐在宜

---

26) 조종도 행장은 한몽삼(1589~1662)이 지었고, 『대소헌일고』 권2에 실려 있다.

27) 傳信(전신): 편지나 소식을 전함.

28) 甁艮公(병간공): 김명기(1637~1700). 가계는 〈김성일-김집(金潗)-김시추-김전-김명기(金命基)〉로 이어진다.

29) 「연보」(『학봉집』 부록 권1 〈30a〉), "矗石樓中三壯士, 一杯笑指長江水, 長江之水流滔滔, 波不竭兮魂不死, 見詩集".

30) 覰(처): 엿보다.

31) 定頓(정돈): 정리하여 바로잡음. '頓'은 갖추다, 정비하다.

32) 斷案(단안): 어떤 일에 대한 생각을 분명히 결정함. 또는 그러한 생각.

33) 切切然(절절연): 마음에 세게 와 닿는 모양, 엄격한 모양, 힘쓰는 모양.

34) 1592년 5월 10일 김성일이 초유기(招諭旗)를 앞세우고 진주를 향하여 가면서 산청에 이르러 뒤따라온 조종도를 의령의 임시 수령으로 삼고, 이로를 단성과 삼가의 소모관으로 삼아 병사를 모집하게 했다. 이때 일행은 초유사의 명령을 전하는 목패(木牌)를 차고 각자 관할지로 출발했다. 이로, 『송암집』 권5 부록 「연보」.

35) 조종도가 의령에 도착하니 경내의 사람이 모두 곽재우의 지휘를 받고 있었는데, 함안군수 류숭인(1565~1592)이 산속에 숨어 있다가 몰래 의령을 지나갔다. 곽재우는 그가 성을 버린 죄를 따져 활을 쏘려 하니 류숭인 또한 활을 겨누고 맞서자, 조종도가 가서 둘을 화해시켰다. 이로, 「학봉김선생용사사적」, 『송암집』 권4.

寧之界, 而丹城之於宜寧, 必須經由晉州而後至. 則安知非戰服來謁後與先生自丹城至晉界[36]而直向宜寧也耶? 夫郭公擧義, 不待先生之招諭, 而將使烏合, 敵封豕[37], 棘矜[38]當長槍, 其猷克壯, 都從忠義·奮發中出來. 而成敗之機, 係於呼吸, 奇正[39]之法, 變於毫忽[40]. 誠不可一日離把截[41]之所, 而戰服行色, 豈暇乎留待趙公之自宜至耶? 且以柳崇仁事觀之, 則苟非郭公之再至晉. 抑或[42]趙公之再出宜然後, 於此於彼, 方可以不相矛盾矣. 夫以『龍蛇錄』之詳且密焉, 而更無一言之關說及此, 此豈懸度[43]而質言[44]之者耶? 至於李公之於趙公, 則其出也, 幷受先生之命, 而幹當事了, 幷還在先生幕下. 此, 其事勢之必然者也. 大抵"初到晉陽"一條[45], 最在晉陽時, 許多記錄之後, 而加圈別起一段語, 則是蓋將言先生作詩之由. 而初到之初字, 不必作. "同行至晉"時, 卽事看了, 又不必賺[46]連上項條. 把作郭公爲三壯士證案也,

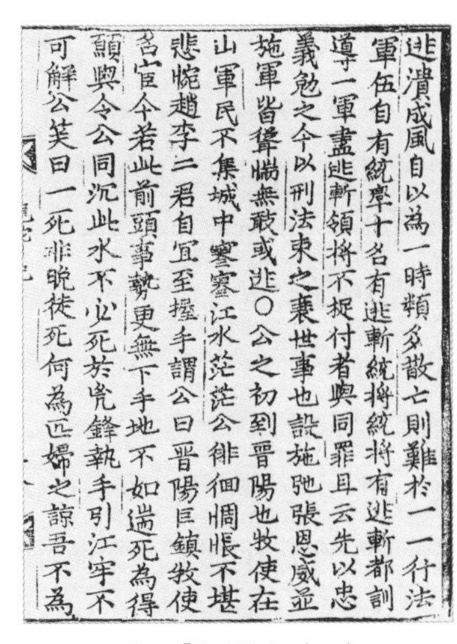
逃潰成風自以爲一時頗多散亡則難於一一行法
軍伍自有統率十名有逃斬統將統將有逃斬都訓
導一軍盡逃斬領將不捉付者與同罪且云先以忠
義勉之今以刑法束之衰世事也設施弛張恩威並
施軍皆聳惴無敢或逃○公之初到晉陽也牧使在
山軍民不集城中寥寥江水茫茫公徘徊惆悵不堪
悲惋趙李二君自宜至握手謂公曰晉陽巨鎭牧使
名官今若此前頭事勢更無下手地不如遄死爲得
願與令公同沉此水不必死於兇鋒執手引江牢不
可解公笑曰一死非晩徒死何爲匹婦之諒吾不爲

이로, 『용사일기』 〈18a〉

36) 김성일과 곽재우의 진주 동행은 각주 13) 참조.

37) 封豕(봉시): 포학하고 탐욕스러운 큰 멧돼지라는 뜻으로 왜적을 비유함. 정상점(1693~1767)의 「의암」 각주 참조.

38) 棘矜(극긍): 작대기, 곧 보잘것없는 무기를 말함. '棘'은 곰방메. '矜'은 창 자루.

39) 奇正(기정): 병법의 한 가지. '奇'는 기습이나 매복을, '正'은 정면으로 접전을 벌이는 것.

40) 毫忽(호홀): 극히 적은 분량이나 척도. '忽'은 적은 수의 단위.

41) 把截(파절): 군사적으로 중요한 곳을 파수(把守)하여 경비함.

42) 抑或(억혹): 혹은, 그렇지 않으면, 설령.

43) 懸度(현탁): 멀리서 억측함. '懸'은 동떨어지다, 멀다. '度(도)'가 헤아리다 뜻일 때는 '탁'으로 읽음.

44) 質言(질언): 남이 한 말을 꼬집어서 증거로 삼음, 사실을 들어 딱 잘라 말함.

45) 『용사일기』 〈18a〉에 "○公之**初到晉陽**也, …… 趙·李二君, 自宜至幄手"라는 대목을 말한다.

46) 賺(잠): 속이다.

明矣. 抑[47]有一說焉. "舉目山河, 不勝悲痛",[48] 是周伯仁新亭之感.[49] 而收復匡恢之責, 都在先生與郭公耳. 誠使郭公而在座, 則徒死, 何爲之言? 奚獨出於先生之口, 而郭公默然在傍而已乎? 趙公之視郭公, 不啻[50]如長城之可恃, 而又得先生, 而爲依歸. 隱然有在山之勢, 則卽目所見, '寥寥'者, '沄沄'者.[51] 雖極慘憺, 而趙公於此, 不必有前頭可知之歎矣. 特以趙李二公, 如干[52]召募, 各付義將諸部. 而歸到晉陽, 牧使璥[53]已竄伏矣, 判官金公時敏姑未出山矣.[54] 惟見先生之塊然[55]獨坐, 而城中寂無人影. 則夫以二公誓死之心, 願與之同沉者, 只是感觸來卽地景色而然也. 乃若郭公之力量意象, 則方將一身而作砥柱, 隻手而障橫流. 掃蕩氛穢, 廓淸[56]區宇, 乃其分內[57]自任, 而死則死綏[58]耳. 其肯以一帶菁川, 看作自家死所哉. 況以李公崇奬忠義之心, 其於郭公事, 若大若小, 無不備載於記中. 若使郭公幷趙公, 同參矗石之會而已, 不在其中則不應. 只記趙公, 而郭公泯然無迹也. 李公終始在先生幕

---

47) 抑(억): 그런데, 각설하고.

48) 김성일의 「촉석루일절」 시주와 「연보」에 나오는 구절이다.

49) 伯仁(백인)은 주의(周顗)의 자. 『세설신어』 「언어」편에 동진(東晉)의 주의가 강남의 신정(新亭)을 보고 "풍경은 변함이 없지만 참으로 산하는 다르구나[風景不殊, 正自有山河之異]"라 하며 나라를 걱정했다는 이야기가 실려 있다.

50) 不啻(불시): 다만 ~뿐만 아니라. '啻'는 뿐.

51) 이로, 『송암집』 권5 「연보」, " 時牧使奔竄, 軍民不集, 城中寥寥, 江水沄沄". 주 9)의 정구의 행장에도 유사한 표현이 있다. '沄沄'은 물이 소용돌이치거나 빙빙 돌아서 흐르는 모양, 넓고 깊은 모양.

52) 如干(여간): =약간(若干). 조종도를 의령가수(宜寧假守)로, 이로를 단성과 삼가의 소모관으로 임명한 사실을 뜻함.

53) 璥(경): 진주목사 이경. 자세한 것은 부록의 인물편 참조.

54) 임란이 일어나자 진주목사 이경과 판관 김시민이 지리산으로 함께 도망감. 추가 정보는 김성일의 시 참조. '竄(찬)'은 달아나다, 숨다. '伏(복)'은 숨다, 감추다.

55) 塊然(괴연): 홀로 있는 모양, 편안한 모양.

56) 廓淸(확청): 숙청. 세상의 혼란을 깨끗이 몰아냄. '廓(곽, 둘레)'이 비다, 바로잡다의 뜻일 때는 '확'으로 읽음.

57) 分內(분내): 자기 분수에 맞는 한도 안.

58) 死綏(사수): 전쟁에서 패하면 장수가 책임지고 죽는 것을 말함. 『좌전』 「문공」 12년, "『사마법(司馬法)』에 장군은 수레에 오르는 끈을 잡고 죽는다.[將軍**死綏**]"

下, 凡事必目擊, 而手記之. 今觀“無酒遍求”·“結帶以行”等語,59) 有非身履此境者, 固不能如此形容得盡矣. 夫以郭公之英聲偉績, 合爲後生之尊慕. 其視李公, 或過之, 而無不及矣, 愚何敢左右袒60)於其間? 而考之文字, 旣如彼; 參之事勢, 又如此. 故輒敢議到於不敢到之地, 誠不勝惶恐. 雖然三壯士名目61), 正猶陳蔡間四科耳, 曾子且不與四科.62) 則雖使郭公不與三壯士, 而不爲損; 李公得與三壯士, 而未必加. 及其爲國盡忠, 同心共濟63)之義, 則一而已. 今兩家子孫, 各尊所尊, 爭較是非.64) 則是, 未免於朱夫子所謂較父祖年甲也.65) 烏乎, 其可也!

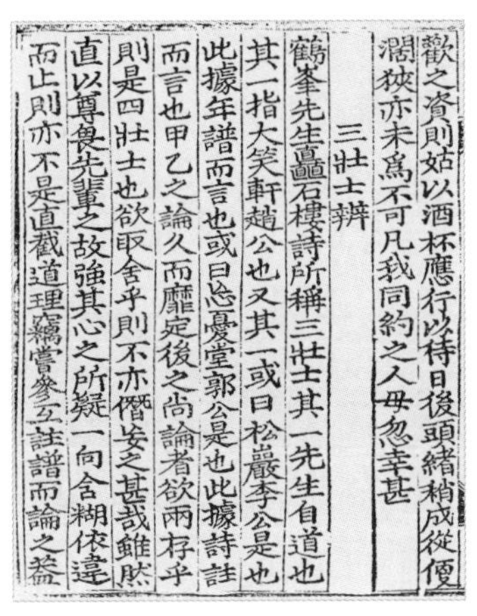

歡之資則姑以酒杯應行以待日後頭緒稍成從便
濶狹亦未爲不可凡我同約之人毋忽幸甚

三壯士辨

鶴峯先生矗石樓詩所稱三壯士其一先生自道也
其一指大笑軒趙公也又其一或曰松巖李公是也
此據年譜而言也或曰忘憂堂郭公是也此據詩註
而言也甲乙之論久而靡定後之尚論者欲兩存乎
則是四壯士也欲取舍乎則不亦僭妄之甚哉雖然
直以尊畏先輩之故強其心之所疑一向含糊依違
而止則亦不是直截道理竊嘗參互註譜而論之蓋

김희운, 『월오헌집』 〈32b〉

59) 이로의 『용사일기』에 나오는 표현이다. 김성일의 촉석루 시 각주 참조.

60) 左右袒(좌우단): 편을 가름, 우열을 가림. 유래는 삼장사 편의 「통진주문」 참조.

61) 名目(명목): 표면에 내세우는 형식상의 구실이나 근거.

62) 『논어』 「선진」, “공자께서 ‘나를 진나라와 채나라에서 따르는 자들이 (지금) 모두 문하에 있지 않구나. 덕행은 안연·민자건·염백우·중궁, 언어는 재여·자공, 정사는 염구·자로, 문학은 자유·자하이다.’[子曰 從我於陳蔡者, 皆不及門也. 德行顔淵閔子騫冉伯牛仲弓, 言語宰我子貢, 政事冉有季路, 文學子游子夏]라 하셨다.”. 그리고 흔히 덕행, 언어, 정사, 문학을 사과(四科)라 하며, 여기에 각각 속하는 제자들을 뒷날 공문십철(孔門十哲)이라 불렀다. 그런데 증자(曾子)는 10명의 제자에 포함되지 않았다.

63) 共濟(공제): 힘을 합하여 서로 도움.

64) 곽재우 집안에서는 김성일의 「촉석루일절」 시주에 선조가 삼장사의 한 사람으로 등장한다는 사실을 중요한 근거로 삼았다. 그리고 『망우집』 「연보」에도 곽재우가 전투복 차림으로 단성에서 김성일 만나 목숨을 건 동지로 서로 약속하고 진양에 도착한 뒤 성안에서 의령에서 온 조종도를 만났다고 기록했다.

65) 주자(朱子)가 몹시 어리석음을 비유한 표현. 「답장경지(答張敬之)」(『회암집』 권58), “성현의 우열을 논하는 것은, 이 또한 어리석은 사람이 부친과 조부 나이의 많고 적음을 비교하는 말과 같다.[論聖賢優劣, 此亦是癡人比**較父祖年甲**高下之說]”.

번역 학봉(鶴峯) 선생의 「촉석루(矗石樓)」 시에 '삼장사(三壯士)'라 칭한 것이 있다. 하나는 선생이 자기를 말하였고, 하나는 대소헌 조공(趙公)을 지칭하였다. 또 그 중의 한 사람으로 어떤 이는 송암 이공(李公)이라고 하는데, 이는 「연보」에 의거해 말한 것이다. 어떤 이는 망우당 곽공(郭公)이라고 하는데, 이는 시주(詩註)에 의거해 말한 것이다. 갑론을박이 오래되었으나 확정되지 않았다.

뒷날 고인을 논하는 자는 두 주장을 다 인정하자면 '사장사(四壯士)'이고, 취사선택하려고 하면 몹시 분수에 넘치는 행위지 않는가라 한다. 그러나 직접 선배를 존중하고 경외하는 까닭으로 마음속에 의문이 있는 바를 억누르고 애매모호한 태도로 일관하면서 주저하다가 그만두면 이 또한 직절(直截)한 도리가 아니다.

내가 시험 삼아 시주(詩註)와 「연보」를 참조하여 논하건대 대개 그 말은 송암공 수기(手記)에 구체적으로 근거한다. 그런데 두 곳에서 지칭한 바가 상반되니 어떻게 된 것인가? 무릇 송암 수기는 전체를 갖추면 『용사록(龍蛇錄)』이고, 그 요점을 추리면 『문수지(文殊志)』가 된다. 소위 『문수지』는 공이 일찍이 선생의 아들에게 부친 듯하다. 애일당(愛日堂)은 선생을 위하여 (정구에게) 행장을 요청한 곳이다. 그래서 한강(寒岡)선생이 지은 「행장」에서 선생(先生)이 "진양에 처음 도착한[初到晉陽]" 당시의 일과 "손을 잡고 강에 나아갔다[執手就江]"는 말을 모두 실었다. 다만 조공(趙公)에 대해서 언급하였지만 곽(郭)·이(李) 두 공은 언급하지 않았다. 이는 이공(李公)이 뒤따라 진양에 이르러 실제 조공(趙公)과 다름이 없었으나 사실이 자기와 관계되므로 『문수지』에서 삭제한 까닭일 것이다.

학사 김공(金公, 김응조)이 문집을 편차할 때 『용사록』 전체가 아직은 세상에 유행되지 않았으므로 근거할 수 있는 것은 단지 『문수지』 뿐이었다. 그 속에 수록한 대로 곽공(郭公)이 "동행하여 진양에 도착하였다[同行至晉]"는 것과 선생(先生)이 "진양에 처음 도착하였다[初到晉陽]"는 것은 은연중에 같은 시기의 일처럼 보인다.

그리고 인재(忍齋) 최공(崔公)이 편찬한 「언행록」에도 조공(趙公)과 곽공(郭公)이라는 말이 있다. 그런 까닭에 시주(詩註)에서 조공과 곽공을 합쳐 '삼장사(三壯士)'라 한 것이다. 내가 이에 대해 상세한 고증이 미흡하고 교감이 타당성을 잃었다고 감히 말하지는 못하지만, 다만 인재(忍齋)가 기록하면서 별도로 상고한 것이 있었는지는 모르겠다. 아니면 『문수지』에 근거해 '동행(同行)'과 '초도(初到)'라는 단어를 썼을까.

정(鄭)선생이 지은 「행장」은 한결같이 인재(忍齋)의 「언행록」과 운천공(雲川公)의 「가장」에 전적으로 의거하여 작성된 것이다. 따라서 「행장」 끝에 편의대로 대충 가다듬어 지었다고 말하였다. 인재(忍齋)가 이미 곽·조 두 공을 함께 일컬었고, 한강(寒岡)은 단지 조공(趙公)만 거론하고 곽공(郭公)을 언급하지 않은 것은 무엇 때문인가?

밀암 이공(李公)이 「연보」를 지을 즈음에 온전한 『용사록』이 서적 상자에서 처음 나왔다. 당시의 사실이 분명할 뿐만 아니라 상세하였다. 이로써 「연보」 중에서 임진 이하부터는 조목에 따라서 모두 『용사록』에 있는 말을 무릇 편입하였다. 조공(趙公)과 이공(李公)에 관한 것은 '초(初)~견(見)'의 선생(先生) 조목 아래에 있고, 두 공이 죽음으로써 맹세한 말을 첨부하고 주를 붙였다. 이러한즉 실로 '촉석루(矗石樓)', '소지(笑指)', '장강(長江)'이 나온 근본이 되며, 촉석루 당일의 사실에 대하여 상고할 수 있다. 또 이르기를, "조·이 두 군이 스스로 의령에서 이르렀고[趙李二君, 自宜寧至]"라 하였고, 또 "세 사람이 정좌하여[三人鼎坐]" 등이라 하였으니, 이 세 사람은 분명 선생(先生)과 조공(趙公)·이공(李公)이다.

또 수암 류공(柳公)은 오천파(吳天坡)의 「소서」를 읊었고, 성부사(成浮槎) 문집에서 몇 문단의 이야기가 갖추어져 있으니 사실을 고찰할 수 있다. 그리고 대소헌 「행장」에서 "이공(李公)과 함께 촉석루에 오르니 학봉이 시를 읊었다."라고 하였다. 조공(趙公)의 집안에서 입으로 전해 가며 읊조리니, 어찌 느닷없이 근거 없는 말을 지었겠는가?

지금 붓을 잡는 이를 보니 문자를 전함에서 있어서 조공(趙公) 집안만 그렇게 하는 것은 아니다. 선생의 증손 병간공(甁艮公)이 송암의 후손을 애도하며 지은 시에서 “대대로 두터운 우의를 무엇으로 말할까/ 촉석루 시를 보면 되리라[世誼何須說, 要看矗石詩]”라 하였으니, 선생의 집안에서 입으로 전하는 것도 역시 이와 같다.

무릇 이와 같다면 「연보」에 기록된 것은 후대의 정론(定論)으로 삼는 데에 해가 되지 않는다. 그리고 끝 단락에서 소위 상세히 “시집에 보인다[見詩集]”라고 한 것은 당시의 사실일 뿐 아니라 시주(詩註)에서도 이미 자세히 밝혔다. 시주(詩註)의 곽공(郭公)과 「연보」의 이공(李公)이 상반되게 함께 나왔지만, 그 취지는 대개 세상에서 공정한 안목으로 사람들이 이곳저곳의 기록을 참고해서 십분 적절한지를 살펴보게 하려는 데 있다.

예로부터 지금까지 빠진 문장이나 의심스러운 뜻에 대하여 무릇 여러 선현(先賢)이 정돈함에 미치지 못한 점이 있다면 반드시 후대의 현인을 기다려야 한다. 단호한 결정이라는 것은 정자(程子)와 주자(朱子)의 사례에 비추어보면 알 수 있다. 오늘날 혹 앞뒤 세대에서 그가 견문한 것에 대해 진짜와 가짜를 거리낌 없이 논의하여 판단한다면 이 또한 불통의 논리이다.

시험 삼아 『용사록』 중의 말로써 반복하여 규명해 본다. 선생(先生)이 단성에 가서 조공(趙公)을 의령가수(宜寧假守)로 삼고 이공(李公)을 단성과 삼가의 소모관(召募官)으로 삼자, 각각 목패를 받고 길을 나눠 떠났다. 곽공(郭公)과 선생은 “동행하여 진양에 이르렀고[同行至晉]”, 진양에 도착한 당초에 조공(趙公) 또한 촉석루에 없었으니, 곽공(郭公)은 누구와 함께하여 삼장사(三壯士)가 되겠는가? 또 류숭인(柳崇仁)이 몰래 의령을 지나가자 곽공은 그를 쏘려 하였고, 조공은 가서 두 사람을 화해시켰다. 그렇다면 곽공과 조공이 진양에서 함께 모인 증거는 없고, 의령(宜寧)에서 서로가 만났다는 징표가 된다.

내가 생각건대 곽공(郭公)이 통솔한 군대는 요컨대 의경 경계에 주재하면서 나오지 않았고, 단성에서 의령으로 가는 경우 반드시 진주(晉州)를 경유한 다음에 이르게 된다. 그런즉 전투복 차림으로 와서 뵌 뒤에 선생과 더불어 단성에서 진주 경계에 이르러 곧바로 의령을 향한 것이 아님을 어찌 알겠는가? 무릇 곽공은 의병을 일으키고는 선생의 초유(招諭)를 기다리지 않은 채 오합지졸을 거느려 왜적을 상대하였다. 짧은 창으로 긴 창을 대적하되 그 계책은 지극히 장하였으니, 모두 충의(忠義)와 분발심에서 나온 것이었다. 성패의 기회는 순간에 관계되고, 기습하거나 정면으로 싸우는 병법은 아주 작은 것에도 변화를 주어야 한다. 진실로 지켜야 할 요해지를 단 하루라도 이탈하지 않고 전투복 차림으로 있었으니, 어찌 조공(趙公)이 의령으로부터 도착하기를 머물면서 기다릴 틈이 있었겠는가?

또 류숭인(柳崇仁)의 일로 살펴보면 진실로 곽공(郭公)이 재차 진주에 도착한 것이 아니다. 혹은 조공(趙公)이 재차 의령에서 나온 연후에는 피차간에 비로소 서로 모순되지 않는다. 무릇 『용사록』이 상세하고 정밀한데도 더욱이 이와 관련된 이야기가 한마디라도 없으니, 어찌 동떨어진 추측으로 남의 말을 증거로 삼겠는가? 심지어 이공(李公)이 조공(趙公)에게 가 그곳에서 나와 선생(先生)의 명을 함께 받았고, 일을 감당한 뒤에는 함께 돌아와 선생의 막하에 있었다. 이는 일의 형세가 반드시 그렇게 흘러간 것이었다.

무릇 "처음 진양에 도착하였다.[初到晉陽]"는 한 조항은 무엇보다 진양에 있을 때를 숱하게 기록한 이후에 권점(○)을 치고 별도로 한 단락의 이야기를 내세운 것이다. 곧 이는 대개 선생이 시를 짓게 된 이유를 언급한 것이니, "초도(初到)"의 '初'자는 반드시 쓸 필요는 없었다. "동행하여 진양에 이르렀을[同行至晉]" 때 목전의 일을 살펴보았으므로 또 위의 조항에 연결해 꼭 헷갈리게끔 할 필요는 없었다. 이에 곽공(郭公)을 끌어다가 삼장사(三壯士)로 삼는 증안(證案)이 명료해진 것이다.

그런데 한마디 말할 것이 있다. "눈을 들어 산하를 보니, 비통함을 이길 수 없다."라는 표현은 주백인(周伯仁)의 신정(新亭) 느낌이다. 수복하여 중흥시키는 책임이 모두 선생(先生)과 곽공(郭公)에게 있었다. 실제 곽공이 좌석에 있었다면 헛되이 죽었을 것이라니, 이 무슨 말인가? 유독 선생(先生)의 입에서 나온 것이지만 어찌 곽공이 그 곁에서 침묵만 하고 있었겠는가? 조공

(趙公)은 곽공을 보고 장성(長城) 같이 믿었을 뿐 아니라 또 선생을 얻고서는 귀의처로 여겼다.

보일 듯 말 듯 (호랑이와 표범이) 산에 있는 형세였고, 눈에 보이는 것은 적막하고 강물만 콸콸 흘렀다. 비록 극도로 참담하였다지만 조공(趙公)은 여기에서 꼭 있지도 않을 앞날에 대하여 탄식하였다. 특별히 조(趙)·이(李) 두 공을 일부 지역의 소모관으로 삼고 의병과 여러 부장을 각각 맡겼었다. 돌아와서 진양에 도착하니 목사 이경(李璥)은 벌써 달아나 자취를 감추었고, 판관 김시민(金時敏) 공은 아직도 산에서 나오지 않았다. 다만 선생(先生)이 우두커니 홀로 앉아 있는 것이 보였고, 성안은 적막하여 사람 그림자라고는 없었다. 곧 두 공이 죽기를 맹세하는 마음으로 함께 강에 빠지고자 하였으니, 단지 그곳 광경에 감촉되어 그렇게 한 것이다.

곽공(郭公)의 역량과 기상 같으면 바야흐로 한 몸으로 지주산이 되고, 한 손으로 마구 흐르는 강물을 막을 수 있었다. 더러운 티끌을 쓸어버리고 천하를 맑게 하는 것을 분수로 자임하였고, 죽게 되면 책임을 지고 죽을 뿐이었다. 그는 기꺼이 한 줄기 청천을 자신이 죽을 곳으로 보아두었다. 게다가 이공(李公)은 충의(忠義)를 숭상하는 마음에서 곽공의 일이 크든 작든 기록으로 싣지 않은 것이 없었다. 만일 곽공이 조공(趙公)과 함께 촉석(矗石)의 모임에 동참하였다면, 이공(李公)은 그 자리에 있지 않아 호응할 수가 없었다. 단지 조공(趙公)만을 기록하고 곽공(郭公)은 누락하였기에 자취가 없는 것이다.

이공(李公)은 한결같이 선생의 막하에 있으면서 모든 일을 반드시 목격한 것을 손으로 기록하였다. 지금에 "술이 없이 두루 구해[無酒遍求]"와 "띠로 서로 묶어 가다가[結帶以行]" 등의 말을 보니, 자신이 그 환경에 처하지 않았다면 참으로 그처럼 곡진하게 형용할 수 없다.

무릇 곽공(郭公)의 훌륭한 명성과 위대한 업적은 모두 후생들이 존경하고 사모한다. 이공(李公)을 보자면 혹 곽공(郭公)을 넘어서나 미치지는 못한다. 내가 어찌 감히 그 사이에서 편을 가르겠는가?

문자를 상고하면 이미 그것과 같고, 일의 형세를 참작하면 또 이것과 같다.

그러므로 감히 도달할 수 없는 처지에서 문득 의론을 감히 내놓자니, 참으로 두려운 마음을 이길 수 없다.

삼장사(三壯士)의 명목(名目)이 이렇다손 치더라도 필시 진나라·채나라 사이의 사과(四科)와 같은데, 증자(曾子) 역시 사과(四科)와 함께하지 못하였다. 그러니 설령 곽공(郭公)이 삼장사에 들지 않는다고 해도 손해될 것은 없고, 이공(李公)을 삼장사와 함께하도록 반드시 추가할 필요는 없다. 두 사람이 나라를 위하여 충정을 다하고 같은 마음으로 협력한 뜻은 하나였을 뿐이다.

지금 두 가문의 자손들이 저마다 존중하는 대상을 받들며 시비(是非)를 다툰다. 이렇게 되면 주자(朱子)가 소위 "어리석은 사람은 부친과 조부의 나이가 많고 적음을 비교한다."라고 한 것과 같은 처지를 벗어나지 못할 것이다. 아, 그것이 가능할는지!

○ 전라도 유림의 상소문

아랫글은 임오년(1822, 순조22) 11월 영남의 삼장사 사당 건립 시도가 재연되자 전라도 유생들(남원 미포함)이 진주 향교와 서원에 보낸 1차 통문의 기조를 유지하되, 내용과 자료를 대폭 보완해 경상감사 김상휴(金相休)에게 상신한 소장이다. 출처는 『제하휘록(霽下彙錄)』이다.
판결의 향방은 알 수 있는 자료는 없으나, 여러 정황으로 볼 때 즉각 처리된 것 같지 않다. 다만 김상휴의 「삼장사변」이 『제하휘록』에 실려 있는데, 그는 이로(李魯) 대신 곽재우(郭再祐)를 삼장사의 한 사람으로 판정했다. 이후에도 삼장사 논쟁은 지역별, 문중별로 수면 아래에서 계속되었다.
학봉 시판은 예나 지금이나 촉석루 대들보에 웅장하게 걸려 있다. 한편 1963년 촉석루 앞에 조선후기 무산된 사당을 대신해 '삼장사기실비'를 세웠는데, 오횡묵의 「삼장사비각찬」처럼 임란 직후부터 진주 지역에 형성된 삼장사에 대한 기억과 배치되는 사적이라 하겠다.

「呈嶺營文」〈고시민 편, 『제하휘록』 권하, 59a~62b〉

(경상감영에 올리는 상소문)〈1822.11〉

全羅道光州幼學高某·和順幼學崔某·羅州幼學金某等, 伏以混眞, 則必辨其僞; 爽實[1], 則終歸於正. 此, 千百載公議之所在也. 念昔晉州矗石樓詩, 三壯士之號, 混眞而爽實者, 久之. 其在子孫之道, 安得不辨僞而歸正也哉? (…中略…) 矗石樓詩, 有曰 "矗石樓中三壯士, 一杯笑指長江水, 長江之水流滔滔, 波不渴兮魂不死"絶句, 卽忠毅公崔先生所作. 而崔先生, 與文烈公金先生·孝烈公高先生, 共登矗石樓, 殉節時口占一絶也. (…中略…) 英廟丁卯, 晉州官奴黃貴同伊, 於南江淺灘中, 見淸瀅之氣, 搜得一印, 卽崔節度所抱投江者也. 帥臣封啓[2], 自上睿覽下教曰 "忠臣烈烈之氣, 怳若留帶於印面, 而印上萬曆年號, 尤可感愴". 親製賜祭文有曰 "嶺右節度, 篆章可認, 魂兮不死, 詩語乃胎". 詩, 乃崔節度詩也, 不待多辨. 而此實千百代不易之公案也. (…中略…) 去癸巳年間, 湖南多士, 齊起發通于晉州. 先諭金氏家, 俾刪其詩之入稿, 收諸矗樓之揭板, 禁其城南之竪碑矣. 其後己亥年間, 嶺儒又欲遂其前事云. 故湖儒更爲發通, 遣人於晉州, 掇[3]其揭板, 碎其竪碑, 禁其建祠. 則渠輩

1) 爽實(상실): 어긋나는 사실. '爽'은 어긋나다, 시원하다.
2) 封啓(봉계): 문서를 밀봉하여 임금에게 올림.

霽下彙錄

而子孫不能暴揚是爲不仁今此崔忠毅子孫以其實祖之高忠徽績
公然付與別人而不能伸白則其自處不肖之心奚啻朱夫子不仁之
謂也非但其子孫之私情抑亦有國人之公議此非細事也在後賢是
非必將不止於泯沒之下稍慮或有蚪鬪爭卞之端矣 生等 爲之慨然
寄聲曉之非所左右袒於其間者也伏惟此稿收諸揭板而又使三家
各回謬見並罷爭端千萬幸甚右敬通于慶尙道晉州校院僉君子云
呈嶺營文 純祖二十二年壬午閏三月二日 全羅道 光州 幼學高某 羅州 幼學崔某 綾州 幼學金
某等
伏以混眞則必辨其僞爽實則終歸於正此千百載公議之所在也念昔
晉州矗石樓之詩三壯士之號混眞而爽實者久之其在子孫之道安得
不辨僞而歸正也哉盖三壯士即湖南倡義使 贈領議政文烈公健齋
金先生千鎰湖南義兵將慶尙右兵使都節制 贈左贊成忠毅公日休
堂崔先生慶會湖南復讐義兵將 贈吏曹判書孝烈公隼峯高先生從

霽下彙錄 下 五九

厚三賢是已矗石樓詩有曰矗石樓中三壯士一杯笑指長江水長江之
水流滔滔波不渴兮魂不死絶句即忠毅公崔先生所作而崔先生與文
烈公金先生孝烈公高先生共登矗石樓殉節時口占一絶也 生等 生於
百世之下講明於百世之前則矗石樓之詩三壯士之號俱載於地誌與
野乘諸賢文集 生等 詳考事實亦不敢一字溢美而櫽括其文字之所自
出者冒浼崇聽伏願閤下惟一一垂察焉謹按輿地勝覽有曰崔公當壬
辰之乱以前府使居憂爲士友所推墨衰從戎追逐錦茂開寧之賊 廟
堂下敎特拜慶尙右兵使晉州之役抗戰九晝夜至城陷登譙樓口占一
絶遂與金千鎰高從厚相率投江云又考湖南節義錄有曰壬辰 大駕
西狩崔公居憂以不得扈從爲恨使侄弘載赴高霽峯陣高公殉節幕下
文弘獻等來請公爲義兵將公曰此正主辱臣死之日遂墨衰登壇封章
行在傳檄列邑癸巳六月晉州將陷公與金公千鎰高公從厚登譙樓口
占一絶北向四拜赴水而死云又考烏城六義錄有曰崔公居和順生進

俱中文科重試壬辰倭寇充斥崔公以右義兵將追逐茂朱賊大破之又
逐錦山賊轉向嶺右嶺伯金誠一 啓曰今此晉州之捷莫非崔慶會外
援之力 上下敎曰嶺湖保全莫非崔慶會之力 特拜慶尙右兵使守
晉州癸巳六月二十九日因天大雨城東隅圮賊蟻附而上諸軍遂潰或
勸提輕鋭突出以圖後功崔公勵聲曰吾受 國恩任此方面城存我存
城亡我亡不可苟且偸生於是一向督戰矢盡力竭知終不可免與金公
高公共登譙樓口占一絶北向四拜投江而死云云又考安牛山晉州叙
事有曰癸巳六月二十八日徐禮元不謹防吏賊潛來鑿城巡城將黃進
覺之殊死戰大捷忽有一賊仰而放丸中額而死二十九日自西北門賊
大至巡城將徐禮元先走諸軍大潰咸集於矗城賊遂爛入於是金象乾
梁山璹扶金千鎰文弘獻扶崔慶會金鏻渾扶高從厚北向四拜赴南江
而死云云判書兪公最基於彰烈祠祭文有曰抱印投河三帥同死云云
又雜出於李白沙壬辰日記及高氏正氣錄黃氏旌忠錄崔氏成取錄且

霽下彙錄 下 六〇

牛溪成先生許以忠義奮發尤菴宋先生論以砥柱屹立權元帥慄以魯
連東海此皆諸賢文字班班可考也 宣廟朝賜祭文有曰茫茫石崖忠
軀所殞 英廟丁卯晉州官奴黃貴同伊於南江淺灘中見淸澄之氣搜
得一印即崔節度所抱投江者也帥臣封 啓自 上睿覽 下敎曰忠
臣烈烈之氣恍若留帶於印面而印上 萬曆年號尤可感愴 親製賜
祭文有曰嶺右節度篆章可認魂兮不死詩語乃沕詩乃崔節度詩也不
待多辨而此實千百代不易之公案也噫嘻挽近以來嶺南鄕風不古士
習日渝不攷 國乘不考野史又不考諸賢文字之可信只以淺見薄識
胥動訛言以矗石樓投江之三壯士指謂金鶴峯誠一趙大笑軒宗道李
松菴櫓又以崔節度詩謂金鶴峯所作不徒以訛傳訛而止耳又從以筆
之於書欲實其虛又以崔節度詩誤入於鶴峯之文集又刻矗石樓之題
板而稱之曰鶴峯將欲竪碑以實其事云惡是何言也此有大不然者 生
等 嘗考柳西崖時務箚有曰金誠一以嶺伯巡視晉州癸巳四月病卒于

二三二

전라도 유림, 「제영영문」(『제하휘록』 하 〈59a~60b〉)

不攻, 自破矣. 仄聞[4], 近者舊習不悛. 又以金·趙·李爲三壯士, 至於建祠, 則忘憂堂郭公再祐之後孫, 又以爲其祖忘憂堂爲三壯士之一而李松菴[5]不預云

3) 掇(철): =철(撤). 삭제하다, 깎다.

4) 仄聞(측문): 어렴풋이 들음. '仄'은 어렴풋이.

5) 菴(암): 암(巖)의 오기. 고쳐서 번역에 반영함.

云. 郭·李兩家, 爭詰紛挐[6], 至於上言, 啓下道査云. 郭·李之爭, 實變怪中一大變怪也. (…中略…) 惟此矗石樓之詩, 今方混眞而若不辨訛, 則公然永奪於誣妄[7]之人矣; 三壯士之號, 今方爽實而若不釐正, 則必然終歸於然疑之地矣. 生等此擧, 雖裹足[8]上京, 必辨乃已, 長江不竭矣, 忠魂不死矣, 詩與號, 烏可見奪於別人也? 伏願閤下[9], 以博雅之才·典古[10]之見, 熟講我東方節義事實, 則必有昭然明鑑者矣. 玆以謹奉先朝賜祭時"魂兮不死, 詩語乃胳"之祭文及地誌與野乘·諸賢文字, 可考冊子, 齎來仰籲[11]. 伏願閤下, 考其實, 辨其僞. 特施忠義共公[12]之心而發關[13]晉州, 掇其鶴峯詩板. 以文烈公金千鎰·忠毅公崔慶會·孝烈公高從厚之爲三壯士, 矗石樓詩之爲崔慶會所作, 轉達楓陛[14], 以爲明白決案[15]之地. 激節屛營[16]之至.

번역 전라도 광주(光州) 유생 고 아무개·화순(和順) 유생 최 아무개·나주(羅州) 유생 김 아무개 등은 엎드려 아뢰옵건대 진실에 혼돈된 것이 있으면 반드시 그 거짓을 변별해야 하고, 사실과 어긋난 것이 있으면 끝까지 바른 데로 되돌려야 합니다. 이것은 천백 년을 가도 공정한 의논입니다. 생각하면 옛날 진주 촉석루(矗石樓) 시는 삼장사(三壯士) 호칭이 진실과 뒤섞이고

---

6) 紛挐(분나): 복잡하게 뒤엉킴. '挐'는 뒤섞다, 어지럽다.

7) 誣妄(무망): 허위 사실을 꾸며 남을 속임. '誣'는 무고하다, 속이다. '妄'은 거짓.

8) 裹足(과족): 발을 싸맴, 행장을 꾸려 서울에 올라감. '裹'는 싸다.

9) 閤下(합하): =각하(閣下). 신분이 높은 사람에 대한 존칭. 당시 경상감사는 김상휴(1757~1827)이고, 김장생의 6세손으로 진주목사(1862) 김기현의 족숙이다.

10) 典古(전고): =전고(典故). 전거(典例)와 고실(故實).

11) 仰籲(앙유): 우러러 하소연함. '籲'는 부르짖다, 부르다.

12) 共公(공공): =공공(公共). 공정함.

13) 發關(발관): 상관이 하관에게 관문을 보내는 일, 공문을 발송함.

14) 楓陛(풍폐): 단풍의 섬돌, 곧 궁궐이나 조정의 이칭. 고대 궁궐의 뜨락에 단풍나무를 많이 심은 데서 유래한 말이다.

15) 決案(결안): 판결문.

16) 屛營(병영): 두려워하는 모양, '屛'은 두려워하다. '營'은 왔다 갔다 하는 모양.

사실과 어긋난 지가 오래되었습니다. 그 자손 된 도리에 있어서 어찌 거짓을 분별하여 바른 데로 되돌리지 않겠습니까? (…중략…)

촉석루 시에 "촉석루 안의 삼장사/ 한 잔 들고 웃으며 장강 물을 가리키네/ 장강 물은 넘실넘실 흐르나니/ 물결 마르지 않는 한 넋은 죽지 않으리[矗石樓中三壯士, 一杯笑指長江水, 長江之水流滔滔, 波不渴兮魂不死]"라는 구절이 있으니, 이는 곧 충의공 최선생(崔先生)이 지은 것으로서, 최선생이 문열공 김선생(金先生)·효열공 고선생(高先生)과 함께 촉석루(矗石樓)에 올라가 순절할 때 즉석에서 지은 절구입니다. (…중략…)

영조 정묘년(1747)에 진주 관노 황귀동이(黃貴同伊)가 남강의 얕은 여울 속에서 맑은 기운을 보고 인장 하나를 찾았는데, 곧 최절도사가 안고 강에 몸을 던진 것입니다. 절도사가 밀봉한 장계를 올리니 임금께서 보고 하교하기를, "충신의 열렬한 기상이 인장 표면에 어슴푸레하게 띠고 있는 듯하고, 인장 위의 만력 연호는 더욱 슬픈 마음을 사무치게 한다." 하셨습니다. 친히 지은 사제문에서, "영남우절도사의 전서체 인장임을 알 수 있고, 넋은 죽지 않았으니 시어가 꼭 들어맞네.[嶺右節度, 篆章可認, 魂兮不死, 詩語乃脗]라 하셨습니다. 시는 곧 최절도사의 시임은 많은 변론을 기다릴 필요가 없으니, 이는 실로 천백년토록 바꿀 수 없는 공안입니다. (…중략…)

지나간 계사년(1773)에 호남(湖南)의 많은 선비가 일제히 일어나 진주(晉州)에 통문을 보냈습니다. 먼저 김씨(金氏) 가문에 깨우쳐 그 시를 문집에 넣은 것을 삭제하도록 하고, 촉석루에 내건 시판을 거두게 하였으며, 성 남쪽에 비석 세우는 것을 금지하였습니다.

그 뒤 기해년(1779)에 영남 유생들이 또 예전에 하려던 일을 완수하고자 한다고 하였습니다. 그리하여 호남(湖南 유생들이 다시 통문을 띄우고 사람을 진주에 파견하여 걸어놓은 시판을 치우고, 세워둔 비석을 부수었으며, 사당 세우려는 것을 금지하였습니다. 곧 그들은 치지 않아도 스스로 깨지고 만 것입니다.

어렴풋이 듣건대 근래에도 옛 습관이 고쳐지지 않았습니다. 또 김(金)·조

(趙)·이(李)를 삼장사라 하고, 심지어 사당을 세우려 하자 곧 망우당 곽공(郭公) 후손들이 또 선조 망우당(忘憂堂)을 삼장사 중의 하나라 하며 이송암(李松巖)은 거기에 끼일 수 없다고들 합니다. 곽(郭)·이(李) 두 가문이 다투어 힐난하며 복잡하게 뒤엉켰고, 심지어 임금에게 아뢰자 도내(道內)에서 조사하라는 지시를 내렸다고 합니다. 곽(郭)·이(李)의 다툼은 실로 변괴 중의 일대 변괴입니다. (…중략…)

오직 '촉석루(矗石樓)' 시는 지금 바야흐로 진실이 흐려졌으니 만일 잘못을 변별하지 않는다면 공공연하게 거짓된 사람에게 영원히 빼앗기게 될 것이고, '삼장사(三壯士)' 호칭은 지금 바야흐로 사실과 어긋나니 만일 바르게 고치지 않는다면 필연적으로 의심스러운 처지로 끝내 귀착되고 말 것입니다. 소생들의 이번 일은 비록 발을 싸매고 서울에 올라가서라도 기필코 변별하고야 말 것입니다. 장강(長江)이 마르지 않고 충혼은 죽지 않았으니, 시와 호칭을 어찌 다른 사람에게 빼앗길 수 있겠습니까?

엎드려 바라옵건대 합하(閤下)께서는 견문이 넓고 총명한 재주와 전거로 삼을 만한 옛일에 대한 식견으로 우리 동방의 절의(節義) 사실을 익히 알고 있으니 반드시 뚜렷이 밝게 보실 것입니다. 이에 삼가 앞선 임금께서 사제할 때 "넋은 죽지 않았으니/ 시어가 꼭 들어맞네[魂兮不死, 詩語乃脗]"라고 하신 제문과 지리지, 사찬(私撰) 기록과 여러 현인의 문자, 상고할 만한 책자를 가지고 와서 아뢰는 바입니다.

엎드려 바라옵건대 합하(閤下)께서는 사실을 고찰하고 거짓을 분별하시기 바랍니다. 특별히 충의롭고 공정한 마음을 베풀고, 진주(晉州)에는 공문을 보내 학봉(鶴峯) 시판을 치우도록 하시기를 바랍니다. 문열공 김천일(金千鎰)·충의공 최경회(崔慶會)·효열공 고종후(高從厚)를 삼장사(三壯士)로 삼고, 촉석루(矗石樓) 시는 최경회가 지은 것으로 대궐에 아뢰어 판결문의 지위를 명백하게 갖도록 하시옵소서. 그지없이 간절하고도 떨리는 심정에 몸 둘 바를 모르겠습니다.

○ 박성양(朴性陽, 1809~1890) 자 계선(季善), 호 운창(芸窓)

본관 밀양. 서울 출생으로 일찍이 형과 함께 외가에서 공부하다가 이지수(李趾秀)의 문인이 되었다. 1866년 병인양요 때 「벽사명(闢邪銘)」(『운창집』 권11)을 지어 학자들을 깨우쳤고, 입재 송근수(宋近洙)의 천거로 1880년에 선공감 감역에 임명되었으며, 이어 사헌부지평·동부승지·호조참판·대사헌 등을 역임하였다. 송시열을 사숙하며 김락현·송응수·송병선 등과 친했고, 문인으로 변영규·정은교·이해익 등이 있으며, 『운창집』 외 다수의 저술이 있다.

「晉州三壯士贊」 幷小序 〈『운창집』 권11, 35b~36b〉 (진주 삼장사찬) 소서를 붙임

玄黓執徐[1], 晉州一城, 受禍最酷, 死義最多. 金健齋·黃武愍·崔忠毅, 世所稱三壯士也. 且張潤·李宗仁之驍健[2]善戰, 高從厚·梁山璹之守死不貳, 抑可以爲次[3]. 故幷爲贊述, 班[4]諸三士, 盖亦倣「張中丞傳後」附南霽雲之例[5], 以資參考云.

병서. 임진년에 진주성이 재난을 당해 가장 참혹하였는데, 의롭게 죽은 이가 많았다. 김건재·황무민·최충의는 세상에서 칭하는 '삼장사(三壯士)'이다. 또 장윤(張潤)과 이종인(李宗仁)이 용맹하게 잘 싸웠고, 고종후(高從厚)와 양산숙(梁山璹)은 죽더라도 두 마음을 품지 않았으니 다만 그 다음은 될 수 있다. 따라서 아울러 찬술하여 그들을 삼장사에 이어지게 하였는데, 이 또한 「장중승전후」에서 남제운을 덧붙인 예를 모방한 것으로 참고하는 데 보탬이 될 것이다.

---

1) 玄黓執徐(현익집서): 임진(壬辰)의 고갑자. 여기서는 임진왜란을 뜻함. 박성양, 「삼장사찬」(황진, 『무민공실기』 권3 〈43a〉)에는 '壬辰倭亂'으로 되어 있음.

2) 驍健(효건): 용맹하고 건장함. '驍'는 날래다, 용감하다.

3) 抑可以爲次(억가이위차): 『논어』 「자로」에서 선비의 자질에 대해, "말은 반드시 신의가 있고 행동이 반드시 결연하여 자신의 언행을 관철시키는 소인이지만 역시 그 다음 단계의 선비는 될 수 있다.[言必信, 行必果, 硜硜然小人哉, **抑亦可以爲次**矣]" 하였다.

4) 班(반): 이어지다, 차례.

5) 한유는 이한(李翰)의 「장순전(張巡傳)」을 읽고 나서 그곳에 누락된 허원과 남제운의 충절을 보충하여 「장중승전후서(張中丞傳後序)」(『창려집』 권13)를 지었다.

山林遺逸	산림에 은둔하던 선비가
胡爲將壇[6]	어찌하여 장수 되었나?
長蛇荐食[7]	왜적이 야금야금 먹어 들어오니
砥柱[8]障瀾	지주산처럼 거센 물결 막아냈네
玉貌[9]邯鄲	한단에서 유세한 옥모요
厲鬼[10]睢陽	수양에서 순절한 여귀라
苔軒後栗[11]	고경명·조헌과 더불어
百世齊芳	백세에 방명이 나란하네.
右金健齋千鎰	위는 건재 김천일

我有寶釼	내게 있는 보검은
貿自通信	통신사행 때 스스로 산 것
前使十輩[12]	정탐을 잘못 파악한 사신들

---

6) 將壇(장단): 장군을 임명하는 장소, 장군이 지휘하는 장소. 여기서는 진주성 남장대였던 촉석루를 지칭함.

7) 長蛇荐食(장사천식): 왜적의 침입을 비유함. '荐'은 거듭. 유래는 불우헌 정상점(1693~1767)의 「의암」 각주 참조.

8) 砥柱(지주): 흔들리지 않는 지조나 절개. 유래는 부록의 용어편 '지주' 참조.

9) 玉貌(옥모): 옥 같이 맑은 자태. 춘추대의를 굳게 지킨 인물을 표상함. 진(秦)나라 군대가 조나라 서울인 한단(邯鄲)을 포위하자 때 위왕은 겁을 먹고 장군 신원연(新垣衍)을 조왕에게 급파하여 평원군을 통하여 진을 황제로 섬길 것을 건의했다. 이때 평원군의 주선으로 신원연이 노중련(魯仲連)을 만나 그에게 "지금 내가 선생의 옥모를 보니 평원군에게 간구함이 있지 않군요.[今吾觀先生之**玉貌**, 非有求於平原君者也]"라고 하니, 노중련은 "진이 방자하게 황제를 칭하여 잘못된 정치를 천하에 편다면, 나는 동해를 밟고 빠져 죽겠다." 하였다. 진나라 장군이 이 말을 듣고 군사를 후퇴시켰다고 한다. 『사기』 권83 「노중련전」.

10) 厲鬼(여귀): 역병을 퍼뜨리는 악귀. 자세한 정보는 부록의 용어편 '여귀' 참조.

11) 苔軒後栗(태헌후률): '苔軒'은 고경명의 별호. '後栗'은 조헌의 별호.

12) 前使十輩(전사십배): 정세를 잘못 보고한 사신들. 여기서는 일본의 침략 의도를 간파하지 못한 통신부사 김성일을 비유함. 한나라 고조가 흉노를 치기 위해 사신 열 명을 보냈는데, 흉노에게 속고 돌아와서 진격해도 된다고 했다. 반면에 흉노에 다시 보냈던 유경(劉敬)이 복병의 계략이 있는 것으로 보고하자 그를 가두고 말았다. 고조가 정벌의 길에 올랐다가 겨우 살아온 뒤 유경을 사면하면서 "내가 그대의 말을 듣지 않아 평성에서 곤경을 당했소. 내가 이미 전에 공격해도 괜찮다고 말한 사신 열 명 모두를 목 베었소.[吾不用公言, 以困平城. 吾皆已斬**前使十輩**言可擊者矣]" 하였다. 『사기』 권99 「열전」 〈유경전〉.

恨未執訊[13]	잡아서 따져 묻지 못한 것이 한스럽네
一試熊嶺[14]	웅령에서 한번 결전하고
再翻梨峙[15]	이치에서 거듭 접전했지
墨守晉陽	진양을 굳게 지켰으니
死而後已[16]	죽은 뒤에야 그만두었네
右黃武愍進	**위는 무민 황진**

鶻字義陣[17]	'골(鶻)'자의 의병 부대로
馳驅二南	호남과 영남에 말을 내달렸으니
協心霽峯[18]	고경명과 마음을 합했고
踵武松菴[19]	김면의 뒤를 따랐지
印鐫帝朔[20]	황제 연호가 새겨진 관인을 품고
釼奪敵柄	칼로 왜적의 거점을 빼앗았거늘
矗石暈月	달무리 진 촉석루에
大節輝映	위대한 절의 찬란히 비치네
右崔忠毅慶會	**위는 충의 최경회**

朱門額額[21]	지체 높은 권문세가에

---

13) 執訊(집신): 잡아서 신문함. '訊'은 따져 물음.

14) 熊嶺(웅령): =웅치(熊峙)·웅현(熊峴). 완주군과 진안군 사이의 고갯길.

15) 梨峙(이치): 충북 진천에서 경기도 안성으로 넘어가는 고개.

16) 死而後已(사이후이): 죽은 뒤에야 결심을 그만둠. 『논어』「태백」에서 증자가 "인을 자기의 소임으로 삼은 것은 또한 막중하지 않겠는가? 죽은 뒤에야 그만두는 것이니, 또한 멀지 않은가?[仁以爲己任, 不亦重乎, **死而後已**, 不亦遠乎]" 하였다.

17) 鶻字義陣(골자의진): 1592년 7월 1일 고경명 휘하의 병사들이 최경회를 장군으로 추대하고 '골(鶻)'자로 신표를 삼았다. 『선조수정실록』〈1592.7.1〉.

18) 霽峯(제봉): 고경명의 호.

19) 踵武松菴(종무송암): '踵'과 '武'는 잇다. '松菴'은 의병장 김면(1541~1593)의 호. 자세한 정보는 부록 인물편의 진주목사 참조.

20) 印鐫帝朔(인전제삭): 관인에 새겨진 황제 연호. '鐫'은 새기다. '朔'은 달력, 시초.

21) 額額(액액): 용맹한 모양, 우뚝한 모양.

羞爲折腰　　허리 굽힘을 부끄러워했지
孤城惴惴[22]　　외로운 성에서 두려웠지만
樂與同袍[23]　　같이 도와가며 즐거워했고
夾贊巡遠[24]　　장순과 허원을 도와
蔽遮江淮　　강회 진출을 막았지
立傳華陽[25]　　송시열의 입전으로
名不湮埋　　그 명성 사라지지 않으리
右張潤　　위는 장윤

厲氣守城　　사나운 기개로 성을 지키고
白刃差差[26]　　시퍼런 칼날 빛은 들쭉날쭉했지
孱卒口呿[27]　　나약한 병졸은 입이 벌어지고
傑士肩比　　걸출한 선비들 어깨 나란히 했지만
長平震瓦[28]　　장평성 기왓장이 진동하자

---

22) 惴惴(췌췌): 벌벌 떠는 모양. '惴'는 두려워하다. 『시경』「소아」〈소완〉, "두려워하여 조심함은/ 깊은 골짜기에 임한 듯하네[惴惴小心, 如臨于谷]".

23) 同袍(동포): 어려울 때 서로 도움. 『시경』「진풍」〈무의〉, "어찌 옷이 없다 하랴/ 그대와 함께 솜옷을 나누어 입으리[豈曰無衣, 與子同袍]".

24) 夾贊巡遠(협찬순원): 장순과 허원을 도움. 유래는 부록 인물 참조. '夾'은 부축하다, 돕다. 장윤은 진주성이 위태롭게 되자 순원이 수양성을 지켜 강회 지방을 막으려 한 것처럼 하겠다고 하며 성으로 들어가 창의사 김천일과 우병사 최경회를 도왔다.

25) 立傳華陽(입전화양): '華陽'은 송시열(1607~1689)의 별호인 화양동주(華陽洞主). 그는 「증병조참판장윤전」(『송자대전』 권214)에서 장윤의 충절을 높이 평가했다.

26) 差差(치치): 고르지 않는 모양으로 섬뜩한 칼날을 비유함. '差(차)'가 층지다 뜻일 때는 '치'로 읽음. 한유, 「송장도사(送張道士)」, 『한창려집 보유』 외집, "입을 열어 이해를 논하니/ 칼날 흰빛이 들쭉날쭉[開口論利害, 劍鋒白差差]".

27) 口呿(구거): 입을 벌림. '呿'는 벌리다.

28) 長平震瓦(장평진와): 장평성의 기와가 진동할 지경, 곧 진주성의 격렬한 싸움. 조(趙)나라와 진(秦)나라가 대적하는 동안 무안(武安) 전투에서는 조나라가 이겼지만, 몇 년 뒤 벌어진 장평(長平) 전투에서는 진나라가 대승을 거두었다. '長平'은 진나라 장군 백기(白起)가 조나라의 조괄(趙括) 군사들을 대파하고 병졸 40만 명을 파묻은 성의 이름이다. 그리고 '震瓦'는 진나라 군사가 조나라 무안의 서쪽에 진을 치고서 큰 북을 치고 함성을 지르며 출전 준비하자 무안성의 가옥기와가 모조리 진동할 지경이었다[武安屋瓦盡振]라고 한

峻稽張拳[29] 준계산 이릉처럼 활시위 당겼네
翩翩[30]兩腋 두 겨드랑이에 끼고 가볍게 나니
狡虜墜淵 교활한 오랑캐가 물속에 떨어졌지
右李宗仁 위는 이종인

爾忘越人[31] 월나라 놈 잊지 않으려
苫戈縞素[32] 상복한 채 창을 잡고 거적에서 지냈고
卞門陽城[33] 순국한 변수 집안은
劉蒙少傅[34] 소부의 은혜를 입었지
峰尖秋隼[35] 높은 봉우리 가을 매 기상으로
檄翩倚馬 격문 띄우며 말에 의지한 채
忠而死孝 충성하다가 죽음으로 효 이룸에

구절에서 유래함. 『사기』 권81 「염파인상여열전」.

29) 峻稽張拳(준계장권): 화살을 쏘아 많은 적을 사살한 이종인에 비유함. '拳'은 쇠뇌. 한나라 이릉(李陵) 장군은 준계산(峻稽山. 현 키르기스스탄 국경지대)에서 쇠뇌를 일시에 쏘아 선우(單于) 군사를 죽였으나 후속 부대의 지원이 없어 항복하고 말았다. 『태평어람』 권301 「병부」 32; 『사기』 권109 「이장군전」과 권110 「흉노열전」.

30) 翩翩(편편): 새가 가볍게 나는 모양. '翩'은 빨리 날다.

31) 爾忘越人(이망월인): 원수를 한시라도 잊지 않음. 오나라 부차는 복수의 결의를 다지기 위해 섶에 누워 지내면서 출입하는 사람들에게 "부차야, 너는 월나라 놈이 네 아비 죽인 것을 잊었느냐?[夫差志復讐, 朝夕臥薪中, 出入使人呼曰 夫差, **爾忘越人**之殺爾父耶]"라고 외치도록 했다. 『십팔사략』 권1 「춘추전국」.

32) 苫戈縞素(점과호소): '苫戈'는 창을 든 채 거적에서 지냄. '縞素'는 흰 빛깔의 상복.

33) 卞門陽城(변문양성): 변씨 가문의 성양(成陽)인데, 순국해 충효를 떨친 집안을 비유함. '陽城'은 진나라 혜제 때 장사왕(長沙王) 예(乂)에게 죽임을 당한 변수(卞粹)의 봉호를 지칭한 것이므로 '成陽'이 옳은 표기이다. 그의 아들 변곤(卞壼)은 성제 때 소준(蘇峻)이 반란하자 맞서 싸우다가 죽었으며, 손자 진(眕)과 우(盱)는 부친의 죽음을 보고 서로 적진 속으로 나아가 동시에 해를 입고 말았다. 『진서』 권70 「변곤전」.

34) 劉蒙少傅(유몽소부): 죽어서 소부의 은혜를 입음. '劉'는 두루. '少傅'는 삼공의 보좌역, 곧 재부(宰府). 변수의 여섯 형제가 모두 재부(宰府)에 올라 변씨육룡(卞氏六龍)이라는 명성을 얻었음.

35) 峰尖秋隼(봉첨추준): 웅건하고 장대한 기상. 두보, 「위장군가」, 『두소릉시집』 권3, "위 장군의 우뚝한 골격과 활달한 정신은/ 화악의 높은 봉우리에 가을 매를 본 것 같네[魏侯骨聳精爽緊, 華嶽**峯尖**見**秋隼**]".

名振朝野	조정과 재야에 이름 떨쳤도다
右高從厚	위는 고종후

乃祖學圃[36]	그의 조부 학포는
己卯名流	기묘사화 때 명사였네
葵藿傾陽[37]	해바라기가 해를 향해 기울이듯
傳襲箕裘[38]	선조의 유지를 이어받아
仗策蓮幕[39]	막부에서 채찍질하고
奉匭龍灣[40]	용만에서 도리를 받들었지
血指霽雲[41]	손가락 자른 남제운이요
斷頭嚴顔[42]	단두장군 외친 엄안이라
右梁山璹	위는 양산숙

36) 學圃(학포): 양팽손(梁彭孫 1488~1545)의 호. 전라도 능성현 쌍봉리(雙峯里, 현 화순군 이양면 소재) 출생이나 1501년 도곡면 월곡리(月谷里)로 이사함. 송흠(宋欽)의 문인으로 1510년 생원시 장원해 성균관에서 조광조와 교유했고, 6년 뒤 급제해 본격적인 벼슬길에 나아갔다. 1519년 기묘사화에 연루되어 관직이 삭탈되었고, 『학포집』이 있다. 차남이 동래부사 양응태이고, 3남이 진주목사 양응정이다.

37) 葵藿傾陽(규곽경양): 해바라기가 해를 향해 기울이는 성향을 말하는데, 임금을 향한 신하의 일편단심을 비유함. '葵藿'은 해바라기.

38) 箕裘(기구): 키와 가죽옷으로, 선조나 부친의 가업을 비유함. 『예기』 제18 「학기」, "훌륭한 대장장이의 아들은 반드시 가죽옷 만드는 것을 익히고, 훌륭한 궁장의 아들은 반드시 키 만드는 것을 익힌다[良冶之子, 必學爲裘; 良弓之子, 必學爲箕]".

39) 仗策蓮幕(장책연막): 김성일 휘하에서 전공 세운 것을 뜻함. '蓮幕'은 장수의 막부.

40) 奉匭龍灣(봉궤용만): 의주에 파천해 있던 선조에게 달려가 전황을 보고함을 뜻함. '奉匭'는 작은 상자를 받들다. '匭'는 『용감수경』 권1에서 음은 '軌(궤)'이고, 뜻은 '匣(갑)'이라 풀이했다.

41) 血指霽雲(혈지제운): '血指'는 단지(斷指)한 피로, 굳은 맹세를 뜻함. 당나라 남제운(南霽雲)이 장순의 명을 받고 임회태수 하란진명에게 구원병을 요청했으나 그가 장순을 시기하여 병력을 내주지 않자, 차고 있던 칼로 자기 손가락을 자르니 모두 경악하며 눈물을 흘렸다고 한다. 『신당서』 권192 「충의」 〈남제운전〉.

42) 斷頭嚴顔(단두엄안): 죽어도 항복하지 않는 장수의 대명사. 후한 유장(劉璋)의 장수 엄안(嚴顔)이 파촉을 지키다가 장비(張飛)에게 사로잡혀 항복을 권유받고는, "우리 고을에는 머리 잘린 장군이 있을 뿐 항복할 장군은 있지 않다.[我州但有**斷頭將軍**, 無有降將軍也]"라고 한 데서 유래함. 『삼국지』 권36 「촉서」 〈장비전〉.

○ 오횡묵(吳宖默, 1834~1906) 자 성규(聖圭), 호 채원(茝園)

본관 해주. 경기도 영평(永平) 출생. 1860년부터 30여 년 존속한 '칠송정시사(七松亭詩社)'의 중심인물이다. 정선군수(1887), 함안군수(1889~1893), 고성부사(1893~4), 지도군수, 여수군수, 진보군수, 익산군수, 평택군수(1902~6) 등 20년간 지방관을 역임했다. 『채원시초』, 『여재촬요』, 『총쇄록』 등 방대한 저술을 남겼다.
오횡묵은 함안군수 시절인 기축년(1889) 5월 23일 진주 촉석루를 둘러보고 아래의 「삼장사비각찬」을 지었고, 그가 말한 삼장사는 김천일·황진·최경회를 지칭한다. 한국문집총간에서 원문 서비스를 하고 있다.

「三壯士碑閣贊」[1] 〈『총쇄』 책17〉
(삼장사비각찬)

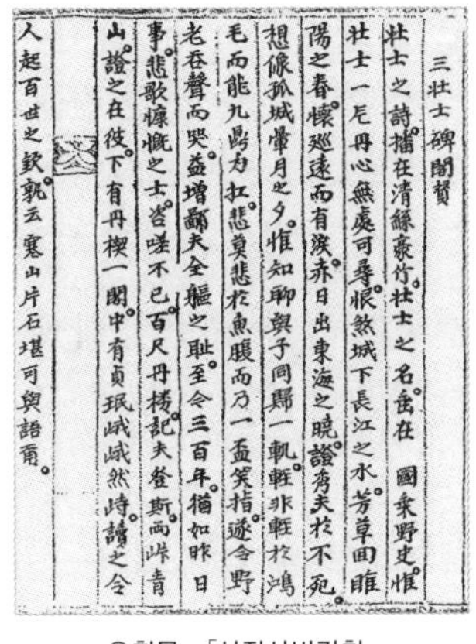
三壯士碑閣賛
壯士之詩。播在清絲豪竹。壯士之名。垂在 國乘野史。惟
壯士一片丹心無處可尋。恨煞城下長江之水。芳草回睢
陽之春。懷巡遠而有淚。赤日出東海之曉。證秀夫於不死。
想像孤城暈月之夕。惟知聊與子同歸一軌。輕非輕於鴻
毛而能九鼎力扛。悲莫悲於魚腹而乃一盃笑指。遂令野
老吞聲而哭。益增鄙夫全軀之恥。至今三百年。猶如昨日
事。悲歌慷慨之士。咨嗟不已。百尺丹樓。記夫登斯而峙青
山。讃之在彼。下有丹楔一閣。中有貞珉峨峨然峙。讃之令
人起百世之欽。孰云寒山片石堪可與語耶。

오횡묵, 「삼장사비각찬」

壯士之詩, 播在淸絲豪竹[2]; 壯士之名, 垂在國乘野史. 惟壯士一片丹心, 無處可尋, 恨煞[3]城下長江之水. 芳草回睢陽之春, 懷巡遠[4]而有淚; 赤日出東海之曉, 證秀夫[5]於不死. 想像孤城暈月之夕, 惟知聊與子同歸一軌[6]. 輕非輕於鴻毛, 而能九鼎力扛[7]; 悲莫悲

---

1) 삼장사 비각의 존재와 관련하여 『함안군총쇄록』 상권〈49b〉에는 다음과 같이 서술되어 있다. "又有三壯士金公千鎰·黃公進·崔公慶會**碑閣**. 城之內有彰烈祠, 卽三壯士腏享之所".

2) 淸絲豪竹(청사호죽): 관현악 곡조를 말함. '淸絲'는 가야금, 거문고 등의 현악기. '豪竹'은 퉁소, 피리 등의 관악기.

3) 恨煞(한살): 한스러워 미칠 지경. '煞(살)'이 빠르다 뜻일 때는 '쇄'로 읽음.

4) 巡遠(순원): 당나라 충신 장순과 허원. 자세한 유래는 부록의 인물편 '장순' 참조.

5) 秀夫(수부): 남송 말기의 충신 육수부(陸秀夫). 1279년 원나라에 저항하다가 최후의 보루였던 애산(厓山, 현 광동성 신회시 남쪽)이 결국 함락되자 가족들을 바다에 몰아넣어 빠져 죽게 한 뒤 자신도 곧 어린 왕을 업고 투신 자결했다. 『송사』 권451 「육수부전」.

6) 一軌(일궤): 같은 길이나 같은 순서를 밟음, 한 가지로 통일함.

7) 九鼎力扛(구정력강): 문장의 기운참이 마치 무거운 솥을 들어 올릴 만함. '九鼎'은 큰 무게가 나가는 솥. 당나라 한유는 장적(張籍)의 시를 칭찬한 「병중증장십팔(病中贈張十八)」(『한창려집』 권5) 시에서, "용무늬 그려진 커다란 솥도/ 필력으로 혼자 들어 올릴 수 있네[龍文百斛**鼎**, 筆**力**獨可**扛**]" 하였다.

於魚腹, 而乃一盃笑指[8]. 遂令野老呑聲[9]而哭, 益增鄙夫全軀[10]之耻. 至今三百年, 猶如昨日事. 悲歌慷慨[11]之士, 咨嗟[12]不已, 百尺丹樓記, 夫登斯兩岸, 青山證之. 在彼下有丹楔一閣[13], 中有貞珉, 峨峨[14]然峙. 讀之, 令人起百世之欽, 孰云 "寒山片石, 堪可與語爾".[15]

번역 장사(壯士)의 시는 관현악에 울려 퍼지고, 장사의 이름은 국사나 야사에 전해진다. 다만 장사의 일편단심은 찾을 길 없고 성 아래의 장강은 너무나도 한스럽다. 방초는 수양(睢陽)의 봄에 회생하여 장순(張巡)과 허원(許遠)이 눈물 흘린 것을 생각하게 하고, 붉은 해가 동해의 새벽에 떠올라 육수부(陸秀夫)가 결코 죽지 않았음을 증명한다.

외로운 성에 달무리 끼었던 저녁을 상상해보니 애오라지 그대들이 같은 길로 함께 돌아갔음을 알겠도다. 가벼움은 홍모보다 가벼운 것이 없지만 곧장 큰 무게의 솥을 필력(筆力)으로 들어 올렸고, 비참함은 어복 신세보다 비참한 것이 없지만 이내 한 잔 들고 웃으며 가리켰지. 마침내 시골 늙은이로 하여금 흐느끼며 울게 하고, 목숨을 보전하려는 비천한 사내들에게는 부끄러움을 한층 보탠다.

---

8) 一盃笑指(일배소지): 「촉석루」 시 제2행의 시어.

9) 呑聲(탄성): 울음을 삼키며 흐느낌. '呑'은 삼키다.

10) 全軀(전구): 몸을 보전함.

11) 悲歌慷慨(비가강개): 슬피 노래하고 분하여 개탄함.

12) 咨嗟(자차): 어떤 일을 슬프게 여겨 한숨을 쉬며 한탄함. '咨'는 탄식하다, 묻다.

13) 丹楔一閣(단설일각): 붉은 문설주의 한 비각, 곧 의기정려각을 말함. '楔'은 문설주.

14) 峨峨(아아): 위엄이 있는 모양, 산이 높고 험한 모양.

15) 훌륭한 비문을 말함. '寒'의 원래 표기는 '韓'임. 양나라 유신(庾信 513~581)이 북방에 사신 갔다가 돌아왔을 때 사람들이 북방의 문장 수준을 묻자, "오직 한릉산의 한 조각돌만 함께 말할 만했고, 설도형과 노사도의 글은 붓을 쥐고 조금 이해할 정도였으며, 나머지는 당나귀 울고 개 짖는 소리가 귀에 떠들썩할 뿐이었다.[惟有**韓**陵**山**一**片石**, **堪共語**; 薛道衡·盧思道, 少解把筆, 自餘驢鳴犬吠聒耳而已]"(『조야첨재』 권6)라고 하였다. 참고로 「韓陵山寺碑」의 비문은 북방의 문사인 온자승(溫子昇)이 지은 것이다. 『예문유취』 권77 수록.

지금에 이르러 삼백 년이 되었으나 오히려 어제의 일과 같다. 비분강개하는 선비들의 탄식이 끊이지 않아 백 척 단청 누각에 기록되어 있으니, 무릇 이곳 양쪽 기슭에 오른다면 청산이 그것을 증명하게 될 것이다.

그 아래에 붉은 문설주의 비각 하나가 있고, 안에는 비석이 당당하게 우뚝 서 있다.[16] 그 비문을 읽으면 사람들에게 백세토록 공경하는 마음을 불러일으키니, 그 누가 "한산의 조각 돌을 함께 말할 만하다."라고 하였는가?

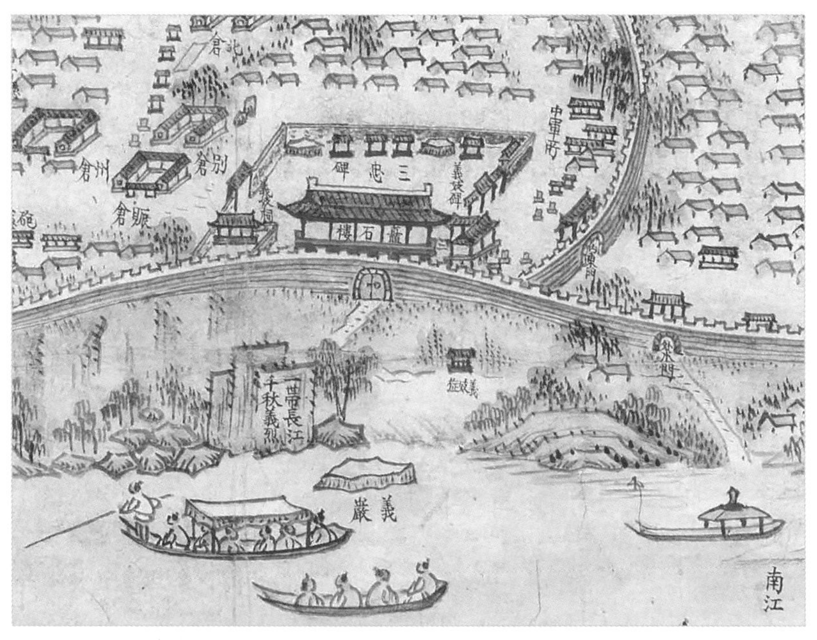

촉석루 북쪽 담장 아래 삼충비(三忠碑)와 의기비(義妓碑)가 나란히 그려져 있다.
〈진주지도〉(규장각, 古軸4709-51) 부분.

---

16) 삼충비는 현전하는 진주성 그림(『진주성도』, 국립진주박물관. 2013)에 모두 그려져 있다. 전라도 유림의 「정영영문」(1822)에 언급되지 않은 점으로 볼 때 삼충비는 1823년 이후에 건립되었고, 일제강점기 때 촉석루 경관을 재배치하면서 철거한 것으로 추정된다. 진주성도의 세부 요소에 대해서는 김준형의 『진주성 이야기』, 알마, 2015 참조.

○ 조장섭(趙章燮, 1857~1934) 자 성여(成汝), 호 위당(韋堂)

본관 옥천(순창). 전남 곡성군 오곡면 오지리 출신. 그는 일찍이 외삼촌인 임리헌 신명희(申命熙)에게서 수학하다가 1884년 송병선과 송병순(1839~1912)의 제자가 되어 성리학의 요점을 체득했다. 왜정을 피해 지리산 등지에 자취를 옮겨 '잠계(潛溪)' 호를 새로 썼고, 존양대의 정신으로 끝까지 절의를 굽히지 않아 사림들에게 '원우완인(元祐完人)'의 큰 선비라는 평을 들었다. 추가 정보는 논개 순국 제영편 참조.

「三壯士辨」〈『위당집』 권5, 54a~55a〉 **(삼장사를 논변함)**

近日得見『巴山趙氏十忠錄』[1], 漁溪[2]公之罔僕[3]獻靖[4]·遯世无悶[5], 可謂夭壽不貳[6]·守死善道[7]之君子也. 其不食之報[8], 宜使子孫繁衍[9], 代有聞人, 增光祖德也. 但其五世孫宗道, 號大笑軒, 行錄中有可恠, 語曰 "時當龍蛇之亂, 與金鶴峰誠一·李公魯, 登矗石樓. 誠一, 吟一絶曰 '矗石樓中三壯士, 一

---

1) 『巴山趙氏十忠錄』: 동와 조휘진(趙輝晉)이 1784년 편집한 문중 실록. '巴山'은 함안의 고호. '十忠'은 어계 조려(1420~1489)를 위시해서 조붕(1534~1598), 조방(1557~1638), 조종도(1537~1597), 조준남(1547~1597)·조계선(1570~1627) 부자, 조신도(1554~1595), 조웅도(1565~1597)·조익도(1575~1647) 형제, 조선도(1580~1640)이다.

2) 漁溪(어계): 성균관 진사로서 단종의 선위를 반대하고 함안으로 낙향해 생육신이 된 조려(趙旅)의 호. 『어계집』이 있다.

3) 罔僕(망복): 의리를 지켜 새 왕조의 신하가 되지 않으려는 곧은 절개. 『서경』「미자」, "은나라가 망하더라도 나는 (남의) 신복이 되지 않으리라.[商其淪喪, 我罔爲臣僕]".

4) 獻靖(헌정): 자신이 처한 상황에서 신하의 도리를 다함. 미자(微子)가 은나라가 장차 망하려 할 때 기자(箕子)·비간(比干)과 문답하는 중에 "각자의 의리를 다하여 사람마다 선왕에게 자신의 뜻을 바칠 것이니, 나는 떠나 운둔할 생각은 없다.[自靖, 人自獻于先王, 我不顧行遯]"라고 했다. 『서경』「미자」.

5) 遯世无悶(둔세무민): 벼슬살이에 연연하지 않음. 『주역』「택풍대과」〈대상전〉, "홀로 서도 두려워하지 않으며 세상을 멀리해도 번민하지 않는다.[獨立不懼, 遯世无悶]".

6) 夭壽不貳(요수불이): 『맹자』「진심」상, "죽고 오래 사는 것에 의심하지 않고 몸을 닦으며 기다리는 것이 명을 세우는 일이다.[夭壽不貳, 修身以俟之, 所以立命也]".

7) 守死善道(수사선도): 『논어』「태백」, "독실하게 믿어 배우기를 좋아하고, 죽음으로 지키면서 도를 수행한다.[篤信好學, 守死善道]". '善'은 닦다.

8) 不食之報(불식지보): 부조(父祖)의 음덕으로 자손이 잘되는 보응.

9) 繁衍(번연): 번성하여 뻗어나감.

盃笑指長江水, 長江之水流滔滔, 波不渴[10]兮魂不死'". 噫, 此乃崔忠毅公慶會, 與倡義使金健齋千鎰·武愍公黃兵使進, 同在危城中所吟者也, 時人莫不以此人爲三壯士. 而誠一自以爲己詩, 而與趙·李兩人, 欲當三壯士之稱, 豈不可笑哉? 夫竊人之財, 猶謂之盜, 況竊人文行以爲己有, 則是果何如人耶? 嘗見『石潭日記』, 有曰 "金誠一, 恠鬼輩"[11]. 今見此錄, 益信之. 今趙公子孫, 乃以此語, 載之於行錄中, 是又何也? 前乎壬辰, 朝廷以黃允吉使日本, 金誠一副之, 偵探其幾微. 允吉, 卽武愍公之堂叔也. 武愍, 時以門子弟, 隨其行. 允吉來言於朝曰 "倭之反形[12]已具, 不可不豫爲之備". 時東人用事[13], 誠一東人也, 恐允吉之說行則西人復得勢. 乃反其論曰 "以吾所見, 則無反形. 若豫備之說出, 則是乃先自疑阻[14]而招禍於隣國也, 可乎". 武愍公, 然乃言曰 "誠一, 可斬也. 吾三人, 同爲目見, 而渠乃反論如此, 甚痛惡"云云. 此輩惟恐其黨之失勢, 不以國事爲念. 當時宰相信用其言, 國勢至於板蕩. 恠鬼輩之稱, 豈不着題[15]耶? 又嘗聞高準峰後孫, 以爲黃兵使中丸死於前日, 而其祖與金·崔兩將, 同死於翌日, 乃以其祖充三壯士之數, 請言於作家. 余聞甚恠之, 嘗一入晉州彰烈祠, 奉審[16]. 則第一金健齋·第二黃武愍·第三崔忠毅·第四張忠毅·第五高準峰·第六柳某[17], 而其餘皆, 配享于別室. 此, 可見當時士論之公正而非後人之所可任意上下者也. 況以局外閒散[18]之人, 欲奪其名乎, 可恠可鄙也已.

---

10) 渴(갈): 원문에는 '알(謁)'로 되어 있어 고쳤다.

11) 율곡 이이(1536~1584)의 『石潭日記』〈1578.10〉에, "아, 김성일은 진실로 괴이한 귀신 같은 무리이다.[嗚呼, 金誠一固是**怪鬼輩**也]"라는 표현이 보인다.

12) 反形(반형): 반역하는 정상.

13) 用事(용사): 정권을 마음대로 함. '用'은 다스리다.

14) 疑阻(의조): 의심하여 멀리함.

15) 着題(착제): =切題(글제). 글이 제목에 들어맞다.

16) 奉審(봉심): 삼가며 살핌, 왕명을 받들어 능이나 사우를 살핌.

17) 柳某(류모): 류복립(柳復立)을 말함. 부록의 용어편 '류복립' 참조.

18) 閒散(한산): 일이 없이 한가하게 지냄.

번역 최근에 『파산조씨십충록』을 얻어보니 어계공(漁溪公)이 곧은 절개로 세상을 멀리하고 벼슬살이에 연연하지 않으면서 수명 장단(長短)에 의혹되지 않고 죽기를 다하여 도를 실천한 군자이다. 조상의 음덕으로 보응을 받아 자손들이 번성하게 하였고, 대대로 이름난 사람이 조상의 덕을 더욱 빛나게 하였다.

다만 그의 5세손 조종도(趙宗道)는 호가 대소헌인데 행적 기록 중에 괴이함이 있다. 말하자면 "당시 용사난 때 학봉 김성일·이로 공(公)과 함께 촉석루에 올랐다. 성일(誠一)이 한 절구를 읊었으니, '矗石樓中三壯士, 一杯笑指長江水, 長江之水流滔滔, 波不渴兮魂不死' 하였다."라는 표현이 있다.

아, 이 시는 충의공 최경회(崔慶會)가 창의사 김건재(金健齋)와 무민공 황병사(黃兵使)가 위급한 성안에 같이 있으면서 읊은 것으로 당시 사람들이 이들을 삼장사(三壯士)로 여기지 않음이 없었다. 그런데도 성일(誠一)이 스스로 자기 시를 지었고, 조(趙)와 이(李) 두 사람을 삼장사의 호칭에 짝하고자 하니 어찌 가소롭지 않은가?

무릇 타인의 재물을 훔치면 도적이라 하는바, 하물며 타인의 문장과 행실을 자기 소유로 삼으니 과연 어떤 사람인가? 일찍이 『석담일기』를 보았더니, "김성일은 괴이한 귀신 같은 무리이다.[金誠一恠鬼輩]"라 하였다. 지금 그 실록을 보니 더욱 믿게 된다. 지금 조공(趙公)의 자손이 곧 그와 같은 말을 실었으니 무슨 일인가?

임진년에 앞서 조정에서는 황윤길(黃允吉)을 일본 사신으로 삼고 김성일(金誠一)은 부사로서 그를 따르게 하여 일본의 기미를 정탐하였다. 윤길(允吉)은 곧 무민공(武愍公)의 당숙이다. 무민은 당시 문중 자제로 사행을 따랐다. 윤길이 와서 조정에 말하기를, "왜가 반역하는 형국이 드러났으니 미리 방비하지 않을 수 없습니다."라 하였다. 그때 동인(東人)이 정권을 잡고 있었고, 성일(誠一)은 동인이라 아마도 윤길(允吉)의 말이 실행되면 서인(西人)이 다시 득세하는 것을 두려워했을 것이다. 이내 그 주장에 반대하여, "내가 본 바로는 반역의 형국은 없었습니다. 미리 방비하는 설이 나가면 먼저 스스로 의심하여 사이를 멀어지게 함으로써 이웃 나라의 화를 초래할 터인데 괜찮겠습니까?"라 하였다. 그러자 무민공(武愍公)이 이내 말하기를, "성일은 칼로 베어야 합니다. 우리 세 사람이 함께 보고 들었는데도 그가 이처럼 반대로 주장하니 몹시 괴롭고 밉습니다."라 하였다.

이러한 무리는 동인의 세력 상실을 두려워하고 나랏일은 염두에 두지 않았다. 당시 재상들이 그의 말을 신용한 탓에 나라 형세가 어지러워졌으니, "괴이한 귀신 같은 무리[恠鬼輩]"라 불렀던 말이 어찌 딱 들어맞지 않는가?

또 일찍이 들었건대 고준봉(高準峰, 고종후)의 후손이 황병사는 탄환에 맞아 전날에 죽었고 그의 조상이 김(金)·최(崔) 두 장수와 더불어 다음날 함께 죽었으니, 그의 조상을 삼장사의 수에 채워 넣으려고 작가에게 한마디 말을 청한다고 한다.

내가 듣고는 몹시 괴이하게 여겨 일찍이 진주 창렬사(彰烈祠)에 한 번 들어가 삼가 살펴보았다. 제1위 김건재·제2위 황무민·제3위 최충의·제4위 장충의·제5위 고봉준·제6위 류 아무개였고, 그 나머지는 모두 별실에 배향되었다. 이는 당시 선비의 중론이 공정하고 뒷사람이 임의로 올렸다 내렸다 하는 것이 잘못임을 보여준다. 게다가 관계없는 위치에서 한가하게 지내는 사람이 그 명성을 탈취하려 드니, 괴이하고 비루할 따름이다.

○ 장지연(張志淵, 1864~1921)

자 순소(舜韶), 호 위암(韋庵)·숭양산인(嵩陽山人)

본관 인동. 상주 내동면 동곽리(東郭里, 현 상주시 동문동) 출생. 1900년 설립된 광문사 편집원으로서 정약용의 저술을 간행했고, 1901년 주필로 있던 『황성신문』의 사장이 되었으며, 1905년 11월 20일 이 신문에 '시일야방성대곡(是日也放聲大哭)'을 게재해 3개월간 투옥되었다. 1908년 러시아·중국을 둘러보았고, 1909년 10월 『경남일보』 주필로 취임했다. 1911년에는 임시로 머물던 진주에 복거(卜居)했고, 1913년 5월 마산으로 이거해 별세할 때까지 살았다.
한편 진주에 거주할 때인 1912년 7월 권도용(1877~1963)을 만나 「진양잡영」 12수를 지어 응수했으며, 이듬해 3월에는 정규석·정규영 등 41명과 함께 진양계를 맺고서 퇴락 일로에 있던 누각과 임진 사적을 수리하는 자금을 모으기도 했다. 『위암문고』를 비롯하여 『조선유교연원』, 『대동시선』 등 여러 저술이 있다.

「矗石樓祭三壯士文」 〈『위암문고』 권6, 256쪽〉 **(촉석루에서 지은 삼장사 제문)**

惟玆晉陽, 嶠南鉅臬[1], 矗石爲壘, 天險之設. 粤在龍蛇, 風雨劇烈, 寰宇震盪, 陸海潰決[2]. 奈此孤城, 外援杜絶, 六萬將士, 慘憺暈月. 猗歟諸公, 盡忠秉節, 一盃指江[3], 滿腔沸血, 有如此水[4], 滔滔不竭. 想像百世, 令人竪髮, 時移事變, 蒼茫往跡. 極目平郊, 雲水俱白. 田夫野老, 拾磨折戟, 猿鶴遺墟, 耕刃耡棘[5]. 不祀忽諸, 輿衷於邑. 每當是月, 鄉人走集. 巋然[6]古樓, 敬酹[7]毅魄. 時有古今, 義無終極. 式陳明薦[8], 神人無斁[9]. 伏惟尊靈, 是鑑是格[10].

---

1) 臬(얼): 말뚝, 기둥.
2) 潰決(궤결): 제방 등이 무너지고 터짐.
3) 一盃指江(일배지강): 「촉석루일절」 제2행의 시어.
4) 有如此水(유여차수): 김성일(1538~1593)의 「촉석루일절」 시주에 나오는 표현.
5) 耕刃耡棘(경인서극): '耕刃'은 쟁기날을 지칭하는 듯함. '耡'는 서(鋤)와 동자. '棘'은 빠르다.
6) 巋然(귀연): 우뚝 높이 선 모양. '巋'는 험준하다, 홀로 우뚝 선 모양.
7) 酹(뢰): 붓다, 강신할 때 술을 땅에 뿌리는 일.
8) 明薦(명천): 정갈한 제수. '明'은 결(潔)의 뜻이다. '薦'은 제물(祭物).
9) 斁(역): 싫어하다.
10) 是鑑是格(시감시격): 살펴보고 내려와서 흠향하기를 바람. '格'은 이르다.

번역 진양(晉陽)은 영남의 큰 기둥이고, 촉석(矗石)의 성채는 천연으로 이루어진 요새입니다. 저 용사년(1593) 때 비바람이 몹시 몰아쳐 온 세상이 흔들려 육지와 해안이 무너지고 터졌습니다. 어찌하랴, 고립된 성에 외부 지원군이 끊겨 육만 장사와 병졸은 달무리 진 성에서 참담하였습니다.

아, 제공(諸公)은 충성을 다하고 절개를 지켰습니다. 한 잔 들고 강을 가리키면서 가슴 가득 피가 솟구쳤고, 이 강물은 지켜보며 도도히 흘러 마르지 않았습니다. 오랜 세월 상상하니 머리털이 곤두섭니다.

시대가 바뀌고 일이 변하여 옛 자취는 아득합니다. 눈길 끝까지 너른 벌판이고 구름과 물이 함께 깨끗합니다. 농부와 촌 노인이 부러진 창을 주워서 갈며, 원학(猿鶴)의 옛터에는 밭 갈고 김매느라 바쁩니다. 사람들은 제사에 소홀함이 없고, 읍에는 수레가 가득합니다.

매년 이달이 되면 고을 사람들이 달려와서 모입니다. 우뚝한 옛 누각에서 굳센 넋께 공경스레 술을 따릅니다. 시대는 고금이 있고, 의로움은 끝이 없습니다. 경건히 정결한 제수를 진설하오니, 신령께서는 싫어하지 마옵소서. 삼가 바라건대 존엄한 영령께서는 부디 살펴보고 내려와 주옵소서.

○ 김황(金榥, 1896~1978) 자 이회(而晦), 호 중재(重齋)

본관 의성. 김황의 인물 정보는 앞에 수록한 삼장사 시 참조. 김황은 1959년 봄 영남 유림 325개 문중을 대표한 심산 김창숙·남고 최항묵·동초 이우익(1890~1982)·평암 이경 등 천여 명 이상이 삼장사추모계를 조직하고 비석 건립을 발의함에 따라 경자년(1960) 여름 아래 기문을 찬술했다. 김성일 연보와 이로의 『용사일기』 등을 언급하여 삼장사 인물 논란을 해소하고자 했다.

「矗石樓中三壯士記實碑」[1)] 〈『중재집』 후집 권19, 22쪽〉

(촉석루 삼장사에 대한 사실을 기록한 비문)

宣祖壬辰五月, 鶴峯金文忠公誠一, 以嶺南招諭使, 來到晉州, 與大笑軒趙忠毅公宗道·松巖李貞義公魯, 同上矗石樓. 時倭亂方棘[2)], 官守皆逃, 軍民不集. 城中寥寥, 江水茫茫,[3)] 擧目山河, 不勝悲惋.[4)] 趙·李二公, 欲執手投江. 鶴峯以爲徒死無益, 死亦非晩, 吾非畏死者,[5)] 儻所否者, 有如此水.[6)] 遂把酒吟詩曰 "矗石樓中三壯士, 一杯笑指長江水, 長江之水流滔滔, 波不渴兮魂不死". 後人由是, 稱矗石樓三壯士. 事在鶴峯年譜·大笑軒行狀·松巖日記, 而

---

1) 『중재집』의 이 비문을 촉석루 앞의 비석과 비교하면 김성일의 촉석루 시 다음부터 내용이 다르다. 즉 비석에는 "순찰사 오숙 공이 시를 새겨 현판으로 내걸어 그 사실을 알도록 했다. 뒷날 사람들이 이로 말미암아 촉석루 삼장사라 부른다. 세 현인의 이력은 각각 문집과 관찬이나 사찬의 여러 역사서에 있다. 지금 다만 이 한 가지 사실을 서술하여 돌에 새긴 뒤 누각 곁에 둠으로써 대중의 시각에 보이고자 한다. 때는 임진왜란 후 369년이다. 김황 지음[巡使吳公翿, 刻詩揭板, 以識其事. 後人由是, 稱矗石樓三壯士. 三賢始終履歷, 各有文集及諸公私史乘. 今只叙此一事, 刻石樓傍, 以示衆觀. 時壬辰後三百六十九年也. 金榥撰]"이라 새겨져 있다.

2) 方棘(방극): 바야흐로 급박해짐. '棘'은 급박하다, 빠르다.

3) 官守皆逃(관수개도)~江水茫茫(강수망망): 이로(1544~1598)의 「연보」(『송암집』 부록)에 나오는 표현을 원용했다. '寥寥(요료)'는 공허한 모양. '官守'는 직책을 맡은 벼슬아치, 곧 임란이 일어나자 지리산으로 도망간 진주목사 이경(李璥)과 판관 김시민(金時敏). '茫茫(망망)'은 넓고 멀어 아득한 모양.

4) 擧目山河(거목산하), 不勝悲惋(불승비완): 김성일(1538~1593)의 「촉석루일절」 시주에 나오는 표현을 원용함.

5) 徒死無益(도사무익)~吾非畏死者(오비외사자): 「촉석루일절」 시주의 원용.

6) 儻所否者(당소부자), 有如此水(유여차수): 『학봉집』 연보와 이로의 『용사일기』 〈18b〉를 원용함. '儻'은 혹시, 만일.

公私史乘·諸名賢撰述, 其有可据. 三賢始終履歷, 今亦不必盡叙. 只記此吟詩一事, 以爲矗石樓中三壯士記實碑, 刻揭樓傍, 以昭衆觀. 時壬辰後三百六十九年也.

庚子 月 日 三壯士追慕稧 立

번역 선조 임진년(1592) 5월 문충공 학봉 김성일(金誠一)은 영남초유사로 진주에 와서 충의공 대소헌 조종도(趙宗道)·정의공 송암 이로(李魯)와 더불어 촉석루에 올랐다. 당시 왜란이 바야흐로 급박해지자 직책 있는 벼슬아치들이 모두 달아나고 군민은 모이지 않았다. 성안은 쓸쓸히 텅 비고 강물은 아득히 흘러 산하를 바라봄에 슬픔을 가눌 길이 없었다.

조(趙)·이(李) 두 공이 손을 잡고 강에 투신하려고 하였다. 학봉(鶴峯)은 헛된 죽음은 실익이 없을뿐더러 죽음 또한 늦지 않다고 생각하였으며, 자신은 죽음을 두려워하지 않는데 혹시 그렇게 하지 않는다면 이 강물이 지켜볼 것이라 하였다. 드디어 술잔을 잡고 시를 읊조리길, "촉석루 누각 위의 세 장사/ 한 잔 들고 웃으며 장강 물을 가리키네/ 장강 물은 넘실넘실 흐르나니/ 물결 마르지 않는 한 넋은 죽지 않으리[矗石樓中三壯士, 一盃笑指長江水, 長江之水流滔滔, 波不渴兮魂不死]" 하였다.

뒷날 사람들은 이로 말미암아 '촉석루삼장사(矗石樓三壯士)'라 불렀다. 사적은 학봉 연보(年譜)·대소헌 행장(行狀)·송암 일기(日記)에 실려 있고, 관찬이나 사찬의 역사 기록과 여러 저명한 선비들의 찬술로써 증명할 수 있다.

세 현인(賢人)의 시종 이력은 지금에 또한 반드시 다 서술할 필요가 없다. 다만 그때 읊은 시(詩) 한 가지 사실을 기록하여 '촉석루중삼장사기실비'로 삼아 누각 곁에 새겨 게시함으로써 대중의 시각을 밝게 하고자 한다. 때는 임진왜란 후 369년이다.

경자(1960) 월 일 삼장사추모계에서 세움[7]

---

7) 현재 비석 좌측에는 김황의 한문 비문을, 뒷면과 우측에 아천 최재호(崔載浩, 1917~1988)의 한글풀이를 운전 허민(許珉, 1911~1967)의 글씨로 새겼다. 그리고 비석 앞면 우측에 작은 글씨로 문집처럼 삼장사추모계에서 경자년(庚子年)에 세운 것이라 파놓았지만, 실은 1960년이 아닌 1963년 2월(음)에 세운 것이다. 이는 해묵은 삼장사 분쟁 탓에 국사편찬위원회의 유권 해석과 경남도지사의 허가를 받기까지 3년간 세월이 소요되었기 때문이다.

남강 절벽 바위 글씨

○ 한유(韓愉, 1868~1911) 자 희녕(希甯), 호 우산(愚山)

산청군 단성면 백곡리(栢谷里) 출생. 한택동의 장남으로 조은 한몽삼(1589~1662)의 11세손이다. 추가 정보는 한유의 「암상녀」 시와 부록의 인물편 '한몽삼' 참조. 아랫글은 본문에도 나오듯이 무술년(1898) 3월 초순에 지었다.

「書一帶長江千秋義烈八大字後」〈『우산집』 권12, 40b~41b〉

(一帶長江千秋義烈 여덟 자의 큰 글씨에 대한 후기)

右八大字, 世傳吾先祖適巖[1]先生手筆, 然無文獻可考. 且其下方書'崇禎三丙戌', 則是爲我英宗四十二年也. 先生易簀[2]在崇禎四十五年[3]·我顯宗三年壬寅, 則歲之相後爲一百四年也. 然則世之所傳者, 謬歟? 抑[4]先生寫之於當日, 而後人之刻在崇禎三甲歟? 且其崇禎三丙戌[5]五字, 筆力萎弱, 字體粗俗, 與前八字不類, 豈果後人之添足歟? 成浮査汝信, 嘗論先生之筆, 謂之效

---

1) 適巖(적암): 한몽삼(韓夢參)의 호. 그는 필법이 기이하고 굳세어서 해서와 초서가 모두 오묘한 경지에 들었다. 당시 비석이나 현판의 글씨를 부탁하는 사람이 있으면 힘껏 부응했다고 한다. 하진규·이준규 역, 『국역 조은집』(부 『조은한선생사우록』 권1, 253쪽). 자세한 인물 정보는 부록의 인물편 참조.

2) 易簀(역책): 대자리를 바꾸다. 곧 현자의 죽음을 비유함. '簀'은 대자리.

3) 숭정(崇禎) 45년은 임자년(1672)이다. 한몽삼의 몰년이 현종 3년 임인년(1662)이므로 '숭정 35년'이라 고쳐 번역에 반영했다.

4) 抑(억): 생각건대, 아마도, 혹시.

5) 숭정 3병술은 융희 31년, 곧 영조 42년(1766)이다.

書一帶長江千秋義烈八大字後
右八大字世傳吾先祖適巖先生手筆然無文獻可
考且其下方書 崇禎三丙戌則是爲我 英宗四
十二年也先生易簀在 崇禎四十五年我 顯宗
三年壬寅則歲之相後爲一百四年也然則世之所
傳者謬歟抑先生寫之於當日而後人之刻在 崇
禎三甲歟且其 崇禎三丙戌五字筆力萎弱字體
粗俗與前八字不類豈果後人之添足歟成浮査汝
信嘗論先生之筆謂之效晉則此八字亦似晉法而
先生嘗寫金上洛時敏全城却賊之碑今刻在矗石
樓前字體大小雖與此不同其典型模範大率相符
世之相傳豈全無稽耶且其溫厚典雅之氣慷慨激
烈之像隱然自見於點畫偏側之間直與長江萬里
忠臣之氣千秋與之終始則是豈墨客筆人之所彷
彿而先生平日氣像與之相似其爲先生心畫斷可
識矣嗚乎其果然歟八字刻在矗石城下懸崖之間
藍江東流至崖下滙爲不測深潭癸巳城陷金公千
愚山文集卷之十二 跋 四十二
鎰崔公慶會黃公進與六萬餘人同死之潭中有石
峭起有妓論介者凝粧靚服立乎其上倭酋悅而狎
之介抱之入水後人名其石曰義巖所謂一帶長江
千秋義烈者此也 崇禎五戊戌三月上澣先生十
一世孫愉謹模其刻藏于家因敢識其左如右

한유, 「서일대장강천추의열팔대자후」, 『우산집』 권12

晉,6) 則此八字, 亦似晉法7). 而先生嘗寫金上洛8)時敏全城却賊之碑, 今刻在矗石樓前. 字體大小, 雖與此不同, 其典型模範, 大率相符. 世之相傳, 豈全無稽耶? 且其溫厚典雅之氣·慷慨激烈之像, 隱然自見於點畫偏側9)之間. 直與長江萬里, 忠臣之氣, 千秋與之終始, 則是豈墨客筆人之所彷彿? 而先生平日氣像, 與之相似, 其爲先生心畫10), 斷可識矣. 嗚乎, 其果然歟! 八字, 刻在矗石城下懸崖11)之間. 藍江東流, 至崖下滙, 爲不測深潭. 癸巳城陷, 金公千鎰·

---

6) 성여신(1546~1632)은 「여조주부서(與曹主簿書)」(『부사집』 권3)에서, "한(몽인)의 경우 획은 진나라를 본받았으되 뼈대가 강건하지 않다. 위판을 개제하기에 앞서 한공(韓公)으로 하여금 종이 위에 예습하게 한다면 필획의 연약함과 자체의 촌스러움은 사람들의 눈에 덜 뜨일 것이다.[韓, 畫雖效晉, 而骨未遒勁. 前於位版改題時, 使韓公預習紙上, 則筆畫軟弱·字體粗俗, 不滿人目]" 하였다.

7) 晉法(진법): 동진(東晉)의 왕희지 필법(筆法). 굳세고 방정함이 특징임.

8) 上洛(상락): 김시민이 받은 봉호.

9) 偏側(편측): 글씨가 한쪽으로 치우쳐 보이는 것.

10) 心畫(심화): 글씨를 말함. 한나라 양웅은 "말은 마음의 소리요, 글씨는 마음의 그림이다. 따라서 소리와 그림으로 사람이 군자인지 소인인지 알 수가 있다.[言心聲也, 書心畫也. 聲畫形, 君子小人見矣]" 하였다. 『법언』 권5 「문신」.

11) 懸崖(현애): 깎아지른 절벽, 낭떠러지. '懸'은 매달다, 늘어지다.

崔公慶會·黃公進, 與六萬餘人, 同死之. 潭中有石峭起. 有妓論介者, 凝粧靚服, 立乎其上. 倭酋悅而狎之, 介抱之入水. 後人名其石曰義巖, 所謂'一帶長江千秋義烈'者, 此也.

崇禎五戊戌三月上澣, 先生十一世孫愉, 謹模其刻, 藏于家, 因敢識其左如右.

번역 이 팔대자(八大字)는 세상에서 우리 선조 적암(適巖) 선생이 쓴 글씨라 전하지만, 문헌이 없어 상고할 수 없다. 또 그 아래 나란히 쓴 '숭정삼병술(崇禎三丙戌)'은 우리 영조 42년(1766)에 해당한다. 선생이 숭정(崇禎) 35년, 즉 우리 현종 3년 임인년(1662)에 세상을 떠나 시대가 서로 떨어진 지 104년이다. 그렇다고 해서 세상에 전하는 사실이 오류일까?

짐작하건대 선생(先生)이 당시 글씨를 썼고, 뒷사람이 숭정(崇禎) 기원후 세 번째 주갑(周甲)에 새긴 것은 아닌지? 또 그 '崇禎三丙戌' 다섯 글자는 필력이 쇠약하고 서체가 거칠고 조잡하여 앞의 여덟 자와 더불어 같은 부류가 아니거늘, 어찌 과감하게도 뒷사람이 쓸데없이 덧붙였나?

부사(浮査) 성여신(成汝信)은 일찍이 선생(先生)의 글씨를 논하면서 "진나라를 본받았다."고 하였는데, 이 여덟 자는 또한 진나라 필법과 흡사하다. 선생은 일찍이 상락공 김시민의 전성각적비(全城却賊碑)를 썼는데, 지금 촉석루 앞에 새겨져 있다. 글자 서체의 대소가 이것과 동일하지 않더라도 그 전형과 모범은 대체로 서로 일치한다.

세상에서 서로 전함에 어찌 완전히 근거가 없겠는가? 그 온후하고 전아한 기상과 강개하고 격렬한 형상은 점획과 편측(偏側)의 사이에 은연히 절로 드러난다. 곧바로 장강(長江) 만 리와 더불어 충신의 기상이 천추에 시종 함께 하니, 이 어찌 시인과 서예가가 비슷한 바가 아니랴? 선생의 평소 기상은 글씨와 서로 흡사하니, 역시 선생의 글씨임을 단연코 알 수 있다. 아아, 과연 그럴진저! 여덟 자는 촉석성(矗石城) 아래의 깎아지른 절벽 사이에 새겨져 있다.

남강(南江)이 동으로 흘러가다 절벽 아래로 모여들어 측량할 수 없는 깊은 못을 이룬다. 계사년(1593)에 성이 함락되자 김천일(金千鎰) 공·최경회(崔慶會) 공·황진(黃進) 공이 6만여 사람들과 같이 죽었다. 깊은 못 속에 바위가 우뚝 솟아 있었다. 기녀 논개(論介)가 화장을 곱게 하고 옷을 단장하여 바위 위에 서 있었다. 왜놈 두목이 기뻐하며 가까이하자, 논개가 그를 껴안고 물속에 잠겼다.

뒷사람이 그 바위를 명명하여 '의암(義巖)'이라 하였는데, 이른바 '일대장강 천추의열(一帶長江千秋義烈)'은 이를 두고 말한 것이다.

숭정5 무술년(1898) 3월 상한, 선생의 11세손 유(愉)가 새겨진 글씨를 삼가 본떠 집에 소장하면서 그 왼쪽에 위와 같이 감히 쓴다.

'일대장강 천추의열' 왼쪽에 '崇禎三丙戌' 다섯 글자가 새겨져 있다. ©2013.11.4

제4부 읍지류에 저장된 논개·최경회

1. 『진양지(晉陽誌)』

『진양지』(서울대 규장각, 古4790-17)는 최초의 진주 읍지로 성여신(1546~1632)이 하증·하협·조겸·박민과 함께 1632년경 편찬 완료했다. 단묘조에 〈창렬사〉 기사를 등재했으나 『어우야담』에 실린 논개 사화(史話)나 의암은 기록화되지 않았다. 충민사는 1652년 창건되었다.

彰烈祠, 在內城城隍堂西. 癸巳年城陷時, 倡義使金千鎰·忠淸兵使黃璡[1]·慶尙兵使崔慶會等皆死, 築壇墠[2], 每於六月二十九日, 自官祭之, 是陷城日也, 號旌忠壇. 其後巡察使鄭賜湖, 立祠宇, 上外設三壇, 使之春秋虔祀. 乃啓請賜額, 改號彰烈祠.[3] _『진양지』 권1 「단묘」

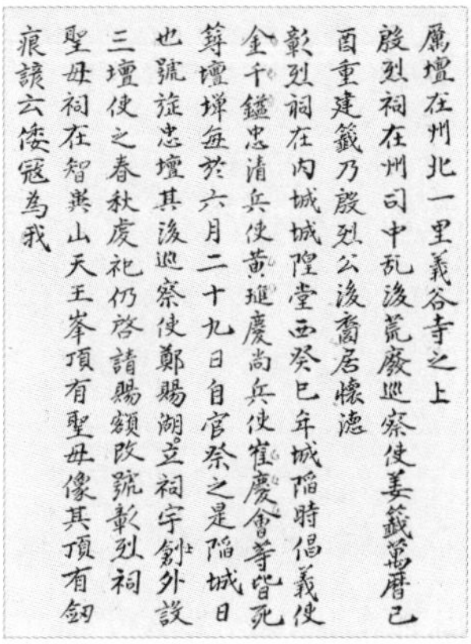
厲壇在州北一里義谷寺之上
殷烈祠在州司中亂後荒廢巡察使姜籤萬曆己
酉重建籤乃殷烈公後裔居懷德
彰烈祠在內城城隍堂西癸巳年城陷時倡義使
金千鎰忠淸兵使黃璡慶尙兵使崔慶會等皆死
築壇墠每於六月二十九日自官祭之是陷城日
也號旌忠壇其後巡察使鄭賜湖立祠宇創外設
三壇使之春秋虔祀仍啓請賜額改號彰烈祠
聖母祠在智異山天王峯頂有聖母像其頂有劒
痕諺云倭寇為我

『진양지』 권1 〈단묘〉

번역 **창렬사(彰烈祠)**. 내성의 성황당 서쪽에 있다. 계사년(1593) 성 함락 때 창의사 김천일, 충청병사 황진, 경상병사 최경회가 모두 죽어 제단을 쌓았다. 매년 6월 29일에 관에서 제사를 지내는데, 성이 함락된 날이고, 제단 이름은 정충단(旌忠壇)이다.

뒤에 순찰사 정사호(鄭賜湖)가 사우를 건립하였고, (사우) 위쪽 밖에는 삼단(三壇)을 설치하여 춘추로 제사를 정성스럽게 지내게 하였다. 이내 사액을 계청하여 창렬사(彰烈祠)로 명칭을 고쳤다.

---

1) 璡(진): 진(進)의 오기.

2) 壇墠(단선): 제단. '墠'은 제터.

3) 본서에 수록한 정사호(1553~1616)의 「청진주창렬사액계」 참조.

2. 『여지도서(輿地圖書)』

『여지도서』(국사편찬위원회 영인, 탐구당, 1973)는 홍문관에서 주도하여 1757부터 1765년 사이 전국에서 편찬된 각 읍지를 모아 엮은 것이다. 전체 55책 중 경상도 진주목은 38책에, 전라도 화순현은 51책에 각각 실려 있다. 이중 화순현의 '최경회'는 『호남읍지』(고려대 해외한국학자료센터, 韓14-52)에 그대로 재수록되었다.

[진주목]

① **義妓論介**. 癸巳城陷, 論介引倭酋於巖上, 抱而投江. 景宗朝, 處士鄭栻慨其泯沒, 倡論于兵使崔鎭漢. 狀聞, 立碑義巖上, 以旌. __『여지도서』「경상도」〈진주목〉'충신'

② **義巖**. 在矗石樓下. 壬辰倭亂, 一妓有姿色, 倭見而悅之. 妓走立巖上, 賊追執之. 妓曰 "率汝將來, 吾當從之". 賊果來, 欲汚之, 妓抱賊將, 投水而死.

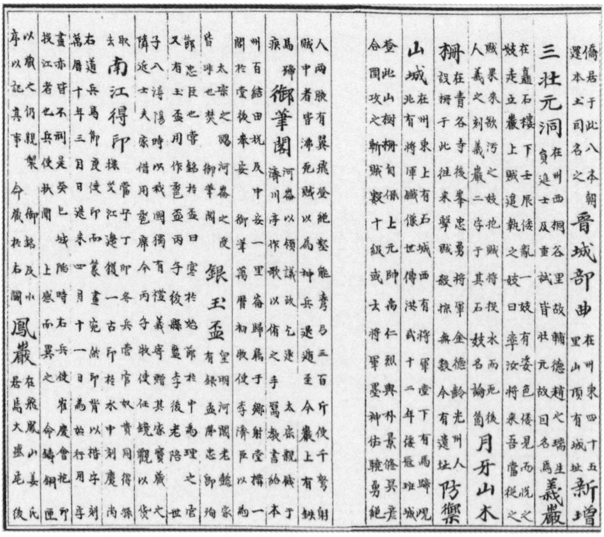

『여지도서』「진주목」〈의암〉, 〈남강득인〉

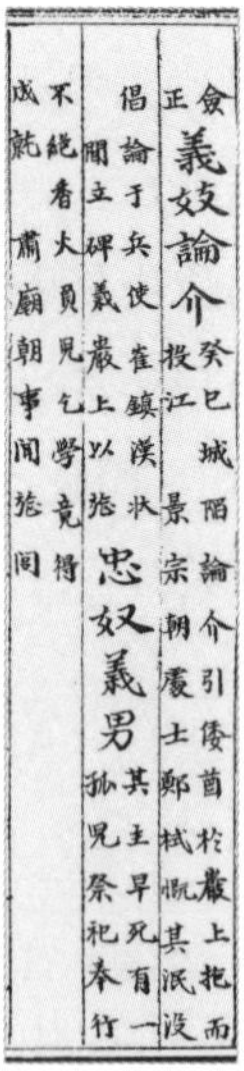

僉正 義妓論介 癸巳城陷論介引倭酋於巖上抱而投江 景宗朝處士鄭栻慨其泯沒倡論于兵使崔鎭漢狀聞立碑義巖上以旌

忠奴義男 其主早死有一孤兒祭祀奉行不絶香火負兒乞學竟得成就 肅廟朝事聞旌閭

〈의기 논개〉

後人義之, 刻義巖二字于其石. 妓名, 論箇. __『여지도서』「경상도」〈진주목〉 ‘고적’

③ **彰烈祠**. 在矗石城中. 萬曆癸巳, 倡義使金千鎰·忠淸兵使黃進·慶尙兵使崔慶會等, 守城禦倭, 城陷力戰而死, 立祠祀之. 宣廟萬曆丁未, 賜額. 同時戰亡將士, 復讐將高從厚·敵愾義兵將李潛·金海府使李宗仁·贈參議金象乾·贈承旨梁山璹·右兵虞候成穎達·奮義義兵將姜熙悅·巨濟縣令金俊民·泗川縣監張潤·鎭海縣監曺慶亨·僉正尹思復·判官崔琦弼·義兵將兪晗·生員李郁·學生李仁民·義兵將姜熙復·守門將張胤賢·義兵將孫承善·主簿鄭惟敬·守門將金太白·判官朴承男·宣務郞梁濟·學生河繼先·學生朴安道·學生崔彦亮, 東西廡配享. 肅廟壬寅, 兵使崔鎭漢啓達, 重修改正位次. 當宁己卯, 遣禮官致祭. 癸亥追贈. __『여지도서』「경상도」〈진주목〉 ‘단묘’

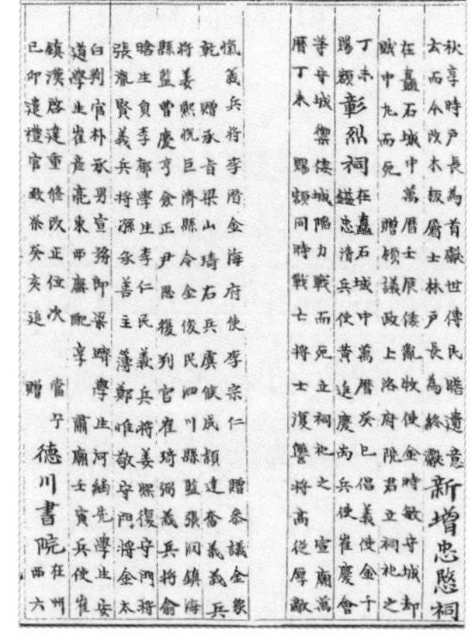
新增忠愍祠

彰烈祠 在矗石城中萬曆癸巳倡義使金千鎰忠淸兵使黃進慶尙兵使崔慶會等守城禦倭城陷力戰而死立祠祀之宣廟萬曆丁未賜額同時戰亡將士復讐將高從厚敵愾義兵將李潛金海府使李宗仁贈參議金象乾贈承旨梁山璹右兵虞候成穎達奮義義兵將姜熙悅巨濟縣令金俊民泗川縣監張潤鎭海縣監曺慶亨僉正尹思復判官崔琦弼義兵將兪晗生員李郁學生李仁民義兵將姜熙復守門將張胤賢義兵將孫承善主簿鄭惟敬守門將金太白判官朴承男宣務郞梁濟學生河繼先學生朴安道學生崔彦亮東西廡配享肅廟壬寅兵使崔鎭漢啓達重修改正位次當宁己卯遣禮官致祭癸亥追贈

德川書院

『여지도서』「진주목」〈충민사 창렬사〉

④ **南江得印**. 當宁丁卯冬, 兵營官奴貴同·得孫, 採艾江邊, 獲一古印於水中, 刻慶尙右道兵馬節度使印, 而篆畫宛然. 印背以楷字刻萬曆十年三月日造, 來四月十一日爲始行用, 字畫亦皆不刓[1]. 是癸巳城陷時, 右兵使崔慶會抱印投江者也. 兵使狀聞, 上感而異之, 命鑄銅匣以藏之. 仍親製御銘及小序, 以記其事, 命藏於右閫[2]. __『여지도서』「경상도」〈진주목〉 ‘고적’

번역 ① **의기 논개(義妓論介)**. 계사년(1593) 성이 함락되자, 논개(論介)가 왜놈 두목을 바위 위로 유인하여 안고서 강에 몸을 던졌다.

---

1) 刓(완): 깎다, 닳아 없어지다.

2) 右閫(우곤): 우병영. 신명구(1666~1742)의 「정충단사우중수비명」 참조.

경종 시대에 처사 정식(鄭栻)이 그 자취가 아주 없어지게 됨을 개탄하여 병사 최진한(崔鎭漢)에게 논의를 창도하였다. 임금에게 장계를 올려 비석을 위암(義巖) 위에 세우고 정려하였다.[3]

② **의암(義巖)**. 촉석루(矗石樓) 아래에 있다. 임진왜란 때 한 기녀는 용모가 아름다웠는데, 왜(倭)가 그녀를 보고 기뻐하였다. 기녀가 달려가 바위 위에 섰더니, 적이 쫓아와 잡으려 하였다. 기녀가 말하기를 "너의 장수를 데리고 오면 내가 마땅히 따르겠다." 하였다. 적이 과연 와서 더럽히려 하자, 기녀는 적장(賊將)을 안고 물에 몸을 던져 죽었다.

뒷사람이 그것을 의롭게 여겨 그 바위에 '의암(義巖)' 두 자를 새겼다. 기녀 이름은 논개(論箇)이다.

③ **창렬사(彰烈祠)**. 촉석성(矗石城) 안에 있다. 만력 계사년(1593) 때 창의사 김천일(金千鎰)·충청병사 황진(黃進)·경상병사 최경회(崔慶會) 등이 성을 지키며 왜적을 방어하였는데, 성이 무너질 무렵 힘껏 싸우다가 죽었기에 사당을 세워 제사한다. 선조 만력 정미년(1607)에 사액을 받았다.

같은 때 전사한 장사(將士)는 복수장 고종후(高從厚)·적개의병장 이잠(李潛)·김해부사 이종인(李宗仁)·증참의 김상건(金象乾)·증승지 양산숙(梁山璹)·우우후 성영달(成穎達)·분의의병장 강희열(姜熙悅)·거제현령 김준민(金俊民)·사천현감 장윤(張潤)·진해현감 조경형(曺慶亨)·첨정 윤사복(尹思復)·판관 최기필(崔琦弼)·의병장 유함(兪晗)·생원 이욱(李郁)·학생 이인민(李仁民)·의병장 강희복(姜熙復)·수문장 장윤현(張胤賢)·의병장 손승선(孫承善)·주부 정유경(鄭惟敬)·수문장 김태백(金太白)·판관 박승남(朴承男)·선무랑 양제(梁濟)·학생 하계선(河繼先)·학생 박안도(朴安道)·학생 최언량

---

3) 실은 촉석루 경내에 의암사적비를 세우고 난 뒤 의기 정표가 내려짐에 따라 의암 위에 정려각을 세웠다. 정려각을 세울 당시 의암사적비를 이건함으로써 현재의 모습과 같이 된 것으로 보인다. 분명한 사실은 정려각이 비석 보호각이 아니라는 점이다.

(崔彦亮)이 동무(東廡)와 서무(西廡)에 배향되었다.

숙종 임인년(1722) 병사 최진한(崔鎭漢)이 임금에게 아뢰어 중수하고, 위패의 차례를 개정하였다.

당저(當宁, 영조) 기묘년(1759)에 예관을 파견하여 제사를 지냈다. 계해년(1743)에 추증하였다.

④ **남강 득인(南江得印)**. 당저(當宁, 영조) 정묘년(1747) 겨울에 병영의 관노(官奴) 귀동(貴同)과 득손(得孫)이 강가에서 쑥을 캐다가 물속에서 옛 인장 하나를 얻었는데, '경상우도병마절도사 인(慶尙右道兵馬節度使印)'이라는 전서체 글씨가 또렷하였다. 인장 뒤에는 해서체로 새겨진 '만력 10년 3월 일 제조, 오는 4월 11일부터 상용 시행(萬曆十年三月日造, 來四月十一日爲始行用)'이라는 자획 역시 모두 닳아 없어지지 않았다. 이는 계사년(1593) 성이 무너질 당시 우병사 최경회(崔慶會)가 인장을 안고 강에 몸을 던질 때의 그것이었다.

병사가 장계를 올리니, 임금이 감격해하고 기이하게 여기면서 구리 인갑(印匣)을 주조해서 소장하라는 지시를 내렸다. 그러고는 친히 명(銘)과 소서(小序)를 지었는데, 그 사실을 기록해서 우병영에 보관하라고 지시하였다.

[화순현]

崔慶會. 贈領議政天符子. 明廟辛酉, 俱中司馬. 丁卯登第, 歷典郡府. 壬辰亂, 以前府使居憂[4], 爲一道士友所推, 且承二兄慶雲[5]·慶長勸勉之意, 墨衰[6]從戎, 爲義兵大將. 追逐錦·茂之賊, 以挫開寧之鋒. 宣廟傳敎曰 "嶺南右

---

4) 居憂(거우): 상중(喪中)에 있음. 1590년 12월 모친 임씨(林氏)가 별세했다.

5) 慶雲(경운, 1525~1597): 자 선장(善章), 호 삼천(三川). 최경회의 백형. 모친 상중임에도 두 동생과 함께 창의했고, 정유재란 때 화순의 오성산성에서 전사했다.

『여지도서』「화순현」〈최경회〉

界·湖南一道, 迄今保全, 莫非此人之功", 特拜慶尙右兵使. 及晉州之圍, 抗戰九晝夜, 矢盡力竭, 外援不至. 遂登城南樓, 口占一絕曰 "矗城樓中三壯士, 一盃笑指長江水, 長江之水流滔滔, 波不渴兮魂不死". 與倡義使金千鎰·復讐將高從厚, 北向四拜, 相率投江. 唐將吳宗道祭曰 "崔公尤爲倭奴所忌憚"云. 宣廟下教曰 "天將稱美, 倭奴忌憚, 可謂名動三國". 遂贈吏曹判書, 遣官致祭, 旌表門閭. 仁廟朝加贈左贊成, 額其祠曰褒忠. 旌門·祠宇, 皆在綾州, 晩年卜居之地. 茂朱之戰, 射殺一賊將, 奪取尺八偃月刀·〈青山白雲圖〉. 圖則恭愍王所畫, 而安平大君題, 牧隱李穡詩於其上, 三絕俱備. 刀則倭中雌雄劍之一, 而淸熒奪精, 金粧鐐餙[7]. 殉節時, 付侄子弘宇, 傳其兄慶長曰 "我死之後, 兄當繼起, 以此爲識". 當宁丙寅, 晉州人得節度古印於南江, 卽慶會殉節時所抱而沈者也. 兵使進啓封進, 上親製古印銘序以寵之. 命鑄銅匣, 匣上刻銘序, 以銀塡字. 命於晉州舊鎭, 作印閣[8]藏之, 遣官致祭彰烈祠. 領相金在魯筵啓, 賜諡忠毅公.[9] _『여지도서』「전라도」〈화순현〉'인물'

---

6) 墨衰(묵최): 모친상의 담제 뒤에 입은 상복.

7) 鐐餙(요희): 은으로 꾸밈. '鐐(료)'는 은(銀). '餙'는 '飾(식)'의 속자.

8) 印閣(인각): 인장을 보관하는 집.

9) 이 글은 권적(1675~1755)의 「경상우병사증좌찬성최공청시행장」을 요약한 것이고, 실제 시호 하사는 1753년에 이루어졌다. 본서 제3부 제2장 참조.

번역 **최경회(崔慶會)**. 영의정에 추증된 천부(天符)의 아들이다. 명종 신유년(1561)에 사마시에 합격하였고, 정묘년(1567)에 급제하여 군부(郡府)를 두루 맡았다. 임진란 때 전(前) 부사로서 상중에 있었는데 온 도내 사우(士友)들의 추대를 받았다. 또 두 형 경운(慶雲)과 경장(慶長)이 권면하는 뜻을 이어받아 상중에 종군하여 의병 대장이 되었다. 금산과 무주의 적을 추격하여 물리침으로써 개령의 예봉을 꺾었다.

선조(宣祖)가 전교하기를 "영남 우도와 호남 전 지역이 지금까지 보전된 것은 이 사람의 공이 아님이 없다." 하고는 특별히 경상우병사를 제수하였다.

진주가 포위되자 아흐레 밤낮으로 항전하였는데, 화살이 바닥나고 힘은 다하였으나 외부의 구원병은 도착하지 않았다. 마침내 성 남루(南樓)에 올라가 즉석에서 시 한 수를 읊기를, "촉성루 안의 삼장사/ 한 잔 들고 웃으며 장강 물을 가리키네/ 장강 물은 넘실넘실 흐르나니/ 물결 마르지 않는 한 넋은 죽지 않으리[矗石樓中三壯士, 一盃笑指長江水, 長江之水流滔滔, 波不渴兮魂不死]"라 하였는데, 창의사 김천일(金千鎰)·복수장 고종후(高從厚)와 더불어 북향 사배하고는 서로 이끌고 강에 몸을 던졌다.

명나라 장수 오종도(吳宗道)가 치제하면서 말하기를, "최공은 왜노들이 몹시 두려워하였습니다."라고 하였다. 선조(宣祖)가 하교하기를, "명나라 장수가 훌륭함을 칭송하였고 왜노들이 두려워하였으니, 명성이 세 나라에 울린다." 하였다. 드디어 이조판서(吏曹判書)를 추증하고, 예관을 파견하여 제사를 지냈으며, 정려문을 세웠다. 인조(仁祖) 때 좌찬성(左贊成)을 더하여 추서하였고, 사당 편액을 '포충(褒忠)'이라 하였다. 정려문과 사우가 모두 능주(현 화순)에 있으니, 만년에 복거(卜居)한 곳이다.

(공은) 무주전투에서 한 적장을 사살하여 1자 8치의 언월도(偃月刀)와 〈청산백운도〉를 빼앗았다. 그림은 공민왕이 그렸고, 안평대군이 화제를 썼으며, 목은 이색의 시가 그 위에 적혀 있었다. 칼은 왜가 갖고 있던 자웅 검(劍) 중의 하나인데, 맑은 칼날 빛은 정신을 앗아갈 듯하고 금은으로 장식하였다. 순절할 당시 조카 홍우(弘宇)에게 주어 친형 경장(慶長)에게 전하게 하면서

말하기를, “내가 죽고 난 뒤에 형님은 마땅히 뒤를 이을 것이니, 이것을 표지로 삼고자 한다.” 하였다.

당저(當宁, 영조) 병인년(1746)에 진주 사람이 절도사의 옛 인장을 남강에서 얻었는데, 바로 경회(慶會)가 순절할 당시 안고 함께 물에 빠진 것이었다. 병사가 장계를 올리며 밀봉해서 바치니, 임금이 친히 고인(古印)의 명(銘)과 서문을 지어 각별히 사랑하였다. 구리 인갑(印匣) 주조를 명하고 인갑 위에 인명과 서문을 새기되, 은으로 글자를 채워 넣게 하였다. 진주의 옛 진영에 인각(印閣)을 지어 보관하도록 명하고, 제관을 파견해 창렬사에 제사를 지내게 하였다.

영의정 김재로(金在魯)가 경연에서 아뢰니 충의공(忠毅公) 시호를 내렸다.

---

3. 『경상도읍지(慶尙道邑誌)』

1832년 편찬된 『경상도읍지』(서울대 규장각, 奎666) 중 책4가 『진주목읍지(晉州牧邑誌)』이다. ① 〈의기논개〉는 『여지도서』의 기록과 정식의 「의암사적비명」을 합친 것이다. ② 〈의암〉은 『여지도서』의 기록과 대비해보면 논개 이름을 ‘箇’에서 ‘介’로 바꾸었을 뿐 모두 동일하다. ③ 〈창렬사〉는 『여지도서』와 내용이 같되 ‘當宁’가 ‘英廟’로 바뀌었다. ④ 〈남강득인〉은 『여지도서』와 같되 ‘當宁’가 ‘今上’으로 대체되었다.

[진주목읍지]

① **義妓論介**. 癸巳城陷, 論介引倭酋, 卽抱而投江. 景宗朝, 處士鄭栻慨其泯沒, 倡論于兵使崔鎭漢. 狀聞, 立碑義巖上以旌. 鄭明菴栻撰, “柳於于夢寅『野談』曰 ‘論介者, 晋州官妓也. 當萬曆癸巳之歲, 金千鎰倡義之師, 入據晋州以抗賊. 及城陷, 軍散, 人民俱死. 論介凝粧靚服, 立于矗石樓下·峭岩之前[1]. 其下萬丈, 直入江心. 羣倭見而悅之, 莫[2]敢近. 獨一倭挺然直進, 論介笑而迎之.

倭將以誘而引之, 論介遂抱持其倭, 直投于江[3], 俱死. 壬辰之亂, 官妓之遇倭, 不見辱而死者, 不可勝記. 非止一論介, 而多失其名. 彼官妓皆淫娼也, 不可以貞烈稱, 而視死如歸, 不汚於賊. 渠亦聖化中一物, 不忍背國從賊, 無他忠而已. 猗歟哀哉!'云. 此出於當時實錄, 則今於刻碑之辭, 不必爲疊床[4]之語. 故仍以刻之, 係之以銘[5]曰 獨峭其巖 特立其女 女非斯巖 焉得死所 巖非斯女 烏帶義聲 一江高[6]巖 萬古芳名. 崇禎紀元後 九十五年 壬寅 四月 日 立". _『진주목읍지』「충신」, 98~99면

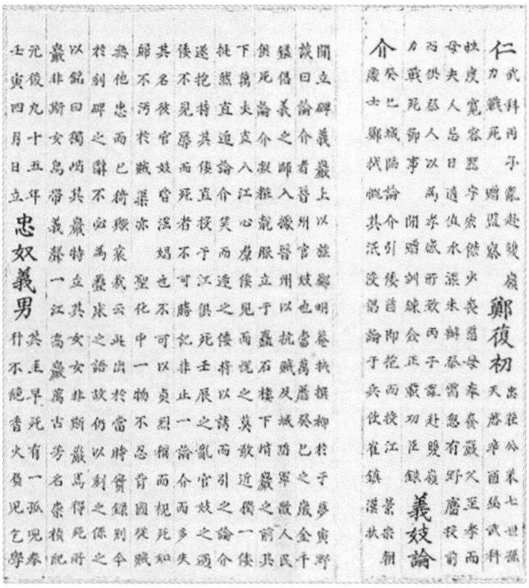

『진주목읍지』「충신」〈의기 논개〉

② **義巖**. 在矗石樓下. 壬辰倭亂, 一妓有姿色, 倭見而悅之. 妓走立巖上, 賊追執之. 妓曰 "率汝將來, 吾當從之". 賊果來, 欲汚之, 妓抱賊將, 投水而死. 後人義之, 刻義巖二字于其石. 妓名, 論介. _『진주목읍지』「고적」, 46~47면

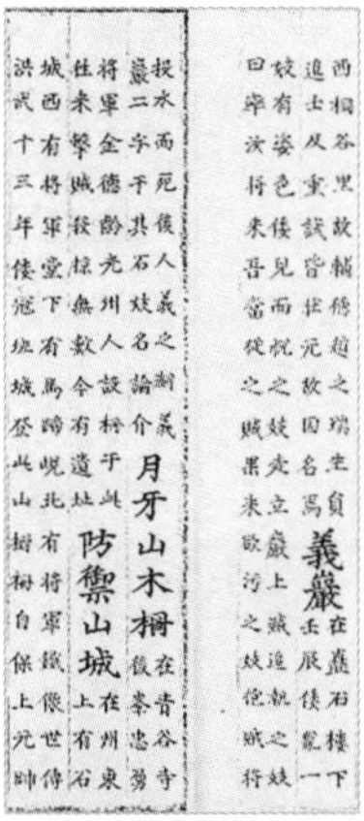

『진주목읍지』「고적」〈의암〉

③ **彰烈祠**. 在矗石城中. 萬曆癸巳, 倡義使金千鎰·忠淸兵使黃進·慶尙兵使崔慶會等, 守城禦倭, 城陷力戰而死,

1) 前(전): 『어우야담』의 대부분 이본에는 '巓(전, 꼭대기)'이다.
2) 莫(막): 「의암사적비명」에는 '皆莫'.
3) 江(강): 「의암사적비명」에는 '潭'.
4) 疊床(첩상): 쓸데없이 말을 반복함.
5) 以銘(이명): 「의암사적비명」에는 '以銘. 銘'.
6) 高(고): 「의암사적비명」에는 '孤'.

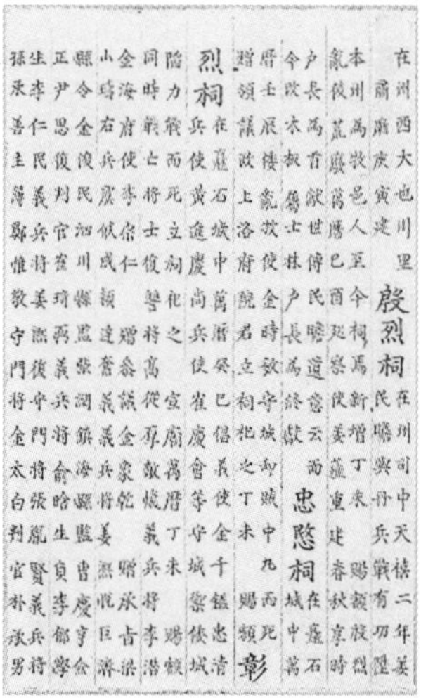

立祠祀之. 宣廟萬曆丁未, 賜額. 同時戰亡將士, 復讎將高從厚·敵愾義兵將李瀞·金海府使李宗仁·贈參議金象乾·贈承旨梁山璹·右兵虞侯成頴達·奮義義兵將姜熙悅·巨濟縣令金俊民·泗川縣監張潤·鎭海縣監曺慶亨·僉正尹思復·判官崔琦弼·義兵將兪晗·生員李郁·學生李仁民·義兵將姜熙復·守門將張胤賢·義兵將孫承善·主簿鄭惟敬·守門將金太白·判官朴承男·宣務郞梁蹟·學生河繼先·學生朴安道·學生崔彦亮, 東西廡配享. 肅廟壬寅, 兵使崔鎭漢啓達, 重修改正位次. 英廟己卯, 遣禮官致祭. 癸亥追贈. _『진주목읍지』「학교」, 26~27면

『진주목읍지』「학교」〈충민사 창렬사〉, 26~27면

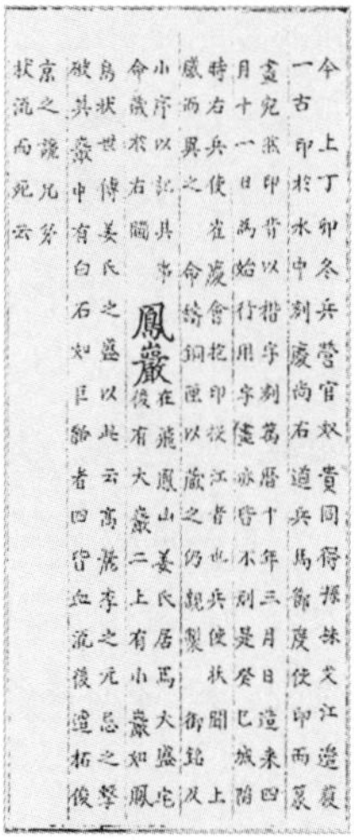

『진주목읍지』「고적」〈남강득인〉, 48면

④ **南江得印**. 今上丁卯冬, 兵營官奴貴同·得孫, 採艾江邊, 獲一古印於水中, 刻慶尙右道兵馬節度使印, 而篆畫宛然. 印背以楷字刻萬曆十年三月日造, 來四月十一日爲始行用, 字畫亦皆不刓. 是癸巳城陷時, 右兵使崔慶會抱印投江者也. 兵使狀聞, 上感而異之, 命鑄銅匣以藏之. 仍親製御銘及小序, 以記其事, 命藏於右閫. _『진주목읍지』「고적」, 48면

번역 ① **의기 논개(義妓論介)**. 계사년(1593) 때 성이 함락되자, 논개(論介)가 왜놈 두목을 유인하여 즉시 안고서 강에 몸을 던졌다. 경종 시대에 처사 정식(鄭栻)이 그 자취가 아주 없어지게 됨을 개탄하여 병사 최진한(崔鎭漢)에게 논의를 창도하였다. 임금에게 상주하여 비석을 의암(義巖) 위에 세우

고 정려하였다.

명암 정식(鄭栻)이 찬하기를, “어우 류몽인의 『야담』에 이르기를, ‘논개는 진주 관기(官妓)였다. 만력 계사년(1593)에 김천일(金千鎰) 의병 부대가 진주에 들어가서 진을 치고 왜에 항거하였다. 성이 무너지자 군사는 흩어지고 인민이 함께 죽었다. 논개는 화장을 곱게 하고 옷을 단장하여 촉석루 아래의 가파른 바위 꼭대기에 서 있었다. 그 아래는 깊이가 만 길이고 곧바로 강 중심으로 빨려 들어간다. 여러 왜가 그녀를 보고 기뻐했으나 감히 가까이하지 못하였다. 오직 한 왜(倭)가 뛰쳐나와 곧장 나아가니, 논개가 넌지시 웃으며 그를 맞이하였다. 왜가 장차 꾀어서 잡아당기려 하자, 논개는 드디어 그 왜를 껴안고 곧바로 강에 내던져 함께 죽었다. 임진란 때 관기(官妓)가 왜를 만나 욕을 당하지 않고 죽은 예는 다 기록할 수 없다. 논개 한 사람에게만 그치지 않는데 그 이름을 대부분 잃어버렸다. 저 관기는 음탕한 창녀라 정렬(貞烈)로 칭송될 수 없으나 죽음을 고향에 돌아가는 것처럼 여겨 적에게 몸을 더럽히지 않았다. 그녀 또한 임금의 덕화를 입은 한 사람으로서 나라를 저버리고 차마 적을 따르지 않은 것은 다름이 아니라 충(忠)이었을 뿐이다. 아아, 슬픈지고!” 라 하였다.

이는 당시의 실제 기록에서 나온 것이니, 지금 비석에 글을 새기면서 중복되는 말을 쓸 필요가 없다. 따라서 그대로 새기고, 명(銘)으로써 덧붙여 이르노니,

> 홀로 가파른 바위에/ 우뚝 선 여인/ 여인이 이 바위 아니었으면/ 어디서 순국 처소 얻었으랴/ 바위가 이 여인 아니었으면/ 어찌 의로운 명성 지녔으랴/ 한 줄기 강의 외로운 바위/ 만고토록 꽃다운 이름이여!”

라 하였다.

숭정 기원후 95년 임인년(1722) 4월 일 세움.

② **의암(義巖)**. 촉석루(矗石樓) 아래에 있다. 임진왜란 때 한 기녀가 얼굴이 빼어났는데, 왜가 그녀를 보고 기뻐하였다. 기녀가 달려가 바위 위에 섰더니, 적이 쫓아와 잡으려 하였다. 기녀가 말하기를 "너의 장수를 데리고 오면 내가 마땅히 따르겠다." 하였다. 적이 과연 와서 더럽히려 하자, 기녀는 적장(賊將)을 안고 물에 몸을 던져 죽었다.

뒷사람이 그것을 의롭게 여겨 그 바위에 '의암(義巖)' 두 자를 새겼다. 기녀 이름은 논개(論介)이다.

③ **창렬사(彰烈祠)**. ※번역은 『여지도서』 참조.

④ **남강 득인(南江得印)**. ※번역은 『여지도서』 참조.

---

4. 『영지요선(嶺地要選)』

『영지요선』(서울대 규장각, 奎12621)은 고종13년(1876) 최석봉(崔錫鳳)이 현재 전하지 않는 『영남여지(嶺南輿誌』)를 저본으로 삼아 71개 고을의 요점을 상하권으로 찬술한 인문지리서이다. 그리고 1934년에는 목판본으로 간행되었다.
아래의 〈의기암〉과 〈남강득인〉은 『여지도서』를 요약한 것임을 알 수 있다.

[진주]

① **義妓巖**. 在矗石下. 府妓論介有姿色, 倭見悅之. 妓走立巖上, 賊追執之. 妓曰 "率汝將來, 吾當從之". 賊果來逼, 妓抱賊將, 投水死. 後人銘其岩曰義妓岩[1]. 岩濱建閣[2], 行祀. _『영지요선』 하 「진주」 〈고적〉, 9면

---

1) 義妓岩(의기암): 의암(義巖)의 오기. 분명한 사실이라 번역에서 고쳤다.

② **南江得印**. 正廟[3]丁卯, 兵營官奴貴同·得孫, 采艾江邊, 獲一古印. 刻慶尙右道兵馬節度使印, 而刻劃宛然. 當是癸巳城陷時, 右兵使崔慶會抱印投江者也. 兵使狀聞, 上感而異之, 命鑄銅匣以藏之. 親製御銘及小序, 藏於右閫. _『영지요선』 하 「진주」 〈고적〉, 9면.

『영지요선』 하 〈의기암〉, 〈남강득인〉

번역 ① **의기암(義妓巖)**. 촉석루 아래에 있다. 부기(府妓) 논개(論介)는 용모가 아름다웠는데, 왜(倭)가 그녀를 보고 기뻐하였다. 기녀가 빨리 가서 바위 위에 섰더니, 적이 따라와서 붙잡았다. 기녀가 말하기를 “너희 장군을 데리고 오면 나는 당연히 따르겠다.” 하였다. 적이 과연 와서 가까이하니, 기녀는 적장(賊將)을 안고 물에 몸을 던져 죽었다. 뒷사람이 그 바위에 ‘의암(義岩)’이라 새겼다. 바위 물가에 집을 지어 제사를 지낸다.

② **남강 득인(南江得印)**. 영조 정묘년(1747)에 병영의 관노(官奴) 귀동(貴同)과 득손(得孫)이 강가에서 쑥을 캐다가 물속에서 옛 인장 하나를 얻었다. ‘경상우도병마절도사 인(慶尙右道兵馬節度使印)’이라 새겨져 있었고, 새겨진 획이 또렷하였다. 당시 계사년(1593)에 성이 무너질 당시 우병사 최경회(崔慶會)가 인장을 안고 강에 몸을 던질 때의 그것이었다.

병사가 장계를 올리니, 임금이 감격해하고 기이하게 여기면서 구리 인갑(印匣)을 주조해서 소장하라는 지시를 내렸다. 그러고는 친히 명(銘)과 소서(小序)를 지었는데, 우병영에 보관하라고 지시하였다.

---

2) 建閣(건각): 의기사를 말함.

3) 正廟(정묘): 영묘(英廟)의 오기.

5. 『영남읍지(嶺南邑誌)』

『영남읍지』(서울대 규장각, 奎12174)는 1895년 의정부에서 편찬 완료했다. 경상도 71개 읍 가운데 경주·영일·장기·기장·진해를 제외한 66개 읍지를 모은 것이다. 『진양지』는 책30과 책32에 편차되어 있는데 인물과 사적이 대폭 보강되었다.
아래의 〈의기〉는 『진양지』 권하에 실려 있는데, 다른 읍지에 볼 수 없는 새로운 내용이 추가되었다. 그리고 〈창렬사〉는 『진양지』 권상에 실려 있고, 성여신의 『진양지』 내용과 같으나 문자 가감이 있다. 그리고 이 두 항목은 1899년에 편찬된 『진주군읍지』(서울대 규장각, 奎10883)에 내용 그대로 재수록 되었다.

[진양지]

① **義妓**. 名論介, 州妓也. 癸巳城陷時, 以凝粧靚服, 立于南江峭岩之上. 倭酋見而悅之, 就與遊戲. 因抱倭腰, 投江而死. 其後兵使南德夏, 具由登聞. 立旌祠於江上. 名其岩曰義岩, 特書篆刻. 又於峭壁之面, 刻'一帶長江千秋義烈'八字, 以表其義. 士人曺佑成[1], 題旌閭詩云, "岩頭作死計, 不厭此江深, 紅粉魚龍畏, 芳名日月臨, 張吾男子膽, 拆彼島夷心, 義烈千秋字, 肯教[2]風雨侵". 每年六月, 營州諸妓, 前期[3]別祭. 兵使李教[4]始設晦日, 則自鎭撫廳[5],

義妓
名論介州妓也癸巳城陷時以凝粧靚服立于南江峭岩之上倭酋見而悅之就與遊戲因抱倭腰投江而死其後兵使南德夏具由登聞立旌祠於江上名其岩曰義岩特書篆刻又於峭壁之面刻一帶長江千秋義烈八字以表其義士人曺佑成題旌閭詩云岩頭作死計不厭此江深紅粉魚龍畏芳名日月臨張吾男子膽拆彼島夷心義烈千秋字肯教風雨侵每年六月營
州諸妓前期別祭兵使李教始設晦日則自鎭撫廳[illegible]具錢祭極其誠欸將事日之夕江水渦漩終夜嗚咽豈不異也哉

『진양지』 권하 「충의」 〈의기〉

1) 曺佑成(조우성): 생애 정보 미상.

2) 肯教(긍교): '肯'은 어찌. '教'는 ~로 하여금 ~하게 하다.

3) 前期(전기): =선기(先期). 기일보다 앞서 함. 진주목사 정현석이 1868년 의기사를 중수하고 6월 중 길일을 택해 창렬사 제향에 앞서 의암별제를 처음으로 지냈음.

4) 李教(이교): 이교준(李教俊)의 오기. 1899년의 『진주군읍지』 「인물」 〈충의〉조에는 바르게 되어 있다. 가계는 부록 경상우병사 참조. 최근 논문에서 우병사 이교준이 부임한 이듬해인 1864년에 의암별제가 처음으로 시행되었고, 이는 기존 학설보다 4년 앞선 것이라고 했다.

辦具致祭, 極其誠款[6]. 將事之夕, 江水雨波漲[7], 終夜嗚咽, 豈不異也哉?

__『영남읍지』 책32, 『진양지』 권하 「충의」, 82~83면

② **彰烈祠**. 在內城城隍堂西. 癸巳年城陷時, 倡義使金千鎰·忠淸兵使[8]·慶尙兵使崔慶會等皆死, 築壇墠[9], 每於六月二十九日, 自官祭之, 是陷城日也, 號旌忠壇. 其後巡察使鄭賜湖, 別立祠宇, 外設三壇, 使之春秋虔祀. 仍賜額, 改號彰烈祠. __『영남읍지』 책30, 『진양지』 권상 「단묘」, 110~111면

『진양지』 권상 「단묘」 〈창렬사〉, 110면

번역 ① **의기(義妓)**. 이름은 논개(論介)이고, 고을 기녀이다. 계사년(1593) 성이 함락될 때 화장을 곱게 하고 옷을 단장하여 남강(南江)의 가파른 바위 위에서 있었다. 왜놈 두목이 보고서 기뻐하더니 나아가 더불어 놀았다. 이에 왜(倭)의 허리를 안고 강으로 몸을 던져 죽었다.

그 뒤 병사 남덕하(南德夏)가 사유를 갖추어 장계를 올렸다. 강가에 정려와 사당을 세웠다. 그 바위를 '의암(義岩)'으로 명명하고, 특별히 전서체로 새겼다. 또 가파른 석벽의 표면에 '일대장강 천추의열(一帶長江千秋義烈)' 여덟 자를 새겨 그 절의(節義)를 드러내었다.

선비 조우성(曺佑成)이 정려(旌閭)를 제재로 지은 시에 이르기를, "바위

심승구, 「의암별제의 안과 밖」, 『한국음악사학보』 65집, 한국음악사학회, 2020, 504~506쪽.

5) 鎭撫廳(진무청): 중영의 부속건물로 하급 아전인 진무(鎭撫)들의 집무소. 〈진주성도〉를 보면 현 김시민동상 자리쯤에 진무청이 표시되어 있다.

6) 誠款(성관): 참된 마음, 성심. '款'은 정성.

7) 江水雨波漲(강수우파창): 『진주군읍지』(192면)처럼 "江水不雨波漲(강물은 비가 오지 않았는데도 물결이 불어나)"라 해야 문맥이 통한다.

8) 忠淸兵使(충청병사): 황진 이름이 누락됨.

9) 壇墠(단선): 제단. '墠'은 제터.

끝에서 죽기로 작정했음에/ 이 깊은 강도 마다하지 않았지/ 미인은 어룡을 떨게 하고/ 꽃다운 이름은 해와 달이 굽어보네/ 우리 남자의 간담을 펴게 하고/ 저 섬 오랑캐의 마음을 부숴버렸으니/ 천추의열 글자가/ 어찌 비바람의 침입을 놔둘 리야"라 하였다.

매년 6월이 되면 병영과 고을의 기녀들이 기한보다 앞서 별제(別祭)를 지낸다. 병사(兵使) 이교준(李教俊)이 그믐날에 처음으로 진설하였는데, 곧 스스로 진무청에서 제구(祭具)를 힘껏 갖추어 제사를 지냄에 그 정성이 지극하였다. 제사를 지내는 저녁에 강물이 비로 불어나 밤새도록 흐느끼며 울었으니 어찌 기이하지 않으리오?

② **창렬사(彰烈祠)**. 내성의 성황당 서쪽에 있다. 계사년(1593) 성 함락 때 창의사 김천일, 충청병사 (황진), 경상병사 최경회가 모두 죽어 제단을 쌓았다. 매년 6월 29일에 관에서 제사를 지내는데, 성이 함락된 날이고, 제단 이름은 정충단(旌忠壇)이다.

뒤에 순찰사 정사호(鄭賜湖)가 별도로 사우를 건립하고 밖에 삼단(三壇)을 설치하여 춘추로 제사를 정성스럽게 지내게 하였다. 이내 사액을 받아 창렬사(彰烈祠)로 명칭을 고쳤다.

6. 『진양지속수(晉陽誌續修)』

『진양지속수』(하강진 소장)는 1927년 8월 정광현(鄭光鉉)이 진주 개문사에서 활자본(3권 2책)으로 발행한 것이다. 충장공 정분(鄭苯)의 후예인 그는 자신의 발문에서 1923년 봄에 근세 군지(郡誌)가 없음을 안타깝게 여겨 적극적으로 자료를 취합했다고 했다. 책 서두에 겸재 하홍도의 증손자 하대관(1698~1776)의 구지(舊誌) 서문과 시암 이직현(1850~1928)의 서문을 실었다.
아래의 〈의암〉은 『여지도서』를 그대로 전사한 것인데, 다만 임진왜란의 '왜'자 누락 외에 논개의 '箇'가 '介'로 바뀌었다. 그리고 〈창렬사〉는 『여지도서』를 저본으로 삼되 추향 사실을 반영했다. 한편 권1의 고적조에 수록된 〈남강득인〉은 『여지도서』와 내용이 같아 여기에 싣지 않는다.

① **義妓論介**. 癸巳城陷時, 論介引倭, 卽抱而投江死. 景廟朝兵使崔鎭漢, 狀聞立碑. 其後牧使洪百淳[1], 創建義妓祠, 事見碑文. _『진양지속수』 권2 「충의」, 39b

② **義岩**. 在矗石樓下. 壬辰亂, 一妓有姿色, 倭見而悅之. 妓走立岩上, 賊追執之. 妓曰 "率汝將來, 吾當從之". 賊果來, 欲汚之, 妓抱賊將, 投水而死. 後人義之, 刻義岩二字于其石. 妓名, 論介. _『진양지속수』 권1 「고적」, 61b

③ **義妓祠**. 在矗石樓西, 義妓論介祠. 牧使洪百淳, 新建. _『진양지속수』 권1 「단묘」, 18b

④ **彰烈祠**. 在矗石城中. 萬曆癸巳, 倡義使金千鎰·忠淸兵使黃進·慶尙兵使崔慶會等, 守城禦倭, 城陷力戰而死, 立祠祀之. 宣廟朝萬曆丁未, 賜額. 同時戰亡將士, 復讐將高從厚·敵愾義兵將李瀞·金海府使李宗仁·贈參議金象乾·贈承旨梁山璹·右兵虞侯成潁達·奮義義兵將姜熙悅·巨濟縣令金俊民·泗川縣監張潤·鎭海縣監曹慶亨·僉正尹思復·判官崔琦弼·義兵將兪晗·生

1) 洪百淳(홍백순): 1823년부터 1825년까지 진주목사를 지냈고, 그의 애민선정비가 광제서원(진주시 명석면 계원리 소재) 입구에 세워져 있다. 『진양지속수』 권1 「단묘」 〈의기사〉 조에서도 홍백순이 의기사를 '신건(新建)'했다고 적었다.

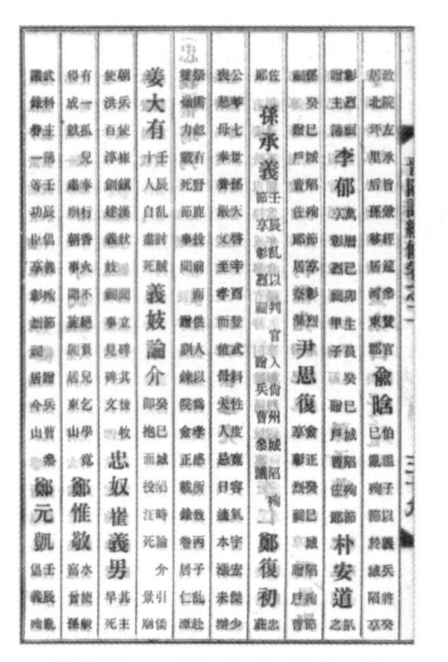

『진양지속수』 권2 「충의」 〈의기논개〉

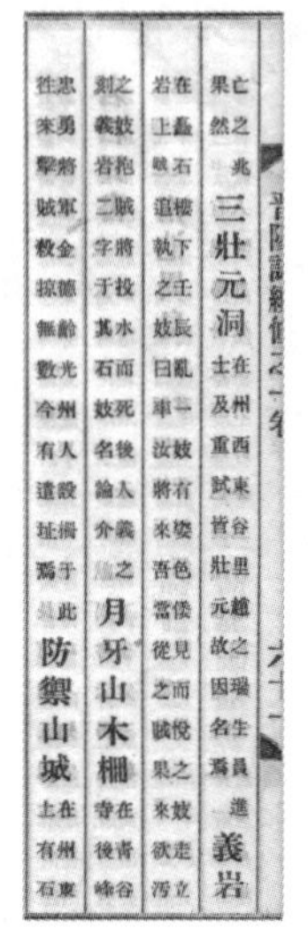

『진양지속수』 권1 「고적」 〈의암〉

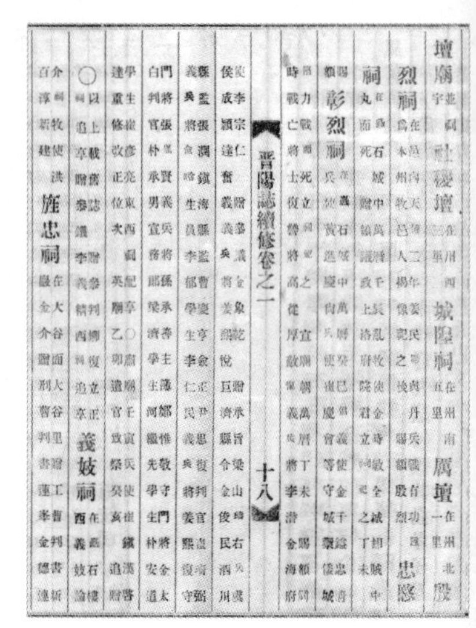

『진양지속수』 권1 「단묘」 〈의기사〉, 〈창렬사〉

員李郁·學生李仁民·義兵將姜熙復·守門將張胤賢·義兵將孫承善·主簿鄭惟敬·守門將金太白·判官朴承男·宣務郎梁濟·學生河繼先·學生朴安道·學生崔彦亮, 東西祠配享. ○ 肅廟壬寅, 兵使崔鎭漢啓達, 重修改正位次. 英廟乙[2]卯, 遣禮官致祭, 癸亥追贈. ○ 以上載舊誌[3]. 贈參判柳復立, 正祠追享; 贈參議李義精, 西祠追享. _『진양지속수』 권1 「단묘」, 18a~b

번역 ① **의기 논개(義妓論介)**. 계사년(1593) 성이 함락될 때 논개(論介)가 왜놈을 유인하여 곧바로 안고서 강에 몸을 던져 죽었다. 경종 시대에 병사 최진한(崔鎭漢)이 임금에게 장계를 올려 비석을 세웠다. 그 뒤 목사 홍백순(洪百淳)이 의기사를 창건하였고, 그 사정은 비문에 나타나 있다.

2) 乙(을): 기(己)의 오기. 번역에 반영함.

3) 舊誌(구지): 『여지도서』를 말함.

② **의암(義巖)**. 촉석루(矗石樓) 아래에 있다. 임진란 때 한 기녀는 용모가 아름다웠는데, 왜가 보고 기뻐하였다. 기녀가 달려가 바위 위에 섰더니, 적이 쫓아와 잡으려 하였다. 기녀가 말하기를, "너의 장수를 데리고 오면 내가 마땅히 따르겠다." 하였다. 적이 과연 와서 더럽히려 하자, 기녀는 적장(賊將)을 안고 물에 몸을 던져 죽었다.

뒷사람이 그것을 의롭게 여겨 그 바위에 '의암(義巖)' 두 자를 새겼다. 기녀 이름은 논개(論介)이다.

③ **의기사(義妓祠)**. 촉석루(矗石樓) 서쪽에 있는데, 의기 논개의 사당이다. 목사 홍백순이 새로 건립하였다.

④ **창렬사(彰烈祠)**. 촉석성(矗石城) 안에 있다. 만력 계사년(1593) 때 창의사 김천일(金千鎰)·충청병사 황진(黃進)·경상병사(崔慶會) 등이 성을 지키며 왜적을 방어하였는데, 성이 무너질 무렵 힘껏 싸우다가 죽었기에 사당을 세워 제사한다. 선조조 만력 정미년(1607)에 사액을 받았다.

같은 때 전사한 장사(將士)는 복수장 고종후(高從厚)·적개의병장 이잠(李潛)·김해부사 이종인(李宗仁)·증참의 김상건(金象乾)·증승지 양산숙(梁山璹)·우우후 성영달(成穎達)·분의의병장 강희열(姜熙悅)·거제현령 김준민(金俊民)·사천현감 장윤(張潤)·진해현감 조경형(曺慶亨)·첨정 윤사복(尹思復)·판관 최기필(崔琦弼)·의병장 유함(兪晗)·생원 이욱(李郁)·학생 이인민(李仁民)·의병장 강희복(姜熙復)·수문장 장윤현(張胤賢)·의병장 손승선(孫承善)·주부 정유경(鄭惟敬)·수문장 김태백(金太白)·판관 박승남(朴承男)·선무랑 양제(梁濟)·학생 하계선(河繼先)·학생 박안도(朴安道)·학생 최언량(崔彦亮)이 동사(東祠)와 서사(西祠)에 배향되었다.

○ 숙종 임인년(1722) 병사 최진한(崔鎭漢)이 임금에게 아뢰어 중수하고, 위패의 차례를 개정하였다.

○ 영조 기묘년(1759)에 예관을 파견하여 제사를 지냈다. 계해년(1743)에

추증하였다.

○ 이상은 구지(舊誌)에 실려 있다. 증참판 류복립(柳復立)은 정사(正祠)에 추향되었고, 증참의 이의정(李義精)은 서사(西祠)에 추향되었다.

---

7. 『진양속지(晉陽續誌)』

『진양속지』(국립중앙도서관 소장)는 1932년 11월 진주읍 연계재(蓮桂齋)에서 목판으로 간행한 『진양지』(전 3권) 뒤에 합편되어 있다. 이 읍지는 정광현의 『진양지속수』(1927)가 사감(私憾)과 탐리(貪利)로 공정성을 잃었다고 하면서 그 오류를 시정하기 위해 출판한 것이라고 발문에서 밝혔다. 『국역 진양지』(진양문화원, 1991) 311~530쪽에 번역되어 있다.
고적조 〈논개〉에 남강 절벽의 바위글씨가 한몽삼의 작이라는 한유(1868~1911)의 견해를 반영했고, 〈창렬사〉는 성여신의 『진양지』를 전재하면서 한두 자만 고쳤을 뿐이라 여기에 수록하지 않는다.

① **論介**, 本營妓也. 癸巳城陷, 抱敵將于巖上, 投江而死. 後人名其巖曰義巖. 因帥臣[1]啓聞, 命旌閭, 享義妓祠. __『진양속지』 권3 「충의」, 5b

② **論介**, 本州妓也. 癸巳城陷, 一城盡被屠戮[2]. 介凝粧靚服, 立於矗石樓下·江心峭巖之上. 敵見而狎之, 抱敵腰, 投江而死之. 事聞命旌閭, 後人名其巖曰義巖, 立祠江上祀焉. 巖邊石壁, 刻 '一帶長江千秋義烈' 八大字, 世傳韓釣隱夢參所書云. __『진양속지』 권4 「고적」, 20b

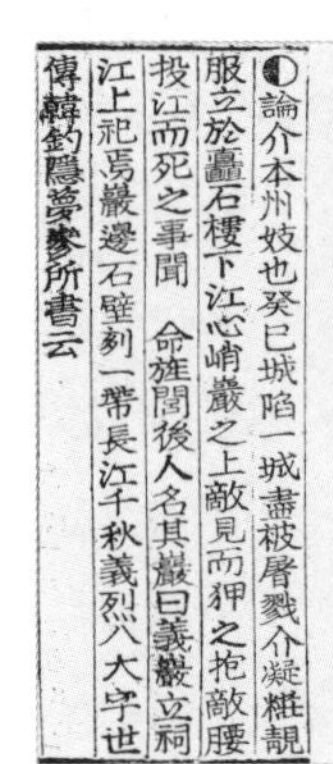
○論介本營妓也癸巳城陷抱敵將于巖上投江而死
後人名其巖曰義巖因帥臣 啓聞命旌閭享義妓祠
○鄭虎臣字勇仁晉州人武科司勇光海戊午西宮之
變不參廷請事載廷請不參錄

◐論介本州妓也癸巳城陷一城盡被屠戮介凝粧靚
服立於矗石樓下江心峭巖之上敵見而狎之抱敵腰
投江而死之事聞 命旌閭後人名其巖曰義巖立祠
江上祀焉巖邊石壁刻一帶長江千秋義烈八大字世
傳韓釣隱夢參所書云

(左)『진양속지』 권4 〈고적〉, (右)『진양속지』 권3 〈충의〉

---

1) 帥臣(수신): 경상우병사를 말함.
2) 屠戮(도륙): 무참하게 마구 죽임. '屠'는 잡다. '戮'은 죽이다.

③ **南江古印**, 右兵使崔公慶會, 癸巳投江時, 抱殉者也. 英宗丁卯, 兵使崔鎭漢[3]得印, 馳啓. 略曰 “臣營官奴貴同·得孫等, 得印於南江水中. 印面篆刻慶尙右道兵馬節度使印, 印背刻萬曆十年三月日造. 此萬曆壬午所鑄, 而癸巳殉難兵使崔慶會, 所抱投江之印也”. 上聞極愴感, 親製印銘及小序[4], 命以銅鑄印匣, 以銀鏤銘于匣, 令藏于本營. 仍命致祭于彰烈祠諸忠臣. 其銘曰 “追憶往歲, 百有餘年, 幸得南江, 篆猶宛然, 矗石義烈, 想像愴焉, 命藏嶺梱, 垂萬世傳”. 自是印爲本營之寶藏[5], 每營中有大事, 古印必夜吼于匣中. 憲宗己亥[6], 運籌堂失火, 兵使死, 印符皆灰, 惟古印得于地中. 逮高宗己亥, 運籌堂復火, 燒盡無餘, 意[7]古印亦已爲灰. 及重建時, 開鑿舊基, 入地數尺許, 古印尙宛然無恙[8]. _『진양속지』 권4 「고적」, 22b~23a

『진양속지』 권4 「고적」 〈남강고인〉

3) 崔鎭漢(최진한): 당시 장계를 올린 병사는 김윤(金潤)이 분명하므로 번역에 반영했다. 이는 『충렬실록』의 오기에서 기인한 것인데, 자세한 것은 본서 김윤(1698~1755)의 「득인계」 참조.

4) 小序(소서): 해당 글은 『영조실록』, 양응수(1700~1767)의 「축장일기」(『백수집』 권17), 최경회의 『일휴당실기』 〈41a~b〉에서 확인할 수 있다.

5) 寶藏(보장): 아주 소중히 여겨 잘 보관해 둠.

6) 己亥(기해): 기해년이 아니라 순조 계사년(1833)이고 당시 병사는 이인달(李仁達)이다. 『촉영도선생안』과 『촉영화변사실』(국립중앙도서관)로 볼 때 오류가 분명하므로 고쳐서 번역했다.

7) 意(의): 생각하다, 추측하다, 의심하다.

8) 無恙(무양): 근심이 없음. ‘恙’은 근심, 탈.

번역 ① **논개(論介)**는 본 병영의 기녀이다. 계사년(1593) 성이 함락되자 바위 위에서 적장(敵將)을 안고 강에 몸을 던져 죽었다.

뒷사람이 그 바위를 '의암(義巖)'이라 명명하였다. 이에 따라 우병사가 장계를 올려 정려의 명을 받았고, 의기사(義妓祠)에서 제사를 지낸다.

② **논개(論介)**는 본 고을의 기녀이다. 계사년(1593) 때 성이 함락되자 온 성이 다 도륙되었다. 논개가 곱게 화장하고 옷을 화려하게 차려입고서 촉석루(矗石樓) 아래 강 속의 우뚝한 바위 위에 섰었다. 적이 보고 가까이하니, 적의 허리를 안고 강에 몸을 던져 죽었다.

그 일이 알려지자 정려를 명하였고, 뒷사람이 그 바위를 '의암(義巖)'이라 명명하였으며, 강가에 사당을 세워 제사를 지낸다. 바위 곁의 석벽에 '일대장강 천추의열(一帶長江千秋義烈)'이라는 큰 글씨 여덟 자를 새겼는데, 세상에 전하기로는 조은 한몽삼(韓夢參)이 썼다고 한다.

③ **남강 고인(南江古印)**은 우병사 최경회(崔慶會) 공이 계사년(1593)에 강에 몸을 던질 때 안고 순절한 것이다.

영조 정묘년(1747)에 병사 김윤(金潤)이 인장을 얻어 장계를 올렸다. 요약하여 말하면, "신(臣)의 병영 관노 귀동(貴同)과 득손(得孫) 등이 남강(南江) 물속에서 인장을 획득하였습니다. 인장 표면에 전서체로 '경상우도 병마절도사 인(慶尙右道兵馬節度使印)'이라 새겼고, 인장 뒷면에는 '만력 10년 3월 일 제조'라 새겼습니다. 이는 만력 임오년(1582)에 주조한 것이고, 계사년 국난 때 목숨을 바친 최경회가 안고 강에 투신한 것입니다." 하였다.

임금이 듣고서 지극히 비통한 느낌이 들어 친히 인명(印銘)과 소서(小序)를 지었다. 구리로 인갑(印匣)을 주조할 것을 명하고, 은으로 인갑에 명(銘)을 새겨 본영에 보관하도록 하였다. 이어서 창렬사(彰烈祠)의 여러 충신들에게 제사를 지내도록 명하였다.

그 명(銘)에 이르기를, "지난 세월 돌이키니, 백여 년이 지났네. 다행히 남강에서 얻었는데, 전서체 글씨가 아직도 완연하네. 촉석루 의열은, 상상만 해도 슬퍼지네. 경상 병영에 보관하게 하는 건, 만년토록 세상에 전하게 함이라." 하였다.

이로부터 인장은 본영의 보배로운 소장품이 되었는데, 매번 본영에 큰일이 있을 때 옛 인장은 반드시 밤에 갑 속에서 울었다. 순조 계사년(1833)에 운주당(運籌堂) 실화로 병사가 죽고 인장과 부절이 모두 재가 되었는데, 오직 옛 인장만 땅속에서 얻었다. 고종 기해년(1899)에 이르러 운주당이 다시 불이 나서 다 타버리고 남은 것이 없었고, 옛 인장 역시 재로 변한 것으로 생각하였다. 중건할 때 이르러 옛터를 파헤쳐 수 척의 땅속으로 들어갔더니, 옛 인장이 예전처럼 아무런 탈이 없었다고 한다.

---

8. 『호남절의록(湖南節義錄)』

『호남절의록』(국립중앙도서관 소장)은 1799년 호남 유림에서 편찬한 의병록이고, 고정헌(1735~1819)·류광천(1732~1799)의 서를 붙였다. 임란부터 이인좌의 난(무신란)에 이르기까지 공을 세운 호남인 1,457명의 행적을 수록했다. 읍지 인물조를 보완하는 성격이다.
최경회의 사실 기록은 권적(1675~1755)이 1750년에 지은 최경회 청시 행장(본서 수록)에 바탕을 두고 있다. '논개(論介)'는 「충의공최일휴당사실」조 끝에 쌍주로 부기되어 있다.

「忠毅公崔日休堂事實」〈『호남절의록』 권1 하, 30a~33a〉

(충의공 일휴당 최경회의 사적 실기)

崔慶會. 字善遇, 號三溪, 又號日休堂. 海州人文憲公冲後, 贈領議政天符子, 嘉靖壬辰生. (…中略…) 二十九日, 天大雨, 城東隅崩圮. 賊蟻附而上, 城中皆以短兵搏戰, 賊乃退. 賊之精銳, 又自西北門, 大呼闌入. 或言于公曰 "突圍而出, 以圖後功, 可也". 公扼腕厲聲曰 "我受國厚恩, 任此方面. 城存我存,城亡我亡". 遂脫朝衣一襲及茂朱戰所奪寶釼畫軸, 付其侄弘宇, 歸傳于仲兄, 曰 "我兄聞我死, 必繼起, 以此爲識. 我死之後, 以此衣阜葬". 遂一向督戰, 矢盡力窮, 與金公高公, 共登城南譙樓, 口占一絶曰 "矗石樓中三壯士 一杯笑指長江水 長江之水流滔滔 波不渴兮魂不死". 公投江詩, 載於遺稿及本縣邑誌. 英廟「致祭文」有曰 "魂兮不死, 詩語乃胎", 此是先王朝公案. 則三壯士, 即二十九日, 登樓之三忠. 而嶺南人以金誠一·趙宗道·李櫓[1]爲三壯士, 以其詩謂金誠一詩, 書其名揭板. 又欲立碑於樓前, 以實其事. 而金誠一則以時疫. 癸巳四月二十九日, 死於招諭使任所, 趙宗道殉節於黃石山城, 李櫓不知所終. 以此爲三壯士而偸詩懸板, 其無稽甚矣. 北向四拜曰 "孤城受圍, 外援不至, 勢窮力迫, 一死以報". 手持印節, 從容赴水而死. (…中略…)

妓論介, 長水人, 公所眄[2]也. 隨入晉州, 及城陷, 盛其塗澤[3], 誘賊將二人. 對舞南江危巖上, 兩手挽二賊, 墜江而死. 後人鐫其巖曰義巖, 立碑. 和順.

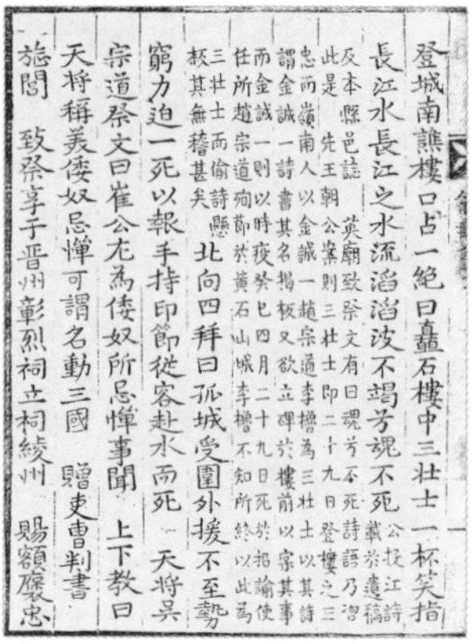

『호남절의록』 권1 하 〈32b〉

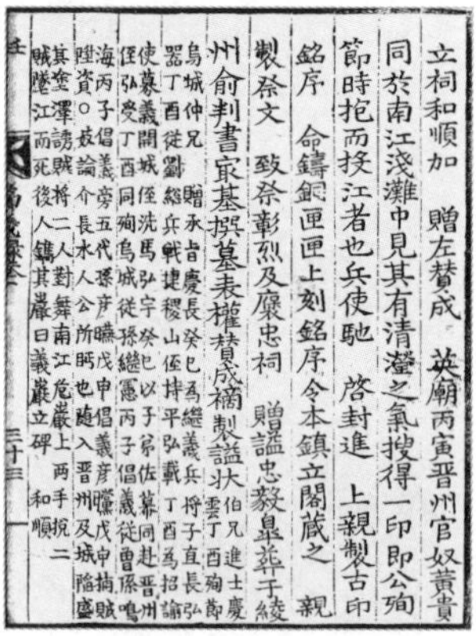

『호남절의록』 권1 하 〈33a〉

번역 최경회(崔慶會). 자는 선우(善遇), 호는 삼계(三溪), 또 호는 일휴당(日休堂)이다. 해주인 문헌공(文憲公) 충(冲)의 후예로 영의정에 추증된 천부(天符)의 아들로 가정 임진년에 태어났다. (…중략…)

1) 櫓(로): 로(魯)의 오기.

2) 眄(면): 돌보다, 정을 나누다.

3) 塗澤(도택): 분을 칠해 윤택하게 함, 곧 화장. '塗'는 칠하다.

29일 하늘에서 큰비가 내려 성 동쪽 모퉁이가 무너졌다. 적들이 개미 떼처럼 붙어 기어올랐고, 성안에서 짧은 무기로 육박전을 벌이자 적들이 곧 물러갔다. 적의 정예병이 또 서북문에서 크게 소리치며 마구잡이로 들어왔다. 어떤 사람이 공에게, "포위망을 뚫고 나가 뒷날 공적을 도모하는 게 좋겠습니다." 하였다. 공은 팔뚝을 걷어붙이고는 성난 목소리로, "내가 나라의 두터운 은혜를 받아 이곳을 맡았다. 성(城)이 존재해야 내가 존재하고, 성이 망하면 나도 망한다." 하였다. 마침내 조복(朝服) 한 벌을 벗어 무주 전투에서 빼앗은 보검과 그림 한 축을 조카 홍우(弘宇)에게 주어 집에 돌아가 중형에게 전하게 하면서 말하기를, "내 형은 나의 죽음을 들으면 반드시 의병을 일으킬 것이니, 이것을 표지(標識)로 삼게 하련다. 내가 죽은 뒤에 이 옷으로 장례를 지내라." 하였다.

드디어 싸움을 한결같이 독려함에 얼굴색이 조금도 변하지 않았고, 화살은 소진되고 기력이 다하여 일이 순조롭지 못함을 알았다. 김천일(金千鎰), 고종후(高從厚) 등과 더불어 성 남쪽 망루에 올라가 즉석에서 시 한 수를 읊었으니, "촉석루 안의 삼장사/ 한 잔 들고 웃으며 장강 물을 가리키네/ 장강 물은 넘실넘실 흐르나니/ 물결 마르지 않는 한 넋은 죽지 않으리[矗石樓中三壯士, 一盃笑指長江水, 長江之水流滔滔, 波不渴兮魂不死]"라 하였다. 공의 「투강시(投江詩)」는 유고와 본현 읍지에 실려 있다. 영조(英祖)의 「치제문」에 "넋은 죽지 않았으니/ 시어가 꼭 들어맞네[魂兮不死, 詩語乃韶]"라 하였으니, 이는 이전 왕조의 화두였다. 곧 삼장사(三壯士)는 29일에 누각에 오른 '삼충(三忠)'이다. 영남인(嶺南人)은 김성일·조종도·이로를 삼장사라 여기고, 시를 김성일의 시라 하여 시판에 그의 이름을 썼다. 또 누각 앞에 비석을 세우려 하니, 그 사실을 밝힌다. 김성일(金誠一)은 전염병으로 계사년(1593) 4월 29일에 초유사 임소에서 죽었고, 조종도(趙宗道)는 황석산성에서 순절하였으며, 이로(李魯)는 그 마지막을 알 수 없다. 이들을 삼장사로 삼고서 시를 훔쳐 현판으로 내걸다니 너무 터무니없다.

북향 사배하면서 말하기를, "고립된 성이 포위되었으나 외부 지원군이 오지 않아 형세가 불리하고 힘도 부쳐 한 번 죽음으로써 보답하고자 합니다." 하였다. 그리고 손에 관인과 부절을 쥐고 태연히 강으로 나아가 죽었다. (…중략…)

기녀 논개(論介)는 장수인(長水人)으로, 공(公)이 귀여워하였다. (공을) 따라 진주(晉州)에 들어갔는데, 성이 무너지자 화장을 짙게 하고 적장(賊將) 두 사람을 유인하였다. 남강(南江)의 우뚝한 바위 위에서 마주 보고 춤을 추다가 양손으로 두 적을 잡아당겨 강에 떨어져 죽었다.

뒷사람이 그 바위에 '의암(義巖)'이라 새겼고, 비를 세웠다. 화순.

---

9. 『호남읍지(湖南邑誌)』

『호남읍지』(서울대 규장각, 奎12175)는 1871년에 작성되었는데, 전라도 47읍에서 만들어 올린 읍지를 합편했다. 아래의 〈의기 논개〉는 제9책 「장수현읍지」에 수록되어 있다. 그리고 제2책 「화순현읍지」에 실린 〈최경회〉는 『여지도서』를 그대로 베꼈는데, 본관이 추가되고 '俱中'이 '中'으로, '外援'이 '外救'로 바뀌었을 뿐이다.
한편 1899년 전라도 56읍의 인문지리지를 합편한 『호남읍지』(奎12181)를 보면, 제5책에 「장수현지」와 「화순현지」가 함께 들어 있다. 〈의기 논개〉는 생략되었고, 〈최경회〉는 「화순현지」 141~142면에 있는데 내용은 1871년의 읍지와 동일하다.

[장수현읍지]

義妓論介. 任縣內面楓川人[1]. 忠毅崔公慶會莅本縣時, 所眄也. 崔公以晉州兵使[2], 當壬辰之亂時, 論介隨去. 及城陷, 盛其粧奩[3], 誘賊將. 對舞於南江危巖之上, 兩手挽賊, 墜江而死. 後人鐫其巖曰義妓巖[4], 立祠江上而祭之.

__『호남읍지』 제9책, 『장수현읍지』 「절의」, 160~161면

---

1) 楓川人(풍천인): 『장수지』(1928) 권1 〈12a〉에 의기 논개의 생장촌이라 되어 있다.
2) 晉州兵使(진주병사): 경상우병영이 1603년 진주성으로 옮긴 이후로 불린 명칭임.
3) 粧奩(장렴): 화장품 상자. '奩'은 화장 상자.
4) 義妓巖(의기암): 의암의 오기. 분명한 사실이라 번역에서 고쳤다. 이 오류는 『호남읍지』(1928)와 『장수지』(1935)에 반복되었다.

번역 **의기 논개(義妓論介)**. 임현내면(任縣內面) 풍천인(楓川人)이다. 충의 최경회(崔慶會) 공이 본현을 다스릴 때 귀여워하였다.

최공이 진주병사(晉州兵使)로서 임진란을 당했을 때, 논개(論介)가 따라갔다. 성이 함락되자 얼굴을 화장하고 몸을 화려하게 꾸며 적장(敵將)을 유인하였다. 남강(南江)의 우뚝한 바위 위에서 마주 보고 춤을 추다가 양손으로 적을 잡아당겨 강에 떨어져 죽었다.

뒷사람이 그 바위에 '의암(義巖)'이라 새겼고, 강가에 사당을 건립하여 제사를 지낸다.

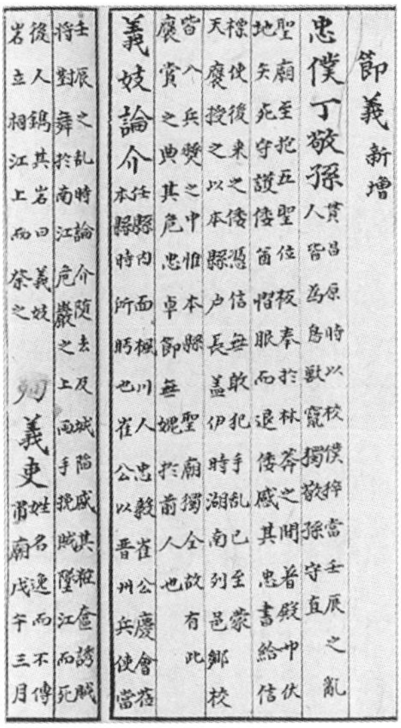

『장수현읍지』「절의」〈의기 논개〉

[화순현읍지]

崔慶會. 其先海州人, 贈領議政天符子. 明廟辛酉中司馬, 丁卯登第, 歷典郡府. 壬辰亂, 以前府使居憂, 爲一道士友所推. 且承二兄慶雲·慶長勸勉之意, 墨衰從戎, 爲義兵大將. 追逐錦·茂之賊, 以挫開寧之鋒. 宣廟傳教曰 "嶺南右界·湖南一道, 迄今保全, 莫非此人之功", 特拜慶尙右兵使. 及晉州之圍, 抗戰九晝夜, 矢盡力竭, 外救不至. 遂登城南樓, 口占一絶曰 "矗城樓中三壯士, 一盃笑指長江水, 長江之水流滔滔, 波不渴兮魂不死", 與倡義使金

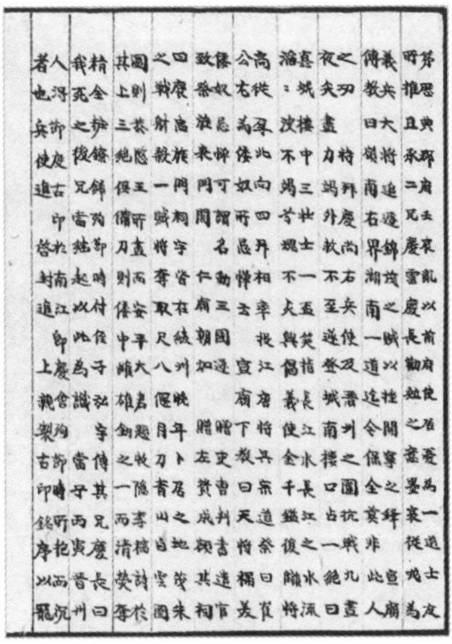

『화순현읍지』「인물」〈최경회〉

千鎰·復讐將高從厚, 北向四拜, 相率投江. 唐將吳宗道祭曰 "崔公尤爲倭奴所忌憚"云. 宣廟下敎曰 "天將稱美, 倭奴忌憚, 可謂名動三國". 遂贈吏曺判書, 遣官致祭, 旌表門閭. 仁廟朝加贈左贊成, 額其祠曰褒忠. 旌門·祠宇, 皆在綾州, 晩年卜居之地. 茂朱之戰, 射殺一賊將, 奪取尺八偃月刀·〈青山白雲圖〉. 圖則恭愍王所畫, 而安平大君題, 牧隱李穡詩於其上, 三絶俱備. 刀則倭中雌雄劍之一, 而淸熒奪精, 金粧鐐饰. 殉節時, 付侄子弘宇, 傳其兄慶長曰 "我死之後, 兄當繼起, 以此爲識". 當宁丙寅, 晉州人得節度古印於南江, 卽慶會殉節時所抱而沈者也. 兵使進啓封進, 上親製古印銘序以寵之. 命鑄銅匣, 匣上刻銘序, 以銀塡字. 命於晉州舊鎭, 作印閣藏之, 遣官致祭彰烈祠. 領相金在魯筵啓, 賜諡忠毅公. _『호남읍지』 제2책, 『화순현읍지』 「인물」, 95~97면

번역 **최경회(崔慶會)**. 그의 선조는 해주인이고, 영의정에 추증된 천부(天符)의 아들이다. 명종 신유년(1561)에 사마시에 합격하였고, 정묘년(1567)에 급제하여 군부(郡府)를 두루 맡았다.

임진란 때 전(前) 부사로서 상중에 있었는데 온 도내 사우(士友)들의 추대를 받았다. 또 두 형 경운(慶雲)과 경장(慶長)이 권면하는 뜻을 이어받아 상중에 종군하여 의병 대장이 되었다. 금산과 무주의 적을 추격하여 물리침으로써 개령의 예봉을 꺾었다.

선조(宣祖)가 전교하기를 "영남 우도와 호남 전 지역이 지금까지 보전된 것은 이 사람의 공이 아님이 없다." 하고는 특별히 경상우병사를 제수하였다. 진주가 포위되자 아흐레 밤낮으로 항전하였는데, 화살이 바닥나고 힘은 다하였으나 외부의 구원병은 도착하지 않았다.

마침내 성 남루(南樓)에 올라가 즉석에서 시 한 수를 읊기를, "촉성루 안의 삼장사/ 한 잔 들고 웃으며 장강 물을 가리키네/ 장강 물은 넘실넘실 흐르나니/ 물결 마르지 않는 한 넋은 죽지 않으리[矗石樓中三壯士, 一盃笑指長江水, 長江之水流滔滔, 波不渴兮魂不死]"라 하였는데, 창의사 김천일(金千鎰)·복수장 고종후(高從厚)와 더불어 북향 사배하고는 서로 이끌고 강에 몸을 던졌다.

명나라 장수 오종도(吳宗道)가 치제하면서 말하기를, "최공은 왜노들이 몹시 두려워하였습니다."라고 하였다. 선조(宣祖)가 하교하기를, "명나라 장수가 훌륭함을 칭송하였고 왜노들이 두려워하였으니, 명성이 세 나라에 울린다." 하였다. 드디어 이조판서(吏曹判書)를 추증하고, 예관을 파견하여 제사를 지냈으며, 정려문을 세웠다. 인조(仁祖) 때 좌찬성(左贊成)을 더하여 추서하였고, 사당 편액을 '포충(褒忠)'이라 하였다. 정려문과 사우가 모두 능주(현 화순)에 있으니, 만년에 복거(卜居)한 곳이다.

(공은) 무주전투에서 한 적장을 사살하여 1자 8치의 언월도(偃月刀)와 〈청산백운도〉를 빼앗았다. 그림은 공민왕이 그렸고, 안평대군이 화제를 썼으며, 목은 이색의 시가 그 위에 적혀 있었다. 칼은 왜가 갖고 있던 자웅 검(劍) 중의 하나인데, 맑은 칼날 빛은 정신을 앗아갈 듯하고 금은으로 장식하였다. 순절할 당시 조카 홍우(弘宇)에게 주어 친형 경장(慶長)에게 전하게 하면서 말하기를, "내가 죽고 난 뒤에 형님은 마땅히 뒤를 이을 것이니, 이것을 표지(標識)로 삼고자 한다." 하였다.

당저(當宁, 영조) 병인년(1746)에 진주 사람이 절도사의 옛 인장을 남강에서 얻었는데, 바로 경회(慶會)가 순절할 당시 안고 함께 물에 빠진 것이었다. 병사가 장계를 올리며 밀봉해서 바치니, 임금이 친히 고인(古印)의 명(銘)과 서문을 지어 각별히 사랑하였다. 구리 인갑(印匣) 주조를 명하고 인갑 위에 인명과 서문을 새기되, 은으로 글자를 채워 넣게 하였다. 진주의 옛 진영에 인각(印閣)을 지어 보관하도록 명하고, 제관을 파견해 창렬사에 제사를 지내게 하였다.

영의정 김재로(金在魯)가 경연에서 아뢰니 충의공(忠毅公) 시호를 내렸다.

10. 『호남삼강록(湖南三綱錄)』

『호남삼강록』(국립중앙도서관 소장)은 계묘년(1903) 전북 유림의 이겸신(李謙臣) 등이 편찬했다. 읍지 인물조를 보완하는 성격이다.
아래 두 글이 실린 「충신몽포편(忠臣蒙褒篇)」은 송상현을 비롯해 포상받은 충신 470명의 행적을 상세하게 기록한 것으로 임란 때 순절한 인물이 대부분이다. 서두에 전라북도관찰사 조한국(趙漢國)의 서문을 실었다.

① **論介**. 長水官妓, 晉州兵使[1]崔慶會之所愛也. 壬辰[2]城陷後, 倭將與論介, 大宴于矗石樓. 論介乘其倭將之大醉, 抱而同投, 樓下而死. 因立碑於其州, 自官每年致祭, 旌閭於本縣.[3] 長水. __『호남삼강록』 권1 「충신몽포편」, 83b

『호남삼강록』 권1 「충신몽포현」 〈논개〉

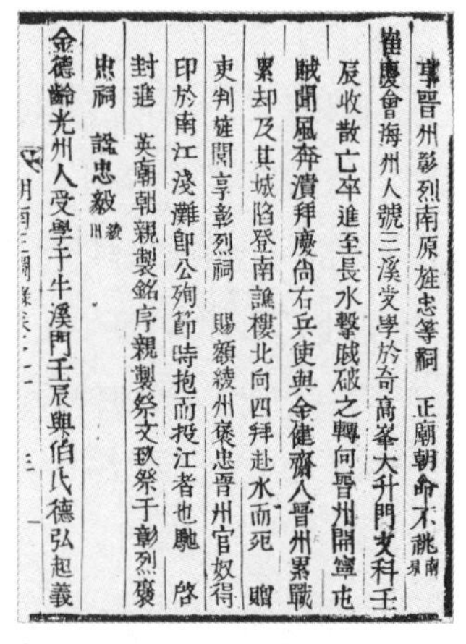
事晉州彰烈南原旌忠等祠 正廟朝命不祧
崔慶會海州人號三溪受學於奇高峯大升門文科壬
辰收散亡卒進至長水擊賊破之轉向晉州開鎭屯
賊聞風奔潰拜慶尙右兵使與金健齋人晉州累戰
累却及其城陷登南譙樓北向四拜赴水而死 贈
吏判旌閭享彰烈祠 賜額綾州褒忠晉州官奴得
印於南江淺灘即公殉節時抱而投江者也馳 啓
封進 英廟朝親製銘序親製祭文致祭于彰烈褒
忠祠 諡忠毅
金德齡光州人受學于牛溪門壬辰與伯氏德弘起義

『호남삼강록』 권1 「충신몽포현」 〈최경회〉

1) 晉州兵使(진주병사): 1603년 진주성으로 옮긴 이후로 불린 명칭이므로 적확한 명칭은 경상우병사이고, 최경회는 1593년 5월에 우병사가 되었다.

2) 壬辰(임진): 『호남읍지』(1871)에 나오듯이 '壬辰之亂'의 준말이다.

3) 정려각(혹은 정려비)이 있다고 했으나 지금까지 사실이 확인된 바는 없다. 아마도 장수현감 정주석이 세운 '촉석의기논개생장향수명비'를 지칭한 것이 아닌가 한다.

② **崔慶會**. 海州人, 號三溪. 受學於奇高峯大升門, 文科. 壬辰收散亡卒, 進至長水, 擊賊破之, 轉向晉州. 開寧屯賊, 聞風奔潰. 拜慶尙右兵使, 與金健齋入晉州, 累戰累却. 及其城陷, 登南譙樓, 北向四拜, 赴水而死. 贈吏判, 旌閭, 享彰烈祠. 賜額綾州褒忠. 晉州官奴, 得印於南江淺灘, 卽公殉節時抱而投江者也. 馳啓封進, 英廟朝親製銘序·親製祭文, 致祭于彰烈·褒忠祠[4]. 諡忠毅. 綾州[5]. _『호남삼강록』 권1 「충신몽포편」, 3a

번역 ① **논개(論介)**. 장수(長水) 관기(官妓)로 진주병사(晉州兵使) 최경회(崔慶會)가 사랑하였다.

임진란 때 성이 무너진 뒤 왜장(倭將)이 논개와 더불어 촉석루(矗石樓)에서 큰 잔치를 벌였다. 논개(論介)는 왜장이 크게 취한 틈을 타서 안고 함께 던져 누각 아래에서 죽었다.

이에 따라 그 고을에 비석을 세웠고, 관에서는 매년 제사를 지내며, 본현에 정려(旌閭)하였다. 장수.

② **최경회(崔慶會)**. 해주인으로 호는 삼계(三溪)이다. 고봉 기대승(奇大升) 문하에서 배워 문과 급제하였다. 임진년에 흩어진 병졸을 모아 진격하고는 장수(長水)에 이르렀다. 적을 격파하고 진주(晉州)로 방향을 바꾸었다. 개령(開寧)에 주둔하고 있던 적들은 소문을 듣고 뿔뿔이 흩어져 달아났다.

경상우병사에 제수되어 김건재(金健齋)와 함께 진주(晉州)에 들어가 여러 번 싸워 여러 번 물리쳤다. 성이 함락됨에 이르자 남쪽 누각에 올라가 북향 사배하고 강물에 나아가 죽었다. 이조판서에 추증되었고, 정려를 내렸으며, 창렬사(彰烈祠)에 배향되었다. 능주에는 '포충(褒忠'을 사액하였다.

진주 관노(官奴)가 남강(南江)의 얕은 여울에서 관인(官印)을 얻었는데,

---

4) 褒忠祠(포충사): 화순군 한천면 모산리에 있다.

5) 綾州(능주): 화순의 옛 이름.

곧 공이 순절할 때 안고 강에 몸을 던진 것이다. 장계를 봉인하여 올리자 영조(英祖)는 친히 지은 명문(銘文)과 친히 지은 병서(幷序)를 내려 창렬사와 포충사에 치제하도록 하였다. 시호는 충의(忠毅)이다. 능주.

---

11. 『장수지(長水誌)』

『장수지』(국립중앙도서관 소장)는 1928년 전라도 장수 유림의 한극수·양완식 등이 편찬했다. 논개는 『호남읍지』(1871) 중 『장수현읍지』의 내용을 그대로 전사했는데, 임현내면의 '面' 한 자만 탈락했을 뿐이다.

義妓論介. 任縣內楓川人. 忠毅崔公慶會莅本縣時, 所眄也. 崔公以晉州兵使, 當壬辰之亂時, 論介隨去. 及城陷, 盛其粧奩, 誘敵將. 對舞於南江危巖之上, 因以同墜江而死. 後人鐫其巖曰義妓巖[1], 立祠江上而祭之.

__『장수지』 권3 「절의」 〈의기 논개〉

『장수지』 권3 「절의」 〈의기 논개〉

번역 **의기 논개(義妓論介)**. 임현내(任縣內) 풍천인(楓川人)이다. 충의 최경회(崔慶會) 공이 본현을 다스릴 때 귀여워하였다.

최공이 진주병사(晉州兵使)로서 임진란을 당했을 때, 논개(論介)가 따라갔다. 성이 무너지자 얼굴을 화장하고 몸을 화려하게 꾸며 적장(敵將)을 유인하였다. 강의 우뚝한 바위 위에서 마주 보고 춤을 추다가 함께 강에 떨어져

1) 義妓巖(의기암): 의암의 오기. 『호남읍지』를 저본으로 삼았기 때문이다.

죽었다.

뒷사람이 그 바위에 '의암(義巖)'이라 새겼고, 강가에 사당을 건립하여 제사를 지낸다.

---

12. 『조선환여승람(朝鮮寰輿勝覽)』

이병연(1894~1976)이 편찬한 『조선환여승람』 중 『장수군』은 1935년에, 『진주군』은 1936년에 각각 간행되었다. 이병연의 생애와 서지 정보는 논개 순국 제영 참조.
『진주군』의 경우, 〈논개〉는 『여지도서』처럼 충신조에 아래와 같이 수록했다. 또 〈의기사〉는 "在矗石樓西, 義妓論介"(원사조), 〈의기 논개〉는 "閭在矗石樓下"(정려조)라는 간단한 정보만 각각 제공했다. 한편 〈의암사적비〉(수비조)는 구체적인 설명 없이 자신의 시만을 실었다(본서 참조). 〈의암〉에서는 『진양속지』처럼 한유(1868~1911)의 주장을 취해 절벽의 바위글씨는 한몽삼의 작이라 했다.
『장수군』의 경우, 〈논개〉는 충신조에 실려 있고, 『호남읍지』(1871)의 요약이다. 그리고 〈의기 논개비〉는 "見忠臣篇在郡內"(수비조)라 하여 설명을 생략했다.

[진주군]

① **論介**. 本營妓, 生于長水縣. 宣祖癸巳, 抱敵將於巖上, 投江死. 後人名其巖曰義巖. 命旌, 享義妓祠.

__『진주군』「충신」, 27b

② **義巖**. 在矗石樓下, 壬亂, 義妓論介, 殉節處. 石壁刻'一帶長江千秋義烈'八字, 世傳韓釣隱夢參筆.

__『진주군』「산천」, 2a

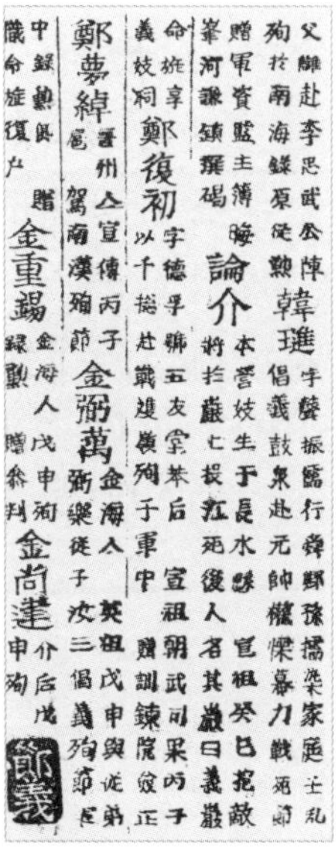
論介 本營妓生于長水縣 宣祖癸巳抱敵將於巖上投江死後人名其巖曰義巖 命旌享義妓祠

『진주군』「충신」〈논개〉

번역 ① **논개(論介)**. 본영의 기생으로 장수현(長水縣)에서 태어났다. 선조 계사년(1593) 때 바위에서 적장(敵將)을 껴안고 강에 몸을 던져 죽었다. 뒷사람이 그 바위를 '의암(義巖)'이라 명명하였다. 정려의 명을 받았고, 의기사(義妓祠)에 배향한다.

② **의암(義巖)**. 촉석루 아래 있는데, 임란 때 의기 논개(論介)가 순절한 곳이다. 석벽에 '일대장강 천추의열(一帶長江千秋義烈)' 여덟 자를 새겼는데, 세상에 전하기로는 조은 한몽삼(韓夢參)의 글씨라 한다.

[장수군]

論介. 任縣內楓川人也. 忠毅公崔慶會, 莅本縣時, 所眄也. 崔公以晉州兵使, 當壬亂時, 隨去. 及城陷, 盛粧, 誘敵將, 墜江而殉. 後人鐫其巖曰義妓巖[1], 立祠江上. __『조선환여승람』, 『장수군』「충신」, 13a

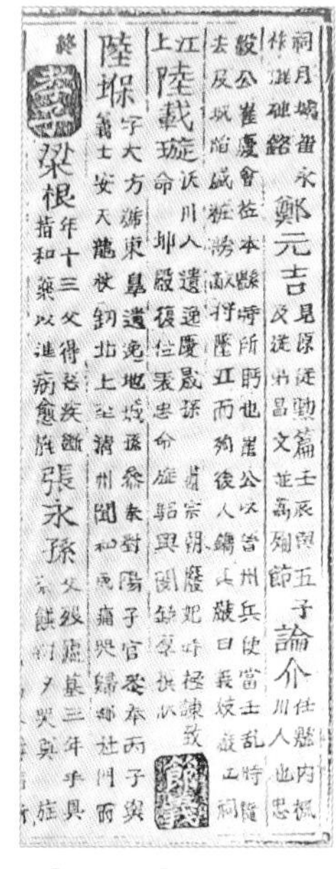

『장수군』「충신」〈논개〉

번역 **논개(論介)**. 임현내(任縣內) 풍천인(楓川人)이다. 충의공 최경회(崔慶會)가 본현을 다스릴 때 귀여워하였다.

최공이 진주병사(晉州兵使)로서 임진란을 당했을 때, (논개가) 따라갔다. 성이 무너지자 얼굴과 몸을 화려하게 꾸미고 적장(敵將)을 유인하여 강에 떨어져 순절하였다. 뒷사람이 그 바위에 '의암(義巖)'이라 새기고, 강가에 사당을 건립하였다.

1) 義妓巖(의기암): 의암의 오기. 『호남읍지』와 『장수지』를 저본으로 삼았기 때문이다.

[부록]

1. 역대 진주 목민관 분석

진주 천년사의 목사·군수·시장

※『고려사』, 『고려사절요』, 『신증동국여지승람』, 『조선왕조실록』, 『승정원일기』, 『일성록』, 『만가보』, 『진주군읍지』 등 참조.

신라시대 ●청주(685) 강주(757) 청주(766) 강주(825년경)

이름	재직 시기	본관	생몰	가계/이력 적요
복세(福世)	신문왕 5년(685)	진주	661~742	청주총관(菁州摠管), 소씨(蘇氏)
김암(金巖)	혜공왕(765~789)	김해	-	강주태수(康州太守), 김유신의 고손
김헌창(金憲昌)	헌덕왕 8년(816)	강릉	?~822	청주도독(菁州都督). ※『신증동국여지승람』「진주목」〈고적〉'남지이조(南池異鳥)'
향영(向榮)	헌덕왕 14년(822)	진주	775~845	청주도독(菁州都督), 복세(福世)의 현손
김흔(金昕)	헌덕왕대(809~826)	강릉	803~849	강주도독(康州都督)
왕봉규(王逢規)	경애왕대(924~927)	개성	-	권지강주사(權知康州事)

고려시대 ●진주(995)

이름	재직 시기	본관	생몰	가계/이력 적요
최복규(崔復圭)	1047.10	-	-	진주목사(晉州牧使)
임존(林存)	1127.4	나주	-	진주목부사(晉州牧副使)
임민비(林民庇)	의종대(1146~1170)	부안	?~1193	〈임중간-①임종비, ②임민비, ③임광비-임춘(林椿)-㉮임충세(본관 예천), ㉯임경세-임숙(본관 부안)-임난수〉
김광윤(金光允)	?~1186.8	-	-	

이름	재직 시기	본관	생몰	가계/이력 적요
채정(蔡靖)	신종대(1197~1204)	음성	?~1217	진광인(1128~1186)의 사위
이순중(李淳中)	?~1200.4	-	-	
김지대(金之岱)	1241	청도	1190~1266	※촉석루 창건(1241), 『영헌공실기』 하륜, 「진주촉석루기」; 김지대의 시
왕해(王諧)	?~1246.8	개성	?~1246	왕유(王惟)의 아들
전광재(全光宰)	1251년경	천안	-	진주목부사(晉州牧副使). 『팔만대장경』과 『동국이상국집』 중간본(1251) 간행 주도
백현석(白玄錫)	원종대(1259~1274)	수원	-	진주부사(晉州副使) 〈백창직---백간미-①백량신-백진생-백시정-백천업-백현석, ②백경신〉
김흔(金忻)	1275년경	안동(구)	1251~1309	〈김방경(1212~1300)-①김선, ②김흔-김승고, ③김순-김영돈/김영휘/김영후〉
최참(崔旵)	~1279.6.1	-	-	진주목부사(晉州牧副使)
이우(李瑀)	1310년대	고성	1259~1340?	〈이존비-**이우**-①행촌 이암(1297~1364)-이강-이원(李原), ②도촌 이교(1301~1361)〉. 원정공 하즙(1303~1380)의 장인
안진(安震)	1322	순흥	1293~1360	※촉석루 중건(1322). 진주통판 하륜, 「진주촉석루기」: 안진, 「함벽루기」
우탁(禹倬)	1340	단양	1262~1342	〈우중대-①우천규-우탁, ②우천석〉 이곡, 「송우좨주출수진주」, 『가정집』권15
최룡생(崔龍生)	1354	전주	-	최해(1287~1340)의 『졸고천백』(1354.8)과 시선집 『동인지문사륙』 간행 주관 〈최아(崔阿, 문성공계 시조)-①**최룡생**-최전우, ②최룡갑-최을인〉
김성경(金星慶)		안산	-	〈김위-김원상-김성경-김정경(1345~1419)-김척-김지(金地)-①김자양(金自楊), ②김자형(金自荊)-김걸-김익수-김응두〉
배극렴(裵克廉)	1362~1363	성주	1325~1392	〈배위준---배인경-①배문적, ②배무적---배현보-배극렴〉. ※진주 관아의 '시중백(侍中栢)' 고사. 진주도원수(1376)
황보안(皇甫安)		영천	-	〈황보안-황보림(1333~1394)-황보인〉
황순상(黃順常)		-	-	판도판서(1388), 계림부윤(1398~1400)
김상(金賞)		언양	?~1389	진주병마절제사(1389.7) 〈김용휘-김상-김약-김계보-김종〉
이인민(李仁敏)	1370~	성주	1340~1393	※『근사록집해』 번각(1370) 〈이순유---이조년-이포-이인민-①이직(1362~1431)-이사후, ②이수-이견기〉
설장수(偰長壽)	1372	경주	1341~1399	부친 설손(偰遜) 따라 1359년 귀화 부친의 문집 『근사재일고』(부전) 간행
김중광(金仲光)	1379	-	-	※촉석성 수축(1379). 당시 경상도 도순문사(1377~1380)는 배극렴

이름	재직 시기	본관	생몰	가계/이력 적요
박위(朴葳)	1381.9	밀양	?~1398	※『고려대장경』의 해인사 간행(1381, 오타니대 소장) 주도 〈박란-박영후---박천명-박광후-박위-박기(朴耆)〉. 외종조부가 진주목사(1275년경) 김흔의 차남 김영휘, 장인이 진주목사(1420) 윤보로의 백종조부인 윤리
박자안(朴子安)	1384.11	함양	?~1408	〈박우(朴玗)-①박량계-○-박자안-박실(1367~1431), ②박인계〉. 재직 때 왜적 격퇴
전오륜(全五倫)		정선	1334~1425	〈전우화-전분-전오륜〉. 『채미헌실기』
민중리(閔中理)		여흥	-	『고려사』「열전」권50〈창왕〉(1389.3) 〈민영모-①민식---민지(閔漬)-㉮민상정, ㉯민상백-민근-민중리-민린생, ②민공규〉
이빈(李贇)	?~1388.8	양성	?~1388	〈이영주-이연-이수방-이춘부-이빈〉. 원재 정추(1333~1382)의 사위

조선시대 ●진양(1392) 진주(1402)

진양대도호부사(1392~1402.12)

이름	재직 시기	본관	생몰	가계/이력 적요
김이음(金爾音)	1396~	함창	?~1409	※『입학도설』(권근) 초간본 발행(1397.2) 〈김종제-김균---김중서-김이음---김륭〉
김명리(金明理)	1400	안동	1368~1438	〈김방경-김선(金愃)-①김승용-㉮김후(金厚)---김영수(통제사 역임), ㉯김구(金玖), ②김승택-김묘(金昴)-김구용-김명리〉. 진주목사 김흔(1275)의 족후손, 이달충의 사위
조진(趙珍)	1401.2~	-	-	

진주목사(1403.1~1603.7)

이름	재직 시기	본관	생몰	가계/이력 적요
안로생(安魯生)	1403.12~1406.7	죽산	-	→예조참의. ※객사 중건(1404)-하륜, 「진주객관중수소지」, 『호정집』권2 〈안향-안우기-안목-①안원숭, ②안원형(신죽산안씨 시조)-안면(安勉)-안로생-안복초(1382~1457)---안만우-안치택, ③안원린〉
안처선(安處善)	1408.7~	광주	-	〈안유-안지-①안수, ②안창-안사충-안정-안처선-안엄경(1392~1458)-안억수〉
이우(李友)		성산	-	〈이능일---이배-이문광-이여량-이우-이양---이형진-이원호-한주 이진상-이승희〉

이름	재직 시기	본관	생몰	가계/이력 적요
최이(崔迤)	1409~	강릉	1356~1426	※객사 증수, 봉명루(개칭 의봉루) 창건(1409)-하륜, 「봉명루기」·「진주객관중수소지」 〈최흔봉(전주계)---최룽-최립지-최안소-최유련-최이(초명 遠)-최경인〉
권충(權衷)	1412.12~1413	안동	1349~1423	※촉석루 중건(1413)-하륜, 「진주촉석루기」 〈권리여-①권중시-권수평-권위-권단-권보(1262~1346)-㉮권고-권희(權僖)-권충/권근(權近)/권우, ㉯왕후, ②권윤〉
류염(柳琰)	1414	진주(이류)	1367~?	※촉석루 단청(1414). 하륜, 「진주촉석루기」 〈류차달---류공권-류언침-류순-류인비-류유(柳洧)-①류혜방, ②류혜손-㉮류염-류분-류계원, ㉯류진〉
민약손(閔若孫)	1414.11	여흥	-	〈민영모-민공규---민적(閔頔)-①민사평, ②민유-민수생-민약손〉. 진주목사(1380년대) 민중리의 족질
류정현(柳廷顯)		문화	1355~1426	〈류차달---류공권-류택-류경-류승-류돈-①류총, ②류진-류정현-류의(柳顗)-류수강〉
윤보로(尹普老)	1420.10~1422.1	파평	1371~1443	〈윤관-윤언이-윤돈신---윤보(尹珤)-①윤안숙-㉮윤리(尹莅), ㉯윤척-㊀윤승휴, ㊁윤승순, ㊂윤승례-윤보로/윤번, ②윤안비〉
이추(李推)	1422.2~	양성	?~1425	〈이영주-이연-이수림-이추-이계무〉
이안우(李安愚)	?~1424.8	영천	?~1424	관아에서 병사. 〈이문경-①이송현-이흡-이석지(1328~1397)-㉮이안우, ㉯이안직, ②이송려---이흠-농암 이현보(1476~1555)〉
신개(申槩)	1424.9~12	평산	1374~1446	〈신연-신중명-①신집(申諿)-신안-㉮신개, ㉯신효(申曉), ②신군평〉. 『인재집』
이수(李穗)	1425	성주	?~1439	※『입학도설』(권근) 합간본 간행(1425): 진주목사 이수, 진주판관 반무량, 경상도 관찰사 하연, 경력 박융 등 참여. 변계량 발문 진주목사(1370) 이인민의 아들
정안도(鄭安道)	1426.7~	광주	-	정의(鄭義)의 장남, 박가흥(1347~1427, 정을보의 사위)의 사위
조세안(趙世安)		-	-	
이계경(李季卿)	?~1432.5	-	-	
이숙휴(李叔畦)	1430년대	한산	-	〈이색-①이종덕, ②이종학-㉮이숙야, ㉯이숙휴, ㉰이숙무(1386~1439), ③이종선〉. 외삼촌이 진주목사(1380년대) 이빈(李贇)
임인산(林仁山)	1439.7~	평택	?~1452	〈임세춘-임재-임태순-임정(1356~1413)-임인산-임득정-임언-임천손-임종〉
이영견(李永肩)		수안	1403~1479	〈이완-이갑인-이구로-이영견-이익령〉
정사(鄭賜)		동래	1400~1453	〈정지원-정문도-정목-①정택-정자가-㉮정보, ㉯정필---정구령-정사-정란종(1433~1489)-정광보/정광필, ②정항-정서(鄭敍)〉
권총(權聰)	1444.윤7~	안동	1413~1480	〈권근(1352~1409)-①권제(權踶〈초명 權蹈), ②권규(權跬)-㉮권담, ㉯권총, ③권준(權蹲)〉. 진주목사(1412) 권충의 종손

이름	재직 시기	본관	생몰	가계/이력 적요
류수강(柳守剛)	1445.4~7	문화	-	경상도관찰사 겸직. 진주목사(1410년대) 류정현의 손자
배환(裵桓)	1446.6~1448	흥해	1379~?	※촉석루 현판시 〈배경분---배전(裵詮)-배상지-배환〉
노숙동(盧叔仝)	1459.1.20~2.9	풍천	1403~1463	〈노천계-노홍길-노언-노숙동-노분-노우명-노진〉
안지귀(安知歸)	1459.2.9 ~1460.1	순흥	?~1463	〈안목-안원숭-안원-①안종약-안구-안지귀-㉮안호(1437~1503), ㉯안기(安璣), ②안종신〉. 진주목사(1404) 안로생의 족후손
김형(金硎)	세조대 (1455~1468)	김녕	-	『김녕김씨대동보』에 근거. 〈김시흥-김상---김석련-김현-김형(목사공파)-김례홍〉
신윤보(申允甫)	1465.7	평산	-	〈신연-신중명-①신집(申諿), ②신군평-㉮신혼, ㉯신수-신효창-신자수(?~1461)-㊀신윤보, ㊁신윤관, ㊂신윤원, ㊃신윤종〉
안치강(安致康)	?~1470.5	-	-	
권량(權良)	1470.6~1472	안동	?~1472	관아에서 사망. 〈권보(權溥)-왕후(王煦, 초명 權載)-왕중귀-권숙-권복-①권온(1413~1456), ②권량, ③권공(權恭, 태종의 사위)〉. 진주목사(1412) 권충의 사종손이고, 진주목사(1444) 권총의 10촌 동생이다.
윤자영(尹子濚)		무송	1420~?	〈윤택(1289~1370)-윤구생-윤희종-윤강-윤변(尹忭)-윤자영-윤지/윤유〉
강자평(姜子平)	1475.11.10~	진주	1430~1486	〈강계용(박사공파)---강군보-강시-①강회백, ②강회중-㉮강안수-강휘-강자평-강형-강영숙-강온, ㉯강안복〉. 신수겸(愼守謙)의 장인
손소(孫昭)	1476.11~1477.5	경주	1433~1484	〈손사성(1396~1477)-손소-손중돈〉. 외손자가 회재 이언적(1491~1553)
이수생(李壽生)	1477.5.21~	홍양	-	〈이언림---이길-이서원-이은-이언-이수생〉. 김종직과 교유, 제주목사(1486) 역임
신말주(申末舟)	1479.12.23~	고령	1429~1503	신숙주(1417~1475)의 동생
이시보(李時珤)	1481.5.21~	전의	1433~1492	〈이도---이천(李仟)-①이원, ②이혼-이언승-이익(예안이씨 시조), ③이화---이정간-이사관-㉮이례장-이시보, ㉯이서장〉
송철산(宋鐵山)	1483.12.27~	여산	-	〈송송례-송분-①송린, ②송서(宋瑞)-송인번-송지-㉮송진생-송만적-송영산-송홍생-(계)송헌-송성길-송치세-송중도-송국평, ㉯송호생-송원년-송철산-송자강(1448~1514)-송호지-송즙-송중록-송건도(진주성전투 순국)-송국평(좌동)〉
박형문(朴衡文)		충주	1421~?	〈박영-박신---박세량-박광리-박진-박제함(1403~1457)-박형문-박언범〉
조지(趙祉)	1486.7.28~	평양	1453~1494	〈조인규-①조련, ②조후(1278~1325, 개명 延壽)-조충신-조사겸-조경-조수종-조지---조인득(1538~1598)-조혁-조공숙(趙公淑, 1584~1641)-조세형〉 ※『능엄경언해』(1461, 보물 제973호)의 한자음 표기

이름	재직 시기	본관	생몰	가계/이력 적요
경임(慶絍)	1487.7.4~1492	청주	-	※금란계 결성(1489.2), 촉석루 중수(1491)-하수일, 「촉석루중수기」. 『유산악부』(원호문 저) 간행(1492). 〈경번---경습-경여-경유형-①경면-경세청(1465~1537)---경섬(慶暹), ②경임-㉮경세렴, ㉯경세신〉. 진주로 낙남해 합천 이거
황사효(黃事孝)	1492.8.26~	장수	?~1495	〈황희(1363~1452)-①황치신-㉮황사장, ㉯황사현, ㉰황사효, ②황보신〉
허황(許篁)	1493.8	양천	1430~1516	〈허공---허금-허기-허추-허황〉
김익수(金益粹)	성종대 (1469~1494)	안산	1442~1513	진주목사(14세기 중엽) 김성경의 6세손. 장석영, 「통훈대부진주목사김공묘갈명」
최한원(崔漢源)	1497.2.30~	화순	-	〈최원지-최자해(1382~1421)-최선복-최한원〉
한사개(韓士介)		청주	1453~1521	〈한악-①한공의-한수-한상경-한혜-한계희-㉮한사무-한승리-㊀한여준-한응-한몽일, ㊁한여철-한계-조은 한몽삼---한유, ㉯한사개, ②한방신〉 ※쌍계사 불사 후원
이운거(李云秬)	1505	성주	1455~1525	〈이인민-이직-이사후-①이함녕-이숙생(출), ②이정녕-이집-이운거, ③이계녕-(계)이숙생〉. 진주목사(1425) 이수의 사종손
이승원(李承元)	?~1506.6	벽진	-	〈이옹-이성간---노촌 이약동(1416~1493)-①이승원-이유온-이엄-이후경, ②이소원〉
이우(李堣)	1506.겨울 ~1509.7	진성	1469~1517	퇴계 이황(1501~1570)의 숙부. 『송재집』
황맹헌(黃孟獻)	1514.11	장수	1472~1535	〈황희-황보신-황종형-황관-①황맹헌, ②황효헌〉. 진주목사(1492) 황사효의 삼종손
신영홍(申永洪)	~1519.9	고령	1469~?	〈신숙주(1417~1475)-신정-신영홍〉. 전 안의현감 윤효빙의 탈옥 사건으로 교체
김말문(金末文)	1519.11~	광산	1469~1525	〈김양감-①김의영---김주정, ②김의원-㉮김대균---김진-㊀김광리, ㊁김영리, ㉯김대용---김영(사온직장공파 파조)-김석재-김화-김소-김례몽-김성원(출)-김말문-김진〉
이원간(李元幹)	?~1523.7	용인	1473~1526	※임경헌(臨鏡軒) 건립(1522) 〈이중인-①이사영-이백찬-이승충-이봉손-이효독-이원간, ②이사위〉
허지(許遲)	?~1524.6	하양	-	〈허귀룡-허척-허계(?~1502)-허지〉
이운(李耘)	1524.6	한산	1469~1535	〈이색-이종학-이숙무-이형증-이례견-①이운(출), ②음애 이자(1480~1533)〉. 진주목사(1430년대) 이숙휴의 삼종손
윤세호(尹世豪)	1525년경	파평	1470~1540	〈윤보로-윤태산-윤잠-①윤지준-윤세호-윤택, ②윤지숭, ③윤지영-윤세신-윤근-윤선정〉. 진주목사(1420) 윤보로의 고손
정백붕(鄭百朋)	~1528.가을	온양	1479~1546	※조양관 건립-성여신, 『진양지』 〈관우〉 〈정보천---①정년---정포-정충기-정탁-㉮정백붕, ㉯정순붕, ②정희(상계 불확실)---정병하(鄭秉夏, 밀양부사 역임)〉. 생애는 정백붕 지석(誌石) 참조.

이름	재직 시기	본관	생몰	가계/이력 적요
공서린(孔瑞麟)	1528~	곡부	1483~1541	←영해부사. 〈공식-공숙-공제로-공의달-공서린〉
김창(金琩)	1530.봄~	강릉	-	〈김주원---김동정-①김영진, ②김영견---김웅-김계초-㉮김광갑---김안계-김언경(1433~1501)-김창-김흥원, ㉯김광을〉
한석호(韓碩豪)	?~1538.6	청주	-	※강완(姜浣) 남형 사건으로 체직(곤양군수 주세붕 검시, 관찰사 권벌 조사) 〈한악-한방신---한확-한치인-①한한-㉮한세질-한석호, ㉯한계금, ②한종, ③한건〉. 진주목사(1500년 전후) 한사개의 족손
김광진(金光軫)	1538.11~1541.5	강릉	1497~1572	〈김동정-김영진---김필양-김대-김세훈-①김광철(1493~1550, 밀양부사 역임), ②김광진〉. 진주목사(1530) 김창의 족숙, 김광철의 사위가 허엽(1517~1580, 허균의 부친)
임천손(林千孫)	1542.9~1543.6	평택	1478~1565	진주목사(1439) 임인산의 증손
하억수(河億水)	1543.7~	진양	1499~?	〈하연-하효명-하맹윤-하계조-하억수-(계)하응림(1536~1567)-하암〉
김휘(金暉)	1549.7	-	-	
이억상(李億祥)	1550년대	전주	-	〈정종-①선성군, ②덕천군-㉮신종군-㊀완성군, ㊁신곡수(이부정)-이련동-이억상, ㊂장련령, ㉯송림군, ③무림군〉
김홍(金泓)	1558~1560.6	경주	-	**※진주향교 대성전 중수, 명륜당·동서재·풍화루 증축, 보장고(寶長庫) 창건**-성여신, 『진양지』〈관우〉. 『의려집』(明, 하흠 저) 간행. 조식과 지리산 유람(1558.4) 〈김균(계림군파 파조)-①김중성-김안민-김문경-김세량-㉮김경(1482년생, 「유두류록」) ㉯김홍-김사성, ②김계성〉. 지방관으로서 선치한 이간(李幹, 1527~1598)의 장인
노진(盧禛)	1564.윤2.28~	풍천	1518~1578	※호족 탄핵. 진주목사(1459) 노숙동의 증손자. 『옥계집』
장문보(張文輔)	1565~1566	순천	1516~1566	관아에서 병사. 〈장천로---장윤의-삼은 장일신-장숙(張俶)-①장문서, ②장문보〉
박승임(朴承任)	1566.10~1568	반남	1517~1586	**※진주 사면(四面)에 서재 설치(1566)**-성여신, 『진양지』권2〈서원〉 〈박상충-박은-박규-①박병문, ②박병균-박숙-박형-박승임〉. 『소고집』
최응룡(崔應龍)	1568	전주	1514~1580	※성여신, 하면(河沔), 하항(河恒) 등 유생 10명을 선발해 단속사에서 학문 강론 〈최룡생-최전우-최택-최사필-①최자경-최수지-㊀최이식---최강(진주성전투 참전), ㊁최이한-최응룡, ②최득경---최기필(진주성전투 순국)〉. 진주목사(1354) 최룡생의 7세손
양응정(梁應鼎)	1570~1571	제주	1519~1581	〈양팽손(1488~1545)-양응정-양산숙〉. 조식과 두류산 유람(1570). 『송천유집』
임윤신(任允臣)		풍천	1529~1588	〈임주(任澍)-①임자송-㉮임경유---임사홍, ㉯임덕유, ②임자순---임한-임유손-㉮임주(任柱), ㉯임정(任楨)-임윤신〉

이름	재직 시기	본관	생몰	가계/이력 적요
이선(李選)	1573.1~	영천	1522~1586	〈이석지-이안직---이중호-이구손-이순증-이선〉. 진주목사(1420년대) 이안우의 족후손
권순(權純)	1573.4.25~	안동	1518~1586	〈권근-권준-권념-①권료-권복-권인-권순, ②권억-권기-권벽-㉮권인-권전(출)-권양-권수(출)-권적(1675~1755, 최경회 청시 행장, 기장현감〈시랑대〉), ㉯석주 권필(1569~1612)〉. 진주목사(1444) 권총의 족후손
고경진(高景軫)		제주	-	〈고득종-고태보-고계조-고한형-고경진〉
구변(具忭)	1576.3	능성	1529~1578	※덕산서원 창건 주관(1576) 〈구위-①구홍, ②구성량-구강(具綱)-구신충-구이-구수연-(계)구변, ③구성로〉. 참고) 구강의 장인이 진주목사 민중리
이제민(李齊閔)	1576.7~	전주	1528~1608	←수원부사. 옥산서원 창건(1572). 〈태종-①양녕대군, ②효령대군-㉮의성군(이채)-㊀이펍, ㊁이이-이옹-이제민, ㉯서원군(이친)---병와 이형상(李衡祥)---이학의, ㉰보성군(이합), ③세종-세조/광평대군/화의군/밀성군/영해군/담양군, ④성녕대군, ⑤경녕군〉
이현배(李玄培)	~1578.11	성주	1541~1595	※재직 때 출생한 서자(1578~1591)의 백색(白色) 피부·두발이 전란의 징조로 널리 수용된『어우야담』〈464화〉) 탓에 경주부윤 (1585~1586) 면직. 동래부사(1578~1581) 역임 〈이계녕-(계)이숙생-이윤탁-①이충건-이염-이현배, ②묵재 이문건(1494~1567)〉. 진주목사(1505) 이운거의 족후손
이제신(李濟臣)	1578.11~1579	전의	1536~1583	※벽오당 철폐(1578)-성여신,『진양지』권2〈총담〉 〈이사관-이례장-이시보-이공달-이문성(출)-이제신-①이기준, ②이구준(출)〉. 진주목사(1481) 이시보의 증손.『청강집』
김제갑(金悌甲)	1579	안동	1525~1592	〈김방경(1212~1300)-김순(金恂)-김영돈---김언묵-김석(金錫)-①김충갑-김시민, ②김제갑-김시헌, ③김인갑-김시양〉
황정욱(黃廷彧)	1580.12.1	장수	1532~1607	도임 중에 발병으로 귀가. 〈황치신-황사장-황기준-황열-황정욱-황혁〉. 진주목사(1492) 황사효의 사종손.『지천집』
신점(申點)	1581.7~1584.1	평산	1530~1601	※촉석루 중수(1583), 북장대 건립(1584) -하수일,「촉석루중수기」 〈신군평-신혼---신영석-신원-①신정미-신점(출)/신암, ②신순미-(계)신점, ③신홍미〉. 진주목사(1465) 신윤보의 족후손
이준(李準)	1585.8	전주	1545~1624	신종군(이효백)-완성군(이귀정)-①이계보-이억손-이유정-이준-이정익-이덕함-이탁-㉮이익년, ㉯이규년, ②이계수〉. 진주목사(1550년대) 이억상의 사종손
이유인(李裕仁)	1586	전주	1533~1592	※보장소(寶長所) 설치(1586) 〈태종-경녕군(이비)---이진-이자(李磁)-이유인〉. 진주목사(1576) 이제민의 족질

이름	재직 시기	본관	생몰	가계/이력 적요
최립(崔岦)	1589.2~1591.8	통천	1539~1612	※부역과 세금 제도 개혁. 신활자 제작해 이승인 시집과 십가(十家) 근체시 인쇄. 〈최세영-최자양-최립-최동망〉. 『간이집』
이경(李璥)	?~1592.6	함평	1537~1592	〈이순지-①이림, ②이광봉---이안-이계형-이석-㉮이만영(1510~1547)-이경, ㉯죽곡 이장영〉 ★진주판관 김시민(1591)
김시민(金時敏)	1592.8.1~11.22	안동	1554.9.23~1592.11.22	〈김석-김충갑-김시민-(계)김치-백곡 김득신〉. 진주목사(1579) 김제갑의 조카. ★진주판관 성수경(1592)
배설(裵楔)	1592.12~	성주	1551~1599	〈배덕문-배설-배상룡-배세면-배석휘〉
김면(金沔)	1593.1~3	고령	1541~1593	경상우병사 겸직. 〈김사행-김자숙-김장생-김탁-김세문-김면-김의립〉
서예원(徐禮元)	1593.4~6	이천	1548~1593	〈서희-서유위---서효손-서진-서운-서항-서관-서형-①서인원, ②서예원〉. ★진주판관 성수경(1593)
장윤(張潤)	1593.6.26~29	목천	1552~1593	3일간 재직. 〈장빈---장효례-장자강-장응익-장윤-장홍도-장구공-장성한〉. ※장성한 포상의 청원 「等狀」(1813, 진주박물관 소장)
이기빈(李箕賓)	1593.7.20~	전주	1563~1625	〈효령대군-보성군(이합)-율원군(이종)-이자겸-이대(李薱)-①이로-이기빈, ②이박-(계)이규빈〉. 진주목사(1576) 이제민의 족손
박종남(朴宗男)	1593~1594	밀양	1549~1601	〈박원---박효간-박세형-박호-박종남〉
배설(裵楔)	1594. 봄~1595.1	성주	1551~1599	재임
곽재우(郭再祐)	1595.1~5	현풍	1552~1617	〈곽승화-곽위-곽지번-곽월(郭越)-곽재우〉
김억추(金億秋)	1595.7~	청주	1548~1618	〈김령-김우필-김충정-김억추〉. 『현무공실기』
성윤문(成允文)	1596.2~9	창녕	1542~1629	〈성인보-성송국-①성공필-㉮성군미, ㉯성군부---성혼-성수경(진주성전투 순국), ②성한필-성군백-성리-성을신-성사홍-㉮성만용, ㉯성대용-성충-성익지-성선-성윤문〉
성대업(成大業)	1596.10	창녕	1540~?	※상아(上衙) 중건-성여신, 『진양지』〈관우〉 〈성공필-성군미-성여완-①성석용-성달생-㉮성승(成勝)-성삼문, ㉯성증(成塍)-성삼석-성효손-성욱-성대업, ㉯성개, ②성석인〉. 진주목사(1596) 성윤문의 족제
나정언(羅廷彦)	1596.11~1597	나주	1558~1601	〈나수영-나석-나중우-나득강---나윤명-나전-나정언〉
하응구(河應龜)	1597.10.23~	진양	-	출처: 조경남, 『난중잡록』
이현(李玹)	1598~1599	-	-	※상아(上衙) 중건, 관청(官廳) 건립-성여신, 『진양지』〈관우〉 출처: 류성룡, 『서애집』「서장」
곽재우(郭再祐)	1599.2.22~	현풍	1552~1617	겸진주목사. 재임
원사립(元士立)	1601.10~1602.3	원주	1569~1610	〈원극유---원덕-원심부-①원례---원몽-원숙정-원임-원준량-원전(元㙉)-(계)원사립-원빈, ②원득정---원민성-원충갑〉

이름	재직 시기	본관	생몰	가계/이력 적요
김여률(金汝㺯)	1602.5	순천	1551~1604	〈김윤인---김승주---김약균-김수렴-김훈-①김여물-김류-김경징, ②김여률(1596, 진주판관 역임)〉
김명윤(金明胤)	~1602.7	상산	1565~1609	〈김후(초명 浚)-김장(金張)-①김극용---김팽수-김한-김명윤, ②김정용-김광범-김록돈-김번-김준민(진주성전투 순국)-김봉승〉
구사직(具思稷)	1602	능성	1549~1611	〈구위-구성로---구수영-①구희경-㉮구순-구사맹, ㉯구택-구사직(출), ㉰구협-(계)구사직, ②구신경〉. 진주목사(1576) 구변의 족질
윤열(尹悅)	1602	파평	-	※덕산서원 중건 지원(1602), 산정(山亭) 건립-성여신, 『진양지』〈관우〉 〈윤란(尹蘭)-윤정기-윤열-윤천길〉

진주목사 겸 경상우병사(1603.8~1635.9)

(병영 이전 후 병사가 목사를 겸했으나 1635년부터 목사를 별도로 임명함)

이름	재직 시기	본관	생몰	가계/이력 적요
이수일(李守一)	1603.1~1605.9	경주	1554~1632	
오정방(吳定邦)	1605.9~1606.5	해주	1552~1625	
김태허(金太虛)	1606.5~1608.4	광주	1555~1620	
이광영(李光英)	1608.6.8	전주	1568~1626	
한희길(韓希吉)	1608.7~8	청주	?~1623	
최렴(崔濂)	1608.9~1609.11	해주	1550~1610	
임득의(林得義)	1609.11~1611.7	평택	1558~1612	
윤선정(尹先正)	1611.9~1614.2	파평	1558~1614	
류지신(柳止信)	1614.4~1616.3	전주	1559~?	
정기룡(鄭起龍)	1616.3~1617.2	곤양	1562~1622	
남이흥(南以興)	1617.4~1619.8	의령	1576~1627	
류지신(柳止信)	1619.9~1622.9	전주	1559~?	자세한 설명은 우병사 참조.
이응해(李應解)	1622.9~1623.4	합천	1557~1626	
신경유(申景裕)	1623.5~1625.3	평산	1581~1633	
조기(趙琦)	1625.4~1627.5	순창	1574~?	
허완(許完)	1627.6~1628.3	양천	1569~1637	
박상(朴瑺)	1628.3~1630.1	무안	1582~1636	
이익(李榏)	1630.1~11	-	-	
신경원(申景瑗)	1630.12~1631.8	평산	1581~1641	
정봉수(鄭鳳壽)	1631.8~1633.2	하동	1572~1645	
류순무(柳舜懋)	1633.2~1634.9	진주	1571~1635	
정충신(鄭忠信)	1634.11~1635.7	금성	1576~1636	
류승서(柳承瑞)	1635.7~9	문화	1566~1648	

진주목사(1635.10~1895.5.25)

이름	재직 시기	본관	생몰	가계/이력 적요
이영식(李永式)	1635.12~1636.6	전주	1579~?	←창원부사. 〈이영습(주부공파 파조)---이렬-이맹정-이우-이신효-이담-이영식〉
신익량(申翊亮)	1636.8~1637.3	평산	1590~1650	〈신안-신효-신자계---신광서-신감-신익량〉. 진주목사(1424) 신개의 족후손, 우병사(1623) 신경유의 족제
황일호(黃一皓)	1637.4~10	회원	1588~1641	〈황석기---황형-황원-황대수-황신-(계)황일호〉. 자형이 심광세이고, 황신의 『추포집』이 있다.
임련(林堜)	1637.10~1638.8	나주	1589~1654	〈임붕-임복-임서-임련〉
조석윤(趙錫胤)	1638.8~1639.6.20	배천	1605~1655	〈조응두-조충-조정호-조석윤〉. 사위가 송준길의 장남 송광식이다. 우산 한유(1868~1911)의 「분양악부」 제20편 '송정초(訟庭草)'의 주인공이다. 『낙정집』
이소한(李昭漢)	1639.8~1641.12	연안	1598~1645	※인신(印信) 개조 〈이현려---이석형(1415~1477)-이혼(李渾)-①이수장, ②이순장-이계-이정구(李廷龜)-㉮이명한, ㉯이소한〉. 『현주집』
강대수(姜大遂)	1642.1~1643.8	진주	1591~1658	〈강민첨(은열공파)---강려익-①강원감---강세탁-강익문-강대수, ②강원찬〉. 『한사집』
조유도(趙有道)	1643.10~1645.6	양주	1585~1653	〈조말생-①조찬-조선---조충수-조정-조유도, ②조근〉. 류희분(1564~1623)의 사위
오빈(吳翻)	1645.윤6~1647.4	해주	1602~1685	※벽오당·채봉각 건립, 우병사(1605) 오정방의 손자로 백형 오숙(1592~1634)의 『천파집』 간행
기진흥(奇震興)	1647.4~1648.3	행주	1606~1651	〈기의-기성헌-기협-기진흥〉
김소(金素)	1648.3~6	안동	1602~1666	→충청감사. 〈김석-김인갑-김시열-김소-김구만〉. 진주목사(1592) 김시민의 종질
정호인(鄭好仁)	1648.7~1650.6	영일	1597~1655	※객사 중건. 「진주객사중건상량문」(『양계집』) 〈정림-정인언-정광후-정위-정문예-①정종소-정세아-정안번-정호인, ②정치소〉. 우병사(1642) 정익의 족숙
이이존(李以存)	1650.7~11	여주	1609~1650	관아에서 졸서. 김상헌의 만사가 있음. 〈이교(李喬)-①이수해, ②이수룡---이자-①이증석-이사필(李師弼), ②이증약-이사원-이우-이광륜-이대준-이이존〉
이상일(李尙逸)	1650.윤11~1654	벽진	1600~1674	※상평창 창건. • 거사비(1654.7) 〈이약동-이소원-이유번-이석명-이민선-이상일〉. 진주목사(1505년경) 이승원의 사종손. 참고) 재직시 『남명집』(임술본) 훼판 가담자를 처벌함으로써 이후 진주 사림이 동서로 분열됨. 정재규, 「생원하공행장」, 『노백헌집』 권46
이유창(李有涓)	1654.7~1655.10	전주	1605~1664	〈세종-영해군(이당)---이숙명-이순-이유창-이홍식---이중인-이이정-이원팔(출)〉
이후선(李厚先)	1655.10~1656.가을	전의	1609~1674	※향교를 비봉산 아래로 이건(1656) 〈이구(李龜)-이직간-이광식-①이중희---이익충-이순효-이정표-(계)이중길-이후선, ②이계희〉. 우병사(1640) 이진경의 족질

이름	재직 시기	본관	생몰	가계/이력 적요
성이성(成以性)	1657.4~1658.8	창녕	1595~1664	• 청덕유애비(1659.윤3) 〈성사홍-성만용---성익동-성윤-성적-부용당 성안의(1561~1629)-성이성〉. 진주목사(1596) 성윤문의 족후손. 『계서일고』
정기풍(鄭基豐)	1658.10~ 1659.가을	초계	1594~?	〈정배걸-정문-①정복공, ②정복경---정신-정선---정온(鄭溫)-정윤겸-정숙-정종영(1513~1589)-㉮정약(鄭爚)-정기광/정기풍, ㉯정각, ③정복유---동계 정온(1569~1641)〉
이지형(李之馨)	1659~1660	공주	1598~1676	※군기고 이건 〈이엽-이명선---이극공(1507~1555)-이영부-이인준-이여해-이우(李瑀)-①이지형, ②이지온(1603~1671, 밀양부사 역임)〉
이세명(李世明)	?~1660.4.12	-	-	기생과 뱃놀이를 벌여 파출
남천택(南天澤)	1660.6~12	영양	1619~1684	〈남군보-남공야(영양 관조)---남휘주-남민생-①남의량---남응원-남융달-남잡(南磼)-남천택, ②남우량〉. 진주목사 겸 경상우병사(1617) 남이홍의 족후손
이규로(李奎老)	1661.1~1662.6	전주	1612~1674	〈정종-선성군(이무생)-이말정-이천수-이학정-이양원-이시경-이극광-이규로〉
정시성(鄭始成)	1662.7~1663.6	영일	1608~1685	〈정극유(감무공파)---정사도-정홍-정연-①정자원---정여온-정용(鄭涌)-①정시성, ②정시명, ②정자숙---송강 정철(1536~1593)〉
정승명(鄭承明)	1663.7~8	영일	1604~1670	〈정문예-정치소---정희윤-정신도-정승명〉. 진주목사(1648) 정호인의 족제
최문식(崔文湜)	1663.8~1664.8	강릉	1610~1684	〈최필달(경주계)---최치운-최응현-최세절-최수증-(계)최경상-최기벽-최문식〉
이극성(李克誠)	1664.8~1665.3	원주	1599~1665	〈이거-이월-이자휘-이광-이계원-이이준-이극성〉. 족보에는 차남 이극계가 진주목사
장건(張鍵)	1665.3~1666.5	인동	1626~1666	〈장금용(상장군계)---장균-장안세--장렬-장현광-(계)장응일-장건〉
김운장(金雲長)	1666.7~1667.겨울	연안	1610~1687	※객사 소실 〈김섬한-김준린---김도-①김자지---김흔-김안로(金安老)-김제-(계)김봉선-김집-김운장, ②김여지〉. 장인이 우병사(1642) 정익
강여호(姜汝㦿)	1668.1~8	진주	1620~1682	〈강려익-강원찬---강문한-①강림-강구상-강부-강해로-강설-강여호, ②강린---표암 강세황〉. 외조부가 여대로, 진주목사(1642) 강대수의 족손
류지방(柳之芳)	1668.8~1669.8	진주	1623~1670	〈류유-류혜방-류구---류한평-류진동-①류용-류형, ②류회-류림-류지방〉. 진주목사(1414) 류염의 족후손
최응천(崔應天)	1669~1671.봄	강릉	1615~1671	※객사 중건 〈최문한(강화계)---최순-최운상-최충남-최언숙-최응천〉. 정호(정철의 현손)의 장인
김덕원(金德源)	1671.4~1671.8	원주	1634~1704	〈김두남-김준룡-김인문-김덕원〉
김하량(金廈樑)	1671.10~1673.2	선산 (들성)	1605~1678	※조양각, 의곡사 중건 〈김한충---김제-김광좌-김취기-김공(金筇)-김석지-김경(金褧)-김하량-김원섭〉

이름	재직 시기	본관	생몰	가계/이력 적요
남몽뢰(南夢賚)	1673.2~1675.9	영양	1620~1681	※동헌(벽오당 명명) 중건, 작청(作廳) 건립, 『양촌집』(권근) 중간본 간행(1674) 〈남민생-남우량-①남치공-남의원-남명-남구수-남응진-남추(南樞)(출)-남해준(출)-남몽뢰-남명하, ②남치검〉. 진주목사(1660) 남천택의 족제. 『이계집』
윤형성(尹衡聖)	1675.11~1676.6	남원	1608~1676	〈윤관-윤언인-윤덕첨-윤위(남원 시조)-윤극민-윤돈(尹敦, 함안 시조)-①윤희보, ②윤영찬(남원系)---윤시영-㉮윤청-윤민신-윤길-㊀윤형각, ㊁윤형성-윤뢰, ㉯윤징〉
이익(李翊)	1676.9~12	우봉	1629~1690	〈이지문-(계)이할-이유겸-이익〉 도암 이재(1680~1746)의 종조부
최진남(崔鎭南)	1677.1~1678.2.6	경주	1626~1683	〈최인(1559~?)-최동립-최진남-최경식〉 제주판관(1665, 귤림서원 배향) 역임
윤계(尹堦)	1678.3~1680	해평	1622~1692	※비봉루(飛鳳樓) 건립 〈윤변-①윤두수-㉮윤휘(尹暉)-윤면지-윤계, ㉯윤훤(尹暄), ②윤근수〉
이하진(李夏鎭)	1680.2~5	여주	1628~1682	〈이교-이수해---이사필-이우인-이상의-이지안-이하진-성호 이익(1681~1763)〉. 진주목사(1650) 이이존의 족질. 『육우당유고』
유하겸(俞夏謙)	1680.6~1681	기계	1632~1691	〈유여림-①유관-유호-유대정-유시증-유극-유하겸-유도중, ②유진, ③유강〉
장진(張瑱)	1681.2~1682.11	인동	1635~1707	〈장계(직제학계)---장말손(1431~1486)---장세희-장여핵-장원경-장진〉. 『모암집』
원진택(元振澤)	1682.11~1684.겨울	원주	1624~1699	〈원경---원천석---원응룡-①원경의-(계)원전(元銓)-원진택, ②원경눌-㉮원전(출), ㉯원흠(元欽)-원진수〉
김태일(金兌一)	1685.2~12	예안	1637~1702	※대동청 중건 〈김득선-김단(金鍴)-김태일(출)〉. 『노주집』
한구(韓構)	1686.1~1687	청주	1636~1715	※객사 중수, 인신(印信) 개조 〈한치인-한한-한계금---한립-한석원-한구〉. 진주목사(1530년대) 한석호의 족후손
이국방(李國芳)	1687.9~1689.3	전의	1641~1718	〈이굉식-이계희-이근인---이경천-이선후-이광전-(계)이국방〉. 진주목사(1655) 이후선의 족질
임당(任堂)	1689.5~1691.4	풍천	1638~1710	〈임자송-임덕유---임열-①임숭로-임기-임숙영, ②임영로-임장-임선백-㉮임중, ㉯임당〉. 진주목사(1570년대) 임윤신의 족후손, 후임목사(1691) 임홍량의 족숙
임홍량(任弘亮)	1691.4~겨울	풍천	1634~1707	〈임자순---임유손-임주(任柱)-임내신-임기-임희지-임준-임홍량〉. 진주목사(1570년대) 임윤신의 족후손. 『폐추유고』

이름	재직 시기	본관	생몰	가계/이력 적요
송광연(宋光淵)	1691.겨울~1692	여산	1638~1695	※대성전 하대 이건(1692.1) 〈송분-송린(宋璘)---송익손-①송호---송상현(1551~1592, 동래부사 순절), ②송류---송시철(1610~1673, 밀양부사 역임)-㉮송광렴, ㉯송광연-(계)송징오(이단상의 사위)-송인명-송익언〉. 진주목사(1483) 송철산의 족후손. 우병사 윤취상과 대립하다가 부평 유배. 형 송광렴의 첫 번째 장인이 진주목사(1662) 정시성.
조의징(趙儀徵)	1692.8~1693.2	한양	1649~1693	〈조종효---조간-조중려-조종저-조의징〉
이광하(李光夏)	1693.5~6	덕수	1643~1701	〈이추-이의무-①이기-이원우-이필-(계)이안눌-(계)이합-이광하-이집, ②이행〉. 우병사(1680) 이빈의 족질
채헌징(蔡獻徵)	1693.7~1694.6	인천	1648~1726	※창렬사 제향 의식 정비 〈채수(蔡壽)-채윤권-채무혜-채유광-채천계-채이복-채기종-채헌징(출)〉. 갑술환국으로 사직. 『우헌집』
박수검(朴守儉)	1694.7.11	의흥	1629~1698	매부가 우병사 우필한이라 상피. 『임호집』
안세징(安世徵)	1694.8~1696.6	광주	1639~1702	〈안지-안수-안해-안기-①안국주, ②안성(1344~1421)---안여종-환성재 안세징-(계)안택인〉. 진주목사(1408) 안처선의 족후손
남지훈(南至熏)	1696.9~1697.10	의령	1653~1718	〈남세건-남응운-남호-남이신-남두첨-남훤-①남치훈, ②남지훈-남효명-남태온/남태량(출)〉. 우병사 남이홍(1617)의 족후손
윤유기(尹悠期)	1697.10~1699.6	파평	1645~1701	〈윤보-윤안비-윤침-①윤효진, ②윤인선-윤시-윤돈(尹惇)-윤계흥-㉮윤석-윤인복-윤담---윤겸제-윤정-윤유기, ㉯윤구〉
정추(鄭推)	1699.6~윤7	초계	1650~1705	〈정화-정요-정갱---정지남-정흠-정원익-정추〉. 우병사(1702) 정리상의 족제
이인석(李寅錫)	1699.윤7~1700.2	양성	1650~1727	〈이영주-이연-이수방-이원부---이윤의-이관-이진강-이인석-이순민〉
박두세(朴斗世)	1700.2~1702.윤2	울산	1650~1733	※아사(衙舍)를 벽오당 옛터로 이건 〈박이건-박율(朴繘)-박두세〉, 『요로원야화기』, 『삼운보유』(1705) 저술
김시경(金始慶)	1702.9~1703	안동	1659~1735	←울산부사. 〈김명리-김맹헌---김윤종-김진강-김대화-김구-김영희-김두서-김시경〉. 진주목사(1400) 김명리의 후손
류봉징(柳鳳徵)	1703.8~1704.4	문화	1649~1737	〈류계문-류보-류련손-류해---류수종-류운-류봉징〉. 우병사(1640) 류정익의 족손
홍경렴(洪景濂)	1704.5~1705.1	남양(당홍)	1645~?	※정충단, 창렬사 중수. 이중환, 『택리지』 〈홍은열-①홍동주-홍의-㉮홍호, ㉯홍(손)복-홍한성---홍덕준-홍인범-(계)홍적-홍여량-홍유수-홍경렴, ②홍후〉
이익년(李翼年)	1705.1~1706.11	전주	1652~1706	임소에서 병사. 진주목사(1585) 이준의 고손
신규(申奎)	1706.12~1707	평산	1659~1708	〈신자수-신윤관-신승민---신경희-신종근-신찬연-신규-신진주〉. 진주목사(1465) 신윤보의 족후손. 『취은집』
조식(趙湜)	1707.8~	횡성	1648~1714	〈조공립-조금(趙嶔)-조이건-조식〉

이름	재직 시기	본관	생몰	가계/이력 적요
심방(沈枋)	1709.9~1711.6	청송	1649~1711	※보민창, 반성창 중수 〈심덕부-①심징, ②심온-㉮심준-심치-심형-(계)심달원-㊀심자, ㊁심전-심우승-(계)심액(沈詻)-심광사-심방, ㉯심회---심수-심우신(진주성전투 순국)〉
정우주(鄭宇柱)	1711.6~1713.8	초계	1666~1740	〈정종영-정각(鄭慤)-①정기승-정진-정수성-(계)정우주, ②정기휘---정현덕(동래부사 역임)〉. 진주목사(1658) 정기풍의 사종손
권시경(權始經)	1713.9~1716.2	안동	1667~1742	〈권복-권온-권욱---권대유-권덕윤-권시경〉. 진주목사(1470) 권량의 족후손
최경식(崔慶湜)	1716.2~1716.3	경주	1660~1716	임소에서 병사. 진주목사(1677) 최진남의 아들
오명희(吳命禧)	1716.3~1717.1	보성	1655~1719	〈오순길-오지인-오시간-오명희〉
이규년(李奎年)	1717.1~1719.5	전주	1655~1719	진주목사(1705) 이익년의 동생
정사효(鄭思孝)	1719.5~12	온양	1665~1730	〈정탁-정순붕---정환(鄭晥)-정뢰경-정유악-정사효〉. 진주목사(1520년대 말) 정백붕의 족후손. 이인좌 난(1728)에 연루되어 장사(杖死)
박태삼(朴泰三)	1720.1~1722.3	나주	1667~1729	〈박윤종-박면-박태삼〉. 이인좌 난에 연루되어 장사(杖死)
김기지(金器之)	1722.4	김해	1673~1739	담화(痰火)로 미부임. 〈김자영---김윤기-김덕중-김락선-김진성-김기지(개명 獻之)〉
황류(黃劉)	1722.4~1723	창원	1670~1732	〈황석기---황형-황침-황대임-황치경-황수-황호-(계)황응로-황윤하-황류〉
황찬(黃燦)	1723.8~1724.2	회덕	1677~1729	〈황옥립-황윤후-황찬-황기인〉
윤기경(尹基慶)	1724.2~1726.4	파평	1669~1726	관아에서 병사. 〈윤잠-윤지승-윤정림---윤례립-(계)윤세징-윤이제-윤기경〉. 진주목사(1525년경) 윤세호의 족후손
정필녕(鄭必寧)	1726.8~1727	해주	1677~1753	〈정역-정충경---정적-정중구-정필녕-정운경〉. 우병사(1670) 정영의 족제. 제주목사 재직시 아들 정운경(1699~1751)이 『탐라견문록』(1732) 저술
이자(李滋)	1727.5~6	한산	1683~1743	〈이종선-이계전-이우-이장윤-①이질, ②이치(李穉)-토정 이지함(1517~1578)-이산두-이거인-이술-이경의-이정래-이자〉. 진주목사(1430년대) 이숙휴의 족후손
신후삼(愼後三)	1727.7~1728.7	거창	1683~1735	〈신이충-①신기(愼幾)-㉮신후갑, ㉯신후경-㊀신영수-신우맹-요수 신권(1501~1573), ㊁신영명---신성기-신원만-(계)신후삼, ②신전(愼詮)-신승선-신수근/신수겸〉
신유익(愼惟益)	1728.8~1731.3	거창	1671~1733	〈신기-신후갑-신자건---신탁-신이명-신유익〉. 진주목사(1727) 신후삼의 족숙
구택규(具宅奎)	1731.3~6	능성	1693~1754	〈구사맹-구성-구인후(출)-(계)구오-구문제-구종주-구혁-구택규-구윤명〉. 진주목사(1602) 구사직의 족후손. 『백헌총요』
강필경(姜必慶)	1731.7~12	진주	1680~1749	〈강자평---강온-강사필-강연-강홍중-강급-①강석로, ②강석구-강억-강필경〉, 진주목사(1475) 강자평의 10세손

이름	재직 시기	본관	생몰	가계/이력 적요
이중관(李重觀)	1732.2~1733.4	전주	1674~1733	재직 중 사망. 〈이규빈-①이척, ②이란-이상연---이경한-이하령-이중관-이양오-이득원-(계)이만구-이봉순〉. 진주목사(1593) 이기빈의 족후손
김우철(金遇喆)	1733.5~1735.9	광산	1689~1751	〈김양감-김의영---김주정-김심---김진해-김시성-김우철〉. 진주목사(1519) 김말문의 족후손
정언유(鄭彦儒)	1735.10~1737.2	동래	1687~1764	〈정란종-정광보---정상신-①정회원---정광주-정운서-정언유, ②정응원〉. 진주목사(1440년대) 정사의 후손
박준(朴埈)	1737.5~1739.3	밀양	1672~?	〈박척---박윤문-①박대양---박수문-박순-박성동-박준, ②박삼양---박중호-㉮박협---박지번-박원구-박춘영(진주성전투 순국), ㉯박감---박경국-박명철-박승남(진주성전투 순국)〉. 우병사(1673) 권주의 외손자
이광부(李光溥)	1739.5~1741.1	평창	1694~1773	**※향교 동·서무 수리, 풍화루 중수**-동야 정상호 중수기(1740.5), **사직단과 여제사(厲祭祠) 개수** 〈이량-이희문-(계)이옥-이정직-이숙-이창환-①이경, ②이배-(계)이명석-이광부〉
김상신(金相紳)	1741.1~1742	연안	1687~1765	〈김도-김여지-김승---김현(金琄)-김수오-①김호, ②김순-(계)김상신-김용〉. 진주목사(1666) 김운장의 족손
이제담(李齊聃)	1742.5~1744.7	전주	1687~1744	**※창렬사 배향 인물의 추가 증직 계청** 〈세종-담양군(이거)-이숙---이경중-이유순-이명식-이진오-이송령-이제담〉
박필간(朴弼幹)	1744.8~12	반남	1683~1760	〈박규-박병문---박소-①박응천, ②박응복-㉮박동열-박호(朴濠)-박세해-박태항-박필간, ㉯박동망, ㉰박동량〉. 진주목사(1566) 박승임의 족후손
이일서(李日瑞)	1745.1~1746.6	광주	1700~1747	〈이집-이지유(목사공파)---이경창-이도원-이일서〉. 우병사(1593) 이광악의 족후손
김상중(金尙重)	1746.7~1747.6	강릉	1700~1769	**※1747년 창렬사 치제 때 대축(大祝)**. →동래부사 〈김계초-김광을---김선여-김홍주-김시현-김상중〉. 진주목사(1530) 김창의 족후손
박필리(朴弼理)	1747.6~1749.5	반남	1687~1756	〈박응복-박동망-박류-박세헌-박태창-박필리〉. 진주목사(1744) 박필간의 사종제
강필신(姜必愼)	1749.5~11	진주	1687~1756	〈강급-강석로-강영-강필신〉. 진주목사(1731) 강필경의 삼종제. 『모헌집』
이광식(李光湜)	1749.12~1750.겨울	평창	1690~1754	〈이창환-이경(李坰)-이태석-이광식-이동박〉. 진주목사(1739) 이광부의 재종형
안극효(安克孝)	1751.1~1753.6	순흥	1699~1762	〈안지귀-안기-안처순---안후기-안숙(安橚)-안극효〉. 진주목사(1459) 안지귀의 10세손
임경관(任鏡觀)	1753.8~1756.6	장흥	1693~1761	**※해창(海倉) 이건** 〈임호-임의-①임원숙---임근(任謹)-임희진(진주성전투 순국)-임달영, ②임원준-임윤---임시윤-임대년-임치당-임경관(출), ③임원후-임유/딸1(인종)/딸2(정서 '정과정곡')〉
이광익(李光瀷)	1756.6~12	평창	1703~1780	진주목사(1749) 이광식의 동생

이름	재직 시기	본관	생몰	가계/이력 적요
이덕해(李德海)	1757.1~1758.4	덕수	1708~1766	〈이추-이의석-이천(李蕆)-이원수-①율곡 이이(1536~1584), ②이우---이동명-(계)이정화-이광의-이덕해〉. 우병사(1680) 이빈의 족후손
윤재겸(尹在謙)	1758.6~1759.5	파평	1701~1776	〈윤희제-윤경-윤필상---윤침-윤동명-윤혼-윤재겸〉. 우병사(1711) 윤우진의 족제
조덕상(趙德常)	1759.6~1761.7	임천	1708~1784	**※객사, 의봉루(儀鳳樓), 조창(漕倉) 중건 ▼종천서원 원변 주도**-『종천화변록』 참조 증조부 조창기(1640~1676, 조성기의 동생)의 문집 『조암집』(1761.4) 간행
정지익(鄭志翼)	1761.8~1762	영일	1700~1767	〈정종성-정수---정창징-정제현-(계)정건일-정지익〉. 우병사(1642) 정익의 족후손
이식(李埴)	1762.5~1763.5	덕수	1700~1767	〈이추-이의번-이함-이린상-(계)이통-①이경민(출), ②이경증-이혜(李嵇)-이희담-이식〉. 우병사(1757) 이덕해의 족대부
서유상(徐有常)	1763.7~1765.겨울	대구	1718~1777	〈서거정---서성(徐渻)-①서경우-서원리-서문중, ②서경수-㉮서형리---서명윤-서행수-서유상, ㉯서홍리, ③서경주〉
심공유(沈公猷)	1766.1~1768.6	청송	1724~1788	〈심동구-심유-심한주-심봉휘-심현희-(계)심공유〉. 우병사(1765) 심의희의 삼종질
이성모(李聖模)	1768.6~10	덕수	1715~1789	〈이의무-이행---택당 이식(1584~1647)-①이면하-이류-이태진-이명-이성모, ②이단하〉. 진주목사(1693) 이광하의 족후손
홍익필(洪益弼)	1768.11~1769.11	남양	1721~1786	〈홍융-홍주-홍징-홍상부-①홍지---홍춘경-㉮홍천민, ㉯홍성민-홍서익-홍명구-홍중보-㊀홍득기, ㊁홍득우-홍치중-홍제유-홍익필, ②홍척〉. 우병사(1795) 홍인묵의 족손
조덕수(趙德洙)	1769.11~1772.3	임천	1714~1790	〈죽음 조희일(1575~1638)-조석형-조경망-조정만-조명익-조덕수〉
이명즙(李命楫)	1772.6~1774.4	연안	1709~1790	〈이혼-이수장-①이기(李嶬)-㉮이정수-이빈(李贇, 1537~1592), ㉯이정화-이귀(李貴, 1557~1633)---이겸저-이정-이명즙---이조면-이병연(1894~1977, 『조선환여승람』 저술), ②이의〉. 진주목사(1639) 이소한의 족후손
송익언(宋翼彦)	1774.6~7	여산	1730~1783	진주목사(1691) 송광연의 증손
유언현(兪彦鉉)	1774.7~1776	기계	1716~1790	〈유여림-유강(兪絳)-①유영---유철-유명악-유척기(1691~1767)-㉮유언흠, ㉯유언현, ②유함(출)〉. 진주목사(1680) 유하겸의 족손, 우병사(1759) 유주기의 족질
정치검(鄭致儉)	1776.12~	동래	1710~1788	〈정란종-정광필---정광성-①정태화, ②정치화, ③정만화-정재해-정시선(鄭是先, 밀양부사 역임)-㉮정석년, ㉯정석범-정치검-정동륜-정지용〉. 진주목사(1735) 정언유의 족제
조윤정(曺允精)	1779.1~1780.10	창녕	1727~1812	〈조광원(1492~1573)-조대건-조경인-조문수-조한상-(계)조전주-조하기-조명교-①송하 조윤형(1725~1799), ②조윤정-(계)조학진〉. 우병사(1591) 조대곤의 족후손

이름	재직 시기	본관	생몰	가계/이력 적요
윤면원(尹勉遠)	1780.10~1782.6	파평	1721~1789	〈윤계홍-윤구(尹昫)-윤인경-(계)윤현-윤사흠---윤리(尹理)-윤양래-(계)윤지언-윤면원〉. 진주목사(1697) 윤유기의 족손
권제응(權濟應)	1782.8~1784.12	안동	1724~1792	※객사 중수 〈권리여-권융---권상하-권욱-권영성-권제응-권중집-권돈인〉. 『취정유고』
홍병은(洪秉殷)	1784.1~5	남양	1722~1794	〈홍중보-홍득기-홍치상-홍태유-홍익종-(계)홍병은〉. 진주목사(1768) 홍익필의 삼종질
이백규(李白圭)	1785.5~1786.12	전주	1724~1789	〈덕흥대원군-하성군(선조)-인성군(이공)-이길-이장-이구-이익현-이백규〉. 우병사(1665) 이준한의 족후손
김리계(金履銈)	1787.1~1789.6	안동(신)	1736~1809	〈김극효-①김상용-김광현, ②김상헌(출)-김광찬-김수항-㉮김창집, ㉯김창흡(金昌翕)-김양겸-김범행-㊀김리계-김근순, ㊁김리수-대산 김매순(1776~1840). 손서가 박주수(박지원의 손자)
정화순(鄭華淳)	1789.7~1790.11	동래	1740~1797	〈정광성-정태화-①정재대-정혁선(鄭赫先, 밀양부사 역임)-정석백-정화순, ②정재악〉. 진주목사(1776) 정치검의 족제
정재원(丁載遠)	1790.11~1792.4	나주	1730~1792	←울산부사. 관아에서 병사. 정약용의 부친
박종후(朴宗厚)	1792.4~1793.8	반남	1736~1799	〈박응복-박동량-박미-박세교-①박태두-박필하-㉮박사익, ㉯박사설-박취원-박종후, ㉰박사정-박명원, ②박태길---박사유-연암 박지원〉. 진주목사(1744) 박필간의 족후손
윤행엄(尹行儼)	1793.8~	남원	1728~1799	〈윤시영-윤징-윤우신-윤섬---윤종주-(계)윤염(1709~1771)-①윤행엄-(계)윤상현, ②윤행임(1762~1801)-윤정현〉. 진주목사(1675) 윤형성의 족후손
이덕현(李德鉉)	1794.11~1795.윤2	용인	1763~?	〈이행검-이적-이종형---이보일-(계)이석호-이재행-이덕현〉. 우병사(1709) 이휘(李暉)의 족후손. 동래부사 역임(1821~2)
정동협(鄭東協)	1795.윤2~	동래	1738~1796	〈정광성-정치화-(계)정재륜-정효선-(계)정석오-정양순-정동협〉. 진주목사(1776) 정치검의 족질
남인로(南寅老)	1795.9~1798.12	의령	1746~1829	〈남훤-남치훈-남필명-남태제-남인로〉. 진주목사(1696) 남지훈의 삼종손
윤로동(尹魯東)	1799.1~1800.12	해평	1753~1822	←양산군수(1795~8). 동래부사(1809~13) 역임. 〈윤두수-윤훤-①윤순지, ②윤원지-윤돈-(계)윤세량-(계)윤광-윤득수-윤로동〉. 진주목사(1678) 윤계의 족후손.
한대유(韓大裕)	1801.1~8	청주	1735~1818	→순흥부사. 〈한치인-한건---한수원-①한성보-(계)한배하(1650~1722, 동래부사 역임), ②한성익-한배상-한사득-한광계-한대유, ③한성좌〉. 진주목사(1530년대) 한석호, 우병사(1608) 한희길의 족후손
이원팔(李元八)	1801.9~1802.10	전주	1765~1838	←순흥부사. ※군적(軍籍) 시정 진주목사(1654) 이유창의 6세손
김정국(金鼎國)	1802.11~1804.6	김해	1747~?	※대성전 중수 〈김중진-김헌-김경복-김정국〉

이름	재직 시기	본관	생몰	가계/이력 적요
박종우(朴宗羽)	1804.7~8	반남	1745~1821	〈박소-박응천-박동선-박정(朴炡)-①박세견---박인원-박종우-박회수, ②박세후〉. 진주목사(1744) 박필간의 족후손
조정현(趙廷鉉)	1804.10~1806.11	양주	1742~1814	〈조말생-조근---조존성-조계원-①조구석---조운규-조정현-조제만-조철림-조택희-조중응, ②조희석〉. 진주목사(1643) 조유도의 족후손
이락수(李洛秀)	1806.11~1808.11	연안	1755~1833	※1807.3.24.~4.1 경상감사 윤광안, 산청현감 정유순과 지리산 유람. 남주헌, 「지리산행기」, 『의재집』권10. 〈이정구-이명한-이만상-이봉조-이정신-①이산보, ②이득보-이심원-이락수-이약우〉. 진주목사(1639) 이소한의 족후손
이로재(李魯在)	1808.11~1809.4	한산	1758~1820	〈이장윤-이질-이지숙-이증-이경류-이제-①이정기-이행-이병철-이기중-㉮단릉산인 이윤영(1714~1759)-이희천-이로재, ㉯이운영, ②이정룡〉. 우병사(1685) 이기하의 족후손
박성규(朴性圭)	1809.5~6	고령	?~1809	임소에서 병사 〈박지(朴持)---박장원-①박진, ②박선-㉮박태한-(계)-박민수-박인영-박성규, ㉯박항한-박민수(출)/박문수(朴文秀, 암행어사)〉. 신대우(1735~1809)의 사위
윤광수(尹光垂)	1809.6~1810.7	파평	1754~1839	〈윤희제-윤배-윤사은---윤현교-(계)윤동섬-윤광수〉. 진주목사(1758) 윤재겸의 족질
홍대연(洪大淵)	1810.7~1813.7	남양	1749~1816	※대성전 상대 이건, 풍화루 중수(1812.1)-박천건(=박지서) 이건상량문(1812) 〈홍춘경-홍천민-홍서봉-홍명일---홍응운-홍경안-①홍대연, ②홍승연-홍병원/홍병희〉. 진주목사(1768) 홍익필의 족제
김사희(金思羲)	1813.8~1815.5	경주	1752~1828	〈김균-김계성---김남중-김일진-김주신-김구연(출)-(계)김기대-김사희〉. 진주목사(1558) 김홍의 족후손
이황(李潢)	1815.6~9	전주	1755~1838	〈이인령-이돈-이석한---(계)이명익-이형규-이황〉. 우병사(1665) 이준한의 족후손
이정회(李靖會)	1815.10~1817.겨울	전의	1751~1821	〈이제신-이기준-이중기-이행건-이만웅-이징하-이덕현-이락배-이정회〉. 진주목사(1578) 이제신의 8세손
정동만(鄭東晩)	1818.1~4	동래	1753~1822	〈정태화-정재악-정임선-정석증-정계순-정동만-정원용(1783~1873)-정기세-정범조〉. 진주목사(1789) 정화순의 족질
민치성(閔致成)	1818.5~1819.5	여흥	1773~1853	〈민제인-민사용-①민여건-(계)민기-민광훈-㉮민정중, ㉯민유중-민진원-민창수-민백순-(계)민양현-민치성〉. 우병사(1635) 민영(閔栐)의 족후손
박종대(朴宗大)	1819.5~1821.10	반남	1768~1843	〈박정-박세후-(계)박태보-(계)박필모--박사윤-박존원-박종대〉. 진주목사(1804) 박종우의 족제
정지용(鄭持容)	1821.10~1823.4.12	동래	1758~1824	진주목사(1776) 정치겸의 손자

이름	재직 시기	본관	생몰	가계/이력 적요
홍백순(洪百淳)	1823.4~1825.7	남양	1762~?	※의기사 중수(1823) • 애민선정비(1825.4. 명석면 계원리) 〈홍상부-홍척---홍영-홍정설-홍적-홍백순(출)〉. 진주목사(1768) 홍익필의 족질
이헌조(李憲祖)	1825.7~12	전주	1759~1831	〈세종-밀성군(이침)---이이명-이기지-이봉상-이영유-이헌조〉
한철유(韓喆裕)	1826.1~4	청주	1765~1849	〈한수원-한성좌-한배휴-한사열-한광근-한철유〉. 진주목사(1801) 한대유의 사종제
민사관(閔師寬)	1826.6~1827.윤5	여흥	1762~1833	〈민선-민유의-민호례-민진정-민숙-민사관〉. 우병사(1659) 민응건의 족후손, 진주목사(1818) 민치성의 족증대부
조진익(趙鎭翼)	1827.윤5~9	양주	1762~1827	임소에서 졸서. 〈조계원-조희석-①조태과, ②조태채-조정빈---조종철-조진익-조두순(1796~1870)/조규순〉. 진주목사(1804) 조정현의 족제
이로준(李魯俊)	1827.10~1828.6	덕수	1769~1849	〈이식-이단하-이번-이구진-(계)이위-(계)이은모-이로준〉. 진주목사(1768) 이성모의 족질. 합천군수 역임(1822~3)
원석범(元錫範)	1828.6~1829.10	원주	1781~1839	←울산부사. 〈원황-원효이---원유남-①원두표, ②원두추-(계)원만리-원몽익-원명일-원경조-(계)원계손-원재진-원석범-(계)원세철(1816~1892. 밀양부사 역임)〉. 우병사(1651) 원숙의 족후손
김리위(金履褘)	1829.11~1832.5	안동	1764~1838	※객사 중수. ★청정거사비(미천면 안간리) 〈김상용-①김광형---김경진(1815~1873, 『청구야담』), ②김광현-㉮김수인, ㉯김수민, ㉰김수빈-김성익-㉠김시발-김교행-김리인-김희순/김양순, ㉡김시눌-김락행-김리위-김온순(출)-김성근〉. 진주목사(1787) 김리계의 족제. 『충렬실록』 서문을 지은 김리양(1755~1845)의 재종제
송계수(宋啓洙)	1832.6~1834.9	은진	1772~1847	※1833년 3월 11일 창렬사 치제 때 축사사의(祝史司儀)를 맡음 〈송유-송계사-①송요년-㉮송여림, ㉯송여집---송준길(1606~1672)-송광식-㉠송병원, ㉡송병익-ⓐ송요신, ⓑ송요협-송극흠-송례연-송계수, ②송순년-송여해-㉮송세충, ㉯송세량---송시열(1607~1689)〉
박제상(朴齊尙)	1834.9~1836.7	반남	1770~1842	〈박필하-박사익---박상로-박종수-(계)박제상〉. 진주목사(1792) 박종후의 사종손
조함영(趙咸永)	1836.9~1837.8	풍양	1778~1849	〈조신-조안평-조온지---조종경-①조정추, ②조정기-㉮조수륜---조엄(趙曮)-조진관-조만영/조인영(1782~1850), ㉯조수익---조상적-조각-(계)조진용-(계)조함영-조병위〉. 우병사(1776) 조규진의 족손
이겸수(李謙秀)	1837.10~1839.4	연안	1776~?	〈이유상-이진조-이석신-이상보-이병원-이겸수〉. 우병사(1836) 이희보의 사종손
홍주(洪疇)	1839.5~1840.겨울	남양	1780~?	〈홍귀해-홍형(洪泂, 1446~1500)-①홍언필-홍섬, ②홍언광-홍담---홍용조-㉮홍력-홍대용(洪大容), ㉯홍억-홍대응-홍주〉. 우병사(1690) 홍시주의 족후손

이름	재직 시기	본관	생몰	가계/이력 적요
이희승(李羲升)	1840.11~1841.8	한산	1774~1851	〈이제-이정룡-이집-이병건-이산중-이태영-이희승〉. 진주목사(1808) 이로재의 족숙
윤치성(尹致誠)	1841.8~1842.1	해평	1800~1860	〈윤훤-윤순지---윤항-①윤득성, ②윤득양-(계)윤석동-윤풍렬-윤치성〉. 진주목사(1798) 윤로동의 족후손
이봉순(李鳳純)	1842.1~1843.6	전주	1786~1844	진주목사(1732) 이중관의 고손
정만교(鄭晩教)	1843.6~1844.5	온양	1799~1871	→안주목사. 〈정백붕-(계)정현---정창유-정원시-정경우-정만교〉. 진주목사 정백붕의 11세손, 진주목사(1719) 정사효의 족후손. 족손이 밀양부사 정병하(1839~1896)
김영근(金泳根)	1844.5~1846.겨울	안동	1793~1873	〈김수항-김창집-김제겸-①김성행-김리장-김복순-김영근, ②김달행-㉮김리중-김조순(1765~1832)-김유근, ㉯김리경-김명순-김홍근〉. 진주목사(1787) 김리계와 진주목사(1829) 김리위의 족손
송계백(宋啓柏)	1846.11~1848.8	은진	1781~1848	임소에서 졸함. 〈송광식-송병원-(계)송요좌-송문흠-송치연-(계)송계백〉. 진주목사(1832) 송계수의 사종제
김룡근(金龍根)	1848.9~1849.6	안동	1794~1849	졸서. 〈김광현-김수민-김성달-김시윤-김겸행-김리경-김인순-김룡근(출)〉. 진주목사(1829) 김리위의 족손, 진주목사(1876)의 김온순의 족질
윤일선(尹日善)	1849.7~11	해평	1793~1866	←울산부사. 〈윤항-윤득성-윤적동-윤익렬-윤치야-윤일선〉. 진주목사(1841) 윤치성의 족질
조진상(趙鎭常)	1849.12~1852.1	양주	1791~1854	〈조희석-조태과---조경규-(계)조진상-조재순/조기순〉. 진주목사(1827) 조진익의 족제, 자형이 경상감사 이지연(1777~1841)
이인량(李寅亮)	1852~1853.2	전주	1790~1872	〈이부-이영---이후재-이형(李逈)-①이중휘, ②이영휘---이의봉-(계)이필연-이인량〉. 우병사(1760) 이명준의 족후손
조철림(趙徹林)	1853.2~12	양주	1803~1864	→의성현령. 진주목사(1804) 조정현의 손자
조명하(趙命夏)	~1854.1	풍양	1807~1870	〈조종경-조정추-조수이-조직---조진정-(계)조석영-조병로-조명하-조동식〉. 진주목사(1836) 조함영의 족손
이용재(李容在)	1854.8~1856.6	한산	1790~1875	←울산부사. 〈이기중-옥국재 이운영(1722~1794. '光風樓' 편액 글씨)-①이희연-이인재(李寅在, 1793~1855, 밀양부사 역임), ②이희현-이용재〉. 진주목사(1808) 이로재의 재종제
박현규(朴顯圭)	1856.6~12	고령	1798~1869	〈박장원-박진-박서한-박영수-박상영-박현규〉. 진주목사(1809) 박성규의 사종제
심원열(沈遠悅)	1857.1~8	청송	1792~1866	←울산부사. 〈심덕부-심징-심석준---심지원---심형운-심락수-①심로숭, ②심로암-심원열-심종순〉. 진주목사(1709) 심방의 족후손. 『학음산고』
박승규(朴承圭)	1857.11~1858.5	밀양	1798~?	〈박준-박제태-박장한-박효성-박은회-박승규〉. 진주목사(1737) 박준의 5세손

이름	재직 시기	본관	생몰	가계/이력 적요
남지구(南芝耉)	1858.5~12	의령	1809~1880	〈남간-남준-①남전-남효온, ②남회---남용익-남정중-남한기-남유용-㉮남공보-남인구-남주헌, ㉯남공철(1760~1840)-(계)남지구〉. 우병사(1617) 남이흥의 족후손
송단화(宋端和)	1858.12~1860.2	은진	1792~1860	〈송순년-송여해-송세충-송기수-송응경---송취규-송량필-송전-송지렴-송단화〉. 진주목사(1832) 송계수의 족후손
윤육(尹堉)	1860.2~8	파평	1803~1875	〈윤임-윤홍인-윤경---윤경화-윤오영-윤육〉. 우병사(1725) 윤정주의 족후손, 우병사(1839) 윤영배의 족제
신억(申檍)	1860.9~1861.2	평산	1805~1874	←양산군수. 〈신해-신여철-신환(申瓛)-신광하(1688~1736)---신종-신명구-신억-(계)신도희〉. 우병사(1716) 신익하의 족후손
홍병원(洪秉元)	1861.4~1862.3	남양	1803~1863	진주농민항쟁(1862)으로 파직 진주목사(1810) 홍대연의 조카
정면조(鄭冕朝)	1862.3~9.30	동래	1803~1862	〈정시선-정석년-정리검-정동은-정일용-정기성-정면조〉. 진주목사(1776) 정치검의 족후손
김기현(金箕絢)	1862.10~1864.10	광산	1799~1866	〈김양감-김의원---김철산-①김국광---김장생(金長生)-김반-㉮김익렬, ㉯김익희, ㉰김익겸-김만중, ㉱김익훈-김만채-김진상(1684~1755)-김열택-김상종-김기현, ㉲김익경---김상휴(경상감사), ②김겸광〉. 진주목사(1519) 김말문의 족후손
성이호(成彛鎬)	1864.11~1865.6	창녕	1817~1895	〈성여완-성석인-①성엄---성열-성영달(진주성전투 순국), ②성억---성수침-성혼---성경주-(계)성광묵-성재순-성정호/성이호〉. 진주목사(1596) 성대업의 족후손
이항익(李恒翼)	1865.6~1867.2	연안	1805~?	※객사 중건 〈이정신-이산보-이백원-이관수-이경우-이항익〉. 진주목사(1806) 이락수의 사종손
정현석(鄭顯奭)	1867.2~1870.6.8	초계	1817~1899	※의기사 중수(1868), 의암별제 거행. →김해부사: 『교방가요』(1872) 편찬. 〈정약-정기광-정석문---정진로-정홍관-(계)정기화-정현석-정헌시〉. 진주목사(1658) 정기풍의 족후손 ◉대원군파
성정호(成鼎鎬)	1870.7~1871.11	창녕	1811~?	진주목사(1864) 성이호의 형
홍철주(洪澈周)	1871.12~1872.11	풍산	1834~1891	※사직단, 여제단, 군기고, 양무당 중수 〈홍리상-홍영-홍주원-홍만용-홍중주---홍희명-홍일모-홍철주〉. 우병사(1779) 홍화보의 족후손
조운긍(趙雲兢)	1872.11~1873.2	풍양	1812~1890	→은산현감. 〈조익상-조세훈-(계)조기-조희보-①조민(趙珉)-(계)조상정-조대수-㉮조석명---조운표(1776~1849. 밀양부사 역임), ㉯조집명-조시위-조학진-조운긍, ②조형〉. 우병사(1776) 조규진의 족질
서증보(徐曾輔)	1873.2~12	대구	1813~1895	※창렬사 중수(1873), 사포청(射砲廳) 신설 〈서성-서경주-①서貞리-서문유---서호수-서유본, ②서진리---서탁수-서유준(출)-서증보〉. 진주목사(1763) 서유상의 족질

이름	재직 시기	본관	생몰	가계/이력 적요
민창식(閔昌植)	1874.2~5.16	여흥	1841~1882	〈민진장-민재수---민준용-(계)민영찬-민창식〉. 진주목사(1893) 민영학의 족질
이태진(李泰鎭)	1874.6~1875.8.25	순천	1812~?	→밀양부사. 〈이파(李頗)-이사효-이철-이수진-이성-이광우-이항-이충영-이태진〉
홍병희(洪秉僖)	1875.9~1876.12	남양	1811~1886	→성주목사. 진주목사(1861) 홍병원의 동생이자 석창 홍세섭(1832~1884)의 부친
김온순(金蘊淳)	1877.1~1878	안동	1812~1894	※기민 구제 생부가 진주목사(1829) 김리위
신석유(申錫游)	1878.6.17. ~1880.10	평산	1842~1886	〈신원-신정미-신암---신광응-신재수-신석유(출)〉. 진주목사(1581) 신점의 족후손
윤횡선(尹宖善)	1880.11.16 ~1881.11	해평	1832~1895	〈윤계-윤세강-윤택-윤득겸-(계)윤태동-윤승렬-윤치우-윤횡선(출)-윤희구〉. 진주목사(1678) 윤계의 7세손
조기순(趙岐淳)	1882.1~1883.7	양주	1823~?	진주목사(1849) 조진상의 차남
김정진(金靖鎭)	1883.9~1885.7	안동	1827~1901	〈김광현-김수인---김병원-김도균-김정진〉. 진주목사(1829) 김리위의 족후손
조석영(趙奭永)	1885.8.5~1886.12	풍양	1828~1890	〈조희보-조형-①조상변, ②조상정(출), ③조상개-조성수-조계명---(계)조운적-(계)조석영-조병억(출)-조경하(개명 青橋鏡夏), ④조상우〉. 진주목사(1872) 조운긍의 족질
송기로(宋綺老)	1887.1~1887.3	은진	1830~1898	→장흥부사. 〈송요년-송여림---송양전-송윤희-송기로(출)-송종운(1852~1885)〉. 진주목사(1832) 송계수의 족손, 진주목사(1858) 송단화의 족대부
조필영(趙弼永)	1887.5~1889.1.19	풍양	1829~?	※함옥헌·유정당 중수, 연계재 이건 〈조형-조상우-조두수-조학명-(계)조시형-조상진-조운정-조필영-조병승〉. 진주목사(1885) 조석영의 족제
이성렬(李聖烈)	1889.1.19~7.18	예안	1865~1913	←무주부사. 〈이익(예안이씨 시조)-이변-이온-이시-이성간-이연---(계)외암 이간(1677~1727)---이상훈-이성렬(출)-이용상〉. ※이씨 상계는 진주목사(1481) 이시보 참조
조필영(趙弼永)	1889.7.18~1890.10	풍양	1829~?	재임. 전운어사 겸직 ※가렴주구
김직현(金稷鉉)	1890.10.14~1891.7	광산	1830~1908	〈김반-김익렬---김인택-김상열-(계)김기헌-김재홍-김직현〉. 진주목사(1862) 김기현의 족손. 경상북도 관찰사(1899.12~1900.6) 역임
김갑수(金甲秀)	1891.7.26~1893.12	연안	1834~1904	←성주목사. 〈김수오-김호-김상면-김육-김재두-김류-(계)김응연-김갑수-김사윤〉. 진주목사(1741) 김상신의 족후손
민영학(閔泳學)	1893.12.24 ~1894.4.21	여흥	1826~1894	←무안현감. 졸서(卒逝). 〈민광훈-민정중-민진장-①민재수, ②민안수-민백징---민영학〉. 진주목사(1818) 민치성의 족손. ※진주영장 박희방(朴熙房)이 민영학 도임(1894.3) 때까지 목사 겸직
류석(柳奭)	1894.5.20 ~1894.11.14	-	-	
허철(許瑊)	1894.11.20 ~1895.5.25	-	-	←김해부사

근대 전환기

진주관찰부(전국 23개 관찰부) 진주군(1895.5.26.~1896.8.4)
→ 경상남도(전국 13도) 진주군(1896.8.5.~1910.8.22)

※ 1. 진주관찰부 소속 21군: 진주, 고성, 사천, 곤양, 남해, 단성, 산청, 하동, 거창, 안의, 함양, 합천, 초계, 삼가, 의령, 칠원, 함안, 진해, 창원, 웅천, 김해.

2. 관찰사 명칭 변경
   - 1910.10.1 ~ '道長官': 초대 경남도장관 향천 휘(香川輝, 가가와 데루)
   - 1919.8 이후 '道知事': 초대 경남도지사 좌좌목 등태랑(佐佐木藤太郎, 사사키 도타로)

군수

이름	재직 시기	명칭
허철(許瓎)	1895.5.26~1894.12.2	진주군수
오현익(吳顯益)	1895.10.1~1896.1.19 ※노응규 의거 때 참수	진주부 참서관
권병직(權秉稷)	1896.2.7~7.13	
이상만(李尙萬)	1896.8.5~1897.12.10	진주군수
심상필(沈相弼)	1898.1.25~1898.6.29	
엄주영(嚴冑永)	1898.6.29~1899.5.20	
윤우선(尹寓善)	1899.5.21~1900.10.16	
정우묵(鄭佑默)	1900.10.17~1902.1.27	
조두현(趙斗顯)	1902.1.28~4.28	
이범주(李範疇) -개명 범구(範九)	1902.4.29~9.2	
김병억(金炳億)	1902.9.28~12.27	
이용교(李瑢敎)	1902.12.28~1905.1.7	
민병성(閔丙星)	1905.1.17~1906.11.5	
임병항(林炳恒)	1906.11.10~1907.10.14	
류성렬(柳成烈)	1907.11~1909.1.25	
손지현(孫之鉉)	1909.윤2.13~1910.3.22	
박정규(朴晶奎)	1910.3.23~8.22	

관찰사

이름	재직 시기	명칭
이재곤(李載崐)	1895.5.30~윤5.2	진주부 관찰사
이성렬(李聖烈)	1895.윤5.3~5.20	
허진(許璡)	1895.7.2~8.15	
조병필(趙秉弼)	1895.8.16~1896.2.11	
이항의(李恒儀)	1896.2.12~8.4	
	1896.8.5~1897.4.24	경상남도 관찰사
조시영(曺始永)	1897.4.25~1899.7.17 • 청덕선정비(1899.10)	
이은용(李垠鎔) -개명 지용(址鎔)	1899.7.19~1900.6.26 ※을사오적	
김영덕(金永悳)	1900.6.29~1901.9.8 ※경술국치 때 자결	
이재현(李載現)	1901.9.9~1903.6.30	
이윤용(李允用)	1903.7.1~8.3	
민형식(閔衡植)	1903.8.23~1904.2.1	
김학수(金鶴洙)	1904.2.2~3.31	
성기운(成岐運)	1904.4.1~1905.2.29	
민영선(閔泳璇)	1905.3.7~12.23	
조민희(趙民熙)	1905.12.24~1907.5.17	
김사묵(金思默)	1907.5.18~1908.5.12	
황철(黃鐵)	1908.5.13~1910.9.30	

일제강점기

진주군수(1910.10~1939.9.30)

이름	재직 시기
박정규(朴晶奎)	1910.10.18~1912.8.20
한규복(韓圭復) 개명 정원규복(井垣圭復)	1913.1~1918.7
태전덕태랑(太田德太郞)	1918.7~1923.3
산하정도(山下正道)	1923.4~1927.5 ※경남도청 부산 이전(1925.4.1)
김동준(金東準)	1927.9~1928.4
상야죽일(上野竹逸)	1928.4~1930.3
궁천장조(宮川長助)	1930.4~1931.12
소천증태랑(小川增太郞)	1931.12~1935.3
진등박마(進藤博馬)	1935.3~1936.5
대림복부(大臨福夫)	1936.5.25~1939.9.30

진주부·진양군 2원 체제(1939.10.1~1945.8.22)

(진주읍이 진주부로 승격하고, 진주군은 진양군으로 개칭됨)

<table>
<tr><th colspan="2">진주부윤</th><th colspan="2">진양군수</th></tr>
<tr><th>이름</th><th>재직 시기</th><th>이름</th><th>재직 시기</th></tr>
<tr><td>대림복부(大臨福夫)</td><td>1939.10.1~1941.5.13</td><td>임헌평(林憲平)</td><td>1939.10.1~1941.5.30</td></tr>
<tr><td rowspan="3">굴미화웅(堀米和雄)</td><td rowspan="3">1941.5.14~1945.8</td><td>산본인웅(山本寅雄)
본명 오영세(吳檸世)</td><td>1941.5.31~1943.8.29</td></tr>
<tr><td>고도홍창(高島弘昌)
본명 고병권(高秉權)</td><td>1943.8.30~1945.3</td></tr>
<tr><td>황운성(黃雲性)
개명 황본정부(黃本正夫)</td><td>1945.3~8</td></tr>
</table>

광복 이후~현재

진주부·진양군 2원 체제(1945.9~1949.6.11)

진주부윤		진양군수	
이름	재직 시기	이름	재직 시기
정종철(鄭鐘哲)	1945.12.14~1948.11. 5	**황운성**(黃雲性)	1945. 9 ~1945.10.24
		김찬식(金燦式)	1945.10.25~1946.10.19
		정순종(鄭順鐘)	1946.10.20~1947. 5.10
		최두인(崔斗仁)	1947. 5.11~1947. 8.18
이상룡(李相龍)	1948.11. 6~1949. 6.11	**유덕천**(柳德天)	1947. 8.19~1948. 4.13
최태현(崔泰鉉)	1949. 6.25~1949. 8.14	**강봉용**(姜奉用)	1948. 4.14~1949. 6.21

진주시·진양군 2원 체제(1949.8.15.~1994.12.31)

(1949.8.15. 진주부를 진주시로 개칭)

진주시장		진양군수	
이름	재직 시기	이름	재직 시기
최태현(崔泰鉉)	1949. 8.15~1950. 9.22	**박운표**(朴運杓)	1949. 6.22~1950. 5. 5
이박규(李璞珪)	1950. 9.23~1951.10. 5	**노재륜**(盧在崙)	1950. 5. 6~1951.10. 5
정순종(鄭順鐘)	1951.10. 6~1952. 5. 6	**조희두**(曺喜斗)	1951.10. 5~1953. 1. 6
문우상(文禹尙)	1952. 5.10~1953.10.26	**김한기**(金漢基)	1953. 1. 7~1953.11.26
김용주(金容柱)	1953.11. 2~1957.11. 1	**구태서**(具兌書)	1953.11.27~1956. 7.10
김택조(金宅祚)	1957.11. 5~1960. 5.24	**최수경**(崔壽卿)	1956. 7.11~1958. 3.15
		서석지(徐錫祉)	1958. 3.16~1960. 5.25
김백용(金伯容)	1960. 5.25~1960.12. 9	**양승앙**(梁承昻)	1960. 5.26~1960.11. 3
	1960.12.30~1961. 5.31	**문정효**(文正孝)	1960.11.29~1961. 7.14
이병문(李炳文)	1961. 6. 1~1962. 3.22 ※진주계엄분실장 (육군중령)	**박동선**(朴東善)	1961. 7.15~1962. 4.22
		최병한(崔炳翰)	1962. 4.23~1963. 7.23
	1962. 3.23~1965. 3.31 ※육군중령 예편 (1963.7.25)	**박경동**(朴慶東)	1963. 7.24~1964.11. 9
		신선열(辛宣烈)	1964.11.10~1966. 8. 8
이남두(李南斗)	1965. 4. 1~1966. 8.21	**강판녕**(姜判寧)	1966. 8. 9~1969. 5.20
김종구(金鍾求)	1966. 8.22~1969.11.16	**구자정**(具滋丁)	1969. 5.21~1970. 3. 2
이상희(李相熙)	1969.11.17~1971. 8.20	**윤상원**(尹尙遠)	1970. 3. 3~1971. 8.19
윤상원(尹尙遠)	1971. 8.20~1973. 6.30	**하황식**(河黃植)	1971. 8.20~1973. 7. 1

진주시장		진양군수	
이름	재직 시기	이름	재직 시기
이선철(李善哲)	1973. 7. 1~1974. 4.21	**황대영**(黃大永)	1973. 7. 2~1975.10.13
양태식(楊兌植)	1974. 4.22~1974.12. 3		
김철년(金徹年)	1975. 1. 1~1975. 5.29		
성해기(成海麒)	1975. 5.30~1976. 8.17	**윤희윤**(尹熙潤)	1975.10.14~1976. 8.30
이병내(李炳奈)	1976. 8.18~1979. 7.15	**이원민**(李源珉)	1976. 9. 1~1980. 3.16
박진구(朴進球)	1979. 7.16~1981. 6.30	**유병탁**(劉炳琸)	1980. 3.17~1980. 8. 4
성호덕(成浩德)	1981. 7. 1~1983. 4.13	**노봉섭**(盧奉燮)	1980. 8. 5~1981.11.20
		안강식(安康植)	1981.11.21~1983. 4.11
윤희윤(尹熙潤)	1983. 4.14~1984.12.10	**정원채**(鄭元采)	1983. 4.12~1983.12.27
안길현(安吉鉉)	1984.12.11~1986.12.21	**이구섭**(李球燮)	1983.12.28~1985. 6.27
문백(文伯)	1986.12.22~1991. 1. 9	**김정락**(金正洛)	1985. 6.28~1987. 9. 3
		하연승(河然承)	1987. 9. 4~1988. 6.10
		구자경(具滋璟)	1988. 6.11~1991. 1.13
서정훈(徐廷君)	1991. 1.10~1993. 7.20	**한창일**(韓昌一)	1991. 1.14~1991.12.29
		정영석(鄭永錫)	1991.12.30~1993. 7.22
이진영(李眞榮)	1993. 7.21~1994. 4.25	**하대창**(河大昌)	1993. 7.23~1994.12.31
백승두(白承斗)	1994. 4.26~1994.12.31		

통합 진주시장(1995.1.1~2024.1 현재)

이름	재직 시기
백승두(白承斗)	1995.1.1~1995.3.29
정영석(鄭永錫)	1995.3.30~1995.6.30
백승두(白承斗)	1995.7.1~1998.6.30(민선1기)
	1998.7.1~2002.6.30(민선2기)
정영석(鄭永錫)	2002.7.1~2006.6.30(민선3기)
	2006.7.1~2010.6.30(민선4기)
이창희(李昌熙)	2010.7.1~2014.6.30(민선5기)
	2014.7.1~2018.6.30(민선6기)
조규일(曺圭逸)	2018.7.1~2022.6.30(민선7기)
	2022.7.1~ (민선8기)

진주 망미루(구 관찰사청 정문). 일제강점기 엽서 ©하강진

2023년 9월 복원한 병마우후의 집무공간 중영(中營). 대한제국 경무부, 일제 헌병대, 세무서로 쓰였다. ©2023.10.11

조선후기 경상우도병마절도사

※『조선왕조실록』, 『일성록』, 『촉영도선생안』, 『촉영지』, 『경상우병영계록』, 『만가보』, 『진주군읍지』 등 참조.

경상우병사

이름	재직 시기	본관	생몰	가계/이력 적요
조대곤(曺大坤)	1591~1592.4	창녕	1524~?	〈조겸---조송무-조준-조인탁-조수-조익청---조계상-조광원-①조대건(1522~1592), ②조대곤〉. 친형 조대건의 사위가 사계 김장생
김성일(金誠一)	1592.4.11~20	의성	1538~1593	임란 책임으로 10일 만에 파직
조대곤(曺大坤)	1592.6~9.10	창녕	1524~?	재임
류숭인(柳崇仁)	1592.9.10~10	문화	1565~1592	←함안군수. 제1차 진주성전투 때 전사 〈류돈-류총---류장-류원희-류빈-류숭인〉. 진주목사(1410년대) 류정현의 족후손
김시민(金時敏)	1592.10~11	안동	1554.9.23~1592.11.22	제1차 진주성전투 때 입은 총상 후유증으로 사망. 가계는 진주목사(1592.8) 참조
김면(金沔)	1592~1593.3.11	고령	1541~1593	진주목사(1593.1) 겸직. 〈김사행-김자숙-김장생-김탁-김세문-김면-김의립〉
이광악(李光岳)	1593.4.18~	광주	1557~1608	〈이당(李唐)-이집(1327~1387, 호 둔촌)-①이지직-㉮이인손-㉠이극배, ㉡이극감(문경공파)-이세좌---이연경-이호약-이광악, ㉢이극돈---이이첨, ㉣이극균---한음 이덕형(1561~1613), ㉯이례손, ②이지강, ③이지유〉
최경회(崔慶會)	1593.5~6	해주	1532~1593	제2차 진주성전투 때 순국 〈최자---최공(崔珙)-①최안해, ②최안택-최기-최혼-최윤범-최천부(1502~1552)-㉮최경운-최홍재, ㉯최경장-최홍우1562~1636), ㉰최경회-최홍기/최홍식/최홍적〉
성윤문(成允文)	1593.7~1594.2	창녕	1542~1629	가계는 진주목사(1596) 성윤문 참조
박진(朴晉)	1594.2.20~10.5	밀양	1560~1597	〈박현-박문유-박사경-박침-박강생-박심문-박원충-박백령-박언-박인수-박진〉
김응서(金應瑞)	1594.10~1597.10	김해	1564~1624	〈김몽하-김계식-김인룡-김응서(개명 景瑞)〉 ※계월향, 김충선 사성, 심하전투

이름	재직 시기	본관	생몰	가계/이력 적요
정기룡(鄭起龍)	1597.10~1598.12	곤양	1562~1622	←상주목사. ※군기고 중건. 『매헌실기』 〈정철석-정의걸-정호-정기룡(진양서 분관)〉
이수일(李守一)	1598.12~	경주	1554~1623	1603년 재임
정기룡(鄭起龍)	1599.2~1601.2	곤양	1562~1622	재임
김태허(金太虛)	1601.2~1602.1	광주	1555~1620	※우후 폐지, 판관 창설. 1606년 재임
이순신(李純信)	1602.1~윤2	전주	1553~1610	〈태종-양녕대군---이윤의-이귀달-이진-이순신〉. 진주목사(1576) 이제민의 족손
이빈(李薲〈蘋〉)	1602.윤2~12	전주	1537~1603	※창원 병영의 진주 이전 건의(1602). 당시 경상감사는 이시발(1569~1626) 〈덕천군(이후생)-송림군(이효창)-이성종-이춘억-이빈-이원영/이광영〉. 진주목사(1550년대) 이억상의 삼종제

경상우병사 겸 진주목사(1603.8~1635.9)

이름	재직 시기	본관	생몰	가계/이력 적요
이수일(李守一)	1603.1~1605.9	경주	1554~1632	※우병영 진주 이전(1603.8), 청심헌(淸心軒) 중건(1604), 후대청·병영 상아(上衙) 창건, 진주성 축성 및 창원부사 복설(1605), 대성전 재건, 판관 폐지. →길주목사 • 유애비(1606.5): 비문은 상주제독 하수일 작, 글씨는 조겸 〈이핵(李翮)-①이진-이제현, ②이세기-이천(李蒨)-㉮이경중, ㉯이달충, ㉰이성중---이자침-이란-이수일-이완(李浣)〉
오정방(吳定邦)	1605.9~1606.5	해주(경파)	1552~1625	〈오효충-①오사운---오수천-오정방(출)-오사겸-㉮오숙-(계)오두인-오관주, ㉯오빈-오두헌, ㉰오상-오두홍/오두인(출), ㉱오핵-오두광/오두룡, ②오사렴---오희문(『쇄미록』)-오윤겸---오횡묵(『총쇄록』)〉
김태허(金太虛)	1606.5~1608.4	광주	1555~1620	※삼충사(三忠祠, 창렬사 전신) 창건, 성가퀴·여장(女墻, 성 위의 얕은 담)·포루·대변청(待變廳)·수창(稤倉, 곡식 창고) 건립, 대성전·명륜당·동서재 중건, 우후 복설(1606). 『양무공실기』 〈김려-①김희증-김태허-김수겸, ②김희로(1509~1549)-김태을-㉮김수눌, ㉯구봉 김수인(1563~1626)-김지일---원산 김란〉
이광영(李光英)	1608.6	전주	1568~1626	←충청수사. 부임 중 상주에서 교체. 우병사(1602) 이빈의 차남
한희길(韓希吉)	1608.7~8	청주	?~1623	〈한치인-한종-(계)한세륜-한담-한희길〉. 진주목사(1530년대) 한석호의 재종제
최렴(崔濂)	1608.9~1609.11	해주	1550~1610	※덕천서원 사액(1609.봄), 형옥(刑獄)·향사당 중건-성여신, 『진양지』〈관우〉 〈최공-최안해-최하-최만리-최정---최선-최여개-최렴〉. 우병사 최경회의 족손

이름	재직 시기	본관	생몰	가계/이력 적요
임득의(林得義)	1609.11~1611.7	평택	1558~1612	※보장고(寶長庫) 중건(1610) 〈임언수-임성미-임상양-임첨-임종직-임만근-임준-임정수-임식-임득의〉
윤선정(尹先正)	1611.9~1614.2	파평	1558~1614	1614년 2월 재차 부임하던 길에 상주에서 졸함. • 무휼군졸유애비(1614.6) 진주목사(1525년경) 윤세호의 삼종손
류지신(柳止信)	1614.4~1616.3	전주	1559~?	←경기수사. ※관청(官廳) 건립. →통제사 〈류극서-류빈-①류의손-(계)류계동-㉮류식-류윤선-류성-㊀류복기, ㊁류복립(출)(진주성전투 순국), ㉯류원-류윤상-류영-(계)류지신, ㉰류주-류윤문-류삼-류지신(출), ②류말손---류유춘-류광익(『풍암집화』)〉
정기룡(鄭起龍)	1616.3~1617.2	곤양	1562~1622	3차 도임. →통제사
남이흥(南以興)	1617.4~1619.8	의령	1576~1627	※촉석루 및 함옥헌 중건(1618), 진주성 보수, 대사지 확장, 의곡사 중창. 『충장공유사』 • 김시민 진주전성각적비 건립(1619.7) 〈남민---남군보-①남공야(영양 관조), ②남익지(의령 관조)-남천로-남을번-남재-남경문-㉮남지-남칭-남변-남세건-㊀남응운, ㊁남응룡-남유(南瑜)-남이흥-남두기-남속-남률-남익령-남헌철, ㉯남간, ㉰남휘-남빈-남이(南怡), ③남효윤(의령 관조)〉
류지신(柳止信)	1619.9~1622.9	전주	1559~?	재임
이응해(李應獬)	1622.9~1623.4	합천	1557~1626	※청심헌 소실(1623) 〈이개---이문통-①이중보-이현동-이례간-이공좌-이응해-이시형, ②이중비-이익-㉮이유간---이요-이중경-이택-이팽로-이순경-이몽서-이행(진주성전투 순국), ㉯이유연---이안방-이명결(계사년 순국)-이도량(계사년 순국)〉. 인조반정 후 효시
신경유(申景裕)	1623.5~1625.3	평산	1581~1633	※청심헌 중건(1624) 〈신개-신자준-①신숙평, ②신말평-신상(申鏛)-신화국-㉮신잡(申磼)-신경희, ㉯신립(申砬)-㊀신경진, ㊁신경유, ㊂신경인〉. 진주목사(1424) 신개의 6세손
조기(趙琦)	1625.4~1627.5	순창	1574~?	〈조침-조효정-(계)조천상-조기〉. 조기의 딸이 인조의 후궁 귀인 조씨(?~1651)
허완(許完)	1627.6~1628.3	양천	1569~1637	〈허황-허집-허한-①허구-허기-허완, ②허엽-허봉-허균(許筠)〉. 진주목사(1493) 허황의 5세손. 병자호란 때 쌍령전투에서 순국
박상(朴瑺)	1628.3~1630.1	무안	1582~1635	〈박감-박인룡-박상〉
이익(李榏)	1630.1~11	-	-	※판관 복설. 형벌 남용으로 파직 • 통판 김종일 청덕선정비(1630.8). 노암 김종일(1597~1675)은 4월 진주판관으로 도임해 구폐들을 혁파했는데 병사 이익이 무고하자 10월 23일 경주로 귀향함. 『노암집』「연보」
신경원(申景瑗)	1630.12~1631.8	평산	1581~1641	→통제사. • 청덕비(1632.10) 〈신자준-신숙평-신추-신극윤-신확-신경원-신휘〉. 우병사(1623) 신경유의 사종제

이름	재직 시기	본관	생몰	가계/이력 적요
정봉수(鄭鳳壽)	1631.8~1633.2	하동	1572~1645	←전라좌수사. 〈정국룡-①정지연-㉮정익-정을귀-㉠정홍인-정인지-정숭조---정득열(진주성 전투 순국), ㉡정홍도-정림---정린각-정탕년-정봉수/정기수, ㉯정유---정육을-일두 정여창(1450~1504), ②정란연〉. 정묘호란 때 대활약. ★판관(1630~1632) 조공숙(진주목사 조지〈1486〉의 6세손)의 학봉 시판 게시
류순무(柳舜懋)	1633.2~1634.9	진주	1571~1634	※판관 폐지, 병영에서 졸함. 〈류혜손-류진-류해-류종민---류대규-류순무〉. 진주목사(1414) 류염의 족후손
정충신(鄭忠信)	1634.11~1635.7	금성	1576~1636	스승 이항복의 문집 『백사집』 중간(1635) 〈정국룡-정란연-정성(하동서 분관)-정리-정지(鄭地, 1347~1391)---정석주-정륜-정충신〉. 우병사(1631) 정봉수의 족질. 『만운집』, 『북천일록』
류승서(柳承瑞)	1635.7~10	문화	1566~1648	←김해부사. 〈류언침-류순---류관-①류맹문---류희저-류용겸-류몽필-류승서, ②류계문〉

경상우병사(1635.10~1895.5)

이름	재직 시기	본관	생몰	가계/이력 적요
민영(閔栐)	1635.12~1637.1	여흥	1587~1637	←정평부사. 쌍령전투에서 순국. 〈민적-민사평-민지생-민심언-①민징원, ②민충원-민수---민제인-①민사용, ②민사관(閔思寬)-민여운(진주성전투 순국), ③민사안-민여경-민영〉. 진주목사(1414) 민약손의 족후손
황집(黃緝)	1637.3~10	장수	1580~1658	〈황관-황효헌-황돈-황의원-황집〉. 진주목사(1514) 황맹헌의 삼종손
김응해(金應海)	1637.11~1640.9	안동(구)	1588~1666	←경상좌수사. 〈김방경-김선(金愃)-김승용---김지사-①김응하(1580~1619), ②김응해〉
류정익(柳廷益)	1640.10~11	문화	1599~1655	→통제사. 〈류관-류계문-①류권-(계)류중손-류오-류희진-류비-류정익(출), ②류보, ③류조〉. 우병사(1635) 류승서의 족제
이진경(李眞卿)	1640.12~1642.1	전의	1576~1642	←장흥부사. 병영에서 졸. • 무휼군졸유애비(1642.12). 증손 이창조(李昌肇)가 통제사로 있던 1704년 5월 이건하면서 비각 건립 〈이천-이원---이구(李龜)-①이승간---이공량(1500~1565, 直植의 자형)-신암 이준민-이종훈-이진경-이지형-㉮이세선-㉠이창조(1653~1714), ㉡이광조, ㉯이세연, ②이직간〉. 진주목사(1481) 이시보의 족후손
정익(鄭榏)	1642.2~1643.4	영일	1592~1661	〈정습명(지주사공파)---정림-①정인수-정유-정운관-포은 정몽주(1337~1392)-정종성-㉮정보-정윤정-정희-정세건-㉠정진, ㉡정담-정응룡/정응성-정익, ㉯정수, ②정인언〉. 사위가 진주목사(1666) 김운장
안몽윤(安夢尹)	1643.5~10	순흥	1571~1650	〈안원-안종신-안진-안희-안계송-안광수-안경률-안종도-안세복-안몽윤-안응창〉. 진주목사(1459) 안지귀의 족후손

이름	재직 시기	본관	생몰	가계/이력 적요
김체건(金體乾)	1643.10~1644.4	해풍	1605~1667	←경상좌수사(1639~1641/1643). 〈김니-김장---김우추-김영(金瑩)-①김대건-(계)김성, ②김시건-김우, ③김이건-김성(출)/김구(출), ④김체건-(계)김구〉
김응해(金應海)	1644.4~1646.3	안동	1588~1666	재임. →통제사
양응함(梁應涵)	1646.3~1648.1	남원	1587~1658	〈양성지---양사눌-양은-양응함-양식〉
이급(李圾〈伋〉)	1648.2~4	-	-	※상주(尙州) 박안형 옥사 사건으로 교체. 『인조실록』(1648.윤3.25/4.26)
정익(鄭榏)	1648.5~1651.1	영일	1592~1661	재임. 삼도수군통제사(1656.12~1659.3) 역임
황헌(黃瀗)	1651.2~12	창원	1596~?	〈황충준---황신(黃信)---황탕경-①황위-㉮황립중, ㉯황득중-회홍군 황헌(초명 瀷)-황석구, ②황수-황근중(1560~1633)-황영-황도창〉
원숙(元翻)	1651.12~1653.2	원주	1596~1661	※충민사 건립(1652) 〈원익겸---원중량(개명 方甫)-원헌-원황-①원효연-원맹수-원여-원한-원순보-원사열-㉮원충(元翀), ㉯원숙, ②원효이〉
배시량(裵時亮)	1653.3~1655.1	성주	1604~1657	〈배인경-배문적---배규-배한---배홍립-배시량〉. 진주목사(1362) 배극렴의 족후손
구의준(具義俊)	1655.3~8	능성	1598~1670	→제주목사. 〈구수영-구신경-구한(具澣, 중종 사위)-①구사근-(계)구숭(具崈)-구의준-(계)구행, ②구사인-구숭(출)〉. 진주목사(1602) 구사직의 사종손
정부현(鄭傅賢)	1655.9~1657.2	영일	1606~1667	〈정세건-정담-정응룡-정전(鄭檴〈棧〉)-①정신현-(계)정숙, ②정부현-정숙(출)〉. 우병사(1642) 정익의 종질
김체건(金體乾)	1657.3~1658.7	해풍	1605~1667	재임. ←경상좌수사(1656.12~1657.2)
조필달(趙必達)	1658.8~12	김제	1600~1664	→통제사. 〈조윤정-조대붕-조유정-조사회-조필달〉
홍순민(洪舜民)	1659.3~5	남양	1612~1668	〈홍은열-홍후---홍여방-홍원용-①홍성강---홍세철-홍시정-홍순민, ②홍순성〉. 진주목사(1704) 홍경렴의 족후손
민응건(閔應騫)	1659.6~1660.5	여흥	1608~1671	←전라좌수사. 〈민지-민상정-①민선-㉮민유의, ㉯민공생---민란형-민보명-민함-민응건, ②민서〉. 진주목사(1380년대) 민중리의 족후손, 우병사(1635) 민영의 족제
이원로(李元老)	1660.8~1662.8	전주	1597~1678	〈태종-성녕대군-이존숙-이희무-이복순-이원로〉. 진주목사(1576) 이제민의 족손
이수창(李壽昌)	1662.8~1664.4	고성	1614~1665	※공진당(拱辰堂), 병고(兵庫), 사후청 건립 〈이우-이교(李嶠)-이림-이귀생-이운로---이정려-이성길-이중국-이수창〉. 진주목사(1310년대) 이우의 13세손
황도창(黃道昌)	1664.5~1665.2	창원	1619~1670	우병사(1651) 황헌의 재종질

이름	재직 시기	본관	생몰	가계/이력 적요
이준한(李俊漢)	1665.3~1666.7	전주	1621~1674	※관덕당, 함옥헌(涵玉軒), 내책실(內冊室), 군관청, 내외 대문 중건 〈성종-중종-①덕홍대원군-㉮하원군(이정)-이인령-㊀이돈, ㊁이찬, ㊂이번-이준한, ㉯하성군(선조), ②덕양군(이기)〉. 우병사(1671) 이시정의 족질
윤천뢰(尹天賚)	1666.10~1668.8	함안	1617~1695	※충민사 사액(1667) 〈윤돈-윤희보---윤기견(尹起畎)-윤구-윤지청-윤림-윤세형-①윤옹(尹顒)-윤진경-윤천뢰-㉮윤익상(출), ㉯윤취상-윤지, ㉰윤오상, ②윤의(尹顗)〉. 진주목사(1675) 윤형성의 족손
이상경(李尙敬)	1668.9~1669.11	전주	1615~1674	〈신종군(이효백)-장련령(이은동)-이여귀-이빈(李贇)-이지강-이탁-이상경〉. 진주목사(1550년대) 이억상의 족후손, 진주목사(1661) 이규로의 족제
정영(鄭韺)	1670.1~1671.8	해주	1610~1679	←충청수사. 〈정숙---정언(鄭琂)-①정윤규-정역-㉮정충경, ㉯정충순---정희검-정언각-정신(鄭愼)-㊀농포 정문부(1565~1624)-정대영/정대륭, ㊁용강 정문익-정대형, ②정윤진-정초---정응후-정사중-정영〉
이시정(李時挺)	1671.8~1673.3	전주	1617~1679	〈세조-의경세자-성종-①중종, ②운천군(이인)-(계)이수례-이수-이우(李瑀)-이시정〉.
권주(權儔)	1673.4~1674.10	안동	1623~?	→회령부사. 〈권근-권규(1393~1421)-권담---권의-권약-권훈(1590~1662)-권주-(계)권민〉. 진주목사(1444) 권총의 족후손
이연정(李延禎)	1674.10~1675.11	광주	1629~1678	←상주영장. 〈이지직-이례손-이극견-①이반, ②이지-이영우-이도익-이연정〉. 우병사(1593) 이광악의 족후손
박이명(朴而略)	1675.11~1676.11	울산	1615~1676	도내 순시 중 의령현에서 졸함. 〈박유경-박세린-박원우-박경은-박이명〉
정두제(鄭斗齊)	1676.12~1678.9	동래	-	〈정보-정승종---정순복-정연-정량찬-정두제〉. 진주목사(1440년대) 정사의 족후손
이필(李泌〈佖〉)	1678.9~1680.7	-	-	→북병사. ※외성, 문각(門閣), 포루 개조. • 공북문 매표소 뒤쪽 성돌(1680.2)
이빈(李穦)	1680.8~10	덕수	1623~1697	←충청수사. 〈이소-①이윤온---이추-㉮이의석-㊀이울(李菀)-이원근-이적-(계)이경민-이빈, ㊁이천(李蕆), ㉯이의번, ㉰이의무, ②이윤번〉
김중명(金重明)	1680.10~1682.9	청풍	1614~1685	〈김창조-①김중방, ②김중원---김식(金湜)-㉮김덕수---김육(1580~1658), ㉯김덕무-김권-김홍상-김전-김중명〉
김성(金城)	1682.9~1684.9	해풍	1625~1688	우병사(1643) 김체건의 조카
강만석(姜萬碩)	1684.9~1685.2	진주	1622~1699	〈강시-강회중-강안복---강수곤-강선경-강원희-강만석〉. 진주목사(1475) 강자평의 족후손
목존선(睦存善)	1685.2~11	사천	1630~1686	〈목희안-목세칭-목첨-목장흠-목존선〉

이름	재직 시기	본관	생몰	가계/이력 적요
이기하(李基夏)	1685.11~1687.4	한산	1646~1718	※촉석정충단비(1686.8) 건립 〈이장윤-이질-①이지훈---아홍군(이흡)-㉮이경배-이칭(李秤)-이여욱-이기중(李基重)-이사주(출)〉. ㉯이의배-이목-이여발-㊀이기하-(계)이사윤, ㊁이기명-(계)이사주〉, ㉰이제배-이교-이여옥-이기복-(계)이사선, ②이지숙〉. 진주목사(1727) 이자의 족질
이필(李泌)	1687.5~1689.3	-	-	재임.
김몽량(金夢良)	1689.3~8	원주	1642~?	〈김팽수---김명기-(계)김한문-김석-김몽량〉
원진수(元振洙)	1689.8~1690.10	원주	1637~1710	진주목사(1682) 원진택의 4촌 동생
홍시주(洪時疇)	1690.11~1692.1	남양(토홍)	1636~1707	→평안병사. 〈홍선행---홍귀해-①홍형, ②홍한-홍윤조---홍유-㉮홍우벽-홍시형-홍이도-홍익한, ㉯홍우익-홍시주〉
윤취상(尹就商)	1692.2~1693.3	함안	?~1725	우병사(1666) 윤천뢰의 4남. 김일경 옥사
우필한(禹弼漢)	1693.3~1694.9	단양	1628~?	※촉석루 중수, 제남정 창건-채헌징, 「촉석루중창상량문」(1693) 〈우중대-우천석-우팽-우복생-①우인렬, ②우희렬---우경적-우인범(1591~1674)-㉮우익한(1620~1674)-우석규, ㉯우필한〉. 진주목사(1340) 우탁의 족후손. 처남이 상피로 진주목사(1694)를 그만둔 박수검이다.
강만석(姜萬碩)	1694.9~1696.5	진주	1622~1699	재임
장한상(張漢相)	1696.6~1698.3	순천	1656~1724	• 토졸진휼영세불망비(1698.4) 〈장숙-장문서-장후-장덕명-장익-장시규-장한상〉. 진주목사(1565) 장문보의 족후손. 채헌징, 「병마사순천장공묘갈명」(『우헌집』권5)
신익념(申益恬)	1698.3~1700.5	평산	1654~1702	※원문·정원루 신건, 성 담장 축조, 관청·별회창 이건 〈신자수-①신윤원---송계 신계성, ②신윤종---신우덕-㉮신근-신명전-신익념/신익황, ㉯신류-신명구(1666~1742, 「정충단사우중수비명」)-신익후〉. 진주목사(1465) 신윤보의 족후손, 진주목사(1706) 신규의 족질
정상두(鄭祥斗)	1700.6~1702.1	영일	1651~1704	※공방청, 공수(公須) 수리. →회령부사 〈정자피(양숙공파)---정덕성---정첨-정숙주-정상룡/정상두〉. 『판서집』(『오천세고』중)
조이중(趙爾重)	1702.1~7	옥천	1653~1720	←전라좌수사. 〈조장---조당-조광필-조석구-조이중〉
정리상(鄭履祥)	1702.8~1704.6	초계	1642~1723	※군향창(軍餉倉) 건립(1704) 〈정문-정복공-①정영, ②정행부---정화-㉮정요, ㉯정처-정잠---정문건-정시길-정리상〉. 진주목사(1658) 정기풍의 족후손
이행성(李行成)	1704.6~1705.11	전주	1641~1705	※군향고(軍餉庫)·침장고(沈醬庫) 건립. 병영에서 졸함. 『충렬실록』(1831) 서두에서 창렬사 중수 건으로 폭사했다고 기술한 병사 〈완성군(이귀정)-이계수-이수광-이유신-이경안-이태영-①이행성, ②이규성-이시번〉. 진주목사(1585) 이준의 족손

이름	재직 시기	본관	생몰	가계/이력 적요
이천근(李天根)	1705.12~1708.2	광주	1645~1718	※성정군(城丁軍) 훈련을 춘추로 시행 〈이인손-이극배-이세필---이상원-①이춘영-이태근-이행상-이장혁, ②이만영-이천근〉. 우병사(1593) 이광악의 족후손
김중삼(金重三)	1708.2~1709.10	안동	1656~1714	〈김응해-김극련-①김세장-㉮김중구-김광-김정우, ㉯김중려-김윤-김주태, ②김세언-㉮김중원-김집, ㉯김중삼-김숙, ③김세익-김중휘-김흡〉. 우병사(1637) 김응해의 증손
이휘(李暉)	1709.12~1711.8	용인	1655~1723	※군비 확충 〈이중인-이사위---이행검-이적-①이종소---이박(李𫝑)-이정준-이휘, ②이종형〉. 진주목사(1510년대) 이원간의 족후손
윤우진(尹遇進)	1711.8~1713.5	파평	1649~1733	〈윤척-윤승순-①윤곤-윤희제-㉮윤경, ㉯윤은(尹垠)-㉠윤사로-윤반---윤수인-윤숙-윤우진, ㉡윤사건-윤연-윤수종-ⓐ윤언효-구산 윤탁(진주성전투 순국), ⓑ윤언례-추담 윤선, ㉰윤배, ②윤목-윤지의---윤사복(진주성전투 순국)〉. 진주목사(1420) 윤보로의 족후손, 우병사(1728) 이시번의 장인
채이장(蔡以章)	1713.5~1714.7	평강	1647~1714	암행어사 장계로 잡혀가다가 개령 부상역에서 병사 〈채시흠-채이장-채덕수-채징하-채현복-채관영-채동직-채성묵-채규상〉
윤오상(尹五商)	1714.7~1716.3	함안	1657~?	• 무휼유애비(1717.3): 1984년 개건 우병사(1692) 윤취상의 동생
신익하(申翊夏)	1716.윤3~10	평산	1677~1723	〈신립-신경인-신해-①신여석-신확(申矱)-㉮신익하-(계)신철, ㉯신적하, ②신여철〉. 우병사(1623) 신경유의 사종손
이상집(李尙𪗾)	1716.10~1717.10	전주	1650~1722	→통제사. 〈무림군(이선생)-이종손---이춘원-(계)이호민-(계)이정형-이상집-(계)이필구-이성수-이태무-이광익-이규철〉. 진주목사(1550년대) 이억상의 족후손
이규성(李奎成)	1717.10~1719.5	전주	1653~1723	우병사(1704) 이행성의 동생
이한규(李漢珪)	1719.5~12	전주	1638~1729	• 청덕선정비(1720.5) 〈세종-화의군(이영)-이원-이급-이란-이상지-이한규-①이여적-이희원-이문덕-이신경, ②이여익-이우원-(계)이문철-이존경〉
류취장(柳就章)	1719.12~1721.3	진주	1669~1722	〈류형-①류충걸-㉮류환연, ㉯류담연-류성채-류취장-류선기-류진하-류달원-(계)류상필, ②류효걸〉. 진주목사(1668) 류지방의 족후손. ★신임사화
최진한(崔鎭漢)	1721.4~1723.5	수원	1652~1740	※의암사적비 건립(1722), 정충단 중수, 충민사·창렬사 중수 및 논개 정표·충신지사의 증직 요청-신명구, 「정충단사우중수비명」(1723.4); 하세웅, 「정충단사우중수기」 〈최영규(수원최씨 시조, 김방경의 從孫)-최흡---최경-최유림---최사순-최준발-최형운(1628~1682)-최진한〉. 이후 행호군, 전라병사(1724), 경상좌병사(1725~1727)를 지냈다.

이름	재직 시기	본관	생몰	가계/이력 적요
박찬신(朴纘新)	1723.6.2	함양	1679~1755	〈박우-박인계---박중검-①박세무(1487~1564, 『동몽선습』), ②박세옹-박명립-㉮박지기---박종발-박찬신, ㉯박지행-박유궤-박내정(1664~1735. 동래부사 역임)〉. 진주목사(1384) 박자안의 족후손. 모친상으로 19일 만에 떠났고, 나주벽서사건으로 처형됨(을해옥사)
이태망(李台望)	1723.8~1725.5	우계	1653~1728	**※촉석루 중수(1724)**-정식, 「촉석루중수기」 〈이광식-이전-이준헌-이귀남-이경후-이홍우-이태망(출)-이봉채〉. 부산첨사(1703), 경상좌수사(1712~3), 충청병사(1720) 역임
윤정주(尹廷舟)	1725.5~1726.12	파평	1648~1727	〈윤승례-윤번(尹璠, 세조의 장인)-①(大尹)윤사윤-윤보-윤여필-윤임-㉮윤홍인, ㉯윤홍신, ㉰윤홍제-윤상(尹瑺)-윤정주, ②(少尹)윤사흔〉. 진주목사(1420) 윤보로의 족후손
이사주(李思周)	1726.12~1728.3	한산	1682~1754	우병사(1685) 이기하의 양조카
이시번(李時蕃)	1728.3~4	전주	1682~1762	이인좌 난으로 교체. 우병사(1717) 이규성의 아들
이여적(李汝迪)	1728.4~1729.3	전주	1679~1734	• 청덕선정비(1729.3). 우병사(1719) 이한규의 장남. ★곤양군수(1728.4) 우하형
정덕징(鄭德徵)	1729.3~1730.11	영일	1657~1739	〈정세건-정진-정종선-정간-정주한-정덕징〉. 우병사(1642) 정익의 사종손
최명주(崔命柱)	1730.11~1731.1	전주	1693~1748	←경상좌수사. 〈최순작(崔純爵, 문열공계 시조)---최철견-최행-최계옹-최식-최명주〉
김몽로(金夢魯)	1731.1~1732.2	청풍	1694~1738	〈김창조-김중방---김효백-①김익후-김호-김완-(계)김형로, ②김익성-김격-김추-김몽로〉. 우병사(1680) 김중명의 족후손. 진주목사 구택규, 경상감사 조현명과의 갈등(1731)으로 교체
김협(金浹)	1732.2~1733.6	안동	1694~1743	**※군창(軍倉), 관청**(官廳, 아전 집무소) **신축** 〈김지사-김응하-김익련-김세구-김중우-김협(출)〉. 우병사(1637) 김응해의 사종손, 우병사(1745) 김윤의 8촌형
민창기(閔昌基)	1733.6~1734.1	여흥	1678~1742	〈민심언-민징원-민형-①민효손-민세원---민승-민사로-민창기, ②민효성〉. 우병사(1635) 민영(閔栐)의 족후손, 진주목사(1826) 민사관의 족형
윤택정(尹宅鼎)	1734.3~1736.1	함안	1694~1745	→부호군/통제사. 〈윤세형-윤의-윤우진-윤욱-(계)윤익상-윤원(尹愿, 1662~1707)-①윤태정, ②윤택정〉. 우병사(1666) 윤천뢰의 족후손
이숙(李潚)	1736.4~1737.4	-	-	→도총관
이의풍(李義豊)	1737.5~1738.3	전의	1693~1754	• 청덕선정비(1738.8) 〈이진경-이지형(李枝馨)-이세선-①이창조(1653~1714)-㉮이의진, ㉯이의풍, ②이광조〉. 우병사(1640) 이진경의 현손
조동점(趙東漸)	1738.5~1739.3	평양	1700~1755	〈조인규-조련-조덕유-조견---조인(趙寅)-조정익(1599~1637)-조유(趙猷)-①조세웅, ②조세걸, ③조세발, ④조세성-조빈-조동점〉

이름	재직 시기	본관	생몰	가계/이력 적요
남덕하(南德夏)	1739.4~1740.10	의령	1688~1742	※서문·수문·문루·옹성·고마창(雇馬倉) 신축, 홍예(虹霓) 개건, 논개(論介) 정표 받음 〈남군보-남효윤-남훈-남대번---남두명-남연년-①남덕순, ②남덕하-남정오〉. 우병사(1617) 남이홍의 족후손
신덕하(申德夏)	1740.10~1742.7	평산	1701~1749	※동군창(東軍倉)·양무창(養武倉) 신축, 대포 주조, 의기(義妓) 논개 정려각·의기사 창건(1741) 〈신경유-신담-신여서-신찬-신덕하-신엄〉. 우병사(1623) 신경유의 고손
홍덕망(洪德望)	1742.8~1744.2	남양	1682~1760	〈홍원용-홍순성---홍상겸-홍명홍-홍하석-홍덕망〉. 우병사(1659) 홍순민의 족후손
이징서(李徵瑞)	1744.2~1745.12	전의	1682~1753	←김해부사. 〈이제신-이구준(출)-이덕기-이행익-이만식-①이징휴-이창수, ②이징서-이정수〉. 진주목사(1578) 이제신의 5세손
김윤(金潤)	1745.12~1747.9	안동	1698~1755	→경기수사. ※최경회 관인 입수 후 조정에 보고, 영조의 어제득인명 받음 우병사(1637) 김응해의 고손자이자 우병사(1708) 김중삼의 종질. 통제사 재직 중 나주벽서사건에 연루되어 처형됨
김형로(金亨魯)	1747.11~1749.10	청풍	1694~1757	우병사(1731) 김몽로의 삼종형(하루 차이)
이창수(李昌壽)	1749.10~1751.8	전의	1699~1751	병영에서 졸함. 우병사(1744) 이징서의 조카
남익령(南益齡)	1751.8~1753.12	의령	1687~1754	우병사(1617) 남이홍의 고손
정익량(鄭益良)	1753.12~1754.7	영일	1714~1803	←전라좌수사. 〈정시성-정종빈-정수송-정익량〉. 진주목사(1662) 정시성의 증손
이사선(李思先)	1754.7~1755.8	한산	1702~?	←경상좌수사. 우병사(1685) 이기하의 삼종질
이주국(李柱國)	1755.8~1756.5	전주	1721~1798	〈이상경-이번-이도명-이함-이주국-이현-이응오-이재형〉. 우병사(1668) 이상경의 고손
조계태(趙啓泰)	1756.7~1757.7	평양	1701~1775	〈조유(1613~1665)-조세웅-①조건-(계)조계태(초명 東恒)-조집-조화석-조존중-조희찬, ②조준〉. 우병사(1738) 조동점의 재종제
최진형(崔鎭衡)	1757.7~1758.10	해주	1712~1758	←경상좌수사. 병영에서 졸함 〈최효원-①최후-최수강-최진형, ②숙빈최씨〉
유주기(兪冑基)	1759.1~1760.8	기계	1689~1760	〈유여림-유진-(계)유함-유대경-유양증-①시남 유계(兪棨, 1607~1664)-유명홍(출), ②유개(兪槩)-(계)유명홍-유주기-유언일〉. 진주목사(1680) 유하겸의 족질
이명준(李命俊)	1760.8~1761.8	전주	1722~1789	〈세종-광평대군(이여)-이부(李溥)-①이영, ②이쟁-이형(李泂)---이성전-이세충-이명준〉
이관상(李觀祥)	1761.8~1762.1	덕수	1716~1770	→북병사. 〈이소-이윤번---이정(李貞)-충무공 이순신(李舜臣)-①이회, ②이예-(계)이지석-㉮이광헌, ㉯이광진-(계)이홍박-이관상-이한주, ㉰이광보〉
이국현(李國賢)	1762.2~1764.2	전주	1714~1780	※성첩·망루 보수, 운석선(運石船) 1척 건조해 남강에 배치. 〈이인령-이찬-이경한-이홍천-이재악-이국현〉. 우병사(1665) 이준한의 사종손

이름	재직 시기	본관	생몰	가계/이력 적요
이일제(李逸濟)	1764.2~1765.9	전주	1718~1766	〈덕양군(이기)-이종린-이수(李晬)-①이형윤-이무-이기익-이시서-이일제, ②이형신〉. 우병사(1665) 이준한의 족후손
심의희(沈義希)	1765.9~1767.윤7	청송	1716~1772	〈심달원-심자-심우정-심집(沈諿)-심동구-①심유, ②심경-심한명-심봉서-(계)심의희〉. 진주목사(1709) 심방의 족후손
황채(黃寀)	1767.윤7~1769.8	창원	1703~1779	〈황위-황립중-황면-황진구-황일하-황유사-황채〉. 우병사(1651) 황헌의 족후손
신대현(申大顯)	1769.8~1771.5	평산	1737~1812	※창렬사(彰烈祠) 중수-허익, 「사우중수문」, 동서군창(軍倉) 중수 및 추가 건립 〈신립-신경진-신준-신여식-신유-(계)신정하-신항-(계)신대현〉. 우병사(1623) 신경유의 족후손
안종규(安宗奎)	1771.7~1772.2	죽산(구)	1723~1778	〈안준---안맹담(세종의 사위)---안사흠---안정위-안적-안상한-안윤복(초명 允元)-①안종규-안박-안광찬, ②안종익-안숙(安橚)〉
이정수(李廷壽)	1772.2~6	전의	1712~1786	우병사(1744) 이징서의 아들
이한풍(李漢豐)	1772.6~1773.3	덕수	1733~1803	〈이예-(계)이지석-이광보-이홍규-이태상-이한풍〉. 우병사(1761) 이관상의 재종질
전득우(田得雨)	1773.윤3~1775.4	광평	-	※창렬사 인명비(印銘碑) 건립(1774.4) 〈전호겸-전유일-전만추(1685~1742)-전득우-전현룡〉. 참고) 이규상, 『병세재언록』「우예록」; 신위, 「숭정궁인 굴씨 비파가」(『경수당전고』책9)
이성묵(李性默)	1775.4~1776.9	전의	1707~?	〈이유번-①이천추-이인강-㉮이성묵, ㉯이신묵-이종상, ②딸(영빈이씨; 영조의 두 번째 후궁, 1699~1764)〉. 사도세자의 외오촌
조규진(趙圭鎭)	1776.10~1777.4	풍양	1723~1804	〈조지린---조정-조계령-조염휘-조신(趙愼)-①조안평-조후지(출)/조온지, ②조개평-(계)조후지-조익상-㉮조세현-㊀조덕유, ㊁조질---조익징-조광하-조규진, ㉯조세훈〉
이장혁(李長爀)	1777.5~1778.5	광주	1722~1779	우병사(1705) 이천근의 재종질
윤희동(尹僖東)	1778.5~1779.4	해평	1731~1779	→금위별장. 우병사(1789) 윤득규의 조카
홍화보(洪和輔)	1779.6~1780.12	풍산	1726~1791	※의기사 중수(1799)-정약용, 「진주의기사기」 〈홍리상(履祥, 개명 麟祥)-①홍영(洪霙), ②홍탁(洪霔)-홍주문-홍만기-홍중후-홍화보〉. 정약용(1762~1836)의 장인
신응주(申應周)	1781.1~8	평산	1747~1804	→교동수사. 〈신경희-신숙---신협-신대준-①신응주, ②신홍주-신의직-신헌(초명 觀浩)〉. 우병사(1623) 신경유의 족후손
임률(任嵂)	1781.9~1782.6	풍천	1738~1804	〈임윤신-명고 임전(任錪, 1559~1611)-임기지-임공---임익창-임률-임성고〉. 진주목사(1570년대) 임윤신의 7세손
남헌철(南憲喆)	1782.6~1784.5	의령	1723~1792	←충청수사. 우병사(1751) 남익령의 아들
신철(申瞮)	1784.5~1785.4	평산	1729~1816	←충청수사. 우병사(1716) 신익하의 양자
김정우(金廷遇)	1785.5~1787.4	안동	1731~1789	※촉석루 중수(1786.봄)-김기찬, 『동곽유고』 〈김광(金洸)-김정우(초명 柱日)-김로형-김정기〉. 우병사(1637) 김응해의 5세손, 통제사 김영수(1716~1786)의 족제

이름	재직 시기	본관	생몰	가계/이력 적요
이연필(李延弼)	1787.4~1789.3	연안	1736~1803	※화가 박춘빈에게 강민첨(姜民瞻) 영정 모사 지시(1788.10) 〈이수장-이의(李嶬)---이신좌-(계)이기상-이연필(출)-이익명〉. 진주목사(1772) 이명즙의 족질. 제주목사 재직 중 사망
윤득규(尹得逵)	1789.3~1790.2	해평	1734~1819	〈윤변-윤근수-윤소---윤상번-윤류(尹瑬)-①윤득우-윤희동-(계)윤응렬, ②윤득규-윤이동〉. 진주목사(1678) 윤계의 족후손
이격(李格)	1790.2~6	경주	1748~1803	〈이세기-국당 이천(李蒨)-이경중-이육-①이정보---이탕(李宕)-이정형-이숙---이언기-이달-이부만-이격/이벽(1754~1785), ②이정석---이지방-이헐(李歇)-제림 이원춘-목천 이인민(진주성전투 순국)〉. 우병사 겸 진주목사(1603) 이수일의 족후손
오재휘(吳載徽)	1790.7~1791.3	해주	1731~1808	〈오정방-오사겸-오핵-오두룡-오창주-오욱(吳頊)-오재휘〉. 우병사(1605) 오정방의 6세손. ※정약용, 「재유촉석루기」(1791.2)
이건수(李健秀)	1791.3~1793.6	덕수	1736~1808	〈이지석-이광헌-(계)이홍유-이희상-이한종-이건수(출)-이은빈〉. 우병사(1761) 이관상의 사종손
백사은(白師誾)	1793.6~1795.6	수원	1741~1826	※창렬사 중수-정방의, 「사우중수문」 〈백간미-백경신---백희민-백홍서-①백원창, ②백원진-백시구-백상우-㉮백사밀-백동의, ㉯백사겸-백동언-백홍진, ㉰백사근-백동운/백동련(출), ㉱백사은-(계)백동련〉
이홍운(李鴻運)	1795.6~10	여주	?~1795	병영에서 졸함
홍인묵(洪仁默)	1795.11~1797.9	남양	1732~1805	〈홍의-홍호-홍덕승---홍융(洪戎)-①홍주, ②홍언수-홍해---홍함-홍계술-(계)홍홍지-홍석범-홍진종-홍식-홍인묵〉. 진주목사(1704) 홍경렴의 족후손
안숙(安橚)	1797.9~1799.4	죽산	1748~1821	※충민사 창렬사 제향 정비(1798)-『충렬실록』 ←충청수사. 우병사(1771) 안종규의 조카
이백연(李栢然)	1799.4~1800.5	청해	-	※창렬사 중수(1800)-정영선, 「문장창건문」 〈이지란(1331~1402)-이화미---이수민-이즙(李檝)-이경장-이백연-이광석〉
이인수(李仁秀)	1800.5	덕수	1737~1813	→통제사. 〈이순신-이회-이지백-(계)이광윤-이홍의-①이만상, ②이언상-이한응-이인수(초명 仁海)〉. 우병사(1761) 이관상의 족후손, 우병사(1791) 이건수의 족제
민광승(閔光升)	1800.5~1801.8	여흥	1739~1806	〈민상정-민서---민반---민순-민취성-민심(閔諗)-민광승〉. 우병사(1659) 민응건의 족손, 진주목사(1826) 민사관의 족형
조계(趙棨)	1801.8~1802.7	평양	1740~1813	←창원부사. 〈조유-조세발(1652~1680)-(계)조경(趙儆)-①조동복-(계)조계, ②조승태-조계(출), ③조심태(1740~1799)-조기(趙岐)-조원석〉. 우병사(1738) 조동점의 재종질
이문철(李文喆)	1802.7~1804.4	전주	1743~?	←창원부사. • 거사불망비(1808.3): 신묘(1891) 12월 성민(城民) 개건. 우병사(1719) 이한규의 증손

이름	재직 시기	본관	생몰	가계/이력 적요
조문언(趙文彦)	1804.4~1806.2	풍양	1750~1818	※창렬사 중수-허양, 「창렬사중수기」〈조세현-조덕유---조성복-조정세-조문언-(계)조옥〉. 우병사(1776) 조규진의 족제
이신경(李身敬)	1806.2~1808.2	전주	1761~1819	• 거사불망비(1808.3). 심한 박락으로 비문 판독 불가. 우병사(1728) 이여적의 증손
류상량(柳相亮)	1808.2~9	진주	1764~?	〈류형-류충걸-류환연---류복원-류상량(출)〉. 우병사(1719) 류취장의 족후손
백동운(白東運)	1808.9~1809.11	수원	1753~1815	우병사(1793) 백사은의 조카
원영주(元永冑)	1809.11~1812.4	원주	1758~1818	←경상좌수사. ※촉석루 중수(1810)-원영주, 「촉석루중수기」〈원사열-원충-원재---원중운-원대진-원영주-원규〉. 우병사(1651) 원숙의 족후손
이회식(李晦植)	1812.4~1813.6	전의	1755~1833	〈이지형-이세연-이홍조---이방준-이윤항-이회식〉. 우병사(1640) 이진경의 족후손
박기풍(朴基豐)	1813.6~1815.7	밀양	-	〈박성-박기풍〉. ※평안병사 때(1812) 홍경래 난 진압. →우포도대장, 통제사(1821)
오문상(吳文常)	1815.7~1817.4	해주	1760~1820	〈오정방-오사겸-오상-오두흥-오중주-오탁-(계)오재희-오문상-오치수-①오일선, ②오길선〉. 우병사(1605) 오정방의 7세손
권탁(權逴)	1817.4~1819.4	안동	-	〈권근-권제-①권람-권건---권화-권반(1564~1631)-권경-권식-권유(1712~1783)-권탁, ②권휘〉. 초계군수(1793~4)를 역임했고, 부친 권유의 『기암집』이 있다.
박응호(朴應浩)	1819.4~1821.3	밀양	1760~?	〈박언인---박수홍-박진환---박학령-박춘보-박천건-박응호-박래익〉. 이덕중의 사위
이상겸(李尙謙)	1821.3~1823.1	-	-	김려(1766~1821)가 그와 함께 촉석루에 올라 시를 지어줌. 『담정유고』권12
이형겸(李亨謙)	1823.1~6	전주	1770~1833	〈이수-이형신---이동박-(계)이형겸-이주성/이주응〉. 우병사(1764) 이일제의 족후손
이관식(李觀植)	1823.8~1825.8	전의	1769~1833	〈이세선-이광조-이의백-(계)이방일-이윤춘-이관식(출)〉. 우병사(1737) 이의풍의 족후손
백홍진(白泓鎭)	1825.8~10	수원	1760~1832	→회령부사. 우병사(1793) 백사은의 종손
이완식(李完植)	1826.1~11	전의	1784~1844	→남병사. 〈이창조-이의풍-이방엽-이윤겸-이완식-이희봉-(계)이교준〉. 우병사(1737) 이의풍의 증손
이근식(李近植)	1826.11~1827.윤5	전의	1778~1827	병영에서 종환(瘇患)으로 병사〈이창조-이의진-이방신-이윤호-이근식〉. 우병사(1826) 이완식의 삼종형
권응호(權膺祜)	1827.6~12	안동	1768~1829	〈권제-권휘-권교-권적-권철---권준-권수룡(출)-권륜-권응호〉. 우병사(1817) 권탁의 족후손
남석구(南錫九)	1827.12~1829.5	의령	1780~1829	교귀(交龜) 앞두고 병영에서 병사〈남연년-남덕순-남취오-남지박-남형중-남석구〉. 우병사(1739) 남덕하의 사종손
박윤영(朴潤榮)	1829.7~1830.1	죽산	1774~?	〈박기오---박명룡-박두환-박사돈-박만경-박시좌-박지홍-박윤영(족보명 履榮)〉

이름	재직 시기	본관	생몰	가계/이력 적요
이경희(李敬熙)	1830.1~1831.1	덕수	1762~1833	〈이홍의-이만상-이한범-이철수-이인빈-이경희〉. 우병사(1800) 이인수의 사종손
류상필(柳相弼)	1831.1~1832.2	진주	1782~1858	우병사(1719) 류취장의 고손, 우병사(1808) 류상량의 족제
이인달(李仁達)	1832.2~1833.1	전주	1763~1833	**※계사년(1833) 1월 24일 자시, 동헌 실화(失火) 때 사망. 당시 공진당(拱辰堂), 병부(兵符)·인신(印信)·절월(節鉞), 유서(諭書), 열쇠 등 모두 소실**-『촉영화변사실』(국립중앙도서관 소장) 〈효령대군-의성군(이채)-이핍---이시형-이래(李崍)-(계)이현철-이인달〉. 진주목사(1576) 이제민의 족후손
안광찬(安光贊)	1833.2~1834.11	죽산	1777~1836	**※운주헌·공진당·대촉루(對矗樓)·병고·책실·내삼문·지인방 신축, 벽화당 회랑·호국사 중수. 1833년 3월 11일 창렬사 치제 때 전사(典祀)를 맡음.** →북병사 우병사(1771) 안종규의 손자
이재형(李載亨)	1834.12~1836.5	전주	1786~1836	병영에서 풍질(風疾)로 병사 우병사(1755) 이주국의 증손
이희보(李熙輔)	1836.6~1837.3	연안	1781~1864	←전라좌수사. 〈이소한-이유상(李有相)-①이진조, ②이사조-이형신-이희보〉. 진주목사(1639) 이소한의 고손
이유상(李儒常)	1837.3~1839.2	함평	1771~1844	**※창렬사**(일명 충렬서원) **중수(1838), 성루·격대(隔臺)·군기(軍器) 설비 보수**-정광학, 「충렬서원중수기」 〈이순지-이림---이극명-①이종생-이공(李恭)---이창(李瑒, 1550~1580, 具瀞의 사위)-㉮이춘원(1571~1634, 동래부사 역임)---이수신-(계)이영보-이철운-(계)이유상-이건서, ㉯이필원, ②이종수〉. 진주목사(1592) 이경(李璥)의 족후손
조원석(趙元錫)	1839.2~3	평양	1797~1850	→회령부사. 우병사(1801) 조계의 재종질
윤영배(尹永培)	1839.4~1841.윤3	파평	1771~?	←경상좌수사. **※내아 회랑과 외양간 신축(1839), 대사지 굴착(1840)** 〈윤번-윤사흔-윤계겸-윤욱-윤지임-①윤원필---윤동기-윤광연-윤위-윤영배, ②윤원형〉. 우병사(1725) 윤정주의 족후손
오일선(吳一善)	1841.윤3~1843.4	해주	1802~?	**※창렬사(彰烈祠) 중수(1842)** • 영세불망비(1844.3), 애휼비(1844.10) 우병사(1815) 오문상의 손자
김건(金鍵)	1843.4~1844.7	해풍	1798~1869	〈김성-김하중-김준-①김상태-㉮김희(金爔)-김면철-김일/김건(출), ㉯김희(金爔)(출), ②김상택-(계)김희-(계)김병철-(계)김건-김태욱〉. 우병사(1682) 김성(金城)의 6세손. 통제사 역임(1848/1866~8)
이응서(李膺緖)	1844.7~1845.6	함평	1780~1855	←경상좌수사. 〈이창-이필원-이초옥---이원배-이진운-이유필-이응서(출)〉. 우병사(1837) 이유상의 족질
정태동(鄭泰東)	1845.6~1846.11	동래	1791~?	←숙천부사, →남병사. • 영세불망비(1847.4) 〈정상신-정응원---정언형-정위-정태동〉. 진주목사(1735) 정언유의 족손
이규철(李圭徹)	1847.2~1848.7	전주	1801~1872	→교동수사. ※창렬사 경내 인명비 중건(1847.4). 우병사(1716) 이상집의 5세손

이름	재직 시기	본관	생몰	가계/이력 적요
정택선(鄭宅善)	1848.9~1850.6	초계	1792~1866	〈정복공-정영---정여직-정환유-정학경-정택선〉. 우병사(1702) 정리상의 족후손
이기석(李基碩)	1850.6~1852.4	광주	1804~1877	←황해수사. 〈이극견-이반---이춘영-이동응-이기석〉. 우병사(1674) 이연정의 족후손
이형하(李亨夏)	1852.4~1854.2	전주	1811~1891	〈이형-이중휘-이유(李濡)-이현응-이명중-①이의헌-이복연-이인달-㉮이원하, ㉯이형하(개명 景夏)-이범진-이위종, ②이의열-이지연〉. 진주목사(1852) 이인량의 족질 ※다대포첨사(1848.여름~1849.봄), 우부승지, 경상좌수사(1849.12~1850.8) 역임
이종혁(李種赫)	1854.2~1855.2	고성	1801~?	〈이수창-이익명---이득준-이병도-이행교-이종혁〉. 우병사(1662) 이수창의 7세손
류광로(柳光魯)	1855.3~12	진주	1797~1861	→남병사. 〈류형-류효걸---류일원-류상두-류광로〉. 우병사(1719) 류취장의 족후손
정일복(鄭日復)	1856.1~1857.5	영일	1785~1865	〈정용-정시명-정상빈-정수경-정붕량-정응달-정일복〉. 진주목사(1662) 정시성의 족후손
김일(金鎰)	1857.윤5~1858.7	해풍	1792~1860	**※동장대·북장대 중건, 공해(公廨)·성채·격대 보수(1858)**: 1857.8 호우로 성첩 붕괴. →금위별장 우병사(1843) 김건의 친형
오길선(吳吉善)	1858.8~1859.8	해주	1803~?	←황해수사, →교동수사. 우병사(1841) 오일선의 동생
윤수봉(尹守鳳)	1859.8~1861.5	파평	1796~1872	→북병사. 〈윤보(尹珤)-윤안비-윤침-윤효진---윤함-윤형로-윤배언-윤면진-윤수봉〉. 진주목사(1420) 윤보로의 족후손
백락신(白樂莘)	1861.5~1862.2	수원	1815~1887	진주농민항쟁(1862)으로 유배 〈백상우-백사밀-백동의-백륜진-백형수-백락신〉. 우병사(1793) 백사은의 종고손
신명순(申命淳)	1862.3~1863.10	평산	1798~1870	→금위중군. 〈신확-신적하-신홍-신대곤-신서-신명순〉. 우병사(1716) 신익하의 삼종질
이교준(李教俊)	1863.10~1865.7	전의	1828~1866	→좌승지. **※북장대 중수** 이교준(우승지 겸 경연참찬관), 「북장대중수상량문」(1864.8.4.) 우병사(1826) 이완식의 손자
이주응(李周膺)	1865.10~1867.2	전주	1806~1876	←전라좌수사. **※고을 진휼(1866.봄)**. 우병사(1823) 이형겸의 차남, 우병사(1819) 박응호의 사위
임상준(任商準)	1867.2~1870.11	풍천	1818~?	←충청수사. 〈임선백-임중-임상원-임수간---임후상-임백관-(계)임상준〉. 진주목사(1689) 임당(任堂)의 족후손
신철균(申哲均)	1870.11~1873.12	평산	1821~1876	**※포청(砲廳) 신축, 성채·관아 건물 보수, 군기(軍旗) 수리, 장염(醬鹽) 비축** 〈신홍미-신숙-신서민-신수---신재덕-신석명-신태희-신철균(개명 孝哲)〉. 진주목사(1581) 신점의 족후손 ◉대원군파
서상악(徐相岳)	1873.12~1876.3	대구	1821~1883	**※포청(砲廳) 창건, 보부상 세금 경감** 〈서경수-서홍리---서의보-서학순(徐鸑淳)-①서상익-서광정(개명 丙鼎)-서정규(초명 載豊), ②서상악-서광승〉. 진주목사(1763) 서유상의 족후손

이름	재직 시기	본관	생몰	가계/이력 적요
정운성(鄭雲星)	1876.3~1878.4	영일	1826~1900	←평산부사. 〈정익량-정충달-정희주-정려원-정운성-정기택〉. 우병사(1753) 정익량의 고손
김기혁(金箕赫)	1878.4~9.9	광산	1832~1878	←전라좌수사. 재직 중 부창증(浮脹症)으로 사망 〈김철산-김겸광-김극개---김준악-김상순-김기혁〉. 진주목사(1862) 김기현의 족제
조희찬(趙羲贊)	1878.12~1880.12	평양	1818~1886	우병사 우병사(1756) 조계태의 고손
조희승(趙羲升)	1880.12~	평양	1827~?	〈조세웅-조준-조언태-조업-조두석-조존긍-조희승〉. 우병사(1878) 조희찬의 족제
백남익(白南益)	1882.10~1884.4	수원	1843~1890	• 영세불망비(1885.7) 〈백홍서-백원창-백시만-백상은---백민수-(계)백락정-백남익-백성기(1860~1929)〉. 우병사(1793) 백사은의 족후손
한규설(韓圭卨)	1884.4~1885.8	청주	1856~1930	※창렬사 중수(1884)-하경휴, 「창렬사중수기」; 이상돈, 「창렬사수리게판기」. 일곱 고을의 부상(負商, 등짐장수) 세금 감면. • 병총판 한규설 혁폐불망비(1887.2) 〈한악-한공의-한리---한의식-(계)한승렬-한규설-한양호-한학수-한상국(문영학원 이사장)〉
윤영규(尹泳奎)	1885.8~1886.3	함안	1849~?	〈윤태정-윤구연---윤양검-윤희승-(계)윤석만-윤영규〉. 우병사(1734) 윤택정의 족후손
정기택(鄭騏澤)	1886.3~1888.2	영일	1845~1905	※촉석루(1886)·함옥헌(1888.3) 중수-조성가, 「함옥헌중수기」, 성곽 보수. • 영세불망비(1888.3) 우병사(1876) 정운성의 아들
박규희(朴珪熙)	1888.3~1890.1	밀양	1840~1913	〈박의신-박원---박돈의-(계)박우연-(계)박수문-(계)박규희〉. 우병사(1884) 한규설의 장인
채규상(蔡奎常)	1890.2~1891.12	평강	1847~1905	우병사(1713) 채이장의 7세손
서정규(徐廷圭)	1891.12~1893.12	대구	1853~1916	우병사(1873) 서상악의 종손
민준호(閔俊鎬)	1893.12~1894.8	여흥	1845~?	진주 동학군에 우호적인 태도를 취해 고신(告身) 추탈(1895.2) 〈민사용-민여임---민백령-민원혁-민치재-민준호(출)-민영성-민건식/민희식〉. 진주목사(1818) 민치성의 족질
이항의(李恒儀)	1894.8~1895.5	전주	1846~1925	〈이규빈-이척-이상원---이원구-이학우-이항의(초명 志恒)〉. 진주목사(1732) 이중관의 족후손, 진주목사(1842) 이봉순의 족질

2. 용어 인물 일람

용어편

가련(可憐): 사랑스럽다, 가련하다, 안타깝다.

가인(佳人): 아름다운 사람. 본서에서는 대부분 논개를 지칭함.

간과(干戈): 방패와 창, 무기, 전쟁.

강개(慷慨): 의분에 북받치어 슬퍼하고 한탄함.

강회(江淮): 수양성 근처 지명. 당나라 장순과 허원이 안록산 반군에 항거하다가 강회의 수양성에서 장렬하게 순절했다. 대개 호남의 길목에 있는 요충지로서 진주를 비유할 때 자주 활용되었다.

개우석(介于石): 굳게 절의를 지킴. 『주역』「예괘」〈六二〉, "절개가 돌과 같아 하루를 넘기지 않고 길흉을 판단할 수 있다.[介于石, 不終日]"

경독(經瀆): 헛된 죽음. '經'은 목매어 죽음. '瀆'은 도랑. 『논어』「헌문」, "어찌 평범한 사람들이 작은 신의를 지키기 위해 도랑에서 목매달아 죽어 아무도 알아주지 않는 것처럼 하겠느냐?[豈若匹夫匹婦之爲諒也, 自經於溝瀆而莫之知也]"

계문(啓聞): =계품(啓稟), 장계(狀啓). 관찰사나 절제사 등이 글을 써서 임금에게 아룀. '啓', '聞', '稟'은 사뢰다, 웃어른에게 말씀을 아뢰다.

계주(桂酒): 계피를 썰어 넣어 빚은 술, 신선이 마시는 좋은 술.

고인(古印): 경상우병사 최경회가 강물에 투신할 때 허리에 찾던 관인.

곤절(閫節): =곤수(閫帥). 병마절도사나 수군절도사의 총칭. 본문에서는 대개 경상우병사를 뜻함. '閫'의 뜻은 신명구(1666~1742)의 글 각주 참조.

곤곤(滾滾): 물살이 여흘여흘 흐르는 모양, 이엄이엄 흐르는 물.

관방(關防): 관문(關門)을 만들어서 외적을 방어하는 곳, 국경의 수비.

구원(九原): =구천(九泉), 황천(黃泉). 전국시대 진나라 때 경대부들의 묘지. 전하여 저승의 뜻으로 쓰임. 『예기』「단궁편」.

국보(國步): 나라의 운명. '步'는 시절 운수. 『시경』「대아」〈상유〉, "오오, 슬프다/ 국운이 위급하도다[於乎有哀, 國步斯頻]".

금탕(金湯): 금성탕지(金城湯池)의 준말. 견고한 성.

기어(寄語): =전언(傳言). 인편에 말을 전함.

단확(丹雘): 빨간색의 고운 흙, 곧 단청을 말함. '雘'은 진홍색 찰흙.

당당(堂堂): 씩씩한 모양, 뛰어난 모양. '堂'은 의젓하다, 당당하다.

대무(對舞): 마주 서서 춤을 춤.

도이(島夷): 섬 오랑캐, 곧 왜놈.

망망(茫茫): 넓고 멀어 아득한 모양.

면억(緬憶): 아득히 지난 일을 회상함. '緬'은 멀다, 아득히.

명구(名區): 명승지구(名勝地區)의 준말. 이름난 땅이나 명승지.

명절(名節): 명망과 절의. '名'은 명성, 명분, 명망. '節'은 절개, 절조, 절의.

목릉(穆陵): 선조(1567~1608 재위)의 능호.

묘우(廟宇): =사우(祠宇). 사당, 신위를 모신 집.

물색(物色): 풍경, 경치.

백인(白刃): 칼집에서 뺀 칼, 시퍼런 칼날. 『중용』, "천하의 국가도 고르게 할 수 있고, 작록도 사양할 수 있으며, 시퍼런 칼날도 밟을 수 있다고 해도 중용은 할 수 없다.[天下國家可均也, 爵祿可辭也, 白刃可蹈也, 中庸不可能也]"

백일(白日): 쨍쨍 비치는 해, 태양, 대낮.

병사(兵使): 병마절도사(兵馬節度使)의 약칭. 지방 군대를 통솔하던 종2품 벼슬. 경상우병영은 1603년 창원에서 진주성으로 옮겨진 이후 구한말까지 존속했다.

병이(秉彝): 타고난 본성이나 윤리, 언제나 지니고 있는 아름다운 도리. '彝'는 떳떳하다. 『시경』 「대아」 〈증민〉, "백성이 떳떳한 성품을 지녀 / 이 아름다운 덕을 좋아한다네[民之秉彝, 好是懿德]"; 주자, 「소학제사」, "다행히 이 병이(秉彝)는 하늘이 다하도록 잘못되는 일이 없다[幸玆秉彝, 極天罔墜]".

보사(報祀): 은혜의 보답으로 신불에 드리는 제사.

보장(保障): 해로움이 없도록 막아주거나 그런 구실을 하는 전략 요충지.

부기(府妓): 관청에 소속된 기생. 진주기(晉州妓), 장수기(長水妓) 따위를 말함.

부앙(俯仰): 아래로 내려다보고 위를 쳐다봄, 또는 그 짧은 순간. 세상에 나아가 부침함, 남이 하는 대로 따라 하여 조금도 거역하지 않음, 하늘과 땅.

분궤(奔潰): 패하여 달아나다, 무너져 달아나다. '奔'은 달아나다. '潰'는 무너지다.

분대(粉黛): 얼굴 화장에 쓰는 분이나 눈썹을 그리는 먹. 전하여 미인이나 기녀를 뜻함. '黛'는 눈썹 먹.

분양(汾陽): 당나라 숙종 때 안사(安史)의 난을 평정한 명장 곽자의(郭子儀)는 분양(汾陽)의 제후로 봉해졌다. 대개 충절의 고장을 의미하고, 진주의 이칭으로 널리 쓰임.

사녀(士女): 장사와 가인, 남자와 여자, 총각과 처녀.

사소(死所): 사의지소(死義之所)의 준말. 절의를 지키기 위해 죽은 곳.

사의(死義): 의로움을 위해 죽음.

붕비(崩圮): 무너지다. '圮'는 圯(이, 흙다리)와 다른 자임.

사절(死節): 목숨을 바쳐 절개를 지킴.

사제(賜祭): =치제(致祭). 임금이 제물과 제문을 예관에게 주어 지내게 하는 제사.

사제문(賜祭文): 사제에 쓰는 글. 예컨대 순조(純祖)가 지은 '어제 사제문'으로 계사년(1833) 3월 11일에 제향을 올렸는데, 당시 전사(典祀)는 경상우병사 안광찬(安光贊), 대축은 자인현감 송수겸(宋守謙), 재랑(齋郞)은 하동부사 임태석(任泰錫), 축사·사의(祝史司儀)는 진주목사 송계수(宋啓洙), 도예차(都預差)는 곤양군수 박민환(朴民煥)이었다. 이를 기념해 1847년에 건립한 비석 5기가 현재 창렬사 경내에 세워져 있다. 이뿐만 아니라 상대동 선학산 자락에 수우당 최영경(1529~1590)을 기리는 선조 사제문비가 있다. 수우당의 사제는 1594년 예조정랑 정홍좌(鄭弘佐)가 주관했고, 비는 1821년에 세웠다. 또 집현면 장흥리에 지족당 조지서(1454~1504)를 기리는 숙종 사제문비가 있다. 1718년 신당서원 사액시 숙종이 사제문을 내렸고, 예조좌랑 이안국(李安國)이 예관이었다.

삼사(三士): =삼장사.

삼장사(三壯士): 「촉석루일절」에서 유래하는데 작가에 대한 이견이 분분하다. 작가를 김성일(金誠一)로 보는 경우 그가 초유사 시절인 임진년(1592) 5월에 지은 것이 되고, 김성일·조종도·이로(혹은 곽재우)를 내세웠다. 반면에 최경회(崔慶會) 작으로 보는 경우 계사년(1593) 6월 진주성 함락 당시에 지은 순절시이고, 최경회·김천일·황진(혹은 고종후, 양산숙)을 거명했다. 광의로 보면 진주성에서 전사한 장수들을 상징하는 용어이다.

삼절사(三節士): =삼장사.

삼충(三忠): =삼장사.

삼충사(三忠祠): 창렬사의 사액 전 명칭.

삼판(三版): =삼판(三板). 삼판의 규모[넓이 2척·높이 6척]로 흙은 쌓은 언덕이나 성을 말하는데, 대개 임진왜란 때 왜적의 공격으로 참화를 입은 진주성을 비유한다. 춘추시대 말기 진(晉)나라 조간자(趙簡子)의 아들 양자(襄子)가 가신 장맹담의 건의에 따라 진양(晉陽)에 웅거하고 있었는데, "세 귀족이 연합해 그곳을 포위하고 성내로 물을 끌어들이니 진양성의 삼판 부분만 겨우 잠기지 않았다. 이리하여 부엌이 물에 잠겨 개구리가 알을 낳아 들끓을 지경이었는데도, 백성들은 한 사람도 반감을 갖지 않았다.[三家以國人, 圍而灌之, 城不浸者, 三版. 沈竈産蛙, 民無叛意]"고 한다. 『십팔사략』 권1 〈趙〉.

서풍(西風): 가을바람. 동풍은 봄바람, 남풍은 여름바람, 북풍은 겨울바람.

석부전(石不轉): 변함없는 지조. 두보, 「팔진도」(『두소릉시집』 권14), "강물 흘러도 (그 팔진도를 만들 때 사용하였던) 돌들은 구르지 않고/ 남은 한은 오나라를 병탄하지 못한 것이로다[江流石不轉, 遺恨失呑吳]". 제갈량은 강가의 돌들을 사용하여 군사 배치 형태로 팔진도 모형을 만들어 놓았다고 한다. 한편 조선후기 전주의 아전들이 '江流石不轉'을 애송했다고 하는데, '江流'는 사또이고, '石'은 자신들을 비유했다.

섬섬(纖纖): 연약하고 가냘픈 모양. 달이나 미인의 손. '纖'은 보드랍다, 가늘다.

성인(成仁): 살신성인(殺身成仁)의 준말. 몸을 죽여 완전한 덕을 이룸. 『논어』 「위령공」, "숭고한 뜻을 가진 사람과 어진 사람은 삶에 연연하여 인을 해침이 없고, 자신을 희생하여 인을 이룬다.[志士仁人, 無求生以害仁, 有殺身以成仁]"

성장(盛粧): 얼굴과 몸을 화려하게 꾸밈.

성진(腥塵): 비린내 나는 먼지, 곧 왜놈 혹은 왜놈의 침입을 비유함. '腥'은 비리다.

소소(蕭蕭): 바람이 썰렁썰렁 부는 모양, 나뭇잎 떨어지는 소리, 쓸쓸한 광경.

수부(水府): 해신(海神)이나 용왕(龍王)이 산다고 하는 바닷속의 궁전.

수양(睢陽): 하남성 상구현 남부의 지명. 수양성은 강회(江淮)를 방어하는 근거지가 되었는데, 안록산 난 때의 장순과 허원이 이곳에서 전사했다. 수많은 장수와 백성들이 전사한 진주에 곧잘 비유함. '睢(휴)'가 지명일 때는 '수'로 읽음.

수절(殊絶): 매우 뛰어남. '殊'는 특히. '絶'은 뛰어나다.

수죽(脩竹): 긴 대. 대숲. '脩'는 길다. 왕희지, 「난정집서」, "이곳에 높은 산과 가파른 고개, 무성한 숲과 길게 자란 대나무가 있네.[此地有崇山峻嶺·茂林脩竹]"

수즙(修葺): 집의 허름한 곳을 고치고 지붕을 새로 임. '葺'은 지붕을 이다.

순난(殉難): 나라가 위기에 있을 때 목숨을 바침. '殉'은 목숨을 바치다.

순원(巡遠): 장순(張巡)과 허원(許遠). →인물 장순

숭보(崇報): 융숭한 보답, 은덕을 갚음.

숭장(崇奬): 널리 권장함.

시사여귀(視死如歸): 죽음을 전혀 두려워하지 않음. 「채택전」(『사기』 권79), "그러므로 군자는 절의를 지키기 위해 난리에 목숨 바치는 것을 마치 자기 집에 돌아가는 것처럼 여긴다.[是以君子以義死難, 視死如歸]"

심두(心頭): =염두(念頭). 마음, 생각.

심상(尋常): 늘, 언제나. '尋'은 보통, 평소.

쌍묘(雙廟): 공적이 서로 비슷한 두 사람을 합사한 사당. 안록산 난 때 순국한 장순과 허원 두 사람을 기리기 위해 수양성에 지은 사당인데, 이후 충절의 상징으로 원용되었다. 아울러 진주의 창렬사와 충민사를 지칭한다.

아미(蛾眉): 나방의 촉수 같은 가는 눈썹을 가진 미인. '蛾'는 나방.

아아(峨峨峨): 험준한 모양, 풍채가 늠름한 모양. '峨'는 높다.

어룡(魚龍): 물고기와 용, 곧 바닷속 동물의 총칭.

어복(魚腹): 초나라 충신 굴원이 거듭 쫓겨나 울분을 이기지 못해 멱라수에 투신했는데, 그 충혼이 물고기 뱃속[魚腹]에 들어 있는 것으로 생각했음.

여귀(厲鬼): 역병을 퍼뜨리는 악귀. 안록산 난 때 장순(張巡)이 수양성이 함락될 무렵 서쪽을 향해 두 번 절하고 나서, "살아서 임금에게 보답할 수 없다면 죽어서 마땅히 여귀가 되어 적을 죽이겠습니다.[生既無以報陛下, 死當爲厲鬼以殺賊]" 하였다. 『자치통감』 권220 「唐紀」.

역력(歷歷): 분명하다. '歷'은 밝다.

연구(捐軀): 옳은 일을 위해 목숨을 버림. '捐'은 버리다, 바치다. '軀'는 몸.

열렬(烈烈): 높고 큰 모양, 성질이 용감한 모양, 불길이 맹렬한 모양.

염부(髥婦): 수염 달린 여자, 곧 비겁한 남자를 낮춰 부르는 말. 이유장(李惟樟, 1625~1701), 「盈德士族申姓人~爲詠小絶以美之」(『고산집』 권2), "열 남자 현명한 한 여자만도 못해/ 규중의 정성이 대궐에 미쳤네/ 어지러운 이 세상 비겁한 남자 많으니/ 아리따운 여인을 빌려 온갖 냇물 막으려 했구나[十子不如一女賢, 閨中誠澈九重天, 滔滔此世多髥婦, 欲借嬋姸障百川]".

영령(英靈): 죽은 사람의 영혼을 높여 이르는 말.

영성(嬰城): 성문을 굳게 닫고 성을 지킴, 농성하여 굳게 지킴. '嬰'은 두르다.

영혼(英魂): 훌륭한 사람의 넋.

예관(禮官): =치제관(致祭官).

오열(嗚咽): 흐느끼다. '咽'은 목메다 뜻이고, 목구멍일 때는 '인'으로 읽음.

왕왕(往往): 이따금, 때때로, 가끔. '往'은 이따금.

외외(巍巍): 높고 크고 웅장한 모양. '巍'는 높다.

용사(龍蛇): 통칭 임진왜란. '龍'은 지지 진(辰), '蛇'는 사(巳)에 해당함. 곧 임진년(1592)과 계사년(1593). 임진년 진주대첩에서 진주목사 김시민을 주축으로 3천여 명의 군사가 2만여 명의 왜적을 물리쳤으나, 계사년 때에는 6만여 명의 장수와 군민이 싸웠지만 결국 역부족으로 진주성이 함락되고 말았다.

운주(運籌): =운주헌(運籌軒). 경상우도병마절도사가 전략을 숙의하는 병영의 정청(正廳).

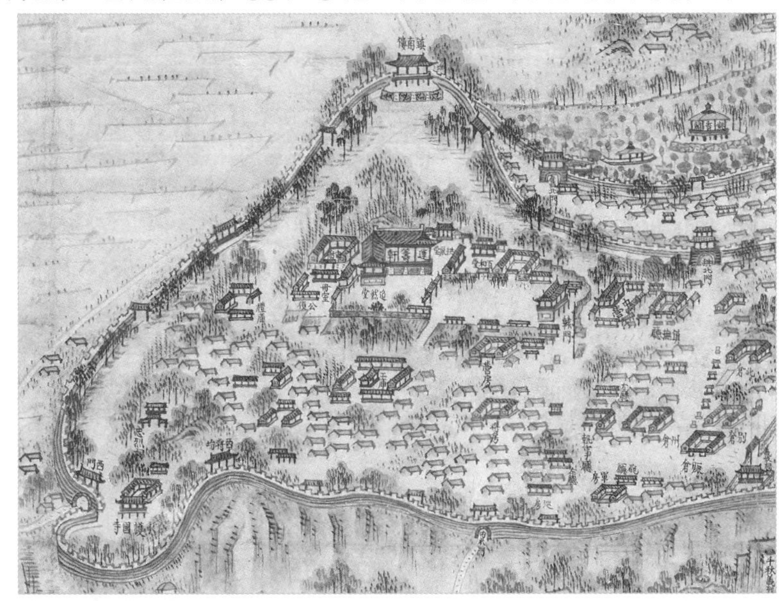

운주헌, 진남루(북장대), 구북문, 공북문, 진무청. 〈진주지도〉 부분. ©규장각 한국학연구원

웅어(熊魚): 생사의 선택에 있어서 구차히 살기보다는 의리를 택해 죽는 것을 비유함. 『맹자』「고자(상)」, "생선은 내가 원하는 것이고, 곰 발바닥 또한 내가 원한다. 두 가지를 함께 얻을 수 없다면, 생선을 버리고 곰 발바닥을 택하겠다. 생명도 내가 원하는 것이고, 의리 또한 내가 원하는 것이다. 두 가지를 동시에 얻을 수 없다면, 생명을 버리고 의를 택하겠다.[魚我所欲也, 熊掌亦我所欲也. 二者不可得兼, 舍魚而取熊掌者也. 生亦我所欲也, 義亦我所欲也. 二者不可得兼, 舍生而取義者也]"

원객(遠客): 먼 데서 온 나그네.

원학충사(猿鶴蟲沙): =충사원학(蟲沙猿鶴). 대개 원학(猿鶴)은 대개 전쟁 통에 억울하게 죽은 장수나 재덕이 있는 사람을, 충사(蟲沙)는 죽은 병사나 보통 사람을 각각 슬퍼할 때 각각 사용한다. 『예문유취』 권90 「鳥部(상)」 〈학〉, "『포박자』에서 말하기를, 주나라 목왕의 부대가 남정을 한 뒤 군자는 원숭이나 학으로 변했고, 소인들은 벌레나 모래로 변했다고 했다.[抱朴子曰 周穆王南征, 一軍盡化, 君子爲猿爲鶴, 小人爲蟲爲沙]"

월훈(月暈): 달 주위를 에워싼 달무리, 곧 적에게 포위된 성. '暈'은 달무리.

위암(危巖): =초암(峭巖). 깎아지른 듯이 절벽을 이루어 아슬아슬한 바위. 보통명사. '危'는 높다,

위태하다.

유묘(遺廟): 옛 사당.

유유(悠悠): 아득하게 먼 모양, 때가 오랜 모양, 흘러가는 모양, 침착하고 여유가 있는 모양, 느긋하고 한가한 모양, 근심하는 모양.

유한(遺恨): 생전의 남은 원한, 잊을 수 없는 원한, 한을 남김.

윤환(輪奐): 건물이 장대하고 화려함. '輪'은 규모가 높고 큰 모양. '奐'은 장식이 화려한 모양. 진나라 헌문자(獻文子)가 집을 완성하자, 장로(張老)가 칭송하기를, "美哉輪焉, 美哉奐焉"이라 하였음. 『예기』 「단궁」.

음혈(飮血): 피를 마시다, 눈물을 삼키다, 흐느껴 울다.

응장(凝粧): 단정하게 화장함. '凝'은 단정하다, 바르다.

의관(衣冠): 옷과 갓, 곧 옷차림. 사대부 집안, 벼슬아치.

의기(義氣): 의로운 기개.

의기(義妓): 경상우병사 남덕하(南德夏)의 장계로 1740년 가을에 나라에서 하사한 논개의 정려 칭호. 박태무의 「의기전」, 의기정려각과 의기사가 있다.

의기사(義妓祠): 일명 논개사. 1741년 봄 우병사 신덕하(申德夏)가 건립한 후 여러 차례 중수를 거쳐 현재에 이르고 있다. 사우 안에 논개 영정이 봉안되어 있고, 정약용의 「진주의기사기」(1780)와 신호성의 「의기사중건기」가 내벽에, 문미에는 기생 산홍과 매천 황현의 시판이 걸려 있다. 또 심원열의 「의기사명」, 오횡묵의 「논개사명」, 이병곤의 「논개사명」이 있다.

의기암(義妓巖): 의암의 이칭.

의암의 전서체 義巖, 해서체 義岩 글씨. ©2013.11.4

의기정려각(義妓旌閭閣): 일명 의기정. 1741년에 우병사 신덕하가 남강 언덕에 세운 정려각. 뒷날 의암사적비를 이곳으로 이건해 현재의 모습이 되었다.

의랑(義娘): 의로운 아가씨, 곧 논개.

의려(義旅): 나라가 위급할 때 백성들이 자발적으로 조직한 군대, 의병.

의백(毅魄): 충의의 넋, 굳센 기백. '毅'는 굳세다.

의사(義士): 의리와 지조를 굳게 지키는 사람.

의암(義巖): 남강에 있고, 논개가 순절한 곳으로 유명하다. 수심을 헤아릴 수 없는 깊이라 위암(危巖), 초암(峭巖)으로 불리다가 논개 사후 고유명사 의암으로 바뀌었다. 바위 서쪽 면의 전서체 '義巖'은 1629년에 쓴 정대륭(鄭大隆)의 글씨이고, 위치상 잘 보이지 않으나 남쪽 면에도 필자와 시기 미상의 행서체 '義岩'이 새겨져 있다. 오두인의 「의암기」(1651), 정식의 「의암사적비명」과 의암사적비(1722), 정현석의 정식의 「의암별제가무」(1872), 안승채의 「의암기」(1888)가 있다. 한편 전북 장수군에서는 논개의 별호처럼 사용해 1955년 의암사(義巖祠)를 창건했다.

의암사적비(義巖事蹟碑): 경상우병사 최진한이 1722년 4월 촉석루 경내에 세운 비석. 논개 정표에 중요한 역할을 했고, 뒷날 의기정려각으로 이건했다.

의여(猗歟): 감탄하는 소리. '아아'. '猗'는 감탄하는 소리, 아름답다.

의열(義烈): 뛰어난 충의, 정의감에서 우러나오는 기개가 씩씩하고 열렬함.

의원(蟻援): 구원하러 온 군사. '蟻'는 개미로, 곧 수효가 개미처럼 많음.

이성(彝性): 사람이 타고난 본성. '彝'는 떳떳하다.

이험(夷險): 고락, 순탄함과 역경. '夷'는 평탄한 길. '險'은 험난한 길.

일대(一帶): 한 줄기, 부근 전체, 어느 지역의 전부.

일배(一盃): 한 잔의 술, 곧 순국을 위한 다짐에 비유함. 김성일의 시.

일사(一死): 한번 죽음, 곧 값진 죽음. →홍모.

일편(一片): 한 조각, 조그마한 물건.

자색(姿色): 아름다운 여자 얼굴.

자재(自在): 뜻대로 됨, 속박이나 장애가 없는 일.

자차(咨嗟): 탄식하다. '咨'는 탄식하다.

장강(長江): =청천(菁川). 촉석루 아래 동서로 길게 흐르는 남강.

장계(長溪): 논개 생가지로 알려진 장수군 장계면 대곡리 주촌마을. 같은 면내에 장계리도 있다.

장구(長驅): 말을 몰아 멀리까지 쫓아감. '驅'는 몰다.

장문(狀聞): 장계를 올려 임금에게 아뢰던 일이나 그 글.

장보(章甫): 예전에 유학을 공부하던 선비.

장사(壯士): 포부가 큰 사람.

장사(將士): 장수와 병졸.

쟁영(崢嶸): 산세가 높고 험준한 모양. 재능이나 품격이 뛰어난 모양, 세월이 오래된 모양. '崢'과 '嶸'은 가파르다.

절부(節婦): =정녀(貞女). 지조가 굳은 여자.

절사(節士): 지조가 굳은 선비.

절의(節義): 절개와 의리, 굳은 지조.

정량(貞諒): =정량(貞亮). 마음이 곧고 성실함.

정렬(貞烈): 여자의 행실이나 지조가 곧고 매움.

정민(貞珉): =정석(貞石). 견고하고 아름다운 돌, 곧 비석. '珉'은 옥돌.

정복(靚服): 옷을 차려입음. '靚'은 단장하다.

정정(亭亭): 높이 솟은 모양, 멀고 까마득한 모양. '亭'은 빼어나다, 높이 솟다.
정주(汀洲): 얕은 물 가운데 토사가 쌓여 섬처럼 드러난 곳, 모래톱, 물가.
정충(貞忠): 절개가 곧고 충성스러움.
정충(旌忠): =정충(旌忠). 표창할 만한 순수한 충성.
정충(精忠): 순수한 충성, 자기를 돌보지 않은 충성심.
정충단(精忠壇): =정충단(旌忠壇). 제2차 진주성전투에서 전사한 제장(諸將), 비장, 군졸의 원혼을 달래기 위해 1593년 8월경 설치한 제단이다. 경상도 관찰사 정사호가 1607년 우병사 겸 진주목사 김태허와 의논해 3단으로 신축 확장하고, 우병사 이기하가 1686년 8월 비석(현 촉석루 북쪽 광장)을 세웠다. 1721년에 부임한 우병사 최진한이 사당와 재실을 창건했다. 이민서의 「진주촉석정충단비명」(1686), 신명구의 「정충단사우중수비명」(1723), 하세응의 「정충단사우중수기」가 있다.
정혼(貞魂): 곧은 넋, 충절의 영혼.
조고(吊古): 옛일을 생각하여 마음 아파하고 슬퍼함. '吊'는 조(弔)의 속자.
조두(俎豆): 제사를 지냄. '俎'는 제사 때 희생을 얹는 적대. '豆'는 제기.
종용(從容): 자연스럽고 태연한 모양, 초연한 모습, 행동거지.
주조(周遭): =주조(週遭). 둘러쌈, 에워쌈. '遭'는 돌다.
주곤(主閫): 관찰사, 병마절도사나 수군절도사.
죽백(竹帛): 옛날 글을 적던 대와 비단, 곧 역사책.
죽지가(竹枝歌): 지방의 풍속을 읊은 시가.
지주(砥柱): 하남성 삼문협(三門峽)에 있는 산 이름. 황하의 거센 물살 속에 우뚝 서 있어 혼탁한 세상에 흔들리지 않는 지조나 절개를 지키는 인물에 비유함.
지주중류비(砥柱中流碑): 1587년 야은 길재(吉再)의 풍모를 기리기 위해 구미시 오태동 나월봉(蘿月峰)에 세운 석비. 자세한 설명은 김수민의 「의암가」 각주 참조.

구미시 오태동의 지주중류비 ©2013.12.14

진산(晉山): 진주의 옛 이름, 진주의 산.
진양(晉陽): 진주. 윤탁이 다스린 고을 이름과 같아 중의적 의미를 지님.
진일(盡日): 온종일, 평상시.
진탕(震盪): 몹시 흔들리어 울림. '盪'은 흔들리는 모양.
징강(澄江): 맑고 깨끗한 강, 주로 남강을 지칭함.
창렬사(彰烈祠): 경상감사 정사호가 2차 진주성전투에서 순국한 김천일·최경회·황진을 제향하기 위해 우병사 김태허와 의논해 1607년 삼충사를 창건했고, 그 직후에 '彰烈' 사액을 받았다. 현재 정사, 동·서사에 충신지사 39위와 7만 민관군 신위를 종향하고 있다. 창렬사 비각 안에는 총 6기 비석이 있는데, 영조의 「어제득인명」(정은신의 인명비문 합각) 1기와 1833년 순조의 「어제사제문」을 새긴 5기이다. 모든 비석의 건립 시기는 정미년(1847, 헌종 13)이다.

창렬사 경내의 비석군. 영조의 득인명비 1기, 순조의 사제문비 5기. ©2023.3.22

창망(蒼茫): 넓고 멀어서 푸르고 아득하게 보이는 모양, 넓어서 끝이 없는 모양.
창상(滄桑): =상전벽해(桑田碧海). 푸른 바다[滄海]가 세 번이나 뽕밭[桑田]으로 변했다는 말로, 세상의 변화가 극심함을 뜻함. 갈홍, 『신선전』 권3 「王遠」.
창창(蒼蒼): 초목이 무성한 모양, 머리털이 센 모양, 맑게 갠 하늘의 모양. '蒼'은 우거지다, 푸르다.
창태(蒼苔): 푸른 이끼. '苔'는 이끼.
창황(蒼黃): 다급한 모양, 파래졌다 노래졌다 하는 모양. '蒼'은 허둥지둥하는 모양.
처처(萋萋): 초목이 무성한 모양, 구름이 흘러가는 모양.
척강(陟降): (영령이) 오르고 내림. '陟'은 오르다.
천인(千仞): 천 길. '仞'은 길이의 단위로 8척(尺).
첨건(沾巾): 수건을 적심. '沾'은 적시다, 더하다.
청강(菁江): =청천(菁川).
청천(菁川): 남강의 이칭. 진주의 옛 이름. 쌍계사의 물이 소남(召南)을 거쳐 흘러들어 진주 서쪽으로 흘러드는데 남강 상류에 해당함. 『진양지』에 따르면, 흰 모래가 평평하게 펼쳐져 봄가을로 열병식을 거행하는 장소로 쓰였다. 〈진주성도〉를 보면 현재 복개된 나불천에 '청천교(菁川橋)'가 표시되어 있다.

천수교 왼쪽의 망진산 정상에 봉수대가 있고, 천수교 우측이 복개된 나불천이다. ©2023.10.11

초암(峭巖): 의암(義巖)의 이칭. '峭'는 가파르다, 우뚝하다.

초연(悄然): 낙심하여 근심하는 모양, 쓸쓸한 모양. '悄'는 근심하다.

초초(招招): 손들 들고 부르는 모양, 큰 소리로 부르는 모양.

초혼(招魂): 죽은 사람의 혼을 부름.

충렬(忠烈): 의리와 지조를 굳게 시키는 사람.

충렬사(忠烈祠): 창렬사의 이칭.

충렬실록(忠烈實錄): 정문부의 7세손 정덕선(鄭德善)이 임란 때 순절한 충신과 열사들의 행적, 창렬사의 연혁과 제향에 관한 사료를 집대성한 자료로, 윤태권(尹台權)이 글씨를 써서 1831년 4월 목판본으로 간행했다. 진주목사 김리위의 종형인 영천 김리양(金履陽)의 서문, 하석문(河錫文)의 발문, 박동정(朴東貞)의 후지가 들어 있다. 그리고 중간본은 1834년 4월 출간되었고, 제2차 진주성전투 4주갑인 계사년(1833) 3월 1일에 내린 '어제사제문' 9편을 신증(新增)해 유학(幼學) 이건식(李健植)·정복의(鄭福毅)가 이듬해 4월 간행했다.

충민사(忠愍祠): 진주대첩 때 순국한 김시민을 향사하기 위해 임진년(1652)에 창건하고 정미년(1667)에 사액되었다. 1868년 서원철폐령으로 위패를 창렬사 정사로 이안(移安)한 후 현재에 이르고 있다. 사당의 원래 위치는 창렬사 동남쪽과 호국사 위쪽 사이에 있었다.

충의(忠義): 충정과 의리.

치제(致祭): =사제(賜祭)

치제관(致祭官): =예관(禮官). 치제를 주관하는 관리.

탁락(卓犖): 월등하게 뛰어남. '犖'은 뛰어나다.

탁연(卓然): =탁이(卓爾). 여럿 중에서 높이 뛰어나 의젓한 모양.

탁탁(卓卓): 높고 뛰어난 모양, 높고 먼 모양.

퇴비(頹圮): 기울어지고 무너지다. '圮'는 圯(이, 흙다리)와 다른 자임.

투생(偸生): 구차하게 살다. 죽어야 옳을 때 죽지 않고 욕되게 살기를 탐함. '偸'는 탐하다, 구차하다.

특립(特立): 특별히 우뚝 서 있음.

파사(婆娑): 그림자가 움직이는 모양, 너울너울 춤추는 모양.

패뉵(敗衄): 전쟁에 짐. '衄'은 뉵(衂)의 속자. 꺾이다, 혹은 코피.

판탕(板蕩): =판탕(版蕩). 잘못된 정치로 나라가 어지러워짐. '板'은 어긋나다. 당 태종이 소우(蕭瑀)를 칭찬하면서 하사한 시에서, "거센 바람에 굳센 풀을 알고 / 세상이 어지러워져야 충성스러운 신하를 안다.[疾風知勁草, 版蕩識誠臣]"라 했다. 『신당서』 권101 「소우전」.

폐차(蔽遮): 가로막음, 저지함 '蔽'는 덮다. '遮'는 막다, 가리다.

포숭(褒崇): 기리고 높임, 표창함. '褒'는 기리다.

풍성(風聲): 풍격과 명성, 풍도, 바람 소리.

풍진(風塵): 바람과 먼지, 병란, 속세, 벼슬길. '塵'은 티끌.

필분(苾芬): 향기로움. 제수(祭需)나 제사에 비유함.

한월(寒月): 겨울의 달, 겨울 하늘에 뜬 달, 차가운 달.

함췌(咸萃): 다 모임. '萃'는 모이다.

현애(懸崖): 깎아지른 듯한 절벽, 곧 낭떠러지. '懸'은 매달다, 늘어지다.

호겁(浩刼): =호겁(浩怯)·호겁(浩㤼). 불교에서 인간의 큰 재난을 말함. 미래에 매우 긴 세상.

홍모(鴻毛): 국가를 위해 목숨을 과감하게 바침. 사마천, 「보임소경서(報任少卿書)」(『문선』 권41), "사람이 진실로 한번은 죽게 마련이거늘 어떤 때는 (자신을) 태산보다 귀중히 여기고, 어떤 때에는 기러기 털보다 가볍게 여긴다.[人固有一死, 或重于泰山, 或輕于鴻毛]"

홍분(紅粉): 연지와 분, 화장, 아름다운 여자.

환패(環佩): 허리에 차는 고리 모양의 옥(玉)으로 아름다운 여인을 가리키기도 함. '佩'는 차다.

황황(煌煌): 반짝반짝 빛나는 모양. '煌'은 빛나다.

흘흘(屹屹): 산이 높아 우뚝 솟은 모양. '屹'은 쭈뼛하다.

인물편

강홍덕(姜弘德, ?~1593): 본관 진양. 은열공 강민첨(姜民瞻)의 후예로 진주 대여촌(현 금산면)에 거주한 강흘(姜仡)의 5세손이다. 제2차 진주성전투 때 도순성장(都巡城將)을 맡아 황진의 부장으로서 왜적을 격파하다가 순절해 선무원종공신 2등에 책록되었고, 자손이 충순위(忠順衛)를 세습했다. [가계] 〈1강민첨---5강려익-강원감---11강대규---15강득시-강보충-강용리-강희려-19강흘(姜仡)-강전(1416~1473)-강계문-강방의-강계인-24강홍덕-강암〉

강희보(姜希輔, 1560~1593): 본관 진주. 자 사달(士達). 호 도탄(陶灘). 광양 출신. 은열공 강민첨(姜民瞻) 장군의 후예로 조부는 강근, 부친은 부사 강천상이다. 임란이 일어나자 동생 강희열과 창의해 고경명 휘하의 장수로 들어가 금산에서 왜적과 싸웠으나 패했다. 이후 분의장(奮義將)으로서 의병을 다시 규합해 단성에서 적과 싸우고 있던 백부 강린상(姜麟祥)을 구원했다. 창의사 김천일을 따라 진주성에서 싸우다가 함락 하루 전에 종제 강희원(姜希元), 부장 임우화와 함께 순사했다. [가계] 〈1강민첨---5강려익-강원찬---11강문한-①강린---강세황, ②강근-강천상-㉮강희보(姜希輔), ㉯강희열-강태로/강희〉.

강희복(姜熙復, 1561~1593): 본관 진주. 자 경부(敬夫). 승평리(昇平里) 출신. 강맹경의 고손이고 강수인의 아들이다. 임란이 일어나자 인근 마을 자제를 모아 의병을 일으켰고, 제2차 진주성전투 때 역전하다가 6월 27일 왜적에게 붙잡히자 자결했다. 호조좌랑에 증직되었다. 『충렬실록』의 기록처럼 창렬사 동사 제9위에 배향하고 있는데, 신위 표기는 '姜希復'으로 되어 있다. 그리고 형제가 없다고 했지만 족보상에 강희복은 8남 중 3남이다. [가계] 〈1강계용---7강회백-강우덕-강맹경-강윤범-강자명-강수인-13강희복-강은소/강은종〉.

강희열(姜希悅, ?~1593): 본관 진주. 자 사현(士賢). 호 석탄(石灘). 광양 봉강면 출신. 무과 급제해 봉사(奉事)로 있던 중 임란이 일어나자 형 강희보와 창의했고, 이후 분의장(奮義將)으로서 진주성을 사수하다가 성이 무너지자 적진으로 돌격해 장렬한 최후를 마쳤다. 창렬사 동사 배향. 촉석정충단비와 『충렬실록』에는 '姜熙悅'로 되어 있다.

이반성면 발산리 고종후신도비(1991). 비문은 설창수 작. ©2012.9.2

고종후(高從厚, 1554~1593): 본관 장택(장흥), 자 도충(道冲), 호 준봉(隼峯), 시호 효열(孝烈). 광주 출신이고 고경명(高敬命)의 장남이다. 임란이 일어나자 부친의 명으로 금구·김제·임피 등지에 격문을 돌려 의병을 모집해 금산으로 가서 싸우다가 부친과 동생 고인후(高因厚)가 전사하자 시체를 거두었다. 이듬해 다시 의병을 규합하여 '복수의병군'이라 칭하고 진주성에 들어가 역전하다 함락 당일 김천일·최경회와 함께 남강에 투신했다. 1619년 초혼장한 묘와 신도비가 진주시 이반성면 발산리 준봉산 기슭에 있다. 이조판서에 추증되었다. 1930년 전후로 창렬사 정사에 배향. [가계] 〈고자검-고운-고맹영-고경명-①고종후, ②고인후〉

곽재우(郭再祐, 1552~1617): 본관 현풍(玄風), 자 계수(季綏). 호 망우당(忘憂堂), 의령 세간리 외가 출생으로 남명 조직의 제자이다. 1592년 4월 22일 의병을 일으켜서 종횡무진 활약해 홍의장군(紅衣將軍)으로 불렸다. 1595년 1월 진주목사로 부임했으나 몇 달 만에 그만두었고, 1597년 방어사가 되어 현풍 석문산성을 신축했다. 1599년 2월 겸진주목사가 되었고, 동년 9월 경상좌병사에 임명되어 이듬해 2월까지 군무를 총괄하다가 그만두었다. 왕명을 기다리지 않은 낙향 탓에 전라도 영암으로 유배되었다. 1602년 해배되어 영산 창암진(현 창녕 도천면 우강리)에 강정(江亭)을 신축하고 '망우(忘憂)'라 편액했다. 1604년 찰리사(察理使)가 되어 인동 천생산성을 수축했고, 이듬해 사직하고는 망우정에서 벽곡을 하며 지냈다. 1613년 전라병사가 되었으나 영창대군 사사를 반대하는 상소로 사직했다. 1709년 병조판서 추증과 함께 시호 충익(忠翼)을 하사받았고, 『망우집』이 있다.

망우정과 곽재우 유허비. 창녕 도천면 우강리 ©2023.5.14

김개(金介, 1531~1593): 본관 김녕. 자 집중(執中), 호 신암(新巖). 고성군 영현면 출생으로 임란 때 분연히 창의해 적을 수시로 무찔렀다. 진주성이 함락될 때 손자 김덕련과 함께 전사했다. 1826년 공조판서에 추증되었다. 창렬사 서사 추향(1971). [가계] 〈김시흥---김윤달-김석숭---김막걸-김개---김덕련〉.

김덕련(金德連, ?~1593): 자 계술(繼述), 호 연봉(蓮峯). 무과 급제. 조부 김개와 함께 순절해 1826년 형조판서에 추증되었다. 창렬사 서사 추향(1971).

김면(金沔, 1541~1593): 본관 고령. 자 지해(志海), 호 송암(松菴). 고령군 개진면 양전리 출생. 조식과 이황의 문인이다. 거창에서 창의해 6월 무계전투에서 승리해 합천군수에 임명되었고, 9월 진주목사 김시민과 합세해 김천 지례의 적을 쳐부수었다. 11월에는 의병 도대장이 되었는데, 당시 의병 좌장은 곽재우, 의병 후장은 정인홍이었다. 혁혁한 전과를 바탕으로 김시민 사후 경상우병사가 되었고, 1593년 1월부터 진주목사를 겸하면서 성주·합천·함안 등지를 방어했다. 하지만 선산의 적을 격퇴할 태세를 갖추던 3월 13일 갑자기 병에 걸려 자신의 죽음을 알리지 말라는 유언을 남기고 숨을 거뒀다. 『송암유고』가 있다.

김상건(金象乾, 1557~1593): 본관 언양. 자 건보(健甫). 김천일의 장남으로 성혼과 율곡의 문인. 부친이 창의하자 종군했고, 진주성 함락 때 부친을 안고 남강에 투신해 승지와 참의에 증직되었다. 창렬사 동사 배향.

김성일(金誠一, 1538~1592): 본관 의성. 자 사순(士純), 호 학봉(鶴峯). 1592년 형조참의로 있다가 4월 11일 경상우병사가 되었으나 임란 책임으로 10일 만에 파직되었고, 서울로 소환 중 직산에서 경상도 초유사로 임명되었다. 동년 9월 경상우도 관찰사에 제수되어 대일 항쟁을 지휘하다가 이듬해 진주 공관에서 병사했다. 자세한 것은 본문 참조.

김시민(金時敏, 1554~1592): 본관 안동(구). 자 면오(勉吾), 시호 충무(忠武). 김방경의 12세손이고, 가계는 본서 부록 진주목사(1579) 김제갑 참조. 충청도 백전촌(栢田村, 현 천안시 병천면 가전리) 출생. 1578년 무과 급제했고, 1591년 진주판관이 되어 이듬해 임란이 일어나자 목사 이경과 함께 지리산으로 도망갔으나 초유사 김성일의 부름을 받고 여러 차례 전공을 세워 8월 진주목사로 승진했고, 10월에는 4천여 명의 병력으로 2만여 명의 일본군을 필사적으로 무찔러 소위 임진왜란 3대첩 중의 하나인 제1차 진주성전투에서 대승을 거두었다. 하지만 당시 시체 속에 숨어 있던 왜군이 쏜 총탄에 맞아 전사했다. 1604년 선무공신 2등 녹훈과 더불어 상락군(上洛君)에 추봉되었다. 1711년에는 상락부원군으로 추봉되고, 영의정이 추증되었다. 창렬사 정사 배향. 하강진, 「충무공 김시민」, 『천년 도시 진주의 향기』(공저), 2018, 34~45쪽.

김준민(金俊民, ?~1593): 본관 상산. 초명 성인(成仁). 단성 출신. 산청 입향조 김후(金後)의 6세손이고, 자세한 가계는 본서 부록 진주목사(1602) 김명윤 참조. 1583년 2월 온성부사 신립, 군관 이종인 등과 함께 오랑캐를 정벌했다. 1592년 7월 거제현령으로 있다가 관군이 흩어지자 의병장이 되어 무계현(현 고령군 성산면 무계리)에서 왜병을 격파했다. 1593년 김천일 휘하에서 진주성 동문을 지키다가 혼전 중에 철환을 맞고 전사했다. 동년 8월 형조판서에 추증되었고, 1743년 공조판서 겸 지의금부사가 가증되었다. 차남 김봉승(金鳳承)도 의병장이 되어 발산성(鉢山城)을 쌓고 전투를 벌였으나 1598년 8월 패주하던 왜군의 역습을 받아 장렬히 전사했다. 이반성면 발산리 입구에 김준민신도비(충의각)와 반사정(反思亭)이 있다. 창렬사 동사 배향.

이반성면 발산리 김준민신도비 충의각.
©2012.9.2

김천일(金千鎰, 1537~1593): 본관 언양. 자 사중(士重), 호 건재(健齋). 김취려(1172~1234)의 13세손으로 나주 흥룡동(興龍洞) 출생. 1573년 학행으로 천거되어 경상도사·담양부사·수원부사 등을 지냈고, 임란 때 고향에서 의병을 일으켜 창의사(倡義使) 칭호를 하사받았다. 1593년 6월 최경회 등과 함께 9일간 진주성을 적극 사수하다가 함락 당일 아들 상건(象乾)과 남강에 투신 자결하였다. 1593년 8월 좌찬성, 1618년 영의정, 1627년 시호 문열(文烈)이 각각 추증되었다. 문집 『건재집』이 있다. 창렬사 정사 배향. [가계] 〈김취려-김전-김량감-김광계---김사달-김석산-김순형-김윤손-김언침-김천일-①김상건, ②김상곤〉

김태백(金太白, 1560~1593): 본관 용궁. 자 계선(繼仙), 호 낭선재(浪仙齋). 하동 옥종 출생. 장윤현과 함께 100여 의병을 거느리고 수문장으로서 제1차 진주성전투를 승리로 이끌었으나, 제2차 진주성전투 때 성이 함락되자 두 왜적을 안고 강물에 투신했다. 선무원종공신에 책록되었고 좌승지 겸 경연참찬관에 추증되었다. 5세손이 이인좌 난 때 의병장으로 활약한 퇴장암 김중원(1680~1750)이다. 옥종면 대곡리에 유허비가 있다. 창렬사 서사 배향. [가계] 〈김직-김철-김언후-김밀-김태백-김준걸-김려생-김명립-김상침-김중원〉.

하동 옥종면 대곡리 김태백유허비. ©2013.5.24

김태허(金太虛, 1555~1620): 본관 광주. 자 여보(汝寶), 호 박연(博淵), 시호 양무(襄武). 밀양 하남읍 귀명동 출생이고 가계는 부록 참조. 울산가수(1592)·경상우병사(1601)·경상좌병사 겸 울산부사(1602) 등을 지냈다. 1605년 선무원종 1등 공신에 올랐으며, 1606년 5월 다시 경상우병사에 제수되어 촉석성을 중수하고 대변청(待變廳)을 설치한 뒤 1608년 6월 이임했다. 만년에는 상동면 고정리 모정마을에 박연정(博淵亭)을 짓고 소요했으며, 그의 시 한 편이 유일하게 수록된 『양무공실기』가 있다. 김병권·하강진 역, 『역주 광주김씨세고』, 2015 참조.

밀양 하남읍 대사리 김태허신도비. ©2021.7.14

남이흥(南以興, 1576~1627): 자 사호(士豪), 호 성은(城隱), 시호 충장(忠壯). 증조부가 남지(南智)이고, 부친은 이순신과 함께 노량해전에서 전사한 남유(1552~1598)이다. 1617년 4월 경상우병사 겸 진주목사로 도임해 창주 하징(河憕, 1563~1624, 어득강의 외증손)이 덕천서원에서 『관포집』을 삼간할 때 지원했고, 1619년 3월까지 재임하면서 진주성을 크게 정비하고 촉석루와 함옥헌을 중건했다. 1627년 평안병사로서 안주성을 지키다 가망이 없자 분신 자결했다. 『충장공유사』가 있고, 가계는 부록 우병사 참조.

논개(論介, ?~1593): 전라도 장수 출신의 진주 관기로 1593년 7월 제2차 진주성전투 직후 왜장과 함께 강물에 투신함으로써 충절의 화신이 되었다. 1621년 류몽인의 『어우야담』에 순국 일화가 최초로 기록되었고, 1740년 '의기(義妓)'라는 국가 표창이 내려졌다. 논개와 관련된 진주의 유적은 의암(義巖)을 비롯해 의암사적비(1722.4 건립), 의기논개정려각(1741.봄 건립), 의기사가 있다. 그리고 장수군 장계면에 논개생가지, 장수읍에 의암사(義巖祠)가 있다.

류복립(柳復立, 1558~1593): 본관 전주. 자 군서(君瑞), 호 묵계(墨溪). 안동 임동면 수곡리 출생. 가계는 본서 부록 우병사(1614) 류지신 참조. 1588년 종부시 주부로 벼슬길에 오른 뒤 임란 때 외삼촌이자 스승인 김성일 휘하에서 사천·고성 등지의 왜적을 격퇴했고, 학봉이 병사하면서 진주성을 사수하라는 유언에 따라 분전하다가 순절했다. 1719년 이조참판에 추증되었고, 1802년 창렬사 정사에 추향되었으며, 1892년 이조판서가 가증되었다. 『묵계실기』가 전한다. 한편 형 류복기(柳復起, 1555~1617)도 김해(金垓) 등과 함께 의병을 일으켜 예천 등지에서 싸웠으며, 정유재란 때는 곽재우를 따라서 화왕산성을 지켰다. 그리고 조카 도헌 류우잠(1575~1635) 역시 임란 때 창의했다.

류숭인(柳崇仁, 1565~1592): 본관 문화. 가계는 본서 부록 우병사 참조. 1592년에 함안군수 때 임진왜란이 일어나자 한때 피신했다가 6월 곽재우 의병에게 진로를 차단당한 왜군을 추격하여, 진해에서 이순신 휘하의 함대와 합세하여 무찔렀다. 7월 금강을 거슬러 공격해 오는 왜군을 직산현감 박의(朴誼)와 합동으로 대적하여 전공을 세웠다. 경상우도 병마절도사에 특진한 뒤, 10월 진주성을 구하러 갔으나 진주목사 김시민이 전략상 성문을 열어주지 않아 사천현감 정득열·가배량권관 주대청과 함께 외곽에서 싸우다가 총에 맞아 전사했다.

문할(文劼, 1563~1598): 본관 남평. 자 자신(子愼), 호 성광(醒光). 합천 거주. 옥동 문익성(1526~1584)의 3남이다. 1579년에 진사 합격했고, 임란이 일어나자 진주에서 익호장군 김덕령(金德齡)과 함께 의병을 일으켰다. 정유재란 때 다시 창의해 하동 섬진에 출진했다가 1598년 진중에서 병으로 죽어 선무원종 공신에 책록되었다. [가계] 〈1문익---8문근---14문익성-문할-①문홍운-(계)문재자-문성위, ②문홍규-문재자(출)〉

문홍운(文弘運, 1577~1640): 본관 남평. 자 여간(汝幹), 호 매촌(梅村). 임란 때 부친 문할을 따라 의병으로 활약해 원종공신에 책록되었다. 1596년 김덕령(1567~1596)이 이몽학 역모 사건에 연루되어 의금부에 갇히게 되자 신원을 위해 성여신과 함께 소장을 올렸다. 1612년 진사시에 합격했다.

문홍헌(文弘獻, 1551~1593): 본관 능성. 화순 출신. 임란이 일어나자 의병들을 모아 고경명 휘하에서 싸웠고, 이후 최경회 참모로서 진주성에서 혈전을 벌이다가 성이 함락되자 강물에 투신했다.

민여운(閔汝雲, ?~1593): 자 용종(龍從). 입암 민제인(1493~1549)의 손자로 종질이 우병사(1635) 민영인데, 자세한 가계는 부록 우병사 참조. 전라도 태인에서 동향의 정윤근과 함께 병사 200여 인을 모집해 의병장이 되어 스스로 비의장(飛義將)이라 불렀다. 진주에 입성해 분투하다가 6월 27일 화살을 맞고 순국했다. 좌승지에 추증되었고, 1858년 이조참판 겸 도총관이 가증되었다.

박세항(朴世項, ?~1593): 본관 밀양. 자 원량(元亮). 중조 좌복야공 박언인의 11세손이고, 박필문(朴必文)의 증손이며, 박인손의 아들이다. 출중한 무예로 급제해 수문장이 되었으나 낙향했다. 진주성 함락 때 김천일·최경회를 따라 순절해 1605년 선무원종공신에 책록되었다. 창렬사 서사 추향(1971). [가계] 〈박욱---박언인-박직신-박창---박경빈-박필문-박성봉-박인손-박세항〉.

박승남(朴承男, 1532~1593): 본관 밀양. 자 군직(君直). 밀양부 남면 화산촌(현 하남읍 귀명리로 추정) 출생. 충헌공 박척(朴陟)의 13세손이자 박삼양의 9세손이고 가산부사 박명철의 장남이다. 자세한 가계는 본서 부록 진주목사(1737) 박준 참조. 1573년 대구판관에 제수되어 선정을 펼쳤고, 임란 때 동생 박승립(朴承立)과 더불어 밀양에서 창의했다. 김시민과 합세해 진주대첩을 이끌었으나 제2차 진주성전투 때 분전하다 화살이 바닥나자 남강에 투신했다. 동생과 함께 선무원종 2등 공신에 책록되었고, 1740년 우병사 남덕하의 계청으로 병조참의에 추증되었다. 창렬사 동사 배향.

박안도(朴安道, 1529~1593): 본관 태안. 자 진경(眞卿)·유경(由卿). 조부는 박인(朴氤)이고, 진주 내동(奈洞)에 살았다. 종질이 능허 박민(1566~1630)이다. 임란이 일어나자 동향의 유함·이욱 등과 함께 의병을 일으켰다. 의병장은 유함에게 미루고 자신은 종사관이 되어 활약했으며, 진주성 함락 때 남강에 투신했다. 창렬사 서사 배향. [가계] 〈박자유-호은 박인-①박세훈-박안방-능허 박민(1566~1630)-박경광-(계)박창윤-박태무, ②박세적-박안도-박시생〉

박춘영(朴春英, 1572~1593): 본관 밀양. 자 화경(花卿). 진주 남면 영이곡(현 고성군 영오면 영대리) 출생. 충헌공 박척(朴陟)의 14세손이자 박삼양의 10세손이고 박원구의 장남이다. 임란 때 진주성에서 순절한 박승남(朴承男)의 족질이고, 자세한 가계는 본서 부록 진주목사(1737) 박준 참조. 임란 때 창의해 진주성에 들어가서 왜적과 싸우다가 성이 함락되자 북향 사배한 뒤 강물에 투신해 선무원종공신 3등에 책록되었다.

박흥주(朴興宙, 1559~?): 본관 함양. 자 여곽(汝廓). 치암 박충좌(1287~1349)의 후손으로 박윤수의 3남이다. 진주에 거주하며 일찍이 부사 성여신(成汝信)을 종유했고, 1585년 진사가 되었다. 1595년 12월 김덕령(金德齡)이 도망친 병사를 참수한 일 때문에 체포되자 성여신과 함께 체찰사 이원익에게 신원을 호소하는 편지를 올렸고, 의병을 일으켜 창원의 합포 옛 성지에서 아우 박흥택과 함께 왜적과 싸우다가 죽었다. [가계] 〈1박선---7박지빈-박장-박충좌---박윤수(朴潤壽)-박흥주〉

백사림(白士霖): 본관 해미. 선무원종 1등 공신 백광언(1554~1592)의 동생으로 생몰년은 미상. 1593년 7월부터 이종인의 후임으로 김해부사를 지냈고, 1597년 함양 황석산성의 수성장(守城將)이 되었다. 그가 왜적과 싸우던 중 가족을 이끌고 몰래 도망치는 바람에 성이 무너지고 많은 사상자를 낳게 하였다. 하지만 조정에서 백의종군하여 공을 세우도록 특명함으로써 처벌은 피했다. 안의의 선비 우형(1567~1652)은 백사림이 패군의 죄를 면하게 되자 1604년 대궐에 나아가 극형에 처할 것을 상소했고, 1609년과 1612년에 거듭 상소하여 효수할 것을 주장했다. 우형, 「請斬白士霖疏」, 『눌계유고』 권2 참조.

서예원(徐禮元, 1547~1593): 본관 이천. 가계는 본서 부록 진주목사 참조. 1573년 무과 급제해 1585년 회령 첨절제사로 있다가 오랑캐에게 패해 종성에 수감되었고, 동인의 거벽이었던 형 서인원(徐仁元)의 도움으로 석방되어 1587년 김해부사로 임명되었다. 1592년 4월 14일 왜군이 김해성을 공격하자 싸우지도 않고 진주로 패주했고, 그 뒤 의병장 김면과 협력해 왜적을 격퇴했다. 제1차 진주성전투 때 김시민이 순국하자 경상우병사 김성일에게 진주목사로 발탁되었고, 이듬해 황진의 뒤를 이어 순성장으로서 싸우다 장렬히 전사했다. 당시 부인과 미혼의 딸, 장남 서계성 부부도 남강에 함께 투신했다. 전란 후 선무원종 1등 공신에 책록되고, 병조참의에 추증되었다. 중추원 의관 석하 안종덕(1841~1907)은 시호를 하사하고 진주 창렬사 추향을 청하는 상소를 올렸다. 『고종실록』〈1901.6.22.〉. 밀양시 하남읍 수산리에 정려각이 있다.

성수경(成守慶, 1523~1593): 본관 창녕. 자 승약(勝若). 성군부의 8세손이고, 성흔(成忻)의 3남이며, 진주목사 성윤문의 족형이다. 가계는 본서 부록 진주목사(1596) 성윤문 참조. 1592년 7월 나이 일흔에 초유사 김성일에게 발탁되어 진주성에서 군무에 합류했고, 8월 진주목사가 된 김시민을 뒤이어 진주판관이 되었다. 1593년 4월 경상우도 관찰사 김성일의 지시로 군기(軍器)를 위임받아 조총과 화전을 만들었다. 6월 판관으로서 진주성을 사수하다가 전사했고, 1701년 병조판서에 추증되었다.

성영달(成潁達, 1549~1593): 본관 창녕. 족보명 영달(永達). 상곡 성석인의 8세손이고, 부친은 성열(成悅)이며, 진주판관 성수경의 족후손이다. 가계는 본서 부록 진주목사(1864) 성이호 참조. 무과 급제했고, 임란 발발 이후 경상우도 병마우후(兵馬虞候)로서 전공을 세웠다. 진주성 함락 때 성수경과 함께 순사해 병조참의에 추증되었다. 창렬사 서사 배향. 『창녕성씨문행열전』〈60a〉 참조.

소제(蘇濟, ?~1593): 본관 진주. 자 경즙(景楫), 호 적은(迪隱). 남원 출신. 형 소황(蘇滉)과 함께 의병을 일으켜 권율 휘하에 들어가 싸웠고, 이어 충청병사 황진(黃進)의 부하가 되어 제2차 진주성전투에서 전사했다.

손승선(孫承善, 1562~1593): 본관 밀양. 진주 덕산 대하동(현 삼장면 덕교리) 출생. 밀성군 손빈(孫贇)의 10세손이고, 손분의 장남이다. 임란이 일어나자 막내동생 승효(承孝)에게 집안일을 부탁하고 의병을 조직해 진주성으로 들어갔다. 수성유사(守城有司)로서 역전을 펼치다가 성이 함락되던 날에 북향 사배하고 처자를 죽인 뒤 스스로 목을 찔러 자결했다. 한편 동생 승의(承義)도 성주 성현전투에서 조총에 맞아 전사했다. 뒷날 호조좌랑에 추증되었고, 1746년 승지가 가증되었다. 창렬사 서사 배향. [가계] 밀성군 손빈(孫贇)의 10세손. 〈손빈-손광-손영-손중견---손희-손난우-손분-①손승선-손치/손남, ②손승의, ③손승효〉.

송건도(宋健道, 1549~1593): 본관 여산. 자 중도(中道). 임란이 발발하자 아들 국평(國平)과 더불어 40여 인을 모아 창의해 전과를 거두었고, 그 뒤 진주성에 들어가 진주판관 김시민의 막료로서 남해안 일대의 왜적을 무찔렀다. 이듬해 진주성에서 혈전을 벌이다가 순절해 선무원종공신에 책록되었다. 부자가 함께 전력부위(展力副尉) 겸 사복(司僕)에 추증되었다. 창렬사 동사 추향(1971). 『충렬실록』에 정가공(正嘉公) 송서(宋瑞)의 후예로 진주 입향조인 송성길의 증손자이며, 송치세의 아들이라 되어 있다. 하지만 『여산송씨 정가공파족보』(1956), 『여산송씨 대동보』(정가공파)의 기록이 다르다. 관련하여 본서 부록 진주목사(1483) 송철산 참조.

송제(宋悌, 1547~1593): 본관 남양. 자 유칙(維則), 호 매와(梅窩). 고흥군 대서면 송승주의 8남 중 5남으로 출생. 남포현령을 거쳐 당진현령 재직 중 임란이 일어나자 의병 2백여 명을 거느리고 황진 부대에 가담했다. 고종후, 정명세 등과 진주성에 입성해 사수하다가 왜적에게 포박되었다. 6월 29일 당나라 장순처럼 적을 준엄하게 꾸짖으며 장렬히 전사하자 왜적이 "진정한 의사로다[眞義士]"하며 동문 밖에 시신을 묻고는 '조선의사송제지시[朝鮮義士宋悌之屍]'라는 표지를 세웠다. 창렬사 서사 추향(1971). [가계] 〈송침---행정 송인---서호 송순손-행음 송승주-송제〉.

심우신(沈友信, 1544~1593): 본관 청송. 자 공택(公擇). 영의정 심회의 5세손이고 곡산부사 심수의 아들이며, 자세한 가계는 부록의 진주목사(1709) 심방 참조. 임란 때 창의해 왜적의 예봉을 꺾었고, 황진 휘하에서 진주성 동문을 지키다가 투강 자결했다. 선무원종공신에 책록되었고, 병조참판이 증직되었다.

안고경(顔杲卿, 692~756): 당나라 현종 때의 충신으로 서예 대가이자 평원태수로서 안록산 세력을 몰아낸 안진경(709-785)의 사촌형이다. 안록산의 난 때 상산태수로서 의병을 일으켜 불리한 상황 속에서도 6일 동안 밤낮으로 격전을 벌이다가 성이 함락되자 사사명에게 포로가 되었는데, 갖은 악형을 받으면서도 굴복하지 않고 혀가 끊어질 때까지 안록산을 준열하게 꾸짖다가 죽었다.

안흥종(安興琮, ?~1593): 본관 순흥. 의령 출신. 일사재 안창렴의 손자. 임란 때 진사 이운(李蕓)과 더불어 창의해 촉석성에서 죽었다. 아들 안헌(安憲)은 부친의 원수를 갚기 위해 이순신 장군을 따라 왜적을 무찌르다 노량진에서 죽었다. 안창렴이 함안 모곡으로 남하했고, 아들 안종(安瑽)이 의령으로 이거했으며, 손자 안범(安範)이 대평면 하촌리 연산에 정착해 세거하게 되었다. [가계] 〈1안자미---4안향---9안종약-안수-안창렴-안종-안흥종-안헌-안범〉

양산숙(梁山璹, 1561~1593): 본관 제주. 자 회원(會元), 시호 충민(忠愍). 나주 박산(현 광주시 광산구 어룡동 박산마을) 출생. 학포 양팽손의 손자이며, 진주목사(1570)를 지낸 양응정(1519~1581)의 셋째아들이다. 성혼의 문인으로 임란이 일어나자 김천일 휘하에서 부장이 되어 형 양산룡(梁山龍)과 함께 창의했고, 용만[의주] 행궁에 도착하여 선조에게 전쟁 상황을 자세히 보고해 그 공으로 공조좌랑에 제수되었다. 그리고 2차 진주성전투에 참전하여 끝까지 싸우다가 남강에 투신했다. 창렬사 동사 배향. [가계] 〈양담(梁湛)-양이하-학포 양팽손(1488~1545)-송천 양응정-①양산해, ②양산룡, ③양산숙, ④양산축〉.

양제(梁濟, 1550~1593): 본관 남원. 자 제부(濟夫). 무과 급제해 내금위장에 이르렀다. 1591년 부친상을 당해 임란 때 곧바로 거의하지 못하다가 복이 끝나자 의병 수십 명을 거느리고 진주성에 들어가 김천일·최경회·황진과 함께 사수하다가 성이 무너지자 북향사배한 뒤 남강에 투신하였다. 호조좌랑에 추증되었다. 창렬사 서사 배향. [가계] 〈양우-양익상-양제〉.

유함(兪晗, ?~1593): 본관 영산. 일명 유함(兪膾). 진주목사 박승임이 설립한 남면 서재(문산읍 옥산리 정동에 있었던 정강서원의 전신)의 책임자로서 학동들을 가르친 진사 유백온(1492~?)의 아들이다. 임란이 일어나자 동향의 박안도·이욱과 함께 거의했고, 부로들에 의해 의병장으로 추대되어 최경회 휘하에서 진주성을 지키다가 강물에 뛰어들어 순절했다. 1743년 주부(主簿)에 추증되었다. 창렬사 동사 배향. 『진양지』, 『정산지』, 『능허집』, 『서계집』 참조.

윤사복(尹思復, ?~1593): 본관 파평. 태종 등극에 기여한 원평군 윤목(尹穆)의 5세손이고, 진주 입향조 윤지의(尹之義)의 고손이다. 자세한 가계는 부록 우병사(1711) 윤우진 참조. 첨정으로서 창의해 1593년 6월 진주성 구북문으로 쳐들어오는 적을 막다가 순절했고, 병조참의에 추증되었다. 창렬사 서사 배향.

윤탁(尹鐸): 춘추시대 말기 진(晋)나라 6귀족의 하나인 조앙(趙鞅, 조간자)이 윤탁에게 진양(晋陽, 현 산서성 태원) 고을을 맡아서 다스리도록 하니, 그는 "견사처럼 할까요? 혹은 보장이 되도록 할까요?[以爲繭絲乎, 抑爲保障乎]"라고 물었다. 이에 조앙은 "보장이 되도록 하라."고 하였다. 윤탁은 이에 호구 수를 줄이고 조세를 경감하여 너그러운 정치를 베풀었다고 한다.

가회면 함방리 윤탁·윤선 신도비. ©2023.10.10

윤탁(尹鐸, 1554~1593): 본관 파평. 자 성원(聲遠), 호 구산(龜山). 합천 삼가현 구평리(현 가회면 함박리 구평마을) 출생. 소정공 윤곤의 6세손이고, 윤언효의 장남이며, 질서가 송정 하수일(河受一)이다. 자세한 가계는 우병사(1711) 윤우진 참조. 1585년 무과 급제해 훈련부정이 되었다. 임란이 일어나자 향병을 모집해 곽재우 휘하에서 의령 정암진 연안의 왜적을 무찔렀다. 이듬해 6월 삼가 의병장으로서 진주성에 들어가 싸웠으나 역부족으로 제장과 함께 순절했다. 병조참판에 추증되었다. 그리고 종제 추담 윤선(尹銑, 1559~1639)은 선조의 몽진을 호종했다. 신등천을 경계로 구평마을에 윤탁·윤선 신도비(1901)와 회계서당(1918)이, 골말에는 구산서당(1904)이 있다. 『구산실기』가 있다.

이경(李璥, 1537~1592): 본관 함평. 자 덕온(德溫), 호 덕봉(德峯). 가계는 본서 부록 진주목사 참조. 진주목사로 있을 때 임란이 일어나자 판관 김시민과 함께 지리산 상원동으로 도망가 숨었다. 초유사 김성일이 왔다는 말을 듣고 김시민은 즉시 응했으나 이경은 병을 핑계로 나오지 않다가 소남(召南)에서 등창으로 죽었다. 이로, 『용사일기』 〈16b~17a〉; 『진양지』 권3 「임관」 〈목사〉. 한편 김인환은 『용사일기 논고』(한국정경사, 1977, 225~234쪽)에서 판관 김시민이 지리산으로 갔다면 병이 위독한 목사 이경을 치료하기 위한 것이라 하면서, 김시민에 대한 이로의 서술은 불공정한 태도의 개입으로 보았다.

이로(李魯, 1544~1598): 본관 고성(固城). 자 여유(汝唯), 호 송암(松巖)·문수산인. 의령 세간촌에서 부곡리(孚谷里, 현 부림면)로 전거한 이을현(李乙賢)의 6세손이다. 조식의 문인으로 서녀 남편이 곽재우(郭再祐)이다. 1592년 5월 함양에서 초유사 김성일을 처음 만난 뒤 소모관에 임명된 뒤 진주, 의령 등지에서 왜적을 무찔렀다. 삼장사의 한 사람으로 거론되고, 1871년 시호 '정의(貞義)'가 추서되었다. 그리고 학봉의 임란 활약상을 기록한 『용사일기』(일명 『용사일록』)는 1762년 대산 이상정(1711~1781)의 발문을 받아 이듬해 간행되었고, 그 축약본이 『문수지』(「학봉김선생용사사적」, 『송암집』 권4의 저본)이다. [가계] 〈1이황---5이엄충-이준명-이송무-이응경-이윤주-이백-이을현-이산명-이극인-이문창-이한-이효범-17이로-이만승〉

이명걸(李命杰, 1533~1593): 본관 합천. 자 남수(南守), 호 손계(巽溪). 진주 방촌 출신. 남명 조식의 문인. 시조 이개의 20세손이고, 이문통의 16세손이며, 진주성전투에서 순국한 이행(李荇)의 족질이다. 자세한 가계는 우병사(1622) 이응해 참조. 임란이 일어나자 300여 명을 규합해 '강의장군(絳衣將軍)'으로 자호하고 서부 경남 7개 고을에서 잇달아 승리했고, 1593년 6월 20일 진주 용소 평목천 강변(현 사봉면 방촌마을 앞 널무늬)에서 순절했다. 선무원종 2등 공신에 책록되었고, 호조참판에 추증되었으며, 1885년 예조판서가 가증되었다. 아들 이도량(1554~1593)도 부친 전망(戰亡) 다음날 원지 목천(현 무촌리 중촌마을 앞) 벌판에서 순국해 1885년 공조판서에 추증되었다. 1913년 후손이 건립한 이명걸, 이도량 부자 신도비가 진주 방촌리 등건마을(옛 등건초 정문 옆)에 있다. 비문은 둘 다 시암 이직현(1850~1928)이 지었다.

사봉면 방촌리 이명걸, 이도량 신도비. ©2023.8.7

이욱(李郁, 1556~1593): 본관 여주. 자 문재(文哉). 진주 반동산리(현 진성면 동산리) 거주했고, 남명 조식의 문인으로 1579년 생원시에 합격했다. 제2차 진주성전투 때 의병장으로서 순절해 호조좌랑에 추증되었다. 창렬사 동사 배향. 『덕천선생사우연원록』 권3, 『진양지』 권2 〈인물〉, 『정산지』 등 참조.

이의정(李義精, 1555~1593): 본관 하음. 자 의중(宜仲). 이규보의 8세손이고 충북 영동군 양산면 봉곡리 출생. 율곡 이이의 제자로 임란이 일어나자 군량미를 모아 군대에 보충했다. 의병을 이끌고 함안과 합천 등지를 거쳐 진주에 들어가 창의사 김천일과 함께 굳게 지키다가 성이 무너지자 남강에 투신했다. 1604년 선무원종공신에 책록되었고, 병조참의에 추증되었다. 1722년 정려가 표창되었고, 1801년 신도비가 건립되었으며, 1996년 봉곡리 묘역에 충의사를 세워 기리고 있다. 창렬사 서사 배향.

이인민(李仁民, 1568~1593): 본관 경주. 초명 묵(黙), 자 성여(聖汝), 호 목천(木川). 진주 사봉면 마성리 출생. 국당 이천의 10세손이고, 자세한 가계는 부록의 우병사(1790) 이격 참조. 부친 제림(霽林) 이원춘(1551~1597, 南重)을 따라 진주성에 들어가 진주판관 김시민을 크게 도왔다.

사봉면 마성리 제림목천양공순절비. ©2023.8.7

계사년 전투 때 이종인·강희열 등과 함께 힘껏 싸우다 남강에 투신했고, 호조좌랑에 추증되었다. 창렬사 서사 배향. 한편 구례현감 이원춘(李元春)은 정유재란 때 석주관전투에서 패한 뒤 남원성을 지키다가 순절해 남원 충렬사에 배향되었는데, 마성리 남마성마을(주소: 지사로 364번길 41)에 '제림목천양공순절비'(1914.5 건립)가 있다. 비문은 전의이씨 이근만(李根萬)이 짓고, 글씨는 인천이씨 이택석(李宅錫)이 썼다. 참고로 『진양지』「인물」(『영남읍지』 책32, 1895), 성해응의 「진양순난제신전」, 서유본의 「진주순난제신전」, 『전의이씨파보』 〈부윤공파〉 등에서 본관을 전의(全義), 남명 조식의 자형인 이공량의 조카라 했지만 모두 구체적인 순국 기록은 없다.

이잠(李潛, 1568~1593): 본관 경주. 자 공량(公亮), 호 용암(龍庵). 사천 산영리 출생. 어릴 적부터 용맹함이 출중해 무예에 힘썼다. 임란이 일어나자 불과 25세 나이로 의병을 일으켰다. 적개의병장으로서 진주성이 위급하다는 소식을 듣고 밤중에 달려가 적의 목을 베어 아군의 사기를 드높였으나 강희열·이종인과 함께 장렬히 전사했다. 1600년 선무원종 2등 공신에 책록되었고 통정대부 병조참의에 추증되었다. 창렬사 서사 배향. 이수필(1864~1941), 「증통정대부병조참의적개의병장이공행장」, 『소산집』 권4; 하겸진(1870~1948), 「증통정대부병조참의이공묘갈명」, 『회봉선생유서』 권45 참조. 한편 생애 정보가 다른 문헌이 있는바, 송준필(1869~1943)의 「증병조참의자암이공행장」(『공산집』 권20)에서 본관을 고성, 『호남절의록』과 『선원속보』에서는 전주, 정광현의 『진양지속수』에서 안악으로 각각 표기했다.

이종인(李宗仁, 1556~1593): 본관 전주. 자 인언(仁彦). 나주 산포면 출신으로 어릴 적부터 궁마(弓馬)를 좋아하여 1576년 무과 급제함. 1591년 12월 김해부사에 제수되어 재직하던 중 임란이 일어나자 김성일의 휘하에서 활약했고, 1593년 6월 진주성이 함락될 위기에 처하자 곧장 병력을 이끌고 달려가 싸웠다. 29일 밤새 내린 폭우로 동문 쪽의 성이 무너져 적이 개미떼처럼 붙어 올라오자 쉴 새 없이 활을 쏘며 싸우다가 화살이 바닥나자 활을 던지고 창검으로 닥치는 대로 적을 베고 찔렀으며, 최후에는 달려드는 두 왜적을 겨드랑이에 끼고 물

〈종인충용〉. 『동국삼강행실도』 책9 「충신도」 권1〈40a〉. 규1832.

속으로 뛰어들며 "김해부사 이종인이 여기에서 죽는다."라고 크게 외치면서 죽었다. 1593년 호조판서 추증, 1743년 병조참판 가증. 창렬사 서사 배향. [가계] 『충렬실록』에서 이종인은 정종의 현손이고, 군산수(郡山守) 전손(全孫)의 손자이며, 병사 구침(龜琛)의 아들로 기술했다. 그런데 『선원속보』에는 현손이 아닌 6세손이고, 금손(金孫)의 손자로 나온다. 즉 〈정종-이덕생-이외-이숙인-이금손-이구침-이종인〉으로 이어지고 있다. 한편 『호남절의록』에는 이종인의 본관은 청주이씨에서 분적된 개성이고, 제천위 호안공 이등(李董, 1379~1457)의 후예로 나온다.

이행(李荇, 1545~1593): 본관 합천. 자 이여(而汝)·이행(而行). 진주 지수 출신. 강양군 이요(1329~1395)의 6세손으로 이몽서(李夢瑞)의 아들이고, 자세한 가계는 족숙인 우병사(1622) 이응해 참조. 임란 때 분연히 의병을 일으켜 죽방산성(竹坊山城, 대곡면 송대산성)을 근거지로 삼아 왜적을 방어했고, 진주성에서 순절해 선무원종공신에 책록되었다. 지수면 청담리 무동마을(주소: 청담길 232번길 4)에 충절을 기리는 소강정(溯江亭)이 있다.

지수면 청담리 소강정. ©2023.8.7

임희진(任希進, 1524~1593): 본관 장흥. 자 사현(士賢), 족보명 희진(希璡). 해남 출신으로 임귀검의 5세손이고, 임근(任謹)의 제6남이다. 제2차 진주성전투 때 김천일, 심우신 등과 함께 남강에 투신했다. 족후손이 진주목사(1753) 임경관이다.

장순(張巡, 709~757): 당 현종 때 충신. 안록산의 난이 일어났을 때 진원(眞源)의 수령으로서 백성들을 인솔해 반란군을 막았다. 그 뒤 수양성을 몇 달 동안 사수하다가 양식이 떨어지자 차·종이·말·참새·쥐를 차례로 먹었고, 심지어 사랑하는 첩을 죽여 군사들에게 먹여가며 버텼지만 결국 함락되고 말았다. 당시 수양태수 허원(許遠), 부하 장군 남제운(南霽雲)과 뇌만춘(雷萬春) 등이 그곳에서 장렬하게 함께 죽었다. 『구당서』 권187하 「충의전」.

장윤(張潤, 1552~1593): 본관 목천. 자 명보(明甫). 순천 출생. 가계는 본서 부록 진주목사 참조. 1582년 무과 급제해 사천현감을 지냈고, 임란이 일어나자 임계영(1528~1597)의 부장이 되어 의병을 이끌고 금산·성주·개령 등지에서 큰 전과를 거두었다. 제2차 진주성전투 때 순성장(巡城將)으로서 군무를 통괄했고, 서예원을 대신해 진주목사가 되어 힘껏 싸우던 중 적탄에 맞아 절명했다. 1593년 형조참판이 증직되었고, 1649년 정려를 받았으며, 1686년 순천 정충사에 봉안되었다. 또 1718년 병조판서에 가증되었으며, 1761년 시호 충의(忠毅)를 받았다. 창렬사 정사 배향.

장윤현(張胤賢, 1560~1593): 본관 단양. 자 여량(汝亮). 장정필의 후예로 진주 북평리(현 하동군 옥종면 대곡리) 출생. 임란이 일어나자 분연히 의병을 일으켜 남부 지역 곳곳의 왜적을 격퇴했고, 그 공으로 수문장(守門將)이 되었다. 1593년 6월 진주성에서 분전하다가 무기가 바닥나자 촉석루에 올라 북향 사배한 뒤 강에 투신했다. 누이동생과 노비도 순절했다. 1605년 선무원종 2등 공신에 책록되었고, 1743년 진주목사 이제담의 계청으로 호조좌랑에 추증되었다. 『좌랑공실기』가 전한다. 창렬사 동사 배향.

정광윤(鄭光胤, ?~1593): 본관 진양. 자 석초(錫初). 진주 출신. 지후공 정신의 11세손이고, 창렬사에 배향된 정유경의 족선조이다. 임란 때 손자 정열(鄭悅)과 함께 창의해 적을 무찔렀고, 진주성이 함락될 때 죽었다. 정열은 조부의 원수를 갚으려고 돌진하던 중 왜적의 탄환에 맞아 장렬히 전사했다. 정광윤은 판관에 증직되었고, 정열에게는 부장(部將) 증직과 선무원종 2등 공신에 책록되었다. 정광윤의 묘가 금산면 대여촌(현 용아리)에, 정열의 묘가 계양동에 각각 있다.

정대륭(鄭大隆, 1599~1661): 본관 해주. 자 여준(汝準). 의병대장 농포 정문부의 차남이며, 처남이 천파 오숙(吳䎘)이다. 시안(詩案)으로 옥사를 앞둔 부친이 임종 때 다시는 벼슬자리에 나아가지 말고 진주에 터 잡아 살라는 유언을 받들어 부친 상중에 친형인 봉곡 정대영(1586~1658)과 함께 숙부 정문익(鄭文翼)을 따라 남하했다. 진주 정착에는 겸재 하홍도(河弘度)의 정신적 지원이 컸다. 1629년 남강 위암(危巖) 서쪽 면에 새겨진 전서체 '義巖' 글씨를 썼다. 정문익의 증손이 「의암사적비명」을 지은 명암 정식(鄭栻)이고, 정대영의 6세손이 『충렬실록』을 편찬한 정덕선(鄭德善)이다.

정대보(鄭大輔, ?~1593): 본관 진양. 일만 명의 적을 상대하는 용맹이 있었는데, 임란이 일어나자 필마로 진양으로 들어가 진주판관 김시민과 더불어 합심해 진주성을 지켰다. 이듬해 6월 성이 함락될 때 의병장들과 함께 순절했다. 진주 유림에서 소장을 올려 호조참판이 추증되었다. 창렬사 서사 추향(1971). 한편 『충렬실록』에 충장공 정분(鄭苯)의 후예라 되어 있고, 『진양지 속수』 〈충의〉조에서 처음으로 충장공의 7세손이자 정운룡(鄭雲龍)의 아들이라 했으나 족보에서 해당 인물을 찾지 못했다.

정덕선(鄭德善, 1781~1835): 본관 해주. 자 희여(喜汝). 창렬사 원임(院任)을 지낼 때인 1831년 『충렬실록』을 편찬했다. [가계] 〈정문부-정대영-정유정—정즙(鄭楫)-정상호-정경신-정세의-정덕선-정광한-정하교-정규석〉.

정득열(鄭得說, 1565~1592): 본관 하동. 자 군석(君錫), 시호 충장(忠壯). 정인지의 5세손이고 정숭조의 고손이다. 사천현감 때 왜적 1만여 명이 세 길로 나누어 진주로 향하고 있다는 소식을 듣고 경상우병사 류숭인의 선봉장이 되었다. 진주목사 김시민이 진주성 입성을 허용하지 않자 외곽에서 왜적과 접전을 벌이다가 류숭인이 먼저 전사하고 가배량 권관 주대청(朱大淸) 등과 함께 흩어진 병졸들을 모아 끝까지 싸우다가 총에 맞아 전사했다. 훈련원 정에 추증되었다. [가계] 〈정흥인-정인지-정숭조-정승렴-정인국-정희영-정득열〉

정문부(鄭文孚, 1565~1624): 본관 해주. 자 자허(子虛), 호 농포(農圃), 시호 충의(忠毅). 한성부 남부 반송방 남소동(현 중구 장충동 일대) 출생. 부친은 정신(鄭愼)이고, 가계는 부록의 우병사(1670) 정영 참조. 1588년 문과 급제했고, 함경북도 평사로 있을 때 임란이 일어나자 의병을 이끌고 왜적을 연달아 격파했다. 1618년 창원부사가 된 그는 선대의 전장이 있던 진주를 찾아 촉석루 시를 지었고, 그 무렵 지은 「영사(詠史)」 시가 5년 뒤 간신들의 왜곡된 해석으로 억울하게 옥사했다. 1665년 북평사 이단하의 주도로 함경도 경성에 창렬사(彰烈祠)가 건립되었고, 그의 혁혁한 전공을 기린 비석이 '북관대첩비'(1709)이다. 한편 두 아들과 동생 용강 정문익(1568~1639)은 농포공의 이거 유지를 받들어 진주로 남하했고, 후손들은 진주의 충렬 사적을 전수하는 데 큰 역할을 했다. 하강진, 『진주성 촉석루의 숨은 내력』(2014), 299~309쪽; 하강진, 〈필화로 희생된 조선의 문인들〉, 『월간 문학』 569호, 2016.7 참조.

정유경(鄭惟敬, ?~1593): 본관 진주(지후공파). 지후공 정신의 14세손이고, 정수익(鄭受益)의 차남이다. 초유사 김성일에게 허국주와 함께 복병장(伏兵將)으로 발탁되었고, 제1차 진주성전투 때 성 외곽에서 왜적을 격퇴했다. 훈련원 주부(主簿)로서 격전을 벌이다가 진주성이 무너지자 촉석루에서 절사했다. 1743년 11월 군자감정에 추증되었다. 창렬사 서사 배향. 자형이 밀양부사 하진보(1530~1585)이고, 장인은 설학 이대기(李大期)의 부친 열고재 이득분(1532~1591)이며, 동서가 도촌 조응인(曺應仁)이다. 고조 정형손의 묘가 진주 대여촌(현 금산면 용아리 용심마을)에 있고, 삼포왜란(1510) 때 공을 세운 증조부 경상우수사 정은부(鄭殷富)는 금산면 장사리 금호지 못안마을에서 출생했다. [가계] 〈1정신(鄭侁)---9정중원-①정이인-정형손-정은부-정항-정수익-정유경-정훈, ②정이의-정녕-정광윤-정난옥-정열〉.

정존극(鄭存極, ?~1593): 본관 진양. 공대(恭戴) 정척(1390~1475)의 후예. 임란이 일어나자 동생 정명극(鄭明極)과 함께 창의해 차원(車院) 전투에서 탄환에 맞아 죽었다. 정존극에게는 주부가, 정명극에게는 좌랑이 각각 추증되었다. 두 사람 모두 2등 공신에 책록되었다. 손자 정립(鄭岦) 또한 임란 때 의병을 일으켜 공을 세워 벼슬이 부사직에 이르렀고, 선무원종 2등 공훈을 받았다. [가계] 〈1정시양---8정수규-정송-정장(鄭莊)-정자순-정설(鄭舌)-정척(鄭陟)-정성근(1446~1504)---정경량-정존극/정명극〉

제말(諸沫, 1543~1593): 본관 칠원. 자 성여(成汝), 호 가계(柯溪). 시호 충의(忠毅). 고성 대가면 척정리 출신. 관포 어득강과 절친했던 동고 제철손(諸哲孫)의 손자이고, 제조겸의 5남 중 막내이다. 수문장으로 있을 때 임란이 일어나자 조카 제홍록과 함께 의병을 일으켜 사천, 곤양, 의령 등지의 왜적을 격퇴했다. 또 무계(현 고령)에서 대승을 거두었다. 초유사 김성일의 천거로 1593년 1월 성주목사가 된 뒤 4월 성주성전투 때 적의 총탄을 맞고 전사했다. 선무원종공신에 책록되었고, 1792년 7월 병조판서와 시호를 추증받았다. 의기사 뒤쪽에 1792년 8월 건립한 '쌍충사적비(雙忠事蹟碑)'가 있고, 『칠원제씨쌍충록』(1813)이 전한다. 쌍충사적비의 이건과 복설 과정에 관해서는 하강진의 『진주성 촉석루의 숨은 내력』(2014), 234~245쪽 참조. [가계] 〈제철손-제조겸-①제호(諸灝)-제홍록/제홍정, ②제말〉

쌍충사적비(1792) ©윤명수(2008.7.4)

제홍록(諸弘錄, 1558~1597): 본관 칠원. 자 경행(景行), 호 고봉(高峯). 고성 대가면 척정리 출신. 1581년 무과 급제. 임란 때 수문장으로서 숙부 제말의 창의에 동참해 전공을 세웠고, 정유재란 때 포위된 진주성을 지원하며 왜장을 죽였다. 하루는 진주성 외곽에서 적을 만나 싸우다가 유탄을 맞고 전사했다. 1792년 숙부와 함께 병조참판에 추증되었다.

조경형(曺慶亨, ?~1593): 본관 창녕. 조언보(曺彦寶)의 아들. 1593년 1월 진해현감이 되었고, 진주성에서 순절해 병조참의에 추증되었다. 창렬사 동사 배향.

조종도(趙宗道, 1537~1597): 본관 함안. 자 백유(伯由), 호 대소헌(大笑軒), 시호 충의(忠毅). 함안 원북동(院北洞) 출생. 생육신 조려(趙旅)의 차남 조금호(趙金虎)의 현손으로, 장인이 남명 조식의 생질 신암 이준민(1524~1590)이다. 임란이 일어나자 김성일을 도와 거의했고, 그해 단성현감이 되었으나 1594년 사직하고 진주 소남장(현 산청군 단성면 소남리)에 우거했다. 1597년 함양군수 재직 중 왜적이 침입하자 안음현감 곽준(郭䞭)과 황석산성을 쌓고 항전하다가 부인과 함께 순국했으며, 차남 조영한(趙英漢)은 포로로 잡혀 일본에 갔다가 1년 만에 귀국했다. 『대소헌일고』(1769)가 전한다. [가계] 〈12조려(1420~1489)-조금호-조수만-조응경-조언-17조종도-조영해/조영한/조영혼〉

주대청(朱大淸, 1556~1592): 본관 웅성(신안). 자 여우(汝愚), 호 충효당(忠孝堂). 경주 대리동(현 율동 두대리마을)에서 주희삼의 차남으로 출생했다. 1583년 무과 급제했고, 1588년 가배량(加背梁) 권관이 되었다. 임란 초기 여러 번 전공을 세웠고, 김시민을 돕기 위해 9월 말 사천현감 정득열(鄭得說)과 함께 5천여 군사를 거느리고 진주성 동쪽에 이르렀다. 하지만 입성하지 못하고 적과 대치하다가 10월 5일 왜군의 선발대 공격을 받아 경상우병사 류숭인과 함께 길에서 총에 맞아 전사했다. 내금위장 오위도총부 도총관에 추증되었다. 창렬사 동사 추향(1971). [가계] 『충렬실록』: 〈회암 주희---청계 주잠(朱潛)---주자정-주인-주하-주서-주식-주응호(朱應豪)-주읍-주몽룡〉. 『신안주씨대동보』 권1: 〈1회암 주희-주야-주거-4주잠(朱潛)-5주여경-6죽수 주열(朱悅)-7①주인장-주의---11주순정-주중운---18주희삼(朱希參)-주대청, 7②주인원-주원지---11주자정-주인-주하-주서-주내근-주계식(일명 주식)-주응호-18주읍-주몽룡〉.

주몽룡(朱夢龍, 1563~1633): 본관 신안. 자 운중(雲中), 호 용암(龍巖). 사천 장천리(현 정동면 장산리 대산마을) 출생. 진주 입향조 주응호의 손자로 1583년 무과 급제했고, 금산군수 때 임란이 발생하자 의병을 모아 많은 전과를 올렸다. 전란 후 진주에 은거했다. 창렬사 동사 추향(1971).

최강(崔堈, 1559~1614): 본관 전주. 자 여견(汝堅), 호 소계(蘇溪), 시호 의숙(義肅). 고성 구만면 효락리 출생. 김해부사 최윤신(崔潤身)의 증손이고, 최운철(崔云哲)의 3남이다. 자세한 가계는 사종조인 진주목사(1568) 최응룡(1514~1580) 참조. 1585년 무과 급제했고, 임란 때 백형 최균(1537~1616)과 함께 고성에서 의병을 일으켜 남해안의 왜적을 무찌른 뒤 제1차 진주성 전투에서 김시민과 합세해 전공을 세웠다. 이후 의병장으로서 웅천의 적을 격퇴했고, 1605년 가리포첨사에 이어 이듬해 경상좌수사가 되었다. 1613년 김제남 옥사에 연루된 이후 관직을 사직했다. 1816년 형과 함께 병조판서에 추증되었고, 남강 뒤벼리 길가에 최강전적비(崔堈戰蹟碑)가 있다.

최경회(崔慶會, 1532~1593): 본관 해주. 최자(1181~1260)의 9세손. 임란이 일어나자 '골(鶻)'자 부대의 의병장으로서 왜적을 무찔렀고, 경상우병사로서 2차 진주성전투 때 순절했다. 자세한 정보는 본문과 부록 우병사 참조.

최기필(崔琦弼, 1562~1593): 본관 전주. 자 규중(圭仲), 호 모산(茅山). 하동 옥종 출신. 최득경의 5세손으로 진주목사(1568) 최응룡의 족손이다. 자세한 가계는 본서 부록 진주목사 참조. 최경회의 천거로 진주판관에 임명되었다. 벼슬을 그만두고 하동 북천면 백운동에 은거하다 임란이 일어나자 관군을 지원했고, 이듬해 진주성을 사수하다가 김천일·고종후와 함께 남강에 투신했다. 1605년 선무원종 2등 공신에 책록되었고, 1743년 진주목사 이제담의 계청으로 병조참의에 추증되었다. 『모산실기』가 전한다. 창렬사 동사 배향.

최대성(崔大晟, 1553~1597): 본관 경주. 자 대양(大洋). 보성군 사곡리 출생. 조부는 최계전 부친은 최한손이다. 1585년 무과 급제해 훈련원정이 되었고, 임란 때 이순신 장군 막하에서 전공을 세웠다. 또 정유재란 때 언립(彦立)·후립(厚立) 두 아들과 함께 향병을 모아 보성군 안치(鴈峙)에서 접전을 벌이다가 왜적의 유탄을 맞고 전사했다. 1752년 4월 형조참의를 추증하는 교지와 '충신모의장군(忠臣募義將軍)' 정려를 내렸고, 후손들이 거주하는 진주 미천면 안간리 미천치안센터 옆(주소: 진산로 1817)에 정려각이 있다.

미천면 안간리 최대성정려각 ©2023.8.7

최언량(崔彦亮, ?~1593): 본관 삭녕. 자 명숙(明叔). 진주 대곡면 출신. 임란 때 학생으로서 형진(衡晋)·상진(常晋) 두 아들과 창의해 곽재우에 버금가는 기세를 올렸다. 진주에 들어가 삼장사와 함께 성을 사수하다가 장남 형진과 함께 전사했고, 1743년 호조좌랑에 추증되었다. 창렬사 동사 배향. [가계] 촉석루 중건(1413)에 기여한 사간 최복린(崔卜麟, 진주 입향조)의 6세손. 〈최복린-최도원-최경천-최억(崔嶷)-최치수(崔致祟)-최수만-최언량-최형진/최상진〉.

최진한(崔鎭漢, 1652~1740): 본관 수성(현 수원). 경상우병사와 경상좌병사로 재직할 때 논개 정려(旌閭)와 순국지사들의 증직(贈職)을 실현하는 데 크게 노력했다. 상세한 인적 정보는 본서 시문과 부록 참조.

하계선(河繼善, ?~1593): 본관 진양(문하시랑공파). 초명 계인(繼仁). 하거원(河巨源)의 9세손이고, 부친은 하후례(河厚禮)이다. 임란 때 순절한 하락(河洛)의 족질이다. 무과 급제해 감찰을 지냈고(『대동보』 권9), 임란 때 진주성에서 순절해 1743년 호조좌랑에 추증되었다. 다른 기록에는 학생으로서 창의했다고 되어 있다. 창렬사 동사 배향.

하공헌(河公獻, 1554~1593): 본관 진양(사직공파). 자 희가(希可), 호 신당(新塘). 산청군 시천면 시천리에서 하한(河澣)의 차남으로 출생. 임란 때 임금의 파천을 통탄하며 글을 지어 지역에 두루 배포하고 집안 사람 100여 명을 거느리고 진주성으로 들어갔다. 성이 무너지자, "성조의 은택이 두터워[聖朝恩澤厚]/ 천지에 인자함 아닌 게 없었지[覆燾莫非仁]/ 의로써 생사 판단이 있어야 할지니[義有熊魚辨]/ 서생이 여기 이 몸을 바치리라[書生殉此身]"는 순절시를 읊은 다음 촉석성에서 죽었다. [가계] 〈1하진---하자종-12①경재 하연(河演), ②하결(河潔)-13하추-하중산-하기곤-(계)하한-17하공헌-하의(河艤)〉

하락(河洛, 1530~1592): 본관 진양(문하시랑공파). 자 도원(道源), 호 환성재(喚醒齋). 진주 수곡 출신으로 1559년 상주로 이거. 각재 하항(1538~1590)의 형이고, 종질인 송정 하수일(河受一)의 동생 매헌 하경휘(河鏡輝)를 양자로 삼았다. 왕자사부를 지냈고, 임란 때 상주에서 아들과 함께 거의해 상주성을 향하던 중 왜적의 급습으로 살해되었다. 좌승지에 추증되었고, 수곡면 대천리 직금마을에 하락 신도비와 하경휘 정려비가 나란히 있다. [가계] 〈1하공진---하윤구-판윤공 하유(河游)-하지명-하현-하응천-하형-①하희서-하면-하수일/

수곡면 대천리 직금마을의 하락 신도비(左)와 하경휘 정려비(右) ©2023.12.16

하경휘(출), ②하린서-㉮하락-(계)하경휘, ㉯하항(河沆)-하경소〉.

하천서(河天瑞, ?~1593): 본관 진양(문하시랑공파). 호 망추정(望楸亭). 진주 금곡 출신. 운수당 하윤(河潤)의 고손으로 하춘년(1522~1570)의 아들이고, 장인이 남명 조식(曺植)의 자형 이공량(1500~1565)이다. 임란 때 초유사 김성일에게 조도(調度)책임자로 발탁되어 군량을 관리했고, 진주성에서 순절해 1607년 좌승지 겸 경연참찬관에 추증되었다. 아들 하경호(河慶灝)는 체찰사 윤두수의 중군(中軍)에 종사하면서 누차 공을 세웠고 최종 병조참판이 증직되었다. 금곡면 검암리 운문마을 웃글문저수지 위에 하천서 부자를 기리는 망추정(望楸亭)과 운수당(雲水堂)이 있다. [가계] 〈하윤(1452~ 1500)-하취양-하충-하춘년-하천서-하경호〉

금곡면 검암리 운문마을의 망추정(左)과 운수당(右) ©2023.12.16

한몽삼(韓夢參, 1589~1662): 본관 청주. 초명 몽인(夢寅), 자 자변(子變), 호 조은(釣隱)·적암(適巖). 진주 입향조 한승리(韓承利)의 증손이고, 자세한 가계는 부록의 진주목사(1500년 전후) 한사개 참조. 진주 정수리(丁樹里, 현 이반성면 평촌) 출생. 박제인, 정구, 장현광의 문인이다. 1613년 생원시에 합격했으나 광해군 폐모 사건을 분개한 뒤 출사를 포기했고, 병자호란 때 의병장으로서 거병한 뒤 화의가 성립되자 통곡하고 행군을 멈추었다. 1639년 학행으로 천거되어 경상도 자여도 찰방에 제수되었지만 석 달만에 그만두었다. 1646년 함안 원북에 석정을 지었고, 1647년부터 함안 적암에 은거했다. 그 무렵 미수 허목(1595~1682)과 의기투합해 깊이 교유했다. 서예 팔법(八法)이 뛰어나 김시민 전공비와 남강 절벽의 '일대장강 천추의열' 글씨를 썼다.

허국주(許國柱, 1548~1608): 본관 김해. 자 중간(仲幹). 지수면 승산리 출생. 임란 때 향병 700명을 모아 진주성으로 들어가 창의사 김성일에게 정유경과 함께 복병장(伏兵將)으로 발탁되었다. 제1차 진주성전투에서 공을 세워 경상우도 병마우후가 되었다. 선무원종 3등 공신에 녹훈되었고, 진주 지수면 청담리 염창강 언덕(주소: 방어산로 99)에 관란정(觀瀾亭)을 짓고 여생을 보냈다. 병조참의에 이어 1812년 병조참판이 추가로 증직되었다. 그의 10세손이 만석꾼 허준(1844~1932)이고, 차남이 진주일신여자고등보통학교(현 진주여고)를 설립하고 구인회와 함께 LG그룹을 공동창업한 허만정(1897~ 1952)이다. [가계] 〈1허염---11허문손-허추-허공작-허유-15허국주-16허감-17연당 허동립(1601~1662)-허만-①허륜-허원-허일-22염호 허회(許澮)-허희-허임-25지신정 허준(許駿)-효주 허만정-허정구, ②허휘(許徽)-㉮허주-㊀허익-(계)허창, ㊁허용-허창(출), ㉯허관-국천 허박-전암 허양〉.

지수면 청담리 관란정. ©2023.8.7

황진(黃進, 1550~1593): 본관 장수. 자 명보(明甫). 남원 주포리(周浦里) 출생. 황희(1363~1452)의 5세손으로 1576년 무과 급제했고, 1590년 통신사 선전관으로서 정사인 종숙부 황윤길을 따라 일본에 갔다. 환국할 즈음 일행이 다투어 보화를 샀으나 홀로 보검 한 쌍을 사면서 "왜가 반드시 바다를 건널 것이니 내 마땅히 이 칼을 사용할 것이다." 하니, 모두가 비웃었다. 임란이 일어나자 동복현감으로서 군사를 이끌고 용인에 가서 대적했고, 안덕원과 전주 길목인 이치(梨峙)에서 왜적을 격퇴해 호남을 보전하는 데 큰 공을 세웠다. 1593년 3월 충청병사가 된 그는 진주성전투에 참가해 항거하다 6월 28일 왜적 총탄에 맞아 절명했다. 동년 8월 우찬성에 추증되었고, 1675년 12월 시호 '무민(武愍)'을 추증받았다. 『무민공실기』가 전한다. 창렬사 정사 배향. [가계] 〈황희-황치신-①황사효-황개-황윤공-황진, ②황사경-황징-황윤길〉

3. 참고문헌

작가별 출처

◑ 강문오(姜文俉, 1819~1877), 『수죽정유고(水竹亭遺稿)』 〈경상대 문천각〉

○ 강수환(姜璲桓, 1876~1929), 『설악집(雪嶽集)』 〈경상대 문천각〉

○ 강효석(姜斅錫, 1869~1946), 『대동기문(大東奇聞)』, 한양서원, 1926.

◑ 구혁모(具赫謨, 1859~1895), 『신암유고(愼菴遺稿)』 〈한국역대문집총서 1624, 이하 총서〉

◑ 권상규(權相圭, 1874~1961), 『인암집(忍庵集)』 〈총서 1231~6〉

○ 권재규(權載奎, 1870~1952), 『이당집(而堂集)』 〈국립중앙도서관, 이하 국중〉

○ 권　적(權　﨓, 1675~1755), 「경상우병사 증좌찬성 최공 청시 행장」 〈『태상시장록(太常諡狀錄)』, 한국학중앙연구원〉

○ 권제응(權濟應, 1724~1792), 『취정유고(翠亭遺稿)』 〈서울대 규장각〉

◑ 기우만(奇宇萬, 1846~1916), 『송사집(松沙集)』 〈한국문집총간 345~346, 이하 총간〉

◑ 김경진(金敬鎭, 1815~1873), 『청구야담(靑邱野談)』 〈국중〉

○ 김규태(金奎泰, 1902~1966), 『고당집(顧堂集)』 〈총서 2111~3〉

○ 김기찬(金驥燦, 1748~1812), 『동곽유고(東郭遺稿)』 〈국중〉

○ 김동환(金東煥, 1901~1958), 「논개야 논개야 부르며 초하의 촉석루 차저」 〈『삼천리(三千里)』 제1호, 삼천리사, 1929.6〉

○ 김　란(金　蘭, 1844~1926), 『원산고(畹山稿)』 〈경상대 문천각〉

○ 김병린(金柄璘, 1861~1940), 『눌재집(訥齋集)』 〈경상대 문천각〉

○ 김상근(金相根, 미상), 「의암주논개랑생장지사적불망비」 〈논개 생가지 내〉

○ 김상수(金相壽, 1875~1955), 『초려집(草廬集)』 〈경상대 문천각〉

○ 김상정(金相定, 1722~1788), 『석당유고(石堂遺稿)』 〈총간 속85〉

○ 김상준(金相峻, 1894~1971), 『남파유고(南坡遺稿)』 〈경상대 문천각〉

○ 김상중(金尙重, 1700~1769), 「창렬사치제후감음(彰烈祠致祭後感吟」 〈정덕선 편, 『충렬실록』, 1834, 국중. 이하 동일〉

○ 김석규(金錫圭, 1891~1967), 『현초유고(賢樵遺稿)』 〈경상대 문천각〉

○ 김성일(金誠一, 1538~1593), 『학봉집(鶴峯集)』 〈총간 48〉

○ 김수민(金壽民, 1734~1811), 『명은집(明隱集)』 〈보경문화사, 1987〉

○ 김수응(金粹應, 1887~1954), 『직재집(直齋集)』 〈한국국학진흥원〉

○ 김시후(金時煦, 1838~1896), 『오우재집(五友齋集)』 〈국중〉

○ 김양순(金陽淳, 1776~1840), 『건옹공시고(健翁公詩稾)』 〈국중〉

○ 김영의(金永儀, 1864~1928), 『희암유고(希菴遺稿)』 〈총서 2884〉

○ 김영학(金永學, 1869~1933), 『병산집(甁山集)』 〈총서 1955~1956〉

○ 김　윤(金　潤, 1698~1755), 「득인계」 〈『충렬실록』〉

○ 김재현(金在炫, 1901~1971), 『정선월천문고(精選月川文稿)』 〈호남기록문화유산〉

○ 김재형(金在瀅, 1869~1939), 『남정유고(南汀遺稿)』 〈총서 1397〉

○ 김제흥(金濟興, 1865~1956), 『송계집(松溪集)』 〈국중〉

○ 김종락(金宗洛, 1796~1875), 『삼소재집(三素齋集)』 〈국중〉

○ 김중원(金重元, 1680~1750), 『퇴장암유집(退藏菴遺集)』 〈국중〉

○ 김창숙(金昌淑, 1879~1962), 『심산유고(心山遺稿)』 〈국사편찬위원회 편〉

○ 김철기(金喆基, 1889~1952), 『오산유고(梧山遺稿)』 〈총서 2996〉

○ 김택영(金澤榮, 1850~1927), 『소호당집(韶濩堂集)』 〈총간 347〉

○ 김호직(金浩直, 1874~1953), 『우강집(雨岡集)』 〈계명대 동산도서관〉

○ 김　황(金　榥, 1896~1978), 『중재집(重齋集)』 〈중재선생기념사업회, 1998〉

○ 김회운(金會運, 1764~1834), 『월오헌집(月梧軒集)』 〈한국국학진흥원 유교넷〉

○ 김희순(金羲淳, 1757~1821), 『산목헌집(山木軒集)』 〈총간 속104〉

○ 김희연(金熙淵, 1895~1971), 『수암유고(守庵遺稿)』 〈경상대 문천각〉

◑ 남주헌(南周獻, 1769~1821), 『의재집(宜齋集)』 〈서울대 규장각〉

◑ 노근용(盧根容, 1884~1965), 『성암집(誠庵集)』 〈국중〉

○ 노 긍(盧 兢, 1737~1790), 『한원유고(漢源遺稿)』 〈고려대 중앙도서관〉
◑ 류기춘(柳基春, 1884~1960), 『오려유고(吾廬遺稿)』 〈총서 1072〉
○ 류광익(柳光翼, 1713~1780), 『풍암집화(楓巖輯話)』 〈국중〉
○ 류몽인(柳夢寅, 1559~1623), 『어우야담(於于野譚)』 〈국중〉; 『어우야담』 〈신익철 외 역, 한국학중앙연구원〉
○ 류영선(柳永善, 1893~1961), 『현곡집(玄谷集)』 〈총서 352~7〉
○ 류우잠(柳友潛, 1575~1635), 『도헌일고(陶軒逸稿)』 〈국중〉
○ 류원준(柳遠準, 1899~1982), 『정재집(正齋集)』 〈경상대 문천각〉
○ 류원중(柳遠重, 1861~1943), 『서강집(西岡集)』 〈국중〉
○ 류 잠(柳 潛, 1880~1951), 『택재집(澤齋集)』 〈경상대 문천각〉
◑ 문성호(文成鎬, 1844~1914), 『규재집(奎齋集)』 〈국중〉
○ 문재봉(文在鳳, 1903~1969), 『우당유고(愚堂遺稿)』 〈경상대 문천각〉
◑ 민승룡(閔升龍, 1744~1821), 『오계유집(梧溪遺集)』 〈국중〉
○ 민인식(閔仁植, 1902~1972), 『유백유고(幼栢遺稿)』 〈국중〉
○ 민재남(閔在南, 1802~1873), 『회정집(晦亭集)』 〈총간 속126〉
◑ 박래오(朴來吾, 1713~1785), 『니계집(尼溪集)』 〈총간 속82〉
○ 박석로(朴奭魯, 1901~1979), 『일헌유고(一軒遺稿)』 〈국중〉
○ 박성양(朴性陽, 1809~1890), 『운창집(芸窓集)』 〈총간 속129〉
○ 박여량(朴汝樑, 1554~1611), 『감수재집(感樹齋集)』 〈총간 속8〉
○ 박원종(朴遠鍾, 1887~1944), 『직암유집(直庵遺集)』 〈국중〉
○ 박치복(朴致馥, 1824~1894), 『만성집(晩醒集)』 〈총간 속136〉
○ 박태무(朴泰茂, 1677~1756), 『서계집(西溪集)』 〈총간 속59〉
○ 박해창(朴海昌, 1876~1933), 『정와집(靖窩集)』 〈국중〉
○ 박희순(朴熙純, 1881~1952), 『건재유고(健齋遺稿)』 〈경상대 문천각〉
◑ 배석휘(裵碩徽, 1653~1729), 『겸옹집(謙翁集)』 〈국중〉
○ 배호길(裵鎬吉, 미상), 「진주 촉석루와 주논개」 〈『한양(漢陽)』 1965년 3월호, 하강진 소장〉
◑ 변영로(卞榮魯, 1898~1961), 「논개」 〈『신생활(新生活)』 제3호, 신생활사, 1922.4.

국중〉
◑ 산홍(山紅〈妓〉, 1863~ ?),「의기사감음」〈촉석루 의기사 현판〉
◑ 서명서(徐命瑞, 1711~1795),『만옹집(晩翁集)』〈총간 속79〉
○ 서유본(徐有本, 1762~1822),『좌소산인집(左蘓山人文集)』〈총간 속106〉
○ 서유영(徐有英, 1801~1874),『운고시초(雲皐詩抄)』〈한국학중앙연구원 장서각〉; 『금계필담(錦溪筆談)』〈국중〉
◑ 설창수(薛昌洙, 1916~1998),〈의기사 앞 의랑논개비〉
◑ 성기덕(成耆悳, 1884~1974),『계암집(溪菴集)』〈총서 2916〉
○ 성여신(成汝信, 1546~1632),『부사집(浮査集)』〈가방리 부사정, 1994〉; 〈총간 56〉;「고목사김후시민전성각적비」(탁본) 〈국립중앙박물관〉
○ 성해응(成海應, 1760~1839),『연경재집(研經齋集)』〈총간 273~9〉
○ 성환혁(成煥赫, 1908~1966),『우정집(于亭集)』〈경상대 문천각〉
◑ 소학섭(蘇學燮, 1856~1919),『남곡유고(南谷遺稿)』〈총서 2807〉
◑ 송병순(宋秉珣, 1839~1912),『심석재집(心石齋集)』〈총간 속143〉
◑ 신명구(申命耉, 1666~1742),『남계집(南溪集)』〈국중〉
○ 신석우(申錫愚, 1805~1865),『해장집(海藏集)』〈총간 속127〉
○ 신익황(申益愰, 1672~1722),『극재집(克齋集)』〈총간 185〉
◑ 신병조(愼炳朝, 1846~1924),『사소유고(士笑遺藁)』〈국중〉
○ 신호성(愼昊晟, 1906~1974),「의기사 중건기」〈진주 의기사 현판〉
◑ 심규섭(沈圭燮, 1916~1950),『녹우유고(鹿友遺稿)』〈경상대 문천각〉
○ 심두환(沈斗煥, 1867~1938),『직와집(直窩集)』〈총서 1529〉
○ 심원열(沈遠悅, 1792~1866),『학음산고(鶴陰散稿)』〈국중〉
○ 심 육(沈 錥, 1685~1753),『저촌유고(樗村遺稿)』〈총간 207〉
○ 심의정(沈宜定, 1859~1942),『남강유고(南岡遺稿)』〈경상대 문천각〉
◑ 안규용(安圭容, 1873~1959),『회봉유고(晦峰遺稿)』〈총서 2841~3〉
○ 안명로(安命老, 1620~ ?),「감회정충충렬양사」〈황위 편,『정충록』, 국중〉
○ 안 숙(安 橚, 1748~1821),「충민창렬양사조향절목」〈『충렬실록』〉
○ 안민영(安玟英, 1816~ ?),『금옥총부(金玉叢部)』〈서울대 규장각〉

○ 안승채(安承采, 1855~1915), 『동계유고(東溪遺稿)』 〈국중〉

○ 안영호(安永鎬, 1854~1896), 『급산집(岌山集)』 〈국중〉

○ 안익제(安益濟, 1850~1909), 『서강유고(西岡遺稿)』 〈경상대 문천각〉; 『남선록(南選錄)』 〈경상대 문천각〉

○ 안종창(安鍾彰, 1865~1918), 『희재집(希齋集)』 〈국중〉

○ 안처택(安處宅, 1705~1775), 『동오집(桐塢集)』 〈국중〉

○ 안치택(安致宅, 1702~1777), 『무은재유고(無隱齋遺稿)』 〈한국학중앙연구원〉

○ 안택중(安宅重, 1858~1929), 「평정 열상규조」 〈『중외일보』, 국중〉

◑ 양회갑(梁會甲, 1884~1961), 『정재집(正齋集)』 〈총서 519~521〉

◑ 양찬우(楊燦宇, 1926~2011), 「창렬사중수기」 〈창렬사 경내 중수비〉

◑ 여동식(呂東植, 1774~1829), 「차원운」 〈촉석루 대들보 현판〉

◑ 영조(英祖, 1694~1776), 「득인명」 〈『조선왕조실록』〉

◑ 오계수(吳溪洙, 1843~1915), 『난와유고(難窩遺稿)』 〈총서 504~505〉

○ 오두인(吳斗寅, 1624~1689), 『양곡집(陽谷集)』 〈총간 속36〉

○ 오횡묵(吳宖默, 1834~1906), 『총쇄』 〈총간 속141~2〉, 『영남구휼일록』 〈장서각〉; 『영남별향총쇄록시초』 〈장서각〉; 『경상도함안군총쇄록』 〈좌동〉; 『경상도함안군총쇄록시초』 〈좌동〉; 『(국역) 경상도함안군총쇄록』 〈함안문화원, 2003〉

◑ 유일(有一〈僧〉, 1720~1799), 『임하록(林下錄)』 〈국립중앙도서관〉

◑ 윤 기(尹 愭, 1741~1826), 『무명자집(無名子集)』 〈총간 256〉

○ 윤봉오(尹鳳五, 1688~1769), 『석문집(石門集)』 〈총간 속69〉

◑ 이가순(李家淳, 1768~1844), 『하계집(霞溪集)』 〈국중〉

○ 이 경(李 經, 1912~1978), 『평암집(平菴集)』 〈경상대 문천각〉

○ 이교문(李敎文, 1846~1914), 『일봉유고(日峯遺稿)』 〈국중〉

○ 이교우(李敎宇, 1881~1950), 『과재집(果齋集)』 〈국중〉

○ 이규상(李奎象, 1727~1799), 『일몽고(一夢稿)』 〈국중〉

○ 이능화(李能和, 1868~1945), 『조선해어화사(朝鮮解語花史)』, 동양서원·한남서림, 1927.

○ 이돈모(李敦模, 1888~1951), 『근재집(謹齋集)』 〈경상대 문천각〉

○ 이린호(李麟鎬, 1892~1949),『성재유고(醒齋遺稿)』〈총서 2922〉

○ 이명배(李命培, 1672~1736),『모계집(茅溪集)』〈총간 속58〉

○ 이명세(李明世, 1893~1972),『의산집(義山集)』〈국중〉

○ 이민서(李敏敍, 1633~1688),『서하집(西河集)』〈총간 144〉;「진주촉석정충단비」(탁본)〈『조동원 편, 한국금석문대계』4, 1985〉

○ 이병곤(李炳鯤, 1882~1948),『퇴수재유고(退修齋遺稿)』〈총서 2583~4〉

○ 이병연(李秉延, 1894~1976),『조선환여승람(朝鮮寰輿勝覽)』〈국중〉

○ 이상규(李祥奎, 1846~1922),『혜산집(惠山集)』〈국중〉

○ 이상돈(李相敦, 1841~1911),『물재집(勿齋集)』〈경상대 문천각〉

○ 이상정(李象靖, 1711~1781),『대산집(大山集)』〈총간 226~227〉

○ 이영기(李榮基, 1906~1955),『유헌집(愉軒集)』〈경상대 문천각〉

○ 이 용(李 鎔, 1868~1940),『노계유고(老溪遺稿)』〈경상대 문천각〉

○ 이우삼(李愚三, 1882~1958),『운초실기(雲樵實記)』〈경상대 문천각〉

○ 이 일(李 鎰, 1868~1927),『소봉유고(小峯遺稿)』〈총서 2705〉

○ 이재순(李在淳, 미상),「의암주논개영정각신축기」〈장수 의암사 내〉

○ 이정기(李貞基, 1872~1945),『제서집(濟西集)』〈'옛날물건' 소장〉

○ 이조한(李朝漢, 1842~1906),『황남집(潢南集)』〈하강진 소장〉

○ 이종호(李鍾浩, 1884~1948),『척재집(拓齋集)』〈경상대 문천각〉

○ 이 준(李 濬, 1686~1740),『도재일기(導哉日記)』〈국사편찬위원회〉

○ 이지연(李止淵, 1777~1841),『희곡유고(希谷遺稿)』〈국사편찬위원회〉

○ 이진상(李震相, 1818~1886),『한주집(寒洲集)』〈총간 317~8〉

○ 이 채(李 埰, 1616~1684),『몽암집(蒙庵集)』〈국중〉

○ 이태하(李泰夏, 1888~1973),『남곡유고(南谷遺稿)』〈경상대 문천각〉

○ 이풍익(李豊翼, 1804~1887),『육완당집(六琓堂集)』〈국중〉

○ 이학의(李鶴儀, 1809~1874),『운관시집(雲觀詩集)』〈국중〉

○ 이희풍(李喜豊, 1813~1886),『송파유고(松坡遺稿)』〈국중〉

◑ 임 규(林 圭, 1867~1948),『국역 북산산고(北山散稿)』〈깊은샘, 2004〉

◑ 장석신(張錫藎, 1841~1923),『과재집(果齋集)』〈경상대 문천각〉

○ 장지연(張志淵, 1864~1921), 『녀ᄌᆞ독본』, 광학서포, 1908; 『일사유사(逸士遺事)』, 회동서관, 1922; 『위암문고(韋庵文稿)』〈국사편찬위원회 편, 1956〉
◑ 전극규(全極奎, 1834~1911), 『모암유고(慕庵遺稿)』〈국중〉
◑ 정약용(丁若鏞, 1762~1836), 『여유당전서(與猶堂全書)』〈총간 281~286〉〈장지연 편, 『대동시선』, 신문관, 1918〉
◑ 정광학(鄭匡學, 1791~1866), 『서호유고(西湖遺稿)』〈경상대 문천각〉
○정규석(鄭珪錫, 1876~1954), 『성재집(誠齋集)』〈경상대 문천각〉
○ 정동철(鄭東轍, 1859~1939), 『의당집(義堂集)』〈총서 2835~2837〉
○ 정방의(鄭邦毅, 1748~1795), 「사우중수문(祠宇重修文)」〈『충렬실록』〉
○ 정사호(鄭賜湖, 1553~1616), 『화곡집(禾谷集)』〈총간 속8〉
○ 정상열(鄭相說, 1665~1747), 『평헌유고(萍軒遺稿)』〈경상대 문천각〉
○ 정상점(鄭相點, 1693~1767), 『불우헌집(不憂軒集)』〈국중〉
○ 정 식(鄭 栻, 1683~1746), 『명암집(明庵集)』〈총간 속65〉; 「의암사적비명」(탁본 엽서) 〈하강진 소장〉
○ 정영선(鄭榮善, 1753~1803), 「사우중수문(祠宇重修文)」〈『충렬실록』〉
○ 정우신(鄭禹臣, 1718~1802), 「차예관감음(次禮官感吟)」〈『충렬실록』〉
○ 정은교(鄭誾敎, 1850~1933), 『죽성집(竹醒集)』〈경상대 문천각〉
○ 정은신(鄭殷臣, 1721~ ?), 「인명비문」〈창렬사 내 비석·『충렬실록』〉
○ 정인채(鄭仁采, 1855~1934), 『지암유고(志巖遺稿)』〈국중〉
○ 정인호(鄭寅琥, 1869~1945), 『초등 대한역사(初等大韓歷史)』, 우문관, 1908.
○ 정주석(鄭胄錫, 1791~ ?), 「촉석의기논개생장향수명비」〈장수 의암사 경내〉
○ 정현석(鄭顯奭, 1817~1899), 『교방가요(敎坊歌謠)』〈1872, 국중〉
◑ 조기종(曺夔鍾, 1880~1919), 『여암집(餘庵集)』〈하강진 소장〉
○ 조하위(曺夏瑋, 1678~1752), 『소암집(笑菴集)』〈국중〉
◑ 조석윤(趙錫胤, 1606~1655), 『낙정집(樂靜集)』〈총간 105〉
○ 조용헌(趙鏞憲, 1869~1951), 『치재집(致齋集)』〈국중〉
○ 조의양(趙宜陽, 1719~1808), 『오죽재집(梧竹齋集)』〈국중〉
○ 조장섭(趙章燮, 1857~1934), 『위당집(韋堂集)』〈국중〉

○ 조진관(趙鎭寬, 1739~1808), 『가정유고(柯汀遺稿)』〈총간 속96〉

○ 조천경(趙天經, 1695~1776), 『이안당집(易安堂集)』〈국중〉

◑ 차상찬(車相瓚, 1887~1946), 「논개의 의열」〈『개벽』 제34호, 개벽사, 1923.4〉

◑ 최경회(崔慶會, 1532~1593), 『일휴당실기(日休堂實記)』〈국중〉

○ 최광삼(崔光參, 1741~1817), 『만회당유집(晩悔堂遺集)』〈경상대 문천각〉

○ 최기량(崔基亮, 1878~1943), 『서암유고(瑞菴遺稿)』〈호남기록문화유산〉

○ 최　림(崔　琳, 1779~1841), 『외와집(畏窩集)』〈총간 속116〉

○ 최상각(崔祥珏, 1762~1843), 『제광헌유집(霽光軒遺集)』〈경상대 문천각〉

○ 최상원(崔尙遠, 1780~1863), 『향오집(香塢集)』〈국중〉

○ 최상의(崔相宜, 1865~　?　), 『오백년기담(五百年奇譚)』, 개유문관, 1913.

○ 최양섭(崔養燮, 1905~1979), 『중암집(重菴集)』〈경상대 문천각〉

○ 최영년(崔永年, 1858~1935), 『해동죽지(海東竹枝)』〈하강진 소장〉

○ 최용진(崔容鎭. 미상), 「논개」〈『한양』 1962년 8월호, 고려대 도서관〉

○ 최원숙(崔源肅, 1854~1922), 『신계집(新溪集)』〈국중〉

○ 최진한(崔鎭漢, 1652~1740), 「청증직정위차설재실계」·「양사우수개선보비변사장」〈『충렬실록』〉; 「청증직소」〈『승정원일기』 617책, 규장각 한국학연구원〉

○ 최현필(崔鉉弼, 1860~1937), 『수헌집(脩軒集)』〈총서 1375~6〉

○ 최흥원(崔興遠, 1705~1786), 『백불암집(百弗菴集)』〈총간 222〉

◑ 추연용(秋淵蓉, 1908~1970), 『유당유고(幼堂遺稿)』〈경상대 문천각〉

◑ 하겸진(河謙鎭, 1870~1946), 『회봉유서(晦峯遺書)』〈경상대 문천각〉

○ 하경휴(河慶烋, 1841~1900), 『해산유집(海山遺集)』〈경상대 문천각〉

○ 하긍호(河兢鎬, 1846~1928), 『황계유고(篁溪遺稿)』〈총서 1939〉

○ 하달홍(河達弘, 1809~1877), 『월촌집(月村集)』〈경상대 문천각〉

○ 하룡표(河龍杓, 1848~1921), 『월담유고(月潭遺稿)』〈경상대 문천각〉

○ 하룡환(河龍煥, 1892~1961), 『운석유고(雲石遺稿)』〈경상대 문천각〉

○ 하세응(河世應, 1671~1727), 『지명당집(知命堂集)』〈경상대 문천각〉

○ 하영윤(河泳允, 1901~1960), 『백당유고(柏堂遺稿)』〈경상대 문천각〉

○ 하우선(河禹善, 1894~1975), 『담헌집(澹軒集)』〈경상대 문천각〉

○ 하우식(河祐植, 1875~1943), 『담산집(澹山集)』 〈국중〉

○ 하응명(河應命, 1699~1769), 『치와유고(癡窩遺稿)』 〈경상대 문천각〉

○ 하제훈(河濟勳, 1872~1906), 『죽서유고(竹栖遺稿)』 〈국중〉

○ 하현석(河炫碩, 1912~1978), 『영계집(潁溪集)』 〈경상대 문천각〉

○ 하홍도(河弘度, 1593~1666), 『겸재집(謙齋集)』 〈총간 97〉

◑ 한상길(韓相吉, 1899~1967), 『벽송실록(碧松實錄)』 〈호남기록문화유산〉

○ 한용운(韓龍雲, 1879~1944), 『님의 침묵』(1926, 회동서관) 〈국중〉

○ 한우동(韓右東, 1883~1950), 『후암유고(厚菴遺稿)』 〈국중〉

○ 한　유(韓　愉, 1868~1911), 『우산집(愚山集)』 〈국중〉

○ 한철호(韓哲浩, 1782~1862), 『보산집(寶山集)』 〈총서 2554〉

◑ 허만박(許萬璞, 1866~1917), 『창애유고(蒼崖遺稿)』 〈국중〉

○ 허　신(許　信, 1876~1946), 『뇌산유고(雷山遺稿)』 〈경상대 문천각〉

○ 허　양(許　瀁, 1758~1808), 『전암유사(典庵遺事)』 〈국중〉

○ 허　익(許　鐿, 1717~1786), 「사우중수문(祠宇重修文)」 〈『충렬실록』〉

○ 허재찬(許在瓚, 1847~1918), 『죽사집(竹史集)』 〈국중〉

◑ 홍　옥(洪　鈺, 1883~1948), 『기우집(幾宇集)』 〈총서 1426〉

○ 홍재하(洪載夏, 1882~1949), 『우석집(愚石集)』 〈국중〉

○ 홍화보(洪和輔, 1726~1791), 〈『진주목읍지』, 관찬, 서울대 규장각〉; 〈『대동시선』, 장지연 편, 신문관, 1918〉

◑ 황　원(黃　瑗, 1870~1944), 〈홍영기 편, 『석전 황원 자료집』, 순천대 박물관, 2002〉

○ 황　진(黃　進, 1550~1593), 『무민공실기(武愍公實記)』 〈하강진 소장〉

○ 황　현(黃　玹, 1855~1910), 『매천집』 〈총간 348〉; 『역주 황매천 시집』 속집·후집 〈김영봉 역, 보고사, 2010〉; 『매천전집』 〈전주대 호남학연구소 편, 1988, 재판〉

자 료 편

지역사·언론

『진양지』〈서울대 규장각〉, 『여지도서』〈한국고전번역원〉, 『경상도읍지』(『진주목읍지』, 규장각)〈진주문화원 1991년 번역〉, 『영지요선』〈규장각〉, 『영남읍지』〈규장각〉, 『진양지속수』〈하강진 소장〉, 『진양속지』〈국립중앙도서관, 이하 국중〉, 『호남절의록』〈국중〉, 『호남읍지』〈규장각〉, 『호남삼강록』〈국중〉, 『장수지』〈국중〉, 『조선환여승람』〈진주군/장수군, 국중〉, 『촉영도선생안』〈국중〉, 『국역 진양지』〈진양문화원, 1991〉, 『국역 충렬실록』〈진주문화원, 2005〉, 『벽계승람』〈장수향교벽계승람편찬위원회, 1975〉, 『장수군지』〈장수군, 1990〉, 『동아일보』, 『매일신보』, 『경남일보』〈영남대 출판부 영인, 1995〉, 『향토의 정기』〈장추남 편, 금호출판사, 1984〉, 『마산일보』, MBC 네트워크 다큐멘터리 〈논개는 왜 일본으로 갔는가〉(진주 MBC 제작, 1997.2.4 방영, 동서대 민석도서관 소장) 등.

현대문학

박종화, 「논개」(소설), 『신세대』 제1권 제3호, 신세대사, 1946.7.

박종화, 「논개」(소설), 『해방문학선집』 1, 종로서원, 1948.12.

박종화, 『논개와 계월향』(소설), 삼중당, 1962.6.

박종화, 「논개」(소설), 『박종화선집』(『한국문학전집』 3, 신여원 6월호 별책), 코리아 라이프사, 1972.6.

전병순, 「논개」(소설), 『민족문화대계』 14권, 동화출판공사, 1979.

정비석, 「진주기 논개」(소설), 『명기열전』 4 〈제14화〉, 이우출판사, 1977.
모윤숙, 『논개』(시), 광명출판사, 1974.
정동주, 『논개』(시), 창작과비평사, 1985.
정한숙, 『논개-양귀비꽃보다 더 붉게 핀 여인』(소설), 청아출판사, 1993.
최낙건, 『꽃, 강에 지다-정부인 논개 신안주씨전』(소설), 다우, 2001.
김별아, 『논개』 1·2(소설), 문이당, 2007.
박상하, 『진주성 전쟁기』(소설), 어문학사, 2007.
김지연, 『소설 논개』 1~3, 정은출판, 2017.
김동민, 『백성』 1~21(대하소설), 문이당, 2023.

논문 · 저서

강동욱, 『진주향토사연구-진주성 의병인물 자료조사』 3호, 진주문화원 향토문화연구소, 2022.

강신웅, 「진주 창렬사 현 제향의 양상과 국가 제향 승격의 당위성」, 『진주문화』 통권 47호, 진주문화원, 2022.

경성대 향토문화연구소, 『논개 사적 연구』, 신지서원, 1996.

고경명 저/고전연구실 역, 『국역 제봉전서』 하(『제하휘록』 권하), 한국정신문화연구원, 1980.

고두영, 『이애미 주논개』, 장수문화원, 1997.

곽재우 저/홍우흠 역주, 『수정국역 망우선생문집』, 도서출판 신우, 2003.

국립진주박물관, 『진주성전투』(도록), 반월문화인쇄, 2012.

국립진주박물관, 『진주성도』(2013년 특별전 도록), 삼성문화인쇄, 2013.

김강식, 「임진왜란 시기 진주성전투 참가자의 포상 과정과 의미 -『충렬록』을 중심으로」, 『지역과 역사』 17호, 부경역사연구소, 2005.

김덕진, 「임진왜란과 진주 삼장사」, 『역사학연구』 57집, 호남사학회, 2015.

김동철, 『엽서가 된 임진왜란』, 선인, 2022.

김득만, 「삼장사 三字 시평」, 『한국의 철학』 11호, 경북대 퇴계연구소, 1983.

김범수, 『의기 논개』, 진주문화원, 1999.

김범수, 『논개의 역사는 바로잡아야 한다』, 진주문화원, 2000.

김보성, 「동시총화(규장각본)의 저자 및 저본 고찰」, 『한국한문학연구』 68집, 한국한문학회, 2017.

김상조 책임편집/류영질 역, 『진주성 전투기 집성』, 진주문화원, 2021.
김수업, 『논개』, 지식산업사, 2001.
김시박, 『촉서루중삼장사시고증』, 촉석루중삼장사추모계, 1981.
김인환, 『용사일기논고-송암 이로 기록의 문제점 변정-』, 한국정경사, 1977.
김준형, 『진주성 이야기』, 알마, 2015.
김준형, 『진주 정신을 찾아서』(진주학총서 2), 북코리아, 2021.
김해영, 「'촉석루중삼장사' 시의 사적에 관하여」, 『남명학연구』 38집, 경상대 남명학연구소, 2013.
남옥 저/김보경 역, 『붓끝으로 부사산 바람을 가르다』(『일관지』), 소명출판, 2006.
노승환, 「논개와 로쿠스케-후쿠오카 보수원을 중심으로-」, 『일본언어문화』 14집, 한국일본언어문화학회, 2009.
류기송·류기민, 『진주창렬사지』, 진주창렬사연구회, 2010.
류승주, 「진주성의 의기논개고」, 『최영희선생화갑기념 한국사학논총』, 탐구당, 1987.
박기용, 「논개 설화의 서사 양상과 의미」, 『우리말글』 32집, 우리말글학회, 2004.
박길수, 『차상찬 평전』, 모시는 사람들, 2012.
박노자, 「의기 논개 전승 -전쟁, 도덕, 여성」, 『열상고전연구』 20집, 열상고전연구회, 2007.
박성식, 「계사 진주성전투 삼장사고」, 『대구사학』 20·21합집, 대구사학회, 1982.
원중거 저/박재금 역, 『와신상담의 마음으로 일본을 기록하다』(『화국지』), 소명출판, 2006.
성계옥, 『진주의암별제지』, 세신문화사, 1987.
성당제·김종수 역, 『역주 소현심양일기』, 민속원, 2008.
성 명, 『의인혈전』, 삶과꿈, 2000.
송희복, 「논개, 순난의 여인상, 실존과 허구의 틈새」, 『진주의 역사 인물』(공저), 진주교육대학교 경남권문화연구소, 월인, 2015.
신윤호, 「제2차 진주성전투와 晉州島」, 『진주성전투』(도록), 국립진주박물관, 2012.

신익철 외 역, 『어우야담』, 돌베개, 2006.
심승구, 「의암별제의 안과 밖」, 『한국음악사학보』 65집, 한국음악사학회, 2020.
오병무, 『논개실기』, 장수문화원, 1997.
유한택, 「고려와 거란의 전쟁 기록 복원」, 『인문과학연구』 74집, 강원대 인문과학연구소, 2022.
의암주논개정신선양회(사), 『나라를 빛낸 논개』(만화), 북마크, 2008.
이능화 저/이재곤 역, 『조선해어화사』, 동문선, 1992.
이재호, 「역사기록의 허실에 대한 검토-특히 촉석루 삼장사시 작자의 경우-」, 『부대사학』 8집, 부대사학회, 1984.
이춘욱, 『촉석루중삼장사변증』, 메이킹북스, 2020.
임형택, 『이조시대 서사시』 1·2, 창비, 2013.
장수문화원, 『논개의 생애와 충절』, 1997.
장수향교, 『벽계승람』, 벽계승람편찬위원회, 1975.
장유승, 「『열상규조』 연구-가상의 고대사와 허구의 여성들」, 『한국한문학연구』 79집, 한국한문학회, 2020.
장일영, 「한국 가요의 고향」, 『천년도시 진주의 향기』(공저), 한국토지주택공사, 2018.
정동주, 『논개』, 한길사, 1998.
지승종, 『진주성전투』, 문화고을, 2011.
진주문화원, 『진주성 문기』, 2007.
진주문화원, 『진주성문화유적해설집』 1집, 2009.
진주문화원 향토문화연구소, 『진주향토사연구』 3호, 2022.
진주문화원 향토문화연구소, 『진주향토사연구』 4호, 2022.
진주시, 『진주금석문총람』, 1995.
진주시교육위원회, 『진주의 고적과 명승』, 영남문학회, 1955.
차철욱, 「진주지역 논개 재현방식의 다양성」, 『지역과 역사』 31호, 부경역사연구소, 2012.

촉석문우사, 『촉석루지』, 영남문학회, 1960.
최 관, 『일본과 임진왜란』, 고려대 출판부, 2003.
최수동, 『해주최씨 일휴당집·육의록』, 동 발간추진위원회, 낭주인쇄사, 1987.
하강진, 「진주 촉석루 제영시의 제재적 성격」, 『한국문학논총』 50집, 한국문학회, 2008.
하강진, 「진주 남강 절벽의 바위글씨로 읽는 근대 인물의 사회문화사」, 『근대서지』 8호, 근대서지학회, 소명출판, 2013.
하강진, 「다산 정약용의 시문학 공간으로서 진주」, 『영주어문』 27집, 영주어문학회, 2014.
하강진, 『진주성 촉석루의 숨은 내력』, 도서출판 경진, 2014.
하강진·김병권 역, 『역주 광주김씨세고』, 세종출판사, 2015.
하강진, 「필화로 희생된 조선의 문인들」, 『월간 문학』 569호, 월간문학사, 2016.7.
하강진, 「백산 안희제의 가학 전통과 유람시」, 『역사와 경계』 102호, 부산경남사학회, 2017.
하강진, 「충무공 김시민」, 『천년 도시 진주의 향기』(공저), 한국토지주택공사, 2018.
하강진, 「촉석루 제영시의 역사적 전개와 주제 양상」, 『남명학연구』 62집, 경상대 남명학연구소, 2019.
하강진, 『역주해 역대 촉석루 시문 대집성』, 경진출판, 2019.
하강진, 「촉석루 삼장사 시의 작가와 삼장사에 대한 소견」, 『2023 논개 및 일제침략기 진주의병 학술대회』(자료집), 진주문화원, 2023.5.
하강진, 「진주성 순절 의병 검토와 선양 방안」, 『2023년 진주성 참전 의병도시 문화원 문화예술교류 행사 및 학술대회』(자료집), 진주문화원, 2023.10.
하강진, 「촉석루詩史에서 학봉 김성일 시의 위치」, 『진주성 연구, 무엇을 어떻게 할 것인가』(자료집), 경남문화연구원 진주학연구센터, 2023.12.
하위식, 「삼장사 시에 대한 소고」, 『진주향토사연구』 창간호, 진주문화원, 2019.
한규무, 「조선시대 여인상에 대한 오해와 편견」, 『인간 연구』 9집, 가톨릭대 인간학연구소, 2005.

한몽삼 저/하진규·이준규 역, 『국역 조은집』, 청주한씨조은공종중회, 2013.
허남오, 『용사일기 진주성』, 지구문화사, 2004.
황위열, 「진주 창렬사 창건 내력과 제향 고찰」, 『진주향토사연구』 4호, 진주문화원 향토문화연구소, 2022.
勝田伊助 저/김상조 역, 『진주대관』(진주대관사, 1940), 진주신문사, 1995.
渡邊天倪·二宮琶汀, 『조선명승기』, 조선명승기편찬소, 1910.
伊作藍溪, 『진주안내』, 진주개문사, 1914.
成島鷺村, 『조선명승시선』, 경성 연문사, 1915.

집필 후기

한국 누정문학 영역을 개척해보겠다는 분발심으로 촉석루 시문을 연구한 지 20년 하고도 2년이 지났다. 2019년 8월에 출판한 『역주해 역대 촉석루 시문 대집성』의 머리말에서 "다음은 논개와 삼장사 시문의 천착이다. 내년 출판을 계획하고 있다"라 말했다. 약속을 스스로 어기고 말았다.

변명하자면 2020년이 되자마자 코로나19가 전 세계를 강타했고, 현대 사회에서 겪어보지 못한 신종 질병의 공포가 사회 전체를 휩쓸었다. 처음 접해보는 강의법과 동영상 콘텐츠 제작 등으로 정신없이 보내다가 낯선 세계에 어느덧 적응해 있는 나 자신을 발견했다. 병행해서 그해에 시급한 일이 생겨 고소설 〈조생원전〉, 〈주봉전〉 논문 두 편을 봄과 가을에 발표했다.

사실 출판을 더 늦춘 데에는 사연이 있다. 2021년 초동 연가길의 고즈넉함에 반한 淸香이 내 생장지 密陽 초동에 터를 잡게 된 것이다. 정년하면 고향에 이바지하는 공부를 해볼까 하는 생각이 조금 있던 터라 흙 향기를 그렇게 좋아하는 아내의 생각을 존중하기로 결심했다. 이왕지사 다부지게 해보기로 하고 강의와 연구, 도농 생활을 병행했다. 45년 만에 다시 온 고향이니만큼 속으로 특별한 만남을 갖고 싶었다. 어수선한 코로나 분위기 속에 밀양 전역을 답사하고 체재를 갖춘 뒤 2021년 11월 『밀양 천년의 인물계보와 고전학』을 발간했다. 부제를 지역학 연구방법론의 모색과 실천으로 달았다.

저서 출간의 홀가분한 기분도 잠시, 그달에 뜻밖의 일이 찾아왔다. 대학 당국으로부터 30년사 편찬위원장 직책을 위촉받은 것이다. 개교 후 처음으로 쓰는 종합적인 역사이기에 하나라도 허투루 해서는 안 될 일이었다. 사명감에서 동참한 편찬위원들과 각고면려의 노력으로 2022년 9월 초 개교 기념식 때 선보인 것이 『미래를 향한 힘찬 전진, 동서대학교 30년을 담다』이다.

실은 그해 초에 삼랑진읍지의 기획과 편찬을 도맡게 되어 부담이 한층 컸다. 막중한 校史 발행이 눈앞에 있음에도 수락한 일인지라 틈틈이 자료를 모으고 분석해서 12월 말 학술과 대중 취향을 겸한 『들려주고 싶은 삼랑진 이야기』를 납본했다. 대학 선후배들과 함께 학문적 열정 하나로 읍 단위의 미시 역사를 복원해 지역 사랑을 실천한 점에서 우리 나름의 자긍심이 있었다.

대학이나 지역에 각별한 의미를 지닌 책을 한 해에 두 권을 만들어야 했기에 지치지 않았다면 허튼 말일 것이다. 그러고 보니 계획했던 진주 책은 한참 멀어져 있었다. 2023년 정초에 마음을 새롭게 먹었다. 컴퓨터에 저장된 파일을 불러오고 묵혀둔 링제본 시문 자료를 꺼내 얼개를 얼추 구상했다.

누구나 알고 있는 논개이지만 산재한 문헌을 종횡으로 살피기란 생각보다 간단치가 않았다. 삼장사 자료 또한 집적하는 데에 어려움이 있었다. 원문을 한 자 한 자 입력하고 번역했다. 역대 진주목사와 경상우병사의 목록을 잡고 그 계보를 하나하나 추적하느라 족보 수십만 페이지를 온라인과 오프라인으로 열람하고, 작가 생애를 알기 위해 대종회와도 연락을 취해보았다.

십 년 전 첫 출판 때 향후 책 두 권을 더 내서 晉州學의 기초를 닦아보겠다고 스스로 추동했던바, 이런저런 일로 미루어진 끝에 2023년 11월 15일 비로소 초고를 서울 출판사에 보낸 뒤 여러 차례 교정과 보완을 거쳤다.

해를 넘겨 갑진년 상재를 앞둔 지금, 연구실 가까이서 건강을 염려해 주고 온기를 나눠주는 이해년 교수님, 근세 일본 서적의 난해한 글을 쉽게 풀이해준 제점숙 교수님, 선배의 자료 요청에 마치 내 일인 양 호응해준 부산대 국문과 손남훈 교수와 한국학중앙연구원의 이태희 박사, 제서 이정기의 자료를 흔쾌히 제공해 주신 옛날물건 김동영 사장님, 열 일을 제쳐두고 의암사 기문을 지은 이재순의 후손을 만나 가계를 알려주신 장수군 길동섭 문화관광해설사님, 금산면 금호정사 풍월주인이자 진주민속문화연구회를 이끄시는 성인기 회장님과 회원 제위, 밀양 문화를 듬직하게 지키시는 박용건 선배님과 박순문 변호사님, 그리고 인연이 남다른 연촉회 회원들이 생각난다.

작년은 논개 순국 430주년이고, 올해는 대한민국 건국 106년이다. 2009년 2월 남강 오리배를 타고서 절벽의 '山紅' 각자를 촬영하고, 2013년 11월 보트를 빌려 '義巖'과 '一帶長江千秋義烈'의 자획 크기를 재던 그때를 잊을 수 없다.

내 나이 여남은 살 때 촉석루 구경 갔다가 멀미로 무척 힘들어하시던 어머니가 어렴풋이 떠오른다. 연세가 아흔한 살이시다. 가백은 노모를 어렵게 설득해 임플란트를 맞춰드리느라 몇 달 전부터 애를 쓰고 계신다. 환갑을 며칠 앞둔 당신의 막내아들이 낸 이 책을 보고서 기뻐하시는 모습을 보고 싶다.

아비를 한결같이 응원해주는 큰딸 예은이, 가족 간 대화가 언제나 즐거운 작은딸 예지에게 연구한다는 핑계로 못다 한 사랑을 이 책으로 메워본다.

2024년 1월 10일

默溪 河岡震 謹跋

하강진(河岡震; Ha, Kang-Jin)

밀양시 초동면 성만리 바깥성만 출생. 호군공 하비(河備)의 16세손.

동서대학교 미디어콘텐츠대학 교수(1995~현재)
동서대학교 30년사 편찬위원장(2022)

학위: 부산대학교 사범대학 국어교육과
한국방송통신대학교 중어중문학과 졸업
부산대학교 대학원 국어국문학과 석박사 취득

학회: 동양한문학회 회장(2020~현재)
한실인문학연구소 소장(2022~현재)
세계한자학회 이사(2020~현재)

• 논문

「〈주봉전〉 이본의 문헌 분석과 서사유형 탐색」(2020), 「자전 체재에서 본 『국한문신옥편』의 한국자전 사적 위상」(2018), 「백산 안희제의 가학 전통과 유람시」(2017), 「중국 자전의 수용 양상과 그 의미」(2016), 「표제어 대역 한자어의 탄생과 『한불자전』의 가치」(2016), 「『자전석요』의 편찬과정과 판본별 체재 변화」(2010), 「19세기 말 오횡묵이 저술한 밀양 관련 시문과 그 의미」(2009), 「진주 촉석루 제영시의 제재적 성격」(2008), 「밀양 영남루 제영시 연구」(2006), 「한국 최초의 근대자전 『국한문신옥편』의 편찬 동기」(2005), 「김해 연자루 제영시 연구」(2004) 외 다수.

• 저서

『들려주고 싶은 삼랑진 이야기』(공저, 2022), 『밀양 천년의 인물계보와 고전학』(2021), 『역주해 역대 촉석루 시문 대집성』(2019), 『진주성 촉석루의 숨은 내력』(2014), 『이규보의 문학이론과 작품세계』(2001), 『디지털시대의 생활한문』(2001), 『역주 광주김씨세고』(김병권 공역, 2015)

• kgha@dongseo.ac.kr

역주해 논개 삼장사 시문 총집

1판 1쇄 인쇄_2024년 1월 20일
1판 1쇄 발행_2024년 1월 30일

지은이_하강진
펴낸이_양정섭

펴낸곳_경진출판
등록_제2010-000004호
이메일_mykyungjin@daum.net
블로그(홈페이지)_mykyungjin.tistory.com
사업장주소_서울특별시 금천구 시흥대로 57길17(시흥동), 영광빌딩 203호
전화_070-7550-7776 팩스_02-806-7282

값 50,000원
ISBN 979-11-92542-74-4 93810

하강진 교수의 진주학 시리즈

역주해 역대 촉석루 시문 대집성

2019. 08. 08/50,000원/신국판(양장)/920쪽

한국 누정문학 연구와 지역문화 콘텐츠 발굴의 길잡이

한국의 대표 명승지 '촉석루'를 소재로 지은 시문을 국내 처음으로 집대성해서 번역한 책으로, 700년간 시문에 온축된 불굴의 민족사와 충절의 문학정신을 생생하게 확인할 수 있다. 한국 누정문학 연구와 지역문화 콘텐츠 발굴의 길잡이가 될 것이다.

진주성 촉석루의 숨은 내력

2014. 06. 20/30,000원/신국판/536쪽

불굴의 민족사 현장 진주성, 혈전의 누각 촉석루를 파헤치다

진주지역의 역사와 문화를 풍성하게 재구하려는 취지에서 촉석루 문화경관의 실체와 본질을 심층적으로 모색하는 데 주력하였다. 연구 과정에서 도출한 새로운 정보나 인문 지식은 관심 있는 학자나 대중과 함께 나누고 싶었던 결과물이기도 하다.